多部悲情的戏写的是家乡的人情世故,把莱芜大南山不了的情缘酌情印在这本小书上,沧桑的背后是一道历史的痕迹……

照町

张丽华 著

中国戏剧出版社
CHINA THEATRE PRESS

图书在版编目（CIP）数据

照町 / 张丽华著. -- 北京：中国戏剧出版社，
2024.4
ISBN 978-7-104-05463-4

Ⅰ．①照… Ⅱ．①张… Ⅲ．①戏曲文学－剧本－作品综合集－中国－当代 Ⅳ．① I230

中国国家版本馆CIP数据核字（2024）第055395号

照町

责任编辑：赵宇欣
责任印制：冯志强

出版发行：中国戏剧出版社
出 版 人：樊国宾
社　　址：北京市西城区天宁寺前街2号国家音乐产业基地L座
邮　　编：100055
网　　址：www.thertrebook.cn
电　　话：010-63385980（总编室）　010-63381560（发行部）
传　　真：010-63381560

读者服务：010-63381560
邮购地址：北京市西城区天宁寺前街2号国家音乐产业基地L座

印　　刷：山东华立印务有限公司
开　　本：787mm×1092mm　1/16
印　　张：59.5
字　　数：980千字
版　　次：2024年4月　北京第1版第1次印刷
书　　号：ISBN 978-7-104-05463-4
定　　价：398.00元

版权专有，违者必究；如有质量问题，请与出版社联系调换。

作者与恩师张彭（左）

作者与贾平凹先生（右）

作者与张长森厅长（右）

作者与李钦老师（右）

作者与导演张克学（右）在工作现场

原莱芜市委宣传部部长毕玉惠（左）与作者亲切交流

作者（左一）在排练现场

作者在研讨剧本现场

作者（左一）与杨利民先生同获全国文化系统先进工作者后合影

《第一书记》剧照

《张闹玄》之折子戏《顶头上司》剧照

《好儿好女》剧照

作者（中）与丝弦戏《山里小媳妇》男女主角合影

《大山魂》剧照

《钓鱼人》剧照

《雪野风情》剧照

《心系大南山》剧照

《推媳妇》剧照

《石榴花红》剧照

评剧《淀上人家》剧照

评剧《淀上人家》剧照

《儿行千里》（删节版）剧照

《儿行千里》（未删节版）第二场《惊走》剧照

《儿行千里》（未删节版）第四场《惊艳》剧照

照町 ZHAO TING

《正月十五雪打灯》剧照

《正月十五雪打灯》剧照

浮雕画《正月十五雪打灯》(6m×3.6m)

油画《推媳妇》(6m×3.2m)

莱芜文化馆展厅大型雕塑《儿行千里》

全国文化系统先进工作者奖牌　　全国文化系统先进工作者奖章

序

我与丽兄之相识，曾记入20年前拙著《自序》之中。

1995年夏，省里在烟台举办编剧讲习班。男同学张丽华携钓竿入学。他垂钓时向围观同学即兴演讲："如果钓到一条10斤的大鱼，那种快感，相当于10次颠鸾倒凤之和。我失笑之时，被他的超然气质所折服……"

友谊的种子从此萌芽，树龄27年。所以我敢夸此海口：我对丽兄最为熟知，又极爱兄名之"丽"，遂称丽兄。

丽兄一生，文如其人，人有三奇。奇者，罕见、特异也。

一奇，低学历转身为剧作家。

初闻丽兄学历之低，我的嘴巴即刻惊为老鼠窟窿——只上到三年级呀？连标点符号怎么用还没学呢，旱地拔葱就直接成了剧作家，还破格晋升为一级编剧。他不是靠平台、不是靠胆量、不是靠装的，而是靠那一部部原创剧作。仅此选集就有大小31部，近100万字。这个华丽转身越发值得探秘了。

首先是天赋。

艺术领域里，每一殿堂均需天赋，却分两类。一类以天赋为主者似花卉，春天一到，即刻姹紫嫣红。例如声乐、影视表演等，即使还未经专业训练，仅凭天赋也可以很厉害。另一类以功力为主者似树木，非经多度春秋不得长成。该门类内首推文学。那么，丽兄的时间是如何打磨的？

究其身世，其父母乃原历城县领导干部，1958年遭返原籍大南山。二老同为铁杆戏迷加票友，藏有大量古装剧本。因此少年时丽兄便无意间被引入戏剧世界，且比父母更加痴迷。丽兄又订阅了《剧本》《新剧本》和《戏剧丛刊》，每期必读，一年便读百戏。与此同时，密切触摸一线剧作家的脉搏动向，及时观赏全国各地上演的新戏，研究当代新剧作，关注舞台新变化，掌握剧坛新潮流。

丽兄相信一句话，"怕就怕只读一本书的人"。他就在戏剧这一本"书"里读啊读，读啊读……结果就水滴石穿了。他写戏的手段与看待他人剧作的眼光，就像是怀孕的母亲，时间一久，再想瞒过世人就不容易了。

另有一点同样重要。丽兄才一出道就拜张彭先生为师。先生如教亲子一般传、帮、带，有了这等名人指教，我干脆用戏曲唱词来做形容吧：

扶鲁戏张彭师金声玉振,
丽华兄遇良教辉光日新。
如猛虎双翼添乘风飞进,
若黑鲤游青浪跳向龙门。

二奇,闯江湖改为干文化。

青少年的丽兄是鲜为人知的,不过我却要哪壶不开提哪壶了。

丽兄六七岁时,吃过草根,咽过树皮,他的身体反而与消化系统一起,渐次强健起来。他刚刚上到三年级,又因"黑崽仔"被轰出校门。恰遇红小将当面挑衅,丽兄的怒火便聚在了棍子上,"啪嚓"一声,小将的头皮便破了小小一片。于是,丽兄就被革委会吊到梁头上,挨了无数个"啪嚓"。他的心性反而与胆气一起,愈加勇猛起来。他右腿肚上有一处贯通伤疤,那是他力战群雄的刀光剑影之见证。当时,警察先是开枪,然后抓捕。丽兄就被铐在电线杆上,如抱新娘一般抱了一夜。他的热血流在雪地上,冻成了一枝子"大红梅"……

后来他去锻压厂劈铁,将近八十斤的大锤,直抡得力拔山兮气盖世。他为防身,一个口袋里放一把弹簧刀。只要遇见红小将式的挑衅,他便掏刀子拉架子,立马就是侠客范儿。当年,善于舞剑的李白崇尚侠客之时,写诗赞扬:"十步杀一人,千里不留行。"彼时,善舞两把菜刀的姜科长敬仰侠客之时,没有作诗,直接拉着丽兄磕头拜把子。

可能就是丽兄的这段生活,提供了他的《自勉百字铭》之句:"地裂卷土填,天塌挺住肩!"

人可分两类。一为善类,无论何种环境,总是汲取向善的能量。犹如植物,浊臭污秽都可成其营养。另一恶类正相反。丽兄即是善类。他在江湖气的环境里,吸收的却是绿林英雄之风。因此,他的为人就尽透着豪爽侠义。20多年前,我帮他作过几句唱词,这不过是朋友间互递一支香烟的情谊,他却铭记在心并执意写入本书后记。而我的同事同学还有一些生人,却剽窃我的东西。因此,丽兄的好汉品格,真是令我甘拜下风的。

大约正因如此,丽兄从事专业创作之后(直接用丽兄风格描述吧)那就是——羊栏里跑出一头驴来,即俗成的、制式的,他正眼也不瞧。他写的剧本就是不落窠臼,蹊径独开,一枝独秀。表现在剧中人物身上,便有了作者影子的豪侠之气。男者如吴四虎、伍连德、锡良、山根儿、孬蛋儿、土包包、虎前、李格楞……无不显露好汉仗义之风;女者如王店婶、赵镯、花杏子、山杏花、野蒺藜、花骨朵、安边柳、忠子娘……颇具侠女之韵。就连三奶奶这种人物，一开口也是掷地有声："冻死迎风站，饿死不出声。"说到底，这等英风侠气已然超出人物个性，展现了骨气之高迈，心灵之高洁，灵魂之高贵。

三奇，剧作家捎带着做"倒爷"。

谁都知道，种豆得豆，种瓜得瓜。丽兄却是种豆得豆又得瓜，种瓜得瓜又得豆。他在改革开放之后，从文之前，靠着买卖农副产品及中草药材，已名噪商界，成为大南山里带头致富的第一人。年未而立，钱已满囊。转行之后，因文化单位差额自筹，他又重拾商道。传说的日进斗金或为言重，但他住着大别墅，开着悍马车，却不像个当代真作家。

他一手抓精神，一手抓物质，居然，两手都过硬。

毫无疑问，丽兄是个双料人才。结果自然是一加一大于二。因此，他的剧作中充满生活的波澜，经商时不乏艺术的技巧。他的商业头脑、谈判技巧、决策才能，本文不宜赘述。

接着再来看丽兄的戏。

其实，丽兄笔下最精彩的还是爱情戏。这里的秘密也只有我知。丽嫂年轻时，是倾乡倾县的美人。聪慧、娴雅、温柔、大方，夫唱妇随，齐眉举案。丽兄垂钓，丽嫂作陪。大鱼上钩，丽兄收线将至岸边，丽嫂即刻从水中捞鱼，她怕大鱼脱钩致使郎君伤感的潜意识，正是两人相亲相爱，形影相随的表现。

就是这般一捧捧爱的种子，播撒到丽兄心里那片神奇的土地上，于是森林出现了。且每一棵大树都高大至极。譬如，《正月十五雪打灯》中山花花对山腰腰之爱，《照町》中山妮儿对山孩儿之爱，《畜类先生》中伐瓮妹子对畜类先生之爱……至此，我在读完这些作品之后，便不自量力地急欲代表读者与观众，对丽嫂说一句：

"嫂子，谢谢你对丽兄的爱！"

丽兄的戏，虽以古装喜剧《张闹玄》为起点，但他挥洒自如的还是农村题材。究其原因，是丽兄生长于大南山，后来从商又钟情于农产品，这就是：做了城里人却未离开农村，成了剧作家却依然立足于农民世界。他与农耕文明的关系也就不是鱼水，而是血肉。因此，丽兄就仗着这一天然优势，找到了两个磐石一般坚定不移的落脚点：

一是"戏"，二是"情"。

丽兄的戏善于在普普通通、平平凡凡的世界里取材。那些农人琐事，一经他手，仿佛枯木逢春，异趣横生，时而场面宏大，时而细节精微，跌宕起伏，变幻莫测。

丽兄的生活里仿佛俯拾皆宝，于是，他就越发地艺高胆大起来：表现在戏剧构思之中，就是天马行空的激情与无拘无束的想象力；表现在舞台呈现之中，就是超浓的生活气息与超强的视觉冲击力；表现在艺术技巧之中，就是对大夸张、大飘逸、大起落、大转折的驾驭力。这三大特征，又像细胞一般遍布于丽兄每一戏的周身，竟让我不能取例说明了。

再说"情"。

丽兄这人，看上去"牛头马面"，像从梁山上来的，而他的情感之细，用情之深，又胜过了大观园的林妹妹。他在后记里曾说，他告别老宅的锁门之声，也伴随着"心里'扑'的一声，似扔了块石头，一下子就砸出两眼泪水"。出村之时，突然看到"桥两头和桥面上挤满了黑压压的人群"，那是专为他一家送行的乡亲。他此刻感激涕零，也就萌生了一个还不完的愿——将大南山中可歌可泣的故事，选择性地展现在舞台上，欲记住乡愁，报答大南山和父老乡亲们的养育之恩！

这便是丽兄戏里的情之缘由了。请让我再不厌其烦地罗列一下吧：

《南山又披大红袍》中父女情、母女情；

《张闹玄》中王店婶为了干女儿的爱情而抛弃自己爱情之真挚情；

《正月十五雪打灯》中丈母娘与女婿之亲情，嫩娇娇对土包包以及山腰腰对山花花之爱情；

《山海关外风萧萧》中锡良与伍连德之友情，花杏子与金枝叶对伍连德之师生情；

《石板桥》中野蒺藜为女儿垫背而自殁之母女情；

《大山魂》中人与狼的本能之情；

《第一书记》中人心与心互换之真情；

《喇叭花开》中夫妻情、妯娌情；

《照町》中爱之痛；

《好儿好女》中怜悯之情；

《钓鱼人》中生死恋情；

《淀上人家》中因追舟而激荡的人间真情……

其中特别是《儿行千里》中的忠子娘，怕儿子为官不清，"一场噩梦吓破胆，……找忠儿等不得日出东山"。连夜赶到城里，将一沓沓血汗钱捧给儿子：

"这一叠,赶集上店卖鸡蛋""这一叠,月下采桑养春蚕……"再到儿子事发后:"张了张口,提了提气,嗓门儿从未这样低。从不求人得求人,从不受委屈也得受委屈……"双膝跪在乡亲们面前,为儿子筹款偿还赃款。以至"娘坐在法庭上心惊肉跳","一宵夜愁白了满头发梢"。刚强的老娘再也挺不住地跌倒、爬起……撼人心魄,感人至深,催人呜咽。由此将亲情大爱推至极致,让观众的泪水汇入了流淌三千年的赞颂慈母之长河,被称为当代戏曲舞台上的催泪弹。

以泪取胜正是他的重要招数之一。

不知是否因此,丽兄的戏一经舞台亮相便引发热评,并获政府大奖。如《儿行千里》《淀上人家》,它们的轰动效应由山东辐射至河北、河南、陕西、山西……被评选为中华人民共和国成立五十周年、六十周年全国优秀献礼剧目,从而热爆京城,波及全国。他也被评为全国文化系统先进工作者及劳模、山东省十佳文艺工作者、泉城艺术名家。因此,丽兄可谓戏曲界的一匹黑马。他那桀骜不驯的作风,别出心裁的文风,入乡随俗的戏风,总会触发业内热议。所以,丽兄之戏也便越发值得探其一二了。

如无丽兄,必是当代戏曲一大遗憾。

如果中国戏曲可以比作一位美人,那么,故事结构便是美人的第一要素:骨骼之美。而结构,恰是丽兄的拿手活。他听到一个做了上门女婿的青年,在媳妇家干了两年活,还没圆房呢,媳妇与情人跑了。青年却不离去,坚持赡养"丈母娘"。这本是三句话就可说完的事儿,而丽兄却将这一段根蒂,培育成一座姹紫嫣红的花园:《正月十五雪打灯》。此剧也获得文化部(今文旅部)全国梆子戏剧种新剧目交流演出优秀剧本奖和剧目奖。

再如《山海关外风萧萧》是清朝的最后一年,东北突发疫情,伍连德受任总医官,经其德才之利,终获成功。这只是一个简单的框架,很难看出有何戏剧元素,丽兄却硬生生地挖掘出根蒂来。伍连德发现瘟疫是旱獭引起的肺鼠疫,正值摄政王组建内阁,丽兄这便得了神来之笔:他让摄政王收买内阁成员,赠送旱獭皮衣,并命滨江道台大量收集獭皮。疫情因此而现。

毫无疑问,这都是丽兄编创故事的不俗之功力。因为,故事不是懒人的储藏室,什么东西都可以随便放的。故事是一条河,源自山里的不曾断流的河,时而弯曲,时而突折,时而徐缓潺潺,时而瀑布天降、轰雷溅雪:若我仍未说得明白,那就请读张丽华这本剧作选吧。

凡是美人,面庞是否优美肯定是重要的。戏曲的面庞则是典型动作。我以为丽兄深谙此道。例如《照町》，山孩儿终于走下雪山之时，人们发现他的脚和鞋子"冻成一块冰疙瘩啦！"如果"用这急火一烤，脚就没了。"于是，山妮儿当众"撕开衣扣"说道："来，把脚贴在俺的心口窝上"。于是她不由分说，"抱起山孩儿双脚，紧紧搂在怀中"。再如《山海关外风萧萧》，当伍连德截获千张獭皮，要求即刻销毁之时，道台公开了摄政王密令。面对朝廷旨意，伍连德依然下令："烧！"他的盟友锡良又与他一起，"摘下帽子、顶子，投向熊熊大火"。无论是胸怀暖脚，掷冠于火，还是《南山又披大红袍》中捧撒骨灰……此类典型动作，若与《窦娥冤》的六月飞雪、《桃花扇》的雪溅诗扇相比，其美韵之盛、意境之深、情愫之烈，竟有多少不及呢？

戏曲唱词，恰又仿佛美人之风韵。而唱词的品格、内蕴、气质等，综合显现出来就是风韵。以丽兄学历来看，他的唱词按说不会过于冒尖儿——然而我错了。当我打开沉甸甸的百万巨著，看到开篇的处女作《张闹玄》时，我的手就在桌上拍得生疼了。那是某朝某代的张县令乘轿登泰山的过程：

  这边看，飞来石欲砸迎客松，
  那边瞧，碧波灌满了黑龙潭。
  俯身望，洗澡想钻王母池，
  仰首观，南天门吞下半拉十八盘！

古人说尝鼎一脔，他可知矣。丽兄也有此天赋，他的朴实、生动、接地气、入人心、口语声律、雅俗共赏……正如原野上飞舞的蝴蝶本属天然，一旦让其成为概念式标本，就不是那个翩跹之精灵了。

再如《照町》，幕前曲交代环境："俺娘生俺在大南山，山尖尖裏着巴掌大的天。"继而交代故事缘起："青碌碡碾走了火凤凰，黑风车扇飞了红杜鹃。"接着就是山妮儿盼望男主的吟唱：

  白雪黑夜山风寒，
  过年过得人心酸。
  除夕夜好似那断头红线，
  再巧的手，也难回针补往年。
  闷声咽下年夜饭，
  心头堵上一块砖。

接下来就是对男主的深情唱段：

  你把俺比作莲下藕，
  嫩藕茹苦情悠悠。

>　你可知？土压泥埋苦承受，
>　甘愿浊水变绿洲。
>　你可知？爱抚情深心操透，
>　托举着小荷露尖头。
>　你可知？过了盛夏怕秋后，
>　大脚踩来粗手抠。

丽兄的唱词尤善借喻，并写得非常优美。如《淀上人家》唱词：

>　姑家拿来四尺布，
>　姨家添上三尺三。
>　前襟兜着青山绿，
>　身后背着大海蓝。

如《正月十五雪打灯》唱词：

>　你好比，俊俏的高粱戴红帽，
>　你好比，诚实的谷子弯弯腰。
>　你好比，憨厚的黄牛死拉套，
>　你好比，想爱不敢的含羞草。

如《第一书记》唱词：

>　立秋不立秋，
>　六月二十头。
>　核桃脱青衣，
>　抛了黄绣球。
>　红嘴那个花椒笑开口，
>　黑籽儿滚进了山沟沟。
>　白胖子儿钻进那个麻屋子儿，
>　红帐里睡得恣悠悠。

毋庸讳言，这类唱词的轻巧尖新、活泼风趣，以至一泻而下，便与元曲相比，大约也逊色无多了。

我曾听说："丽华的戏，不太注重思想性。"我的认知是，戏曲的思想如同美人之灵魂。失了灵魂，莫说人之美，连人性人格都要打折扣了。那么，丽兄的戏有灵魂吗？即有思想吗？我认为是有的。

我认为思想就是首创的、异于常人的、令正义者信服的理念。戏曲之思想，往往存在于主人公的精神风貌、个性风采、心理历程。且举两例：

丽兄处女作《张闹玄》中，知州倚官仗势，放胆张扬自己的下流无耻；县官张闹玄为保权位，灵魂扭曲，不惜牺牲女儿的人生。当这两位官员丢职去权之后，立马就有了人情人性，且由衷感慨："先前办的那些事儿，唉！拉屎拉到鞋后跟上——提不得了。"分明已回归正常之人。

这，不就是思想吗？而且，这个思想不仅厚重，且犀利了。

而彼时丽兄还是一个20多岁的孩子。

再看封笔作《南山又披大红袍》。整个故事峰回路转，一波三折，将女主人公吴山妹的精神、个性、心理，展现得既酣畅淋漓，又精细入微。

女主人公在精神陷入崩溃之后，终于起死回生。又在生命高光之处，猝然死去。正是这个死去，让她获得了涅槃新生。这里暗含了一个人类的重大哲理——精神死亡与生命之苟且，身体死亡与灵魂之永存。

毫无疑问，这一思想已经切入了对生命的终极审视，并且具有了哲学与宗教的双重思维。如果可以让我遐想——莎士比亚见了，也会一跷大拇指："Very good！"

我与丽兄好友20多年，应约作序，实有大难。因有"定律"——情人眼里出西施，所以我看兄作的优点，便与别个不同，只恐难与师友肖似。与此同时，古人还发现另一"定律"——爱之愈深，求之愈苛。反之，若无求之苛，定无爱之深。所以，也要提出我之苛求：丽兄的戏——通俗性始终充足，向雅性偶尔不够。传奇性始终充足，现实性偶尔不够。

唯有现实性一条，需要注释，因丽兄的戏里满是现实主义，而我所指却不在风格，在于情节设计之技法。例如《张闹玄》中，女主人公张艳朵在入殓于棺材、掩埋于坟墓之后，恰遇盗墓之时起死回生。这种偶然性就有些"过"，出现于通篇写实之中就有些"跳"，理论上便是"现实性不够"了。

我想写的话写完了，但意犹未尽。干脆模仿丽兄的戏剧风格，拿来用前面唱词，写一个京剧版的《张丽华赋》吧：

　　　　望海岱一曲桃花孔尚任，
　　　　新吕腔老梆子曲妙当今。
　　　　扶鲁戏张彭师金声玉振，
　　　　丽华兄遇良教辉光日新。
　　　　如猛虎双翼添乘风飞进，
　　　　若黑鲤游青浪跳向龙门。
　　　　警醒了奇女郎花林粉阵，

序

唤来了诸好汉叱咤风云；
撕破了两千年虚诚假信，
打翻了八万里人貌鬼魂。
却不是汉卿现身莱芜郡，
似盘古融化开天斧，
铸一张音丽韵华惊世琴！

是以为序。

冯蜂鸣
2022 年 11 月 25 日于青州

目 录

序 1

原创大型戏曲和电影文学剧本

古装喜剧《张闹玄》（处女作） 3
现代戏《南山又披大红袍》（封笔作） 55
历史剧《山海关外风萧萧》 102
现代戏《喇叭花开》 146
现代戏《正月十五雪打灯》 192
  杂谈：《正月十五雪打灯》的幕后故事 227
现代戏《石板桥》 237
寓意剧《大山魂》 276
现代戏《照町》 309
现代戏《好儿好女》 358
现代戏《畜类先生》 393
现代戏《钓鱼人》 423
现代戏《第一书记》 460
现代评剧《淀上人家》 499
戏曲电影文学剧本《荷花红·芦花白》 546
现代戏《儿行千里》（未删节版） 602
现代戏《儿行千里》（删节版） 648
  杂谈：一部戏救活一个剧团 680
戏曲电影电视连续剧脚本《母爱》 686

中、小型原创作品

古装儿童剧《三改契约》......765
河北丝弦剧《山里小媳妇》......782
戏曲《推媳妇》......795
话剧小品《逗出来的真情》......803
喜剧小品《冒牌村长》......810
微电影文学剧本《难解难分》......817
行业戏曲《三上墙》......828
行业戏曲《瓦匠妯娌》......844
穿越式行业小品《银子不好使》......857
荒诞行业方言小品《李七开车》......863
行业方言小品《大年五更》......869
行业微电影《一堂课》......875
行业戏曲《税官的母亲》......882
  附一：《自勉百字铭》......891
  附二：《千字词》......892
  附三：词牌四首......897
  附四：《观杏仰止词》......899
后记......901

原创大型戏曲

和电影文学剧本

· 古装喜剧

张闹玄 [1]（处女作）

时间：某朝某代。

地点：泰山，莱芜。

人物：张闹玄——40岁至50岁，莱城县令。
　　　　张艳朵——18岁至28岁，张闹玄之女。
　　　　赵　镯——16岁至26岁，张艳朵丫鬟。
　　　　李二小——20岁至30岁，泰山轿夫。
　　　　王店婶——36岁至46岁，张艳朵养母。
　　　　周　大——而立之年，县衙轿夫。
　　　　王　二——20多岁，县衙轿夫。
　　　　知　州——花甲至古稀之年，泰安州正五品。
　　　　山轿夫、衙役、随从若干人。

---

[1] 作品登记号：鲁作登字-2022-C-10044585

第一场
撞轿姻缘

［幕后合唱：
　　巍巍泰山，郁郁葱葱，
　　山轿悠悠，云雾蒙蒙。
　　婀娜娇女，堂堂县令，
　　飘飘冉冉，步步高升。
［幕启：泰山上盘旋的步步台阶，在古代宛若羊肠小道。
［周大、王二抬着张闹玄乘坐的小山轿上。

张闹玄　（唱）　张闹玄，登泰山，
　　　　　　　　山轿上面好舒坦。
　　　　　　　　钻柏洞，过天桥，
　　　　　　　　忽悠忽悠地往上攀。
　　　　　　　　这边看，飞来石欲砸迎客松，
　　　　　　　　那边瞧，碧波灌满了黑龙潭。
　　　　　　　　俯身望，洗澡想钻王母池，
　　　　　　　　仰首观，南天门吞下半拉十八盘！
　　　　　　　　本县我，前往降香元君殿，
　　　　　　　　泰山奶奶保佑俺，稳坐七品父母官。
　　　　　　　　小山轿似轻云飘飘冉冉，
　　　　　　　　俺腾云驾雾，上了九重天。（从腰间掏出小金壶）
　　　　　　　　来上两口杏花酒，
　　　　　　　　俺不是神仙似神仙，天宫撒了欢！（饮酒）

周　大　老爷，咱这可是步步高升呀。
张闹玄　怎么？还想往上升升，凭老爷这个性子，八成够鸟呛咧！
王　二　泰山顶上说不得闲话，咱这不是青云直上嘛！
周　大　老爷爬上去，俺二位抬轿的随从也沾点小光。
张闹玄　哈哈！真要弄个知州、知府的干干，到那时二位不用抬轿了，弄个衙役班头的当当。
二随从　老爷这么说，俺俩上了劲咧！
张闹玄　那就给我颠起来，扇起来。

二随从　呼扇起来！（加快步伐，小轿如飘似飞）
张闹玄　真恣呀，老爷上来情绪咧，喝点小酒儿，想听小曲儿。
二随从　好！咱唱起来！（踩着脚步点儿唱）正月里、正月正……
张闹玄　暂停！来点儿有味道的……
周　大　您说荤的还是素的？
张闹玄　（回头张望）趁女儿的轿子还没撵上来，来两句荤的便了。
王　二　唱《捞新娘》吧？
张闹玄　好！唱起来。
二随从　（唱）　抬花轿，过小桥，
　　　　　　　　扑通一声翻了轿。
　　　　　　　　新娘子，洗了澡，
　　　　　　　　轿夫就把那新娘捞，
　　　　　　　　脱下那个红绣鞋，
　　　　　　　　露出那个尖尖脚，
　　　　　　　　解开那个红棉袄哇……
张闹玄　停停停！（回头张望，大喊）闺女啊，你和丫鬟悠着点儿，慢走哪！
　　　　〔幕后应声："爹爹放心……"
张闹玄　周大、王二……
二随从　在。
张闹玄　加快脚步，拉大距离，恁的小调还没哼完呢。
二随从　爬爬爬，往上爬！
　　　　〔张闹玄及随从急下。
　　　　〔张艳朵乘坐小山轿，轿夫李二小抬着前杆儿，一壮汉抬着后杆儿，丫鬟赵镯在一旁扶着姑娘上。
张艳朵　（唱）　天梯倒悬路徘徊，
　　　　　　　　初坐山轿登山来。
赵　镯　（唱）　姑娘泰山来还愿，
　　　　　　　　丫鬟随行步楼台。
张艳朵　（唱）　方才岱庙降香时，
　　　　　　　　摸石三圈探福灾。
赵　镯　（唱）　也不斜，也不歪，
　　　　　　　　如意郎君正中怀。

张艳朵　什么如意郎君？是如意古柏呀。

赵　镯　古柏也好，郎君也罢，只要摸到，可谓正中下怀了呀。

张艳朵　傻丫头，取笑也不看个去处，快看景致罢了。

　　　　（唱）　斗母宫，看古槐，
　　　　　　　　卧龙翘首唐人栽。
　　　　　　　　花木盈楼龙泉观，
　　　　　　　　三潭叠瀑天上来。
　　　　　　　　天柱穿云云飞渡，
　　　　　　　　步步极顶上台阶。

赵　镯　（接唱）攀天梯，驾云彩，
　　　　　　　　轿子不斜也不歪。
　　　　　　　　轿夫哥，挺住腰板脚轻迈，
　　　　　　　　当心这，十八盘上滑青苔！

李二小　放心吧小姐姐，别看我李二小年纪轻轻，可是抬山轿的老把式啦，紧走几步，撵上老爷的轿子。

二轿夫　你拉我推，猛往上爬呀！

〔张艳朵与众人下。

〔张闹玄与周大、王二上。

二随从　（唱）　哎哟哟，哎哟哟，
　　　　　　　　解开那个红棉袄，
　　　　　　　　露出那个杨柳腰。
　　　　　　　　哎哟哎哟翻了轿……

张闹玄　行啦行啦，翻轿翻轿的不大吉利呀！眼看就到了陡峭之处了，如若一头栽下去，可就没人捞了。

周　大　紧十八，慢十八，不紧不慢又十八，这十八盘上，老爷可要坐稳呀！

张闹玄　放心吧，只要恁俩栽不了跟头，老爷自然没事儿。前蹬后爬，给我往上爬呀！

　　　　（唱）　攀天梯，快快快，
　　　　　　　　越颠老爷越自在。
　　　　　　　　千万可别滚了蛋儿，
　　　　　　　　老爷蹲腚磕破腮！

周　大　山上下来一群破衣烂衫的老百姓。

王　二　还抬着一位老太太。
张闹玄　（张望）这是什么轿？本县从未见过。
周　大　（细看）嘿嘿，一把破椅子，绑上两根长扁担。
张闹玄　不孬不孬，看来是一群孝子贤孙。让道！
周　大　一脚之路，无处躲闪呀！
张闹玄　咦！

（唱）　天梯倒悬十八盘，
　　　　三人同行肩挤肩。
　　　　两边是崖畔，
　　　　铁索做护栏。
　　　　圣人走过的路，
　　　　皇上曾登攀。
　　　　如若泰山归我管，
　　　　道路拓宽三尺三。

周　大　（大喊）下山的百姓听了，县太爷官轿到了，快快回避，退上山去！
张闹玄　不可吓唬老百姓！吃百姓粮、穿百姓衣，莫道百姓可欺，自己也是百姓啊！让道让道。
王　二　无法躲闪啊！
张闹玄　翻转身来，上山变作下山，不远处便有宽阔歇步之处。
周　大　听老爷吩咐。（转身下山，躲至宽阔处）
王　二　百姓下完了。
张闹玄　那还愣着干啥？赶快爬呀！（回头喊）闺女啊，赶超上来，前面先走吧。
　　　　［李二小内应："来啦来啦。前面先行，给老爷开道。"
　　　　［张闹玄与周大、王二下。
　　　　［知州带随从，乘山轿上。
知　州　呔，令人扫兴——

（唱）　痛失爱妻好心酸，
　　　　为解苦恼登云天！
　　　　元君殿里去请愿，
　　　　再求一房女婵娟。
　　　　谁料一阵狂风起，
　　　　刮灭了香火散了烟。

　　　　　恼更恼，烦更烦，

　　　　　打道回府下泰山！（山轿突然停住）

知　州　嗯？为何停轿不前？

随　从　禀报大人，顶头上来两乘轿子。

知　州　何人鸟轿，竟敢迎头顶来？

随　从　不管何人轿子，十八盘上一脚之路，错不开位啊。

　　　　〔轿夫随从不由得倒退至台口。

知　州　不得后退，只管顶将下去！

　　　　〔李二小抬张艳朵上。张闹玄轿子跟上。

随　从　退下！

李二小　闪开！

随　从　大胆刁民，让道！

李二小　讲不讲理？自古下山理应避让上山，况且还有十几步台阶，就登上十八盘了，请退让几步。

知　州　大胆！若不退下去，当心撞翻鸟轿。

随　从　大人，硬顶下去，鱼死网破呀！（不由得又退进台口）

周　大　老爷老爷，这下子麻了烦咧！

张闹玄　看看是谁？（探头张望）我的个娘哎，知州！是顶头上司，赶紧倒退。

王　二　老爷，这是十八盘最陡峭之处啊，往后退，悬乎呀！

张闹玄　下级不得顶撞上级，悬乎也得退！（喊）闺女啊，往回倒退哪！

张艳朵　往回退？

李二小　小姐，这地方转不过弯来呀！

赵　镯　那就转过身去。

李二小　这地方一脚之路，没法换肩掉头啊。

张艳朵　哎呀！这可怎么办呀？

张闹玄　周大、王二，为何不退？

周　大　退退退。

　　　　〔周大、王二倒退，轿杆弓弯，张闹玄滚在王二怀中。

张闹玄　哎哎哎，怎么趴下啦？

王　二　腿肚子打哆嗦……

张闹玄　掉头掉头，赶快掉头呀。

周　大　换不了肩儿，拐不了弯儿……

张闹玄　好好好！老爷赶紧下轿。（欲往下跳）
周　大　下不得，两边都是悬崖啊。
张闹玄　啊！
王　二　老爷回头看哪……
张闹玄　（回头张望）啊呀呀，腚头跟来这么多百姓，挤成一个蛋咧！
周　大　咱退，百姓也得退！
张闹玄　是啊！老百姓扶老携幼，上趟山不容易啊！这下子，麻烦大咧——
　　　　（唱）　小知县遇上了顶头官，
　　　　　　　　十八盘上难拐弯。
　　　　　　　　往上冲，顶头要把上司撞，
　　　　　　　　我这乌纱就玩完。
　　　　　　　　往后倒，轿夫的脚步有点儿乱，
　　　　　　　　腿肚子转筋轿就翻。
　　　　　　　　老百姓，腚后跟来一大片，
　　　　　　　　往后倒，不顾后来只顾前？
　　　　　　　　往左靠，悬崖峭壁似刀砍，
　　　　　　　　哪里躲来哪里钻？
　　　　　　　　往右闪，一条铁索阴阳界，
　　　　　　　　一脚之路是深渊！
　　　　　　　　怎么办？怎么办？
　　　　　　　　官值钱还是命值钱？
周　大　还是命值钱呀！
张闹玄　保住命就没了官咧，没了官，还有钱吗？就是要了命，也不敢顶撞上司哇！
王　二　老爷不要命，俺也活不成了。
周　大　俺家里还有个半身不遂的老婆咧！（哭泣，轿子乱晃）
张闹玄　稳住稳住！
周　大　俺这两条腿不听使唤了。老爷再拿不定主意，就栽下去咧！
王　二　这下子完咧，再也见不着老娘了。（哭泣）
张闹玄　别哭别哭，恁俩一掉泪，我这鼻子还酸溜溜的咧。众人听着——
众　人　在！
张闹玄　诸位还想不想要命？

众　　人　保命要紧！

张闹玄　好！两顶轿子齐心协力，给我硬生生顶上去！

众　　人　顶上去！

　　　　　〔知州乘轿及众随从冲上。

知　　州　顶住！

众 随 从　顶住。

张闹玄　使出吃奶的劲儿，弟兄们，给我上！

众 轿 夫　冲、冲、冲！

　　　　　〔上山的两顶轿子，齐心合力，直顶得知州轿子退至南天门外平坦处，并被撞翻。

　　　　　〔张闹玄在撞轿中左摇右晃，帽子掉下了深渊。

张闹玄　帽子帽子，我的乌纱帽……

周　　大　坏咧！帽子滚下悬崖去了。

张闹玄　快快快！给老爷捡回来。

王　　二　老爷，您顶撞了上司，这顶乌纱帽，就就就，就用不着了……

张闹玄　（目瞪口呆）啊！

　　　　　〔众随从搀扶着钻出被压在轿下的知州。

知　　州　反了反了，打打打！

随　　从　打！（周大、王二被打翻）

知　　州　将这两顶鸟轿砸烂！

李 二 小　（护着轿子）小姐快下轿。

　　　　　〔惊魂未定的张艳朵下轿，由赵镯挽扶着躲向一旁。

随　　从　砸轿！（举起棍棒便砸）

李 二 小　住手！不可毁了小人的"饭碗"。

随　　从　滚开！（乱棍砸轿）

李 二 小　欺人太甚！（与随从搏斗）

张闹玄　周大、王二——

二　　人　在！

张闹玄　保护轿夫，上！

二　　人　（胆怯）不敢……

　　　　　〔李二小被打翻。

知　　州　结果了这厮！

随　从　棒杀！（举起棍棒）

　　　　　〔张艳朵与赵镯不顾一切地上前挡护。

张艳朵　求大人高抬贵手，饶了这无辜的轿夫……

知　州　这女子貌若天仙，哈哈哈……（凑向前去）

张闹玄　（急忙掀开轿帘跳出）知州大人……

知　州　张闹玄？原来是你！胆子不小哇。

张闹玄　（跪倒）知州大人——

　　　　（唱）云山雾罩十八盘，
　　　　　　　相隔十步难望穿。
　　　　　　　俺若看得见，望得远，
　　　　　　　瞭见您知州大人在眼前，
　　　　　　　就算借给俺十个胆，
　　　　　　　也不敢闹这玄中玄，
　　　　　　　把您老人家的轿撞翻呀！

知　州　呸！狡辩！

　　　　（唱）张闹玄，好闹玄，
　　　　　　　怀抱琵琶琴乱弹！
　　　　　　　办案不知贵和贱，
　　　　　　　打得财主直喊冤。
　　　　　　　你沽名来钓誉，
　　　　　　　赚了个张青天。
　　　　　　　社戏你登台，
　　　　　　　假扮女婵娟。
　　　　　　　乱点鸳鸯谱，
　　　　　　　你和个寡妇鱼水欢！
　　　　　　　过河你背小娘们儿，
　　　　　　　说什么金莲腰间插，玉乳揉在肩。
　　　　　　　老夫的大舅纳小妾，
　　　　　　　你说他，霸占民女为哪般？
　　　　　　　不看僧面看佛面，
　　　　　　　万不该，尊舅跪堂两腿酸。
　　　　　　　今日你，又吃了虎心豹子胆，

　　　　　　眼下就罢了你，你这个狗官！

张闹玄　大人啊，都是些陈芝麻烂谷子，您老人家骂过我多少回了，过去的事儿掀过去就算一页吧。就说今儿个这事儿，可怨不得下官呀。

知　州　不怨你怨谁？

张闹玄　（指李二小）怨这狗小子硬顶，俺拽都拽不住，拦也没法拦……

知　州　大胆刁民！

张闹玄　下官揍他一顿，替您出出气！（脱下靴子举起）轿夫招打！

张艳朵　（挡在李二小身前）爹爹讲不讲道理？分明是您责令人家硬顶硬撞，为何怪罪轿夫小哥？

赵　镯　老爷，姑娘说得在理，何苦又找替罪羔羊？

张闹玄　（悄声）嘿嘿，只是做个样子罢了，蒙混过这一关……（举靴欲打）狗轿夫，竟敢顶撞知州大人！

张艳朵　（拦住）爹爹真的要打？

张闹玄　打！

张艳朵　爹爹就打女儿吧。人家为保女儿性命，舍命顶上山来，若不是人家，女儿早滚落深渊了。

赵　镯　老爷！人家混口饭吃容易吗？气喘吁吁，浑身臭汗，人家……

张闹玄　住口，一口一个人家，比自家叫得还亲，给我躲到轿里去！

　　　　〔张艳朵进轿，赵镯放下轿帘。

知　州　张闹玄，莫要忽悠本官了。来人，把这狗官的乌纱摘掉！

张闹玄　（将头凑到知州眼皮底下）请大人过目。

知　州　乌纱呢？

张闹玄　滚到崖下去了。

知　州　好哇！毁坏官帽，罪加一等。拿下！

随　从　跪下！（欲绑张闹玄）

张闹玄　慢！知州大人，可知下官为何急于上山？

知　州　呔！急急忙忙，如丧家之犬，又似奔丧。

张闹玄　非也！寻找大人来了。

知　州　何事寻找本官？

张闹玄　报喜啊！

知　州　何喜之有？

张闹玄　知州大人哪——

（唱）　惊悉上司夫人丧，
　　　　痛不欲生好凄凉。
　　　　下官要为您着想，
　　　　当仁不相让，
　　　　担责往上闯，
　　　　为了帮忙而帮忙！
　　　　左掂量、右衡量，
　　　　东也瞅、西也望，
　　　　总算找到只金凤凰。
　　　　小娘们十八守了寡，
　　　　长得花一样，
　　　　恭喜您，一树梨花压海棠。
　　　　刚才这一撞——
　　　　撞得那金玉良缘响叮当，
　　　　为你配鸳鸯。

知　州　如此说来，倒也将功折罪了。
张闹玄　谢大人。
知　州　此妇人正当妙龄，孤单不得，立马随我下山迎接。
张闹玄　只怕上官相不中啊！
知　州　你不是讲，金凤凰、红海棠吗？
张闹玄　这、这、这女子身背两条人命哪！
知　州　两条人命？
张闹玄　背后看，喜煞人。前面看，吓死人。况且十八岁守寡，至今已有十八个年头了。
知　州　三十六岁？哈哈，此妇人应该是四条人命吧？
张闹玄　此话怎讲？
知　州　说话甜死人，做菜香死人。
张闹玄　啊！大人如何晓得？
知　州　此寡妇风流风骚，风韵满城！走，陪老夫去莱城，即日迎接新夫人。
张闹玄　不不不，不可！
知　州　难道老夫夺人所爱了？
张闹玄　夺人所爱……

知　　州　不是吗？早知你舍不得！

张闹玄　有何舍不得呀？

知　　州　王店婶，你的老相好！不是她吗？

张闹玄　啊！听谁胡说八道？

知　　州　住口！老夫之舅常去王氏酒馆吃酒打尖，你俩眉来眼去，勾勾搭搭，早就看在了眼里，记在了心里，老夫自然心知肚明了。走走走，立马前往莱芜！

张闹玄　不不不！容下官另行搜寻一个。

知　　州　非王店婶不娶！

张闹玄　大、大、大人，王店婶非下官不嫁啊！

知　　州　哈哈哈，方才与你戏耍，莫要当真。不过，不过……

张闹玄　不过什么？

知　　州　老夫要与你改了称呼。

张闹玄　改了称呼！难道与下官称兄道弟？

知　　州　非也！尊您老为上辈。

张闹玄　岂敢！下官折寿啊！

知　　州　不仅长寿，且能提升。

张闹玄　还能提升？

知　　州　本州即日就任知府，力荐你为知州。

张闹玄　这？为何力荐下官？

知　　州　因系亲属啊。

张闹玄　什么亲戚？

知　　州　老泰山……

张闹玄　岳、岳丈……

知　　州　哈哈哈，你不是说老夫乃一棵梨树吗？（指张艳朵轿子）海棠就藏在里面。（去掀轿帘）

李二小　（挡过）知州大人不得无礼！

知　　州　狗轿夫！撞轿作乱，多管闲事，来呀！

众随从　在！

知　　州　扔下崖去！

　　　　　［众随从打倒李二小，托起。

张艳朵　（急下轿）爹爹救人……

张闹玄　放下！我有话说。（从怀中掏出小金壶）上官请看。
知　州　金酒壶……
张闹玄　来一口吧。（硬将壶嘴插入知州口中，旁白）先将他灌晕再说。
知　州　（吐出酒）呸！味道不醇！
张闹玄　下官去换上等好酒。轿夫，起轿哪。
知　州　哪里跑？（抓住其手）
张闹玄　回家换酒，顺便带点莱城土特产。
知　州　张闹玄！
　　　　（唱）　带什么莱城土特产？
　　　　　　　玉液琼浆也不稀罕，
　　　　　　　只有令爱遂心愿，
　　　　　　　是坐牢？是升官？看你脚踩哪只船。
张闹玄　这、这、这麻烦大了……
知　州　哈哈！往前一步，万丈深渊，原地不动，粉身碎骨，后退一步嘛，海阔天空！何去何从？
张闹玄　下官得琢磨琢磨……
　　　　（唱）　十八盘撞轿子乱中又凑乱，
　　　　　　　张闹玄巧周旋，越闹越玄。
　　　　　　　借坡来下驴，想迈这道坎，
　　　　　　　聪明变傻蛋，画圈自己钻。
　　　　　　　舍不得，王店婶深情无限，
　　　　　　　舍不得，独生女嫁给这狗官！
　　　　　　　倘若拒绝这浑蛋，
　　　　　　　又害怕摘去乌纱牢坐穿。
　　　　　　　孰重孰轻细盘算，
　　　　　　　官大一级压死人，
　　　　　　　小知县可怜不可怜？
　　　　　　　忍忍心，遂了狗官这心愿，
　　　　　　　不忍心，海棠相伴梨花眠。
　　　　　　　忍忍心，舍弃店婶情意断，
　　　　　　　不忍心，王氏要把泪哭干。
　　　　　　　你说麻烦不麻烦？

　　　　　　　到底脚踩哪只船？
　　　　　　　罢罢罢，忽忽悠悠走着看，
　　　　　　　火烧眉毛顾眼前。
知　州　琢磨透彻了没有？
张闹玄　艳朵她娘死得早，这事儿，闺女自个儿说了算呀！我说闺女呀……
张艳朵　女儿已听明白了。
张闹玄　这门亲事……？
张艳朵　爹爹呀——
　　　　（唱）　惹出是非来，
　　　　　　　知州心眼歪。
　　　　　　　爹爹好无奈，
　　　　　　　官场多悲哀。
　　　　　　　富贵儿不爱，
　　　　　　　高处寒心怀。
　　　　　　　爹爹养育十八载，
　　　　　　　父女离别泪满腮。
　　　　〔张艳朵跳下山轿，挥泪疾走。
李二小　不好！小姐要舍身跳崖啊！
赵　镯　姑娘——
张闹玄　截住她。
知　州　给我拦住！
　　　　〔李二小与赵镯拼命拽住悬崖边上的张艳朵。
张闹玄　闺女，你可别舍了爹啊！
知　州　万万使不得……
张艳朵　（泣啼）我那早死的娘啊……
张闹玄　千万别提你娘，想起她来就伤心。（拭泪）大人，你可看见了哪——
　　　　（唱）　攀高结贵谁不爱？
　　　　　　　偏偏生下个贱奴才。
　　　　　　　莫怪我儿脾气怪，
　　　　　　　千万咱别急转弯儿，
　　　　　　　暂且慢慢来。
知　州　呸！教子无方，致使女儿如此任性。随从——

随　从	在！
知　州	把老夫的玉杯拿来。（随从递上一只玉杯）张闹玄，你看……
张闹玄	哇！和田玉好料，雕龙刻凤，宝贝！（掏出腰间金壶）大人，这金壶配上玉杯，正是一对。
知　州	哈哈哈，讲得好！
张闹玄	（捧起金壶）望大人笑纳。
知　州	颠倒了。
张闹玄	怎么颠倒了？
知　州	这金壶玉杯，配成一双，还望老丈笑纳。
张闹玄	啊！大人您……
知　州	接玉杯！
张闹玄	不不不！
随　从	大人赏你，就揣起来吧。（揣进闹玄怀中）别不识好歹！
知　州	此乃定亲物证，老丈可要妥善保管哪！
张闹玄	这这这……
知　州	起轿！打道回府，恭候佳期。（扬长而下）
张闹玄	（呆望着台口）大人、大人……呸！想得美。
赵　镯	姑娘莫再啼哭了，方才在岱庙迷惑石上摸了个正中下怀，自然不是这个狗官老头子！
张闹玄	说得对呀，宁可嫁给这轿夫，也不可便宜了那个老熊！
李二小 张艳朵	（四目相望）啊！
张闹玄	闺女啊，方才的事儿为不着较真犯恼，走到哪折儿说哪折。来来来，搭轿天柱峰，多烧两炷香，求泰山奶奶保佑……
张艳朵	爹爹先行罢了。免得又生是非。
张闹玄	好好好，起轿。

［玄前朵后登山。李二小抬轿于艳朵身后，镯引轿在前。

张闹玄	（念）	乱雪封梯道，朔气卷寒潮。
		风打胡子飘，雪在春中闹。
		山下万物春，山上冻坏了。
		衣单知风紧，忘了带棉袍。

　　　（打个寒战，回头问道）闺女啊，你冷不冷？

张艳朵　泰山百般好，只是雪也挡道，人也挡道。女儿也有些寒意。

张闹玄　闺女，方才的事儿，不要再挂在心上了，去奶奶庙里，多磕几个头，自然孬事全无啊！

张艳朵　爹爹说得有理，只是高处不胜寒呀。

张闹玄　是呀，爬得越高，摔得越疼！周大、王二，赶快走呀！（下）

李二小　（满头大汗，闻言不胜苍悲）唉！好热的天哪！

　　　　（唱）　山轿夫李二小爹娘俱丧，
　　　　　　　昼扛杆夜眠轿苦熬时光。
　　　　　　　轿上人莫道这寒风凉爽，
　　　　　　　轿下人汗结冰哈气成霜。
　　　　　　　解扣儿敞开怀散散闷热，（解开扣儿，忽又省悟）
　　　　　　　又想到敞胸露怀不应当。
　　　　　　　双手急将扣儿系——

〔双杆在肩，失去把握，轿子摇晃欲歪，慌忙把住，艳朵吃惊，回头羞视。

　　　　　　　这轿子几乎歪了"筐"！
　　　　　　　方才若是翻了轿，
　　　　　　　跌坏这位好姑娘，终生也恐慌。
　　　　　　　我二小下人把这轿杆扛，
　　　　　　　领教过多少回世态炎凉。
　　　　　　　狗知州吹胡子瞪眼熊模样，
　　　　　　　小知县耍小心眼真窝囊。
　　　　　　　想不到这小姐心地善良，
　　　　　　　出淤泥而不染白莲飘香。
　　　　　　　抬轿人容不得胡思乱想，
　　　　　　　只有那起轿，落轿，上轿，下轿，
　　　　　　　轻抬，轻放，轻搁，轻晃，切表寸心肠。

张艳朵　（唱）　高山寒风吹，奴感周身凉。
　　　　　　　轿晃回头望，轿夫汗结霜。
　　　　　　　抬轿人坐轿人天壤之别，
　　　　　　　人与人不一般自古荒唐。
　　　　　　　那知州仗权势横冲直撞，
　　　　　　　乌纱下露出个凶残色狼！

　　　　　　　　山轿夫虽然是挑山轿匠，
　　　　　　　　既勇猛又忠厚令人敬仰。
　　　　　　　　十八盘亏得他身强力壮，
　　　　　　　　南天门见义勇为他相帮。
　　　　　　　　爹爹他一句话心旌荡漾，
　　　　　　　　只觉得暖流滚滚情满腔。
　　　　　　　　静悄悄取绣巾一晃一晃又一晃，
　　　　　　　　抛于他正是那儿女情长。
　　　　　（转身含笑，将绣花巾抛于二小）
李二小　（受宠若惊）小姐你……
张艳朵　（做了个噤声动作）嘘！
张闹玄　（上）天柱峰已到，元君殿降香哪。
周　大
　　　　快走。（下）
王　二

　　　　[闭幕。

第二场
万 丈 情 丝

　　　　[次日晨。
　　　　[泰莱官道上。
　　　　[幕启：闹玄与周大、王二上。
张闹玄　（念）　你说呲毛不呲毛，
　　　　　　　　泰城住宿没睡好，
　　　　　　　　眨眼做了个蹊跷梦，
　　　　　　　　棺材顶上睡大觉！
周　大　好梦一场！
王　二　恭喜老爷，这是升官发财，高官得坐呀。
张闹玄　哈哈！这梦解得好。周大、王二，马车轿子备好了没有？
周　大
　　　　车轿已准备停当，请老爷上轿。
王　二
张闹玄　闺女的车轿呢？
周　大　昨晚雇来两顶马车轿，早已停在馆驿门外。

张闹玄　如此方好。上车轿,回莱城!(回头喊)闺女坐稳,爹爹先行开道,走!
　　　　〔上车马轿子。
轿　夫　(扬鞭)驾、驾!(拉三人下)
　　　　〔李二小携绣巾,边看边上。
李二小　好漂亮的一块手帕呀——
　　　　(唱)　红线描,绿线锁,
　　　　　　　绣只八哥戏阳雀。
　　　　　　　盼只盼八哥阳雀声声和,
　　　　　　　变成双飞的花蝴蝶。
　　　　〔张艳朵、赵镯同乘一车马轿上。
赵　镯　(唱)　三月虽是好风光,
　　　　　　　车马急行风袭窗。
　　　　　　　尘土滚滚冲轿内,
　　　　　　　放下轿帘护姑娘。
　　　　(放轿帘发现李二小)姑娘,快看——
李二小　小姐……(追赶)
张艳朵　(唱)　望见轿夫惊又喜,
　　　　　　　欲诉真情不由己。
　　　　　　　丢下引路银一锭,
　　　　　　　待到莱城寻时机。
　　　　〔袖中取银,抛于轿外。
赵　镯　姑娘,您这是……
张艳朵　(唱)　千丝春柳垂绿地,
　　　　　　　万朵花开争朝夕。
　　　　　　　姑娘心中好欢喜,
　　　　　　　要与花草比高低。
　　　　　　　抛下一锭雪花银,
　　　　　　　穷人捡了买寒衣。
赵　镯　好像是那位轿夫?
张艳朵　是吗?轿夫也是穷人。
　　　　(唱)　若是轿夫捡了去,
　　　　　　　买米买面添力气。

		咱若再次游泰山，
		抬着我，拽着你，
		一步三阶攀天梯。

赵　镯　知道了，我也抛下一锭去吧？
张艳朵　别慌，等他捡起来后再抛。
赵　镯　（唱）　哎哎哎，请注意，
　　　　　　　　银子专门抛给你。
　　　　　　　　紧撑马车脚步急，
　　　　　　　　看咱谁先进城里。

〔二人嬉笑而下。
〔李二小捡起银子，高兴地扔起来又接住。
　　（唱）　追追追，急急急。
　　　　　两腿紧撑马四蹄。
　　　　　一锭白银飞出轿，
　　　　　差点砸着上眼皮。
　　　　　展开绣巾忙裹起，
　　　　　沉重重好似半锨泥！
　　　　　二小我，从未见过这大礼，
　　　　　这玩意儿，能把几斗粮食籴？
　　　　　心中不由犯猜疑，
　　　　　是情还是意？是丢还是弃？
　　　　　抬头车马已远去，
　　　　　紧追不舍莫迟疑。（追下）

〔张闹玄与周大、王二暗上。

张闹玄　呔，那轿夫怎么老在衙门口转悠？
周　大　莫非存心不良？
王　二　捉起来审问。
张闹玄　慢！看来是喜财好色，给我悄悄拖进后堂，照腔夯，别声张。

〔周、王将二小用麻袋悄然蒙住头，李二小挣扎被拖下。
〔闭幕。

第三场
相思客店

[半月后。

[王家店。

[幕启：李二小于店中打扫地面。

李二小　唉！好苦哇——

　　　　（唱）　二小我捡了两锭银，
　　　　　　　　追轿子撵小姐误入县衙门。
　　　　　　　　大板子打屁股挨了好几顿，
　　　　　　　　打得我嗷嗷叫唤血淋淋。
　　　　　　　　为养伤店里遇上了王店婶，
　　　　　　　　知冷知热似亲人。

王店婶　（上）小客人，伤未痊愈快将扫帚给我。

李二小　嘿嘿，这几天不大痛了。店婶待我像亲生儿子一样，小人无可报答，只能做些杂活，聊表寸心。

王店婶　唉！我要是有这么个儿子就好了。

李二小　（灵机一动）老母在上，受儿一拜。

王店婶　(惊喜)啊呀呀！一句闹着玩的话儿，竟认下个干儿子。我儿快快请起，为娘备些酒菜与孩儿同饮喜酒。（下）

李二小　（取出绣巾）绣巾啊绣巾，我为你挨了四十大板，我为你认了干娘，何日见到这抛绣巾的人呀！

[店婶端酒菜上，见二小捧绣巾出神，伸手拿过，吃了一惊。

王店婶　此乃县令之女亲手绣作之物，怎得落到我儿的手中？

李二小　哦！娘亲为何认得？

王店婶　儿啊！你听娘说——

　　　　（唱）　千金娇女张艳朵，
　　　　　　　　娘亲死时刚满月。
　　　　　　　　俺本来为你生了个姐，
　　　　　　　　生下来没喘气短命夭折。
　　　　　　　　干娘我奶水多又多，
　　　　　　　　为艳朵做养母把她养活。

李二小　啊呀呀，您老何不早说呢？巧了！
　　　　（唱）　干娘一语道破关，
　　　　　　　　看来不必再隐瞒。
　　　　　　　　既然认作母子情，
　　　　　　　　实话实说不拐弯。
王店婶　儿呀！快将绣巾之事，对娘说个明白。
李二小　（唱）　孩儿家住在泰安，
　　　　　　　　登山路上抬轿杆。
王店婶　（唱）　艳朵登山去还愿，
　　　　　　　　今年阳春三月三。
李二小　（唱）　正是孩儿抬小姐，
　　　　　　　　将这绣巾抛于俺，让俺空喜欢。
王店婶　（唱）　泰山还愿心向善，
　　　　　　　　为何造下这孽缘？
李二小　但求干娘引见一面，儿这几日，心比腔还疼，吃不下，喝不下……
王店婶　我儿痴心妄想了。
李二小　干娘不知，泰山之上，县太爷发过话。
王店婶　他说什么？
李二小　他说：宁肯将女儿嫁给轿夫……
王店婶　哈……孩儿不知，老爷玄玄乎乎，顺口乱溜，此话不必当真。
李二小　这么说来，小姐也有闹玄的癖好？绣了巾子到处乱扔，拿着银子不当钱？
王店婶　（旁白）如此说来，似乎有些蹊跷，艳朵二小若能结为夫妻，侍我与闹玄于床前，实乃前生造化。（对二小）二小，咱娘儿俩边吃边谈，来来！细细说来。（两人窃语）
　　　　〔玄持金酒壶，边饮边上。
张闹玄　（唱）　趁夜晚，进小店，
　　　　　　　　特与店婶见个面。
　　　　　　　　她守寡与我常相伴，
　　　　　　　　我丧偶有了她也不嫌孤单。
　　　　　　　　俺俩好似俩蚂蚱，
　　　　　　　　一根绳子两头拴。

　　　　她有情来我有意，
　　　　早就该明媒正娶共婵娟。
　　　　她说还想立牌坊，贞洁美名传，
　　　　我恐怕县太爷娶寡妇，令人作笑谈，骂我是昏官！
　　　　恨只恨礼教王法胡扯淡，
　　　　扯得俺俩直兜圈，悄悄圆一圆。
　　　　万人做媒我不续弦，
　　　　俺乐意偷偷摸摸缠绵绵！
　　　　借星光溜进王家店，
　　　　俺二人见了面，干柴烈火就起狼烟。
　　[玄敲门。
李二小　　深更半夜，谁砸大门？
王店婶　　是……我儿莫要问了，快去客房安歇罢了。
李二小　　（疑惑地）孩儿告辞了。（下）
张闹玄　　开门，开门，快开门呀。
王店婶　　（开门）小声点儿，当心人家听见。
张闹玄　　怕什么！咱明来暗往十多年，谁敢问来谁敢管？外人只不过呀，睁只眼，闭只眼，看见当作没看见。（将起胡子，伸过头去）来来来，亲个嘴儿。
王店婶　　（佯嗔怪）靠滚一边！满嘴酒味，熏死人了，快进屋。（挽玄进屋）老东西，为何近日不来？难道又找了个小娘们儿？
张闹玄　　山西老陈醋吗？酸溜溜的！
王店婶　　莱阳梨啊，甜滋滋儿的。半个月了，咋没过来？
张闹玄　　累啊！桃花案子一桩桩，不是寡妇偷汉子，就是姑子告和尚。乱了套咧。
王店婶　　老鸹飞到鳌子上，只看见人家黑，就不知自己黑！咱县有你这只领头羊，不乱套就不正常啦。
张闹玄　　嗨嗨，咱这个是周瑜打黄盖，他那个是霸王硬上弓！
王店婶　　看你，也不更换便装，穿着这身老虎皮就来了。
张闹玄　　刚刚断完案，还没吃晚饭，炒几个菜去。（脱下官服递给店婶）仔细挂起来。嗨，这官服好哇，百姓看见躲着走，小鬼看见就磕头，夜里穿着它，辟邪！

王店婶	（接官服官帽挂起）坐吧，这里酒肴现成。（端菜）
张闹玄	不孬！口镇南肠，还有方火烧，热豆腐，喝！坐坐。
王店婶	听说你在泰山顶上定了闺女的亲事？
张闹玄	听谁说的？消息如此灵通……
王店婶	纸里包不住火呀！你眼力真不赖！敬你半壶！（摸起挂在闹玄脖子上的小金壶）张开嘴，张嘴。（往闹玄口中倒酒）
张闹玄	行了行了，把我灌晕了，咱就办不成事儿了。
王店婶	你就知道办事儿！
张闹玄	我说的是办正事儿，不是歪门邪道的事儿！
王店婶	你我洪福不浅啊……
张闹玄	啊？你也知道眼皮往上翻，顺杆往顶爬呀？
王店婶	啥意思？
张闹玄	泰安知州。
王店婶	知州？
张闹玄	我收了他的彩礼。
王店婶	（大惊）什么什么，你将女儿许配给知州了？
张闹玄	唉！别提啦！
王店婶	女儿意下如何？
张闹玄	执意不从啊！我说老相好的，自夫人去世后，艳朵是吃你的奶长大的，既是养母，又认了干娘，闺女谁的话也不听，就听你的呀，特请你去规劝规劝……
王店婶	张闹玄，你可真行啊……
张闹玄	哈哈，除了身体还行，别的都不行了，无能无能。
王店婶	不但无能，还缺德！
张闹玄	我有一本难念的经，无奈啊——
	（唱）　我张闹玄也不乖来也不傻，
	咱月光下说说话，坐上一刹那。
	抬头看，皓月当空天边挂，
	有圆有缺，能上能下，变了镰刀变西瓜。
	月圆时，斗牛赛马也不怕，
	借光亮，谁厉害谁是大赢家。
	月缺时，摸黑不把灯笼打，

掉进井里活淹煞。
只可恨遇上了月黑头，镰刀割山下，
再难找那月牙牙，照亮坑和洼。
咱舍不得孩子套不住狼，
绝不可，要了血本丢乌纱。
我也知闺女她吃苦要嚼辣，
这是被逼得没办法，只有这办法。
你不知官海沉浮遭受过多少惊和吓，
要了紧呀，那红门、绿门、黄门、黑门、醉生门，
这五门六道不踏也得踏，不爬也得爬！
还有那官话、套话、大话、空话，
不说也得说，不拉也得拉！
得罪了百姓众口骂，官场生枝杈，
得罪了上司挨督查，削官牢里押。
你看我，上不上，下不下，闺女不嫁也得嫁，
七品官就是一粒小芝麻，一朵苦菜花。

王店婶　这么说，闺女这朵小花，知州想掐就任他掐了？
张闹玄　人在屋檐下，弯腰不碰头，没有月亮的夜，休想省灯油啊！
王店婶　哈哈，看来真不是盏省油的灯。
张闹玄　嘿嘿，俺不但不省油，还浪费盐来。
王店婶　此话怎讲？
张闹玄　省了盐、酸了酱，省了柴火睡凉炕呀。
王店婶　咦！我的个乖乖，县太爷是羊屎蛋子钻天……
张闹玄　歇后语，猜不透……
王店婶　你"能豆"一个！
　　　　（唱）县太爷一席话磨了半天牙，
　　　　　　　说月亮比芝麻就为女儿花。
　　　　　　　艳朵若把知州嫁，
　　　　　　　填房夫人是大拿。
　　　　　　　且等老头手一撒，
　　　　　　　万贯家财留给了她。
　　　　　　　看起来正五品拜倒在七品脚下，

尊丈人三叩首，该趴就得趴。
管什么人家笑话不笑话！
你这粒小芝麻生根发了芽。
开花节节高，一级一级爬。
官越做越大，财越赚越发。
官场增身价，闺女是筹码，
你头戴乌纱，满脸彩霞。
八抬大轿，高头大马，
光宗耀祖，耀祖光宗你回老家。

张闹玄　嗯？是否嘲讽挖苦大哥？
王店婶　讲的不是实话吗？
张闹玄　哈哈！到那时明媒正娶，随我回家祭祖！
王店婶　但愿别把俺当成了祭品！
张闹玄　这是哪里话？到那时……
王店婶　别到那时也一块把俺卖了吧。
张闹玄　此话当真？那知州也相中了你呀！你看你，虽然徐娘半老，依然风韵犹存，倾国倾城哪。
王店婶　那就将俺也陪送了去，再给知州添个沉鱼落雁之容吧。
张闹玄　好！本来怕你舍不得艳朵，前来开导开导你，原来志同道合也！
王店婶　今晚俺就去泰安，到知州家里坐床去。
张闹玄　不不不！我可舍不得你。
王店婶　可舍得闺女？
张闹玄　闺女早晚是人家之人。你嘛，早晚是我的人！来来来，亲个嘴……
王店婶　走向前来，仰起脸来。
　　　　〔张闹玄喜滋滋向前一步，闭目仰起了头。
　　　　〔王店婶突然双手掐住张闹玄的脖子。
张闹玄　呜呜呜……（挣扎）想掐死我？大胆！
王店婶　好一个浑蛋！
张闹玄　（捂着脖子向前）你，你敢骂我！
王店婶　掐死你的心都有！是我瞎了眼，没看清你这副嘴脸，好一个卖女求荣的狗官！
　　　　（唱）　一腔怒火满胸膛，

你你你，披着羊皮的一只狼！
十八年与你常守望，
捧给你一颗心，两扇肝，九曲衷肠。
到头来，你攀高结贵连俺也转让，
好一个官场无情冷若霜！
你在泰山把轿撞，
为何自己无担当？
躲避大祸临头上，
女儿变成替罪羊。
狗知州，好狂妄，
要娶小女配鸳鸯。
你见利就把亲情忘，
趋炎附势缺刚强。
人活百岁也得死，该豁就豁上，
珍惜什么功利场？转头空荡荡。
我劝你，身不摇，心不晃，别着忙，少慌张，
该抗上时就抗上，
咱还是艳朵的好爹娘，千万别窝囊！

张闹玄　咦！倒也有理，只是有点儿妇人之见……

王店婶　哪句话见识短了？

张闹玄　官场变幻，风云莫测，几句话讲不清楚。

王店婶　那就多讲几句，俺要听个明白。

张闹玄　唉！泰山撞轿与女儿嫁人，都是为了保全性命啊。

王店婶　咱这条老命值几个钱？只要女儿好好的……

张闹玄　老相好有所不知，那狗官京里有人，他倚仗朝野里的大奸贼，如若参我一本谋反之罪，那就得株连九族，恐怕连你也跑不了哪！

王店婶　吓唬谁？听说那狗官欺人碰上了硬茬，有人递上了状子。

张闹玄　你听谁说？

王店婶　别忘了俺是干啥的，客店里曾住过达官显贵……

张闹玄　吹吧，也跟我学会了。哈哈哈……

王店婶　别笑！请问咱县可有官驿？

张闹玄　小小莱芜，蒿莱遍野，未设官驿。

王店婶	南京到北京,莱芜在当中。此处只有我这客栈,难道就无落脚的高官?
张闹玄	咦!住过上司?为何不禀报一声?
王店婶	怕你攀高结贵,趋炎附势,早就防了你一手!
张闹玄	哈哈哈,编吧,再给我往下编……
王店婶	我懒得和你计较,说正事儿。
张闹玄	那知州三天两头派人来催,选个良辰吉日,把女儿嫁过去算了吧。
王店婶	啊!这么说,一颗钉子楔到木头里去了?
张闹玄	再也拔不出来了。
王店婶	不!那知州奸诈凶残,我儿艳朵貌美心善,岂能与他同床共枕!
张闹玄	我再说一遍,实在没办法,别再纠缠了行不?
王店婶	昏官!
张闹玄	难得昏昏沉沉,糊糊涂涂。好了好了,老哥不再与你犯口舌了,你听听,这嗓子都嘶哑了。(张大嘴巴喊嘶哑声)啊——
王店婶	你,你给我滚蛋!(推闹玄出屋)
张闹玄	(连连后退)老妹子,王店婶,老相好……
王店婶	快滚!从此一刀两断。
张闹玄	(恼怒,嘶哑狂喊)贱妇无情,招打!(举手掌)

〔李二小冲上。

李二小	(抓住玄手)看你敢打!
张闹玄 王店婶	(大惊)啊!
李二小	(明知故问)为何拉扯厮打?
王店婶	(掩饰地)他——他向我讨拿店税,为娘就是不缴!
张闹玄	(借坡下驴)不缴?不缴老爷硬要,拿钱来!
李二小	哈哈哈,莫做戏了,孩儿尽知了。
张闹玄	女掌柜的,他是?
王店婶	既然孩儿已知其情,休要假正经了。他便是那泰山轿夫李二小。
张闹玄	呸!怪不得面熟……
王店婶	轿夫已拜我为母,少吹胡子瞪眼!
张闹玄	呵!如此说来,就不是外人了。不好!突然一阵狂风起,要下大雨啊!
王店婶	听,一声春雷!快进屋。

〔三人进屋,落座。

李二小　在下敬大人一杯。

张闹玄　好好好，喝！

王店婶　（把盏）来来来，今晚喝他个一醉方休。

张闹玄　好好好，莱芜风俗，一碰俩。喝喝！（连连碰盏，不觉大醉）喝高了，还想打个盹呢。

王店婶　俺扶老爷床上安歇。（扶玄下，复上）

李二小　方才孩儿听得真切，干娘苦口相劝，他却无动于衷。（取出绣巾）母亲做主。

王店婶　为娘胸有成竹了。

李二小　是何主意？

王店婶　事不宜迟，我儿即刻去绣楼探个虚实，如若艳朵抛巾乃真情实意，来个先下手为强……

李二小　官邸防守森严，孩儿如何进去？

王店婶　我儿过来。（耳语）

〔闭幕。

第四场
闹玄搜楼

〔接前场。夜。

〔张闹玄私宅的绣楼上。大门口。

〔电闪雷鸣，风雨交加。赵镯与艳朵于绣楼窗台内听风看雨。

二　人　（合唱）云厚厚，雨稠稠，

赵　镯　（唱）　一道闪电如白昼——

张艳朵　（接唱）春雷跟后头。

赵　镯　（唱）　一江春水向东淌，

张艳朵　（接唱）蹊跷的汶水向西流。

赵　镯　（接唱）洪水滔滔流——

张艳朵　（接唱）流到泰安魂也丢。

赵　镯　（接唱）手帕也丢，银也丢，
　　　　　　　　姑娘你不吃不睡人消瘦，真是令人愁。

张艳朵　（唱）　拉窗帘，关窗口，
　　　　　　　　一阵狂风冷飕飕。

赵　镯	（接唱）差点吹灭了红灯笼，（关窗、拉帘、捂灯罩）
张艳朵	（旁唱）今宵又要风满楼。

> 忘不了轿夫男儿秀，
> 恨透了宦海浪打舟。
> 气恼了爹爹冲牛斗，
> 惊吓了丫鬟也担忧。
> 女儿我，甩双袖！
> 爹爹他，闹不休。
> 父女牵绳分头走，谁也不撒手，
> 爹爹附势不怕羞，女儿有情怕什么羞？
> 誓死不嫁老知州！

赵　镯　姑娘，您这样痴痴呆呆，得了相思病，没治了。

张艳朵　真是不想活了……

赵　镯　唉！老爷也有不是，咋要逼你嫁那糟老头子，姑娘也执拗，就是不依……

张艳朵　赵镯！你到底向着老爷，还是向着姑娘？

赵　镯　当然是姑娘了。可是，老爷也有老爷的难处……

张艳朵　有难处就该卖女求荣？

赵　镯　这……不说这事儿啦。咱绣了对鸳鸯，只绣上只母的，那公的翅膀还没绣完，咱去绣房绣上它，让它飞起来。

张艳朵　借你吉言。咦！人小鬼大。

赵　镯　你二九、俺二八，什么事儿不懂的？不就只差两岁嘛！

张艳朵　鬼丫头！绣鸳鸯去。

　　　　〔两人进内房。

　　　　〔周大、王二披蓑衣戴斗笠提灯笼上。

周　大　为人不当差，当差不自在。

王　二　老天下大雨，老爷啥时候能回来？

周　大　回来？我估计呀，又上那里去咧，至少大半宿的事儿。

王　二　咦！把着大门，也捞不着睡觉。（直打哈欠）

　　　　〔李二小穿官袍戴乌纱打雨伞上。

周　大　看，老爷回来啦。

王　二　（提灯笼照看。二小以伞遮面）老爷老爷，这双官靴湿透了。

周　大　老爷快脱下来，小的拿去烘烤……

李二小　（仿张闹玄尖细的声音）不劳二位了，闩门安歇去也。（急下）

周　大　谢老爷！

王　二　老爷慢走哇！（喊）要不，我服侍您老安歇去……

周　大　（拽王二耳朵）得得得，讨什么没趣？没看见吗？老爷连理都不理！

王　二　呸！狗不理包子。咦！折腾了半宿，老爷累了，急着安歇呢。

周　大　滚！胆敢妄议上司。去去去，闩门睡大觉！

　　　　〔二人下。李二小上绣楼敲门。

赵　镯　（挑灯笼急上）谁呀？

李二小　（学闹玄声）我也。

赵　镯　（喊）姑娘，老爷上楼来了。

张艳朵　（上）唉！烦死人了……

李二小　开门呀。

张艳朵　不开！

李二小　小姐，我是那个，那个抬山轿的李二小呀。

张艳朵　（大惊）啊！这还了得……

赵　镯　（拍手）好啊！那鸳鸯刚绣上翅膀，就飞来啦。

张艳朵　真是应了你那句话儿，这这这，这可怎么办？（六神无主）

赵　镯　（旁白）看我先戏弄他一番。

李二小　小姐开门……

赵　镯　好大胆！你这狗轿夫，竟然借着风雨夜，摸上了绣楼！

张艳朵　外面雨大，让他进来避避雨……

赵　镯　不行不行，这轿夫可不是什么好人！

李二小　我不是坏人。

赵　镯　坏人都说自己是好人……

张艳朵　坏人也不怕！反正不是老虎……

赵　镯　万一是老虎，就一口把姑娘吃了。

张艳朵　吃就吃吧，反正姑娘活够了，开门便是了。

　　　　〔赵镯打开一条门缝，举灯细看。二小忙摘下乌纱。

赵　镯　当真是轿夫？

李二小　假了包换！（递上绣巾）

赵　镯　（看绣巾）不假不假。来想什么好事儿？

李二小　来、来、来奉还绣巾和银两。

张艳朵　奉还？难道是我多情了？
赵　镯　好呀！把银两递进来，立马走人！
李二小　唉！果然是我自作多情。（递过银子）
张艳朵　不要接！姑娘我有话当面问他。
赵　镯　就接就接，（接过）走人走人！
李二小　误会误会，告辞告辞。
张艳朵　（将门打开）请留步。
李二小　小姐……
张艳朵　轿夫哥……
赵　镯　哈哈哈，总算盼来了治病的活菩萨。快快请进！
　　　　［李二小进绣楼内，赵镯反身闩门。
张艳朵　（细看）啊！轿夫哥做官了？
赵　镯　哎哟哟！我真是扒着门缝看人，小瞧了。姑娘好眼力呀！
李二小　这身官服是老爷的……
赵　镯　啊！老爷的？难道老爷愿意啦，把官儿让给了女婿？
张艳朵　请问小哥，从何处得来官服？
李二小　从干娘那里……
张艳朵　干娘？
李二小　小姐呀——
　　　　（唱）　一方绣巾暖心房，
　　　　　　　　二小变作了痴情的郎。
　　　　　　　　路上小姐抛银两，
　　　　　　　　又误为，你把深情怀中藏。
　　　　　　　　撵到这官邸旁探头张望，
　　　　　　　　被逮住押去了县大堂。
　　　　　　　　打板子，扇巴掌，
　　　　　　　　揍得俺呀，腚下嘴上两处伤。
　　　　　　　　王家店里把伤养，
　　　　　　　　养好皮外伤，养不好苦心肠。
　　　　　　　　捧绣巾，好惆怅，痴呆呆，泪汪汪，昼思夜想，
　　　　　　　　忘也难忘，讲也难讲，喝水水不甜，吃饭饭不香。
　　　　　　　　王店婶看在眼里，急在心上，

李二小感恩戴德，磕了仨头就叫了娘。
今宵夜，你爹俺娘干了仗，
为你嫁知州，商量难商量！
到后来你爹爹吃醉了酒，
俺娘哄着他上了床。
施巧计，这套官服俺穿上，
俺娘讲，俺娘讲……

张艳朵　讲的什么？

赵　镯　怎么说的？

李二小　（唱）　说什么下手、下手……

赵　镯　还想下手？

李二小　（唱）　先下手为强！

赵　镯　嗯？这么说，今夜里就要为强啊？滚蛋！

李二小　小人是癞蛤蟆想吃天鹅肉，异想天开呀！滚蛋也好，从此死了这份贼心贼胆，该爬山爬山，该抬轿抬轿去。抱歉抱歉，俺走，俺走！

张艳朵　站住！这楼梯是泰山十八盘吗？你想上就上，想下就下。

李二小　（惊慌地连连作揖）息怒息怒，都怪我李二小捡了根鸡毛当令箭，拾了个棒槌当了针（真），冒冒失失惹恼了小姐，羞辱了姑娘，实在对不起了……（欲下）

赵　镯　回来回来！说声对不起就完了？

李二小　万望小姐多多原谅！绣巾与银子归还与您了，我身上分文皆无，又赔不起钱，只有赔罪了。

赵　镯　恐怕连你的人也要赔进去了。

李二小　那么，就打我一顿出出气，往死里揍吧。

赵　镯　（摸起鸡毛掸子，倒过来高举）招打！

张艳朵　（举住赵镯手臂）慢打！

赵　镯　哈！知道你也舍不得。

张艳朵　（亦捂嘴窃笑）哈哈哈……

赵　镯　姑娘你看，天放晴了。

张艳朵　这不还哗哗地下着大雨吗？

赵　镯　我是说姑娘的脸呀，哈……

张艳朵　要笑姑娘！

赵　镯　　恐怕连姑爷也要笑了。

张艳朵　　去去去，一边玩去！

赵　镯　　好，俺一边玩去。轿夫哥，你看汶河都发洪水啦！（拉开窗帘，拽二小于窗前窃语）

张艳朵　（唱）　绣楼上来了他李二小，
　　　　　　　　心中阵阵起春潮，翻滚了波涛。
　　　　　　　　难相见，想他想得迷心窍，
　　　　　　　　见了面，心跳脸红魂儿飘。
　　　　　　　　他嘴也巧心也好风华正茂，
　　　　　　　　心细胆大戴官帽，绣楼把门敲。
　　　　　　　　俺若配成了鸳鸯鸟，
　　　　　　　　远走高飞任逍遥，来一对水上漂。
　　　　　　　　狗知州来逼婚找也找不到，
　　　　　　　　只是苦了爹爹他，再难穿官袍。
　　　　　　　　这世上十有八九不周到，
　　　　　　　　顾了头，顾不了脚，得了熊掌鱼儿逃。
　　　　　　　　咬咬牙，跺跺脚，不顾羞，不害臊，
　　　　　　　　不怕丫鬟她耻笑，开口要把哥哥叫，
　　　　　　　　春意俏，愁云消，喜气爬上了眉梢梢。

赵　镯　　姑娘，雨越下越大，轿夫哥怎么回去呀？

张艳朵　　人不留人天留人，回不去就住下便了。

赵　镯　　咱俩就这一张床，他在哪里安歇？

张艳朵　　让他睡在床旁边。

赵　镯　　不行不行，卧榻之旁，岂容他人酣睡？

张艳朵　　那你，你说怎么办？

赵　镯　　我说，我给你俩把门去。（欲下）

李二小　　（惊慌地拽住）小姐姐不能走，万一出了事……

赵　镯　　你不想出事儿，就出不了事儿！（又下）

李二小　　不能走，这可了不得呀……

赵　镯　　让我在这碍事啊，没门儿！（一手推一个）都给我进去吧！

李二小　　哎哎哎……这是怎么说？

张艳朵　　慢推慢推，俺不愿意去，你咋推拥俺去？都怨你……

〔赵镯推二人下。张闹玄慌慌张张地上。王店婶为其打油布伞跟上。

张闹玄　完咧完咧！做官丢乌纱，不如卖地瓜！

王店婶　到底何人如此大胆，竟敢偷老爷的官服乌纱。

张闹玄　都怨你！

王店婶　（一惊）怨我……

张闹玄　怨你睡觉忘了闩门！招了贼咧。赶紧去写告示，缉拿江洋大盗！（擂门如鼓，嘶哑着嗓子大喊）开门，开门，快给老爷开门呀！

〔周大、王二睡眼蒙眬，提灯笼昏头涨脑地上。

周　大　哎，哪里又蹦出个老爷来？

王　二　听这哑喉咙破嗓的动静，能是老爷吗？

周　大　对！一准是个醉汉走错了门儿。

王　二　连喊加叫，耽误睡觉！

周　大　（放下灯笼，摸起棍子）教训教训他！

〔王二猛地将门一开，闹玄一个跟跄闪了进来。

周　大　我叫你这醉汉……（当头一棒）

〔玄被打蒙，仰身便倒。王揪住前胸。

王　二　醉鬼！在哪里喝成这个熊样？

张闹玄　在，在那老，老相好的家里……

周　大　呸！还是个打"野食"吃的咪，看我再给他一棍。（欲打）

王店婶　住手！

周　大　你是谁？

王店婶　老娘乃王店婶。

周　大　（提灯笼照看）啊！王奶奶。

张闹玄　（猛然跳起）好个瞎了眼的狗奴才！（捡起灯笼照自己的脸）看清了吗？哎哟，打破头了……

周　大　老爷饶命——（跪倒在地）

王　二　嗨嗨，老爷息怒，小人只知您老早已回家，不知何时，突然又蹿了出去？

张闹玄　浑蛋！老爷何时回家来着？

周　大　是您打发小人安歇的呀！

张闹玄　啊！这……（恍然大悟）咦！乌纱帽找到了。周大、王二，你那位老爷哪里去了？

周、王	直奔后花园去了。
张闹玄	呸！你这两个只认乌纱不认真人的狗奴才！随老爷绣楼擒贼！（下）
王店婶	坏咧！哎，等一等……（追下）

　　　　〔小、朵、镯出内房。玄上楼扒门缝窥视。

赵　镯	三十六计，走为上策。姑爷领姑娘私奔了吧！有事镯儿应付。
张艳朵	你与我朝夕相处，今宵一别，也不知哪年哪月才得相见，（哭泣）难为镯儿了。
赵　镯	姑娘保重！（难舍难分，相搀哭啼）
李二小	趁老爷未归，事不宜迟……（穿上官袍，戴上乌纱）
张闹玄	看看，这玄闹的呀，大发咧——

　　　　（唱）　见此景气得我咬牙跺脚，
　　　　　　　一下子明白了缘由根苗。
　　　　　　　狗轿夫偷来我的乌纱帽，
　　　　　　　混进家中瞎胡闹，这下子糟了糕。
　　　　　　　小丫鬟穿针引线做嫁袄，
　　　　　　　教唆姑娘逃逃逃。
　　　　　　　贱闺女也不嫌害羞害臊，
　　　　　　　棉花垛失火烧了包！
　　　　　　　她老相好，灶王爷跳舞把锅台闹，
　　　　　　　踏弯了铁勺踩烂了瓢。
　　　　　　　这么闹，不得了，气得我胡子直炸毛，
　　　　　　　破门而入一锅炒！

　　　　给我开门！（一脚踹去，反被弹回，正仰在王店婶的怀中）
　　　　〔绣房内众大惊。

张艳朵	这如何是好？
赵　镯	姑娘、姑爷快快上床藏身。
张艳朵	你……
赵　镯	莫要管我，快！

　　　　〔艳朵、二小钻进罗帐。

张闹玄	（擂门）开门！开门！快开门呀！什么东西……
赵　镯	深更半夜，是谁砸门？吃饱了撑的！
张闹玄	你等做的好事！开——（一脚踹空）

　　　　　　　［赵镯开门，张闹玄一头栽进绣房，周大、王二慌忙搀起。

张闹玄　狗丫鬟，招打！（赵镯闪过，借机将灯吹灭，张闹玄摔倒在地，脱下靴子，王店婶亦进房。玄一把揪住王店婶）小贱人，你吹了灯，也休想逃脱，吃我一鞋底！

王店婶　我是干亲家呀。

张闹玄　亲家？亲家六十四个，你算老几？老巫婆，招打！（连连打去）

王店婶　好一个没良心的，你打，你打，叫你打……（二人扭作一团）

张闹玄　来人啊，耳朵撕下来了……

　　　　　　　［周大、王二慌忙点灯。

周　大　放开放开。（拽开俩人）

张闹玄　哎？人呢？搜！哎哟我的个耳朵哟……

　　　　　　　［周大、王二翻箱倒柜钻床底搜寻未果，欲掀罗帐。

赵　镯　（挡于床前）放肆！姑娘赤身裸体，已在被窝里安眠，哪个敢动！

张闹玄　（揪开赵镯）我看看……

王店婶　（拦住张闹玄）女儿大了，你这当爹的应该避讳！

张闹玄　那狗轿夫必定藏于帐内！周大、王二，把这个熊丈人娘拽走！

　　　　　　　［周大、王二将店婶和赵镯拽开。

王店婶　张闹玄，你还有当爹的样子吗？女儿大了……

张闹玄　（猛然掀开罗帐，揪出二小）色胆包天！你你你，你竟然钻了俺闺女的热被窝！我叫你胡捣鼓！（照脸一记耳光）

周　大　哈哈，这生米下了锅……

王　二　嘿嘿，做成了熟饭。

张闹玄　给我往死里打！我把他娘一下子……

周　大　打死他。（举棍棒）

张艳朵　（跳下床，护住二小）打俺吧。

张闹玄　闪开！哎哟我的个娘哎，真是女大不可留呀。

张艳朵　是女儿约来的轿夫，要杀要剐，爹爹看着办。

张闹玄　我……呸！

张艳朵　（跪于闹玄面前）请爹爹重责。

张闹玄　（扬起巴掌）你这个贱……

王店婶　（抓闹玄手腕）你敢给我打！

张闹玄　我的女儿，打又如何！

王店婶	艳朵她娘月子里去世，是吃俺的奶水长大成人，是俺一把屎一把尿拉扯起来的，她是我的闺女，生母比不了养母大！明白不？
张艳朵	娘——
张闹玄	你是个什么熊丈人娘？教唆女儿偷汉子……
王店婶	住口！泰山之上，是你亲口说，宁可把女儿许配给轿夫……
张闹玄	那是气话！所以你就咬住这句话，借坡下了驴，借着锅台上了炕！
王店婶	老爷，既然俩人都上了炕了，我劝你舍了这顶乌纱，让女儿女婿孝于床前，你我也光明正大地享受天伦之乐……
张闹玄	做梦去吧！快刀斩乱麻，笔墨伺候。（周大递笔，王二研墨，闹玄写喜帖）周大听了——
周　大	听老爷吩咐。
张闹玄	备快马，披蓑衣，冒雨将这喜帖送往泰安。明日迎亲！
周　大	这……
张闹玄	看我头上这核桃大的疙瘩，谁打的？如不遵命，我把你脖子上打个碗大的疤！
周　大	好好好，小的将功折罪，立马启程。（下）
众　人	啊！（目瞪口呆）
张闹玄	今夜之事，丢人现眼，谁若走漏半点风声，当心狗头！
周　大	小人不敢。（下）
张闹玄	王二！
王　二	有！
张闹玄	将这熊丈人娘赶出去！坚决不啰啰她咧。
王店婶	你……
张闹玄	我？若不看在那个那个的分上，定将你二人收监治罪！呸！下雨撅着腚，惯（灌）的！
张艳朵	小哥……（欲扑向二小，顿觉不便，扑向王店婶）咱娘俩再也难以团聚了。
李二小	娘……（欲扑向朵，亦觉不便，也扑向婶）娘哎！
	［二人扶婶相依偎，三人哭啼难舍难分。
王　二	（分开三人）老刁婆子狗轿夫，还不快滚！
王店婶	（转向张闹玄，无限悲楚地）老哥，妹子走也无妨，只盼你好自为之，少饮酒，多多保重身体……

张闹玄　（陡然无情地）少啰唆！

王店婶　（眼含热泪望去，突然痛苦地发出一声哭喊）官场无情啊！（双手捂面跑下）

王　二　（抽刀逼近二小）走！（逼下）

张艳朵　俺那早死的娘呀！（昏倒）

赵　镯　姑娘——

张闹玄　狗奴才，随我下楼备办嫁妆！（推赵出房，反身将门框顶上的铁锁锁上）

赵　镯　姑娘——

张闹玄　走！收拾完了艳朵，也饶不了你。都是些什么物呀！（拥赵下）

〔张艳朵醒来，叫人人不应，晃门门不开。

张艳朵　天哪——

　　　　（唱）　昏沉沉，泪滚滚，
　　　　　　　　绣房空空无一人。
　　　　　　　　锁门闭户遭囚禁，
　　　　　　　　不见了哥哥揪去了心。
　　　　　　　　他鸟儿单飞何处奔？
　　　　　　　　棒打鸳鸯断了魂。
　　　　　　　　不见了养母王店婶，
　　　　　　　　不见了丫鬟贴在身。
　　　　　　　　老爹爹，好心狠，
　　　　　　　　催促知州来迎亲。
　　　　　　　　若与那狗知州同床共枕，
　　　　　　　　倒不如殉情自尽了却红尘。

〔张艳朵将纱帐撕成布条，悬梁自尽。绳断，跌坐在地。

张艳朵　想活不让好好活，想死不让安心死，苦啊！不行，还是一死了之。
　　　　〔重新接断绳。忽听门外有声音，侧身听。
　　　　〔赵镯为闹玄打着灯笼，急上。

张闹玄　丫鬟说得有理，姑娘痴情，如若寻了无常，人财两空啊！不行，我得过来看看。

赵　镯　不好，绣房里悄然无声，快开锁！

张闹玄　坏咧！（慌乱中找不到锁孔）老爷这一急，不知道钥匙往哪里插啦。

　　　　　　赵镯，赵镯，替俺开锁。
赵　　镯　（接过钥匙）俺够不着呀，门框老高。
张闹玄　（跪下）趿着我肩头，快。
　　　　［张艳朵忙悬梁自尽。
　　　　［俩人终于打开门锁，二人见状大惊。
赵　　镯　（哭喊）姑娘……（抱住艳朵）
张闹玄　完了！这下子全完了。（哭喊）闺女……
赵　　镯　快把姑娘的尸首放下来呀！
张闹玄　王二——
王　　二　（急上）啊！
张闹玄　快放下来！看看还喘气不！
　　　　［王二挥刀斩断绳子，艳朵摔躺于地。王二急试鼻孔。
王　　二　完了！断了气了。
张闹玄　啊！我的闺女哪！（晕倒）
王　　二　老爷，老爷……
赵　　镯　姑娘，姑娘……
　　　　［闭幕。

第五场
灵堂花轿

　　　　［次日。
　　　　［灵堂。
　　　　［幕启：赵镯在哀乐声中，守在灵前。
赵　　镯　姑娘啊！
　　（唱）　悲痛欲绝守灵前，
　　　　　　泪水滚滚如涌泉。
　　　　　　心善的姑娘，未了心愿，
　　　　　　被爹爹当作了升官的垫脚砖。
　　　　　　与姑娘常相伴知冷知暖，
　　　　　　明白了世态炎凉官场恶又险。
　　　　　　姑娘丫鬟情无限，
　　　　　　怎忍心舍下俺，魂赴九重天。

　　　　　　往日里俺出门你瞭你盼，
　　　　　　回家来好姐妹喜笑颜欢。
　　　　　　那好比日落西山明朝见，
　　　　　　这好比大江东流不回还。
　　　　　　姑娘啊，你以死抗婚撇下俺，
　　　　　　俺梦中也把泪哭干。
　　　　　　姑娘殉情香魂断，
　　　　　　千古遗恨留人间。
　　　［闹玄被王二搀扶哭上。
张闹玄　（哭号）是我害死了俺这宝贝闺女呀——
　　　　（唱）张闹玄鼻涕一把泪一把，
　　　　　　伤心泪擦了流，流了又擦。
　　　　　　悔恨把儿逼着嫁，
　　　　　　搜绣楼搜出个地陷天也塌！
　　　　　　我备下的寿棺她躺下，
　　　　　　三层绫，二层缎，一床锦被裹上了她。
　　　　　　怀中掏出解恼的酒，（掏壶饮）
　　　　　　越喝泪眼越昏花。
　　　　　　忽看见，鸡飞蛋也打，
　　　　　　黄鼠狼子把鸡杀。
　　　　　　忽听见，包公骂，
　　　　　　刺啦啦掀开了虎头铡！
　　　　　　心惊胆战害了怕，
　　　　　　卖女求荣犯王法。
　　　　　　又看见，红门、黄门、醉生门哪——
　　　　　　我钻来钻去当头砸！
　　　　　　又听见，女儿含笑甜甜的话，
　　　　　　一声一声叫爹妈，再也找不到她的家。
　　　　　　悟出了，亲情人情比天大，
　　　　　　哎呀呀，七品乌纱真是一粒小芝麻。
　　　（白）张闹玄啊张闹玄，你何不早日醒悟？眼下为时已晚了。我的个小娇儿啊！（痛哭）

王　二　老爷节哀！及早出殡吧。
张闹玄　慢着（泣道），闹玄三件宝，金壶、娇儿、王店嫂，如今三宝丢了两宝，乌纱帽也不要了，只剩这把金壶，醉生门，着实无聊了！眼下陪葬与女儿，聊表悔过之意吧！（将棺盖打开一条缝，将金壶放于棺中）
　　　　〔突然喜乐大作，周大跑上。
周　大　老爷，知州迎亲来了。
张闹玄
赵　镯　啊！（目瞪口呆）
　　　　〔一乘花轿抬上，知州、随从上。
知　州　可喜呀可贺——
　　　（唱）　可喜泰山轿相撞，
　　　　　　撞出一位美娇娘。
　　　　　　可贺改口尊老丈，
　　　　　　花甲添花做新郎。
随　从　知州大人到，迎新郎——
赵　镯　老爷玄之又玄，闹中添闹，麻烦大了！
张闹玄　事到如今，老爷我胳肢窝里夹剪子，豁上豁咧！（迎上前）知州大人——（欲跪）
知　州　哎，家堂公堂理应分清，公堂乃大人，家堂是婿儿啊！哈哈哈……
张闹玄　这，这——（旁白）失了火钻床底——挨一时算一时吧。（对知州）婿儿上房有请了。
知　州　罢了，途遥轿慢，愚婿至此已晚，迎亲规矩须即日完婚。随从——
随　从　有！
知　州　接尔新奶奶上轿回府。
张闹玄　慢！
知　州　嗯？
张闹玄　女儿卧病在床，是死是活，难料短长啊。
知　州　张闹玄，难道又要故弄玄虚？
赵　镯　哼！要娶姑娘休想了。
知　州　什么？
赵　镯　你听我说——
　　　（唱）　昨夜晚老爷他将儿诬陷，

说姑娘私下里养了条野汉情男。
姑娘她怕羞惭最爱体面，
三尺绫悬弯梁自尽升天。

知　州　哎呀呀！为何逼她一死？

张闹玄　我呀——

（唱）　为富贵，为升官，
不钻的套儿也要钻。
走红门踏死了小娇女，
多年的相好也散了烟。
走黄门花钱迈上了这道坎，
落一个万人唾骂混账官。
在官场，我已变成了丧家犬，
宦海中，我已踏翻这条船。
要杀，要砍，要抄，要斩，随你的便，
再不逗你玩！

知　州　哈哈，想玩就玩，不想玩就想全身而退，门儿都没有！本官不要你的乌纱，只要我的小娘子。

张闹玄　好说，随我来。（拽着知州进灵堂，指棺）花轿伺候，赶快抬走。

知　州　（大怒）大胆！众随从——

随　从　有！

知　州　捣毁灵堂，抄家上绑！

赵　镯　慢！待姑娘入土为安，由你抄斩。

知　州　呔！（问闹玄）何许人也？

张闹玄　女儿的贴身丫鬟，名唤赵镯。

知　州　（近前打量）哈哈哈，有了——

（唱）　好个赵镯满身孝，
犹如梨开花枝俏。
倘若丫鬟代姑娘，
本官岂能空回轿？

哈哈哈，老丈人又要闹玄了，万不该假设灵堂试探新郎诚意啊！

张闹玄　下官虽喜闹玄，岂敢如此大闹特闹，若不相信，由你检验……

知　州　愚婿乃登门迎亲，不是验尸办案。不要纠缠了！众随从——

随　从　有！
知　州　（指赵镯）将新娘子接回泰安。
赵　镯　诡计多端的混官！小姑奶奶与你拼了。（扑去）
随　从　（扭住赵镯）大胆！
知　州　拖上轿去。
　　　　〔众随从将赵举起。
张闹玄　放下放下！好说好商量嘛……
知　州　放下她。识时务者为俊杰也，还是看看眼前，想想往后的好……
张闹玄　待我合计合计——
　　　（唱）　活丫鬟代替死姑娘，
　　　　　　　柳暗花明又一庄。
　　　　　　　来一个将错就错摇身一晃，
　　　　　　　以玄卖玄沾点儿光，借梯来爬墙。
　　　　　　　想到此，反身正襟做老丈……
赵　镯　（突然跪于玄面前）老爷——
　　　（接唱）切莫要，一疮未平又生一疮！
　　　（哭泣）老爷若救下奴家，从此便是你的亲生女儿，爹爹，孩儿给你叩头了。
　　　　〔响头声声，额前血流不止。
张闹玄　（不禁颤抖）血、血、血的教训呀！怎么又见利忘义呢？（突然搀起赵镯）闺女，闺女啊——
　　　（唱）　镯儿她滴滴血额头流淌，
　　　　　　　难道我又要把天伦尽丧。
　　　　　　　狗知州趁火打劫把丫鬟抢，
　　　　　　　昏花眼似看见狼扑小羊。
　　　　　　　我不由弯腰抬腿把轿上——
　　　（钻进花轿）起轿——
知　州　你，你上轿何干？
张闹玄　（唱）　相公呀，去贵府咱夫妇成亲拜堂。
知　州　再三闹玄，戏弄本官。招打！（一掌打去）
张闹玄　（接住手腕）相公，你要打脸，俺要揭短，兴许丫鬟代嫁姑娘，就不兴老爷代嫁丫鬟？今儿个老奴顶替咧——

知　州　你，你，你竟敢犯上作乱！本官先罢了你这狗官！（摘去乌纱帽）

张闹玄　先等一等。（抢回）知州大人，本县暂借一时三刻。（戴上）有权不使，过期作废。

知　州　你？

张闹玄　我？哈哈，知否有句话，县官不如现管嘛！这里是我的一亩三分地儿。（高喊）众衙役——

　　　　［多于随从一倍的衙役急上。

众衙役　有！

张闹玄　花轿砸烂，赶走狗官，哪个违命，治罪从严！

知　州　反了！众随从，给我拿下了——

张闹玄　众衙役班头，给我往死里揍！

　　　　［随从寡不敌众，终败下，知州倒地。

张闹玄　（摘下乌纱）小民说话算数，借用一时，礼当奉还。（扔于知州怀中）滚！

知　州　张闹玄，你等着……（抱着乌纱逃下）

张闹玄　虫眼枣先红，伶俐人先穷，张闹玄再能，也能不过复了本性，还了原形。衙役们啊，老爷丢了官，要权无权，要钱无钱咧，本应该卖了金壶发盘缠，唉！又给闺女入了殓，望包涵，望包涵。

周　大　（气愤地）咦！闹玄，闹玄，闹了个树倒猢狲散。

王　二　该女夭折，人小鬼大，天色已晚，须速速出殡。

周　大　出殡——

　　　　［哀乐中，赵镯、闹玄大哭。

　　　　［闭幕。

第六场
茔地格斗

　　　　［接前场。夜。
　　　　［幕启：荒坟破庙。在一座残碑上刻有"少亡茔"三字。
　　　　［周大、王二提锨扛镐上。

周　大　（唱）　荒坟破庙少亡茔，
　　　　　　　　猫头鹰啼笑声声刮阴风。

王　二　（唱）　周大王二来掘墓，

		扒出金壶盗手中。

周　大　（唱）　几块乱石作坟头，
王　二　（唱）　三锹五镐便铲平。（于下场口掘墓）
周　大　（推王二）进墓开棺去。
王　二　这这这，还是你下去吧。（突然将周大推下）
周　大　（拿金壶上）真是个好宝贝儿，月光下闪闪发光。
王　二　拿来，拿过来。（二人争夺）
　　　　〔李二小挑祭盒，同店婶上。
李二小　（唱）　晴天一声霹雷响，
　　　　　　　惊闻小姐悬弯梁。
　　　　　　　昨夜绣楼花模样，
　　　　　　　今宵土中葬海棠。
　　　　　　　焚香烧钱祭供仰，
　　　　　　　撕肝裂肺搅断肠！
王店婶　（发觉有人）我儿快看——
李二小　啊！深更半夜，何人来这少亡茔地？
王店婶　定是盗墓贼。
李二小　这还了得！倘若小姐被剥个赤身裸体，其魂何安？孩儿与他拼了。（大呼）盗墓贼休走——（举扁担冲上）
　　　　〔周大、王二大惊，提壶便逃，二小紧追不舍。
周　大　看打！（用壶砸去，二小闪过，店婶夺过）
　　　　〔周大、王二见逃不掉，反身摸铁锹击去，二小以扁担相迎。店婶助阵，四人混战，二小、店婶被打翻在地。
王　二　（细认）啊，老寡妇，狗轿夫，原来是你——
周　大　（举镐欲打）拿金壶来！
张艳朵　（颤抖而上）住手！
　　　　〔众大惊。
王　二　诈了尸咧！（逃下）
周　大　鬼，鬼！等我一等。（亦逃下）
王店婶　我儿快跑。（拉二小欲下）
李二小　（拉住店婶）母亲休要惊慌，待我前去看看。
王店婶　且慢！是人是鬼，待我判来。

李二小　如何判的？

王店婶　如若女儿还魂，叫则应。游尸鬼，不吭声。

李二小　小姐——

张艳朵　小哥呀——

王店婶　（大喜）上苍有眼，我儿还魂了。艳朵——

张艳朵　娘亲——（三人相扶，悲喜交加）

王店婶　我儿可是阎王爷放了回来？

张艳朵　娘亲啊——

　　　　（唱）　悬梁自尽一瞬间，
　　　　　　　　佯死入殓柏木棺。
　　　　　　　　听见丫鬟哭又喊，
　　　　　　　　有心起身返人间。
　　　　　　　　又听知州进堂院，
　　　　　　　　逼婚迎亲出狂言。
　　　　　　　　女儿被他吓破了胆，
　　　　　　　　入火坑不如早升天。
　　　　　　　　蒙面棺中躺，大气不敢喘，
　　　　　　　　泪水一串串，又恨又心酸。
　　　　　　　　埋了大活人，心中又不甘，
　　　　　　　　紧抠棺材板，求生往外钻。
　　　　　　　　娘亲您请看，抠破十指尖。
　　　　　　　　王二来盗墓，怕他心不端，
　　　　　　　　紧紧闭双眼，有惊且无险。
　　　　　　　　难中难，幸亏娘亲救了俺，
　　　　　　　　喜中喜，艳朵小哥缘中缘。

李二小　我的个小姐姐，真是谢天谢地。

王店婶　女儿三世积德，这是上苍成全哪！

李二小　走！（背起艳朵下）

　　　　［造型闭幕。

第七场
酒馆三逢

［十年之后。
［泰山天街酒馆。
［赵镯扶闹玄上。

赵　镯　老爷，咱下山吧。
张闹玄　唉！下山——
　　　　（唱）　弹指一挥间，
　　　　　　　哭了整十年。
　　　　　　　昨夜晚梦女儿蓬头垢面，
　　　　　　　地狱里遭煎熬苦海无边。
　　　　　　　再也难入睡，
　　　　　　　匆忙登泰山。
　　　　　　　元君殿磕头许大愿。
　　　　　　　超度小娇女，转世逃脱鬼门关，
　　　　　　　泪洒极顶往回返，
　　　　　　　饥肠辘辘，何处用餐？
赵　镯　（遥指）这天街上有个小酒馆，咱进去打打尖吧。
张闹玄　好！进酒馆。
　　　　［俩人进酒馆入座。
张闹玄　掌柜的，来呀——
李二小　来了来了。（递上菜单）客人驾到，小店生辉，想吃什么，尽管点菜就是了。
张闹玄　四喜丸子，把子肉，泰安神豆腐。
李二小　何酒？
张闹玄　龙潭老窖，先来一壶。
李二小　何饭？
张闹玄　煎饼卷大葱，外带两根咸烤鱼子。
李二小　好咪！（下）
赵　镯　此人如此面善？
张闹玄　爹爹也像在哪里见过呀？

赵　　镯　到底在哪见过？怎么就想不起来了。（呆呆地苦思）

张闹玄　傻丫头，天下攘攘，差不多的面相，人家又不少鼻子不缺眼儿，面熟很正常嘛，去洗把手，准备吃酒。

　　　　［张闹玄与丫鬟去盆中洗手，李二小将酒菜置于桌上。

李二小　两位客人，好面熟啊！（想不起来，拍着脑瓜下）

　　　　［知州破衣烂衫，如乞丐蓬头垢面而上。

知　　州　（唱）　蹒跚走进天街店，

　　　　　　　　　来上二两解解馋。

　　　　　　　　　找个旮旯墙角站，

　　　　　　　　　怀中掏出半文钱。

李二小　（又端酒菜上）哎，客人请坐！

知　　州　掌柜的……（递钱）

李二小　（接钱）唉！看来这人一文不值了。您吃点什么？

知　　州　一小提子白酒，两根咸菜条子。站在此处，喝上便走。

李二小　您老坐下就是了，钱多钱少，总是客人哪，您等着。

　　　　［李二小将酒菜端于闹玄桌上，转身从酒坛内提出一小提白酒，盛在碗里，递给知州。知州哆嗦着双手接过，一饮而干，呛得连连打咳。

张闹玄　咦！人有几等人，天有几重天？可怜，着实让人可怜哪。

赵　　镯　要不，赏给他点酒饭吃吧？

张闹玄　好！（对知州热情相邀）老哥，来来来，坐下一起吃酒。

知　　州　谢客官！（感激欲跪，被闹玄搀住入席）

张闹玄　（斟酒）莱芜风俗，一碰俩酒。来，碰杯。

知　　州　莱芜风俗？（抬头一看，慌忙离席而去）

张闹玄　哎哎哎，看这讨饭的，咋慌慌张张去了门外？

赵　　镯　人家或许怕俺嫌他脏，不好意思坐了。不要管他了，饭后下山去雇车马轿子，尽量不住泰安。

张闹玄　好，爹爹只喝一壶罢了。来来来，陪爹爹解解恼，咱爷儿俩干杯！（又擦泪）

赵　　镯　爹爹不要过于伤心了，泰山奶奶灵验至极，姑娘定会投胎转世。女儿敬您老三杯……

知　　州　（欲下又返回）报应啊——

　　　　（唱）　山不转，水也转，

    知州碰上了老县官。

    看人家，张闹玄，

    弃官不做也光鲜。

    负疚惭愧莫躲闪，

    犯错悔罪理当然。

  [知州踉跄返回，扑通一声跪在闹玄桌前。闹玄和赵镯吃了一惊。

张闹玄　啊！看来老哥实在饿坏了，请起请起，吃饱喝足就是了。（忙搀扶）

知　州　不起！

  （唱）　您本莱芜一知县，

    俺是泰安一州官。

    只因垢面破衣衫，

    在上两位辨认难。

  [闹玄、赵镯大吃一惊。

赵　镯　啊！原来是你这个狗官！（愤怒地将酒壶摔在地上）

张闹玄　你你你！难道你官复原职，今日乔装打扮，又要谋害于我？

知　州　老朽赔罪——

  （唱）　您也知，我被抄家遭查办，

    大牢蹲了若干年。

    地无半垄地，

    房无房半间。

    今日泰山来请愿，

    只求别再受饥寒。

    冤家路窄又见面，

    负荆请罪跪桌前。

张闹玄　（举手欲打，而又一拳头夯在桌子上）咦！这这这，这人哪……

赵　镯　狗官！

  （唱）　可记得，撞轿十八盘？

    可记得，逼婚罪滔天？

    可记得，要抢小丫鬟？

    可记得，上官欺下官？

    撸起袖子怒满面，

    吃俺丫头好几拳。（举手便打）

张闹玄　住手——

　　　　（唱）常言道，不打坐来偏打站，
　　　　　　　你看他，跪在桌前好可怜。
　　　　　　　不看僧面看佛面，
　　　　　　　孬也罢好也罢，是俺上官好几年。
　　　　　　　谁一辈子不打个白碗黑碗花花碗，
　　　　　　　你爹我，也做过昏头涨脑的糊涂官。

赵　镯　说得也是，自姑娘去世后，爹爹悔过能改，正是亲情长，官场短，心地十分和善了。

张闹玄　老上司，站起来吧。（挽起）

知　州　羞愧啊，羞愧——

　　　　（唱）张闹玄，将俺挽，
　　　　　　　无地自容心不安。
　　　　　　　还不如挨上几巴掌，
　　　　　　　倒觉心里稍舒坦。
　　　　　　　劝君莫装猫变狗吹胡子瞪眼，
　　　　　　　要学那清水衙门清风官。

张闹玄　老上司，你我同渡宦海，虽错了些方向，且喜知迷而返。唉！揭过去算一页，掀过去算一张，先前办的那些事儿，唉！拉屎拉到鞋后跟上——提不得了，（举杯）来来来，我这空头支票老丈人，和你这空头支票老女婿，干上一杯。干！（仰脖灌下）赵镯，斟酒，斟啊。

赵　镯　酒壶摔碎了。

张闹玄　掌柜的——

李二小　来了——（上）

张闹玄　这壶太脆，落地便碎，换把好壶，快去烫酒！

李二小　客官，这叫碎碎平安！破的不去，新的不来。（旁白）看这老头，粗声大气，定然是个财神爷，若将那玩意儿与他一用，岂不多赏几两银子。好！就这么办。（下）

张闹玄　来来来，吃菜，吃菜！

知　州　（难以下咽）唉，在下为官几十年，始知人情重如山，今生负了良心债，来世做牛做马定偿还。（深躬一揖）

张闹玄　这个说不着了，老上官，若是无家可归，可随张闹玄回莱芜安度晚年。

〔知州感慨万分，掩面失声痛哭。
〔二小举一包袱上。

张闹玄　咦！是把啥壶？和坐月子似的，包裹得严严实实……
李二小　你估上一估，猜一猜。
赵　镯　什么稀罕物儿没见过，别卖关子啦，快亮出来罢了。
李二小　好——
　　　　（唱）　慢慢解包慢慢开，
　　　　　　　　俺这酒壶好奇怪。
张闹玄　（唱）　不用估，不用猜，
　　　　　　　　是把锡壶拿了来。
赵　镯　（唱）　少绕圈，莫卖乖，
　　　　　　　　抢过包袱撕扒开。（露出金壶）
玄、赵　（大惊）啊！金壶……
李二小　这玩意儿怎么样？烫酒转眼就热，盛酒不变味儿！
张闹玄　（揪住二小）哇！这玩意儿从哪里鼓捣来的？
李二小　（甩开）你说呢？
赵　镯　（拉爹爹一旁）爹爹莫认错了。
张闹玄　爹爹好饮酒，金壶不离手。十年没见面，也认得这家伙头！
赵　镯　爹爹沉住气儿，看我问出来由，再作计较。（横眉冷问二小）店掌柜，
　　　　这酒壶是友人馈赠，还是银钱相买？
李二小　哈……一非友人赠，二非银钱买。
张闹玄　定是发的横财！
李二小　是老丈人压柜嫁妆，陪送了来。
赵　镯　（有所怀疑地打量着二小，突然认了出来）啊！原来是他！（忍耐地）
　　　　店掌柜，你内人在哪？
李二小　要见女掌柜啊，我去叫来。（下）
赵　镯　（唱）　睹遗物惊坏了丫鬟赵镯，
　　　　　　　　猛醒悟店掌柜就是姑爷。
　　　　　　　　看一看想一想仔细琢磨，
　　　　　　　　定然这不义贼去将墓掘。
　　　　　　　　姑娘啊可怜你把人看错，
　　　　　　　　痴情心柔似水倾于巧舌。

　　　　　蒙耻辱神使鬼差魂不散。
　　　　　指引俺到泰山为你昭雪。
　　　哼！好个忘恩负义的狗男子！
　　　〔二小引艳朵上。艳朵长袖掩面。
张艳朵　（唱）　愚妇人羞拜见客官小姐——
赵　镯　（接唱）把头抬何须你繁文缛节！
张艳朵　谢客官！（猛抬头，大惊）哎呀！镯儿，爹爹——
赵　镯
张闹玄　啊！（被惊得呆若木鸡）
王店婶　（急上，惊喜）天哪，是你？
张闹玄　我的个老，老相好！想煞我了……
赵　镯　姑娘——（扑向艳朵）
张闹玄　闺女——
　　　〔众人张开双臂，走马灯似的转起圈来。欲拥抱对方时，戛然而止，众定格。知州退往角落木讷地张望着，呆若木鸡。
　　　〔幕后合唱：
　　　　　人生仕途十八盘，
　　　　　坎坷不平登泰山。
　　　　　虽然穿越三门过，
　　　　　劝君莫学张闹玄。
　　　〔大幕徐徐闭。

　　　　　　　　　　　　　　　　　　　（剧终）

注：

①该剧创作于20世纪70年代，于1985年冬由莱芜梆子剧团排练，尚未公演。系著作权人保留剧目。

②1989年1月，参加岱岳文艺评选获剧本奖二等奖。经好友克学兄邀请，将第一场有关张闹玄坐轿撞轿的戏改为折子戏《张闹玄登泰山》于9月参加山东省"八大名丑"评选，获优秀剧本奖（一等奖）。同年在山东春节晚会上演出。

③该折子戏更名《顶头上司》在《新剧本》1990年第4期上发表，并在同年北京剧协举办的作者培训班上作为教材使用，由李钦、黄宗江、欧阳山尊、张永和等老师就"如何把戏写活"这一技巧问题多次授课。该剧本于1995年8月收录在山东友谊出版社出版的《泰山大全》中。

④因该剧尚未公演，如需排演该剧，必须与著作权人或继承人达成首演书面协议后方可演出，侵权必究！

· 现代戏

南山又披大红袍[1]（封笔作）

时间：2012 年至 2016 年。

地点：鲁中山区南山县西峪村。大南山上。

人物：吴山妹——46 岁至 49 岁。南山县原县委书记，因贪腐落马。
　　　吴大爷——68 岁至 71 岁。吴山妹之父。
　　　吴四虎——男，57 岁至 60 岁。西峪村主任兼书记，吴山妹的族家叔叔。
　　　谷秀峰——46 岁至 49 岁。南山县原林业局局长，后辞职回乡。
　　　亓亚男——22 岁至 25 岁。吴山妹之女，县电视台原当家花旦。
　　　腊八蒜——45 岁至 48 岁。谷秀峰之妻。
　　　郎里铛——男，45 岁至 48 岁。离异单身，花椒贩子。
　　　张百万——男，40 多岁。西峪村村民。
　　　刘千万——男，40 多岁，西峪村村民。
　　　张文书——女，20 多岁，西峪村委文书。
　　　山妹娘——60 多岁。吴山妹之母。
　　　房飞飞——20 多岁。亓亚男之夫。
　　　王台长——男，40 多岁。南山县电视台台长。
　　　山口郎——男，50 多岁。日本籍香辛料商人。
　　　美惠子——20 多岁。山口郎之妻兼翻译。
　　　亓大妮、村民等若干人。

---

[1] 作品登记号：鲁作登字 -2022-C-10044586

照町 ZHAO TING

第一场
走投无路

［字幕：2012年腊月二十三日，小年上午。
［监狱大门外，十字路口。
［寒风呼啸，舞台空旷而黑暗。
［幕后传来女人的哀求声："我不走！打扫厕所也不走。"
［突然传来"咣当"一声响！那是铁门猛然关闭的声音。
［追光追出一个披头散发的女人跌滚在风雪中，她慢慢仰起头来，茫然环顾。她就是刑满释放的原县委书记吴山妹，被推出监狱后，跌落在下半生的十字路口上。
［幕后传来女声独唱：

    钓鱼人垂银丝握竿在手，
    香甜饵包藏着黄金弯钩。
    旦等那水面的浮漂打个顿口。
    抬竿中鱼入网兜！

吴山妹 吞钩三年了……
  （唱） 南山的黄鹂困竹笼，
      北湖的锦鲤水缸泅。
      放鸟儿归绿林难鸣旧时柳，
      收鱼儿放碧波易遇新滩头。
  （帮腔）回县城，向东走，（爬起。踉跄前行而又收住脚步）
  （白）不！女儿和丈夫容不得我了……
  （帮腔）三年未探视，高墙阶下囚。
      归故里，向南走，（转身南行而又停住）
  （唱） 无颜见乡亲，父母再蒙羞。
  （帮腔）打工去，向西走，
  （唱） 苟且偷生度残秋。
［跌跌撞撞冒风雪向西而行。
［"吱"的一声刹车声，谷秀峰急上。

谷秀峰 吴山妹……

吴山妹　谷秀峰？你，你怎么知道是今天？
谷秀峰　（掏出手机）看，从那天起，倒计时。
吴山妹　（热泪盈眶）老同学……
谷秀峰　从今天起，你会好起来。咦！我买了一套房，送给你。
吴山妹　住口！我被这东西伤害过。哪来的钱？
谷秀峰　我辞去林业局局长职务，回咱大南山承包了山楂园，嫁接甜山楂，每年收入两百多万！走，上车。
吴山妹　不！（转身而去）
谷秀峰　（拦住）回老家，一块干！给你20%的干股。
吴山妹　请不要把我架在火上烤了。
谷秀峰　咦！
　　　　（唱）　南山落马女书记，
　　　　　　　　秀峰满腹扎蒺藜。
　　　　　　　　只怨咱，同学关系甚亲密，
　　　　　　　　破格提拔正局级。
　　　　　　　　左右不服生闷气，
　　　　　　　　里外说咱有问题。
　　　　　　　　为此举报舞私弊，
　　　　　　　　由此彻查满盘棋。
　　　　　　　　内疚三年多抑郁，
　　　　　　　　真想悬梁绫三尺！
吴山妹　与你无关！是我抱有侥幸心理。
　　　　（唱）　到壶口才明白黄河流激，
　　　　　　　　见棺材方能够落泪泣啼。
　　　　　　　　陷高墙就知道权衡利弊，
　　　　　　　　贪赃款如贪刀拿来剥皮！
　　　　　　　　尊严的脸面全削去，
　　　　　　　　自尊心也被剁成了泥。
　　　　　　　　山妹羞愧归故里，
　　　　　　　　乡土不埋罪身躯！（转身而去）
谷秀峰　（拽住）山妹，千万不可丧失自尊！跟我回去。
吴山妹　拉拉扯扯，咱应该学会避嫌啦。

谷秀峰　咦！你听我说……

　　　　［吴大爷满身是雪，跌撞而上，见状愤怒。

吴大爷　谷，谷秀峰！（扬起巴掌欲打）

吴山妹　爹！爹。（拦住）

谷秀峰　大爷……

吴大爷　是你，毁了俺闺女的好名声！别再缠着俺闺女行不？

吴山妹　爹，秀峰和我是清白的。

吴大爷　爹知道，但人言可畏啊！

　　　（唱）　满城风言搅风雨，
　　　　　　　男女老少犯猜疑。
　　　　　　　闺女你，为官不清栽进去，
　　　　　　　有病就该投良医。
　　　　　　　恨只恨，生活作风名难洗，
　　　　　　　让他滚得远远的！

吴山妹　秀峰，快走吧！

吴大爷　滚！

　　　　［谷秀峰"咦"了一声，茫然而下。

吴大爷　闺女啊，再坐坐爹的三轮车。

吴山妹　无颜面对南山父老……

吴大爷　别怕，迈过这道坎，闺女就是新人！

吴山妹　我给大南山抹了黑，回去就给父老乡亲心头添堵。

吴大爷　爹知道你要面子。人在屋檐下，低低头就过去了。

吴山妹　女儿不敢抬头了。（返身就走）

吴大爷　站住！你少了血肉，缺了骨头，（哭喊）哪里还有亲情哪！

吴山妹　爹……

吴大爷　不想你娘吗？这三年，为啥没来看你？（泣声）瘫了！

吴山妹　啊！（泣声）娘瘫啦？俺想娘，想亚男，更想老亓。但无论想谁，再也无颜面对了。

吴大爷　闺女啊，今儿个，啥日子？

吴山妹　小年。

吴大爷　闺女还记得咱那老皇历啊！

　　　（唱）　腊月二十三，

　　　　　灶王登南天。
　　　　　甜言蜜语言好事，
　　　　　祈求咱家保平安。
　　　　　你从小，趴着灶台揭老画，
　　　　　拿糖瓜，就往灶王嘴上粘。
　　　　　家家辞灶在今晚，
　　　　　灶王爷换画像要把新衣添。
　　　　　咱家三年没辞灶，
　　　　　按风俗，辞灶忌讳人不全！
　　　　　盼着吃顿团圆饭，
　　　　　回家过小年。

吴山妹　爹……（哭泣）
吴大爷　（从怀中掏出灶王爷画像）唉！爹揣了好几天啦，就等你回家辞灶哪！（抱头哭泣）
吴山妹　爹别哭！女儿听话还不行吗？
吴大爷　（抹了把泪，脱下大衣披在女儿身上）上三轮车。
吴山妹　女儿提一个条件。
吴大爷　只要闺女回家，爹都依着你。
吴山妹　等天黑以后进村。
吴大爷　明白！
　　　［切光。

第二场
四面楚歌

［字幕：小年之夜。
［吴家老宅和家具古色古香。依山傍水，那水只是院内的一汪清泉。
［幕后女声独唱：
　　　　　人性七情天造就，
　　　　　喜怒欲哀惧恶忧。
　　　　　掌控贪欲不伸手，
　　　　　生老病死脸无羞。

　　　　　［灯启。吴大爷和女儿上，急忙反身闩门。

吴山妹　（喊）娘——（进屋内寻找未果）爹，俺娘呢？

吴大爷　（若无其事地）八成让恁四虎叔背到他家，找你四婶拉呱去啦。

吴山妹　族家叔叔还是村主任？

吴大爷　书记常年住院，由他一担挑了。

吴山妹　快把俺娘接回来呀，女儿急着见她。

吴大爷　不急不急。（顺手摸起水瓢）闺女啊，咱院子里的老泉化验了，是富硒矿泉水！爹去舀水，给你下挂面去。

吴山妹　（发现白围巾）爹，是亚男的围巾吧？

吴大爷　你娘给你钩的。

　　　　　［吴山妹发现红斑点点。

吴山妹　娘心真细！还染上朵朵梅花。

吴大爷　（暗自悲伤）唉！你娘不知被钩针扎破多少回手……

吴山妹　（泣声）这是娘的心血，用布包起来。（说着就去拽墙上的花包袱）

吴大爷　（水瓢掉在地上）别拽！墙上裂了条缝，遮挡山风。

吴山妹　（疑惑）遮挡山风？

吴大爷　爹只想让闺女吃口热乎饭，暖暖身子再说！走，跟爹舀水去。

　　　　　［吴大爷弯腰去拾水瓢。吴山妹趁机拽下花包袱。
　　　　　［老娘那挂着黑纱的遗像呈现在面前！
　　　　　［吴山妹后退着，跌坐在土炕沿上。怔怔地望着遗像，她被惊呆了。

吴山妹　（喃喃地）哎哟喂，哎哟喂……

吴大爷　（热泪夺眶）走了。舍下咱爷儿俩，三个年头了！

吴山妹　（哭喊）娘——（摘下遗像，紧抱怀中痛哭）

吴大爷　（用衣袖为女儿擦泪）别哭咧，恁娘在天有灵，看见了心疼啊！

吴山妹　娘是怎么走的啊？

吴大爷　唉！爹不瞒你了——

　　　　　（唱）　墙上裂开一片土，
　　　　　　　　　斗大的寒风刮满屋。
　　　　　　　　　出事后瞒你娘怕她心酸楚，
　　　　　　　　　电视上看见你身穿黄囚服！
　　　　　　　　　直吓得你娘哭，哭瞎了双目，
　　　　　　　　　哭干了泪，哭出了血，还是不住地哭。

> 四邻八舍都来劝，劝也劝不住，
> 仅半月舍下咱，睡在了南山谷。

吴山妹　（悲痛欲绝，哭喊）娘——您生下我来，应该掐死呀！娘……

吴大爷　子不教，父之过！爹从小依着你，人家送你个毽子，俺还认为外人看得起咱。咋就不想想古代那个小偷？他娘从小依着他偷针摸线，长大后偷了耕牛！临砍头要吃娘的奶，一口就把奶头咬下来！他恨哪，恨娘从小没有管教他！闺女，你该恨爹我哪！

吴山妹　恨过，恨您不狠狠抽我几巴掌，让我长记性！娘留下遗嘱了吗？

吴大爷　恁娘临终前说，没脸再入吴家林，她要躺在大南山的牛角岭顶上，张望着你号召栽的花椒树啊！

吴山妹　爹，带女儿给娘磕头请罪去。

　　　　〔幕后突然传来银铃般的声音："姥爷，开门呀！"

吴大爷　是亚男来啦！

　　　　〔吴山妹悲喜交加，捋了捋散乱的头发，起身欲去开门。

吴大爷　（拦住）别！先去厨房躲一躲。（将吴山妹推进厨房）

　　　　〔幕后又喊："姥爷，快开门呀！"

吴大爷　来啦来啦。（抹了把老泪，拔闩开门）

亓亚男　（背着鼓囊囊的背篓而上）小年快乐！

吴大爷　（换上笑颜）看见宝贝外孙女，当然快乐！进屋进屋。

亓亚男　（进屋后把背包打开，往桌上一倒）买了几个菜，都是姥爷喜欢吃的。（掏出一瓶酒）姥爷爱喝高度酒，可惜名字不好听，叫，叫闷倒驴！

吴大爷　咦！这名字中，驴活百岁，长命嘛！哈哈哈……

亓亚男　我去拿碗筷。（欲进厨房）

吴大爷　（拦住）亚男啊，咱爷儿俩拉拉呱，再吃也不晚。

亓亚男　好！（转身坐在对面，摸起桌上的手电筒摆出一副录音采访的架势）请问，目前大南山涌现出多少位典型人物和先进事迹？

吴大爷　（亦正襟危坐）典型倒有一个……

亓亚男　那肯定是带领村民脱贫致富啦，见义勇为啦，等等等等。

吴大爷　亓大记者，能不能谈谈你亲爱的妈妈？

亓亚男　（将手电筒一放）反面教材！

吴大爷　难道你真的不想她？

亓亚男　恨她！

吴大爷　她要是回来了呢？

亓亚男　不见！

吴大爷　鼻子臭，割不了去啊！

亓亚男　忍痛也要割。

吴大爷　她最心疼你，为了给你买房子……

亓亚男　120万！后来呢？

吴大爷　开发商退回60万。替你妈还了按揭贷款。

亓亚男　为什么案发？

吴大爷　腊八蒜曾经在一家公司当过出纳。我怀疑，她举报的！

亓亚男　为什么举报她？

吴大爷　怀疑她男人和你妈妈有私情。

亓亚男　县委书记玩暧昧，无耻！

吴大爷　空穴来风你也信？

亓亚男　小道快于大道，事实证实谣传。

吴大爷　亚男……

亓亚男　打住了。今天是来陪姥爷过小年的，我去切菜。（进厨房）

　　　　〔亓亚男吃了一惊，她看到了满面泪水的母亲。

吴山妹　（哆嗦着双唇）亚，亚男……

亓亚男　（冷冷地）你？出来啦。

吴山妹　（颤抖着张开双臂，走向女儿）亚——男……

亓亚男　（闪向一旁）站住！

吴山妹　妈妈对不起你……

亓亚男　我恨你！

　　　　（唱）　一恨你，害死了我的姥姥你亲妈，

　　　　　　　　二恨你，害死了你的丈夫我爸爸。

吴山妹　（大惊）啊！你爸他？

亓亚男　（唱）　你使他精神恍惚摔在悬崖下，

　　　　　　　　你让他驻村书记命丧南山峡。

吴山妹　（痛悲）老亓，原来你也走了！（眩晕欲倒）

吴大爷　（扶住）闺女，闺女……

吴山妹　这、这是亚男骗我！

吴大爷　唉！宣判的第三天哪！俺的好女婿……（哭泣）

吴山妹	（哭喊）老亓——（跪倒在地，低头痛哭）
亓亚男	（冷冷地）抬起头来，看着我的眼睛！
	（唱）　三恨一匹害群马，
	连累女儿变人渣！
吴山妹	（茫然而又心惊胆战）你你你，你又发生了什么事？
亓亚男	难以启齿！（两行热泪夺眶而出）

　　　［吴大爷和山妹惊恐地蹲下，望着亚男。定格。
　　　［切光。三人隐。
　　　［一束定点光。王台长正在聚精会神地查看账目。
　　　［亓亚男进入光圈，将一叠稿子拍在办公桌上。吓得王台长一跳老高。

王台长	亓亚男！干什么呢？
亓亚男	请问王台长，为什么突然更换了新闻主持人？
王台长	哈哈，可能被蜜月冲昏了头脑吧。难道不知道吗？
亓亚男	不知道什么？
王台长	你妈口渴了，被纪委请去喝茶了。
亓亚男	（拍桌子）胡说！
王台长	哈哈！听说买了套房，价值百多万？
亓亚男	怎么啦？首付是我妈让我去支付的，剩余60万办理了按揭贷款。
王台长	有人替她还了贷！
亓亚男	造谣诬陷！
王台长	哈哈，前几天有位同志拿着证据来找我，让我在廉政栏目上曝一曝光。我告诉他，你走错了门儿。
亓亚男	去了市纪委？
王台长	不知道哇！我只知道这些相关证据。（指了指桌面上的一堆单据）
亓亚男	（有些惊慌地看着单据）与我妈有什么关系？
王台长	当然。从你妈当副县长、县长、县委书记开始，每年向台里索贿四箱茅台酒，四箱软中华。哈哈，都是本人买了送去的，人证物证两全嘛！
亓亚男	这，这……
王台长	（把账单往亚男面前一推）这是八个年头的账单，每年三十多万，自己算算吧。
亓亚男	（看单据惊恐）啊！二百多万！请您，请您……（一阵眩晕）
王台长	（借机将亚男搂入怀里）头晕吗？送你去医院？

亓亚男　（无力地挣扎着）你、你躲开。

王台长　躲开可以，如果把证据换个位置，放在纪委的桌面上……

亓亚男　（双唇哆嗦着哀求）求您放过我妈……

王台长　可以，只要我的当家花旦听话，别再扇我耳光，所有证据，一火焚之。

　　　　［亓亚男被彻底摧垮，哭泣了。

　　　　［定点光消失。一束追光追出狂笑的房飞飞。他披头散发，捧着一束肮脏的残花，前胸挂着婚照，后背挂满了与亚男在各地的合影。

房飞飞　哈哈哈，她是贪官的女儿，你们强迫我脱离关系，离婚？滚蛋吧，生我养我的父母君！（喊）亓亚男，你在哪儿啊？

　　　　［亓亚男进入光圈。

亓亚男　（泣声）飞飞，我在这儿呀！

房飞飞　不对！亚男说她脏了身子，不待见我，狠心抛弃了我！你干干净净，冒牌！

亓亚男　（扳住飞飞的双肩）仔细认认啊……

房飞飞　（甩开。亮出悟空的架势）俺齐天大圣火眼金睛——

　　　　（说唱）师父你看这个妖怪变了又变，
　　　　　　　　摇身一变，变成俺的媳妇亓亚男。
　　　　　　　　吃我老孙金箍一棒把她打残，
　　　　　　　　求师父别把那紧箍咒念！（用残花抽打亚男）

亓亚男　（抱头蹲倒）飞飞，你真的疯了吗？

房飞飞　（抱头）啊呀呀！头疼头疼！师父饶命啊——（翻滚而下）

亓亚男　（跪地哭喊）飞飞，我的房飞飞……

　　　　［追光消失。灯转亮，仍然是吴大爷家，亚男跪在地上哭泣。

吴山妹　（痛心疾首，搀扶女儿）亚男……

亓亚男　（甩开）别碰我，比我更脏！我走。（出屋）

吴大爷　外孙女，亚男——（怒吼）滚回来！

　　　　［亚男被镇住，停下脚步。

吴大爷　亚男啊，你爷爷奶奶也相继去世了，这个世界上，你还有几位亲人？

亓亚男　就您一个。

吴大爷　是咱老爷儿三个哪！为啥这几年不顺啊？

亓亚男　她惹的祸！

吴大爷　（展开灶王画像）唉！也怨咱人口不全，辞不了灶啊！

（唱）　　家里倒了霉，
　　　　　神鬼皆可畏！
　　　　　灶王画像颜色褪，
　　　　　三年魂吓飞。
　　　　　怕闺女罪上又加罪，
　　　　　怕你遭雷又顶雷。
　　　　　今晚辞灶流悲泪，
　　　　　明日烧锅展笑眉。

亓亚男　（含泪）唉！姥爷是条硬汉子，折磨得什么都信了。
吴大爷　家里有病人，不得不信神啊！图个吉利吧。
亓亚男　辞完灶让我走吗？
吴大爷　中。（回头喊）闺女，端菜上供。
　　　　〔吴山妹松了一口气，忍泪换上笑颜，麻利地装盘上供。
吴大爷　（将灶王像递给女儿）快把老像揭下来，给他老人家换新妆。
吴山妹　哎。（揭旧像，贴新像）
吴大爷　（递透明胶带）贴正当，粘稳当……
亓亚男　（一把夺过胶带）脏了灶王的衣服！（粘贴像）
　　　　〔吴山妹默默地点香。
亓亚男　（吹灭）沾满铜臭气和血腥味的双手，灶王爷恶心！（点香上供）
　　　　〔吴山妹呆愣在一旁。吴大爷一手拉着女儿，一手拉住亚男。
吴大爷　咱不磕头了，给灶王爷鞠个躬！（鞠躬）好！从今儿个起，平安了。都坐下，陪灶王爷喝个团圆酒。
亓亚男　不坐！
吴大爷　别再惹俺生气，坐！
　　　　〔亚男只好坐下。吴山妹往女儿碗里夹菜，亚男将碗摔在地上。
亓亚男　我说过，手脏！（起身跑下）
　　　　〔吴大爷这次没去追，只是含着老泪心疼地看着羞愧满面的女儿。
吴大爷　别和孩子一般见识，啊！（蹲下低头去捡碗片和菜肴）
　　　　〔吴山妹哆嗦着摸起手电筒和围巾，悄然而下。
吴大爷　（起身不见了女儿，大喊）闺女啊，去哪啦？
　　　　〔切光。

第三场
冷夜南山

[紧接前场。
[牛角岭上。山崖边,山妹娘坟旁,千年古槐历经沧桑。
[灯光如萤,呈现出月黑头冷夜的神秘和诡异。
[鲁中山区的大南山杂蒿丛生,满目苍凉,远处传来鬼哭狼嚎声。
[参差不齐的花椒树在荒草中若隐若现,有些蒿草漫过了树梢。一座孤零零的小坟头,坟旁几棵带刺的花椒树和一棵老松树。
[幕后传来悲凄的女声独唱、和声接唱:

    夜沉沉,心沉沉,
    泰沂野岭伴娘魂!

(接唱)啊——伴娘魂。
(唱) 母女情——
(接唱)情未尽,
(唱) 阴阳难隔心连心!
(接唱)啊——难隔心连心。

[吴山妹持手电筒,抱围巾跌跌撞撞地跑上。

吴山妹 (哭喊)娘——(跪在母亲坟前)
    [坟头后飘然走出山妹娘。
山妹娘 闺女……
吴山妹 (神情恍惚,手电筒和围巾脱手)是娘?
山妹娘 不是娘,是谁啊。
吴山妹 (爬起)娘,闺女害了您……(扑向娘,扑空)
山妹娘 (闪向一旁,捡起围巾。抖开,甩向山妹)山风冷,裹上围巾。
吴山妹 娘……
    [接住围巾另一头。母女边唱边舞。
    (唱) 闺女不配裹围巾,
      血泪点滴扎儿心。
山妹娘 (接唱)为娘丢下心一寸,
      血染梅花盼三春。
吴山妹 (唱) 寒风似刀削木本,

		再难崖上盘古根。
山妹娘	（接唱）	凄风吟唱青山韵，
		春雨浇开杏花蕊。
吴山妹	（唱）	自酿苦酒自己饮，
		戴罪难寻又一村。
山妹娘	（接唱）	女儿啊，小时候跌倒娘扶恃，
		长大摔翻爬起身！
吴山妹	（唱）	娘啊娘，女儿骨折欠谨慎，
山妹娘	（接唱）	跌断骨头连着筋！
吴山妹	（唱）	我遭千夫指，
山妹娘	（接唱）	或被万人恨！
吴山妹	（唱）	埋头丢了精气神。
山妹娘	（唱）	埋头暗藏精气神。

　　　　（白）闺女，娘为啥织这条围巾？

吴山妹　您知道女儿有颈椎病，脖子怕受凉。

山妹娘　（摇了摇头）唉！娘知你争强好胜要面子，是让你捂头盖脸堵耳朵，该干啥还得干啥去呀！来，娘给你围上。

吴山妹　（躲闪）不！女儿万念俱灰。（拽着围巾朝老松树走去）

山妹娘　（被拽得踉踉跄跄）脸皮丢了，心也掉了，魂也飞了……

　　　　〔山下传来一声雄鸡报晓声。山妹娘浑身一颤。抬手甩起白围巾，飘落在花椒树枝上，隐去。

吴山妹　（拽不动）娘，您松手。（转身不见了娘）俺娘呢？（拽着围巾找过来）钩在了花椒树上？幻觉啊！（摘下围巾，搭在古槐树枝上，欲自杀）不！脏了娘的手。（转身快步走去，突然站住）路，走到头了。万丈崖！娘，老亓，咱们团圆了。（纵身欲跳）

　　　　〔幕后突然响起两个男人同时发出的吼声。"慢！"两道亮光照在吴山妹身上。

　　　　〔吴山妹愣住，吴大爷和吴四虎持手电筒急上。

吴大爷　闺女啊，咱爷儿俩手拉手，一起跳！爹陪着你，不害怕。

吴四虎　俺也算一个！恁爷儿俩走了，俺还有啥盼头？

吴山妹　爹，四虎叔……

吴大爷　（慢慢走向前）把手伸过来，咱爷儿俩，手拉手，一齐走。

吴山妹　不！（欲跳）

吴四虎　等一下！听四叔说句话。

吴山妹　有话快说，别过来！

吴四虎　跳崖可以，但不能选在这个地方。

吴山妹　为什么？

吴四虎　别弄脏了俺那好驻村书记的灵魂啊！

吴山妹　丈夫他……

吴四虎　从这里掉下去的。要跳，山顶上更陡！

吴山妹　（转身向崖下哭喊）老亓——

　　　　［吴四虎借机箭步向前，抓住山妹拉了过来。

吴大爷　（抱住女儿哭泣）闺女……

吴山妹　（哭喊）活，活不成，死，死不了。这个错误，真的犯不起呀！

吴四虎　（长舒一口气）大侄女，天亮了，放眼看看吧。

吴山妹　（茫然地）看什么？

吴四虎　看你当副县长时的杰作哪！

　　　　（唱）　十年前大南山秃岭野郊，

　　　　　　　　放羊啃不饱，放猪不长膘。

　　　　　　　　搞试点咱筑起梯田一道道，

吴大爷　（接唱）垦出这千亩荒坡栽花椒。

　　　　　　　　辛香十里枝头俏，

　　　　　　　　朵朵穗穗红飘飘。

吴四虎　（唱）　自从老亓不在了，

　　　　　　　　林果技术谁操劳？

　　　　　　　　一年病虫害，

　　　　　　　　两年旱又涝，

　　　　　　　　三年不管理，

　　　　　　　　野草比树高。

　　　　　　　　望南山，心如绞，

　　　　　　　　昔日的血汗打水漂。

二　人　（合唱）盼只盼，你归来恢复原貌，

　　　　　　　　等只等，南山又披大红袍！

吴山妹　我的心，死了。

吴四虎　这么说，老亓也白死了？你派丈夫来当第一书记，他为了大伙致富，为了让你这个试点出政绩，一干就是六年哪！他、他……（哽咽）

吴大爷　（泣声）俺的好女婿啊！

吴山妹　爹，女儿不守规矩，害了两条命，害了三人一生。还有脸活吗？

吴大爷　唉！人要脸，树要皮，咱把脸皮丢了，就得尽心去找！如果这样走了，身背千古骂名啊！

吴山妹　骂吧。女儿没了自尊，更谈不上尊严，没脸没皮，什么也没法干了。

吴四虎　（恼怒）三年牢，白坐了！

吴山妹　四虎叔……

吴四虎　政府为了治病救人，让你改过自新！若是朱元璋，一棍子闷死！

吴山妹　感谢不杀之恩！

吴四虎　对！不杀是留你为社会干点事儿，不是让你给社会添负担！把老亓留下的担子挑起来吧，向咱大南山的父老乡亲做个交代！

吴大爷　闺女，今年花椒的价格不得了啦，比三年前翻了三番啊！

吴四虎　虽然是小红袍品种，如果恢复原貌，收入大咧！

吴山妹　今非昔比……

吴四虎　唉！人性啊，都有欲望，就看怎么把控。人生啊，既然犯了错，就看如何改正！你有能力干到县委书记，就没能力拯救这千亩花椒园？

吴大爷　闺女，拿出你在农大学来的专业本事，爹帮你把面子找回来！

吴山妹　这、这——

（唱）　南山的汉子脾气暴，
　　　　北岭的女儿不撒娇。
　　　　长辈话糙理不糙，
　　　　燃起生存的红火苗。
　　　　脸发烧，娘在九天热泪看，
　　　　胆寒抖，丈夫九泉冷眼瞧。
　　　　好双亲蒙羞辱神鬼也耻笑，
　　　　魂魄定然难逍遥。
　　　　为赎罪，我不尽孝谁尽孝？
　　　　脸抹黑，我不洗淘谁洗淘？
　　　　连累爹爹脸羞臊，
　　　　矮人半截低头熬。

亚男恨我银牙咬，
女婿躺枪又中刀。
欲寻脸皮须回报，
众人赏我个正眼瞧。
重新做人走正道，
定让南山领风骚。
重拾自尊找找找，
找到这泰沂山宽阔路一条！

吴大爷　闺女，想明白了吗？
吴山妹　清醒了。千亩花椒园这个摊子，是我铺下的……
吴四虎　（凑向前）干不？
吴山妹　（恢复当年的气魄）抓紧落实，必须在两年之内，彻底恢复原貌！
吴四虎　（吓了一跳，如临上司）吴书记，啊！不不不。大侄女啊，是不是召开个会议？
吴山妹　好！立即召开村委扩大会议。
吴四虎　（弯腰答应）是！
吴大爷　（悲喜交加）俺闺女的魂儿，叫回来啦！
　　　　[三人定格，光渐收。

第四场
交易大会

[字幕：2012年腊月二十四日上午。
[村委会大院的破戏台子上下。
[一束追光追出老榆树杈上的大喇叭。
[大喇叭响起吴四虎对着麦克风的吹气声："呼、呼、呼！喂、喂、喂！全体爷们娘儿们！现在紧急召开，召开迎接2013年，新春到来的大会！各户派一个代表，有件大事，大事啊！要和大伙商量，不参加会议的，等于弃权！喂、喂、喂，还有，村委会发点小福利，每户三斤咸犒鱼子。散了会，提溜回去。喂喂喂，我再说一遍，爷们娘儿们……"
[灯转亮。吴四虎正对着麦克风坐在戏台上的破桌子后面下通知。

　　　　　左右由村委会成员作陪。
　　　　［众村民说笑着陆续登场，拉着家长里短。
张百万　开啥会？这么要紧。
刘千万　整天咋咋呼呼，都腊月二十四咧，忙糟糟的……
郎里铛　啥熊大事？不来还弃权！
腊八蒜　八成是黄鼠狼给鸡拜年呗。
郎里铛　咦，腊八蒜，俺西峪村开会，你东峪村来凑啥热闹？
腊八蒜　老娘的户口一直没迁，山上有俺的地，河里有俺的船！
郎里铛　离婚了？
腊八蒜　哪里像你郎里铛啊！离了八个咧！哈哈，巴黎圣母院。
女村民　巴黎！（八离）哈……
张文书　（敲了敲桌子）开会开会。
郎里铛　拿咸犒鱼子走人！过了年再开中不中？
吴四虎　不中！初一拜年，初二看舅，初三走丈人家，过了初四，就像茅坑里的苍蝇挨了一石头，轰的一声各奔前程了，我找谁去我！
　　　　［众人哄笑。
张文书　肃静肃静！
吴四虎　请问大伙，南山坡千亩花椒园咋办？
众村民　花椒园……
郎里铛　白搭啦！我这个老牌花椒贩子，早就失业咧。
张百万　三年前正赶上花椒皮子大跌价，就没人管了……
刘千万　唉！可惜咱驻村书记也走了，管理跟不上趟了……
郎里铛　是啊！树死了一半，剩下的蔫了吧唧，招虫的招虫，烂根的烂根，稀稀拉拉结不了几个粒儿，娘们儿懒得去掐！
吴四虎　就是因为懒！不如在家玩手机，屁大的事儿也上抖音快手。
郎里铛　闲得慌！
女村民　郎里铛！为啥媳妇都蹽咧？就不会疼爱女人！
郎里铛　会呀！走，都跟我去南山沟疼爱疼爱去！
女村民　都去？累煞这个熊！打……累煞你……
郎里铛　（抱头）我不怕累呀，热爱劳动！
　　　　［众女人嬉笑怒骂连掐加扭撕耳朵，会场成了玩笑场。村民哈哈大笑。
腊八蒜　别闹了！俺替这些掐花椒的女人们，说句公道话。

| | （唱） 花椒枝儿带刺儿尖了又尖， |
| | 伸手就往肉里钻！ |

女村民　（接唱）指头扎成马蜂窝，
腊八蒜　（唱）　胳膊就像蜈蚣缠，
女村民　（接唱）红透三伏六月天！
腊八蒜　（唱）　白脸儿掐花椒晒成黑铁蛋，
女村民　（接唱）黑脸儿顶日头烤成二红砖。
腊八蒜　（唱）　上坡一身汗，
女村民　（接唱）下坡钩衣衫，
腊八蒜　（唱）　没钱少花点，
众村民　（合唱）不爬大南山。
张文书　咦！咱山里的娘们儿比城里的女人还娇嫩哩！
郎里铛　呸！要不是描眉画眼儿，比猪八戒他姑奶奶强不了哪里去！
女村民　再扭这个熊两把！（众又围攻闹腾）
吴四虎　行了行了！日子过得稍有点成色，就懒得吃苦下力啦。难道都赶上这位张百万，那位刘千万啦？（一拍桌子）富了咋还让男人蹽出去打工？！
张文书　十年前，咱垦出千亩花椒园，每户分了八亩地，栽树二百棵，共计二十万棵花椒树啊！
吴四虎　眼下咋不放在心上啦？
男村民　掐一天花椒的收入，赶不上打半天工。
众村民　还不挨晒，不挨扎……
郎里铛　今年花椒涨价啦……
女村民　还想赚俺的花椒钱？卖给你十八，你卖二十。这个熊玩意儿！
郎里铛　想卖也晚了，树都不结果了。
吴四虎　不管咋说，南山坡还活着十多万棵花椒树哪！
女村民　不能再遭那个洋罪了。不要啦！
男村民　舍了吧，不管啦！
吴四虎　有人承包。
众村民　啊！多少钱？
张文书　每年每户五千元，承包五十年！
腊八蒜　天上掉馅饼啦！

众村民　别说每年五千，五百也是白捡的……
吴四虎　但是赊账两年！
众村民　打白条？
张文书　应该是一年半。明年是个管理过程，等后年六月，卖了花椒立马还钱。往后，年年兑现！
吴四虎　还不上钱，我卖血！信得过，举手表决签合同。
刘千万　赊就赊吧，反正废啦。（举手）
张百万　四虎叔讲诚信，俺信得过！（举手）
众村民　信得过！（举手）
吴四虎　好！有请承包人闪亮登场！

　　　　〔众村民兴奋地喝彩鼓掌，吴山妹包裹围巾上。

众村民　像是个女老板……
吴四虎　坐吧。把围巾解下来，向父老乡亲表个态。

　　　　〔吴山妹解下围巾，向村民深鞠一躬。
　　　　〔众村民"啊"了一声，低声议论起来。

众村民　大贪官，咋有脸回家？哼！出门都不敢说庄名，怕人家说女贪官那个村的。呸！大贪官，闻着就恨得牙痒痒……
吴四虎　静一静！是我把山妹请回来的。别"贪官贪官"地咋呼。贪官也是人，是人就得活！请大伙留点面子吧。
腊八蒜　大伙信得过你，信不过别人！
吴四虎　好！大伙也信得过你，你承包吧？
腊八蒜　俺可没那个本事。谁撂下的烂摊子谁收拾，自作自受！

　　　　〔吴山妹忽地一声站起来，欲说又止，转而又深深鞠躬。

吴四虎　大侄女，挺起腰来说两句吧。
吴山妹　（站直）对不起！乡亲们恨我，信不过我，尽在情理之中！刚才腊妹子说得对，既然椒园变成了烂摊子，我自作自受，努力改变目前的状况！

　　　　（唱）　我底线失守已三载，
　　　　　　　　我不是回来是出来。
　　　　　　　　我给乡亲抹了黑，
　　　　　　　　我不洗白谁洗白？
　　　　　　　　待等还清承包债，

　　　　　　只盼乡亲笑颜开。

郎里铛　咦！虎死不倒架啊！

腊八蒜　承包可以，要现钱！

众村民　对！先拿钱，后拿地，一年一付！

张文书　咱村一百三十八户，每户五千元，需要支付六十九万。（惊讶）啊！

吴山妹　乡亲们，实在对不起！后年农历六月份，卖了花椒支付，我一定能够说到做到！按目前我的经济状况，真的没有这么多钱。四叔，我回去吧。（转身欲下）

吴四虎　（拽住）四叔和你说过了，我有二十万，全借给你！

吴山妹　我们计算过了，有这二十万元垫底，再借十万，还不够除草、灭虫、剪枝、培土、施肥等雇工支付。目前这笔承包费，无法落实啊！

吴四虎　唉！大伙的意见，是原则性问题。南山坡，没希望啦。（恼怒地一拍桌子）散会！

众村民　这个会，白开了。

腊八蒜　白开就白开，也不能让贪官瞎糊弄！

众村民　对！咱们走。

　　　　　［众人欲下。吴大爷急上。

吴大爷　慢！承包费，我来付。

吴山妹　爹，您哪来的钱？

吴大爷　闺女——

　　　　（唱）　车到山前坡上爬，
　　　　　　　　水中踩藕泥下踏。
　　　　　　　　既然奔赴山水道，
　　　　　　　　泛舟驾马想办法。
　　　　　　　　青瓦九间院落大，
　　　　　　　　窗棂门扇满工花。
　　　　　　　　眼下看谁出高价，
　　　　　　　　砖雕老宅就归他。

吴山妹　不！祖上留下的东西，不能动！

吴大爷　临来前，俺把祖宗牌位请到桌上，烧了三炷香，俺说先人们啊，如果同意卖，香灰就落在香炉外，不同意就落在香炉内，你说巧不巧吧，全落在香炉外头。祖上不怪罪俺！

吴山妹	我不信这个,只相信卖了房子没处住。绝不能让爹爹因女儿无家可归!
吴大爷	有地方住。
吴山妹	去哪?
吴大爷	南山坡,三间护林房!
吴山妹	祖宗老宅,坚决不能卖!
吴大爷	房产证在我手上,卖不卖你说了不算!
吴四虎	大哥,这可是你太爷爷留下的三进三出的院落啊!
吴大爷	太爷爷留过话,该易主时就得易主,(泣声)只要后代遇到了难处。眼下,眼下……(哽咽着说不下去)
吴四虎	大哥,这是长寿宅呀!你爷爷八十岁那年,坐在大门口哭,人家问:"哭啥?"你爷爷说:"我惹俺爷爷生了气,让爹揍了一顿!"
张百万	吴大爷,听说您爹爹百岁去世,您爷爷还说,从小就看着不长命!
众村民	都听说过这事儿……
吴四虎	可能与院里的泉水有关!老哥,你要想好啊。
吴大爷	啥都想过了,就是不想给大伙打白条!
张百万	好!我要。
吴大爷	出多少钱?
张百万	三十万!
刘千万	我出三十五!
张百万	财大气粗怎么着?三十八万!
刘千万	吴大叔不是说了嘛,谁出价高卖给谁。四十万!
张百万	刘千万,老子抖搂出老底来,也不能让你小子拿到手!
刘千万	哼!暴发户,有钱烧包!(卷起袖子)
张百万	呸!土财主,仗钱欺人!(给了刘千万一拳)
刘千万	大伙看着,是他先动的手!(说着给了张百万一巴掌)

[两人扭打起来。众人劝解不开。

| 吴四虎 | 住手!这是基层政府会议。无法无天!(脱下鞋来)谁敢再动谁一手指头,当心鞋底! |

[两人被镇住。

| 郎里铛 | 拍卖! |
| 吴四虎 | 不卖!(悄悄拍了拍吴大爷)仨核桃俩枣咱不卖!(面向众人)起拍价四十万,买的举手! |

多数人　（举手）我要，我要！
吴四虎　四十五万！
多数人　（举手）要，要！
吴四虎　五十万！
少数人　（举手）值，也值！
吴四虎　六十万！
　　　　〔众人不再举手，张百万和刘千万开始犹豫。
刘千万　（举起手）我买。
张百万　我也买。（举双手）
吴四虎　七十！
　　　　〔张、刘相互看着。大眼瞪小眼迟迟不举手。
吴四虎　七十！
刘千万　（一咬牙，举起手来）七十就七十，我要了。
张百万　豁上豁！（也举起手来）
吴四虎　八十！
刘千万　（看了张百万一眼）哎哟！不值了，在县城买套别墅啊！
张百万　对！打归打，闹归闹，又不是乔家大院搞旅游。
吴四虎　（慢声喊）八十、八十万……
　　　　〔张百万悄然举手在胸前。刘千万惊愕地看着张百万。
吴四虎　（突然快速喊）八十，八十，八十万！（一鞋底砸在桌子上。张百万双手高举）成交！
刘千万　（愣过神来，亦双手举起）我出八十万零五千！
吴四虎　晚咧！落槌啦。
　　　　〔切光。

第五场
父爱是山

　　〔字幕：2013年元宵节。
　　〔巍巍泰沂山头戴"白帽"。南山坡积雪已消。荒野中显露出一片片多刺的花椒树。
　　〔三间护林房建在花椒园旁，墙上喷涂着"护林防火"等警示。

[幕后传来歌声：
　　　　年前二十五，
　　　　搬进深山谷。
　　　　女儿伴老父，
　　　　冷暖黄连苦。
　　　　为了昂首踏新路，
　　　　只顾低头挥老锄。
[一束追光追出吴大爷拿锄头除草。

吴大爷　唉！
（唱）　子女是笔债，
　　　　或讨债或还债无债她不来。
　　　　疼女儿南山高坡比人矮，
　　　　椒树上扎来草窝里埋。
　　　　熬草药野山薯灌杀病虫害，
　　　　借手灯剪枝蔓夜黑当天白。
　　　　棉絮飘飘刮烂了袄，
　　　　血迹斑斑撕毁了鞋。
　　　　进山来二十天年分两载，
　　　　逢元宵买元宵下山去老街。

[吴大爷放下锄头，匆匆而下。吴山妹挑一担柴草上。

吴山妹　生我养我的泰沂山呀——
（唱）　虽说梅花红似火，
　　　　难比芭蕉遮阳多。
　　　　父爱如山，重于三山五岳，
　　　　情深似海，深过四海九河。
　　　　爹爹什么都能舍，
　　　　舍不下女儿好好活。
　　　　无以报答擎天的爱，
　　　　只有效力南山坡。
　　　　为给爹爹添欢乐，
　　　　换上笑颜唱儿歌。
（儿歌）泰沂山哎，石头多哟——

     掀开那个石板哟，找呀么找山蝎。
     八条腿咪，尾巴撅哟，
     伸手挨了蜇。
     疼了叫舅别叫娘，
     蝎子那个没有娘，娘呀么娘婆婆。
     泰沂山哎——
   [谷秀峰提着一只方便袋，接唱着上。与吴山妹合唱。

谷秀峰　（接唱）石头多哟——
     掀开那个石板哟，
     找呀么找山蝎。

吴山妹　秀峰……

谷秀峰　山歌如梦，沉睡在童年的记忆里。那时你扎根小辫子，无忧无虑。

吴山妹　那时你最淘气，在俺村上小学，又同班上到农大。

谷秀峰　是啊！当时老亓比我优秀。唉！别再说了。（举起方便袋）这元宵是我亲手做的，让你和大爷尝尝。

吴山妹　（接过看）鹌鹑蛋似的，没那么圆滑哟。

谷秀峰　你搬到山上，头也不梳，脸也不洗。咦！你看这衣服……

吴山妹　隐身南山，梳头洗脸给谁看？换上新袄，转眼又被花椒枝子刮烂。

谷秀峰　唉！（接过扁担）把担子放下。

吴山妹　唾沫星子淹死人！走吧。

谷秀峰　有件大事，咱得商量商量。

吴山妹　快点儿说吧，让爹看见又生气。

谷秀峰　（掏出手机）看，昨晚和高明视频。知道他在哪儿吗？

吴山妹　多年没联系了。

谷秀峰　他去了甘肃，也承包了花椒园。咦！培育出无刺大红袍花椒树！

吴山妹　无刺大红袍品种？

谷秀峰　不但枝条无刺，比这小红袍麻度、香度和产量更高，市场紧缺！

吴山妹　这可不得了！

谷秀峰　我们说定了，老同学尽最大努力，为你提供10万棵接穗！

吴山妹　太感谢他啦！

谷秀峰　特别是老树多枝条嫁接，当年抽条就圆了树头。第二年每棵产二三斤。第三年每棵产净花椒5公斤以上！第四年产量翻番。咦！盛果期三十年。
吴山妹　高明是咱农大植物育种学高材生，高明就是高明！
谷秀峰　眼下正是嫁接的最佳时机，明天我去甘肃，接穗直接空运过来。
吴山妹　需要多少钱？
谷秀峰　咦！回来后再结账。我已经组织了百多名嫁接能手，明天先上山处理荒草，准备嫁接。
吴山妹　秀峰，太感谢你啦！（激动地握住谷秀峰双手）
　　　　〔腊八蒜干咳一声，从大石头后闪出来。
腊八蒜　哈哈！来来来，拥抱一下呀。（举起手机欲拍照）
　　　　〔两人慌忙分手。
谷秀峰　跟踪我？
腊八蒜　应该是关照吧！一个人跑到深山老林来，（学秀峰口头语）咦！就不怕碰上狼？
谷秀峰　咦！丈二的豆芽，难淘呀！
腊八蒜　那就别淘气，干巴巴地等了三年，这个茬，咦！出来了。
吴山妹　请不要继续制造绯闻好不好？！
腊八蒜　咦——（套改张宗昌诗）
　　（唱）　南山顶上一火燫儿，
　　　　　难道荒野要冒烟儿。
　　　　　如果秀峰不过电儿，
　　　　　为啥蜡梅失尊严儿！
　　　　　崖畔移情红火焰儿，
　　　　　难道不叫鲜花蔫儿。
　　　　　如果不生枝和蔓儿，
　　　　　为啥发芽在今天儿？
谷秀峰　咦！腊八蒜，又酸又辣！
腊八蒜　是谁把我泡到醋缸里？咦！酸得我心瓣都绿了？
谷秀峰　我说了千遍万遍，真的没碰过山妹啊。
腊八蒜　咦！大手握小手，攥得紧紧的。咦！大眼对小眼，情意浓浓的。如果再晚一会儿，咦！无法想象咧。我心跳咚咚的，脑子嗡嗡的！（欲晕倒）
谷秀峰　（扶住）咦！这是个什么酸娘们儿！

腊八蒜　（抱住丈夫）走，咱回家，有气往我身上撒，咦！一宿不饶你！
谷秀峰　丢人现眼！（甩开）
腊八蒜　（被甩倒，蹲在方便袋上）咦！腚底下咋黏搭乎的？（摸出方便袋，醋意大发）元宵？我说找不着了，我的个乖乖，是你偷出来喂母狗！
吴山妹　不要骂人，有损人格！
腊八蒜　哈哈！贪官还有人格？连你爹也没了尊严，在西峪村都没法混了！
谷秀峰　不许侮辱长辈！
腊八蒜　长辈？应该是贪官之父吧。咦？他还有鸟面子！
吴山妹　腊八蒜，你怎样骂我、侮辱我都行，不许捎带老父亲！
腊八蒜　一人犯法，牵动全家！那个熊老头子不是很威严吗？咦！咋就认屃个老丈人啦！
吴山妹　你！（抽出扁担，举起）
腊八蒜　你敢！
谷秀峰　（拦住）她没肝没肺的，别和她一般见识……
腊八蒜　（甩倒谷秀峰）来呀！（指头）朝这儿打，又三年！
吴山妹　十年也认了。（照头打下去）
腊八蒜　（抱头躲闪）救命啊——
吴大爷　（冲上）住手！
　　　　〔吴大爷将盛元宵的方便袋一扔，夺过扁担。吴山妹不放手，执意要和腊八蒜拼命。
腊八蒜　（把头拱进吴大爷怀中）你打，老不死的！
　　　　〔吴大爷扬起巴掌欲打。反而打了女儿一记响亮的耳光。
　　　　〔吴山妹捂腮咳嗽。痰中带血。
谷秀峰　山妹，吐血了……
吴山妹　嘴角破了，没事。
　　　　〔吴大爷悔恨不已，竟自己打起了自己。
吴山妹　（抓住爹的手）爹别这样……
谷秀峰　吴大爷……
吴大爷　快走！大爷给你下跪行不？
谷秀峰　咦！我是来商量无刺花椒树的事儿……
腊八蒜　疯起来，忒厉害咧！（拽丈夫）走。
谷秀峰　咦、咦、咦！

［被腊八蒜拽下。

吴大爷　（心疼地用袄袖为女儿嘴角擦血）爹没轻没重，伤着了闺女。唉！咱在山上拼死拼活地干，图个啥？就图人家给个欢喜脸儿，正眼瞧咱呀！人在屋檐下，得低头啊！

　　（唱）　含羞愧要牢记人言实可畏，
　　　　　　染缸中无白布由人论紫黑。
　　　　　　坠肩的包袱不背也得背，
　　　　　　压心的碾子使劲也难推。
　　　　　　咱累身压心矮一辈，
　　　　　　死要面子谁人给？
　　　　　　隐身这南山坡三省悔悔悔，
　　　　　　为什么要躲是非又惹是非？
　　　　　　挨骂当作听教诲，
　　　　　　挨打就是劲鼓捶！
　　　　　　只有让泰沂山证实咱悔罪，
　　　　　　红花椒飘火焰烧掉心自卑！

吴山妹　爹爹说得有理，三年以后，女儿一定偿还您一份尊严，让亲朋好友都抬起头来。

吴大爷　爹爹盼着那一天哪！

　　［切光。

第六场
椒 园 风 云

［字幕：2014年端午节清晨。
［南山坡千亩花椒园已然连成一片。
［幕后传来合唱声：

　　　　人生走一回，
　　　　是为安全归。
　　　　缺粮穷困饿死鬼，
　　　　无钱潦倒游魂飞。
　　　　谁不想平安离世待百岁？

且小心福祸一家常作威!

[灯转亮。吴山妹戴着草帽,身背手压喷雾器,正在为花椒树喷洒农药。她摘下草帽扇着风,放眼山坡,无限感慨。

吴山妹　哎呀!这无刺花椒树长势旺盛,真美啊。

　　　　（唱）　绿叶翠青撑伞冠,
　　　　　　　　红椒紫蓝扯帐眠。
　　　　　　　　一朵朵,一串串,
　　　　　　　　睡醒待等六月天。
　　　　　　　　移花接木一年半,
　　　　　　　　情染青山非等闲。
　　　　　　　　秀峰飞来枝枝蔓,
　　　　　　　　山妹嫁接万万千。
　　　　　　　　古稀的老爹爹流了多少汗,
　　　　　　　　为女儿湿透了寸寸心田。
　　　　　　　　东西峪壮男儿腰粗直愣干,
　　　　　　　　南北岭弱女子纤手攀枝弯。（拉枝技术）
　　　　　　　　人工费承包费花光了八十万,
　　　　　　　　指望这花椒熟透红艳艳,
　　　　　　　　再付今年的承包钱。
　　　　　　　　希望的山坡争了脸,
　　　　　　　　梦想成真天地宽!

[突然一道闪电,霹雳震耳欲聋。吴山妹打了个寒战。

吴山妹　一块云彩一阵雨,下了!（急急下至台口,突然怔住）啊!冰雹。我的花椒啊——（急返回,用草帽慌乱护树）

[吴大爷和吴四虎顶着当当作响的铁锨急上。

吴四虎　傻妮子!快走啊。

吴大爷　（将铁锨护在女儿头上）快回护林房。（拽住便走）

吴山妹　（甩掉铁锨,仰头大呼）天哪,你也不饶吴山妹吗?

吴大爷　走啊,冻坏了呀!（双手护住女儿的头）

吴山妹　（瘫坐在地）惩罚吧,为啥下得指尖大?不下拳头大?砸死我吧,砸死我啊!

[众村民拿镰刀和粽子叶急上。

吴四虎　哎，不下了！咋都跑来啦？
张文书　大伙来割粽子叶，准备端午节包粽子。
　　　　〔吴大爷和吴四虎与众人查看花椒树。
众村民　完啦！待熟的花椒全砸下来咧。这可坏了！
吴山妹　花椒，我的无刺大红袍啊……（跪在树下去捡）
吴四虎　大伙快帮忙，全部捡起来！
　　　　〔众人忙在树下捡花椒。
郎里铛　（捡起一把，嚼了嚼）六月六成熟，今天才五月端午，咦！一点儿麻度也没有。啥用处？别捡了！
众村民　（撒掉兜里的鲜花椒）花椒钱是没指望了。今年的承包费咋办？
吴大爷　闺女，捡也没用了。走，咱回家换身干衣裳……
吴山妹　不！没用也捡。
吴四虎　别着急，别冻着……
吴山妹　每年的承包费，都是卖了花椒马上支付。是和乡亲们签了合同的。
吴四虎　人力无法抗拒的自然灾害！去年的承包费提前支付了，今年的也就算了。大伙说是不？（见无人应声）怎么？花椒都这样了，还有没有乡亲滋味？
　　　　〔腊八蒜亦拿镰刀和粽子叶上。
腊八蒜　到底谁没有乡亲滋味？吴山妹当县委书记的时候，给在站的哪位办过事？除了俺那一口子，咦！提拔过谁？
　　　　〔众人一齐摇头。
吴四虎　就你能吵！你那承包费，我掏！（掏一叠钱）这是借给大侄女买农肥的钱，正好五千。拿臭钱走人！
腊八蒜　（接过钱，吧地吻了一口）臭？味道好极啦！
　　　　（唱）　谁说金钱有铜臭？
　　　　　　　难道不能打香油？
　　　　　　　如果见它不伸手，
　　　　　　　为啥栽下办公楼？
　　　　　　　谁说天灾钱没有？
　　　　　　　难道合同是胡诌？
　　　　　　　如果不留这一手，
　　　　　　　为啥今天敢挑头？（掏出合同举起）

看看，这个这个，人力抗拒。什么什么，自然灾害。没签这一条！

吴山妹　是没签订这一条款。当时，你提出来，我就答应了。

腊八蒜　既然合同上没签，那就咋说咋办呗。

　　　　〔众村民一齐点头。

吴四虎　庄里庄乡的，咦！真好意思的！

腊八蒜　哈哈，如果换成别人，别说承包费了，大伙都得捐点钱，给她买个馍吃。大伙说是不？

　　　　〔众村民又一齐点头。

吴四虎　唉！眼下的人啊，也太现实啦！

腊八蒜　我可不差钱儿，就是置口气！（顺手把钱一扬）抢啊，谁抢了谁要！

　　　　〔众村民无动于衷。

吴四虎　腊八蒜！（握拳上前）

吴大爷　（拦住）别忘了你的身份！（突然大笑）哈哈哈，腊八蒜的承包费，已经支付了。不捡白不捡啊！我捡。（欲捡）

腊八蒜　您老等一下，让女儿过来帮忙啊，捡起来，（勾食指）捧过来！

吴大爷　你要当众侮辱她？

腊八蒜　No，No，No！是要证明她拾金不昧，人格高尚，坐错了牢！

吴大爷　（终于沉不住气了，亦握紧拳头凑上前去）放肆！

腊八蒜　再来一巴掌，让人长长记性！（亦往前凑）

吴山妹　（拽过父亲）爹，您不是说，挨骂当作听教诲吗？女儿长记性了。（高声）承包费，提前兑现！

腊八蒜　啥时候？

吴山妹　尽快！（掏出手机拨号）谷秀峰吗？你家不是不差钱吗？借多少？六十九万元！没问题？正往这里赶？立马就到？好，我等着。

腊八蒜　你、你这是猪八戒打败仗，倒打一耙！

郎里铛　这下子有好戏看啦！

　　　　〔谷秀峰上。

谷秀峰　受灾严重不？

吴山妹　（指花椒树）看吧，几乎全砸下来了。

谷秀峰　（忙从树下捡花椒）这无刺花椒树,每棵能产两三斤，咦！这下子坏了。

腊八蒜　良心坏了！（照谷秀峰屁股上一脚）

谷秀峰　（被踹倒）你当众打我！（爬起来抬手欲打）

吴山妹　　（拦住）这可是家暴！
谷秀峰　　咦！家暴！现场都是证人。
郎里铛　　（举手）我证明！因家暴离婚，施暴者应该是净身出户。
谷秀峰　　是不能糊弄着再过了。
吴四虎　　秀峰，你低头看看。
谷秀峰　　咦！谁撒的？
吴山妹　　贵夫人。
谷秀峰　　你、你！离婚！
腊八蒜　　吴山妹，你借坡下驴！老娘成全你。（拽住丈夫）走！
谷秀峰　　越快越好！（反拽腊八蒜疾走）
腊八蒜　　（突然将谷秀峰拽住）真敢离？
谷秀峰　　怕什么！
腊八蒜　　别后悔呀。
谷秀峰　　不悔！
腊八蒜　　（掏出手机，悄声）真的要逼我举起来曝曝光？看！
谷秀峰　　（一惊）咦！

　　　　　（唱）　照片如石激塘池，
　　　　　　　　鲤鱼跳水甩污泥。
　　　　　　　　虽说是四手紧握不为据，
　　　　　　　　山里人俗称是抓野食吃！
　　　　　　　　外人不知就里事，
　　　　　　　　风言助波浪三尺。
　　　　　　　　山妹焦虑添焦虑，
　　　　　　　　咬牙衡量得与失。

腊八蒜　　咋哑巴了？
谷秀峰　　（故意淡淡地）握个手怕什么？公开曝光，作为证据，闪离！
腊八蒜　　咦！你当我傻呀？

　　　　　（唱）　这个把柄一根筋，
　　　　　　　　难道不是油灯芯？
　　　　　　　　如果曝光是自焚，
　　　　　　　　为啥让俺烧毁身！
　　　　　　　　只为爱你爱得深，

　　　　　　难道牵心不操心？

　　　　　　如果捅破窗户纸，

　　　　　　为啥逼俺散烟云！

谷秀峰　原先看你没心没肺，咦！真够聪明的。

腊八蒜　呸！妄想逼我把手机这么一举，风言风语就变成了事实，你就没了顾忌，把这块遮羞布刺啦一掀，破罐子破摔，咦！俺就变成了你俩的媒人！我警告你，没门儿！

谷秀峰　（指着地上的钱）咦！

腊八蒜　捡起来不就完了。（捡钱）

郎里铛　哎哎哎，听说过《马前泼水》吗？泼出去还能再收回来吗？

吴四虎　对，把心泼出去啦！秀峰啊，抓紧到民政局把手续办了，顺便去银行提点现，大伙急等着——（怒吼）买米下锅！

　　　　〔众人心头一震，齐刷刷低头无语。

郎里铛　山妹姐，我的钱，暂且不要。

吴山妹　为什么？

郎里铛　树上还零星有点儿，能掐二三千斤，我找老客户去卖，能鼓捣十多万！

吴山妹　郎兄弟多帮忙吧！

郎里铛　（对众人拍胸脯）我呀，保证够哥们儿！扣下承包费，剩余的全部归她！

腊八蒜　（带着哭腔，悄声）秀峰啊！俺真的太在乎你了！只要不离不弃，（举起双手）俺投降。（高声喊）我支持借钱！

　　　　〔众人"唰"的一声抬起头。切光。

第七场
呕心沥血

　　　〔字幕：2015年三伏天。

　　　〔南山坡的花椒熟了，艳红夺目。

　　　〔幕后传来女声独唱，男声接唱：

　　　　（女独）哎哟哟——

　　　　（男接）哎哟哟，

　　　　（合唱）深山熟了红花椒。

　　　　（女独）朱唇含青黛，

（男接）启齿微微笑。
（女独）飘香十里花枝俏，
（男接）胭脂染山坳。
（女独）哎哟哟——
（男接）哎哟哟，
（合唱）南山又披大红袍！

〔灯转亮。吴山妹和老父亲望着满山坡无刺大红袍花椒树，感慨万千。

吴大爷　哎呀！终于盼到这一天啦。闺女啊，你、你实在不容易呀。（不由得一阵酸楚，两行热泪夺眶而出）咦……

吴山妹　（忙掏出手帕为老父亲擦泪）爹，咱爷儿俩终于熬出了好年景，您老不要太激动……

吴大爷　闺女，别再擦了。

（唱）　爹爹流喜泪，
　　　　任它洗心扉。
　　　　三年你向青山跪，
　　　　求来红帐帷！
　　　　失足伤了腿，
　　　　跌倒起身回。
　　　　风吹雨打驼了背，
　　　　皆为头不垂！
　　　　满坡洒汗水，
　　　　浇出双眉飞。
　　　　艳舞南山红似火，
　　　　自尊闪光辉！

吴山妹　是您和秀峰，还有四虎叔用心血染红了这片山坡。

吴大爷　主要是闺女你啊！还有乡亲们，虽说是每天工钱两百元，但个顶个加倍出力……

吴山妹　今后，更需要大家帮忙。

吴大爷　对！明天放坡掐花椒，来百把口子女劳力。掐一斤，三块钱。

吴山妹　好！晒花椒是重中之重，鲜花椒堆起来发热变霉掉颜色，严重影响质量！这活儿必须由您老亲自上阵。

吴大爷　放心吧！我还雇了三十多个壮劳力，随掐随晒，保证一粒也不坏。
吴山妹　我负责检查质量和看管椒树。
吴大爷　这是大事儿，绝不许把嫩枝折断，把绿叶撸下来。
吴山妹　四虎叔和张文书上山来过磅和记账。秀峰也说过来帮忙。
吴大爷　唉！太麻烦他了。
　　　　（唱）　秀峰为咱操透了心，
吴山妹　（接唱）同学的友谊是乾坤。
吴大爷　（唱）　有他遇坎路也顺，
吴山妹　（接唱）无他南山不成林。
二　人　（合唱）心血染出红袍韵，
　　　　　　　　天大的恩德，铭刻在骨根！
吴大爷　只是那个娘们儿，没肝没肺地让他闹心。唉！见了还嚼你不？
吴山妹　去年闹了那一次，现在见了面儿，喊姐啦。
吴大爷　她就是害怕离婚！只要软下来就好。
　　　　〔吴四虎和张文书抬着一筐鞭炮上。
吴山妹　四虎叔。（迎上前）
吴四虎　可压煞俺咧，来来来，接一把。
　　　　〔吴山妹接扁担在肩，走了几步，突然咳嗽起来，忙掏手帕捂住嘴。
吴大爷　放下，快放下。（接过扁担，放在地上）
吴四虎　不该让你抬，闪着腰啦？
吴大爷　（忙给山妹捶背）闺女，自从去年受了凉，感冒就没好，整天咳嗽出虚汗，叫你去城里检查检查，死活又不去。唉！
吴山妹　（止住咳，把手帕急忙装进兜里，强装笑容）没事儿，头疼脑热的。
吴四虎　没事就好。明儿放坡掐花椒，猛放震天雷，让整座泰沂山惊天动地！
吴大爷　是啊！该听个响了。
　　　　〔谷秀峰扛把大花伞上。
吴山妹　秀峰，大花伞买回来了？
谷秀峰　这是样品，看看够不够高大。
吴山妹　（插在花椒树旁）很好。先订100把，每个掐花椒的女人一把。
谷秀峰　好！我马上打电话，让厂家送过来。（打电话）
　　　　〔郎里铛领着山口郎和美惠子上。
郎里铛　山妹，不！吴总。

吴山妹　两位是？
郎里铛　请允许本人介绍一下：这位是小日本大大的香辛料经销商，专供欧洲、亚洲、拉丁美洲。这位是鬼子翻译官，美惠子。
吴山妹　您好！（握手）
美惠子　（对郎里铛称呼）董事长阁下……
郎里铛　嘘！在这里别叫我董事长。
吴山妹　应该是董事长，我承包他的园林。
美惠子　董事长阁下，请您不要称呼小日本、鬼子等敏感词汇。
郎里铛　他又听不懂。难道要称呼大日本帝国皇军吗？
吴山妹　这样不礼貌，影响外交形象和交易谈判。
郎里铛　（拉山妹一旁，悄声）你不摸这人脾气，越敬越上当！我来对付他，保准卖个好价钱。成交后每公斤提成5毛行不？
吴山妹　只要价格合适，一元也不多。
郎里铛　仗义！山妹姐，麻烦您还叫我董事长行不？
吴山妹　董事长，谈判去吧。
　　　　［山口郎看着满坡的无刺大红袍品种花椒喜形于色，掐下一朵深吸一口气闻着。尝了一粒，麻得呜哇乱叫。
吴四虎　大侄女，这个郎里铛也成了董事长？
吴山妹　董事长只是个名词，叫又何妨？他会做生意嘛。
吴四虎　郎里铛，过来！
郎里铛　四虎叔，不！吴书记，吴村长……
吴四虎　今儿个闹砸了这笔买卖，把你那腔打成八瓣！
郎里铛　一定效劳！
吴四虎　谈去吧。
郎里铛　哈依！（挺胸昂头喊）过来过来！未经本人许可，无刺大红袍花椒不许参观。转悠啥！
　　　　［山口郎悄悄和美惠子交流了几句。向郎里铛说日语。
郎里铛　什么？土豆一挖一麻袋！
美惠子　总裁讲，麻度不理想！
谷秀峰　咦！麻度太高了，尝尝……
郎里铛　（呵斥谷秀峰）懂什么？离我远点儿！美惠子小姐，前几天不是给你送小样了吗？你不是化验了吗？

〔美惠子又和山口郎悄声交流几句。

美惠子　对不起，董事长，化验结果没有出来。

郎里铛　（掏出一张单子）我倒化验出来了。不仅农药残留不超标，每项都是零！（递给美惠子）自己拿去看吧，麻度高于普通花椒 1.5 倍。

〔美惠子有些惊慌，忙去和山口郎掏出化验单对比。

美惠子　董事长阁下，开始谈价吧。

郎里铛　无籽无杂、水分加包籽不超百分之十，每公斤一百五十元！

美惠子　总裁说，仍然按去年您送货的价格，每公斤九十元。

郎里铛　（仰起脸来）不卖！

美惠子　加五元？

郎里铛　（越仰越高）不想卖！

美惠子　再加五元吧？

郎里铛　（仰脸朝天）就不卖！

〔众人在一旁急得跺脚。吴山妹上前拽住郎里铛后襟。

吴山妹　（悄声）行了行了，不能漫天要价啊……

郎里铛　（甩开呵斥）咦！一个干活的熊娘们儿，懂啥？伞底下凉快去！

美惠子　（咬了咬牙）最高一百零五元。

郎里铛　还是不卖！

吴四虎　（悄声）董事长阁下，不能挣断弦了，价格顶破天啦！

郎里铛　（呵斥）一个熊下力的，滚得远远的！不卖就是不卖！

美惠子　这……不能再加价了！

郎里铛　送客！（故意打电话）喂！美而布美吗？您挨上号了，飞过来吧！

〔山口郎终于沉不住气了，冲过来。

山口郎　每公斤一百一十元吧！看在老客户的分上。

〔众人大吃一惊。

众　人　啊！中国人？

郎里铛　娘那个蛋的，伪装了多年，真没看出来……

山口郎　请董事长口语文明点儿。（掏出护照）看，美惠子是日本人，我也入了她的国籍。

郎里铛　假洋鬼子！更不卖了。

美惠子　（使个眼色）总裁，走吧。

山口郎　走！不预订了。

　　　　　〔美惠子挽着山口郎慢慢往山下走去。
　　　　　〔众人惊慌失措，欲上前阻拦。
郎里铛　（声色俱厉）蹲下！没看到他俩馋得拉不动腿咧？
吴四虎　我的个乖乖，把这笔买卖砸了锅，吵死你！
谷秀峰　咦！我撵过去谈一下。（欲追赶）
郎里铛　站住！不许转脸瞧他俩。（掏出扑克）玩一把。我让他咋走咋回来！
吴山妹　大伙听董事长安排吧。
　　　　　〔众人打牌。
郎里铛　同花顺？炸咧！
山口郎　惠子，怎么没人撵过来？
美惠子　不要回头，前进一百步，必定有人来喊！
山口郎　这是有机花椒呀！并且麻度高，颗粒大，颜色红，供不应求！去年他那花椒，每公斤咱卖30美元，今年客户纷纷订购，每公斤30欧元啦！
美惠子　应该让利润空间更大一些！
山口郎　不行！如果让同行预订了，因小失大啊！（回头张望）
美惠子　不许回头！
山口郎　瞧，人家玩起来了。
美惠子　姓郎的太精明啦。继续前进三十步！
山口郎　人家不卖，是给的钱少。回去！
　　　　　〔美惠子一把没抓住，山口郎返身而回。
美惠子　唉！中国人从骨子里太实在了。（无奈地跟回）
山口郎　董事长……
郎里铛　乖乖！又悄悄地进村了？
山口郎　让利十块钱吧？看在老朋友的分上。
郎里铛　只有永恒的利益！一百五十元，砸边去棱也不卖！
吴山妹　（终于沉不住气了，挡在郎里铛前面与山口郎握手）每公斤一百四十元，成交！
众　人　（将扑克一扬，欢呼）好！成交！
郎里铛　还装日本人？别以为中国人都巴结海外大主顾！咦！还反串角色？难道我们不会演戏吗？！
吴大爷　董事长，客户是上帝嘛！
郎里铛　现在谈订金，预付多少钱？

美惠子　总产多少？
吴山妹　预产净椒 50 万公斤以上。
张文书　7000 万元！我的个乖乖。
山口郎　马上签订合同，全部收购。
美惠子　预付订金 2000 万吧？
郎里铛　3500 万！预交 50%！
美惠子　2500 万，马上给财务打电话。
郎里铛　不中！
吴山妹　完全可以。
山口郎　您是？
郎里铛　真正的董事长！我啊，还是那个老花椒贩子。
山口郎　真正的总裁也是美惠子。因为，很多人误认为日本女人不当家嘛。
吴四虎　哈哈哈，都是些买卖鬼子！
　　　　［众人大笑。
美惠子　董事长阁下，所有花椒产品均含农药残留，难道这无刺大红袍品种没有病虫害吗？
吴山妹　当然有，蚜虫、凿木虫等很多害虫。
美惠子　怎样消灭病虫害？
吴山妹　用白山薯熬中药，喷洒，浇灌。
美惠子　白山薯？
吴大爷　老一辈没有农药，就是用它来防治病虫害的。比农药更管用！
美惠子　明白。绿色农药，有机花椒！绝对没有采取任何消除农药残留手段。
山口郎　抓紧签合同吧。
吴山妹　走！进屋签订。
　　　　［吴山妹气喘吁吁地走了几步，突然一阵眩晕，扶住伞柄蹲下。
谷秀峰　山妹，哪里不舒服？
众　人　怎么啦？
吴山妹　头有点晕，可能是过于激动。
吴大爷　咱去医院看看……
吴山妹　掐完花椒，女儿一定去。
谷秀峰　要不，我去请大夫吧。
吴山妹　不用！我只想，静静地歇会儿。合同，就由张文书代笔吧，你们都进屋，商量着签订，忙去吧。
吴四虎　走吧走吧，尽快签订下来——
　　　　［众人走进护林房。
　　　　［吴山妹一阵咳嗽，喷出一口鲜血，不由得一惊。
吴山妹　坏了！关键时刻，千万不能倒下啊——
　　（唱）　前胸阵阵疼，
　　　　　　后背硬硬撑。
　　　　　　大口吐血是重病，
　　　　　　胆战心头惊。
　　　　　　我怕死，未了的心愿成泡影，
　　　　　　受尊重，脸上的阴云待放晴。
　　　　　　我怕死，难抚女儿伤口痛，
　　　　　　释前嫌，妈妈妈妈叫不停。
　　　　　　我怕死，舍爹爹单身孤影，
　　　　　　泰沂山，昼夜传出泣哭声。
　　　　　　我怕死，重拾尊严化一梦，
　　　　　　再无机会做新人，安然两眼瞑。
　　　　　　我怕死，舍不下红坡绿岭，
　　　　　　我怕死，看不见南山秀峰。
　　　　　　不能死，咬紧牙关战疾病，
　　　　　　挺过来，偿还人间一片情！
　　　　［山妹擦了擦嘴角的血迹，摇摇晃晃地向护林房走去。众人出屋。
吴山妹　（有气无力地）合同……签订了？
谷秀峰　（递过合同）条款签订了，只等你过过目，按上手印签个字。
　　　　［张文书忙递上笔，捧过印油盒。吴山妹颤抖着手，欲签又止。
谷秀峰　签吧。我们都反复看了，没问题。
吴山妹　秀峰，由你代劳吧。
谷秀峰　我？
美惠子　他？
吴山妹　他是我的全权代理人，无论发生任何问题，一切由谷总全权处理。
　　　　预付款，先汇到他的账户上。
美惠子　好！谷总代签吧。完成合同，立即汇款。我们要盯在这儿，全程监督质量，特别是数量！

山口郎　对！如果超产，不准售与第三方！

吴大爷　闺女，你脸色蜡黄……

吴山妹　没事儿。

吴大爷　赶紧到伞底下歇歇去。

　　　　〔吴山妹点了点头，行走困难。

张文书　山妹姑姑咋迈不动步了！（忙搀扶）

吴四虎　（亦搀扶）大侄女，你喘气不得劲？

吴大爷　（忙去伞下拿起马扎，发现地上一摊血，手中马扎惊掉在地）啊！闺女大吐血啦！快、快送医院啊！

谷秀峰　不好！（跑过来，蹲下）山妹，我背你上车。

吴山妹　不用……

吴大爷　咱们快走！

吴山妹　爹，家里忙，指望您抢收花椒，以防冰雹啊！

吴四虎　大侄女说得对，我去！

吴山妹　让族家叔叔陪我去，和您去一样。

吴大爷　（泣哭）闺女，你要挺住啊，爹等你平安回来呀。

谷秀峰　快走！（背起山妹）

　　　　〔众人急送山妹上车，突然停住。定格，光渐收。

第八场　守望南山

〔字幕打出三日后下午。
〔夕阳似火，满坡撑起一个又一个大花伞。
〔幕后传来歌声：

　　　人为尝五味，
　　　才来走一回。
　　　酸甜苦辣咸觋嘴，
　　　喜怒哀乐常作陪。

〔灯转亮。众村民喜气洋洋采摘花椒。

众村民　快掐呀——

女村民　（唱）　花椒一朵朵，
男村民　（接唱）不扎嫩胳膊。
女村民　（唱）　花伞遮住日头热，
男村民　（接唱）娘们儿来了一山坡。
女村民　（唱）　一掐一大把，
男村民　（接唱）两掐半斤多。
女村民　（唱）　掐完三五枝，
男村民　（接唱）一筐两篓箩。
男　女　（合唱）炎炎三伏下天火，
　　　　　　　　山风吹凉胳肢窝。
男村民　哈哈哈，快掐呀，急等着晒！
女村民　慢不了啊，看谁掐得快！
郎里铛　掐满篮子的，抓紧过磅。
亓大妮　过秤！
郎里铛　（过磅）亓大妮，四十六斤半！
张文书　（记账）四十六斤半。
郎里铛　第几篮子咧？
亓大妮　六篮子。
张文书　（看账）268斤啦。临天黑，还得再掐两篮子，今儿个得赚上千元啊！
吴大爷　赚得越多，俺越高兴。来来来，倒在水泥地上，快摊开晾晒。
　　　　〔腊八蒜东张西望地上。
郎里铛　找谁？做贼似的！
腊八蒜　秀峰两宿不着家了。到底咋去啦？
吴大爷　给俺闺女看病去啦，还有她四虎叔。
腊八蒜　山妹姐得的啥病？眼下这么忙……
吴大爷　不要紧，昨天晚上通电话了。
腊八蒜　秀峰咋关机了？怎么也打不通。
吴大爷　今儿个他仨都关了机，俺也打不通了……
腊八蒜　我开车，拉您去看看？
吴大爷　昨晚闺女说没事，坚决不让俺去啊！（朝县城方向张望）闺女啊，啥时候出院呀？坡里人手不够啊！
　　　　〔又一刹车声，亓亚男撑着小花伞，房飞飞扛着录像设备上。

亓亚男　姥爷——（扑向吴大爷）
吴大爷　哈哈哈，姥爷看见你就高兴！
房飞飞　姥爷您好！
吴大爷　好好好！亚男，俺外孙女婿的身体？
亓亚男　在上海住了一年院，恢复正常了！
吴大爷　忒好了！你咋来咧？
亓亚男　姥爷，我去电视台上班了，房飞飞又回到了综艺部。
吴大爷　那个坏蛋呢？
亓亚男　批捕了！单据是假的。
吴大爷　报应啊！亚男，想妈妈了？
亓亚男　执行任务来的。
吴大爷　采访你的妈妈？
亓亚男　主要是日本客商，当然也包括您和她。
吴大爷　唉！你妈病了。
亓亚男　什么病？
吴大爷　大吐血啦！（老泪纵横）亚男，你放眼看看哟！这满坡的花椒，是你妈妈用血汗染红的啊！她、她是累坏了身子，累毁了心哪！
房飞飞　妈妈太能干了，南山坡火一样的红，比桂花还香……
吴大爷　孩子，别再和你妈过不去了。
房飞飞　亚男，是你不离不弃，使我在精神上有了寄托，才能好起来又干工作，况且，咱妈妈……
亓亚男　这——
　　　　（唱）　眺望满坡红，
　　　　　　　　燃火唤亲情。
　　　　　　　　为了尊严拼血命，
　　　　　　　　心头隐隐疼。
房飞飞　亚男，到医院采访吧。
吴大爷　好！本来你妈坚决不让俺去，只要外孙女去认娘，就算这满坡的花椒全舍了，也值！哈哈哈，走！
房飞飞　（拉着亓亚男）走。
　　　　〔三人走到下台口，突然停住，继而慢慢往回倒退。
　　　　〔谷秀峰垂着头慢慢从观众席中走上来。吴四虎斜打着一把雨伞为谷秀峰遮阳，跟随其后。

[两人转身。谷秀峰竟然抱着用白围巾裹着的吴山妹的骨灰盒！

[吴大爷三人被惊呆！

吴四虎　（扔掉雨伞，哭喊一声）大哥！（抱住吴大爷失声痛哭）

吴大爷　（怔怔地）别、别、别吓唬俺。

谷秀峰　（解开白围巾，露出山妹上大学时的遗像。泪如泉涌）山妹走了……

吴大爷　走，走了？

谷秀峰　昨晚，刚和您通完电话就不行了。（抱头痛哭）

吴大爷　（扑向骨灰盒，嘶喊一声）泰沂山，塌了天了！

[吴大爷晕倒，众村民围上来抢救。

吴四虎　哥，你醒醒呀！

亓亚男　（哭泣）姥爷……

[吴大爷苏醒，挣脱众人，跪爬上前，紧紧抱住骨灰盒痛哭。

吴大爷　闺女啊，你为啥狠心舍下老爹爹了？！四虎，你为啥没让俺看她最后一眼啊？！

谷秀峰　（掏出几张纸，颤抖着双手捧起）山妹遗嘱……

吴四虎　哥，大侄女说……

[画外音传来吴山妹微弱的泣声：爹，让您操透了心的好爹爹，女儿想您，又绝对不能让您来！一是，因为山坡上太忙了，根本离不开您！二是，女儿如果不行了，您更不能来，我害怕，害怕您在医院里大声哭喊，让人家都知道，女贪官走了，拍手称快！我要偷偷去找俺娘、悄悄去找老亓。爹知道女儿顾惜脸面，最后死要面子，爹一定会给。三是，我不想让爹撕心裂肺地看到，看到女儿化作一缕青烟。四是，族叔和秀峰，非要通知您，女儿急了，要过手机来，用最后的力气，扔下楼了，是让他俩明白，绝对不允许告诉您！请爹爹原谅和理解女儿吧。五是，一切后事，由吴家族叔和秀峰办理，请您不要，万不要埋怨他们……

吴大爷　闺女，爹知道你顾惜面子，不埋怨了。（抱住骨灰盒痛哭）

（唱）　护林房，折了梁，

　　　　砸烂了心肝断柔肠。

（帮腔）啊——钉在了心尖上。

（唱）　千呼闺女，再无笑眼望，

　　　　　　万声爹爹，犹来哭耳旁。
（帮腔）啊——泰沂山上泪千行。
（唱）　你叫爹狠狠打你用棍棒，
　　　　你叫爹谆谆教诲添坚强。
　　　　你叫爹撇开亲情躲身千万丈，
　　　　你叫爹别为闺女卖了百年房。
（帮腔）父爱如山——
　　　　顾不得遮风挡雨的老门窗！
（唱）　你叫爹低低头千斤肩头扛，
　　　　你叫爹抬抬头三年嘴笑张。
　　　　你叫爹劝亚男请把妈原谅，
　　　　你叫爹放宽心她会来喊娘。
（帮腔）啊——想来找娘没了娘！
（唱）　爹恨你，为捧那粪土财酿祸遭殃，
　　　　挣来了干净钱你咋双手藏？
（帮腔）啊——走错一步两腿慌！
（唱）　爹恨你，为讨自尊，瞒病撒谎，
　　　　为找尊严，寻到无常！
（帮腔）啊——身功名利空手忙！
（唱）　爹恨你，哭喊闺女呛破嗓，
　　　　尝不到往后的日子蜜调糖。
（帮腔）啊——人生人性梦一场！
（唱）　泪眼蒙眬左右望，
　　　　自古莫大有庄乡。
　　　　闺女编织红纱帐，
　　　　有待众人多帮忙。
（帮腔）啊——大伯节哀莫悲伤，
　　　　香魂归椒房！
（合唱）女儿虽走红袍在，
　　　　爹爹守望南山岗。

［房飞飞哭泣着接过骨灰盒，紧紧地抱在胸怀。

张文书　男劳力跟我走，去吴家林修坟，让山妹姑姑入土为安。

男村民	走。
吴大爷	（拦住）让闺女去牛角岭，陪陪她娘……
张文书	走，爬牛角岭。
吴四虎	别去了。秀峰啊，让俺大哥看看遗嘱吧。
谷秀峰	（捧过遗嘱。泣不成声）写完不到十分钟，就停止了呼吸啊！
吴大爷	（双手颤抖着接过遗嘱，老泪纵横）嗯，是俺闺女的字啊！临不行了，还一口一个爹叫着。还写得，写得这么清秀……
吴四虎	大哥，你要保重啊！看看吧。
吴大爷	不忍看了。（捧给秀峰）你念念……
谷秀峰	（接过）唉！我念："爹……"（哽咽地念不下去。捧给亚男）念给姥爷听听。
亓亚男	（默默地接过遗书，淡淡地朗读）"爹，最敬爱的老爹爹，女儿走了，就剩爹和亚男两位亲人了。爹，是女儿不孝，给您和乡亲们脸上抹了黑，也害苦了亚男和飞飞。是我害死了娘和丈夫，女儿要去赎罪了。爹，女儿盼乡亲们能宽恕我。更盼亚男和飞飞能原谅我。爹，咱感恩秀峰的帮助，无刺大红袍品种花椒丰收在望，2500万预订金，已经汇过来了。女儿想，您留下500万，一定要把老屋赎回来！给亚男留下2000万，让她到国外找最好的医院，把女婿的病彻底根除！（哽咽）总货款还剩五千多万交给四虎叔，还了他和秀峰的账以及掐花椒的工钱后，都分给大家吧。再就是，每公斤给郎兄弟一元提成，花椒销售，多亏他帮忙……"（两行热泪夺眶而出，哽咽着念不下去。和飞飞、姥爷相拥而泣）
郎里铛	您还想着俺……（抱头痛哭）
吴四虎	张文书，接过来念吧。（捧过遗嘱，递给张文书）
张文书	（接过遗嘱，沉痛地）爹，女儿和您商量个事儿，咱把地和树都还给乡亲们吧，明年产量可能翻番，别让他们撇家舍业，再去打工了。爹，您同意吗？
吴大爷	爹听女儿的，同意，同意啊……（又啼哭）
张百万	（拿出钥匙）大叔，还给您吧。
吴大爷	住不着了。我住在山上……
张百万	（将钥匙递给亚男）收起来吧，将来留个念想。（泣哭）钱，不要了，一年的花椒钱就回来了。权当捐助山妹重整椒园。

吴大爷　大侄子……

亓亚男　大叔……

吴四虎　唉！张百万，好乡亲哪！张文书，接着往下念吧。

张文书　爹……（亦哽咽地念不下去，蹲下抱头哭泣）

吴大爷　孩子，念完，念完吧。

张文书　（站起，泣哭着）山妹姐说，她不下葬了，谁愿意抓一把骨灰，撒在花椒园里，谁就是给了她面子，给了她欢喜脸儿。她永远陪伴着大南山的花椒园，（哭喊）陪伴着父老乡亲哪！

吴大爷　（接过骨灰盒）闺女啊，爹都依着你，等俺百年以后，咱把骨灰撒成一片，掺成一堆，咱爷俩就永远不再分离了。（揭开盒盖）谁愿意赏俺闺女一个面子，谁就来拿吧。

　　　　［众人围过来，争先恐后地抓骨灰，山口郎、美惠子亦捧起骨灰。亓亚男和房飞飞亦抓出骨灰。众人捧着骨灰，热泪千行。

　　　　［腊八蒜低垂着头，默默地过来抓骨灰。

郎里铛　（满脸是泪，怒喝）唯独你，不能抓！

腊八蒜　（泣哭，哀求）山妹生前，俺叫她姐了。

郎里铛　叫姐也不行！是你告的她！

腊八蒜　（边哭边发誓）若是俺告的，掉下崖去摔死啊！

郎里铛　不信！

谷秀峰　我做证，确实不是她。

郎里铛　谁？

谷秀峰　谁揭发也没有错！

郎里铛　到底是谁？

谷秀峰　是谁我也不知道，只知道山妹得罪了不少人啊！为此，使我终生内疚。

郎里铛　信得过你，抓吧。

腊八蒜　（捧起骨灰泣哭）山妹姐，对不起……

吴四虎　（捧起骨灰哭喊）大侄女啊！你苦苦寻找的脸面，大伙都赏啦。安息吧！

众　人　（哭喊）山妹，魂归故里啊——

　　　　［众人齐撒骨灰，纷纷扬扬，飘然于大南山椒园中。众人齐喊。

吴大爷　（哭喊）闺女——

亓亚男　（哭喊）妈妈——

房飞飞	（哭喊）妈妈——
吴四虎	（哭喊）侄女——
众　人	（哭喊）山妹——

　　[恸哭声如滚滚阵雷，似闷闷大鼓，低沉地回响在泰沂山脉。
　　[灯转暗，众人隐。一束追光追出吴大爷。

吴大爷　闺女，昨晚梦见你了。你说，花椒熟了的时候，爹能看见女儿在椒园里微笑。今年，花椒又红了，咋看也看不见呢？
　　[又一束追光追出面含微笑的吴山妹。

吴山妹　爹——
吴大爷　闺女啊……（哭喊着迎上前）
　　[父女相拥而泣，灯转亮。转身鞠躬谢幕。
　　[众人从隐身处携手走来，鞠躬谢幕。

（剧终）

注：

① 2021年3月8日，第一稿作于北京三省堂。2021年3月26日，第二稿、第三稿、第四稿改于莱芜犁铧工作室。

② 该剧讲述了原县委书记吴山妹刑满释放后，在现实生活中如何承受巨大的精神压力和伤痛，如何给亲人带来一系列灾难的故事。着重描写行为底线失守的严重性和重新做人的重要性。若想重拾昨日的人生、讨回人格尊严，再度得到人们的认可与尊敬，将会付出很多很多！

③ 希望读者看完该部反面教材剧后，如若个别官员仍然抱有侥幸心理，不严格遵守纪律，在突破廉政规矩红线的那一刻，或许在他心灵深处会因闪现出吴山妹的身影而退缩！正如该剧中吴四虎所言："人性啊，都有欲望，就看怎么把控！人生啊，既然犯了错，就看如何改正！"

④ 该剧尚未排演。如需排演，请联系著作权人或继承人达成书面协议后方可演出。否则侵权必究！

· 历史剧

山海关外风萧萧①

时间：（清）宣统二年至三年（1910年12月至1911年4月）。

地点：（哈尔滨）傅家甸，滨江道列车上。

人物：伍连德——30岁至31岁，字星联。天津陆军军医学堂副监督，钦差东三省防疫总医官。
　　　锡　良——60岁至61岁。东三省总督。
　　　胡希松——56岁至57岁。傅家甸知县，后为总督内务府总管。
　　　花杏子——女，20岁。日籍。天津陆军军医学堂高才生，伍连德的助手。
　　　金枝叶——19岁至20岁，金鸿福之次女。天津北洋医学堂高才生，梅斯尼的助手，后为伍连德的助手。
　　　金鸿福——49岁至50岁。滨江道（哈尔滨）道台。
　　　金鸿贵——45岁至46岁。金鸿福之弟，道台内府总管。
　　　梅斯尼——51岁。法国军医，天津北洋医学堂首席教授，任滨江道防疫医官。
　　　摄政王——29岁。宣统帝溥仪之父。
　　　金枝玉——22岁。摄政王之爱妾，金鸿福之长女。
　　　柴之郎——41岁。日本驻滨江医官，兼外务部领事。
　　　狼剩子——22岁至23岁。金鸿福之心腹衙役。
　　　东三省八大府官员、三路将军、医务人员、衙役、巡警、士兵、灾民若干人。

---

①作品登记号：鲁作登字-2022-C-10044587

第一场
上报疫情

〔字幕：1910年小寒之日。

〔滨江道道台衙堂。东三省总督内府。

〔幕后传来深沉的男声独唱：

　　风萧萧，关外寒，

　　地冻三尺三。

　　白雪皑皑傅家甸，

　　新鬼泣血叫苍天！

〔一束追光追出惊慌失措的胡希松急上。

胡希松　（济南口音，大喊）了不得咧——

　　　　〔另一侧光起。金鸿福端坐于公案。

金鸿福　咦！何事如此惊慌？

胡希松　塌了天咧……

金鸿福　哈哈！朗朗乾坤，何有天塌地陷之理？

胡希松　要了命咧……

金鸿福　堂堂傅家甸县令，谁敢取尔性命？

胡希松　死了人咧……

金鸿福　人命小案，自行决断，不必上报。

胡希松　瘟了人咧……

金鸿福　（大惊）啊！当真？

胡希松　千真万确！

金鸿福　殁者几人？

胡希松　四个，皆下官老乡啊！

金鸿福　山东人？

胡希松　歪儿哗儿，（济南口头语）彪悍猎手，惨死于本甸皮货大市场，王家客栈。

金鸿福　为何而来？

胡希松　卖旱獭皮肉。

金鸿福　（倒吸一口冷气，故作镇定）哈哈！猎手必有银两，此乃谋财害命！

胡希松　非也！经查验，银钱未失。惨哪……
金鸿福　惨状如何？
胡希松　面呈黑色，浑身紫青，皆口喷鲜血……（模仿抽搐喷血）
金鸿福　此乃砒霜中毒而已。
胡希松　非也！店主哗哗吐血，皮货大市场亦有多人气喘咯血。
金鸿福　几人？
胡希松　七八人！听闻猎手来自满洲里，那里已死多人了。
金鸿福　（惊恐）这，这——
　　　　（背唱）闻此言，心惊慌，
　　　　　　　　猎手染疫皮货场！
　　　　　　　　千张獭皮已有望，
　　　　　　　　岂可误我好时光。
　　　　　　　　若将疫情呈皇上，
　　　　　　　　擢升的机会泡了汤！
　　　　　　　　我只得，怀揣明白装糊涂，
　　　　　　　　决不可，舍了肚皮顾脊梁！
胡希松　道台大人，思量什么？
金鸿福　思量尔之姓氏。
胡希松　（不解地）下官姓胡怎么咧？
金鸿福　胡说，一派胡言！
胡希松　非也！救命要紧哪——
金鸿福　咦！闻不见风声，便下大雨。（举手）当心！
胡希松　啊！"金巴掌"（下意识地捂腮）早就领教过了！下官无半句妄言啊。
金鸿福　胡希松！朝廷正组建国会，走向共和，于此大清中兴之际，尔竟造谣生事？
胡希松　非也……
金鸿福　不顾天朝大计，扰乱民心……
胡希松　非也，非也……
金鸿福　身为县令，理应辟谣！
胡希松　非、非、非也！
金鸿福　让尔非也非也地犟嘴！（一巴掌打得胡希松满地找牙）
胡希松　（捂腮跪倒）金大人啊，疫情关天，速呈皇上哪！

金鸿福	（一脚踢趴）眼下临年贴近，百姓须瑞祥过年，若虚张声势，当心本官的金巴掌！
胡希松	道台，道台大人……
金鸿福	记住！尔未提及此事，本官不知此情。若再声张半句，丢职丢官便是小事了。滚！

〔胡希松被金鸿福踢得连滚带爬，抱头鼠窜而下。

金鸿福	（朝后堂喊）鸿贵速来！
金鸿贵	（跑上）哥，何事？
金鸿福	尔须亲带猎手，火速赶往边境内乌拉草原，尽快凑足旱獭皮千张！
金鸿贵	眼下仅缺区区百张，大哥何以焦急？
金鸿福	无须多问，守口如瓶！货到之后，三弟仍扮皮货商人，高价购买。银两是否充足？
金鸿贵	大侄女枝玉汇来银票三千两，凑足千张小皮子，易如反掌。
金鸿福	哈哈哈……

〔光渐收。俩人隐去。
〔一束追光追出右腮青肿、失魂落魄的胡希松上。

胡希松	这两天，真要了命咧——
（唱）	南甸九尸正出殡，
	十人北甸又丧身。
	父母官肝肠断心急如焚，
	怕只怕东三省变成三座坟。
	抬腿再把这衙门进——（欲进又退回）
	又怕那金巴掌揍煞个大活人。
	挨打我能撑一顿——（欲进又退回）
	恨只恨，延误大事白操心。（转身而去）
	走走走，顺着大街往前奔，（奔跑后又慢行）
	只觉得，越走越慢腿越沉。
	越级上报失分寸，
	弄不巧，七品乌纱化烟云。
	罢罢罢，打道回府忍一忍——（往回走，又停住）
	不不不！为家国，为黎民，
	豁上我这百把斤，

怕什么扒皮剐肉再抽筋！

［光启。总督内府，锡良头缠毛巾，半卧于病榻，正喝一碗中药。胡希松闯入。

锡　良　咦！良药苦口哇。

胡希松　总，总督……

锡　良　（急忙起身）胡知县，有何要事？

胡希松　（又语无伦次地）了不得咧，塌了天咧，要了命咧……

锡　良　何事惊慌至此？慢慢道来。

胡希松　发，发了瘟疫咧！

锡　良　（大惊）啊！瘟疫？老夫卧病榻数日，竟然不知啊。

胡希松　一个个口喷鲜血，尸体乌黑，不到三天，死亡多人咧。

锡　良　这还了得！速报道台？

胡希松　下官报过，歪儿哞儿，金鸿福不信哪！

锡　良　再报！

胡希松　下官不敢了。

锡　良　何故？

胡希松　（指着右腮）看把俺打的，半边脸糊凄咧，牙也少了两颗。歪儿哞儿，老家送来的煎饼，也啃不动咧。

锡　良　这个金巴掌，竟是无人不打！

胡希松　总督啊，救救傅家甸，救救东三省啊！（欲跪）

锡　良　（扶住胡）即刻视察傅家甸，汇集灾情，电告朝廷！

［切光。

第 二 场
封 建 羁 绊

［字幕：1910年大寒之日。疫情暴发半月后。

［车厢内。站台上。傅家甸县衙二堂内。

［一声长鸣，屏幕上列车奔驰，窗口灯光闪闪而过。

伍连德　（内唱）奉圣名赴危城心急似火——

［一束追光追出站在台口的伍连德，似在擦拭车厢门窗，极目眺望。

　　　　（唱）　只恨这世上最慢是列车。

　　　　我心知病痛中无数患者，
　　　　　满口含血等待我伍连德。
　　　〔一声笛响，列车"呼哧，呼哧，哧——"地放气刹车声。
　　　〔灯启。锡良、胡希松、金鸿贵带衙役、卫兵等人已在站台恭候。
　　　〔伍连德带助手花杏子。梅斯尼带助手金枝叶。均提检验等设备上。
　　　（下车）锡良等众人抱拳施礼。

锡　良　　总医官、梅医官救黎民于水火，扶大厦之将倾，吾等望眼欲穿！
伍连德　　国家有难，匹夫有责！
金鸿贵　　站台寒冷，不宜久留。家兄已备便饭，为大人接风洗尘。请！
梅斯尼　　OK！
胡希松　　（突然跪倒在伍连德面前）总医官大人，快救傅家甸的衣食父母啊！（失声痛哭）
伍连德　　（扶起）请起。立即赶往傅家甸。
金鸿贵　　大人，天色已晚……
伍连德　　不晚！走。
锡　良　　老夫陪同。
胡希松　　下官已备好马车。请！（带两个衙役欲下）
金枝叶　　花杏子，我陪你去。
金鸿贵　　枝叶，回家！
金枝叶　　不！侄女去傅家甸。（欲下）
梅斯尼　　No、No、No！你是北洋医学堂我的学生，我的助手。而不是军医学堂伍连德的学生和助手。
金枝叶　　老师，查看现场疫情，刻不容缓！
金鸿贵　　二侄女不得任性！跟随梅教授走。
金枝叶　　二叔……
金鸿贵　　梅医官，请！
　　　〔金鸿贵拽住金枝叶与梅斯尼下。
　　　〔伍连德、花杏子、锡良、胡希松带狼剩子和衙役从另一台口匆匆而下。灯转暗。
　　　〔幕后传来悲怆的男声独唱：
　　　　尸横遍野傅家甸，
　　　　多少鬼魂泪未干。

　　　　　　绝户之家哭声断，
　　　　　　心似油煎总医官！
　　　[几盏微弱的灯笼火光和手电筒光线四处游荡，那是伍连德等人在视察疫情。
　　　[字幕：傅家甸县衙二堂内。
　　　[灯启。伍连德和花杏子焦急万分。锡良长吁短叹。胡希松正跐着杌子给吊在梁上的煤油汽灯打气。狼剩子与一衙役昏然欲睡。

锡　良　惨哪，悲哀至极！总医官，如此大疫，是何毒症？
伍连德　解剖尸体，检验便知。
　　　[胡希松闻言悄然而下。
锡　良　（怔住）啊！开膛破肚？那还了得——
　　　（唱）　自古死者为尊大，
　　　　　　毁人尸体重刑罚！
　　　　　　医官莫背千古骂，
　　　　　　上报京城到皇家。
　　　　　　旦等朝廷圣旨下，
　　　　　　五脏六腑任尔挖！
伍连德　总督大人——
　　　（唱）　朔风呼啸天地冻，
　　　　　　毒血淋淋罩关东！
　　　　　　尸横遍野心悲痛，
　　　　　　可怜那稚童与我幼子正同龄。
　　　　　　这家丧亲未葬送，
　　　　　　那家又传恸哭声。
　　　　　　灯光下见锡君满眼泪影，
　　　　　　黑暗中可见我万箭穿胸？
　　　　　　弄不清毒疫源如何救急症？
　　　　　　伍连德怎扶这大厦于将倾？
　　　　　　你我空抱博爱梦，
　　　　　　怎让这白山黑土，化险为夷，绝处逢生？
锡　良　这，这，这……
花杏子　总督啊——

（唱） 说什么传统不传统，
　　　　为抗疫岂怕背骂名。
　　　　延误时间就是延误三省性命，
　　　　难道说，千万生命重不过顶戴花翎？

伍连德　（制止）花杏子！
锡　良　哎呀！花杏子虽乃日本人，此言令老夫汗颜哪。
　　　　〔胡希松扛一鼓鼓的麻包上，放在众人面前。
锡　良　何物？
胡希松　请看。（敞开麻包口）
　　　　〔众人围拢观看，大惊。狼剩子悄然而下。
众　人　啊！
锡　良　大胆！偷窃尸体！
胡希松　总医官需要什么，咱就置办什么。
锡　良　即刻送回！
伍连德　不可！花杏子——
花杏子　到！
伍连德　解剖检验！
花杏子　哈依！
锡　良　钦差大人，使不得啊。
伍连德　总督毫不知情。是我伍连德擅自动刀。
锡　良　这……
伍连德　（对花杏子）抓紧时间。
　　　　〔花杏子与伍连德打开皮箱，迅速戴上口罩手套。
花杏子　老师安装检验器材，学生操刀解剖。（边说边拿出手术刀和剪刀）
伍连德　做好自身防护，从肺部提取样本。（遂安装检验设备）
花杏子　（向胡知县示意将尸体送进内室）有劳了。
胡希松　得令！（将麻包扛入内室。即屏风后）
　　　　〔花杏子提器械箱进入内室。
锡　良　此乃大逆不道！胡希松——
胡希松　（出内室）嗻。
锡　良　尔闯下大祸了！
　　　　〔花杏子已然取出样本，交于伍连德。

伍连德　（将样本放置于显微镜下）尽快清理现场！
花杏子　哈依！（又进屏风后）
　　　　［伍连德观看显微镜进行检验。
锡　良　检验若何？
伍连德　（摇头）因尸体冻僵，细菌变形，是何病毒，难以确认。
锡　良　这如何是好？
伍连德　需要新鲜尸体，重新检验。
锡　良　啊？不得再度鲁莽！待吾报朝廷恩准。
伍连德　火速上报！尸体内含有病毒，立刻焚烧所有尸体。
锡　良　焚烧？此乃大忌也！
伍连德　病毒冻僵变形，只是深度休眠。一旦进入人体，即可醒来致病。
锡　良　老夫万万不敢焚毁尸骨。
　　　　［胡希松又悄然而下。
伍连德　由我电告右丞施肇基，请他上报朝廷，或许迅速传旨。
锡　良　此言极是！（突然闻到一股恶臭）何处飘来恶臭之气？
　　　　［金鸿福突然闯入。
锡　良　（吃惊）金鸿福，道台……
金鸿福　总督大人，下官钦佩哪！
锡　良　（惊慌）何，何事？
金鸿福　带上来！
　　　　［狼剩子和众巡警将胡希松五花大绑而上。
锡　良　这……
金鸿福　这狗官竟冒天下之大不韪，焚烧尸体！
胡希松　狼剩子！歪儿哼儿，奸细。要杀要剐，看着办吧。
金鸿福　（抬手一掌，将胡打趴）狗官！
伍连德　不许打人！焚烧尸体是我的命令，胡知县遵命执行！
金鸿福　总医官乃吾皇钦差，自然敢做有违人伦之事了。（说着突然闪进内室）
锡　良　啊！（惊愕）
伍连德
金鸿福　（揪出花杏子，猛然撕下其口罩）竟是个贱妇！
　　　　［金鸿福抬手一掌，只打得花杏子满口流血，花杏子下意识地用戴手套的双手捂住嘴，擦血。

伍连德　欺人太甚！（一拳将金鸿福打飞）
　　　　〔众随从围住伍连德，抽刀掏枪。伍连德和花杏子双双抬腿踢飞门卫和巡警的刀枪，并以西洋拳快速出击，将众人撂倒。
伍连德　（见花杏子又擦拭嘴唇）不要擦嘴！手上有病毒。快去消杀。
花杏子　啊！（花杏子急忙摘下手套，跑至内室）
锡　良　（击掌）果然勇猛！素闻总医官文人武行，耳听为虚，眼见为实哪！
伍连德　牛刀小试而已。
金鸿福　（伏地）哎哟……
锡　良　（踢金鸿福）碰上硬茬了！滚起来。
　　　　〔金鸿福艰难爬起。花杏子由内室而出。
锡　良　（命令金）下跪赔罪！
金鸿福　跪天跪地跪皇上，岂有跪恶妇之理？不跪！
锡　良　（照金鸿福腿弯一脚）跪！
金鸿福　（被踹跪倒，拧头别脑）总医官，花小姐，恕鸿福无理！
伍连德　起来吧！我再说一遍，解剖尸体是我急需，胡知县是在执行命令。
金鸿福　若朝廷怪罪下来……
锡　良　老夫担责！
金鸿福　好！（对手下）将这狗官押回道台大堂！
锡　良　不可！此案重大，交于本官查办。
金鸿福　这……
伍连德　金鸿福——
金鸿福　嗻！
伍连德　是谁瞒报疫情，造成扩散？
金鸿福　胡希松。
胡希松　妄言！下官三番五次……
金鸿福　住嘴！诬陷本官，证据何在？（又照胡一记耳光，打得胡希松晕了过去）
伍连德　胆大包天！竟然连打俩人。我命令你——
金鸿福　下官听令。
伍连德　封锁傅家甸，任何人不得出入！
金鸿福　啊！下官不敢做主，须报朝廷。
伍连德　我自然电告朝廷。

锡　良　速去办理！

金鸿福　嗻！（带随从一瘸一拐地恨恨而下）

伍连德　金鸿福为何如此嚣张？

锡　良　虽本官高其一头，其后盾却比本官硬过数等。

伍连德　谁？

锡　良　来日方长，自然明白。唉！

　　　　〔伍连德和花杏子陷入沉思。灯渐暗。

第三场
人间大爱

　　　　〔字幕：五日后。
　　　　〔滨江道医院检验室。
　　　　〔幕后传来如泣如诉的女声独唱：

　　　　　　江海比不了爱之泪，
　　　　　　蓝天容不下情之辉。
　　　　　　心光胜过彩虹美，
　　　　　　知音一曲千古悲！

　　　　〔一束追光追出胡希松上。

胡希松　俺滴个亲娘祖奶奶！（大呼）吓煞人咧——
　　　　〔灯启。伍连德正在看显微镜。

伍连德　又死亡多少人？

胡希松　千多个咧！

伍连德　傅家甸全封闭没有？

胡希松　金鸿福明一套，暗一套，时封时开！皮货大市场，根本没人管，歪儿咩儿，宰羊的宰羊，剥旱獭的剥旱獭。

伍连德　（警惕地）旱獭？

胡希松　最早发病的是猎人啊！

伍连德　悄悄去皮货市场，割点旱獭肉回来。

胡希松　检验？

伍连德　对。不要沾手，让别人放到瓶子里。

胡希松　咦！那玩意浑身是宝，油能治冻疮。皮子见雪，雪即化！

伍连德　皮货市场剥过多少只旱獭？
胡希松　说是上千只了。
伍连德　獭皮卖给谁了？
胡希松　说是有个大皮货商，歪儿咔儿，高价收购呀！
伍连德　查询獭皮的去向。
胡希松　得令！（急下）
　　　　［花杏子躲躲闪闪地上。
花杏子　老师……
伍连德　回去吧！你身体熬坏了，命令你休息两天。
花杏子　关键时刻，学生要帮助您。
伍连德　看你这疲惫的样子，快休息去吧。
花杏子　或许日本人能够帮助您。
伍连德　（拍案而起）大清的防疫事务，不容你们日本人插手！
花杏子　对不起！（深深一躬）花杏子不能再做您的学生和助手了。
伍连德　（一愣）要走？
花杏子　走。
伍连德　害怕了？
花杏子　怕。
伍连德　（愤怒）是我瞎了眼，优中选优的学生，竟是胆小鬼！去什么地方？
花杏子　让老师找不到的地方。
伍连德　凭什么走？
花杏子　（泣声）学生舍不得老师，但是，不走不行了。
伍连德　（缓了口气）花杏子啊，有许多工作需要你协助完成，我不会同意你去任何地方！
花杏子　对不起！它已经向我招手了。（泪流满面）
伍连德　哭什么？（递过手绢）
花杏子　（躲闪）离我远点儿！
伍连德　到底怎么啦？
花杏子　病了。
伍连德　感冒啦？
花杏子　瘟疫！
伍连德　啊！（惊呆）

花杏子　学生已经吐血了，可能见不到明天的您了。
伍连德　你在骗我！
花杏子　请老师答应学生一个请求。（哭着鞠躬）
伍连德　老师答应你。
花杏子　解剖我。
伍连德　胡说！
花杏子　我是日本人，清政府不会干扰你。
伍连德　上帝呀——
　　　　（唱）　伤心话一句，当头遭雷劈！
花杏子　（唱）　擦去唇边血，泪眼别恩师。
伍连德　（唱）　为什么，苦雨偏打花杏女？
　　　　　　　方踏征程先折戟！
花杏子　（唱）　为什么，凄风枝条鞭黄鹂，
　　　　　　　棒下难择良木栖。
伍连德　（唱）　好同道，别远去，
　　　　　　　莫让我星联失良驹！
花杏子　（唱）　花杏女，乃外籍，
　　　　　　　甘为医官捐残躯。
　　　　　　　恩师彻查病原体，
　　　　　　　莫等圣旨遥无期。
伍连德　（唱）　你让我手颤抖失去底气，
　　　　　　　手术刀怎伤害花容月肌？
花杏子　（唱）　莫顾虑，别惊惧，
　　　　　　　剖腹可见师生谊。
　　　　　　　看我心头一行字，
伍连德　（唱）　定写着大爱为民送晨曦！
二　人　（合唱）全人类，同舟共济，
　　　　　　　挽狂澜，力除恶疾。
　　　　［伍连德愤怒地转身欲下。
花杏子　老师哪里去？
伍连德　剖开金巴掌的胸膛，看看他的心是红是黑！
花杏子　老师息怒。学生最后恳求两件事。

伍连德　（转身，已然泪流满面）说吧，老师记在心中。
花杏子　不要轻易去动金鸿福，对您抗疫不利！金枝叶是我最好的朋友，她比我更优秀，不能让她在抗疫中增加精神负担。
伍连德　对！暂且忍下这口气。
花杏子　再是，我的骨灰不回东瀛。
伍连德　去哪里？
花杏子　（泣声）请老师不要舍弃我，埋在学院旁，老师得闲时，于坟前授授课，花杏子永远是您的学生。
伍连德　（哭泣）一定陪在你的身边！
花杏子　（突然捂住前胸，大喊）快，出去！
　　　　［花杏子急转身，一口鲜血喷红了整座舞台。
伍连德　（哭喊）花杏子——
　　　　［红光渐收。

第 四 场
让 与 不 让

［隔日后。
［总督内务府。
［幕后传来男声独唱：

　　　　东三省，泪纵横，
　　　　官民心头雾蒙蒙。
　　　　昏昏沉沉做噩梦，
　　　　何日松涛唱大风。

［灯启。锡良焦急万分。胡希松端上一碗药来。
胡希松　请大人服药。
锡　良　（喝了半口，忽然将碗摔在地上）治得了肠胃之疾，难治心头大患！
　　　　（唱）如水泄高地，
　　　　　　　似火烧平原。
　　　　　　　龙兴地已病死成千上万，
　　　　　　　岂容我享富贵苟且偷安！

［伍连德郁郁而上。

伍连德　　总督……

锡　良　　快坐。唉！电呈解剖与焚尸之事，朝廷也为难哪！

伍连德　　（凝重地）解剖过了。

锡　良　　啊！鲜尸从何而来？

伍连德　　我的助手，学生！

锡　良　　花杏子？

伍连德　　染上瘟疫。她，她献出了遗体！

锡　良　　（大惊）乃你持刀开膛破肚？

伍连德　　忍痛割爱。

锡　良　　（悲愤）你，你！

　　　　　（唱）　星联大不韪，
　　　　　　　　　冷血实可畏！
　　　　　　　　　刀剖爱徒可羞愧？
　　　　　　　　　老夫徒伤悲。

伍连德　　总督啊——

　　　　　（唱）　女生不让男须眉，
　　　　　　　　　巾帼遗愿贯耳雷。
　　　　　　　　　为救三省捐心肺，
　　　　　　　　　崇高品格闪光辉。

锡　良　　异国烈女哪！抚银千两，寄往东瀛！

胡希松　　得令。

锡　良　　花杏子如何染疫？

伍连德　　总督在场亲见。

锡　良　　是他？金巴掌。捉拿归案！

胡希松　　歪儿哔儿，逮！

伍连德　　慢！花杏子临终时交代……

锡　良　　有何遗愿？

伍连德　　抓捕他，对抗疫不利！再说，花杏子与金鸿福女儿金枝叶，情同姐妹。

锡　良　　此言有理。狗官脊梁骨极硬，暂且记下这颗狗头！

胡希松　　总医官，旱獭肉检验，是何结果？

伍连德　　与花杏子病毒无异！

胡希松　　歪儿哔儿，真是旱獭惹的祸！

伍连德　对！此次肺鼠疫，由旱獭引起。

锡　良　啊！如何处置？

伍连德　控制传染源，切断传播途径，查清獭皮下落！

胡希松　下官恨不得连老鼠窟窿都掏，岂奈旱獭皮子，犹似插翅飞走！

锡　良　（对胡）仍需竭力缉查！

胡希松　得令！（急下）

〔梅斯尼带助手金枝叶上。

锡　良　梅医官请坐。

伍连德　梅斯尼医官，病源已经查清。

梅斯尼　（不屑地一笑）鼠疫。老鼠传播！

伍连德　不是老鼠，是旱獭传播的肺鼠疫。

梅斯尼　旱獭？肺鼠疫？No，No，No！传播途径属于老鼠身上的跳蚤。纯属欧洲黑死病！

伍连德　我已检验多只老鼠，无一只携带耶尔森病毒。

梅斯尼　No，No，No，我令道台先生高价收购鼠尾，消灭老鼠，鼠疫解除。

伍连德　不对！肺鼠疫通过唾液飞沫人传人，比黑死病更恐怖！

梅斯尼　无稽之谈！我已接诊四例患者，从不佩戴口罩。看，（做了个拳击动作）很健康！

伍连德　（拿出检验单）这是检验结果，请让事实说话。

梅斯尼　（不耐烦地）年轻气盛，难以商榷。总督先生——

锡　良　何事？

梅斯尼　本人请求担任总医官。

锡　良　这……总医官乃朝廷命官，或许不可吧。

伍连德　总督，梅医官比我资历深厚，应汇集全世界最好的医务力量，全力抗疫防疫！

锡　良　星联！

伍连德　紧要关头，医护人员不可产生任何矛盾！我马上通电卸任，甘做梅总医官助理。

锡　良　断然不可！孰高孰低，老夫心知肚明。

伍连德　总督……

锡　良　（转向梅）知否如何取得检验结果？

梅斯尼　或许来自医学杂志。

锡　　良　（拍案）庸医！此乃将助手开膛破肚所得！

金枝叶　（大惊）花杏子怎么啦？

伍连德　（热泪盈眶）我的好学生啊——

　　　　（唱）　长天也流泪，
　　　　　　　　杏子驾鹤飞。
　　　　　　　　生为白衣多俊伟，
　　　　　　　　死在异地做雄魁。
　　　　　　　　战瘟疫是将人类来护卫，
　　　　　　　　英雄啊，长白山是她的纪念碑。
　　　　　　　　想着她，不怕毒菌不怕鬼，
　　　　　　　　她助我扭转乾坤待春归！

金枝叶　（哭喊）花杏子——

　　　　（唱）　噩耗如箭穿胸来，
　　　　　　　　血流满腹泪满腮。
　　　　　　　　好闺密魂断俺道里道外，
　　　　　　　　救乡亲出水火化作尘埃。
　　　　　　　　花杏子精诚白衣施大爱，
　　　　　　　　金枝叶誓仿效栋梁之材！

　　　　（白）请问总医官，花杏子怎么感染的？

　　　　［胡希松暗上。

胡希松　因为……

伍连德　不要说了！

金枝叶　总医官……

锡　　良　梅先生急于灭鼠，尔等忙去吧。

胡希松　送客——

梅斯尼　总督先生，我完全有能力……

胡希松　走吧，走吧！（推出）歪儿咔儿，装什么能的！

　　　　［柴之郎上。

锡　　良　柴医官有何贵干？

柴之郎　大清帝国未设防疫研究所，根本没有抗疫能力！本人作为医官兼外务部领事，需要接管东三省。

锡　　良　接管？

柴之郎　对！建立防疫所，派兵治安。
锡　良　出兵？哈哈，心机匪浅哪。
伍连德　胆大妄为！
　　　（唱）　平地要搅三尺浪，
　　　　　　　冰雪之上欲加霜。
　　　　　　　借机出兵休妄想，
　　　　　　　岂容榻旁睡豺狼！
锡　良　总医官不答应，本官更不答应，满朝文武哪个敢答应？退下！
柴之郎　（赖着不走）请总督三思……
胡希松　窥视东三省已久。歪儿哼儿，滚！（推出柴之郎）
伍连德　我建议，立即成立防疫研究所。
锡　良　正合我意！胡总管——
胡希松　在！
锡　良　腾出内务府，权作防疫之所！
　　　〔切光。

第五场
能者多劳

　　　〔字幕：四日后，梅斯尼因感染病毒去世，东三省疫情震惊世界！
　　　〔总督大堂。
　　　〔伍连德查阅有关报表。
　　　（唱）　千头万绪压肩膀，
　　　　　　　百忙十分不周详。
　　　　　　　阴云暗日起恶障，
　　　　　　　金巴掌挡不住出太阳。
　　　〔锡良上，胡希松跟上。
锡　良　（抱拳）总医官。
伍连德　（鞠躬）总督好！
锡　良　傅家甸日殁一百八十余人，东三省亡殁数万！朝廷旨意……
伍连德　朝廷说什么？
锡　良　老夫通电右丞施大人，上报朝廷恩准，交出兵符印玺，由总医官代

　　　　　　老夫暂管。

伍连德　不可，万万不可！

　　　　　[锡良掏出兵符高举，胡希松高举印玺，突然跪在伍连德面前。

锡　良　救龙生之地，救三省父老！

伍连德　星联尽力而为！听命于总督调遣。两位快快请起。（搀扶）

锡　良　锡良不起！甘愿任尔调遣。

伍连德　星联有何过错，请大人教诲，何必让权？

锡　良　老夫我啊——

　　　　（唱）　若挥刀战沙场略有谋勇，
　　　　　　　 若论这抗瘟疫一窍不通。
　　　　　　　 若医官全局不掌控，
　　　　　　　 看似有情却无情！

伍连德　总督万不该电告右丞，荐我星联取而代之。您这样做，是陷我不仁不义！

锡　良　此言差矣！如今听尔号令者，不足十人，如何调兵遣将令下州府？如何一统三省抗疫大局？这瘟疫势如泄水，四处蔓延，稍有迟疑，三省休矣！正可谓：名不正，言不顺，言不顺，则事不成。恳请总医官暂接兵符、大印，以抗疫为重！

胡希松　恭请新任总督接印！

伍连德　这……

锡　良　若尔不接，便是置推荐尔者施肇基大人项上人头于不顾！老夫长跪不起。

伍连德　总督……

锡　良　（哭喊）接印哪！

伍连德　从，从命。（接过）

　　　　　[搀起锡良和胡希松。

锡　良　恭请总督升堂。

伍连德　大人……（胡希松忙将伍连德搀拥于大堂之上）

锡　良　老夫已召集八大府官员及三路将军恭候多时了。传令！

胡希松　（向外大喊）升——堂！

　　　　　[众官员与三路将军匆匆而上。抬头见大堂之上竟然正襟危坐着伍连德！总督大权旁落，垂手侍立。众人面面相觑，不知所措，窃窃

私语。

锡　良　（大喝）肃静！

胡希松　公堂之内，官体为重，别忘了气沉丹田，含胸拔背。面向新总督，站好了！

锡　良　恭听总医官兼三省总督伍大人发号施令！

伍连德　锡良大人——

锡　良　下官锡良！

伍连德　任命你为防疫全权总检察官，巡视东三省，对玩忽职守、草菅人命者，私吞赈灾款项、中饱私囊者，先斩后报，一切责任，由我伍连德承担！

锡　良　嗻！

伍连德　东三省大小官员，给我听好了——
　　　　（唱）临危受命赴任前，
　　　　　　　三省已经塌了天。
　　　　　　　病毒泛滥傅家甸，
　　　　　　　迅速蔓延火燎原。
　　　　　　　尸横遍野一片片，
　　　　　　　传染不分民和官。
　　　　　　　狂澜全凭诸位挽，
　　　　　　　齐心协力肩并肩。
　　　　　　　围城封村锁州县，
　　　　　　　客运禁出山海关。
　　　　　　　为官千日可散淡，
　　　　　　　用官一时马加鞭。
　　　　　　　贪生怕死严查办，
　　　　　　　落马上枷休喊冤。
　　　　　　　瞒报疫情可立斩，
　　　　　　　后奏朝廷论忠奸。
　　　　　　　治瘟疫先治疗官场疾患，
　　　　　　　莫怪绝情伍星联。

众官员　（高呼）下官遵命！

伍连德　奉天巡抚——

巡　抚　（出列）下官在。

伍连德　命你于山海关设立检疫站，无论钦差大臣，还是太子太傅，一律隔离五日放行。

巡　抚　无奈南满及东清之列车……

伍连德　外务部即日抵达，助我与日本、沙俄当局交涉。立即停止客运售票！
　　　　（唱）　如若协商难促成，
　　　　　　　　截断道轨阻其行。
　　　　　　　　扣押车厢全征用，
　　　　　　　　隔离那疑似病例查疫情。

巡　抚　（一头雾水）何为疑似病例？

伍连德　是我首创术语，即体温三十七度以上者。

巡　抚　嘛！

伍连德　（从口袋掏出多只口罩和图纸）我连夜绘制图纸，制作口罩，东三省必须人人佩戴。此疫是旱獭传播所致，我已命名为肺鼠疫！

众官员　旱獭！

伍连德　大量獭皮不知去向，须尽力查找！张贴告示，每张獭皮悬赏纹银百两！

众官员　下官尽力搜寻！

伍连德　此疫通过唾液飞沫传染，如不佩戴口罩，三尺之内，定染无疑！各位务必提防。

众官员　（大惊）啊！
　　　　〔顿时乱作一团，恐惧万分，捂鼻掩口，相互躲闪，人人自危。

锡　良　（大喝）列队听令！

伍连德　请不要过于惊恐，各自带样品和图纸连夜炮制即可。三日之后，如发现不戴口罩者，罚款纹银一两，诸位失职，处罚白银三百两！重者由检察官削职查办。

锡　良　打入牢笼！

众官员　嘛！

伍连德　若纱布不足，内填湿棉一层。百姓亦可用蚊帐制作。

众官员　嘛！

伍连德　朝廷拨来赈灾银三十万两，由总督内务府胡大管家按其所需分配。

胡希松　得令！

众官员　皇上圣明！（朝北京方向跪倒）

伍连德　我已通电有关组织驰援，大批国内外医护人员即日抵达。
众官员　谢总督！
伍连德　各府所辖州、厅、台、县，必须雇用夫役打扫卫生，调用警察日夜巡逻，任何人不许集合串联！
众官员　嗻！
伍连德　三路将军听令。
三将军　（爬起）在！
伍连德　日本企图借机出兵，三位将军，严加镇守！
三将军　得令。
伍连德　辽东将军听令。
辽将军　嗻！
伍连德　抽调1160名将士，对滨江道和山海关施行军管，并带炸药数吨，炸开冻土，将傅家甸2200余具尸体焚烧填埋。届时，我亲临现场指挥。
辽将军　得令！
伍连德　金鸿福！
金鸿福　（打个寒战）下……下官在。
伍连德　命令你迅速将傅家甸划为四个区域，佩戴红、白、黄、绿四色袖章，各区不得串联，并派40支搜查队，挨家检查，发现疑似病例，立即送往车厢隔离。如再玩忽职守，严惩不贷！
金鸿福　嗻！
伍连德　春节临近，三省各地务必大放烟花爆竹，以其硫黄火硝对空气消毒！并喷洒生硫黄，掺拌石炭酸广泛消毒！听清楚没有？
众官员　嗻！
伍连德　拜托了——
　　　　（快唱）黑土大地已病重，
　　　　　　　　官舍命民才能起死回生。
　　　　　　　　斗瘟疫生死战志在必胜，
　　　　　　　　我们是断头将领，
　　　　　　　　两肋插刀，首当其冲！
众官员　（单跪抱拳）谨遵钧命！
　　　　［光渐收。

第六场
心系三省

　　〔字幕：1910年小年。
　　〔防疫研究所。
　　〔幕后传来深情的女声独唱：
　　　　腊月二十三，
　　　　难过小年关。
　　　　满眼泪水珠断线，
　　　　唯恐阴阳两重天。
　　〔灯启。伍连德满面愁容，立于窗前凝望。
　　〔胡希松上。

胡希松　总医官，不不不！总督大人——
伍连德　胡总管，无须称呼总督。
胡希松　俺干娘求见。
伍连德　干娘？请进。
胡希松　（喊）娘，进来便了。
　　〔张夫人上。
张夫人　民医张氏叩见总医官。（欲跪）
伍连德　（慌忙挽住）老奶奶不要客气，请坐。
胡希松　俺娘是张仲景的后人。
伍连德　中医世家？我对中草药缺乏研究，况且……（摇了摇头）
胡希松　您别不信呀！那年俺爹一口气上不来，寿衣都穿上了，她撬开爹的嘴，灌了一服汤药，俺爹便脱掉寿衣下了炕！俺就认了干娘。
伍连德　那是临床休克。
张夫人　总医官，民医可否与您商榷一二？
伍连德　您讲。
张夫人　祖上说："瘟疫生于小寒，长于大寒，盛于立春，衰于惊蛰，灭于清明！"
伍连德　哈哈，若按张仲景先生所言，坐等到清明，东北数千万人，所剩无几了。
张夫人　总医官啊——
　　（唱）　中医西医大不和，
　　　　　莫怪老妇嘴喋喋。

　　　　　　孰是孰非互轻蔑，
　　　　　　说长论短今未决。
　　　　　　俺深知西医手术胜中药，
　　　　　　边开刀边滴液治病最快捷。
　　　　　　您可知毒虫害兽亦猛烈，
　　　　　　蜈蚣水蛭配蛇蝎。
　　　　　　您可知腰疼腿酸门槛都难越，
　　　　　　真虎骨熬膏药仅需贴三贴！
　　　　　　您也知这瘟疫人人皆胆怯，
　　　　　　对此症配百草抵抗这一劫。
　　　　　　熬药汤送亲友先把毒来泄，
　　　　　　少有人患此疫泄血大吐血。
　　　　　　您若是相信俺中医不伪劣，
　　　　　　俺甘愿倾家荡产效扁鹊！

伍连德　什么处方？
张夫人　祖上乃治瘟疫名扬天下，太太太爷配制的"清瘟解毒还魂汤"。
伍连德　清瘟解毒倒是关键！但"还魂"是有点夸大其词了。
胡希松　亲友们喝了"还魂汤"，少有病者！
伍连德　有这个可能吗？
胡希松　如若妄言，出门掉到井里！
张夫人　总医官，民医谨遵祖训，医德为先！为救三省民众跳出火坑，恳请三思。
伍连德　我考虑考虑吧。
　　（唱）　闻言心头一阵热，
　　　　　　慎重跟进这道辙。
　　　　　　如若走偏酿差错，
　　　　　　贻误救灾大翻车。
　　　　　　医学界，中医根本不在册，
　　　　　　国际上，专家统称伪科学。
　　　　　　受熏陶，我也有些不认可，
　　　　　　听其言，心中陡然起浪波。
　　　　　　为什么，时珍妙手患者乐？

　　　　　　　为什么，扁鹊回春人高歌？
　　　　　　　为什么，仲景后人除毒热？
　　　　　　　为什么，华佗亦敢开颅壳？
　　　　　　　想到此，燃起一把希望的火，
　　　　　　　中西医相结合共战恶魔！

张夫人　伍大人，是否可行？
伍连德　中西医结合，或有疗效。
张夫人　伍大人心胸宽广！民医倾囊购置药材，熬汤后摆上滨江大街，免费服药。
伍连德　我要让东三省个个戴口罩，人人皆服清瘟解毒还魂汤！
张夫人　还魂汤乃毒虫猛禽名贵药材，令东三省人人皆喝，民医便心有余而力不足了。
伍连德　胡总管——
胡希松　在！
伍连德　调拨赈灾银一万两，购买药材。
胡希松　得令！
　　　　〔锡良上。
伍连德　总督……
锡　良　下官锡良，可直呼其名。
张夫人　两位大人繁忙，民医告辞。
伍连德　老奶奶慢走。
　　　　〔胡希松搀扶干娘匆匆而下。
锡　良　星联哪，电报发至府上……
伍连德　谁的电报？
锡　良　贵夫人。
伍连德　露芙来电了。
锡　良　星联性情刚毅……（从袖中取出电报，复又装回）
伍连德　大人向来快言快语，为什么吞吞吐吐？（硬从锡良袖中掏出）
　　　　〔伍连德看罢，呆若木鸡，电报脱手滑落，眩晕欲倒。
锡　良　（扶住泣声）星联……
伍连德　（唱）　电报如利斧，
　　　　　　　　迎面劈头颅。

　　　　　　幼子突夭折，
　　　　　　神志也恍惚。
　　　　　　想幼子甜甜笑脸刚学步，
　　　　　　向我怀中扑又扑。
　　　　　　想幼子嫩嫩小手把我嘴捂住，
　　　　　　怕我发脾气，护娘的小牛犊。
　　　　　　妻子比我更痛苦，
　　　　　　寄人篱下，哪敢在上海滩放声大哭！
　　　　　　吞泪咽下这酸楚，
　　　　　　提笔回电血泪书。
　　　　　　贤妻啊，肝肠寸断也挺住，
　　　　　　理解我，为何别妇又抛雏。
　　　　　　我并非见惯了死亡已麻木，
　　　　　　痛失骨肉泪满腹。
　　　　　　待等除掉疫如虎，
　　　　　　归家为儿祭白烛。

锡　　良　速回上海滩，安抚夫人要紧！
伍连德　瘟疫不除，星联无颜归家。
锡　　良　（抱拳）精忠！
伍连德　獭皮可有消息？
锡　　良　渺然无踪，或许售于异国。
伍连德　疫情初始，已切断国际贸易，不会外流。
锡　　良　正是！待老夫彻查。
　　　　［金枝叶怯怯而上。
伍连德　金枝叶……
金枝叶　总医官您好！
锡　　良　（烦恼）来此作甚？
金枝叶　（唱）　总医官，心操透，
　　　　　　　　里里外外忙不休。
　　　　　　　　申请为他做助手，
　　　　　　　　不知收留不收留？
伍连德　（背唱）有心调来当助手，

照町 ZHAO TING

　　　　　　　　疑惑她家有阴谋。

锡　　良　（背唱）不可留，不能收，
　　　　　　　　臭塘少不了烂泥鳅！

金枝叶　（背唱）俩人为何眉紧皱？

锡　　良　（唱）　水亦载舟亦覆舟。
　　　　　　　　可知谁瞒疫情如猪似狗？

金枝叶　（接唱）谁丧天良谁掉头！

伍连德　（唱）　勿言他人邪恶丑，
　　　　　　　　全力抗疫暂不究。

锡　　良　（唱）　罢罢罢，暂寄雷霆不劈柳……

金枝叶　（唱）　不可只打闪，滴雨也难求！
　　　　　　　　真男子，不缄口，
　　　　　　　　倒不如女子羞不羞？

锡　　良　（大怒）放肆！

金枝叶　我说得不对吗？吞吞吐吐，遮遮掩掩，像什么男人！

锡　　良　好！老夫如实道来。

伍连德　（阻止）总督，检察官！

锡　　良　老夫倒要请教枝叶医官，是否令尊委派？

金枝叶　是的。爹爹让我竭力帮助总医官，不得离开寸步。

锡　　良　哈哈！果不出老夫所料，设一雷池耳。

金枝叶　什么意思？

锡　　良　（拍案而起）令尊瞒报疫情！

金枝叶　（大惊）啊！我不相信爹爹会丧尽天良。

锡　　良　良心何在？花杏子死于其手。

金枝叶　绝对不可能！

伍连德　花杏子正在缝合染疫女尸，你父亲突然闯入，撕下口罩，照脸打了一掌！直打得满嘴是血……

金枝叶　花杏子脑出血？

伍连德　不！她下意识地用沾满病毒的双手，捂嘴擦血……

金枝叶　天哪！原来是这样感染的！是不是真的？

锡　　良　老夫亦在现场，星联绝无妄言。

金枝叶　好一个金巴掌，为花杏子报仇！（欲下）

伍连德　站住！想不想当我助手？
金枝叶　想。
伍连德　我答应你。但要记好了，不许质问你爹。假装什么也不知道。
锡　良　星联……
伍连德　我想起一句话，白莲出淤泥而不染。
锡　良　但愿如此。老夫赴奉天督查，告辞。
伍连德　请大人慢走。
　　　　［锡良下。
金枝叶　我回家拿几件衣服，马上回来。
伍连德　去吧。
　　　　［金枝叶匆匆而下。
　　　　［胡希松喊着急上。
胡希松　大事不好了——
伍连德　怎么啦？
胡希松　跑了——
伍连德　谁跑了？
胡希松　隔离在车厢内的疑似病人！
伍连德　（大惊）啊！跑了多少人？
胡希松　八里铺第九隔离处，跑了三成！
伍连德　三百余人！金鸿福怎么管理的？
胡希松　歪儿哞儿，这次不可轻饶他了。
伍连德　走。
　　　　［俩人摸起手电筒，匆匆而下。
　　　　［切光。

第七场　救护灾民

　　　　［字幕：当晚深夜。
　　　　［滨江道八里外。列车厢隔离室。
　　　　［幕后传来深沉的男声独唱：

　　　　　　皑皑白雪又加霜，

寒风四起透骨凉。
夜黑风高缺月亮，
人间真情满车厢。

［灯启。众警察及衙役均戴口罩，抽刀端枪围在几间隔离车厢外，如临大敌。

［伍连德与胡希松戴薄纱"口罩"持手电筒急上。

警　官　（掏出驳壳枪）站住！

胡希松　滚开！这是伍总督兼总医官。

伍连德　（摘下口罩）我是伍连德，前来视察！

警　官　（忙收起枪）小的有眼不识泰山，请——

狼剩子　（横刀拦住）无道台大人手谕，不得入内。

胡希松　（撕下其口罩）狼剩子！歪儿咩儿，奸细！（一记耳光）滚蛋！

［狼剩子被打得晕头转向。悄然而下。

［伍连德与胡希松登进车厢。厢内四处挂着吊瓶。疑似病例戴着口罩围拢过来。

胡希松　众人退后！此乃总医官，特意前来探望。

［众患者闻言纷纷跪倒。

众患者　俺们没跑啊，大人饶命！

伍连德　大家请起！安心接受治疗，大部分都能康复。

胡希松　咱傅家甸亡殁人数有所下降，患者已然减少。

众患者　谢伍大人，谢胡知县！观音转世，救苦救难啊……

伍连德　中西医结合治疗，大见成效！请大家千万不要逃跑。

一患者　饿啊……

伍连德　饿？

一患者　每顿半块窝窝头，一根咸菜条子。他妈的，多日未见油水了。

伍连德　什么？

众患者　大人，若不是饿急了眼，谁跑啊！

伍连德　（吃惊）啊！按所拨救灾款，应该顿顿有肉，餐餐管饱啊。

胡希松　报纸还刊登"平民百姓坐火车，乐不思蜀呢。"歪儿咩儿，金鸿福这个混账东西！

伍连德　把这笔账登记在册，迟早要清算。

胡希松　得令！（询问记录）

〔金枝叶跑上。
金枝叶　有情况！
伍连德　什么事？
　　　　〔金枝叶附耳几句，伍连德打了个寒战。
胡希松　怎么了？
伍连德　快下车！
　　　　〔三人用手电检查车厢底盘。
胡希松　若干炸弹！
伍连德　拆除！
　　　　〔胡希松钻入车厢下。
胡希松　没有钳子，拆不动啊。（退出）
伍连德　枝叶，你如何获取的消息？
　　　　〔左台区灯转暗，众隐去。右台区定点光启。
　　　　〔柴之郎提着箱子，由金鸿贵和狼剩子引领，鬼鬼祟祟地来到金鸿福内府。
　　　　〔金枝叶发现可疑，暗藏于窗外窃听。
金鸿福　有劳柴先生运筹帷幄，事成之后，定有重谢！
柴之郎　我已派人固定多枚炸弹，（拍了拍箱子）按钮一按，全部都上天。
金鸿福　事后若处理不当……
柴之郎　你的说，已经电告朝廷，逃跑者，格杀勿论！
金鸿福　几百号人……
柴之郎　如果再跑了呢？
金鸿福　大难临头，不可寡断了——
　　　　（背唱）一不做，二不休，
　　　　　　　　拼命保住项上头。
　　　　　　　　跑了人，玩忽职守，
　　　　　　　　瞒疫情，正遭追究。
　　　　　　　　赈灾款，伙食又扣，
　　　　　　　　哪条罪，也把命丢。
　　　　　　　　这证据落入他人手，
　　　　　　　　怕朝廷丢卒保车杀鸡儆猴。
　　　　　　　　有道是地头蛇敢与强龙斗，

照町 ZHAO TING

      斗他个查无证人鬼见愁！

柴之郎 什么时间的动手？

金鸿福 （咬紧牙关）午夜12点！

     〔灯转暗，众人隐去。左台区定点光启。

伍连德 （抬腕看表）啊！11点55分。（扫视周围）远处一簇荧光，设备指示灯！

胡希松 前往察看！（欲下）

伍连德 （拽住）危险！

金枝叶 怎么办？

伍连德 立刻登上厢顶，照亮我的面孔！

     〔伍连德踩着胡希松的肩头，跃上厢顶。手电光照在摘下口罩的伍连德脸上。

胡希松 站稳了……

伍连德 （喊）我是钦差总医官伍连德，如出现任何事故，皇帝会追查你们的刑法责任！

     〔追光追出台口的金鸿福、柴之郎和狼剩子。狼剩子双手紧张地按着引爆器把柄。

金鸿福 哈哈，见鬼去吧！（举手）预备——

     〔金枝叶爬上车厢顶棚，伍连德忙抓住助手之手。在手电灯光中，俩人并肩而立。

金枝叶 看清楚了！我是道台的女儿，金枝叶。

金鸿福 （大吃一惊）啊！

狼剩子 炸不炸？

金鸿福 （咬牙切齿）撤！把她关起来……

柴之郎 你的，因小失大……

狼剩子 虎毒不食子呀。

金鸿福 （一巴掌打倒狼剩子）滚！

     〔切光。

第八场
怒 火 中 烧

〔字幕：1910年除夕。
〔金鸿福内务府。滨江街头。
〔爆竹声声，烟花四起。
〔幕后传来女声独唱：

    獭皮自古人间稀，
    千金难买一件衣。
    贵人穿在豪门里，
    比披龙袍更珍惜。

〔一束追光追出惊慌而上的金鸿贵。

金鸿贵 哥，枝叶借爆竹之声，砸开后窗，逃走啦！
〔一束追光追出金鸿福。
金鸿福 本想安插于伍连德身边，未料这个逆女……
金鸿贵 仓库之门，也被撬动。
金鸿福 （大惊）啊！逆女暗查獭皮？
金鸿贵 麻包撕开了……
金鸿福 火速移往郊外棉纱厂。
〔追光渐暗，俩人隐去。
〔灯启：金枝叶带伍连德、锡良、胡希松及众衙役、士兵挑灯笼，举火把均戴口罩匆匆而上。
〔金鸿福亦戴口罩亲自押运獭皮，带众亲兵衙役戴口罩推车扛包惊慌而上。两班人马相遇。
金鸿福 呔！迟了一步。
伍连德 检查！
〔金鸿福所带人马上前护卫。被众士兵用枪顶住，团团包围。
胡希松 （抽刀挑开麻包）獭皮！（欲拿）
伍连德 别动，检验过五张，两张沾有病毒。（对众人）全部检查！
〔众士兵用刺刀挑开麻包。
众士兵 报！均是獭皮。
伍连德 集中起来，当场销毁！

　　　　　［众士兵用刺刀将麻包挑成一垛。

锡　　良　浇泼煤油，一火焚之！

金鸿福　慢！

锡　　良　胆大包天！

金鸿福　总督胆量倒也不小哇！可知此货为何人备办？

胡希松　不管谁谁谁，歪儿哗儿，烧！（欲倒马灯里的煤油）

伍连德　等金道台把话讲完。

锡　　良　如实道来！

金鸿福　好！此乃逼下官泄密了……

　　　　　［灯渐暗。定点光中摄政王正摇头叹气，爱妾金枝玉端茶侍候。

金枝玉　王爷品茶。

摄政王　不喝！

金枝玉　为何烦恼？

摄政王　枝玉爱妾哪！曜之年幼，军政内外，事无巨细，皆凭本王爷悉心料理。累哪！

金枝玉　王爷日渐消瘦，卑妾疼爱于心，且无良策助王爷一臂之力。

摄政王　次年组建国会，令吾寝食难安。走向共和，乃大清中兴之道，但满、汉文武各持己见，上谏进疏者数不胜数，唯恐于议会之时，大闹是非，或许重金收买人心……

金枝玉　王爷，满朝文武哪个不腰缠万贯？千金万金如何收买得了？倒不如赏赐珍稀物品，一则封堵众官之口，二则彰显温暖备至！

摄政王　何珍稀物品？

金枝玉　旱獭皮衣。

摄政王　獭皮过于珍贵，东三省几近绝迹，且每件大衣尚需皮子十张，与会者百人，如此算来，千张獭皮何处获取？

金枝玉　若能获取，可有功名？

摄政王　功莫大焉！

金枝玉　如何赏赐？

摄政王　民则良田千亩，官则连升三级。

金枝玉　妾生长于龙生之地，深知家父有方。

摄政王　好！速令滨江道台办理。

金枝玉　锡良居功自傲，只怕从中作梗呀。

摄政王	岂非锡良一人？如今国库亏损，若出巨资，恐惹众官非议，此事须秘而不宣，慎重置办。
金枝玉	唉！自锡良任总督至今，龙生之地，匪患群起，民不聊生。
摄政王	爱妾之意，已然明了。待等大功告成，传旨锡良，晋京重用。
金枝玉	君子一言……
摄政王	驷马难追！

〔俩人欢笑，击掌为誓。

〔光渐收。俩人隐去。

〔灯启。锡良与伍连德惊得面面相觑，呆愣在獭皮前。

金鸿福	哈哈，朝廷旨意，秘而不宣，岂奈逼下官如实禀报！皇上怪罪下来，下官吃罪得起吗？何去何从，悉听尊便吧！
锡　良	（背唱）闻言心头起波涛，
	船遇险滩触暗礁。
伍连德	（背唱）此事如何处理好？
	狗官霸气有根苗。
金鸿福	（背唱）窃喜二人哑了炮，
	转眼变成俩草包！
金枝叶	（背唱）王府深宫烟霞罩，
	姐不知哪片云彩藏冰雹。
锡　良	（背唱）早已看淡乌纱帽，
	却怕失了权，抗疫宏图除夕抛。
伍连德	（背唱）总医官的职位可丢掉，
	绝不可毁长堤放出疫潮。
金鸿福	（背唱）蛟龙变成翻身鹞，
	量他不敢拔羽毛！
金枝叶	（背唱）英雄出山中圈套，
	毒箭如雨当头浇！
	（对伍唱）天理唯有一条道——
	灭瘟疫除祸根就在烧烧烧！
金鸿福	（白）大胆逆女！
	（唱）　生你养你大不肖，
	胳膊肘子往外捣，非鬼即妖！

　　　　喝令上锁戴枷铐,
　　　　梁头吊打不轻饶!

　　（白）逆女!（举手就打女儿,被伍连德抓住手腕）

伍连德　再敢抬手就打,斩断你这罪恶手掌!
金鸿福　下官动用家法,与你何干?
伍连德　她公务在身,眼下不是你的女儿,是本官助手。躲开!
金枝叶　阿爸,女儿是为你好,獭皮进京姐姐也受其害!
金鸿福　住口!此皮须经火硝腌制,方能柔软制衣,纵有病毒,早已灭亡,来人,将这逆女拿下!

　　〔众亲兵上前捆绑。

伍连德　来人!捆绑这群爪牙!

　　〔众士兵将众亲兵打翻,捆起。

锡　良　果然出淤泥而不染!紧要关头,吾不及也。
伍连德　金枝叶方能够大义灭亲,你、我还有什么顾虑?
锡　良　浇油!
伍连德　烧!

　　〔众士兵欲浇油。

金鸿福　（挡住）住手!私烧贡品,杀身之祸!
伍连德　一旦传染满朝文武,势必侵害皇宫,扩散京城,蔓延全国!
金鸿福　咒骂大清,罪加一等!
锡　良　千刀万剐,任由朝廷!
伍连德　祸连九族,由我承担!泼!

　　〔众士兵将灯油泼向獭皮。

锡　良　点燃!

　　〔众士兵将火把投向獭皮,大火轰然而起!
　　〔锡良和伍连德同时摘下帽子、顶子,投向熊熊大火,烈焰腾空!
　　〔切光。

第九场
情义如山

〔字幕:1911 年 4 月。

〔总督府内外。
〔幕后传来男、女声合唱:
　　　春风送暖捷报传,
　　　战疫斗瘟迎春天。
　　　枝叶满头花灿烂,
　　　官民感恩伍星联。
〔灯启。总督府前众官员、黎民、商人、士兵、警察若干人均戴口罩,恭听伍连德宣布疫情。
〔伍连德与锡良均戴口罩站在台阶上,胡希松和金枝叶分左右侍立。

伍连德　此疫自1910年10月份至今,肆虐东三省半年之久,共计死亡六十六万零九十八人。治愈三十余万人。首先,向殉难的国际友人和所有殉难的同胞,鞠躬默哀!
〔众人鞠躬默哀,天际边似乎传来滚滚天鼓声。

锡　良　哀毕!

伍连德　经过十五天的观察,东三省无一新发病例!现在宣布:疫情解除!
〔众人似乎被惊呆。伍连德等人摘下口罩抛向天空,沉寂片刻后,众人突然将口罩摘除扔向天空。整座舞台像下起了纷纷扬扬的大雪。
〔众人突然爆发出山呼海啸般的哭喊声。

众　人　老天爷!又能好好活了。

一官员　总医官力挽狂澜,再生父母啊!(跪倒)
〔众人齐刷刷跪倒。叩地有声。

众　人　总医官百岁!百岁!百百岁啊!

伍连德　诸位请起,请起啊——
　　（唱）我星联,何德何能受此齐声赞,
　　　　　全凭着,朝廷重视举国大支援。
　　　　　全凭着,医护人员无畏生死险,
　　　　　赴三省,抗疫救灾冲锋勇向前。
　　　　　全凭着,工农学商心甘又情愿,
　　　　　听指挥,困扰家中转危才能安。
　　　　　全凭着,中医结合防抗这疫患,
　　　　　张仲景,解瘟清毒秘方未失传。
　　　　　全凭着,各级官员昼夜苦奋战,

解国难，忠心赤胆撑起一片天！
全凭着，士兵警察三省连轴转，
全凭着，三省总督予我指挥权。
我本身，医生行医吃口本分饭，
有功劳有苦劳大家共同来分摊。

众　　人　总医官心胸宽广，谦逊至诚……
伍连德　我最愿意做的事情，就是从阎王爷那里把人抢回来。
众　　人　神仙下凡！菩萨心肠哪……
锡　　良　各位父老请回。
众　　人　谢总督，谢总医官！（众人下）
锡　　良　（拍了拍伍的肩头）抗疫斗士，饮酒去。
伍连德　陪总督一醉方休！
　　　　　〔俩人携手进入衙堂。
　　　　　〔太监上。
太　　监　伍连德接旨——
　　　　　〔胡希松和金枝叶慌忙回避。
　　　　　〔伍连德未跪，只是深深一躬。
太　　监　奉天承运，皇帝诏曰：伍连德平息瘟神，厥功至伟，赐黄金千两。卸任总医官之职，擢升陆军军医学堂正监督。钦此！
伍连德　谢皇上！（接过圣旨）
太　　监　（又从袖中取出一份）锡良接旨——
　　　　　〔锡良慌忙跪倒。
太　　监　奉天承运，皇帝诏曰：锡良抗疫有功，赐白银三千两。卸职东三省总督，即与新任总督交接政务。限三日内赴京，另委重任。钦此！
锡　　良　（紧咬牙关）谢主隆恩！（接旨）
太　　监　收拾收拾吧，新官上任，还要在这儿烧上三把火呢。
锡　　良　今日即可。
太　　监　交出兵符印玺，俺替你转交新任总督金鸿福。
伍连德　金鸿福？
锡　　良　遵命。（即将兵符和印玺交与太监）
太　　监　告辞。
锡　　良　不送！

［太监灰溜溜地下。

伍连德　东三省要倒在金鸿福手中。
锡　良　岂止东三省啊。果然不出尔吾所料，无官一身轻了。
伍连德　皇上另委重任。
锡　良　不任！老夫肠疾，人所共知，抱病辞呈。
伍连德　我陪您去医学堂检查，可以手术治疗。
锡　良　手术？岂不泄了老夫元气，不治！星联啊，尔常与老夫商议，欲创办数所医学学堂，老夫可任筹建总监一职？
伍连德　太好了！
锡　良　一言为定，吾将倾囊相助。
伍连德　黄金千两，全部用于办学。不！我也倾囊助学。
锡　良　救众生于苦难，胜造七级浮屠！
［胡希松和金枝叶惊慌而上。

金枝叶　府外有许多道台亲兵。
胡希松　狼剩子四处游荡。
锡　良　（急起身向窗外瞭望）不妙！金鸿福恐尔回京复命，将诸多证据交与施大人。星联，以防不测。
金枝叶　怎么办？
锡　良　火速出关。
胡希松　您已无权，调谁护送？
锡　良　枝叶算作一位，且有……
胡希松　且有本尊。剪去辫子，剃掉胡须，穿上白大褂，戴上大口罩，胡希松便是伍连德。
伍连德　不可，万万不可！
锡　良　乔装打扮，高！去吧。
胡希松
金枝叶　遵命！（急下）
锡　良　星联！
　　　　（唱）　晴天要下大暴雨，
　　　　　　　　山海关内风凄凄。
伍连德　（接唱）纵然轰顶何所惧，
　　　　　　　　不可替身对强敌。

锡　良　（唱）　龙游沟壑遭虾戏，
　　　　　　　　凤入笼中被鸟欺！
伍连德　（接唱）不可使用调包计，
　　　　　　　　莫怕星联有闪失。
锡　良　（唱）　劲敌如虎已添翼，
　　　　　　　　平安出关速撤离。
伍连德　（接唱）若敢车上动刀匕，
　　　　　　　　我闪电拳击飞脚踢！
锡　良　（唱）　一虎难斗狼聚集，（从案下摸出几样物品，兜在大襟之内）
　　　　　　　　有备无患防万一。
　　　　　　　　这一把勃朗宁防身揣兜里，（拿出一把，递给伍连德）
　　　　　　　　这一把二十响与贼比高低！（又拿一把，递给伍连德）
　　　　（白）希松，枝叶——
　　　　［俩人已化装完毕，提医疗器械应声而上。
锡　良　（唱）　这一把柯尔特交付于你，（再拿一把，递给胡希松）
　　　　　　　　六连发不卡壳毙敌快又急！
　　　　　　　　这一把勃朗宁交给刚烈女，（最后一把，递给金枝叶）
　　　　　　　　你定然大义灭亲不迟疑！
　　　　　　　　为保这国家栋梁战死而后已，
　　　　　　　　凭赤胆舍生死搏斗贼袭击！
伍连德　绝对不能让他二人为我担风险！总督……
锡　良　吾已失势，莫再官称。星联贤弟……
伍连德　我应喊您叔叔。
锡　良　忘年之交，自古称兄道弟。虽携手四月之余，情比海深，义如山重！尔挽狂澜，战瘟神，行事处世，老夫钦佩至极！吾有一愿，不知能否高攀？
伍连德　您讲。
锡　良　锡良不才，且重情义，但愿结拜为兄弟。
伍连德　星联与您相见恨晚了。您不顾安危，竭力相助，呈兵符，让大印，对我高度信任。从火烧獭皮那一刻，您就是星联心目中的一奶同胞！
锡　良　好！上香。
胡希松　（焚香，插于香炉内）上不上菜？

锡　　良	古有桃园结义，插草为盟，三支香足矣！尔亦前来。
胡希松	我？
锡　　良	刘、关、张缺一不可！贤弟系洋务派，不必叩拜长揖，鞠躬即可！

　　　　　[三人肃然三鞠躬，六手紧握。

锡　　良	礼拜已毕！从今便是生死兄弟。吾为大哥，当仁不让了。
胡希松	我为老二。
锡　　良	只论庚岁，无关职位。尔乃老二是也。
伍连德	好！大哥二哥在上，三弟唯命是从。
锡　　良	江湖规矩如钢似铁，大哥发话，贤弟必行。
伍连德	大哥有话请讲，三弟坚决执行。
锡　　良	好！大哥令尔脱下军装，换上长袍马褂，以口罩掩面，登上硬卧，蒙头大睡。
伍连德	啊！原来大哥……
锡　　良	无须赘言，恭听大哥发令！希松贤弟——
胡希松	二弟在。
锡　　良	大哥令尔先行一步，火速乘上软卧，以防不测。三弟在，尔亦在。三弟不在，尔亦不在！
胡希松	大哥放心，二弟是秦琼老家的汉子，懂规矩，讲义气！
锡　　良	是条山东好汉！去吧。
胡希松	枝叶，咱们走。

　　　　　[俩人戴上口罩，提医疗器械而下。

伍连德	枝叶，你不能去！
锡　　良	她定然前往。学堂总监，岂无助手？（从香案上抱起花瓶）此乃尔寄存吾处之骨灰，敬盛此瓶之内，供奉在堂。请贤弟带回，隆重安葬，了却巾帼心愿！
伍连德	（接过，热泪盈眶）花杏子，咱回家——

　　　　　[灯渐收。

尾声
风雨出关

　　　　　[紧接上场。夜。

　　　　　［车厢内。
　　　　　［随着一声长鸣，传来列车奔驰在道轨接口处连续不断的"咔嚓"声。
　　　　　［幕后传来男、女声合唱：
　　　　　　　春雨夹雪冰似刀，
　　　　　　　山海关外风萧萧。
　　　　　　　铁轮滚滚夜行道，
　　　　　　　天鼓隆隆槌紧敲。
　　　　　［灯启。软卧厢内，胡希松仍戴大口罩，与金枝叶面对面坐在下铺，擦拭手枪。
　　　　　［金鸿贵带狼剩子与十几个亲兵，持刀举枪悄然站在软卧门外。

金鸿贵　（悄声）记住，不可伤及侄女。不到万不得已，不许开枪！伍连德，刀杀！
　　　　　［金鸿贵狠狠一甩手。狼剩子后退一步，一脚将门踹开，众人用刀枪指住俩人。
　　　　　［胡希松与金枝叶并肩而立，各持枪指住众人。
　　　　　［双方僵持。
金鸿贵　（躲在门旁）杀！
狼剩子　（用二十响驳壳枪指着持刀的亲兵）上！
　　　　　［亲兵持刀向胡希松砍去。胡连开六枪，几人倒下。忙低头向左轮手枪中填弹。
金鸿贵　杀！
金枝叶　（挡在胡希松身前，用手枪指着众人）谁敢杀我？滚出去！
　　　　　［众人愣住，后退。
狼剩子　杀伍连德！（开枪打死一个后退者）
胡希松　杀狼剩子！（遂向狼剩子开枪，狼剩子左臂中弹）
狼剩子　（大怒，不顾一切）打！（二十发子弹横扫倾出）
　　　　　［胡希松被打成马蜂窝，当场死亡。
　　　　　［金枝叶亦中弹，她连开数枪后倒下。
金鸿贵　（抱起金枝叶哭喊）侄女，二侄女……
　　　　　［狼剩子撕开胡希松口罩，大惊。
狼剩子　总管，上当了。
金鸿贵　啊！胡希松。（转头怒骂狼剩子）狼剩子，狗日的！（抬手一枪，

　　　　　　将狼剩子击毙，放下金枝叶，咬牙切齿。）伍连德就在这趟车上，搜！
　　　　［伍连德身穿长袍马褂，双手持枪冲上，开枪便打。几位沙俄乘警亦开枪射击，金鸿贵等人边还击边退下。乘警追下。

伍连德　（冲进卧铺厢，晃动着胡希松和金枝叶）金枝叶，枝叶——希松，二哥呀——
金枝叶　（苏醒）总——监……
伍连德　枝叶！（抱起金枝叶）
金枝叶　我不——行了。
伍连德　（撕袍，为金枝叶包扎伤口）别怕，你会好起来的。
金枝叶　带我走吧，我要和花杏子，葬，葬在一起！您，能不能，让我喊声——老师？
伍连德　你是我最最优秀的学生！
　　　　［金枝叶笑了。连喊三声老师，歪头逝于伍连德怀中。
伍连德　（哭喊）枝叶，金枝叶——
　　　　［伍连德抱着金枝叶的尸体号啕大哭。
　　　　［光渐收。
　　　　［幕后飘来女声深情的独唱：
　　　　　　月是天上主，又是夜间客，
　　　　　　去时人遗忘，来时送光泽。
　　　　　　传唱百年的故事，
　　　　　　人生留下一首歌，一首歌。
　　　　［可供选择谢幕（一）或谢幕（二）。

　　　　［谢幕（一）
　　　　［在深情的音乐声中，起光。伍连德已然老态龙钟，由花杏子和金枝叶搀扶着缓缓而上。
　　　　［锡良倍加衰老，由胡希松搀扶着从另一台口上。
伍连德　大哥、二哥——
锡　良
胡希松　三弟——

　　　　［三人泣声呼唤着走向面前，呆愣片刻，突然相拥，而后转身与二女一齐谢幕。

〔众演员鱼贯而上，与以上五人同时深深鞠躬谢幕。
〔在古老打字机"嗒嗒嗒"的声响中，字幕：抗疫英雄伍连德博士，祖籍广东台山人。发明口罩、封城堵村、硝硫消毒、隔离观察治疗等抗疫防疫措施。亲自命名"疑似病例""肺鼠疫""无症状感染者""病毒变异""人传人"等专业术语，由世卫组织沿用至今。系中华医学会首任会长，先后投资创建北大医科大学分院、东北陆军医院（现解放军202医院）、哈尔滨医科大学等医学院校和医院。系中国首位获诺贝尔医学奖提名者！九一八事变后，由上海迁居马来西亚，因三子夭折，长子、次子英年早逝，晚年生活凄凉悲酸，靠开小诊所养家糊口。去世于1960年1月21日，享年八十二岁。
锡良，蒙古镶蓝旗人。曾任山西巡抚、四川总督、东三省总督。因患肠疾拒绝治疗，于1917年病逝，享年六十六岁。

〔谢幕（二）
〔灯启。两个无碑的小坟头，坟头前方有两棵青松，挂着一块写满生物教学的英文小黑板，伍连德用教鞭指着，以英语授课。花杏子和金枝叶并坐在坟头前，认真听讲，频频点头，脸上露出甜美的微笑。
〔锡良和胡希松陪在她俩左右，呆愣愣地看着黑板。

锡　良　字字句句皆不懂！
胡希松　歪儿咔儿，讲得再好，一个字母也不认识！
〔五人缓缓走向舞台前沿。
〔所有演员分左、右两台口而上，众人齐鞠躬谢幕。
〔在古老打字机"嗒嗒嗒"的声响中，字幕：抗疫英雄伍连德博士，祖籍广东台山人。发明口罩、封城堵村、硝硫消毒、隔离观察治疗等抗疫防疫措施。亲自命名"疑似病例""肺鼠疫""无症状感染者""病毒变异""人传人"等专业术语，由世卫组织沿用至今。系中华医学会首任会长，先后投资创建北大医科大学分院、东北陆军医院（现解放军202医院）、哈尔滨医科大学等医学院校和医院。系中国首位获诺贝尔医学奖提名者！九一八事变后，由上海迁居马来西亚，因三子夭折，长子、次子英年早逝，晚年生活凄凉悲酸，靠开小诊所养家糊口。去世于1960年1月21日，享年八十二岁。
锡良，蒙古镶蓝旗人。曾任山西巡抚、四川总督、东三省总督。因患肠疾拒绝治疗，于 1917 年病逝，享年六十六岁。

（剧终）

注：

①该剧本创作于莱芜犁铧影视戏剧工作室。2020 年 3 月 8 日，完成故事大纲。2020 年 3 月 23 日，完成初稿草稿。2020 年 3 月 28 日，完成第一稿。2021 年 4 月 24 日，修改完成第二稿。

②该剧尚未排演。如需排演，请联系著作权人或继承人达成书面协议后方可演出。否则侵权必究！

• 现代戏

喇叭花开[①]

时间： 1937 年冬天至 2019 年冬天。

地点： 泰沂山区夹谷山村。喇叭张家，长白山。

人物： 洪杜鹃——23 岁至 104 岁，与党组织失去联系的夹谷山村村妇。
小憨子——20 岁至 72 岁，洪杜鹃之夫。
大憨子——22 岁至 25 岁，小憨子的大哥。
山杏花——24 岁至 34 岁，大憨子之妻。
张寒梅——婴儿至 80 岁，洪杜鹃的养女，杨先生之遗孤。
张寒响——婴儿至 80 岁，大憨子之子。
亓凯瑞——男，40 多岁，村支书。
王大山——男，50 多岁，村主任。
杨先生——30 多岁，夹谷山村教书先生。中共地下党员。
杨夫人——20 多岁，杨先生之妻。
吴连长——男，30 岁至 50 岁，后任新甫县委书记。
亓乡长——男，20 多岁，刘书记的警卫员，后任云凤乡乡长。
满山响——男，30 多岁，夹谷山村党员，后叛变。
大愣子——男，40 多岁，通化省平安县伪军大队长。
隆一郎——40 多岁，日本驻通化省警务厅厅长。
喇叭张，村民，八路军战士，国民党将领、军人，日、伪军，军统特务若干人。台词较少者不在人物表中，恕不赘述。

[①] 作品登记号：鲁作登字 -2022-C-10044588

序　　幕

　　〔字幕：1937年深秋之夜。
　　〔舞台空旷而黑暗。几声找姑鸟（杜鹃）的啼鸣声，更显得深夜沉沉。
　　〔突然一声婴儿的啼哭声，打破了舞台的寂静。
　　〔洪杜鹃在追光中欣喜地抱婴儿上。
洪杜鹃　（喊）杨先生，是个千金啊。
　　〔杨先生急上。接过婴儿万分激动。
杨先生　无论男女，革命者后继有人！
　　〔杨夫人头缠毛巾，支撑着虚弱的身子从另一侧上，接过婴儿。
洪杜鹃　嫂子！咋下炕了？
杨夫人　咦！真是太难为洪杜鹃同志啦，让一个没有生育经验的小媳妇为我接生……
洪杜鹃　不难为，这阵子可不敢透露风声！
杨先生　谢谢你！
洪杜鹃　看看，一家人又说两家话了，你可是俺的入党介绍人啊！再说，王老财发丧，丈夫错吹了欢庆的曲子，人家打上门来，若不是你，俺喇叭张家就毁啦！
杨夫人　他敢闹腾，就不叫他家的孩子念书。
　　〔三人笑了起来。
　　〔突然，远处传来阵阵唢呐声。
洪杜鹃　（大惊）报警了。
　　〔随之传来枪声。
杨夫人　枪声！
杨先生　（掏出手枪上膛）我的身份可能暴露了。
洪杜鹃　快走！
杨夫人　（亲吻女儿一口，交给杜鹃）情况紧急，孩子托付给您了。
杨先生　（背起夫人欲下，又转过身来）牢记入党誓言！这是革命者的后代啊！
洪杜鹃　放心快走！
　　〔杨先生背夫人急下。洪杜鹃抱紧婴儿。
洪杜鹃　服从纪律，牺牲个人，阶级斗争，努力革命，永不叛党。

照町 ZHAO TING

〔切光。

第一场
夜半飘来唢呐声

〔紧接序幕。
〔洪杜鹃家。低矮的茅草房形成一个四合院,东屋是大憨子住房。西屋是小憨子住房。北屋是长辈住房。
〔幕后飘来深情的女声独唱:

  杜鹃恋着夹谷山,
  三九四九不南迁。
  只为又见归来燕,
  声声啼血唤春天。

〔灯启。山风呼啸。
〔洪杜鹃抱着饿得哇哇直哭的婴儿,急得团团转。

洪杜鹃　孩子饥困了——

（唱）　夜半寒冬风萧萧,
   紧裹婴儿揣在腰。
   嗷嗷待哺如何好?
   俺只得,含口粥汤喂娇娇。
   往后的奶水哪里找?
   只恨俺,花开三年无李桃。
   枪声紧,担心先生走不了,
   喇叭响,爷儿俩人如何逃?
   双眉一皱眼皮跳,
   一心双槌鼓在敲!

〔小憨子瘸着一条腿上,用喇叭轻轻敲门。

洪杜鹃　（紧张地）谁?
小憨子　我。
　　　　〔洪杜鹃打开门。
洪杜鹃　这腿?
小憨子　子弹擦破点皮儿。

洪杜鹃	（撕下布条，为丈夫包扎）俺家小憨子命大！
小憨子	哎哟佛！轻着点不行吗？
洪杜鹃	哎哟喂，腿肚子还淌血，裹轻了止不住啊。
小憨子	哎哎哎，你怀里鼓囊囊的，揣的啥？
洪杜鹃	（掀开前胸襟）你看……
小憨子	谁家的孩子？
洪杜鹃	嘘！杨先生的。
小憨子	嫂子生啦？
洪杜鹃	嗯。先生跑远了？
小憨子	咱爷把鬼子引上夹谷山啦。
洪杜鹃	你咋回来了？
小憨子	咱爷让俺回来掩护杨先生，到学堂一看，早没影咧。

〔东屋内突然传来一声女人痛苦的叫喊声。

| 洪杜鹃 | 嫂子咋啦，快去看看。

〔舞台东区光亮。大憨子正往外跑。

| 小憨子 | 哥……
| 大憨子 | 快！快请老娘婆。（接生婆俗称）
| 小憨子 | 嫂子也待坐月子？
| 大憨子 | 快去啊！

〔小憨子转身欲下，洪杜鹃从西屋出来。

| 洪杜鹃 | 哥，我来吧。
| 大憨子 | 你？能行？
| 洪杜鹃 | 刚接生一个。（解开裹婴儿的外腰带）小憨子，解开怀。
| 小憨子 | 做啥？
| 洪杜鹃 | 揣孩子！贴着胸膛暖和。
| 小憨子 | （忙解开紧扎棉袄的草绳，敞开胸膛）来，让爷抱抱！

〔洪杜鹃忙将婴儿揣进丈夫怀中，直奔西屋。

| 大憨子 | 这是？
| 小憨子 | 杨先生的。别声张！
| 大憨子 | 你和咱爷都去学堂啦？
| 小憨子 | （神秘地）掩护杨先生。
| 大憨子 | 咱爷组织的那个保村团，就两杆鸟枪，还打不着火……

小憨子　不使那个，使咱的传家宝哇。
大憨子　喇叭？
小憨子　对！用它引诱鬼子。
大憨子　咱爷到底咋啦？不安心办红白公事儿，老往学堂里跑，喝了迷魂汤吗？
小憨子　杨先生帮过咱的大忙……
大憨子　你惹的！那响午喝了酒，人家抬棺材，你吹《抬花轿》差点让人家砸死！
小憨子　怨我怨我！哥，杜鹃吹的不赖起咱爷。俺嫂子也会，你我更拿手，咱喇叭张家，名声更大咧！
大憨子　名气大小咋啦？咱爷不放在心上了！好好的日子，这可怎么捣鼓？
　　　　［婴儿的哭声从东屋传来。
小憨子　（忘了腿疼，一跳老高就往东屋跑）生咧生咧。
大憨子　（也往门前挤）是男？是女？
洪杜鹃　（一把拥住两人）是个大——侄子！
大憨子
小憨子　好！又来了只小喇叭。哈哈哈……
　　　　［一村民背着身负重伤，手中仍然紧抓着喇叭的喇叭张急上。
村　民　（泣声）大憨子、小憨子……
大憨子
小憨子　啊！俺爷咋了？
村　民　喇叭爷伤得不轻啊！
小憨子　爷哎……
大憨子　快进堂屋。
　　　　［舞台中区灯光增亮。村民将喇叭张放在炕上，已奄奄一息。
大憨子　爷！您醒醒啊——
小憨子　爷啊，您说话啊——
喇叭张　（突然怒目圆睁）打——鬼子！报——仇！
　　　　［喇叭张头一歪，咽下最后一口气，兄弟俩放声大哭。洪杜鹃闻讯，搀扶着嫂子山杏花跌跌撞撞地冲进堂屋，哭泣着将公爹大睁着的眼睛慢慢合上。
小憨子　杜鹃，咱爷死不瞑目啊！（顺手摸起一把斧头）娘那个腔的！（提斧头就往外走，众人拦住）

村　民　鬼子回据点了，这不是找死嘛！

　　　　[洪杜鹃扑通跪倒，掰开公爹的手，拿出小唢呐。山杏花亦从炕头上堆放的乐器中拿起大唢呐，小憨子、大憨子顺手摸起笙来，村民摸起鼓槌，敲响沉闷的大鼓。

洪杜鹃　（哭喊）送爷上路——

　　　　[众人跪倒。奏起喇叭张家独有的哀乐《痛心曲》，喇叭声声，如泣如诉，鼓声伴随着悲哀的音乐笼罩在夹谷山脉。

　　　　[收光。

第二场
雾锁寒岭孤雁飞

[字幕：1938年正月。

[夹谷山。

[找姑鸟（杜鹃）"找姑找姑"的啼叫声凄楚悲凉。

[幕后飘来深情的女声独唱：

　　　　依儿嗨，呀呼嗨——
　　　　春打六九山头白，
　　　　冰雪常陪梅花开。
　　　　四目相望透心爱，
　　　　一走千里别桃腮。

[光起。洪杜鹃与小憨子袖缠白布，身背包袱行走在弯弯的盘山道上。

洪杜鹃
小憨子　（合唱）送郎参军讨血债，
　　　　　　　　送俺
　　　　离别故乡出老街。

小憨子　（唱）　落雁起飞，寻湖找海，

洪杜鹃　（接唱）杜鹃收翅，独栖孤槐。

小憨子　（唱）　这一走，难料是好还是歹。

洪杜鹃　（接唱）这一走，战场生死不敢猜。

小憨子　（唱）　一床一枕整三载，

洪杜鹃　（接唱）千日鸳鸯一日拆。

小憨子　（唱）　山高路险手紧掖，

洪杜鹃　（接唱）坡低沟平脚放开。
小憨子　（唱）　望一眼，小山村甩在了云天外，
洪杜鹃　（接唱）望一眼，憨厚的男人泪流满腮。
　　　　　　　　俺愧疚，过门三载无后代，
小憨子　（接唱）俺回来，咱要生对龙凤胎！
　　　　　　　　倘若胸口挂了彩，
　　　　　　　　哪里倒下哪里埋。
　　　　　　　　到那时……
洪杜鹃　（忙捂住丈夫的嘴）别说不吉利的话！
　　　　（唱）　别犯傻，少犯呆，
　　　　　　　　有我在，你就在，
　　　　　　　　哪怕等上一百载，
　　　　　　　　答应俺，平平安安回家来！
小憨子　有你牵着心，走到天尽头，也得拽回来！天快黑了，下山回家吧。
洪杜鹃　不晚，陪你坐一会。
小憨子　杜鹃，俺又舍不得你了。
洪杜鹃　没出息。
小憨子　对，为爷报仇！
洪杜鹃　听说蒙阴那边打得正紧，定要找到党的队伍。
小憨子　只要打鬼子就行。
洪杜鹃　顺便打听打听杨先生的下落，只要找到他，就说给洪杜鹃同志写封信来。
小憨子　啥叫同志？就是照顾好杨先生的闺女吗？
洪杜鹃　又憨起来了。她叫张寒梅，是咱嫂子生的龙凤胎！
小憨子　对！可不敢说杨家的后代。
洪杜鹃　（解开包袱，拿出一双鞋和一只小喇叭）拿着。
小憨子　（把鞋披起来，将喇叭递回去）拿这个啥用处？当兵的不办红白公事。
洪杜鹃　想家的时候吹一吹，解解闷。
小憨子　说这个不假。（接过喇叭）
洪杜鹃　闹洞房的那夜，俺就喜欢上这只小喇叭啦。
小憨子　咦！那晚上……

　　　　［灯转暗。幕后又传来童声清唱：

依儿嗨，呀呼嗨——
　　　洞房一对花烛台，
　　　照得新娘羞红腮。

［定点光。吊杆放下大"囍"字。杜鹃身着红衣裳，蒙着红盖头端坐。
［小憨子身着长袍马褂，披戴红花，喝得晕晕乎乎，用小喇叭，吹着《抬花轿》曲子，绕着新娘转圈儿。
［洪杜鹃掀开盖头一角，含羞偷看。小憨子转到面前，急忙落下红盖头。
［小憨子用喇叭挑起红盖头。
［洪杜鹃夺过喇叭，使劲儿吹起来，但只吹出"哇哇"两声怪叫。

洪杜鹃　咋吹？
小憨子　喜欢？
洪杜鹃　好听。
小憨子　想学？
洪杜鹃　嗯。
小憨子　嗨嗨，一个娘们家……
洪杜鹃　女人咋啦？低头看看，没裹脚，俺跑起来，你撵不上！（扭头生气）
小憨子　嗨嗨，闹着玩儿呀，喇叭张家不分男女，嫂子吹得比俺好！这就叫：跟着瓦匠和泥巴，跟了张家吹喇叭。哈哈哈……
洪杜鹃　傻笑啥？你教俺吹喇叭，俺也教你一样手艺。
小憨子　对了。恁是洪家酒馆的二妮子，保证会厨子。
洪杜鹃　八顶八的宴席，是俺拿手菜。
小憨子　当厨师好！厨房里饿不死做饭的，每个菜，先尝口汤。（咽口水）
洪杜鹃　看把你馋的。咱说好了，拉钩。
小憨子　拉钩上轿，一个被窝睡觉。
　　　　［借机抱起洪杜鹃。
　　　　［洪杜鹃甜甜地伏在丈夫的肩头。
　　　　［灯转暗。幕后又飘来歌声：
　　　依儿嗨，呀呼嗨——
　　　人生如梦谁能解？
　　　悲欢离合绳牵来。
　　　　［灯转亮。洪杜鹃和小憨子并坐在青石板上。
洪杜鹃　俺的话，记着啦？

小憨子　找党，找部队，打鬼子。
洪杜鹃　俺教的手艺别忘了。到了队伍上，当个火头军，也是打鬼子。
小憨子　记着啦，俺教你的手艺别撂下，喇叭张家就指望俺哥俺嫂子和你了。
洪杜鹃　放心走吧，俺在山头瞭着你。
小憨子　你先走，俺在山头瞭着你。
洪杜鹃　那么咱就分头走。
小憨子　分头走。
　　　　〔两人转身向前迈了几步，同时回头。
洪杜鹃　（满面泪花）小憨子……
小憨子　（哭泣）洪杜鹃……
　　　　〔两人迎向前，紧紧地拥抱。
洪杜鹃　（擦了把眼泪）走——吧。
小憨子　（亦擦泪）分头——走吧。
　　　　〔洪杜鹃和小憨子同时摸出喇叭，吹起慢节奏的《痛心曲》。
　　　　〔两人泪流满面，面对面地随喇叭节奏慢慢倒退着，在悲凄的喇叭声中，各自退向台口，凄然而下。
　　　　〔切光。

第三场
夜半 歌声 杜鹃惊

〔夹谷山村头打麦场上。
〔光启。八路军与村民载歌载舞。
〔幕后传来欢乐的歌唱声：

　　　　一九那个三八年，
　　　　八路进了山。
　　　　开辟抗日根据地，
　　　　敌伪抱头窜。
　　　　打了那个大胜仗，
　　　　炮楼飞上天。
　　　　八月十五云遮月，
　　　　军民大联欢。

吴连长　有请喇叭张家为我们伴奏《大刀进行曲》。
众　人　好！好！好！
吴连长　预备——起！
　　　　〔洪杜鹃、山杏花、大憨子以及敲锣打鼓的伴奏人员站在石堰上，奏响了《大刀进行曲》的前奏曲。战士们挺起胸膛大合唱。
　　　　〔众村民随之伴舞。
　　　　〔吴连长挥舞着双手打着拍子。
　　　　〔一曲终了。大家仍兴致盎然，纷纷要求再来一首。
吴连长　（抬腕看表）后半夜了，大家休息吧。
　　　　〔众人散去，灯转暗。吴连长和洪杜鹃出现在定点光下。
洪杜鹃　吴连长，俺也走了。
吴连长　小洪，你吹的真嘹亮！
洪杜鹃　宣传抗日就来劲儿，俺是党的人。
吴连长　你是党员？
洪杜鹃　年前腊月加入的。
吴连长　救我的时候为什么没说？
洪杜鹃　今春风声紧，对谁都要保密啊。
吴连长　好！杜鹃同志，开会去。
洪杜鹃　开会？
吴连长　夹谷山村组建党支部，有你一票。
洪杜鹃　在哪？
吴连长　麦场屋子里。
洪杜鹃　走。
　　　　〔光启。吴连长带洪杜鹃推门进屋。马灯下，屋内坐着十几个人。
亓乡长　（惊讶地）洪杜鹃咋来啦？
吴连长　哈哈，她是党员。
众　人　党员？
指导员　（女）（扬了扬手里的表格）没有洪杜鹃呀！
洪杜鹃　咋会没有？俺是党员啊！
亓乡长　党的会议很严肃，不要开玩笑！
指导员　出去吧。
吴连长　她说去年腊月加入的。

亓乡长　入党介绍人是谁？
洪杜鹃　教书的杨先生。
亓乡长　杨庆余是党的好干部，可他下落不明啊！
洪杜鹃　杨先生说过，俺的材料上报县委组织部王部长和刘书记了。
亓乡长　（沉痛地）唉！王部长在济南去世啦。
洪杜鹃　啊！
指导员　档案呢？
亓乡长　别提了……
　　　　〔光暗。众隐去。
　　　　〔舞台右侧灯渐亮，刘书记和王部长端着油灯查阅档案。
王部长　刘书记，新发展的党员八十二位了。
刘书记　好！争取年底秘密发展一百人！你身为组织部部长，一定要把这份名单保存好，这可是八十多条生命啊。
　　　　〔突然一声枪响。警卫员小亓提驳壳枪跑上。
警卫员　（亓乡长）刘书记，我们被包围了。
　　　　〔枪声大作，三人拔枪还击。
王部长　快撤！我掩护。
刘书记　不！一齐走。
王部长　把刘书记拽走！
　　　　〔小亓拽住刘书记冲下。
　　　　〔王部长蹲在窗台下，将档案点燃后，又开始还击。
　　　　〔鬼子和伪军冲进屋内，王部长将手枪顶住自己的脑袋，扣动了扳机。
　　　　〔灯转暗。舞台右侧灯渐亮。亓乡长抱头哭泣。
洪杜鹃　啊！档案烧了。
亓乡长　我和刘书记脱险后，回去找档案，就剩下一具尸体一把灰了。
洪杜鹃　亓乡长，你原先看过档案吗？有俺的名字吗？
亓乡长　那时我是警卫员，绝密文件，怎会让我看？
洪杜鹃　不管什么情况，俺真的是党员，俺不会欺骗组织！
指导员　我们要的是证据！
洪杜鹃　证据？杨先生的孩子就是证据。
满山响　胡说八道，杨先生哪里来的孩子？
洪杜鹃　寒梅就是，俺接生的。

满山响　　那是你嫂子生的龙凤胎!
洪杜鹃　　俺公爹的入党介绍人也是杨先生。
满山响　　就算喇叭张还活着,连他自己也证明不了自己。出去!
洪杜鹃　　俺救过吴连长,他可以做证。
指导员　　是你救的吴连长?
吴连长　　(指着右上唇和左下巴)看,子弹从这儿进去,从这儿出来。我嘴巴负了伤,不能吃饭,是洪杜鹃把煎饼嚼细,口对口地喂在我嘴里。她还送丈夫参军。我认为,她应该是位共产党员。
指导员　　就算是。但在组织关系没有澄清之前,党的会议,她没有资格参加。
洪杜鹃　　俺还有证明!(举起拳头)服从纪律,牺牲个人,阶级斗争,努力革命,永不叛党!
众党员　　是入党誓言。
满山响　　现在党员身份半公开了,谁不知道入党誓言?
洪杜鹃　　满山响,别认为俺给你老婆接生的那个孩子没成活,就对俺有成见,那是胎死腹中啊。
满山响　　或许是你掐死的……
洪杜鹃　　放狗屁!
亓乡长　　别吵了。唯一的办法,就是找到入党介绍人。
洪杜鹃　　亓乡长,你知道杨先生去哪了吗?
亓乡长　　当时日伪在全省通缉他,据说调到东北抗联啦。
洪杜鹃　　闯关东啦?
亓乡长　　我也说不准。
指导员　　好啦好啦,请你出去!
洪杜鹃　　指导员……
指导员　　(不耐烦地把手一抬)开会!
亓乡长　　回避一下吧。
洪杜鹃　　亓乡长,俺……
满山响　　滚出去!(将洪杜鹃往外拥搡)
　　　　　[洪杜鹃被推出门外。屋门"咣当"一声关闭。
　　　　　[灯转暗,与会人员隐去。一束追光罩住洪杜鹃。
洪杜鹃　　这、这是咋了呀——
　　　　　(唱)　咣当一声关门响,

犹似当头挨一枪。
只觉山摇地也晃，
满腔热血蒙冰霜。
杜鹃视党如生命，
却被生命推出房。
平地打来三尺浪，
断了线的风筝，飘落在江洋！

［洪杜鹃晕倒在幻觉中的小憨子怀中。

小憨子　你说过，等待俺回来。
洪杜鹃　（惊喜）小憨子！

［小憨子悄然隐退。洪杜鹃抱在了一棵老槐树上。
［树上的杜鹃鸟儿被惊飞，"找姑找姑"地啼叫着飞向远山。
［洪杜鹃有所清醒，镇定下来。

洪杜鹃　小憨子，你在哪儿呀——
　　（唱）　人想家，心凄凉，
　　　　　　人想人，断柔肠。
　　　　　　多少回，梦见小憨憨模样，
　　　　　　多少回，笑醒哭出泪两行。
　　　　　　盼只盼，歪歪头靠你肩膀，
　　　　　　等只等，正正身抬头高昂。
　　　　　　定要把，党员关系联络上，
　　　　　　就像那，走失的孩子去找娘。

［大憨子和山杏花上。

山杏花　可把俺急煞咧，咋还待在这儿？
大憨子　俺和你嫂子，满庄里找了半后响。
洪杜鹃　哥、嫂，俺和恁商量个事儿。
山杏花
大憨子　　啥事？
洪杜鹃　借钱。
山杏花　嗨！咱又没分家，花钱别说借。
山杏花　使钱做啥？
洪杜鹃　闯关东！

山杏花	啊！俺兄弟在关东？
大憨子	
洪杜鹃	也许是，也许不是。
大憨子	千万别听不见风，就是雨啊！没准的信儿，不能瞎折腾。你走了，咱喇叭张家谁挑大梁啊？
洪杜鹃	顾不了那么多啦。
山杏花	真格的要走？
洪杜鹃	真格的！
山杏花	和谁搭伴搭伙？
洪杜鹃	自己。
山杏花	一个人？俺和你哥不放心！
大憨子	别吓唬俺，咋去？
洪杜鹃	走到泰山，火车直通关外。
山杏花	除了去找小憨子外，还有别的事吗？
洪杜鹃	有！
大憨子	啥事？
洪杜鹃	俺是党员，咱爷是党员……
大憨子	啊！
山杏花	这么说，咱是烈属啊。
洪杜鹃	可、可人家不承认啊。
山杏花	为啥？
洪杜鹃	和入党介绍人失去了联络，俺被推出了门外。
山杏花	明白啦。杨先生下了关东。
洪杜鹃	亓乡长说，有这个可能。
大憨子	没有准信儿，胡捣鼓啥去？
洪杜鹃	必须找到杨先生，让组织上知道俺没撒谎骗人！
山杏花	大憨子，恐怕拗不过她了。
大憨子	正好好地过着日子，又去找杨先生，较啥真儿呀？
洪杜鹃	共产党讲究认真，不纠正过来，一辈子没完！
大憨子	上来犟劲儿咧。弟妹啊……
山杏花	别说了！小憨子没个音信，燥（牵挂）煞人咧。要去，全家一起走！
洪杜鹃	不！寒梅和寒响还不满一岁，你要照顾孩子。

山杏花　孩子让俺娘家嫂子照顾着。唉！除了孩子外，咱家就剩三口人啦，（泣声）说啥也不能再拆伙咧。

大憨子　俺可不想去。

山杏花　行！俺陪杜鹃走。

大憨子　这是一家什么人啊——

　　　　（唱）　恁也憨，俺也憨，
　　　　　　　　咱家一窝憨蛋蛋，折腾为哪般？
　　　　　　　　咱爷折腾得把躯捐，原来是党员。
　　　　　　　　兄弟折腾着把军参，媳妇好孤单。
　　　　　　　　今儿折腾着要出关，一个劲儿地蹿。
　　　　　　　　咱锁大门，关猪圈，刀生锈，烂案板，
　　　　　　　　一翅子刮出千里远，
　　　　　　　　喇叭张家就散了烟！

山杏花（唱）　她不憨，俺不憨，
　　　　　　　就你憨得最难办，
　　　　　　　杜鹃的脾气可不善，是个犟倒山！
　　　　　　　去找党，找小憨，说走一溜烟。
　　　　　　　你不管，俺不管，心寒不心寒？
　　　　　　　咱死死成堆，咱活抱成团。
　　　　　　　舍下米，撇下面，卖了猪，换成钱，
　　　　　　　陪在杜鹃她身边，
　　　　　　　要饭讨食也温暖。

　　　　（白）走！

洪杜鹃　嫂子……

　　　［洪杜鹃感激得抱住山杏花。
　　　［切光。

第四场
阳春飞雪白花飘

　　　［字幕：1940年2月23日。通化省保安县保安村。
　　　［小村头竖立着："保安村"一块大木牌。

喇叭花开

　　　〔幕后飘来深情的歌声：
　　　　　啊——啊——
　　　　　长白山上松涛涛，
　　　　　找娘的孩子声号啕。
　　　　　杜鹃啼血情未了，
　　　　　正是儿女哭声高。
　　　〔灯启：大憨子挑着一对箩筐，盛着铺盖卷和锣鼓家什等物品。三人虽穿皮衣戴皮帽，但衣衫褴褛。顶风冒雪，并肩而上。

三　　人　（合唱）山海关外风萧萧，
　　　　　　　　雪如银剑风似刀。
山杏花　（唱）　一年半走遍了屯屯庙庙，
洪杜鹃　（接唱）先生的身影，似在云霄。
大憨子　（唱）　苍茫茫长白山何处寻找？
洪杜鹃　（接唱）找不到也要找忍受煎熬。
三　　人　（合唱）既然踏进这关外道，
　　　　　　　　阖家命运一担挑！
洪杜鹃　哥、嫂，让恁俩陪着俺受罪。（哽咽）
山杏花　别紧着说了，咱生死在一起，俺心里宽绰。
大憨子　关东的鬼子忒多咧。听说咱抗联吃了个大亏。
洪杜鹃　看，前边的小屯叫保安村，讨口热饭暖暖身子。
大憨子　关东人不孬，都怪大方，没有夹谷（吝啬）蛋儿。
山杏花　在人家大门口吹一吹，人家就让到屋里管饭。
洪杜鹃　吃过饭再吹一阵子，又要留宿。
大憨子　嗨嗨，这家院子大，隔着篱笆墙吹吧。
　　　〔洪杜鹃吹小喇叭，山杏花吹大喇叭，大憨子放下挑子，吹笙伴奏，张氏《锯大缸》的曲子飘过篱笆墙。
　　　〔从屋内跑出一个老太太。直朝三人摆手。
老太太　（拉开篱笆门）吹哈呀！哪嘎达的？
大憨子　（模仿东北口音）山东夹谷山那嘎达的。
老太太　老乡啊！
大憨子　老乡？恁咋撇了腔呢？
老太太　闯关东老长了。还愣着干啥？屋里烤火去。

〔三人十分感激地进屋。屋内火盆正旺。墙上贴个大"寿"字〕

洪杜鹃　谢谢老奶奶。

老太太　谢啥呀！老乡见老乡，就得出手帮！坐。

〔几个厨子端着热腾腾的大鱼大肉摆上桌〕

大憨子　哎哟哟，咋端上大菜来咧。

洪杜鹃　（指了指墙上的"寿"字）人家过生日，咱走吧。

山杏花　走。

老太太　咋的啦？

洪杜鹃　老奶奶，今儿是您的好日子。您忙，不麻烦您了。（欲走）

老太太　（抓住不放）今儿是俺八十大寿，正愁没人乐和乐和，老乡赶上了，老热闹咧，喝点儿。

〔大愣子身穿伪军制服，挎驳壳枪匆匆而上。三人同时一愣〕

大愣子　娘，哪嘎达的？

老太太　咱山东夹谷山那嘎达的。

大愣子　老乡啊？

老太太　亲老乡！（夸张地）专程祝寿来咧。

大愣子　（拱拳）谢谢！坐，坐。

老太太　咋这么早就蹿回来咧？

大愣子　（低头弯腰地）娘，儿子敬个寿酒，立马赶回去。（斟酒捧上）

老太太　放下！坐，陪亲老乡吃饭。

大愣子　（鞠躬）娘，太君……（打了自己一个嘴巴）小鬼子要办丧事。

大憨子　（急忙站起）办白公事？吹打吹打，赏多少钱？（被山杏花一把拽坐下）

大愣子　你会吹喇叭？

大憨子　嘿嘿嘿，俺仨都会……

洪杜鹃　（站起）不给他们发丧！走。

大愣子　站住！（习惯地手按枪套）

洪杜鹃　怎么？不去发丧就拔枪？汉奸！

大愣子　哈哈哈，骂得好！

山杏花　就骂了，咋的？

大愣子　不咋的。

老太太　穿这身皮，俺都嫌恶心！呸！给老乡丢人不？

山杏花　丢人！

大愣子	老子早就受够了。若不是汪精卫当了汉奸，俺还是打鬼子的国军！你听俺说呀，不是给鬼子发丧呀，是小鬼子要给（一个立正）杨将军发丧！
洪杜鹃	啊！杨将军，杨先生？
老太太	咋回事？
大愣子	（又一个立正）抗联杨将军遇难！杨将军肚子里、肠子里全是草啊！从那天起杨将军就会到梦里前去索命！
老太太	好！要了那个鬼子的命，给我滚回家来种地。
大愣子	王八羔子害怕了，就收殓了尸体。又是扎灵棚，又是垒坟墓，准备隆重安葬。我是大队长，命令我主办葬礼。
洪杜鹃	杨将军是哪里人？
大愣子	有人说河南，有人说山东，俺也整不明白。
洪杜鹃	叫啥名字？
大愣子	（立正）杨靖宇！
洪杜鹃	啊！杨庆余？
大憨子 山杏花	（悄声）难道就是杨靖宇？
大愣子	（拱手）请老乡出手帮忙，（立正敬礼）为杨将军送葬！按山东风俗，隆重……
洪杜鹃	让俺想想。
大愣子	想吧。趁空敬个酒，先整几盅。（为其母敬酒后，对饮）
洪杜鹃	（唱） 闻言心头如扎针，
难忍热泪滴衣襟。
杨将军，被围困，
吃树皮，嚼草根。
恨的是日寇，
爱的是乡亲。
杨先生也是这人品，
到底是不是杨将军？
小鬼子，太阴狠，
不由心中起疑云。
为啥噩梦也相信？

照町 ZHAO TING

  要为将军发善心？
  是不是借机要把抗联引？
  铁网打鱼不留鳞！
  倘若抗联来送殡，
  俺要掩护党的人。
  只可恨，是这伪军透来的信，
  随同汉奸不甘心。
  俺应该，刀插心中也要忍，
  喇叭声声送忠魂。

大愣子　想好了没有？
洪杜鹃　去！把锣鼓家什都带上。
山杏花
大憨子　送杨将军一路走好！
大愣子　对！送杨将军风风光光地走。
老太太　去吧，按咱家乡的风俗祭奠。
大憨子　好！指路，泼汤都用上。
山杏花　对！镜面、摆祭按规矩来。
洪杜鹃　走，大出殡！
  〔二幕悄然落下。
  〔二幕外。大愣子带三人匆匆行走。
四　人　（合唱）匆匆走出篱笆墙，
     奔向村中苞谷场。
大愣子　（唱）　穿过那个大街过小巷，
山杏花
大憨子　（接唱）村中空虚心慌张！
洪杜鹃　（唱）　为什么，家家户户无声响？
大愣子　（接唱）看窗口，架着挺挺机关枪。
洪杜鹃　（唱）　平安村里撒下网，
大愣子　（接唱）专等抗联来吊丧。
洪杜鹃　（背唱）胸中好似小鹿撞，
     只怕抗联进村庄。
     大哥呀，看你做人很豪爽，

　　　　　　　　　喇叭花开

　　　　　　　为什么偏偏把这汉奸当？
大愣子　（白）妈了个巴子，老子窝囊透咧！
　　　　（唱）只恨那汪精卫卖国投了降，
　　　　　　　正好好的姓着蒋，突然就姓了汪。
　　　　　　　若不是那个贼熊老混账，
　　　　　　　老子是营长，带兵杀敌在战场！
洪杜鹃　大叔，恁虽然穿着这身衣裳，心里头还是装着咱中国人啊！
大愣子　在老子心中，他妈了个巴子的不是二鬼子！妈了个巴子的……
洪杜鹃　俺几个庄户人家，没见过大世面，到时候指望恁帮忙啊。
大愣子　怕啥？放心吧——
　　　　（唱）谁让咱是亲老乡？
　　　　　　　该帮就得帮。
　　　　　　　纵然你是共产党，
　　　　　　　老子也挡枪！

　　　　〔二幕启。
三　人　（合唱）抬头望见白纱帐，
　　　　　　　　慌慌忙忙进灵堂。
　　　　〔白色灵棚内摆着一口红色的大棺材。棺前写个大"奠"字。硕大的花圈条幅上写着："日月照忠魂，肝胆满乾坤。"白色横幅上写着："武士之精神。"
　　　　〔灵棚周围布满了袖缠黑布的伪军，个个显异常悲哀。两排伪军手执缠白纸条的哀杖，分左右陪灵。
大愣子　妈了个巴子的，戴上白帽子。（大喊）开——丧！
　　　　〔洪杜鹃用小唢呐，山杏花用大唢呐搭配，大憨子捧笙围着棺材奏起了喇叭张家独有的《痛心曲》，喇叭泣血，催人泪下，陪灵的伪军们泪流满面。
　　　　〔一拨乡绅等头面人物前来叩拜。
大愣子　（哭喊）谢乡贤！有请客商祭拜——
　　　　〔两个商人打扮，表情严肃的吊唁者来到灵前，庄严地行三拜九叩大礼。叩头时，洪杜鹃发现两人腰里鼓囊囊的。
洪杜鹃　（悄声）同志……
两商人　（不由得将手伸向腰内）什么人？

洪杜鹃　党的人。鬼子有埋伏。
一商人　（对另一商人）撤！
洪杜鹃　很难脱身。
一商人　咋办？（欲掏枪）
　　　　〔洪杜鹃慌忙递过小锣小鼓。
洪杜鹃　就说咱们一伙的，是大愣子队长请来奏哀乐的。
　　　　〔两"商人"感激地点点头，接过锣鼓，伴奏起来。
大愣子　（跑进灵棚）哎，咋加上锣鼓咧？你俩干啥的？
洪杜鹃　邀请老乡帮忙，三分锣鼓，七分喇叭嘛。
大愣子　好！
洪杜鹃　到时就说你请的。
大愣子　这……明白。
洪杜鹃　大愣叔，按咱老家的风俗，要到村外土地庙指路和泼汤。
大愣子　指路，泼汤？
洪杜鹃　如果不指路，将军不知去何处。如果不泼汤，忠魂难还乡。
大愣子　有道理！（大喊）村外土地庙，指路泼汤——
　　　　〔众人在悲哀的《痛心曲》中，两伪军抬一筲水，众人举幡撒纸钱向村外走去。
　　　　〔众伪军踏着喇叭节奏，舞步前行。
　　　　〔来到土地庙前，大愣子站在带来的杌子上，朝西哭喊。
大愣子　杨将军啊！西方路上一路走好——（跳下杌子）都他妈了个巴子的三叩首！
　　　　〔众伪军跪倒，竟然趴在地上失声痛哭。
　　　　〔洪杜鹃借机掩护两"商人"钻进密林。
　　　　〔众人返回灵棚。
洪杜鹃　（掏出一面小圆镜）大愣叔，按咱家乡的风俗，要给将军镜镜面呀。
大愣子　啥意思？
洪杜鹃　照照将军的脸，他会记住自己的模样，来世更威武。
大愣子　恐怕不行吧，太君发现了，那还了得。
洪杜鹃　你说过，杨将军十八年又是一条好汉。
大愣子　（想了想，呵斥部下）妈了个巴子的磕头！都趴在地上使劲哭！（众伪军趴倒）麻利点儿。（将棺盖用力一推，露出一条缝）

　　　　　［大憨子和山杏花见状，忙挤过来辨认。
大憨子　（拿过镜子）杜鹃，认准是不是杨先生。（将手伸进棺材缝，照杨将军面孔）
　　　　　［众人从镜子里看到反射出的面孔，竟然大吃一惊。
大愣子　啊！木头脑袋！
大憨子　（一惊，将镜子掉在棺材内）假头？
　　　　　［棚外一伪军大喊：岸谷隆一郎厅长驾到！
　　　　　［众人慌忙将棺材盖推过去，又若无其事地开始奏乐。
大愣子　（迎上前）厅长阁下，葬礼办得隆重不？
隆一郎　哟西！中国葬礼大大的隆重！唢呐大大的悲哀。
大愣子　谢太君夸奖。
隆一郎　（摘下手套，抚摸棺材）杨将军的走好！两国的事情，你我各尽其职，敬请将军谅解，太君大大的佩服！向中国的将军致敬！（深深鞠躬，突然发现棺盖偏斜，起疑）愣大队长，你的动过棺盖？
大愣子　（惊慌）我的，我的没有。
隆一郎　为什么棺盖偏斜，（转身）你们的动过没有？
众　人　没有。
隆一郎　（遂将棺盖推开一条缝检查棺内，伸手摸出小圆镜）什么的干活？
大憨子　太君，按中国人的风俗，要为死人照照镜子。不镜面，魂不散，还得缠着你啊！
隆一郎　哟西哟西，中国风俗大大的好！你们，都看到啦？
众　人　没有，真的没看见。
大憨子　她（他）们各忙各的，谁也不知道哇！就俺一个人悄悄干的。
隆一郎　是吗？
众　人　不敢欺骗太君。
隆一郎　哟西！（向大憨子招手）你的过来。
　　　　　［大憨子战战兢兢地走到隆一郎身边，隆一郎笑着搂住大憨子的肩头，悄然拔出短刀，刺进大憨子的肚内。
大憨子　（捂着肚子，痛苦地）你……
隆一郎　（贴着大憨子的耳朵）抱歉先生，你的看见了不该看的东西！
　　　　　［隆一郎手一松，大憨子跌倒在血泊中死去。众人大惊。
山杏花　（哭喊）大憨子……

洪杜鹃 （搅起大憨子哭喊）大哥，是俺害了你啊……
隆一郎 （抽出指挥刀向棚外一指）出殡，快快的！
大愣子 （咬着牙狂喊）出殡！
　　　　［山杏花、洪杜鹃泣哭着抬起大憨子，定格。
　　　　［切光。

第 五 场
战 地 黄 花 染 红 颜

　　　　［字幕：一九四七年二月二十日。莱芜战役制高点官山。
　　　　［激烈的枪炮声隐隐传来。
　　　　［洪杜鹃推着装满煎饼包袱的小推车，山杏花将拉车绳背在肩头，两人挽起高高的裤腿，赤着双脚，用力推拉着小推车前行。

二　人 （合唱）小车推进汶河湾，
　　　　　　　车轮半陷白沙滩。
　　　　　　　河水过膝裤高挽，
　　　　　　　冰凉透骨步步艰。
洪杜鹃 （唱）　嫂子啊，不让你来你不干，
　　　　　　　你在家园，做军鞋，搓麻线，
　　　　　　　压小米，推推碾，
　　　　　　　就是把这煎饼摊，
　　　　　　　样样都是在支前。
山杏花 （接唱）杜鹃啊，你推小车上前线，
　　　　　　　枪炮不长眼，嫂子挂心肝。
　　　　　　　俩苦瓜，一根蔓，
　　　　　　　拽一拽，两头牵，
　　　　　　　你若再走千里远，
　　　　　　　嫂子还陪你身边。
二　人 （合唱）小车终于推上岸，
　　　　　　　满头大汗两腿酸。
　　　　　　　［两人累得瘫在岸上，赤着双脚躺倒。
山杏花 （突然笑了起来）你看看……

洪杜鹃　看啥？
山杏花　咱俩打小都不服管教，谁也没裹脚，两对大脚丫子！哈哈哈……
洪杜鹃　跑得比兔子都快！哈哈哈……
山杏花　裹了脚，咱能翻山越岭推小车吗？
洪杜鹃　你可以不来呀，俺是党员，得冲在前头，俺要……
山杏花　停停停，别再扯啰那些事儿咧！人家又不承认你是党员，叫你重新入党，你又死犟着不入。天南海北地去找杨先生，去找小憨子，你也忒犟咧。
洪杜鹃　不犟不行！俺若重新入了党，谁还相信俺原先的话？那么，俺就是欺骗组织和乡亲们，撒谎混进了党内，如果别人也说原先是党员，就让他重新加入，还有没有真事？
山杏花　在理！说不定哪一天，一下子就找着杨先生，找着你那小憨子。如果你还去找，嫂子再搭上一条命，也得陪你去。
洪杜鹃　（鼻子一酸，热泪盈眶）嫂子，俺害你守了寡……
山杏花　又说，耳朵听出老茧来咧。
洪杜鹃　嫂子，您是天下难找的好嫂子！
山杏花　你才是天下最好的弟妹咪，自从把你娶进了张家门儿，拿我比啥人都亲，家里外头，哪一样不抢着干？就连寒响也是你接生的，染了你满身脏血！俺老想啊，这是前世里积下的德吗？咱妯娌的缘分，比亲爷、亲娘、男人、孩子都深啊！
　　　　〔突然宫山又传来密集的枪炮声。
洪杜鹃　穿鞋。
山杏花　赶紧送过去！
　　　　〔两人匆忙穿上鞋，推拉着小车奔下。
　　　　〔灯转暗，宫山上一阵阵火光，喊杀声与枪炮声惊天动地。
　　　　〔灯转亮。解放军在战壕中向山上的敌人猛烈射击。双方火力交叉……
　　　　〔洪杜鹃和山杏花扛着几包袱煎饼，弯腰冲进战壕。
　　　　〔吴连长和指导员头上缠着纱布，端着手枪猛烈射击。
洪杜鹃　吴连长——
吴连长　（回过头）洪杜鹃，咋跑到战场上来啦？
洪杜鹃　扛来煎饼，背回伤员。
吴连长　好！战士们正饿着。

指导员　（动员）同志们，拿下制高点，回来吃煎饼。
众战士　（合）拿下阵地，回来吃饭！
吴连长　王政委，你负责供应弹药。（喊）准备冲锋，上刺刀！
指导员　留下两个战士，扛弹药。
洪杜鹃
山杏花　俩扛！（每人扛起一箱弹药）

　　　　〔冲锋号响起。

吴连长　杀！
指导员　冲啊！

　　　　〔敌人被打得退向山头。双方进行肉搏。洪杜鹃将一箱弹药砸在正向吴连长背后捅刀的敌军官头上。

满山响　是杜鹃！你砸死了我的结拜兄弟，替大哥报仇！杀——

　　　　〔满山响用指挥刀朝洪杜鹃刺来。

山杏花　满山响……

　　　　〔山杏花挺身挡住洪杜鹃，指挥刀扎进了她的胸膛。吴连长一刺刀捅进满山响胸膛。

吴连长　叛徒！

　　　　〔山杏花歪倒在洪杜鹃怀中。

洪杜鹃　（哭喊）嫂子——
山杏花　杜鹃，寒响由你，操心了。（垂首而逝）
洪杜鹃　俺的好嫂子——

　　　　〔战士们突然欢呼起来，山头插上了千疮百孔的战旗。

吴连长　（向洪杜鹃敬了个军礼。摘下帽子，对山杏花深深鞠躬）我要申请为你记功！为英雄申请烈士！
洪杜鹃　（悲怆地哭喊）嫂子，你醒醒，嫂子，嫂子——
　　　　（唱）　嫂子嫂子唤不醒，
　　　　　　　　一瞑目睡在了俺的怀中。
　　　　　　　　替俺挡刀换一命，
　　　　　　　　哪有这天大的姐娌情。
　　　　　　　　闯关东丢了丈夫的命，
　　　　　　　　您没有埋怨俺一语半声。
　　　　　　　　反劝俺吞下苦泪忍悲痛，

喇叭张家咱俩撑！

嫂子你这一走鼓破残磬，

俺吹喇叭谁捧笙。

嫂子你挑着孩子过东岭，

咱要饭讨食奔沂蒙。

踏遍崮山蹚沂水，

难寻觅，憨子和那杨先生。

老嫂比母胜父母，

俺为您披麻戴孝跪守灵。

洪杜鹃　（白）嫂子，咱，回家……
吴连长　（泣声）把这位女英雄抬下山去。
　　　　〔众战士热泪盈眶，敬礼后围过来抬山杏花。
洪杜鹃　不，俺背嫂子下山。俺推着嫂子回家。（背起嫂子，泪如泉涌）
　　　　〔切光。

第六场
山高难遮天外风

〔字幕：一九五八年腊月初八。
〔夹谷山村头。
〔幕后传来深情的男声独唱：

寒风刺骨刮，

冰雪打脸颊。

转眼十年一刹那，

寒梅落下多少花？

〔灯启，大雪飞舞。洪杜鹃雕塑般地站在硕大的柿子树下。
〔张寒梅已然21岁，身背铺盖卷儿，失魂落魄地上。

张寒梅　娘……
　　　　〔洪杜鹃看也不看女儿。亦不应声。
张寒梅　娘，您老在这冰天雪地里等我，女儿对不起您！咱回家吧。（上前搀扶）
洪杜鹃　（猛然打了女儿一记响亮的耳光）还有脸回来！
张寒梅　（捂着脸哭泣着）娘……

洪杜鹃　为啥反对社会主义？跪下！

张寒梅　（扑通跪倒在雪地里，哭啼）娘……

洪杜鹃　为啥反党？说！

张寒梅　（哭着抱住娘的双腿）娘，您砸开女儿的骨头看看，骨髓里也找不出半点反党反社会主义的渣子来呀。

洪杜鹃　为啥被打成右派？

张寒梅　因为今年春天回来给您过生日……

洪杜鹃　胡咧咧！俺又不是反革命，过个生日，就遣返回家？

张寒梅　您还记得俺和寒响杀的那只小黑狗吗？

洪杜鹃　打狗和反党有啥扯络？站起来说！

张寒梅　（爬起）那天俺姥娘家好多人来祝寿，您一两肉丝也没有，让俺和寒响哭着打死咱那条小黑，招待了客人。

洪杜鹃　打煞看家狗，也不能怠慢了娘家人。

张寒梅　若不是我背回几十个馒头，都得啃窝窝头。

洪杜鹃　窝窝头哪里捞去？

张寒梅　为啥没有？

洪杜鹃　支援国家建设了。

张寒梅　自从刮起虚夸风，虚报粮食产量，全部交了公粮，咱夹谷山的乡亲们靠挖野菜和啃榆树皮活下来。

洪杜鹃　为了国家，夹谷山人吃点苦没啥！

张寒梅　那只小黑，咱用什么煮的？

洪杜鹃　铁锅。

张寒梅　为那口大锅，我和寒响跑了半个村子，才借到的。

洪杜鹃　王大犟为保那口锅，挨了好几脚。

张寒梅　是因为赶英超美，大炼钢铁，家家户户砸锅砸鏊子，好几家使用一套炊具。后来，您把是铁的东西都交了，连门鼻子都扭下来了。

洪杜鹃　各村垒起炼铁炉，烧柴烧炭火候不够，看看，哪个庄头没有一堆烂铁渣子。听说夹谷山是试点？

张寒梅　对！我看在眼里，疼在心里。作为政策研究室工作人员，有责任向上级如实汇报情况。所以，就连夜写了封反对官僚主义，提请有关部门下来看看，建议农村停止虚夸风和大炼钢铁的信。

洪杜鹃　信交给谁啦？

张寒梅　　交给吴书记了。
洪杜鹃　　吴连长转业后任县委书记，你是他调上去的。他咋说咪？
张寒梅　　他说很好，就转给上级有关部门了。
洪杜鹃　　吴书记咋样啦？
张寒梅　　也打成右派了。
洪杜鹃　　啊！你没说谎？
张寒梅　　娘从小教我实话实说，不敢撒谎。
洪杜鹃　　这是咋啦？虚夸风和大炼钢铁，毛主席他老人家不知道？
张寒梅　　他老人家只是鼓励各企业大炼钢铁，只是鼓励提高农民的积极性，把粮食产量搞上去，下边就走极"左"路线了。
洪杜鹃　　到底谁瞒着毛主席，胆敢这么干？
张寒梅　　据说是……没有证据的事儿，女儿不敢乱说。
　　　　　〔洪杜鹃长叹一声，怔怔地望着山外的天空……
　　　　　〔张寒响匆匆跑上。
张寒响　　姐，可把你盼回来了。（背起行李）二婶，你咋知道俺姐今儿个回来？
洪杜鹃　　生产大队早就通知了，俺在村头等了三天。
张寒梅　　寒响，我的事儿不知道吗？
张寒响　　啥事儿？
张寒梅　　兄弟呀——
　　　　　（唱）　风冷心寒腊月八，
　　　　　　　　　不争气的姐姐回到家。
　　　　　　　　　无辜错把右派划，
　　　　　　　　　戴上了敌人的帽子铐人的枷。
　　　　　　　　　劳动改造我不怕，
　　　　　　　　　怕的是，乡亲恨我咬碎牙！
　　　　　　　　　怕的是，连累兄弟头低下，
　　　　　　　　　怕的是，连累了要强的好妈妈。
　　　　　　　　　怕的是，一朝被那霹雳打，
　　　　　　　　　百年寒梅难发芽。（泣哭）
张寒响　　这还了得！不过，姐姐放心！天塌下来，有地接着。（深情地）你摔下来，有兄弟垫背！
　　　　　（唱）　飞雪扑面风来擦，

　　　　　　搓去满脸泪花花。
　　　　　　心疼姐姐受惊吓，
　　　　　　鼓气壮胆安慰她。
　　　　　　姐姐呀，别心慌，别害怕，
　　　　　　闭住嘴，少说话，
　　　　　　默默无声咬紧牙。
　　　　　　日子还得过，跌倒咱再爬，
　　　　　　添个人手吹喇叭。
　　　　　　谁敢找你碴，一拳就揍趴！
　　　　　　只要兄弟在，就有伞一把，
　　　　　　且等风雨后，自然出彩霞。

张寒梅　　兄弟……（感动地又哭泣）
张寒响　　（为姐擦泪，发现她嘴角上的血迹）血，嘴咋破了？
洪杜鹃　　俺打的！
张寒响　　你！也忒狠啦！多少年来压在心头的话，今儿个实在憋不住啦。
洪杜鹃　　真正男子汉，有话直说，不憋在心里。
张寒响　　好。咱就把话挑明！你把俺二叔送走不说，还身背着三条人命！（哭喊）是你，让俺爷爷被鬼子打死！是你，让俺变成了孤儿！又是你，救了当年的吴连长，是他把姐调到县里去。要不，俺姐咋成了右派？她政治生命也死了。是四条人命啊！（蹲在地上，抱头痛哭）
　　　　　[洪杜鹃闻言一阵眩晕，寒梅急忙扶住。
张寒梅　　寒响，你不该这样！雪窝里凉，快起来。
张寒响　　我就弄不明白，俺二婶一碰南墙不回头，到底为了啥呀！（爬起，用衣袖抹了把泪）姐，咱走！
　　　　　[提起行李欲下。
洪杜鹃　　（颤声）俺，俺熬的腊八粥凉透了，让你兄弟给你热热。
张寒响　　走！
　　　　　[拽着姐姐怒冲冲地下。
张寒梅　　（转头）娘——
　　　　　[洪杜鹃没有应声，孤独地站在大树下，凝视着夹谷山头上的山外天。
　　　　　[一阵寒风呼啸过后，又传来如泣如诉的喇叭声。
　　　　　[光渐收。

第七场
鸾凤和鸣情未了

［字幕：一九八八年中秋节。
［景同第一场，喇叭张家老宅。
［幕后传来合唱声：

　　喇叭声声吹，
　　有喜也有悲。
　　喜时吹得人成对，
　　悲时吹掉魂。

［灯启，洪杜鹃正坐在磨盘上擦拭喇叭，用芦苇秆缠哨子。

洪杜鹃　　宁可把饭要，不卖张家哨！咱缠出来的哨子，不用水泡唾沫湿，拿起来就吹，这是秘制。唉！祖上是为了保住饭碗啊！

［突然有位戴口罩、穿西装、拉着旅行箱的老人上。

小憨子　　（泣声）杜鹃……
洪杜鹃　　您是？
小憨子　　（摘下口罩，露出满面伤疤，口音也有点变化）认不出来啦？
洪杜鹃　　（忽地站起）啊！杨先生……

［老人苦笑着摇了摇头，从怀中掏出一只小唢呐，含住哨口，猛然一甩头，如泣如诉地含泪吹起送别时的那首《痛心曲》。
［洪杜鹃一怔，不由得摸起唢呐。再次重现山头送别时的场景，两人含泪踏着节奏，一步一步后退着。顿时，鸾凤和鸣！
［一曲终了，两人的喇叭不约而同地慢慢滑落在地上，张开双臂奔迎上前。
［两人跑到面前，泥塑般地呆愣着，突然爆发出一声撕心裂肺的哭喊！

洪杜鹃
小憨子　　五十年啦！（失声痛哭）

洪杜鹃　　（拼命地捶打小憨子的胸膛）小憨子……
小憨子　　（一把将杜鹃搂在怀里）杜鹃——

［洪杜鹃伏在小憨子的肩头，狠狠地咬在肩膀上。

小憨子　　（泣声）使劲咬啊杜鹃，让俺心里痛快痛快……
洪杜鹃　　小憨子——

二 人	（合唱）	五十年，哭干了泪，
		五十年，盼来了归。
小憨子	（唱）	五十年，尝遍了人间百味，
洪杜鹃	（接唱）	盼直了弯眉添白眉。
小憨子	（唱）	五十年，游子苦泪三缸水，
洪杜鹃	（接唱）	睡梦中声笑甜梦你千万回。
小憨子	（唱）	五十年，不知你遭了多少罪？
洪杜鹃	（接唱）	只要你回家来这辈子就不亏。
小憨子	（唱）	五十年，小媳妇还是这样美，
洪杜鹃	（接唱）	大丈夫满脸伤疤更生威！
小憨子	（唱）	五十年，心未老情开花蓓蕾，
洪杜鹃	（接唱）	三九绽开苦寒梅。
二 人	（合唱）	从今咱，牵手活到一百岁，
		生在一起死成堆。
小憨子	（唱）	你累了，俺捋背，
洪杜鹃	（接唱）	你腿酸，俺轻捶。
小憨子	（唱）	并肩坐，相依偎，
洪杜鹃	（接唱）	交杯酒，两相醉，
二 人	（合唱）	天长地久永不掰。
		活是张家的人，
		喇叭合鸣吹。
		死是张家的鬼，
		合葬一块碑。
		下辈子再把鸳鸯配，
		出土腾空比翼飞。

洪杜鹃　一翅子刮出去，咋不来个音信呀？

小憨子　去了台……台湾！

洪杜鹃　啊！国民党？（惊愕）

小憨子　俺，实在是太憨了……

　　　　〔灯渐暗，俩人隐去。

　　　　〔字幕：一九三八年。临沂阻击战。

　　　　〔舞台一侧灯启。战火纷飞，枪炮声震耳欲聋。

［在战壕中打退了鬼子一次又一次的进攻。
　　　［陈师长血头血脸地亲临战场，捡起尸体旁的机枪，挺身向鬼子扫射，打尽了子弹。他扔下机枪，掏出手枪点射，手枪亦打没了子弹。
　　　［小憨子连滚带爬地进了战壕。慌乱地递弹药，救伤员。

陈师长　（四川口音）奶奶地！弹药没得了。（大喊）司号员——
司号员　到！（刚起身，被子弹撂倒）
陈师长　冲锋号，吹啊！（扭头一看，司号员牺牲）龟儿子！
小憨子　同志，俺吹行不？
陈师长　吹！
　　　［小憨子吹不响军号。忙掏出喇叭，模仿军号声，嘀嘀嗒嗒吹响。
陈师长　杀！
　　　［众战士跃出战壕，拼向敌人，再次将鬼子打下山头。
通讯员　（背报话机喊）师长，命令！
陈师长　谁？
通讯员　（一个立正）蒋总司令！
陈师长　讲！
通讯员　撤！
陈师长　要不得，老子与阵地共存亡！
通讯员　来电说，火速支援台儿庄，不服从命令，军法从事！
陈师长　龟孙子！集结号。
　　　［小憨子又吹起了喇叭，战士们迅速集结。
陈师长　小鬼，跟老子干。
小憨子　是党的队伍不？
陈师长　当然是的！
小憨子　俺说这么熊焉（厉害）。
陈师长　（随手捡起一杆步枪，扔给小憨子）用得吗？
小憨子　不会使唤。
陈师长　会干鸟啥？
小憨子　厨师。
陈师长　要得要得，正缺火头军。
　　　［灯渐暗，另一侧灯启。
　　　［字幕：一九三九年，台儿庄大捷。

　　　　　　［蒋介石、李宗仁和抽调的各个战区的将领，大摆庆功宴。

蒋介石　（举杯站起，浙江口音）第一杯，敬宗仁贤弟。台儿庄大捷，乃国军之崇高之荣耀！娘希匹，日本人也不过如此嘛。干杯！（与李宗仁碰杯）第二杯嘛，敬各战区的将领们。请诸位到此，务必效仿宗仁兄之战略部署及报国精神！革命尚未成功嘛，同志仍需努力。（举杯）共饮！（众举杯饮酒）第三杯嘛，敬陈师长。（指了指桌上的菜）非常之时期，备办如此丰盛之庆功宴。来，干杯！（与陈师长碰杯）好了好了，进餐吧。（夹起菜品尝）好！正宗鲁菜风味嘛。（侍卫长附耳几句，蒋介石皱眉沉脸站起，众人随之站立）余即赴重庆方面。坐，都坐嘛。（匆匆而下）

李宗仁　（举杯）干！宴后召开军事会议。

众将军　祝贺将军！（干杯）

吴　石　（悄问陈师长）此菜何人所做？

陈师长　（敬礼）报告吴部长，一个叫张小憨的小鬼。

吴　石　可借一用？

陈师长　要得要得！

　　　　　　［灯渐暗。另一侧灯启。
　　　　　　［字幕：一九五〇年。台北吴石官邸。
　　　　　　［吴石的炊事勤务兵张小憨和警卫员周大海紧张地站在将军左右。

吴　石　（将一个信封交给小憨子）张小憨同志，你和周大海早已加入中国共产党，把这张"特别通行证"交给你，我放心。

小憨子　（吃惊地）怎么了长官？

吴　石　蔡孝乾叛变！马上交给朱枫同志，转乘运输机去金门，然后返回大陆。

小憨子　（立正敬礼）保证完成任务！（欲下）

吴　石　记住！信送到后，立即转移到阿里山。

小憨子　是！（匆匆而下）

吴　石　周大海。

周大海　到！

吴　石　命令你去阿里山，寻找阿来大哥，他是土著人，会保护你们的安全。记住，保护好张小憨同志，保护好自己。

周大海　（掏出手枪）不！誓死保卫您！

吴　石　（严厉命令）向后转，跑步走！

〔周大海敬礼，转身跑下。
〔吴石将秘密文件烧为灰烬。
〔毛人凤亲率军统特务走进吴石的客厅。

毛人凤 （和蔼地笑着）吴将军别来无恙啊，是否陪愚兄出去散一散步呀？
吴　石 毛人凤！哈哈哈……（放声嘲笑）
毛人凤 哈哈哈……（毛人凤开心地笑着，慢慢地举起右手，手腕轻轻地摇摆了一下）
〔众特务一拥而上，拧住吴石的双臂。（定格，切光，众隐去）
〔灯渐亮。小憨子和洪杜鹃泪眼相望，默默无语。

洪杜鹃 真的？
小憨子 我张小憨还是当年的小憨子，不说谎！
洪杜鹃 后来呢？
小憨子 在马町刑场，杀害了1100多名我党地下工作者，吴石和朱枫同志同时遇难……
洪杜鹃 啊！蒋介石忒促狭（狠毒）咧！
小憨子 如果不是蔡孝乾那个狗日的叛变，台湾早就解放了。
洪杜鹃 咱也早就团聚了。
小憨子 对！
洪杜鹃 你的党员关系呢。
小憨子 断线啦。有关部门可能有备份。
洪杜鹃 去找啊！
小憨子 肯定要找！到底找哪个部门？慢慢来吧。
洪杜鹃 你脸上负了伤？
小憨子 不！台湾当局四处通缉，我逃进阿里山，毁容了。
洪杜鹃 （又哭泣着捶打小憨子）你受了大罪啊……
小憨子 等事件平静下来，我和周大海同志去阿里山火车站上了班。
洪杜鹃 走，咱屋里拉呱去。（挽着小憨子进屋）
小憨子 （环视家徒四壁的屋内）又回到老窝啦，和原来一模一样，只是少了你那套嫁妆。
洪杜鹃 为了找你和杨先生，家底卖光了。
小憨子 杨先生找到没有？
洪杜鹃 没。

小憨子　战争年代，估计牺牲了吧？
洪杜鹃　不！说不定哪一天和你一样，站在俺面前。
小憨子　（从包里掏出一捆钱）为你攒的。
洪杜鹃　（激动地接过钱）哎哟！多少啊？
小憨子　十万。
洪杜鹃　（高兴地）十个万元户！
小憨子　（幽默地）我啊，就当你喂了五十年猪吧。
洪杜鹃　哈哈哈……还是不拉人呱！
　　　　〔两人笑了起来。
小憨子　哎，咱哥嫂呢？
洪杜鹃　（垂下头，热泪盈眶）都走了……
小憨子　啊！（泣声）哥、嫂，咋不等兄弟回来呀……
洪杜鹃　哥死在关外，嫂子为俺挡了一刀，都是替俺死的呀！
小憨子　唉！战争太残酷啦。孩子还好吧？
洪杜鹃　寒梅打成了右派，已经平反了。她和咱侄子结成了夫妻，生了俩孙子，都在国外读博士。
小憨子　好！太好了。
洪杜鹃　咱张氏吹打乐，还是省非遗啥的。咱那俩孙子呀，去什么喂这喂那的狗头金大厅，开啥会去咧！
小憨子　（吃惊）哇！喇叭张家可了不得啦！那是维也纳，金色大厅音乐会！
洪杜鹃　俺明白。
小憨子　让你给耍了，哈……
　　　　〔二人笑了起来。
　　　　〔寒梅挽着拄拐杖的寒响进屋。看见小憨子吓了一跳。
张寒响　俺婶贞洁清白，咋攥着男人的手？
张寒梅　（十分尴尬）丢死人了，放开！
　　　　〔两人惊慌松手。
洪杜鹃　寒梅……
张寒梅　谁？
洪杜鹃　你爷啊。
张寒梅　爷？（看着小憨子的脸，害怕地倒退着）
洪杜鹃　寒响，这是你二叔。

张寒响	二叔？
小憨子	哎呀！我走的时候还没满月，唉！俩孩子也老了……
洪杜鹃	快叫叔，喊爷啊！
小憨子	免了免了。我这张脸……
张寒梅	娘，五十年啦！俺爷从哪里冒出来的？
洪杜鹃	台湾。
张寒梅 张寒响	啊！台湾。
张寒梅	你送二叔当了国民党？
洪杜鹃	他走错了一步，不！没走错。
张寒响	糟了，咱家又蹦出个阶级敌人来！
洪杜鹃	胡咧咧！你二叔是中共地下党员。
张寒梅	党员？有没有证明？
小憨子	1950年，失去了组织关系。
张寒梅	和俺娘一样啊。
张寒响	不一样！是不是国民党特务？
洪杜鹃	胡说！（摸笤帚欲打）
张寒响	又要打人吗？再次警告你，俺娘是国民党杀害的，我与他不共戴天！
洪杜鹃	（软了手腕，笤帚滑落在地上）你二叔不会说谎，是自己人啊。
张寒梅	娘，问题是一个变成了两个的问题。
洪杜鹃	俺信得过……
张寒响	你也去过台湾？半个世纪啦！知道个啥？
洪杜鹃	这……
张寒梅	您老人家想一想，寒响的腿是怎么瘸的？
洪杜鹃	人家拾掇你，他打了人家一拳，就把他的膝盖骨打碎啦。
张寒响	哼！又多了个反革命。如果再出事儿，别说腿，全家掉脑袋！
张寒梅	一朝被蛇咬，十年怕井绳啊！弄不清身份，不得了啊。
洪杜鹃	寒梅，你听俺说……
张寒响	别说了，危险！
洪杜鹃	你二叔不会害咱……
张寒响	是你又要害人！
洪杜鹃	你！（一腚蹲在炕上，呆愣）

照町 ZHAO TING

小憨子　这……
　　　　　（背唱）团圆的炕头刚坐热，
　　　　　　　　突然一瓢凉水泼。
　　　　　　　　看起来，两个孩子难容我，
　　　　　　　　有我在，干柴烈火烧炸锅！
　　　　　　　　有我在，势必燃起无情火，
　　　　　　　　有我在，杜鹃要挨烙铁烙。
　　　　　　　　为了亲人家不破，
　　　　　　　　为了杜鹃好好活。
　　　　　　　　别让乡亲乱琢磨，
　　　　　　　　疑云生处起风波。
　　　　　　　　别给孩子把祸惹，
　　　　　　　　亲人不可陷旋涡。
　　　　　　　　找到了魂魄丢魂魄，
　　　　　　　　寻回了亲情又切割。
　　　　　　　　打下牙来肚里咽，
　　　　　　　　生吞骨头血硬喝！

洪杜鹃　孩他爷，想啥啦？
小憨子　想我的老婆孩子。
洪杜鹃　（大惊）啊！你成家了？
小憨子　孙男娣女一大堆，实在对不起啊杜鹃。
洪杜鹃　咋不早说？
小憨子　我想把老婆离了，把孩子舍了……
洪杜鹃　别再说了。（泣声）你子孙满堂，就别再想着俺了……（哭泣）俺，俺不破坏你那个家庭。
小憨子　（泣声）杜鹃，你的小憨子，又要走了。
张寒响　（拿起行李箱）带走。
小憨子　这是给你二婶买的衣裳，我有这个义务和权利！
张寒梅　（发现钱，拿起）把钱带走。
小憨子　不是留给你的！是留给你娘的。杜鹃啊，咱庄里还穷，如果村里用，就给村里一部分。如果乡亲们谁家急用，咱就帮衬帮衬。
洪杜鹃　（拽住）今儿是八月十五，咱，咱吃个团圆饭行不？

张寒响	恁俩吃吧。寒梅，咱回县城。（拉寒梅欲下）
小憨子	（拉住）寒响、寒梅，五十个中秋节了，恁三口人不是照样团圆吗？（捡起喇叭）杜鹃，想俺的时候你吹一吹，俺想你的时候也吹吹，你多多保重，俺，俺走啦！（戴上口罩，擦了把眼泪，头也不回，急下）
洪杜鹃	孩他爷，小憨子……

〔定格。光渐收。隐隐约约又传来喇叭声，还是那首曲子……

第八场
凄风苦雨秋风凉

〔字幕：一九八九年重阳节。
〔景同前场。
〔老槐树落叶纷纷。树上的布谷鸟"找姑，找找找姑"地叫个不停，一口又一口地往树下啼血。
〔洪杜鹃拿着喇叭仰头看鸟，一口血溅在身上。

洪杜鹃	看看，把俺褂子染红咧。唉！都怨你领着小姑上山砍柴，把她弄丢了，你就满山满峪地找姑找姑，就这么喊了七天七宿，喊得一口一口地吐血，死在了山崖上，变成了啼血的杜鹃找姑鸟。唉！咱俩一个名，一样的命，俺也找丈夫，找杨先生。来来来，你叫一声，俺也叫一声。

〔找姑鸟开始叫，洪杜鹃用喇叭学叫，吹叫得一模一样。
〔村支书亓凯瑞和村长王大山每人端碗水饺上。

亓凯瑞	哈哈，二奶奶和找姑鸟玩起来啦。
王大山	二奶奶的徒弟一大堆，谁不会"找姑找姑"地吹两声。
洪杜鹃	支书和村长都来了。
亓凯瑞	寒梅、寒响工作忙，老人节回不来，给您端碗水饺吃。
王大山	二奶奶会过日子，肯定舍不得割羊肉，俺也端来了一大碗。
洪杜鹃	年年想着俺。（看碗）竖尖儿竖尖儿的，俺能吃多少？
亓凯瑞	一块吃，陪二奶奶过节。
洪杜鹃	好！（下起雨来，仰头问天）你这个老天爷，出来太阳晒了晒晌，咋又滴答？还叫俺老百姓过也不？
亓凯瑞	（以手为二奶奶遮雨）走，快进屋去。

〔三人进屋。

照町 ZHAO TING

亓凯瑞　（摸起筷子，就往二奶奶嘴里喂水饺）先尝尝俺这个，羊肉的！
王大山　（也找双筷子夹起一个）按咱夹谷山的风俗，九月九都吃羊肉包子。
　　　　（硬往二奶奶嘴里又塞了一个）
亓凯瑞　香不？
洪杜鹃　不香。
王大山　九月九的羊肉包子，都吃着不香了！
洪杜鹃　是啊——
　　（唱）　八月底摘山楂满坡红遍，
　　　　　九月初正赶上秋雨连绵。
　　　　　这几年鲜山楂贱了又贱，
　　　　　要致富切片晒干挣大钱。
　　　　　不切吧鲜水果几天就烂，
　　　　　切片吧晴天晒上又阴天。
　　　　　哪秋不烂一多半？
　　　　　哪年不遭雨水淹？
　　　　　家家户户急了眼，
　　（白）　别说这是羊肉馅儿啊——
　　　　　就是那，糖里调蜜也不甜！
　　　　　摸剪刀就把这枕头来剪——
　　［剪开枕头。将钱倒在被子上。

亓凯瑞　　（接唱）我娘哎，被窝里冒出钱一摊。
王大山
洪杜鹃　恁二老爷去年回家，留下了十万块钱，尽快花出去。
亓凯瑞　买啥？
洪杜鹃　烘干设备！
亓凯瑞　好！
洪杜鹃　不再靠天吃饭，给龙王爷个脸色看。
王大山　这是多少钱？
洪杜鹃　还剩九万！俺花了一万，让大伙帮忙去找杨先生。
亓凯瑞　是您出了路费，俺和大山主任分头去找，就是没个准信啊。
王大山　您为啥这么较真呀？忒犟咧！
洪杜鹃　（激动）为了证明俺没有欺骗党组织，没有欺骗天底下任何人！

王大山　别再犟咧，重新入吧。
洪杜鹃　（大怒）住嘴！俺说的啥？没听明白吗？
王大山　（打自己嘴）二奶奶，您别生气啊……
洪杜鹃　先别扯这事咧，买烘干设备要紧！（用包袱包起，递给凯瑞）
亓凯瑞　（接过。摸出几叠来）这些您留着。买个小型烘干炉，大伙先用着……
洪杜鹃　俺打听寒梅了，八九万就买大型的，那才够全村人使的。
王大山　您得留几个花呀。
洪杜鹃　俺还有钱。除了上个月，恁二叔每月都寄钱来。唉！他老婆孩子一大堆，实在难为他了。
亓凯瑞　好！先打个借条，到时候连本加利全还您。
洪杜鹃　二奶奶不放高利贷！就想给老少爷们办点事儿。俺是宣过誓的人，不能忘了初心……
亓凯瑞　好！坡里多半山楂还没摘，马上出发！
王大山　走！
　　　　〔两人欲下，迎面碰上周大海戴口罩，背个大背筐上。
洪杜鹃　啊！小憨子！（欲往前扑）
　　　　〔来人轻轻地推开，摘下口罩，脸上也有伤疤。
洪杜鹃　你，你不是小憨子？
周大海　您是洪杜鹃吧？
洪杜鹃　是啊。
周大海　嫂子，我和张小憨同志是同生死、共患难的弟兄啊！（边说边放下背筐）
洪杜鹃　小憨子说过，是不是周大海？
周大海　是我啊嫂子。
洪杜鹃　你咋来啦？
周大海　我回大陆，有两件事要办。
洪杜鹃　啥事儿？
周大海　第一，我要去北京，找一下有没有我和张小憨同志的备份。
洪杜鹃　好！一定要找，还你和小憨子个名分！第二呢？
周大海　第二，第二是小憨哥和我说了五十多年的一句话。
洪杜鹃　啥话？
周大海　洪杜鹃坚强，天大的事情都能扛得住！
洪杜鹃　有话尽管说吧。

照 町 ZHAO TING

周大海　（突然抱出骨灰坛。跪在洪杜鹃面前哭喊）我背大哥回来了！
　　　　［众人大惊。
洪杜鹃　（哭喊一声）小憨子——（一头撞向骨灰坛，晕倒）
亓凯瑞　（抱住哭喊）二奶奶……
王大山　（赶忙掐人中）您醒醒呀，二奶奶……
周大海　嫂子，老嫂子……
　　　　［洪杜鹃醒了过来。
洪杜鹃　（捶打骨灰坛）小憨子，你舍下杜鹃不管了。你是怎么走的呀？
周大海　那天夜里扛麻袋，大哥从车厢上摔下来……
洪杜鹃　七十多了，咋还扛麻袋？
周大海　大哥说，为了你日子过得好点，拼上老命多挣些钱。
洪杜鹃　为俺？他老婆孩子一大堆啊。
周大海　他说一生只说了一次谎，就离开了您啊！
洪杜鹃　没再成家啊？
周大海　有人给他介绍对象，大哥见都不见。
洪杜鹃　啊！
周大海　他说心里装满了你，谁也挤不进去了。
洪杜鹃　小憨子，真憨哪——
周大海　（掏出喇叭和钱，递给杜鹃）嫂子，大哥的遗物。
洪杜鹃　（接过喇叭，老泪纵横）喇叭，张家的……
周大海　自从大哥回去后，抽空就哭着吹。
洪杜鹃　那是想俺了……
周大海　（递过钱）就剩这点钱，收起来吧。大哥一生，租住在破板房里。
洪杜鹃　真正的血汗钱啊！
周大海　大哥说，他后悔了，不该撒谎离开你。从上个月就开始攒钱，攒够了路费，就回来。那是装卸最后一次车了……
　　　　［洪杜鹃低头含住了喇叭哨口，仰起满面泪花的脸，吹响了那首《痛心曲》。
　　　　［周大海顺手摸起大喇叭，亓凯瑞、王大山吹笙伴奏，张家院再次响起悲凄的哀乐声。
　　　　［灯渐收。

第九场
喇叭花开杜鹃红

［字幕：2017年中元节。
［景同前场。舞台前区位置多了一张病床。
［幕后传来女声合唱：

　　　　人过留名，雁过留声，
　　　　真性情，不改初衷。
　　　　虽说是人生如戏一场梦，
　　　　是谁在苦吟？喇叭花开杜鹃红。

［灯启。洪杜鹃半躺在病床上。
［凯瑞、寒梅、寒响守在洪杜鹃身旁。

张寒梅　娘，咱去医院吧？
洪杜鹃　住院？娘104岁啦，就像那黄了梢的麦子，再浇水，能返青吗？
亓凯瑞　（俯身安慰）您老人家再活十年没问题。
洪杜鹃　（看着党徽）凯瑞啊，你这胸前，真光彩啊！（伸手抚摸）
王大山　（举着信上）二奶奶，来信咧。
张寒梅　信？
王大山　（交给寒梅）拆开看看。
张寒梅　（摸出一张纸）取款单？
洪杜鹃　哪里汇来的钱？
张寒梅　（念）收款人：洪杜鹃。汇款地址：北京。用途：张小憨安葬费。汇款人：娘家人。
洪杜鹃　北京没有亲朋好友啊。
张寒梅　安葬费？（陷入思考）
洪杜鹃　娘家人？（亦思考）
张寒梅　（突然泣声）俺爷真的了不起！
洪杜鹃　知道了。（泣声）孩他爷，好人哪！比俺强咧。
张寒响　明白了。（仰天哭喊）二叔，您侄子我，不中用啊！（扔掉拐杖，伏在二婶身上大哭）俺毁了你俩的下半生……
洪杜鹃　唉！人无完人，谁能无过？
亓凯瑞　（拉起寒响）不能让二奶奶过于激动。

洪杜鹃　寒响，俺咋轻飘飘的，这么得劲？下地走走。
　　　　〔众人将洪杜鹃搀扶下床。她推开众人，轻盈地迈了几步。
众　人　（大喜）病好啦！
王大山　（看二奶奶的脸）这是咋啦？没了皱纹！
众　人　（凑上前观看）年轻了！
洪杜鹃　（不由得一抖）寿限到了。
众　人　不！病好啦……
洪杜鹃　俗话说，好了病，要了命。那两年，咱村临终的病人，哪个不是俺守着，见得多了。唉！顶多半个时辰，俺这只杜鹃就要飞走了。
　　　　（唱）　回光返照，好似那雷前闪电，
　　　　　　　　耀眼一亮，霹雳就在一瞬间！
　　　　　　　　舍不得，庄邻庄乡亲情暖，
　　　　　　　　再难见，山楂红遍夹谷山。
　　　　　　　　舍不得，孙子闻讯往家赶，
　　　　　　　　见不到孩子添笑颜。
　　　　　　　　舍不得，未了的心愿终身憾，
　　　　　　　　熬干了豆油灯，火焰再难燃。
　　　　　　　　大伙都别傻眼看，
　　　　　　　　朵朵白花喇叭上拴。
　　　　　　　　鼓有板，笙有眼，
　　　　　　　　四号八锣列两边。
　　　　　　　　张氏的吹打乐声声情无限，
　　　　　　　　笙管齐鸣，送我洪杜鹃！
众　人　不！您老没事儿。
洪杜鹃　这辈子忒累了，也该歇歇了。
　　　　〔众人忙搀老人躺在病床上。寒响、寒梅往所有乐器上拴缠白花。
洪杜鹃　凯瑞啊，（掏出一叠钱）敢不敢接？
亓凯瑞　（接过。一拍脑门儿）看我！把大事忘了。
洪杜鹃　啥事儿？
亓凯瑞　杨先生找到了！
洪杜鹃　（苦笑着）那就收起来吧。
亓凯瑞　（收起。递给王大山）你交上去……

洪杜鹃　　凯瑞啊，你这党徽，真好看呀……
亓凯瑞　　（摘下党徽，放在二奶奶手里）二奶奶，给您了！
洪杜鹃　　给俺了？真的找到了杨先生？比俺岁数还大？
亓凯瑞　　（含泪点头）嗯。
洪杜鹃　　（抚摸着党徽，老泪纵横）俺知道你在安慰俺，可、可俺舍不得再还给你了……
张寒响　　（端一碗面条）二婶，趁着精神头儿，吃碗面条吧。
洪杜鹃　　行！上了路，不饥困，娘不想做饿死鬼。吃！
张寒梅　　不说这个！娘，张嘴。（夹面条喂老人）
　　　　　［二奶奶慢慢嚼着，努力地一口一口往下咽。
王大山　　（拉凯瑞一旁）亓书记，党徽送给二奶奶，要受处分啊！如果……
亓凯瑞　　（愤怒地）住口！
　　　　　（唱）　二奶奶，生命的火焰仅一簇，
　　　　　　　　　眼看就，燃尽了闪光的红蜡烛。
　　　　　　　　　咱为她，悄悄垒了栖身墓，
　　　　　　　　　你也知，她要踏上那不归途。
　　　　　　　　　为什么，你前怕狼来后怕虎？
　　　　　　　　　揣着明白装糊涂？
　　　　　　　　　她把那杨先生舍生掩护，
　　　　　　　　　失去了好公爹死在了这间屋。
　　　　　　　　　送丈夫去参军义无反顾，
　　　　　　　　　五十年见一面心脆肝也酥。
　　　　　　　　　找组织闯进了关外路，
　　　　　　　　　失去了大伯哥，张家的大丈夫！
　　　　　　　　　妯娌俩去支前老嫂比老母，
　　　　　　　　　推去的是煎饼，推回的是尸骨！
　　　　　　　　　她为乡亲快致富，
　　　　　　　　　掏钱买来烘干炉。
　　　　　　　　　她事事，她处处，
　　　　　　　　　像朵无名的花，像棵远山的树，
　　　　　　　　　不计功名和利禄。
　　　　　　　　　党走一步她跟一步，

　　　　　她就是真正的老党员，

　　　　　人民的好公仆！

　　（白）有什么处分我接受，不用你承担！

　〔二奶奶咽下最后一口饭，突然闭上了眼睛。

张寒响　（哭喊）二婶——

张寒梅　（哭喊）娘——

亓凯瑞　（痛呼）二奶奶，你再睁睁眼哪——

　〔二奶奶果然睁开了双眼，直盯着亓凯瑞，她摊开握着党徽的手，抬了几抬，但再也抬不起来了。她直看胸前。亓凯瑞会意，将党徽挂在她的胸襟上。二奶奶无声地笑了笑，闭上了双眼，流下最后两行辞眼泪。

　〔众人号啕大哭。两个孙子跑上，哭喊一声："奶奶"。跪在床前。

亓凯瑞　（抹了把泪水）大山，去拿党旗！

王大山　（从怀中掏出党旗）刚才俺在试探你，这面党旗，揣在怀里好几天啦！如果你不敢盖，俺敢！二奶奶……（失声痛哭）

亓凯瑞　先别哭，盖党旗！

　〔众人将党旗盖在二奶奶身上。舞台一片耀眼的红色。

　〔众人哭喊，引来了众村民及二奶奶的徒子徒孙。众人急上，见状失声痛哭。

王大山　二奶奶嘱咐，把咱张家班的家底全亮出来，鼓乐齐鸣，送她一路走好！

亓凯瑞　准备乐器。

　〔寒响、寒梅和两个孩子摸起四支挂着硕大白花的小唢呐，四人一起跪倒，低头含住哨口。

　〔所有男女上场者，均为二奶奶徒子徒孙。几十人摸起挂着白花的大唢呐及笙管等乐器，站在跪者身后。四号八锣上亦挂白花，列于左右。

亓凯瑞　（哭喊）奏哀乐——

　〔四支长号齐鸣："呜——哇——，呜——哇——"低沉而雄厚。

　〔继而鼓声响起："咚，咚，咚，咚，咚咚，咚！咚……"由猛捶到轻捶，由慢至快，轰然如疾风骤雨般响起！

　〔八面大锣："咣"的一声收住鼓点。

　〔众人猛然将头一甩！喇叭和所有乐器共鸣，奏响了《痛心曲》。

刹那间，形成声势浩大、震撼人心的巨大气场！

[字幕：洪杜鹃同志被追认为共产党员。经有关部门批准，授予她胸佩党徽、覆盖党旗的荣誉。

[男、女画外音在悲哀的《痛心曲》中响起：

二　人　喇叭开出了洁白的花儿！二奶奶身盖党旗，化作了血红的红杜鹃！她，轻轻地飞走了。共和国不会忘记她。

女　声　她和二老爷，团聚了。

男　声　其实，二老爷一直没有安葬，他在陪着她。土炕上多了一个枕头、一床被子……

女　声　看完这部戏后，不知有何感想？

男　声　二奶奶应该是一面镜子。

女　声　对！作为我们党员，最好对照一下自己，咱们这些有娘的孩子，是多么幸福！

男　声　那些找不到娘的孩子，是多么痛苦！

女　声　我们生活在党的温暖怀抱中，还有什么理由不感恩？不尽孝心？

合　声　绝对没有任何理由对党不忠诚，对民不虔诚！牢记使命，不忘初心！

[哀乐渐停，光渐收，众人隐去。一束追光追出洪杜鹃，她步履蹒跚，仍然吹着那首《痛心曲》从左台口缓缓而上。同时，一束追光追出小憨子，他亦满头白发，胡须飘飘，同样步履蹒跚，吹着喇叭，鸾凤合鸣的场景再现。两人走到对面，再一次呆愣片刻，喇叭滑落，两人扑上前去相拥相抱。众演员鱼贯而上，两人转身与众人深深鞠躬谢幕。

（剧终）

注：

① 2020 年 1 月 25 日至同年龙抬头之日，第一稿完成于犁铧工作室。2020 年农历二月四日，第二稿修改稿完成于犁铧工作室。2020 年农历三月二十五日，第三修改稿完成于犁铧工作室。2021 年农历二月二十三日（清明节），第四修改稿完成于犁铧工作室。

② 该剧未排演。如需排演，请联系著作权人或继承人达成书面协议后方可演出。否则侵权必究！

- 现代戏

正月十五雪打灯①

（又名《红包袱》）

时间： 1989 年至 1991 年元宵夜。

地点： 大南山峦中的一个小山村。

人物： 花花娘——老寡妇。
山花花——花花娘之独生女。
土包包——上门女婿，尚未圆房。
闹四两——说媒专业户，土包包之姐夫，花花娘之外甥。
山腰腰——山花花青梅竹马的情人。
嫩娇娇——山腰腰之妹。
撞倒墙——山腰腰之父。

---

①作品登记号：鲁作登字-2022-C-10044589

〔该剧无须更换场景场次，随着雪花飞舞，借以萝卜灯、红蜡烛、红灯笼变换年度。

〔小山村背靠青峰山岗，错落有致，山花花家住村前，其住房系山乡富户的晚清建筑：四梁八柱，小瓦檐前出厦，青砖雕刻，望天猴坐镇屋脊。恰逢正月十五雪打灯，撒上一层薄薄的阳春白雪，素雅中呈现出山庄那几分古朴秀丽。房前没有小院及大门界限，出门也许是村头，是场圆，是山坡，是大河，是大道。总之，留有充分的假定活动空间。台侧设一棵盘根错节几搂粗的古槐。

〔字幕：一九八九年元宵夜。

〔幕启：花花娘挖空萝卜蛋子，制作元宵灯，山花花用小木棍缠棉花线，制作灯芯。（剪影造型）

〔村头流光溢彩，烟花飞舞，阵阵钻天猴的呼啸声，渲染出元宵节特有的气氛，雪花飘飘，倍感正月十五的味道。

〔随着雪花灯的滚动，幕后传来那优美动人的女声合唱：

　　　　正月十五雪打灯，
　　　　麦子又是个好收成。
　　　　你家父子笑灯前，
　　　　他家母女添愁容。
　　　　喜怒哀乐春宵夜，
　　　　悲欢离合总关情！

山花花　娘，下雪啦。

花花娘　哈哈哈，好雪啊。八月十五云遮月，且等来年雪打灯，去年中秋节阴了天，今年元宵夜，非下雪不可！山花花，赶紧上灯。

山花花　（逐支点燃）弄这么多灯干啥？切这么多红萝卜蛋子，抠出瓢来，倒上豆油当灯使，这不浪费吗？

花花娘　闭嘴！元宵节供灯，图个吉利，一盏灯有一盏灯的说法，求各路神仙保佑咱娘儿俩，心里都亮亮堂堂的，过上那顺心的好日子。

山花花　您年年正月十五念叨，咱心里也没亮堂过，哪有顺心的时候……

花花娘　（生气）苦瓜妮子！再不拉人呱，俺就使笤帚疙瘩揍你那腚！各路神明看清了，早晚叫咱过上那顺心的好日子。唉！该念叨还得念叨——
　　　　（唱）　彩云遮月不遮灯，

　　　　　　　　灯照福门满山红。
　　　　　　　　山神爷收下这头盏灯，
　　　　　　　　留神野狗咬生灵。
山花花　　（接唱）应该供，山上的野狗凶又猛，
　　　　　　　　山神爷，盯紧马虎（狼）别放松。（供灯）
花花娘　　（唱）　灶王爷收下这盏灯，
　　　　　　　　黄米白面热腾腾。
山花花　　（唱）　应该供，收了麦子摘黄杏，
　　　　　　　　大南山里香味浓。（供灯）
花花娘　　（唱）　月老收下这三盏灯，
　　　　　　　　快为俺闺女牵红绳。
山花花　　（接唱）搁起来，俺不供，
　　　　　　　　月老是个糊涂虫！
花花娘　　你这是干啥？花花呀，月老是有灵性的，咱可不敢胡来，只是闺女的婚事啊，缘分未到。
山花花　　（将灯扔在地上，踩了一脚）娘，你就别再迷信了，提起月老红娘，气就不打一处来。
花花娘　　你急？俺比你更急。花花，恁爹临咽气的时候说，把孩子拉扯成人，讨个上门女婿，千万别断了祖宗香火！看看，眼下找个称心如意的，咋就这么难？
山花花　　若不是等着山腰腰，早让您放下这挂心事啦。
花花娘　　花，你和山腰腰明来暗往若干年了，啥时候是个头？
山花花　　俺找他去，行就行，不行就利利索索两拉倒。
花花娘　　是不能再拖了。花，实在不行，俺再去找撞倒墙那个老熊干一仗去。你们年轻人可要好说好散，咱两家隔邻伙山墙的，别又弄得打破鼻子撕破脸的。
山花花　　俺又不是三岁两岁，还用掐破耳朵地嘱咐？（欲下又回）哎，还忘了发信号呢。（有节奏地敲击墙壁后，匆匆而下）
花花娘　　暗号照旧，摁住山墙猛揍！这堵墙，快让她捶透气咧。（捡起灯）看，这盏灯踩了个稀糊烂浆，找个萝卜蛋子，挖盏新的去。（进内房）
山花花　　（来到盘根错节的古槐下）每次约会，他都迟到，是不是我有点儿太主动了？（用手帕抽掉树根上的雪，背靠大树坐了下来）

　　　　　　［闹四两兴冲冲地上。
闹四两　（唱）　正月十五闹元宵，来把商机找，
　　　　　　　　花里胡哨真热闹，春情乱糟糟。
　　　　　　　　提亲说媒有奥妙，会看的看门道，
　　　　　　　　锤子楔钉斧凿铆，送她上花轿。
　　　　　　　　那边一对人相好，好得不得了，
　　　　　　　　张家男儿李家娇，亲嘴搂住腰。
　　　　　　　　这边一对看相貌，年龄不算小，
　　　　　　　　原来是那老光棍，狂吻寡妇嫂！
　　　　　　　　哈哈！徐娘已半老，还叫鲜樱桃。
　　　　　　　　侧耳听见人偷笑，瞪眼仔细瞧，
　　　　　　　　咳咳！只看见黑大衣紧裹着红小袄，一路乐陶陶。
　　　　　　　　走了走了咱再找，OK！大树下一只爱情鸟，
　　　　　　　　哟哟，狗撕猫儿咬，缺漆少了胶。
　　　　　　　　干啥行当啥门道，孙子兵法要记牢。
　　　　　　　　我这个红媒专业户，知己知彼搞情报，
　　　　　　　　今晚转一遭，锁定了不少新目标。
　　　　（白）看看这个大闺女在等待谁？（借雪光辨认）哎，还是俺妗子家俺表妹咪。走，到堰下边观察观察最新动态再说。（潜伏到观众席中）
　　　　　　［山腰腰悄然而上。山花花气哼哼地站起身来。
山腰腰　山花花，你别生气呀，听我说嘛……
山花花　在家磨蹭啥呢？
山腰腰　接到你扑通扑通捶墙的三声信号，怕爹犯猜疑，先让妹妹稳住他，俺才没事人似的，摇头晃膀地溜出来。
山花花　整天怕你爹，咱俩的事儿啥时是个头？
山腰腰　俺娘死得早，爹就我一个儿子，爹那撞倒墙脾气，说啥也不让俺当上门女婿。
山花花　你爹是个撞倒墙，俺娘是根倔断筋，娘守寡为了啥？为了俺家不断根儿！
山腰腰　唉！两个封建疙瘩，这可咋办呀？
山花花　山腰腰呀——
　　　　（唱）　奇妙的爱情真烦恼，

　　　　　　压在肩上弯了腰。
　　　　　　你爹紧扣撒手锏，
　　　　　　俺娘善用拦腰刀。
　　　　　　咱两个，鞍前马后常临阵，
　　　　　　到头来，两败俱伤真糟糕！
　　　　　　你与我，持久相战何时了？
　　　　　　倒不如，你投刘备我降曹。
山腰腰　花花，你咋说这个呀——
　　　（唱）　感情的烈火在燃烧，
　　　　　　突然泼上水一瓢。
　　　　　　封建思想遗毒素，
　　　　　　陈规旧俗成信条。
　　　　　　婚姻不能自做主，
　　　　　　恋人厄运终难逃。
　　　　　　实指望，春来老树花枝俏，
　　　　　　谁料想，秋去偏遇霜雪刀。
　　　　咱两个青梅竹马，心心相印，难道要真的棒打鸳鸯吗？
山花花　唉！只怨你太懦弱。
山腰腰　俺坚强起来，直接和俺爹豁上！
山花花　好！直接跑俺家来。
山腰腰　我娘哎，俺爹得扒俺三层皮哟。
山花花　还吹！料你没这份胆量，为了俺，你不会牺牲你爹！
山腰腰　为了俺，你也不会牺牲恁娘呀。
山花花　白折腾了这些年，俺娘耽误抱外孙了。
山腰腰　俺爹也耽误抱孙子咧。
山花花　好了好了，谁也别埋怨谁，咱应该正视现实。为了双方父母，（泣声）咱，咱忍痛割爱，好说好散……（欲下）
山腰腰　（拦住）花花，你不能走，再给俺一次机会。（单腿一跪）
山花花　（挽起）山腰腰……
山腰腰　花花……
　　　〔两人旧情难舍，拥抱着转向树后。
　　　〔撞倒墙打着灯笼低头寻找踪迹而上。

撞倒墙　看你还往哪儿跑？
　　　　（唱）　山腰腰今晚有情况，
　　　　　　　　瞒不过老子撞倒墙。
　　　　　　　　他与那山花花明来暗往，
　　　　　　　　好一个狗小子家教不良！
　　　　　　　　无能辈上门女婿改名姓，
　　　　　　　　倒不如揍俺脸上两巴掌。
　　　　　　　　虎居深山虎威在，
　　　　　　　　岂容猴子称霸王。
　　　　　　　　雪地追踪他难藏躲，
　　　　　　　　来一个猛虎扑小羊。
　　　　这一回，非堵他的老窝不可！（发现闹四两脚印）哎，脚印有点乱，难道是跳了堰咧。（将灯笼伸向舞台下乱晃，未发现人影）狡兔雪地踪迹乱，迷惑猎人躲鸟枪。哼哼！还是顺这条老踪迹继续跟进。（发现花花脚印）哎，又一行女人的小脚印，没错，就在附近。
　　　　〔撞倒墙探头探脑地向树后寻找，山花花与山腰腰蹑手蹑脚转到树前，转来转去，被撞倒墙发现，猛不丁地反身扑了过来，山花花被撞倒墙紧紧搂住。
撞倒墙　狗小子，再叫你跑！
山花花　放开我……
撞倒墙　啊！（发现是山花花，将其推了个跟头）我娘哎，这是怎么说！我当是俺儿咪，咋是花花你？真不好意思咧……
山腰腰　（搀起山花花）快跑。
撞倒墙　叫你跑！（伸腿将山腰腰绊倒，摁住）可逮住你小子咧！（脱鞋便打屁股）再叫你胡捣鼓……
山腰腰　哎哟，揍煞人咧……
山花花　不许打人……
撞倒墙　山腰腰是我的儿，老子爱揍不揍！
山花花　（上前去拉）你听俺说……
撞倒墙　滚！（甩开山花花）你越说，俺越来气，揍得越厉害。（更起劲地打了起来）
　　　　〔嫩娇娇跑上。

嫩娇娇　爹，别打啦，别打啦。（抱住其父胳膊）
撞倒墙　不揍不改！问问你哥，还敢不敢再和山花花来往？
嫩娇娇　您老消消气，有话回家说。
撞倒墙　当面鼓，对面锣，就在这儿说。说！
嫩娇娇　爹——
撞倒墙　躲开！（甩开女儿，转身骑在儿子身上）连问三遍，不说照头夯！
山腰腰　哎哟，这回俺是活不成了。
撞倒墙　还敢不敢？一遍。
嫩娇娇　哥，好汉不吃眼前亏，说了再说呀。
撞倒墙　还敢不敢？两遍。
山腰腰　花花……
山花花　你，你就说吧。
山腰腰　不敢了。
撞倒墙　大声说！
山腰腰　（哭喊）不——敢——了——
　　　　〔山腰腰那撕心裂肺的哭喊声，在山谷中回荡，山花花双手捂着耳朵痛苦地蹲在地上。
撞倒墙　（放开山腰腰）哼！死了这条心吧。
嫩娇娇　（搀起山腰腰）哥，咱快回家。
山腰腰　山花花，咱俩……
撞倒墙　滚回去！（朝山花花"呸"了一口，与女儿架着儿子拖下）
　　　　〔山花花跟跟跄跄地跑回家，趴在土炕上泣哭。
　　　　〔闹四两喜滋滋地，从堰下爬了上来。
闹四两　雪窝里爬来泥窝里滚，看了场好戏过把瘾。本来是观察观察四两酒，想不到，一家伙端来肉一盆。好好好，妙妙妙！今晚要解决个老大难问题。走也。（匆匆而下）
　　　　〔花花娘惊闻女儿哭声，披着破花袄，趿拉着小白鞋匆忙而上。
花花娘　花，你哭啥？
山花花　娘——（扑在母亲怀中）
花花娘　说话呀，谁欺负你啦？
山花花　俺和山腰腰的事儿，真的不行了。
花花娘　哼！离了他那块坯，咱还能垒不成墙了？两条腿的蛤蟆不好找，两

　　　　　条腿的人不缺！咱不能在一棵树上吊死。走，找俺外甥去。（欲下）
山花花　娘，俺表哥可能睡了觉了，要去明天去吧。
花花娘　嗯，天也不早了，今儿晚上就不惊动外甥啦。花，咱歇着吧。
山花花　俺今晚睡不着……
花花娘　俺更睡不着！你不睡，俺就陪你坐上一宿。明儿一大早，去找你表哥，让他瞅寻个合适的，尽快了却当娘的心事。
山花花　那么，咱就炕头上歇着去吧。
花花娘　到里间屋歇着去。
　　　　［母女下。闹四两拽土包包上。
闹四两　孩他舅，快走哇——
　　（唱）姐夫我为了你去把特务当，
　　　　　潜伏在堰下边冻得长冻疮！
　　　　　你土包包光棍一根杆儿，
　　　　　横着竖着无阴凉。
　　　　　两岁那年死了爹，
　　　　　三岁那年没了娘。
　　　　　跟随我三十年转眼一晃，
　　　　　早就该成家立业出入成双，生了儿郎。
　　　　　只因你傻老帽该上你不上，
　　　　　介绍了几十个，个个黄了汤。
　　　　　看人家，见了那大姑娘就像苍蝇见了蜜，
　　　　　你看你，见了那大姑娘像绵羊见了狼！
　　　　　纵然我能说会讲，善于攻心打硬仗，
　　　　　你你你！哪一次不是你举手投了降？
　　　　　获机密，表妹撤销了军令状，
　　　　　抓战机，刺刀上枪弹上膛。
　　　　　好男儿就应该敢冲敢闯，
　　　　　我掩护你冲锋炸开围墙。
　　　　　这一回如若你再不抵抗，
　　　　　我督战你脱逃照头一枪！
土包包　姐夫——
　　（唱）咱兄弟亲如手足情意长，

多谢你一回回一趟趟，为我牵线做红娘。
虽说俺女人面前缺胆量，
哪一个光棍汉，梦中不想做新郎？
今宵喜事从天降，
掂掂量量又心慌。
婚姻事，恩恩爱爱也抬杠，
姐夫呀，咱巧取豪夺不正常。
若人家，拿拿架势摆摆样，
咱岂能，自讨没趣找窝囊。
山里人，忠厚老实好庄乡，
切莫要，让人背后戳脊梁！

闹四两　放开你那心吧，姐夫啥时让人戳过脊梁骨？我参加过自卫反击战，熟读孙子兵法，这叫出其不备，攻其不意！

土包包　这这这，这事儿你到底弄明白没有？

闹四两　不见鬼子不挂弦。情报准确无误！主动出击，捉活的，你给我上……

土包包　俺咋琢磨着，又不大稳当，咱还是回去吧。

闹四两　我天！又要打退堂鼓呀？知道不？人家那些大闺女、小寡妇都说你啥？

土包包　嫌俺长得不俊，土里土气……

闹四两　这是其次。主要是三脚踢不出个屁来，是个呆瓜、嘲巴、有点二！

土包包　俺可不是那二百五！人家说俺，实在他娘打实在，实在急（极）咧。

闹四两　你也忒实在，太自卑咧！看见女人就害臊，羞得直打哆嗦，不是二百五，也是半吊子！姐夫为了你呀，都叫人家笑话烂咧。

土包包　人家笑话啥？

闹四两　姐夫我牵线搭桥做红媒，在咱大南山大名鼎鼎！东西南北四条峪，前后左右十八庄，撮合成功几百对恩爱夫妻。但是灯下黑，自家的小舅子三十好几了，就是找不上媳妇来！知道不？人家骂俺啥？

土包包　姐夫没少为俺操心，怨俺不怨你，人家咋还骂？

闹四两　骂俺图财鬼！给俺起了个混名字，叫闹四两，意思就是为了喝那几盅喜酒，收取人家个红包袱，里头不就是裹着两瓶二锅头，两条大鸡烟，十来个轿馍馍，两把喜糖嘛，还有个小红包，那是百儿八十的跑腿费，叫俺买双鞋穿穿。

土包包　那是人家的一点心意。

闹四两　咱就是指望这点心意过日子，弄个红包袱。
土包包　咱家的红包袱真是多了去咧，窗帘、顶棚、墙上、炕头上到处都是，咱铺的褥子被子都是用红包袱缝起来的。还有俺姐的红袄、红裤、红棉鞋，还有俺那红裤头子。对了，你看俺这棉袄里子……（敞开袄，露出一片红色）
闹四两　扣住扣住，让人家看见了笑话！就是因为这个红包袱，人家骂我不给你介绍对象！因为，你不会送给我个大红包袱！
土包包　俺姐说了，只要你给俺找上媳妇来，她就动用私房钱，保险送给你个大红包袱。
闹四两　啊！你姐还有私房钱？
土包包　姐出嫁时，俺娘还健在，娘攒了百把元压柜钱。
闹四两　按说，压柜钱也得上交。
土包包　临来前俺姐说了，这回办成了事儿，一分不少交给你。
闹四两　这么说，咱兄弟更要加把劲儿！你千万不能再草鸡了，看我眼色行事，密切配合工作，如果不听指挥，我回去就把你姐一脚蹬！
土包包　俺姐对你有疼有热，你好意思嘛！
闹四两　我可不是吓唬你，姐夫我能给人家做媒人，就能给自己找媳妇。凭我这三寸不烂之舌，找个十八的黄花大闺女，也是小菜一碟！就看你这回听话不听话。
土包包　听话听话，为了俺姐，你说咋着俺咋着。
闹四两　好！要的就是这句话，一切行动听指挥，抓紧走。
土包包　（走了几步又停下）姐夫姐夫，俺咋像怀里揣着个小兔，乱蹦跶……
闹四两　你看吓得这个熊样，女人不是老虎，吃不了你！别再磨蹭了，机不可失，时不再来，走走走。（硬拽土包包来到花花娘院内，尖声大喊）妗子哎——
花花娘　（内应）哎。（急上）哎哟，是俺亲外甥来咧！（向幕后喊）花花呀，你表哥来了。
山花花　（上）表哥，快屋里坐。土包包哥，你也来啦。
土包包　嗯……（往后倒退，被闹四两一抬腿，顶了一膝盖）
花花娘　外甥，半夜五更的，你咋来了？
闹四两　嗨嗨，过了年没空来，今晚给您老人家磕个头，拜个晚年。（伴跪）
花花娘　（搀住）免了，免了。哎，这是谁？

土包包	俺、俺……
闹四两	这是孩儿他舅，土包包呀。
花花娘	哟，是土包包呀。黑灯瞎火的，妗子真没认出来。孩子，你咋也来啦？
土包包	嗨嗨，是姐夫把俺硬拽了来的。
花花娘	硬拽了来？
闹四两	妗子，你外甥有个坏毛病，落了太阳就小胆，晚上不敢走黑路，这不，拽了他来做个伴。
花花娘	看你，大冷的天，让人家陪着受冻，快屋里暖和暖和。（众人进屋）花，下茶去。
山花花	包包哥，你坐，俺下茶去。
土包包	不渴不渴，俺坐坐就走。
闹四两	走？喝壶茶，拉拉呱，有牌咱就打一把，人家出黑桃，你别出梅花。表妹哎，山里人爱喝老干烘，抓上一大把。（给土包包使眼色）
土包包	姐夫，你这眼挤打的和砸杏核似的，到底让俺做啥？
闹四两	坐！妗子哎，你外甥今晚上吃了不少咸鱼腊肉，干渴呀！
花花娘	花，茶下得酽一点。
闹四两	妗子哎，今儿元宵夜，你和俺表妹过得不赖吧？
花花娘	甭提啦！生了他娘的一肚子闷气。
闹四两	谁惹着咱咧？我找他去！（握拳站起）
花花娘	坐下坐下，就是你表妹和山腰腰的婚事，黄咧！
闹四两	黄咧？妗子，这婚姻大事可不是二斤韭菜葱，说要就要，说不要就扔。他不要，硬塞给他。表妹，咱走，躺在他炕头上，赖着他去！（伴下）
山花花	（拦住）表哥，你表妹就这么不值钱吗？
闹四两	哎哟俺那苦命的表妹哎，人家为啥把你一脚蹬了？
山花花	（被激怒）蹬了？他就找上门来，俺也不嫁给他了。
闹四两	好，巾帼不让须眉，就得有这么点儿骨气！
花花娘	外甥，你就操心给你表妹另介绍一个吧。
闹四两	我娘哎，您、您这不是给我出难题吗？
花花娘	俺的个亲外甥，这点事儿，难为着谁，也难为不着你！当妗子的知道外甥有那个本事……
闹四两	俺的个亲妗子哎，你不是有个特殊情况吗？谁愿意更名换姓来当上门女婿呀。

花花娘　当俺啥也不知道咋的？像俺这种情况，你撮合的多啦。

闹四两　弄成了几对是不假，可人家那些闺女都十八九、一二十，正当那好时候呀。你看俺表妹，早已熬过了青春妙龄豆蔻年华。常言道，男人三十一朵花，女人三十豆腐渣……

山花花　俺才二十八咧。表哥，不想为俺操心就拉倒，也别把俺说成豆腐渣。

闹四两　不是表哥贬你，俺应该先把丑话说到头里，凭你这条件，高不成，低不就，这活儿不大好干呀。

花花娘　外甥，不为活人为死人，看在你舅面上，不好干也得干！

闹四两　咳！您老下了任务，就是硬指标，不服从命令看来是不行了。可话又说回来，您老心中别没数，不管俺表妹和山腰腰有没有那个事儿，人家都说她是二婚咧。

花花娘　可让你把你表妹褒贬得一文钱也不值啦。甭管咋说，找个不疯不傻，不缺胳膊不少腿的就成。

闹四两　好，等的就是这句话！妗子，咱长话短说，你看这土包包咋样？

花花娘　外甥的意思是……

闹四两　土包包，山花花，天生一对小冤家。

山花花　啊？

花花娘　看看，叫你这一说，妗子我一下子就开了窍咧。不孬不孬，土包包是个苦命孩子，保险错不了事。花，你过来，（拉向一旁）看你包包哥咋样？

山花花　人倒是个老实人，可比起山腰腰来，无论模样，还是气质，都差一大截子。

花花娘　模样顶饥困？还是气质打干渴？庄户人家图的是憨厚老实会过日子！凭咱这条件，找这么个上门女婿，就算是天上掉下馅饼来咧。再说，山腰腰好倒好，可咱是剃头挑子一头热……

山花花　行，在这气头上，甭管土包包孬好，俺赌气也要和他谈谈。

花花娘　不能赌气！要谈就心平气和地谈，你心里可别没数……

闹四两　妗子哎，情况如何？

花花娘　他俩先谈谈，咱到里屋坐坐去。

闹四两　土包包，你和山花花拉拉呱，俺到里屋去等一会儿。（欲下）

土包包　（拽住）姐夫，你不能走。

闹四两　壮起胆来！为了你姐，关键时刻别掉链子，抓住战机，主动进攻，

　　　　　你给我过去吧！（一把拥到山花花跟前，拉住妗子）咱娘俩回避一下。（将花花娘拽下）

土包包　（壮了壮胆）俺姐夫让咱拉拉呱，你说咱说啥呀？
山花花　心里有啥就说啥。
土包包　那么，俺可要说了。
山花花　说吧。
土包包　你若和山腰腰还有那么一点点希望，俺就不能第三者插脚丫子……
山花花　唉！别再提他啦，俺俩没缘分。
土包包　要是真心话，咱就拉两句呱。
山花花　拉吧。
土包包　嗨嗨，俺琢磨着咱俩不大行呀。
山花花　为啥？
土包包　俺这么丑，你这么俊，不大配套呀。
山花花　你这人真有意思。（捂嘴偷笑）
土包包　俺是没多大意思，不知你有没有那么点意思？
山花花　俺看你挺实在。
土包包　俺姐夫也这么说，他说俺是个实诚小舅子！
山花花　哈哈哈……
土包包　别笑，就这毛病改不了。姐夫说，该上不上，吃亏上当……
山花花　你外表老实心不憨。俺听说，你还会干点小买卖？
土包包　俺是黄鼠狼子过年，小打小闹。不瞒你说，俺还鼓捣小发明咧。
山花花　啥发明创造？
土包包　嗨嗨，本地柴鸡和蛋鸡杂交，产蛋特大！本地黑山羊配青湖绵羊，多下小羊羔子不说，还多产羊绒呢。
山花花　叫你这么说，老实人和伶俐人结婚，下一代能出国留洋了？
土包包　那个俺没试验过！
山花花　看不出来，你还是个小能人。
土包包　能还找不上媳妇来呢。
山花花　你今晚干啥来了？
土包包　来相媳妇呀，光顾了说话，把正经事忘了！山花花，咱长话短说，你愿意不愿意？如果皱一皱眉头，俺立马拍拍屁股走人。
山花花　让俺想想——

	（旁唱）	婚变的怒火满胸怀，
		失恋的痛苦心中埋。
		吃了口辣根呛了嘴，
		鼻子蹿火疼在腮。
土包包	（唱）	成与不成快着点儿，
		八成今晚又白磨鞋。
山花花	（唱）	赌气要换一道菜，
		撤了芥末上蒜薹。
土包包	（唱）	直来直去别拐弯儿，
		是骡子是马牵出来。
山花花	（唱）	你傻乎乎的挺可爱，
		俺愿意把你娶进宅。

土包包　这么说，你真的愿意啦？

　　　　〔山花花笑着点了点头。

土包包　姐夫，快来呀。

　　　　〔闹四两与花花娘匆忙走出内房。

闹四两　咋样啦？

土包包　姐夫姐夫，人家点了头咧。

闹四两　哈哈，点点头就等于一个钉子楔到木头里，牢稳咧。

花花娘　花，你总算让娘放下这挂心事啦。

闹四两　说实话吧！俺也了却一桩心事。孩他舅无家无业，跟着我啥时是个头？眼下总算有个家啦。可话又说回来，自从没了俺舅，您老人家活生生地守寡，积劳成疾，多灾多病，非常需要有人来照顾。看看，从今儿后晌开始，您老总算挺过来了，找这么个憨厚老实的上门女婿，哈哈，我的个老妗子哎，您就光等着享清福去吧。

花花娘　哈哈哈，妗子要好好请外甥闹上四两，红包袱里那四色礼物，妗子一样也不缺……

闹四两　那个红包袱就算了吧，谁叫您是俺妗子哎……

花花娘　亲老子儿明算账，该咋着就咋着！

闹四两　好，明天就闹上四两……

花花娘　你是说？

闹四两　速战速决！明天去领结婚证，回来立马入洞房。

花花娘　对！早晚脱不了，越快越好！花，你看咋样？
山花花　不行。
闹四两　不行？
山花花　虽说俺和土包包一个村，但不经常接触，双方摸不着脾气，俺要先恋爱，后结婚，相互了解一年再说。
闹四两　试婚一年？
花花娘　花，日子太长了点吧？
山花花　二十八年都熬过来了，还差这一年？
闹四两　不行不行！我说表妹哎……
土包包　姐夫，强扭的瓜不甜，考验一年更合适。
闹四两　一年婚约，夜长梦多，你……（又挤眼）
土包包　姐夫，你就别再挤打眼咧，好饭不怕晚，好事儿不怕慢呀。
闹四两　（咬牙切齿地）你这个嘲巴（傻瓜）！
花花娘　外甥，你表妹这倔脾气，说一不二。看来，非等到明年这个时辰不可了。
闹四两　好好好，行行行，把土包包留下，做一年"团圆媳妇"。
花花娘　先做一年"团圆媳妇"也中。外甥，咱这家庭条件特殊，正需要劳力，赶明儿和村长汇报一声。
闹四两　他鸟不着！妗子，俺走了。
土包包
花花娘　天黑路滑，慢走啊。
山花花　表哥，单等明年元宵夜。
闹四两　哈哈！就等明年这一天。（匆匆而下）

　　　　〔远天滚来隆隆礼花弹声，幕后飞起朵朵彩虹。

花花娘　（大惊）哪里打炮？
山花花
土包包　看，山外放起礼花弹来了。
花花娘　可吓煞俺了，经过乱世的人，就怕打仗。
土包包　快看，天女散花……
花花娘　哟，这么好看，瞧，又起来一个。

　　　　〔三人面向幕后，欣赏远方的烟火。
　　　　〔造型剪影劳动场景。字幕：一九九〇年。
　　　　〔雪花又在飞舞，幕后合唱声又起：

　　　　　　一片雪花一片情，
　　　　　　一个元宵一盏灯。
　　　　　　一眨眼睛一年整，
　　　　　　一个和尚一本经。

山花花　（转向观众）娘，今年是1990年了，元宵夜又下雪了。
花花娘　（由土包包搀扶着转身走来）哈哈哈，一眨巴眼皮就是一年。看，又是一场好雪。
土包包　大婶，听老一辈说，元宵逢雪，连下三年，这是第二年了。
花花娘　对，去年下，今年下，明年这个时辰还得下。孩子，快上灯。
土包包　上灯。（拿来蜡烛）山花花，快点着。
山花花　（逐支点燃）来呀！先放到大门口，一边一盏。
土包包　好！先供上看家护院的门神。（放灯）
花花娘　好！日子穷富看门前，大门檐下一对蜡烛红。这灯，就比去年那胡萝卜蛋子灯强哟——
　　　　（旁唱）一年来日子过得似火红，
　　　　　　　全凭着土包包戴月披星。
　　　　　　　地生金树生银情生美梦，
　　　　　　　猪满圈羊满棚鸡鸭满笼。
土包包　（旁唱）一年来，没娘的孩子有娘敬，
　　　　　　　尝到了，母爱的温暖有娘疼。
山花花　（旁唱）虽说是包包真诚相敬，
　　　　　　　为什么挥不掉、抹不平、牵着魂，绕着梦，
　　　　　　　忘不下与腰腰逝去的那段情？
土包包　（旁唱）熬月亮，盼星星，
　　　　　　　熬过了春夏秋冬。
　　　　　　　不怕热，不嫌冷，
　　　　　　　专等今晚牵红绳。
山花花　（旁唱）难忘怀，与腰腰翻山越荒岭，
　　　　　　　上罢初中上高中，走读结伴行。
土包包　（旁唱）俺爱她山花花才貌出众，
　　　　　　　俺怕她一阵热来一阵冷，心事又重重。
山花花　（旁唱）难忘怀，高考榜无名，如坠枯水井，

    腰腰哭，我也哭，细声缠粗声。
    婚约逼人雪打灯，越打越心痛，
    打碎了圆圆的镜，打翻了五味瓶！

花花娘 闺女，你在紧着寻思啥？
山花花 俺听说山腰腰这几天光喝酒不吃饭，怕他糟蹋坏了身子……
花花娘 住嘴！山腰腰那孩子越来越不成器啦，听说他爹托你表哥给他介绍了好几个媳妇，他不要不说，还和他爹连吵加闹的，让撞倒墙揍了好几顿……
山花花 腰腰从小没了娘护着，是让爹打着长大的，实在被打怕了。这个撞倒墙，一碰南墙不回头！
花花娘 别想三想四啦，土包包忠厚老实，是把过日子的好手，他摆弄的那鸡，一天下一个蛋，俩月不歇窝。他摆弄的那羊，一窝下四五只小羊羔子。要不是多亏你表哥，咱打着灯笼上哪找去？花呀，等你表哥一到，你和土包包喝盅交心酒，今后响就住成堆，圆了房，赶明儿咱大摆婚宴……
土包包 大婶，姐夫说到咱家来吃元宵，顺便把婚事办了，咋还不见踪影？难道又去搞什么情报了？他把俺这个小舅子忘了吗？
花花娘 咦！俺这个二杆子外甥，要了紧也不知哪头子炕热，咱这么要紧的事儿，不是先依着咱，到处里蹭咪啥去？俺得找找他去。（欲下）
土包包 （拦住）您老歇着，我出去看看……
花花娘 甭介，你和山花花去把元宵煮上，等我找到你姐夫，咱一堆吃顿团圆饭。（下）
土包包 嘿嘿，大婶说了，元宵夜，吃元宵，今晚来个大团圆。
山花花 唉！看来俺娘准备的这锅元宵，不吃也得吃，不圆也得圆了。走，煮元宵去。（俩人下）

  〔山腰腰醉醺醺地举着半瓶酒，边饮边上。

山腰腰 （唱） 情悠悠，恨悠悠，
      钢刀断水水更流。
   （帮腔）噢——淹没了山沟沟。
   （唱） 失恋的痛苦不管白昼？
      思念的滋味哪管春秋？
   （帮腔）噢——冬夏也不休。

（唱）　　我哭我，心酸透，
　　　　　我哭我，魂魄丢。
　　　　　白天擦湿了衣袖，
　　　　　夜晚泪满枕头！
（帮腔）噢——苦泪泛残舟。
（唱）　　我喝酒，喝成了行尸走肉，
　　　　　借酒消愁愁更愁。
（帮腔）噢——噎住了咽喉。
（唱）　　今宵夜，她要圆房手牵手，
　　　　　腰腰我，肝被牵来心被揪。
（帮腔）噢——男儿刚性也温柔。
（唱）　　晕乎乎来到了花花家门口，
　　　　　见不到心上人死也不罢休！

［山腰腰扶着大门框，晃晃悠悠地蹲在门前，继续饮酒。
［山花花和土包包端汤圆上。

土包包　大婶咋还没回来？俺看看去。（出门发现山腰腰）谁？
山腰腰　是是是，是山花花的……爱人……
土包包　山腰腰啊！大冷的天，蹲在雪窝里干啥？看你醉成这样，要不，就屋里暖和暖和去……
山腰腰　俺，俺屋里坐坐去。（摇晃着爬起）
山花花　你，你走吧。
山腰腰　（痛苦地笑）哈哈哈……等俺把这瓶，这瓶黄连苦水喝完。（又饮）
山花花　（夺过酒瓶摔在地上，心疼地）腰腰，俺求求你，别再自己折磨自己了，把俺忘了吧。（泣声）就当，就当你花花妹死了……
山腰腰　胡说！你应该好好活，你腰腰哥活不成了。（摸酒瓶）酒，酒，我的酒……
山花花　腰腰哥，你更应该保重身体！妹妹虽然活着，心早就死了。
山腰腰　不，不能死，花花……（猛然抱住山花花）
山花花　（挣扎）土包包……
土包包　（拉开）你咋醉成这样呢？也不嫌人家笑话。
山腰腰　花花……
山花花　土包包，你快过来呀。

土包包　啥事？
山花花　咱亲热亲热。（搂住土包包狂吻）
土包包　（扭转过头去）哎哎哎，叫人家看见了，这还了得！
山花花　让他看看，死了那条心。转过头来……
土包包　不行不行，你疯了吗？
　　　　［慌乱中，土包包将山花花推下门台阶，跌入腰腰怀中。
山腰腰　（就势搂住山花花）土包包，你小子就这样对待花花？
土包包　俺，俺不知道怎么鼓捣好咧！俺，俺找大婶去。（匆匆而下）
山花花　放开俺吧，晚了，一切都晚了。
山腰腰　不晚，今晚我豁上了！花花呀，这一年，我自己都不知道是怎么熬过来的。（哭泣）
山花花　别哭了，你这一哭，俺心里更难受。（哭泣）腰腰……
山腰腰　花花……
　　　　［死灰复燃，相依相偎。
　　　　［土包包搀花花娘匆忙而上。
花花娘　（见状大怒）反了，简直反了！（抢起拐杖便打）松开，快给俺松开！
山腰腰　打吧，打死也不能再分手啦。
花花娘　王八羔子，你祸害得俺还轻？叫你又来招惹人！（当头一棒，打得腰腰头破血流）
山花花　啊！血。（撕下衣襟为腰腰包扎）娘，你下手太狠了！
土包包　大婶，吓唬吓唬就算啦，您咋下实法子打人家。
花花娘　打得忒轻！包包，把他撵走。
土包包　大婶，您老沉住气，有话慢慢说。唉！人家多少年的感情了……
花花娘　（缓了口气）山腰腰，俺打了你，是你逼急了俺。俺求求你，千万别来破坏俺这家庭咧，俺这辈子不容易啊。（哭泣）你就学学那雷锋吧！
山腰腰　（清醒了许多）唉！大婶不容易，俺，俺走。（摇摇晃晃欲走）
山花花　（急忙搀住）走，到卫生室包扎去。
花花娘　（拉住女儿）家丑不可外扬，让他自个先回家……
山花花　（甩开母亲）你打伤人家，俺得侍候人家。躲开！
花花娘　（哭喊）老天爷，俺这是养活了个啥营生子哟！（急剧咳嗽起来）
土包包　（为花花娘捶背）您消消气，快到屋里躺会去。（搀花花娘进房）

〔嫩娇娇拼命拽着撞倒墙的后衣襟，撞倒墙抓着一只鞋子挣扎而上。

撞倒墙　狗小子！你办的好事啊，俺都听见了。今晚，饶不了你！
嫩娇娇　哥，快点跑呀……
山腰腰　哥豁上啦，让爹打个够。
撞倒墙　你和老子较劲呀，招呼鞋底！（举鞋便打）
山花花　（抓住撞倒墙手腕）住手！都怨俺，照俺打。
撞倒墙　滚开，气急了俺，谁也敢揍！
山花花　撞倒墙，你欠俺的太多啦，让你打个够！（一头拱向撞倒墙怀中）
撞倒墙　哎哎哎……（被拱得连连倒退，被门槛绊倒，跌翻在地）
山腰腰　（跪到父亲身边）事到如今，儿子再也不怕了，不打死俺，您就不算好汉爷！（脱去棉衣，露出光脊梁）
撞倒墙　（爬起，举鞋怔住）啊！
嫩娇娇　哥，你喝了多少酒呀？咋也上来邪劲咧。
山腰腰　哥不活了，就不怕了！（嘶喊）你打——
撞倒墙　（被儿子的狂怒惊呆）你，你这是豁上豁，论了堆咧？老天爷哎！（把鞋子朝天一扔）俺伤了八辈子天理，养了这么个瞎包玩意儿……
嫩娇娇　哥，咱快回家。
撞倒墙　回家，他若进咱的家门，俺喝敌敌畏！
嫩娇娇　老的少的都不想活了！爹，您先消消气。（为父捶背）
撞倒墙　好好好！我说山腰腰，老子管不了你，老子不管行不？从今往后，你不是俺儿，俺不是你爹，你是石头缝里蹦出来的！咱彻底断绝父子关系。滚！
山腰腰　滚就滚。（转身便走）
山花花　等一等。（跑进内房）
嫩娇娇　哥，你要到哪里去啊？
山腰腰　哥哥无家可归，死到哪算哪。
嫩娇娇　哥——（哭泣）
山腰腰　娇娇别哭，哥混不出个人样来，不回来见妹妹！
嫩娇娇　哥，你出门在外，一个人怎么混呀？
〔山花花提一只花包袱从内房跑出。
山花花　嫩娇娇，俺陪你哥走！
山腰腰　花花你……

山花花　这么一闹腾，这个家，这个村，咱俩谁也没脸待下去了，走！
撞倒墙　不许拐带良家妇女！（张开双臂拦住）
山腰腰　咱已断绝了父子关系，你算哪根葱？躲开！（推开爹）山花花，咱走。
　　　　（俩人携手而下）
　　　　〔花花娘和土包包追出。
花花娘　（呼喊）山花花……（晕倒）
土包包　（揽在怀中掐人中）大婶、大婶……
撞倒墙　快抬进屋去。
　　　　〔众人抬花花娘进屋。这里乱了套，那里闹四两喜滋滋地上。
闹四两　妗子哎——
土包包　哎哟我的个祖老爷！你快着来呀。
闹四两　（见状大惊）啊！俺妗子这是怎么咧？（众人不答）俺妗子到底咋啦？（亦掐人中）
花花娘　（苏醒）哎哟，可憋死俺啦。
闹四两　好歹上来这口气咧，差乎乎叫俺哭了妗子！妗子哎，又犯了你那陈年老症候吗？
花花娘　外甥啊，山腰腰拐着恁表妹蹽咧！
闹四两　我娘哎，这可了不得咧！俺表妹叛逃了？
花花娘　叫你早来不早来！你早来一个时辰，也出不了这事啊。
闹四两　谁寻思爆炸了家庭原子弹？毁咧，围着村子转了一遭，抓了芝麻，漏了西瓜……
花花娘　这可咋办哟。
闹四两　咋办？撞倒墙，你教唆你儿子拐带妇女，走，咱到大街上摆摆理去！
　　　　（抓住撞倒墙向屋外拖拽）
撞倒墙　（往后挣扎）谁教唆谁是王八蛋！
土包包　骂誓没用，跑了和尚跑不了庙，走！
花花娘　外甥，别难为人家了，儿女私情，谁也挡不住哇。走走走，让他快走吧。
撞倒墙　唉！孩子惹了事儿咧。我说闹四两呀，往后你妗子这边，俺和娇娇全面照顾行不？
闹四两　这可是你说的！吃喝拉撒，生病长灾……
嫩娇娇　爹虽脾气不好，但为人正直，吐口唾沫楔个钉，俺们保证照顾好大婶。爹，咱走。（与父下）

闹四两　娘一下子，都怨这老熊闹的，惯坏了他那个孬种羔子！
花花娘　俺若管得了闺女，也摊不上这种破事儿啊。花花她爹呀，你怎么不叫了俺去……（泣哭）
闹四两　妗子，反正俺表妹八成回不来了，你就别伤心咧。
花花娘　你，你把土包包领走吧。
闹四两　不走还有驴骑嘛！留在这里，没啥意思了。
花花娘　土包包，大婶对不起你呀……
土包包　大婶……（潸然泪下）
花花娘　（含泪一字一顿）孩子，你风风雨雨，跑跑颠颠，把俺这穷日子过富，把俺这病身子养好，大婶临咽气也忘不了你这份恩情啊。（颤巍巍从怀中摸出一个红包）孩子呀，咱娘俩就要分手啦，大婶没啥给你的，这八千块钱……
土包包　大婶，俺不要。（转身抹泪）
花花娘　孩子，这钱是留着你和花花结婚用的，花花走了，大婶还有啥用处呀。听话，快拿着。
土包包　大婶，这是你积攒了大半辈子的血汗钱，俺不能昧着良心往兜里装。
闹四两　土包包，咱走吧。
土包包　花花走了，俺再走了，大婶心里是啥滋味呀。她若想不开……
花花娘　孩子，你是为花花来的，不是为大婶来的。唉！（热泪盈眶）花花走了，大婶不值得牵挂了。包包，你，你走吧。
土包包　（悲凄地）俺，俺舍不得离开这个家……
　　　　（唱）　这一年，您待俺恩深情意重，
　　　　　　　俺好比，干枯的小草遇到了春雨春风。
　　　　　　　夏添单冬添棉是您亲手缝，
　　　　　　　饭可口菜可心敬俺如亲朋。
　　　　　　　农活紧晚收工您在灶前等，
　　　　　　　那饭菜，热了凉，凉了热，是娘把儿疼！
　　　　　　　出远门，怕俺年轻愣愣怔怔。
　　　　　　　千嘱咐万叮咛，让人一步忍住声，平安回家中。
　　　　　　　您待俺，不是骨肉是骨肉，
　　　　　　　您对俺，不是亲生胜亲生。
　　　　　　　有道是，人间最亲是母子，相依为命，

　　　　　　　　儿感恩要为您养老送终！
花花娘　孩子，你的心意啊，大婶领了。可俺，俺不能拖累你。
土包包　俺从小没爹没娘，您，您就收养我这个儿子……
闹四两　（拉土包包一旁）孩他舅啊，打了春的萝卜，立了秋的瓜，没了媳妇待在丈人家，没啥滋味咧！
土包包　花花走了，俺再走了，她老人家就没法活了……
闹四两　妗子哎，俺送您进养老院吧？
花花娘　养老院！唉，俺不给公家添麻烦。从今往后，谁也用不着管了……
闹四两　您千万别想不开……
花花娘　唉！人生七十古来稀，俺这寿限，知足了……
土包包　大婶……
花花娘　恁俩快走吧！
土包包　不！俺不能走——
　　（唱）　大婶你积劳成疾身患病，
　　　　　　为了家咬紧牙关硬支撑。
　　　　　　白日里忙忙碌碌瘦身影，
　　　　　　到夜晚传来阵阵咳嗽声。
　　　　　　人最怕晚年孤苦心寒痛，
　　　　　　一口气上不来谁人照应？
　　　　　　虽说俺笨头笨脑呆又愣，
　　　　　　端碗水送口饭总是还中。
　　　　　　常言道人凭良心一杆秤，
　　　　　　更何况感恩就是定盘星。
　　　　　　倘若俺抛弃孤寡，眼不见为净，
　　　　　　土包包这颗心，一辈子难安宁！
花花娘　包包，真是俺的好孩子啊！
土包包　留下俺吧……
花花娘　俺，俺寻思寻思——
　　（唱）　土包包心善良意切情真，
　　　　　　更让俺揪心肝难舍难分。
　　　　　　年迈人急需这床前孝子，
　　　　　　留下他再不愁举目无亲。

　　　　开口欲把儿来唤，
　　　　千头万绪涌上心。
　　　　花花好比倾巢鸟，
　　　　雀飞蛋打难团圆。
　　　　闺女不在女婿在，
　　　　孤掌难鸣谁知音？
　　　　俺岂能误人终身做光棍，
　　　　陪伴俺虚度年华熬光阴。
　　　　想到此忍痛说出绝情话，
　　　　赶包包出家门不昧良心。

土包包　大婶，您想好了没有？
花花娘　俺前寻思，后掂量，不能留下你。
土包包　为啥？难道嫌俺……
花花娘　大婶爱清静，最怕人来烦。往后，你，你就别进这个家门了。
土包包　啊！俺一走，这个家全毁了。坡里的责任田，山上的承包树，哪一样您能拾得起来放得下呀？
花花娘　别再说了。外甥，带土包包快走！
闹四两　土包包，别再惹俺妗子伤心啦。咱走吧！（拽土包包欲下）
土包包　大婶，您老千万多保重，俺……走了。
花花娘　包包啊，雪大路滑，慢走啊！（转身捂住嘴，泣哭着向里屋走去）
　　　　〔土包包来到院中，突闻羊叫鸡啼声声，急忙返回。
土包包　大婶——
花花娘　孩子，你，你咋又回来啦？
土包包　您听听，这院子里的生灵都舍不得俺走啊……
花花娘　你，你带走吧。
土包包　俺不要。俺带走生灵，你还有啥指望？大婶，咱那弯弯角的老绵羊，出去正月就下小羊，或早或晚，就靠您来照料它了，您千万别把它卖了呀。
花花娘　放心吧孩子，俺就是爬着跪着也要把它养好，这、这是你给俺留下的念想啊。
土包包　大婶——
花花娘　孩子——（俩人抱头痛哭）

闹四两　　看看吧，人家的事，办得都挺漂亮，自己的事，窝囊透啦！（摸起酒瓶仰头狂灌）

花花娘　　（夺下）外甥，俺也知你心里头不是个滋味，要喝，坐下慢慢喝。土包包，你也坐下，唉！刚才把俺急糊涂啦，元宵都盛在碗里了。咱，咱吃完这顿团圆饭再走行不？（端起碗）孩子，把这元宵吃了吧。

土包包　　（另端一碗递给花花娘）咱娘儿俩一块吃。

花花娘
土包包　　来，咱娘们儿再吃最后一顿团圆饭！

〔俩人将元宵送到嘴边，谁也难以张口下咽，呆呆地泪眼相望，悲凄的二胡独奏声响起。

花花娘　　孩子，别，别伤心……

土包包　　大婶，别，别难过……

花花娘　　唉！咱娘俩谁也不哭，咱欢欢喜喜吃完这顿饭，咱，咱吃完这顿团圆饭……

〔俩人各咬一口，谁也咽不下去。

土包包　　大婶，您没吃。

花花娘　　孩子，你也没咽下去。

土包包　　咱再吃。

花花娘　　嗯，再吃。

土包包　　唉！甜甜的汤圆变得这么苦……

花花娘　　再苦也要咽下去啊……

〔俩人泪水和着元宵，强行下咽，哑然泣哭。
〔幕后合唱声凄切而起：

　　　　　　来时雪打灯，
　　　　　　去时雪打灯，
　　　　　　风雪打得人离散，
　　　　　　灯照人间情。
　　　　　　泪伴团圆饭，
　　　　　　笑随泣哭声。
　　　　　　人到别时情更重，
　　　　　　花欲落时香更浓。

闹四两　　（深受感动，悄然抹泪）妗子，酒咋这么苦啊，俺，俺也咽不下去了。

花花娘	外甥……
闹四两	妗子，看恁娘俩这份情意，俺，俺心里头受不了咧！您把土包包留下吧。
土包包	（突然平身双膝跪倒，哭喊）娘——
花花娘	啊！快起来。（急忙搀扶）
土包包	您不收留儿子，俺不起……
花花娘	这，这……
闹四两	妗子哎，认下这个儿子吧。
花花娘	哎哟喂，土包包舍不得俺，俺更舍不得他……
土包包	娘，你答应吧，娘——
花花娘	嗳。儿啊，快起来吧。（扶起）
闹四两	好好好！妗子，凭着您和孩他舅这副心肠，恁娘俩保证能过上好日子！
花花娘	好日子，准能过上好日子！儿子孝顺娘，娘更要为儿操心……
闹四两	操心？
花花娘	不要闺女要女婿，（仰天呼喊）给俺女婿找媳妇！
闹四两	好！这办法太好咧。可话又说回来，天底下哪有丈母娘给女婿找媳妇的？
花花娘	闺女舍得娘，娘就舍得闺女！女婿变成儿子，儿子就得成家立业！俺儿的婚事，全凭外甥你啦。
闹四两	好！眼下土包包有家有业有了娘，这事儿，不愁。
花花娘	走吧，回去晚了，外甥媳妇挂得慌。（转身摸出鼓囊囊的红包袱）外甥，这个红包袱，早就给你准备好了，顺便带回去。
闹四两	（接过）嗨嗨，咱娘俩还用得着客气嘛！（又递给妗子）
花花娘	拿着！俗话说得好，成不成，四两瓶，你表妹没少让你操了心。妗子公事公办，如若给俺包包找上媳妇来，妗子再为你准备个更大的红包袱！
闹四两	借您老吉言，外甥等着下一个红包袱。妗子哎，拜拜！
土包包	姐夫，俺送你回家。
闹四两	不用，你和恁娘歇着吧。（挎起红包袱，喜滋滋地下）
	〔幕后彩虹闪烁。
土包包	娘，后院二嫂家挂起灯笼来啦。

花花娘　哟，那灯咋乱转悠？
土包包　那是电动灯。
花花娘　咦！现在这人真能！走，扒着后窗户看看去。
　　　　［母子转身观灯，雪花灯再次狂舞，幕后合唱声又起：
　　　　　　三九结下三尺冰，
　　　　　　三年雪打三宵灯。
　　　　　　三进三出三变动，
　　　　　　三分三合在三更。
　　　　［字幕：一九九一年。
　　　　［嫩娇娇挑着一对大红灯笼欢喜而上。
嫩娇娇　包包哥——
土包包　嫩娇娇——
花花娘　哟，大红灯笼！
嫩娇娇　大娘，这是送给您的。
花花娘　好！前年挂萝卜灯，去年换蜡烛灯，今年变成大红灯笼咧。孩子，日子越来越好了！快挂起来。
土包包
嫩娇娇　挂起来——
土包包　（唱）　飞雪扑灯笼，
嫩娇娇　（唱）　白粉裹嫣红。
土包包　（唱）　犹似桃李门前开，
嫩娇娇　（唱）　芳庭春意浓。
土包包　（唱）　一年常相处，
嫩娇娇　（唱）　哥欠人家情。
二　人　（合唱）燕雀相聚屋檐下，
　　　　　　　　晨夕共和鸣。
花花娘　哎哟，这灯一照，满屋放红光，花多少钱买的？
嫩娇娇　一分没花，是俺学着扎起来的！
土包包　哟，真是双巧手。
嫩娇娇　咋比你的手巧？你试验品种鸡，研究优良羊，杂交长毛兔，都获得县里的科技奖啦！
花花娘　哈哈哈，娇娇心好模样好，手巧嘴更巧。

土包包　就一样不好。
花花娘　啥？
土包包　年龄太小。
嫩娇娇　小？过了这个年，俺虚岁十九咧！
花花娘　是呀，俺那年轻时，这么大就算老姑娘了。娇娇，大娘给你找个婆家吧？
嫩娇娇　不找，俺要侍候大娘一辈子。
花花娘　好，大娘就缺这么个好闺女。一年来，你抽空就往这边跑，帮俺推磨压碾，洗衣做饭，上坡下田，拉车挑担……
嫩娇娇　俺哥把花花姐拐跑，俺家对不起您，这活儿，俺应该干。
花花娘　可别这么想，这种事多啦，谁家妹妹替哥哥还债咪？是闺女的心眼好啊。
嫩娇娇　咱一家人不说两家话，来，坐下拉拉呱。包包哥，你也坐。
土包包　你陪俺娘说说话儿，俺到东庄，去去就来。
嫩娇娇　大雪天，啥事这么要紧？
花花娘　哈哈，俺外甥给你包包哥介绍了个对象，这不，你包包哥要到女方家里见见面。
嫩娇娇　啊！包包哥要去相媳妇？
花花娘　是呀，见见面儿、一千块，（掏钱）把这见面礼带上。
土包包　娘，这钱咋着给人家？当面递过去，和买牲口差不多。
花花娘　傻孩子！这是咱庄户人家不成规矩的规矩。对了，还得加一元，这叫千里挑一！拿着。
土包包　不拿。
花花娘　不拿钱办不成事儿，去了也白搭。快拿着……
嫩娇娇　大娘，您就别难为包包哥啦，用不着花钱买媳妇。
花花娘　咳！你这么一说，土包包更上来犟劲了，不拿见面礼，这门亲事没指望。
嫩娇娇　他若找不上媳妇来，俺，俺包着。
花花娘　咦！你包着……
嫩娇娇　大娘，俺有话要和包包哥说。
花花娘　哈哈哈，你这黄毛丫头，真是人小鬼大呀！好好好，恁俩拉拉呱，俺到炕头上歇歇去。（进内房）

土包包	娇娇，有啥话，你就说吧。
嫩娇娇	包包哥，这一年来，俺对你咋样？
土包包	你对俺不孬哇！春帮耕，夏帮种，秋帮收成。冬天里又帮俺小本经营，俺推车，你拉绳，翻山越岭，贩山楂，卖核桃，还倒腾柿饼哩！
嫩娇娇	那么，你咋把俺忘了？
土包包	俺啥时也忘不了你呀！
嫩娇娇	你若没有忘记俺，咋去东庄相媳妇？
土包包	这，这和你有啥关系呢……
嫩娇娇	好像有点儿关系吧，包包哥，你看俺哪里不好？
土包包	好，好，像你这样的好心人，天底下哪里去找呀！
嫩娇娇	不用你找，俺早就找上门来啦。包包哥，俺，俺喜欢你。
土包包	啊！你这不是不懂事嘛！这可不是闹着玩的！我说嫩娇娇啊——
（唱）	你天真无邪年龄小， 心血来潮欠思考。 凤凰难与乌鸦配， 怎能强做同林鸟？
嫩娇娇（唱）	灯火催春春来潮， 枝叶新绿花含苞。 同根相连出墙杏， 红花绿叶青瓦挑。
土包包（唱）	你出水芙蓉风华茂， 咱岁月悬殊差生肖。
嫩娇娇（唱）	爱情不把年龄套， 南山不老披青袍。
土包包（唱）	这事你爹若知道， 一蹦三丈恨难消。
嫩娇娇（唱）	哥走爹爹心开窍， 怎忍心再让女儿受煎熬？
土包包（唱）	难道你，替哥偿还风流债？ 甘把苦菜当佳肴。
嫩娇娇（唱）	哥债无须妹来抵， 娇娇爱你人品高。

土包包　（唱）　俺是个土头土脸的土老帽，
　　　　　　　　土手土脚的土包包！
嫩娇娇　（唱）　你把孤寡来照料。
　　　　　　　　心好没人敢小瞧。
　　　　　　　　品德情操是正道，
　　　　　　　　心灵美就是那早春的红樱桃！
　　　　　　　　你好比，俊俏的高粱戴红帽，
　　　　　　　　你好比，诚实的谷子弯弯腰。
　　　　　　　　你好比，憨厚的黄牛死拉套，
　　　　　　　　你好比，想爱不敢的含羞草。
　　　　　　　　要爱你就大胆地爱，
　　　　　　　　要学那炉中的干柴蹿火苗！
土包包　这么说，你对俺有那个意思……
嫩娇娇　俺从心眼里敬佩你，愿意帮你搞科研，跟你学见识，一起侍候咱娘。
土包包　咱娘？啊！俺娘怎么成了咱娘？
嫩娇娇　傻瓜一个！俺就要和你一起喊娘，你给俺说，到底喜欢不喜欢？
土包包　俺，俺若不喜欢，那可就真成了傻瓜嘲巴二杆子咧！
嫩娇娇　那么，你就过来。
土包包　过去就过去。这一回，非蹿蹿火苗不可！（撸起袖子，张开手臂欲向前拥抱）
嫩娇娇　（闭目以待）包包——
土包包　（手臂开始颤抖，气急败坏地打自己手背）俺都不怕了，你是怕啥？哆嗦个什么劲儿？我叫你不听使唤……
嫩娇娇　你这是干啥呀？
土包包　嗨嗨，俺这手，一下子抽了筋咧。
嫩娇娇　看你，快过来吧。
土包包　俺，俺过去。（挨到嫩娇娇身边）
　　　　〔嫩娇娇突然搂住土包包的脖子亲了一口。土包包下意识地拥抱嫩娇娇，俩人跳舞似的转到大树后。
　　　　〔山花花、山腰腰上。
山花花　回来咧——
　　　　（唱）　雪夜奔走去南方，

		俺打工来他经商。
		学会了刺绣手工艺，
		摸清了山里的土产山外香。
山腰腰	（唱）	回家来组织起庄邻庄乡，
		让山货直接走向大市场。
山花花	（唱）	虽说是外面的世界很风光，
		更让俺牵肠挂肚思念娘。
		不知母亲可原谅？
		来到家门心彷徨。
山腰腰	（唱）	穷山沟更需要改革开放，
		人心齐才能搞出大名堂。

山花花　当初和娘闹得那样，今晚真不好意思进这个家门了。

山腰腰　不知她老人家消气没消气？先听听动静再说。（躲在一旁）

　　　　〔撞倒墙手提鱼肉，与闹四两上。

闹四两　大叔，这一年来，你和娇娇对俺妗子照顾得不孬，跑前跑后，买鱼割肉。我闹四两向你提出严重表扬！

撞倒墙　咦！还严重表扬？就这，俺心里还过意不去哩。要不是土包包心眼好，恁妗子吃喝拉撒，俺得全管。

闹四两　嗨嗨，知错改错，就是好同志嘛。（发现腰腰和花花）看，大雪天，包包和娇娇站在门外干啥？哎，我说大叔啊，难道他俩……

撞倒墙　你有职业病吗？（细看）哎，不像他俩。是谁呀？

山腰腰　爹……

撞倒墙　（大惊）啊！我把恁娘一下子，原来是你。

闹四两　我天！怎么又来了这么一出戏？

山花花　表哥……

闹四两　我娘哎，恁俩咋蹿回来了？花椒皮子煮大米，麻了烦（饭）咧。（大喊）妗子哎——

　　　　〔花花娘应声而出，包包与娇娇从大树后探头张望。

花花娘　啥事？

闹四两　你看谁来了！

山花花　娘——

花花娘　啊！山花花。闺女……

嫩娇娇　哥，是哥哥。（迎向前）
山腰腰　妹妹……
土包包　山花花，你，你也回来咧。
山花花　你咋来了？
土包包　俺一直没走。
山花花　什么？一直没走……
嫩娇娇　哥，你是来家探亲？
山腰腰　不，哥再也不走了。
众　人　啊！不走了。
闹四两　这可热闹咧，又要乱套！
山花花　娘，女儿对不起您……（母女情不自禁，相依相偎）
花花娘　闺女啊，你，你——（甩开女儿）
　　　　（旁唱）花开花落花喊娘，
　　　　　　　又恨又亲又心伤。
　　　　　　　是仇是爱是骨肉？
　　　　　　　散去的篱笆连着桩。
土包包　（旁唱）傻眼愣神细掂量，
嫩娇娇　（旁唱）心头蒙上一层霜。
山花花　（旁唱）难料包包侍候娘，
山腰腰　（旁唱）无家可归心更慌。
闹四两　（旁唱）今晚要算糊涂账，
撞倒墙　（旁唱）还能再用鞋底夯？
花花娘　（旁唱）母女爱河已干枯，
　　　　　　　泉头深处淤泥浆。
　　　　　　　母子情深比山重，
　　　　　　　岭前崖畔梅花香。
　　　　　　　见面生情情何在？
　　　　　　　赶花花出家门不可彷徨！
山花花　娘……
花花娘　俺不是恁娘！恁娘早叫山崖上的老雕抓去吃了。她临死前不恨老鹰，恨的是亲闺女！
山花花　娘，求您原谅俺那一回吧。（哭泣）

花花娘　哭啥？这里不是你的家，有泪到外边流去。你，你快走！
山花花　您都不收留俺了，哪里是俺的家呀？难道在您眼里，连个蚂蚁都不如了吗？
花花娘　嗯，蚂蚁搬家，带着爹妈。可你……
山花花　这么说，俺，俺走。
山腰腰　反正俺也回不了家啦，咱走。（与花花欲下）
土包包　（拦住）花花，你和腰腰不能走。
山花花
山腰腰　土包包……
土包包　唉！说实在的，恁俩去年走了，俺伤心过，痛苦过，后来有娘陪着，就把这事儿忘了。今儿夜恁俩回家了，想和娘过那团圆的日子，可又遇上了难处，俺若住这里呀，恁就无家可归。要走，应该俺走啊。
花花娘　土包包！
土包包　您老想开点儿，往后俺和花花，还是亲兄妹。
山花花　哥，哥——
土包包　妹妹呀，俺走后，盼你好好孝顺咱娘，别让她老人家再受难为行不？
山花花　哥，你就放心走吧！
土包包　山腰腰，求你看在娘的面上，秋麦二季，逢年过节，允许俺来家探望俺娘行不？
山腰腰　今后咱就是亲兄弟，哥哥想来就来。
土包包　唉！俺这就放心啦。俺，俺走。（转身欲下）
花花娘　（紧扯包包衣袖）儿啊，你不能舍了娘啊……（哭泣）
土包包　娘——
　　　　（唱）　莫扯儿衣袖，
　　　　　　　　您把花花留。
　　　　　　　　今宵原谅亲骨肉，
　　　　　　　　明朝女儿孝床头。
　　　　　　　　娘享天伦乐，
　　　　　　　　儿解牵挂忧。
　　　　　　　　该走娘亲留不住，
　　　　　　　　该留娘亲撵不走。
花花娘　孩子，花花跑了的时候，你说走没有走。日子过好的时候，你该留为

	啥要走？甭管咋说，俺舍不得你走啊！让儿守在娘身边，就是咽了气，也得睁着眼，看着俺儿……
土包包	娘，俺知道您打心眼里疼俺。今儿个就别再留俺啦，往后俺常来看您行不？
嫩娇娇	大娘，您把俺哥和花花姐留下吧，让土包包去俺家。
闹四两	咦！我的个乖乖，柳暗花明又一村！撞倒墙大叔哎，你得给我个红包袄。
撞倒墙	好！大叔给你个红包袄。土包包是个好孩子，这女婿，俺认咧。走，跟爹回家。（拉土包包欲下）
花花娘	站住！不许抢走俺儿。
撞倒墙	抢走？俺拿着儿子换女婿，咱是五两兑半斤，两不赊账呀！
花花娘	俺不要你那儿，俺要土包包。
撞倒墙	要不要由不得你，也由不得俺咧。俺那老嫂子哎，咱那老一套不吃香咧。要不，你也一块跟俺过了去吧。
花花娘	你，你这是说的啥话？
土包包	娘，爹说得对呀，您老别再想不开了，有我土包包在，保证难为不着你。娘，咱一起走。（不由分说背起花花娘）
花花娘	这是咋说，这是咋说……
山花花	娘……
闹四两	哎哎哎，这是唱的哪一出？到底是转亲，还是换亲？不是，都不是。哎哎哎，我说撞倒墙，你得给我三个红包袄！
	〔众人大笑定格。幕后飘来的歌声：
	寒梅花开一点红，
	引春回归鸟争鸣。
	阳春白雪红灯笼，
	人间自然出真情。
	〔大幕徐徐落下。

（剧终）

注：

① 该剧完成于1995年农历十一月四日，第五稿修改于莱芜市文学戏剧创作室静思斋。该剧由莱芜梆子剧团排演，授演时限已过。

② 1995年12月，获第五届山东文化艺术节编剧二等奖。同年获山东省剧协"第六届舞台剧本评选"优秀剧本三等奖。1996年2月，获山东省精神文明建设精品工程奖。1996年12月，参加"全国梆子戏剧种新剧目交流演出"获文化部（今文旅部）优秀编剧奖、剧目奖。

③ 如需排演该剧，请联系著作权人或继承人达成书面协议后方可演出。否则侵权必究！

杂谈：《正月十五雪打灯》的幕后故事

　　往事如烟，我创作的《正月十五雪打灯》（以下简称《正》剧）转眼二十八年了。在准备出版剧作选之际，想仿照《剧本》月刊在发表大型剧本的同时，让作者写个创作谈，使读者了解一些创作心得，当然，那是有文字限制的，只谈点皮毛而已。相比之下，我写《正》剧这个戏的创作谈，就显然轻松自如了，解开了文字限制的紧箍咒，打破了舞台场景局限和演出时间局限等多层枷锁，突然就像脱缰的野马，云山雾罩，四处奔腾，想往哪里窜就往哪里乱窜，在享受自由写作的同时，也就东一榔头西一棒子收不住笔了，想到谁就写谁，絮絮叨叨地扯起了那些陈谷子烂芝麻的事儿，以至于出现了比《正》剧少不了多少字的幕后故事，让读者见笑了。

　　写《正》剧纯属偶然，谁也想不到，这么好的一个故事，突然送到了家门口。这次要出剧作选，自然又勾起我对逝去岁月那段美好而又遗憾的记忆。

　　因为我属差额单位，每月发几百块钱，实难养家糊口，差额的那一部分，上级让自己去自挣自吃，所以，一九九五年刚进腊月天，我想多赚点钱过个好年，就又干起了老本行，单独收购了十几吨花椒，当时购的是小贩们压在库底好几年的"毛货"。所谓"毛货"就是带种、带笆、带叶、带着尘土的"原枝货"，如果走向市场，就需要进行加工，把纯净的花椒从杂质中剥离出来，只要"毛货"变成"净货"，当时的市场就特别抢手，卖个好价钱是跑不了的。于是我就雇人干活儿，大南山东峪一带来了几位壮劳力和几个娇滴滴的小姑娘。要说这活儿，实在不是个人活儿，虽然扛麻袋、筛筛子的力气活在老百姓手里倒也算不了什么，但是特别脏，筛子一筛、簸箕一簸，灰尘满天飞，一天干下来，浑身就像驴打了滚不说，灰尘挂在眼睫毛上粗了好几倍，只要忽闪忽闪眨巴几下，就像拿蒲扇拍蚊子一样明显，鼻孔周围亦在所难免，针尖儿扎了俩眼儿似的，只要龇牙喘口气儿，咘啦就是石头墙抹了一道白灰缝，整个变成了非洲哥儿们和黑妹。那年代老百姓特朴实，也不讲究卫生什么的，谁也懒得花钱去买防尘用品，只要多给俩钱，只要管饭有酒有肉，再脏再累也不嫌，挤破头皮争着干。只是小媳妇们疼爱秀发，嫌弄脏了洗头麻烦，她们拿块白毛巾往脑袋上一裹，整得和电影《地道战》里的女民兵们差不了哪去。这伙人里也有个壮劳力，三十岁出头，个不高，国字脸，一双大眼睛清澈得如同老家的一汪山泉,只要看他一秒钟,他就会耷下眼皮,脸上泛起两朵红云,活脱脱就一大姑娘。他虽然如此害羞,但干起活来就不那么娇柔了,放下麻包拿筛子,撂下筛子端簸箕,一张簸箕扇得呼呼生风,几下子就甩得叶、笆三尺远,种子滚到簸箕舌头尖儿上。看那架势,要比当今跳广场舞、玩扇子的大妈还多几分风采,更别提比身边那些蒙头盖脸的小姑娘们多干多少活了。只要遇到一麻袋特脏乱的"原枝货",那些长的柳眉凤眼的小姑娘们就会喊:"豹子,你颠。"所以我就知道了那个小伙子叫豹子,怪不得干活这么猛。

　　男女搭配,干活不累,大家虽然灰头土脸,却是非常知足和开心,打情骂俏是少不了的抗疲劳剂。唯独豹子,他将头低的更低,鼻子尖几乎戳到了簸箕尖儿,两耳不闻窗外事,一心尽簸花椒皮儿。就这么嘻嘻哈哈地干了整十天,待到第十一天的时候,豹子没来。

　　豹子不在场,就明显的不出活儿,我家那位贤内助也就着起急来,如果按这样的速度干下去,大年二十八完成任务都是好的,年可咋过呀!更要命的是,人家滕州大老板电话紧催,急等着把这批货销出去,过了年前的旺季,货就不值钱了。有点侥幸的是,好歹我把颠出来的那五吨净货装车,亲自开车给老板送了过去。但这五吨毛货咋办?让谁过年,也不能让货在家里过年啊!于是贤内助就问凤眼:"豹子为啥没来?"凤眼撂下簸箕,不知怎的就红了眼圈,她长叹一声说:"豹子是个苦命孩子,家是沂蒙山的,从小没了爹娘,是吃百家饭长大的。也不知哪个瞎包玩意儿,把人家诓了来当养老女婿。"贤内助不以为然地说:"现在讲究男孩女孩都一样,当养老女婿也没啥丢人的。"凤眼愤愤不平,声音有点呛:"你是不知道呀嫂子,豹子在她家待了两年,还是考验期咧,就等于早年间的团圆子媳妇。"贤内助瞪大了眼睛,有点惊讶地问:"这么说还没正式过门?"凤眼朝地上呸了一口痰:"骗子!让人家累死累活没白没黑的忙活了两年,硬生生盖起了三间大瓦房,到头来炕都不让人家上。"贤内助笑了笑:"这么说,到眼下还没圆房?"凤眼有点激动,忽地就站起来说了脏话:"那个没良心的浪妮子,浪赤赤地跟着野男人跑咧!"贤内肋一个愣怔,也为豹子愤愤不平:"多能干的小伙了,咋就栽到这个浪妮子手上?唉!跑了也好,如果结了婚,也看不住家,不够辱没人的!我说大妹子,啥时候的事儿?"凤眼想了想说:"就是今年正月十五闹花灯的那一霎儿。"贤内助很奇怪:"豹子为啥不回沂蒙老家?"凤眼说:"因为他有丈母娘。"贤内助很纳闷:"人家是来找媳妇的,又不是来找丈母娘的!""嫂子,是这么回事……"凤眼一五一十地说了个明白。原来豹子的丈母娘五十岁那年冬

杂谈：《正月十五雪打灯》的幕后故事

天才解了怀，老年得了个宝贝闺女，正乐悠悠地坐着月子，谁寻思老头子正好好的吃了晚饭，还喜滋滋地喝了两盅，脱了衣裳吹灯睡觉，早晨叫了三声没答应，老太太伸手一摸，就冰扎凉了。老太太硬撑着身子爬起来，入殓了丈夫。出丧那一天，谁说也不听，硬是在冰天雪地里送到林上不说，还三天两头跑到坟前跪着痛哭，从此就落下了一身病。二十多年来，她还是咬牙硬撑着这个家，拖着病歪歪的身子把闺女拉扯大。也怨这老太太脾气犟太封建，非要找个上门女婿不可，说是不能断了香火，说是死后去见老头子脸上也有面子！况且前几年分了地，家里缺的是男劳力，眼下身子骨一天不如一天了，更需要有个养老的女婿陪同闺女在跟前伺候着。就这样，豹子就进了门。豹子的试用期还没结束，未来的媳妇就跟着人家跑了。老太太见女婿没了指望，就赶豹子走，你说那傻小子傻不傻？哭着叫着就不走，他害怕自己走了，家里就剩这一孤寡老人，那她就没法活了。他跪在雪地里给老太太磕了三个响头，就直接喊了亲娘，认了亲娘就铁了心打光棍，铁下心来把丈母娘当亲娘伺候着养老送终。老太太倍受感动，就向老天爷发了这么一句誓："不要闺女要女婿，俺给俺女婿找媳妇！"老太太这几天腿疼腰痛浑身疼的下不来炕，今儿个一大早，豹子用小推车推着丈母娘去了他的老家沂蒙山，说是深山里有座老庙，老庙里有位白胡子老道，盖了几间茅草棚，说是养生堂，专治疑难怪病浑身疼，说是不出仨月，能踢能跳，疾病全无。就这样，豹子没来颠花椒。

我从滕州回来的当天晚上，贤内助红着眼圈把这故事抖搂给我。我鼻子一酸，当场几乎掉了泪，愣是感动的半宿睡不着，挨到后半夜，这才想起自己是干什么吃的，倒腾了一趟花椒皮子，脑子竟然转换不过来了，把职业编剧抛到了九霄云外，还不爬起来赶快写，傻瓜才抓不住这一闪即逝的创作灵感呢。有了这么好的一个戏核，何愁长不出丰硕的果实？写情节、细节、刻画人物性格乃至地方戏语言可是我的长项，借着激动的劲儿，提纲便草草出来了。一是不可浪费这个好故事，绝对是个大戏的材料，演出不超两个小时不过瘾。二是另辟捷径，就写三场戏，给这三个元宵夜打上时代变迁的烙印，充分展现其微妙的人物思想变化和细节，喜怒哀乐、悲欢离合，一股脑全展现在这三夜之中。

当时的创作环境就是这样，感恩于高桂云馆长顶住多方面压力，将王馆长搬走后的小院落给了我，这院落也就六米宽，北面是两个开间，外带半间小南屋是厨房，两个孩子住一间，俺两口子那间就成了客厅、卧室兼创作室。我创作时一晚上抽烟五、六盒烟，有时还把过滤嘴掐掉，不知你信不信？别说贤内助受不了，连个老鼠也不招。

　　说起来倒是也快，闭门谢客半个多月，按贤内助的说法是"拿十条烟换了个破本子。"本子出来了，就忙着去小梁打印社打印，打印完后顺手就把手稿扔进了垃圾筐，没想到如今省里、市里多家有关单位希望可以存档那些手稿。

　　本子交白局长和赵部长看了，就指示去省里找专家定夺，于是我在张、何两位副局长的陪同下来到了山东省剧协听取意见。郭树伟主席将山东省戏剧界十几位顶级专家和文化厅有关领导全部召集到了，我的恩师山东省戏剧创作室主任张彭携《红柳绿柳》的另两位作者王其德、纪根垠也走进会议室，我心想这下子完了，闹了这么大动静，就等着挨批斗吧。因为比今天这种研讨规模小点的会议我可没少参加过，这帮老前辈过于较真，对戏剧艺术的执着比生命还要紧，休想在他们眼里揉半粒沙子，按他们的说法是："不错过一个好剧本，不放掉一个烂本子。"所以，每年全省被枪毙的剧本不下二、三十个，专家们提起意见来一针见血。

　　好歹各位大师们早已看了本子，大家一口一个"丽华"儒雅地叫着，我心里多少暖洋洋的，却不敢抱任何幻想。何局长悄悄用肘子碰了我一下，无限感慨地在我耳旁嘀咕："你小子在省里比市里名气大？"我"哼"了一声，心想丢人的时候还没到呢。

　　郭书伟主席主持会议，简短地介绍了一下会议内容，并代表作者欢迎各位专家和领导们对本子提出宝贵意见。纪老干咳一声，就说抛砖引玉，第一个发了话。一般评论缺乏含金量的剧本，专家们肯定会客套两句先稳住作者，然后开始怒目圆睁，吹着浮土找裂纹，顺手"砰"的一枪撂倒，哪个院、团还有胆量前来"收尸"？！

　　令人大跌眼镜的是，纪老一开始先说故事情节等等都不错，说到后来还是不错，只是提了点三年三根蜡烛的变化问题。天啊！这是根救命稻草啊，我被感动得真想哭！诸位大师也异口同声地说："不错不错"，什么三个三年元宵夜的艺术结构巧妙呀，什么赋予人物的性格特征鲜明呀，什么唱词写的优美，故事情节完整生动呀，王启德老师感叹创作这种喜剧的难度很大。总之大家把戏剧评论中正能量的术语用了个差不多。我受宠若惊，最后一位发言的是我的亲老师张彭先生，他站起来严肃地说："我和大家的看法及观点不一致，这个本子从情节、细节，到人物思想变化和主题思想上都存在不少问题，大家只是提了点皮毛的意见！好了，时间不早了，吃过饭我和丽华单

杂谈：《正月十五雪打灯》的幕后故事

独谈。"最后还追上一句："丽华你记住，改不好，不要排！"我知道，恩师是怕我得意忘形，被夸得晕乎乎找不着北。

根据恩师和我单独谈的修改意见，我把本子认真改了一遍，直接就给了莱芜梆子剧团时任团长张克学老兄。剧团早就接到山东省宣传部和文化局的通知，限期将这部戏立在舞台上。克学兄哪敢怠慢，立马打开官寺商场老剧院东边办公室的门，坐下来和我研究组建剧组、选拔演员等事宜。

据戏剧界老前辈说，编剧在"文化大革命"前是很强势的，基本上是编剧责任制，没有导演责任制这一说，如果哪位导演或演员稍不到位，一拍桌子就会走马换将。因为当时剧本审查相当严格，真正有艺术含金量的好剧本在全国每年也不多，但全国大大小小的院团近千个，谁愿意成年累月只演传统古装剧目？谁不想排个新戏改变一下院团的生存状况？谁不渴望出出彩拿个奖啊！所以谁拿到好本子，就如获至宝。

梆子剧团大部分老艺术家都知道，从排演我的处女作大型古装戏《张闹玄》时我就撂下一句话："我的剧本别人一个字都不能改，要排就按剧本来！"从那阵子起，在全省乃至全国戏曲圈就出了我这个刺儿头，说难听的就说戏剧界蹦出来个土匪编剧，说好听的也大惑不解，咋就混进来个没有任何学历的"怪才"？为此，儿子给我画了张素描漫画，脚丫子比头还大出许多倍，并赋诗一首："不吃酒，不饮茶，滤嘴香烟掐尾巴。忙时荒山逐野兔，闲来灯前编谎话。仗义耿直脾气大，人称怪才我爸爸。"这幅带有讽刺意味的漫画配上打油诗，倒也道出了我的真性情，或许知父莫如子吧，说的倒也是那么回事儿。诗中说的"香烟掐尾巴"是指带着过滤嘴抽起来不过瘾。那句"荒山逐野兔"是指在禁枪之前，每年秋后乃至整个冬天起早贪黑忙于狩猎，但枪法不是太好，往往空手而归，只是去荒山追逐罢了。当然，那只心爱的双管早就缴给了城西派出所。禁枪咋办？那就去钓鱼，这两年我的钓瘾越来越大，钓小的不过瘾了，就去博大物，钓青鱼，小的十多斤，大的五六十斤。再就是"编谎话"的问题，儿子认为我的戏曲艺术高过生活，一般是七分虚，三分实，有一点事儿说出二点多事儿来，还编的有鼻子有眼，取名也不按人物姓氏规矩出牌，比如犟哥、山花花、嫩娇娇、岸边柳、水中花、李格楞、万折一等。还有人说名字带着性格有艺术性，还有人不理解一个连小学毕业文凭也拿不出来的家伙，竟然两次获中宣部"五个一工程"奖。

《正月十五雪打灯》决定排演，莱芜梆子剧团就要抓紧策划和筹建剧组。克学团长向来对我很器重，拿起笔来记录我所指定的剧组成员。我首先强调：

"角色是我按每个演员特长创作的。"克学团长无奈地点了点头说:"向来都是这样,那你就指定吧。"我胸有成竹地说:"女一号山花花就是吴希美,花花娘是孟君兰,闹四两非张洪展莫属,嫩娇娇用李伟,撞倒墙用魏育生,山腰腰也就王江华吧。"克学团长一一记录下来,抬起头问道:"男一号谁来演?"我就说了一个字:"你。"克学团长愣了一下,摇头摆手地说:"不合适。""有什么不合适的?本子你可能看了,你不演谁能演出土包包那个味儿来?"克学团长苦笑着解释道:"兄弟啊,不是我不演,这剧团的事儿你又不是不知道,大哥我演男一号,不是和他们抢角色也是抢角色,我坐在这个位置上,不担是非呀!"我就有点烦:"你不演土包包,这个本子我拿走吧。"说着就去摸剧本,克学团长双手按住,板起脸来拿出当大哥的身份训斥道:"你看你这个熊脾气!大哥演是演,但有一条,演不好你别生气!再就是,我在宣布角色的会议上就说,角色都是你定的!"我很高兴,只要克学兄上这个角色,绝对是人包戏。别的不敢说,十拿九稳获个省里的奖没问题。于是就拍着胸脯说:"就按你说的办,分配不到角色闹意见的找我闹。"克学团长又问:"作曲?"我不假思索:"刘桂厚。""导演?"我实在不忍心,但还是说了一个字:"你。"克学团长"噌"的一声站起来,面红耳赤地拍着桌子说:"我就捣鼓了蛮!演土包包不说,团里还这么大堆事儿。"我不想再难为老大哥了,叹了口气说:"省里请去吧,加上灯光、舞美。"克学团长刚刚坐下,又蹦了起来,摊开两手说:"钱呢?剧团哪里有钱,现在是差额单位,工资都是个大问题!这个戏局里说是要拨十来万,光请导演、舞美和灯光也不够啊。"我哈哈一笑,顺手来了个借腿撮麻线,得意地说:"那还是得你上啊,包括舞美、灯光全是你的。"克学团长缓缓地坐在椅子上,半天没有说话,突然又一拍桌子大声说:"有条件要上,没条件也要上,为了给市里争光,为了剧团能吃上饭,老大哥豁出去了!"我望着这位身材瘦弱而意志坚定的团长,突然想起了战争年代带领全团人马冲锋陷阵的上校精神,是啊!他为了莱芜梆子的生存,为了莱芜人民的荣誉,用他那弱不禁风的体躯撑起了《正》剧的半壁江山!崇高的敬意油然而生,升腾的暖流化作了泪水,我紧紧握着他那双干巴巴的小手说:"哥,一切指望你啦。"

在排练过程中,我还是有自知之明的,为避免影响导演的二度创作,我尽量克制不去现场,一是对老大哥一百个放心,二是免得演员看见我就担心,生怕说三道四,当场不留面子,于是我就四处溜达着钓鱼。转眼一个月过去,克学团长通知我去看彩排,在官寺商场的老剧院里,他特意安排我和审查节目的赵部长、老局长以及市里的有关领导坐在一排,随着优美的幕前曲,大幕缓缓拉开。我首先肯定刘桂厚的作曲水平,这就是我想要的那个味道和感觉。再就是吊杆下的那支梅花,古色古香,灯光一打,好似推到了眼皮底下,似乎也闻到了幽幽花香。我又暗自惊喜,克学团长的美工了不起,一下子就看得出他倾注了多少心血。随着剧情的展开,演员个个出彩,特别是孟君兰、魏玉升往台上一站,举手投足都是老戏骨的标准。克学团长更不用说,把土包包那种憨厚、朴实表现得十分到位,吴希美和李伟这两位梆子剧团的当家花旦,把山花花和嫩娇娇饰演得淋漓尽致,再加上唱腔优美,扮相俊俏,赢得身后那些小伙子们一片叫好声。最惹人眼球的当属老戏骨张宏展,他饰演的闹四两十分有趣,只要叫一声:"妗子哎——"观众便哄堂大笑,他舞台经验十分丰富,要等观众笑过之后再说下一句,要不然全部台词就淹没在笑声里了。只是有一个问题,二胡独奏如泣如诉地演奏,土包包和花花娘也在生死离别的节骨眼儿上,观众正要痛哭流涕,可是闹四两一张嘴,乃至表情痛苦地转脸面对观众,也会引起观众含着泪水哄笑。这个问题需要解决。所以,在以后演到这个节骨眼儿时,只许他老老实实蹲在妗子的脚下,决不许抬头面对观众,总之,彩排获得了巨大成功,给了赵部长和有关领导一个巨大的惊喜。上台接见时,我激动地一把搂住身兼制作、导演、主演、舞美于一身的克学团长,直接来了个大熊抱。

《正》剧成功彩排后,山东省委宣传部和山东省厅的领导带领专家们全来了,正式汇报演出拉开了序幕。整个剧组不敢有丝毫懈怠,特别是乐队,大家拧成了一股绳,暴风骤雨般的旋律,急时似万马奔腾,缓时如泣如诉。作曲加主弦刘桂厚手里的那把帮胡的弓子,闪电般地来回翻飞,迅猛的锯拉出莱芜梆子的独特味道。演员们似乎和乐队在比赛,唱腔该优美时美不胜收,该粗犷时势如霹雳炸响,该凄凉时叫你不哭也想哭。演员们斗起劲来,从脚底板到头发梢,浑身上下都是戏,观众席中的掌声、笑声一阵盖过一阵。尤其是"离别"那场戏,整个剧场安静下来,一根针落地的声音似乎也能听得到,我悄悄看了一眼省里的贵宾们,一个个都在抹眼泪。这个戏非火不可,一股编剧特有的成就感油然而生。果然不出吾之所料,《正》剧当晚就取得了参加山东省艺术节的资格,并作为该活动的重点剧目。

《正》剧在济南百花剧院连演三场,观众场场爆满,演出效果出人意料的好,济南观众比莱芜观众的情绪还要高涨,获奖是板上钉钉了,编剧奖、导演奖、演员奖、作曲奖、剧目奖等奖项统统拿下了,并且抬头先写优秀二字,《正》剧当时不分一、二、三等奖,只要带优秀二字,一等奖毋庸置疑。我们那次优秀可不是闹着玩的,评委是从文化部(今文旅部)、中国艺术研究院请来的全国戏剧界最高权威人士和领导,不但给《正》剧打了个最高分,还当场拍板决定:唯独这一台戏能代表山东参加由文化部(今文旅部)举办的"全国梆子戏优秀剧目"会演,并令编剧和导演去北京参加该项活动的预备会议,这一下子大家都炸了锅!

我有一个最大的毛病,开会坐不住,偶尔发言也不会说好听的,客套和官腔一概不懂,更怵头的是被电视采访,话筒递过来,脑子立马就一片空白,所以,我就装病说什么也不去参加会议,急得克学兄跺着脚骂我:"死狗拖不过南墙去。"我点头哈腰笑嘻嘻地说:"再劳导演您连编剧也一块儿兼了吧,有什么问题就放开胆代表编剧表态,回来后和我说说就得了呗。"气得克学兄只好收拾起行囊,一个人孤零零地奔赴北京。

克学兄走后的第三个夜晚,老天爷还是不放晴,麻杆子细雨有一阵无一阵地已经下了半个月了,屋檐水叮叮咚咚的就像砂锅子煮驴鸟不住声、不住气儿。院子旁那棵大梧桐树上,雨打桐叶啪啪作响,夜静人稀时,就听着像谁在放小草秸秆爆仗。时不时一阵狂风刮来,树梢上的干枝子就呜呜呜的悲凄哀号,像谁受了窝囊气在呜咽痛哭。突然又传来一阵"笑声",不知哪里飞来了只夜猫子(猫头鹰)站在树枝上"哈哈哈"的嬉笑怒骂。今晚上是甭想睡觉或写作了。况且,夜猫子也总是报忧不报喜的,果然,有人咣当咣当的晃大门。深夜来访的是作曲刘桂厚和山花花扮演者的丈夫小李子,我怕打扰贤内助和孩子们休息,赶紧把他们请到小南屋里去,拉开灯一看,俩人表情严肃,眼睛里闪着怒火,我来不及想什么地方惹怒了他们,下意识地去摸劈柴的大斧头,桂厚兄按住我的手说:"这事儿不怨你。"小李子老弟愤愤不平地说:"丽华大哥,你要帮兄弟们讨个说法。"我丈二和尚根本摸不着头脑,惊异地问:"到底咋回事儿?"俩人这才坐在小马扎上,无限失落地谈起了事件的缘由。原来,剧团自得知参加全国会演后,这两天闹翻了天,作曲、主弦换了人,山花花也有人更替,导演更甭说,直接请省里的杨导过来,说是已经住进莱芜宾馆了,就等明天重新宣布主创人员和调整演员的动员大会,决定把《正》剧推倒重排!

《正》剧在一个月后重新拉开了大幕,剧本虽然一个字都没改,但导演手法变化太大,特别是唱腔设计,根本不靠原谱了,直接用大板、二板、三板子和哭迷子等老腔老调硬往词上套,哪里还有词意要表达的韵味?我几乎都不认识剧中的人物了。我扭头去看坐在身边的赵部长，他摇了摇头，悄悄握住我的手，抓的很紧很紧。我感到机会终于来了，悄声说："再改回去吧？还是原班人马。"赵部长轻轻地叹了口气说："马上就要参赛，时间来不及了，就别再折腾了吧。"

  这次全国梆子戏优秀剧目会演地点敲定在十三朝古都西安举办，也是连演三场，除第一场我坐在观众席中，剩下的两场我根本就不忍心再往下看了。于是我抽时间和玉堂大叔拜会朋友贾平凹先生，顺便将《正月十五雪打灯》的剧本给了他，让他提提意见。平凹先生用乡音未改的家乡话谦虚道："额（我）不懂戏，就学习学习吧。"再后来贾平凹来电说："没想到，还有结构这么巧妙的现实主义剧本……"

  最后一场演出结束后，我心急火燎地悄悄去找中国艺术研究院薛若琳副院长和戏曲研究所王安奎所长，秘密打探评委对该剧的看法和态度，两位贵人的态度自然是非常严肃，板起脸来质问："丽华，这个戏是怎么搞的……"这也情有可原，文化部（今文旅部）每搞一次全国性大型活动，推不出几台精品大戏是令人很失望的事儿，况且两位大专家是在济南看过这部戏的，并且作为重点中的重点作为会演剧目的压轴作品！这下子真的彻底完蛋了，我当时感觉从脚底板一下子就凉到了头发梢。

  我做梦也没想到因为这部戏我竟然荣获了优秀编剧奖，以至于怀疑自己耳朵出了毛病，迟迟不敢上台领奖。天呐！再次重排对作者的荣誉没有丝毫影响，眼前的一切可以证明，专家们的眼睛是雪亮的，对剧本一如既往的认可。山东省电视台、莱芜市电视台隔日就爆出了《正》剧荣获大奖这一爆炸性新闻，中央电视台《新闻联播》也报道了这次会演的盛况。领导们很知足，也很高兴，于是就让整个剧组放松放松，参观参观陕西各处名胜古迹作为奖励。剧组人员欢呼雀跃，谁也不认为是沾了剧本的光，哪能去买作者的账？况且说剧本好是剧团最忌讳的事儿。但赵部长和老局长、新团长对我很是感激，眼睛里流露出满满的内疚，仅仅这些眼神，足以使人感慨万千，冰释前嫌。

  打道回府后，市里少不了要奖励一番，奖励我突出贡献奖不说，还有奖金一万元。戏也连演数场，让观众可以一饱获大奖剧目的眼福。之后就寂静下来，一晃二十七年，再也没有重排演出此剧。

  但《正》剧充满了人性、人情以及关爱生命这一永恒主题，它是有生命力的。如今再也难以寻觅到闹四两张洪展、撞倒墙魏玉升以及为该剧跑前跑后的会计小赵了，他们人生最辉煌时期的音容笑貌永远定格在当年的舞台上。

　　一般来说，除传统古装剧目以外，新创剧目和人生里程碑差不多，喧闹过后，归于沉寂，偶尔重新排演，也不过是为了搞个纪念活动，《正》剧的搁置属于正常，就如黑瞎子掰棒子，掰一个掉一个，反正掉了的再也拾不起来了，所以我就又掰了那么几个。令人失望的是，包括大家都认为不错的《儿行千里》等戏，在我心目中也很难超越《正月十五雪打灯》，整体艺术理念是难以比拟的。尽管《正》剧创作时比较稚嫩、重排时也给我们留下了太多太多的遗憾，但仍然是我心目中最可爱的"孩子"。为此，在成立本人工作室时，特意预留出高达七米的空白墙体，唯独将它的大场景以及上百个人物刻在了客厅东侧二十多平方米的墙壁上。以示我对它一如既往的爱，舍不得远离它、不忍心抛弃它。

　　借此，向王安奎所长、薛若琳副院长、温大勇主编、杨昆导演、恩师张彭、王启德主任、纪根垠老师、郭书伟主席、张家栋局长、张克学团长、李长生团长、刘桂厚老师表达衷心的感谢！

2022年1月草于犁铧影视戏剧工作室

· 现代戏

石　板　桥[1]

时间：20世纪七八十年代。

地点：大南山峦的沟南村，沟北村。

人物：野蒺藜——沟南村的寡妇。
　　　花骨朵——野蒺藜之女。
　　　老支书——野蒺藜之公爹。
　　　春　桃——沟北村村民。
　　　朝天椒——春桃之妻。
　　　野　猫——朝天椒之兄长。
　　　老村长——沟北村村长。
　　　沟南、沟北村村民若干人。打工妹、打工嫂若干人。

---

[1] 作品登记号：鲁作登字-2022-C-10044590

照町 ZHAO TING

1

〔巍巍大南山，一条幽深的鸿沟将山峦山坡断层两开。
〔沟南沟北村凭借一座古老的石板桥得以往来沟通。
〔字幕：一九七三年。
〔光起。沟南村老支书率本村众村民扛斧提锯而上。

老支书　沟南大队的社员同志们！咱大南山管理区号召创建万亩良田，在这次退林还耕活动中，咱村起到了模范带头作用，大伙说，山上的果树该不该毁掉？

沟南众　为了多打粮，山上洼里一棵也没留！连可耕地堰边上的花椒树也都刨了。

老支书　对！瞧这山岭薄地，一块块倒不如老婆腚大，还在这兔子不拉屎、狐狸懒做窝的堰边地头上栽满花椒树，遮乎得七垄豆子八垄谷不打粮食，让大伙都挨了饿。

沟南众　开山造田，填饱肚皮！

老支书　但是，石桥板那边的沟北村上来邪劲咧，抗拒管区的号召！所以，管区主任要求我村发扬传、帮、带精神，踏过石板桥，帮助他们退林还耕。大伙说，这个忙，该帮不帮？

沟南众　穷不相帮谁相帮？甭管荒坡林地石光梁，沟北的果树杀个光！

老支书　过桥！（率众来到桥南头）

〔沟北村老村长率众村民提棍棒、握扁担冲上石桥北头。

老村长　站住！提锛扛锯的干什么？

老支书　沟北村的老村长呀——
　　　　　（唱）　穷山沟，闹春荒，
　　　　　　　　　退林还耕广积粮。
　　　　　　　　　俺村那花椒柿子连根掘，
　　　　　　　　　明年亩产要过江。

沟南众　（接唱）播小麦，栽高粱，
　　　　　　　　　地瓜秧子秧连秧。
　　　　　　　　　秋接麦，麦接秋，日子有指望，
　　　　　　　　　再不愁瓢干瓮干吃糟糠。

老支书　老弟呀——

　　　　　（唱）　你不该与管区硬顶硬抗，

　　　　　　　　死抱住山果树一头撞南墙！

　　　　　　　　你只想大树底下风凉爽，

　　　　　　　　岂不顾好社员辘辘饥肠。

　　　　　　　　咱管区开垦荒山万亩田。

　　　　　　　　咱就该以粮为纲奔前方。

　　　　　　　　老哥白出劳动力，

　　　　　　　　无私支援帮你的忙。

老村长　老哥呀，俺沟北洼里的可耕地一棵树也没栽！山上的荒坡和林地栽满了经济树，你这是来毁沟北的青山绿水！说句不中听的话，来帮倒忙。

　　　　　（唱）　说什么支援谈什么帮，

　　　　　　　　管理区搞政策，拿你当作一杆枪！

　　　　　　　　只要给你装上药，

　　　　　　　　开枪不怕枪炸膛。

　　　　　　　　毁林时你可曾前思后想？

　　　　　　　　岂忍心半山绿荫一扫光。

　　　　　　　　老祖宗栽下山果树，

　　　　　　　　石缝里刨食有验方。

　　　　　　　　虽说山果不金贵，

　　　　　　　　它能帮咱度春荒。

沟北众　（接唱）撸一把杏叶烙成饼，

　　　　　　　　折几枝槐花蒸干粮。

老村长　（唱）　花椒芽是咱的上等菜，

沟北众　（接唱）花椒种榨油喷喷香。

老村长　（唱）　柿饼子能顶干粮用，

沟北众　（接唱）揣在怀中开山荒。

　　　　　　　　筑起山腰水平线，

　　　　　　　　刨下山坡鱼鳞塘。

　　　　　　　　青山戴上翠绿帽，

　　　　　　　　杏粉李黛裹红妆。

老村长　（唱）　我问你，毁林造田啥指望？
　　　　　　　　石缝里种地咋过江？
沟北众　（唱）　满山石头蛋，遍野石光梁。
　　　　　　　　荞麦难开花，谷穗二指长。
老村长　（唱）　老哥呀，你盲目服从将林毁，
　　　　　　　　到头来咋对起庄邻庄乡！
老支书　哈哈，多年来花椒皮子没人要，当饭吃吧又齁麻！一斤柿饼、两斤花红果子不值四两地瓜干子钱，咱总不能守着满山果树饿煞哎。
老村长　哼！只看四指不看一拃，我就纳了闷咧，老大哥咋就变成了老鼠眼！
老支书　你骂人？我是一忍再忍，你是执迷不悟了。
老村长　说句歇后语吧，你是二大娘肿脊梁，难看的日子在后头咧。
野蒺藜　爹，人家说得也在理，年年闹春荒，咱全指望山果树叶呀！
老支书　你也这么说，是不是爹也有点莽撞……
沟南甲　老支书，咱村那树该杀的杀了，该砍的砍了，有苦一起受，有福大家享，绝不能给沟北留着！
沟南众　对！两村一条山峪，有福同享，有难同当，砍砍砍，刨刨刨！
老支书　那就强制沟北向我们学习吧。
沟南众　好！（一哄而上石板桥）
老村长　谁敢过桥，我砸断他条狗腿。（举起扁担）
老支书　上！（众冲上桥）
沟北众　打！打！打！
沟南众　冲！冲！冲！
　　　　〔一场混战，沟南人被赶回桥去。
老支书　娘的，好心当作驴肝肺，撤！
　　　　〔老村长突然歪倒在地，众忙向前搀扶。
沟北众　老村长，你这腿？
老村长　断了骨头还连着筋，树断了根儿，咱山里人家就没法活了……
　　　　〔切光，众隐去。

2

〔字幕：1981年。

石板桥

［炎炎三伏，正是花椒飘香的季节，黎明的薄雾银索玉带般地缠绕着大山，捆锁着村野。但见，沟北坡花果满目，绿树成荫，依山攀崖，建起栋栋阁楼，座座华屋。再看那沟南村，依岭傍坡，茅屋草舍袒露在荒山秃岭之上，尤为突出的是野蒺藜家那道乱石墙头，几乎要栽倒在沟壑之中。

［幕后合唱声中，野蒺藜、花骨朵与一群衣衫褴褛的打工妹打工嫂拎柳条筐踏雾而上，她们翩翩起舞，柔姿百态，只是莫敢跨越石桥半步。

［幕后合唱：

    青山依依，绿水悠悠，
    你长在山旮旯，
    我生在山里头。
    架起一座石板桥，
    难跨越，贫富贵贱大鸿沟！
    一边是，荒野秃岭茅草院，
    一边是，满目青山楼外楼。
    一边是，高粱打蔫谷子瘦，
    一边是，花椒开口笑枝头。
    沟南退林千古恨，
    沟北护林常风流。
    遗恨者，低眉顺眼打工妹，
    得志人，抃腰鼓肚鬼见愁。
    恣悠悠，怨悠悠，
    沟南冻死骨，沟北酒肉臭！

野蒺藜　（难耐地眺望桥北）太阳快晒着腚啦，沟北村还睡他娘的打呼觉哩！
花骨朵　娘，您老沉住气，人家等会就来点卯领人。
南女甲　蒺藜大婶，俺三天前就摊下这小包袱地瓜面煎饼了，看看，都长绿毛了。
南女乙　大婶，爹给俺编这掐花椒的柳条筐，一夜没合眼……
南女丙　可不是呗，就盼打一季子短工，掐几篮子花椒，挣个手工费，赶集买个花褂子穿。
野蒺藜　大伙都把手工钱攒着，等秋后起了庙会，婶子领恁到城里截布去。
沟南众　哈哈……跟婶子到城里开开眼去……

照町 ZHAO TING

花骨朵　看，来了，来了——
　　　　〔春桃与野猫上。
春　桃　桥南头可是掐花椒的打工妹？
众　人　是哟是哟。（一哄而上石板桥）
野蒺藜　（拉住）慌什么？我来回话。（喊）哎，哎，桥北头听了——
　　　　（唱）　六月里，天酷暑。
　　　　　　　鱼兔虫鸟都歇伏。
　　　　　　　只有这沟北的花椒树，
　　　　　　　偏在这最热的日子里熟。
南众女　（接唱）早不熟，晚不熟，
　　　　　　　偏在这最毒的日头下熟！
野蒺藜　（唱）　染红了山梁似血雾，
　　　　　　　撒满了坡岭北山谷。
　　　　　　　浑身带刺叫人怵，
　　　　　　　手工费可不能再含糊！
南众女　（接唱）沟南来掐这麻辣物，
　　　　　　　挣钱很辛苦。
野蒺藜　（唱）　汗水湿了衣和裤，
　　　　　　　脸儿晒成黑灶炉。
南众女　（接唱）手儿扎成马蜂窝，
　　　　　　　指尖蘸了红豆腐。
野蒺藜　（唱）　不是短工来叫苦，
　　　　　　　老板心中要有数。
　　　　　　　沟北家家万元户，
　　　　　　　沟南为您来造福。
　　　　　　　今年花椒采山红，
　　　　　　　高抬贵手把价出。
野　猫　高抬贵手？哈哈，叫苦叫破天，还是往年老行市，说矮不矮，说高不高，掐一斤鲜花椒，手工费整一角。另外嘛，不管饭，不管菜，白开水也不管！
野蒺藜　咋啦？你沟北村不在天底下过吗？眼下啥都涨价，就掐花椒不涨价？庄邻庄乡，低头不见抬头见的……

春　桃	蒺藜大婶，手工费可以协商，您老想要啥价？
野蒺藜	春桃，别看俺沟南的人穷，可俺穷得直格，不挣昧心钱；这手工费嘛（伸出两个手指）比往年加这个数。
春　桃	两毛？
野蒺藜	两分！
南众人	好好好，每斤加两分钱就好。
春　桃	就这价，跟我走。

　　[众女人欢呼雀跃地一哄而上桥。

野　猫	（拦住）回去！等俺合计合计再说。

　　[众女人退回桥南头，等待雇主商议。

春　桃	野猫哥，每斤就加两分钱，还值得合计？
野　猫	妹夫，今年花椒稠，一掐一大把！这伙娘们儿又吃苦又能干，每人每天掐五十多斤，每天挣5元，如果加两分钱，咱就得多掏1元，这一季掐完花椒，至少两个月，咱就多花60多元！小账细算，了得吗？当工人的每月工资才三十七元五咪！
春　桃	人家挣这点钱，容易吗？针扎太阳晒的，你就少刻苦下力的吧。
野　猫	不是我刻薄，我是考虑大伙的利益，你加两分钱，全村人就要跟在你腚后头跑，就不怕老少爷们儿吐你一头唾沫星子？
春　桃	大哥，自从改革开放后，山货走出了大山，花椒皮子成了抢手货，咱每斤卖十八元，给人家加个三分二分的手工费，黄牛身上一根毛呀！人家当年如果……
野　猫	沟南村没有如果，只有结果和后果！
春　桃	甭管咋说，咱吃了肉，让人家喝口肥汤行不？
野　猫	妹夫，沟南人值得可怜吗？老村长的腿到如今还瘸着哩！
春　桃	揭过去算一页吧。人家陷到泥里去了，就好意思再踏上一脚？别算计穷人咧。
野　猫	也不是只为那两分钱，冤家对头，该拿捏的时候，就得拿捏拿捏！
野蒺藜	哎哎哎，把俺们晾到桥头上，紧着合计啥？行不行，痛快点儿。
野　猫	三个字，老行市。

　　[众女人泄气地蹲在桥头上，埋怨耽误了时间。

野蒺藜	春桃答应加两分钱，咋又变卦啦？
春　桃	（跑向桥南）大婶别着急，野猫不加我加，保证亏待不了下力的！

野　　猫　　春桃说了不当家，大村长不在，我就是二村长。他敢私自加价，就别想在沟北村混咧！

野蒺藜　　真是只野猫，逮住谁咬谁。

野　　猫　　哈哈，总比你野蒺藜强，三角八棱都是刺儿，滚到哪里也扎人！愿意干的跟我走。

　　　　　　〔众女人爬起，乱哄哄地欲过桥。野蒺藜又拦住。

野蒺藜　　慢！不加两分加一分钱行不？

春　　桃　　好好好，加一分加一分……

野　　猫　　不中！一蚊子球蛋也不加，不干去球！

野蒺藜　　不干啦！大伙跟我回去。

众女人　　俺不！这活儿不干，一分也没有……

花骨朵　　娘，赌气不养家，别再争那分把半分的了。趁着早晨起来凉快，咱多掐几把也就有了。

众女人　　对！多掐几斤就是了。走，过桥……

　　　　　　〔众女人一哄而过石板桥，野蒺藜再也拦挡不住，倚在桥栏上生闷气。

野蒺藜　　呸！一群贱骨头。

花骨朵　　娘，咱也过桥吧？

野蒺藜　　你也犯贱！回家。

野　　猫　　（得意扬扬）走了走了，跟我挣钱去了。你这几个去张家，她那几个去李家……

春　　桃　　蒺藜婶和花骨朵没过桥呀，我过去看看。（又来桥南头）大婶，大妹子……

野　　猫　　我也去动员动员。（反身上桥）喂喂喂，你不是缺钱还缺人吗？我这里攒了点私房钱，（掏出几张十元大钞）只要你……

野蒺藜　　滚！

花骨朵　　野猫叔，你咋糟蹋穷人？

野　　猫　　哟！好一个花骨朵，几天不见，桃花盛开咧。啧啧，大南山里一枝独秀。（伸手去捋花骨朵头发）

野蒺藜　　流氓！（将柳条篮子扣在野猫头上）

野　　猫　　（摘下篮子便打）老子悠死你！

　　　　　　〔野蒺藜躲过悠来的篮子，反身下桥，摸起几块石头就往野猫头上扔砸。野猫用篮子护着头，跳跃着东躲西闪。

野　猫　救命啊，打破头，赖着你……
　　　　［春桃拉住野蒺藜。
春　桃　大婶大婶，别和野猫一般见识……
野蒺藜　他糟蹋穷人，就得和他拼命！
花骨朵　娘，跟这种人，不值得生气。
野蒺藜　走！（拽着女儿欲下）
野　猫　哎哎哎，您这篮子……
野蒺藜　送给你，给恁娘盛骨灰去！
野　猫　（将篮子一扔，转头呵斥众女人）看啥看啥！干活去。这寡妇娘们儿也忒厉害咧。（带众女人狼狈而下）
　　　　［花骨朵拾起篮子，与娘欲下。
春　桃　大婶别走……
野蒺藜　你也不是个好人！娘们嘴吗？说话不算数。
春　桃　嗨嗨，俺虽然打不破沟北的行情，在斤量上多算几斤不是一样嘛。走，跟我掐花椒去。
野蒺藜　大婶人穷志不穷，挣钱挣到明处，多一两也不要！
花骨朵　娘，春桃哥都把话说到这份上了，别再难为人家了行不？咱干活去吧。
野蒺藜　不去。
春　桃　大婶，咱不提钱的事儿，求您老给俺帮忙下力行不?
野蒺藜　如果这么说，那还差不离儿……
　　　　［灯转暗。

3

［当日。
［艳红飘香的山岗山坡。
［乱石岗中探出排排花椒树，一棵繁茂的大柿子树托天盖地地立在舞台一侧。另一侧有棵破胸裂肚的老桑树。
［灯转亮，野蒺藜和花骨朵胸前坠着柳条筐儿，双手采摘着花椒。
［柿子树下，朝天椒打扮入时，摇着扇子背靠大树而坐，腿上架着的录音机正咚咚锵锵地放着邓丽君的《路边的野花不要采》，花伞歪躺，覆盖着水果饮料。

朝天椒　热得痛快——

（唱）　天下火，地生烟，
　　　　火里掏票子，针尖上掐钱。
　　　　人有几等人？天有几重天？
　　　　该晒日头的晒日头，
　　　　该摇蒲扇的摇蒲扇。
　　　　树荫凉里把工监，
　　　　充满了优越感，雇主掌大权！
　　　　伞底下摸出易拉罐，
　　　　咔溜一声拽了弦。（喝饮料）

　　　哈哈！喝一口凉到小肚子，真恣儿呀，痛快痛快，自由自在，下力的不挣钱，挣钱的不挨晒……

野蒺藜　恁听听，有俩钱不知烧得姓啥了！花骨朵，俺咋琢磨朝天椒有意寒酸咱娘们儿？

花骨朵　娘——

（唱）　劝娘亲认了咱这受苦的命，
　　　　有钱人耍威风，说话咱装聋。
　　　　您改一改老脾气，别争强好胜，
　　　　您压一压急性子，不吵也别争。
　　　　在人家屋檐下低头少挨碰，
　　　　沟北人哪一个不比咱们能？
　　　　咱沟南缺衣少食空着粮食瓮，
　　　　还指望，掐季子花椒籴米买面补贴家用，帮一帮贫穷。
　　　　娘啊娘，别忘了人家是大雇主，咱是小雇工，
　　　　在人家地头上不服也不行。

野蒺藜　不服！人穷志不穷，老娘就不服气儿！（故意提高嗓门儿）我说闺女啊，你哥还穿开裆裤的那阵子，也是这六月三伏天，咱村来了个卖汽水冰棍的，不让他吃，他偏要吃要喝，结果是痛快痛快，自由自在，喝一口凉到了小肚子，喝两口凉到了脚后跟，不大一会儿，两腿一劈拉，就去了他娘的啦！

花骨朵　俺哪有这么个哥呀？

野蒺藜　不是你哥是你妹，反正是个小人，小人得了志啊，可够狂气的！

朝天椒　（悟出弦外之音）哟！果然是棵野蒺藜。今天俺要试试她这蒺藜刺儿有多扎手（突然尖叫一声，顺手从脚上拔下一根刺儿）哎哟！我把他娘哎，俺寻思是根花椒锥子呢，原来是棵野蒺藜！（以石砸之）我让你这该死的熊玩意儿缠桑裹槐，连讽带刺儿……

野蒺藜　哟！俺家栽了棵朝天椒，吃下去不但辣嘴，解手的时候还辣腚呢！

花骨朵　娘，你这不是惹事吗？咱老实干咱这活吧。

野蒺藜　干活？干活是凭力气挣钱，不是当儿当女当奴才！

朝天椒　好好好，厉害厉害。（打着花伞钻出树荫，查看花椒树找碴）糊弄洋鬼子是咋的？掐得不干净，满树上星星点点，重来，返工！

野蒺藜　呸，你吃饭碗上就不沾个米粒儿？

花骨朵　大嫂，拢共就剩下几个花椒粒儿，俺揪巴揪巴就是了。

朝天椒　哼！挣谁的钱，就得服谁管。

野蒺藜　呸！沟北不就富到这几棵山果树上？麻布袋失了火，还真烧了包！

朝天椒　烧包？你想烧包还火不起来哩。嘿嘿，一切都要归功你那老公爹哪！

花骨朵　俺爷爷……

朝天椒　十年前你应该记事啦，幸亏你爷爷退林还耕……

野蒺藜　住嘴！打人不打脸，揭人不揭短。

朝天椒　这不明摆着的嘛！幸亏你公爹把恁村的花椒树全刨了，给沟北村夯实了廉价劳动力基础。要不呀，恁村的花椒比俺村多了去咧，绝不会到俺庙里来求香火。

野蒺藜　你能保证一辈子不做错事，两辈子不打个黑碗？

朝天椒　哈……可惜你公爹不是打了个黑碗，是摔了只老盆！

野蒺藜　（被噎得说不出话来）你——

花骨朵　娘，咱哑巴吃黄连，有苦不能言。您就别和人家生这份闲气啦。

野蒺藜　老娘就是不服，这口气，非出不可……

花骨朵　娘，啥也别说了，快干活吧。

　　　　〔春桃扛席筒上。

春　桃　（唱）　树叶儿不动，
　　　　　　　　山风儿不刮。
　　　　　　　　火烧火燎狠又辣，
　　　　　　　　三伏的日头晚娶的妈。
　　　　　　　　正是这歇伏的日子，避暑的三夏，

雇工来把花椒掐。
烤焦她，麻线纳底的补丁鞋，
晒糊她，穿在身上的蚊帐布，缝起的破白纱！
吃的是，沤酸吐水的黑窝头，地瓜面一把，
干的活，千刺万刺麻又辣，血染红指甲！
贫富不均差距大，人家推车俺骑马，
山旮旯不同山旮旯。
野蒺藜孤儿寡母好可怜，
瞒哄着俺老婆，悄悄就把午饭拿。

朝天椒　春桃，你贼头贼脑地瞅猴啥？
春　桃　饭做好了，叫你回家吃饭去。
朝天椒　做的啥好饭食儿？
春　桃　蒸了一锅白馍馍，煮了一盘臭鸭蛋。
朝天椒　就不知俺吃馍馍腻歪啦？就不知道换换饭食儿？
春　桃　先凑合一顿吧，也忒炸胃咧！
朝天椒　好，我先迁就这一顿。（欲下又回）春桃，如果你瞪不起眼来监工，树上落下一个粒儿，篮子里掐上一片叶儿，我可饶不了你！
春　桃　你就别吹毛求疵了，走吧走吧。
朝天椒　哈，甭管咋说，俺菜是菜，饭是饭，大白馍馍臭鸭蛋，还伸脖子瞪眼不想咽呢。可是有人呵，比那老母猪的生活只多了一根咸菜条子！
野蒺藜　你……
朝天椒　我？我回家扇着那电扇凉快凉快，睡上一觉去，拜拜。
　　　　〔朝天椒一个飞吻，扬长而下。
野蒺藜　我把他娘哎，这是咋说？
春　桃　大婶，树荫凉里歇歇晌，吃罢饭再干。
野蒺藜　吃饭？气就气饱了。
春　桃　大婶，朝天椒就这么个人，少和她一般见识。
花骨朵　娘，俺又渴又饿了。
野蒺藜　走，老桑树底下有山泉，那边吃饭去。
　　　　〔桑树泉边，花骨朵采下一片桑叶。
野蒺藜　采人家桑叶干啥？
花骨朵　桑叶叠起来当碗用呀。（伏身舀水）娘，您喝……

野蒺藜　娘不用这个。（跪于泉边低头饮水）
花骨朵　（不由得暗自悲伤）唉！人呀，只有享不了的福，没有受不了的罪。
　　　　（旁唱）清泉似镜人影瘦，
　　　　　　　　娘亲跪在小水沟。
　　　　　　　　饮下一口又一口，
　　　　　　　　喝得小泉断了流。
　　　　　　　　都说她犟脾气拗，
　　　　　　　　谁知她刀子嘴豆腐心，比谁都温柔。
　　　　　　　　十年前，爷爷劝她改嫁走，
　　　　　　　　她怕我花骨朵寄人篱下矮一头。
　　　　　　　　怕爷爷雪上加霜屋又漏，
　　　　　　　　孤苦伶仃谁伺候？
　　　　　　　　长志气要把日子过富有，
　　　　　　　　谁料到，庄稼连年歉丰收。
　　　　　　　　苦挣扎，日子越过越棘手，
　　　　　　　　要面子，穷人常把面子丢。
　　　　　　　　可怜娘亲把气受，
　　　　　　　　这样的苦日子何时才罢休。
野蒺藜　花骨朵，吃饭吧。
花骨朵　好，吃饭。（解开包袱，拿出窝窝头）
春　桃　大婶，（从席筒中摸出小包袱）这几个馍馍和臭鸭蛋，是给您带来的。
野蒺藜　哎，太阳从西边出来了？
花骨朵　春桃哥，咱早晨讲定三不管了，你这是？
春　桃　说归说，做归做，各人凭各人的良心吧。大热天，管顿饭算啥？大妹子，这事最好别让别人知道。
野蒺藜　有什么可保密的？大婶有饭吃到明处，从来不吃闷心食儿！拿走。
春　桃　您这不是难为俺吗？不怕您笑话了，就这点东西，还要瞒着朝天椒呢。
野蒺藜　咦！朝天椒知道了会咋样？
春　桃　保准气炸了肺。
野蒺藜　我的个乖乖！这么说，大婶不吃白不吃了。（摸起馍）花骨朵，接着。
　　　　［娘俩正欲吃饭，朝天椒返回。
朝天椒　嗨嗨，杀个回马枪！一个男人守着俩女人，不大放心。哎，人呢？（喊）

照町 ZHAO TING

春　桃　——

春　桃　（大惊）坏啦，赶快把饭藏起来呀。
野蒺藜　哈哈哈，一不是偷，二不是抢，不藏！
春　桃　天椒她……
野蒺藜　看她有多大能耐，能不能一口把俺吞下去！
花骨朵　娘，快藏起来吧，别给春桃哥惹麻烦。
野蒺藜　乱子该闹气该生，尽管大嚼大咽。
春　桃　我娘哎，这下子可要了命咧！（慌忙掏出剪刀佯作修剪果树）
朝天椒　（发现春桃）春桃！你钻到这里图啥来？
春　桃　嗨嗨，剪树呀。再说，用山泉水洗洗脸，凉快凉快。（放下剪刀，捧水洗脸）
朝天椒　钻进娘儿们空旮旯儿，是够凉快的。
春　桃　不拉人呱！
野蒺藜　放了个狗臭屁！
朝天椒　你骂人？
野蒺藜　（亮一亮馒头）等俺填饱了肚皮，骂人更带劲儿。（不无挑衅地咬了一大口）
朝天椒　哟！你也吃上大白馍馍啦？
野蒺藜　（亮一亮鸭蛋）不光吃馍馍，还有臭鸭蛋呢。哼！俺也是大白馍馍臭鸭蛋，伸脖子瞪眼不想咽哩。（剥蛋壳往朝天椒脚下乱扔）
朝天椒　不对劲儿，春桃，你过来——
　　　　　（唱）　沟南穷得太寒酸，
　　　　　　　　卖了鸡蛋换咸盐。
　　　　　　　　哪来的绿皮黄瓤臭鸭蛋？
　　　　　　　　哪来的大白馍馍香又暄？
春　桃　这谁知道呢？
朝天椒　不知道？花骨朵，拿鸭蛋来。
花骨朵　大嫂，赶快拿走吧。（把鸭蛋递过去）
朝天椒　（查看鸭蛋）好哇，逮住三只手啦。
野蒺藜　谁是贼？
朝天椒　远在天边，近在眼前。
野蒺藜　说话不怕咬下舌头来？

朝天椒　这鸭蛋皮儿上标着记号。看！"龙年桃月天椒腌"用碳素笔写的，
　　　　永不褪色……
野蒺藜　就算是你的，也是慰劳品。
朝天椒　慰劳？春桃，你偷出来的？
春　桃　嗨嗨，大热天，管人家一顿晌午饭，有啥了不起的。
朝天椒　吃里爬外的东西！（以卵击之）
春　桃　（躲过）哎哎哎，不值几毛钱的个事儿，算咧算咧。
朝天椒　算咧？常言道，住店算店钱，吃饭算饭钱，今天扣她的手工费！
野蒺藜　你敢！老娘有饭吃到明处，有钱拿到亮处，慰劳品和手工费两码事儿。
春　桃　大婶，天椒说归说，办归办，管恁一顿饭，哪好意思扣工钱……
朝天椒　呸！白管一顿饭，你捞的啥好处？
春　桃　好处？这不是明摆着嘛——
　　　（唱）花椒飘香红满山，
　　　　　　树枝上挑起串串钱。
　　　　　　咱摘椒怕扎手，
　　　　　　掐也掐不完。
　　　　　　季节不会把人等，
　　　　　　就怕摊上个连阴天。
　　　　　　半月返青一月烂，
　　　　　　树上的票子化云烟。
　　　　　　有道是，钱买的身子饭买的活儿，
　　　　　　抢收快掐赶时间。
　　　　　　管人家吃上一顿饭，
　　　　　　天经地义理当然。
朝天椒　呸！
　　　（唱）什么当然不当然？
　　　　　　看你想法有点玄。
　　　　　　沟南的娘们儿沟北的汉，
　　　　　　馋人馋钱两头馋。
　　　　　　你偷来馍馍臭鸭蛋，
　　　　　　抛砖引玉品不端！
春　桃　胡说！

朝天椒　偷偷摸摸图的啥？说！你是雇人掐花椒？还是想掐花骨朵……
花骨朵　你咋骂人？
朝天椒　不骂好人！
野蒺藜　满嘴喷粪！老娘扇你的臭嘴。
春　桃　真是欠挨规矩。
朝天椒　春桃，你和这臊腔子娘们儿，一个锅里摸勺子呀？
野蒺藜　（给天椒一记耳光）叫你喷粪！
朝天椒　寡妇老婆！叫你打……（扑向野蒺藜，两人扭打成一团）
花骨朵　（忙去拉架）娘，嫂子……
春　桃　针尖对麦芒，坏啦，坏啦。（亦去拉架）
　　　　〔拉架中春桃挨了巴掌。花骨朵被朝天椒撕破褂子，露出了红兜肚儿。她双肘抱胸，哭泣着蹲下。
野蒺藜　（见状大怒）好呀朝天椒，俺闺女就这么一件褂子，你给她撕了个袒胸露怀，俺豁上豁咧！（摸起剪刀，发疯般地照朝天椒捅过去）
朝天椒　（惊惧地躲过，藏于春桃背后）疯咧疯咧，杀人啦——
春　桃　（拦住野蒺藜）要攮就攮俺吧，都怨俺惹的……
野蒺藜　赔俺闺女的褂子！
春　桃　赔赔赔，朝天椒，快脱下你的褂子来。
朝天椒　不脱！
春　桃　不要命了？
朝天椒　脱就脱！（脱下褂子摔在地上）当俺发丧了你闺女。
春　桃　（披于花骨朵身上）大妹子，快穿上它……
　　　　〔花骨朵紧裹着朝天椒的上衣哭泣着跑下。
野蒺藜　花骨朵——（追下）
　　　　〔春桃拾起篮子。
春　桃　篮子，恁的篮子……
　　　　〔灯渐暗。

4

　　　　〔当晚。
　　　　〔野蒺藜家。

　　　　　[灯渐亮，野蒺藜气呼呼地劈柴烧锅。花骨朵借灯光缝补衣裳。

花骨朵　娘，俺这褂子补好了，赶明儿把朝天椒的褂子还给她，顺便捎回篮子来。

野蒺藜　它就是个金褂子咱也不要，但手工费一分也不能少。赶明儿娘和朝天椒算总账去。

花骨朵　别再惹火人家啦。

野蒺藜　朝天椒欺软怕硬！就你这个脾气，少吃不了亏。来，看着灶下的火，我去你二婶家借瓢白面去。你爷爷籴救济粮也该回来啦。唉！给老人家擀轴子面条吃。（拿瓢下）

　　　　　[春桃提着两只篮儿上，野猫尾随其后。

春　桃　（唱）　送篮赔礼过石桥，
　　　　　　　　心跳心慌加心焦。
　　　　　　　　今晚结了手工费，
　　　　　　　　了却心中事一条。

野　猫　（旁唱）妹妹哭诉小春桃，
　　　　　　　　看着葫芦想着瓢。
　　　　　　　　顺藤摸瓜看门道，
　　　　　　　　寻根问底找根苗。

　　　　　（白）哎，果然进了野蒺藜家的破院，哼！等我抓住证据，就有好戏看了。（潜进窥视）

春　桃　大婶在家吗？

花骨朵　（迎出）春桃哥，你咋来了？

春　桃　给你送篮子来咧。

花骨朵　快屋里坐。这可好了，省得明儿俺娘又去你家。（拿起朝天椒的褂子）春桃哥，把俺嫂子的衣裳捎着。

春　桃　这是赔你的，只要不嫌孬，就穿了吧。

花骨朵　俺这衣裳补一补还能穿，咋赖恁个花褂子？

春　桃　俺若捎回去，就更说不清了。

花骨朵　这有啥说不清的？

春　桃　唉！别提了。

花骨朵　到底怎么啦？

春　桃　不说也罢。

花骨朵　春桃哥，你虽然富了，人很仗义，有话就直说。
春　桃　大妹子呀——
　　　　（唱）　朝天椒，太荒唐，
　　　　　　　让俺无法把口张。
花骨朵　（接唱）有啥话，尽管讲，
　　　　　　　闷在心里噎得慌。
春　桃　（唱）　硬说咱是同林鸟，
　　　　　　　胡诌八扯配鸳鸯。
花骨朵　（唱）　咱本是清清白白无瓜葛，
　　　　　　　她要煮葫芦南瓜一锅汤？
春　桃　（唱）　倘若谣言传出去，
　　　　　　　还求你，多原谅，
　　　　　　　无辜把你的名声伤。
花骨朵　啊！
　　　　（唱）　无辜当头挨一棒，
　　　　　　　心跳脸红羞难当。
　　　　　　　桃花春讯如洪水，
　　　　　　　狂风起浪惹祸殃。
　　　　　　　今宵灯前面对面，
　　　　　　　是非又添透风墙。
　　　　　　　难辨是真是假？
　　　　　　　谁论青白皂黄？
　　　　　　　想到此又急又气又害怕，
　　　　　　　避嫌疑快把桃哥推出房。
花骨朵　（摸起花褂）收起你这小花褂，快走！
春　桃　大妹子……
花骨朵　走！
春　桃　（从怀中摸出钱）手工费……
花骨朵　不要了。（猛推其背）快走呀！
　　　　〔春桃被门槛绊倒，先是碰到门框上，又撞在墙上。
春　桃　哎哟！（捂住额头，指缝中流出鲜血）
花骨朵　啊！春桃哥……

春　　桃　　俺走。（几乎晕倒）
花骨朵　　（忙搀扶）俺给你包一包。（从衣襟上撕下一块布条，为春桃包扎）
　　　　　（唱）　都怨俺，心慌张，使劲拥脊梁，
　　　　　　　　　春桃哥，碰门框，疼在俺心房。
春　　桃　　（唱）　都怨俺，不长眼，绊在门槛上，
　　　　　　　　　站不稳，瞎摇晃，额头撞南墙。
花骨朵　　（旁唱）桃哥他，老实憨厚心良善，
　　　　　　　　　为什么？好人难把好人当。
春　　桃　　（旁唱）花骨朵，天真无邪洁如玉，
　　　　　　　　　为什么？平白无故受冤枉！
花骨朵　　（唱）　桃哥你，心中不把穷人忘，
　　　　　　　　　好心肠，才是咱大南山的老庄乡。
　　　　　　　　　为俺一顿饭，被泼一身脏。
　　　　　　　　　为那两分钱，桥上两头忙。
　　　　　　　　　俺祝你，像门上那对联儿一样，
　　　　　　　　　忠厚传家远，仁慈幸福长。
春　　桃　　（下意识地握住花骨朵双手）谢谢大妹子的祝福！你为俺家帮忙下力，
　　　　　咽下去的是一肚子窝囊气，吐出来的是满口芳香，这歉意，难赔难偿……
花骨朵　　春桃哥点点滴滴的心意，俺都看在了眼里，记在了心上……
春　　桃　　花骨朵……
　　　　　〔幕后传来合唱：
　　　　　　　　　这是一段什么情？一本什么账？
　　　　　　　　　大南山的儿女好彷徨，好呀么好彷徨……
野　　猫　　攥住手啦！（情不自禁地一拳砸在窗台上）
　　　　　〔俩人大惊。
花骨朵　　谁？
野　　猫　　喵呜——
春　　桃　　是只猫呀。
花骨朵　　猫？（俩人侧耳静听窗外）
春　　桃　　（拿起钱）快把钱收下，我得赶紧走。
花骨朵　　春桃哥……
春　　桃　　别再推辞了。（硬将钱塞进花骨朵口袋）

照町 ZHAO TING

　　　　　［蒺藜上。
野蒺藜　东家串，西家转，总算借来半瓢面，耳朵里灌满了碎语闲言，心窝里埋上了地雷炸弹。
春　桃　来人了。
花骨朵　是娘。娘……
春　桃　大婶……
野蒺藜　啊！你，你……
花骨朵　人家春桃哥给咱送篮子，算工钱来了。
野蒺藜　给我滚出去！
花骨朵　人家好心好意……
野蒺藜　住口！别一口一个人家人家的。你出去听听，大街上仨一伙，俩一串地说了咱些啥呀。
春　桃　这……
野蒺藜　快滚！
春　桃　俺走，俺走。（突然一道闪电，随之一声霹雳，惊恐地退回屋内）
花骨朵　娘，人家摸黑给咱送篮子送钱，头都磕破了，您咋这样对待人家，天要下雨了，淋上水发了炎，可不得了呀。
野蒺藜　这，这可咋说呀！
　　　　　［老支书背口袋上。
老支书　秋黄不接六月天，高粱不晒红米，地瓜不能切干，谷子不鼓泡泡，荞麦不挂黑斑，正是这紧要关头，上级拨下了救济粮。唉！又给国家添负担咧。
　　　　　［野猫起身欲溜，被老支书发现。
老支书　谁？
野　猫　（慌忙卧倒在磨道里）咪呜——
老支书　少装猫变狗，站起来！
野　猫　咪呜，咪呜……
老支书　逮贼呀。
　　　　　［众人从屋内冲出，七手八脚将野猫抓进屋去。
众　人　野猫！
野　猫　（故作镇定）不错，沟北村的二村长。
老支书　浑小子！扒着窗户看什么？

野　猫	哈哈，看谈恋爱的呗。
老支书	胡说什么？
野　猫	（拍春桃肩头）哈哈，这小子，那闺女……
老支书	啊！怎么回事？（怒视野蒺藜）
野蒺藜	爹，俺出去一刹那的工夫……
野　猫	这个还不快？一刹那就黏成堆啦！
野蒺藜	你这个孬种！（将面瓢扣在野猫头上）
野　猫	（被砸了一头白面，杀猪般地嚎叫）来人啊！救命啊……
	［沟南村众村民闻声而至。
沟南众	咋咧？咋咧？
野　猫	恁沟南穷不起，看准沟北那俩钱儿，勾引男人，黄色交易……
沟南众	啊！（鄙视野蒺藜、花骨朵）
野蒺藜	血口喷人！
花骨朵	没影的事儿！
沟南众	（转而鄙视野猫）打打打，打他的臭嘴！（欲打）
野　猫	慢！（抱拳作揖）乡邻乡亲三老四少，大男小女各位冒号。我野猫没有证据岂敢满嘴放炮，哪能够制造这花里胡哨？
沟南众	拿证据，拿证据！
野　猫	（拍花骨朵口袋）赃款，在这儿！
沟南众	有没有？
	［花骨朵掏出钱。
沟南众	啊！
老支书	你、你、你！（举手欲打花骨朵，气得背过气去）
野蒺藜	（忙扶住）爹——
沟南众	老支书……（捶背掐人中）
老支书	（醒来）晕、晕天晕地。人老了，再也经不住事啦。扶俺到里屋歇歇去……
	［俩人扶老支书下。
花骨朵	娘……
野蒺藜	苦瓜妮子！（一记耳光打在女儿脸上）
花骨朵	这钱是咱掐花椒的手工费呀。
野　猫	（夺过钱）哈哈，一个上午就挣三十元？谁信呀！

春　　桃　除去手工费外，还有赔花骨朵的褂子钱，你妹妹给人家撕巴烂咧！
野　　猫　褂子钱？哈哈，你把俺妹妹的褂子早就扒给花骨朵咧。
春　　桃　人家不要你妹妹的褂子……
野　　猫　（顺手摸起褂子）不要？这花褂子长了腿吗？跑到这儿来啦。沟南穿得起这号衣裳吗？
春　　桃　（忍无可忍，劈胸揪住野猫）你这没人味的东西！
野　　猫　呸！你上要老的，下要小的，一枪打俩鸟！让大伙评评这个理，是谁没有人味儿？看看，这脑门就是爬墙头磕破的。
沟南众　揍流氓！（围住春桃乱打）
花骨朵　住手！（护住春桃）要打，就打俺吧，不怨人家……
众村民　怨谁？
花骨朵　怨俺行不？
众村民　不行！沟南丢不起这个人！打……（又欲打春桃）
花骨朵　（护住春桃的头）人家头上的伤，又破了。再打就出人命了呀。
南村甲　躲开！（摸棍子举起）砸断他条腿！
花骨朵　（双手架住棍子）是俺图人家的钱，把他约来的！
南村众　啊！
野蒺藜　跳进黄河也洗不清了！花骨朵、花骨朵……
春　　桃　花骨朵，你这是为了我，把脏盆往自己头上扣啊！
花骨朵　春桃哥，（故作放荡地搀起春桃）咱走——
野　　猫　哈哈！沟南女人，穷断了筋骨……
沟南甲　（揪住花骨朵耳朵）沟南的败类！
沟南乙　坏疮不能连带好肉，毁了这个浪妮子！
沟南众　砸砸砸，砸她个丢人现眼没出息。（欲打）
春　　桃　（护住花骨朵）要死要活照俺夯。来呀！
花骨朵　（突然搂住春桃脖子）老少爷们都看着，俺俩亲热亲热。（不顾一切地亲吻春桃）
沟南众　（惊异）啊！丢人丢人，难看难看。（惊慌失措地转身躲闪）
沟南甲　唉！豁上不要脸，也就不算人咧。
沟南乙　娘的，人论了堆，万将无敌啊！
沟南甲　不对。我咋琢磨野猫为啥来咱村？
沟南众　对，若不是这小子瞎折腾，坏不了咱村好名声……

野　猫	（察觉不妙，借机揪住春桃）沟北男人的脸，全让你丢尽了。跟我快滚！（拽春桃急下）
沟南甲	咦！沟南沟北天两重。
沟南乙	唉！穷家富户难沟通。
沟南众	薄煞是块地，穷煞是个坑，冻死迎风站，饿死不吭声！丢人现眼咱咋整？
沟南甲	不与沟北相往来，保住沟南好名声。
沟南众	就这么办！

　　　［众气势汹汹下。
　　　［一束追光追出花骨朵那欲哭无泪欲喊无声的呆呆面庞。
　　　［追光渐收。

5

　　　［次日晨。
　　　［石板桥两旁。
　　　［晨雾中沟南村众人扛锤提镢冲向石板桥。
　　　［沟北村众人在野猫与朝天椒的教唆下，一字儿排在沟北。

沟南男	（合唱）砸、砸、砸，
	砸石桥倒塌。
沟南女	（合唱）扒、扒、扒，
	扒断这架老疙瘩。
沟南众	（合唱）毁了这条肮脏道，
	饿死不把花椒掐。
野　猫	（唱）　砸，砸，砸，
	不砸光蹦是蚂蚱，
	缩头缩脑是王八！
朝天椒	（唱）　不快砸，沟北爷儿们动手动爪，
	不快扒，沟北的娘儿们看不住家。
沟北男	（合唱）砸砸砸，扒扒扒，
	不用沟南把椒掐。
沟北女	（合唱）毁了这条老臊道，

穷气别往沟北刮。

沟南众　砸！
沟北众　扒！
沟南众　抡大锤！（铁锤敲击在石板桥面上，咚咚作响）
　　　　［老支书踉跄跑上。
老支书　住手！
沟南众　老支书……
老支书　这桥毁不得！一条深山沟，东西十里长，就这一条道……
沟南甲　不毁这座桥，咱沟南就有受不完的窝囊气！
沟南乙　对！不毁了它，咱沟南就有惹不尽的是和非。
沟南众　毁了它，老死不相往来！（举手欲砸）
老支书　（双手托起沟南甲的锤头）放下锤头！这可是万历年间两村祖上修的。
沟南甲　闹成这样，哪里还顾得祖宗？
沟南乙　当初退林还耕，大家都是跟着你干，你也是为了大家好。虽说受了难为，可多少年来，没人埋怨一句话。这回，大伙说了算。
沟南众　上桥，砸！
老支书　（冲向桥面，声嘶力竭地嘶喊）乡亲们，我求求你们啦！（一语未了，跪于桥面）
　　　　（唱）　毁果林，造梯田，
　　　　　　　　为此沟南受饥寒。
　　　　　　　　虽说是沟南人敢作敢当心甘愿，
　　　　　　　　谁知俺未闻怨言胜怨言，亏心如刀剜！
　　　　　　　　倘若又断生财道，
　　　　　　　　哪去挣个褂子穿？
　　　　　　　　求乡亲，仔细看，
　　　　　　　　石板桥上情绵绵。
　　　　　　　　老祖宗开山凿来青石板，
　　　　　　　　一尺厚来两丈宽。
　　　　　　　　怕的是两村不和撕破脸，
　　　　　　　　精雕细刻花护栏。
　　　　　　　　刻上双头凤，一心两相伴。
　　　　　　　　雕上祥云龙，首尾两头牵。

　　　　　　刻上连心锁，扣手连接连，
　　　　　　雕上花喜鹊，南北好姻缘。
　　　　　　就冲着老祖宗初心一片片，
　　　　　　他沟北，咱沟南，一早一晚，
　　　　　　半时半天，岁岁年年，永世不能断往还！

沟南众　（潸然泪下）老支书，您快起来。
老支书　（泣啼）不答应留桥，俺永远跪在这里……
沟南甲　听您的，不砸啦。
　　　　［众人搀起老支书，转身向南走去。
野　猫　哎哎哎，咋逃跑了？（亦用锤砸桥）咱砸！
朝天椒　（高声）沟南舍不得砸呀！不但断了掐花椒的小财路，更不方便勾引男人的大买卖。砸！（亦砸）
沟北众　哈哈哈……
沟南众　（转身怒视）浑蛋！
老支书　沟北的庄邻庄乡，别再激将啦！桥砸了，谁给你们掐花椒？
野　猫　两条腿的癞蛤蟆不好找，两条腿的人有的是！
沟北众　对！大南山的女人，有的是……
老支书　就算不用俺沟南掐花椒，咱老亲戚少亲戚的还能断了往来？
沟北女　俺娘家是沟南，断了桥，咋走娘家……
沟北甲　闭嘴！别提你是沟南人。没出嫁的那阵子，还不知道多么风流咪。
沟北女　浑球！俺和你祖老爷风流。一颗老鼠屎，坏了一锅汤！走。（几个女人气哼哼地下）
野　猫　哈哈！亲戚有什么鸟用？不来借钱就借粮。
沟北众　是啊！越知己的亲戚越麻烦，光借不还，惹气！不来往也罢。
朝天椒　（提高嗓门）有人害怕断了来往，他那寡妇儿媳，他那俊鸟孙女，就没办法给他挣钱了。
沟北众　（大哗）哈哈哈，呜咳咳！沟南人，穷断筋，拿女人，卖良心。呜咳咳……
老支书　（气得浑身颤抖）你你你，你们不怕嚼下舌根来！为富不仁，六亲不认了？
沟南甲　（被彻底激怒）狗日的！不砸真不行了。
沟南众　砸！（蜂拥冲上石板桥）
老支书　冷静，冷静啊！（被众人撞倒）

〔沟南村甲、乙、丙举锤砸桥。咚咚咚的声响犹如惊雷一声声回荡在大南山谷……

朝天椒　使劲！
野　猫　加油！
沟北众　狠砸！
沟南众　猛夯！
〔双方的呼喊声有节奏地汇为一体。
〔轰隆一声闷响，震动得山峦颤抖。群峰回荡！石桥板断裂，一头栽进鸿沟，冲起滚滚尘烟。
〔沟南沟北的众人被这巨响惊呆了，震撼了，失魂落魄了。尘烟隐没了他们，而又显现出他们。木偶般的人群突然静得那么可怕。

老支书　（向沟畔探出双手，突然发出一声惨叫）大南山的石板桥——
〔老村长挂拐杖瘸腿急上。见状气得浑身颤抖。

老村长　（举起拐杖怒骂）你们这群狗私孩子，激怒沟南砸了桥！（甩掉拐杖，发疯般地逐个揪胸怒喝）还我石板桥！还我五百年的石板老桥啊……
〔沟南沟北众人油然而生失落感，丢魂丧魄地摇晃着躯壳散下。

老支书　兄……弟！（探身沟畔）
老村长　大哥！（向前一步，几乎栽进深渊）
〔俩人泥塑般地相隔断桥眺望。幕后飘来如泣如诉的悠悠歌声。

　　　　啊——啊——啊——
　　　　遥相望，肝肠断，
　　　　残阳压西山。
　　　　情绵绵，恨绵绵，
　　　　路绝在深渊。
　　　　有桥不知桥何在，
　　　　无桥才知塌了天！

〔俩人隔沟合唱：
　　　　忆往昔，情无限，
　　　　一座石桥心相连。
　　　　夜晚乘凉石桥上，
　　　　手拉手，誓言两村共苦甘。

老支书　（唱）你说过，一个煎饼掰两半，

		沟南沟北心不偏。
老村长	（接唱）	你说过，石桥就是金刚线，
		两村缠成一个团。
老支书	（唱）	叹叹叹！只叹老哥见识短，
		当年桥上结仇怨。
老村长	（接唱）	为了俺村吃饱饭，
		老哥想帮俺，心意不拐弯。
老支书	（唱）	俺身先士卒，未瞥住马腿压象眼，
		拿车换炮，一步走输棋一盘！
老村长	（接唱）	想当年，将帅对决冒风险，
		如若山果难变现，讨饭也得去沟南。
老支书	（唱）	石板桥啊——
老村长	（接唱）	石板断——
二 人	（合唱）	隔心隔沟如隔山。
		何时不分贫富贵贱？
		何日再铺青石板，把这隔心鸿沟填？

老村长　铺石板桥不易，填鸿沟更难。
老支书　是啊！当下村民承包了土地，各过各的，缺失了大集体思想觉悟……
老村长　说得没错！重修石板桥，也不能硬来……
老支书　唉！两村都在气头上，得缓一阵子。
老村长　迟早有一天，不但桥要修，两村更要共同富裕。唉！说句实话，当年炒菜都少盐缺油，谁舍得吃调料？这几年南方首先富了，吃菜讲究了味道，花椒才有了市场，走出了大山，沟北人富了，为富不仁了。大哥，兄弟不会忘记初心。
老支书　咦！还能一个煎饼掰两半？还能沟南沟北一线拴？
老村长　必须的！

　　［俩人伸出双手，似乎超越了沟壑空间，紧紧地握在了一起。
　　［造型。灯渐暗。

6

　　［数日后。

［景同第三场。

［朝天椒一手打着花伞，一手掐花椒，汗流浃背，心烦气躁。

朝天椒　（把篮子一扔）去他娘的呱嗒嗒！

（唱）　晴空万里不刮风，

　　　　活人钻进笼里蒸。

　　　　花椒熟透吐了种，

　　　　干巴巴裂了嘴，炸开了红灯笼！

　　　　毁了这大把的票子要了血命，

　　　　去雇工快掐椒，眼下难雇工。

　　　　男爷们出山去雇人，不见踪和影，

　　　　娘儿们上坡掐花椒，掐得也稀松。

　　　　盼了又盼，等了又等，

　　　　沟北村雇工难乱乱哄哄。

［春桃带领一帮花枝招展的大闺女小媳妇上。

春　桃　到了到了，就是这山梁上的花椒树。

朝天椒　来啦来啦，快干活。

女人甲　哇！好看。

女人乙　OK！好玩。

女人丙　哈喽！真香。

女人丁　得！进山旅游。

众女人　对！照张相。

女人甲　（摘下脖子上挂的老相机）海鸥牌相机，洗出来特清晰！站好站好，茄子茄子……三二一！（咔嚓咔嚓连拍数张）

朝天椒　春桃！你请了一伙干啥的？

春　桃　乡下不好雇人，城里找来的。

朝天椒　哎哎哎，我说城里的大小姐们，赶快掐花椒吧。

女人甲　怎么掐？

朝天椒　不会？来来来，教给你。（拽过枝条掐椒穗）两个指甲这么一使劲儿，看看，掐下来啦。

女人甲　哈哈，没巧处。（挽起袖子）掐！

女人乙　挺好玩儿，干！

女人丙　这么稠，一天掐百把斤，上！

众女人　掐掐掐!
　　　　［众女人围椒树掐椒。
女人甲　（尖叫一声）啊——
春　桃　怎么啦?
女人甲　手!扎破指头尖儿咧,疼死人啦。
女人乙　创可贴,创可贴……
女人丙　哎哟!花椒刺儿挂住袖子了……
女人丁　我的个妈!一松手,枝条抽破脸了!刺儿,有刺儿,快帮忙挑出来……
众女人　哎哟哟,指头都麻醉了……
女人甲　这可不是个人活儿!哎哎哎,诳俺到大南山来,要人命吗?
春　桃　嗨嗨,一回生,两回熟嘛,只要学会了,一天能掐50多斤……
女人乙　一斤三块钱也不干,谁学这玩意儿?
女人丙　热死啦,大树底下凉快去。（众女人一哄钻到大树下）
女人甲　哎哎哎,渴死啦,下茶下茶去!
女人乙　饿啦,准备午餐!
女人丙　大南山的柴鸡子、黑猪肉,炖去炖去……
朝天椒　靠!春桃你给我置来了一伙姑奶奶吗?
春　桃　你当有钱就是大爷,拿雇工当牲口使?去去去,按人家说的,做饭去。
朝天椒　什么?你咋和她们讲的?
春　桃　手工费每斤五毛,一天管三顿饭。
女人甲　早上吃鸡,中午吃鱼,晚上吃大肉!
朝天椒　（惊愕）啊!比祖奶奶还难伺候?
春　桃　就这,人家还不愿意来呢。
朝天椒　叫她们滚!
女人甲　滚?大嫂先滚出条路来,让俺走走。
朝天椒　我告诉恁,这可是大南山,不是城里头……
女人乙　哈哈,大南山?就是长白山的深山老林,也是中国的地盘,难道就没有王法?
朝天椒　得得得!立马走人。
女人丙　呸!请神易,送神难……
朝天椒　耍赖皮?
女人甲　（拍春桃肩膀）只要大哥不要赖皮就中。

女人乙　按协议来……

女人丙　大哥承诺，如果不适应这份工作，路费、餐饮费、误工费……

女人丁　还有防暑费……

女人甲　外加指尖损伤、脸儿损伤治疗费，全包着！

朝天椒　讹人吗？

春　桃　算算吧，该付就付。

女人甲　算什么？大老远跑一趟，每人一百块钱吧。

朝天椒　啊！一百元？

众女人　掏钱……

春　桃　我不管钱，和俺老婆结算吧。哎，你腰里不是装着钱嘛，拿出来吧。

众女人　（围住朝天椒）掏出来，结账……

朝天椒　春桃，俺哥坏了你的好事儿，你这是给我找事儿……

春　桃　只要用钱能解决的，都不是事儿。

众女人　（拥搡朝天椒）拿钱走人……

朝天椒　（紧捂住口袋喊）抢劫啦，来人啊——

　　　　［野猫与众村民急上。朝天椒蹲在地上干号。

野　猫　妹妹哎，怎么啦？

朝天椒　你妹夫又有了外心咧。（指众女人）你看看哟！

野　猫　娘的，哪来的这么一帮骚腔子娘们儿？

众女人　嘴里干净点儿，回家刷牙去！

春　桃　这是我雇来掐花椒的……

朝天椒　（爬起）掐的花椒呢？唵！还想讹钱。

野　猫　讹钱？都他娘的一个样！我从下洼（平原）里雇来几个娘们儿，根本就不会掐花椒，我是连哄带呛，每人好歹掐了半篮子，扔下就坚决不干咧！临走还要误工费……

沟北众　俺们都是这个情况……

朝天椒　你给她钱了？

野　猫　给了，一人给了一巴掌！

众女人　你敢打人？

野　猫　想试试？

女人甲　走！找村干部去。（欲下）

野　猫　（拦住）哈哈，现在承包到户啦，各干各的，村长说了算个球！

〔老村长拄拐上。

老村长　是啊，人心都散了，我是说了不算了，但你野猫也不能为所欲为呀。
野　猫　我怎么啦？
老村长　刚才打了掐花椒的女人们，人家都找到我门上去啦，你说我管不管？
野　猫　你管不着。
老村长　放肆！
　　　　（唱）　大南山生了对孬种龙凤胎，
　　　　　　　　搅乱了山民的憨厚，石板也裂开！
　　　　　　　　五百年老古董惨遭损坏，
　　　　　　　　沟南女沟北汉断了往来。
　　　　　　　　走亲戚串门子绕道十里外，
　　　　　　　　百万斤鲜花椒谁掐谁来摘？
　　　　　　　　朝天椒闹得南山起雾霾，为非作歹，
　　　　　　　　野猫你造矛盾长能耐，扩大了势态！
　　　　　　　　虽说是人心涣散村委也无奈，
　　　　　　　　党组织在基层岂容你心眼歪！
　　　　　　　　酿成这大事件南山受损害，
　　　　　　　　要还那沟南人一个清白。
野　猫　沟南人清白？沟北可不清白……
春　桃　闭嘴！你哥妹俩制造群体事件，公安局已经调查材料了。
朝天椒　什么？还惊动了公安局？好哇春桃，你反咬一口，还告了老娘？
春　桃　是你自作自受……
老村长　是我向上级汇报的。
野　猫　想把事情搞大？显一显村干部的威风？
老村长　住口！你兄妹俩触犯了法律不说，我和沟南老支书都要受处分。
沟北众　啊！惹了大祸……
野　猫　哈哈，吓唬谁？不就是架破桥吗？
老村长　破桥？你是破坏文物，毁坏公共设施，就是破坏生产！哪一条都够你坐几年的。
野　猫　啊！老村长啊，俺就敲打了几下，真正砸桥的是沟南人，不能赖俺呀。
老村长　谁砸桥谁会受到法律严惩。但是，谁制造矛盾、激化矛盾、造谣生事，引发群体事件，谁就是罪魁祸首！

照町 ZHAO TING

沟北众　严重了……
朝天椒　这事儿，俺可没大掺和。
老村长　大伙说，砸桥那天，谁让你们去的？
沟北甲　（惊恐）俺，俺没去。
沟北乙　你咋没去？那天就你能咋呼！
沟北甲　（哭咧咧地）老村长啊，俺不去，朝天椒非治了俺去……
沟北乙　俺老婆说，桥不能砸，她得走娘家，我当时就反对……
沟北甲　反对？你还骂了你老婆一顿，六亲不认……
沟北丙　野猫怂恿俺去的，俺要不去助威，他就给俺小鞋穿……
沟北众　都是他哥妹俩联伙（召集）的人！
朝天椒　（拉过野猫）哥呀，听说这次严打，逮了不少人，咱出去躲躲。
野　猫　走！（俩人欲下）
老村长　别让他俩跑了，公安马上就到。
沟北众　哪里跑！（众人拽住俩人的胳膊）
　　　　〔定格，光渐收。

7

　　　　〔夜晚。
　　　　〔断桥沟畔。
　　　　〔花骨朵失魂落魄地上。
花骨朵　走向绝路了——
　　　（唱）弯月沉沉勾岭西，
　　　　　　繁星眨眼露泪滴。
　　　　　　悄悄来到这是非地，
　　　　　　面对绝路心悲凄。
　　　　　　因为俺，沟南沟北伤和气，
　　　　　　石板老桥遭锤击。
　　　　　　因为俺，耽误了掐椒这一季，
　　　　　　犯众怒，清纯女变成了骚狐狸。
　　　　　　人言可畏心恐惧，
　　　　　　酿大祸，男男女女丢脸皮。

　　　　　满腹委屈，谁听俺诉半句？
　　　　　以泪洗面，谁可怜哭哭啼啼。
　　　　　花骨朵再难活下去。
　　　　　以身沉沟底，两村民怨息。
　　［纵身欲跳。
　　［野蒺藜呼喊着急上。
野蒺藜　　闺女——花骨朵……
花骨朵　　（愣住，转身）娘……
野蒺藜　　好孩子，快过来。（欲上前去拉）
花骨朵　　站住！娘再往前走一步，女儿就跳下去。
野蒺藜　　（不敢向前）孩子，跟娘回家吧……
花骨朵　　原谅女儿吧，俺回不去了……
野蒺藜　　你要走了，娘还有啥指望？你前脚走，娘后脚跟！活，活成一块。死，死成一团！
花骨朵　　不！
　　　　　（唱）　天生怨，地生恨，
　　　　　　　　　女儿失魄已丢魂。
　　　　　　　　　俺走后，照顾爷爷全靠恁，
　　　　　　　　　谢娘亲，为咱家守寡十八春。
野蒺藜　　（接唱）酸甜苦辣娘尝尽，
　　　　　　　　　少衣缺食不嫌贫。
　　　　　　　　　为娘苦肠仅一寸，
　　　　　　　　　紧拴女儿挂在心。
花骨朵　　（唱）　不是女儿心肝狠，
　　　　　　　　　刺娘心头扎钢针。
　　　　　　　　　一人惹出千人愤，
　　　　　　　　　娘亲生活更艰辛。
野蒺藜　　（接唱）真的假不了，
　　　　　　　　　假的成不了真。
　　　　　　　　　待等谣言消散尽，
　　　　　　　　　还儿清白身！
花骨朵　　（唱）　等不得，消怨恨，

　　　　　　俺一人搅乱了两个村。
　　　　　　沟南想挣钱，怨俺堵了门。
　　　　　　砸桥人坐牢，怨俺是祸根。
　　　　　　沟北红花椒，季节不饶人。
　　　　　　延误半月下梅雨，
　　　　　　连阴要烂多少斤？
　　　　　　儿死化解矛与盾，
　　　　　　再无绊脚的石头墩。
　　　　　　重修石板桥，
　　　　　　往来不绝尘。
　　　　　　女儿舍生解围困，
　　　　　　以命换来好乡邻。
　　　　　　娘啊娘，您别心不忍，泪滚滚，怨儿不孝顺，
　　　　　　您应该含笑送儿化烟云。
　　　　　（白）娘，女儿走了。（纵身欲跳）
野蒴藜　　（声嘶力竭地）等一等！（猛然扑向女儿）
　　　　［野蒴藜抱住花骨朵，娘俩跌进深渊。
　　　　［景片后腾起一片血红。
　　　　［老支书带众村民急上。
老支书　　（声嘶力竭呼喊）蒴藜——
沟南众　　花骨朵——
　　　　［众造型。光渐收。

8

　　　　［数日后。
　　　　［沟南村老支书家。
　　　　［花骨朵头上和一条腿上缠着绷带，半躺在土炕上。老支书端面条上。
老支书　　孙女，好几天不吃饭了。为了爷爷我，你得活下去啊，就吃了这碗面吧。
花骨朵　　（哭泣）娘……
老支书　　（悲哀地）我的好儿媳哪！再也不用牵挂着老爹爹我和孙女你了。
　　　　　　再哭，也回不来了。

花骨朵		俺娘儿俩掉下沟去的一刹那，是娘在空中翻转了身子，替俺垫了背啊！
老支书		唉！下沟救人的时候，怹都仰面朝天，你娘把你搂在怀里，救了女儿一命。唉！女人这一辈子啊……
	（唱）	人间真善美，鬼神也敬畏。
花骨朵	（接唱）	替儿去垫背，眉都不皱眉。
老支书	（唱）	为女儿折两肋心肝俱碎，
花骨朵	（接唱）	摔断了柔肠千转百回，
二　人	（合唱）	紧抱女儿手难掰！
老支书	（唱）	娘亲的温情，似那老棉被，
花骨朵	（接唱）	紧捂在儿身上，相依又相偎。
老支书	（唱）	儿女是宝贝，处处有娘陪。 孩子惹了事儿——
花骨朵	（接唱）	娘亲求人双膝跪，
二　人	（合唱）	替儿去顶雷！
老支书	（唱）	孩子争了光——
花骨朵	（接唱）	娘亲盼的是好口碑，
二　人	（合唱）	只盼那好口碑！
老支书	（唱）	孩子生了病——
花骨朵	（接唱）	要肾掏肾要肺切肺，
二　人	（合唱）	把儿命挽回！
老支书	（唱）	孩子出远门儿——
花骨朵	（接唱）	娘亲滚滚泪，
老支书	（唱）	那是洗刷征尘的水，陶冶儿心扉。
二　人	（合唱）	也是牵走了娘的心，盼儿早日归。
老支书	（唱）	谁说孩子不懂事儿——
花骨朵	（接唱）	再柔弱的娘亲也犟嘴，
二　人	（合唱）	掰扯是与非！
老支书	（唱）	惹娘生了气，儿把不是赔，
花骨朵	（接唱）	当娘的一颗甜枣吃不了，笑得抿住嘴，
二　人	（合唱）	满脸彩云飞！
老支书	（唱）	娘亲的柔情似酒水，

花骨朵	（接唱）儿醉女也醉，
老支书	（唱）　那是心血酿成的美味，
花骨朵	（接唱）敬儿一杯又一杯。
老支书	（唱）　儿女缺钱和娘要——
花骨朵	（接唱）东取西借也要给。
老支书	（唱）　娘亲缺钱和儿要——
花骨朵	（接唱）张也张不开嘴，伸手满脸是羞愧。
二　人	（合唱）好自卑，只觉心亏理也亏！
老支书	（唱）　娘亲疼儿大半辈，
花骨朵	（接唱）儿疼娘亲多少回？
老支书	（唱）　为娘捶捶背，为娘捋捋腿，
花骨朵	（接唱）娘亲知足得找不到北，
二　人	（合唱）见谁告诉谁！
老支书	（唱）　娘亲的疼爱比高山——
花骨朵	（接唱）高山不雄伟，
老支书	（唱）　娘亲的恩情比大海——
花骨朵	（接唱）大海胸怀窄！
二　人	（合唱）娘为儿女心操碎，无怨也无悔，
	人间大爱闪光辉、闪呀么闪光辉！

花骨朵　爷爷，扶俺到娘坟上磕头去。

老支书　养好伤后，再去行不？

花骨朵　不！

老支书　行，爷爷用小推车推你去。但有一个条件……

花骨朵　您说。

老支书　先把这碗面吃了。（递过碗去）

花骨朵　嗯。（接碗吃面）

　　　　〔沟南众人悄然而上。

老支书　大伙都来了，坐坐。

沟南女　（从口袋里掏出几个鸡蛋）刚媷的，让花骨朵补补身子。

　　　　〔众人纷纷从腰里往外掏鸡蛋、挂面等。

老支书　咦，大伙都跑了多少趟啦，又拿东西干啥。花骨朵，快谢谢大伙。

沟南男　谢啥？就几绺子挂面、几个鸡蛋，咱沟南能有啥稀罕东西？

石板桥

花骨朵　谢谢父老乡亲，为俺娘入殓发丧。（欲跪倒）
沟南女　（忙搀起）伤还没好利索，可不能跪倒。
沟南众　是啊是啊，安心养伤……
沟南女　这几天谁心里也不是个滋味，一趟趟去沟畔给大嫂拖魂……
花骨朵　该死的是俺！
沟南众　大伙都犯了该死的糊涂……
沟南女　丢了一条命，逮了两个人，咱村吃了大亏！
沟南男　血的教训，大伙应该清醒了。桥是咱这头砸的……
老支书　咱村砸了咱村修，路还得走！
沟南女　沟北惹是生非，也不全赖咱，他们也有责任。
沟南众　对！光咱村可修不起……
老支书　知道修不起，早干的啥来？跑到桥上去起哄！
沟北众　这……

　　　　［老村长和春桃提礼品上。

老村长　老大哥……
老支书　咦！老弟咋过来啦？
老村长　绕了十里路，转了半座山，过来看看老大哥和小侄女。
老支书　坐、快坐。春桃也过来了……
春　桃　骨朵妹子，好点了吗？
花骨朵　春桃哥，你，你不该来……
春　桃　俺早就该过来送大婶上路，只是老村长拦着不让来，是我害了恁娘俩。
沟南众　哼！是有责任……
老支书　事情已无法挽回，别再瞎嚷嚷啦！
老村长　不！乡邻们说得对，沟北是有不可推卸的责任。侄媳妇的生命，是无法挽回了，可这石板桥，俺沟北应该修。
老支书　好！两村一起修。
老村长　老大哥……

　　　　（唱）　咱乡邻生在这一脉南山谷，
　　　　　　　　老亲戚少亲戚自古大家族。
　　　　　　　　就因为沟南穷沟北乍富，
　　　　　　　　毁石桥砸断了两村手足。
　　　　　　　　侄媳妇出殡上了路，

273

　　　　　　沟南哭、沟北也不是没人哭。
　　　　　　那夜晚沟北开会先忆苦，
　　　　　　为蒺藜点上了白蜡烛。
　　　　　　沟北哭，不是哭它那没人来掐的花椒树，
　　　　　　是哭那良心被钱烧糊涂。
　　　　　　人命擂天鼓，沟北悔当初。
　　　　　　要富一起富，不做守财奴！

沟南众　好！

老支书　兄弟……

老村长　老大哥，这几天沟北已按石板桥的原样，开山凿出青石板，昼夜加工花栏杆。

春　桃　我已带人搭好了脚手架，且等沟南用绳索把青石板拽上沟畔。

沟南众　拽上沟畔，铺平石板！

老支书　尽快过桥掐花椒！

老村长　对！沟北几十万斤花椒亟须采摘。春桃，这事儿大伙咋商量的？

春　桃　大伙一致表决，掐一斤，赚半斤，五五分成。

沟南众　啊！（惊呆）

老支书　这这这……

老村长　这就是走共同富裕的路子！沟南村男女老少齐下手，大伙干不干？

沟南众　干！全村都去干。

老村长　好！我敢保证，两个月后，沟南都是万元户。

老支书　兄弟，我的亲兄弟！（握着老村长的手，热泪盈眶）

　　　　〔光渐收。

尾声

〔沟北村数十个男人抬着硕大的青石板，嗨哟嗨哟地呼着号子上。
〔沟北村数十个女人抬着雕花护栏亦呼着号子上。
〔沟南村众人将一盘盘的绳索扔过鸿沟。沟北人紧系在青石板上。

老支书　（拿小旗一挥）拽，使劲儿！

老村长　（亦拿小旗挥动）推，用力！

　　　　〔石板在滚木上缓缓滑上鸿沟，铺平在沟面上。

〔沟北众女人安装起雕花护栏。

春　桃　报告老村长，石板桥严丝合缝，花栏杆安装完毕，可以通行了。
老村长　好！上桥。
老支书　上桥！
〔两村村民欢呼一声，冲上石板桥，争相握手。
〔老支书和老村长紧紧拥抱在一起。
〔幕后又传来那首老歌：

　　　　石板桥，花护栏，
　　　　大南山人命相连。
　　　　刻上双头凤，一心两相伴。
　　　　雕上祥云龙，首尾两头牵。
　　　　刻上连心锁，扣手连接连。
　　　　雕上花喜鹊，南北好姻缘……

〔光渐收。

（剧终）

注：

① 1990年4月26日，初稿创作于莱芜市文化馆。1992年5月21日，二稿修改于莱芜市文化馆。1994年11月11日，三稿修改于莱芜市文学戏剧创作室。
② 1998年12月，参加山东省优秀剧本评选，获"优秀剧本奖"。
③ 该剧系作者未曾公开排演的保留剧目。如需排演，请联系著作权人或继承人达成书面协议后方可演出。否则侵权必究！

• 寓意剧

大山魂①

时间：20世纪80年代。

地点：泰沂山脉大南山。

人物：犟哥儿——青年山民。
　　　杜鹃婶——犟哥儿的母亲。
　　　翩　翠——山民姑娘。
　　　美　狼——年轻雌狼。
　　　满山瞄——猎手。翩翠的哥哥。
　　　花猫嫂——满山瞄的妻子。
　　　没羽箭——放牧人。
　　　男女老少众山民。

---

①作品登记号：鲁作登字-2022-C-10044591

1

　　[字幕：20世纪80年代初期大南山。
　　[静静的舞台一片昏暗，突然响起急促而又短暂的紧锣密鼓。
　　[打击乐戛然而止，悄然发出打字声音，字幕出现演职员表。
　　[陡然一声惊雷，几道闪电撕裂舞台大画幕上的山野峻岭，峭壁悬崖。风雨声骤起。
　　[闪电中隐约可见一群衣衫褴褛、遍体泥浆的男女山民，他（她）们泥塑般地屹立在山坡上，神情十分懊丧。
　　[一女山民狂呼："天哪！没法活了呀。"欲跳崖自杀，众山民上前紧紧扭住。众人造型。
　　[灯渐亮。山洪过后，一片荒凉。凄凉的音乐声起。
　　[山岩上，晨光映出杜鹃婶手托长烟袋沉思的剪影。幕后飘来悲凄的合唱：

　　　　暴怒的山洪，
　　　　冲走了活命的田土，
　　　　无情的大水，
　　　　冲塌了栖身的房屋！
　　　　一片荒山，断了生路，
　　　　留也是穷，走也是苦，
　　　　大山啊——
　　　　你按倒了儿孙不屈的头颅！（众山民跪拜）
　　　　拜辞了开山的先祖，
　　　　走向那迷茫的长途。

众　人　生我养我的大南山，我们走啦！
　　[众人提起行李，挑着锅盆，推起大鼓，一步一回头地走下山坡。
　　[犟哥儿上，挡住山民去路。
山　民　犟哥儿！让俺过去。
众山民　让俺过去……
犟哥儿　（斩钉截铁）不！
山民甲　犟哥儿呀，山上没有土了！

照町 ZHAO TING

犟哥儿　挑！
众山民　山上没有树了！
犟哥儿　种！
山民甲　山上存不住水了！
犟哥儿　修水库！
山民甲　这得费多少工，用多少料？咱得淌多少汗，扒几层皮？你算过没有？
犟哥儿　咱山里人，心里有多少火气，身上有多少骨气，两膀有多少力气，你又算过没有？
众山民　犟哥儿，咱认输吧。
犟哥儿　要是好汉，只认干不认输！要是孬种，实在要走，从我身上踩过去！
　　　　［双方僵持。杜鹃婶啪啪地磕掉烟灰，众人视线转向山岩。
杜鹃婶　犟哥儿！闪开。
犟哥儿　娘！
杜鹃婶　要走要留，是大伙的自由，谁也不能强迫。要走的，给你开个证明，再去干那老把式，玩藏掖、擂大鼓，敲花鼓锣子挣饭吃，要饭用不着喊婶子大娘。看！（掀开衣襟，露出挂在腰带上的公章）自打犟哥儿他爹过世，这公章没人接，至今在我这里掖着哩。谁开证明？（提高嗓门儿）谁开证明？！（众人畏惧，无人应答）哼！没有大南山人的骨气！
山民甲　杜鹃婶子，您老别生气……
杜鹃婶　（长叹一口气）唉！留也好，走也好，老少爷儿们，这个理儿咱得想明白。不是大山亏待了咱，是咱亏待了大山啊！千悔万悔悔不该，咱伐了山上的树，刨了山上的草，松了土地，种了庄稼。大雨一来，能不冲吗？谁叫咱伤了大山的皮肉，动了大山的血脉，大山能不怪罪、能不惩罚咱这败家的子孙吗？
　　　　［山民低下头来，悔恨交加。
众山民　（泣声）咱欠了大山的债呀！
犟哥儿　欠债不还，抬腿就走，不知羞耻，咱还算个山里人吗？咱对得起埋在山坡上的先祖吗？
杜鹃婶　（慢慢从山民行李中抽出花鼓锣子，轻轻抚摸着，老泪纵横）花鼓锣子，你是咱大南山的命根子呀！
　　　　（唱）　怀抱这花鼓锣子泪洒山崖，

想不到众乡亲又都带上了它。
老一辈要饭讨食玩杂耍,
苦苦挣扎走天涯。
黄河北冻死了俺的老外公,
秦岭南饿死了俺那苦命的妈。
辗转来到这大山下,
山清水秀安下了榻。
人都说花鼓锣子灵气大,
指引咱栖身山旮旯。
男婚女嫁咱敲打,
送走红袄迎乌发。
大年初一咱敲打,
送走白雪迎红花。
朋友进山咱敲打,
客人脸上挂彩霞。
亲人去世咱敲打,
隆重的葬礼满山洼。
看眼前乡亲带它把山下,
岂不是好了伤疤又揭伤疤。
大山魂有灵气你可发话,
把乡亲当客人迎回咱的家。

[犟哥儿擂鼓。喇叭声如泣如诉,杜鹃婶无限深情地舞起花鼓锣子。
[山民们深受感召,纷纷从行李中抽出花鼓锣子和破伞。狂劲地起舞,声势逐渐浩大。众人呼号:"大山魂哟,开大山哟!"
[造型。切光。

2

[幕后传来歌声:

山石哎——刨开白玉盆,
填满哟——黄土贵似金。
撒下一粒籽,种下一颗心,
心中含悔恨,入土扎深根。

　　　　　　　树苗哎——一天长一寸，
　　　　　　　眼看哟——山野起青林！
　　　　［随着几声鸟鸣，一个清纯活泼的少女手提小篮，转过山坳。她叫翩翠，
　　　　与那绿色娇小的鸟儿同名。

翩　翠　（唱）　小鸟儿声声唤黎明，
　　　　　　　露水珠儿亮晶晶。
　　　　　　　雨后的蘑菇鲜又嫩，
　　　　　　　怎忍心下手采篮中？
　　　　　　　要想不伤小生命，
　　　　　　　贪嘴的嫂嫂要解馋虫！
　　　　　　　待要掐断小生命……（犹豫）
　　　　　　　山野间哪一个不是生灵？
　　　　（白）不采吧，嫂嫂不愿意，采吧，俺又舍不得，看来不采也要采了。
　　　　［美狼觅食，试探着走来。由年轻女演员扮演，她头戴象征性头套，
　　　　身穿皮毛服饰，一条粗大的尾巴拖在地上，或搭在肩上，或玩弄于
　　　　股掌作为道具。可直立行走，脚走狼步。野性中透出妖娆妩媚。

美　狼　（唱）　我是一只狼，生长深山梁。
　　　　　　　白云是幔帐，松针作软床。
　　　　　　　嬉戏山林里，青春岁月长。
　　　　　　　可恨山里人，他为什么——
　　　　　　　为什么砍树改种粮？大水又冲光！
　　　　　　　山秃食难觅，满目石光梁。
　　　　　　　不见兔和鼠，何物充饥肠？
　　　　　　　饿得头晕乏力量，（发现）哎？
　　　　　　　新鲜蘑菇可品尝！（啃食）

翩　翠　哎哎！谁家的一只狗呀。我舍不得采，你一口就吞啦？
美　狼　（自顾吞食）嗯，嗯……
翩　翠　走，快走！
美　狼　嗯？
　　　　［双方对视，打量对方。

翩　翠　（唱）　要说它是狗，
　　　　　　　为什么没有驯良相？

美　狼	（唱）	这个小姑娘，
		细皮嫩肉喷喷香！
翩　翠	（唱）	要说它是狗，
		为什么尾巴粗又长？
美　狼	（唱）	这个小姑娘，
		不像我饿得心发慌！
翩　翠	（唱）	要说它是狗，
		为什么两眼冒凶光？
美　狼	（唱）	是你们！
		毁我的家，断我的粮，
		伙伴失散大逃亡，
		害得我孤孤单单、半死不活、凄凄惶惶。
		人啊人好狼的心肠！

翩　翠　你为什么这样看着我？你，你不是狗？

美　狼　（否认地嗥叫一声）嗷呜——

翩　翠　你是……狼！

美　狼　（示威地嗥叫）呜，呜，嗷呜——

翩　翠　啊？（吓得连连后退，不慎摔倒，山石划破左臂，出血）血？！

美　狼　血？好久没嗅到血腥味啦，洒了可惜，我给你舔舔！

　　　　〔美狼舔血，翩翠惊打狼头。美狼怒嗥一声，咬翩翠一口。

翩　翠　（大喊）来人哪！

　　　　〔满山瞄端长杆猎枪上。

　　　　〔花猫嫂、没羽箭随上。

花猫嫂　快打！

　　　　〔满山瞄开枪，不中。没羽箭飞起一石，打中，美狼翻滚。花猫嫂一棍子不料打在翩翠身上。美狼逃去。满山瞄拔出腰间牛角号吹响。

　　　　〔众山民举农具及花鼓锣子纷纷上。

众山民　狼呢？

花猫嫂　早叫这"神枪手"吓蹿啦。

没羽箭　翩翠！（扶起，包扎）

花猫嫂　妹妹，回家上药。（数落满山瞄）没见过你这号猎手，打十枪九枪不中。

满山瞄　没见过你这号老婆，说十句九句白说。

花猫嫂　（指着美狼逃逸方向）可惜了一锅好汤。
满山瞄　可惜了一张好皮。
花猫嫂　刚才你咋朝天放一枪？
满山瞄　刚才你一棍子，差点把咱妹妹夯死。
花猫嫂　你！
满山瞄　你！
　　　　〔花猫嫂大怒，给满山瞄一记耳光。
　　　　〔定格。切光。

3

　　　　〔男女山民打夯过场。犟哥儿掌夯柄领唱；
犟哥儿　（唱）　打一夯，压半夯，
众山民　（唱）　哎嗨哟，哎嗨哟——
犟哥儿　（唱）　一夯一个米粮仓。
众山民　（唱）　嗨，哟嗨哟嗨哟，嗨，哟嗨哟——
犟哥儿　（唱）　水库修在高山上，
众山民　（唱）　哎嗨哟，哎嗨哟——
犟哥儿　（唱）　水渠弯弯绕山梁。
众山民　（唱）　嗨，哟嗨哟嗨哟，嗨。哟嗨哟——
犟哥儿　（唱）　夯得山摇地也晃，
众山民　（唱）　哎嗨哟，哎嗨哟——
犟哥儿　（唱）　夯得满坡花果香。
众山民　（唱）　嗨，哟嗨哟嗨哟，嗨，哟嗨哟。
众　人　嗨哟，嗨哟……
　　　　〔速度越来越快，咚咚的夯声，直夯得满台黄土飞扬。
　　　　〔山民们打夯下。犟哥儿转身进自家院子。杜鹃婶端锅上。
犟哥儿　娘！做的啥好吃的？
杜鹃婶　（掀锅盖）你看。
犟哥儿　地瓜？上顿地瓜，下顿地瓜，这顿还是煮地瓜。都吃得俺滑了肠咧。
杜鹃婶　能填饱肚皮就不孬，趁热吃吧。
犟哥儿　吃！（边吃边看小记事本）东山缺树种50斤，西沟缺20斤，北山

　　　　　沟里种海棠，一粒种子也没有。
杜鹃婶　是啊，北沟适合种海棠，这红海棠，只有花猫嫂家有。
犟哥儿　好！我去和她讨换点儿。
杜鹃婶　没门儿，那个小气鬼……
犟哥儿　这可咋办呢？唉！（打哈欠）
杜鹃婶　这阵子，真把孩子累坏啦。困了，你就睡吧。
　　　　〔犟哥儿睡着，半块地瓜掉在地上。杜鹃婶拿起衣服轻轻盖在儿子身上，悄然而下。
　　　　〔美狼悄然而上。
美　狼　（唱）　饿得头昏眼也花，
　　　　　　　　斗胆进村闯人家。（觅食）
　　　　　　　　园中没有充饥的菜，
　　　　　　　　篮里没有干粮渣。（看篮又挂篮）
犟哥儿　（睡语）红海棠，海棠种……
美　狼　（接唱）小伙子白天说梦话，
　　　　　　　　身边半块热地瓜。
　　　　　　　　顾不得脏净尝一口，
　　　　　　　　软软绵绵味道佳！
　　　　〔美狼吃完，掀锅抓出一块地瓜，不料弄翻了锅盖。
犟哥儿　（惊醒）哪家的狗，来抢俺的口粮！（关上大门，抄起棍子）给俺放下！（欲打）
　　　　〔美狼丢掉地瓜，畏缩一角。
犟哥儿　（唱）　看这狗，瘦身架，
　　　　　　　　定是生长在穷人家。
　　　　　　　　或许是主人难温饱，
　　　　　　　　才把它丢进深山洼。
　　　　　　　　风风雨雨有谁问，
　　　　　　　　经难历险留伤疤。
　　　　　　　　大命小命都是命，
　　　　　　　　活命的权利也有它！
　　　　（扔下棍子，拾起地瓜送到美狼跟前）饿了就吃，吃吧！
美　狼　（唱）　有人举枪朝我开，

有人送饭救命来！
不由尾巴轻摇摆，
好似幼时吃奶偎娘怀。
人啊人，看来有好也有坏，
在这里，无惊无怕少祸灾。

犟哥儿　吃吧！快吃吧。

[美狼感激地点点头，欲食地瓜。

[杜鹃婶端豆腐上。

杜鹃婶　犟哥儿，娘给你称来块豆腐，就着吃饭吧。（发现美狼）你这是？

犟哥儿　我喂狗啊。

杜鹃婶　喂狗？（提起美狼尾巴，而又惊慌地甩掉）这，这不是狗，这是一头狼！

犟哥儿　狼？

杜鹃婶　你看它这尾巴，又粗又长，狗哪有这大尾巴？快撵它走！

犟哥儿　娘，它不咬人，让它再吃几口。

杜鹃婶　不咬人就好。这年头，山神爷也管不住它咧。（和蔼地对美狼）走吧，快到山顶上给山神爷看家去。千万别再进村来，叫人逮住，就没命了。回山吧，回山吧！

[美狼留恋地走到门外，忽又跑回，两眼望着犟哥儿。

犟哥儿　娘，它不愿意走。

杜鹃婶　不愿走？把它吓唬走。（摘下挂在墙上的花鼓锣子，递给犟哥儿）

犟哥儿　娘……

杜鹃婶　敲起来！（撑开破伞，与花鼓锣子配舞）

犟哥儿　俺娘不留你，你就走吧，快回你的家。（敲起花鼓锣子，起舞）

杜鹃婶　（唱）　大山魂，镇山峦，
　　　　　　　　驱妖避邪桃木板。

犟哥儿　（唱）　撑似弓，合似箭，
　　　　　　　　山里的生灵快回山。

美　狼　（唱）　侧耳听，回头看，（美狼欲走又回）
　　　　　　　　红花摇铃声如泉。

杜鹃婶　（唱）　走走走，莫躲闪，
　　　　　　　　直奔山顶一溜烟。

犟哥儿　（唱）　这美狼，绕身转，

		赖着不走好可怜。
美　狼	（唱）	留下俺，留下俺，
		抖毛甩尾舞翩翩。

　　［优美的音乐声中，犟哥儿与狼共舞。

| 杜鹃婶 | （唱） | 这只狼，好大胆， |
| | | 再不快走我动牛鞭！ |

　　［摘牛鞭、打美狼。犟哥儿夺住。

犟哥儿	（唱）	娘啊娘，你别撵，
		山上无食它难回还。
		咱把它当只看家犬，
		陪伴俺攀山越岭在身边。
		待到那林海果涛满沟畔，
		儿子送它回山巅。

杜鹃婶　唉！可也是啊，咱们毁了山林，它没了家啦。回山，也得饿死啊。

犟哥儿　这么说，咱不能见死不救呀。

杜鹃婶　是不能见死不救。可是，人有人性，狼有狼性……

犟哥儿　娘，狼也有好的，人也有坏的，听说有个孩子掉进狼窝里，狼不但不吃他，还给他喂奶，把他养大……

杜鹃婶　是有这么一说，叫什么狼孩。

犟哥儿　这么说，咱就把它留下。救它一命吧。

杜鹃婶　唉！你这个犟哥，娘再犟也犟不过你。

犟哥儿　（高兴得一跳老高）美狼，过来过来，俺娘留下你啦。

　　［美狼抱住犟哥儿的腿，脸紧紧贴在犟哥儿腿上。光渐收。

4

　　［大山前面的山坳里住着两三户猎人和牧人，他们没有毁林种田，这里仍然郁郁葱葱。

　　［满山瞄的门前，有一棵海棠树，果实累累。翩翠、花猫嫂，姑嫂采果。

伴　唱		采呀摘呀海棠果，
		大树妈妈子孙多。
翩　翠	（唱）	彩霞的颜色，明月的光泽，

|||小小生命多么鲜活！
|||也不知离开娘怀你可难过？
|||树妈妈儿孙走你可舍得？
|伴　唱||你可舍得？
|花猫嫂|（唱）|什么舍得舍不得，
|||海棠果儿换酒喝！
|||你的哥扛枪去打猎，
|||打来兔子炖一锅。
|||打着斑鸠炒香菜，
|||打来家雀炸一勺。
|||就是那长虫蝎子也凑合，
|||嫂子我没有野味不能活！
|伴　唱||没有野味不能活！
|翮　翠|（唱）|嫂子你吃了多少小生灵，
|||真是个狠心的馋老婆！
|伴　唱||狠心的馋老婆！

花猫嫂　妹妹哎，你没这个口福！一点荤腥不招，真不该是猎手的妹妹！

翮　翠　嫂子，你离了腥膻野味不能活，就该是猎手的媳妇？你应该当母老虎去！

花猫嫂　不为吃腥，就凭我这模样，能嫁到大南山里来？我说妹妹，你爱吃素，就该嫁给吃斋念佛的小和尚，天生是块当尼姑的料！

翮　翠　你，你！（绕树追嫂）

花猫嫂　看，你哥回来咧。保险打回野味来咧！

翮　翠　恁两口子，一天不杀生，心里就痒痒！（怒冲冲地下）

〔满山瞄肩扛老猎枪，背只破挎包，包上绣着野兔野鸟。腰挂牛角药壶，包里藏一串蚂蚱上。

花猫嫂　（笑容满面地迎上前）哟，我那可爱的猎手回来咧！

满山瞄　嗯，回来咧！

花猫嫂　你整天满山满峪地转悠，可够恣儿的。

满山瞄　恣儿？恣也恣不出好恣来！

　　　　（唱）不是我愿意满山瞄，
　　　　　　　只为了你这个馋花猫。
　　　　　　　不见荤腥你不端碗，

没有野味你就饿细了腰。
〔一手提枪，一手搂馋花猫腰起舞。

花猫嫂　你打来的兔子？还是斑鸠？
满山瞄　（唱）　瞄上个野兔蹦又跳，（做瞄准状）
花猫嫂　打打打！
满山瞄　砰！
花猫嫂　打着啦？
满山瞄　（接唱）一枪打下一撮毛！
花猫嫂　白搭啦！
满山瞄　（唱）　见一个黄毛走兽赶紧瞄，
　　　　〔瞄来瞄去，瞄向花猫嫂。
花猫嫂　（躲闪，捂耳朵）别开枪！
满山瞄　砰！
花猫嫂　这回可跑不了咧！
满山瞄　（接唱）没打着狐狸惹了一腔臊。
花猫嫂　真够呛！
满山瞄　（唱）　不打走兽咱打飞鸟，（举枪瞄准"砰"）
花猫嫂　（唱）　打中了，打中了——
满山瞄　（接唱）打中了老鸹的尾巴梢。
花猫嫂　呸！什么准头？！
满山瞄　（唱）　我打，我打——
花猫嫂　（唱）　到底打的什么鸟？
满山瞄　（接唱）我打来蚂蚱一小串，（掏出蚂蚱递上）
　　　　下锅炸炸香又焦。
花猫嫂　猎枪打蚂蚱，大材小用！
满山瞄　大山后面没有树林了，哪来飞禽走兽？蚂蚱吃没了，就剩下老鼠和疥蛤蟆咧！
花猫嫂　唉！真是越吃越没出息。
　　　　〔没羽箭提羊腿上。
没羽箭　（举羊腿）花猫嫂——
花猫嫂　哎，羊肉！哎哎哎，大兄弟，你又来犒劳犒劳我咧。
没羽箭　俺家的羊摔到擎天崖底下一只，粉身碎骨了。送条羊腿，打打你肚

花猫嫂　还是俺没羽箭兄弟，回回想着我。正好，炸蚂蚱、炖羊腿，凑俩盘儿咱喝一盅。

满山瞄　对！你嫂子还有半瓶二锅头，咱鼓捣了去。（欲下）

没羽箭　（发现远处异常）哎？那边有人！

花猫嫂　偷俺的红海棠！

满山瞄　站住！（端起猎枪）再跑我就开枪咧，老子的枪子儿可不认人！

花猫嫂　过来，过来！

　　　　［犟哥儿上。

犟哥儿　过来就过来。

满山瞄　干什么的？举起手来！

犟哥儿　（举手）我是山后的，想采点海棠种子。（指海棠树）

花猫嫂　你这个小蟊贼！老实点儿，把手搂住后脖儿颈子！

犟哥儿　不知道那是你家的树。（双手搂在脑后）

满山瞄　（蹲下）不是俺的树能是你的树吗？你们山后把树都杀啦，连树疙瘩都掘出来烧咧！

犟哥儿　（愤然站起）哎哎哎，打人不打脸，揭人不揭短嘛。就因为没了树，俺才拼命地种，要命地栽。要不，你这几个烂海棠，送给俺，俺都不稀罕要。

花猫嫂　啧啧啧，你当了贼，还蛮有理来，我叫你犟嘴！（拿起摘海棠用的木钩便打）

　　　　［美狼跑上，护住犟哥儿，朝花猫嫂长嗥。

满山瞄　（大惊）狼！我娘哎，狼来啦！（逃跑）

花猫嫂　快打呀！

满山瞄　对！打打打！（方才意识到自己是猎手，慌忙摸枪瞄准）

犟哥儿　（夺住枪）干什么？这是俺的狗，它叫美子。

满山瞄　骗了别人，骗不了猎人！（甩开犟哥儿）我要开枪啦。

犟哥儿　（以身挡住美狼）它就不是狼！

满山瞄　闪开！把这臭小子拖靠一边去。

　　　　［众人向前去拖犟哥儿，犟哥儿借机冲向满山瞄，托举猎枪的枪管儿。

犟哥儿　美子，快跑！

　　　　［美狼跑下。没羽箭掏石欲掷，被犟哥儿一拽胳臂，石子飞偏，打

在满山瞄脚面上。满山瞄开枪未打中。

满山瞄　（疼得龇牙咧嘴，踮着脚呵斥没羽箭）你往哪里打……

花猫嫂　（向美狼逃去的方向张望）跑没影咧。狼，浑身是黄金，一两狼肉一两参呀！又白搭咧。

满山瞄　铺着狼皮褥子，夜里来了坏人，狼毛竖起来，扎得你睡不着，给你报警啊。啧啧啧，狼皮才是宝物咪！

犟哥儿　啥狼皮狼肉的，这是俺的狗！

满山瞄　狗？狗是什么尾巴，狼是什么尾巴？

花猫嫂　得得得，先别和他瞎吵吵，快回家炖羊腿、炸蚂蚱，闹上四两再回来和他算账。（喊）翩翠哎——

翩　翠　（上）你们咋呼啥？又开枪又放炮的！

花猫嫂　这小子偷了咱的红海棠不说，还带头狼来吓唬咱。你千万别叫他跑了，等我吃完饭再和他算总账。（把枪交给翩翠）妹妹，你可看好了，俺去忙活俺的去咧。（招呼满山瞄和没羽箭）走走走。（三人下）

犟哥儿　（打量海棠树）叫我走，我也不走哇。我走了，上哪讨换海棠种去。
　　　　〔犟哥儿欲采海棠果。

翩　翠　（持枪）别动！

犟哥儿　别拿枪比比画画的，咱还是小学的同学咧。

翩　翠　同学？（细看）原来是你。

犟哥儿　你不是叫翩翠吗？绿色的小鸟，长这么大了，还没叫你那馋猫嫂子烧烧吃喽？

翩　翠　你不是叫犟哥儿吗？长这么大了，怎么变成小偷了？

犟哥儿　我偷什么了？

翩　翠　你偷树种子。

犟哥儿　我拿了大山上一粒种子，可我还给大山的是一棵大树！看看你手里这杆猎枪，多少年来，射杀了无数的飞禽走兽，要说偷，是你们偷去了大山上多少活蹦乱跳的生命啊！你们一枪一枪，鸟越打越少；虫子越长越多；山林树木受了虫害，你拿什么偿还？

翩　翠　我……我也烦我哥打猎。

犟哥儿　烦？你咋个烦法？

翩　翠　我就不愿意我哥作害生灵。

犟哥儿　对，应该把猎枪给他砸了！（夺过枪来欲摔）

翩　翠　（托住枪管）哎哎哎，这是你的枪，还是俺的枪？你怎么想摔就摔，想砸就砸？告诉你，这是俺祖上传下来的一杆老枪，打过土匪，揍过鬼子。可不能砸！

犟哥儿　那就把它藏了，埋了。

翩　翠　我哥要是找不着枪了，准得发疯。

犟哥儿　不能砸，不能藏，我还有个办法：枪筒里给他灌上水。

翩　翠　枪筒里灌水？

犟哥儿　他瞄得再准，也打不着火了。

翩　翠　怎么灌法？

犟哥儿　（扳过枪筒示意）就从枪口往里灌！

翩　翠　血？你的手出血了？

犟哥儿　这巴掌上的血口子，是抡炮锤、劈石头、震裂的。没事！俺村的年轻人十有八九是这样。

翩　翠　（感佩地）你们山后人，出了大力啦！犟哥儿，伤口老裂着，长不起来，我给你包包。

犟哥儿　包上了手，怎么拿锹、怎么抡镐、怎么掌夯呀？你身上有针线吗？

翩　翠　有啊。（掀开衣襟，露出挂在腰带上的针荷包）

犟哥儿　给我缝上吧！

翩　翠　缝上？哈哈哈，这可不是撕了褂子破了裤，说缝就缝。你这不是开玩笑吗？

犟哥儿　真的，缝上长得快，几天就好啦。你看这只手是俺娘给俺缝的。

翩　翠　咦！山后人，真厉害。

犟哥儿　（伸出手掌）快缝吧。

翩　翠　那就试试。（拔针，引线）

犟哥儿　老同学，谢谢你啦！

翩　翠　缝，缝……（给犟哥儿缝手）
　　　　（唱）　一针针扎进他震裂的血口，

犟哥儿　（唱）　一针针送进了道道暖流。

翩　翠　（唱）　一线线缝合了老茧皮肉，

犟哥儿　（唱）　一线线牵回了校园的年头。

翩　翠　（唱）　线儿红……手儿抖，

犟哥儿　（唱）　硬起心肠莫停留！

翩翠	（唱）	你若害疼早开口，
犟哥儿	（唱）	盼你针线密又稠！
翩翠	（唱）	风习习，
伴唱		树幽幽；
犟哥儿	（唱）	草茵茵，
伴唱		鸟啁啁。
		一边是殷红的热血，
		一边是满心的温柔。
翩翠	（唱）	难道你生就这钢拳铁手？
犟哥儿	（唱）	为的是早日绿满山丘！
伴唱		绿满山丘！

〔犟哥儿腾出一只手去扯摘树枝上的海棠果。

翩翠　还偷！（咬断线绳）总算缝完了。
犟哥儿　谢谢你，我走。（欲下）
翩翠　你走？这海棠树种你还要不要？
犟哥儿　你不是说我偷吗？
翩翠　对！不许你偷，我送给你。来，抱住……
犟哥儿　抱住？抱住就抱住。（张开双臂，欲拥抱翩翠）
翩翠　（躲开）叫你抱住海棠树。
犟哥儿　对！晃海棠。

〔俩人抱住海棠树拼命摇晃，海棠果纷纷落地。

伴　唱　　　小苗哎，一天长一寸。
　　　　　　眼看哟，山野起青林！

〔定格。切光。

5

〔回荡的枪声，急促的锣声，阵阵呐喊声。

呐喊声　打狼，打狼……

〔杜鹃婶家。

〔美狼急急逃回。

美　狼　（唱）　背后猎枪声声，

耳旁乱石生风。
跃过壕沟村寨，
逃回温暖家中。（缩在墙角）

［杜鹃婶、犟哥儿急上。

犟哥儿　（寻找）美子！美子！噢，在这儿。
杜鹃婶　一听那些外村人喊打狼，我就生气！
犟哥儿　美子，别怕，别怕。（端水瓢饮美狼）

［美狼气喘吁吁，饮水。
［人声嘈杂。

杜鹃婶　听！追到村里来了。
犟哥儿　娘，快把美子藏到柜里！
杜鹃婶　藏了今天藏不了明日。
犟哥儿　谁来杀美子我跟他拼了！
杜鹃婶　傻瓜蛋！拼了就能保住美子吗？
犟哥儿　娘，你说怎么办？
杜鹃婶　（取斧子）给！
犟哥儿　啊！你……
杜鹃婶　剁尾巴！
犟哥儿　剁掉尾巴？
杜鹃婶　只有这样，才能狗、狼难分辨，瞒住众人耳目，免除怀疑，不再赶尽杀绝。
犟哥儿　剁尾巴它不害疼吗？
杜鹃婶　不疼救不了它的命！

［幕后呼喊声："打狼！打！打！"

犟哥儿　又来啦！
杜鹃婶　我去引开他们。（递斧）狠下心来，一斧头剁下去，千万别舍不得，快动手！（欲下又回）刀剑药在小箱里。（下）
犟哥儿　美子，好可怜的美子呀——
　　　　（唱）　手提板斧……心惭愧，
　　　　　　　我为你挡不住铁弹纷飞！
　　　　　　　你小小生灵有何罪？
　　　　　　　招来了追捕截杀一回回。

		只因你浑身上下是宝贝，
		人啊人，可恨可恶可怜又可悲！
美　狼	（唱）	只见他，紧皱眉，眼含泪，
		手拿斧，颤巍巍。
		往日他生龙又活虎，
		为什么今日头低垂？
犟哥儿	（唱）	美子啊，为保性命要剁你的尾，（手势示意）
		除人疑惑免是非。
		思前想后难下手，
		七尺男儿心有愧！
美　狼	（唱）	美子的性命是你给，
		不必为我受难为。
		只盼望长相守，永相随，
		山相伴，水相陪，
		只要不分离，何妨血溅尾，
		你手莫发软，快把大斧挥！（置尾于凳）
犟哥儿	美子！（人声传来）我对不起你了。

〔犟哥儿举起斧头。
〔灯光如血，剪影。光渐收。

6

〔擎天崖下。
〔花猫嫂东张西望地引满山瞄上。

满山瞄　哎！你领我到人家水库工地来干啥？
花猫嫂　嘘！（小声）你那好妹妹、俺那亲小姑，这阵子半宿拉夜不回家，听人说是给人家白帮忙，修水库来咧。
满山瞄　嗯？吃着咱的煎饼卷子，给人家白干活落，咱妹妹这么傻吗？
花猫嫂　我估摸着这里边有道道，才叫你来一块侦察侦察。
满山瞄　我哪有这么多闲工夫？我是解手、扒地瓜，外带扑蚂蚱，一下子干三样事，耳朵还得留神听着老鸹扑拉，家雀子喳喳……
花猫嫂　看把你忙的！
满山瞄　咱俩分分工，你侦察你的，我满山转转。你看人家山前干得不赖，

	草也深了，树也长了，山也绿了，水也清了，飞禽走兽也多了。我得支上网子、拴上套子、安上夹子，布下天罗地网，天天叫你吃野味！
花猫嫂	说得我直咽唾沫。你快去，我在这周遭转转，要真看见他们那个，我就……那个！
满山瞄	哪个？
花猫嫂	喜鹊窝捣一竿子，我叫他扑扑棱棱各奔东西！走。

〔满山瞄、花猫嫂分下。

〔黄昏。杜鹃声声，景物变得柔和起来。

男女合　（唱）　山高落日早，

　　　　　　　　飞鸟倦归巢。

　　　　　　　　往日多喧闹，

　　　　　　　　今晚静悄悄……

〔犟哥儿挥镐、翩翠扬锹劳动上，充溢着青春生命之美的舞蹈。

男声合　（唱）　镐声震山坳，

女声合　（唱）　汗水一路抛。

男女合　（唱）　一条溢洪道，

　　　　　　　　儿女累断腰。

翩　翠　犟哥儿，你歇歇吧。看我这一身汗，我上那边的龙潭泉边去洗洗。（下）

犟哥儿　歇歇？歇歇！（坐）

　　　　（唱）　多少天不知道歇歇，

　　　　　　　　没留神草深树高。

　　　　　　　　多少天不知道歇歇，

　　　　　　　　绿叶儿挤满树梢。

　　　　　　　　多少天不知道歇歇，

　　　　　　　　清泉水环绕山腰。

　　　　　　　　今天歇歇才知晓，

　　　　　　　　大山的夜晚,好风光难画难描！

〔此前，从边幕里或挡片后一件件扔出来翩翠的衣服。

〔此时，犟哥儿将衣服卷一卷儿，枕在头下睡着了。

〔月亮冉冉升起，犟哥儿酣睡。

伴　唱　　　　风停了，夜静了，

　　　　　　　大山野升起柔美的月亮。

　　　　　　　　风停了，夜静了，
　　　　　　　　清泉边走来出浴的姑娘。
　　　　　〔翙翠绾发上，半躲在树后或石后。
翙　翠　犟哥儿，扔给我衣裳！犟哥儿！（鼾声）他累了……
　　（唱）　头枕着我的衣裳，
　　　　　　放宽心睡得更香。
　　　　　　想必是甜甜美梦，
　　　　　　该让他做久做长！
　　　　　　歇一歇那颗劳累的心，
　　　　　　直一直那负重的脊梁。
伴　唱　　　别打扰，休声响，
　　　　　　静静守望在一旁。
　　　　　〔翙翠以手指捋顺了头发，斜倚树下，也渐渐睡去。
　　　　　〔美狼上，找到犟哥儿，四处环顾，发现翙翠。
美　狼　（唱）　似见过这脸庞，似见过这身量，
　　　　　　是不是采蘑菇的姑娘？
　　　　　　有伤疤在她的臂膀！
　　　　　　是该相见？还是躲藏？
　　　　　〔美狼推醒犟哥儿。
犟哥儿　啊？你是叫我回家去睡？
　　　　　〔美狼点头。隐入树丛。
犟哥儿　（看到自己枕过的衣服）翙翠还没洗完吗？（寻找）翙翠！（看到翙翠的睡姿，呆住）
伴　唱　　　从没见过少女的胴体，
　　　　　　月光下温润晶莹的美玉。
　　　　　　惊呆了，眩晕了，陶醉了，
　　　　　　灵魂儿飞出躯壳痴痴迷迷。
犟哥儿　（唱）　你呀你……
　　　　　　头顶着银光、身贴着大地，
　　　　　　怀抱着青山、吐纳着清纯大气，
　　　　　　你和大山血脉同流，
　　　　　　融为一体、相抱相依。

你是一只小鸟，（为翩翠一件一件地盖衣）

莫让露水打湿你的羽翼；

你是一朵鲜花，（盖衣）

莫让夜风吹散你的香气；

你是一片嫩叶，（盖衣）

莫让星月照褪你的绿意；

山神呵护你，万物接纳你，

安睡吧，大山的精灵，

安睡吧，自然之女！

睡吧，睡吧，我走。（转念）我若走了，谁来保护她？不能走。（又想）可也不能让她知道我看见了？这怎么办？要不，我还是睡我的觉吧。（躺下）

［花猫嫂伸头探脑上，发现翩翠、犟哥儿。

花猫嫂　（大怒）哎，还在一块睡觉咪，我砸这个熊玩意儿！（摸石欲打）

［美狼在她身后，轻拍肩膀，花猫嫂回头，美狼张口扼住她的咽喉。

花猫嫂　（吐字不清）是狗……是狼？

［美狼发出低声的嗥叫，花猫嫂吓得翻了白眼，一动不敢动。

［定格，切光。

7

［犟哥儿家的院子。

［杜鹃婶束围裙端盆上。

杜鹃婶　（唱）　听说贵客要上门，

　　　　　　　　喜得眉头展皱纹。

　　　　　　　　买来一只肥羊腿，

　　　　　　　　才知道姑娘吃素不沾荤。

　　　　　　　　包下了豆腐韭菜素水饺，

　　　　　　　　这羊腿犒劳美子尝尝新。

　　　　（喊）美子！美子——

［美狼跑上。

杜鹃婶　美子，多日没吃肉了，今天犒劳犒劳你！

美　狼　（看看盆，摇头）嗥——
杜鹃婶　美子，喜欢吃肉是你祖上留传的，天性由不得你自己，更不该怪罪你。人的饭桌上常有羊腿、鸡鸭鱼肉；可你们吃个野兔狐狸，就说是残忍，这也太不公平了吧？美子，吃！
　　　　〔美狼叼饭盆到一边。
　　　　〔犟哥儿引翩翠上。
翩　翠　（唱）　一路鸟声唱不尽，
　　　　　　　　送我登门看老人。
　　　　　　　　自幼失去慈母爱，
　　　　　　　　如今就要认娘亲。
犟哥儿　（进门）娘，人家来啦！
　　　　〔杜鹃婶解围裙、拂衣。
犟哥儿　这就是俺娘。
翩　翠　大婶。
犟哥儿　她叫翩翠。
杜鹃婶　多好听的鸟名啊！我也叫的是鸟名，我是老杜鹃，你是小翩翠，一个林子的鸟！
犟哥儿　俺家还有一个成员，它叫美子。
翩　翠　美子？
犟哥儿　美子呢？（呼唤）美子，美子！
　　　　〔美狼出现在一旁。
美　狼　（背唱）听他连声唤、不见也得见，
　　　　　　　　但愿她不计前嫌，忘却旧怨，
　　　　　　　　心似天地宽！
犟哥儿　翩翠，它叫美子。
翩　翠　美子？（与美狼四目相对）
　　　　（唱）　就是它就是它，
　　　　　　　　想当初咬得我血迹斑斑。
　　　　　　　　到如今胆战心寒，与它朝夕见，
　　　　　　　　我心怎能安！
犟哥儿　你们……见过？
翩　翠　它是一只……狼！

犟哥儿　我不能瞒你,它是一只狼。可它是通人性、解人意的好狼,美狼。
翩　翠　不!我身上有它咬的伤疤!
犟哥儿　这不可能!它不会咬人。
翩　翠　你,你不相信我?
犟哥儿　美子!有这事吗?

〔美狼点点头,走向翩翠,连连点头认罪。跪倒。翩翠连忙后退,扑向杜鹃婶怀中。

翩　翠　我怕!大婶,我怕它的声音,我怕它的相貌!
杜鹃婶　孩子,它不会伤害你的。
翩　翠　我怕,我要回家。(欲下)
犟哥儿　翩翠你别走!
翩　翠　只要有它在,我再也不敢进你的家了!(下)

〔母子僵立无语。美狼看看这个,看看那个,分别牵动二人的衣角,让他们坐下。

杜鹃婶　怎么会这么巧啊?
犟哥儿　娘,怎么办?
杜鹃婶　看来是要她不能留它,留它不能要她。两难啊。哪头重哪头轻,这是你自己的事,当娘的不能一辈子跟着你出主意。(缓下)
犟哥儿　美子,过来。(拿鞭子)你、你怎么真的咬过人!

〔犟哥儿挥鞭欲打美狼,美狼不但不跑,反而哀哀地叫着,依偎在犟哥儿身旁。犟哥儿无奈地一鞭抽在地上。

犟哥儿　美子,咱这大山,有树了,有草了,有水了,有动物了,你想不想回你的老家?
美　狼　(摇头)嗥——
犟哥儿　美子,你就不想你的亲人、你的伙伴吗?
美　狼　(摇头)嗥——
犟哥儿　美子,你就不想在山林里,过那自由自在、无拘无束的日子吗?
美　狼　(摇头)嗥——
犟哥儿　(有些着急)美子,你舍不了我,难道我就能舍得了你吗?可不行啊,谁叫她让你咬了?吓破了她的胆啦!
美　狼　(无奈地低吼)啊嗥——
犟哥儿　你要不走,我可要真打你了!(抄起鞭子)

美　狼　（哀痛地嗥叫）啊嗥、嗥——
犟哥儿　（唱）　扬起一支鞭，
　　　　　　　　赶你回大山。
　　　　　　　　一个留恋一个赶，
　　　　　　　　到底哪个更心酸？

　　　　　走，走，走！
　　　　　〔美狼躬身拜别而下。犟哥儿痛苦闭目。须臾，美狼又回，一声嗥叫，犟哥儿睁眼。

犟哥儿　美子，你可回来了！（美狼扑过来，抱在一起）回来好，回来好啊！（转念）不行，还是不行！（推开美狼）你得走，走！
　　　　（唱）　二次扬起鞭，
　　　　　　　　赶你回大山。
　　　　　　　　美子啊，你是真心铁伙伴，
　　　　　　　　我是负义软儿男！

　　　　　走吧，走吧……
　　　　　〔美狼再次拜别而下。犟哥儿痛苦闭目。一会，睁眼张望。

犟哥儿　（希冀地）美子，美子！（绝望地）它，不会回来了……（一把折断鞭杆，痛哭失声）
　　　　　〔切光。

8

　　　　　〔犟哥儿家大门外。
伴　唱　　　　山林无限好，
　　　　　　　难忘故人情。
　　　　　〔美狼叼野兔上。
伴　唱　　　　凌晨送野兔，
　　　　　　　隔门侧耳听。
　　　　　〔美狼徘徊门外。
伴　唱　　　　鼾声多熟耳，
　　　　　　　不敢叩门庭。
　　　　　〔一声枪响。美狼扔下野兔，长嗥一声，跑下。

　　　　　［朦胧中，花猫嫂上，走到门前，两手着地，摸找野兔，又一声枪响。

花猫嫂　哎哟！

　　　　　［满山瞄持猎枪闪出。

满山瞄　看着是个四条腿的，怎么是你呀！打着没有？
花猫嫂　你要是神枪手，俺早没命了，谢谢你的枪法不好！
满山瞄　我看准了，这就是那个叫美子的狼。
花猫嫂　我跟它一路，也看准了。
满山瞄　上山去找它，我就不信打不着。
花猫嫂　先捡个兔子解解馋！

　　　　　［正待拾兔，大门打开，犟哥儿披衣出。

犟哥儿　这是谁呀，在俺门口打枪？俺山后可是禁止打猎了。
满山瞄　哎哎，走了火了。
犟哥儿　这不是满大哥和大嫂嘛，快到家里坐。
花猫嫂　哎哟！你走火不要紧，打着俺脚指甲盖啦！
满山瞄　走，我扶你上卫生室抹点红药水去。（与花猫嫂下）

　　　　　［犟哥儿被绊了一下，弯腰拾兔，张望南山，若有所思。
　　　　　［切光。

9

　　　　　［龙潭水库边。
　　　　　［满山瞄、花猫嫂头戴草箍架枪守候。

伴　唱　　　　夜幕沉沉星眨眼，
　　　　　　　看世间几人不安闲？
满山瞄（唱）　餐风饮露一夜晚，
花猫嫂（唱）　等它饮水到龙潭。
满山瞄（唱）　要吃狼肉先挨饿，
花猫嫂（唱）　要得狼皮先受寒。
满山瞄（唱）　围追堵截几冬夏，
花猫嫂（唱）　发财美梦今日圆！
　　　　　哎，都下半夜了，怎么还不来？
满山瞄　我摸准了，夜夜来喝水。

花猫嫂　　今夜要不来呢，咱不白等了！

满山瞄　　打了半辈子猎，我还摸不准狼性？准来。

花猫嫂　　来了你可一枪打准，打不准它扑上来，一口就把你那玩意儿撕了去！

满山瞄　　扑上来？我一枪托子夯死它！没听人说嘛，软的怕硬的，硬的怕横的，横的怕愣的，愣的怕不要命的！（激动地站起）

花猫嫂　　（揪满山瞄耳朵）隐蔽！

满山瞄　　你听，（嗥声）来了。

花猫嫂　　怪吓人的。

满山瞄　　别出声！卧倒。

　　　　　〔美狼跳跃奔腾上。

美　狼　　（唱）　回归山野天地宽，

　　　　　　　　　自由天性又复原。

　　　　　　　　　密林深处多伙伴，

　　　　　　　　　夜半饮水聚清泉。（发现猎枪）

　　　　　　　　　岩边架起枪一杆，

　　　　　　　　　黑洞洞枪口对准龙潭。

　　　　　　　　　枪后两双贪婪的眼，

　　　　　　　　　原来是冤家进犯俺家园。

　　　　　（面对猎枪，轻蔑一嗥）

花猫嫂　　快打！

满山瞄　　打，打！

　　　　　〔开枪，大机头敲下，未响。花猫嫂忙替满山瞄扳开大机头。满山瞄再次扣扳机。仍未打响。

花猫嫂　　怎么回事？

满山瞄　　（检查枪支，从枪口倒出水来）水？

花猫嫂　　啊！谁给俺灌上水咧？这回可要了俺的命咧！

美　狼　　（一声长嗥，呼唤远方）啊嗥——

满山瞄　　这可不能怨我枪法不好，要不是灌了水，一打一个准！

花猫嫂　　别吹了，快撤吧。

　　　　　〔狼群旋风般呼啸而至。头饰服装与美狼近似。将满山瞄夫妇围困。

满山瞄　　来这么些干吗？又不开大会。

花猫嫂　　不是开会是宴会，想拿咱两个解馋呀！

满山瞄　快跑！（裤子跑掉，露出破裤头）
美　狼　你，你你你！
　　　　（唱）　玩枪弄弹这些年，
　　　　　　　　伤害生灵几百千！
　　　　　　　　哪天不把山林犯，
　　　　　　　　拿俺血肉解你馋。
众　狼　（唱）　你贪婪不贪婪？
满山瞄　（唱）　她馋我不馋。
众　狼　（唱）　你凶残不凶残？
花猫嫂　（唱）　他凶我不残。
美　狼　（唱）　山野生灵千千万，
　　　　　　　　生有命啊活有权！
　　　　　　　　你赶尽杀绝良心丧，
　　　　　　　　害俺断种要失传。
众　狼　（唱）　你奸险不奸险？
满山瞄　（唱）　奸险奸险。
众　狼　（唱）　你愚顽不愚顽？
花猫嫂　（唱）　愚顽愚顽！
美　狼　（唱）　清一清，算一算，你赊欠不赊欠？
满山瞄　（唱）　赊欠赊欠！
美　狼　（唱）　赊欠多少血和泪，
　　　　　　　　赊欠多少离和散，
众　狼　（唱）　你该用几条命来还？
满山瞄　饶命饶命！（语无伦次）缴枪不杀！优待俘虏……
花猫嫂　美子妹妹！
美　狼　（嗥）嗥——
花猫嫂　美子小姐！
众　狼　（齐嗥）啊嗥——
花猫嫂　美子老板，美子大款，美子大老爷……
　　　　（唱）　你高抬贵手放了俺，
　　　　　　　　我宏誓大愿对苍天。
　　　　　　　　大山上盖一座狼王庙，

		终日里香烟滚滚有财源！
美　狼	（唱）	造神修庙把俺骗，
众　狼	（唱）	自欺欺人弄虚玄！
花猫嫂	（唱）	高抬贵手放了俺，
满山瞄	（唱）	实惠一点解你馋。
花猫嫂	（唱）	送给您，猪一头，牛一扇、 羊羔一车鸡一担，外带一对人脚獾， 管叫你狼兄狼弟狼姐狼妹， 狼子狼孙吃也吃不完！
众　狼	（唱）	甜言蜜语说在前， 真枪实弹跟后边！
满山瞄	（唱）	从今后再也不摸枪， 再也不放弹， 刀枪入库，马放南山。

美　狼　不信！

众　狼　不——信！

满山瞄　不信？写保证书！

花猫嫂　按手印！

众　狼　不信！

花猫嫂　（伸小拇指）咱拉钩！

众　狼　（嗥）嗥——

美　狼　（唱）　猎枪——你亲手砸个稀巴烂！

众　狼　（唱）　砸个稀巴烂！

美　狼　（唱）　枪弹——统统扔下大山涧！

众　狼　（唱）　扔下大山涧！

美　狼　（唱）　若敢不答应，

众　狼　（唱）　拿你当夜餐！

满山瞄　这枪是俺的传家宝，是我的命根子！我说过宁可借老婆，也不借猎枪，今天我横下一条心，舍命不舍枪！

众　狼　（长嗥）嗥——嗥——嗥——

花猫嫂　别说大话了，保命要紧！先把这玩意扔了！（一把抽出丈夫腰间的牛角药壶，扔下山涧）

〔满山瞄死死抱住猎枪，花猫嫂举起一块大石，逼近丈夫。
〔满山瞄连忙扔下猎枪，翻身躲开。大石砸在枪上。
〔众狼呼啸而去。

满山瞄　哎哟我的枪哎……
花猫嫂　没出息！没有枪了，咱不会下套子？支夹子？掏鸟窝？摸鸟蛋？照样吃香的，喝鲜的。
〔切光。

10

〔擎天崖壁立千丈，这是山中最险峻的峰头。
〔山民姑娘们种树舞蹈过场。

伴　唱　　　　山石刨开白玉盆，
　　　　　　　填满黄土贵似金。
　　　　　　　小苗一天长一寸，
　　　　　　　眼看山野起青林！

〔满山瞄、花猫嫂上。

花猫嫂　你是磨蹭啥？快走呀！
满山瞄　（唱）　砸了老猎枪，
　　　　　　　　心里直发慌。
　　　　　　　　漫山遍野瞎闯荡，
　　　　　　　　填不满她口一张！
花猫嫂　（唱）　鸟窝是我筐，
　　　　　　　　兽穴是我箱。
　　　　　　　　筐里有蛋鲜又美，
　　　　　　　　箱里有崽喷喷香！
满山瞄　可累煞俺了！歇歇。
〔擎天崖上飞出一对座山雕，盘旋而去。
花猫嫂　看！好大的鹰啊！
满山瞄　这是座山雕！
花猫嫂　座山雕？我说当家的,要说小的,鹌鹑蛋、鹁鸽蛋俺吃过了；要说大的，山鸡蛋、野鸭子蛋俺也尝了。可是这座山雕蛋，得有多大呀！当家

满山瞄	的给我摸一个尝尝，这一辈子俺也算没白活！
满山瞄	你惹得起吗？座山雕就好比山里的老虎、海中的鲨鱼，最凶不过！
花猫嫂	它再厉害，窝门口也没留警卫员。趁着它出去打食，咱赶快下手！
满山瞄	下手？我这腿肚子怎么直哆嗦？往上一看就眼晕。
花猫嫂	还像个打猎的吗？快上！
满山瞄	上？这么高，掉下来，不摔成肉酱了。
花猫嫂	你不上我上！（欲攀山崖）
满山瞄	下来下来，有我这个大老爷们，用不着你这破娘们！（哆哆嗦嗦地爬上山崖，摸出一个雕雏）
花猫嫂	这么大！哈哈哈，掏出一个小老雕。摸摸还有不？
满山瞄	（伸手又掏）就这么一个。
花猫嫂	娘的！也讲究计划生育？独生子女。下来，快下来。
满山瞄	（下山崖）赶紧回家，找笼子养起来，说不定卖个好价钱。
花猫嫂	嗯嗯，炒巴炒巴尝尝鲜算咧。
满山瞄	你就知道吃！

〔崖顶出现美狼的剪影。

伴　唱　　　　高踞擎天崖，
　　　　　　　一身披朝霞。
　　　　　　　远望炊烟起，
　　　　　　　何处故人家？

〔美狼一声长嗥。

满山瞄　（打个冷战）快走！（与花猫嫂下）

〔犟哥儿穿白色上衣，提小尖镐与翩翠上。

犟哥儿　（唱）　擎天崖千年秃岭，
　　　　　　　攀山岩凭借老藤。
翩　翠　（唱）　几次劝，你不听，
　　　　　　　几番阻拦你不从。
　　　　　　　擎天崖，谁敢上？
　　　　　　　仰脸望去也心惊！
犟哥儿　（唱）　秃崖无树是心病，
　　　　　　　牵肠挂肚几春冬。
翩　翠　（唱）　坠石滚落在山岭，

照町 ZHAO TING

　　　　　　　　砸毁松柏断梧桐。
犟哥儿　（唱）　只有把青檀树苗栽石缝，
　　　　　　　　方能够咬定山岩不放松。
翩　翠　（唱）　你攀崖植树去玩命，
　　　　　　　　可知俺七上八下不安宁！
犟哥儿　（唱）　我送它一片绿，
　　　　　　　　你送我一片情。
　　　　　　　　托举我身轻似燕，
　　　　　　　　攀上云端也从容。
　　　　〔紧鞋带，背上树苗，欲攀登山崖。
翩　翠　慢！
　　　　〔无限深情的音乐声起。翩翠将褂子撕成布条，为犟哥儿缠腰、裹腿。
　　　　〔犟哥儿无限感激，与翩翠紧紧拥抱。
　　　　〔犟哥儿整装攀崖。翩翠吓得闭上眼睛。
　　　　〔犟哥儿越攀越高。突然，那对座山雕飞回，盘旋窝巢，不见雕雏。误以为犟哥儿伤害了它们的骨肉，尖叫一声，施行报复，朝犟哥儿背上猛啄一口。
犟哥儿　（血溅山崖，痛呼）啊——
　　　　〔追光。美狼在崖顶惨嗥一声，奔下。
翩　翠　（听呼叫睁眼仰望，见雕啄犟哥儿大呼）来人哪——来人哪！
　　　　〔杜鹃婶、没羽箭、众山民跑上。
杜鹃婶　哎呀！是座山雕！
没羽箭　怎么惹着它啦？
杜鹃婶　（向上喊）孩子，护住眼睛，紧贴崖缝，千万别松手……
　　　　〔没羽箭以石击之，但够不上。众山民呼喊、舞花鼓锣子，敲击农具，各种方法均难驱走山雕。
伴　唱　　　　　护住你的眼睛，
　　　　　　　　挺住你的身形。
　　　　　　　　手脚咬定岩缝，
　　　　　　　　一任白衫血花红！
　　　　〔山崖区域收光。众人定格。
　　　　〔满山瞄家院外区域灯亮。

〔美狼中套子，甩套挣扎。花猫嫂与满山瞄拽套紧勒美狼。

〔美狼挣断套子，直奔满山瞄家。（收光）

〔山崖区域灯亮。

〔犟哥儿的衣衫被鲜血染红。山雕翻飞着将他啄成血人。

翡　翠　（凄厉地）山雕！你饿了，飞下来，飞下来！（跪在地上）啄我的背！吃我吧！你快下来啄我呀……

众　人　犟哥儿，你挺住啊……（收光）

〔满山瞄家灯亮。

〔美狼躲过平地而起的几个大铁夹子，但终被夹住前腿。

〔满山瞄与花猫嫂用粗棍扑打美狼。美狼负重伤，仍然带夹子与其搏斗，抢夺笼子中的小雕。

〔美狼咬断带夹子的前腿，满山瞄与花猫嫂惊得面面相觑。

〔美狼叼起小雕。跛步奔下。（收光）

〔山崖区域灯亮。

〔犟哥儿一只手抓着崖缝，一只手无力地搭下来。

〔山雕更加凶猛地啄击犟哥儿。

〔众人无计可施，山野一片哭喊声。

〔美狼出现了，它口叼雕雏，一只前腿滴着鲜血，半身鲜红，跛奔而上。

众　人　美子？

〔美狼将雕雏置放石上，示意众人站远。向上发出嗥声。

〔一对山雕迅速俯冲下来叼走雕雏，盘旋而去。

众　人　（欢呼）美子！

〔山民们救下犟哥儿，为其包扎。

犟哥儿　美子救了我！美子，我那美子呢？

〔美子失血倒地，而又爬起，摇晃着摔倒。

犟哥儿　（哭喊）美子，你的腿，腰也断了……

〔犟哥儿甩开为他包扎的众人，冲上前抱起美狼。

〔翡翠抱住美狼与犟哥儿，紧紧抱成一团。

〔美狼的头突然垂下来，静静地死在犟哥儿怀中。

犟哥儿　（悲切地惊呼）美子——

翡　翠　（泪水夺眶而出）美子——

众　人　美子——（山谷回响）美子，美子……

[悲哀的音乐声起，喇叭声声如泣如诉……

[犟哥儿托抱着美狼的尸体，迈着沉重的步伐，缓缓从山坡上走下。

[众人沉痛地舞起花鼓锣子，在悲哀的音乐声中列队随犟哥儿走下山坡。众人嘶喊："大山魂哟，开大山哟，哟嚎嚎——"

[众人缓缓造型、定格。

[花猫嫂怅然地提着血淋淋的狼腿上。

[满山瞄失魂落魄地上。

[满山瞄夺过花猫嫂手中的狼腿，狠狠地给了花猫嫂一记耳光。

[一记耳光似霹雳般爆响。

[天幕出现几道闪电，贯耳的雷声滚滚。

[大幕悄然而闭。

（剧终）

注：

①2000年3月，该剧与恩师张彭合作执笔于莱芜文曲楼，著作权归张丽华、张彭共有。

②2001年11月，获第七届山东文化艺术节编剧一等奖、导演三等奖。

③2002年1月，参加山东省第六届精神文明建设精品工程评选，获"精品工程奖"。

④该剧由莱芜梆子剧团首演，授演时限为期五年。

⑤该剧与张克学合作导演。

⑥如需排演，请联系著作权人之一张丽华，由其联系合作恩师张彭继承人，形成书面协议后方可演出。否则侵权必究！

· 现代戏

照　町[1]

时间：20世纪70年代末至90年代末。

地点：泰沂山脉，大南山村。

人物：山孩儿——村民，后经商。
　　　山妮儿——山孩儿的恋人。
　　　三奶奶——山孩儿的母亲。
　　　山妞儿——山孩儿的私生女。
　　　山蛋儿——山孩儿的外甥。
　　　山燕儿——山孩儿的表妹。
　　　山尖儿——山燕儿的丈夫。
　　　山根儿——山妮儿的丈夫。
　　　二老爷——老村长。
　　　大南山村男女老少众村民。

---

[1] 作品登记号：鲁作登字-2022-C-10044592

第一场
民 俗 风 情

〔字幕：一九七九年除夕夜。
〔村头打麦场院。
〔大雪封山，银装素裹，鞭炮声声，群山回响。
〔剪影造型：一架由四个石碌碡鼓轮做成的碾压麦谷牛拉平板车，车上站着高举火把的山孩儿和抱着柴草的山妮儿。
〔幕后飘来山歌声：

  俺娘生俺在大南山，
  山尖尖裹着巴掌大的天。
  出山进山一条道，
  九九八十一道弯。
  年年绕着场院转，
  转悠着吃来转悠着穿。
  青碌碡碾走了火凤凰，
  黑风车扇飞了红杜鹃。
  自古深山出俊鸟，
  就怕搓根麻线拴。
  自古峻岭生猛虎，
  当心围堵扣铁环！

〔追光中。山妮儿抑郁地走出剪影。

山妮儿 （唱） 白雪黑夜山风寒，
     过年过得人心酸。
     除夕夜好似那断头红线，
     再巧的手，也难回针补往年。
     闷声咽下年夜饭，
     心头堵上一块砖。

〔山孩儿走出剪影。

山孩儿 山妮儿妹子……

山妮儿 山孩儿哥……（哭泣）

山孩儿 （忙用衣袖为山妮儿擦泪）别哭别哭，按咱大南山的风俗，照町的

　　　　　　场院里，可不能落下伤心泪。
山妮儿　山根儿家托媒人跑了好几趟了……
山孩儿　啊！你答应他了？
山妮儿　俺不应，可是俺娘……
山孩儿　恁娘可是出了名的厉害，寇老娘子！
山妮儿　这几天不寇啦。唉！也不吃饭，也不喝水，整天趴在炕沿上哭。
山孩儿　快劝劝她……
山妮儿　娘不搭理俺，愁死人咧。
山孩儿　要不，就从了恁娘吧。
山妮儿　你！心寒了？
山孩儿　和你闹玩呀。不信？（握住山妮儿的手）摸摸俺这心口窝，热乎着哪！
山妮儿　快松开，大伙都来了。
山孩儿　好！咱先红红火火熬五更，热热闹闹照町！
山妮儿　哎，照完町先别走，俺有满肚子的话要对你说。
山孩儿　不走。（喊）照町——
　　　　〔众村民幕后呼应："照——町——啦！"
　　　　〔在锣鼓声中，众村民举火把，抱柴草跟随狂劲的音乐节奏舞蹈而上。
众村民　（合念）咚不隆咚、咚，
　　　　　　　　咚不隆咚、咚！
　　　　　　　　咚不隆咚、咚咚，
　　　　　　　　咚不隆咚、咚！
山孩儿　（唱）　除夕夜，一场大雪封了山。
山妮儿　（接唱）熬五更，照町的柴火大家添。
男村民　（接唱）抱来了，麦秸秫秸地瓜蔓，
女村民　（接唱）凑齐了，谷秸豆秸芝麻秆。
山孩儿　（唱）　过大年，早早吃罢年终饭，
山妮儿　（接唱）好乡亲，团聚照町到场院。
三奶奶　（唱）　娘们儿，辈分大小左边转，
二老爷　（接唱）男爷们，老少排行右拐弯。
众村民　（合唱）堆草垛，垒草团。
　　　　　　　　照亮这山界地界冒欢烟。
女村民　（唱）　赶来年，也不涝来也不旱，

照町 ZHAO TING

男村民　（接唱）保佑咱，庄户人家仓冒尖。
女村民　（唱）　赶来年，山果李桃花椒皮儿，
男村民　（接唱）保佑咱，赶集卖个好价钱。
女村民　（唱）　咱不求穿绫罗，不求穿绸缎，
男村民　（接唱）就求年顶年，不再受饥寒。
众村民　（合唱）除夕照町一把火。
　　　　　　　　许下心愿度年关。

二老爷　山孩儿，点火！
三奶奶　照町！
　　　　〔山孩儿将火把投入草垛，烈焰升腾。
二老爷　男爷们儿，脱下破棉袄，烤烤光脊梁，去去那两年的晦气！
男村民　脱袄！（将袄甩给女人们）
三奶奶　娘儿们，扇起来！
女村民　扇起来！（抖开棉袄扇火）
众村民　啊呀——咳！
　　　　〔围火狂舞。
山孩儿　（唱）　一堆柴草腾烈焰，
山妮儿　（接唱）除夕夜变成了六月天。
男村民　（唱）　照亮了层层梯田，
女村民　（接唱）映红了山道弯弯。
众村民　（唱）　庄稼汉，庄稼汉，
　　　　　　　　山里人家天地宽。
女村民　（唱）　娘们喜，闺女欢，
　　　　　　　　男儿烤火女儿扇。
男村民　（唱）　烤出一身汗——
女村民　（接唱）滚滚碎银钱。
男村民　（唱）　烤出一身胆——
女村民　（接唱）虎穴也敢钻。
男村民　（唱）　烤成铁蛋蛋——
女村民　（接唱）下海闯龙潭。
男村民　（唱）　烤出情无限——
女村民　（接唱）乡亲共苦甘。

众村民	（合唱）烤得穷则思变——
	大南山变成那金山银山。
二老爷	对！乡里乡亲同甘共苦，让这大南山变成金山银山！
三奶奶	停停停！俺还得念叨念叨……
二老爷	对！这照町还有一条要紧的规矩，就是让乡亲们都回家过年。
三奶奶	是让穷人回家过年，给躲债人留条活路。
众村民	对！留条活路。
二老爷	甭管欠钱的、躲债的，只要是躲在山上不敢回家的，就等这照町的大火烧起来，都大胆地下山来，凑合凑合烤烤火，谁再要账讨债，谁就冲了人家明年的财路，这账就变成了死账！
三奶奶	这是祖上传下来的规矩，年年照町，年年嘱咐。
众村民	大南山的风俗不敢乱！
二老爷	唉！自古年底讨债催得紧，逼死了多少人。
三奶奶	咱大南山年年照町，就没逼死过人！早年间，每到临年贴近，俺爹就躲到山顶上，不敢进家门儿。俺和俺娘等呀盼呀，就盼这照町的大火烧起来，眼巴巴地望着那挨冻受饿的老爹，一步一个雪窝窝，一步一个趔趄从那弯弯的山道上走下来……（泣哭）
山孩儿	娘，照町不能哭。
三奶奶	不哭不哭，泪洒在照町的场院里，来年不吉利。（擦泪）
二老爷	来来来，大伙朝着大山喊一嗓子。
众村民	（呼喊）回——家——过——年——
	［村民甲悄然而上。
村民甲	三奶奶，过年好！
三奶奶	咋才到场？
村民甲	俺欠你那头牛犊子钱……
三奶奶	哈哈哈，三奶奶早忘咧。俺可没逼债呀，你咋跑到山上去了？
村民甲	不是您，是山根儿家……
三奶奶	你欠了山根儿家钱？
村民甲	嗯，昨天山根儿他爷还赖在俺家炕头上。
三老爷	这个老东西！
村民甲	俺爷住院，欠了一腔饥荒，还有城里来了几个小青年，把棉袄一脱，浑身画龙画虎……（紧张地四处张望）

二老爷　别怕！入乡随俗，他就是画上天爷爷也白搭。

三奶奶　对！欠账擦过年头去，过了二月二再说。

二老爷　甭管是谁，新正大月敢来要账。俺就使棍子撅出他去！

众村民　对！好汉打不出村去，大伙齐下手。

三奶奶　看把这孩子冻的，快烤烤火。

众村民　来来来，烤火、烤火。

〔山根儿摇摇晃晃地走过来，村民甲不由得后退。

村民甲　山根儿，俺……

山根儿　（没好气地）烤烤吧，先回家过个安稳年再说！

三奶奶　好！就按老规矩来。这一年来，大伙少不了勺子碰锅沿儿，谁和谁有梁子，接起手来跳过这堆热灰去，也就化解了心里头的疙疙瘩瘩。

二老爷　还有，谁和谁知己交心，接手跳过去，来年更亲近、更热乎。

众村民　来来来，跳火灰。（纷纷接手跳火灰）

山尖儿　山燕儿，咱跳。

山燕儿　使劲抓住俺的手。（俩人接手跳过）

山蛋儿　二老爷，今春惹您生了一肚子气，咱接手跳过去，就算老侄子给你赔了不是。

二老爷　娘一下子，真叫你气煞了！跳。（与山蛋儿接手跳过）

山根儿　山妮儿，咱也跳过去。（抓住山妮儿手）

山妮儿　（甩开）俺不！

山根儿　俺知道你心里装着山孩儿，可恁娘昨天收了俺爹送去的彩礼，三转一响。

山妮儿　三转一响？

山根儿　缝纫机、自行车、钟表、收音机。

山妮儿　俺咋不知道？

山根儿　恁娘都锁到小西屋里去了。还有，当着恁娘的面儿，俺爹把你家的欠条撕了。

山妮儿　欠条撕了！彩礼，俺不稀罕。

山根儿　恁娘稀罕，她老人家说了，咱这门婚事，你若不答应，她不是绝食饿死，就是上吊吊死。

山妮儿　这……

山根儿　（又抓住山妮儿的手）恁娘还说，过年初三就结婚，反正是俺的人了，

	咱接手跳过去，烧掉你心里头的疙瘩。
山妮儿	（又甩开山根儿的手）不害臊，放开俺。
山孩儿	（走过来）山妮儿，咱接手跳过去。
山妮儿	不！
山根儿	山孩儿，咱从小光着腚一块儿长大，你可别欺负人呀。
山孩儿	咋欺负你啦？
山根儿	哈哈，俺好欺负，山妮儿她娘可不好惹！
山孩儿	什么意思？
山根儿	山妮儿明白，你问她吧。
山孩儿	到底怎么啦？
山妮儿	山孩儿哥……（转身泣哭）
山孩儿	山根儿，别仗着有俩钱就烧包！就想包办婚姻，咱当面问问山妮儿，答应不答应？山妮儿，你说！
山妮儿	俺、俺说啥……（躲向一旁）
三奶奶	大伙都看着，干柴烈火化为灰烬，就要倒架，炭火倒向哪边，赶来年哪坡就多添几场雨，多收几成粮。
村民甲	俺家刚承包的土地在东坡，向东倒！
部分人	向东倒，向东倒！
村民乙	俺家分的地在西坡，向西倒！
部分人	向西倒，向西倒！
村民丙	俺家的地在北坡，向北倒。
部分人	向北倒，向北倒！
众村民	倒倒倒！
	〔一阵北风骤起，炭火向南倒下。
众村民	（大惊）啊！向南倒了。
二老爷	坏咧！庄南头一溜青峰石崖，没树也没地呀！
三奶奶	完咧，来年不大吉利！
山尖儿	往南倒得好！
众村民	啥？
山尖儿	（唱）　照町的民俗烧柴秸。
	为啥炭火向南歪？
众村民	为啥？

山尖儿	（唱）	南方人，有能耐，
		借着政策发了财。
		老百姓，露风采，
		喇叭裤子尖皮鞋。
		录音机，随身带，
		大唱野花不要摘。
		娘儿们，更可爱，
		描眉画眼染了腮。
		腰也扭，腚也甩，
		搂住男人逛大街。

二老爷　那是些什么熊娘们儿？

三奶奶　（唱）　我娘哎，我娘哎，
　　　　　　　　丢煞个活人不应该！

女村民　（唱）　我娘哎，我娘哎，
　　　　　　　　不看吃的看穿戴，
　　　　　　　　自然是大把的票子怀中揣！

男村民　（唱）　人家种的什么粮？
　　　　　　　　人家把那啥树栽？

山尖儿　（接唱）品种粮，大棚菜，
　　　　　　　　山里的水果摆柜台。
　　　　　　　　剩余劳力跑买卖，
　　　　　　　　部分人首先富起来。

众村民　做买卖？能允许？

山尖儿　政策变了，看人家南方，才一年多的工夫，就有了万元户。

众村民　万元户？

三奶奶　那还了得！银钱上了万，无边无岸呀！

二老爷　一万块钱得买多少东西啊？一斤面两毛多钱，一斤肉七毛三，走亲串友喝喜酒，两块钱就拿得出手来，今后响给俺孙子两毛钱压岁，儿媳还嫌忒多！

众村民　干买卖不是投机倒把吗？

二老爷　可不敢走资本主义道路。

山尖儿　地和山都分产到户了，咋还糊涂呢！我敢保证，人家做生意挂不了

　　　　　牌子游大街。老村长，村委没传达文件吗？
二老爷　折腾怕咧！三起三落的，说不定哪一刹，又变了……
山尖儿　我的个二老爷，您就放心吧，改革开放，政策不会变。
二老爷　一朝被蛇咬、十年怕井绳。山尖儿，你在乡政府干事儿，如果出了事……
山尖儿　我负责——
　　　　（唱）　改革春风刮得快，
　　　　　　　　父老乡亲别疑猜。
　　　　　　　　你说好，他说歹，
　　　　　　　　小心眼儿藏心怀。
男村民　（唱）　有心闯闯大世界，
　　　　　　　　又怕把那跟头摔。
女村民　（接唱）土里刨食别下海，
　　　　　　　　只求不缺米和柴。
山尖儿　（唱）　跟不上时代被淘汰，
　　　　　　　　解放思想快出牌。
　　　　　　　　放开胆子做买卖，
　　　　　　　　土产特产发大财！
男村民　对！把咱山里的土产、畜产、中草药材销出去！
女村民　是啊——
　　　　（唱）　咱个头不比人家矮，
　　　　　　　　咱脾气为啥这样乖？
　　　　　　　　山里的汉子也不赖，
山尖儿　（接唱）比起人家来，简直是痴呆！
男村民　（唱）　遍山都是宝，
山尖儿　（接唱）山果中药材。
女村民　（唱）　核桃栗子花椒皮儿，
山尖儿　（接唱）伸手就能摘。
男村民　（唱）　蝎子做了下酒菜，
山尖儿　（接唱）丹参烧火当秫秸。
女村民　（唱）　远志一挖一麻袋，
山尖儿　（接唱）满坡半夏土里埋。
男村民　（唱）　红柿子捻成白柿饼，

山尖儿　（接唱）兔毛羊绒比雪白。
女村民　（唱）　狐狸皮子当被盖，
山尖儿　（接唱）山茧抽丝垫棉鞋。
男村民　（唱）　大南山，太闭塞，
山尖儿　（接唱）山路不踩长青苔。
女村民　（唱）　代销社里把货卖，
山尖儿　（接唱）金碗卖个泥巴胎！
众村民　（合唱）男儿有志走天下，
　　　　　　　　土产出山财运来。
　　　　　　　　敢教南山也精彩，
　　　　　　　　保咱家乡永不衰。

山根儿　哈哈，俺早就偷偷摸摸地干了两年咧。
众村民　哎，没见你倒腾山货呀？
山根儿　没敢在咱庄里搞，东峪西峪的蝎子，给代销社每斤加个几毛钱，一星期就收购百多斤，加工成中药材全虫……
二老爷　卖到哪里去啦？
山根儿　这个嘛，北京、上海、哈尔滨、烟台……
二老爷　到底卖到哪里去了？和大伙拉拉，带领大伙把山里的土产都卖个好价钱。
山根儿　哈哈，暂时保密。我可不收徒弟，如果大家都干，收购价格高起来，我还赚啥？
三奶奶　夹谷蛋儿！怪不得你过年割肉，一下子就要四个后座肉，还买了一提篮狗腿。
山蛋儿　你这个狗小子，也忒鬼咧！装着啥好烟？拿出来大伙尝尝。
山根儿　（掏出烟）两撇胡的大前门，三毛九一包，俺一天两包！
男村民　拿来尝尝！
　　　　〔山根儿分烟，十分显耀。
山尖儿　山根儿，八成万元户了吧？
山根儿　哪里哪里啊，顶多俩五千！
女村民　吹破天咧！
山根儿　真的！在山尖儿没把话挑明前，谁敢露实底？
众村民　哎哟喂！咱村出了倒爷咧……

山尖儿　看看吧，山根儿悄悄变成了万元户，看来是咱县里头一个，回头我给报社打个电话，让记者采访采访。
山根儿　别别别，千万别！让俺爹知道了，揍煞俺……
山尖儿　怕，还是怕。
山根儿　俺爹说，如果再划成分，就是富农了。所以，再也不让俺干了，以免划成了地主！
山尖儿　那么，还敢不敢干？
山根儿　靠！挣钱这玩意儿，上瘾，瞒着俺爹，悄悄干。
山尖儿　好！带领大伙走出去。
山根儿　办不到，领着一帮人，俺就成了资本家！再说，买卖讲究独行独市。
众村民　忒毒咧！
三奶奶　乡里乡亲的，用不着这么促狭。
山尖儿　山根儿的想法可以理解。我就不信，咱大南山老老少少几百口人，除了山根儿外，就再找不出几个能人来？
山燕儿　我看俺表哥能行。
山尖儿　嗯，论文化程度不赖起山根儿，山孩儿能行。
山孩儿　俺、俺……
山燕儿　表哥，你应该走出去，像小时候领着俺们打山仗那样。再当当孩子王！
山蛋儿　大舅，领着大伙试试吧。
山孩儿　俺从来没干过生意，不懂行情啊！
山妮儿　人家从来没干过，为啥还赚了钱？一回生，两回熟，时间长了出师傅。有了钱，烧包。没有钱，媳妇都难保！
山孩儿　唉！山妮儿呀——
　　　　（唱）我也知有钱风光好，
　　　　　　　我也知无钱直不起腰。
　　　　　　　只因我心直口快不乖巧，
　　　　　　　三句好话把心掏。
　　　　　　　经商不奸缺头脑，
　　　　　　　难比对手高一招。
　　　　　　　既然不是玩秤的料，
　　　　　　　老实种地就不孬。
　　　　　　　说什么媳妇保不保？

　　　　　　　　见钱眼开可不好，六月就怕下冰雹。
山妮儿　俺、俺娘……
山孩儿　图财鬼！
山妮儿　不许骂俺娘……
三奶奶　山孩儿，趁着年轻，应该出去闯一闯。
山尖儿　让山孩儿自己拿主意吧。大伙回家熬五更去。
山蛋儿　山根儿，今晚就吃你这大户。走，大伙都去喝烧酒，啃狗腿去！
山根儿　等一等……
山尖儿　小气鬼，快走吧。
　　　　［众人不由山根儿分说，簇拥而下。
　　　　［火旁仅剩山妮儿与山孩儿。
山孩儿　山妮儿，咱俩的事儿……
山妮儿　俺，俺过了年，初三就结婚。
山孩儿　悄悄跑到俺家来？
山妮儿　不！嫁给山根儿。
山孩儿　啊！你可别吓唬俺。
山妮儿　俺不敢拿这种话闹玩儿。
山孩儿　真的？
山妮儿　俺对不起你。（掏出一支钢笔）山孩儿哥，咱上农中时，你送俺这支笔，还给你吧。
山孩儿　（推开）你！你这是嫌贫爱富……
山妮儿　俺娘说，咱俩没缘啊。
山孩儿　他富，我穷，没缘分……
　　　　（唱）　一个缘字说出口，
　　　　　　　　一腔情怨噎在喉。
　　　　　　　　一瓢冷水把心湿透，
　　　　　　　　一堆热火凉飕飕。
　　　　（白）山妮儿！
　　　　（唱）　你是棵，出水芙蓉花下藕，
　　　　　　　　淤泥中，变了骨节心眼稠。
　　　　　　　　忘怀了，雨洗白莲一枝秀，
　　　　　　　　风抚娇花枝叶柔。

忘怀了，丽水相伴缠衣袖，
碧波深情怀中兜。
忘怀了，小荷蜻蜓亲不够，
苦苦眷恋几春秋。
到头来，遮遮掩掩淤泥臭，
进筐钻篓情不留！
只叹我，隔花隔叶看不透，
柔情似水付东流。

山妮儿　山孩儿哥，你听俺说……

山孩儿　哼！有话去和山根儿说。怪不得刚才山根儿和你叽叽喳喳的，俺、俺走。（欲下）

山妮儿　山孩儿哥……（拉山孩儿衣袖）

山孩儿　放开！（甩倒山妮儿，转身欲去）

山妮儿　（抱山孩儿腿，跪地泣诉）
　　　　（唱）　哥哥呀，慢些走，
　　　　　　　　妹妹和你说根由。
　　　　　　　　你把俺比作莲下藕，
　　　　　　　　嫩藕茹苦情悠悠。
　　　　　　　　你可知？土压泥埋苦承受，
　　　　　　　　甘愿浊水变绿洲。
　　　　　　　　你可知？爱抚情深心操透，
　　　　　　　　托举着小荷露尖头。
　　　　　　　　你可知？过了盛夏怕秋后，
　　　　　　　　大脚踩来粗手抠。
　　　　　　　　你可知？离水上岸泪长流，
　　　　　　　　痛哭再难枝叶稠。
　　　　　　　　你可知？藕断丝连手挽手，
　　　　　　　　泪眼空对泪眼愁！

山孩儿　山妮儿……（扶起）

山孩儿　（唱）　一句一杯浓浓的酒，
　　　　　　　　醉了心儿怨恨休。
　　　　　　　　你语重心长泪如豆，

　　　　　　　　　定有那，难以逾越的岭和丘。
山妮儿　（接唱）爹爹生病筋骨瘦，
　　　　　　　　长年累月是药篓。
　　　　　　　　只因苍天风雨骤，
　　　　　　　　山梁山沟裂鸿沟。
　　　　　　　　借钱借粮债筑就，
　　　　　　　　欠下那山根儿五只羊钱三头牛！
山孩儿　（唱）　想必是，顶债不惜亲骨肉，
　　　　　　　　你娘她，卖了女儿穷应酬。
　　　　　　　　你可曾抗婚去争斗？
山妮儿　（接唱）俺无力抗争心担忧。
山孩儿　你怕什么？
山妮儿　（唱）　俺若在家闹别扭，
　　　　　　　　俺娘她，喝下农药一命休。
　　　　　　　　俺若不依太执拗，
　　　　　　　　俺娘她，吊死在你家草门楼。
　　　　　　　　俺若与你不分手，
　　　　　　　　俺娘她，在你背后捅火钩！
　　　　　　　　俺左顾右盼无路走，
　　　　　　　　俺只好消灾避难今生今世恨悠悠。
山孩儿　嗯，你娘那脾气，啥事儿都能干得出来。灾难贫穷，把她逼疯啦。
山孩儿　山妮儿啊，你是在为我消灾避难啊。
　　　　（唱）　道是无情情意厚，
　　　　　　　　虽是割爱爱长留。
山妮儿　（接唱）哥哥深情情宽厚，
　　　　　　　　柔情似水水泛舟。
山孩儿　山妮儿，哥错怪你了……
山妮儿　山孩儿哥，俺欠你的情，就等来生来世偿还了。
山孩儿　（哭中带笑）哈哈哈，何日是来生来世啊！（哭啼）
山妮儿　哥别哭……
山孩儿　唉！火也灭了，灰也冷了。
山妮儿　山孩儿哥，你冷？

山孩儿　心在打哆嗦。
山妮儿　来，把火苗扇起来。
山孩儿　扇起来。（解下长长的缠腰巾，欲脱棉袄扇火）
山妮儿　别脱。用风车……
山孩儿　用风车！
　　　　［俩人将大风车拖移到火灰旁，山孩儿拧摇把。山妮儿将山孩儿的缠腰巾套在摇把上，帮山孩儿摇曳。

俩　人　（合唱）噢——噢——噢——
山孩儿　（唱）　摇呀摇呀爱更厚。
山妮儿　（唱）　拽呀拽呀情难收。
俩　人　（合唱）泪眼相对看不够，
　　　　　　　　风车悠悠也温柔。
　　　　（帮腔）噢——风车悠悠……
　　　　　　　　噢——风车悠悠更温柔。
山孩儿　（唱）　你拽呀拽，拽出那旧时的好友。
山妮儿　（唱）　你摇呀摇，摇去这新添的忧愁。
俩　人　（合唱）摇来的酸楚把心伤透，
　　　　　　　　拽走的岁月在心中留。
　　　　（帮腔）噢——心中留……
　　　　　　　　噢——金色的童年在心中留。
山孩儿　（唱）　小时候在场院咱戏耍挑逗，
山妮儿　（唱）　跨风车骑碌碡咱各占山头。
山孩儿　（唱）　你扯我衣袖，
山妮儿　（唱）　我拽你的手，
山孩儿　（唱）　你摔在风车后，
山妮儿　（唱）　碌碡磕破了头。
山孩儿　（唱）　我把你紧紧怀中搂，
山妮儿　（唱）　头疼心中也悠悠。
俩　人　（合唱）时光流逝更怀旧，
　　　　　　　　两小无猜不知羞。
　　　　（帮腔）噢——更怀旧……
　　　　　　　　噢——不知羞。

山孩儿	（唱）	可记得？童子新郎娶小妞，
山妮儿	（唱）	老风车盖芳草垛起新草楼。
山孩儿	（唱）	柳条拧出长喇叭，
山妮儿	（唱）	唔哟唔唔哟……
	（帮腔）	唔哟唔唔哟。
山孩儿	（唱）	桃枝搭红帐，
山妮儿	（唱）	杏叶铺绿绸。
山孩儿	（唱）	黄泥做成上床糕，
山妮儿	（唱）	俺脚踩和睦粥。
山孩儿	（唱）	掀开红盖头，
山妮儿	（唱）	头戴野石榴。
山孩儿	（唱）	你饮下醉仙花儿酒，
山妮儿	（唱）	俺不醉也装醉，不羞也装羞。
俩　人	（合唱）	美好的岁月难挽留，
		狠心的年轮转悠悠。
		痛别的时刻人影瘦，
		思恋的日子无尽头。

　　　　　　（帮腔）噢——人影瘦，

　　　　　　　　　　噢——无尽头！

　　　　［俩人泄愤地摇曳风车，火苗徐徐燃起。

山妮儿　火又着啦，烤一烤吧。

山孩儿　不！我心在冒汗。苍天哪，为什么不让俺变成万元户啊……（哭喊）

山妮儿　山孩儿哥，咱不哭……（亦哭）

山孩儿　山妮儿，为了你，俺要拼命去挣钱！

山妮儿　别光为俺，让山货多卖几个钱，让咱大南山里的人，别再受穷了。

山孩儿　我发誓，一定把你赎回来，一定让大南山富起来。

山妮儿　俺盼望着那一天。山孩儿哥，你看这火苗像啥？

山孩儿　不息的爱情。

山妮儿　更像红红的红蜡烛。（指着高脚看场棚）你看那是啥？

山孩儿　看守场院的高脚草楼。

山妮儿　那就是咱的洞房！走！提前三天，俺给你当新娘。

山孩儿　山妮儿……

〔山孩儿狂热地抱起山妮儿，爬上矮梯，俩人倒进高脚草楼内。
〔俩人的棉袄、鞋子、裤子纷纷从高脚楼内掉下……
〔切光。

第二场
情 满 青 山

〔字幕：十五年后，一九九四年秋。
〔满山遍野，果树成荫。各种山果，挂满枝头。
〔石堰旁一棵硕果累累的山楂树。
〔幕后飘来山歌声：

　　　　往日旧事心头缠，
　　　　花开花落十五年。
　　　　情满青山情绻缱，
　　　　南山归来好儿男。

〔山蛋儿、山燕儿担铺盖卷儿上。

山蛋儿　看，山下新盖的那座小楼，就是山妮儿的家。
山燕儿　山根儿又在搞养殖场，是咱村的冒尖户。
山蛋儿　前几年山果价格高，咱村都富啦。可眼下产品又过剩了。
山燕儿　（向幕后喊）经理——不！表哥，快走呀。
〔山孩儿担皮箱和铺盖卷儿上。
山孩儿　又到家啦。
　　（唱）　站在这山尖尖俯身细看，
　　　　　　家乡的新面貌地覆天翻。
　　　　　　告别了茅屋草舍泥巴墙堰，
　　　　　　盖起这明堂华屋红瓦青砖。
　　　　　　告别了荒山秃岭乱石沟畔，
　　　　　　迎来了红绿相间的金色秋天。
　　　　　　满坡的山果树撑开花伞，
　　　　　　果儿红叶儿青绿荫满田园。
山蛋儿　大舅哎，这景色千般好，也是白费啦。
山燕儿　今年这满坡山果，倒了八辈子邪霉。

山孩儿　唉!
　　　　（唱）　只因这山果滞销买卖难干，
　　　　　　　　卷起了铺盖卷回家种田。
　　　　　　　　多年来经营这土产特产，
　　　　　　　　今日里舍弃它倍觉心酸。
　　　　　　　　找销路天南海北全跑遍，
　　　　　　　　叹只叹好山果难卖好价钱。
　　　　　　　　看满坡硕果累累又丰产，
　　　　　　　　可怜这大山的企盼化云烟。
　　　　（白）山燕儿，山蛋儿，咱再收购一部分吧?
山蛋儿　啊!咱前年赔了三万，去年亏了五万。特别是今年的山楂和苹果，一点销路也没有。如果再收购，就亏大啦!
山孩儿　眼睁睁看着水果烂掉，不忍心。
山燕儿　表哥，咱苦心经营十五年，就挣了这十八万元，因为收购乡亲们的水果，价格高于市场收购价，咱利润微薄，才赚了这么点钱，说啥也不能全赔进去。再说，这钱你还急等着用……
山蛋儿　对!十五年来，山根儿和山妮儿一直不和，经常家庭暴力!山根儿好歹答应山妮儿，交出十八万元，可以去民政局协议离婚。专款专用。坚决不能挪用!
山孩儿　唉!恁俩跟我吃苦受罪十多年，到头来，全是为了我和山妮儿。
山燕儿　说这干啥，快走吧。
　　　　[众人下山。山根儿提斧头上。
山孩儿　山根儿，干啥去?
山根儿　砍树!
山孩儿　砍树?
山根儿　山果不值钱，砍巴砍巴烧了火，种庄稼。
　　　　[山根儿走到山楂树旁，抡斧便砍。
山孩儿　别砍……石头缝里种庄稼，打不了多少粮食啊!
山蛋儿　管他个球，咱走。
山孩儿　你先回家，我和山根儿有话要说。
山燕儿　一对冤家、八成要谈判。山蛋儿，咱走。
　　　　[山燕儿与山蛋儿担行李下。山根儿又举斧砍树。

山孩儿　（夺住）别砍啦，你带头一砍，大伙就会沉不住气儿，这满山果树，全毁啦。

山根儿　今天我也要当当这致富带头人。

山孩儿　你到底是啥意思？

山根儿　我，我看见这树，就高兴！

（唱）　看见果树我喜开怀，
　　　　高兴劲儿不打一处来。
　　　　有人靠它下了海，
　　　　倒腾山果发洋财。
　　　　有钱要把女人买，
　　　　怎不叫我嘴笑歪。
　　　　有个娘们更可爱，
　　　　满山去把果树栽。
　　　　招来马蜂把蜜采，
　　　　惹来蝴蝶把花摘。
　　　　撸一把叶儿编绿帽，
　　　　专往俺的头上戴哪呀呼依儿咳！
　　　　你说我自在不自在？
　　　　你说我高兴该不该？

山孩儿　别指桑骂槐的！人和人有矛盾，不该把气往树上撒。

山根儿　没矛盾。我抢了你情人，你争夺我媳妇，五两兑半斤，两头一样沉。

山孩儿　既然把话说到这份上，咱当面锣，对面鼓，挑明了吧。

山根儿　有话尽管说。

山孩儿　你要的钱，带来啦。

山根儿　嘿嘿，早知你有这本事。告诉你，十八万元，不算多，我抚养了她娘儿两个，整整十五年咧……

山孩儿　娘儿两个？山妞儿不是你的女儿？

山根儿　（震怒）住口！山妞儿是我的亲骨肉。（痛苦地呼喊）我的亲骨肉！

山孩儿　你冷静点儿……

山根儿　（摸起斧子，朝山孩儿举起）我砍……砍树！（疯狂地砍果树）

〔山孩儿跌坐在行李卷上。

〔山妮儿急上。

山妮儿　（夺住斧头）这是俺一捧捧土、一瓢瓢水种植起来的，你不能砍！
山根儿　走开！（甩开山妮儿，又砍）
山妮儿　（夺住斧头）我求求你……
山根儿　我还想求求你哩。
山妮儿　山根儿你……
山根儿　滚开！（甩倒山妮儿）
　　　　〔山妮儿跌在山孩儿怀中。
山孩儿　山妮儿……
山妮儿　啊！山孩儿哥……（情不自禁地搂紧山孩儿）
山根儿　这，这是咋说！
　　　　（唱）　眼冒花，嘴起泡，
　　　　　　　　心里噌噌地蹿火苗。
　　　　　　　　一肚子酸水没法倒，
　　　　　　　　舌头发麻像嚼花椒。
　　　　　　　　脸上似猫抓，
　　　　　　　　心里像狗咬。
　　　　　　　　一旦戴上绿草帽，
　　　　　　　　难泼肚里醋一瓢。
　　　　　　　　泄愤猛把果树砍，
　　　　　　　　从根砍到树梢梢。
　　　　〔山根儿疯狂地朝果树乱砍。
　　　　〔山妞儿上。
山妞儿　娘！
　　　　〔山妮儿与山孩儿如梦方醒，慌忙分开。
　　　　〔"咔嚓"一声，果树断裂，山根儿被砸在树下。
　　　　〔山妮儿、山妞儿、山孩儿惊呼着将果树掀翻，搀起山根儿。
山妮儿　不要紧吧？
山根儿　（捂着一只眼大吼）死不了我！
山妮儿　俺的果树呀……
山妞儿　爹，你这眼？
山根儿　娘的！划破眼皮儿咧。哎哟……
山孩儿　树也有灵气，它嫌你目光短浅。

山根儿　你!
山妞儿　爹,快去卫生室看看。
山根儿　扎瞎更好,眼不见为净!
山妞儿　爹,快走吧。
　　　　[山妞儿扶山根儿下。
山孩儿　山妮儿——
　　　（唱）　热泪滚滚似山泉,
　　　　　　 潺潺流了十五年。
山妮儿　（接唱）流了十五年!
山孩儿　（唱）　啼血痴情生死恋,
　　　　　　 咱蘸着血泪写团圆。
山妮儿　（接唱）蘸着血泪画团圆。
山孩儿　（接唱）写团圆,江北江南写满了客栈,
山妮儿　（接唱）画团圆,东岭西畔画满了山岩。
山孩儿　（唱）　写一个团团圆圆寄给那传书的鸿雁,
山妮儿　（接唱）画一个团团圆圆捎给那啼血的杜鹃。
山孩儿　（唱）　啊——写满了心田,
山妮儿　（接唱）啊——画满了心肝。
山孩儿　（唱）　为团圆,哪顾得风刀雪剑,
　　　　　　 为团圆,终于赚来赎身钱。
　　　　[山孩儿将箱子递给山妮儿。
山妮儿　（唱）　怀抱钱箱沉甸甸,
　　　　　　 真情挚爱盛里边。
　　　　　　 商海商潮浪花儿飞溅,
　　　　　　 波涛滚滚闯过了险滩。
　　　　　　 分分元元流着你深情的血汗,
　　　　　　 无悔无怨执着你爱情的尊严。
山孩儿　（唱）　啊——照町的眷恋,
山妮儿　（接唱）啊——除夕的火焰,
俩　人　（合唱）一句誓言拼搏了十五年。
　　　　　　 断了红线结红线,
　　　　　　 两颗心儿紧紧拴。

梦想成真已如愿，

苦蔓结出瓜果甜。

山孩儿　总算熬出来啦。

山妮儿　盼来盼去，终于盼到了这一天。

山孩儿　美满的生活就在眼前。将来，咱在这山坡上，盖几间茅草房。春天鸟语花香，夏天绿荫乘凉，秋天山果满坡，冬天……

山妮儿　一年四季，永远是春天。再也不过那凄凉的日子。

山孩儿　好！山妮儿，快把这钱交给山根儿，满足他的要求，了却咱俩的愿望。

山妮儿　咱走。

　　　　［俩人欲下，山根儿包着一只眼睛与众村民扛大锯，提斧头上。

山孩儿　啊！大伙这是？

众村民　杀树！

山孩儿　兄弟爷儿们，咱把眼光放长点儿，这山林，不能毁呀。

山根儿　不让杀树，你来收购山果？

山孩儿　销路不好……

部分人　唉！难卖。

山根儿　呸！赚钱少了，他也不捣鼓！大伙听着，前年他给咱压价。去年他给咱减价。今年，他连价格也不出咧！

村民甲　好人干了买卖，也就变成了买卖鬼子！老话说得好，无商不奸！

山孩儿　市场行情，谁也抗拒不了呀。多少年来，我都是高于市场收购价，收购咱大南山的货呀。

部分人　是啊，行情不饶人。

山根儿　谁相信啊！他前几年倒腾咱村的山果可没少赚了钱啊。眼下吃饱咧，吞肥咧，赚钱少咧就不干咧。

部分人　买卖鬼子，没治！奸商……

山孩儿　大伙听我说，今年不值钱，不等于将来不值钱。待等山果涨了价，想栽也来不及。常言说得好，百年育人，十年育树啊！

部分人　是啊，杀好杀，栽难栽。

山根儿　呸！大伙盼着涨价，咬着牙盼了三年，盼来盼去盼黄了汤咧！杀树可惜，留之何用？

部分人　杀杀杀，砍砍砍！山楂、苹果不值钱，腾出地来种庄稼！

山根儿　对！连根儿刨他娘的！丹参正涨价，石旮旯里种药材。

部分人　好！杀树去。（欲下）
部分人　咱也杀去吧。
山孩儿　（拦住）大伙不能走。
山根儿　哈哈，这满山果树，可是你运来推广的树苗，心疼咧是不？
山孩儿　全是好品种，苹果红富士、山楂大五棱正值盛果期。乡亲们哪，山区要致富，全凭栽果树！您不要只看四指，不看一拃。
山根儿　听！他骂大伙是老鼠眼咧，鼠目寸光是吧？
众村民　你咋骂人？
山孩儿　我是说……
山根儿　说啥！要想保住你这发财路子，单等将来赚大钱，只有一个办法。
山孩儿　啥办法？
山根儿　高价收购。
山孩儿　这……
山根儿　你不是有十八万块钱吗？就看你敢不敢豁上老本，给父老乡亲解决这卖果难的实际问题。
山孩儿　让我想想……

　　　　　（唱）　山根儿一句话心头颤动，
　　　　　　　　　这山果收不收举足轻重。
　　　　　　　　　倘若是怕亏本将心一横，
　　　　　　　　　毁了这满目青山揪心疼。
　　　　　　　　　倘若是为保山林动磅秤，
　　　　　　　　　称来的是绿荫，称去的是爱情。
　　　　　　　　　看眼前心上人儿也呆愣，
　　　　　　　　　方换笑颜又添愁容。
　　　　　　　　　看身边毁林还耕势头猛，
　　　　　　　　　我纵有千言万语总是空。
　　　　　　　　　看身后秋雨秋风情万种，
　　　　　　　　　山果儿泪滚滚哭声嘤嘤。
　　　　　　　　　山楂血染南山岭，
　　　　　　　　　柿子泪打红灯笼。
　　　　　　　　　花椒开口求饶命，
　　　　　　　　　含着那黑宝石连连鞠躬。

果树呀，眷恋这山野倩影，
盼来年，满头插花满山红。
抬头看——
山峰呀，你恨我挺身高耸，
山洞呀，你对我怒目圆睁。
山坡呀，你围我百般嘲弄，
山泉呀，如铃的流水声，是耻笑我私心重重。
靠着青山活，依着青山生，
看着青山毁，难把青山擎。
大山的好妮儿对山要崇敬，
大山的好孩儿对山要忠诚。
为乡亲留下这青山果子岭，
誓保这山里人家昌盛繁荣。
我甘愿破一个镜儿圆一个镜，
换来这林海果涛翠浪三千顷。

山妮儿　（递过箱子）拿着吧！待等个三年五载，山果赶上好市，再挣也不迟。毁树容易，栽树难呀！你说得对，十年育树，百年育人哪。

山孩儿　（激动地）理解万岁！

山根儿　（挡在山孩儿面前）你！到底收不收购？

山孩儿　收！

众村民　好！多少钱一斤？

山孩儿　随行就市。

山根儿　不卖！山楂、苹果一毛多，花椒皮子才十块钱，不够农药肥料钱。

村民甲　对！担出大山去，不够力气钱。

众村民　不够采摘的工夫钱！

山孩儿　就这，俺也难找销路。

山根儿　别蒙人，加点价。

山孩儿　咱村的干鲜果有几百万斤，我只有十八万元。就这价，钱也不够。

众村民　只要价格高，赊赊欠欠无所谓。大伙不怕你……

山根儿　我替大伙喊个价，山楂六毛、苹果八毛。花椒皮子二十元一斤。

众村民　好，付一半，欠一半，年底还清。

山孩儿　这价，实在不敢收购啊！赔得太多了……

山根儿　哈哈，还是那句老话，赚钱少了你就不干咧。大伙砍树去!
众村民　走。（欲下）
山孩儿　（拦住）不许毁林!
山根儿　不毁可以，按我说的价格收购。
众村民　对，只要保住本，谁愿杀树?
山孩儿　杀了树，将来要后悔的!
山根儿　后悔?蜜橘降了价，树也砍咧，南方人不比你精?
部分人　对!老百姓不管三七二十一，玩现的!水果不值钱，树就该杀!
山根儿　闪开!
　　　　〔山根儿甩开山孩儿，率众人下。
山孩儿　（向幕后喊）别杀树，将来后悔都来不及……
山妮儿　别再喊啦。山根儿从小和你在一起，早就摸透了你的脾气。他怂恿毁林，是冲着你和我来的。
山孩儿　怨我,怨我没本事!我对不起你，更对不起生我养我的大南山……（抱头泣哭）二老爷去年走了，有他老人家在，大伙都不敢……
山妮儿　别哭，咱想想办法。
山孩儿　是啊，再也没人敢站出来替俺说话了。没别的办法，只有按山根儿喊的价格收购。
山妮儿　这……你实在赔不起呀!山根儿想让咱一头栽倒，再也爬不起来。
　　　　〔幕后传来尖厉的拉锯声和大斧头砍树的咔嚓声。
山孩儿　啊呀!真的杀树啦!
山妮儿　你听听，这可怎么办呀?
山孩儿　这不是锯树!
山妮儿　锯的啥?
山孩儿　（吼叫）锯我的心肝!
山妮儿　收购吧。（咬紧牙关）俺等你一百年!
　　　　〔切光。

第三场
爱的火焰

　　　　〔字幕：一九九四年除夕夜。

[景同第一场。

[一束追光追出站在碌碡平板车上造型的三奶奶。她怀抱着羊皮袄，手提暖水瓶，极目远眺那弯弯的山道。

[幕后女声合唱：

　　　　　除夕熬五更，
　　　　　年年来照町。
　　　　　人高人矮心不平，
　　　　　今宵别样情。

三奶奶　（唱）　儿把山果收，
　　　　　　　家底全赔净。
　　　　　　　躲债在雪岭，
　　　　　　　不敢回家中。
　　　　　　　怕儿冷，带来了羊皮袄，
　　　　　　　怕儿冻，提来了暖脚瓶。
　　　　　　　儿心寒，家中温热团圆酒，
　　　　　　　儿遭罪，俺含泪也要装笑容。
　　　　　　　欠人钱，人前人后腰也躬，
　　　　　　　矮三分，俺说话不再出大声。
　　　　　　　泪眼望，弯弯的山道白白的峰，
　　　　　　　盼乡亲，场院点大火，照町快照町。

[山妞儿抱柴草上。

山妞儿　三奶奶……

三奶奶　哟！是山妞儿呀，几天不见，长成大闺女了啦。今年十几岁啦？

山妞儿　过了今夜，俺虚岁十五。

三奶奶　看我这记性！你山孩儿叔干买卖的头一年九月底，你生人。

山妞儿　山孩儿叔回来没有？

三奶奶　就盼这照町的大火点起来，你山孩儿叔大胆地下山，俺好团团圆圆过年啊。

[山燕儿举火把，抱柴草上。

山燕儿　大妗子……

三奶奶　是山燕儿啊。俺外甥山蛋儿呢？

山燕儿　待会儿和山尖儿一块来。大妗子，估计表哥没要回账来，八成躲在

　　　　　　山顶上。
三奶奶　我也这么想。唉！真把俺那傻瓜孩儿冻坏啦。
山妞儿　赶快照町，让山孩儿叔下山。
山燕儿　对！这就是信号弹，表哥见火下山，看谁还敢逼债要账。
山妞儿　点火。（要过山燕儿的火把欲点）
三奶奶　（夺过）冻死迎风站，饿死不出声，咱不干让人家戳后脑勺的事！人到齐后，让人家点火。
山燕儿　(喊)哎哎哎，噢噢噢，照——町——啦——
山妞儿
　　　〔山根儿喝得醉醺醺的，与众村民拿柴草、挑灯笼，歪歪扭扭地上。
山燕儿　可把大伙儿盼来啦。来来来，垛柴草。
　　　〔众人将柴草撒在地上，冷冷地靠着风车，倚着碌碡站在一旁。
　　　〔三奶奶与山燕儿满地拾柴草、堆垛。
山妞儿　爹，俺娘咋没来？
山根儿　不许她来！
山妞儿　兴你来，就不兴娘来？
山根儿　小孩子家懂啥？一边玩去。
山燕儿　柴草垛好啦，谁来点火？
部分人　谁点也不中。
山燕儿　我来点。（欲点）
部分人　放下！
山根儿　（夺过火把）今晚你没这个权利！听说你表哥去搞钱，大伙可要等他回来还账。
部分人　对！等他回来再点火。
山燕儿　大伙放心，绝不会坑了您。
部分人　不坑咋不还账？
山燕儿　表哥收购的花椒和苹果还有山楂……
三奶奶　山燕儿！咱打下牙来肚里咽，不说这个。
部分人　看来，可能赔了血本。
山根儿　买卖人没个咋呼赚钱的，就会喊赔本儿，哭穷！
部分人　是呀，赖账不还……
山根儿　山孩儿百分之百躲在山顶上。谁也不许点火，只要他冻得撑不住了，

	就会下山。大伙立马等他回来还钱。
部分人	好！等等等，等到鸡叫算天明。这町先不照，大火不能点。
山燕儿	表哥是为了咱大南山的父老乡亲，才……
三奶奶	又说这！到这份上，谁也不会领咱的情。
村民乙	山孩儿回来，真的没钱咋办？
山根儿	没钱也不能便宜了他，让他在山顶上凉快凉快，别烧得不知姓啥！
村民甲	对！让他降降温，尝尝这坑人的滋味！
部分人	哈哈哈……
三奶奶	这伙人是谁？低头不见抬头见的好庄乡，咋就不认得啦？
山燕儿	妗子，你怎么啦？
三奶奶	（唱）　眼也花，头也涨，

　　　　　　　　　记不得，谁是邻里老街坊。
　　　　　　　　　记不得，一家有油全村亮，
　　　　　（帮腔）一家有米大家尝。

三奶奶	（唱）　记不得，你帮耕来我帮纺，
	（帮腔）一人有难众解囊。
三奶奶	（唱）　记不得，早年照町人欢畅，
	（帮腔）心连心来肠结肠。
三奶奶	（唱）　只记得，人情薄如纸一张，
	（帮腔）一阵轻风过山梁。
山燕儿	（唱）　世态炎凉太无常，

　　　　　　　　　金钱使人变疯狂。
　　　　　　　　　谁说莫大有庄乡，
　　　　　　　　　丧了人性变山狼！

部分人	谁没人性？

　　　　　（合唱）赊货欠钱不还账，
　　　　　　　　　好比明偷来暗抢。
　　　　　　　　　东躲西藏把穷装，
　　　　　　　　　坏了心肝烂了肠。
　　　　　　　　　坑了亲朋讹庄乡，
　　　　　　　　　丧了人性丧天良！

|三奶奶|是啊！人性良心，都叫天狗扒出来吃咧！|

山燕儿　天狗都懒得吃！大伙都穷的时候，是好乡亲。这几年有钱了，就六亲不认了。为了利益，啥事儿都能做得出来，这或许就是人性？
　　　　〔山尖儿上。
山燕儿　山尖儿，可把你盼回来啦。山蛋儿呢？
　　　　〔山蛋儿应声而上。
山蛋儿　来啦来啦。表姑，今天多亏俺表姑夫……
山燕儿　只要出来就好。
山根儿　啊！出来啦。
众村民　出了啥事？
三奶奶　山蛋儿，你怎么啦？
山蛋儿　姥姥，待会你就知道了。乡亲们哪，听说今晚不点火不照町。请问，要命，还是要钱？
众村民　山蛋儿你！
山蛋儿　在下是俺舅舅的副总。货是我赊的，欠条是我打的，手印也是我按的，有本事冲我来着！
村民甲　你打欠条也白搭，又不是什么土特产公司的法人代表。
山蛋儿　尽管如此，大有人告！
众村民　谁？
山蛋儿　（拍山根儿肩头）我们最最亲爱的山根儿同志。
众村民　真的？
山尖儿　没错。山孩儿不在，是山蛋儿出的庭，不但无力终偿还欠款，还咆哮法庭，被依法拘留。这不，刚保释出来……
山蛋儿　不错！出来过个年，回去再补上，凑够十五天。
村民甲　咳！有事在家闹，咋叫公家逮了去？
众村民　山根儿胡闹！
山蛋儿　告得好！我蹲半月，咱折账啦。大伙的钱，一分都别想要咧！
众村民　不许耍赖皮！
山蛋儿　不草鸡、不要赖，要钱没有，要老婆倒有一个，在路边店里。有本事，去找我那个小娘们去……
众村民　这是啥话哎！
村民甲　山根儿，你这个浑蛋，和人家撕破脸皮，钱更没指望咧。
众村民　猪脑子！

山妞儿　爹，真没想到，你没大有人性！

山根儿　你敢骂老子，野杂种！

山妞儿　（震惊）啊！你，你骂的俺啥？

山根儿　（自知失口）你参我，喝醉咧。

山妞儿　醉了身子，醉不了心！

山根儿　爹错咧……

山妞儿　你不是俺爹！（哭着跑下）

山根儿　妞儿……（追至台口，呆愣）

山尖儿　点火吧。

村民甲　你和山孩儿是亲戚咋的?

山尖儿　亲戚也没少欠我钱。我支持山孩儿收山果，以乡里扶持林果业的名誉，担保贷款十八万元。贷款马上到期，如果还不上，我这副乡长的乌纱帽，飞咧！

村民甲　害民又害官！

部分人　唉！点火吧。

山蛋儿　好！（接过山燕儿手中的火把欲点）

山根儿　（夺过）谁敢点，和谁拼！

山蛋儿　拼就拼！（夺火把）滚开！

部分人　不许点！

部分人　点点点！

　　　　[众人激烈争夺。山蛋儿夺过火把，投向草垛。柴草轰然燃烧。
　　　　[山根儿大怒，推动碌碡平板车向大火轧来。

山根儿　闪开！

　　　　[众人躲闪。火被轧灭。
　　　　[山妮儿高举火把冲上。

山妮儿　闪开！

部分人　干什么?

山妮儿　照町！

山根儿　你，你不要脸啦?

山妮儿　只要一颗心！

山根儿　拦住她。

部分人　不许点火。

山妮儿　谁拦我，我烧谁！

　　〔部分人上前抢夺，山妮儿照脸便烧。众人纷纷躲闪。

　　〔山根儿推转碌碡，挡住山妮儿。

山根儿　我轧死你！

山妮儿　轧吧！（将火把捅在山根儿头上）

　　〔山根儿头发冒烟，狼狈而下。

　　〔山妮儿将火把投向草垛，大火熊熊燃起。

　　〔一束追光映照出铺满白雪的弯弯山道。

　　〔如泣如诉的音乐渐起。

　　〔众人不约而同地仰望山道。

　　〔远山青峰凹间，出现山孩儿的身影，他拄着木棍，一步一个踉跄，艰难地行走在弯弯的雪道上。

　　〔幕后飘来无限深情的女声合唱：

　　　　　山道弯弯夜深沉，

　　　　　烈焰彤彤心中喷。

　　　　　红火炼丹情，

　　　　　白雪化爱魂。

　　　　　青烟，紫云

　　　　　袅袅牵回旧时人。

　　〔山孩儿走下山来，众亲人呼唤着迎上前去。

山妮儿　山孩儿哥……

山孩儿　山妮儿……（扭头泣哭）

三奶奶　别哭，男子汉大丈夫，泪往肚里咽！（给山孩儿披上皮袄）裹紧点，暖暖身子。

山孩儿　娘，儿子对不起您。我欠大伙的钱……

山燕儿　照町啦，按咱大南山的老规矩，只要点着火，不要再提债务的事儿。

山蛋儿　对！看哪个孬种敢在大火前讨债，一句话冲了明年的财路，老子和他没完！记住，这是照町！

众村民　完了，完了，三月三之前，没人敢提那个事儿了。

山孩儿　不！有钱钱还人，无钱话告人，我要和大伙交代清楚。

　　（唱）　今年生意亏血本，

　　　　　无颜面对众乡亲。

照町 ZHAO TING

　　　　　　　　苹果山楂贱卖掉，
　　　　　　　　又被骗花椒几十吨。
众亲人　（合唱）你天天找来夜夜寻，
　　　　　　　　找没找到那狠心人？
山孩儿　终于找到啦。
众亲人　好！花椒皮子总算找到了。
山孩儿　唉！
　　　　（唱）　实可恨，花椒荡然已无存，
　　　　　　　　货顶货，拉回烈酒三千捆。
众亲人　也不孬！
　　　　（合唱）以货换货捞捞本，
　　　　　　　　有酒不愁变现金。
山孩儿　（唱）　谁料想，我喝了一盅肚子闷，
　　　　　　　　喝了两盅麻舌根。
　　　　　　　　忙带货样去检验，
　　　　　　　　工业酒精含甲醇！
众村民　我娘哎！是假酒。
　　　　（合唱）处理伪品要谨慎，
　　　　　　　　千万不要毒死人！
众亲人　（合唱）见利不可把义忘，
　　　　　　　　再难也别心不仁。
　　　　　　　　人穷不敢穷人品——
山孩儿　（唱）　损失不敢损良心。
　　　　　　　　咬牙把那假酒焚，
　　　　　　　　一阵浓烟化灰尘！
众村民　（合唱）闻言如雷心头震，
　　　　　　　　另眼相看面前人。
男村民　（合唱）才认得，一颗良心重千斤，
　　　　　　　　南山的风骨南山的筋！
女村民　（合唱）才认得，宁折不弯苍松韵，
　　　　　　　　崖畔的肝胆青峰的魂！
众村民　（合唱）千不该，万不该，

千言万语难启唇。

热泪滚滚滚悔恨，

愧疚针针扎在心。

〔众人负疚，沉默无语。

山孩儿　明年今夜，都把欠条带来，我就是卖血卖肾，再不能让大伙白等一年。

众村民　别说啦，快回家过年去吧。

三奶奶　山孩儿，咱娘儿俩吃团圆饭去。

山孩儿　走。

三奶奶　快走吧。（发现山孩儿未动）这是咋啦？（摸山孩儿脚，大惊）天哪！俺儿的鞋和脚冻成一块冰疙瘩啦！

众村民　快，烤一烤！（抬山孩儿走向火旁）

三奶奶　放下。用这急火一烤，脚就没了。只能慢慢暖和过来。

众村民　赶快抬回家。（抬起）

山妮儿　放下，放到碌碡车上。

〔众人将山孩儿放在碌碡车上。

山妮儿　（撕开衣扣）来，把脚贴在俺的心口窝上。

山孩儿　不、不！（后退。碌碡随之转动）

山妮儿　山孩儿哥！

〔山妮儿抱起山孩儿双脚，紧紧搂在怀中。众人悄然而下。

〔幕后传来女声合唱：

生在深山坳，

谁说不娇娆？

敢把痴情怀中抱，

敢把挚爱化火苗。

敢爱敢恨谁耻笑？

敢敞心扉也英豪！

〔众人感慨万千，悄然而下。仅剩山妮儿与山孩儿。

山妮儿　（唱）　这双脚，俺怀中抱，

阵阵疼在心梢梢。

它为俺奔波为俺跑，

劳燕衔泥筑爱巢！

山孩儿　（接唱）这双脚，你怀中抱，

|照町 ZHAO TING

     暖透骨髓心烤焦。
     寻找天下致富的道，
     踏破铁鞋空徒劳！
  （白）放下它吧，它是双窝囊废！

山妮儿 俺不！
    （唱） 这双脚，俺怀中抱，
       暖化冰霜待春潮。
       来年踏上生财道，
       靠它辗转团圆宵！

山孩儿 （接唱）这双脚，你怀中抱，
       肝胆烫人心血浇。
       双腿生风从头跃，
       誓赎当年女儿娇！

山妮儿 （唱） 十五年一句誓言，
       遭几多雪剑霜刀。

山孩儿 （接唱）十五年一时风流，
       栽下了苦李毛桃。

山妮儿 （接唱）十五年梦牵魂萦，
       盼碎了山岩海礁。

山孩儿 （接唱）十五年贪黑起早，
       筋骨断也要挺住腰！

俩 人 （合唱）干，干出个财源丰茂！
       盼，哪怕盼白了头发梢！

  〔山根儿头缠纱布暗上。欲上前，而又躲进看场棚。

山孩儿 凭你这份心肠，老天看得清楚，应该让咱发财呀！

山妮儿 唉！太不公道了。你为咱村办了好事，反而大伙让你把脚冻成这样，我想起鲁迅的小说，血馒头的故事……

山孩儿 大伙迟早会明白的，咱不埋怨人家。

山妮儿 嗯，不出怨言。山孩儿哥，今晚俺不知哪来的胆量，火也点啦，脚也抱啦，以后咱可咋办？

山孩儿 来年三月三，我再去找那个骗子……

山妮儿 你一个人走？

山孩儿　嗯。
山妮儿　骗子心黑手辣，俺不放心，要和你一起走。看，（掏出钱）俺攒了五千元私房钱……
山孩儿　不！大伙会说咱私奔。全村人会说俺把你拐着跑了！
山妮儿　事情闹到这一步，说啥你也别怕啦。俺要随时随地地照顾你，保护你。
山孩儿　山妮儿……
山妮儿　啥也别再说了。且等来年三月三！
山孩儿　好！咱回家。（欲下碌碡车）
山妮儿　别动！（拉动碌碡平板车。喇叭声起）

〔幕后传来无限深情的合唱声：

啊……啊……

都说这女人难上难，

脊梁上背着一座山。

只要真情似火燃，

青山也跟她团团转。

〔山妮儿艰难地拉着碌碡车上的山孩儿下。切光。

第四场
阳春白雪

〔字幕：一九九五年三月三日。
〔山坡山凹。
〔黎明的薄雾缠绕着山峰，山坡上百花争妍。
〔幕后飘来山歌声：

啊呀来——

依呀咳——

桃花那个红，

李花那个白，

满山遍野百花开。

留住那个青山在，

女人是烈火，

男人变干柴。

〔山孩儿春光满面地提着皮包，山妮儿满面春风地挎着印花小包袱，俩人欣喜地边歌边舞上。

俩　人　（合唱）彩云山上挂，
　　　　　　　　满坡迎春花。
山孩儿　（唱）　心上人儿手牵手，
山妮儿　（唱）　啊！悄悄离开家。
山孩儿　（唱）　春风来送行，
山妮儿　（唱）　轻轻吹乌发。
山孩儿　（唱）　采朵花儿头上戴，
山妮儿　（唱）　啊！等你把花插。
山孩儿　（唱）　采一朵红杏儿，（采花）
山妮儿　（唱）　带着绿芽芽。
山孩儿　（唱）　采一朵白山楂，（采花）
山妮儿　（唱）　骨朵七级塔。
山孩儿　（唱）　采一朵粉苹果，（采花）
山妮儿　（唱）　俩花一个杈，
山孩儿　（唱）　轻轻戴，慢慢挂——（插花）
俩　人　（合唱）呀哪依呀哈——
　　　　　　　　呀哪依呀哈——
　　　　　　　　满头飘彩霞！
山孩儿　（唱）　采不完，翠浪花海美如画，
山妮儿　（唱）　戴不尽，青山有情花作答。
山孩儿　（唱）　绕花丛，果树为我扯红帐，
山妮儿　（唱）　穿绿荫，山林为我掩青纱。
俩　人　（合唱）心连心，弯弯山道情尽洒，
　　　　　　　　肩并肩，相助相帮走天涯。
　　　　　　〔俩人相依相偎地坐在山岩上休息。
山孩儿　看你这满头的山果花儿，真美呀。
山妮儿　多亏你保住了满目青山。
山孩儿　看见这满坡满峪的山果花，死也值。
山妮儿　乌鸦嘴！好好活着。
山孩儿　你这一走，山妞儿知道吗？

| 山妮儿 | 不知道。留下她，照顾山根儿。唉！让人家养了十六年，俺心中有愧。
| 山孩儿 | 山妞儿真的是……
| 山妮儿 | 俺结婚半年，没脱衣服睡觉。
| 山孩儿 | 啊！山妞儿，我的女儿！
| 山妮儿 | 快走吧，免得让山根儿知道，赶来惹麻烦。
| 山孩儿 | 走。

〔俩人起身欲走，山根儿提着棍棒从山岩后跳出。

| 山根儿 | 哈哈，老子恭候多时咧！
| 俩　人 | （大惊）啊！
| 山根儿 | 山孩儿，你这可是拐骗良家妇女咧！
| 山妮儿 | 是我自愿的。
| 山根儿 | 哟！你这满头花儿真好看。路边的野花，不采白不采啊，山孩儿？你说是不？
| 山孩儿 | 山妮儿去给我打工，不要胡说八道！
| 山根儿 | 当然咧，西门庆也给潘金莲打过工，只是苦了武大郎咧。可惜呀，我可不是三寸丁！
| 山妮儿 | 山根儿你……
| 山根儿 | 住口！把头上的野花给我撕巴下来。
| 山妮儿 | 不！
| 山根儿 | （怒吼）拔下来！
| 山妮儿 | 不拔。
| 山根儿 | 叫你不拔！（照山妮儿头发上一棍子扫去，花儿落地）
| 山妮儿 | 我的山果花……（弯腰去捡）
| 山根儿 | 去你娘的！（一脚踹倒山妮儿，搓揉果花）
| 山孩儿 | 不许打人！（搀起山妮儿）
| 山根儿 | 老子不打好人！（朝山孩儿举起棍子）
| 山孩儿 | 看你敢打？
| 山根儿 | 山孩儿，我一忍再忍，一让再让，你跐着鼻子爬脸儿、进了屋里上炕！今儿个，可是你逼我和你拼命的！（欲打）
| 山妮儿 | （挡住）怨我，打我吧……
| 山根儿 | 滚开！（甩开山妮儿，朝山孩儿扑去）
| 山妮儿 | （抱住山根儿后腰）山孩儿哥，快跑……

〔山妞儿背旅行兜急上。见状挡在山根儿面前。

山妞儿　打死我吧！

〔众人惊愣。

山根儿　妞儿呀，你咋来咧！

山妞儿　我也走！

山根儿　啊！（棍子从手中慢慢滑落。突然跪倒在山孩儿面前）你带走山妮儿，是撕我的脸皮。你带走山妞儿，是摘我的心肝呀！求求你，把我的女儿留下吧。（泣哭）

山妞儿　我恨他（她），不跟他们一起走！

山根儿　你要到哪里去？

山妞儿　要饭讨食也不在家中。

山孩儿　为什么？

山妞儿　我不想听见让人家说三道四的娘，更不想看见骂我野杂种的爹！

山根儿　妞儿呀，为这，你从去年除夕夜，到现在没和爹说一句话。你，你知爹心里是啥滋味？就原谅爹这一回吧！

山妮儿　妞儿呀，娘对不起你。说句良心话，你爹可没少疼了你，什么都依着你。妞儿，你懂事了，什么也知道了，咱大南山有句老话，生母不如养母大，生父难比养父恩呀。

山孩儿　听话，快和你爹回家。

山妮儿　家？

　　　　（唱）　提起家来如寒冬，
　　　　　　　　生来钻进冰窟窿。
　　　　　　　　娘呀娘，你开口就下鹅毛雪，
　　　　　　　　爹呀爹，你满嘴吐的是冰激凌。
　　　　　　　　妞儿我，从小长在这凉环境，
　　　　　　　　紧系那，难解的疙瘩冻手的铃。
　　　　　　　　去年除夕去照町，
　　　　　　　　突然解开系铃绳。
　　　　　　　　一个骂我野杂种，
　　　　　　　　一个焐脚婚外情。
　　　　　　　　惹来全村人耻笑，
　　　　　　　　山妞儿原来是私生偷生。

　　　　　我恨恨恨，痛痛痛，
　　　　　出门见人脸儿红。
　　　　　花季里带上这严冬的梦，
　　　　　远离这羞死我的山，丢死我的岭，
　　　　　一辈子不回南山峰。
　　　〔三人面面相觑，痛苦难堪。

山妞儿　（跪倒）生我养我的大南山，永别啦！（哭着欲下）
山妮儿
山孩儿　（拉住）俺该死……

山妞儿　我恨你！躲开。（欲下）
山根儿　（紧拽山妞儿衣袖）妞儿呀，不管我是不是你的亲爹，从你生下来我就有了希望，有了寄托，时时刻刻把你当作亲生女儿啊！你笑，爹心里高兴。你哭，爹悄悄流泪。我睡里梦里都在喊，山妞儿是我的亲骨肉啊。你想想，咱一家三口人，除了你，我心里还有谁呀？你娘真的要走，就让她走吧。可你走了，爹实在没法活咧……（泣哭）
山妞儿　（亦哭）爹，如果你真心爱着女儿，就让我走吧。一个私生子，在咱大南山，一辈子也抬不起头来！
山根儿　这……妞儿，你，你就走吧。只要你心里装着俺这个浑蛋爹，俺这辈子就知足了。
山妞儿　嗯。（哭泣着奔向弯弯的山道）
山孩儿
山妮儿　山妞儿！（追赶）
山根儿　（攀上一块大岩石哭喊）妞儿哎，你再回头看爹一眼！
　　　〔山妞儿站住，转过身来，泪流满面地看着山根儿。
山根儿　（哭笑着向女儿点了点头）我也走了！（决然跳下岩石）
山妞儿　爹——
　　　〔山妮儿、山孩儿和山妞儿惊叫着冲上前搀扶山根儿。
山根儿　（醒来）别管我，都别管我！（欲站起、摔倒）我这腿，不行咧。
山孩儿　（抱起山根儿）快，去医院！
山妮儿　放在俺的肩上，你走吧。
山孩儿　不！
山妮儿　（嘶喊）你走——

［山妞儿扶着山根儿，山妮儿背起了山根儿。
［造型，切光。

第五场
人 性 之 光

［字幕：一九九五年除夕夜。
［景同第一场。
［大雪飘飘。
［一束追光追出伫立在碌碡平板车上的山妮儿，她举着火把、浑身披满洁白的雪花、极目眺望茫茫雪野、弯弯山道。
［幕后传来女声合唱：
  又到除夕夜，
  阳春飘白雪。
  眺望南山白蝴蝶，
  再点一把火！

山妮儿 （唱） 欲望断，弯弯的山道十八里，
  苍茫茫，雪夜不见人踪迹。
  山孩儿哥呀——
  你春天带走了芳香的花季，
  只留下扎俺心尖儿的野蒺藜。
  山根儿腿残满肚子气，
  常指着花猫骂乌鸡。
  山妞儿，常哭泣，
  难越鸿沟路崎岖。
  俺只有早上坡来晚下地，
  面对山崖泪偷滴。
  怕伤心不敢走那鸳鸯岭，
  怕酸心不敢碰那双头菊。
  怕揪心不敢看那动情的戏，
  怕撕心不敢切那黄脸的梨。
  俺只有相伴这满坡果林心慰藉，

　　　　　　这是你撑伞在屹立，与俺常相依。
　　　　　　上山你扯俺的手，
　　　　　　下山你拽俺的衣。
　　　　　　拂面你为俺擦泪，
　　　　　　贴耳劝俺莫哭啼。
　　　　　　咱今年山果涨价行情好，
　　　　　　老老少少对你对我都感激！
　　　　　　请雪花把这大山的情怀寄，
　　　　　　乡亲们企盼你快快回，快快归，
　　　　　　团团圆圆欢欢喜喜度除夕。
　　　　〔山尖儿与众村民抱柴草、打火把上。
山妮儿　大伙都来啦。
众　人　来啦来啦。
山妮儿　快把柴草垛起来吧。
众　人　好！垛起来——
　　　　〔众人边垛边唱。
女村民　（合唱）年年照町凑柴火，
　　　　　　　　今宵柴草格外多。
男村民　（合唱）照亮三山和五岳，
　　　　　　　　游子快归山窝窝。
众　人　（合唱）点火点火快点火，
　　　　　　　　盼只盼，山孩儿走下高山坡。
　　　　〔众人围住草垛欲点火。
山妮儿　三奶奶呢？
山尖儿　咋还没来？
众村民　等她老人家来，让她亲自点火。
　　　　〔山燕儿和山蛋儿搀扶着三奶奶上。
山妮儿　三奶奶，您来点火。（递火把）
三奶奶　俺没法点啦。你看俺这眼……
山妮儿　你的眼？
三奶奶　今早晨起来，俺就啥也看不见啦。
众　人　（上前细观）哎呀呀，没有光彩了。

三奶奶　唉！
　　　　（唱）　人说娘亲心怀窄，
　　　　　　　　只有儿女在心扉。
　　　　　　　　不怕儿小心操碎，
　　　　　　　　就怕儿大扎翅飞。
　　　　　　　　离别洒下千滴泪，
　　　　　　　　担忧涌来万般悲。
　　　　　　　　俺早晨门前盼儿还，
　　　　　　　　晌午村头等儿归。
　　　　　　　　下午山坡站麻了腿，
　　　　　　　　傍晚回家人来催。
　　　　　　　　夜里牵挂难入睡，
　　　　　　　　一宿起来三五回。
　　　　　　　　合眼连连做噩梦，
　　　　　　　　睁眼闭眼俱生畏！
　　　　　　　　泪湿枕头半截被，
　　　　　　　　直哭得眼前一片黑。

山燕儿　（哭泣）俺妗子生生把眼哭瞎啦。
众　人　可坏啦！这是怎么说……
三奶奶　俺这眼还能治好不？还能看见俺儿不？（哭泣）
众村民　（泣声）能治好。一定能看见山孩儿。
山尖儿　（泣声）过了年，咱去城里，找个好大夫……
众村民　（泣声）花多少钱，大伙摊。
三奶奶　俺不花大伙的钱。
村民甲　您该花。多亏山孩儿保住了山林，今年山果涨了大价钱，花椒每斤三十元，山楂一块八，苹果每斤涨价三块多，大伙都发了大财。
众村民　三奶奶，你给咱大南山养了好儿子！
山妮儿　三奶奶……（泣哭着偎在三奶奶怀中）
三奶奶　是山妮儿吧？别哭，有大伙这句话，咱娘儿们也就知足啦。哎，山尖儿呢？
山尖儿　我在这儿。
三奶奶　俺问你个事儿，你可要对俺说实话呀。

山尖儿	问吧。
三奶奶	这一年来，山孩儿一点音信也没有，他到底给你来信没？
山尖儿	没……
三奶奶	可了不得，孩子出了事了！
山尖儿	不不不，来过信，来过信。
三奶奶	啊！真的？
山尖儿	真、真的。
众村民	好！快把信拿来，让大伙看看。
山尖儿	这……
山燕儿	（推山尖儿一下）可能是来的电话吧。
山尖儿	对！电话，我的办公电话。
三奶奶	他在哪？
山尖儿	在广州，不！在西藏、在香港……
三奶奶	俺儿说啥？
山尖儿	让您老人家放心，保重……
众村民	对！让您老人家放心，保重。
三奶奶	大伙别再瞒哄俺啦，俺那山孩儿，不准有了啊。
众村民	不！他绝对活着。
山尖儿	俺说实话吧，既没接到山孩儿的音信，也没听到一点不好的消息啊。
三奶奶	山孩儿没了音信，和他要好的几个弟兄们，就没出去打听打听？
山尖儿	打听啦，也报了警，但是……
三奶奶	咋打听的？
四　人	（合唱）打归打来说归说，
	情比金钱重得多。
	光着屁股的兄弟伙，
	一同生在石头窝。
	兄弟少了人一个，
	哥们怎不豁上豁？
山尖儿	（唱）　我事假请了一个月，
	跑了东海去大漠。
村民甲	（唱）　我南方寻来北方过，
	过了长江过黄河。

照町 ZHAO TING

村民乙　（唱）　我寻人启事四处贴，
　　　　　　　　告示贴了半中国。
村民丙　（唱）　我生人问来熟人摸，
　　　　　　　　报纸寻人电台播。
四　人　（合唱）找来找去找不着，
　　　　　　　　不由心中打哆嗦。
　　　　　　　　只盼今晚除夕夜，
　　　　　　　　山孩儿走下高山坡。
三奶奶　到了真事儿上，还是兄弟爷儿们哪！
山妮儿　点火吧，照亮山孩儿哥归来的路程。
众村民　快点火。（将火把投向草垛，草垛渐渐燃烧）
山燕儿　今冬雪水大，草被雪打湿啦，火不旺呀。
男村民　咱扇！（脱下棉衣扇火）
山妮儿　抬风车来！
众村民　对！用风车。
　　　　〔众人抬起大风车，喊着号子向火堆走来。将风车口对准柴火垛。
山妮儿　扇呀——
众村民　扇！啊呀咳，咿呀咿，咿呀咿，啊呀咳……
　　　　〔众人喊着粗犷的号子。八个男人疯狂而有节奏地拧动大风车的左右柄臂。八个女人用布条缠住摇把、猛拉猛拽。顿时，风车的呼啸声、号子声以及秸秆骨节燃烧的爆炸声大作。
　　　　〔幕后传来粗犷的男声合唱：
幕　后　（合唱）啊呀咳，咿呀咿，
　　　　　　　　风车舞双臂，
　　　　　　　　扇出火霹雳！
众　人　（合唱）啊呀咳，咿呀咿，
　　　　　　　　照町游子归故里！
幕　后　（合唱）火苗向你展红翅，
　　　　　　　　风车喊你似吼狮。
众　人　（合唱）啊呀咳，咿呀咿，
　　　　　　　　松柏浴火流了泪，
　　　　　　　　青山也焦急！

〔大火熊熊燃起！众人停止摇动。不约而同地仰望那追光中的弯弯雪道。
〔幕后飘来如泣如诉的女声合唱：

　　　　啊——来兮速来兮，

　　　　不见人踪迹。

　　　　大火有声正呜咽，

　　　　风车也哭啼。

　　　　啊——来兮速来兮，

　　　　来兮速来兮……

〔铺满白雪的弯弯山道上空无一人。
〔大火渐渐熄灭。
〔山道在追光中渐渐隐没。
〔众人面面相觑。静场。
〔少顷，众村民默然而下，只剩下三奶奶、山燕儿、山蛋儿和山妮儿。
〔悲凄的二胡独奏声起。

山蛋儿　姥娘，别看啦，咱回家吧。

三奶奶　看不见也要看，俺要用心，把俺儿看回来。儿啊，你咋忍心撇下你这瞎眼的娘啊……（放声大哭）

山妮儿　山孩儿哥，家来吧，家来看看乡亲们，大伙多好哇！山孩儿哥，家来吧，别害怕……（泣哭）

山燕儿　都别哭，过了年，俺表哥就回来。（泣哭）

山蛋儿　（泣哭）咱、咱回家……

三奶奶　等一会儿，再让俺等一会儿……

〔二胡由悲凄转为深情、激昂。
〔众村民突然全体返回，每人搂一大抱柴草，蜂拥而上。

山妮儿　大伙又回来啦。

三奶奶　回来干啥？

众　人　（泣声）照町，一定要把山孩儿照回来！

三奶奶　好乡亲啊……

〔众村民垛柴草，更加疯狂地扇火。
〔大火再次熊熊燃起。
〔山妞儿提一只大筲，与挂着双拐的山根儿上。

照町 ZHAO TING

山妞儿　娘……
山妮儿　妞儿，你、你也来啦。
山妞儿　是爹让俺来的。
山妮儿　山根儿……
山根儿　（摇摇头）唉！
山妮儿　妞儿，这筥里是啥？
山妞儿　豆油。
山根儿　泼进火里去！
山妮儿　山根儿……
众　人　泼油！
山妮儿　泼！
　　　〔山妮儿和山妞儿架起油筥，奋力泼向大火。
　　　〔"轰"的一声闷响，犹如阵雷。大火冲天而起，整个山峦如同血染。
　　　〔埋伏在观众席中和天花板上的红灯大开，整个舞台和剧场一片耀眼的火红。
　　　〔强烈的追光中，弯弯的山道如同火龙。
　　　〔众人含泪，引颈而望，不眨眼地盯着山道。
　　　〔幕后合唱：

　　　　　啊！归来吧——
　　　　　人情之光耀山河，
　　　　　啊！归来吧——
　　　　　民俗之光照年节。
　　　　　啊！归来吧——
　　　　　风情之光日和月，
　　　　　啊！归来吧——
　　　　　人性之光火与血！

　　　〔静静的山道仍无人影。
　　　〔火焰渐渐缩小，山道由红变白。
　　　〔众人大感失望，垂头丧气地纷纷蹲在地上，有人在低声泣哭。
三奶奶　儿啊！家来吧，家来看看大伙，咱大南山，祖祖辈辈一家人啊！家来吧，别害怕……
　　　〔村民甲突然号啕大哭起来。

山根儿	哭啥？哭你那钱吗？
村民甲	山根儿，天地良心，钱算啥？！（掏出欠条）大伙看着，这是八千元的欠条，山孩儿回来不回来，我一分也不要啦。（投向烈火）
村民乙	（掏出欠条）我这九千元，也不要啦。（投向烈火）
村民丙	（掏出欠条）烧！
众村民	（纷纷掏出欠条）烧烧烧！（全部将欠条投向烈火）
山尖儿	烧得好！（摘下棉帽，决然投向烈火）我这顶副乡长的乌纱帽，不要了！

［更加沉闷的一声轰响，熊熊烈火，光天耀地。全部红灯开到最大极限，山道如血、徐徐推向台前。

山根儿	（默默地掏出欠条，投向火中）唉，不要啦，（哭喊）钱算啥？拿钱买不到的东西太多了，钱不是万能的，绝对不是！
山蛋儿	山根儿……
山根儿	山蛋儿，过了年，咱一块去法庭。
山燕儿	去法庭？
山根儿	撤诉。
山妞儿	爹——（扑向山根儿怀中）
山根儿	（泣声）妞儿呀，等你山孩儿叔回来后，你，你和你娘一块跟他过吧。
山妞儿	爹，女儿今晚才知道，你有苦恼，也有人情，更没有丧失人性。当你听说山孩儿叔真的没有回来时，你默默地灌满一筒豆油，含着泪对我说，提上它，把你山孩儿叔照回来。咱大南山不应该有我，不应该没有他呀……
山根儿	唉！从山果涨价后，我一直在想，十六年前我错咧，十六年后我一错再错呀！妞儿呀，你命好，有一个好爹爹……
山妞儿	不！山妞儿永远是您的女儿，永远是您的亲骨肉！你的腿坏了，女儿侍候您一辈子。
山根儿	（激动地将山妞儿紧紧搂在怀中）我的亲骨肉！妞儿永远是俺的亲骨肉啊。（泣哭）
山妮儿	山根儿，我对不起你……
山根儿	（泣声）不！是我对不起你。山妮儿啊，十六年来，俺没少让你受了难为。等山孩儿回来后，你想拿的拿着，想搬的搬着，俺一分钱也不和山孩儿要，咱、咱无条件离婚。

山妮儿　山根儿……

山根儿　山妮儿，你爱着山孩儿，有眼力啊！他救了咱大南山，值一千万，值几万万呀。

众　人　对！子孙后代，没法计算……

山根儿　山孩儿也救了我这带头毁林的千古罪人！山妮儿，我感谢你，咱以后就兄妹相称吧。

山妮儿　山根儿哥……（泣哭着跪在山根儿面前）

山根儿　山妮儿妹……快起来……（搀起山妮儿）

山妮儿　（冲向山道，死死地抓住山道景片摇晃着哭喊）山孩儿哥，你再也不用去挣钱啦，家来吧，快家来呀……

山妞儿　（哭喊）山孩儿叔，大伙都在等你盼你，为啥还不家来呀！

众　人　（齐呼唤）家来吧，家来——

〔呼唤声响彻山谷，群山回荡，回荡……

〔山道在颤抖，震动起红色的飞雪，飘呀飘……

〔烟尘化作红蝴蝶，纷纷升起，飞呀飞……

〔远天飘来山歌声：

　　　　依儿依，呀儿呀——
　　　　俺娘生俺在大南山，
　　　　山尖尖裹着巴掌大的天。
　　　　年年绕着场院转。
　　　　碌碡滚来风车扇。
　　　　大碌碡惊起只火凤凰，
　　　　老风车扇出只红杜鹃。
　　　　过年过出个痴情女，
　　　　照町照出个憨儿男……
　　　　依儿依，呀儿呀——
　　　　痴情女……憨心男……

〔大幕徐徐闭。

〔字幕打出：谨以该剧献给在改革大潮初期勇于献身和沉浮的精英们。

（剧终）

注：

① 1998年6月1日，初稿完成于静思斋。1998年6月12日，二稿完成于静思斋。1999年6月20日，三稿完成于静思斋。

② 该剧于1998年8月参加山东省剧协"第七届舞台剧本评选"获三等奖。2000年6月，参加中国戏剧文学学会"首届中国戏剧文学评选"获"戏剧文学奖入围奖"。

③ 该剧由山东省吕剧院邀稿，因特殊原因，未曾排演。

④ 该剧唱词较多，带有民族歌剧色彩，如需排演戏曲或歌剧，请联系著作权人或继承人加以修改，侵权必究！

• 现代戏

好儿好女①

时间：20世纪80年代末至90年代初。

地点：泰沂山脉大南山。

人物：郝老太——村妇。
　　　好孩儿——郝老太的儿子。
　　　俊　嫂——好孩儿的妻子。
　　　憨　妹——郝老太的女儿。
　　　孬蛋儿——个体户。
　　　黑　妮——孬蛋儿的妹妹。
　　　闷　子——工人。

---

①作品登记号：鲁作登字-2022-C-10044593

1

　　［字幕：该故事发生在20世纪80年代末至90年代初。
　　［城乡之交，独门独院，小户人家。
　　［郝老太提小篮盛几根油条上。

郝老太　（唱）　人都说俺命运好，
　　　　　　　　一儿一女俩娇娇。
　　　　　　　　当娘的苦辣酸甜谁知晓？
　　　　　　　　费尽心累白头一世操劳。
　　　　　　　　只要有火还有亮，
　　　　　　　　当娘的烧透筋骨心不焦！

　　［郝老太将小篮放在院中矮桌上，轻手轻脚走到窗根，听听没有动静。

郝老太　（轻声细语地）她嫂子！她嫂子，起来吃早饭吧！
内　声　嗯……嗯——
郝老太　她嫂子，俊，小俊！太阳爬上屋山头了，再不起来，四邻八舍笑话了！
内　声　谁敢笑话咱呀？俺在娘家为闺女时候，从来没人催俺起床！
郝老太　趁着油条还热乎，快起来吃吧！
内　声　起来、起来、起来——

　　［郝老太坐小凳搓洗衣服。
　　［俊嫂一手持镜、一手拿梳，梳着头发走出屋门。

俊　嫂　（唱）　人都说俺长得俊，
　　　　　　　　擦动起多少妒嫉心！
　　　　　　　　十个女人九个恨，
　　　　　　　　恨俺比她强几分。
　　　　　　　　矮的恨俺细高挑，
　　　　　　　　高的恨俺个头匀。
　　　　　　　　胖子恨俺比她瘦，
　　　　　　　　瘦子恨俺少皱纹。
　　　　　　　　眼小的恨俺眼睛大，
　　　　　　　　眼大的恨俺眼有神。
　　　　　　　　老妇女恨俺比她嫩，

　　　　　　　小闺女恨俺正青春。
　　　　　　　千恨万恨俺不怕，
　　　　　　　从来小鬼怕恶人！
郝老太　俊啊，快趁热吃吧。
俊　嫂　（看小篮）几根破油条，真倒胃口！没买鸡蛋合吗？
郝老太　没……没有。
俊　嫂　俺那婆母娘哎，俺可是有了！
郝老太　你又有了？
俊　嫂　嗯，有了。
郝老太　（向观众）俺这儿媳妇有了好几回啦！好吃好喝伺候一阵子，她自己又化了，有了又没了！
俊　嫂　（向观众）那是为啥？营养不良！我说婆母娘哎，为了保住你郝家的后代根苗，俺这一天八个鸡蛋，一只小鸡，你可别舍不得！
郝老太　她嫂子，好孩儿临走留下的那点买菜钱，早就哆嗦完了。
俊　嫂　婆母娘，你手里不是还有你闺女给你的小私房？
郝老太　你妹妹出外打工，能挣几个钱？塞给的那俩零花钱儿，不瞒你说，也都贴进去了。
俊　嫂　你别心疼。你儿这回送货，挣了大钱回来，全给你补上！
郝老太　要是货能卖得出去，钱能挣得回来，娘就放心了。一家人过日子，还补什么！
俊　嫂　哎哟！盆里泡的衣裳，还没洗出来？你可真，真，真是个老太太！
郝老太　她嫂子！你别咋呼了，洗！俺洗！婆婆给儿媳妇洗衣服不费劲，我怕的是让外人看见了，笑话你呀！
俊　嫂　谁笑话？老人家你睁眼看看，现在世道变啦！
　　　　（唱）　如今时髦新风气，
　　　　　　　媳变婆婆，婆变媳。
　　　　　　　十个媳妇九只虎，
　　　　　　　十个婆婆九摊泥。
　　　　　　　听人说，媳妇夺了儿子的爱，
　　　　　　　婆媳天生是仇敌。
　　　　　　　叫我看，只要婆婆懂道理，
　　　　　　　让贤退位降一级，

娘呀娘你只管敞开大门把衣洗，
叫四邻开眼界参观学习！

郝老太　你不怕丢脸，俺还怕丢人哩。

俊　嫂　（向观众）看看，新旧两辈人，说不到一块去。快点洗出来，过晌午俺还得穿出去打牌哩！

〔郝老太使劲搓洗衣服。

〔好孩儿衣冠不整、踉跄进院。

好孩儿　娘！

郝老太　俺孩儿回来啦？好孩儿，叫娘看看。

好孩儿　累死了，饿死了！（抓油条就吃）

郝老太　先喝口热水。

好孩儿　从昨天就光喝西北风了！

俊　嫂　看你累的，没坐车吗？

好孩儿　翻遍了口袋，还剩两毛钱，在城里上了趟厕所就没了，还坐车？

俊　嫂　盼着你去发个财，盼来盼去盼回来个叫花子！

郝老太　俺孩儿从小没吃过这个苦，平平安安的，比啥都强！

俊　嫂　送出一车货，落个两手空，你是怎么混的？

郝老太　好孩儿，咱那调味粉，难道不好卖？

好孩儿　俺那娘哎，别提你那调味粉了！

（唱）　这车调味粉，
　　　　叫俺伤透了心。
　　　　嘴皮子磨起泡，
　　　　腿肚子跑转了筋。
　　　　这个闻闻呛鼻子，
　　　　那个舔舔涩嘴唇。
　　　　说咱是伪劣假产品，
　　　　别拿来糊弄城里人！
　　　　呼啦啦围上几个大盖帽，
　　　　说声罚款我慌了神。
　　　　趁他们又打条子又盖印，
　　　　我瞅个空子出人群，
　　　　一溜烟抄小道蹿回家门！

郝老太　好孩儿！一车调料你就白扔了？
好孩儿　不扔？伸着脖子等罚款吗？
郝老太　你该弄个青红皂白！
俊　嫂　别埋怨你儿啦！
　　　　（唱）　亏了本，赔了账，
　　　　　　　 砸了锅，磕了筐，
　　　　　　　 谁也不怨怨老娘！
　　　　　　　 不是你贡献传家宝，
　　　　　　　 哪来这一场大窝囊？
郝老太　（唱）　老祖爷进过御膳房，
　　　　　　　 传下来宫廷真秘方。
　　　　　　　 珍奇药料八大味，
　　　　　　　 味味牢记在心房。
　　　　　　　 经历了多少寒和暑，
　　　　　　　 实指望今日见天光。
　　　　　　　 为什么刚一上阵打败仗？
　　　　　　　 为什么调料不耐众口尝？
　　　　　　　 咱就该吹开醭土找裂纹，
　　　　　　　 剖开绿皮看瓜瓤！
俊　嫂　原因不难找。这么些年了，你老人家上了岁数，八成是记错了那主要的八大味药料。
郝老太　没的事！当初你公爹得了病，好孩儿才六七岁，他爹趴我耳朵上一字一句传的秘方，我能记错吗？
俊　嫂　就算没记错，你能保险上几辈子的人都没记错？没准原先就是不好使，假的！
郝老太　她嫂子，可别给郝家的祖上抹黑呀！
俊　嫂　你们家筐里没烂杏，可人家就是不买，就是不要，还说是伪劣假货！可怜呀，俺从娘家借来的本钱，全赔进去啦！不行，这日子今后怎么过，咱得打打谱！
郝老太　是得打打谱。
好孩儿　可累煞我了，你们打谱吧，我先睡上三天再说！
俊　嫂　不行！这个家就你一个男人，你还有个男人样吗？过来！

　　　　　［好孩儿走向媳妇。
郝老太　好孩儿，你过来，咱打打谱。
　　　　　［好孩儿走向母亲。
俊　嫂　我叫你过来！
　　　　　［好孩儿最终走近媳妇。郝老太走向洗衣盆。
俊　嫂　（拉好孩儿到一边）谁害咱塌这么大个窟窿？见她我就来气！（摘下耳环）拿去换成钱，够咱吃一阵子的。我告诉你，可以养男人，不能养婆婆！叫她走，找你妹妹去！
好孩儿　憨妹在城里打工，娘那么大年纪……
俊　嫂　你不叫她走，我就回娘家！
好孩儿　你别走！
俊　嫂　不让我走，你就叫她走。快去呀！
好孩儿　（磨磨蹭蹭走到母亲跟前）娘。
郝老太　啊？
好孩儿　娘，娘……（张不开口）
郝老太　说哎，你们打的什么谱？
好孩儿　这个这个……打的什么谱……娘你打的什么谱？
郝老太　找准了毛病再干！重打锣鼓另开张。
俊　嫂　（叫喊）怕这个家败得慢吗？谁要再提调味粉，我就跟谁打离婚！
　　　　　［郝老太转身进屋。
好孩儿　你说谁？
俊　嫂　说谁谁知道……这个家不能待啦！我走！你别来拉住我，我走——
　　　　　［郝老太提小包袱出屋。
郝老太　她嫂子，你别走，我走。
俊　嫂　啊？你走？
郝老太　我上城里工地，找你憨妹去。
俊　嫂　还是城里好啊……
　　　　　［郝老太出大门，好孩儿跟送到门口。郝老太走到边幕，又走回嘱咐儿子。
郝老太　她有了身子，你别惹她生气。
好孩儿　惹谁生气也不能惹她生气。
郝老太　（走走又回）什么时候生了，娘回来伺候月子。

好孩儿　到时候少不了你。
　　　　［郝老太转身走，俊嫂拉进好孩儿，关紧大门。
郝老太　（又回）小孩衣裳可……（看见大门紧闭，一声叹息，跺脚转身，摔倒，爬起，一瘸一拐走下）

2

　　　　［孬蛋儿家院外，有矮桌小凳。桌上摆满了大碗。
　　　　［孬蛋儿双手提大壶上，向碗内倒水。
孬蛋儿　（唱）　一夜春风暖天下，
　　　　　　　　花冒骨朵树冒芽。
　　　　　　　　人心好似苗顶土，
　　　　　　　　鼓拥鼓拥要旺发！
　　　　　　　　去到城里找门路，
　　　　　　　　想干啥偏偏干不成啥。
　　　　　　　　要想租房开小铺，
　　　　　　　　一问租金活吓煞。
　　　　　　　　街头设个小摊点，
　　　　　　　　少亲无故受欺压。
　　　　　　　　收购土产挣差价，
　　　　　　　　真假难分货混杂。
　　　　　　　　城里头遍地是钱不好挣，
　　　　　　　　还不如门前摆摊卖大茶。
　　　　［孬蛋儿大喊。
孬蛋儿　喂，喝茶了！珠兰龙井花大茶，要喝啥茶有啥茶，淡茶解口渴，浓茶解疲乏，您喝着大茶听俺吹喇叭！
　　　　［孬蛋儿边舞边吹，声情并茂。
　　　　［郝老太瘸上，盯着桌上的茶碗。
　　　　［孬蛋儿发现郝老太。
孬蛋儿　大娘，请喝茶！
郝老太　你这茶多钱一碗？
孬蛋儿　不贵！一毛钱一碗！大娘，请喝茶！

郝老太　俺不喝！

孬蛋儿　大娘！没有钱？不要紧，该喝就喝，来，喝茶！

　　　　［孬蛋儿递茶，郝老太几口喝下去。孬蛋儿见状，心中不忍。

孬蛋儿　大娘，坐下慢慢地喝！（扶郝老太坐下）大娘哎，你喝茶。我忙了大半天了，还没吃早饭来，我到屋里拿饭去！

　　　　［孬蛋儿取饭来，大口地吃着，郝老太两眼盯着孬蛋儿吃饭，又盯着盘中的煎饼卷儿，孬蛋儿注意到郝老太的神情。

孬蛋儿　（唱）　看穿戴不像是乞丐叫花，
　　　　　　　　眼盯着盘中物羞羞答答。
　　　　　　　　倘若你肚子饿就该说话，
　　　　　　　　不声不响我怎么打发？
　　　　　　　　若是我胡猜测身份弄差，
　　　　　　　　岂不羞辱了老人家！
　　　　　　　　无奈何将盘儿轻推一把……
　　　　　　　　是不是落难人我再观察。

　　　　［孬蛋儿起身欲走。郝老太抓起煎饼卷儿狼吞虎咽。孬蛋儿转身，抓起盘子，郝老太惊恐。

孬蛋儿　大娘，你这是？嗨嗨，你坐下等着我给你拿饭去！（端出一大碗早已剥好的热鸡蛋）大娘，吃吧，吃吧！这是刚煮好的鸡蛋，边吃边喝！

郝老太　（泪滴盘中）……还有这样的年轻人！

孬蛋儿　大娘，什么岁数了？

郝老太　差两岁八十了。俺也不要这张老脸了，要了饭啦！（擦泪）

孬蛋儿　大娘别难过，您就放开吃吧！不够我再拿去。家里……还有什么人？

郝老太　儿子、媳妇，还有闺女。

孬蛋儿　有儿有女有儿媳，多好的一家人！大娘，这些年轻的，真不懂事，就放心让你一个人出门吗？

郝老太　闺女在城里工地上打工干活，俺找了三天也没找上。说是挪了，上了千把里地以外去了。

孬蛋儿　我明白了。大娘没找着闺女，钱花完了，没法坐车回家。（掏钱）大娘，先拿着，打票坐车。

郝老太　不不！（坚持）

孬蛋儿　大娘你是哪乡的？

郝老太　城南郝家镇的。

孬蛋儿　大娘！这样吧，今天我也不大忙，我租个蹦蹦蹦，我送你回家！

郝老太　送我回家？不不！俺不回家。

孬蛋儿　这是跟儿子媳妇怄气了，对吧？

郝老太　唉……

孬蛋儿　你上了年纪，经多见广，年幼的嘴上无毛，胡说乱讲。别和他们一般见识！

郝老太　嗯。

孬蛋儿　年幼的惹你老人家生了气，兴许这会早后悔了，正急得到处找你呢！

郝老太　真的？

孬蛋儿　亲生骨肉心连心，你听听，远处有声，是叫娘的不？

　　　　〔孬蛋儿从腰袋上取下唢呐，吹小孩的叫喊声。

郝老太　（听）还真像俺孩的动静！

孬蛋儿　走啊，我送你回家，找儿去！

　　　　〔孬蛋儿边舞边吹唢呐，一曲《世上只有妈妈好》引动郝老太加快了回家的脚步。

3

〔景同1，郝家小院。
〔好孩儿购买油条、鸡蛋合等饭菜回家，听屋内有声，慌忙端盆洗衣。俊嫂梳头出。

俊　嫂　好孩儿，快点洗！就像下神似的。

好孩儿　噢，快点洗。

俊　嫂　慢点洗，我那花裤衩子，揉搓烂咧！

好孩儿　噢，慢点洗。

俊　嫂　早晨饭备办好了吗？

好孩儿　好了好了。

俊　嫂　鸡蛋合？

好孩儿　买来了。

俊　嫂　奶粉？

好孩儿　冲上了。

俊　嫂　你这个软蛋！样样顺着俺，咋就不会惹俺生点气呢？
好孩儿　人还有愿意生气的？
俊　嫂　俺这火发不出来，憋在心里不得生病长疮吗？来来来，惹俺生点闲气！
好孩儿　俺可没那本事。你想要个出气筒，要不，（试探）把咱娘接回来？
俊　嫂　呸呸呸！请神容易送神难，好不容易送出去，没过三天就接回来，没门儿！

　　　　〔孬蛋儿搀郝老太上。

孬蛋儿　大娘，快到家门了，怎么越走越慢？
郝老太　两条腿不听使唤，光打哆嗦。
孬蛋儿　大娘你别怕，先坐下歇歇。我先进去说说他们，保准让你儿子媳妇出来迎你。
郝老太　叫你操心受累了。
孬蛋儿　（向门内）家里有人吗？

　　　　〔孬蛋儿见无人应声，掏出唢呐便吹。

好孩儿　你这个人？是干啥的？
俊　嫂　别吹咧！俺家里又没有红、白公事，你胡吹打啥？
孬蛋儿　我给你们报喜来了！
好孩儿　报什么喜啊？
孬蛋儿　俺把恁娘送回来啦！
俊　嫂　啊？
好孩儿　咋？
孬蛋儿　你妹妹跟着建筑队挪到千里以外去了，你娘在城里举目无亲，流落街头，我就把她老人家给你送回来了。
俊　嫂　啊，送回来了？
孬蛋儿　看把你们高兴的！怪不得老太太走一路说一路，光说儿子媳妇孝顺，我到家一看，还是真的哩！还不快去迎进来！

　　　　〔孬蛋儿示意好孩儿出门。

好孩儿　娘，进家吧。
郝老太　好，好。儿子到底还是儿子。

　　　　〔好孩儿、孬蛋儿搀郝老太进院。

孬蛋儿　大娘你看儿子媳妇多孝顺，你还没进门，鸡蛋合、牛奶就给你摆下了！
俊　嫂　（发现郝老太腿瘸）嗯？这怎么回事？咋瘸嗒了腿呢？

孬蛋儿　大娘你好好歇着，我该回去了。

俊　嫂　慢着！

孬蛋儿　不用客气了，我住得不算远，回家吃晌饭赶趟啊！

俊　嫂　还想回家吃饭？

孬蛋儿　啊？难道要留下我喝一盅？

俊　嫂　还喝一盅？这一回呀，够你喝一壶的咧！

　　　（唱）　不用你油嘴又滑舌，
　　　　　　　听我把你的底来揭！
　　　　　　　老太太出门腿脚好，
　　　　　　　为啥回来变成瘸？
　　　　　　　定是你骑车撞人惹了祸，
　　　　　　　可怜那老腿碰上硬钢铁。
　　　　　　　伤了老人该你养，
　　　　　　　送个残废俺不接！

孬蛋儿　嘿嘿！你这不是不拉人呱吗？

　　　（唱）　好大姐，休胡扯，
　　　　　　　柿子不软你少捏！
　　　　　　　你血口喷人太恶劣，
　　　　　　　我身正不怕影子斜。
　　　　　　　做了好事遭诬蔑，
　　　　　　　谁还敢把雷锋学？

俊　嫂　我就不信，天底下还有这种好人！好孩儿，把娘送他家去，叫他治伤看病，养老送终！

好孩儿　（不知所措）娘……

郝老太　别再丢人现眼了！脚是我自己崴的，可别诬赖好人。要不是遇上这位小哥，你们兴许就见不着娘啦。还不谢谢人家！

好孩儿　谢谢……

孬蛋儿　不用不用。叫大娘好好歇歇吧。

郝老太　好孩儿，把包袱送到我床上，我待歇歇。

好孩儿　（有口难开）这……

郝老太　快去呀！

孬蛋儿　大娘，我去。（提起包袱）

郝老太　就这间小南屋。

孬蛋儿　（进屋，急又蹦出）怎么回事？一屋兔子！

郝老太　兔子？（走到屋门口）俺的床铺，床铺呢？

俊　嫂　床铺，撤了！

郝老太　撤了？你们这是……真的容不下娘了！（一阵眩晕，孬蛋儿连忙扶坐）

孬蛋儿　（大怒）这一对瞎包玩意儿！

　　　　（唱）　有娘的不知没娘的苦，
　　　　　　　　没娘的眼馋有娘的福！
　　　　　　　　幼小时，饿了就往娘怀里拱，
　　　　　　　　冷了就往娘怀里扑。
　　　　　　　　人长大，悄悄话只在亲娘耳边诉，
　　　　　　　　受委屈跪在娘前放声哭。
　　　　　　　　牵儿的心是娘手中的长线，
　　　　　　　　洗儿的伤口是娘串串的泪珠。
　　　　　　　　儿生病身上器官需换补，
　　　　　　　　当娘的十有九个不含糊！
　　　　　　　　人间母爱最特殊，
　　　　　　　　不图回报只付出。
　　　　　　　　可叹我自幼丧慈母，
　　　　　　　　嘴硬心软性情孤。
　　　　　　　　缺衣少粮都好挣，
　　　　　　　　难挣高堂居老屋。

俊　嫂　照你这么说，你是个没娘的苦孩子？

孬蛋儿　这苦，你们不知道。

俊　嫂　你眼馋有娘的？

孬蛋儿　馋也白馋。

俊　嫂　你盼着有个娘？

孬蛋儿　盼也白盼。

俊　嫂　好孩儿，咱们助人为乐，把娘让给这位孝子！

孬蛋儿　啊！娘能让给人？

俊　嫂　咦！你学雷锋送回来，就不许俺学雷锋让给你？要不要？

孬蛋儿　这……怕不合适吧？

俊　嫂　哼！劝俺要娘，说得天花乱坠，给你个娘，你也打退堂鼓了吧？说一套，做一套，没羞没臊！整个的一块男子汉大豆腐！

孬蛋儿　（被激起火来）好！你等着。大娘，俺家里就俺兄妹俩过日子，冷冷清清，就缺个老人，你愿不愿意给俺去当娘？

郝老太　你家里……没有媳妇吧？

孬蛋儿　没有没有。

郝老太　那就好。如果有媳妇，说啥俺也不敢……

好孩儿　娘，你先上这位兄弟家住几天，等兔子养大了，腾出房子我就去接你。

孬蛋儿　哎哟！娘比不上你那窝兔子了……

好孩儿　我……

郝老太　你也有你的难处。

孬蛋儿　窝囊废。娘！

郝老太　哎？叫我？

孬蛋儿　咱走！

俊　嫂　慢着！从今往后，吃喝拉撒，生老病亡，一概与俺无关！高兴了找个老头闹个黄昏恋，俺也不管！

孬蛋儿　说的啥话！

郝老太　伤天理呀！

孬蛋儿　娘，我背你走！

　　　　〔孬蛋儿背郝老太下，好孩儿提包袱追下。

俊　嫂　（自语）处理品，没费劲儿出手啦！

4

　　　　〔孬蛋儿家。
　　　　〔厂休日，孬蛋儿的妹妹黑妮打扫房间。

黑　妮　（唱）　黑妮俺生来本不黑，
　　　　　　　　经多了日晒狂风吹。
　　　　　　　　地头堰边拾麦穗，
　　　　　　　　爬上爬下坷垃堆。
　　　　　　　　够不着井台愣挑水，
　　　　　　　　没有车高敢送肥。

　　　　　头顶蓝天锄杂草，
　　　　　万里无云把车推。
　　　　　太阳赠送健康美，
　　　　　常在人前显光辉。
　　　　　长大后进厂不挨晒，
　　　　　黑妮的名儿仍相随。
　　　　　叫黑叫白咱不在意，
　　　　　这辈子不搽脂粉不描眉！
　　　〔黑妮提壶倒水，招徕顾客。
黑　妮　喂！喝茶了！珠兰龙井花大茶，要喝啥茶有啥茶！喝着大茶听俺吹……哟！俺哥哥会吹喇叭俺不会吹，俺会唱歌，俺唱歌给你听！
　　　〔黑妮唱歌曲《世上只有妈妈好》。
　　　〔闷子背照相机上。
黑　妮　闷子，俺哥没在家，你不能进屋。（以手画线）有什么话，在外头说。
闷　子　不让进屋，怎么说悄悄话？
黑　妮　我黑妮嗓门粗，说话一竿子捅到底，跟谁也没有悄悄话！
闷　子　那我可大声说啦，咱车间的承包奖金发下来啦！
黑　妮　咱们两个承包的彩印车间，超产盈利，应该拿奖。又不是偷的，不是抢的，还怕人听见？多少？
闷　子　（伸指头）八……（掏一叠钱递交黑妮）给你。
黑　妮　留下你那一半。
闷　子　你一块拿着吧！
黑　妮　干啥？
闷　子　我怕我胡花了。
黑　妮　我替你存银行。
闷　子　这我就放心了。
黑　妮　两个存折，一人一个。防止浑水摸鱼。
闷　子　黑妮，今天厂休日，赶上天气好，咱们爬山去，我给你照相！
黑　妮　不去。
闷　子　你有别的事？
黑　妮　没有。等俺哥。俺哥有事出去了，一会就回来。
闷　子　你就放心去吧！

黑　妮　不行。俺不能家里没人，门上挂锁，让他心里觉着冷清。

闷　子　黑妮，你的心都在你哥身上，就不能分给别人一点吗？

黑　妮　分不了！

　　　　（唱）　二老去世家残破，
　　　　　　　　亲人唯有俺的哥。
　　　　　　　　兄妹俩一对苦人儿度日月，
　　　　　　　　手扯手儿谋生活。
　　　　　　　　一个窝头掰两半，
　　　　　　　　哥哥让妹、妹让哥。
　　　　　　　　一碗蛋汤几遍热，
　　　　　　　　妹不先尝哥不喝。
　　　　　　　　一柄镢头二人抢，
　　　　　　　　一副担杖二人夺。
　　　　　　　　哥哥和泥妹递瓦，
　　　　　　　　修好遮风避雨的窝。
　　　　　　　　哥不娶亲妹不嫁，
　　　　　　　　俺心里难把旁人搁。
　　　　　　　　娶不来嫂子俺就等，
　　　　　　　　俺不怕等到牙掉头发脱！

闷　子　你等我也等。

黑　妮　不怕等成个白发老翁，你就等。

闷　子　我头发白了，你的头发还能黑吗？你不怕等，我更不怕。

黑　妮　那就随你便吧。

　　　　〔孬蛋儿背郝老太上。

孬蛋儿　娘，到家了。

黑　妮　（不解）娘？

孬蛋儿　黑妮，接包袱！闷子，扶下来。进屋进屋。（扶郝老太坐）娘，这是我妹妹，叫黑妮。

郝老太　黑妮？泼泼实实，好名好名。

闷　子　（主动地）我叫闷子。

郝老太　闷子？吹起来动静大、叫得响，也是好名。你是……

黑　妮　俺厂里同事。

孬蛋儿　娘，我一直不好意思说，我叫孬蛋儿，这名不好。
郝老太　好，好！世上的事，常是反着来的，好孩儿不好，孬蛋儿不孬！
黑　妮　叫老人先到里间歇一会吧！
闷　子　我扶进去。（提包袱搀郝老太下）
黑　妮　哥，你一口一个娘叫得挺亲，到底谁呀？
孬蛋儿　咱娘。
黑　妮　咱娘去世二十年了，连我都不记得什么模样。
孬蛋儿　就这模样。
黑　妮　咱娘去世才是中年，能这模样？
孬蛋儿　活到今天就这模样。
黑　妮　哥，到底怎么回事，你快说呀！
孬蛋儿　老太太流落街头，我送她回家。谁知儿子媳妇蛮不讲理，拒不收留，还反咬一口。我一气之下，背回老人，咱兄妹不正缺少……
黑　妮　哥，老人有儿有媳妇？
孬蛋儿　有哇。
黑　妮　儿子媳妇挺不讲理？
孬蛋儿　对，没见过那种人！
黑　妮　儿子媳妇还挺难缠？
孬蛋儿　对，女的比男的厉害！
黑　妮　哥你想过没有？老太太这么大年纪，万一有个三长两短，她的儿子媳妇找上门来，撒泼耍赖，敲咱讹咱，叫咱赔他的娘可怎么办？
孬蛋儿　怎么办？把老人送回去，再进虎口受罪？或者又去流落街头？怕这怕那，就不怕老人受苦吗？黑妮，我一见到老年人孤苦无靠，走投无路，就不由自主地想起二老爹娘，想起无数疼爱过咱的老人！
　　（唱）　小妹你从小吃过几家的奶？
　　　　　　你从小穿过几家的鞋？
　　　　　　咱碗里盛过多少家的米？
　　　　　　咱灶下烧过多少家的柴？
　　　　　　没有爹娘咱得了多少慈爱，
　　　　　　瘦弱的苦苗儿才能长成材。
　　　　　　见老人受欺凌我难忍难耐，
　　　　　　见老人遭遗弃我痛苦难挨。

　　　　　世上老人咱当成爹娘看待，

　　　　　这就是孤儿的一片情怀！

　　　　〔闷子扶郝老太提包袱出来。

孬蛋儿　娘！你待干啥？

郝老太　孩子，你的心眼太好，我不能连累你，叫你受难为。我还是走吧！

孬蛋儿　娘，你别走！

郝老太　（深情地）多好的兄妹俩呀，往后的日子长着呢，和和美美地过吧！大娘我，也好好地活。（欲下）

黑　妮　娘——（拉住郝老太，夺下包袱）

　　　　〔孬蛋儿取下腰间的唢呐，吹着歌曲《世上只有妈妈好》的旋律，郝老太被唢呐声震动。郝老太深情地望着围在身边的三个年轻人热泪盈眶。

孬蛋儿　（轻声地）娘！

郝老太　哎。

黑　妮　娘！

郝老太　哎！

闷　子　娘！

郝老太　哎！

三　人　（同叫）娘！

郝老太　哎！哎！哎！

黑　妮　（打闷子一拳）你也跟着乱搅和！

闷　子　兴你叫就不兴俺叫？你娘就是俺娘，俺娘也是恁娘……

黑　妮　闭嘴！别净想着沾俺的光！

闷　子　（瞪眼）随着你叫娘沾啥光？本来就是嘛……

孬蛋儿　黑妮，别闹了。快给咱娘做饭，下上一溜子挂面，荷包上俩柴鸡子蛋，再泡上三口酥……

闷　子　我学过厨师，这个活算我的！伺候俺娘去了。（下）

黑　妮　娘，她为啥把你赶出来了？

　　　　〔闷子上。端碗递在郝老太手上。

郝老太　为了一个做调料的宫廷秘方。

孬蛋儿　宫廷秘方？你没传给他？

郝老太　传了，做出来卖不掉，赔了钱就怨娘。

孬蛋儿　娘，能把秘方说给我听听吗？
郝老太　娘都叫了，还不能说吗？只怕是不顶用啊！
孬蛋儿　我听听。
郝老太　大茴香，小茴香，花椒皮子加良姜，白芷桂皮荜萝子，砂仁肉蔻配丁香，还有……（附耳说）
孬蛋儿　好！娘，不瞒你说，我也做过两年药材生意，我听这调料配方，确有独到之处。娘，要不咱做点试试？
郝老太　挨过一次蛇咬，俺可怕井绳了。
孬蛋儿　那先少做，不行就自找毛病，研究改进！
郝老太　那我给你长着眼色，验料、进料都马虎不得！
孬蛋儿　俺都听你的！
黑　妮　把我的奖金投上当本钱！
闷　子　我的奖金也投上！
黑　妮　用不着你合股！
闷　子　要我合股有好处。调料要有包装，包装上要有照片。娘，坐好。（打开相机）
孬蛋儿　对，就叫郝娘调料！
　　　　［闪光灯频闪。

5

　　　　［孬蛋儿家已成为营业室，焕然一新。伴唱中，几位客户求购郝娘调料的喊声。
伴　唱　　　临近中秋天气爽，
　　　　　　家家厨下刀板忙。
　　　　　　鸡鸭鱼肉缺调料，
　　　　　　忙坏了小贩经销商！
客户们　我要二百箱！给我四百箱！
闷　子　（作揖打躬）对不起，抱歉抱歉，没货了，过了节再说吧！
客户们　我是一千多里以外赶来的，照顾照顾，给一百箱吧！
闷　子　这我可做不了主。经理！经理哥！
　　　　［孬蛋儿穿西装扎围裙上。

孬蛋儿　老伙计们来啦!
客户们　经理!(让烟点火)大前门,两撇胡的……
孬蛋儿　都是老关系,不能让你们空手回去。这样吧,一家照顾九十箱,从我家里搬。
客户们　谢谢,谢谢啦!
孬蛋儿　丑话说到头里,谁也不能趁着抢手热销自己乱涨价!谁要损害消费者利益,到明年咱就拜拜!
客户们　经理放心! 放心吧!
　　　　〔黑妮开票,客户们下。
孬蛋儿　生意好了也是个愁, 愁着做不上卖的。你们招呼着这边,我还得上车间,可不能快了萝卜不洗泥!(下)
　　　　〔好孩儿、俊嫂东张西望地上。
好孩儿　请问,这里是郝娘调料公司?
闷　子　对对。很对不起,货全卖完了,让你白跑一趟。
好孩儿　我找郝娘……
闷　子　不是跟你说了吗? 郝娘卖完了,没有货了,过几天再来吧!
好孩儿　俺找郝……老……
俊　嫂　(推开好孩儿)听清楚!俺不买郝娘这个货,俺找郝娘这个人!
闷　子　(转不过弯来)不买货,要买人?
黑　妮　(推开闷子)郝总正在指导生产,概不会客!
好孩儿　俺不是客。
黑　妮　不是客,你是什么?
好孩儿　我……我是他儿,她是俺娘。
黑　妮　明明是俺的娘,怎么成了你的娘?叫我看,你这个儿,是个假冒的,冒牌货!
俊　嫂　你是冒牌货!他叫好孩儿,是郝娘亲生的儿,郝娘是他亲亲的娘;我是郝娘亲亲的儿媳,郝娘是俺亲亲的婆婆!
黑　妮　没听说过有这些亲亲的,只听说有两个不孝顺的混账东西,把老人家推出门外,是不是你们两个?
好孩儿　哎不……不是……
黑　妮　既然不是,还来冒充什么亲亲的? 走吧!
俊　嫂　不走。郝娘就是俺亲娘!(坐在桌子上)

黑　妮　她是俺的娘！你是冒充的。
俊　嫂　你是冒充的！她是你的娘，你叫她，她答应？
黑　妮　你叫她答应？
俊　嫂　当然了！不信把她叫出来，咱试试。
黑　妮　你等着。（下）
闷　子　我看你们真是吃饱了撑的，干什么不好？抢着给人家当儿！
俊　嫂　你是哪一枝上的老鸹？还不闭上你那尖嘴！
闷　子　你！
　　　　［黑妮扶郝老太上。郝老太穿戴阔气，红光满面。
俊　嫂　（连忙上前）娘！（郝老太扭脸不应）娘！（郝老太仍不搭理，黑妮和闷子偷笑）笑啥笑啥，俺娘耳朵背，没听见！
黑　妮　没听见？看我的！（炫耀地）娘！
郝老太　哎。
黑　妮　（向俊嫂）谁是真的，谁是假的？娘！你可要坐得稳稳的，把人看得准准的。娘，俺忙去啦。（与闷子下）
俊　嫂　（向好孩儿）你快叫呀！
好孩儿　穿得这么好，这是咱娘吗？
俊　嫂　傻瓜，快叫！
好孩儿　娘。（无回应）
俊　嫂　大声，带上感情！
好孩儿　娘——啊——（仍无回应）娘……（跪倒）
　　　　（唱）　娘不认儿……
俊　嫂　（接唱）儿不怪，
好孩儿　（唱）　儿不怪！千错万错……
俊　嫂　（接唱）错在孩。
好孩儿　（唱）　错在我这下贱材！亲生骨肉……
俊　嫂　（接唱）恩重如山，
好孩儿　（唱）　情似海！娘不认我……（叩首）
俊　嫂　（接唱）不起来。
郝老太　（唱）　孩儿跪地身变矮，
　　　　　　　好似幼时倚娘怀。
　　　　　　　想起他不想学好光学坏，

恨不得巴掌扇上腮！
想起他从小失父爱，
也怨我娇惯才走歪。
十指连心通血脉，
看起来要想割开难割开。

［孬蛋儿上。

孬蛋儿　哟！这不是好孩儿哥吗？你们这是……这团圆节还不到，你咋来了？
好孩儿　（惭愧）兄弟……
孬蛋儿　娘，好孩儿哥大老远地来了，叫他们起来吧！
郝老太　看你兄弟的面上，起来吧。
好孩儿　兄弟，谢谢了！
孬蛋儿　请坐。黑妮，拿饮料。
俊　嫂　兄弟，（醋意十足）恭喜你了，发了大财！
孬蛋儿　这先得感谢嫂子学雷锋，把老娘白送给俺！
俊　嫂　可不是嘛，不用俺娘的秘方、俺娘的相片，你也发不了哇！
孬蛋儿　这又得感谢嫂子你了，你要不说生老病死，一概无关，兄弟我也不必用老太太的秘方呀！
郝老太　好孩儿啊，咱娘们儿大半年没见面了，你来有什么事啊？
好孩儿　娘！俺来接你老人家，回家过八月十五！
郝老太　回家过十五？
好孩儿　娘，往后不用洗衣裳做饭。她也没生出来，不用伺候月子。
俊　嫂　娘哎！啥活不用你干，大肉包子蘸香油，吃了睡，睡了吃，睡了吃，吃了睡……
郝老太　那不成了猪啦？
黑　妮　娘！你忘了受的那份罪啦？别听他们说得好听，不能走。（拉住郝老太另一只胳膊）
郝老太　不能走？
俊　嫂　娘哎，哪有在外姓人家过节的，咱走！
郝老太　走？
黑　妮　娘，别听那些老封建！不走！
郝老太　不走？
俊　嫂　娘，有个人这两天就到家，你不想她？

黑　妮　谁?
俊　嫂　俺娘的亲闺女,俺男人的亲妹妹、俺的个亲小姑!这就要回家过中秋节,娘你想她不?
郝老太　想!
黑　妮　娘,你想她,我去把她接到咱家来!
俊　嫂　没出门子的大闺女,哪能上别人家过节?娘,咱走!好孩儿,帮一把!
　　　　（让好孩儿拉她一只手,二人合力把郝老太拽过来）
黑　妮　不能走!（示意闷子拉她一只手,合力将郝老太拽回）
俊　嫂　就得走!
黑　妮　不能走!
　　　　〔双方拽来拽去,最后拽紧郝老太。
孬蛋儿　松手!把咱娘拽零散啦!娘,我看他们挺坚决的,也是一片孝心。要不你就去住几天,过了节我就去接你回来。
俊　嫂　还是俺兄弟说话中听。
郝老太　好吧,我去看看闺女,过了节就回来。
孬蛋儿　黑妮,拿一万块钱,给咱娘带上零花。（黑妮开抽屉拿钱）
俊　嫂　大妹妹真好啊!来,我替咱娘拿着。
黑　妮　这又不沉,压不着累不着,不用劳烦你了。（递钱）娘,你装好了,小心老鼠!
俊　嫂　俺家没老鼠。
黑　妮　没有小老鼠,就怕叫大老鼠啃咯!
郝老太　我用不着钱。
俊　嫂　用不着也装着,图个吉利。
好孩儿　娘,走吧!
郝老太　慢着!咱先把话说明白喽。你们两个接我去,到底叫我干啥?
俊　嫂　叫你和闺女儿子团聚呀!
郝老太　还干啥?
好孩儿　娘,你要闲不住,也帮着俺……生产郝娘调料吧!
郝老太　早猜着你们的鬼心思了!
孬蛋儿　现在市场上供不应求,好孩儿哥要做,也是好事。
郝老太　好孩儿,你生产可以,可不准用郝娘这个牌子。
俊　嫂　行行,咱用郝大娘、郝奶奶、郝祖宗行吧?

孬蛋儿　闷子，开农用车，送咱娘。
闷　子　好！
俊　嫂　你那个蹦蹦蹦还不把俺娘颠打煞唠，好孩儿啊！来，咱抬着娘走。（二人抬郝下，黑妮追赶）
孬蛋儿　慢一点，快，快，闷子快开车过来。娘，娘！嗨！

6

　　　［郝家小院。
　　　［憨妹打扫院子。
憨　妹　（唱）　人说我憨妹性子憨，
　　　　　　　俺生来爱钻牛角尖。
　　　　　　　最喜欢丁是丁来卯是卯，
　　　　　　　最讨厌丝瓜扁豆乱纠缠。
　　　　　　　最爱吃小葱豆腐青白拌，
　　　　　　　最厌恶黏粥糊涂一锅端。
　　　　　　　只可惜，马马虎虎做人易，
　　　　　　　认认真真行事难。
　　　　（向屋内）娘！吃了早饭，别忘了接着冲碗蜂蜜喝！
　　　［郝老太出屋。
郝老太　憨妹，今天我不大想喝。
憨　妹　不行。干什么事都不能三天打鱼两天晒网！
郝老太　好好好……
憨　妹　（向另一屋内）嫂子！嫂子！起来晚了，又没饭了啊。
　　　［俊嫂连忙出屋。
俊　嫂　妹子，饭留在锅里吗？
憨　妹　没留。锅叫我刷了。
俊　嫂　怎么不早点叫我？
憨　妹　我买回来的便宜石英钟，一间屋里挂一个。你不按点起床，就是放弃早饭啦！
俊　嫂　哼！放弃就放弃，越饿越苗条！
郝老太　憨妹呀憨妹，你就知道认死理，一条道跑到黑，老大不小了，我怕

　　　　　你连个对象也不好找！
俊　嫂　黄花菜放凉了，萝卜缨子等黄了，黄瓜落架，再没人尝了。
憨　妹　你放心，一辈子找不上，我也绝不马马虎虎，凑凑合合。
　　　　〔好孩儿手提肩背几捆纸箱上。
好孩儿　赔啦！赔啦！又赔啦！（扔纸箱于地）
　　（唱）　这回进城卖调料，
　　　　　　没打着狐狸惹了一身臊！
　　　　　　客户看货要比较，
　　　　　　两种调料比低高。
　　　　　　那边拆封是"郝娘"，
　　　　　　这边撕开咱"郝奶奶"的包。
　　　　　　众客户咂嘴嚼舌齐说郝娘好，
　　　　　　摇头皱眉争说郝奶奶的孬！
　　　　　　人群一阵哄哄笑，
　　　　　　愣说咱是假商标！
　　　　　　我说我姓郝，姓郝假不了，
　　　　　　郝老太是俺亲娘祖奶奶——
　　　　　　家传的宫廷秘方独一招。
　　　　　　人家说我穷极生疯不害臊，
　　　　　　冒认亲娘露了马脚！
　　　　　　我走遍市场货都没人要，
　　　　　　娘呀娘，你这一万元又打了水漂！
郝老太　好孩儿，你比输了？
好孩儿　输了。
郝老太　打败了？
好孩儿　全赔进去了。
郝老太　赔了一万块钱不要紧，只要买来教训，就不算赔。这回，咱务必把原因找明白！
俊　嫂　就得找原因！
憨　妹　现在就找！
好孩儿　我累煞啦！我先歇歇行不？
憨　妹　不行。找不出原因能睡着觉吗？

郝老太　憨妹，把剩下的原料拿来。
憨　妹　哎。（端来一个大笸箩）
郝老太　你们看！
　　　　（唱）　这几天留心细查找，
　　　　　　　才知道原料不精准跌跤。
　　　　　　　看你这，春八角哪里有味道，
　　　　　　　虫咬的桂皮烂花椒。
　　　　　　　贪便宜瞒着我进了次等料，
　　　　　　　能指望市场去热销？
　　　　　　　自欺欺人苦自讨，
　　　　　　　顾客不会把钱掏。
憨　妹　（口尝药料）呸，呸！（吐出）这是谁办的好事？哥，是不是你的责任？
好孩儿　（目视俊嫂，不敢出口）这，这……
俊　嫂　咋呼啥，有什么了不起，一共十八味药料，有三味两味的质量差点，有什么要紧？咱比不过他，原因不在这里。
憨　妹　在哪里？
俊　嫂　俺的个憨妹子！
　　　　（唱）　他畅销热卖有秘密，
　　　　　　　调料里添加了稀罕东西！
憨　妹　加了什么？
俊　嫂　（唱）　什么壳，什么皮，
　　　　　　　什么葫芦什么衣。
　　　　　　　加上一点味鲜美，
　　　　　　　加上两点万人迷。
　　　　　　　一天吃了两天想，
　　　　　　　一天不吃心里急，
憨　妹　咱不好加一点吗？
俊　嫂　（唱）　俺怕局子传咱去，
　　　　　　　罚款判罪悔不及！
好孩儿　明白啦！
憨　妹　我也明白了。
郝老太　可别胡说！你兄弟那郝娘调料，除了十八味药料，啥也没加！

俊　嫂　他加不加,能告诉你吗?
郝老太　我天天下车间,能看不见吗?
俊　嫂　他要不想让你看见,你能看得见吗?
郝老太　你孬蛋儿兄弟、黑妮妹妹不是那号人!
俊　嫂　娘哎,为了发财,好人能变坏,老实人蒙蒙盖盖!
郝老太　你说下大天来我也不信!
好孩儿　我信!要没点秘密武器,他能独霸市场?
郝老太　不找自家筐里的烂杏,光盼着人家的果子招虫,没出息!
俊　嫂　(向好孩儿)娘的胳膊肘子朝外拐,你赔个倾家荡产她才高兴哩!
郝老太　你再胡说,我马上就走!
俊　嫂　你想先去给他透个信儿啊?我的个好奶奶,要不咱把牌子改了,叫孬娘!
郝老太　胡扯!(气得哆嗦)
憨　妹　娘!

　　　　(唱)　你也别生气,你也别着急,
　　　　　　　眼见才为实,猜疑总是虚。
　　　　　　　我本是个打工女,
　　　　　　　到他厂里摸底细。
　　　　　　　他没有秘密咱服气,
　　　　　　　他偷加禁品咱不依。
　　　　　　　工商所里去检举,
　　　　　　　砸他的牌子也不屈!
　　　　　　　不用十天并八日,
　　　　　　　定会传来真消息!

　　　　[灯暗。

7

　　　　[营业室内外。
　　　　[黑妮整理文件,放入壁橱。闷子收拾茶具。
黑　妮　闷子,今晚上是不是停电?
闷　子　供电所通知了,这一片停电。

照町 ZHAO TING

黑　妮　今天阴历十几?

闷　子　十六。

黑　妮　太巧啦! 没云彩, 有月亮, 又停电, 真是好时机!

闷　子　是约会的好时机。

黑　妮　约会? 好, 今晚上我约会你。

闷　子　真的? 上哪? 小河边?

黑　妮　不不。

闷　子　南山坡?

黑　妮　不不。

闷　子　你说在哪?

黑　妮　就在这里。

闷　子　这里? 你有加班任务?

黑　妮　没有。我约会你, 帮我抓贼!

闷　子　抓贼? 哪来的贼?

黑　妮　家贼。

闷　子　公司里边还能有贼?

黑　妮　新来的。

闷　子　新来的?

黑　妮　打工妹。

闷　子　你说她? 可别瞎怀疑!

　　　　　［黑妮锁壁橱, 闷子锁门, 同下。
　　　　　［天色变暗, 月亮升起。
　　　　　［孬蛋儿依偎在土堆上吹唢呐。

孬蛋儿　（唱）　绕厂房静悄悄洒满月光,
　　　　　　　　说不清因何事挂肚牵肠?
　　　　　　　　新来的打工妹行为异样,
　　　　　　　　惹得我阵阵同情阵阵忧伤。
　　　　　　　　只见她跑前跑后把活抢,
　　　　　　　　各道工序去帮忙。
　　　　　　　　想必是苦里生来穷里长,
　　　　　　　　偷学技术为家乡。
　　　　　　　　我也曾旁敲侧击将她问,

她却是羞羞怯怯口难张。
　　　兴许是无钱买技术转让,
　　　说出来白送你又有何妨!
　　　她不言不语叫人心难放,
　　　俺不知不觉开橱取配方。

（边唱边开壁橱,取配方在手）越想越叫人心酸,离开父母亲人,孤孤单单,出来打工。想买技术没钱,想瞅点门道又不知配方比例,三年五载也摸不清啊!真想送给她配方,权当是扶贫……（听远处脚步声）谁?（看门外）是她?对对,没错!轻手轻脚的,想来找配方?你何必偷偷摸摸的?真过来了,我先吓唬吓唬她。（躲入壁橱）

　　[憨妹上。

憨　妹　（推门自开）嗯?管理不严,门没上锁!（进屋、插门。转念）也许是秩序太好了,夜不闭户,不用锁门。（看壁橱）橱子也没上锁,这就太大意了!配方好像就在这里,找找看看!（伸手摸索,孬蛋儿递到手边,顺手取出配方,借月光察看）

　　　（唱）　借月光,审配方,
　　　有什么秘密内中藏?
　　　不多不少十八味,
　　　端端正正十八行。
　　　果然不出我的料想……
　　　只觉得一股热流绕心房。（将配方放回壁橱）

孬蛋儿　（接住配方,向观众）这么傻呢,白送的!（将配方递出）
憨　妹　怎么放不回去?（往里塞,顺纸摸到孬蛋儿的手腕）这是什么?
　　[黑妮、闷子上,在屋外往里看。
黑　妮　她真来啦?快进去抓!
闷　子　慢!沉住气,好像还有一个。（二人伏窗窥测）
憨　妹　是一只手脖子!（紧紧抓住）有贼!
孬蛋儿　谁是贼呀?
憨　妹　抓住手脖子还不承认?
孬蛋儿　真是贼喊捉贼。
憨　妹　你这个贼快出来吧!（拉孬蛋儿出壁橱）你坦白交代,是不是偷配方的?

孬蛋儿　咱俩不知谁是偷配方的。
憨　妹　身子钻进壁橱，手里拿着配方，你不承认行吗？！
孬蛋儿　就算我是小偷，手里可有刀子，你怕不怕？
憨　妹　我是工人、你是小偷；我是正道、你是邪道。你说咱俩谁怕谁？走，见经理去！走走！
孬蛋儿　憨妹！你仔细看看我是谁？
憨　妹　（辨认）经理？你，你怎么自己偷自己呀？
孬蛋儿　这不全是为了你吗？
黑　妮　（窗外）为了她？
孬蛋儿　我来取配方，是想送给你。
黑　妮　（窗外）好啊，瞒着我送人情！
　　　　〔黑妮欲进门，被闷子一把拉住。
闷　子　有戏！慢慢看。
孬蛋儿　我把配方递给你，为啥你又递回来？
憨　妹　我怀疑你这配方是假的！
孬蛋儿　什么？假的？
憨　妹　你没有另外添加药料？
孬蛋儿　添加的什么？
憨　妹　叫人吃了上瘾的。
孬蛋儿　什么？
憨　妹　违禁品！
孬蛋儿　你，你冤枉好人！

　　　（唱）　你猜疑疑疑瞎猜疑，
　　　　　　俺委屈委屈真委屈！
　　　　　　顾客是上帝，
　　　　　　供我食和衣。
　　　　　　坑顾客好比坑父母，
　　　　　　骗顾客好比骗兄弟。
　　　　　　害人终将害自己，
　　　　　　市场无情要抛弃。
　　　　　　你损我人格无道理，
　　　　　　好不该杏眼看人低！

憨　妹　（唱）　他越急，我越喜，
　　　　　　　　有他真生气，我才不怀疑。
　　　　　　　　自从进厂探秘密，
　　　　　　　　鸡蛋里要把骨头剔！
　　　　　　　　谁料想越查越服气，
　　　　　　　　止不住感情大转移。
　　　　　　　　一颗心时时刻刻跟着你，
　　　　　　　　唯恐你失手沾污泥。
　　　　　　　　刚才我损你人格非本意，
　　　　　　　　为证实你清白才把你来激！
孬蛋儿　好啊，多谢你的一片苦心。不怀疑这配方有假了吧？
憨　妹　绝对是真的。
孬蛋儿　那好，拿着吧！
黑　妮　（窗外）还真主动！（欲进）
闷　子　（拉住黑妮）别忙，精彩的在后边！
孬蛋儿　憨妹，你怎么还不接着？
憨　妹　你这配方，十年前我就能倒背如流！
孬蛋儿　你？你不是穷山沟的打工妹？
憨　妹　我是打工妹，可不是来自穷山沟。你呀，还到过我们家！
孬蛋儿　你，你到底是谁？
憨　妹　你看我长得像谁？
孬蛋儿　你像那个……我越看心里越热乎的人！
憨　妹　谅你也猜不出来！
　　　　（唱）　我是那，郝老太的亲生女，
　　　　　　　　好孩儿是我的亲手足。
　　　　　　　　这秘方沉睡多少代，
　　　　　　　　诚实人手里化神奇！
黑　妮　（窗外）咱娘还有这么个能闺女？长得真俊……
闷　子　你看你哥！热了猫咧。
孬蛋儿　（唱）　怪不得一见似相识，
　　　　　　　　怪不得相处投脾气。
　　　　　　　　一母同胞有差异，

　　　　　　　一只凤凰一只鸡！
　　　　　　　你不像你哥的亲妹妹，
　　　　　　　你像俺娘的亲闺女！

憨　妹　俺娘……可不是你娘。

孬蛋儿　怎么不是？比亲娘还亲咪！

憨　妹　从道义上，可以说是亲娘；从血统上，可不是亲娘！

孬蛋儿　就是亲娘，就是就是！

憨　妹　就不是就不是！

黑　妮　（窗外）真是个傻哥！就听不出人家的意思！

闷　子　机不可失，时不再来，快帮他意思意思！

孬蛋儿　那么你说，郝老太不是我的亲娘，是我的什么？

憨　妹　是你的……

孬蛋儿　什么？

憨　妹　你的……

黑　妮　（向门内）丈母娘！

憨　妹　有人！

孬蛋儿　是黑妮？

黑　妮　（推门，已闩住）半夜三更的，插着门干什么？

孬蛋儿　是我是我。这里平安无事，你上别处查夜去吧！

黑　妮　平安无事？我不放心。开门！

孬蛋儿　（小声）你先躲躲，我把她支走，咱接着谈。

　　　　〔憨妹并不情愿地被孬蛋儿推进壁橱。
　　　　〔孬蛋儿开门，黑妮、闷子进屋。

黑　妮　哥，就你自己呀？一个人不闷得慌？

孬蛋儿　不闷不闷。

黑　妮　哥，你手里拿着的，是咱的配方吧？

孬蛋儿　嗯……是是。

黑　妮　这可是咱的宝贝，快锁到壁橱里！

孬蛋儿　（连忙遮住橱门）等会我自己锁。

黑　妮　哥，我听说有人胳膊肘子朝外拐，要把这配方送给外人。闷子你说，有这事儿吧。

闷　子　好像是胳膊肘子往里拐……

黑　妮　哥，你说有没有啊？

孬蛋儿　嗯……有，没有……

黑　妮　（严肃起来）哥，你别忘了，咱是股份合作制，不经董事会研究同意，无论是谁，外传配方，都是违规行为，必须受到追究！

　　　　〔憨妹推开橱门，突然出现。

憨　妹　黑妮妹妹，你别冤枉他！

黑　妮　哟，我这当妹妹的还没心疼哩，你倒先心疼啦？

憨　妹　不是不是，我用不着你的配方。

黑　妮　用不着配方，你钻进壁橱干什么？捉老鼠还是逮蛐蛐？

孬蛋儿　黑妮，不是她要钻的！

黑　妮　是你要她钻的？你又心疼啦？我说你，她心疼。我说她，你心疼。可叫我说谁呀？

憨　妹　你谁也别说啦！（害羞捂脸跑下）

闷　子　黑妮，你才傻哩！刚接上电就让你卡断了。

黑　妮　断了再接起来！

闷　子　谁去接呀？

黑　妮　哥，趁着月明地，快去接电！

孬蛋儿　接电？好好！（追憨妹下）

闷　子　（松一口气）好长的麦垄子，总算看到地头啦！

黑　妮　热闹还在后边，咱得准备准备。

闷　子　哦？

8

　　　　〔灯暗。
　　　　〔数日后。
　　　　〔黑妮开票，闷子、憨妹给客户发货，仍是一派兴隆景象。
　　　　〔好孩儿、俊嫂上。

闷　子　哟！大哥大嫂，多日不见了。俺可是天天盼着你们来，都盼红了眼啦！

黑　妮　请坐请坐！咱娘怎么没一块来呀？

好孩儿　她过……过几天来。

憨　妹　哥！

俊　嫂	（连忙装作不认识）哟，这是新来的打工妹吗？长得这么俊呢，眉是眉、眼是眼的。
黑　妮	哥嫂请坐一会，俺们去接个人，马上就回。
好孩儿	请便请便。
黑　妮	闷子，咱开车去。（二人下）
憨　妹	哥，别再装神弄鬼了！
俊　嫂	这么长时间你也不通个消息，得手了吗？
憨　妹	各道工序我都亲自干了，仔细看了，他的配方我也复印了，你看！（递方）你用的啥原料，人家用的啥？
好孩儿	（接看）就是那十八味，没有添加别的，配比一两也不差。
憨　妹	就因为你用的次等原料，人家用的上等好料，你这哄人的失败了，人家实在人胜利了！
俊　嫂	别说了。使第二招吧！
憨　妹	别再丢人现眼啦！
好孩儿	妹子，你叫那个孬蛋儿经理来！
憨　妹	人家正想找你。（下）
好孩儿	一会跟他谈判的时候，别忘了给我提词。
俊　嫂	新名词我背得滚瓜烂熟，没错！

　　　　　［孬蛋儿、憨妹上。

孬蛋儿	大哥大嫂，一向可好啊？
好孩儿	不孬。闲言少叙，今天我是来找你谈判的。
孬蛋儿	谈判？什么内容啊？
好孩儿	我想兼、兼……
俊　嫂	兼并。
好孩儿	对对，兼并你的企业。
孬蛋儿	兼并？咱们两家倒是生产的同类产品，兼并倒也可以。请问你有多少资产啊？
好孩儿	一百万！
孬蛋儿	一百万？是在银行里，还是在厂房里？
好孩儿	我拥有的是无，无……
俊　嫂	无形资产。
好孩儿	对，无形资产！

俊　嫂　就是俺娘的那张相片，郝娘肖像。你拿来作商标的，价值一百万！
　　　　〔黑妮、闷子扶郝老太上，门外驻足。
孬蛋儿　这个名牌商标，该值一千万。
俊　嫂　你认可了，就是同意兼并！
孬蛋儿　要是我不同意呢？
好孩儿　我以合法继承人的身份宣布，收回郝老太的肖像权。
俊　嫂　不准你们再用她的相片！
　　　　〔郝老太、黑妮、闷子进屋。
好孩儿　娘，你怎么出来的？
闷　子　（指俊嫂）你这会上锁的，不如我这会开锁的。
憨　妹　娘——（扑向郝老太）
郝老太　娘都知道了，孬蛋儿可不孬……
孬蛋儿　娘，坐下说话。
郝老太　我听着你们说什么相片，我自己的相片我想给谁用就给谁用。
好孩儿　俺的亲娘哎，你生俺养俺一场，没留下别的，就这张相片是个值钱物，可不能随便给那非亲非故的！
郝老太　谁是非亲非故的？
俊　嫂　娘，没在你肚子里住满九个月的，就没资格用这张相片！
憨　妹　嫂子，你有这资格吗？
俊　嫂　我没有，他有！（指好孩儿）
憨　妹　嫂子，我有资格吗？
俊　嫂　男女平等，你有资格。
憨　妹　那好。我有，他也有！（指孬蛋儿）
俊　嫂　他？他凭什么有？
好孩儿　他是你什么人？
郝老太　别犯傻了，他是你妹夫！
好孩儿　啊？！
俊　嫂　吃里爬外！
郝老太　好孩儿，这可不用你当哥哥的操心了。该叫啥还叫啥，不用改口。
孬蛋儿　娘——
郝老太　哎！你看看这，亲娘干娘丈母娘，叫我一个人兼了！
黑　妮　对了，（拉憨妹手）亲妹热妹亲嫂子，叫你一个人兼了！

孬蛋儿　可不是吗？（拉好孩儿手）亲哥干哥大舅子哥，叫你一个人兼了！
好孩儿　你！
孬蛋儿　别争。我也是闷子的大舅子哥，咱俩一个级别。刚才你说兼并，我看咱两家厂子合了吧！一块干。
好孩儿　你们要我？
孬蛋儿　不是一家人，不进一家门。欢迎你！
郝老太　工厂合并，你们两对也合并，三桩事一块办，咱是三喜临门！
　　　　（合唱）一个大厂并小厂，
　　　　　　　两位新娘配新郎。
　　　　　　　三桩喜事一处办，
　　　　　　　六个儿女叫亲娘！
众儿女　娘——
郝老太　哎——
众　人　哈哈哈……

（剧终）

注：
①创作完成于1998年10月25日。
②该剧与恩师张彭合作，由莱芜梆子剧团首演。著作权归执笔张丽华、张彭共有。
③1998年12月，获第六届山东文化艺术节剧目一等奖。1999年10月，参评山东省委宣传部"精品工程"评选，获"精品工程"奖。2000年10月，参加文化部（今文旅部）文艺汇演，获第八届中国人口文化奖、戏曲二等奖。
④如需使用该作品，请联系著作权人之一张丽华，由其联系合作恩师继承人协议后方可使用。侵权必究！

• 现代戏

畜类先生[1]

时间： 改革开放前后。

地点： 汶水河畔。

人物： 畜类先生——兽医站站长。
伐瓮妹子——畜类先生的恋人、妻子。
荷　　花——以上二人之女。
杀猪屠子——食品站站长。
小　白　鞋——南岸村寡妇。
狗　蹦　子——时代的弄潮儿。
牛　镇　长——杨柳镇镇长。
编　　剧——该剧贯穿人物。
作　　家——该剧贯穿人物。
小　　马——兽医站工作人员。
养殖户、干部、记者、群众若干人。

---

[1]作品登记号：鲁作登字-2022-C-10044594

序　幕

［二幕前。

［一群采访者簇拥畜类先生上。

记者　请畜牧经济开发公司总经理谈谈政权下放及优化组合的感想。

作家　我要写报告文学，请谈谈杨柳镇畜牧经济改革的体会。

编剧　宣传部让我写个戏，把你的形象搬上舞台，请谈谈……

编辑　喂！让一让，杂志社急等用照片……

记者　闪一闪，电视新闻补几个镜头……

镇长　一个一个来了……

先生　别吵了，进口种鸡怕嚷嚷，惊了就不吃食儿。

镇长　我提个建议，今天先让新闻单位采访，作家和编剧同志住下来，让总经理从头到尾、从无到有慢慢说。

众人　好！（顿时闪光拍照、录像机对准镜头，记者飞快记录……）

［灯转暗，众隐去。

［一支深沉的歌儿诉说着汶河边的故事。

幕后女声合唱声起：

　　　　一条汶河千道弯，
　　　　逆流西去入湖潭。
　　　　河是一河致富的水，
　　　　岸是两岸冒油的田。
　　　　为什么几度干涸几度泛滥几度起狼烟？
　　　　为什么风吹草低牛不见羊不见六畜难繁衍？
　　　　等呀等，盼呀盼，
　　　　终有个柳絮飘两岸，
　　　　大雁宿沙滩，
　　　　浪里白条把琴弹，
　　　　莺歌燕舞春盎然，
　　　　还我艳阳天！

1

〔字幕：一九六六年六月。

〔幕启：天幕打出泛着满槽黄水的滔滔汶河，它拖泥带沙顺流而下，两岸草儿青青，垂柳如烟。

〔此时汶河无桥，涨水后两岸隔绝，只得设一渡口暂渡两岸行人，又因农民无船，祖辈相传，以瓮代舟，犹似黄河的羊皮筏子。

〔一间临时搭起的小草棚，棚子尖上插有"汶河渡口"的招牌。

〔伐瓮妹子由草棚中出现。

妹子　（唱）　两岸翠柳水半淹，

　　　　　　　爹爹去世俺撑杆。

　　　　　　　五黄六月把钱赚，

　　　　　　　泥烧的大瓮当花船。

　　　　　　　进瓮五毛，出瓮一元，

　　　　　　　谁也别想白坐船。

　　　　　　　只有一个他例外，

　　　　　　　叫俺收钱也不收钱。

　　　　　　　看晚霞已将汶河染，

　　　　　　　为什么今天他——

　　　　　　　走得这样慢，来得这样晚，

　　　　　　　叫俺这样心不安。

看，来了，来了，我赶紧解开缆绳，准备拔锚伐瓮。（解缆，撑杆）

〔畜类先生背搭子赶猪上。

先生　（唱）　东村走来西乡串，

　　　　　　　阉猪骟狗钻牛栏。

　　　　　　　牛打喷嚏就喷一脸，

　　　　　　　袖口上臊来，裤脚上膻。

　　　　　　　老母猪坐月子接生咱来办，

　　　　　　　马配种驴做爱咱把缰绳牵。

　　　　　　　别嫌俺老和畜类打交道，

　　　　　　　俺干的就是兽医官。

　　　　　　　老母猪患肺炎把粗气喘，

　　　　　赶回站给病号熬药化痰。
　　　　　我紧赶慢赶要命地赶，
　　　　　太阳落才来到大汶河边。

　　　（喊）伐瓮妹子——

妹子　（上）咋呼啥？快上船吧。
先生　好好好，（唤猪）咾咾咾……
妹子　哎，你这畜类先生赶回头猪去干啥？想当杀猪屠子呀。
先生　不不不，咱只会救死扶伤，实行革命的人道主义，伸手两把血的买卖，咱才不干咪。俺这是携带病号住院就诊呀。
妹子　是谁家的老母猪呀？
先生　南岸村小寡妇家的呗。
妹子　就是那个小白鞋呀？怪不得精心照顾呢！
先生　是呀，人家缺男人少孩子的，养头老母猪容易吗？
妹子　这么说，你只上心猪，没上心人吧？
先生　看你把话说的，人物一理！为了人，解决猪的问题，为了猪，解决人的问题。
妹子　这是啥意思？
先生　这头猪万一有个好和歹，人家称盐打油买洋火，就没了指望！你说为了猪和为了人是不是一个理儿？
妹子　转来转去还是为了她那个人呀！
先生　对！这就叫为人民服务。
妹子　俺是人民不？
先生　当然！
妹子　你就没想为俺服点务？
先生　啊！你家啥畜类病了，带我赶紧看看去。
妹子　哈哈哈，说你是块木头吧，你还会喘气，说你是个人吧，又像块木头。
先生　木头？
妹子　别犯傻了，上船吧。
先生　来来来，装猪过河。
妹子　好！有理咱到大瓮里讲去。
先生　对！有呱咱到大瓮里拉去。

　　　〔上船，妹子将杆撑岸一顶，瓮船箭般地离岸而去。瓮船摇摇摆摆，漂泊在滔滔汶河之中。

先生　真悠儿呀——
二人　（合唱）伐瓮舟欢喜这汶河波浪，
　　　　　　犹如在摇篮中摇摇晃晃进了梦乡。
先生　（唱）　在瓮中晃去了六畜的气味，
妹子　（接唱）在瓮中摇进了青春的芬芳。
先生　（唱）　在瓮中晃去了动物的世界，
妹子　（接唱）在瓮中摇动牵魂的柔肠。
先生　（唱）　在瓮中有话儿要对她讲，
妹子　（接唱）在瓮中春意浓儿女情长。
先生　（唱）　在瓮中撒开了无形情网，
妹子　（接唱）在瓮中有情人儿成对成双。
二人　（合唱）一叶瓮舟在水中漂漂荡荡，
　　　　　　只觉得神也怡心也旷情满胸膛。
先生　伐瓮妹子，咱算算账吧。
妹子　啥账？
先生　支付半个月的乘船费呀。
妹子　你真要支钱？
先生　要支。
妹子　你真的要算？
先生　嘿嘿，别看俺长得模样不济，从不刻苦下力的。
妹子　好，咱把船锚在这柳棵子岛上，算完账再走。（锚船上岛）
先生　（下船掏钱）账目清，好弟兄，四十五元钱，接着。
妹子　哈……太少了。
先生　计算无误哎，半个月坐了十五个来回，进瓮五毛，出瓮一元，一趟一块五，账目准，好姊妹，你算算，该是蹦对哎。
妹子　庄稼人的价钱和你这畜类先生没法比。
先生　俺就算是骡子马，该砸掌的砸掌，该钉蹄的钉蹄，也得随行就市哟。
妹子　先生——
　　　（唱）　你和别人不一般，
　　　　　　注定要出大价钱。
　　　　　　你肚子里装着猪万圈，

　　　　　脑瓜里装着羊上千。
　　　　　鸡狗鹅鸭在心尖上挂，
　　　　　浑身的青筋把叫驴拴。
　　　　　称一称，算一算，
　　　　　你一船胜过多少船？

先生　我娘哎，这斤量大咧！
妹子　你不是畜类先生嘛，咱各账各归，畜类支畜类的钱，先生算先生的账……
先生　好了好了，怪不得早付钱你不要，原来想砸杠子呀！
妹子　对了，不砸白不砸，少说三千块，拿来吧。
先生　俺一天八毛钱的工资。就是羊年鸡年兔子年也还不起这个账哟。
妹子　还不起！拿家当顶着。
先生　家当？咱兽医站总共两间牛棚。还是租赁的咪。我除了一把刀子、两把剪子、三个破针头，还有啥？
妹子　还有，还有百十斤肉来。
先生　肉？啥肉呀？犬肉、羊肉、猪头肉，俺半年没见点肉花花咧。
妹子　哈……你不是块大活肉吗？
先生　拿我这百十斤肉顶账呀！伐瓮妹子，我浑身腥叽叽的，值三千元吗？
妹子　俺说值就值，俺说不值就不值。
先生　那——那咱公社的畜类谁管？就算俺值三匹大洋马钱，也不能给你顶账哟。
妹子　你到底顶不顶？
先生　我说四个牙，谁也别想扒口！
妹子　那好，你自己守在这柳棵子岛上吧。（解锚欲走）
先生　妹子，妹子，守在这里不要紧，可坑了人家小寡妇咧。
妹子　啊！你原来瞅上小白鞋了？
先生　不不不，俺是说坑了人家的老母猪啊！
妹子　吓了俺一跳。
先生　你怕什么？
妹子　我怕你，怕你喜欢她！
先生　说的啥话哎，磨道里卸驴——下道咧。
妹子　唉，对牛弹琴！俺就直来直去地说吧，你看俺咋样？
先生　弯眉大眼，长得忒俊咧！

妹子　看着俊，咋不喜欢俺？
先生　喜欢呀！
妹子　俺也喜欢你……（靠上前去）
先生　（躲闪）别别别，你这个人情，我领不起——
　　　（唱）　畜类先生太寒酸，
　　　　　　　不配妹子喜欢咱。
　　　　　　　讲穿戴狗血猪毛身上挂，
　　　　　　　讲模样晒成黑脸印第安。
　　　　　　　讲吃喝，煎饼咸菜没油水，
　　　　　　　讲工资一天就是八毛钱！
　　　　　　　谈情说爱要瞪住眼，
　　　　　　　你切莫不分骡马就乱牵。
妹子　（接唱）妹子早已瞪住了眼，
　　　　　　　不是好菜呀，俺不往俺篮子里剜。
　　　　　　　你衣衫脏，为救生灵被污染，
　　　　　　　证实了憨厚实在好心田。
　　　　　　　你脸黑是为乡亲四乡串，
　　　　　　　汗水洒遍汶河滩。
　　　　　　　六畜的生命你牵挂，
　　　　　　　社员的利益把心拴。
　　　　　　　俺要的是可依可靠可心的伴，
　　　　　　　有钱无钱黑脸白脸都无关。
先生　这么说，咋着感谢你？
妹子　你说呢？
先生　嗨嗨，咱玩点实在的吧！
妹子　（倚在柳树上，幸福地闭上眼睛）你看着办呗。
先生　那，那咱就解锚开船，我替你撑杆。来来来，进瓮哇——
妹子　你，唉……（解锚进船）
　　　〔先生撑船，向彼岸驶去，划行中先生用力过猛，瓮舟旋转起来。
先生　不好，转悠咧，治住它，治住它。
妹子　快，撑住沙河底！（俩人握杆，将瓮船止转）
先生　晕咧。

妹子　我也是……（就势往先生怀中躺去）
先生　（慌忙支住）哎哎哎，岸上有人，岸上有人啊。
　　　〔杀猪屠子上。见状干打个喷嚏！
先生　看，食品站站长！
妹子　又是他，呸！这家伙没安好心，老在这里纠缠人。你和他关系咋样？
先生　一个杀生，一个救生，走的不一路。
妹子　把船靠岸，别给他好脸儿看。（下船）
屠子　哟！是畜类先生啊。
先生　嗬！是杀猪屠子呀。
屠子　少来这一套！刚才你在想好事儿？
先生　咱俩有个想的，不知是谁。
屠子　哼！癞蛤蟆想吃天鹅肉。
先生　哈！狗肉汤也别上宴席。
屠子　你——
妹子　来呀！把猪轰出来。
屠子　来啦来啦，嘿嘿，愿为妹子效劳。
妹子　去去去，俺没招呼你。
　　　〔先生与妹子将猪拽出。
屠子　从哪里弄回头肥猪？给我赶回食品站宰了！
先生　除了杀，就是宰，也不分个"男女老幼"。
屠子　老母猪！谁家的？
先生　小寡妇家的呗。
屠子　小白鞋……
妹子　看，猪跑了。
先生　坏了，咾咾……（慌忙去赶猪）
屠子　伐瓮妹子，他和小寡妇来来往往的，我看这人啊，八成不是童子军咧。
妹子　关你什么事！
屠子　瞧他那个样，远看像个要饭的，近看是个掏炭的，仔细一看，还是干兽医站的，他坐船，腥气……
妹子　就你好，远看像袋子白面儿，近看像个鸡蛋儿，仔细一看儿，原来干杀猪扒狗的屠宰站儿！你坐船，瘆得慌。
屠子　不管咋说，我条件比他优越，如果嫁给我，凭妹子的模样，凭食品站的营养，下代准优良！

妹子　给我走开！

先生　妹子，用不着和他抬杠，天不早了，你快回去吧。

屠子　回去？我看今天有人和我抢"买卖"，妹子若不答应，休想走！

先生　哈哈，她就走，你还能拴住腿吗？

屠子　哈哈，走资本主义的工具，统统砸个稀巴烂！她回不去了。（砸烂瓮船）

妹子　胆敢砸俺的饭碗！

先生　（揪住屠子）你这畜类！（将其摔倒）

屠子　你等着……

妹子　（突然笑起来）哈……

先生　饭碗都砸咧。笑啥？

妹子　砸得正好，今晚到兽医站住去。（挽住先生）

2

〔字幕：一九六八年。

〔兽医站门前张贴着："割资本主义尾巴"的大字报。

〔幕后口号声传来：打倒走资本主义道路的总权威，畜类先生！

〔伐瓮妹子抱啼哭的婴儿恐慌万分。

妹子　（唱）　平地搅起三尺浪，
　　　　　　　口号声声震心房。
　　　　　　　先生变成牛和鬼，
　　　　　　　屠子当了太上皇。
　　　　　　　心惊胆战向外望，
　　　　　　　先生踉跄走进房。

〔畜类先生踉跄而上。妹子迎向前。

妹子　孩他爹，他们又打你？（放下婴儿，为先生脱褂子）看这褂子上血迹斑斑……

先生　哈哈，没事儿，反正又熬过了一天。

妹子　都是俺惹的祸——

　　　（唱）　自从咱俩结了婚，
　　　　　　　杀猪屠子不甘心。

　　　　　　说俺俊，说俺嫩，
　　　　　　说俺鲜花插牛粪，嫁给窝囊人！
　　　　　　俺骂他畜生他怀恨，
　　　　　　他借着风云起风云。
　　　　　　折磨你手段用尽，
　　　　　　是为我种下祸根。
　　　　　　心疼先生好人品，
　　　　　　遭迫害怎不让俺心扎针。
　　　　　　对不起心上人被打被捆，
　　　　　　对不起憨厚人血染衣襟。

先生　咦！荷花她娘，要说对不起，是俺对不起你呀——
　　　（唱）　自从你娶进门来坐罢了床，
　　　　　　一刹也没有闲时光。
　　　　　　常言道嫁鸡学会把晓唱，
　　　　　　嫁狗随着汪汪汪。
　　　　　　嫁给俺你学会料理六畜，
　　　　　　喂鸡喂猪放牛羊。
　　　　　　披星星，戴月亮，
　　　　　　割青草，筛猪糠。
　　　　　　家里一把，坡里一趟，
　　　　　　里头外头两头忙。
　　　　　　眼看着猪长肥来牛长壮，
　　　　　　割尾巴全部给咱割个光。
　　　　　　眼下你又为俺担惊受怕，
　　　　　　对不起好媳妇勤劳善良。

妹子　（泣啼）荷花她爹，俺就是再苦再累，心里也知足，只是看着你受难为，心里就受不了了……（哭泣）
先生　别哭别哭，总有一天咱还能直起腰来。
妹子　俺等着那一天……
　　　［婴儿啼哭，声音嘶哑。
先生　你听，孩子哭得不是个正动静。
妹子　（慌忙抱起荷花，用手一试）不好了，荷花发高烧。

先生　八成这几天你窝心火攻到奶上，孩子吃热奶受不住咧。（从床下摸出破褡子抽出针来）我这里还藏着几支子药哚，给她打一针。

妹子　这是兽用药，孩子能用吗？

先生　真把俺搞晕了，拿闺女当成绵羊羔子咧。走，找光脚丫子医生去。（抱起荷花便走）

妹子　（拦住，抱过孩子）人家不让你乱说乱动，你在家待着，我自个去。（下）

先生　荷花她娘……（抱头蹲在门槛上）哎，闲着也是闲着，为了迎接明天的批斗，我还得练练喷气功夫哚。（弯腰九十度，双手向后翻去，仿佛喷气式飞机练功）

〔半缺的月亮挂在柳梢上，屠子拿笔记本，带手电筒蹑手蹑脚地上。

屠子　（唱）　天已黑，月不亮，
　　　　　　　明争暗抢正相当。
　　　　　　　为把她伐瓮妹子弄到手，
　　　　　　　悄悄来到屋后窗。
　　　　　　　倘若是畜类先生敢反抗，
　　　　　　　抓把柄，定他个反党反中央。
　　　　　　　小绳子一根牵着走，
　　　　　　　量他难以逃高墙。
　　　　　　　到那时，妹子空屋凉了炕，
　　　　　　　我来个顺手牵绵羊。

〔趴在后窗窥视，见先生练功，忙做笔记。

〔小白鞋左顾右盼地上。

白鞋　（发现先生练功，不由得一怔）先生，你这是干啥？

先生　（抬头一望，大吃一惊）啊，白嫂子，你咋在这危险时刻来了。

白鞋　先生——

　　　（唱）　借月光蹚碎了汶河秋波，
　　　　　　　找先生投医求药像火灼。
　　　　　　　老母猪下崽三天三夜，
　　　　　　　眼看着难产命难活。

先生　是不是得肺炎的那头老"姊妹"。

白鞋　就是它呀。

先生　真想不到它还能活到今天，白嫂子呀——

（唱）	到处把那尾巴割，
	啥办法还把它喂着？

白鞋　（唱）　内房的炕洞来做窝，
　　　　　　　神不知来鬼不觉。

先生　（唱）　你这是灯蛾来扑火，
　　　　　　　门前是非多上多。

白鞋　（唱）　为了不负你厚望，
　　　　　　　为了不费你心血。
　　　　　　　单等这股风头过，
　　　　　　　墙头劲草腰不折。

先生　好一个弱女子，倒有股子犟牛劲！

二人　（合唱）到那时，猪满圈，窝连窝，
　　　　　　　注定六畜不当绝。

先生　（摸出褡子背上肩）天塌下来，有地接着，救命要紧，当老娘婆去。

白鞋　坏了。

先生　咋啦？

白鞋　俺慌慌张张，忘记锁门了。

先生　跑步走！

　　　［俩人跑下，屠子狂笑着走进房内。

屠子　么哈么哈，孩子要吃奶，当娘的来了。

　　　［妹子抱婴儿上。

妹子　是谁？

屠子　没听出老大哥的声音？

妹子　你！（环顾四周）荷花她爹呢？

屠子　哈哈……想好事去啦。

妹子　你，你把他弄到哪里去了？

屠子　别痴情了妹子，实话告诉你吧，南岸村的小寡妇接她家去了。哈哈，人家可是老相好了，比你知热知冷。

妹子　你胡说！

屠子　不信？跟我去看看。

　　　［灯转暗。

3

　　〔小白鞋家。
　　〔狗蹦子在炕上乱摸，轻声叫着："嫂子，白嫂子……"
　　〔先生与小白鞋急上。

先生　在哪间房里？
白鞋　不是早说过嘛，在内间屋里。
先生　你敞着个门，千万别叫它跑了哇。
白鞋　跑不了它。
蹦子　（大惊）这下子要命咧！钻炕洞！（钻进）
　　〔俩人进屋，小白鞋点灯端起，引先生看猪。
先生　（抚摸母猪，感慨万千）哟！这不瘦成山羊猴子了，也够难为你的了，唉！一个多月没见畜类面，咋见还挺亲切咪。（检查一番）白嫂子呀，因它缺乏营养，没劲下崽，还得剖宫产。
白鞋　开刀？
先生　别怕，我还藏着一针麻醉药咪，给它来上一支子，不痛不痒就完活了。
白鞋　来，我帮你摁住。
先生　不行不行，摁住它嗷嗷叫唤！
白鞋　这咋办？
先生　我有一手绝活。
白鞋　绝活？
先生　我会打跑针子，看我的绝活儿！（将针甩进猪屁股，猪在前跑，先生跟在后面推药）
白鞋　围着锅台转悠了三圈咧，还没完呀？
先生　还有1毫升，看，麻醉倒咧。白嫂子，拿阉猪刀子来！（动手术，将小猪一个个放进筐里）
　　〔俩人忙于动手术，屠子拽妹子上。
屠子　快走哇！
　　（唱）　胸有成竹喜若狂，
　　　　　　拖呀拽呀走得忙。
妹子　（唱）　将信将疑把河过，
　　　　　　鬼使神差心慌张。

屠子　（唱）　今夜搅起千重浪，
妹子　（唱）　今夜但愿无肮脏。
屠子　（唱）　今夜捉奸捉成对，
妹子　（唱）　盼寡妇独自眠在床。
　　　　　　　倘若是荷花她爹真把良心丧，
　　　　　　　伐瓮妹子怨在心恨在肠，怒火填胸膛！
屠子　（唱）　撒手杀出无情棒。
　　　　　　　逮住这对野鸳鸯。
　　　（白）看，拉着窗帘还长着灯，准是好事儿还没完哩！
妹子　别，别再说了。
先生　不好！
白鞋　有人！（慌忙将灯吹灭）
屠子　嘿嘿，听见声音，一下子吹了灯咧！好事不背人，背人无好事，开门！
先生　是他？快！快把猪藏起来。
　　　〔俩人将猪抬到墙角，用被子蒙了起来。
先生　我怎么办？
白鞋　钻炕洞。
先生　这……
白鞋　让杀猪屠子捉住，咱就说不清了。
　　　〔先生钻进半截，突然往后倒，被小白鞋拥进，复而倒回复而拥进。
屠子　去恁娘的！（一脚踹去，破门而入，用手电筒巡视后，照住小白鞋）人呢？
白鞋　（坐于炕沿，用脚钩住欲向外退的先生屁股）人？在炕上坐的我，不是人吗？
屠子　少她娘的装傻卖呆，那家伙跑不出去！（随手点上油灯，突然发现墙角里颤动的被子）哈哈，在这儿！
妹子　啊——
屠子　（后退一步，下意识地按着腰带上的刀子）站起来！双手抱头，蹲下。
　　　〔先生退出半截，又被钩了回去。
白鞋　伐瓮妹子……
妹子　（向前欲掀被子）被下盖的什么？
白鞋　（冲向前挡住）不能掀！
妹子　（愤怒地拽住白鞋，抬手一记耳光）滚开！

屠子　（扬扬得意地就势半卧在土炕上）哈哈，别在被子底下打哆嗦咧，出来吧，要不，你家里外头两个娘们撕破脸了。
先生　（在炕洞里大喊一声）我在这里！
屠子　啊！（大吃一惊，从炕上滚了下来）出来，再不出来我要开，开刀啦。
先生　（从炕洞退出）荷花她娘……
妹子　我不是孩子她娘！
先生　别误会，我没干啥事儿。
屠子　哈哈哈，最起码干了两件事儿。
蹦子　（钻出）他俩钻了被窝！
妹子　
白鞋　啊！狗蹦子！
屠子　
屠子　你？
蹦子　报告司令，您不是让我监视他俩吗？今晚就钻进了炕洞，这情报准确。两个炕上，一个炕下，听得特清楚……
妹子　天哪！（眩晕）
先生　荷花她娘……
白鞋　伐瓮妹子……
屠子　（顺手搅在怀中）哈哈哈，看，妹子到底是谁的？
先生　（气急，摸起屠子的杀猪刀子）我不活了……
屠子　保护司令呀！
蹦子　誓死捍卫！（上前夺刀，手被划破）
先生　血，血！（将刀子扔在地上，恐惧地抱起蹦子）兄弟，大兄弟……
屠子　好呀！现行反革命杀人犯！
先生　啊！杀人犯？（晕倒）
白鞋　先生……（搅在怀中）
蹦子　（突然跃起，一手拽住白鞋，一手拽住先生）给我分开！
屠子　小白鞋，你给我听着，畜类先生逃脱不了法律制裁，一切都是你俩勾搭成奸惹起！如果你不想坐牢，就把那个叫什么荷花的孩子抚养着，伐瓮妹子跟我走！哈……

　　［灯转暗。

4

　　[灯转亮，编剧、作家扔下笔记本，愤愤地站起来。

作家　伐瓮妹子后来怎么样了？

先生　唉！我被拘留了半个月，她赌气扔下荷花，跟杀猪屠子走了。

作家　到哪去了？

先生　杀猪屠子把她送到他的老家关外去了。

编剧　这家伙太坏了……

作家　小白鞋呢？

先生　为了保住那头老母猪，为了养育荷花，失身于狗蹦子了。

编剧　（慌忙拿起笔记本）这么说，她嫁给狗蹦子了？

先生　拨乱反正后，她摆脱了狗蹦子的纠缠。

编剧　你们应该组合。

先生　（痛苦地摇摇头）不……

作家　总经理，请接下来谈一谈，政权下放后三年迈出三大步的发展过程吧。

先生　好！咱接着啦。

　　[切光，众隐去。

　　[字幕：1984年。

　　[幕启。兽医站大门口增加了"畜类养殖合作社""畜牧开发公司""畜牧研究所"三块门牌。大院内驴叫牛哞、鸡鸣猪哼哼。

先生　（唱）　　转眼一晃十八年，
　　　　　　　　苦尽甘来艳阳天。
　　　　　　　　又盼到与畜类钻栏进圈，
　　　　　　　　又待我品种杂交搞科研。
　　　　　　　　老母鸡，多娩蛋，
　　　　　　　　长毛兔产毛翻两番。
　　　　　　　　老母猪，更可观，
　　　　　　　　一窝下崽小半栏。
　　　　　　　　肉牛菜驴长得快，
　　　　　　　　半年斤量上了千。
　　　　　　　　兽医站畜牧大发展，
　　　　　　　　组织养殖户，致富走在前。

〔荷花与小白鞋上。

荷花　爹，看谁来啦。
先生　哟，是大妹子，老长时间不见了，快屋里喝茶去。
白鞋　在院子里坐坐吧，凉快。
先生　好！荷花，烧水下茶去。
荷花　好咪。（下）
先生　大妹子，你也加入养殖专业合作社吧。
白鞋　俺不。
先生　为啥？
白鞋　俺和荷花说了，住在这里给你白帮忙。
先生　不用不用，站里人手多，忙得过来。
白鞋　给你支使支使，烧烧水、做做饭……
先生　站里有食堂，大厨做的菜也香，饭也香。
白鞋　唉！你这个死脑筋——
　　　（唱）　十八年来难开口……
先生　（接唱）有啥说啥别犯愁。
白鞋　（唱）　人说咱俩情意厚，
先生　（接唱）正经的友谊脸不羞。
白鞋　（唱）　人说咱是老朋友，
先生　（接唱）清清白白不担忧。
白鞋　（唱）　人说，人说咱俩应牵手，
先生　（接唱）我说，我说咱煮不成一锅粥。
白鞋　（唱）　为啥对俺装糊涂？
　　　　　　是嫌俺失了身不配做鸾俦？
先生　（接唱）不不不！狗蹦子掐花强折柳，
　　　　　　你受惊吓魂也丢。
白鞋　（唱）　遭屈辱，仰天吼，
　　　　　　岁月流不尽心内疚。
先生　（唱）　风雷击，暴雨骤，
　　　　　　残枝落叶水漂流。
　　　　　　心中装满了伐瓮妹，
　　　　　　谁也挤不掉情悠悠，

　　　　白日分别两岸走，
　　　　梦里与她又同舟。
　　　　爱依旧，心中有，
　　　　情依旧，恩千秋。
　　　　不与女人再牵手，
　　　　光棍一条熬白头。

白鞋　（长叹一声）咦！真是个好男人。
　　　[荷花端茶而上。
荷花　（见白鞋怅然若失）大婶，您怎么啦？
白鞋　口渴了。
先生　来来来，喝茶喝茶。
荷花　爹，您过来，我有话说。
白鞋　这丫头，还有背着大婶的话？
荷花　就不让您知道。（拉爹一旁）爹，大婶为俺可操了不少心呀。
先生　这个不假，是她把你拉扯起来的。
荷花　那么，俺可要改嘴啦。
先生　改什么嘴？
荷花　喊妈。
先生　胡闹！就叫大婶！
荷花　这么多年，你到底为啥……
先生　（泣咽）唉！这些年来，我一闭眼就和恁娘掺和，我感觉恁娘就像走失了的小羊羔，早一天、晚一天，还要归山啊。
荷花　妈在哪里？我还没见啥模样咪。
先生　和你长得一模一样，唉！只是受了人家的蒙骗，让杀猪屠子送回了东北老家，我去关外找了多少趟，也没见面。（转向一旁哭泣）荷花她娘，那两年你跟着我没享一天福，这两年咱日子过好了，可你……
荷花　爹，别老为她伤心，我没那个跟着人家跑了的脏妈。
先生　住口！恁娘心肠好着哪。（痴呆地转向一旁）荷花她娘，回来看看俺爷儿俩吧……
荷花　爹爹！（先生不理，荷花无奈）大婶，你看……
白鞋　荷花，以后别提你爹的伤心事啦……
荷花　别理他，咱喝茶。

白鞋　老大哥啊，俺也加入养殖合作社吧。
先生　好！畜医站提供幼崽，产销一条龙，你放心大胆地养殖吧！
白鞋　俺还是愿意喂老母猪。
先生　好！荷花，把品种母猪给你大婶送几头去，下了崽，我负责收购。
荷花　大婶，咱去挑选几头。
白鞋　唉！多选几头，大婶就是喂母猪的命。（与荷花下）
先生　（怔怔地望着远方）荷花她娘，你到底去了哪里……

5

［字幕：1986年。
［牛镇长正在看文件，桌上电话铃声响起。
镇长　（接电话）领导您好！让我镇畜类养殖协会会长参加全国畜牧会议？准备发言稿？好好好，马上准备。（电话铃又响）您好！什么？高新聘请？不行不行，可以让他去指导……
［杀猪屠子上。
屠子　哼！搞什么市场经济……
　　　（唱）　地分净来田分光，
　　　　　　　市场经济乱了行。
　　　　　　　食品站自负盈亏吃差额，
　　　　　　　铁饭碗真的漏了汤。
　　　　　　　优化组合俺没人要，
　　　　　　　来找镇长帮个忙。
屠子　镇长您好。
镇长　哈哈，什么风把你刮来了。
屠子　无事不登三宝殿……
镇长　什么事？你说。
屠子　嗨嗨，您可是我多年的老首长了，当兵的遇到了难处，指望老领导拉一把……
镇长　别拐弯抹角了，有话直说吧。
屠子　人家农机站、水利站、拖拉机站都优化组合了，文化站、电影管理站也优化了……

镇长　这是政权下放后的进一步改革，各站都变成了差额单位了，镇财政支付百分之三十的工资，其余靠你们自负盈亏，挣多吃多、挣少吃少。

屠子　政府改革，我举双手赞成！只是……

镇长　只是什么？

屠子　食品站情况特殊，计划经济时，只有我站卖肉，眼下谁卖也行，我站的饭碗就砸了，手底下十多个职工，吃不上饭了。

镇长　这就是改革开放，公平竞争！在自由市场中，你要发挥食品站的优势。看人家兽医站，成立了公司，组织养殖合作社，在全省成了典型。

屠子　对了，今天就是为兽医站的事找您来的。

镇长　兽医站怎么啦？

屠子　食品站和兽医站是对口单位，就应该优化组合。

镇长　优化组合是属于双方自愿的，兽医站不同意，我也没办法。

屠子　您是领导，管他愿不愿意，一句话的事儿。

镇长　经济责任制，权力下放给镇畜牧公司总经理了，我说话不好使了。

屠子　一位堂堂的镇长，就听一个畜类先生瞎摆弄？

镇长　你！你这是对权力下放持怀疑态度？

屠子　嗨嗨，老领导啊，我也不是要官做，什么千头养猪场，什么万只种鸡场，给我个场长的差使干干就行。食品站，得吃饭呀！

镇长　说实在的，人家都不愿意和你掺和。

屠子　畜类先生官报私仇！投机倒把……

镇长　停！不许再打棍子，扣帽子！

　　　（唱）　人要有自知之明才算男子汉，
　　　　　　　你自己做的梦还得自己圆。
　　　　　　　三年前简政放权机遇好，
　　　　　　　镇政府帮你贷款十万元。
　　　　　　　本期望食品站能把大钱赚，
　　　　　　　谁料你管理不善，赔光了本钱。
　　　　　　　银行催贷追得紧，
　　　　　　　总经理垫欠款救火一般。
　　　　　　　想一想，掂一掂，
　　　　　　　说这话就不怕传为笑谈？

屠子　（唱）　那贷款事出有因理应他还！

镇长　（唱）　说这话不怕咬破舌头尖？
屠子　（唱）　食品站本来是注定赚钱，
　　　　　　　皆因为兽医站设下包围圈。
　　　　　　　产销形成一条线，
　　　　　　　把俺的买卖一锅端。
镇长　（唱）　说这话更不怕丢人现眼，
　　　　　　　你为何不竞争只顾夺权？
　　　　　　　兽医站食品站都把畜类管，
　　　　　　　你为何不发展止步不前？
　　　　　　　兽医站食品站条件一样，
　　　　　　　为什么两个站变成两重天？
　　　　　　　兽医站资产突破了三百万，
　　　　　　　你为何混了个司令光杆？
　　　　　　　现如今找上门乞食要饭，
　　　　　　　我看你不是那优化组合的将一员。
屠子　老领导，（假惺惺抹下几滴泪来）俺一年多没开全工资咧，就指望那百分之三十的差额工资，您不能眼看着老部下饿煞哎。甭管咋说，您得把俺组合进兽医站去。
镇长　（有所动心）这样吧，你去找总经理好好谈谈，只要他同意，我没有意见。
屠子　找畜类先生谈谈？得艺术着点儿。
　　　〔切光，闭幕。

6

〔杨柳镇畜牧开发联合总公司办公室与院内。
〔编剧、作家与畜类先生在室内进一步交谈及探讨。荷花在院内给牲畜挨个打防疫针。

编剧　杀猪屠子找你谈过没有？
先生　这事我知道大半年了，屠子一直没来。
编剧　厚颜无耻的小人，可能有点良心发现，不好意思过来了吧。
作家　就是来，也不能组合他，免得一颗苍蝇屎，坏了一锅粥。
先生　是啊，咱和那路人走的不是一条道……

作家　好了，报告文学的材料唠得差不多了。

编剧　不行，这个戏没法结尾。

作家　随便构思个结尾吧，这个戏素材不错。

编剧　应该是龙头豹尾才对。

先生　别瞎编，不能把俺噘嘴骡子编排得不值半头驴钱！

　　　［众人隐去。杀猪屠子上。

屠子　（喊后台）你磨蹭啥？快跟上来。

　　　（唱）　为难中回老家搬兵求将，

　　　　　　　跑折腿磨破嘴连哄带饯。

　　　　　　　借她的老关系去把情讲，

　　　　　　　我忍痛亮出这王牌一张。

　　　（白）哎，你咋愣在那儿？快来嘛！

　　　［伐瓮妹子被屠子拽上，她神情抑郁，用旧时伐瓮杆挑一小包袱上。

屠子　到了，就是这个门儿。

妹子　（环顾四周：不胜伤感）俺早年间的草棚在哪？

屠子　草棚？早他娘的打雷劈咧！进去吧！

妹子　（一阵眩晕，忙扶住门牌）十八年了……

屠子　（拥妹子后背，将其推进院内）进去吧！我跪了你三个晚上，你才答应的事儿，一定给我办成啊！（溜下）

荷花　同志，你找谁？

妹子　（低头仿佛自语）俺找，找畜类先生。

荷花　畜类先生？（自语）哼！眼下都叫爹总经理，还这么称呼，没礼貌！俺爹正忙着，你在这里等会儿吧。

妹子　（猛地抬起头，瞪大了眼睛）啊，你，你是……

荷花　（余气未消）是小畜类先生！也可以叫我小狗小猫小兔子……

妹子　（向前一步）荷——

荷花　（头也不回地）嗬！碰上个神经病……

妹子　（眩晕欲倒，忙用伐瓮杆支撑住，欲哭无泪，欲喊无声）

　　　（旁唱）亲骨肉系娘魂整整十八年，

　　　　　　　今日里见荷花凄凉又心酸。

　　　　　　　多少次梦中搂儿在胸口，

　　　　　　　醒来时泪满双腮擦不干。

>   多少次在梦中晃动摇篮，
>   醒来时只觉得地转天旋。
>   恨只恨一失足成为千古恨，
>   怨只怨一怒之下把亲人冤。
>   弃儿的娘牵挂儿有何颜面，
>   我怎能张开口唤儿到跟前？
>   心流血肠寸断反身回转——

〔踉跄冲下，又被屠子推回。

妹子　（唱）　上不上下不下进退两难。

屠子　谁让你回来的？！

妹子　俺、俺没脸面进去了。

屠子　哎呀，丢人值多少钱一斤？咱都说好了的，快进去吧。

妹子　他，他屋里人多。

屠子　傻瓜！就不会撒谎骗他出来，找个背人的地方谈谈。只要给我把事办成，恁俩咋着都行。嗨嗨，我回站里恭候喜音去了。（溜下）

妹子　（踌躇再三、毅然向前）同——同志。

荷花　你到底有啥要紧事啊？

妹子　告诉你爹，就说南岸村的畜类病了。

荷花　俺爹现在是总经理了，一般情况不出诊。

妹子　这病——这病非你爹莫治，俺先走了。

荷花　哎——

〔伐瓮妹子头也不回地急下。

荷花　这是个啥人哟！（喊）爹，人家的畜类病了。

先生　（急上）哪村的？

荷花　南岸村的。刚才有个娘们来，还说什么非你莫治哩。

先生　咳！南岸村全是养殖专业户，如果得了瘟疫，那还了得！人呢？

荷花　走了。

先生　赶快撵去。（背起药箱欲走）

荷花　爹，叫几个人和你一块去吧。

先生　不用不用，大伙跑跶一天累得够呛，要他们好好歇着。

荷花　五黄六月，汶河发大水了。

先生　岸边有船。那两年，我哪天不跑几个来回趟。

荷花　走，我陪你去。
先生　不用！放心吧。（急下）
　　　〔牛镇长喜冲冲地边喊边上。
镇长　总经理，劳模批下来了，准备去北京领奖。哎，人呢？
荷花　爹到南岸村出诊去了。
　　　〔四个养殖户提烟酒上。
甲　　总经理在家吗？
荷花　不在啊。
乙　　你代他收下吧。
镇长　怎么？送礼呀。
丙　　嗨嗨，这不叫送礼，这叫感谢感谢。
丁　　多亏总经理扶持，俺几个发了老鼻子财了，表表心意……
荷花　还可不行……
镇长　总经理可没这个习惯，大伙快收起来吧。
　　　〔小白鞋上。
荷花　大婶——
白鞋　哎，好闺女。你爹呢？
荷花　没迎着吗？到您村去了。
白鞋　到俺村去了？
荷花　刚走一会儿，是去出诊的。
白鞋　俺村那猪嗷嗷的，兔子蹦蹦的，鸡吼吼的，羊咩咩的，没听说谁家的畜类生病长灾哎。
荷花　啊！这事儿有点奇怪。
众人　怎么啦？
荷花　那女人神情不对，不像有病畜的样子……
镇长　哟！别出现其他问题啊。
众人　走，快看看去。（众下）
　　　〔切光，闭幕。

7

　　　〔字幕："六月天"。

〔一轮圆月在汶河狂涛上跳跃，岸内的垂柳树半淹在水中，柳条被波浪撕拽着飘忽不定。
〔伐瓮妹子急上。

妹子　（唱）　心怦怦，行匆匆，
　　　　　　　惊闻汶水波涛声。
　　　　　　　还情须去生情地，
　　　　　　　系铃之人再解铃。（急下）

〔先生急上。

先生　（唱）　心怦怦，行匆匆。
　　　　　　　撒腿跑起一阵风。
　　　　　　　一前一后拉力赛，
　　　　　　　谁家如此搬先生？
　　　（白）　大嫂大嫂，你慢点跑呀，我得打听打听病历哎。（追下）

〔妹子复上。

妹子　（唱）　闻呼唤，热泪涌，
　　　　　　　十八年来未悉听。
　　　　　　　人是旧时人，
　　　　　　　声是旧时声。
　　　　　　　像是旧情情难了，
　　　　　　　心欲碎来肝肠疼。

〔眩晕欲倒，扶住岸柳。
〔先生气喘吁吁上。

先生　喷，你是跑啥哎，俺甩开膀子都撵不上。快告诉我，你那畜类啥症状？
妹子　……（哭泣）
先生　别急别急，咱是老医道咧，只要我一到，你那鸡狗鹅鸭准能活蹦乱跳。
妹子　她——（转回头）她爹——
先生　她爹？谁她爹呀？
妹子　荷花她爹——
先生　你是？
妹子　俺是荷花她娘，不！俺是十八年前的伐瓮妹子。
先生　不可能！说话还有点关外口音。（凑向前细认，惊蹲在地上）我娘哎，看花了眼吗？！

妹子　（上前欲扶又止）先生，满地是泥……
先生　这是做梦，还是真事？要是做梦，我多躺一会儿……
妹子　（递过旧时伐瓮杆）先生……（哭泣）
先生　伐瓮杆子！（抚摸，辨认，大动感情）不错，是妹子当年的伐瓮杆子！（拉杆徐徐而起）你，你可把俺想煞咧！（张开双臂扑去）
妹子　（躲闪）别，俺身上脏……
先生　（哭泣）荷花她娘哎……
妹子　别这么称呼，俺不配了呀。
先生　荷花她娘，你就是荷花她娘，你答应啊！（号啕大哭，跌跌撞撞地扑向妹子）荷花她娘哎！呜呜……
妹子　（控制不住感情）荷花她爹——（啼哭着扑向先生）
先生　（抚摸着妹子的头发，泣啼着喃喃自语）十八年咧，你到底去了哪里？俺是天顶天地想，夜顶夜地盼啊！今天到底把你盼回来了，到底把你想到眼前来了。荷花她娘，自从那天……
妹子　那天……（慢慢地推开先生）
　　　（唱）那一天，那一晚，
　　　　　　那一时悔恨了十八年。
　　　　　　那一晚是俺糊涂瞎了眼，
　　　　　　那一天屠子推俺进深渊。
　　　　　　有心回到你身边，
　　　　　　杀猪屠子硬纠缠。
　　　　　　他骗俺去了老家千里远，
　　　　　　钻进那森林小屯长白山。
　　　　　　他两个兄弟似虎狼，
　　　　　　俺走出深山难上难！
　　　　　　思夫念儿肝肠断，
　　　　　　昔日的甜蜜化楚酸。
　　　　　　今日厚颜来相见，
　　　　　　是屠子私利熏心想官又想钱。
先生　杀猪屠子叫你来的？
妹子　是啊，他，他拿俺和你换件东西。
先生　荷花她娘，只要你再和俺过日子，要头，俺连膀子卸给他，他换啥吧？

妹子　换优化组合，换董事长总经理。
先生　啊！这……
妹子　交换不交换？
先生　这事恐怕……
妹子　答应不答应？
先生　这……（掂量再三，终于下定决心）为了你，换！
妹子　哈哈哈……
先生　你笑啥？
妹子　唉！都说这几年有人为谋私利，不顾惜老百姓的死活，想不到你也变了。
先生　我？
妹子　你想想，若把家业交给他，全镇的畜类会咋样？老百姓还有没有活路走？为我一个人，你就忍心吗？
先生　说的也是，可你……
妹子　俺自从走出森林的那一步，就没打算再回去。
先生　好！那咱重打锣鼓另开戏，重新过日子。荷花她娘，咱家走哇。
妹子　（痛苦地摇摇头）不！
先生　（孩子似的抓住妹子双手哀求）荷花她娘，你说啥也别再舍我下半辈子啦。快跟我家走啊，我还有一肚子呱和你拉咧，咱家走哇，走啊……
妹子　（悄然抹去挂满双腮的泪水）唉！十八年没回家了，俺要先回娘家一趟，看看父老乡亲。
先生　荷花她娘，你走一步，我跟一步，陪你回娘家。
妹子　眼下又是五黄六月，瓮舟在哪里啊？
先生　你看，这不换成小船了嘛。只是天色晚咧。划船的下班了。
妹子　杆子现成，俺自己来吧。
先生　好！艺不压身，眼下你这门手艺又派上用场了，来来来，咱拔锚开船。
　　　〔解船绳，起锚，二人上船，妹子撑船，几次撑不动，先生协助，使船离岸，小舟漂漂荡荡，在皎洁的月光下破浪横渡。
　　　幕后伴唱：

汶河水，六月涨，
小船儿颤悠悠来到河中央。
荡碎了圆圆的月亮，
荡破了闪闪的星光。

　　　　　　　　荡出了初恋的深情，
　　　　　　　　荡来了心中的惆怅。
　　　　　　　　漂啊漂，荡呀荡，
　　　　　　　　旧情去了何方？
先生　（唱）　想当年瓮身初恋似蜜糖，
　　　　　　　　你柔情似水伴身旁。
妹子　（唱）　想当年失去了当年的模样，
　　　　　　　　青春的乌发已染霜。
先生　（唱）　咱两个双双栖在水中央，
　　　　　　　　想当年还是当年的心肝肠。
妹子　（唱）　看汶河不是汶河清流淌，
　　　　　　　　想当年找不到当年瓦瓮舱！
先生　（唱）　这波浪轻摇轻晃，
　　　　　　　　久别胜新婚，水上漂鸳鸯。
妹子　（唱）　虽然漂到你身旁，
　　　　　　　　折断翅膀难飞翔。
先生　（唱）　前半生鸟儿痛遭无情棒，
　　　　　　　　后半生凤还巢出入成双。
　　　　　　　　种一地庄稼，
　　　　　　　　养一坡牛羊。
　　　　　　　　公鸡炖豆腐，
　　　　　　　　围在锅台旁。
　　　　　　　　望着水下的鱼儿游，
　　　　　　　　闻着水上的荷花香。
　　　　　　　　找回失去的岁月，
　　　　　　　　寻回旧时的彩虹裳。
　　　　　　　　夜晚再不空惆怅，
　　　　　　　　更不愁被子也凉炕也凉。
　　　　　　　　我就是当了宰相丞相四不像，
　　　　　　　　也难忘刻骨铭心当年的情肠！
妹子　（唱）　感恩您把妹子记在心上，
　　　　　　　　感恩您把孩子养成大姑娘。

>   感恩您不计前嫌把我原谅,
>   感恩您情似海夫妻一场。
>   我为我流泪,
>   我为我悲伤。
>   旧时的冤孽难赎难补,
>   火烧的燎泡难平疤伤。
>   汶河水洗黄沙清清亮亮,
>   定然能淘去我周身肮脏。
>   你多保重,别拦挡,
>   来生再给你做新娘。

先生　（猛然抱住）荷花她娘,你千万不能……
妹子　看,杀猪屠子来了!
　　　〔先生松手转身瞭望。
　　　〔妹子借机一头栽入滔滔汶水中。（翻滚着跌入下场口内）
先生　啊!（嘶喊）荷花她娘——（亦跃入河中）
　　　〔镇长、编剧、作家、荷花、小白鞋、众养殖户一拥而上。
编剧
作家　看!河中一只小船打漂……
荷花　爹——
众人　总经理——
镇长　不好,是只空船。
白鞋　龙王爷保佑,别出事呀。
荷花　爹……（蹲下泣哭）
　　　〔先生抱软软的妹子上。
先生　爹在这里。
众人　啊!（围上前）总经理……
荷花　她到底是什么人?
先生　是你亲娘啊!（慢慢放下妹子）
众人　伐瓮妹子!
白鞋　（放声号啕）我苦命的妹子哇……
荷花　（跪地呼唤）娘——
　　　〔屠子跑上揪住先生。

照町 ZHAO TING

屠子　推人下水，我告你报复杀人罪！
先生　（反手扭住）是你害的她，你还我人啊——
白鞋　别吵！听说溺死的人，趴放在牛背上轻走慢晃，能把肚子里的水控出来。
众人　对！有可能救过来。
先生　（背起妹子）快回畜牧公司。
　　　〔众人簇拥急下，只剩下编剧与作家。
作家　倘若能救活的话……
编剧　是个喜剧结尾。
作家　倘若救不活的话……
编剧　就是个悲剧结尾。
　　　〔灯转暗，作家、编剧隐去。
　　　〔灯转亮，只剩下空旷的舞台，天幕显得更加清晰，月光下，滔滔汶河泛着粼粼碧波逆流西去。
　　　〔幕后伴唱声起：

　　　　　一条汶河千道弯，
　　　　　逆流西去入东川。
　　　　　柳絮飘两岸，
　　　　　大雁宿沙滩。
　　　　　浪里白条把琴弹，
　　　　　还我九九艳阳天！

　　　〔大幕未闭，灯光慢慢转暗，天幕上的汶河倍加清晰……

（剧终）

注：

① 1989年4月20日至5月10日，完成于莱芜市文化馆。
② 1991年8月，该剧参评山东省剧协"第三届舞台剧本评选"获优秀剧本奖。未曾上演。1992年3月，（该剧选场）参加山东省"个体劳动者金星"获编剧一等奖。
③ 如需排演，请联系著作权人或继承人达成书面协议后方可表演。否则侵权必究！

• 现代戏

钓 鱼 人[1]

时间： 20 世纪 90 年代初期。

地点： 泰沂山脉大南山水库。

人物： 虎　前——30 岁，国企机械厂车间副主任，下岗后沦为钓鱼人。
　　　　虎前娘——50 多岁。
　　　　柳　蝉——20 多岁，虎前之未婚妻，后沦为二奶。
　　　　李　昊——50 岁，私营企业老板。
　　　　野　莲——20 多岁，水库承包人之女儿。
　　　　老　高——60 岁，退居二线的老领导。
　　　　万人迷——20 多岁，水边店店主。
　　　　混　混——30 多岁，水库上的老混混。
　　　　余　威——30 多岁，国企机械厂厂长。
　　　　司　机——20 多岁。
　　　　众钓鱼人。

[1] 作品登记号：鲁作登字-2022-C-10044595

1

  [字幕：20世纪90年代初期。
  [虎前家。
  [虎前、虎前娘愁苦的造型。剪影。
  [凄切的女声独唱：
    啊……
    阵阵秋风凉，
    飘飘落叶黄。
    凄风苦雨从天降，
    寒风吹寒窗。

虎前娘　虎前，这可咋办哟。
  （唱）　塌天大祸从天降，
    你爹爹要换肾等在病床。
    二十万啊！可叫咱何处借？
    何处偷？何处抢？
    咱值钱的东西无一样，
    只有双腮泪两行。

虎　前　娘，您别哭。我去医院给爹献肾。
虎前娘　不！要去我去。
虎　前　您有病，医生不允许。
虎前娘　医生不让我去，娘更不准你去。虎前，你和你爹在厂里都是出过大力的人，咱到了这一步，还是得依靠厂里，我求厂长去。
虎　前　娘！
  （唱）　提起厂长恨又怕，
    说啥也别去求她。
    自从她当上手一把，
    扩大投资钱乱花。
    机械厂赔了三千万，
    产品过剩大积压，
    我代表工人把她劝，

	她说我带头闹事找她碴。
	我怕的是工厂倒闭把岗下。
	我气她毁了工厂同时也毁了咱的家。
虎前娘	这可怎么办？
虎　前	唉！厂里都半年不发工资啦，哪有钱借给咱换肾呀。
虎前娘	厂子若真倒了，咱家更没活路啦。
虎　前	没有别的路，只有我去献肾。（扭头便走）
虎前娘	站住！虎前，就算你爹有个好和歹，娘也不叫你去。
虎　前	娘，我知道您心疼俺，可咱更应该心疼俺爹，他老人家为了这个家，辛辛苦苦受了半辈子煎熬，也快到退休的年龄了，可他……我不能眼睁睁看着他老人家这么走……
虎前娘	虎前，你这孝心娘领啦。怕你万一坏了身子……
虎　前	医生说，不会给身体带来多大危害。等爹病好了，我和柳蝉就把喜事办了。娘，我走啦。
虎前娘	慢着！咱再等等柳蝉。我叫她上她哥哥家去试试，看能借出钱来不？
虎　前	娘，您老人家咋老犯糊涂呢？二十万呀，找谁也白搭。
虎前娘	还是等等柳蝉吧。

　　［柳蝉上。

柳　蝉	（唱）	跌跌撞撞路难认，
		熟悉的家啊，可教我怎么进家门？
		强整精神装笑脸，
		虎前哥，大婶——
		我借，借来了买肾的钱，
		你救命的根，
		好贵好贵二十万金！

　　［柳蝉递存折，二人传看。

虎前娘	哎哟，我的好闺女，这可帮了大忙咧！
虎　前	哎呀，不用我挨一刀啦。
虎前娘	闺女，大婶怎么感谢你？虎前，快给柳蝉倒水。
虎　前	（递水）柳蝉，家里没有别的敬你，话都在这一杯清水里，感谢你救了我爹，感谢你救了我不用献肾。
柳　蝉	虎……虎前哥……（颤抖着饮水）

虎前娘　看，把闺女渴坏啦。闺女啊，你哥哪来这么多钱？
柳　蝉　不，不是他的。
虎　前　谁的？
柳　蝉　李昊。
虎　前　李昊是谁？
柳　蝉　俺哥的朋友，私营企业大老板。
虎前娘　真是个大好人啊。咱啥时候还人家？
柳　蝉　有钱就还，无钱就……
虎　前　没写借条？
柳　蝉　没……
虎　前　二十万，这可是个天文数字！一个生意人，为什么不要借条？
柳　蝉　虎前哥……
虎前娘　闺女，你怎么脸色不对？可千万别出什么事呀。
柳　蝉　大婶……（泣哭）
虎　前　柳蝉，你这是怎么啦？
柳　蝉　（跪倒）虎前哥，俺，俺对不住你呀。
　　　　（唱）　昨夜星昏月沉沉，
　　　　　　　　俺失神落魄丢了魂。
　　　　　　　　俺惦记着虎前哥要去献肾，
　　　　　　　　俺比那热锅上的蚂蚁还急十分！
　　　　　　　　俺糊涂涂去求李昊把钱借，
　　　　　　　　他将这存折塞在俺手心。
　　　　　　　　他叫俺陪他把酒饮，
　　　　　　　　俺无法拒绝善心人。
　　　　　　　　三杯下肚俺站不稳，
　　　　　　　　俺眼也花来头也晕。
　　　　　　　　俺醒来后衣衫不整，
　　　　　　　　他，他，他，毁了俺，俺的青春！
虎　前　柳蝉你！（伸手欲打柳蝉，又落下来猛击自己胸膛）你给我滚出去！
　　　　（唱）　天旋地转，云遮雾笼！
　　　　　　　　欲哭无泪，欲喊无声。
　　　　　　　　这不干不净的钱啊，

　　　　　　　怎好拿来救爹的命。
　　　　　　　你如此挣来的钱啊，
　　　　　　　比我的肾谁重谁轻？
　　　　　　　我的钟爱，你的倩影，
　　　　　　　化作那苦雨凄风！
柳　蝉　（泣哭）虎前哥……
　　　　（唱）　为爱你断送你一片柔情，
　　　　　　　为爱你送给你一瓢冷冰。
　　　　　　　为爱你离却你一枕黄粱梦，
　　　　　　　为爱你又让你一辈子心不宁。
　　　　　　　为爱你难与你相爱又相敬，
　　　　　　　为爱你不让你沾上脏名声。
　　　　　　　为爱你强忍住心中悲和痛，
　　　　　　　为爱你等待那来世来生清清白白干干净净再与你重相逢。
　　　　　　　（欲下）
虎前娘　闺女……
柳　蝉　大婶，虎前哥，您多保重。俺，俺走了。（哭下）
虎前娘　存折……（追下）
虎　前　柳……
　　　　〔追到台口、愣住。抱头号啕。
　　　　〔切光。

2

　　　　〔李昊办公室。
　　　　〔深情的女声独唱：
　　　　　　　啊……
　　　　　　　阵阵秋风凉，
　　　　　　　飘飘落叶黄。
　　　　　　　寒蝉落在草梢上，
　　　　　　　哀鸣满身霜。
　　　　〔灯渐亮。李昊正接电话。

李　昊　不行不行，今中午没时间，有几个老钓友，约我一块去钓鱼。鱼迷？哈哈哈，对对对，不做总统，宁做钓鱼人嘛。对对，钓鱼能陶冶人的情操……拜拜。（收拾渔具）

　　　　〔司机上。

司　机　李总，有个姓柳的姑娘找您。

李　昊　快请。

　　　　〔司机下。

李　昊　（唱）　昨夜晚悔愧做了冒失鬼，
　　　　　　　　爱花人反而当了折花贼！
　　　　　　　　眷恋情变作那驴肝驴肺，
　　　　　　　　二十万难使她敞开心扉。
　　　　　　　　烦闷中欲对碧波去陶醉，
　　　　　　　　为什么柳蝉她今日又回？

　　　　〔柳蝉急上，昏昏欲倒。

李　昊　柳蝉。（上前搀扶）

　　　　〔柳蝉甩开李昊，以右手连打李昊几个耳光。

李　昊　出出气吧。再打这边。（送上左脸）

柳　蝉　（以左手打李昊右脸，又是几个耳光）坏蛋……

李　昊　你先喝点饮料，歇一会再打。（打开饮料递上）

柳　蝉　给你的钱！（将存折扔到李昊身上）

李　昊　（接看）钱没用吗？不是要换肾吗？

柳　蝉　换肾？嫌脏不能用！换肾怕感染……

李　昊　肾不换了？

柳　蝉　用儿子的肾去给父亲换！

李　昊　大孝子！

柳　蝉　可他跟我一刀两断，一刀两断啦！（泣哭）

李　昊　一刀两断？柳蝉，这可是你的福气。你想想，一个只剩一边肾的男人，能给你幸福吗？柳蝉，你，你就嫁给我吧。

柳　蝉　住嘴，你有老婆……

李　昊　老婆，呸！我那个老婆还叫老婆？

　　　　（唱）　提起她来就着急，
　　　　　　　　人送外号红霹雳。

　　　　她男不男来女不女，
　　　　动不动照我头上练拳击。
　　　　爱吃醋，乱妒忌，
　　　　怀疑我偷狗又摸鸡。
　　　　我若与她吵几句，
　　　　立马就惹来她那七姑八大姨。
　　　　撕头发，拧住耳，
　　　　抓得我脸上没了皮。
　　　　她从不会温柔可爱甜蜜蜜，
　　　　就像那扎手扎脚的野蒺藜。
　　　　不管是弊还是利，
　　　　我豁上小命也要离。
柳　蝉　你要离婚？
李　昊　如果和你生活在一起，净身出户也在所不惜。
柳　蝉　不！
李　昊　柳蝉，人生就像树上那知了一样，才活几天？该吱吱就使劲吱吱，到了不能吱吱的时候，想吱吱也吱吱不起来了。
柳　蝉　你在咒我？
李　昊　我说的全是实话。不怕你年轻美貌，就怕你白白浪费青春。像你这样聪明善良的姑娘，就该出门有车轿，穿戴有珠宝。烦时把鱼钓，乐时玩电脑。住进小别墅，楼下有保镖。
柳　蝉　俺不图富贵，更不愿嫁给一个老男人。
李　昊　老男人最时髦。年龄不大，怎能有钱？年龄不大，怎会体贴小媳妇？柳蝉，我是真心喜欢你。
　　　（唱）　从前常去你哥家，
　　　　　　　全为蝉妹一枝花。
　　　　　　　你不在我像散了骨头架，
　　　　　　　不吃不喝头耷拉。
　　　　　　柳蝉啊——
　　　　　　　我梦中和你说过多少悄悄话？
　　　　　　　幻觉中洞房花烛你羞答答。
　　　　　　　醒来后辗转难眠眼不眨，

　　　　　　单相思独弹空琵琶。
　　　　　　昨夜晚喝醉了酒心猿意马，
　　　　　　再也难，关住那感情的洪水爱情的闸。
　　　　　　生米已然把锅下，
　　　　　　饭煮煳了吃锅巴。
柳　蝉　你，你……
李　昊　我说得不对？
柳　蝉　唉！
　　　（唱）好似打翻五味瓶，
　　　　　　酸甜苦辣一起涌。
　　　　　　那一个说出绝情话，
　　　　　　实难忘苦窗寒院寓深情。
　　　　　　这一个说出真情话，
　　　　　　系铃之人又解铃。
　　　　　　心在流血阵阵痛，
　　　　　　苦蝉哀鸣不禁风。
李　昊　柳蝉，你想好了吗？
　　　〔柳蝉痛苦地摇头。
李　昊　（将鱼竿递给柳蝉）柳蝉，你若不同意，就拿鱼竿打我。你若同意，就舍不得打。
　　　〔柳蝉扬起鱼竿欲打李昊，而又打向沙发。她扔掉鱼竿，失声痛哭。
　　　〔切光。

3

　　〔水库岸边。
　　〔女声独唱：
　　　　啊……
　　　　阵阵秋风凉，
　　　　轻轻荡双桨。
　　　　渔家女儿踏银浪，
　　　　碧波也飘香。

〔灯渐亮，虎前戴"孝"字黑袖章，站在岸边的巨岩上。

虎　前　（唱）　天苍苍，水茫茫，
　　　　　　　　浪打残叶更凄凉。
　　　　　　　　我有心葬身鱼腹化银浪，（欲跳）
　　　　　　　　碧波之中也难安详。（又回）
　　　　　　　　好牵挂多年的工友似兄妹，
　　　　　　　　更牵挂白发苍苍苦命的娘。
　　　　　　　　似听见飞走的苦蝉在吟唱，
　　　　　　　　怨声泣泣断肝肠。
　　　　　　　　缕缕亲情挂心上，
　　　　　　　　人到难处应刚强！

〔野莲摇船上，来到虎前站的石岩边。

野　莲　喂，你在岩顶上转悠啥？
虎　前　哦，我来看看这碧波，清清净净，多好啊。
野　莲　要是跳下去，可就浑了。
虎　前　谁说我要跳下去？
野　莲　你自己的行动说你要跳下去。
虎　前　不！我不能死。
野　莲　哈哈哈，恐怕想死也死不了。你若跳下去，俺就捞上来。下来，下来。
虎　前　下去就下去。（下山崖）哎，你是谁？
野　莲　要问俺嘛——
　　　　（唱）　自幼生在水中央，
　　　　　　　　鱼鳖虾蟹俺为王。
　　　　　　　　取名野莲野性旺，
　　　　　　　　不识人间礼道长。
　　　　　　　　老爹爹承包水库爱喝酒，
　　　　　　　　常把水乡做醉乡。
　　　　　　　　无奈接过一本账，
　　　　　　　　收票专管钓鱼郎。
　　　　　　　　扁舟一叶满湖闯，
　　　　　　　　谁人不识俺野姑娘！
虎　前　好厉害呀。

野　莲　你说厉害就厉害，钓鱼人每人每天二十元，谁敢不交钓鱼费，我把他鱼竿一折两半截！

虎　前　这么说，谁也不敢偷偷摸摸来钓鱼。

野　莲　哎，咋这么面熟？在哪里见过？（上岸，凑到虎前面前）

虎　前　没有。

野　莲　有！你叫虎前。

虎　前　对。

野　莲　你为爹献肾。

虎　前　你咋知道？

野　莲　全市的大孝子，谁不知道。

虎　前　哦，你看过报纸。

野　莲　还看过照片呢。（看袖章）你爹他……

虎　前　唉！

　　　　（唱）　提起爹爹泪汪汪，
　　　　　　　　悲痛满腔愁满腔。
　　　　　　　　悲爹爹换肾难换寿命长，
　　　　　　　　愁企业彻底垮台俺下了岗。
　　　　　　　　俺卖熟肉、贩生姜、种苦瓜、磨甜酱，
　　　　　　　　外行人干一行来赔一行。
　　　　　　　　无奈去把麻包扛，
　　　　　　　　挣破刀口腰间伤。
　　　　　　　　谋生活谋尽了生活欲望，
　　　　　　　　为生活压断了生活脊梁。
　　　　　　　　说实话本想水中把身葬，
　　　　　　　　虎前我舍不下亲友舍不下娘。

〔虎前失声哭泣。野莲十分感动。

野　莲　别哭。没有过不去的火焰山。

虎　前　（自知失态，不好意思地）野莲姑娘，原谅我不该和你说这。可、可人到了这一步，眼下又对谁去说……

野　莲　（旁唱）男儿有泪不轻弹，
　　　　　　　　英雄末路也心酸。
　　　　　　　　敬佩他舍肾救父情无限，

　　　　　　可怜他下岗职工这样难。
　　　　　　俺要留他在岸畔，
　　　　　　帮助孝子渡难关。
　　（白）虎前哥……

虎　前　别这么称呼，叫俺虎前就行。
野　莲　往后你就是俺虎前哥，俺就是你野莲妹。
虎　前　野莲妹……
野　莲　虎前哥，你会钓鱼吗？
虎　前　没学过。
野　莲　（从船舱内取出鱼竿）来，跟我学。
虎　前　学钓鱼？
野　莲　钩钩上鱼食，轻轻甩竿。看，顶起浮漂来啦。（提竿上鱼）拿捞海。
虎　前　啥是捞海？
野　莲　抄网。
　　　［虎前慌慌张张捞鱼，几次未捞住。
野　莲　捞头别捞尾，捞！
虎　前　（捞上鱼来，非常吃惊）足够三斤！这么细的线，能钓这么大的鱼。
野　莲　这还算大？二十多斤的也能钓上来。好玩吧？
虎　前　好玩，好玩。
野　莲　往后你就在这儿玩吧。
虎　前　不不！吓煞俺也不敢，俺一天上哪讨换二十块钱的钓费去？
野　莲　免费。钓上鱼来，你全拿走。
虎　前　这，这不等于从你瓮里挖粮食吗？俺不干。
野　莲　不干也得干。叫你上岗就上岗！
虎　前　这……
野　莲　来，鱼竿送给你，饵料赊给你。一年到头不收钱。
虎　前　（激动地）野莲妹……
野　莲　虎前哥，钓吧。
虎　前　（甩竿垂钓，突然哭丧着脸）野莲妹，你这浮标多少钱一只？
野　莲　五元。
虎　前　毁咧毁咧，俺得赔你浮标啊！
野　莲　怎么啦？

虎　前　刚才还露着半截，一眨眼的工夫就淹下去啦。
野　莲　傻瓜！这是上鱼啦，快提竿。
虎　前　（猛提竿，竿成大弯弓，鱼线嗡嗡直响）哎……
野　莲　大鱼！别慌。（忙拿起抄网）
虎　前　哎哟，这么有劲？钓住了一头驴吗？
野　莲　挺住！
　　　　［虎前鱼竿被拽直，大鱼脱钩而逃。
虎　前　跑咧。
野　莲　你和大鱼拔了河，能不跑吗？（检查钓线）看，豁了嘴咧。虎前哥，钓住大鱼，一定要遛，把鱼遛翻了肚皮，没跑！
虎　前　我是外行。嘿嘿，干啥啥门道。
野　莲　对。钓鱼有窍门儿，第一要选择好位置，叫钓位！千万别忘了，三分钓技，七分钓位！鱼就在好钓位前扎堆吃食儿，隔五十公分也不吃，离开好钓位，再能的人也钓不了多少鱼！第二是饵料。第三才是技术。
虎　前　哪里钓位最好？
野　莲　这里就是最佳钓位。我经常在这儿喂鱼，这里的草鱼、鲤鱼成群。占住这个好钓位，千千万万别挪窝。
虎　前　好。野莲妹，什么饵料最好？
野　莲　我有秘方，每天最少能钓到三十斤以上。
虎　前　那不发了洋财！
野　莲　钓吧。
虎　前　钓就钓。（甩竿，提竿上鱼）我娘哎！下去就吃，又黑漂啦！
野　莲　个头不小，沿岸遛鱼。
虎　前　遛就遛。它跑我跟着！哎哎哎……
　　　　［虎前双手挺起竿，跟跟跄跄地遛鱼。野莲拿抄网跟随，遛来遛去，遛下场去。
　　　　［切光。

4

　　　　［岸边。
　　　　［十个月后。

［幕后合唱：

　　　　　啊……

　　　　　炎炎三伏天，

　　　　　浪打十里湾。

　　　　　鱼迷垂钓在岸畔，

　　　　　甩竿舞翩翩。

　　　［灯渐亮。
　　　［虎前、李昊、老高、混混和众钓鱼人，挥竿起舞。
　　　［众鱼迷舞蹈后，各就各位。

虎　前　（唱）　竿一条，线一根，

　　　　　　　碧波芳草前后邻。

　　　　　　　修身养性壮了肾，

　　　　　　　虎前变作钓鱼人。

　　　　　　　虽然是紧盯浮漂待鱼讯，

　　　　　　　却把那亲朋好友挂在心。

　　　　　　　工友们十有八九更贫困，

　　　　　　　只盼望工厂的烟囱再冒轻云。

　　　　　　　有心把流泪的企业去振奋，

　　　　　　　可咱算鲤鱼身上哪片鳞？

　　　［知了声声，如泣如诉。

　　　　　　　听知了哀鸣声声更郁闷，

　　　　　　　仿佛是柳蝉泣鸣啼之音。

　　　　　　　千头万绪坐不稳，

　　　　　　　看！金鲤又把银钩吞。

　　　［起竿，鱼将竿拉成大弓，虎前遛鱼。

混　混　（扔下鱼竿跑来）大家伙，一条大家伙！
虎　前　（对李昊）大哥，请把你这海竿收一收，别让大鱼缠了线。
李　昊　不行，我刚换上鱼饵！
司　机　挂了线和你没完！呼哧，呼哧。（吓唬鱼）
虎　前　（大鱼拽着线又向老高方向游去）老高，请把手竿收一收。
老　高　好好。（急忙收起竿）小伙子，慢慢遛，这条鱼足够二十斤。
混　混　娘的！这小子专钓大的。看我给他吓蹿。（摸石头便砸）

老　高　（用鱼竿挡住）钓鱼人要有鱼德。

万人迷　（打着花伞上）哎哎哎，围着这么多人，谁又上大鱼啦？嚄！又是他。好，今天我那小饭店，又该着进点便宜货啦。（被钓的鲤鱼打了个挺，溅了万人迷一身水花）啊！野鲤，二十多斤的大野鲤。

　　　　［大鱼终于露出水面，众人惊叹。

虎　前　混混哥，快帮我捞出来。

混　混　捞出来，算我的。（捞起鱼）

　　　　［混混提起大鱼便跑，被虎前一把夺住。

虎　前　松手！哪天不拿俺几条鱼，今天这条忒大咧，就不给你。

混　混　哎哟，这条鱼真馋人，俺叫你大爷行不？

虎　前　叫老爷也不行！混混哥，等会儿钓条三斤二斤的送给你。（抱住鱼不放）

老　高　混混！钓鱼人要讲文明，你这是什么品质。

混　混　狗爪子埋在地里，你装什么洋蒜？！今天老子馋急啦，就吃这条大野鲤！给老子拿来吧，松手！

万人迷　放开！要不，我喊野莲去。

混　混　别别别，俺，俺不要还不行？（松开鱼，转过身去）哎，万人迷大妹子，一刹的工夫你咋又换了妆？哎哟喂！你这褂子忒瘦了，两个大团团，这就蹦出来！（伸手便摸）

万人迷　（打混混手背）别动手动脚的。

混　混　哈哈，打是亲，骂是爱，不打不骂是一害。我说亲爱的，今中午给我来上四两花生米，半斤猪头肉，一瓶二锅头，外带仨火烧。

万人迷　又是赊？

混　混　有了钱不就给你嘛。（唱吕剧）别看我大保穿得破，喝酒从来不少给钱……

万人迷　算了吧，我可不是义务饲养员！

混　混　你！你就当喂头老黄牛，要了紧给你拉犁。

万人迷　懒牛上套，不拉就尿，犁也拉不好。（来到虎前身边）虎前大哥，走，把这条大野鲤过过秤去。

虎　前　（只管盯着浮标）等会再说。浮标又有动作了……

万人迷　可得给我留着。（问李昊）哎，吃饭不？

李　昊　还不到九点，中午再说。

万人迷　待会我带菜谱来，点上几道大菜，好好喝一壶，再顺便在我那岸边店来个免费午休。你说行不？大老板。

李　昊　什么大老板？就是个钓鱼人嘛……

万人迷　咳！光看你那车吧，大奔！你寻思俺庄户娘们儿就不认得？

司　机　去去去，别影响钓鱼。

万人迷　好好好，待会儿我再来。靠！大官好见，衙役难缠，不就是个熊开车的……

混　混　万老板，万小姐，万大妹子……

　　　　〔万人迷不予理睬，并给混混一个戏谑性的飞吻。下。

混　混　呸！（凑近李昊）哎哎哎，千万别去搞什么午休，知道她叫啥不？叫万人迷！万一把你迷住，得把你那汽车轮子卸下俩来。

李　昊　去去去，你到底算个干啥的？

混　混　要问我吗？

　　　　（唱）　生在岸边山岭中，
　　　　　　　　树不栽来地不耕。
　　　　　　　　光杆一根好水性，
　　　　　　　　逮鱼摸虾爱吃腥。
　　　　　　　　自从那野莲承包水库后，
　　　　　　　　谁可知姑娘倒比男人凶。
　　　　　　　　我只好收起渔网瞎糊弄，
　　　　　　　　俺钓鱼人从来不念钓鱼经。

李　昊　哈哈哈，原来是个水上混混。

混　混　唉！混也没混好，你给我鱼一条吧？

李　昊　没看见我这鱼护还在晒太阳吗？

混　混　等会钓上来，赞助一条。哎，收鱼费的来啦，我得走。（收起鱼竿欲下）

　　　　〔野莲挎包摇船上。

野　莲　混混！

混　混　表姑，您老人家可壮实？

野　莲　别嘴巧。从来不买钓鱼票，今天该买了吧？

混　混　买是该买，一天二十元，也忒促狭咧。

野　莲　不买钓鱼票，你才是个促狭鬼！

混　混　谁叫咱多少有点拐弯子亲戚来呢？您老人家罗锅不大，可在那个背

（辈）上。要不，我能扔了捕鱼网，藏起炸药包，摔了药鱼瓶，全力以赴支持您老人家的工作？再说，修水库时，把俺村的地都淹咧，俺不得靠水吃水嘛。

野 莲　少来这一套！到时候和你算总账。

混 混　等我混富了，保险孝顺您老人家。（狐假虎威地）买鱼票，买鱼票，谁不买，折谁的鱼竿，豁谁的渔获。（对李昊）拿钱，二十元！

野 莲　滚！玩你的去吧。

混 混　好好，俺到水边店搞个午休去。表姑哎，拜拜。（下）

李 昊　（递钱）二十元倒不贵，就是不上鱼。

野 莲　你第一次来，摸不清钓位。（收钱，递票）

李 昊　哪边钓位好？

野 莲　哪里也好，哪里也不好，就看你会钓不会钓。

李 昊　（对司机）走，转转看看，选选钓位去。（与司机下）

野 莲　老高，今天星期六，您老早就来了？

老 高　（掏钱买票）买两天的。只要没有特殊情况，礼拜六准时来，礼拜天准时走。

野 莲　真是个老鱼迷。

老 高　我倒不是鱼迷。钓鱼是项非常好的体育活动，它不仅锻炼身体，同时也能锻炼人的毅力和意志。

野 莲　（看渔获）今天不上鱼？

老 高　上不上鱼没关系，关键在于换换空气，静静脑子。

虎 前　野莲妹，快过来。（提起渔获）你看。

野 莲　哟！恭喜发财啦。

虎 前　（掏出钱）今儿个破例，买张票。

野 莲　（杏眼一瞪）你说啥？

虎 前　嗨嗨，我是说，这条鱼值七八十元……

野 莲　值七八百又能怎样？你想让我说了话不算话？

虎 前　野莲妹，俺哪天不钓二三十斤鱼？了得吗？一年就卖万把块！再这样下去，俺，俺真坐不住啦。

野 莲　坐不住就站着钓，反正不让你走。

虎 前　妹子，这情分大了，你叫俺咋个还法？

野 莲　你说呢？

虎　前	这……	
野　莲	傻瓜一个！快钓吧。哈哈哈……	

　　〔野莲摇船而去，虎前呆呆地望着野莲背影。
　　〔汽车喇叭声。余威浑身珠光宝气，一手打伞，一手提渔具上。

余　威	高专员，高专员……
老　高	余威吗？我在这儿。哎，你怎么来啦？
余　威	高专员……
老　高	别这么称呼。岸边钓鱼人，只有老少之分，没有身份之别。在这儿，没有叫官衔的。再说，我已经退居二线，身为调研员啦。
余　威	甭管二线三线，反正是瘦死的骆驼比马大。（从箱中拿出一件东西）高叔叔，你看。
老　高	什么产品？
余　威	高科技产品，探鱼器。（伸进水中）您看，如果前面有大鱼，它就发出蜂鸣声。（试探）没大鱼，换地方吧。
老　高	不。收起来吧，我不欣赏这玩意儿。钓鱼可不是为了掠夺性的捕杀，这是一种情趣，只图怀中兜着碧波银浪，身上背着芳草黄花。
余　威	高叔叔说得对。
老　高	坐吧，一块儿钓鱼。
余　威	我性子急，恐怕坐不住。
老　高	先磨炼磨炼你这急性子，恐怕到时候不坐也得坐……
余　威	高叔叔，您……
老　高	钓会儿鱼吧，净化净化灵魂。（选竿）来，用我这条三米六的。
余　威	唉！先陪高叔钓会儿鱼。（心事重重地垂钓）
虎　前	呸！混账厂长。她来找老高？老高是专员，什么专员？今儿个正好……（欲去又回）我咋看见她心里就打哆嗦？（将帽子遮住脸，侧耳倾听）
老　高	余威呀，又没提住鱼？
余　威	让你给吓跑了。再也不敢咬钩啦。
老　高	我有那么厉害？都管到水底去啦！高叔可不是龙王爷……
余　威	高叔叔，你看这鱼，多像咱们人啊，咬钩吞食儿的，钓不住的是多数。
老　高	你看，这就是那种鱼。看浮漂，下沉了，（提竿，未上鱼）又是空的。它把鱼钩含在嘴里，随时准备吐出来。

余　威　哈哈哈，跑了，跑了就没事啦。

老　高　不！虽说它久经钓场，最为狡猾，但它生性贪婪，迟早有一天，要被钓上来。（猛提竿）哎，上啦。

　　　　［老高将鱼钓起，余威捞出。

余　威　看，肚子这么大，是条籽鱼。

老　高　不对。它偷吃的食儿太多，把肚子都快撑裂啦。

　　　　［余威呆愣在一旁。

老　高　余威，怎么不钓了？

余　威　高叔叔，我，我的问题……

老　高　钓鱼人只管钓鱼，莫谈公事。

余　威　高叔叔……（哭泣）

老　高　早知今日，何必当初，哭什么？

余　威　您也认为我是腐败分子？

老　高　你自己怎样认为？

余　威　我冤枉。

老　高　你冤什么？

余　威　我承认盲目投资扩大经营，铺张浪费了不少资金。可我没有贪污受贿，没有往自己腰包里装钱！

老　高　此话当真？

余　威　您可以调查。

老　高　那么企业是怎么垮的？

余　威　产品积压，销路不好。

老　高　工人联名上书，怀疑你有经济问题。

余　威　怀疑归怀疑，事实归事实。我今天来，就是要您帮我澄清这个问题。

老　高　甭管怎么说，渎职是推卸不掉的。

余　威　高叔叔，看在我去世的父亲分上，您还要帮我压一压……

老　高　我再说一遍，退居二线了。如果在位的话，也会彻查……

　　　　［万人迷拿菜谱上。

万人迷　老高老高，今中午吃什么饭？

老　高　两个烧饼，一个土豆丝。

万人迷　（打量余威）哟！穿得比我还花哨。（压低声音）老高，她是你带来的小姐。

老　高　你看我像那种人？

万人迷　人不可貌相，水不可斗量，现在开放咧，带小姐时髦。（递菜谱）来，今天好好伺候伺候她。

老　高　你……

余　威　拿菜谱来（接过菜谱翻看）都是些粗茶淡饭。

万人迷　咳！俺这粗茶淡饭可不一般哪——

（唱）　香风阵阵把人袭，
　　　　水边小店万人迷。
　　　　酒不醉人人自醉，
　　　　污染和咱两分离。
　　　　自家钓的活野鲤，
　　　　自家养的小柴鸡。
　　　　自家种的黄瓜、韭菜、豆角、芸豆、葱姜蒜，
　　　　自家酿的荷花曲。
　　　　家常的品种你不爱，
　　　　还有那马生菜、扫帚菜、灰灰菜和人参菜，
　　　　巧凑一桌野味席！
　　　　人生不过百年期，
　　　　朝阳易老又偏西。
　　　　莫待偏西才行乐，
　　　　喝他个晕晕乎乎恣恣悠悠傍着大佬钓大鱼！

余　威　全是绿色食品。你手艺怎样？

万人迷　还用问？不是一级厨师，便是特级厨娘。当然啦，也可以根据你自己的口味，自己去做。

余　威　好。高叔叔，我去看看。

老　高　别，别……

万人迷　看你小气样儿，不伺候小姐伺候谁？走。

〔万人迷拉余威下。

老　高　（哭笑不得）唉！这个女老板……

〔虎前趁机来到老高身边。

虎　前　老高，你就是高专员？

老　高　什么专员呀，咱们都是钓鱼人嘛。

虎　前　刚才俺都听到了。您当领导的，也喜欢钓鱼？

老　高　哈哈哈，业余爱好嘛。当年贺龙元帅和王近山将军都是鱼迷。小伙子，没听说贺龙元帅边钓鱼边思考作战方案，王将军边钓鱼边擒获敌军将领的故事吧？

虎　前　对！您也在思考惩治腐败的事。

老　高　你怎么知道？

虎　前　刚才您说的那种鱼，不是指的余威吗？

老　高　你是？

虎　前　我叫虎前，国有机械厂的下岗职工。

老　高　虎前？对，联名信上第一个签名的是你。

虎　前　哎哟，实在想不到，做梦都想说说心里话的领导就在身边。

老　高　虎前，虽说我已经退居二线，可我还是调研员。余威还有哪方面的问题，你可以直接向我反映，我负责机械厂下马问题的调研调查。

虎　前　高专员……

老　高　（掏出笔记本）说吧。

虎　前　不！俺看余威一口一个叔叔叫你，这关系……

老　高　对！余威是我从小看着长大的。可现在她……唉！

　　　　（唱）　论关系余威她让人心寒，
　　　　　　　　愧对我好同事英年长眠。
　　　　　　　　余科长临终前泪流满面，
　　　　　　　　嘱托我把威威多加照管。
　　　　　　　　她小时聪明可爱似飞燕，
　　　　　　　　长大后贪筑私巢陷泥潭。
　　　　　　　　虎前啊，有苦就诉苦，
　　　　　　　　有冤就喊冤。
　　　　　　　　别怕有后台，
　　　　　　　　拿我做靠山。
　　　　　　　　莫说这条关系线，
　　　　　　　　就是我的亲儿、亲女、亲爹、亲娘触犯了法律也难过关！

虎　前　好，俺相信你。

老　高　坐下说。

　　　　〔虎前和老高欲谈情况。余威上。

余 威	咦，这不是虎前主任吗？
老 高	主任？
虎 前	原车间副主任，嗨嗨，其实是个技术员。
余 威	虎前啊，凭你的技术水平和工作业绩，我准备提拔你当经营副厂长。唉，谁料到，效益不好……
虎 前	余厂长，你就别马后炮啦。当时我给你提了几次合理化的建议，你没开除我厂籍就不孬。
余 威	对。还没等开除你，企业倒闭，你就自然下岗了。怎么，才一年的工夫，口气就这么硬啦。告诉你，将来有一天，你还得在厂里混……
老 高	哈，真是余威不减啊。眼下还吹胡子瞪眼！
余 威	嗨嗨，高叔叔……
老 高	虎前，壮起胆来，有话可以当面讲。
余 威	我愿意接受工人同志的意见和监督。
虎 前	余厂长，你当时不顾干部职工的反对，盲目生产家电产品，结果造成两千多万元的损失。你想过没有？企业倒闭，工人下岗，工人们怎么生活啊！
余 威	我是有点独断专行，可我出发点是好的，为了给国家和工人们创造更大的利润空间。
虎 前	那么，据有关人士核算，每年用于招待费超过60余万元，这也是给工人创造利润？
余 威	当然。没有付出，就没有回报。招商引资是有点铺张浪费。
虎 前	你以考察的名义出国旅游，每年高达40万元，到底考察来的什么？
余 威	先进技术，先进经验，先进设备……
虎 前	那么，企业就不该倒闭。
余 威	这不是经营失误。市场疲软，没办法。
虎 前	据查实，你亲属拖欠销售货款300余万元，是谁的责任？
余 威	拖欠货款是普遍存在的社会现象。应该说由法院负责处理。
虎 前	你挪用公款10万元，也是社会现象？
余 威	不是挪用，是借钱。财务科有我的欠条。
老 高	余威！你还条条是理了。
余 威	高叔叔，这都是客观存在的嘛。
老 高	余威，浪费和渎职可都是犯罪！国企的公款也敢挪用？

余　威　高叔叔……

虎　前　高专员，以后咱慢慢谈。俺走了。

老　高　小伙子，钓鱼不要只管钓鱼，还要考虑考虑工厂的问题。告诉你一个好消息，市里正在研究重新振兴机械厂的问题。

虎　前　啊！到时候俺还能上岗？

老　高　不仅仅是上岗，你最好能参加厂长竞选。

虎　前　谢谢高专员，再见。（回钓位）

余　威　高叔叔，虎前还和你谈什么没有？

老　高　切磋钓鱼技艺，如何钓出大鱼。

余　威　高叔叔，虎前这人……

老　高　走，到大树底下谈谈话去。

余　威　谈……话……

老　高　正要找你谈话，你来了。走，我代表组织约谈……

　　　　〔余威战战兢兢地随老高下。

　　　　〔虎前陷入深思，鱼竿被鱼拖进水中，浑然不知。

　　　　〔李昊与司机上。

李　昊　那是谁的鱼竿，让鱼拉进窝里当推磨棍了。

虎　前　啊！我的竿。大哥，借海竿用用。

李　昊　我来。（甩出海竿，缠住手竿往外拖鱼）

虎　前　不行不行，慢一点。

李　昊　没事儿。（用力将手竿竿梢拽断，鱼拖着浮标鱼线逃走）

虎　前　叫你慢点慢点，看，竿梢子断了。

李　昊　哈哈哈，不能钓了吧？让出钓位，叫老兄过把瘾。

虎　前　（拴线）不行。你看，没有竿梢照样钓。（甩竿上鱼）

司　机　娘的，满坝上就这钓位上鱼。

李　昊　钓友，咱协商一下，你让出钓位，我出点钱。

虎　前　不！钓鱼是一种乐趣、一种机缘，钱多钱少买不到。

李　昊　这……

　　　　〔万人迷拿菜谱上。

万人迷　老板，这会儿该点菜了吧？

李　昊　甭点，按你饭店最高标准上菜。

万人迷　最高标准是八顶八带大件，一桌全鱼宴一千八，带两瓶俺自己酿造的荷花曲。行不？
李　昊　　不贵。送到这儿来。
万人迷　　看，老板就是老板，气派！（喊）混混——
　　　　　〔混混跑上。
混　混　　啥事？
万人迷　　走，帮我扛桌子抬菜去。
混　混　　和你帮忙？你咋感谢我？
万人迷　　管你酒足饭饱。
混　混　　吃点喝点算啥？俺要的是那个。
万人迷　　哪个？净想好事儿！也不撒泡尿照照你这模样。滚！（下）
混　混　　哎哎哎，管饭就管饭。咱先明后不争，剩菜剩饭我不吃，剩酒我喝。
　　　　　（追下）
　　　　　〔虎前又上一条大鱼，李昊帮其捞出来。
李　昊　　看，红翅红尾，又是条纯野鲤。
虎　前　　装到你鱼护里吧，回去炖炖吃。
李　昊　　不不不，我和大多数钓鱼人一样，只喜欢钓，不喜欢吃，图的是玩个痛快。再说，后天是我公司成立十周年大庆，我对职工们夸下海口，要亲手钓几条野鲤鱼让他们品尝。我不能作假，一定要亲手钓几条。
虎　前　　看你这行头，是个大老板。老板还能给工人钓鱼吃？
李　昊　　只要心里装着职工生活，职工心里就会装着企业效益。
虎　前　　说得好！有道理……
　　　　　〔混混驮桌子，万人迷担菜上。
李　昊　　这么快。
万人迷　　刚才给那个小娘们儿做了一桌，老高非退不可。这不正好……
混　混　　老高那个小气鬼，我真想捶他。（从水中提出渔获）哇！你小子想把这水库的鱼钓光啊？！（摸出条大鱼）我要条小的。（拿鱼跑下）
虎　前　　（追赶）哎哎哎，你拿条小的还不行吗？
万人迷　　别撵啦。对他这种人，就当黄鼠狼子偷走了鸡吧，没办法。哎，老板，我给你泡茶去。（下）
李　昊　　兄弟，来来来，坐下喝一盅。
虎　前　　谢谢，我忌酒啦。
李　昊　　忌酒？哈哈哈，鸠山太君说得好：对酒当歌，人生几何？忌了饭，

		也不能忌酒。来，咱们不仅是钓友，还是酒友，喝。
虎	前	不，不。
司	机	（拉过虎前，硬按在板凳上）老板让你坐，你就坐，听说这荷花曲味道不错嘛。
虎	前	酒是不孬，可我……
李	昊	兄弟，我这人喜欢交朋友，你若再推辞，就是不想交我这个朋友了。来，先喝为敬。干！（不由分说地递给虎前一杯。自己扬脖灌下一杯）
李	昊	哥俩好，第二杯。
虎	前	哥俩好，干！
李	昊	干！
虎	前	（略带醉意）老板……
李	昊	不叫这，咱兄弟这么称呼就见外了，叫大哥。
虎	前	大哥，咱钓鱼人碰在一起，都是缘分。
李	昊	对，钓友钓友嘛。兄弟，你常在这儿钓鱼，你家俺弟妹唠叨你不？
虎	前	唉！你弟妹她，她飞走了。
李	昊	离婚了？
虎	前	（痛苦地摇摇头）唉！
李	昊	只要感情不和，离了最痛快。哪像我，离又离不开，合又合不来。唉！如果有个心爱的人，也得金屋藏娇……
虎	前	家家有本难念的经。大哥，咱不说这个，喝。
李	昊	喝！
司	机	坏啦，竿子又被鱼拖进水里去啦。（欲拿海竿捞）
虎	前	不用。这回竿子后面拴上失手绳啦。（拉过鱼竿，提鱼上岸）
李	昊	嚄，三斤多。祝贺你，干！
虎	前	大哥，咱换换钓位，把你这钓台钓箱挪过来吧。
李	昊	这，恐怕不大合适吧。你正上着鱼……
虎	前	看你，谁叫咱是朋友来呢，今明两天，这钓位算你的。来，用我的鱼食儿，准能上鱼。
李	昊	恭敬不如从命，我也过把瘾。（换过钓位，甩竿）看，浮漂有动作啦。
虎	前	好！大黑标，快提竿。
李	昊	（提竿上鱼）太棒啦！钓位好，鱼食也好。（连钓几条）兄弟，咱边喝边钓。

虎　前　边钓边喝。干！
李　昊　（钓兴大发，对司机）回去把她接来，陪我夜钓。
司　机　好！我接俺二奶奶去。（下）
　　　　［野莲驾船上。
野　莲　（唱）　漫卷清波渔舟缓，
　　　　　　　　碧天如水水如天。
　　　　　　　　心中常系千般事，
　　　　　　　　思绪全凭一线牵。
　　　　　　　　妈妈送饭情一片，
　　　　　　　　殷勤接过小竹篮。
　　　　　　　　船过柳行抬眼见，
　　　　　　　　花畦独放并蒂莲。
　　　　　　　　登岩轻轻采一朵，
　　　　　　　　给虎前把那心中事儿传！

　　　　（白）虎前哥。
虎　前　野莲妹。
野　莲　你过来，过来。
虎　前　（来到野莲跟前接过篮子）俺娘又给俺送饭来啦。
野　莲　你看这篮子里还有什么？
虎　前　一朵花？
野　莲　是朵什么花？
虎　前　（拿出花来）
　　　　（唱）　多少回梦里相见，
　　　　　　　　这花儿柳蝉最喜欢。
　　　　　　　　心中的伤疤已成梦幻，
　　　　　　　　聪明人前且装憨。
　　　　　　　　野莲哪，花尾相连花相伴，
　　　　　　　　相扶相开不孤单。
　　　　　　　　话语无多初相见，
　　　　　　　　这是什么花——我也知不全。
野　莲　（唱）　花尾相连花相伴，
　　　　　　　　相亲相爱不孤单。

照町 ZHAO TING

         窃窃私语初相恋，

         花开四野……它叫并蒂莲！

虎　前　（唱）　并蒂莲，并蒂莲，

         常把柳蝉挂心间。

         野莲妹子情无限，

         独肾男儿更作难。

         不忍误了好女儿，

         留待东风送嫁船！

野　莲　（唱）　嫁船送到你家去！

虎　前　（唱）　我家大门紧上闩。

野　莲　（唱）　鞭炮爆开门两扇，

虎　前　（唱）　你有好女……我无好男。

野　莲　你！你哪里不好？

虎　前　我……唉！

野　莲　你倒是说呀！

李　昊　（上了大鱼）兄弟，快来呀，帮帮忙……

虎　前　你等着，我去给他捞上来。

野　莲　谁让你把钓位让给他的？你去吧，俺走。（怒冲冲摇船下）

虎　前　哎哎哎。（愣愣地看着野莲的背影）

李　昊　兄弟，快，快。

虎　前　来了。（捞起鱼，摘钩时鱼几乎跳进水中）

李　昊　（扑倒，抱起鱼）二十多斤！哈哈哈，和你上午钓的那条一公一母吗？

虎　前　可能是一对。这也倒好，再不用一条在水里，一条在岸上，苦相思……

    （装鱼入护）

李　昊　哈哈哈，这是我钓鱼以来钓到最大的一条。

虎　前　什么感觉？

李　昊　恣死个活人的感觉！其兴奋程度啊，相当于十次洞房花烛夜的总和！这辈子也忘不了啦。

虎　前　哈哈哈，大哥真够幽默的，祝贺你，干杯。

   ［俩人称兄道弟，边钓边喝。

   ［汽车喇叭声，司机与柳蝉上。

司　机　看，李总就在那边。

钓鱼人

柳　蝉　和他在一起喝酒的是谁?
司　机　刚交的好朋友。叫什么虎前。
柳　蝉　啊!（呆住）
司　机　您怎么啦?
柳　蝉　我不太舒服,你先过去吧。
　　　　［司机走后,柳蝉软绵绵地扶树蹲在地上,悄然泣哭。
李　昊　（喊）快过来呀。（走到柳蝉身边）柳蝉,你心情能不能好一点儿,老是这样,我真的担心你会抑郁。走,陪我钓钓鱼,散散心。你看这水库,和大海一样,蓝天白云映在水里多美呀。
柳　蝉　不。我想回去……
李　昊　柳蝉,我刚认识了位朋友,那老弟挺憨厚,三杯酒下肚,就把最上鱼的钓位让给我了。今明两天,准钓不少大鱼。走,认识一下我那位朋友去。（硬拉柳蝉来到岸边）
司　机　上鱼啦!（与鱼拔河）
虎　前　慢点,我来。（接过鱼竿遛鱼）嗬!又不小。
李　昊　看,又上鱼啦。就是这位朋友,钓鱼技术特棒。老弟,这位是,是你未来的嫂子。
虎　前　（面向碧波遛鱼）嫂子您好。
　　　　［虎前一手握竿,转身点头微笑,笑容突然僵住,被柳蝉惊呆。鱼竿掉进水中,被大鱼拖走。
司　机　竿子!鱼拖着跑了。
李　昊　快追!（边追边脱衣跳进水中）
　　　　［司机与李昊追鱼游泳而下。虎前与柳蝉怔怔地相望。
虎　前　柳蝉……
柳　蝉　虎前……
　　　　［俩人欲向前,而又步步后退。
虎　前　（合唱）千言万语难开口,
柳　蝉　　　　　又惊又悲又愧疚。
柳　蝉　（唱）　有多少思念情谁能猜得透?
虎　前　（唱）　有多少情山恨海谁来填鸿沟?
柳　蝉　（唱）　想见他怕见他走又不能走,
虎　前　（唱）　又想哭又想喊声声哽在喉。

449

照町 ZHAO TING

柳　蝉　（唱）　偷看他脸色黝黑身儿瘦，
　　　　　　　　辛酸泪静悄悄往俺心中流。
虎　前　（唱）　偷看她脸色苍白身儿瘦，
　　　　　　　　越悔恨越愧疚疼在俺心头。
　　　　　　[李昊提断竿从台侧上，见状愣在一旁。
李　昊　（唱）　竿断鱼跑正棘手，
　　　　　　　　怀中又揣酸石榴。
柳　蝉　（唱）　转身把头扭，
　　　　　　　　难遮满面羞。
虎　前　（唱）　虽然半醉酒，
　　　　　　　　难消满面愁。
李　昊　（唱）　好似鱼水情意厚，
　　　　　　　　正是细浪拍轻舟。
　　　　　　　　他他他，定是她那个老朋友，
　　　　　　　　我我我，谁叫我把她接来这钓鱼洲！
二　人　（合唱）酸甜苦辣难承受，
李　昊　（唱）　不好受……
二　人　（合唱）情缘孽债怎罢休？
李　昊　（唱）　要罢休。
李　昊　（干咳一声）咳！不钓了，走。
二　人　走？
李　昊　看，天边飞来块云彩，刹那间阴成锅底。恐怕要下暴雨。
虎　前　钓鱼人风雨无阻。雨下得越大，鱼儿越欢，钓上的越多。
李　昊　不行。空气太闷，憋得慌。
柳　蝉　下点雨不就凉快了，透气了。
李　昊　家里有空调，不是更凉快更透气嘛。柳蝉呀，快帮我收拾渔具。
柳　蝉　你不是说让俺来散散心吗？
李　昊　走吧，走吧。突然有点儿郁闷……
柳　蝉　俺喜欢这山、这水……
李　昊　你喜欢啥也白搭。看，鱼竿断了，咱没法钓了。
虎　前　用我的。
李　昊　不！我可不会把别人的鱼竿搅在自己怀里。

［司机拿两条鱼竿上。

司　机　用这三米六的，还是这四米五的？

李　昊　（没好气地）都不用！

司　机　那么，我再到车上去拿五米四的？（欲下）

李　昊　回来！不钓啦。

司　机　什么？人家好歹把这钓位让给咱，正钓得上瘾，咋能不钓啦？说啥咱也别走呀！

李　昊　快去收拾渔具！

司　机　这，这是咋啦？好好好，收竿收竿。（不情愿地收竿）

柳　蝉　你真的要走？

李　昊　说走就走。气压太低，不上鱼了……

柳　蝉　（对司机）你先把他送回去，明天来接我。（甩竿垂钓起来）

司　机　好咪。走吧，先送总经理回去。

李　昊　不回！

司　机　一会儿走，一会儿不走，到底走不走呀？

李　昊　钓钓钓！我陪她钓上三天三夜！

司　机　好！天快黑啦，我去支帐篷。

　　［切光。

5

　　［深夜。众多小帐篷亮起了点点灯火，蟋蟀声、青蛙声此起彼伏。
　　［女声独唱：

　　　　啊……
　　　　炎炎三伏天，
　　　　夜钓聚岸边。
　　　　翩翩一对双飞燕，
　　　　落在金沙滩。

　　［追光中，虎前悄然而上。

虎　前　（唱）　月儿明，星儿稀，
　　　　　　　　百里水面雾迷迷。
　　　　　　　　碳素钓竿懒得举，

照町 ZHAO TING

　　　　　　　思绪滚滚如浪击！
　　　　　　　往尘旧事泪水洗，
　　　　　　　点点滴滴未珍惜。
　　　　　　　柳蝉借债全为我，
　　　　　　　酒醉熟睡何过失？
　　　　　　　不该骂她滚出去，
　　　　　　　害得彼此两分离。
　　　　　　　钓鱼磨软了钢铁性，
　　　　　　　思来想去悔莫及！
　　　　［野莲拿一件上衣上。悄悄走到虎前身后，轻轻给他披上衣服。

虎　前　谁？是你。
野　莲　不是我还能有谁？
虎　前　是啊，谁能这样关心我。谢谢你，野莲妹。
野　莲　再客套，俺就烦啦。我问你，那阵子你说的啥话？
虎　前　啥话？
野　莲　你有好女，我无好男。啥意思？
虎　前　没啥意思呀。
野　莲　没啥意思？不就是一个肾吗？你为了救父亲的生命，献出了自己一半，
　　　　为这，俺更敬佩你。告诉你吧，两个肾的俺就不嫁。过来过来。
虎　前　千万别冲动，你不知道……唉！
野　莲　你有什么心事？
虎　前　没，没有哇。快去睡吧，明天你还要划着小船满水库转悠啦。
野　莲　都后半夜了，你也别熬通宵，免得明天没精神。
虎　前　说得对。我到帐篷里迷糊一会儿。
野　莲　俺走了。
虎　前　走吧。
野　莲　（旁白）今晚要看他有什么心事。（下）
　　　　［柳蝉从帐篷内悄悄走出。
柳　蝉　（唱）　夜雾茫茫似梦境，
　　　　　　　　轻掀门帘出帐篷。
　　　　　　　　大树下，有人影，
　　　　　　　　压低嗓门喊连声。

　　　　　　虎前哥，虎前哥……
虎　前　柳蝉妹……
柳　蝉　（唱）　俺知你在等，
虎　前　（唱）　树下来相迎。
柳　蝉　（唱）　心中似明镜，
虎　前　（唱）　灵犀一点通。
二　人　（合唱）啊！相逢苦，离别痛，倍觉情更浓。
虎　前　柳蝉……
柳　蝉　虎前哥，俺到处找你，想不到你在这里……
　　　　〔俩人欲拥抱，柳蝉突然推开虎前。
柳　蝉　别，别这样……
虎　前　柳蝉，我不该……
柳　蝉　俺身上脏，别沾了你这干净身子。
虎　前　唉！都怨俺。你为了俺，可俺一时恼怒……
柳　蝉　这就是男子汉的刚性。虎前哥，只要你还能和俺见见面儿，愿意和俺说说话儿，俺就是死了，心里也踏实啦。
虎　前　俺心里只有你，谁也取代不了。柳蝉，你真的不知道，俺是怎么熬过来的。
柳　蝉　你献了肾，这身体……
虎　前　身体没事儿，工厂完啦。
柳　蝉　你下岗了？
虎　前　下岗了。幸亏有个承包水库的姑娘，见我生活无着，不收我的钓鱼费，在这儿钓鱼维持生活。
柳　蝉　还是好人多啊。虎前，肯定是那个厂长搞垮了企业，就没人告她？
虎　前　告！今天在这里我还告了她一状。如果在市里告不倒她，就告到省里，告到中央。
柳　蝉　俺相信你，你没有办不成的事儿。
　　　　（唱）　多少回失魂落魄，
　　　　　　　　没改变你的胸怀性格。
　　　　　　　　多少回悬丝垂钓，
　　　　　　　　没改变你的雪亮干戈。
　　　　　　　　多少回阴风苦雨，

没改变你如火的喉舌。
你呀你，你还是你，
憨厚正直的虎前哥。

〔俩人手拉手，深情相望。
〔李昊悄然而上。

李　昊　（唱）　半夜才睡下，
　　　　　　　　醒来不见她！
　　　　　　　　强压心中火，
　　　　　　　　隔岸看落花。

〔野莲由另一方向悄悄走来。

野　莲　（唱）　心中放不下，
　　　　　　　　原来约会她！
　　　　　　　　强压心中火，
　　　　　　　　且看……他们仁。

虎　前　你怎么样，他待你……还好吧？

柳　蝉　好，好，好啊！
　　　（唱）　吃有那鲁粤川菜鲍鱼海参，
　　　　　　　哪有那粗茶淡饭乡里乡亲。
　　　　　　　住有那小楼别墅警犬保卫，
　　　　　　　哪有那平房小院炊烟青云。
　　　　　　　穿有那绫罗绸缎金装银衬，
　　　　　　　哪有那自缝自制随身衣裙。
　　　　　　　行有那豪华轿车又憋又闷，
　　　　　　　哪有那自行车空气舒心。
　　　　　　　把自己送进了豪门软禁，
　　　　　　　哪有那知冷知热，心上人的声音！
　　　　　　　他待我当作花瓶看，当作美酒品，
　　　　　　　不当我是有血肉的普通人！

虎　前　柳蝉，我害苦了你。

柳　蝉　你没有害我，是我害苦了你！

李　昊　（唱）　他把我，看个透，
　　　　　　　　说不内疚也内疚。

　　　　　　　人皆争向高处走，
　　　　　　　哪知低处有温柔！
虎　前　不管谁害了谁，都要想办法挽回！柳蝉，你永远是我的女人……
柳　蝉　不！虎前哥把我忘了吧，只要你好好地生活，就是俺莫大的欣慰。看来，湖上的小姑娘对你不错……
虎　前　是野莲姑娘救了我的命，是她帮我生活下去——
　　　（唱）她对我恩重如山，
　　　　　　不像你知暖知寒。
　　　　　　她对我照顾体贴，
　　　　　　她对我情意绵绵。
　　　　　　她对我爱心一片，
　　　　　　我对她装傻充愣心不在焉。
　　　　　　只因为心里头装满了你，
　　　　　　再难容下她野莲。
柳　蝉　虎前——（情不自禁地拥抱虎前）
虎　前　我的女人，你永远是我虎前的女人。（紧紧拥抱住柳蝉）
李　昊　（唱）我欲上前骂柳蝉，
　　　　　　不！冷静冷静靠一边。
　　　　　　占了她的身子占不了心，
　　　　　　同床异梦是必然！
野　莲　（唱）他！旧情似火飘烈焰，
　　　　　　俺，深情的期盼化云烟。
　　　　　　那老板夺取虎前的爱，
　　　　　　我不可伤害这柳蝉。
　　　［突然一道闪电，炸雷当空。众人大惊。
　　　［切光。

6

　　　［大坝堤岸上。
　　　［电闪雷鸣，暴雨倾盆。
　　　［幕后合唱：

照町 ZHAO TING

　　　　　六月三伏天，
　　　　　好似孩儿脸，
　　　　　说变说翻顷刻间。
　　　　　啊……
　　　　　绿岸难逃黄水淹！
　　　〔虎前、野莲、老高等人持手电筒穿雨衣急上。

野　莲　山洪暴发啦……
虎　前　涨水啦。
老　高　各位钓友，快撤……
　　　〔众钓鱼人慌乱地钻出帐篷，纷纷逃上坝堤。
　　　〔混混、万人迷持手电筒上。
混　混　（脱衣便往水中跳）可发了财咧。
万人迷　（拉住了混混）你要干啥？
混　混　（用手电筒乱晃）看，到处漂着鱼竿，满坝漂着帐篷。
万人迷　不要命啦？快走！
虎　前　不好！水位超过警戒线啦。
野　莲　（拿手电筒查看）坏啦！溢洪道被冲下来的大树堵住了。
　　　〔众人奔向溢洪道，慌乱不堪。
万人迷　这可要了命啦。
虎　前　野莲，快去拿绳子。
野　莲　好。（跑下）
混　混　看！坝堤顶上漫过水来咧。
万人迷　完啦完啦，快跑吧。
　　　〔众人欲逃。
老　高　站住！同志们啊，如果大坝被冲垮，将会给全市人民带来巨大灾难呀，这亿万立方水，能够淹没多个乡镇！钓友们，在这危急关头，大家要齐心合力，奋勇抢险。
众　人　对！抢险。
虎　前　老高是咱们地区副专员，一切行动，听他指挥。
野　莲　（抱绳子跑上）绳子拿来了，快！
老　高　好！年轻的上前来，年龄大的在后边，大伙拽紧绳子。（脱衣欲下水）
虎　前　（拽住老高）我去拴绳。

混　混　（要过绳子）我水性好。（欲下水）
万人迷　慢！（用另一条绳子系住混混腰部）拴紧这保险绳。
混　混　关键时刻，还是你疼我。
万人迷　快下水吧。
　　　　〔混混游进溢洪道，将绳拴住大树。
老　高　拉！
众　人　一二三！
　　　　〔众人将大树拖出溢洪道。洪水咆哮而下，众人欢呼。
众　人　畅通了，大坝保住了。
　　　　〔万人迷拽出混混，混混借机扑到万人迷怀中。
万人迷　滚，也不怕人家笑话！
众　人　哈哈哈……
老　高　虽然溢洪道畅通了，但山洪太大，水位还在继续上涨，大家不要放松警惕。咱们分头检查一下。
万人迷　（拿酒上）高专员，来上几口，暖和暖和。
老　高　（接过喝一大口）好，肚子里升升温，身上暖和多啦。大家轮流来几口。
李　昊　（接过酒喝一口）比茅台、人头马都好喝。
　　　　〔众人轮流喝酒。
虎　前　看，这水面上咋转圈儿？
野　莲　啊！坝身有漏洞。
　　　　〔众人拿手电筒指向漏洞。
众　人　漩涡，漩涡！
老　高　糟啦，千里之堤，溃于蚁穴！这比溢洪道堵塞更加危险！
虎　前　漩涡越来越大。
野　莲　很快就会决堤。
　　　　〔漩涡发出尖厉的漩水声。众人惊呆。万人迷拉混混跑下。
老　高　快堵！共产党员，站过来！
　　　　〔虎前、老高、余威等十余人站过来。
老　高　共产党员站在前排，靠近漩涡，传送东西。其余群众，在后边传递。
　　　　〔众人站成两排紧张传递石块、沙袋。虎前和老高站在最前面，不住地向漩涡抛扔东西。
老　高　小东西堵不住，要大的。

〔万人迷和混混分别扛一袋大米和白面跑上。

混　混　来啦来啦。
老　高　好！快扔。
〔虎前和老高将大米、白面抛进漩涡。
虎　前　还是没堵住。
老　高　要用大东西堵！
李　昊　来！把我的大奔掀下去。
众　人　掀大奔？
李　昊　掀！
众　人　一二三！（掀下大奔）
〔余威被汽车挂住，跌进水中。虎前下水救起余威。
〔一个巨浪打来，虎前被卷进漩涡，沉没在坝底。
众　人　（痛呼）钓友，我的好钓友……
野　莲　（痛哭）虎前哥！（跌坐在坝岸上）
余　威　（泣声）虎前，都是我害了你。（跪倒在坝岸上）
柳　蝉　（哭喊）虎前哥，等等我！（一头栽进漩涡）
李　昊　啊！柳蝉——（失声痛哭）
〔天亮了，雨停了。
〔漏洞堵上了。这方土地和人民获救了。
〔柳蝉伴随着虎前，携手走了。
余　威　（失魂落魄地站起）检察院，检察院，去自首……自首。
〔余威跌跌撞撞地下。
〔虎前娘哭喊着上。野莲哭着扑进虎前娘怀中。
虎前娘　抢险了？和蝉儿一起走了？
野　莲　走了。
虎前娘　（面对水面，泣声）恁俩舍下娘，一起走了。孩子，别害怕，手拉手，慢慢走……
〔众人泥塑般地一动不动，静得令人恐怖。
〔天幕上渐渐出现一双硕大的知了。
〔知了声声哀鸣，伴随着无字的合唱声传来：
　　　　依……
　　　　依……

　　　　　　　　　　　　　　　　钓鱼人

　　依……

　　　　　　　　　　　　　　　（剧终）

注：
①该剧本为第二稿，于2002年9月26日创作于莱芜文曲楼。
②该剧与恩师张彭合作。著作权归属执笔张丽华、张彭继承人共有。
③2004年10月，参加第八届山东文化艺术节获编剧二等奖、演出奖。2004年11月，参加山东省委宣传部精神文明建设"精品工程"评选，获精品工程奖。
④该剧由莱芜梆子剧团首演、演出时限为期五年。
⑤如需排演，请联系著作权人或继承人达成书面协议后方可表演。否则侵权必究！

•现代戏

第 一 书 记[①]
（后更名为《种子》《心系大南山》）

时间：2014年至2016年的春天、秋天和冬天。

地点：大南山村。一线天大峡谷出山口。山坡梯田。花生工程技术研究院。医院病房。教授家园。

人物：郝向军——男，36—38岁，市科技局副局长，派驻大南山村任第一书记。
　　　李格楞——男，51—53岁，西庄村支部书记。
　　　郝老爷——男，70岁。郝向军的父亲。
　　　赵晓燕——女，32—34岁。郝向军的妻子。
　　　牛大劲——男，49—51岁，牛小花的父亲，李格楞的表弟，神经病患者，后治愈。
　　　田教授——男，57—59岁，花生工程技术研究院。花生研究权威。
　　　牛小花——女，19—21岁，西庄村民。
　　　万折一，闲游子，花红果子，狗蹦子，三老爷，二奶奶，医生，护士以及村民若干人。

[①] 作品登记号：鲁作登字-2022-C-10044596

第一场
惊　心

[字幕：2014年农历三月三日。

[巍峨大南山，层层梯田。大南山一线天大峡谷悬崖峭壁，一条新修的小马路蜿蜒通向大山外。山坡上，桃红李白，杏花盛开。

[主创及演职员字幕在深情的音乐中打出后，幕后飘来该剧主旋律，带有戏味的歌曲（女独）：

　　　　春天，春天——
　　　　桃花杏花开满山。
　　　　春天，春天——
　　　　种瓜种豆在梯田。
　　　　花生那个见土脱红衫，
　　　　谷子那个顺腿土里钻。
　　　　豆子那个窝里抱成团，
　　　　瓜子儿那个张嘴泥里欢。
　　　　江北，江南——
　　　　党是种子情无限，
　　　　地方，天圆——
　　　　民是土壤意绵绵。

[郝向军、李格楞和众村民在山坡梯田中栽树起舞。

郝向军　（唱）　花开花落三月三，哦——
众　人　（接唱）花开花落三月三，
　　　　　　　　书记驻村整三年。
郝向军　（唱）　这三年，干群并肩流血汗，
众　人　（接唱）垦荒造出千亩田。
郝向军　（唱）　这三年，父老乡亲情无限，
众　人　（接唱）带领俺填沟架桥铺路面，
　　　　　　　　为脱贫植树造林满青山。
男　众　（唱）　他扶贫扶进咱庭院——
女　众　（接唱）育香菇种葫芦赚个三五千。
男　众　（唱）　他教咱养蝎子养殖土元——

照町 ZHAO TING

女　众　（接唱）中草药材大涨价家家赚了钱。
众　人　（合唱）感谢党把贫困村深情惦念，
　　　　　　　　派来了第一书记百姓的好官。
郝向军　（唱）　我本是农民的儿子本色难变，
　　　　　　　　自己也是老百姓，百姓给我吃和穿。
　　　　　　　　大南山扶贫脱贫稍有进展，
　　　　　　　　好乡亲齐声点赞令我汗颜。
　　　　　　　　咱还要携手打赢脱贫奔康的攻坚战，
　　　　　　　　穷山沟有志能变锦绣川。
众　人　好！大伙跟着你，使劲儿干！
李格楞　对！郝书记常说，治贫先富脑，扶贫先扶志。只要大伙长志气，咱大南山这顶贫困村帽子，就得摘下来！
众　人　摘下来，扔得远远的！
闲游子　李格楞大叔哎，贫困户的帽子我可不能摘……
李格楞　不摘也得摘！
闲游子　你敢！没了救济补助，我，我上你家吃去！
李格楞　我可没有闲饭养你这个闲游子！我说闲老弟呀，下力干点儿活，吃得饱，睡得香，对得起老婆孩子啊。
万折一　喷！你老婆长得就像花红果子，咋插到这堆牛粪上？
闲游子　你！万折一，一万句话里打折打不出一句实话来！
万折一　我有一句实话。
闲游子　啥实话？
万折一　你老婆和你过够了，想嫁给老光棍狗蹦子！
　　　　〔众人哄笑。
闲游子　狗蹦子不是好鸟，你也不是！（脱鞋举起）
万折一　你敢！我一巴掌打到你墙上，抠都抠不下来。
李格楞　把鞋穿上！一招就动鞋底。
闲游子　（穿上鞋）君子不和牛治气！请问郝书记，你不是说过嘛，为了扶贫，要人有人，要钱有钱吗？
郝向军　对！在这次精准识别中，你属于游手好闲造成困难的。所以，贫困户的帽子就不要再戴了。
闲游子　郝书记，我……

李格楞　别再哭穷啦。我和郝书记，带着咱村的扶贫小组挨门挨户识别过多少遍了，不光你这一户。高老三家买了辆小卧车，偷着摸着在城里出租黑的。李老四家安上空调咧。王大混子家还赌博。刘小寡妇可是个能娘们儿，蹿蹿咻咻地搞传销不说，还邪邪乎乎地信教。让大伙说说，这几户人家该不该吃低保，拿补助？

〔众人议论纷纷，摇头说不。

李格楞　穷就是穷，不穷不能装穷。咱村总共百十户人家，光贫困户就五十三户，这下子，一家伙撸了五个……

郝向军　这可不是撸，是精确退出。

李格楞　嗨嗨，大老粗……

闲游子　这可要了血本咧！郝书记哎，你叫俺喝西北风去？（哭泣）

郝向军　兄弟，咱人穷志可不能穷，只要你肯干，在家也挣钱。

闲游子　还是养香菇、种葫芦、捣鼓蝎子和土元？

郝向军　除此之外，我已经联系过多家企业，人家送货上门，大伙在家做木棉花、剥蒜皮、纸编、塑编，每天能挣几十元。

女　众　这活儿太好了。

闲游子　这都是些娘儿们的针线活，男子汉大丈夫，不干！

郝向军　那么，你去上班吧。我已经与北大山食品公司打过招呼了，每月工资两千元。

闲游子　上班？这几十里山路……

万折一　闲游子，你抬头看，天上来了架直升机，是你的专用班车。

〔众人又哄笑。

闲游子　要不，赶明儿我到北大山去试试，如果活儿累，我立马就炒老板的鱿鱼！

郝向军　双向选择嘛。我说李书记，你看这新垦的梯田，堰边地头全部栽上了品种果树和茶叶苗，下一步，间作什么农作物？

李格楞　最好是间作花生。种鲁花 8 号，还是海花 9 号？

郝向军　这些老品种亩产 400 斤左右，早已老化退化。咱们要想办法搞新品种，亩产达到 1600 斤以上。

李格楞　产量是老品种的四倍？小麦、玉米增产百分之十就不得了，这是啥花生品种？

郝向军　花育 C 三，这是花生产业的一次革命。

李格楞　郝老弟不愧是科技局副局长。科学种田才是硬道理。
众村民　郝书记，上哪弄去？
郝向军　花生工程技术研究院。
李格楞　走，这就置去。
郝向军　不好搞。
李格楞　这可是脱贫致富的快车道呀！
郝向军　由于原种紧缺，我正积极想办法，必须通过可靠关系，去找研究院的田教授。
李格楞　哎，俺表弟牛大劲前几天种了半亩花生，藏着掖着鬼鬼祟祟，听说他施多了肥，烧坏了种，急得在家摔盆子砸碗。是不是种的这玩意儿？
郝向军　不太可能。
李格楞　俺表弟神经不大好，千万别再犯了病啊。
郝向军　牛大劲属于特贫户。走，看看他去。
李格楞　大伙回家吃饭去吧。
众村民　咱们走。
　　　　〔众人下了一半，突然惊慌地退回来，纷纷躲藏起来。
　　　　〔牛大劲手举铁锹，披头散发地冲上。
牛大劲　哈哈，谁也跑不了！
李格楞　（大惊失色）郝书记，快跑！表弟，表弟，牛大劲，牛大劲……
牛大劲　滚开！
　　　　〔李格楞上前去拦牛大劲，牛大劲当头就是一锹，李格楞闪身躲过，被牛大劲一脚踢飞，爬也爬不起来。
郝向军　牛大劲同志，千万别激动，有什么事慢慢说……
牛大劲　你赔我花生种！（抡起铁锹就打）
　　　　〔郝向军闪身躲过，两人对打起来，最终被郝向军制服。
李格楞　大伙快出来，摁住他！
　　　　〔众人惊恐地从四处钻出来，一起摁住狂叫着打滚的牛大劲。
牛大劲　赔我花生种，赔俺好日子……
李格楞　（大吼一声）绑起来，关到栏里去！（解下扎破棉袄的破腰带）
　　　　〔村民甲接过李格楞的绳带，捆起牛大劲。
　　　　〔牛小花哭喊着跑上。
牛小花　爹——别绑俺爹啊。郝书记，表叔，求求您了。（跪倒）

（唱）　俺爹爹虽然是病根缠身，
　　　　可怜他穷则思变想脱贫。
　　　　只因为种植花生施多了肥，
　　　　半亩嫩苗烂了根。
　　　　爹爹的脱贫梦化作烟云，
　　　　受刺激犯了病好歹不分。
　　　　原谅他疯疯癫癫来寻衅，
　　　　可怜俺破屋怕漏天又阴。

郝向军　（扶起牛小花）小花，把你爹急成这样，种的什么花生品种？
牛小花　是花，花……
牛大劲　（大吼着拼命挣扎）不能说！你大姨不让说！
牛小花　郝书记，松开俺爹吧。
郝向军　松绑！（去解绳索）
李格楞　慢！俺表弟犯了病，咱村可就乱了套了。
郝向军　这可是个大问题……
万折一　（从草丛中爬出来，哆哆嗦嗦地走到牛大劲一旁）这小子犯了神经病，比不犯病的时候精神多了。
郝向军　牛大劲已经有气无力了，赶快放开。
牛小花　谢谢郝书记。（解绳索）爹，您听话，跟女儿回家，咱爷儿俩好好过日子。
牛大劲　（哭喊）过好日子，给俺闺女买新衣裳……
牛小花　您放心，有咱郝书记，咱一定能脱贫。（解绳索）
李格楞　不许解！小花呀，不是表叔不给你面子，闹出人命来，监牢狱里又不收，给村里添乱呀。（对众人）先关起来再说！
众村民　（推牛大劲）走。
牛大劲　不走，赔我花生种！给俺闺女买衣裳……
李格楞　抬下山去！
　　　　〔众人将挣扎的牛大劲抬起，欲下。
郝向军　放下——
　　　　（唱）　神经病也是咱南山村民，
　　　　　　　怎忍心关起咱乡邻乡亲。
　　　　　　　越关他越急躁越怒越愤，

　　　　　绝不可雪上加霜刺加针。
　　　　　他虽然身患病不把命运认，
　　　　　不趴窝不论堆人贫志不贫。
　　　　　敬佩他咸鱼也想大翻身，
　　　　　要学他不忘脱贫一片心。

李格楞　唉！俺表弟虽然有病，但他不服输，庄稼种得也不孬啊！可有的人，还不如神经病哩！

郝向军　（动情地）大伙都看到了，也都听到了，大劲哥想过上好日子啊！在他犯了病的时候，有可能什么都忘了，就是没忘记脱贫致富，就是没忘记给女儿买上一身新衣裳……（热泪盈眶，哽咽着说不下去）
　　　　　［众村民纷纷抹泪。

李格楞　（抹了一把泪）唉！俺表弟十六年前种下这个病，说啥？都是穷逼的……

牛小花　自从表叔花钱把爹的病治好以后，多年没有犯病，和好人一模一样，谁可知又……（哭泣）

郝向军　小花别哭，看来你爹属于间歇性精神疾病，只要不受刺激，保证能彻底治愈。（掏出钱）先拿这些住上院，回头我再申请贫困户大病兜底资金。

牛大劲　我不去，穿白大褂子的有电棍！

郝向军　大哥，等你病好了，咱们一块干。

牛大劲　不——干！赔我花生种……

郝向军　大伙先把牛大劲抬到阴凉地里歇会儿。

牛小花　谢谢郝书记。

郝向军　小花，你爹受这么大的刺激。到底种的什么花生品种？

牛小花　俺大姨不让说。

郝向军　为什么要保密？

牛小花　俺大姨说，如果传出去，一是怕亲戚朋友都去找她要种子。二是怕收获季节被人偷抢。三是俺娘去世得早，大姨为了俺家早日脱贫。所以，瞒着俺姨夫，悄悄从基地寄来十多斤种子……

郝向军　你说的基地，是不是东岛花生高级试验示范基地？

牛小花　对！

郝向军　（大吃一惊）啊！原来是我梦寐以求的花育C三！

李格楞　我娘哎，远在天边，近在眼前啊！

郝向军　（倒吸一口冷气）这还了得！今年毁了半亩地的花育 C 三，明年就要少种 20 多亩呀。小花，快带我去找你大姨。

牛小花　毁苗的事大姨已经知道了，她在电话中又哭又骂，又不认俺这门亲戚了。

郝向军　这……刚才你说瞒着你姨夫，你姨夫是谁？

牛小花　姨夫在东岛，姓田……

郝向军　（又吃一惊）啊！花生工程技术研究院的田教授。这品种，是他的专利啊。

李格楞　好！眼下正是花生种植季节，找他去。

郝向军　对！烧坏种子的事，田教授不一定知道。小花，咱直接去找你姨夫。

牛大劲　如果他知道这事，会骂人的……

郝向军　有枣无枣打三杆，挨骂也要去。快把牛大劲抬下山去，我先送他去医院。

〔众人举起挣扎的牛大劲造型定格。

〔渐渐收光。

第 二 场
闹　心

〔与前场隔日。字幕：2014 年农历三月四日。

〔东岛。中国花生工程技术研究院教授家园小区，田教授家。

〔幕后传来该剧主旋律，带有戏味的歌曲（男独）：

　　春天，春天——
　　艳阳高照大海蓝。
　　春天，春天——
　　淘宝来到胶州湾。
　　金枝那个玉叶不分瓣，
　　有枣那个无枣打三杆。
　　物稀那个为贵太稀罕，
　　各打那个各的小算盘。
　　春天，春天——

照町 ZHAO TING

一阵寒来一阵暖，
春天，春天——
也有月缺月儿圆。

[灯渐亮。

[田教授从工作间的电脑桌旁站起来，将门打开。做了个深呼吸。

田教授　又熬了一个通宵。

（唱）　研究花生几十年，
培育出新品种花育C三。
只可惜正处于示范阶段，
用户多种子少令人心烦。
托关系走路子踏破我门槛，
亲戚找朋友要令人更为难。
仅留住一麻袋藏在卧室间，
老同学来提货就在明天。

[郝向军提两只公鸡，牛小花挎一篮山鸡蛋，李格楞扛半袋小米上。

牛小花　大姨夫——
田教授　唉，是小花啊！三四年没见，长成大姑娘了。
牛小花　姨夫也没老，越活越潇洒了。
田教授　哈哈哈，外甥女长大了，嘴也学巧了，专拣姨夫爱听的说啊。
郝向军　田教授好！（握手）
田教授　好好好，您贵姓？
郝向军　（递上名片）免贵姓郝。
田教授　（看名片）科技局副局长，驻大南山村第一书记，郝向军。好！干部下基层，为扶贫办实事，这举措好。
李格楞　好是非常好，您得多操劳啊！
田教授　（一愣）您是？
牛小花　他是俺的村支书。
李格楞　嗨嗨，我叫李格楞，是牛小花的亲表叔，她奶奶是俺亲姑，你那连襟、两乔、一担挑牛大劲叫俺爹亲舅，叫俺娘亲妗子，论继起来，俺表哥喊你姐夫，你就是俺表姐夫。
郝向军　对！应该喊姐夫。
田教授　明白了。又来了位六十竿子拨拉不着的拐弯子亲戚。

李格楞　姐夫，按咱老家的风俗，姐夫小舅，见面就揍。打打闹闹担是非啊。
田教授　请问，你们带来这么多礼品，是不是专程前来攀亲的？
李格楞　这，这……
牛小花　姨夫，郝叔和表叔听说您十分劳累，特意带点土特产，给您补补身子。
郝向军　这山鸡蛋、土柴鸡和小米不值几个钱，但都是绿色产品。
田教授　更明白了。恐怕还有别的事吧？
李格楞　只要明白就好，给点种子吧。
田教授　什么种子？
李格楞　叫什么花，花小三？
田教授　（拍案而起）小三？还二奶呢，出去！
牛小花　姨夫……
田教授　牛小花！

　　　　（唱）　不提种子还罢了，
　　　　　　　　提起品种更烦恼。
　　　　　　　　你认为姨夫不知晓，
　　　　　　　　毁了我半亩地的花生苗。
　　　　　　　　你可知花育C三多重要，
　　　　　　　　比疼我的儿子还要娇。
　　　　　　　　我与你大姨吵又闹，
　　　　　　　　恨未消来气未消。
　　　　　　　　你竟敢带人当向导，
　　　　　　　　登门来把种子讨。
　　　　　　　　罢罢罢，斩断这条亲戚道，
　　　　　　　　再不认连襟、两乔、一担挑！

牛小花　（哭泣）姨夫，俺错了……
田教授　不要哭了。（将礼品提起来，塞给牛小花）带他们快走。
牛小花　姨夫，您消消气，听外甥女说……
田教授　不听！
郝向军　老教授，我非常理解您的心情，我有几句话要说。
田教授　你……说吧。
郝向军　田教授啊——
　　　　（唱）　教授您培育品种操透了心，

　　　　　不知您苦熬过多少冬春。
　　　　　就好比当娘的怀了身孕，
　　　　　历尽那痛苦艰辛生下了儿女身。
　　　　　夭折了好原种怎能不悲愤，
　　　　　损失了一代代多少子孙。
　　　　　好乡亲同样是心急如焚，
　　　　　急病了牛大劲您的好连襟。
　　　　　虽说是这门亲戚不相认，
　　　　　钢刀也斩不断至爱至亲。

田教授　小花，你爹急病了？哎呀！这事你怎么不在电话里和你大姨说明白啊！
牛小花　怕她老人家挂念着俺。
田教授　唉！这是怎么说，这是怎么说呀。
李格楞　这话好说，再给点花生种。
田教授　太紧缺了。试验田里总共产了几百斤种子，绝大部分给了贫困地区，我那位老同学是贫困县的县长，一天三遍电话，总算给他留住一麻包。
李格楞　哎哟我的个姐夫哎，谁穷也不如俺村穷，俺大南山老一辈传下来个歌谣：小扁担，弯又弯，俺娘挑进俺大南山。吃糠咽菜两顿饭，进山出山一线天。嗨嗨，从秦始皇他老奶奶那一辈，俺就是贫困村！
田教授　哈哈哈，来求种子的，没有一个炫富的。
李格楞　不信？问问俺这第一书记。
郝向军　老教授，大南山村的确是建档立卡的贫困村，市委主要领导亲自点名，让我担任第一书记，首要任务就是扶贫。
田教授　对！消除贫困，改革民生……
李格楞　说得好！姐夫，你就扶扶贫吧。
田教授　理所当然，给你匀出5斤。
郝向军　太好了！谢谢田教授。
田教授　郝书记，别忘了开花前后喷两遍白糖。
李格楞　喷白糖？俺种了半辈子花生，还没听说花生吃白糖呢。比俺爹还难伺候？
田教授　你，你不懂科学，算了吧。
李格楞　别别别，姐夫，俺把它当老爷伺候行不？
田教授　这还差不多，我给你称花生种去。（进卧室）

李格楞	5 斤花生种，忒少了。
郝向军	这是花育 C 三呀，一粒也难得。
李格楞	我进去看看。（欲进卧室）
牛小花	（拦住）姨夫的卧室，不许随便乱进。
李格楞	闪开！（推开牛小花）
郝向军	（拽住李格楞的破棉袄）老李，不要粗鲁……

〔李格楞顺手解开扎腰绳，来了个金蝉脱壳，郝向军拽着破棉袄一腚诓坐在地上，揉着腰爬不起来。

〔李格楞露出像奶罩般的破衬衫冲进卧室后，扛着满满一麻袋花生种出来。

田教授	（拽着袋子跟出来）李书记，李书记，他舅，孩他舅……
李格楞	（一晃身子，甩开田教授）这门亲戚你认了。姐夫，再见吧。（扛袋子急下）
牛小花	表叔——
郝向军	老李，你给我回来！
田教授	（一腚蹲沙发上）完了，蹦出这么个舅子来！扛走我四亩地的花生种，这可怎么和老同学交代啊。

〔切光。

第 三 场
动　　心

〔字幕：2014 年立秋之夜。

〔山坡上弯弯的梯田。堰边上树影绰绰。梯田内拉起一条横幅，上写花育 C 三试验示范基地。

〔舞台一侧一座看守窝铺。窝铺呈 A 字形，挂着马灯。

〔幕后传来带有戏味的歌曲：

　　　　立秋不立秋，

　　　　六月二十头。

　　　　核桃脱青衣，

　　　　抛了黄绣球。

　　　　红嘴那个花椒笑开口，

　　　　　　黑籽儿滚进了山沟沟。
　　　　　　白胖子儿钻进那个麻屋子儿，
　　　　　　红帐里睡得恣悠悠。
　　　　　　哈喽喽，哈喽喽——
　　　　　　晃悠晃悠就打呼噜。
　　　　　　立秋，立秋——
　　　　　　种瓜得瓜种豆得豆。
　　　〔几道追光横扫山坡。
　　　〔郝向军在窝铺前用手电筒查看着种植花生的层层梯田。
郝向军　　丰收在望啊——
　　（唱）　披星戴月青山秀，噢——
　　　　　　丰收的喜悦满心头。
　　　　　　花育C三情意厚，
　　　　　　送来金色一个秋。（拔出一窝花生）
　　　　　　拔一窝心头肉压腕坠手，
　　　　　　好一个金枝玉叶硕果稠。
　　　　　　有了它，大南山脱贫就在一年后，
　　　　　　有了它，乡亲们奔康莫再犯忧愁。
　　　　　　有了它，爷们进山阔步走，
　　　　　　有了它，姐妹出山不含羞。
　　　　　　致富登上快车道，
　　　　　　穷山坳变成金山沟。
　　　〔李格楞与众村民打灯笼、持手电筒上。
李格楞　　郝书记，田间地头现场会，开始吧？
郝向军　　好。（提起带着秧棵的花生）先看看这窝花生。
　　　〔众人凑上前去。
李格楞　　看看吧，一墩得摘好几捧啊！
众村民　　哎呀，这还了得……
万折一　　相信了吧，科学就是科学，产量四倍！
众村民　　结得忒多咧……
三老爷　　我的个老天爷，从小还没见过结这么多花生的花生咪。
二奶奶　　别说你没见过，俺也是小媳妇掀盖头——头一回见。我的个亲娘祖奶奶，俺先尝尝鲜吧！
郝向军　（将花生高高举起，二奶奶跳着去摘）别价，别价，这可不能随便吃。
二奶奶　你看这个熊孩子。咋就这么抠门了？俺尝尝好吃不？
　　　　〔众笑。
郝向军　二奶奶，这品种油多，非常香。
三老爷　孩子，你想馋煞南园子里俺二嫂吗？
郝向军　三老爷，这种子特别珍贵，今年吃一颗，明年少一窝。过几天刨花生，我定了三个不准的规矩：一是任何人一粒也不准吃。二是一粒也不准刨破。三是一粒也不准落到地里。
李格楞　种子来之不易啊。这可是俺和咱郝书记愣抢了来的呀。
郝向军　应该是你不讲理，愣抢的吧？
李格楞　哈哈，谁种也是种，谁捞着算谁的呗。
三老爷　李格楞嘛，这回愣到点子上去咧！
二奶奶　（照李格楞腚上打了一拐杖）你这个熊孩子，打小就愣怔，还抢过俺那老九儿的半块窝窝头咪！
　　　　〔众人哄笑。
李格楞　我的个二奶奶哎。还打不？
二奶奶　舍不得了。
李格楞　那就继续开会吧。
郝向军　今晚成立品种花生种植专业合作社，每户都可以加入社员，同意的请举手。
　　　　〔众村民纷纷举手同意，唯独闲游子不举手。
　　　　〔花红果子披头散发地悄然而上，躲在暗处哭泣。
李格楞　闲游子，你咋不举手？
闲游子　社员不就是土里刨食吗？不捣鼓！
李格楞　那你捣鼓啥？让你去上班，差十三天不够半个月，就炒了老板的鱿鱼。呸！就知道在家穷撕咬。今晚来开会，俺不硬治了你来，还是和老婆打仗厮毛。
闲游子　这事让你说准了。郝书记，您得替俺做主啊……（放声大哭）
郝向军　兄弟别激动，有事慢慢说。
　　　　〔闲游子二话没说，从人群中揪出狗蹄子，脱下鞋来，照头就是一鞋底。
郝向军　不许打人！怎么回事？

闲游子　他，他，他破坏俺的家庭！

狗蹦子　（惊恐地捂着头）我，我，我有贼心，没贼胆，没动花红果子一指头啊……

闲游子　那么，整天在俺家门口转悠啥？

狗蹦子　收药材。

闲游子　俺老婆为啥老说要嫁给你？

狗蹦子　俺也听说了，才去转悠转悠……

闲游子　不是听说，是动了真格的咧！（举鞋又欲打）

郝向军　住手！这事儿可不能胡乱猜疑。

闲游子　俺的个郝书记哎，这可是公开的秘密，俺憋了整半年……

郝向军　有没有真凭实据？

闲游子　俺今晚吃了后响饭，出去散散步，消化消化食儿，回家来正好抓了个现行。

狗蹦子　冤枉啊郝书记……

闲游子　冤枉？你和俺老婆捣鼓啥？（举起鞋底）说！

狗蹦子　俺错了，饶了俺吧。

李格楞　啊！真的有这事？老实说。

狗蹦子　说实在的，是俺起了歪心，想拉拉花红果子的手，她一家伙把俺推到门框上……不信？（伸长脖子）你看俺后脑勺上鸡蛋大的疙瘩！

闲游子　别听他放狗屁！狗蹦子，公了还是私了？

狗蹦子　私了私了，只要不动鞋底，要多少钱给多少钱。

闲游子　（伸了三个指头）三、三百！

狗蹦子　二百行不？

闲游子　三百！砸边去棱也不行。

万折一　哎哎哎，你也别二百，他也别三百，取个中，二百五。

狗蹦子　好好好，就这个价。（掏钱）

李格楞　真是两个二百五！

〔闲游子欲接钱。花红果子冲上来夺在手中。

花红果　我花红果子就值二百五？（递给狗蹦子）掖起来。

闲游子　郝书记哎，这是不是证据啊……

郝书记　花红果子，这里面到底啥故事？

花红果　俺实在没法跟他过了。（扭头掉泪）

李格楞　狗蹦子，看来你真的动了真格的？
花红果　（袖子一抹泪）没有！
李格楞　没有？
花红果　狗蹦子说的全是实话。俺是经常说，再这样穷下去，直接嫁给狗蹦子，可那是气话啊！
二奶奶　（照闲游子一拐杖）人家往脸上擦粉，你往脸上抹灰，丢人不？！（又举起拐杖）
三老爷　狠狠打！问问他丢人多少钱一斤？
郝向军　（拉住）您老别生气……
花红果　郝书记，自从吃贫困户补助没了指望，俺就长志气好好过，没早没晚地剥蒜皮，编草编，小院子里种葫芦，炕头底下养土元。从春到秋，挣了一万多块钱，打心眼里对您和村里的扶贫小组感恩。可他就是不买账，好说歹说还是狗改不了吃屎，说什么加入了驴友，背上煎饼卷子去游山玩水……（又扭头掉泪）
郝向军　人家驴友都很富有。兄弟啊，你有这个条件吗？
闲游子　一人一个活法，走一步说一步。
李格楞　咱大南山啥时候破了风水，咋出了这么个东西？为啥咱是贫困村，就是你这种人忒多！我，我真想开除你的村籍。
郝向军　这可不行。我相信这位兄弟不会趴窝论堆，他会和乡亲们一起携手奔小康。兄弟，等咱们富裕了，我带你去玩。
闲游子　唉！恐怕等不到那一天啦。
郝向军　别灰心，别丧气……
花红果　（用袖子又甩一把眼泪）死狗拖不过南墙去！郝书记，别再劝他啦，坚决离婚。
闲游子　行！我出去无牵无挂，一个人吃饱了，连狗喂着，躺平了多舒服……
花红果　好！我也躺平嫁给狗蹦子。
闲游子　你敢！（脱鞋举起）
花红果　打吧！既然你屎盆子往自己头上扣，俺就给你戴上绿帽子。狗蹦子，过来。
狗蹦子　弟妹、弟妹，这可不是闹着玩的……
花红果　当着大伙的面，亲个嘴，就当订婚礼。来！
　　　　〔花红果子一把将狗蹦子搂在怀中，狗蹦子吓得直打哆嗦，扭头别

闲游子	完咧，这可要了血本咧！（突然抱住郝向军的双腿哭喊）青天大老爷，主持公道啊！
郝向军	起来起来，你无事找事儿，事态发展成这样，你自己收盘吧。
闲游子	李书记啊，看在庄乡的分上……
李格楞	我双手赞成花红果子离婚，马上开离婚证明。
狗蹦子	谢谢媒人……
李格楞	滚远点！

　　[狗蹦子顿时来了胆量，由被动变为主动，抱住花红果子便吻，被花红果子打了一记响亮的耳光。

闲游子	孩他娘，你吓唬俺？
花红果	不吓唬！你懒透了，穷疯了，不要脸了。你和俺要钱出去玩，俺死活不给，你就来讹人家。事情闹到这一步，不离俺就喝百草枯！
闲游子	俺改，俺改……
郝向军	只要能改就中，弟妹啊，你不要寻死觅活，总得给人家一次改过的机会吧。
闲游子	（举起双手）我坚决加入合作社。
郝向军	这就对了。兄弟呀，咱们一块干，扶贫路上绝不落下你！
李格楞	全体入社通过，鼓掌。（众人鼓掌）继续开会。
郝向军	刚才我讲到合作社的问题，就是社员以土地入股，由合作社和扶贫小组协助社员种植管理，收获的种子由合作社统一销售后分红。我算了一笔账，眼下这四亩地的花育C三，估产不会低于5000斤，每户社员可分配种子50斤，明年春天，足可种植三亩地，按亩产1600斤计算，每户收获4800斤，大伙想一想，这是什么概念？
万折一	按10元一斤计算，哇！明年每户收入四万八。
郝向军	不对！扶贫办在这地头开了个现场会，第一书记们纷纷要求预订明年秋天的种子，出价每斤30元以上。
众村民	啊！
万折一	每户收入十多万元，太给力啦。
众村民	发老鼻子财咧！直接脱贫奔小康啦……
李格楞	这都是郝书记的心血啊——

　　（唱）　自从这品种花生种进了土，

郝书记亲自动手扎窝铺。
在这儿吃，在这儿住，
在这儿施肥浇水当午锄。
在这儿酷夏晒得他似煎煮，
在这儿春风刮得他裂皮肤。
在这儿老人孩子全不顾，
在这儿半年未踏探亲的路。
他图什么？把啥图？

众村民　（接唱）为咱脱贫谋幸福！
李格楞　（唱）　刨花生谁若毁坏一颗种，
别怪俺大老粗脱下鞋底使劲扞！
众村民　放心吧，都不敢糟蹋他的心头肉……
万折一　报告！有情况。
郝向军　什么情况？
万折一　抬头看——
郝向军　啊！满天乌云。
众村民　天阴成了锅底……
万折一　注意，侧身听——
郝向军　这是什么声音？
三老爷　不好！这是大南山特有的云魔声，也叫龙发威。
郝向军　什么意思？是不是要地震？
二奶奶　不！瓢泼暴雨立马就来。俺出嫁那年听过这龙发威，连阴七七四十九天！
三老爷　那年发洪水，冲垮了满山的庄稼。
　　　　［众人目瞪口呆。
　　　　［一道闪电，一声霹雳，倾盆大雨随之泼下。
郝向军　准备抗洪！
李格楞　抄家伙！
　　　　［众人从窝铺下摸出锨铲等工具。
　　　　［电闪雷鸣，把整座大南山照得贼亮。
　　　　［电子屏上出现画面：一道道洪流从梯田堰顶喷泻而下，一层层梯田变成了层层瀑布。

李格楞　坏了！梯田溢洪道被流沙堵塞了。
郝向军　不好！堵塞溢洪道，梯田的石堰就会坍塌。
李格楞　排水沟被堵，花生全毁咧！
郝向军　抓紧疏通溢洪道、排水沟。
　　　　〔众人拼命疏通溢洪、排水沟。
　　　　〔突然，水沟旁的大沙堆滚下一摊沙子。
郝向军　大沙堆要塌方！（大吼一声）牛大劲，躲开——
　　　　〔牛大劲拼命挖排水沟，似乎没听见。
　　　　〔郝向军扑过去，将牛大劲推出排水沟。
　　　　〔大沙堆轰然塌方，将郝向军埋进排水沟。
牛大劲　（声嘶力竭地）郝书记……
李格楞　赶快救人！
　　　　〔众人奋力将塌方掘开，牛大劲哭喊着抱起郝向军。
牛大劲　你又救了俺一命，你醒醒，你醒醒啊……
众村民　郝书记，你醒醒……（哭喊）你不能舍下咱大南山……
李格楞　赶快拨打120，120！
牛小花　（对手机哭喊）……求求您，快点来呀，直接开上山。
李格楞　快放下他，抓紧做人工呼吸。
　　　　〔牛大劲放下郝向军。做胸部呼吸。闲游子俯下身，口对口呼吸。
　　　　〔电闪雷鸣，又一阵暴风雨袭来。男村民脱下上衣。撑开衣服，光着膀子为郝向军遮风挡雨。
　　　　〔救护车鸣叫着笛声开上山来。医生护士提着急救箱急上。
医　生　（听诊）心跳过缓，就地抢救，打强心针，采取电击抢救。
　　　　〔护士协助医生打针及人工呼吸，电击抢救。
　　　　〔郝向军苏醒。
医　生　缓过来了。
李格楞　（握住郝向军的手）老弟，你把大伙吓煞咧！
众村民　郝书记……（喜极生悲，哭了起来）
郝向军　（声音微弱）保住花育C三。
医　生　抓紧上车。
　　　　〔牛大劲背郝向军急步走向救护车。
郝向军　（突然挣扎着扭头大喊）保住种子——

〔定格，切光。

第四场
痛　心

〔字幕：三天后。
〔病房内。
〔幕后飘来该剧主旋律歌曲（男声独唱）：

　　苍天，苍天——
　　撕裂长空电光闪，
　　苍天，苍天——
　　声声霹雳吓破胆。
　　发了那个洪水漫河畔，
　　山坡那个山岭挂水帘。
　　惊飞那个崖上的紫双燕，
　　吓跑那个玉兔儿窜又颠。
　　苍天，苍天——
　　放晴太阳露露脸，
　　苍天，苍天——
　　为何淹俺大南山。

〔郝向军侧身躺在床上打吊瓶，并做牵引治疗，他焦急地望着窗外如注的大雨。
〔赵晓燕守在床头，为丈夫按摩。
〔郝老爷拄着拐杖，仰望着窗外。

郝老爷　老天爷，你就睁睁眼，别再下啦！
郝向军　晓燕，输完这一瓶，陪我去大南山。
赵晓燕　不行……
郝向军　经过这几天的治疗，腰不疼了，双腿也有劲了，不信你看。（用力蹬了蹬床头护栏）
赵晓燕　别动！你腰椎受伤突出，不许剧烈活动。你看，牵引器都松动了。
　　　　〔转到丈夫背后，用钳子为其加固牵引器部件。
郝向军　别再加固了，腰椎已基本复位，不再压迫神经了。唉！如果再这样连阴下去，我担心梯田里的花育Ｃ三……（突然坐起）

赵晓燕　快躺下。
郝向军　不行，我要抓紧去看看，采取一切抗洪措施。
赵晓燕　医生说，如果太劳累，会加重腰椎间盘突出。
郝向军　你就知道听医生吓唬，我的伤，我有数。
郝老爷　向军，爹知道你有挂心事。唉，再养几天吧。
郝向军　爹，再让我这样躺下去，儿子急也急出大病来。
郝老爷　别急，庄稼人最相信科学种田，都把那花生种子当宝贝，不会有啥事儿。
赵晓燕　对！西庄人脱贫心切，肯定会全力以赴。
　　　　〔李格楞、牛大劲、万折一、闲游子、花红果子、牛小花等人满身满脸泥泞上。
李格楞　郝书记，兄弟……
郝向军　花生怎么样啦？
李格楞　花生，花生……（一腚蹲在地上，抱头哭泣）
郝向军　到底咋样啦？
牛大劲　梯田冲垮了，完了，全完啦！（泣哭）
郝向军　（一把揪住李格楞，举手欲打）李格楞，你干什么吃的？！
李格楞　俺失职……
万折一　郝叔，人力无法抗拒山洪暴发啊！
牛小花　（拿着几棵带果的花生秧）您看，就捞出挂在石缝里的这几棵。
郝向军　啊！这可不得了啦——
　　　　（唱）　闻讯犹如穿心剑，
　　　　　　　　脱贫的希望化云烟。
　　　　　　　　要尽快去青岛负罪致歉，
　　　　　　　　再次求新品种花育C三。
　　　　〔郝向军拔下针头下床，被牵引器拉住。
赵晓燕　向军……
郝向军　（拿起钳子，但无法转身拆卸）晓燕，拆卸牵引器。
赵晓燕　不行！
郝向军　我要马上去东岛。
众　人　去东岛？
郝向军　必须尽快向田教授汇报情况。

赵晓燕　那要等你彻底治愈后再去。
郝向军　开玩笑！到那时候，黄花菜都凉了，快拆吧。
赵晓燕　不拆。
郝向军　晓燕，我一则去赔礼请罪，二则求购花生种。
众　人　再次求购花育C三？
郝向军　对！据了解，胶东那边没下雨，这几天，肯定收获了。
万折一　是啊，现在正是好时候，过了秋，种子肯定更紧张。
郝向军　对！如果等到明年播种季节，种子会紧张一百倍，一粒也难求！
李格楞　唉！上回我弄了那么一出，恐怕不大好治咧。
郝向军　你做事不留后路，肯定会增加难度！死马当作活马医吧，不好治也得治。
牛小花　郝叔若去，俺姨夫会骂死你的。
郝向军　盼他打我一顿，让我心里痛快痛快。你来拆。（将钳子递向牛小花）
牛小花　（不接）郝叔……（躲开）
郝向军　闲老弟……
闲游子　（下意识地立正）到！
郝向军　命令你拆！（将钳子递向闲游子）
闲游子　（不接）郝书记，你这腰……（亦躲开）
郝向军　万折一！
万折一　来啦。
郝向军　这活儿麻烦您。（将钳子递向万折一）
万折一　我，我是个打酱油的。（回头问李格楞）元芳，你怎么看？
　　　　〔李格楞摇头。
郝老爷　（将拐杖一扔）我来拆！
郝向军　爹……
赵晓燕　爹——（突然跪倒）俺求求您啦——
　　　　（唱）　俺不是不支持向军的工作，
　　　　　　　　俺从来没把您儿子的后腿拖。
　　　　　　　　您也知咱家靠的是什么，
　　　　　　　　靠向军养家糊口咱好好活。
　　　　　　　　您孙子刚刚上小学，
　　　　　　　　爹爹您腿残疾无法送接。

俺难出门去打工把那活儿做，
伺候娘瘫痪在床喂吃喝。
为扶贫咱家里你是顾不得，
为扶贫你心中紧系南山坡。
为扶贫几乎出了塌天大祸，
为扶贫腰椎受伤背要驼。
倘若是您儿子再出差错，
爹呀爹，您让咱一家怎么活？日子怎么过？

众　　人　郝书记，大伙拖累您了。（泣声）
郝向军　　晓燕，你咋当着大伙的面说这些……赶快起来呀。
赵晓燕　　爹爹不放下钳子，儿媳不敢起来。
郝老爷　　（放下钳子，亲自挽起儿媳）我的好儿媳，你听爹说呀——
　　　　　（唱）　苍天不放晴，
　　　　　　　　　遭遇大灾洪。
　　　　　　　　　冲垮了向军的奔小康梦，
　　　　　　　　　无限希望一场空。
　　　　　　　　　他急中急，痛中痛，
　　　　　　　　　腰疼难比心中疼。
　　　　　　　　　他不忘党的儿子讲党性，
　　　　　　　　　心系着大南山脱贫一片情。
　　　　　　　　　总书记最牵挂的人是咱老百姓，
　　　　　　　　　更希望扶贫的人对民要真诚，对党要忠诚。
　　　　　　　　　我也是老党员肩负使命，
　　　　　　　　　助向军为扶贫鞠躬尽瘁，尽瘁鞠躬。
　　　　　（白）我佩服的就是这种精神！（给儿子鞠躬）

郝向军　　爹——
赵晓燕　　爹，你别这样……
郝老爷　　儿媳妇向来通情达理，啥事也拗不过俺这犟眼子儿。（摸起钳子）向军，爹给你卸开。
赵晓燕　　慢！（拦住郝老爷）俺有个条件。
郝向军　　说吧。
赵晓燕　　陪你去青岛，随时照顾你。

郝向军　不行，咱家实在离不开你呀。
李格楞　就让弟妹去吧，要不，她更不放心。 郝书记，俺俩去你家帮忙。
花红果　郝书记，俺去你家帮忙……
万折一　（举手）我也去。
闲游子　落不下我，走。
李格楞　来来来，帮忙卸下这玩意儿。
　　　　［众人欲卸牵引器。
牛大劲　不能拆！你要答应俺和小花陪你去。
众　人　啊！你俩也敢去？
郝向军　牛大劲，田教授的脾气你了解，你俩一去，反而砸了锅。
牛大劲　反正俺和他是亲戚，就是讹，也讹他五亩地的花生种。
郝向军　胡闹！这纯粹是添乱。
牛大劲　俺的病全好利索了，不会给您惹麻烦，小花，咱们走。
李格楞　站住！咱仨谁也不敢去露面了。
牛大劲　甭管咋说，俺是连襟，多少年不见了，还能不给一点面子？
牛小花　爹！郝书记和表叔说得都对，咱给大姨夫糟蹋两回种子啦，咱爷儿俩去了，非添乱不可！
牛大劲　这……
郝向军　牛小花，这几天给我看住你爹，哪儿也不准去，这是任务！
牛小花　郝叔放心吧。
郝向军　来，卸牵引器。（众人卸下牵引器）
郝老爷　（为儿子扎上护腰）爹给你扎结实，千万别使劲。走吧。（躺在床上）
众　人　郝老爷……
郝老爷　把这玩意给我拴上，把被子给我蒙上，医生来查房，先忽悠一阵子，帮助向军撤退。
郝向军　晓燕，咱走。
　　　　［定格，切光。

第 五 场
良　　心

［字幕：当日傍晚、夜间。

　　　　　　［景同第二场《闹心》。
　　　　　　［幕后飘来该剧主旋律，带有戏味的歌声（女独）：
　　　　　　　　秋天，秋天——
　　　　　　　　天高气爽大海蓝。
　　　　　　　　秋天，秋天——
　　　　　　　　夫妻携手到港湾。
　　　　　　　　千里那个缘分针穿线，
　　　　　　　　万般那个苦乐抱成团。
　　　　　　　　心系那个扶贫情一片，
　　　　　　　　肩挑那个重担腰不弯。
　　　　　　　　秋天，秋天——
　　　　　　　　满山红叶情无限，
　　　　　　　　秋天，秋天——
　　　　　　　　好人处处天地宽。
　　　　　　［田教授正在院内浇花。
　　　　　　［赵晓燕背旅行包，扶郝向军上。
郝向军　田教授好。
田教授　好好好！（欲伸手去握，发现是仇家，倒背起手来大怒）你！好大胆，又来了。这位是谁？
郝向军　是我对象赵晓燕。
赵晓燕　教授好。
田教授　这次来干什么？
郝向军　一则向您老人家汇报情况，再则……
田教授　再则什么？
赵晓燕　请大叔高抬贵手，再给点花生种。
田教授　不对！按你们拿去的种子匡算，至少收获五千斤，难道又给糟蹋啦？
郝向军　田教授，我，我犯大错啦——
　　　　（唱）　在家盼望来相见，
　　　　　　　　见到教授心胆寒。
　　　　　　　　未曾开口愧满面，
　　　　　　　　无地自容，站在了您面前。
郝向军　（含泪鞠躬）大叔，晚辈对不起您呀！

田教授　花生如何？快说！
郝向军　（唱）　鲁中涝，胶东旱，
　　　　　　　　山洪冲垮新垦田。
　　　　　　　　四亩花生绝了产，
　　　　　　　　品种魂断大南山。
　　　　　　　　施大恩盼您继续再扶贫，
　　　　　　　　负大罪愿挨您的巴掌扇。
田教授　你这是犯罪啊！
赵晓燕　大叔，您消消气。
田教授　快走！（欲进屋）
郝向军　（搀扶田教授）我扶您老人家进屋。
田教授　躲开！（一甩手将郝向军甩倒）
郝向军　（借机抱住田教授的腿）田教授，您听我说……
田教授　不听！（用力地一抽腿，带起郝向军）
赵晓燕　（抱住丈夫泣哭）向军，您的腰啊。
　　　　〔动人的音乐起，二胡或唢呐独奏。
　　　　〔田教授"哼"了一声，进屋关门上闩。
　　　　〔赵晓燕扶起丈夫。灯光转暗，阵阵风声，浪涛声。
郝向军　（推开妻子，前去敲门）老教授，求您最后扶持一把，给我一次戴罪立功的机会吧。
赵晓燕　好大叔，您让向军进去吧，开门呀，大叔，大叔……
　　　　〔田教授悄然站在门后，几次欲开又止。
郝向军　（蹲在门前的台阶上）别叫了，都怪我粗心大意啊！
赵晓燕　（泣声）别再埋怨自己了，你中午没吃饭，天都黑了，咱出去找点饭吃去吧。
郝向军　你饿了？
赵晓燕　我不饿。
郝向军　唉！事到如今，咱俩谁有心思吃饭啊。晓燕，咱结婚十年了，从没陪你出来玩过，这次陪我出门，让你受委屈了。
赵晓燕　不委屈。俺只是见不得你受委屈，俺担心你的腰。
郝向军　你看，已经好多了。磕磕碰碰都没事了。
赵晓燕　（突然泣哭）向军……

郝向军	怎么哭啦?
赵晓燕	天一黑,俺就想家,俺想儿子。
郝向军	别哭,人在外地遇到难处,天黑后都会想家啊,我也想咱的老父亲,想咱那躺在床上的老娘啊。(悄然落泪)
赵晓燕	向军,咱不求人家了,回家吧。
郝向军	不!大南山的父老乡亲都眼巴巴地等着、盼着、惦念着,盼我能再次搞回种子,盼望尽快脱贫。只要我想起对我期盼和信任的眼神,就使我深感羞愧啊!
赵晓燕	你已经尽力了。走,咱到海边去散散心。
郝向军	不!我要在这门口蹲上三天三夜,也要等田教授开口。
赵晓燕	身体好好的怎么都行,海边风大浪高,你这腰,怕受凉。
郝向军	眼下顾不了那么多。晓燕,嫁给我后悔不?
赵晓燕	不后悔。
郝向军	愿意陪我在这儿过夜吗?
赵晓燕	你为扶贫不怕受委屈,俺陪你光荣。
郝向军	好媳妇,咱别光闷着,唱支歌儿散散心吧。
赵晓燕	俺就喜欢你教给俺的那首《良心才能换真心》。
郝向军	好!唱起来。

　　[郝向军夫妇相携相扶,在阵阵浪潮声中,缓缓唱起了无限深情的歌儿。

二　人	(合唱)	啊——啊——啊——
		咿——咿——咿——
		为民当官凭良心,
		良心才能换真心。
		只要咱诚心诚意不违心,
		老百姓才能和咱心连心。
郝向军	(唱)	只要咱尽心公心无私心,
赵晓燕	(接唱)	政府才能得人心。
郝向军	(唱)	只要咱呕心丹心是红心,
二　人	(合唱)	老百姓对党更忠心。
赵晓燕	(唱)	只要咱挂心牵心不粗心,
郝向军	(接唱)	老百姓放心喜在心。

赵晓燕　（唱）　只要咱甘心推心献爱心，
郝向军　（接唱）老百姓谈心见心心知心。
赵晓燕　（唱）　只要咱心肠心肝心拴心，
郝向军　（接唱）老百姓也掏心窝将心比心。
赵晓燕　（唱）　只要咱虔心孝心衣食父母的心，
郝向军　（接唱）衣食父母更心疼父母官的心。
二　人　（合唱）只要咱党心群心心同心，
三　人　（合唱）脱贫不落一个人，众心齐心一条心。
田教授　（旁唱）人心都是肉长的心，
　　　　　　　　心弦心音感人心。
　　　　　　　　木人石心也暖心，
　　　　　　　　怎能忍心不动心。
　　　　〔教授决然把门打开。
二　人　教授，大叔……
田教授　唉！刚才过于冲动，实在抱歉，冲着你凭良心当官，为扶贫尽心，请您小两口吃个便饭，我也要赔礼道歉。请！
二　人　（惊喜地）啊！谢谢田教授。（鞠躬）
　　　　〔二人反身提上礼品来到门前，田教授突然伸手拦住。
田教授　慢！我摆的是赔礼宴，不许谈论其他问题。
　　　　〔二人呆住。
赵晓燕　这么说，花生种的事……
郝向军　既然教授给咱一次赔罪的机会，咱就要诚心赔礼，千万不要难为老教授。
　　　　〔三人进室内。
　　　　〔牛大劲身背印花包袱，愣头愣脑地上。
赵晓燕　（吃了一惊）啊！你怎么来啦？
郝向军　（大吃一惊）坏了，麻烦大啦！
田教授　谁呀？
牛大劲　我啊。哈哈！才十多年没见，还问谁呀？（把鼻子凑到田教授鼻子上）仔细认认吧。
田教授　啊！牛大劲。
牛大劲　是俺不假。（搂住田教授的脖子"叭"的一声亲了一口）哎哟俺的个小花她大姨夫哎，你可把兄弟想煞咧。你身子骨壮实吧？

田教授　哈哈，除了身体还行外，其余的都不行啦！就说喝酒吧，原来喝八两，现在只喝半斤。

〔众笑。

牛大劲　哈哈哈，那是十六两老秤啊。

田教授　（突然脸一沉）郝向军，是不是你请来的？

郝向军　不是。

赵晓燕　真的不是。

田教授　一个前脚来，一个后脚跟，哪有这么个巧合？

赵晓燕　您别误会……

牛大劲　姐夫，俺如果是他请来的，俺就是标准的王八蛋！儿的！亲儿的……

田教授　好好好，我说牛大劲啊，你，你叫我说你什么好啊？

牛大劲　说啥都是俺不好。你日子过富了，早就不认俺这门穷亲戚咧！

郝向军　大劲你！

田教授　我可不是那种人，我可没有这个意思。

牛大劲　啥意思？

郝向军　大劲！说话要注意分寸。

牛大劲　哈哈哈，俺俩还有啥分寸！

　　　　（唱）　俺俩的关系甭介绍，
　　　　　　　就像那孙权、周瑜是两乔。
　　　　　　　俺那个小乔死得早，
　　　　　　　急得俺疯疯癫癫焦了毛！
　　　　　　　你那个大乔活得好，
　　　　　　　恣得你肠子里痒痒捞不着挠。
　　　　　　　花她姨，不得了，
　　　　　　　花生挖给俺十拉瓢。
　　　　　　　俺得了宝，晕了脑，
　　　　　　　二胺一窝一大勺。
　　　　　　　百草枯，猛灭草，
　　　　　　　谁可寻思烧了苗！
　　　　　　　急得俺，像跳蚤，
　　　　　　　猛不冷丁发了飙。

若不是郝书记救俺两遭,
十八年俺又是好汉一条!

田教授　现在身体怎么样?

牛大劲　就差这么一韭菜叶子,咱两乔子就捞不着见咧。

田教授　什么大病?

牛大劲　头一回直接疯咧,一着急上火(拍脑瓜)这里就乱程序!

田教授　千万别上火。我说两乔子啊,你是不是没大好利索?

牛大劲　好了个稀利索,不信你看。(解开包袱,摸出煎饼、大葱)这是俺亲手摊的石磨煎饼,这是俺亲手种的鸡腿大葱。(煎饼卷上大葱)俺知道你好这一口。来来来,尝尝。

田教授　好!(双手接过,咬了一大口,细细品尝)咦!这才是小时候吃的煎饼味道。当真你自己摊的?

牛大劲　俺不摊谁摊?俺又没再给你找上个替身小姨子来!

田教授　(长叹一声,不由得十分伤感,热泪盈眶)唉!这么多年,也真太难为你了。

　　　　[二胡独奏如泣如诉。

牛大劲　(潸然泪下,泣啼有声)唉!花她娘走的那年,你那外甥女才两岁,睁开眼就哭着找娘,俺就哄她去找,可,可,可上哪里去找?俺爷儿俩就在大南山上转悠着哭,她大声哭,俺小声哭,直哭得山谷山峪回音着哭,满山满峪都在哭,一直哭到落太阳。回家来躺在炕上,泪水打湿了半截枕头。为了你那外甥女,俺得活啊,又当爹,又当娘,生生学会了推磨压碾摊煎饼,悄悄学会了缝褂补裤纳鞋底啊!那一年闹春荒,瓮里就剩下一把粮食,俺就嚼着喂你的外甥女,一粒俺也不敢咽下去。俺就想,俺那小花吃了这一顿,明儿个上哪去讨换下一顿?俺天不怕,地不怕,就怕把你那外甥女饿死了,就在那夜五更天,俺就急疯咧。呜呜呜……

　　　　[牛大劲声泪俱下地说完,抱头蹲在地上,失声痛哭。众人热泪盈眶。

田教授　(老泪纵横,扶起牛大劲)兄弟,别哭了。都怪我这当姨夫的,怎么就不知道出手帮忙啊!

牛大劲　唉!这不怪你。花她大姨说俺脾气不好,硬说她妹妹是让俺气死的,从此就断了往来。可你想想,俺俩又没打仗,俺俩又没嘹声,花她娘正好好吃着饭,一头栽倒就咽了气!俺冤不冤?可俺说啥?也就

　　　　认了。穷死是个人，薄死是块地，那阵子俺就是饿死也不来向你伸手！好歹盼着小花长大了，才和她大姨接上这知己的亲戚关系，她大姨嘴上不说，心里还是惦念着，就悄悄挖给俺十多斤花生品种，又让俺活生生糟蹋啦！俺就上了火，又急疯咧。

田教授　既然种子已经坏了，也不至于急成那样啊。

牛大劲　若是一般种子，别说十拉瓢，就是十拉瓮，俺也不在乎！可这是新品种啊，俺对不起花她姨，对不起您，更对不起俺闺女小花。唉！十多年啦，咱这门亲戚好歹和解啦，俺就害怕再断了来往啊！

郝向军　大劲哥特别注重亲情人情。

牛大劲　对救命恩人，谁不动真情？你差点替俺死了。

田教授　发生了什么意外事故？

牛大劲　因为你，郝书记差点没了命！

田教授　我？

牛大劲　为保证你那花育C三，他冒雨带大伙抗洪，大沙堆突然塌方，他把俺推出来，自己被活埋了……

田教授　啊！郝书记真的尽力啦。

牛大劲　不是真尽力，是真玩命咧！

田教授　太危险了。

牛大劲　你知道郝书记从哪来的吧？

田教授　当然是从大南山。

牛大劲　错！他腰椎受伤，腰椎间盘严重突出，是从医院的病床上偷偷跑来的……

郝向军　别再说了。

牛大劲　（不由分说地掀开郝向军衣襟）你看——

田教授　（抚摸郝向军腰间的固定带）冲着你这扶贫精神，老夫给你十亩地的花生种！

郝向军　好！（激动地跳起来，而又捂着腰蹲下）

田教授　我有个朋友是腰椎专家！走，去医院。

郝向军　（硬撑着站起来）不！去运花生种。

田教授　哈哈哈，这就叫舍命不舍财啊！

　　　　［众人大笑。

　　　　［造型，光渐收。

第六场
欢　心

　　〔字幕：2016年立秋之日。
　　〔景同第三场。
　　〔郝向军、李格楞、牛大劲与众村民刨花生、担花生，舞蹈。

李格楞　花生熟了——
郝向军　收获花育C三。
牛大劲　大伙使劲儿干啊！
众村民　（合唱）立了秋，立了秋，
　　　　　　　　希望的田野显身手。
牛大劲　（接唱）谷子弯腰把穗秀，
女村民　（接唱）高粱蒙上了红盖头。
牛大劲　（接唱）花育C三硕果稠，
众村民　（合唱）今年迎来大丰收。
　　　　　　　　地头走来老教授，
　　〔田教授风尘仆仆地上。
牛大劲　哈哈，俺两乔子来咧！（向前拥抱）
　　〔郝向军迎上前去相互拥抱。
　　〔赵晓燕、牛小花搀扶着田教授加入舞蹈队伍。
众村民　（接唱）大恩大德记心头。
　　〔李格楞深感内疚，欲上前与田教授握手，而又捂着脸躲在人群后。
牛大劲　表哥，赶快过来赔个不是呀。
众村民　（合唱）支书脸红似醉酒，
　　　　　　　　格楞书记也害羞。
　　〔众人笑着以舞蹈形式将李格楞推向田教授。
　　〔田教授大笑，当胸给了李格楞一拳，两人拥抱，携手起舞。
女村民　（合唱）书记乐山高山秀，
男村民　（接唱）教授乐水甜水流。
女村民　（合唱）百姓乐土沃土厚，
众村民　（合唱）笑声飞出山沟沟。

郝向军　报告老教授一个好消息。
田教授　什么喜事儿？
郝向军　明年秋天的种子全部订出去了。并且收了预订金。
田教授　好！祝大南山早日脱贫奔康！哈……
　　　　〔众人大笑。定格，收光。

第七场 民　心

〔字幕：2016 年冬天。
〔舞美布景、实景等十分壮观，与剧情相融合。
〔大南山一线天大峡谷，出山口似敞开的大石门。
〔狂风暴雪，将整座巍峨的大南山银装素裹。
〔大南山峡谷鬼斧神工，将大山一劈两开，峡谷延绵数十里。
〔一线天两旁的悬崖峭壁上探出两枝千年沧桑的古梅，一枝横向舞台大半，另一枝探向出山口上方。梅花盛开，鲜艳夺目，光彩照人。
〔大南山出山口一边一棵一搂多粗的百年老柿子树，橘红色的柿子未采摘，挂满枝头，一个个戴上了白帽，厚厚的雪花堆积在柿子上，格外美丽。树身一侧和枝头上压满了白雪，彰显厚重之美。
〔满山遍野的小树、大树和大岩石、大峡谷等硬景与大画幕结合得天衣无缝。
〔大幕与二幕间的吊杆落下，遮挡住大画幕备用。首道画幕画白雪中的层层梯田和小山村。
〔幕后飘来该剧主旋律戏味歌曲（女独）：

　　　　大雪，大雪——
　　　　风卷琼花舞银蛇，
　　　　大雪，大雪——
　　　　银装素裹好山河。
　　　　棉被那个捂住了春天，
　　　　白绫那个拴住了惊蛰。
　　　　只有那个红梅火一样的烈，
　　　　那是那个杜鹃啼上的血。

悲欢，离合——
　　　　悲欢离合匆匆过，
　　　　有苦，有乐——
　　　　留给人间多少歌。
〔牛大劲、闲游子抬着用藤子躺椅制作的担架，郝向军半躺在担架上，李格楞、花红果子、牛小花、万折一扶在两旁，顶风冒雪而上。

众　人　（合唱）大雪飘飘白茫茫，
　　　　　　　　寒风阵阵透心凉。
郝向军　（接唱）恨病魔缠在腰椎上，
　　　　　　　　利齿尖爪抠心房。
李格楞　（接唱）兄弟啊，腰伤你说扛一扛，
万折一　（接唱）扛来扛去起不了床。
牛小花　（接唱）早该治疗去海港，
花红果　（接唱）你说南山扶贫忙。
闲游子　（接唱）拖来拖去时间长，
牛大劲　（接唱）千斤担压得您弯了脊梁。
众　人　（合唱）病痛在郝书记您的身上，
　　　　　　　　心疼在老百姓心肝心肠。
〔闲游子和牛大劲几乎滑倒。众人慌忙稳住担架。

李格楞　坡陡路滑，脚下生根，稳住！
花红果　雪滑路陡，救护车下不来山，停在一线天出山口，快走。
牛小花　咱前拽后拥，翻过山梁就到了，走。
〔众人在撕裂的风声中，冒雪爬上山岗，赵晓燕焦急地快步迎上前来。

赵晓燕　向军，你又病成这样……（泣哭）
郝向军　晓燕，别难过，没事……
赵晓燕　还说没事，你真的把大南山父老乡亲急坏了，不信你看呀！
〔首道画幕缓缓升起。
〔片刻之间，最饱和最强烈的灯光齐亮，"叭"的一声打在全景上。
〔大南山两侧满山遍野的树枝上，全部挂满了祈福平安带，山风吹起，迎风招展，白雪红带，壮丽异常。
〔大南山大峡谷出山口前，两棵柿子树中间拉起了一条横幅，书写："好人一生平安。"雪山之上，场面异常悲壮。

〔出山口前站满了大南山的干部群众，男女老幼。

郝向军　快扶我坐起来！（众人扶起）啊！满山挂满了红绸带……

群众甲　（泣声）这是三老爷和二奶奶带着大伙，从泰山顶上为您请来的祈福平安带呀，一条条全开了光。

二奶奶　孩子，平平安安……（泣哭）

三老爷　泰山奶奶保佑……

众村民　祝您平安，祝您平安……

郝向军　哎呀！这是怎么说呀……

〔田教授带医生迎上前。医生忙检查郝向军的腰部。

田教授　向军……

郝向军　田教授，这大雪天，您老人家亲自带车来接我，向军实在承受不起啊。

田教授　别这么说。老夫不亲自来接你这为保花育C三而致伤的好书记，愧对研究成果啊。唉！只是你太不听话了！

赵晓燕　田老……

牛小花　姨夫……

田教授　晓燕、小花，还有牛大劲！你们太大意了。你们时常去看我，每次我都让你们带向军来看病，你们说他工作忙。现在不忙了，人也爬不起来了，这才打电话告诉我，如果耽误了病，你们负不起这个责任！

郝向军　田老别怪他们，都怪我硬撑着就是不去。

牛大劲　姐夫……

田教授　你俩就不能强行送他去东岛？

郝向军　他俩没少劝我，只是没办完的事太多了。

田教授　真不要命！（问医生）病情怎么样？

医　生　旧伤复发，腰椎间盘严重突出，必须尽快手术。

李格楞　啊！（把医生拉向一旁）有没有危险？

医　生　特别严重，如果手术不成功，会导致下肢瘫痪。

田教授　弄不好向军就躺一辈子？

众　人　（泣声）啊！求求您，尽力啊！

医　生　田教授的朋友，就是我的朋友，对竭力扶贫的人，我更会全力以赴……

田教授　抬上救护车，抓紧去东岛。

〔众人抬郝向军欲下，二奶奶、三老爷双膝跪在雪窝里。

二　老　（哭喊）老天爷，好人一生平安啊！

〔众村民齐跪倒。

众村民　（嘶喊）老天爷，保佑好书记平安啊！
　　　　〔哭喊声响彻大山，山谷回荡。
郝向军　（泣声）放下我，放下我啊。
李格楞　这……
郝向军　（哭喊）放下我！
　　　　〔众人放下郝向军，他挣扎着爬下担架，众人忙搀架着走向众村民。
郝向军　（跌跪在雪地里，泣声）我郝向军何德何能？让父老乡亲如此牵挂，让老人孩子们如此厚爱。我向我的衣食父母致谢！（咬牙挺起胸膛敬礼）
李格楞　（向前滚爬几步，抱住郝向军）兄弟……（放声号啕大哭）
郝向军　（紧紧拥抱住李格楞）大哥别哭。大伙站起来，快都站起来啊。
　　　　〔众人起身。花红果子和牛小花搀扶起郝向军。众人热泪盈眶，郝向军泪流满面，边唱边逐个握手。
郝向军　（唱）　好乡亲，好支书，
　　　　　　　　切莫担心啼声哭。
　　　　　　　　祈福的绸带随风舞，
　　　　　　　　大山画满了爱心图。
　　　　　　　　横幅挂在柿子树，
　　　　　　　　事事（柿柿）如意祸变福。
　　　　　　　　乡亲们不是把我爱在心，
　　　　　　　　深深地爱进了骨！
　　　　　　　　乡亲啊，俺还有多少活儿不能耽误，
　　　　　　　　脱贫后防返贫深度帮扶。
　　　　　　　　还有那未竣工的冷藏库，
　　　　　　　　还有那千头小猪嗷嗷待哺。
　　　　　　　　还有那蔬菜棚刚刚打基础，
　　　　　　　　还有那乡村旅游修老屋。
　　　　　　　　还有那留守儿童需要咱照顾，
　　　　　　　　还有那孤寡老人等待咱慰抚。
　　　　　　　　还有您好乡亲牵肠挂肚，
　　　　　　　　还有我眷恋这小山村深情满腹。

还有我并非走上了不归路，

咱还会肩并肩手挽手同甘共苦。

众　　人　（应声如雷）大伙盼着你哪……

郝向军　父老乡亲放心吧，我的任务没有完成，马克思不会接见我，更不会让我瘫在床上享清闲，他会让我直起腰来，挺着胸膛为老百姓干事，一户不能落，携手奔小康！

众　　人　对！好人一生平安。

医　　生　山口风大，抓紧走吧。

李格楞　花红果子、牛小花、万折一，恁仨帮着晓燕去陪诊。

牛大劲　等一等。（掏出钱）小花，把这钱带上，帮衬着为你郝叔治病。你郝叔把俺的病治好了，他又为俺负伤，俺不能不管啊！

闲游子　孩他娘，钱带上了没？

花红果　放心吧，全带上了。

万折一　乡亲们凑的钱，李叔全让我带上了。

郝向军　我的好乡亲啊！谁的钱也不能花……

赵晓燕　向军是公费医疗。一分钱也不用乡亲们花……

众　　人　先住上院再说，走吧。

田教授　快上救护车。

　　　　　[众人抬起郝向军。造型定格。

　　　　　[渐渐收光。

第 八 场
称　心

　　　　　[字幕：2017年农历三月三。

　　　　　[大南山一线天出山口。桃红李白，柿子树冒出嫩芽。

　　　　　[幕后飘来该剧主旋律戏歌（女独）：

春天，春天——

春光无限情绵绵。

春天，春天——

又要归来红杜鹃。

还是那个感人的声声唤，

　　　　　还是那个动人的一片丹。
　　　　　还是那个可爱的沟畔畔，
　　　　　还是那个乡情大于天。
　　　　　春天，春天——
　　　　　鸟语花香人心暖，
　　　　　春天，春天——
　　　　　山也笑来水也欢。
　　　〔郝向军、赵晓燕、田教授、花红果子、牛小花、万折一上。
　　　〔李格楞带众村民迎上。

牛大劲　兄弟……（上前搂住，喜极而泣）
李格楞　兄弟，可把你盼回来了。
郝向军　李书记，父老乡亲们……
众村民　郝书记……
　　　〔众人快步向前，握手拥抱。
李格楞　兄弟，你躺了整整一百天，把乡亲们都急坏了。
闲游子　二奶奶和三老爷领着咱村上了年纪的，又爬了两趟泰山啊。
众村民　好人总算平安了。
郝向军　谢谢父老乡亲对我的厚爱。
牛大劲　（给田教授鞠躬）姐夫，多亏了您啊。
闲游子　老教授是咱村的大恩人啊。
众村民　谢谢大恩人……
田教授　别客气！向军的手术非常成功，恢复得很好……
李格楞　哈哈哈，今天是个好日子，大伙特别高兴。兄弟父老姐妹们，咱大南山特有的家什都带来了吗？
　　　〔所有乐队人员与众人齐声应道："全部带来啦！"
李格楞　好！拿上来。
　　　〔伴奏人员和打击乐队全部走上舞台。
众　人　唱起来，跳起来！
　　　〔众人手持花鼓锣子、货郎鼓子、唢呐、四号、八锣等伴奏，
　　　〔所有伴奏人员持伴奏乐器全部上场边唱、边舞、边伴奏。
　　　〔深情的主旋律《春天》动人心弦，优美的舞蹈令人流连忘返。
赵晓燕　（领唱）今天，今晚——

众　人　（合唱）欢聚欢腾良宵短。
赵晓燕　（领唱）今天，今晚——
众　人　（合唱）相聚相散再相见。
赵晓燕　（领唱）舞台上下——
众　人　（合唱）再相见。
　　　　［在轻舒的该剧主旋律音乐声中，浓重而缓慢的画外音加字幕。
　　　　画外音：这个种子的故事已然过去了三四个年头了，这种高产稳产的优良品种，静悄悄地繁育成为良种，绿满了千重高山、万顷良田，使大南山村登上了脱贫奔小康的快车道。该剧的主人翁第一书记们，也在全国遍地开花，他们都有可歌可泣的扶贫故事！作者谨以该剧原型人物：曲阜市科技局副局长、驻化岗村第一书记刘祥军同志为典型代表，向全国所有的第一书记们致以崇高的敬意！
　　　　［所有演员和乐队在歌唱和舞蹈中定位造型。于音乐中鞠躬谢幕。
　　　　［在该剧主题音乐《春天》的主旋律音乐声中，众人拍掌击节或等待领导接见，或等待收光闭幕。

（剧终）

注：

①2012年6月20日，第一稿创作于犁铧影视戏剧工作室。第二稿、第三稿、第四稿分别于2012年7月4日、2012年8月15日、2013年12月26日修改于犁铧影视戏剧工作室，第四稿更名为《种子》。2014年5月8日，第五稿修改于犁铧影视戏剧工作室。第六稿、第七稿、第八稿分别于2016年7月11日、2017年7月20日、2017年9月4日修改于大南山影视戏剧创作策划研究基地。第八稿更名为《心系大南山》。

②该剧于2014年9月，获山东省第十一届精神文明建设"文艺精品工程"优秀作品奖。该剧更名《心系大南山》后，于2018年10月，获第十届山东文化艺术节优秀剧目奖。

③该剧由莱芜梆子剧团首演，授演期限为五年。

④该剧原型为曲阜市科技局副局长、驻化岗村第一书记刘祥军同志，借此鸣谢。

⑤如需排演该剧，请联系著作权人或继承人达成书面协议后方可表演。否则侵权必究！

• 现代评剧

淀上人家[1]
（原名《雪野风情》）

时间：改革大潮刚涌起的时候。

地点：白洋淀网箱养鱼的地方。

人物：安边柳——寡妇，网箱养鱼专业户。
　　　花螃蟹——网箱养鱼专业户。
　　　夏老三——落魄的光棍。
　　　赵千里——出让专利权的土能人。
　　　王八王——养鳖专业户。
　　　倪大叔——安边柳的公爹。
　　　沙里爬——花螃蟹的丈夫。
　　　于大妈——妇女老主任。
　　　歌舞队——先后扮演织网女、狂风、雪花、芦苇、荷花、波浪、群众等。

---

[1] 作品登记号：鲁作登字-2022-C-10044597

照町 ZHAO TING

第一场
绿 树 成 荫

[幕后飘来深情的歌声:
　　　白洋淀,芦花白,
　　　柳木船儿敞开怀。
　　　船头装满情,
　　　船艉装满爱,
　　　呀呼依儿咳——
　　　迎着大潮向前开。
[金秋白洋淀,荷红芦白,青苇绿墙。
[岸边一棵硕大的倒垂柳,遮天盖地。
[岸柳下,一群织网女和于大妈在安边柳的带领下织渔网。
[夏老三穿插其间。

织网女　（合唱）看金秋白洋淀秀丽风光,
　　　　　　　　荷花红芦花白柳丝儿长。
　　　　　　　　金鲤鱼跳出了碧波银浪,
　　　　　　　　紫燕儿飞剪那芦巷绿墙。
　　　　　　　　淀上人依花生在芦苇荡,
　　　　　　　　女儿家更擅长织网摇桨。
于大妈　　夏老三,你来干什么?
夏老三　（唱）　我来学织网,
于大妈　（唱）　你胳膊硬邦邦!
夏老三　（唱）　我要把鱼养,
于大妈　（唱）　你学会了又跳行。
女　甲　（唱）　你今天卖甜酱,
女　乙　（唱）　你明天贩猪肠。
女　丙　（唱）　你后天撵来一群羊,
女　丁　（唱）　大后天你又搞服装。
于大妈　（唱）　你干一行,赔一行,
　　　　　　　 只剩下两间破草房。

夏老三　这回呀，我再也不敢像那鸡跳窝、驴跳槽！真心跟安边柳学习网箱养鱼。柳子，帮大哥一把吧。

安边柳　夏大哥呀——

（唱）　你若真心把鱼养，

弟妹不帮谁相帮？

只要你，风吹浪打不摇晃，

自然是，行行会出状元郎。

你扯开一张网——

夏老三　是！（扯开方网）

（唱）　这张网，方方正，正正方，

安边柳　（唱）　这种渔网叫网箱，

鱼在箱中养，

鱼苗分类装，

科学来喂养，

夏老三　（唱）　一年半尺长？

安边柳　（唱）　不不不，一年就长尺半长！

〔花螃蟹端来盆脏水，泼向众人脚前。

夏老三　花螃蟹，你干啥？

花螃蟹　哎，原来是夏老三，你算老几？

夏老三　我，我是她们的保卫科长。

花螃蟹　保卫科长？有匣子枪吗？来，给你一把！（抄起一只破鞋扔在夏老三怀中）

夏老三　混账！不许侮辱人格。

于大妈　花螃蟹，我捶你这熊娘们儿！

花螃蟹　于老婆子！你敢？

于大妈　（挽袖子向前）看我敢不敢。

安边柳　（拦住于大妈）花弟妹，有话好说嘛。

花螃蟹　走，咱到一旁，好好说一说。（拉安边柳一旁）

（唱）　小嫂子聪明人不会算账，

为养鱼煎熬咱多少心肠？

两家男人学技术南方闯荡，

湖里泡、江上闯，水里淹、浪花呛。

　　　　　　才学会养鱼发财用网箱！
　　　　　　才挣钱又遇上狂风恶浪，
　　　　　　你男人白洋淀里溺水亡。
　　　　　　性命债血泪账远未清偿，
　　　　　　这技术绝不可向外传扬。
　　　　　　倘若这生财路一哄而上，
　　　　　　你踩脚我碰腿自相残伤。
　　　　　　到那时产品过剩再较量，
　　　　　　你降价我处理烂杏一筐！
　　　　　　只要这网箱养鱼不乱行，
　　　　　　白洋淀咱姐妹金鸡独立变凤凰。

安边柳　　花妹子，我有几句话，也要和你仔细拉一拉。
花螃蟹　　说吧。
安边柳　（唱）人生在世如苦蝉，
　　　　　　歌儿能唱多少天？
　　　　　　咱有幸生在白洋淀，
　　　　　　乡里乡亲都是缘。
　　　　　　咱应该相爱相帮人情暖，
　　　　　　不应该一家富贵百家寒。
花螃蟹　　哎哟，我的个小嫂子，你这秦始皇他老奶奶那一套，早就不吃香啦。眼下都市场经济了，谁顾谁呀。
　　　　（唱）小本求利讲究赚，
　　　　　　人情人缘不值钱。
　　　　　　倘若咱把独行占，
　　　　　　自有暴发的那一年。

　　　　（白）到那个时候呀——

　　　　（唱）先不说，咱山珍海味不想咽，
　　　　　　也不谈，咱国产服装不爱穿。
　　　　　　且不讲，坐上奥迪怕颠颠，
　　　　　　更不论，骂空调混淆了四季天！
　　　　　　只说那，有钱能使鬼推磨，
　　　　　　团团绕你转圈圈。

近邻赔笑脸，

远亲来高攀。

身价沉甸甸，

谁见谁喜欢。

虽说无情情无限，

道无人缘添人缘。

金光大道在面前，

盼你守住这一关。

安边柳　不！如果大伙都端着空碗，只俺碗里有饭，俺咽不下去。
花螃蟹　你，你这个劈不开的死榆木疙瘩！我首先警告你，从今天起，我这门前不准织网讲课。（端水欲泼）
织网女　花螃蟹，再泼，就和了稀泥啦！
花螃蟹　我的门前，爱泼就泼。
于大妈　你的门前，也是柳子的门前。再泼一滴，让你舔干净！
花螃蟹　好！看谁来舔。（又欲泼）
夏老三　（上前）来，朝我头上泼。
织网女　朝我们身上泼。

　　〔花螃蟹被镇住。
花螃蟹　（咬牙切齿地）好啊安边柳，看来这白洋淀上，有她没我，有我没她！

　　〔切光。

第二场
门前是非

〔歌声起：

白洋淀，寒冬来，

柳木船儿敞着怀。

船头白皑皑，

船艕雪花埋。

呀呼依儿咳——

冰封霜冻破冰开。

〔狂风骤起，雪花飞扬。垂柳枝条上裹满冰花，遮掩着两户傍水人家。

［花螃蟹与沙里爬在昏暗的油灯下悄悄数钱。
［安边柳和衣而卧，用手电照着看养鱼资料。
［追光中，赵千里蓬头垢面，衣衫褴褛，身背黄书包，迎着暴风雪跌打滚爬而上。
［歌舞队扮风雪，狂袭赵千里。

歌舞队　（唱）　狂风打，暴雪压，
　　　　　　　　冰上加雪路更滑。
赵千里　（唱）　身怀绝技走天下，
　　　　　　　　深夜迷途苦挣扎。
　　　　　　　　东跌西撞走走走——
歌舞队　（唱）　雪盖薄冰被踏塌！
　　　［赵千里跌进冰窟。
赵千里　（唱）　跌进冰窟我爬爬爬——
　　　［赵千里爬出冰窟。
歌舞队　（唱）　爬出一个冰疙瘩。
赵千里　（唱）　死里逃生何处奔？
歌舞队　（唱）　灯光亮处有人家。（下）
　　　［赵千里滚爬到花家门前，叩门。
花螃蟹　（大惊，双手捂钱）谁？
赵千里　过路人，让我进去暖和暖和……
花螃蟹　走走走！这里不是旅馆饭店。
赵千里　我摔进苇塘里。全身湿透，快冻死啦。
沙里爬　我去开门。
花螃蟹　沙里爬！（指桌上钱）不要命啦？
赵千里　我不是坏人！
沙里爬　你要到哪里去？
赵千里　去南方出让专利权，我有治疗鲤鱼烂鳃病的绝招。
花螃蟹　你有这大本事，还能落到这步田地？
赵千里　钱包被人偷了。
花螃蟹　贼喊捉贼，咱这俩钱，招引黑道上的来啦！
沙里爬　恐怕没有这么严重吧？咱不能看着人家冻死啊！（又欲开门）
花螃蟹　慢！咱不救，自然有人救。吹灯！

〔一片黑暗。追光追着赵千里。

赵千里　大哥大姐，您能眼睁睁看我冻死在雪地里，饿死在你门前吗？大哥，大姐……

花螃蟹　喂，对面那家，屋又大、炕也宽、人更好。到那边去吧……

〔安边柳点亮油灯，开门而出。

〔赵千里发现安边柳，跌跌撞撞向前，摔倒。

赵千里　大嫂，快，快拉俺一把……

安边柳　大哥……（欲拉，而又为难地退进屋内，关门）

（唱）　狂风暴雪腊月天，
　　　　夜半乞求心更寒。
　　　　开门欲送雪中炭……
　　　　寡妇是非在门前！

赵千里　大嫂，您行行好……（声音越来越微弱，冻僵在雪地中）

安边柳　（从门缝中看见赵千里僵卧在地）啊！

（唱）　三九冻倒过路汉，
　　　　危在旦夕命关天！
　　　　救人危难不容缓，
　　　　宁愿把这是非担。

〔安边柳开门冲出，搀赵千里进屋，扶其上炕，盖被，灌热水。

赵千里　（苏醒）冷、冷，冻死我了。

安边柳　你别动，我给你下面条去。（下）

〔夏老三夹草帘儿上。

夏老三　（唱）　大雪纷纷下，
　　　　　　　　北风呼呼刮。
　　　　　　　　空屋凉炕夜难眠，
　　　　　　　　翻来覆去想着她。
　　　　　　　　今夜水边风雪大，
　　　　　　　　真怕冻坏一枝花。
　　　　　　　　俺好心上门来关照，
　　　　　　　　怕的是，背着儿媳过河汉，
　　　　　　　　受了辛苦也白搭。

〔花螃蟹在屋内窥视。

花螃蟹　　又来了一个！

沙里爬　　（辨认）是夏老三。

花螃蟹　　好！（开门出屋）夏老三，大雪天，你来干啥？

夏老三　　我来看看她的窗户封严实没有，透不透凉风凉气儿。

花螃蟹　　起了个早五更，赶了个晚集。

夏老三　　啥意思？

花螃蟹　　你整天瞅着的那个热炕头，让人家占啦！

夏老三　　你红口白牙，咋败坏人家！

花螃蟹　　你觉着她比黄花闺女都贞洁，岂不知，她比外国娘们还开放咧！

夏老三　　你的话杂质太大，得先使筛子筛筛，再使簸箕簸簸，然后再拉到太阳底下晒晒。

花螃蟹　　不信？你自己瞧瞧！（拉其至窗前）

夏老三　　我的个妈！这下子，毁咧。

　　　　　（唱）这一瞧，糟了糕，
　　　　　　　　从脚跟凉到头发梢！

花螃蟹　（唱）他妄想把那热罐子抱，
　　　　　　　当头冷水挨一瓢。

夏老三　（唱）不相信，天外会飞来爱情鸟，

花螃蟹　（唱）分明是落下了雄鹰老雕！

夏老三　（唱）我心中的爱神她最贞操，

花螃蟹　（唱）她却是风韵风流加风骚。

夏老三　（唱）想不到，想不到——

花螃蟹　（唱）你只会吃醋是草包！

夏老三　（唱）你说俺有啥门道？

花螃蟹　（唱）绝不可让他俩如漆似胶。

夏老三　（唱）安边柳爱的人肯定比俺好，

花螃蟹　（唱）好一个野汉子本是馋花猫！
　　　　　　　快快快！进屋捉奸一锅炒，

夏老三　（唱）不不不！非亲非故俺算哪把勺？

花螃蟹　　你算情敌！按照国际惯例，决斗。

夏老三　　不可决斗，只可把他吓唬走。看我的！（欲踹门，忽犹豫）

花螃蟹　　胆怯啦？

夏老三　这一闹，怕是伤害了安边柳呀。
花螃蟹　到这份上啦，你还顾惜她？
夏老三　安边柳不是那种人！
花螃蟹　窝囊废！你见了棺材还不落泪。我喊她公爹去。（欲下）
夏老三　（拦住）别别别。
花螃蟹　闪开！（甩开夏老三，急下）
夏老三　这可咋办呢？对！我不能太窝囊，得进屋去看看。（欲进又回）不行，进去我会更窝囊！哎哟我的个亲娘哎，这是啥滋味？

　　（唱）　眼冒火，嘴起泡，
　　　　　　心里不住地蹿火苗。
　　　　　　一肚子酸水没处倒，
　　　　　　浑身像贴满了狗皮膏。
　　　　　　这好比黍子和面发了酵，
　　　　　　酸溜溜地蒸黏糕。
　　　　　　我有心拿起杆子去打枣，（欲进屋）
　　　　　　又怕打折了树梢梢。（又回）
　　　　　　我有心进屋去干扰，（欲进屋）
　　　　　　双腿打软摔了跤。（摔倒）
　　　　　　我有心大喊大叫大咆哮，（欲喊）
　　　　　　舌头发麻就像吃了红花椒。
　　　　　　没了招，没了招，
　　　　　　我只好扒着窗口瞧一瞧。

　　（白）但愿虚惊一场，这件事另有原因。（扒窗口窥视）
　　〔安边柳端面条上。
安边柳　这位大哥，先吃下这碗姜丝面暖暖身子。
赵千里　（坐起）谢大嫂！（狼吞虎咽地吃）
安边柳　慢慢吃。
赵千里　大嫂救命之恩，终生不忘！
安边柳　可别这么说。人生在世，谁没有难处呀。
赵千里　请问大嫂叫什么名字？
安边柳　（和蔼可亲地笑了笑）问这干啥呀？
赵千里　怕这灯光昏暗，以后认不清恩人面容。留下名姓，将来……

安边柳	大哥见外了。看你这棉袄，都结冰啦。我从箱子里给你找件衣裳，换一换。（下）

　　　　［花螃蟹搀倪大叔上。

花螃蟹	站住吧，千万不能进屋！
倪大叔	柳子到底出了啥事？
花螃蟹	大叔！

　　　　（唱）　半夜风雪天儿，
　　　　　　　　寡妇好孤单儿。
　　　　　　　　有个过路的汉儿，
　　　　　　　　钻进屋里边儿。
　　　　　　　　俩人一见面儿，
　　　　　　　　就演三级片儿。
　　　　　　　　老公公看了不方便儿，
　　　　　　　　准得气得直冒烟儿！

倪大叔	我扇你的嘴！
花螃蟹	瞧！窗口上还扒着一个。
倪大叔	是谁？
花螃蟹	我把他揪过来。

　　　　［花螃蟹悄然上前，扭住夏老三的耳朵拽到倪大叔面前。

倪大叔	狗小子！是你。（举拐棍欲打）
夏老三	不是不是，屋里不是……
花螃蟹	屋里外头都有不是！打死你这大流氓！（夺过倪大叔拐棍，照夏老三脑袋猛击）
夏老三	啊呀！（晕倒在地）
花螃蟹	快跟我来。（拉倪大叔到窗前）你快看……

　　　　［倪大叔隔窗看内。
　　　　［安边柳抱棉袄上。

赵千里	真不好意思，把你这炕沾脏了。
安边柳	洗洗就干净了。快把棉袄脱下来吧。
花螃蟹	快看，里边又待脱衣裳了！三级片还有续集咧。
倪大叔	咳！（尴尬地蹲在一旁）
安边柳	快换上我的袄！我把你这湿袄烤干，早点赶路。

赵千里　真是太麻烦您啦。
安边柳　大哥不要见笑,俺家没有男人袄,这是俺出嫁时的披装大袄,虽然破旧,也能挡寒。快换上吧。
赵千里　谢谢大嫂。(脱袄换袄)哎呀,真暖和呀——
　　　　(唱)　我把大嫂棉袄穿,
　　　　　　　暖流似火胸中燃。
　　　　　　　落难人披上这爱心一片,
　　　　　　　风雪夜自有真情在人间。
　　　　　　　救命之恩情无限,
　　　　　　　生死难忘这衣衫。(跪倒)
安边柳　(搀起)大哥不要这样。
　　　　(唱)　雪花还在飘,
　　　　　　　呼呼北风寒,
　　　　　　　暖暖身子把路赶,
　　　　　　　但愿你安安全全平平安安早早把家还。
赵千里　大嫂,这救命之恩,我一定要报答!请您告诉我,您的姓名。
安边柳　别问了,我去把你这湿袄烤一烤。
赵千里　慢!留下你家大哥的姓名也中。
安边柳　他,他过世了。
赵千里　(大惊)啊!就你孤身一人?我得赶紧走。(下炕开门)
花螃蟹　(堵在门口)想睡就睡,想走就走,好事儿都成你的啦!
安边柳　啊!花螃蟹,你……
倪大叔　这是咋说……
安边柳　爹。
倪大叔　你,你,唉!
夏老三　(坐起)不好!闹起来啦。
赵千里　大家不要误会,我是……
花螃蟹　说!你俩咋勾搭上的?
安边柳　花螃蟹,你怎么诬陷人啊!
花螃蟹　人赃俱全,还想抵赖?倪大叔看得清清楚楚,明明白白!
安边柳　爹,儿媳确实没有错啊。
倪大叔　是错是对,爹管不了啦。唉!可怜俺那儿啊,一切都是人家的啦。

赵千里　大伯，你要相信好人啊。
倪大叔　好人？好人还穿女人的花棉袄？你，你不能坏了我儿媳的好名声！（打赵千里一巴掌）
花螃蟹　打得好，打死这个野汉子！（举棍便打）
夏老三　（冲向前）住手！花螃蟹，你诬陷好人。
花螃蟹　好啊你！两个野汉子，一个鼻子眼儿喘气。大叔哎，拼了吧。
倪大叔　教训教训他！（揪住赵千里）
花螃蟹　打打打！（打赵千里）
安边柳　（拉开倪大叔）爹，人家没有错……
夏老三　（抓住花螃蟹棍棒）大哥，快跑！
赵千里　不！我走了，大嫂有口难辩……
夏老三　你浑身长满嘴，也说不清了。有我做证，你放心走吧。
赵千里　谢大哥，俺走。（欲脱袄）
安边柳　不能脱，脱了会冻死的！
赵千里　对不起！俺走。（跑下）
花螃蟹　哪里跑！（大喊）截住他！截住安边柳的野汉子……（追下）
倪大叔　花螃蟹！再喊，我撕烂你的嘴……（追下）
夏老三　大叔哎，你上了花螃蟹的大当啦！（拿起湿袄）您看看哟……
安边柳　（拿起赵千里遗忘的黄书包）大哥，你的书包……
　　　　［三人定格。切光。

第三场
乡 里 情 缘

　　［歌声起：
　　　　白洋淀，芦花白，
　　　　柳木船儿敞开怀。
　　　　船头装足货，
　　　　船舷加满载，
　　　　呀呼依儿咳——
　　　　较着劲儿向前开。
　　［次日倪家。倪大叔独饮闷酒。

倪大叔　（唱）　昨夜淀上起风云，
　　　　　　　　我眼也花来头也昏。
　　　　　　　　半是疑来半是信，
　　　　　　　　你说假来她说真。
　　　　　　　　儿媳本是好人品，
　　　　　　　　不料惹来火烧身。
　　　　　　　　捕风捉影传丑闻，
　　　　　　　　青红皂白谁细分？
　　　　　　　　闷头把这苦酒饮，
　　　　　　　　想起儿子更伤心。
　　　　　（白）儿啊！都怪你舍下老爹，撇下妻子，走得太早啊……（哭）
　　　　　［花螃蟹悄然而上。
花螃蟹　大叔哎，事情闹到这一步，伤心也没用。闷酒伤人，少喝两盅。
倪大叔　哼！我正要找你去，你来啦……
花螃蟹　我不来谁给您老人家通风报信？大伙快把舌头嚼烂他娘的啦。
倪大叔　到底你全捅出去啦！大伙咋说？
花螃蟹　这，捎银子捎钱，可没有捎骂的呀？
倪大叔　说，我偏要听听大伙咋骂法。
花螃蟹　好！俺就照实说——
　　　　（唱）　村里人躲在那旮旮旯旯，
　　　　　　　东一堆西一伙叽叽喳喳。
　　　　　　　人骂你癞蛤蟆呕呕哇哇，
　　　　　　　干水塘养不住蹦跳的鱼虾。
　　　　　　　你不该把儿媳留在膝下，
　　　　　　　憋得那小寡妇水性杨花！
倪大叔　混账东西！我问你，昨晚到底咋回事儿？
花螃蟹　你亲眼所见，咋还问我？
倪大叔　夏老三说你血口喷人！
花螃蟹　你到底相信他，还是相信你自己的老眼？捉奸捉双，亲自把他俩堵在屋里，咋还做梦？
倪大叔　哎呀！若是一场梦，该有多好啊。
花螃蟹　可惜好梦成真啦。大叔，我还听人家说。

照町 ZHAO TING

倪大叔　说什么？
花螃蟹　光棍公公，寡妇儿媳，不荤不素，一锅糊涂！
倪大叔　（大怒）滚！
花螃蟹　狗咬吕洞宾，不识好人心。
　　　　[安边柳上。
安边柳　爹。花弟妹，你也在这儿。
花螃蟹　你看看，我来劝劝老爷子，谁知越劝越上火，还骂我滚！好，我滚。（故作滚身状、嬉皮笑脸而下）
安边柳　爹，吃饭去吧。
倪大叔　爹不饿。孩子，你先回你姨家去吧。该搬的搬着，该拿的拿着。以后碰上合适的人家，你，你就正大光明的……
安边柳　爹，你要赶我走？
倪大叔　唉！你知道外边说咱啥？
安边柳　说啥？
倪大叔　光棍公公，寡妇儿媳，不荤不素，一锅糊涂！
安边柳　啊！（惊坐）
倪大叔　孩子，走吧。
安边柳　爹呀！

　　　　（唱）　伤人语挑拨言爹莫相信，
　　　　　　　　你家的儿媳妇不是那样的人！
　　　　　　　　我若是躲避是非抬身走，
　　　　　　　　是非曲直谁辨分？
　　　　　　　　我若走，网箱养鱼谁传授？
　　　　　　　　品种鱼苗何处寻？
　　　　　　　　网织半截绳半根，
　　　　　　　　半途而废愧对众乡邻。
　　　　　　　　我若走，饭菜凉了谁来热？
　　　　　　　　衣裳破了谁拿针？
　　　　　　　　冷冷暖暖谁来问？
　　　　　　　　磕磕碰碰谁操心？
　　　　　　　　爹爹呀，不管他人何议论，
　　　　　　　　还不清内欠情、外欠债，绝不离家门！

倪大叔	孩子！爹相信你清白，你孝顺。说实话，爹哪能舍得你走啊！可是……（哭啼）
安边柳	爹别伤心，不管人家说啥，咱爷俩好好过。
倪大叔	爹老了，还能活几天。可你还年轻，长长的路上，不能让人泼满脏水呀！孩子，（倒酒）这杯酒，权当老爹爹给你送行。你要是孝顺，就喝了它！
安边柳	（泣声）爹——不，不！儿媳不喝……

［王八王上。

王八王	大叔。
安边柳	王大哥来了。（转身悄然抹泪）
王八王	唉！赶到这个茬口上，我王八王真不愿意来张这个嘴。
倪大叔	你来要账？我儿子治病时，借你的两万块钱，说好明年秋天，连本带利，一并归还，怎么你又变了？
王八王	变的不是我，是俺大妹妹呀。
安边柳	我？
王八王	你今天是倪家的媳妇，赶明儿一搽胭脂一抹粉，还不知坐谁家的花轿哩！
安边柳	你听谁说的？
王八王	哎哟喂，淀里淀外传遍了！
倪大叔	她走了，有我！
王八王	没有大妹子，你八辈子也蹬跶不出两万块钱来。
倪大叔	大侄子，你养王八发了财，还在乎这几个钱？
安边柳	还望大哥宽限一时，我不会走！有我在，还怕还不上你的账吗？
王八王	有你在，我绝对放心。你要走，我也绝对相信呀。
安边柳	王大哥，说啥我也不能离开这个家！
王八王	哈哈，现在我只相信假冒伪劣是真的，别的一概打问号。如果你半夜三更，小包袱一挎，往人家摩托车上一坐，咻溜一道烟，我上哪儿找人去？

［夏老三暗上，站在门边。

倪大叔	大侄子，你就抬抬手，大叔求你啦！
安边柳	爹，咱穷，穷得有志气，不求他！我去砸冰窟窿，卖鱼！（拎起一把镢头）

夏老三　慢着！那鲤鱼每条不到一斤，提前卖了，明年指望什么？（夺下镢头）
王八王　老三，不让卖鱼，你替她还账？
夏老三　王八王，你别小看人，我有两间草房、一个大院，给你顶账够不够？
王八王　你当真要拿房产为她顶账？
夏老三　君子一言，驷马难追。我马上立字据。大妹子，找纸找笔！
安边柳　慢！老三，你为什么倾家荡产替俺还账？难道你为了……
夏老三　不！

　　　　（唱）　我不是为爱你走火入魔，
　　　　　　　我不是为娶你豁上又豁。
　　　　　　　我昨晚琢磨琢磨再琢磨，
　　　　　　　琢磨出几个为什么。
　　　　　　　为什么你把技术教大伙，
　　　　　　　偏偏有人做手脚？
　　　　　　　为什么孝敬公爹也有错，
　　　　　　　偏偏有人弄口舌？
　　　　　　　为什么雪夜惹来烧身祸，
　　　　　　　好风格变成坏品德？
　　　　　　　为什么好人难做你偏要做，
　　　　　　　乱棍齐下你腰不折？

安边柳　（唱）　因为我，生在岸边柳树丛，
　　　　　　　遭多少霜刀雪剑暴雨狂风！
　　　　　　　大灾年父母双亡故，
　　　　　　　小舟一叶似浮萍。
　　　　　　　吃的饭是百家送，
　　　　　　　穿的衣是百家缝。
　　　　　　　就因为，从小我在情中长，
　　　　　　　血脉与人总相通。
　　　　　　　就因为，见人挨冻我身冷，
　　　　　　　救人救起满城风。
　　　　　　　就因为，见人落难我心疼，
　　　　　　　反而落个坏名声。
　　　　　　　就因为，见人受穷我不宁，

                         是非才从门前生。
                    就因为，老人孤苦我伴行，
                    恶语伤透人心胸。
                    就因为，好人难得好处境，
                    忍受屈辱也要争！

夏老三　好！冲着你这为人处世，我夏老三那个破窝算什么？（写字据）王八王，你收起来。

王八王　别别别，我倒有个想法。

夏老三　别胡思乱想啦。给，连钥匙一块拿走。

王八王　嗨，你听我说嘛……

夏老三　（将字据和钥匙硬塞到王八王手中）安边柳，你就放心走吧！趁年轻找个好人家，逢年过节回来看看老人。最好别忘了呀，白洋淀还有一个……一个不争气的夏大哥！

安边柳　（唱）　真情话像春风阵阵扑面，
                    暖洋洋静悄悄飘进心田。
                    人说他起落不定无头雁，
                    谁知他心中自有蓝蓝的天。
                    灯光下他为俺挺身解辩，
                    晨曦中又为俺大声鸣冤。
                    眼前他再为俺倾家荡产，
                    正是那忠厚人情痴意憨。
                    想到此不由我暗暗爱怜，
                    危难中见真情动人心弦。

夏老三　唉！安边柳，我走啦。

安边柳　你要到哪里去？

夏老三　回家。

王八王　哈哈，（晃字据和钥匙）你的家在这里。倪大叔，你过来。（拉过倪大叔，递过字据和钥匙）我把这个家，交给你啦。

倪大叔　你这是？

王八王　说实在的，我王八王没那狠心逼人家卖宅子卖地。依我看，你留下老三，把这个家圆起来吧。明媒正娶，这个媒人，算我的！

倪大叔　你……

王八王	刚才我看出来点窍门儿,他两个有共同语言啊。
倪大叔	不行。老三不安分过日子,到处做买卖,人家都发了,他赔了个腚光。
王八王	国有企业还倒闭了,这不能说他没本事。安边柳,你说是不?
安边柳	王大哥说得对,不挣不赔,怎么能叫买卖?
王八王	大叔你听,他俩是不是有共同语言?
倪大叔	不!嫁给他不大保险啊,还是让柳子走吧。
安边柳	爹,你再这么说,俺,俺就和夏大哥……
倪大叔	你真的有这个意思?
安边柳	只要王大哥和您愿意,俺,俺,俺能说啥?
王八王	哈哈哈,就这么定啦。老三——
夏老三	什么事?
王八王	你天天想着的那个事儿,成啦。
夏老三	哪个事?
王八王	你和安边柳的婚事呀。
夏老三	啊!是不是做梦娶媳妇?
倪大叔	狗小子,这可是你的福分啊!好梦成真了。
夏老三	真的?不!不!
王八王	不相信?
夏老三	相信是相信,到了真事儿上,俺,俺又草鸡咧!
王八王	傻小子!怕啥?
夏老三	说实在的,前几年,我为了在安边柳心目中树立高大形象,东跑西颠干买卖,发誓混出个人样儿来。谁知,眼下赔的是糊涂汤子盖不住碗底子!俺若娶了她,不是让她跟着俺受洋罪嘛!
安边柳	不是你娶我,是我娶你!
王八王	对!把这小子嫁过来,这里就是洞房!
安边柳	不能急着结婚……
夏老三	考验考验我?
安边柳	等个一年半载不是更合适吗?
王八王	好!老三呀,考验期间,你小子要夹住尾巴老实干,千万不能被淘汰。
夏老三	王大哥放心,我夏老三一定当好这准备坐轿的上门女婿。
倪大叔	老三,从今天起,咱就一个锅里摸勺子,你和柳子挣稠的,咱吃干饭。挣薄的,咱喝稀粥。以后,就住我那边吧。

夏老三　哎哟我的个爹！俺马上去搬铺盖。
　　　　［夏老三欲下，迎面碰上怒气冲冲的于大妈和众村民。
于大妈　（揪住夏老三耳朵）哪里跑！听说昨晚你也凑热闹，看我撕你的皮！
众　人　揍他，揍他！（围攻）
　　　　［倪大叔、安边柳、王八王慌忙上前拉开。
王八王　于大妈，我报告你个好消息。
于大妈　别装好人！（亦揪王八王耳朵）王八王，听说你趁火打劫来逼债。老实说，谁叫你来的？
众　人　说，谁叫你来的？
王八王　哎哎哎，我那个惹是生非的表侄女……
于大妈　又是花螃蟹！
众　人　走，找她去！（欲下）
安边柳　（拦住）大伙别去。
于大妈　咋啦？她糟蹋你，就是糟蹋咱白洋淀！你让着她，大伙不让她。
安边柳　谢谢大伙对我的爱护。可花螃蟹那人，早先也不是这么坏呀。
众　人　一点好心眼儿也没有！
安边柳　不！俺丈夫受伤溺水捞上来后，她和沙里爬抬着去医院，一口气跑了三十里路……
于大妈　你光记着人家好，不记人家孬。
夏老三　（搬来板凳）于大妈，您坐。
于大妈　你快滚蛋吧。
倪大叔　他可不能走。哈哈，柳子和他刚定下亲来……
众　人　啊！
　　　　［灯渐暗。

第四场
风 满 淀 上

［歌声起：

　　　　白洋淀，芦花白，
　　　　柳木船儿敞开怀。
　　　　船头云来遮，

　　　　　　　船艉雾来埋,
　　　　　　　呀呼依儿咳——
　　　　　　　摇摇摆摆向前开。
　　　　[字幕:半年后,清晨。
　　　　[白洋淀水面上。汽油桶浮起的网箱浮桥宛若长龙,宽长的浮桥尽头设管理小房。
夏老三　(唱)　八月鱼欢网箱忙,
　　　　　　　守鱼住进这小毡房。
　　　　　　　安边柳进城走一趟,
　　　　　　　一日未归思念长。
　　　　　　　半年来,心相印情绪高涨,
　　　　　　　看起来,快要转正当新郎。
　　　　[王八王摇船上。
王八王　老三,安边柳去购品种鱼苗回来没有?
夏老三　我正挂念得慌呢。王大哥,你有事?
王八王　我要上几个网箱。
夏老三　这阵子,大伙都要上网箱,就是鱼苗不好搞,这不,安边柳跑了好几趟啦。
王八王　老三,等鱼苗搞回来,先给我留一部分。(掏钱)这是预订金,三万元。
夏老三　你要这么多呀?
王八王　看准了的买卖,不干白不干,干就干个大的。
夏老三　不行,这鱼苗太紧张……
王八王　怎么?眼下你还没正式过门儿,就不认我这红娘啦?老实把钱收起来。
夏老三　好好好,(接过钱)到时先依你。
王八王　哈哈,这还差不多。(看表)不好!王八吃食的时间冒了点啦。我喂完就来。(摇船急下)
　　　　[花螃蟹摇船上。
花螃蟹　老三,刚才有个鱼苗研究所运来八百公斤新品种鱼苗,价格相当便宜,咱一块买下来吧。
夏老三　多少钱一公斤?
花螃蟹　整车批发一百,零卖也是一百五,和安边柳搞来的鱼苗一个价。
夏老三　哎呀,一倒手,就拿四万元!老花,这么好的生意,你自己不做,找俺掺和啥？
花螃蟹　因为大伙相信安边柳，没她，白送给大伙，也没人敢要。
夏老三　（自语）有道理。
　　　　［沙里爬划船急上。
沙里爬　老花，人家那车鱼苗马上就要拉走。
花螃蟹　这可咋办呀，过了这个村，可没那个店啦。
夏老三　安边柳不回来咋办？
花螃蟹　咱先把货搞到手，单等安边柳回来销售。能干不能干，等你一句话。
夏老三　让我想想——

（唱）　闻听买卖手头痒，
　　　　钱财牵动心肝肠。
　　　　眼下鱼苗正紧张，
　　　　倒手卖给王八王。
　　　　挣他的钱，还他的账，
　　　　羊毛出在羊身上，
　　　　解去柳子心头愁，
　　　　添来老夏脸上光。
　　　　要想快速来致富，
　　　　抓住机遇莫彷徨。

（白）老花，这车货多少钱？
花螃蟹　八万元整，你手头有钱吗？
夏老三　有！王八王买鱼苗的钱就在这里。（拿出钱）
花螃蟹　这是多少？
夏老三　三万。
花螃蟹　好！我掏五万元。
沙里爬　快上船吧。
　　　　［三人摇船而下。安边柳撑船上。
安边柳　（唱）　摇双桨划破了十里清淀，
　　　　　　　　提小样订大货喜在心间。
　　　　　　　　乡亲们要致富依俺靠俺，
　　　　　　　　俺岂能当儿戏心不在焉。
　　　　　　　　挂稳了网箱系紧了缆，

把父老的期盼心头拴。

搞鱼苗顾不得是早是晚，

回淀上已然是晚霞满天。（下船，上网箱浮桥）

浮桥上静悄悄人影不见，

禁不住将水面细看细观。

网箱荡漾碧波软，

细浪轻拍鱼儿欢。

花鲢舞银剑，

黄鲤抛金砖。

白条放冷箭，

鲳鱼盾牌圆。

打一个挺儿铃声一串，

翻一个跟头脆甩一鞭。

看不够白洋淀水上奇观，

爱不够白洋淀乡里情缘。

俺情愿小康路上洒满汗，

盼只盼致富花开淀岸边。

〔倪大叔摇船上。

倪大叔 柳子，饭菜我都做好了，回家吃饭吧。

安边柳 爹，老三不知上哪去啦，等他回来，一块回家吃。

倪大叔 嗯，他可能搞鱼饲料去啦，这阵子，可把他忙坏啦。

安边柳 也真够难为他的，夜晚守护鱼儿，住在这小油毡房里，风刮雨淋的。

倪大叔 柳子，早一天把婚事办了吧。

安边柳 你老看着安排吧。

倪大叔 好！三五天内让他正式过门儿。

〔花螃蟹摇船上。

花螃蟹 小嫂子……

安边柳 花弟妹，多日没来啦，快上这网箱浮桥来坐坐。

花螃蟹 哎呀，真不好意思……

安边柳 自家姐妹，有什么不好意思的。（伸手拉花螃蟹）快上来吧。

花螃蟹 （上网箱浮桥）小嫂子，如今我想过来啦，一切都是我错啦。

安边柳 只要你想过来，咱们还是好姐妹。有什么事儿，你尽管说，该帮忙

	的我一定帮忙。
花螃蟹	有这句话我就放心啦。刚才我进了一批鱼苗，要通过你供应大伙。
安边柳	你也进了鱼苗？
花螃蟹	这不，先提来一桶，请你这行家里手权威人士过过目。（提过鱼苗桶）
安边柳	（细看鱼苗，倒吸一口冷气）
	（背唱）这哪是品种鱼苗？
	野鲤鱼串种杂交。
	只因为个体幼小，
	外行人难辨根梢。
花螃蟹	品种不错吧？
安边柳	你进了多少？
花螃蟹	八百公斤。
安边柳	啊！这是品种鱼苗吗？
花螃蟹	绝对没问题。
安边柳	（也提过鱼苗桶）你仔细对照一下吧。
花螃蟹	（一个桶里抓出几条，反复对照）啊！不怕不识货，就怕货比货。我的个妈！上了他娘的洋当啦！不好！快快快……（欲走）
倪大叔	（揪住）花螃蟹，你是不是要坑人？我早就琢磨你狗嘴里吐不出象牙来！
花螃蟹	赶快放开我，别误了大事呀。
倪大叔	滚！
	〔花螃蟹跳上小船欲下。夏老三和沙里爬摇船上。
沙里爬	老花，你要到哪里去？
花螃蟹	货主走了没有？
沙里爬	货款两清，早没影啦。
花螃蟹	记住车号没有？
沙里爬	那车没有牌号。
花螃蟹	（一屁股蹲在船舱里）我的亲娘祖奶奶，（哭号）这回可没法活啦…
夏老三	别号！到底出了什么事？
花螃蟹	鱼苗是假品种呀！
	〔夏老三和沙里爬惊呆在船头上。
安边柳	老三，你这是怎么啦？

夏老三　我，我……
倪大叔　怎么？难道也有你的份儿？
花螃蟹　是啊，这是咱两家合伙做的买卖。
　　　　〔安边柳和倪大叔震惊的同时"啊"了一声，呆愣如塑。
沙里爬　完啦完啦！我家花了五万元，你家花了整三万呀！（哭泣）
安边柳　老三，你哪来的钱？
倪大叔　快说呀。
夏老三　王八王拿来的，他让安边柳给他购买鱼苗。
倪大叔　老三，你咋上了她个贼船？是不是花螃蟹坑害咱？
夏老三　天地良心，这回老花真的要做这批买卖。
倪大叔　毁咧，这下子真毁咧。
安边柳　老三，你……（眩晕）
众　人　安边柳……（忙上网箱上搀扶）
安边柳　（唱）　飞来横祸从天降，
　　　　　　　　当头一棒惊又慌。
倪大叔　（唱）　老三你万不该挪用款项，
　　　　　　　　新欠账旧欠款如何还偿？
夏老三　（唱）　我本想为咱家遮雨挡太阳，
　　　　　　　　谁料到这下子垒屋塌了墙！
沙里爬　（唱）　老花呀，贪图便宜咱上了当，
　　　　　　　　不认"男女"你乱喊娘！
花螃蟹　我的个好嫂子哎——
　　　　（唱）　我鱼龙混杂把祸闯，
　　　　　　　　眼下靠你挑大梁。
　　　　　　　　嫂子淀上有声望，
　　　　　　　　谁识真假论短长？
沙里爬　对！
　　　　（唱）　东一桶，西一磅，
　　　　　　　　送了网箱送池塘。
夏老三　柳子呀——
　　　　（唱）　咱好比捕鱼不着别破网，
　　　　　　　　拾不着柴火别丢筐。

花螃蟹　有了！
　　　　（唱）　宁可减价赔点本儿，
　　　　　　　　首先处理给王八王。
沙里爬　王八王可是你亲表叔哇。
花螃蟹　他就是俺亲爹、亲娘、亲老爷，眼下也不能动用感情。
夏老三　要不，没法活啦。
安边柳　爹，这可怎么办呀？
倪大叔　事到如今，爹心里也是一团乱麻，实在理不出个头绪来啦。柳子，你就看着办吧。
安边柳　（唱）　一席话说得我犹豫彷徨，
　　　　　　　　越思量越害怕心中越慌。
　　　　　　　　倘若是将心一横全赔掉，
　　　　　　　　柳子我倾家荡产难还偿。
　　　　　　　　倘若是品德良心全不讲，
　　　　　　　　岂忍心亲情道义抛一旁？
　　　　　　　　哪头轻哪头重掂量再掂量……
花螃蟹　（唱）　销鱼苗莫迟缓快登船舱。
沙里爬　快上船吧。
　　　　〔花螃蟹和沙里爬拉安边柳欲登小船，倪大叔木讷地站在浮桥上。
安边柳　（转身）爹……（哭泣）
倪大叔　唉！这是咋说。（抱头哭泣）
　　　　〔风浪声骤起。
花螃蟹　风浪来了，快走！看，把你衣裳打湿了。
安边柳　风也抱怨，水也生气……
花螃蟹　兴人家坑咱，就不兴咱坑人家？快走吧。
安边柳　不！绝不能干这丧良心的事！
夏老三　柳子，这实在是逼得没办法……
安边柳　你这不争气的东西！（打了夏老三一记耳光）
　　　　〔众人被镇住。
沙里爬　嫂子，你听我说……
安边柳　什么都不用说了，全部倒进淀里去。
夏老三　倒就倒！（欲倒鱼苗）

花螃蟹　慢！我那份不许动。
安边柳　你的货我管不了。我可要通知淀上……
倪大叔　柳子，上船。爹和你一块去告诉村委会。
　　　　［安边柳与倪大叔撑船下。花螃蟹泄气地蹲下。
花螃蟹　完啦！全完啦！
沙里爬　（急得哭起来）老三呀，这可怎么办……
夏老三　我让安边柳一巴掌打醒啦，绝不祸害乡亲们！
花螃蟹　老三哎，俺表叔那钱，你怎么还人家？咱还是想想办法吧。
夏老三　我想好了，走。
花螃蟹　你要躲债？
夏老三　不！我夏老三绝不草鸡耍赖。我要去给个体采金户，挖金洞去。
沙里爬　别别别，那种违法小金矿，一点安全系数也没有啊！
夏老三　为了还账，玩命也干。
花螃蟹　有一线之路，最好别干那玩意儿……
夏老三　栽啦。唉！我不能再给安边柳添累赘啦，等我挣了钱，全部寄给她，永远也不回来啦。哦，生我养我的白洋淀，再见啦。（摇船急下）
沙里爬　老三，老三……
花螃蟹　老沙，咱也快走。
沙里爬　到哪去？
花螃蟹　到大河水库，找俺姑夫帮忙去。
沙里爬　这恐怕……
花螃蟹　怕啥！托他把鱼苗处理掉再说。走！
　　　　［俩人欲下，安边柳撑船上。
安边柳　老三呢？
花螃蟹　他，他走啦。
安边柳　去哪啦？
沙里爬　挖小金矿去啦。
安边柳　啊！
沙里爬　他说，挣了钱寄给你，再也不回白洋淀啦。
安边柳　（呆呆地自语）他走了，再也不回来了……
　　　　［如泣如诉的音乐声起，安边柳潸然泪下。
　　　　［灯渐暗。

第五场
月 夜 追 舟

〔歌声起:
　　　　白洋淀,芦花白,
　　　　柳木船儿敞开怀。
　　　　月色染粉黛,
　　　　星光披霞彩,
　　　　呀呼依儿咳——
　　　　月夜泛舟正徘徊。
〔白洋淀碧波千顷,皓月当空。
〔紧接上场。
〔夏老三摇船上。歌舞队扮芦苇、荷花随上。

夏老三　（唱）　皓月当空如白昼,
　　　　　　　　映照男儿满面羞。
〔安边柳撑船上。

安边柳　老三——
　　　（唱）　慢些走,且住手,
　　　　　　　掉转船头把桨收。

夏老三　（唱）　怕她焦虑难承受,
　　　　　　　怕她伤心泪长流。
　　　　　　　雪上加霜,自作我自受,
　　　　　　　伤口撒盐,自割自己揉。

安边柳　（唱）　摇啊摇,走啊走,
　　　　　　　举目无亲你何处投?
　　　　　　　纵然你到海角去,
　　　　　　　我也要撑到你天尽头!
〔王八王摇船急上。

王八王　哪里跑!
　　　（唱）　夏老三,安边柳,
　　　　　　　赔了血本不害羞。

		不想还钱要逃走，
		今晚看你哪里溜？
夏老三	（唱）	已过三里菱角渡，
安边柳	（唱）	追过五里荷花洲。
王八王	（唱）	只恨四处芦苇厚，
		横七竖八枝叶稠！

（向舞台下四处打探）哎，这两个家伙又拐到哪里去了？

夏老三	（唱）	掉转船头钻水巷，
安边柳	（唱）	绕道芦丛过绿丘。
王八王	（唱）	岔路纵横三、六、九，
		八成钻了这条沟。
夏老三	（唱）	我芦街苇巷把弯兜，
安边柳	（唱）	我拐弯截头来守候。
王八王	（唱）	两只船儿分左右，
		狡猾难抓似泥鳅！
夏老三	（唱）	终于甩掉安边柳，

〔安边柳突然从芦苇后划出小船，挡住夏老三船头，两船相碰。

夏老三	（大吃一惊）啊！
	（唱） 你船头为何碰撞俺的舟？
夏老三	柳子，你……
安边柳	你不是想走吗？你可走啊。
夏老三	我，我，唉！（跌坐在船舱里）
王八王	（唱） 前面停稳船两艘，
		逃跑计划正研究。
		我钻进芦荡仔细瞅，
		看他（她）商议啥计谋？（钻进芦荡中）
安边柳	老二哪，老二——
	（唱） 为什么千呼万唤你不应，
		小船似箭疾如风？
		为什么忍心离却白洋淀，
		舍弃柳子一片情？
夏老三	（唱） 只因为脾性难改又玩秤，

		一下子看错了定盘星。
安边柳	（唱）	你搞鱼苗把钱挣，
		是为咱家撑船篷。
夏老三	（唱）	折了东墙补西墙，
		想堵窟窿出窟窿。
安边柳	（唱）	你月夜奔走快又猛，
		桨打水花情更浓。
		你外出打工去玩命，
		可是爱我爱得疯？
夏老三		不！
	（唱）	爱情的桥梁裂了缝，
		再难与你结伴行。
		愧对大叔一颗心，
		负了妹子一片情。
安边柳	（唱）	怨我一时太冲动，
		打你之后又心疼。
夏老三	（唱）	一巴掌能把人打醒，
		使点劲儿别太轻。
		我对不起生我养我的白洋淀，
		对不起四邻八舍众弟兄。
安边柳	（唱）	做人就要讲德行，
		破财生财不坑蒙。
		咱宁可风吹雨打相照应，
		怎能够天各一方任飘零？

夏老三　我不是不留恋白洋淀，眼下实在是混不下去啦！

安边柳　不就是三万块钱吗？咱可以拿网箱里的成品鱼去补偿。

夏老三　不！绝不让你卖鱼替我还账。

安边柳　不要你我分得那么清，咱应该一人闯祸二人顶，一人有难二人应。如果有真情，就要并肩撑！

夏老三　这么说，我犯了这么大的错误，你还不淘汰我？还不嫌弃我？

安边柳　你这人，说你傻吧，你要小聪明。说你聪明吧，又是个大傻瓜。你自己想一想吧，我走了。（摇船下）

夏老三　（唱）　她对我还有情？
　　　　　　　　紧追不放松。
　　　　　　　　她对我还有爱？
　　　　　　　　心里暖烘烘。
　　　　　　　　是不是破镜要圆镜？
　　　　　　　　猜不透断绳又结绳？
　　　　　　　　荷花遮掩她身影，
　　　　　　　　我追上前去问个清。
　　　　（白）柳子，你等等我——（摇船下）
王八王　（钻出芦荡）哎哟我的个妈哎，可把我整治草鸡啦！
　　　　（唱）　钻进芦苇不透风，
　　　　　　　　憋了身臭汗蚊子叮。
　　　　　　　　动也不敢动，
　　　　　　　　吭也不敢吭。
　　　　　　　　痒也不咕拥，
　　　　　　　　疼也不哼哼。
　　　　　　　　总算把情况弄个明，
　　　　　　　　我多余担心是虚惊。
　　　　　　　　柳子不是只飞蜻蜓，
　　　　　　　　老三不是个可怜虫。
　　　　　　　　一个为人正正正，
　　　　　　　　一个心眼诚诚诚。
　　　　　　　　一个处世愣愣愣，
　　　　　　　　一个情义浓浓浓。
　　　　　　　　俩人说到为难处，
　　　　　　　　我泪水打湿芦苇丛。
　　　　　　　　虽说金钱风光好，
　　　　　　　　要比人情分量轻。
　　　　　　　　宁可损失更严重，
　　　　　　　　不可棒打啼血的莺。
　　　　　　　　见他悠悠摇船去，
　　　　　　　　悄然无声也随行。（轻轻摇船下）

[安边柳上，夏老三追上，王八王随后跟上。

安边柳　（唱）　只听身后桨声动，
夏老三　（唱）　好似流星赶月明。
王八王　（唱）　他（她）追来追去追倩影，
　　　　　　　　我撑来撑往撑真情。
安边柳　（唱）　一望无际荷花淀，
歌舞队　（唱）　千枝万枝来相迎。
　　　　　　　　红莲伸手牵衣袖，
　　　　　　　　荷花依依阻船行。
王八王　（唱）　安边柳轻舟隐进荷花丛，
　　　　　　　　夏老三鲤鱼打挺往前冲！
安边柳　（唱）　悄悄隐入花芙蓉——
夏老三　（唱）　哪是花哪是人难辨青红。（寻找）
王八王　（唱）　忙上前帮老夏寻找途径，
　　　　　　　　做红娘理应该忠守职能。（欲上前）
夏老三　（喊）柳子，你在哪里？
安边柳　（隔花答）我在这儿。
夏老三　你还爱我吗？
安边柳　我只喜欢栽倒能爬起来的男子汉！
夏老三　（高喊）柳子——
安边柳　（站起身来）老三，你不躺平论堆？
夏老三　我，我哪里跌倒哪里爬起，绝不躺平论堆卖！
安边柳　那就过来吧。
　　　　［夏老三纵身而起，跳过船去，抱起安边柳转了个圈儿。
王八王　（大惊）不好！又打起来啦。（急速向前）
　　　　［王八王发现夏老三与安边柳接吻，慌忙向后退去，扑通栽进水中。
　　　　［收光。

第六场
投　石　问　路

［数日后。

[花螃蟹正在屋内午睡。赵千里衣冠楚楚，手提密码箱上。

赵千里　（无限感慨）到了，又来到了——

　　　　（唱）　星斗移，日月转，
　　　　　　　　今非昔比一年前。
　　　　　　　　当初在此落过难，
　　　　　　　　救命之恩报涌泉。

　　　　（查看地形，回忆位置）对！正是这间茅草房。（叩门）大嫂！

花螃蟹　谁这么不懂事？影响午休！

赵千里　大嫂开门，看我是谁？

花螃蟹　（开门）你是？

赵千里　（摘下眼镜）大嫂仔细认一认，好好想一想。

花螃蟹　（端详）先生来买过鱼吧？

赵千里　不对。

花螃蟹　我知道了，您是合资公司的港方大老板！

赵千里　更不对了。（背念）这也难怪，那夜灯光昏暗，我也很难认出大嫂来。但是这茅草小房，这温暖土炕，叫我终生难忘啊！

花螃蟹　先生，您到底是哪位呀？

赵千里　我就是去年风雪夜被您救活的落难人赵千里。

花螃蟹　啊？赵千里！（惊呆）

赵千里　想不到吧，恩人哪——

　　　　（唱）　世上风云多变幻，
　　　　　　　　科技一步登上天。
　　　　　　　　想当初大嫂解我难中难，
　　　　　　　　今日里老赵闯出甜上甜！
　　　　　　　　治鲤鱼烂鳃病百次应验，
　　　　　　　　转让了专利报酬甚可观。
　　　　　　　　我带来现款二十万，
　　　　　　　　大恩德区区小钱难报还。

花螃蟹　二、十、万！还区区小钱？

　　　　（唱）　悔恨当初目光浅，
　　　　　　　　财神关在门外边。
　　　　　　　　若知他能时运转，

　　　　　大鱼大肉供半年！
　　　　　幸喜他认错房屋人难辨，
　　　　　将错就错巧周旋。

赵千里　大嫂在想……当年的事吗？
花螃蟹　俺想啊，就那么点小事，还值得你念念不忘，带这么一箱子钱来。
赵千里　大嫂，我赵千里绝不是知恩不报的小人。（打开密码箱，拿出安边柳的棉袄）大嫂请看——
花螃蟹　啊！破棉袄？
赵千里　生死关头，它为我驱寒送暖，遮风挡雪，没有它，我还不知又要冻死在何处呢。在我心目中，它比二十万元钞票更为贵重。
花螃蟹　闹了半天，你是送棉袄来了。
赵千里　大嫂见笑了。（掏出支票）支票我已盖章填好，到银行就可提取现金。
花螃蟹　我的妈哎，这可大发了！赵、赵、赵先生，多谢你啦！（伸手要接）
赵千里　等一等，大嫂把这棉衣收起来，与我交换一件东西。
花螃蟹　这破袄大嫂不稀罕，扔那吧。我家的东西用不着交换，你相中啥拿啥！
赵千里　不对味儿啊？（背念）看来不可马虎大意。（装起支票，叠起棉袄）请问，这棉袄是用几色布条缝接？用了几种针头线脑？
花螃蟹　这……天长日久，我想不起来了。
赵千里　（棉袄收进箱子）我再问你，有一件东西丢在这里，能否归还给我？
花螃蟹　啥东西？
赵千里　好好想一想。
花螃蟹　是副手套？
赵千里　不对。
花螃蟹　一双破鞋？
赵千里　胡诌！
花螃蟹　这叫我上哪猜去？
赵千里　对不起，投错了门儿，认错了人儿。告辞！
花螃蟹　慢！那晚……你是不是身背一个黄书包？
赵千里　好，快拿来。
花螃蟹　嘿嘿，丢了。
赵千里　啥时候丢的？
花螃蟹　你说巧不巧，刚丢了半拉月。

赵千里　请问，这书包外绣什么字？内绣什么花？

花螃蟹　什么字什么花？那晚天黑没看清啊！

赵千里　刚丢半个月，怎说那晚没看清？

花螃蟹　这个……

赵千里　哪个？

　　　　［王八王幸灾乐祸地上。

王八王　表侄女，有个重要的消息向你"汇报"。

花螃蟹　啥事儿？表叔。

王八王　听说公安、工商、法院来了好几家，把沙里爬叫到村委会去咧。

花螃蟹　啊！出啥事儿啦？

王八王　听说什么假鱼苗假鱼苗的……

赵千里　你说什么？

王八王　您是？

花螃蟹　他是我的贵客！

王八王　哈哈哈，贵客？是老板？是领导？

赵千里　我是个平头百姓，来还债的。

花螃蟹　表叔哎，还不快去看看你表侄女女婿呀……

王八王　不去。这年头登门还债，稀罕事儿。请问先生，欠她多少钱？

赵千里　我是欠救命的恩情债。

王八王　奇怪，她救过你的命？

赵千里　不！我是寻找真正的救命恩人。

花螃蟹　表叔，你就别多嘴多舌，赶快走！

王八王　就不走，表叔我喜欢打破砂锅问到底，偏问砂锅几条腿。请问，到底咋回事儿？

赵千里　去年风雪夜，我迷了路，一头栽进芦苇塘里，快要冻死的时候……

王八王　是个小寡妇救了你？

赵千里　对对对！

王八王　错啦错啦，不是这家是那一家。

赵千里　门锁着，那位大嫂去哪啦？

王八王　八成去她公爹家啦。

赵千里　请带我去找。

花螃蟹　（堵在门口）不许走，我就是……

王八王	（甩开花螃蟹）去你的吧！
	［王八王带领赵千里匆匆而下。
花螃蟹	（一跳老高）表叔，表叔……王八王，王八蛋！
	［切光。

第七场
对 证 相 认

［歌声起：

　　　　白洋淀，芦花白，
　　　　柳木船儿靠岸来。
　　　　船头载情债，
　　　　船舱装义财。
　　　　呀呼依儿咳——
　　　　善哉善哉悠着点儿。

［接前场。
［倪大叔家。
［倪大叔闷头抽烟，安边柳和夏老三正收拾行李。

倪大叔	唉！柳子，你就别去啦。
安边柳	不！我一定要找到他。
夏老三	就算那骗子钻进老鼠洞，也要抠出来。
	［王八王引赵千里上。
王八王	安边柳，你看谁来啦？
安边柳	王大哥，这位是？
王八王	难道不认识？
安边柳	（辨认）有些面熟。
赵千里	（打量）似曾相见。
夏老三	我也像在哪碰上过。
倪大叔	有印象……
安边柳	想不清楚了。
赵千里	认不准确了。
夏老三	到底是谁呢？

倪大叔　是谁？
赵千里　（开箱取棉袄）大嫂请看。
安边柳　啊！我的棉袄。
赵千里　大嫂，我是赵千里。一年前的寒冬腊月……
众　人　啊！就是他。
安边柳　（痛苦地）不要再提那件事了！
赵千里　大嫂怎么啦？
安边柳　你，你快走吧！
王八王　安边柳，你到底是不是赵千里的救命恩人？
安边柳　不是。
赵千里　难道又找错了人？恩人啊，你到底在哪里呀？
王八王　（拉过安边柳）你若不是，怎么认识这件棉袄？
安边柳　王大哥！
　　　　（唱）　流血的伤口已结疤，
　　　　　　　　艰难的岁月似沉沙。
　　　　　　　　流言已随时光远，
　　　　　　　　银铃系成死疙瘩。
　　　　　　　　有心要把绳儿解，
　　　　　　　　只怕是铃声响处风又刮。
王八王　柳子！
　　　　（唱）　三尺水下种藕瓜，
　　　　　　　　身披淤泥把根扎。
　　　　　　　　经过三风五场雨，
　　　　　　　　绽放洁白一枝花！
　　　　　　　　今日该把故人认，
　　　　　　　　揭开往事一层纱。
安边柳　（点头。回忆地）大哥……
赵千里　好亲切的称呼，好难忘的声音……
安边柳　去年风雪夜，有人冻僵在我门前，好不容易才把他暖和过来。
赵千里　这么说，是你救了他？
安边柳　我为他烧热了土炕，拂去了满身雪花。
赵千里　又为他擀了黄澄澄的鸡蛋面，披上一件暖透心房的大棉袄。

安边柳　对，就是这件衣服。
赵千里　是她。（转念）没有十分把握，再也不敢贸然相认了。大嫂！
　　　（唱）　那夜棉袄身上穿，
　　　　　　冒雪奔走淀岸边。
　　　　　　寒风刺骨它送暖，
　　　　　　靠它我才有今天。
　　　　　　绵绵思情细细看，
　　　　　　方知表里不一般。
　　　　　　大姐呀，可知几块布料连？
　　　　　　几色线绳几道弯？

安边柳　（唱）　问起棉袄好可怜，
　　　　　　想起出嫁那一年。
　　　　　　提起针针和线线，
　　　　　　忆起表里更心酸。
　　　　　　姑家拿来四尺布，
　　　　　　姨家添上三尺三。

赵千里　（唱）　前襟兜着青山绿，
　　　　　　身后背着大海蓝。

安边柳　（唱）　有表无里缺棉线，
　　　　　　乡里乡亲大家添。
　　　　　　东邻剪下蚊帐幔，
　　　　　　西邻掏出被中棉。
　　　　　　大叔无棉撕绒毡，
　　　　　　大婶无布铰白帆。
　　　　　　大姐解下红头绢，
　　　　　　大妹拆来窗上帘。
　　　　　　大爷粗针石上磨，
　　　　　　大娘细线灯下捻。

赵千里　（唱）　哎呀呀，七彩衬里八彩线，
　　　　　　扭扭曲曲九道弯。
　　　　　　百衲霓裳袄一件，
　　　　　　为何两袖软绵绵？

安边柳　　（唱）　袜筒做布剪八瓣，
　　　　　　　　　缝缝补补连上肩。
赵千里　　（唱）　为何袄里血斑斑？
安边柳　　（唱）　针儿扎破手指尖。
赵千里　　（唱）　节节白线染红线，
安边柳　　（唱）　伴我数九腊月天。
赵千里　　（唱）　大嫂她字字句句吐真言，
　　　　　　　　　不由我热泪盈眶心头酸。
　　　　　　　　　那夜晚披上这爱心一片，
　　　　　　　　　是把这淀上情怀身上穿。
　　　　　　　　　救命之恩情无限，
　　　　　　　　　一颗爱心重于泰山！
　　　　　　　　　上前要把恩人唤，
　　　　　　　　　还有一事心中悬。
　　　　　　　　　倘若她有书包在，
　　　　　　　　　双膝跪倒她面前。
　　　　　　　大嫂，棉袄无疑是你亲手所做。
安边柳　　灯前月下细缝密连，针针线线记在心间。
赵千里　　有件东西放在你处，可曾记得？
安边柳　　对了。（从柜中取出书包）大哥你看。
赵千里　　我的书包！（颤抖着欲接）
安边柳　　等一等。倘若书包给错了人，也不好交代，请问，里面装的什么？
赵千里　　是我老娘亲手做的一双布鞋。
安边柳　　书包盖上绣的什么字？
赵千里　　为人民服务。
安边柳　　里面绣的什么花？
赵千里　　是我那早逝的妻子绣的一颗红心。
安边柳　　一点不假，书包归还。
赵千里　　半点不错，收下棉袄。（交换）恩人在上，受我赵千里一拜！（泪流满面，双膝跪倒）
安边柳　　快起来！（扶起）
王八王　　好一个侠肝义胆的好汉，好一个救人危难的女子！

夏老三　他们都好，就我不好。
赵千里　你是？
夏老三　那晚怪我不明真相，听信谗言。
赵千里　听谁胡说八道？
夏老三　花螃蟹呀！
赵千里　此人是谁？
安边柳　你那晚叫门她不开……
赵千里　（愤怒）见死不救，反倒造谣生事！这人何等模样？
王八王　哈哈，就是刚才你找的那个破娘们儿。
赵千里　她？刚才差点上当受骗，被她冒领支票。
王八王　支票？
赵千里　对了。我赵千里多亏大嫂解救，如今才有了用武之地。（掏出支票）特带来现金支票二十万元，万望恩人笑纳。
王八王　这玩意儿就是现钱，安边柳，快接着。
夏老三　这下子帮了俺的大忙了。
安边柳　这钱咱不能要。大哥收起来吧！
赵千里　恩人嫌少？
安边柳　二十万元，俺见都没见过，哪能嫌少啊！
赵千里　这，这是为什么？
安边柳　大哥呀！

　　　　（唱）　当初大哥到门前，
　　　　　　　　解危救难理当然。
　　　　　　　　一把柴草一碗面，
　　　　　　　　无心来日赚大钱。

　　　　（伴唱）施恩不图感恩报，
　　　　　　　　只盼人间春满园。

赵千里　（唱）　不报此恩心不安，
　　　　　　　　牵肠挂肚夜难眠。
　　　　　　　　若不大嫂救一命，
　　　　　　　　魂魄早已赴九泉。
　　　　　　　　荒山野岭冻死骨，
　　　　　　　　专利大款有何谈？

　　　　　　大恩大德永难忘，
　　　　　　刻骨铭心要偿还。
　　　　　　切盼领下这心愿，
　　　　　　莫让大哥再为难。

倪大叔　柳子，人家真心实意，你就收下吧。
安边柳　爹，咱分文不能收。
倪大叔　唉，若不是那假品种鱼苗坑害了咱，是该分文不取呀。
赵千里　什么？假品种鱼苗？
王八王　你是不知道哇，前几天让人家骗走八万块呀！
赵千里　啊！那人啥模样？
夏老三　长相和你差不多。只是脸上一道疤痕，一对大虎牙。
赵千里　（突然高举起支票，再次跪倒在安边柳脚下）大嫂，赶快把钱收起来吧……
安边柳　大哥，你……
赵千里　（唱）　心流血，愧满面，
　　　　　　　　坑害恩人罪滔天！
安边柳　到底怎么回事儿，快起来说。
赵千里　（唱）　我出让专利百万元，
　　　　　　　　与二弟办公司繁育水产。
　　　　　　　　三伏天河水暴涨把鱼池灌，
　　　　　　　　野杂鱼钻进了育卵的湾。
　　　　　　　　混合杂交把苗串，
　　　　　　　　二弟他，他他他瞒着我去赚昧心钱。
　　　　　　　　我专程来访白洋淀，
　　　　　　　　一找恩人表心愿，
　　　　　　　　二找那受害人赔礼道歉，
　　　　　　　　加倍赔偿才心安。
众　人　啊？原来是你家做的这批买卖！
赵千里　二弟死活不敢到这白洋淀来，我只好单独驱车来访。想不到，竟然坑害的是恩人！
安边柳　这不怪你。
王八王　够哥儿们！

夏老三　哎哟我的妈，真够爷儿们！
倪大叔　老三，烫上一壶酒，咱们痛痛快快地喝一盅。
夏老三　好咪！
　　　　［沙里爬哭咧咧地惶惶而上。
沙里爬　安边柳哎……
安边柳　怎么啦？
沙里爬　可了不得啦！

　　（唱）　地也陷，天也塌，
　　　　　　买假卖假犯了法。
　　　　　　那鱼苗卖给了大河坝，
　　　　　　惹来了工商法院好几家。
　　　　　　连罚加赔八万八，
　　　　　　拍桌子瞪眼把人吓煞。
　　　　　　老花她，又哭爹，又喊妈，
　　　　　　口口声声要自杀。
　　　　　　她瞅了个空子蹿出去，
　　　　　　我可就坑坑洼洼旮旮旯旯找也找不着她！

安边柳　不好，花螃蟹那个争强好胜的脾气，遇到这种事儿，恐怕想不开。走，赶紧找人去。
众　人　走，分头去找。
　　　　［切光。

第八场
窑 台 情 真

　　　　［歌声起：
　　　　　　白洋淀，芦花白，
　　　　　　柳木船上搭戏台。
　　　　　　船头真情来挂帅，
　　　　　　船艉金钱做奴钗。
　　　　　　呀呼呀呼依儿咳——
　　　　　　唱念做打拆不开。

［隔日黎明。
［岸里岸外。窑上窑下。
［岸边的原始砖瓦窑雄伟而凄怆，大窑左右两条布满青苔的梯阶宛如苍龙盘柱，翻转而上。窑台旁一片大土坡。
［花螃蟹失魂落魄地爬上土坡。

花螃蟹　（唱）　心如冷刀绞，
　　　　　　　　身似热油煎。
　　　　　　　　惹来横祸吓破胆，
　　　　　　　　娘家去求援。
　　　　　　　　爹妈乱埋怨，
　　　　　　　　哥嫂说困难。
　　　　　　　　两手空空回家转，
　　　　　　　　越想越心寒。
　　　　　　　　倾家荡产钱难还，
　　　　　　　　这下子彻底翻了船。
　　　　　　　　伶俐人，伶俐成了丧家之犬，
　　　　　　　　聪明鬼，聪明个穷酸可怜！
　　　　　　　　有何颜再把乡亲见？
　　　　　　　　宁死不能受羞惭。
　　　　　　　　想到此，跳进水中寻短见——

［一头栽进水中，反复沉没，反复被浪花浮起。

歌舞队　（唱）　你从小生长在白洋淀，
　　　　　　　　就不知善于戏水不怕淹？

［歌舞队将花螃蟹抛在岸上，组成窑台梯阶。

花螃蟹　（唱）　浑身湿透爬上岸，
　　　　　　　　哆哆嗦嗦更心寒。
　　　　　　　　如何一死把命断？
　　　　　　　　忽见这砖瓦枯窑高耸天。
　　　　　　　　抬腿我把窑台爬，（痛苦地爬梯阶）
　　　　　　　　步步逼近鬼门关。（爬上窑台）
　　　　　　　　纵身欲把窑台跳，
　　　　　　　　哭一声女强人也有今天。

（白）别了，白洋淀……

［花螃蟹纵身欲跳。于大妈、沙里爬、倪大叔、众村民呼唤着上。

众　人　（爬上土坡）老花、老花——
花螃蟹　（愣住）我这号人咋还值得大伙寻找？
沙里爬　老花……（哭喊）
花螃蟹　老沙……（泣喊）
沙里爬　你让我找得好苦哇。你等着，我上去扶你下来。
花螃蟹　站住！再向前一步，我一头栽下去。
众　人　啊，这……（面面相觑，下意识地后退）
于大妈　（泣声）乖孩子，爬这么高多害怕呀！下来啊，咱回家。
花螃蟹　不！
倪大叔　孩子啊，天大的事还能过不去？别忘了呀，莫大有庄乡哪。
众　人　是噢，平常打归打，闹归闹，到了真事上，还是当庄当院的亲人哪！
花螃蟹　于大妈、倪大叔、哥们姐妹们，我老花这辈子只贪图自己发财，从没为大伙做一点好事。可今儿，大伙能来送我上路，就，就感恩不尽了。我，走了。（纵身欲跳）
沙里爬　（撕心裂肺地呼喊）老花，为了我，你千万别走这一步啊。（痛哭）
花螃蟹　别哭。正是为了你，我才不得不走这一步。我走后，一了百了，你把一切罪过全推到我身上，咱那家产，咱那网箱才能保得住哇。
沙里爬　不！俺要命不要钱。
花螃蟹　咱倾家荡产，往后的日子怎么过？要我，还有啥意思？老沙，永别啦。（转身又要跳）
众　人　老花，老花……（惊慌起来）
　　　　［安边柳、夏老三、王八王、赵千里急上。
安边柳　（高喊）花弟妹——
花螃蟹　（转过身）安边柳？
安边柳　花弟妹，快平平安安地下来吧，咱那钱，找回来啦。
花螃蟹　找回来了？不，绝对不可能，只要人家存心骗咱，你有天大的本事也找不回来。你是骗我下去啊！
王八王　快滚下来吧，你就别吓唬人咧！
花螃蟹　表叔哎，俺真的不怕死啦。
王八王　不怕死？你咋浑身打哆嗦？

花螃蟹　　俺的衣服全湿透啦，冻的。
安边柳　　（拿出大袄）我给你送棉袄去。（欲上窑台）
花螃蟹　　站住！
安边柳　　花弟妹，咱的鱼苗钱真的退回来啦。
赵千里　　（从箱中拿出支票举起）看！全部罚款，由我负担。
众　人　　这下子可好啦，快下来吧。
花螃蟹　　这……
赵千里　　那个卖假品种鱼苗的是我二弟，由我加倍偿还你们的全部经济损失！
　　　　　［众人惊叹！惊喜！
众　人　　哎呀呀，爱心献一片，看值多少钱吧……
安边柳　　花弟妹，现在你相信了吧？
花螃蟹　　啊！
　　　　　（唱）　闻言泪水如涌泉，
　　　　　　　　　一步走错棋一盘。
　　　　　　　　　对不起，被我诬陷的安边柳，
　　　　　　　　　对不起，陪我上当的夏老三。
　　　　　　　　　对不起，雪夜求救的大老板，
　　　　　　　　　对不起，乡里乡情大如天！
　　　　　　　　　有心把这窑台下，
　　　　　　　　　有何面目站人前？
　　　　　　　　　罢罢罢，还是一死最合算，
　　　　　　　　　也免得，万人唾骂无处钻。
　　　　　［花螃蟹纵身欲跳，众人吓得张大了嘴巴，沙里爬瘫倒。
安边柳　　（大喊）花螃蟹！
花螃蟹　　（惊愕）你，你也叫我的绰号？
安边柳　　你不通情理！你不能负了大伙的一片情意啊。
花螃蟹　　大伙能原谅我吗？
　　　　　［无限深情的音乐起。
安边柳　　你睁大眼睛，仔细看一看呀！
　　　　　（唱）　你惊得乡亲出冷汗，
　　　　　　　　　气儿也不敢大声喘。
　　　　　　　　　你把老沙吓破了胆，

坐在地上泥一摊。
你辜负了众人心一片,
闹出这人命案动地惊天!
你抬头看——
日头被你羞红了脸,
云儿也把白眼翻。
它气你——
破了罐子摔破罐,
坏了衣衫撕衣衫。
你低头看——
高粱怒发冲红冠,
树梢气得打战战。
它恨你——
忘了乡亲情无限,
不认人来只认钱!
你放眼看——
碧波千顷把你召唤,
芦苇举花迎接你还。
鲤鱼寻你绕箱直转,
双桨等你摇呀小船。
红门绿窗把眼望穿,
新房盼你傍晚来眠,
你侧耳听——
声声叫你的是苦蝉,
啼血劝你的是红杜鹃。
紫燕儿把你这念头剪断,
黄莺儿娓娓婉婉拨你的心弦。
万物有情把你企盼,
走错了道儿快拐弯。
只要你,心能回来意能转,
咱淀上人家胸怀宽。
容人的肚量是白洋淀,

　　　　　真挚的感情水蓝蓝。
　　　　　盼你快把窑台下，
　　　　　咱姐妹携手共团圆。
　　　　　美好的人生前程远，
　　　　　多彩的生活锦绣花团。
花螃蟹　我的个好嫂子，好乡亲，好大老板！（失声痛哭起来）
夏老三　别哭了，柳子还等着你帮个忙咧。
花螃蟹　帮忙？
夏老三　我和安边柳马上就要结婚，安边柳和我商量：老沙给我当伴郎，你帮柳子铺新床……
众　人　下来吧。
花螃蟹　下，下去给大伙作揖磕头去。
　　　　〔花螃蟹哆哆嗦嗦地转身下窑。
　　　　〔安边柳与众人顺两旁台阶迎上去。
　　　　〔花螃蟹哭着扑在安边柳怀中。
　　　　〔安边柳将棉袄披在花螃蟹身上。
　　　　〔众人分别在窑台级阶上转身亮相。
　　　　〔全体剧中人物以掌击节，朗诵：
　　　　　荷花红，芦花白，
　　　　　船上挂着广告牌。
　　　　　只有船头堆满爱，
　　　　　自然船舷垛满财。
　　　　　善哉善哉悠悠哉，
　　　　　尾重头轻就要歪。
　　　　　呀呼呀呼依儿咳，
　　　　　迎着大潮向前开！
　　　　　向前开——啊——
　　　　〔大幕徐徐闭。

（剧终）

注：

①该剧根据作者本人的原创大型现代戏《雪野风情》改编，1998年2月，参加山东省第四届精神文明建设"精品工程"评选获"精品奖"，1998年8月，获山东省剧

协第七届舞台剧本评选二等奖。1999年1月,改为评剧《淀上人家》。1999年3月,获河北省第一届戏剧节特别编剧奖,并由石家庄评剧院一团排演。1999年9月,获中宣部第七届"五个一工程"奖。同年9月,选入"庆祝中华人民共和国成立50周年优秀剧目献礼"剧目奖,在北京市工人文化宫演出。

②承蒙中国艺术院戏曲研究所所长王安葵恩师对该剧的厚爱,推荐给石家庄评剧院一团,由河北省石家庄市评剧院一团首演,梅花奖演员袁淑梅主演。鸣谢恩师张彭偕师母亲临指导。鸣谢冯蜂鸣先生帮助修改。

③如需排演该剧,请联系著作权人或继承人达成书面协议后方可表演。否则侵权必究!

・戏曲电影文学剧本

荷花红·芦花白
（由《雪野风情》和《淀上人家》改编）

字幕衬底。

一道耀眼的闪电，一声惊天的霹雳，倾盆大雨如瀑布般地浇下，白洋淀在经受着狂风暴雨的袭击。画面推出：飞溅的浪花、汹涌的狂涛。千顷芦苇被吹打得东倒西歪，芦花穗儿漫天飞舞，犹似大雪飘飞。

【特写】残荷在浪峰上起伏。荷叶被撕成破扇状。网箱被巨浪高高掀起，锚绳断裂。

安边柳背着绳索与丈夫倪水驾着木舟驶向网箱。

倪水纵身跳进波涛中。

安边柳将绳索抛向倪水。

倪水咬着绳头，好不容易才抓住起伏的网箱，正欲系绳。一个巨浪将网箱打翻，他被缠裹在网箱中，沉没。

安边柳："（撕心裂肺地惊呼）倪水——"

众村民惊呼："安——边——柳——"

【特写】倪水墓碑。

新坟前倪大叔和安边柳悲痛地哭泣。于大妈和王八王等众村民将其劝走。

【淡出】坟前两棵绿柳已然粗如碗口，垂柳青青，宛若伞盖。坟头上长满了芳草，开满了野花。

字幕完。

上 集

1. 安家门外 / 冬日

一群女子和于大妈在安边柳的指导下练习网箱养鱼技术。

吊儿郎当的夏老三悄悄走来，他抱肩蹲在地上，呆呆地观看众女人织网。

画外唱：　亮晶晶的水面，
　　　　　红彤彤的冬阳。

　　　　　冰封雪盖白洋淀，
　　　　　热气腾腾织网忙。
　　　　　也有那红莲出水的小媳妇，
　　　　　也有那春柳吐翠的大姑娘。
　　　　　还有那菱角弯弯的老太太，
　　　　　哎，怎么还有个狗鱼闹水的芥儿郎？

于大妈发现夏老三，心烦地："夏老三，你来干什么？！"
夏老三"嘿嘿"一笑，站起身来。
　　　　　（唱）　我也学织网，
于大妈　（唱）　你两手空荡荡。
夏老三　（唱）　我来学拿梭，
于大妈　（唱）　你胳膊硬邦邦。
夏老三　（唱）　我想把鱼养，
于大妈　（唱）　你学会了又跳行。
众女人　（合唱）你今天卖甜酱，
　　　　　　　你明天贩猪肠。
　　　　　　　你后天撵来一群羊，
　　　　　　　你大后天又去搞服装。
于大妈　（唱）　你干一行，赔一行，
　　　　　　　只剩下两间破草房！
夏老三　（唱）　我、我、我要来听讲，
　　　　　　　安边柳的声儿啊，
　　　　　　　滴溜溜叮当当就是那银铃铛！
于大妈　（唱）　去去去，你满肚子净是花花肠，
　　　　　　　走走走，别来掺和娘们行。

年轻女子们一阵哄笑："哈哈哈，这小子来想'好'事儿。"
夏老三涨红了脸："想吗好事儿？等我夏老三混富啦，你们争着嫁给我，我还得掂量掂量哩。没出嫁的姑娘听着，到那时你们排起队来，我唐伯虎可要点秋香。"
年轻女子："滚得远远的吧！谁嫁给你这鸡跳窝，驴跳槽的败家子儿！"
众女人笑着拥搡夏老三："哈哈哈，快滚蛋吧。"
夏老三耍赖地扳住门框："就不走，我要跟安边柳学习网箱养鱼技术。"

于大妈脱下一只鞋子，朝夏老三举起吓唬："走不走？不走，我悠你三鞋底！走，该干吗干吗去！"

夏老三向安边柳哀求："柳子，我是真心跟你学习网箱养鱼技术，你就帮大哥一把吧。"

安边柳望着满脸憨诚的夏老三，和声细语地："夏大哥呀——"

    （唱） 你若真心把鱼养，

        弟妹不帮谁相帮？

        只要你风吹浪打不摇晃，

        自然是行行会出状元郎。

        你扯开一张网——

夏老三高兴地敬礼、扯网："是！"

    （唱） 这张网，方方正，正正方，

安边柳 （唱） 这种渔网叫网箱。

        鱼在箱中养，

        鱼苗分类装。

        科学来喂养……

夏老三 （唱） 一年半尺长？

安边柳 （唱） 不不不，一年就长尺半长。

夏老三兴奋地："这还了得！这回呀，我要老老实实给你当徒弟！"

于大妈："只要你正儿八经地学就中。柳子，上课。"

安边柳："好。大伙一边织网，一边听我讲（起织网音乐）先从鱼苗说起，品种鱼苗一年长两斤，非品种鱼苗，两年长一斤……"

于大妈："品种鱼苗啥模样？"

安边柳："品种鱼苗和野生杂交的鱼苗很难辨认，到时候，我给大伙去搞。"

众 人："好好好，大伙全靠你啦。"

2. 花螃蟹家内 / 日

花螃蟹洗着衣服，恨恨地望着门外："娘的，这个小寡妇，成心要砸咱的饭碗！"

花螃蟹的丈夫沙里爬问："她传技术，和咱什么相干？"

花螃蟹："傻瓜蛋！都用上网箱，鱼多了，价格还上得去吗？肯定会产品过剩！"

　　沙里爬："乡里乡亲的，想学技术，还能……"

　　花螃蟹："就不能传！我妈在镇上卖烧鸡，要不把那些卖炸鸡的、卖熏鸡的统统挤走，我妈能发大财吗？"

　　沙里爬："你也想把她挤走？"

　　花螃蟹："都成小寡妇啦，早就该滚蛋！"

　　沙里爬："年纪轻轻，怪可怜的。"

　　"你可怜她，谁可怜咱的钱包？！我看你是吃里爬外，没安好心！"花螃蟹拧住沙里爬的耳朵："我叫你吃着碗里的，想着盆里的！"

　　沙里爬疼得直叫："哎哟我娘哎，拧成麻花咧！"

　　花螃蟹放开沙里爬，怒冲冲地端起洗衣水向门外走去。

3. 安家门外 / 日

　　花螃蟹将洗衣水猛然泼向众人脚下。

　　夏老三湿了鞋子，一跳老高："花螃蟹，你干啥？"

　　花螃蟹冷冷一笑："门前豁水。"

　　夏老三："看不见人家正学网箱技术吗？"

　　花螃蟹："别人学网箱，有你啥事儿？"

　　夏老三："我？我是她们的勤务员。不！是保卫科长！"

　　"哈哈哈，保卫科长？有匣子枪吗？"花螃蟹尖笑着脱下一只鞋子，扔在夏老三怀中，"给你一支老套筒！"

　　夏老三："你，你这是啥意思？"

　　花螃蟹："你不就闻着这味儿香吗？"

　　夏老三大怒："混账！不许你侮辱人。"

　　于大妈冲到花螃蟹面前："花螃蟹，我捶你这熊娘儿们！"

　　花螃蟹拉开拳击架势："你敢！"

　　于大妈猛然给花螃蟹一记耳光。花螃蟹被打得嗷嗷直叫。

　　安边柳拦住于大妈，转身对花螃蟹："花弟妹，有话好说嘛。"

　　"于老婆子，我跟你没完！"花螃蟹捂着脸腮转身对安边柳："走，咱到一旁，好好说一说！"

4. 大柳树下 / 日

  花螃蟹拉安边柳来到大柳树下，拍了拍安边柳的肩头："安边柳呀——"
    （唱） 小嫂子聪明人不会算账，
        为养鱼煎熬咱多少心肠？
        两家男人学技术南方闯荡，
        白打工不要钱学会网箱。
        才挣钱又遇上狂风恶浪，
        你男人受重伤不幸身亡。
        性命债血泪账远未清偿，
        这技术绝不可向外传扬。
        倘若这生财道一哄而上，
        你踩脚我碰腿自相残伤。
        到那时产品过剩再较量，
        你降价我处理烂杏一筐！
        只要这网箱技术不乱行，
        白洋淀咱姐妹金鸡独立变凤凰。

 安边柳："花弟妹呀——"
    （唱） 人生在世如苦蝉，
        歌儿能唱多少天？
        咱有幸生在白洋淀，
        乡里乡亲都是缘。
        咱应该相爱相帮人情暖，
        不应该一家富贵百家寒。

 花螃蟹 （唱） 小本求利讲究赚，
        人情人缘不值钱。
        倘若咱把独行占，
        自有暴发的那一年。

 "到那个时候呀——"
    （唱） 先不说，咱山珍海味不想咽，
        也不谈，咱国产服装不爱穿。
        且不讲，坐上轿车怕颠颤，

　　　　　　更不论，骂空调混淆了四季天！
　　　　　　只说那，有钱能使鬼推磨，
　　　　　　团团绕你转圈圈。
　　　　　　近邻赔笑脸，
　　　　　　远亲来高攀，
　　　　　　身价沉甸甸，
　　　　　　说话脸朝天。
　　　　　　虽说无情情无限，
　　　　　　道无人缘添人缘。
　　　　　　金光大道在面前，
　　　　　　盼你守住这一关！
　　安边柳："不！如果大伙都端着空碗，只俺碗里有饭，俺咽不下去。"
　　"你……"花螃蟹咬牙切齿地旁白："看来这白洋淀上，有她没我，有我没她！"她走近安边柳："骑驴看唱本儿，咱走着瞧！"

5. 冰上 / 夜

　　狂风骤起，雪花飞扬。白洋淀一片苍茫。
　　赵千里蓬头垢面衣衫褴褛，身背黄书包，迎着呼号的暴风雪跌跌撞撞地挣扎着。
　　画外唱：　　　　狂风打，暴雪压，
　　　　　　　　　　冰上加霜路更滑。
　　赵千里　（唱）　身怀绝技走天下，
　　　　　　　　　　深夜迷途苦挣扎。
　　　　　　　　　　东跌西撞走走走，
　　画外唱：　　　　当心薄冰被踏塌！
　　赵千里踏塌薄冰，掉进水里。幸好水浅，只淹到胸前。他拼命从冰窟中向外爬。
　　　　　　（唱）　跌进冰窟我爬爬爬——
　　赵千里终于爬出冰窟。
　　画外唱：　　　　爬出一个冰疙瘩。
　　赵千里　（唱）　死里逃生何处奔？

画外唱： 灯火亮处有人家。

赵千里艰难地向灯火亮处爬去。

6. 花家屋内 / 夜

花螃蟹与沙里爬兴奋地点钱。
沙里爬："哟，正巧6位数。"
花螃蟹："若不是小寡妇把网箱技术传给大伙，这钱，多点十分钟。"
沙里爬："这不怪人家。"
花螃蟹杏眼一瞪："你耳朵不疼啦？"
沙里爬点头哈腰地："再不敢胡说八道了。"

7. 花家门内外 / 夜

赵千里爬来，叩门。
花螃蟹吃了一惊，双手捂住钱："谁？"
赵千里冻得直打哆嗦："我，过，过路人。"

8. 安家屋内 / 夜

安边柳躺在床上，尚未睡着。听到外面声响，悄然坐起，隔窗向外窥视。

9. 花家门内外 / 夜

花螃蟹松了一口气："走走走，这里是网箱养鱼管理房，不是旅馆饭店。"
赵千里哀求："让我进去吧。我摔进芦苇塘里，浑身湿透，快冻死啦。"
沙里爬："我去开门。"
花螃蟹指了指桌子上的钱："不要命啦？"
赵千里："我不是坏人。"
花螃蟹："哪个浑蛋说自己是坏人？！"
沙里爬："你要到哪里去？"
赵千里："出让专利。我有治疗鲤鱼烂鳃病的绝招。"

花螃蟹扑哧一笑:"你有这大能耐,咋落到这步田地?"
　　赵千里:"钱包被人偷啦。求求您,让我进去吧。"
　　花螃蟹突然笑了起来。
　　沙里爬不解地:"你笑啥?"
　　花螃蟹拧沙里爬一把,悄声地:"咱不救,自然有人救。今晚,就看她如何救人。"
　　沙里爬:"你的意思是?"
　　花螃蟹阴险地:"眼中钉,肉中刺,拔掉的机会来啦。"
　　沙里爬惊恐地:"这……"
　　花螃蟹沉下脸:"今晚你要好好配合,若不,我撕掉你的耳朵。"
　　赵千里苦苦哀求:"大哥大姐,您能眼睁睁看着我冻死在雪地里,饿死在你们门前吗?大哥,大姐……"
　　"快到对门那家去吧。那边屋也大,炕也宽,人更好。"花螃蟹语气和蔼,好像变了另一个人。
　　沙里爬:"你?"
　　花螃蟹:"吹灯!"
　　沙里爬一口气将油灯吹灭。顿时一片黑暗。
　　赵千里恐惧的哀求声:"大哥,大姐……我真的不行了……"

10. 安家屋内 / 夜

　　安边柳目睹一切,急忙从炕上爬起。点亮油灯。

11. 雪地上 / 夜

　　赵千里转过身子,更加艰难地朝灯火亮处爬去:"救救我……"

12. 安家门内外 / 夜

　　安边柳拔掉门闩,开门而出。
　　赵千里发现安边柳,眼睛里闪着求生的欲望:"大嫂,快,快拉俺一把……"
　　安边柳欲上前搀扶,而又为难地摇了摇头,一步步倒退进屋里,慢慢地掩上房门。

     （唱） 狂风暴雪腊月天，
         夜半乞求心更寒。
         开门欲送雪中炭——
画外唱：   寡妇是非在门前！

赵千里再也爬不动了，声音越来越微弱："大嫂，您行行好……"

安边柳从门缝中看到赵千里冻僵在雪地中，不由得打了个寒战。

     （唱） 三九冻倒过路汉，
         危在旦夕命关天。
         救人危难不容缓，
         宁愿把这是非担！

安边柳决然开门冲出，将赵千里拦腰抱起，向屋内拖去。

13. 花家屋内 / 夜

花螃蟹扒着门缝窥视，见此情景，兴奋地："好！拖进屋去咧！"

14. 安家屋内 / 夜

赵千里已然躺在小土炕上，安边柳为其盖被，灌温水。

15. 夏家屋内 / 夜

夏老三躺在床上，辗转难眠，他披衣坐起来，怔怔地望着窗外。

     （唱） 大雪纷纷下，
         北风呼呼刮。
         空屋凉炕夜难眠，
         翻来覆去想着她。
         安边柳整整守了三年寡，
         为什么，饿花猫就是不吃豆腐渣？
         对人家，她是不笑不说话，
         却对我，开口就像锥子扎！

　　　　　她越对我麻又辣，
　　　　　我越喜欢得没办法。
　　　　　今夜水边风雪大，
　　　　　真怕冻坏一枝花。
　　将被子一蹬，起身下炕。摘下挂在门上的草帘子卷起。
　　　（唱）　我要上门去关照，
　　欲出门，又迟疑："怕只怕——"
　　　（唱）　背着儿媳过河汉，
　　　　　受了辛苦挨糟蹋！
　　自言自语地："俺好心上门去关照，假若热脸碰上个冷屁股咋办？倒也划算，等于吞下几片安眠药，回来后死心塌地地睡个安稳觉。"他决然抱起草帘，开门走出屋去。

16. 安家屋内 / 夜

　　赵千里醒来："冷……饿……"
　　安边柳欣喜地："大哥醒过来啦。"
　　赵千里环视周围，欲下炕。
　　安边柳按住赵千里："别动，我给你下面条去。"
　　赵千里："哎呀，谢谢大嫂……"
　　安边柳微微一笑。麻利地点着小灶，烧水准备下面条。

17. 雪地上 / 夜

　　夏老三抱着草帘走到花家门口。

18. 花家门内外 / 夜

　　花螃蟹扒着门缝惊喜地："看，又来了一个。"
　　沙里爬亦扒着门缝观察："好像是夏老三。"
　　花螃蟹喜上眉梢："来得正好！快开门。"
　　沙里爬打开屋门。

花螃蟹悄然出屋，压低声音："夏大哥……"

夏老三吓了一跳："谁？"

"我呀。快屋里坐。"花螃蟹不由分说地拉夏老三进屋，"我说夏大哥呀，毁咧毁咧！"

夏老三莫名其妙地："咋啦？"

花螃蟹假装着急地："你起了个早五更，赶了个晚集呀！"

夏老三更加纳闷地："到底怎么啦？"

花螃蟹："你整天瞅着那个热炕头，让人家占咧！"

夏老三不相信地摇摇头："你可别败坏人家。"

花螃蟹一拍大腿："嗨！你就知安边柳比大闺女都贞洁，就不知，她比外国娘儿们还开放啊！"

夏老三不以为然地笑了笑："哈哈，你的话呀，一贯带着水分，得先使筛子筛筛，再使簸箕簸簸，然后呀，拉到太阳底下晒晒。"

花螃蟹打开屋门，指着安边柳窗口："不信？你仔细看看。"

【特写】安家窗户纸上映出一男一女两个头影。

夏老三瘫坐在地上："我娘哎，这下子，真毁咧！"

	（唱）	这一回，糟了糕，
		从脚跟凉到头发梢。
花螃蟹	（唱）	他心想把那热罐子抱，
		我当头浇冷水，泼他一大瓢。
夏老三	（唱）	不相信，天外会飞来爱情鸟，
花螃蟹	（唱）	分明是，落下了雄鹰老雕！
夏老三	（唱）	我心中的爱神她最贞操，
花螃蟹	（唱）	她却是疯狂风流更风骚。
夏老三	（唱）	想不到，想不到——
花螃蟹	（唱）	你只会吃醋是草包！
夏老三	（唱）	你说俺有啥门道？
花螃蟹	（唱）	绝不可让他俩如漆似胶。
夏老三	（唱）	安边柳爱的人肯定比俺好，
花螃蟹	（唱）	好好好，好一个野汉子本是馋花猫！
		快快快，进屋捉奸一锅炒，
夏老三	（唱）	不不不，非亲非故俺算哪把勺？！

花螃蟹："你算情敌呀！按照国际惯例，决斗！"
夏老三："不！"
花螃蟹："要不，进去揭他两个光腚子！"
夏老三："这一闹，怕是伤害了安边柳呀。"
花螃蟹："到这份上啦，你还顾惜她！你到底去不去？"
夏老三："说啥也不去！"
花螃蟹大怒："呸！狗屎堆，窝囊废！我喊她公爹去。"
夏老三急忙拦住："别别别。"
花螃蟹揪住夏老三的胸襟一甩："滚开！"
夏老三被甩了个趔趄。花螃蟹匆匆向村中跑去。
沙里爬递过一支烟："夏大哥，抽袋烟，消消气。"
夏老三气急败坏地将烟甩掉，抱头蹲在地上。

19. 倪家大门外 / 夜

花螃蟹将倪大叔的大门敲得山响："倪大叔，快开门哪！"
"来啦，来啦。"倪大叔趿拉着鞋子，披着棉袄，拄着拐棍忙打开大门。
花螃蟹带着哭腔："倪大叔哎，柳子出事啦！"
倪大叔大吃一惊："她怎么啦？"
花螃蟹扯住倪大叔衣袖："快走，到了那里，你就啥也明白啦。"
倪大叔心惊胆战地被花螃蟹拉着向岸边走去。

20. 安家窗外 / 夜

夏老三踮脚走向窗外，扒着窗口向内窥视。

21. 安家屋内 / 夜

安边柳手捧热面条递给赵千里："大哥，先吃下这碗姜丝面，暖暖身子。"
"谢谢大嫂。"赵千里眼里闪着感激的泪花，狼吞虎咽地扒面条。
安边柳看着赵千里，心中一阵酸楚："慢慢吃……"
赵千里三下五除二地将面条吃光："大嫂的救命之恩，我赵千里终生难忘！"

安边柳："可别这么说，人生在世，谁没有难处啊。"

赵千里："请问大嫂叫什么名字？"

安边柳和蔼可亲地笑了笑："问这干啥？"

赵千里真诚地："怕这灯光昏暗，以后认不清恩人面容，留下姓名，将来一定报答。"

"大哥见外啦。"安边柳岔开话题："看你这棉袄，都结冰啦，我去找件衣裳，换一换。"

赵千里望着翻箱倒柜的安边柳，泪水夺眶而出。

22. 安家屋侧 / 夜

花螃蟹拽着倪大叔走来。

花螃蟹悄声地："站住！千万不能进屋去。"

倪大叔纳闷地："柳子到底出了啥事儿？"

花螃蟹眉梢一挑："倪大叔哎——"

   （唱） 半夜风雪天儿，

       寡妇好孤单儿。

       有个过路的汉儿，

       钻进屋里边儿。

       俩人一见面儿，

       就演三级片儿。

       老公公看了不方便儿，

       准得气得直冒烟儿。

倪大叔生气地扬起巴掌："我扇你的嘴！"

花螃蟹指着安家窗户："瞧，窗台上还扒着一个！"

倪大叔心中一惊，声音颤颤地顺手一指："是谁？"

"看我揪过他来。"花螃蟹悄然上前，扭住夏老三的耳朵，拽到倪大叔面前。

倪大叔气愤地："是你！没出息的东西！"

夏老三一时说不清，颠三倒四地解释："不……屋里不是……"

"屋里外头都有不是！"花螃蟹担心夏老三把话点明，猛然夺过倪大叔的拐棍，照夏老三头部猛击："打死你这狗流氓！"

夏老三闷声倒在地上。

"嘿！你咋把他打蒙啦！"倪大叔惊恐地摇晃夏老三："老三……"

夏老三醒来，坐在地上双手抱头："哎哟，头疼……"

23. 安家屋内 / 夜

安边柳从箱子里找出一件蓝绿相接的大棉袄："大哥不要见笑，俺家没有男人袄，这是俺出嫁时的披装袄，虽然破旧，也能挡寒。快换上吧。"

赵千里接过安边柳递来的棉袄，激动的双手颤抖着。

安边柳："换上它，俺把你的湿袄烤干，你好早点赶路。"

24. 安家屋侧 / 夜

花螃蟹指着安家的窗口："倪大叔，快看！"

【特写】窗户纸上映出赵千里脱衣的影子。

花螃蟹："里边又待脱衣裳咧，这三级片还有续集咪。"

"你！"倪大叔气得又扬起巴掌，欲打花螃蟹，而又无奈地蹲在地上。

25. 安家屋内 / 夜

安边柳在炉灶旁给赵千里烘烤着湿袄。赵千里披着安边柳的棉袄坐在炕上，双腿伸在被窝里。

赵千里感激地望着安边柳："大嫂，真是太麻烦您啦。请您一定告诉我，您的姓名。"

安边柳："别再问了。"

赵千里："这救命之恩，我赵千里没齿不忘，必须报答。若不，留下你家大哥的姓名也中。"

安边柳楚酸地："他，他过世啦。"

"啊！就你孤身一人？"赵千里大吃一惊，慌忙下床，"我走。"

花螃蟹一脚把门踹开，堵在门口："哈哈哈，想走就走，想睡就睡，好事儿，都成你的啦？"

安边柳吃惊地："花螃蟹，你这是啥意思？"

花螃蟹一手指着安边柳，一手指着赵千里："哈哈，不知你们两个是啥意思？"突然脸色一沉："说！咋勾搭上的？"

倪大叔尴尬地走进屋内。

安边柳如雷轰顶："花螃蟹，你怎么诬陷人啊？"

花螃蟹："人赃俱全，还想抵赖？倪大叔，你说呢？"

安边柳："爹……"

"你，你，唉！"倪大叔难言地转身蹲在门槛上。

赵千里连连抱拳拱手："大家不要误会，我可是好人哪。"

花螃蟹笑着绕赵千里转了一圈："好人？好人还穿女人的棉袄？哈哈哈……钻女人被窝，给寡妇解决问题的大好人！"

"这……"赵千里慌忙将棉袄脱下。

倪大叔猛然站起，颤抖着手，指着赵千里："你，你坏了我儿媳的好名声！"狠狠地打了赵千里一记耳光。

"打得好，打死这个野汉子！"花螃蟹摸过倪大叔的拐棍，照赵千里乱打。

夏老三冲进屋来，抓住花螃蟹的棍子："住手！花螃蟹，你诬陷好人。"

花螃蟹甩夏老三一个趔趄，夺过棍子："好啊你，两个野汉子，一个鼻子眼喘气！大叔哎，拼了吧。"

倪大叔一手揪住夏老三，一手揪住赵千里："今儿夜，教训教训他俩！"

花螃蟹朝两人痛打。

安边柳哭着向倪大叔求情："爹，放开人家吧，人家没错……"

夏老三甩开倪大叔，抓住花螃蟹棍棒对赵千里大喊："快跑吧！"

赵千里："不！我走了，大嫂就有口难辩啦。"

夏老三："你浑身长满嘴，也说不清楚。有我做证，你放心走吧，走呀！"

倪大叔推赵千里一把："还不快滚！"

赵千里："俺走。"

安边柳拾起棉袄，披在赵千里身上："穿上它，不然会冻死的！"

赵千里穿上棉袄扑通跪倒，给安边柳磕了个头，起身跑出门去。拐过墙角，消失在茫茫雪野中。

安边柳拿起赵千里的书包追出门去："大哥，你的书包……"

花螃蟹亦追出门去大喊："哪里跑？截住他！截住安边柳的野汉子啊——"

倪大叔追出门去滑倒："花螃蟹！再喊，我撕烂你的嘴！"

夏老三扶起倪大叔："大叔哎，你上了花螃蟹的大当啦！"拿起湿袄，"你看看哟！"

安边柳呆呆地望着夏老三:"老三,夏大哥……"

26. 倪水坟前 / 晨

倪大叔挎只盖着毛巾的小篮子,走到倪水坟前,他拂去供桌石上厚厚的积雪,从篮子中拿出几个小菜和一瓶老酒摆在供桌上。老泪纵横地:"儿啊!你撒手舍下我这年迈的老爹,撇下你那年纪轻轻的妻子,静静地躺在这里,什么也不管了啊。你可知道?昨晚淀里出了啥事呀!"

(唱)　昨夜淀里起风云,
　　　我眼也花来头也昏。
　　　半是疑来半是信,
　　　你说假来他说真。
　　　儿媳本是好人品,
　　　不料惹来火烧身。
　　　倘若儿啊你在世,
　　　谁敢给我的儿媳扣脏盆。

"儿啊,今儿个,咱爷儿俩喝!"倪大叔向地上洒下半瓶酒后,举起瓶来痛饮。

27. 街道上 / 晨

花螃蟹向几个娘儿们绘声绘色地描述着昨夜的故事。几个娘儿们大惊小怪地叽叽喳喳,不时发出阵阵哄笑声。

夏老三头缠纱布走来。

花螃蟹:"看,想好事儿,没捞着,急得碰头打滚,脑袋上生生碰出这么长道血口子!"她夸张地伸开食指和拇指比画着。

几个娘儿们:"啧啧,没有狗出息!"

夏老三闻言大怒:"花螃蟹!你说我怎么着都行,你再侮辱安边柳,当心老子揍你!"

花螃蟹杏眼圆睁,叉腰凑到夏老三面前:"你敢!拔我根汗毛,让你竖根旗杆!不信?戳我一下子试试!"

"花螃蟹,昨晚我真后悔,没揍你个王八蛋。今儿个就戳你一下试试!"

夏老三一脚将其踹在地上。

花螃蟹顿时没了威风："哎哟……你敢打女人，算什么男子汉？"

"谁敢胡说八道，我统统踹他娘的！"夏老三怒视着几个娘儿们，"吃饱了撑的！嚼舌根就不怕嚼下舌头来？都滚回家去！"

几个娘儿们吓傻了眼，蹑手蹑脚地散去。夏老三扬长而去。

花螃蟹爬起，朝夏老三背影："呸！昨晚揍得忒轻！"

王八王急匆匆走来，扑打着花螃蟹身上的泥雪："表侄女，昨晚到底咋回事儿？"

花螃蟹："安边柳要和野汉子私奔。"

王八王大吃一惊："不好，她欠我的钱……"

花螃蟹："抓紧去要，晚了，恐怕就找不着人啦。"

王八王："对！我回家去拿欠条。"转身就往家跑去。

倪大叔提着篮子摇摇晃晃地走来，花螃蟹赶忙迎上去："大叔哎——"

倪大叔不无讥讽地："又待捉奸去？"

花螃蟹："嗨嗨，昨夜的事儿也不怨俺。"

倪大叔："反正是，啥事掺和上你，也有热闹看。"

花螃蟹："更热闹的事儿，你还不知道咧！"

倪大叔："啥事儿？"

花螃蟹："大伙呀，都把舌头嚼烂他娘的啦！"

倪大叔："到底是你捅出去啦！大伙咋说？"

花螃蟹故意地躲躲闪闪："这，捎银子捎钱，可没有捎骂的呀。"

倪大叔拧着脖子："说，我偏要听听大伙咋骂法。"

花螃蟹："叫俺说，俺就说，说出来您可别恼呀！"

（唱）　村里人躲在那旮旮旯旯儿，

　　　　东一堆西一伙叽叽喳喳。

　　　　人骂你癞蛤蟆讴讴哇哇，

　　　　干水塘养不住蹦跳的鱼虾。

　　　　你不该把儿媳留在膝下，

　　　　憋得那小寡妇水性杨花。

倪大叔气得一愣："混账东西！我问你，昨晚到底咋回事儿？"

花螃蟹："你亲眼所见，咋还问我？"

倪大叔："夏老三说你血口喷人！"

花螃蟹:"捉奸捉双,你亲自把他俩堵在屋里,咋还做梦?"

倪大叔:"唉!若是一场梦,该有多好。"

花螃蟹:"可惜呀,好梦成真啦。大叔,我还听人家说……"

倪大叔又是一愣:"说什么?"

花螃蟹:"光棍公公,寡妇儿媳,不荤不素,一锅糊涂!"

倪大叔大怒:"滚你娘的!"扬起巴掌。

花螃蟹毫无畏惧:"狗咬吕洞宾,不识好人心!俺不说,您偏让俺说……"

28. 倪家屋内 / 晨

安边柳揭开锅盖,拾出热腾腾的馒头摆在桌上。

倪大叔垂头丧气推门进屋。

安边柳接过倪大叔手中的篮子:"爹,大清早,你到哪去啦?"

倪大叔长叹一声,摇了摇头,闷闷地坐在饭桌前。

安边柳揭开篮子上的毛巾,泪水夺眶而出。

倪大叔望着安边柳,眼含热泪:"柳子,爹和你商量个事儿。"

安边柳急忙擦去泪水,强换笑颜:"爹,有啥事儿,您老尽管吩咐。"

倪大叔:"孩子呀——"

　　（唱）　昨夜岸边起风云,
　　　　　一潭碧波被搅混。
　　　　　为人处世欠谨慎,
　　　　　无病也有人呻吟。
　　　　　亦真亦假且勿论,
　　　　　舌头底下压死人。
　　　　　风卷乌云雨纷纷,
　　　　　难辨是卯还是寅。
　　　　　莫怨公爹老脑筋,
　　　　　撵你离开咱家的门。

安边柳惊恐地:"啊!您要撵俺走?"

倪大叔一字一顿地:"孩子,到你姨家去住吧。该搬的搬着,该拿的拿着。以后碰上合适的人家,你就……"

安边柳泣声:"不!爹呀——"

（唱）　伤人语挑拨言爹莫相信，
　　　　你家的儿媳妇不是那样的人。
　　　　我若是躲避是非离别去，
　　　　是非曲直谁辨分？
　　　　我若走，网箱养鱼谁传授？
　　　　品种鱼苗何处寻？
　　　　网织半截绳半根，
　　　　半途而废愧对众乡邻。
　　　　我若走，您饭菜凉了谁来热？
　　　　您衣服破了谁拿针？
　　　　您冷冷暖暖谁来问？
　　　　您磕磕碰碰谁关心？
　　　　您卧病在床谁孝顺？
　　　　去世后，清明谁来上孤坟？
　　　　爹爹呀，不管他人何议论，
　　　　俺还不清外欠债内欠情传不好网箱技术绝不离家门。

倪大叔泪流满面地："孩子，爹相信你清白，你孝顺，说实在话，爹咋舍得你走？自从倪水去世后，咱家里里外外，哪一样不指望你呀！可，可是……"

安边柳："爹，明年秋天，咱网箱里的鲤鱼就长大了，等咱还完账，一定让您老人家过几天好日子。"

倪大叔更加伤感地："唉！我生就了受罪的骨头、伤心的肉，没这福气啊！不管昨夜是真是假，这风刮出去啦，娄子捅出来啦……"

安边柳抽噎着："爹，不管人家说啥，咱爷俩好好过。从今往后，俺就是您的亲闺女。"

倪大叔灰心地："唉！一瓢水泼在地上，想收也收不起来啦。孩子，你还是走了肃静啊。"

安边柳："俺走了，舍下您怎么过？您身子骨，一年不如一年了。"

倪大叔："你不走，风言风语，咱受不了呀。"

安边柳："人家还能说啥？"

倪大叔欲言又止："唉！别问啦。"

安边柳着急地："人家到底说的啥？"

倪大叔扭过头去："人家说，说光棍公公，寡妇儿媳，不荤不素，一锅糊涂！"

安边柳惊呆。

"孩子，爹老了，还能活几天？可你还年轻，前边长长的路上，不能让人家泼满了脏水呀。"倪大叔说着倒上一杯酒，递给安边柳，"孩子，这杯酒，权当给你送行，你要是孝顺，就，就喝了它。"

安边柳推开酒杯："不！不！"捂住嘴泣哭。

王八王急匆匆地走进屋来："大叔——"

安边柳急忙擦去眼泪，搬过凳子："王大哥，您来啦。坐。"

王八王正襟危坐，看着泪眼汪汪的安边柳，有些为难地："唉！赶到这个茬口上，我真不愿来张这个嘴。"

倪大叔强装笑容地："你来要账？我儿子治病时，借你两万块钱，说好明年秋天，连本带利，一块归还，怎么又变啦？"

王八王长叹一声："唉！变的不是我，是俺大妹子呀。"

安边柳："我？"

王八王："你今天是倪家的媳妇，赶明儿，一搽胭脂一抹粉，还不知要坐谁家的花轿呢。"

安边柳："王大哥，你听谁说的？"

王八王："信息来源当然是有。"

倪大叔："是不是花螃蟹？"

王八王："何止是她，哎哟喂，淀里淀外传遍咧！"

倪大叔拍着胸脯："她走了，有我。"

王八王："没有大妹子，你八辈子也蹭跶不出两万块钱来。"

倪大叔："大侄子，你养王八发了大财，这几个钱……"

安边柳："还望大哥宽限一时，有我在，还怕还不上你的账吗？"

王八王："有你在，我绝对放心。你要走，我也绝对相信。"

安边柳坚定地："王大哥，说啥我也不会离开这个家。"

王八王眼珠打转："哈哈,现在我只相信假冒伪劣是真的,其他一概打问号。如果你半夜三更，小包袱一拐，往人家摩托车上一坐，哧溜一道烟，我上哪儿找人去？"

倪大叔拱手恳求："大侄子，你就抬抬手宽限一时，大叔求你啦。"

"爹，咱穷，穷得有志气。不求他！"安边柳赌气地摸起镢头，"我去砸开冰窟窿。卖鱼！"

"好，卖鱼还账！"倪大叔亦赌气地摸起捞鱼网，背起鱼篓。

29. 村头 / 上午

一群孩子在雪地里玩雪球，打雪仗。
夏老三走来："哎，看见倪大叔了吗？"
孩子们："到淀里去啦。"

30. 淀中冰雪上 / 上午

白洋淀大水面的厚厚冰层上，覆盖着皑皑白雪，高大的网箱架杆下面搭着一间守鱼小毡房。毡房前面即是下沉到冰下的网箱。此时，网箱上面已砸开一个大冰洞。安边柳用捞网向外捞鱼。

【特写】一斤重左右的一堆小鲤鱼捞在冰雪上，冻得直打挺。

王八王站在雪地里，不无可惜地瞅着倪大叔："啧啧，都是些鲤鱼拐子，每条也就一斤来沉，卖也卖不上价去，是有点可惜了！"

倪大叔气哼哼地："让你逼到这份上，就是小鱼苗儿也得卖！"

夏老三气喘吁吁地跑来："安边柳，你这是干什么？"

安边柳低头捞着鱼："卖鱼，还账。"

夏老三："还谁账？"

倪大叔指了指王八王："这是债主。"

夏老三夺住安边柳的捞鱼网："柳子，这鱼不能卖，每条不到一斤，提前出箱，明年你指望啥？"

安边柳夺过捞鱼网："不要管我，先还了人家的账再说。"

"就要管！"夏老三一股脑地将鲤鱼往冰洞里扔。

王八王拍了拍夏老三的肩头："哎，不让卖鱼，你替她还账？"

夏老三被激怒："王八王，你别小看人，我有两间草房、一个大院，紧靠你养王八的水面，你不早就想弄到手吗？给你顶账，够不够？"

王八王一愣："老三，你当真要拿房产为她顶账？"

"君子一言，驷马难追。"夏老三从口袋中摸出笔和小笔记本迅速写好字据，递给王八王。

安边柳："慢，夏大哥，你为什么倾家荡产替俺还账？难道你是……"

夏老三摇摇头："不！"

|（唱）|我不是为爱你走火入魔，
|　　　|我不是为娶你豁上又豁。
|　　　|我昨晚琢磨琢磨再琢磨，
|　　　|琢磨出几个为什么。
|　　　|为什么你把技术教大伙，
|　　　|偏偏有人做手脚？
|　　　|为什么孝敬公爹也有错？
|　　　|偏偏有人喷狗血？
|　　　|为什么雪夜惹来烧身祸，
|　　　|好风格变成坏品德？
|　　　|为什么好人难做你偏要做？
|　　　|处境艰难你腰不折？

安边柳　（唱）　因为我，生在岸边柳树丛，
　　　　　　　遭多少霜刀雪剑暴雨狂风！
　　　　　　　大灾年父母双亡故，
　　　　　　　小舟一叶似浮萍。
　　　　　　　吃的饭是百家送，
　　　　　　　穿的衣是百家缝。
　　　　　　　就因为，从小我在情中长。
夏老三　（唱）　血脉与人总相通。
安边柳　（唱）　就因为，见人挨冻我身冷，
夏老三　（唱）　反而落个坏名声。
安边柳　（唱）　就因为，见人受罪心不宁，
夏老三　（唱）　是非才从门前生。
安边柳　（唱）　就因为老人孤苦我伴行，
夏老三　（唱）　恶语伤透人心胸。
安边柳　（唱）　就因为好人难得好处境，
俩　人　（合唱）忍受屈辱也要争，也要争——

"安边柳，冲着你这股劲儿，我那个破窝算什么？！"夏老三将字据拍在王八王手中："王八王，你收起来。"

王八王将字据塞进夏老三口袋里："嗨嗨，你听我说嘛……"

"你怕不保险？"夏老三不等王八王把话说完，连字据加钥匙摸出来，

硬塞到王八王手中,"拿着,连钥匙交给你。"

安边柳望着真诚的夏老三,激动地:"夏大哥……"

夏老三:"柳子,你就放心走吧,趁着年轻,找个好人家,逢年过节,回家来看看老人家。别忘了,白洋淀还有一个、一个不争气的哥!"

安边柳心头一震,怔怔地望了望夏老三,慢慢走向一旁。

  (唱) 真情话像春风阵阵扑面,
      暖洋洋静悄悄飘进心田。
      人说他起落不定无头雁,
      谁知他心中自有蓝蓝的天。
      灯光下他为俺挺身解辩,
      晨曦中又为俺大声鸣冤。
      眼前他再为俺倾家荡产,
      正是那忠厚人情痴意憨。
      想到此不由我暗暗爱怜,
      危难中见真情动人心弦。

夏老三望了望在一旁沉思的安边柳,长叹一声:"唉!我走了。"

安边柳:"你到哪里去?"

夏老三:"回家。"

王八王哈哈大笑,晃动着夏老三门房的钥匙:"你的家可在我手上。"

倪大叔:"老三,你没有家啦。"

夏老三怅然地蹲在一旁:"唉!无家可归啦。"

王八王把倪大叔拉向一旁,将字据和钥匙又拍到倪大叔手中:"我把这个家,交给你啦。"

倪大叔不解地:"你这是?"

王八王:"说实在话,我王八王没那狠心逼人家卖宅子卖地。依我看,你留下老三,把这个家圆起来吧。"

倪大叔:"你是说?"

王八王笑嘻嘻地将嘴巴凑近倪大叔的耳朵:"刚才我看出来点窍门儿,他两个,似乎有点儿共同语言啊。"

倪大叔摆手摇头:"不行不行。老三不老实过日子,人家都发财啦,他赔了个光净光。"

王八王脸色一沉:"此话差矣!国有企业还倒闭了,这不能说他没本事!"

安边柳接过王八王的话:"王大哥说得对,不挣不赔,怎么能叫买卖?"

王八王拍了拍倪大叔的肩头:"大叔您听,他两个是不是有那个意思啊?"

倪大叔心有余悸地:"唉!嫁给他不大保险,还是让柳子走吧。"

安边柳红着脸,羞怯地对倪大叔:"爹,您再这么说,俺、俺就嫁给他。"

倪大叔:"你真的愿意?"

安边柳不好意思地:"只要您和王大哥愿意,俺、俺说啥?"

王八王大笑:"哈哈哈,就这么定啦。老三,老三——"

夏老三余怒未消:"你咋呼啥!"

王八王神秘地对夏老三:"你天天想着的那事儿,成啦。"

夏老三莫名其妙地:"啥事?"

王八王:"糊涂蛋!你和安边柳的婚事。"

夏老三惊喜地:"啊!真的?"而又心情沉重地:"不、不!"

王八王:"你不相信?"

夏老三:"说实话吧,前几年,我为了在安边柳心目中树立点形象,东跑西颠干买卖,发誓混出个人样儿来,谁知,眼下赔了个一塌糊涂。俺若娶了她,不是让她跟着俺受洋罪嘛!"

安边柳鼓起勇气:"不是你娶我,是我娶你!"

夏老三吃惊地:"啊!"

王八王笑着对倪大叔:"大叔哎,把这小子嫁过来。马上入洞房。"

安边柳:"不能急着结婚。"

夏老三愣愣地:"考验考验我?"

安边柳不好意思地笑了笑:"等个一年半载,不是更合适吗?"

王八王:"有道理!老三呀,考验期间,你小子要夹住尾巴老实干,千万不能被淘汰。"

夏老三对王大哥发誓般地:"王大哥放心,我夏老三一定要当好这没过门儿的上门女婿。"

倪大叔笑容满面地:"老三,从今天起,咱就一个锅里摸勺子。你和柳子挣稠的,咱吃干饭。挣薄的,咱喝稀粥。以后,你就搬到我家,咱爷儿俩一块住吧。"

夏老三激动地几乎给倪大叔趴下磕头:"哎哟我的个亲爹哎。"

于大妈和众村民怒气冲冲地赶来。

于大妈二话没说,上前揪住夏老三的耳朵:"听说昨晚你也凑热闹,我不撕烂你的皮。"

夏老三被揪得斜着身子，嗷嗷直叫。众村民一片喊打声。

安边柳和倪大叔、王八王赶忙上前解劝，拉开于大妈。

王八王讨好地对于大妈："于大妈哎，报告您个好消息。"

于大妈不由分说地又揪住王八王耳朵："你也不是个好东西！听说你趁火打劫，逼着柳子砸开冰窟窿卖鱼。老实交代，谁叫你来的？"

众村民围住王八王："说！谁叫你来的？"

王八王呻吟着："哎哟哎哟，是我那个惹是生非的表侄女……"

众村民愤怒地："又是花螃蟹！"

于大妈松开王八王："找她去。"

众人纷纷攘攘地随于大妈欲走。

安边柳急忙拦住："大伙别去。"

于大妈对安边柳瞪大眼睛怒吼："她糟蹋你，就是糟蹋咱白洋淀！大伙不让她。"

众村民："大伙不让她！"

安边柳和声细语地："谢谢乡亲对我的爱护！可花螃蟹那人，早先也不是那么坏呀……"

31. 闪回 / 夏日

花螃蟹和沙里爬用担架抬着受伤的倪水，在风雨中向医院奔去，焦急的安边柳扶着担架，身后跟着一群村民。

安边柳画外音："俺丈夫受伤的时候，她抬着去医院，一口气跑了三十里路。"

32. 淀中冰雪上 / 上午

于大妈叹了口气："唉！你光记人家好，不记人家孬。"

夏老三凑到于大妈跟前："于大妈，您对柳子的一片心，我和倪大叔都心领啦。"

于大妈怒骂："你算哪家的一根葱？滚蛋！"

"他可不能走。"倪大叔附耳向于大妈说着什么。

于大妈惊愕地:"啊!"

33. 白洋淀风光 / 秋日

【一组特写】荷花上停立着一对蝴蝶。一阵清风刮来,彩蝶左摇右摆。芦花上落一只绿色的翡翠鸟儿。微风吹来,上下打晃。紫燕儿戏水,而又沿着芦巷轻飞。金鲤打挺,溅起白肚红尾的浪花。渔家撒网,收起一网银鱼。鱼鹰入水,叼出一条金鲤,众鱼鹰追赶抢夺。女儿家在柳树下织网。男人们在淀中划船。

画外唱：　　看金秋白洋淀秀丽风光,
　　　　　　荷花红芦花白柳丝儿长。
　　　　　　金鲤鱼跳出了碧波银浪,
　　　　　　紫燕儿飞剪那芦巷绿墙。
　　　　　　淀上人依花生在芦苇荡,
　　　　　　女儿家更擅长织网摇桨。

34. 网箱浮桥上 / 日

大水面上,汽油桶浮起的网箱浮桥宛如长龙,浮桥尽头是用油毡搭设的一间守鱼管理房。夏老三从毡房内搬出一袋鱼饲料,坐在浮桥上扔撒喂鱼。

【特写】网箱中的鲤鱼,开锅似的翻滚着抢食儿。尾巴打得水面"哗哗"作响。

夏老三得意扬扬,喜在心头。

　　（唱）　八月鱼欢网箱忙,
　　　　　　守鱼住进这小毡房。
　　　　　　安边柳进城走一趟,
　　　　　　一日未归思念长。
　　　　　　半年来,心相印情绪高涨,
　　　　　　看起来,马上就要当新郎。

王八王摇船而至:"老三,安边柳去购鱼苗,回来没有?"

夏老三:"我正等得慌呢,王大哥,你有事儿?"

"我也要上几个网箱。"王八王边说边登上晃悠悠的浮桥。

夏老三："这阵子，上网箱的人可真不少，只是品种鱼苗不好搞。这不，安边柳跑了好几趟啦。"

王八王从腰里掏出钱来："等鱼苗搞回来，先给我留一部分。这是预订金，三万元。"

夏老三惊讶地："你要这么多呀？"

王八王一拍胸脯："看准的买卖，不干就不干，干就舍得投资，上它十来个网箱，干个大的。"

夏老三为难地："不行，这鱼苗太紧张……"

"怎么？眼下还没正式过门儿，就不认我这红娘啦？"王八王拉过夏老三的手，将钱硬拍在夏老三的手中，"老实把钱收起来！"

夏老三无奈地："好好好，到时候先依着王大哥。"

王八王高兴地："哈哈，这还差不多。"他抬腕看了看表，"不好！王八喂食超了点啦。"

夏老三："什么？"

"王八我，不！我王八，也不！嗨嗨，我养的那王八该吃饭咧。"王八王解释着跳上小船，摇桨而去。

夏老三望着王八王的背影，傻乎乎地一笑："这家伙。"

花螃蟹和沙里爬摇着小船，驶到网箱前，花螃蟹喜笑颜开地："老三。"

夏老三爱答不理地："咋呼啥？"

花螃蟹迈上浮桥，挤坐在夏老三身旁："刚才有个鱼苗研究所，运来八百公斤品种鱼苗，价格相当便宜呀。"

夏老三心头一动："品种鱼苗？多少钱一斤？"

花螃蟹："整车批发每斤一百，零售一百五。"

夏老三稍一计算："哎呀，一倒手就赚四万块！"

花螃蟹："对，这可是笔大生意，咱合伙干吧。"

夏老三怀疑地："去你的吧，这么好的买卖，你自己不干，找俺掺和啥？"

花螃蟹："因为大伙相信安边柳呀，没她，就是白送给大伙，也没人敢要。"

夏老三："倒是这个理。"

花螃蟹："我说老三哪，你马上就要和人家安边柳一个被窝睡觉啦，贡献不大，人家高兴不起来。咱悄悄干个漂亮的，等她一进门，甩出几万块，也显显男子汉的气魄、大丈夫的威风啊。"

夏老三站起身来，在浮桥上来回走动，他在思考这批生意是否能干。

沙里爬摇着小船箭般地来到网箱前："老花，人家那车鱼苗，马上就要拉走。"

花螃蟹着急地："这可咋办哟，过了这个村，可没那个店啦。"

夏老三："安边柳不回来咋办？"

花螃蟹："咱先把货搞到手，单等安边柳回来销售。能干不能干，等你一句话。"

夏老三："让我想一想。"

   （唱） 闻听买卖手头痒，
       钱财牵动心肝肠。
       眼下鱼苗正紧张，
       倒手卖给王八王。
       挣他的钱，还他的账，
       羊毛出在羊身上。
       解去柳子心头愁，
       添来老夏脸上光。
       要想快速来致富，
       抓住机遇莫彷徨。

"这车货需要多少钱？"

花螃蟹："八万。你手头有钱吗？"

夏老三从怀中掏出王八王准备购鱼苗的钱："有！这是三万元。"

花螃蟹大喜："好，我掏五万。"

沙里爬心急地："快上船吧。"

夏老三和花螃蟹从浮桥上跃下，跳进沙里爬的船舱中。

35. 水面上 / 黄昏

安边柳身背小鱼篓，春光满面地从芦苇丛中摇出小船。

   （唱） 摇双桨划破了十里清淀，
       提小样订大货喜在心间。
       乡亲们要致富依俺靠俺，
       俺岂能当儿戏心不在焉。
       挂稳了网箱系紧了缆，

把大伙的企盼心头拴。
搞鱼苗顾不得是早是晚，
回淀上已然是晚霞满天。

36. 浮桥上 / 黄昏

安边柳来到网箱前，迈上浮桥。
【特写】唱词切换着鱼儿撒欢的镜头。
（唱）　浮桥上静悄悄人影不见，
　　　　禁不住将水面细看细观。
　　　　网箱荡漾碧波软，
　　　　细浪轻拍鱼儿欢。
　　　　花鲢舞银剑，
　　　　黄鲤抛金砖。
　　　　白条放冷箭，
　　　　鲳鱼盾牌圆。
　　　　打一个挺儿铃声一串，
　　　　翻一个跟头脆甩一鞭。
　　　　看不够白洋淀水上奇观，
　　　　爱不够白洋淀乡里情缘。
倪大叔摇船而来："柳子，饭菜我做好了，回家吃晚饭去吧。"
安边柳："爹，老三呢？"
倪大叔："可能搞鱼饲料去啦。"
安边柳："等他回来，咱一块回家吃饭。"

37. 村头 / 黄昏

　　白洋淀渔村的傍晚，生机盎然。渔船归村，鹅鸭上岸，少数人家已然亮起了灯火。一辆客货两用汽车停在村外路旁，车厢用铁板焊成铁桶，是装运活鱼的专用车。车上的充氧机"嗡嗡"作响。车下摆满了大大小小的塑料桶。
　　沙里爬和夏老三从车厢内向外捞鱼。
　　花螃蟹和货主斤斤计较着过秤。

38. 浮桥上下 / 傍晚

一轮明月冉冉升起。倪大叔在修补着小毡房。安边柳在筛选饲料。

倪大叔："也真够难为老三的,整天住在这小毡房里,风刮雨淋的。柳子,早一天把婚事办了吧。"

安边柳不好意思地笑了笑："您老看着安排吧。"

倪大叔："好!三五天内让他正式过门儿。"

下 集

花螃蟹带着一只塑料桶,摇船而来。

花螃蟹讪讪地："小嫂子……"

安边柳热情地："花弟妹,多日没见啦,快上浮桥来坐会儿。"

花螃蟹："哎呀,真不好意思。"

"自家姐妹,有什么不好意思的。"安边柳伸手拉花螃蟹,"快上来吧。"

花螃蟹提着塑料桶,迈上浮桥："小嫂子,我想明白啦,一切都是我错啦。"

安边柳一颗甜枣吃不了："快别这么说啦,咱们还是好姐妹呀。有什么事儿,你尽管说,该帮忙的我一定帮忙。"

花螃蟹："有你这句话,我就放心啦。刚才,我也购进了一批品种鱼苗,要通过你供应给大伙。"

安边柳疑惑地："你也购进了品种鱼苗?"

花螃蟹提过塑料桶："这不,先提来这些,请你这行家里手权威人士过过目。"

安边柳急忙去毡房内拿出手电,仔细查看鱼苗。看着看着,倒吸一口冷气。

　　(背唱)这哪是品种鱼苗?
　　　　野鲤鱼串种杂交。
　　　　只因为个体幼小,
　　　　外行人难辨根梢。

花螃蟹："品种不错吧?"

安边柳："你购进了多少?"

花螃蟹："八百公斤。"

安边柳大吃一惊："啊！这是品种鱼苗吗？"

花螃蟹自信地："绝对没问题。"

安边柳提过一篓品种鱼苗小样："你仔细对照一下吧。"

花螃蟹一个桶里抓出几条。在手电光下反复对照，脸上惊出一层冷汗："不怕不识货，就怕货比货！我的个妈，上了他娘的洋当啦！"

花螃蟹提起塑料桶，欲上小船。被倪大叔一把揪住："花螃蟹，你是不是要坑人？我早就琢磨你，狗嘴里吐不出象牙来！"

花螃蟹着急地："放开我！别误了大事儿。"

倪大叔甩开花螃蟹，怒骂一声："滚！"

花螃蟹跳上小船，夏老三和沙里爬满载着鱼苗桶，摇船而至。

沙里爬："老花，你要到哪里去？"

花螃蟹望着满船鱼苗桶，瞪着眼睛："货主走了吗？"

沙里爬："货款两清，早没影啦。"

花螃蟹："记住车牌号没有？"

沙里爬："车牌号不清楚，没认准。"

花螃蟹像泄了气的皮球，一腚蹲在船头上哭号："我的个亲娘祖奶奶，这回可没法活啦！"

夏老三莫名其妙地呵斥花螃蟹："别号！到底出了啥事儿？"

花螃蟹："鱼苗是假品种啊！"

夏老三和沙里爬"啊"了一声，惊呆在船头上。

安边柳望着呆若木鸡的夏老三："老三，你这是怎么啦？"

夏老三不敢回答："我……"

倪大叔一惊："怎么，难道也有你的份？"

花螃蟹哭咧咧地："这生意是咱两家合伙做的。"

夏老三懊丧地："完啦！他家花了五万元，我家花了整三万啊。"

安边柳声色俱厉地："老三，你哪来的钱？"

夏老三不敢回答："这……"

倪大叔怒吼："说！"

夏老三颤颤地："是王八王让安边柳给他买鱼苗的钱。"

安边柳"啊"了一声，一阵眩晕，几乎栽进水中。

众人急忙搀扶。

倪大叔一屁股蹲在浮桥上，爬也爬不起来。

安边柳颤抖着："这可怎么办呀！"

    （唱） 飞来横祸从天降，
          当头一棒惊又慌。

倪大叔 （唱） 老三你万不该挪用款项，
          新欠债旧欠款如何还偿？

沙里爬 （唱） 老花呀，你贪图便宜咱上了当，
          不认"男女"你乱喊娘！

花螃蟹："安边柳呀，我的个好嫂子哎——"

    （唱） 我鱼龙混杂把祸闯，
          眼下靠你挑大梁。
          嫂子淀上有声望，
          谁识真假论短长？

沙里爬点头赞同："对对对！"

    （唱） 东一桶，西一磅，
          送了网箱送池塘。

夏老三 （唱） 咱好比捕鱼不着别破网，
          拾柴火不着别丢筐。

花螃蟹 （唱） 宁可减价赔点本儿，
          首先处理给王八王。

沙里爬："老花，王八王可是你亲表叔哇！"

花螃蟹紧咬着牙关："就是俺亲爹亲娘，也不能动用感情！到了这个节骨眼儿上，六亲不认咧！"

夏老三："要不，实在没法活啦。"

安边柳顿时失去了主意，急切地问倪大叔："爹，这可怎么办呀？"

倪大叔双手一摊："事到如今，爹心里头一团乱麻，理也理不出个头绪来。柳子，你可要掂量掂量哪。"

安边柳："我，我……"

    （唱） 一席话说得我犹豫彷徨，
          越思量越害怕心中越慌。
          倘若是将心一横全赔掉，
          柳子我倾家荡产难还偿。
          倘若是品德良心全不讲，

　　　　　岂忍心亲情道义抛一旁？
　　　　　哪头轻哪头重掂量再掂量……
　　花螃蟹扯住安边柳衣袖。
　　　　（唱）　销鱼苗莫迟缓快登船舱。
　　沙里爬和夏老三帮花螃蟹将如痴似呆的安边柳拖上小船。倪大叔木讷地站在浮桥上。
　　倪大叔带着哭腔喊："柳子——"
　　安边柳着转过身来："爹——"
　　"这是咋说呀。"倪大叔泣哭着抱头蹲下。
　　安边柳甩开众人，猛然跃上浮桥："不！绝不能干这丧良心的事儿。"
　　"完啦！"花螃蟹推拥夏老三，"快！上浮桥去劝劝。"
　　夏老三跃上浮桥，拉住安边柳的手，带着哭腔："柳子，咱实在是逼得没办法呀，还是去卖了吧。"
　　安边柳坚定地："不！我去通知村委会，让大伙绝不能购这批假品种鱼苗。"
　　倪大叔站起来："对！柳子，咱走。"
　　安边柳欲随倪大叔上船，夏老三紧紧扯住不放："柳子，你千万别去呀。"
　　安边柳生气地："放开我。"
　　夏老三："我求求你。"
　　"放开我！"安边柳甩开夏老三，欲登小船。
　　夏老三紧紧扯住安边柳衣后襟："不能去呀。"
　　"放开！把鱼苗倒进淀里去！"安边柳愤怒地打了夏老三一记响亮的耳光，匆匆登上倪大叔的小船，两人飞快地驶进芦巷。
　　花螃蟹和沙里爬被震住，面面相觑。
　　夏老三被一耳光打怔，一动不动地站在浮桥上。
　　花螃蟹："老三，老三。"
　　"倒鱼苗！"夏老三回过神来，跳上小船，提起鱼桶，一股脑地往淀中泼倒。
　　花螃蟹夺住："俺这一份不准倒。"
　　夏老三："你这份俺管不了。柳子说得对，俺不能祸害乡亲们。"
　　花螃蟹："你把鱼苗倒了，俺表叔那钱，你咋还人家？咱还是想想办法吧。"
　　夏老三："我想好了，走。"
　　花螃蟹："你要躲债？"
　　夏老三："不！我夏老三绝不草鸡要赖。我要去给个体采金户，挖金洞去。"

沙里爬赶忙阻止："别别别，那种违法小金矿，一点安全系数也没有哇。前几天，一窝就砸死了好几个人。"

夏老三坚定地："为了还账，玩命也干！"

花螃蟹善意地："有一线之路，最好别干那玩意儿。"

"唉！我不能再给安边柳添累赘啦，等我挣了钱，把钱寄给她，我就再也不回来啦。"夏老三说着跪倒在地，泪流满面，"生我养我的白洋淀，再见啦。"

花螃蟹呆呆地望着夏老三上了小船，摇桨而去。

沙里爬哭丧着脸："老花，咱这五万元可咋办哟？"

花螃蟹回过神来："咱也走。"

沙里爬："到哪去？"

花螃蟹："到大河水坝，找俺姑爷帮忙去。"

沙里爬担心地："这恐怕……"

花螃蟹杏眼一瞪："你这胆量都不如针鼻儿大！先把鱼苗卖掉再说。"

39. 芦巷中 / 晚

沙里爬和花螃蟹摇船急驶，拐过芦巷，迎面碰上摇船而来的安边柳。

安边柳："老三呢？"

花螃蟹："他走啦。"

安边柳："去哪啦？"

花螃蟹："挖小金洞去啦。"

安边柳大吃一惊："啊！"

沙里爬："他说，挣了钱，寄给你，再也不回来啦……"

安边柳潸然泪下："他走了，再也不回来啦。"

40. 大淀中 / 夜

白洋淀碧波千顷，皓月当空。

夏老三失魂落魄地摇船钻出芦巷。

画外唱：　　　皓月当空如白昼，
　　　　　　　映照男儿满面羞。

安边柳摇船追来："老三，老三——"

　　　　（唱）　你慢些走，且住手，
　　　　　　　掉转船头把桨收。
夏老三回头望了望追来的安边柳，加快摇船速度。
　　　　（唱）　怕她焦虑难承受，
　　　　　　　怕她伤心泪长流。
　　　　　　　雪上加霜，自作我自受，
　　　　　　　伤口撒盐，自割自己揉。
安边柳加速追赶。
　　　　（唱）　摇呀摇，走啊走，
　　　　　　　举目无亲何处投？
　　　　　　　纵然你到海角去，
　　　　　　　我也要撑到你天尽头！
两只船儿追逐着，一会儿摇出苇街，一会儿钻进芦巷。
王八王满头大汗地摇船追来："哪里跑！"
　　　　（唱）　夏老三，安边柳，
　　　　　　　赔了血本不害羞。
　　　　　　　不想还钱要逃走，
　　　　　　　今晚看你哪里溜？
王八王摇船追进芦巷。
夏老三摇船钻出苇街。
　　　　（唱）　已过三里菱角渡，
安边柳追出。
　　　　（唱）　追过五里荷花洲。
王八王在芦巷苇街中乱闯。
　　　　（唱）　只恨四处芦苇厚，
　　　　　　　横七竖八枝叶稠。
王八王四处打探："娘的，这两个家伙又钻到哪去啦？"
夏老三眼看安边柳就要追上。将船又拐进芦巷。
　　　　（唱）　掉转船头钻水巷，
安边柳亦掉转船头绕过芦丛。
　　　　（唱）　绕道芦丛过绿丘。
王八王追出芦丛，琢磨着两人逃走的道路、方向。

（唱）　　岔路纵横三、六、九，
　　　　　　　八成钻了这条沟。
王八王又追进芦丛苇巷。
夏老三穿插在芦街苇巷中驾船兜圈儿。
　　（唱）　　我芦街苇巷把弯兜，
安边柳微微一笑，胸有成竹地掉转船头。
　　（唱）　　我拐弯截头来守候。
王八王看着两只船儿驶向不同方向，不知追哪只是好。
　　（唱）　　两只船儿分左右，
　　　　　　　狡猾难抓似泥鳅！
夏老三在芦巷中回头望了望，脸上露出得意的笑容。
　　（唱）　　终于甩掉安边柳，
安边柳突然从芦苇后划出小船，挡住夏老三去路，两船相撞。夏老三吃了一惊。安边柳故作生气。
　　（唱）　　你船头为何碰撞俺的舟？
夏老三懊丧地坐在船舱里。
画外唱：　　截了留，不能走，
　　　　　　　月夜泛舟情难收。
王八王见此情景，欲上前又止。
　　（唱）　　前面停稳船两艘，
　　　　　　　逃窜的计划正研究。
　　　　　　　我钻进芦丛悄声瞅，
　　　　　　　看他（她）商议啥计谋？

41. 芦丛中／夜

王八王弃船钻进芦丛，连爬带滚地悄悄向前逼近，窥视。

42. 大淀中／夜

安边柳望着垂头丧气的夏老三无限深情："老三哪，老三——"
　　（唱）　　为什么，千呼万唤你不应？
　　　　　　　小船似箭疾如风？

|||为什么，忍心离却白洋淀？
舍弃柳子一片情？
夏老三　（唱）　只因为，脾气难改又玩秤，
糊里糊涂挨了坑！
安边柳　（唱）　你搞鱼苗把钱挣，
是为咱家撑船篷。
夏老三　（唱）　折了东墙补西墙，
想堵窟窿出窟窿。
安边柳　（唱）　你月夜奔走快又猛，
桨打水花情更浓。
你外出打工去玩命，
可是爱我爱得疯？
夏老三　（唱）　爱情的桥梁裂了缝，
再难与你结伴行。
愧对大叔一颗心，
负了妹你一片情。

安边柳慢慢地登上夏老三的小船，抚摸他的脸庞。

　　（唱）　怨我一时太冲动，
打你之后又心疼。
夏老三　（唱）　一巴掌能把人打醒，
使点劲儿别太轻！
我对不起，生我养我的白洋淀，
我对不起，四邻八舍众弟兄。

安边柳无限深情地："是啊。"

　　（唱）　做人就要讲德行，
破财生财不坑蒙。
咱宁可，风吹雨打受寒冷，
怎能够，天各一方任飘零？

夏老三："我不是不留恋白洋淀，可眼下实在是混不下去了呀！"
安边柳："不就是三万块钱吗？咱可以拿网箱里的成品鱼去补。"
夏老三一跺脚："不！绝不让你拿网箱的收入替我还账。"
安边柳生气地："不要你我分得那么清，咱应该一人闯祸二人顶，一人有

难二人应。如果有真情，就应该并肩撑着！"

夏老三试探地："我犯了这么大错误，你还能原谅我？"

"你呀，真是一个大呆瓜！"安边柳望着夏老三摇了摇头，掉转船儿向回摇去。

夏老三望着安边柳的背影，呆呆地站在船头上。

	（唱）	她对我还有情？
画外唱：		情意浓又浓。
夏老三	（唱）	她对我还有意？
画外唱：		爱意暖烘烘。
夏老三	（唱）	是不是破镜要圆镜？
画外唱：		啊——是圆镜。
夏老三	（唱）	猜不透断绳是结绳？
画外唱：		是结绳。

43. 荷花淀 / 夜

安边柳摇船进入荷花淀消失在荷花丛中。

夏老三	（唱）	荷花遮掩她身影，
画外唱：		追上前去问个清。

夏老三掉转船头，挥舞双桨，向安边柳摇船而去的方向紧追。

44. 芦丛内 / 夜

王八王直起腰来："哎哟我的个妈哎，可把我整草鸡啦！"

　　　　　（唱）　钻进芦苇不透风，
　　　　　　　　憋了身臭汗蚊子叮。
　　　　　　　　动也不敢动，
　　　　　　　　吭也不敢吭。
　　　　　　　　痒也不咕拥，
　　　　　　　　疼也不哼哼。
　　　　　　　　总算把情况摸了个明，
　　　　　　　　我多余担心是虚惊。

照町 ZHAO TING

    柳子不是只飞蜻蜓，
    老三不是条可怜虫。
    一个为人正正正，
    一个心眼诚诚诚。
    一个处世愣愣愣，
    一个情意浓浓浓。
    两人说到为难处，
    我泪水打湿芦苇丛。
    虽说离了钱不行，
    要比人情分量轻。
    宁可损失更严重，
    不可棒打啼血的莺。
    见他悠悠摇船去，
    我悄然无声也随行。

王八王跳上小船轻轻摇桨，尾随着夏老三。

45. 荷花淀 / 夜

安边柳驾着轻舟，在荷花丛中穿行。
    （唱） 只听身后桨声动，
夏老三追进荷花淀。
    （唱） 好似流星赶月明。
王八王亦追进荷花淀。
    （唱） 他（她）追来追去追倩影，
       我撑来撑往撑真情。
画外唱：   一望无际荷花淀，
       千枝万枝来相迎。
       红莲伸手牵衣袖，
       荷花依依伴船行。
王八王 （唱） 安边柳轻舟隐入荷花丛，
       夏老三鲤鱼打挺快快冲。
安边柳 （唱） 悄悄隐入花丛中，

安边柳收桨坐在船头上，将船儿掩藏在荷叶下。

夏老三追过，四处打探，寻找不到安边柳。

   （唱） 哪是花哪是人难辨青红。

王八王追来。

   （唱） 忙上前帮老三寻找途径，

       做媒人理应该忠守职能。

夏老三着急地："柳子，你在哪？"

"我在这儿。"安边柳站起身来。

夏老三惊喜地："你还爱我？"

安边柳："我只喜欢栽倒能爬起来的男子汉！"

"柳子！"夏老三激动地喊了一声，纵身跳上安边柳的小船，狂热地抱起安边柳，两人热烈相吻。

王八王尚未弄清情况："不好！两个又打起来了。"急忙凑上前去，当发现两人接吻时，羞得双手捂住脸，向后退步，扑通一声，栽进水中。

安边柳与夏老三大惊："谁？"

王八王从水中露出头来，双手扒着船舷，十分狼狈地："我，王八王。"

安边柳："王大哥，你怎么来啦？"

王八王眨着眼睛："嗨嗨，我怕你俩闹意见，急忙赶来调解调解。唉！你说我这个媒人多难吧？整天跟在你们屁股后头擦屁股！得得得。媳妇坐了床，媒人靠南墙，赶快结婚算咧！"

46. 花家屋内 / 日

花螃蟹四仰八叉地躺在炕上正睡午觉，呼噜声中咬牙锉齿。

47. 花家门外 / 日

一辆奔驰600驰来，戛然停在花家门外，车上下来一个人，他就是大难不死的赵千里。此时，他与前判若两人，手提密码箱，鼻子上架副金丝眼镜，衣冠楚楚地走到花家门前，无限感慨地："啊，到啦，又来到啦。"

   （唱） 星斗移，日月转，

       今非昔比一年前。

　　　　当初在此落过难，

　　　　滴水之恩报涌泉。

　　　　此行只为事两件，

　　　　一报恩来二报怨。

　　他查看地形地貌后，指着花螃蟹的小屋回忆判断："对！正是这间茅草房。"遂上前轻轻叩门："大嫂——"

48. 花家屋内／日

　　花螃蟹被惊醒，揉着眼坐起来，喃喃责骂："谁他娘的这么不懂人事儿，影响老娘睡午觉！"

　　赵千里画外音："大嫂快快开门，你看我是谁呀？"

　　花螃蟹不耐烦地跳下土炕，拖着鞋子打开屋门。

　　赵千里笑容可掬地出现在门口，向花螃蟹微微点头，深深一躬。

　　花螃蟹见是位西装革履的陌生人，疑惑地："您是？"

　　赵千里摘下眼镜："大嫂仔细认一认，好好想一想。"

　　花螃蟹左端右详："先生来买过鱼吧？"

　　赵千里微微一笑："不对。"

　　花螃蟹自作聪明地："我想起来啦，您是俺县里合资公司的港方大老板！"

　　赵千里低头看了看自己的装束："哎呀，错啦，错啦。"

　　花螃蟹只好实话实说："对不起，实在认不出来啦。"

　　赵千里点了点头："是啊，那夜灯光昏暗，我也很难认出大嫂来，虽说落魄夜方位混淆，但这茅草小房，温暖土炕，使我终生难忘啊。"

　　"先生，您到底是哪位？"花螃蟹没听出个所以然来，着急地问。

　　赵千里："我就是风雪夜被你救活的落难人赵千里呀。"

　　花螃蟹沉思："赵千里……"

　　赵千里指了指门外的邻居安家："那夜晚那家叫不开门，是您开门救了我呀！"

　　花螃蟹猛然想起，"啊"了一声，呆若木鸡。

　　赵千里："想不到吧，大嫂呀——"

　　　　（唱）　世上风云多变幻，

　　　　　　　科技一步登上天。

>想当初大嫂解我难中难,
>今日里千里闯出甜上甜。
>治鲤鱼烂鳃病百次应验,
>转让了专利报酬甚可观。
>今日我带来二十万,
>大恩德区区数实难报还。

花螃蟹听完赵千里的诉说,喃喃地:"二十万,二十万……"

>(旁唱)悔恨当初目光浅,
>财神关在门外边。
>若知他能时运转,
>大鱼大肉供半年。
>幸喜他认错房屋人难辨,
>将错就错巧周旋。

赵千里见花螃蟹在屋内走来走去:"大嫂在想……当初的事儿吗?"

花螃蟹顺水推舟:"俺在想啊,就那么一点儿小事儿,还值得你念念不忘,带这么一箱子钱来。"

"大嫂,我赵千里绝不是忘恩不报的小人。"赵千里打开密码箱,拿出安边柳的棉袄,抖了一抖,"大嫂,您看——"

花螃蟹望着空空如也的密码箱,大失所望:"好好的箱子,盛了件破棉袄!"

赵千里抚摸着棉袄无限深情地:"生死关头,它为我驱寒送暖、遮风挡雪,没有它,还不知又要冻死在何处呢。在我心目中,它比二十万元钞票更为贵重!"

花螃蟹眼睛又在打转:"闹了半天,你是送棉袄来了?"

赵千里笑了笑,从口袋掏出一张现金支票:"支票我已盖章填好,到银行即可提取现金。"

"我的个妈哎,这可大发啦!赵,赵,赵先生,多谢您啦。"花螃蟹兴奋地颤抖着双手去接支票。

赵千里转了转眼珠,不知想到了什么,他没有将支票递给花螃蟹,而是重新装进自己的口袋:"等一等,大嫂把这棉衣收起来,与我交换一件东西。"

花螃蟹迫切地:"这棉袄大嫂不稀罕,扔那吧。俺家的东西用不着交换,你相中啥拿啥!"

赵千里更加警觉起来,瞪大了眼睛,直视着花螃蟹。

花螃蟹不敢对视赵千里的目光，笑得比哭更难看："嗨嗨，俺乡下人怕羞，真不好意思，俺长得又不俊，别这么瞅俺……"

"不对味儿，看来不可马虎大意！"赵千里慢慢地走向一旁，猛然转过身来，"请问，这棉袄的里里表表用几色布条缝连？用了几种针头线脑？"

花螃蟹被噎住："这……天长日久，实在想不起来啦。"

赵千里下意识地将棉袄收进箱子："我再问你，有一样东西丢在这里，能否归还给我？"

花螃蟹："啥东西？"

赵千里："想一想吧。"

花螃蟹乱猜："是副棉手套？"

赵千里："不对。"

花螃蟹："一双破鞋？"

赵千里愠怒："胡诌！"

花螃蟹傻了眼："这叫我奔着啥玩意儿去猜呀？"

赵千里提起箱子："对不起，投错了门儿，认错了人儿。告辞！"

花螃蟹的眼球快速打转，她突然想到了什么，一把拽住赵千里："慢，让我再想一想，那晚……那晚你，你是不是身背一个黄书包？"

赵千里惊喜地："好！快拿来。"

花螃蟹一听，泄了大气："嗨嗨，丢了。"

赵千里："丢了也不要紧，请问那书包外面写的什么字？里边绣的什么花？里面装的又是什么？"

花螃蟹又被噎住："这个……"

赵千里："哪个？"

王八王风风火火地跑进屋来："表侄女，听说公安、工商、法院来了好几家，把沙里爬叫到村委会去啦！"

花螃蟹心头一惊："出了啥事儿？"

王八王将嘴凑在花螃蟹耳朵上："听说你卖的那假品种鱼苗，事发啦。"

花螃蟹惊出一身冷汗，一屁股蹲在炕沿上。

王八王惊恐地望了望赵千里："您是？"

未等赵千里答话，花螃蟹从炕上站起，推拥着王八王："去去去，这是我的贵客！"

王八王不识趣地："贵客？是老板？是领导？"

赵千里接过话来："我是个平头百姓，来还债的。"

花螃蟹生怕王八王了解到内情，直劲地推着王八王："走走走,快去村委会，看看你表侄女女婿去。"

王八王也上来了邪劲儿，甩开花螃蟹："你推什么！这年头还会有人登门还债，稀罕事儿。请问先生，欠她多少钱？"

赵千里："我是欠救命的恩情债。"

王八王："她救过你的命？"

赵千里摇摇头："不！我在寻找真正的救命恩人。"

花螃蟹大怒："王八王，你给我滚蛋！我告诉你，好奇心，害死人……"

王八王把眼一瞪："就不走！我这人喜欢打破砂锅问到底，问问砂锅几条腿。请问，到底咋回事儿？"

赵千里："去年风雪夜，我迷了路，一头栽进芦苇塘。快要冻死的时候……"

王八王一拍大腿："知道啦！是个小寡妇救了你？"

赵千里："对对对！"

"错咧错咧，不是这家是那家。"王八王指了指安边柳家。

49. 安家

【特写】安家屋门上锁。

50. 花家屋内 / 日

赵千里拉住王八王的手："那位大嫂到哪去啦？请您带我去找。"

"可能在她公爹家，走吧。"王八王说着，领赵千里欲走。

花螃蟹慌忙拦挡在门口："不许走！"

王八王甩开花螃蟹："不要脸的东西！"与赵千里向轿车走去。

花螃蟹一跳老高："王八王，王八蛋！"

王八王不但不生气，反而朝花螃蟹做个鬼脸，嘻嘻一笑，登上轿车。

51. 街道上 / 日

大奔驰通过窄窄的小街道，引来众多惊奇的目光。

52. 汽车内 / 日

赵千里驾车。王八王坐在副驾位置，得意地咧着大嘴，不无张扬地向刮目相看的村民们挥手："老嫂子好！ 大叔好！哎哎哎，左拐弯，左拐弯……"

53. 倪家门外 / 日

汽车停在倪大叔大门外的小场院中，赵千里和王八王从车内钻出来。车后跟来一群光着屁股的孩子，围着汽车乱摸。汽车一经触摸、自动报警器响了起来，孩子们吓得直往后退。
王八王惊恐地望着赵千里："你是公安局的便衣？"
赵千里笑了："哈……哈……这车装有自动报警器。"
王八王自知出了土老帽洋相，气往孩子们身上撒："狗小子们，滚一边玩去！这玩意儿不能戳，不能摸，一摸就成了公安车！都逮了你去！"
孩子们笑着跳着，竟有个调皮鬼带头齐喊："王八王，养老鳖，好吃又好喝，就像伺候爹。"
王八王大怒，弯腰摸坷垃向孩子们投去，孩子们笑着一哄而散。
王八王尴尬地："熊孩子！"
赵千里拍了拍正和孩子们生气的王八王："走，快去办正事儿。"

54. 倪家小院 / 日

王八王领赵千里走进倪家大门，大声大气地喊："柳子，你看谁来咧。"
安边柳、夏老三、倪大叔从屋内走出。
安边柳尚未认出赵千里，怔怔地问王八王："王大哥，这位是？"
王八王："难道你们不认识？"
安边柳辨认："有些面熟。"
赵千里打量："似曾相见。"
夏老三抓耳挠腮："我也像在哪儿碰上过。"
安边柳歉意地："想不清楚啦。"
赵千里谨慎地："认不准确啦。"

夏老三拍着脑门儿："到底是谁呢？"

赵千里突然打开密码箱，取出棉袄，向安边柳抖了一抖："大嫂请看。"

安边柳一眼就认出自己的棉袄，疾步向前，将棉袄抱在怀中，贴在腮上："啊……我的棉袄！"

倪大叔与夏老三恍然大悟。

赵千里走近安边柳："大嫂，我是赵千里，一年前……"

安边柳未等赵千里把话说完，急忙打断赵千里的话，痛苦地："不要再提那件事啦。"

赵千里不解地："大嫂怎么啦？"

安边柳："你，你快走吧。"

王八王："柳子，你到底是不是他的救命恩人？"

安边柳摇了摇头。

赵千里大失所望："难道我又认错了人？恩人啊，你到底在哪里？"

王八王拉过安边柳："柳子，你为什么不认他？"

安边柳长叹一声："唉！王大哥呀。"

（唱）　流血的伤口已结疤，
　　　　艰难的岁月似沉沙。
　　　　流言已随时光去，
　　　　银铃系成死疙瘩。
　　　　有心要把绳儿解，
　　　　怕只怕，铃声响处风又刮。

王八王生气地："柳子！"

（唱）　三尺水下种藕瓜，
　　　　身披淤泥把根扎。
　　　　经过三风五场雨，
　　　　绽放洁白一枝花。
　　　　今日该把故人认，
　　　　揭开往事一层纱。

安边柳点头称是。忙把赵千里往屋里让："这位大哥，快屋里坐吧。"

夏老三急忙掀开门帘。"有话进屋说。"

众人簇拥着赵千里进屋。

55. 倪家屋内 / 日

赵千里坐在古老的木圈椅上，安边柳捧上一杯热茶："大哥，请喝茶。"

赵千里礼貌地站起，深有感触地喃喃自语："好亲切的称呼，好难忘的声音……"

安边柳一字一顿地："去年风雪夜，有人冻僵在我的门前，好不容易才把他暖和过来。"

赵千里："这么说，是你救了他？"

安边柳："我为他烧热了土炕，拂去满身雪花……"

赵千里激动的声音在颤抖："又为他擀了黄澄澄的鸡蛋面，披上一件暖透心房的大棉袄啊！"

安边柳抱起棉袄："就是这件衣服。"

赵千里欲上前相认，转而一想，内心独白："没有十分把握，再也不敢贸然相认了。"他极力抑制住激动之情："大嫂啊——"

    （唱） 那夜棉袄身上穿，
        靠它闯过生死关。
        寒风刺骨它送暖，
        没它没有我今天。
        一颗爱心照肝胆，
        念念不忘一片丹。
        绵绵思情细细看，
        方知表里不一般。
        大嫂呀，可知几块布料连？
        几色棉线几道弯？

安边柳 （唱） 问起棉袄好可怜，
        想起出嫁那一年。
        提起针针和线线，
        忆起表里更心酸。
        姑家拿来六尺布，
        姨家添上三尺三。

赵千里 （唱） 前襟兜着青山绿，
        身后背着大海蓝。

安边柳	（唱）	有表无里缺棉线，
		乡里乡亲大家添。
		东邻剪下蚊帐幔，
		西邻掏出被中棉。
		大叔无棉撕绒毡，
		大婶无布铰白帆。
		大姐解下红头绢，
		大妹拆来窗上帘。
		大爷粗针石上磨。
		大娘细线灯下捻。
赵千里	（唱）	哎呀呀，七彩衬里八彩线，
		扭扭曲曲九道弯。
		百衲衣裳千针连，
		为何两袖软绵绵？
安边柳	（唱）	袜筒做布剪八瓣，
		缝缝补补连上肩。
赵千里	（唱）	为何袄里血斑斑？
安边柳	（唱）	针儿扎破手指尖。
赵千里	（唱）	节节白线染红线，
安边柳	（唱）	伴我八冬腊月天。

赵千里感动得热泪盈眶。

　　　　　（唱）　大嫂她字字句句吐真言，
　　　　　　　　不由我热泪盈眶心头酸。
　　　　　　　　那夜晚披上这爱心一片，
　　　　　　　　是把这淀上的情怀身上穿。
　　　　　　　　救命之恩情无限，
　　　　　　　　生死难忘这衣衫。
　　　　　　　　做人大嫂是典范，
　　　　　　　　一颗爱心重于山！
　　　　　　　　上前要把恩人唤，
　　　　　　　　还有一事心中悬。
　　　　　　　　倘若她有书包在，

躬身拜倒她面前。

"大嫂，这棉袄无疑是您亲手所做。"

安边柳："灯前月下细缝密连，针针线线记在心间。"

赵千里："有件东西放在你处，可曾记得？"

"有件东西？对了。"安边柳急忙打开柜子，取出黄书包，"大哥你看。"

赵千里惊喜异常，忙去拿书包。

安边柳将书包藏在身后："大哥，这书包倘若给错了人，也不好交代。请问，里面装的是什么？"

赵千里无限深情地："是我娘亲手做的一双布鞋。"

安边柳快速地追问："书包盖上绣的什么字？"

赵千里对答如流："为人民服务。"

安边柳："里面绣的什么花？"

赵千里泣声："是我那早逝的妻子绣的一颗红心哪！"

安边柳点点头，递过书包："一点不假，书包归还。"

赵千里递过棉袄："半点不错，收下棉袄，恩人在上，受我赵千里一拜！"

赵千里双膝一软，平身跪倒在安边柳面前，泪流满面。

安边柳泪水盈眶、急忙搀扶起赵千里。

王八王大为感动："好一个侠肝义胆的汉子，好一个救人危难的女子，了不起呀！"

夏老三内疚地："他们都好，就我不好。"

赵千里："你是？"

夏老三："那夜晚我不明真相，听信谗言……"

赵千里："听谁胡说八道？"

夏老三："花螃蟹。"

赵千里："此人是谁？"

安边柳："你那夜叫门不……"

赵千里愤怒地："见死不救，反倒造谣生事，此人何等嘴脸？"

王八王大笑："哈哈哈，就是你刚才找的那个娘儿们。"

赵千里："她？刚才差点上当受骗，被她冒领支票。"

王八王："支票？"

赵千里掏出支票，双手捧到安边柳面前："我赵千里多亏大嫂解救，如今才有了用武之地。特带现金支票二十万元，望恩人笑纳。"

夏老三、王八王、倪大叔惊讶地："啊，二十万！"

王八王拿过支票反复看了看，递给安边柳："这玩意儿就是现钱！柳子，这可了不得咧！"

夏老三："柳子，快接着。"

安边柳笑着摇了摇头。

夏老三接过支票向赵千里连连鞠躬："赵、赵大老板，感谢你……"

安边柳要过夏老三手中的支票，递给赵千里："这钱俺不要，大哥收起来吧。"

赵千里："难道恩人嫌少？"

安边柳："二十万元，俺见都没见过，哪能嫌少啊。"

赵千里纳闷地："这是为什么？"

安边柳意味深长地："大哥呀——"

  （唱） 当初大哥到门前，
      解人危难理当然。
      一把柴草一碗面，
      无心来日赚大钱。
      爱心不图来相报，
      只盼人间春满园。

  （伴唱）爱心不图来相报，
      只盼人间春满园。

赵千里 （唱） 不报此恩心不安，
      牵肠挂肚夜难眠。
      若不大嫂来相救，
      魂魄早已赴九泉。
      荒山野岭冻死骨，
      专利大款有何谈？
      大恩大德永难忘，
      刻骨铭心要偿还。
      切盼领下这心愿，
      莫让大哥再为难。

倪大叔："柳子，人家真心实意，你就收下吧。"

安边柳坚决地："爹，咱分文不能收。"

倪大叔长叹一声:"唉!若不是那假品种鱼苗坑害了咱,是该分文不收呀。"

赵千里心头一震:"什么?假品种鱼苗?"

王八王赶紧介绍情况:"你是不知道哇,前几天让人家用假品种鱼苗,骗走了八万元呀!"

赵千里吃惊地:"八万元?那骗子长的什么模样?"

夏老三打量着赵千里:"模样和你差不多,只是多了一对大虎牙。"

赵千里大惊失色,突然高举着支票再次跪倒:"大嫂,赶快把钱收起来。"

安边柳不解地:"大哥,你这是?"

赵千里 (唱)   心流血,愧满面,
             坑害恩人罪滔天!

安边柳搀起赵千里:"到底咋回事?"

赵千里 (唱)   我出让专利百万元,
             与二弟办公司繁育水产。
             只因为大河涨水小池满,
             野鲤鱼钻进了育卵的湾。
             野生杂交把苗串,
             二弟他,他他他,瞒着我卖成亏心钱。
             我专程来访白洋淀,
             一找恩人表心愿,
             二找那受害人道歉赔款,加倍偿还!

众人大惊:"啊!原来是你家做的这批买卖!"

赵千里内疚地:"二弟死活不敢到白洋淀来,我只好单独驱车来访,想不到,原来坑害的是恩人!这二十万元,权当是赔偿假鱼苗,大嫂如果再推辞,就是陷我赵千里不仁不义了。"

安边柳只好接过支票:"大哥,这不怪你……"

"够哥们儿!"王八王拍了拍赵千里的肩头,吩咐夏老三:"烫上一壶酒,咱边喝边拉呱儿。"

"好咪。"夏老三高兴地与安边柳做菜,烫酒。

沙里爬惊慌失措地进屋:"安边柳哎……"

安边柳看着沙里爬哭咧咧的样子,睁大了眼睛:"你这是怎么啦?"

沙里爬捶胸顿足地:"可了不得咧。"

(唱)   地也陷,天也塌,

买假卖假犯了法。

假鱼苗卖给了大河坝，

惹来了工商法院好几家。

连罚加赔八万八，

拍桌子瞪眼把人吓煞。

老花她，又哭爹，又喊妈，

口口声声要自杀。

她瞅了个空子蹿出去，

我可就坑坑洼洼旮旮旯旯找也找不着她！

安边柳大吃一惊："不好，花螃蟹那个争强好胜的脾气，遇到这种事，很难想得开。"

56. 芦苇丛中 / 日

花螃蟹失魂落魄地在芦巷深处摇着小船。

（唱）　心如冷刀绞，

身似热油煎，

惹来横祸吓破胆，

越想越心寒。

倾家荡产钱难还，

宁死不能受羞惭！

她咬咬牙，一头栽进水中，在浪花中沉浮。

画外唱：　你从小生长在白洋淀，

就不知善于戏水不怕淹？

她欲死不能，湿漉漉地爬上小船，欲哭无泪。

（唱）　如何一死把命断？

她举目仰望，透过芦丛芦花，突然发现游乐岛上的摩天轮。

（唱）　忽见这摩天转轮高耸天。

罢罢罢！摩天轮是我的望乡台，

游乐岛是我的鬼门关。

她将小船摇出芦巷，直奔游乐岛划去。

57. 拱桥上 / 日

奔驰车驰来，停在白洋淀岔沟的拱桥上。安边柳、夏老三、倪大叔、沙里爬、王八王、赵千里从车内钻出，向路人打听着什么。路人向桥下指了指，众人快步向下走去。

58. 拱桥下 / 日

数只小游艇排成长龙，游艇舵手们纷纷启动游船，满载着游客向大淀中飞奔。

安边柳询问一摩托艇司机："请问，见没见过一个摇着小船的年轻妇女？"

"没有。"司机摇摇头。忽然，他似乎想到了什么，"哎，听说有个女人爬到摩天轮上，是不是她？"

安边柳惊慌地："快！去游乐岛！"

众人登上游艇，向游乐岛驶去。于大妈等众乡亲，划着小船，也急速向游乐岛驶去。

59. 摩天轮上 / 日

花螃蟹已然爬到摩天轮铁塔的顶端，她双手紧紧抓住铁架杆，转过头来，号啕大哭。铁塔下围满了惊恐的人们。

60. 小岛上 / 日

安边柳等人乘摩托艇飞驶而来，大家纷纷跳下小艇，快步跑向摩天轮铁塔。

61. 摩天轮上下 / 日

沙里爬望着铁塔上的花螃蟹，双腿打软，撕心裂肺地哭喊："老花——"

花螃蟹俯视着沙里爬亦哭喊："老沙——"

沙里爬跌跌撞撞地跑到铁塔下，抓住铁塔架就要攀登："老花，你千万别松手，我上去救你下来。"

花螃蟹怒喝:"躲开!你再爬一步,我一头栽下去!"

众人惊恐地"啊"了一声,下意识地向后退去。沙里爬顿时吓得面如土色,瘫倒在地。

安边柳极力控制住紧张的神情,用舒缓的语气:"花弟妹,快下来吧。咱的鱼苗钱,找回来啦。"

花螃蟹摇摇头:"不!你骗我。"

"不信?你问这位大哥。"安边柳指着赵千里。

赵千里:"是我二弟坑害了你,一切经济损失,由我负担。"

花螃蟹:"是你?"

王八王:"就是他,就是你给柳子栽赃的那个男人!呸!还想骗人家……"

安边柳拽了拽王八王的衣襟:"说话不看头势。千万不能刺激她!"

王八王不屑地:"她吓唬人,不敢跳。"

花螃蟹瞪大了眼睛:"是他二弟……"

安边柳:"花弟妹,有话下来说。"

花螃蟹:"不!你是编着法子骗我下去。"

夏老三举起支票:"下来吧,赵大哥赔偿二十万元!"

花螃蟹悔愧难当,泪流满面。

(唱)　闻言泪水如涌泉,
　　　　一步走错棋一盘。
　　　　对不起,被我陷害的安边柳,
　　　　对不起,陪我上当的夏老三。
　　　　对不起,雪夜求救的大老板,
　　　　对不起,乡里乡亲大如天。
　　　　有心将这铁塔下,
　　　　有何面目站人前?
　　　　罢罢罢,还是一死最合算,
　　　　也免得,旮旮旯旯无处钻!

"我没脸活下去啦。安边柳,乡亲们,永别啦!"

花螃蟹松开一只手,准备跳下。众游客和众乡亲惊得"啊!"了一声。

安边柳突然大喝:"花螃蟹!"

花螃蟹浑身一抖,双手又抓住铁架杆:"你,你也喊我的绰号?"

安边柳生气地:"你太不通情理啦,难道你真的横下一条心,辜负大伙一

照町 ZHAO TING

片情?"

  花螃蟹试探地:"你和大伙还能原谅我吗?"

  安边柳指着众人:"你睁大眼睛,仔细看一看呀!"

    (唱) 你惊得乡亲出冷汗,

        气儿也不敢大声喘。

        你把老沙吓破了胆,

        坐在地上泥一摊。

        你辜负了众人心一片,

        闹出这人命案动地惊天!

        你抬头看——

        日头被你羞红了脸,

        云儿也把白眼翻。

        它气你——

        破了罐子你摔破罐,

        坏了衣衫你撕衣衫。

        你低头看——

        高粱怒发冲红冠,

        树梢气得直打战。

        它恨你——

        忘了乡亲情无限,

        不认人来只认钱。

        你侧耳听——

        声声叫你的是苦蝉,

        啼血劝你的是红杜鹃。

        紫燕儿把你的这念头剪断,

        黄莺儿娓娓婉婉拨你的心弦。

        万物有情把你企盼,

        走错了道儿快拐弯。

        只要你心能回来意能转,

        咱淀上人家胸怀宽。

        容人的肚量是白洋淀,

        真挚的感情大无边!

荷花红·芦花白

　　　　　　盼你快把铁塔下，

　　　　　　咱姐妹携手共团圆。

　　花螃蟹真诚地："我的个好嫂子，俺彻底改了。"

　　安边柳："改了就好，快下来吧。"

　　"下，下去给大伙赔礼去！"花螃蟹转过身去，哆哆嗦嗦地下铁塔。

　　安边柳："慢一点，注意安全。"

　　花螃蟹下至离地面一米多高时，沙里爬张开双臂将其抱了下来。安边柳上前，紧紧握住花螃蟹的双手。

　　花螃蟹泣哭着，一头扑在安边柳怀中。定格。

　　画外唱：　　荷花红，芦花白，

　　　　　　　柳木船儿敞开怀，

　　　　　　　船头装满情，

　　　　　　　船艉载满爱，

　　　　　　　呀呼依儿咳——

　　　　　　　迎着大潮向前开。

（剧终）

注：

①该电影剧本根据本人创作的评剧《淀上人家》改编。1999年7月15日，改编完成于莱芜市文学戏剧创作室静思斋。

②2000年6月，该电影剧本荣获河北文化厅、河北广电局优秀剧本奖。

③如需排演该剧，请联系著作权人或继承人达成书面协议后方可表演。否则侵权必究！

• 现代戏

儿行千里①（未删节版）

时间： 2007年至2008年。

地点： 山村、都市、看守所。

人物： 忠子娘——80岁，耀忠之母。
　　　　郑耀忠——50岁，落马高官。
　　　　马莉莉——40岁，耀忠之妻。
　　　　山兰子——35岁，耀忠之妹。
　　　　山伢子——35岁，耀忠之妹夫。
　　　　郑五洲——15岁，耀忠之女。
　　　　张大叔——70岁，山村老乡亲。
　　　　周西山——40岁，马莉莉的同学。
　　　　阿来妹——20岁，周西山的情妇。
　　　　李县长——45岁，大山县县长。
　　　　大发子——45岁，山村乡亲。
　　　　乡亲甲、乙、丙、丁及众乡亲多人。女警官2人。地方领导两男两女。

---
① 作品登记号：鲁作登字-2022-C-10044598

惊　梦

［字幕：2007年。
［北风呼号、雪花纷飞。
［幕后传来粗犷豪放的女花脸歌声：

　　　　噢——噢——
　　　　娘身上掉下一块肉，
　　　　搓根麻线拴心头。
　　　　咱若往那正道上走哇，
　　　　儿行千里也担忧。
　　　　咱若往那斜道上走哇，
　　　　牵得咱娘心血流。

［幕启：天幕上群山环抱着小山村，白雪皑皑，银装素裹。
［山峰上蜡梅盛开。
［郑家小院内古松戴银帽，翠竹压弯腰。
［茅屋檐上垂下一尺多长的根根锥形琉璃。
［堂屋内悬挂着一幅大红寿字。
［忠子娘开门见山，观望雪景，无限感慨。

忠子娘　麦盖三层被，枕着馒头睡。瑞雪兆丰年啊！
　　（唱）　腊八瑞雪裹青峰，
　　　　　　红梅串串挑灯笼。
　　　　　　白地毯铺满了山山岭岭，
　　　　　　儿行千里回家中。

［山兰子、山伢子提寿礼上。

山兰子　
山伢子　娘——

忠子娘　咦！俺闺女和女婿来咧，快屋里坐。
山伢子　日头快落山了，俺哥咋还没回来？
山兰子　看这大雪天，恐怕俺哥从北京赶不回来了吧。
忠子娘　他不敢！今天腊八日，是老娘的八十大寿，就是天上下枪子、带刀子，他也准得回来。

山伢子　娘，俺哥一家回来，晚上住哪？
忠子娘　就住家里。
山兰子　这破宅破院，俺嫂子能住吗？
忠子娘　孩不嫌娘丑，狗不嫌家贫，住也得住，不住也得住。
山伢子　娘，前阵子李县长要为您盖房子，您不该把人家轰出去呀。
忠子娘　他冲着谁来的？是冲着你哥那顶乌纱帽来的！就凭娘这张老脸，八辈子也轮不着给咱盖房子。
山伢子　娘，你看人家都住上大瓦房、小洋楼了，前几年俺哥要给你翻盖房子，您咋不愿意呢？
忠子娘　这老屋可是俺和你爹扛石头、抬木头，一把血一把汗垒起来的，一住就是五六十年，旮旮旯旯都有感情。为啥俺在北京待不住？娘就是舍不得这个破家。
山兰子　娘办事就爱动感情、讲原则，每晚看新闻，大事要事还拿本本记下来。
忠子娘　不关心国家大事还中？
山伢子　娘，听说您年轻的时候当过官？
忠子娘　哈哈，十三岁当儿童团团长，十六岁当了妇救会会长、识字班班长……
山伢子　咦！
忠子娘　好汉不提当年勇。来，把炕洞里的柴火点着，先让铺盖热乎着。（点火）
山伢子　娘，您看这墙，裂炸扒纹。（伸手摸了摸）咦！一摸一把灰，俺哥咋住呀！
忠子娘　哈哈哈，娘早打好了糨糊，来，帮娘贴墙。
山兰子
山伢子　好咪——

　　　　〔三人用报纸贴墙壁。
忠子娘　（唱）　坯炕头，泥墙根，
　　　　　　　　莫让忠儿沾灰尘。
　　　　　　　　抹一把稠糨糊粘住娘亲的爱，
　　　　　　　　贴一张薄报纸情满土墙裙。
山兰子　（唱）　人都说母子紧拴线一根，
　　　　　　　　越走远越牵紧娘亲的魂。
山伢子　（唱）　生儿育女心操尽，
　　　　　　　　硬了翅膀就飞出了家门。

忠子娘	（唱）	白日里牵挂儿不谨不慎，
		到夜晚更害怕不测风云。
山兰子	（唱）	孩想娘，仅一寸，
		娘想孩儿万丈深。
山伢子	（唱）	人人都说当官好，
		谁知更牵老娘心。
忠子娘	（唱）	儿子儿媳好人品，
		千里为娘祝寿辰。
		别看他省城转来京城奔，
		没忘记庄户孩子守本分。

山伢子　咦！用报纸这么一糊，这房间倒是蛮有味道！
忠子娘　好好好。你哥小时候就喜欢满墙上糊报纸，他一看，准高兴。
　　　　［张大叔与众乡亲上。
张大叔　我的个老嫂子哎——
忠子娘　唉，他张大叔，快屋里坐。
众乡亲　大娘、老奶奶……
忠子娘　（答应）四邻八舍都过来了。坐，炕沿上坐。山兰子，快下茶去。
张大叔　山兰子，大叔我还是爱喝老干烘，抓上一大把。
　　　　［众人笑。
张大叔　老嫂子哎，听说忠子要回来，大伙都过来看看。
众乡亲　好几年不见了，都惦念着他……
忠子娘　看看，让大伙都牵挂着。真是莫大有庄乡啊。（端过一簸箕花生，往众人手里捧）捧住捧住，刚炒的，焦酥。
张大叔　老嫂子哎，今儿个是您的好日子，老弟要陪您喝盅寿酒。
忠子娘　好！就凭你那三茶碗酒量，今儿个管叫你晕天晕地，摸不着家门儿。
　　　　［众人大笑。
张大叔　老嫂子的酒量，打年轻俺就服您。那回您灌得俺苦胆都吐出来了大半截。
　　　　［众人哄笑。
忠子娘　老了，酒量也不中用了。
张大叔　哎呀，多少年的老姊妹咧。老嫂子哎，听说忠子在京里做了大官咧。
忠子娘　官再大，也是咱山里的孩子，也得见了大叔喊大叔，见了二婶叫二婶，

	他敢不规矩,俺照样使笤帚疙瘩搎他的腚。
张大叔	哈哈哈,老嫂子的脾气俺知道。常言说得好,棍棒之下出孝子,规矩之下出人才啊。这都是老嫂子教育得好哇。
忠子娘	还是多亏了庄邻庄乡啊,忠子上大学那阵子,大伙都没少操了心。
大发子	大娘,听说俺耀忠哥从县城到省城,从省城到京城,一步一个脚印,步步有成绩。值得乡亲们骄傲自豪呀!
乡亲甲	老奶奶,听说俺耀忠叔给老百姓办了不少好事,走到哪里都受欢迎。
山伢子	(自豪地)这还用说?如果没有功绩,哪能步步高升,做了大官?娘,你说是不?
忠子娘	哎哟我的个女婿哎,人家夸,咱就别夸了。
乡亲乙	忠子叔真了不起,给咱乡亲们争了大光了。
张大叔	说得对!咱深山沟出这么个大官,可了不得。我的个老嫂子哎,大伙都夸奖忠子,你恣也不?
忠子娘	高兴,高兴—— (唱) 众乡亲齐声把忠儿称赞, 　　　当娘的心里头比喝了蜜还甜。
张大叔	(唱) 忠子他给咱乡亲争了脸, 　　　到底是个几品官?
忠子娘	(唱) 不管他大官小官啥官宦, 　　　还是咱庄户孩子山蛋蛋乡情大于天。
张大叔	好!官再大,这里也是他的根。
大发子	对!无论什么时候,他也是咱们的好乡亲。
忠子娘	好,好,好。今儿个都在这里吃晚饭,等俺忠儿回来,给大伙敬酒。
众乡亲	好,喝寿酒……
忠子娘	山伢子,去叫饭店再加桌菜。
山伢子	好咪。(欲下)
大发子	山伢子,你是老郑家的姑爷,是俺村的贵客,这事甭麻烦你了。(招呼众人)走,抬菜去。
	[众乡亲应声而下。 [随着看家狗的叫声,郑耀忠携妻子带女儿走进小院,山兰子、山伢子迎向前去,大家一阵寒暄。
张大叔	(迎上前)耀忠……

郑耀忠	张大叔，以后还是叫我的乳名忠子就行，那样听起来更亲切。您老人家身体可好？
张大叔	好好好。托你忠子的福，大叔还能推小车、扛麻袋咪。
郑耀忠	好，好。
忠子娘	忠子哎……
郑耀忠	娘——
忠子娘	（紧握住儿子的手，上下打量）咦，脸色不孬，没胖也没瘦。
郑耀忠	娘身体更好了，还是挺着身板说话，口气一点也没变。
忠子娘	哈哈，别看娘整八十了，还能上坡下地干点零活。
郑五洲	奶奶——
忠子娘	哎哟！（紧搂孙女）光顾了和你爸说话，还没看见俺这宝贝疙瘩咪。咦！俺五洲长成大姑娘啦。
马莉莉	妈——
忠子娘	咳！大冷的天，让你也赶回来，真太难为儿媳妇啦。
马莉莉	妈，回家为您祝寿，天再冷，心里也是热的呀！
忠子娘	哈哈哈，这话中听。
郑五洲	这山沟里太冷，阿——嚏！（打喷嚏）
忠子娘	咦！快屋里暖和暖和。

［众人簇拥忠子娘进屋。

［众乡亲抬两桌菜上。

众乡亲	耀忠哥，耀忠叔……
郑耀忠	乡亲们好！
众乡亲	好！好！
大发子	看看，这么大官，一点官架子也没有。
张大叔	只有没本事的有架子。有本事的，没有架子。
众乡亲	说得对！
忠子娘	大伙都坐。他张大叔，这边坐。
张大叔	好！咱老姊妹挨着坐。
忠子娘	好！（举起筷子）来来来，大伙先垫垫肚子，吃菜。
郑耀忠	慢！（双手举杯）我和马莉莉、郑五洲先给娘敬酒啦。
三人合	祝老娘（妈妈、奶奶）生日快乐、幸福长寿！
忠子娘	娘喝！（一饮而尽）

众乡亲　好！（鼓掌）
山伢子　我和山兰子也敬娘一杯。娘——
　　　　（唱）　喝了咱的酒哇——
　　　　（念）　您常青藤，不老松，
　　　　　　　　眼不花、耳不聋，
　　　　　　　　夜行不用打灯笼，
　　　　（唱）　直活到一根杠杠两个零。
　　　　〔山伢子打哑语：一个指头伸在右脑门，两只眼睛代表两个零。
众　人　（大笑）好！一百岁。
忠子娘　好好好，娘喝！
山兰子　看娘这精气神儿，说六十岁都有人信。
马莉莉　妈前几年在北京，大家都看她老人家才五十多岁呢。
张大叔　对呀，俺比老嫂子小十岁，人家还说俺是老大哥咪。来，俺敬老嫂子一杯，吉利话都在酒里。
忠子娘　喝！（一饮而尽）
众　人　好！（鼓掌）
郑五洲　奶奶很潇洒。
忠子娘　这么说，咱就共同举杯，喝他个醉马鸟腔，小辫子朝天！
张大叔　好！俺带头，一口闷，滴一滴，罚三杯！
郑耀忠　好好好，太高兴了。干！
　　　　〔寿宴一派欢乐气氛，众人痛饮。看家狗又吠了起来。
　　　　〔周西山提酒上。被狗吓得连连后退。
马莉莉　（赶紧迎出来）你怎么才到？
周西山　航班误点，航班误点。（进屋）
郑耀忠　老周，我母亲的寿辰，你怎么知道的？
周西山　是……（看了马莉莉一眼，见马莉莉示意）咳！我要向领导汇报……
郑耀忠　（不耐烦地）好了好了，坐吧。
马莉莉　我来介绍一下。这位是我的老同学周西山。
忠子娘　咦！想起来了，你就是那位周总？
周西山　对！您老好眼力，您去北京时，咱娘儿俩见过面。来，首先敬大娘一杯，祝大娘富贵吉祥，万寿无疆。
　　　　〔又一阵犬吠声，李县长提礼品上。被狗吓得躲躲闪闪。

李县长　对不起，对不起，上午有个会，来晚了，来晚了。
忠子娘　咦！李县长，你咋也来了？（指礼品）花钱干啥？
李县长　哎呀！一点小心意，望大娘笑纳，笑纳。
忠子娘　山兰子。
山兰子　哎。
忠子娘　替娘想着点儿，周总和李县长走时，让他们把礼品带回去。
山兰子　唉，记着了。
忠子娘　李县长，这边坐，喝酒。
李县长　谢谢，谢谢。我敬大娘一杯……
　　　　〔两男两女提礼品上。
两　男　老领导……
两　女　大娘……
忠子娘　咦！你们也来了。坐，坐。
张大叔　老嫂子哎，俺先回去吧。
忠子娘　（拉住）他张大叔，你别走啊。
张大叔　屋小人多，挤不开呀。老嫂子哎，忠子大老远地家来了，还能不住几天？赶明儿大伙再过来拉呱儿。
忠子娘　咦！这是咋说……
众乡亲　明天见……
郑耀忠　大伙慢慢走。
张大叔　别送了。快去招待客人。
　　　　〔张大叔与众乡亲下。
郑五洲　妈，人家都走了，咱什么时间走？
马莉莉　耀忠啊，咱们也抓紧回去吧。
郑耀忠　回去？回哪去？
李县长　嗨嗨，县委在招待所安排了顿便饭，请吧。
郑五洲　宾馆有网线没有？
李县长　豪华套间，电脑是宽屏的。
郑五洲　好极啦，网友们还等我去聊天呢！
忠子娘　不在这儿住啦？
马莉莉　妈，当地领导非常热情，咱们不好驳了人家的面子呀。
李县长　大娘，是这么回事……

忠子娘　大娘不听！（紧抓孙女手）忠子，五洲，随俺来——
　　　　（唱）　携子拽孙颤巍巍，
　　　　　　　　只怕子孙早返回。
　　　　　　　　立冬霜降就准备，
　　　　　　　　且等今宵夜来归。（来到厢房）
　　　　　　　　你伸手摸，热炕热席热褥被，
　　　　　　　　你抬头看，报纸挡住了泥巴坯。
　　　　（白）　孙女啊——
　　　　（唱）　爬上这热炕头安安稳稳地睡，
　　　　　　　　你爸妈伴娘亲你把奶奶陪。
　　　　　　　　说一说知心话口甜心醉，
　　　　　　　　拉一拉家常呱喜上双眉。
　　　　　　　　归家的燕子宿老巢成群结队，
　　　　　　　　乖孩儿莫任性说飞就飞。
郑耀忠　（唱）　慈母情，催人泪，
　　　　　　　　未孝膝前心有愧。
　　　　　　　　今宵给娘捶捶腿，
　　　　　　　　拳拳亲情在心扉。
　　　　　　　　热炕头，宽心睡，
　　　　　　　　远离了功利场是是非非。
　　　　　　　　一觉醒来更陶醉，
　　　　　　　　搀扶着老娘亲踏雪寻红梅。
　　　　　　　　等走遍生我养我的山山与水水，
　　　　　　　　儿再辞行娘莫悲。
忠子娘　好孩子，只住一宿就行啊。
郑五洲　哼！看这炕，还不把我和妈妈硌死。看这天气，还不把我和妈妈冻死。看这穷山沟，还不把我和妈妈郁闷死！
郑耀忠　放肆！
马莉莉　耀忠……
郑耀忠　不要说了。莉莉，咱陪老人一夜好不好？
马莉莉　绝对没问题。不过……（给李县长使个眼色）
郑耀忠　不过什么？呃？

李县长	紧急情况,紧急情况。
郑耀忠	怎么回事儿?
李县长	报告老领导,刚才上边来电话,有几位领导正在宾馆等你接见哩。
郑耀忠	今天我是回家办私事,不见!
李县长	您听我详细汇报呀!咱县里要为老百姓办几件实事、好事。原则上公路村村通,自来水家家用,种子农药免费供应,老年人月月领补助,孩子上学免费接送……急需老领导去指导、去定位呀。
忠子娘	好!这可是俺老百姓天大的喜事儿,这么说,娘就不留你啦……
郑耀忠	不……
忠子娘	听话,去吧。
郑耀忠	娘,您不知道啊……
忠子娘	不知道什么?
郑耀忠	这……娘,不管怎么说,儿子坚决不走。
忠子娘	商量老百姓的事你也不去?
郑耀忠	不去。
忠子娘	替老百姓办好事你也不去?
郑耀忠	不……
忠子娘	你再说一遍?
郑耀忠	不走,不走,就不走!
忠子娘	你,你!俺打你这个没良心的东西!(摸起笤帚便打)
郑耀忠	娘……
马莉莉	(故意大惊小怪地)哎呀呀,你们要保护领导的安全呀!

[周西山、李县长等人借机架起郑耀忠,郑五洲拥其脊梁,架出小院。

忠子娘	(抱着笤帚发呆)走了,都走了?
山兰子	娘,你这脾气改改行不?俺哥都五十了,咋还是一句话说不上来,张口就骂、抬手就打呀?!
忠子娘	唉!你哥千里遥远地家来了,吃没吃好、喝没喝好,还挨了俺两笤帚,这是怎么说?(擦眼泪)
山伢子	又心疼了是不?走,快屋里歇歇去。(挽娘进屋)
忠子娘	(突然发现礼品)可了不得!山伢子,快把礼品还给人家去呀!
山伢子	恐怕撵不上啦!
忠子娘	眼下还出不了庄,上不了车。

山兰子　（将礼品递给山伢子）快跑。

　　　　［山伢子接过礼品冲向小院，不慎摔倒，礼品扔出老远。

山兰子　（捡起礼品盒）坏了坏了，这老山参摔成七八瓣啦。

山伢子　啊！（凑向前去看另一盒礼品）哎哟我的个娘哎，打了酒瓶子咧。（慌忙捡起酒瓶碎块中的残酒便饮）

山兰子　还没喝够？当心划破馋嘴。

山伢子　咦！你看这是啥酒？路易十三！这么一小口，就值半瓶茅台钱。

忠子娘　一瓶茅台多少钱？

山伢子　少说一千多吧。

忠子娘　啊！这么大人情，咋还人家？

山兰子　（从包装内掏出一叠现金）娘，你看。

忠子娘　钱？

山伢子　（接过欲数）我看是多少？

忠子娘　别动！这……（眩晕欲倒）

山兰子　快！扶娘上炕歇歇去。

　　　　［山兰子服侍老娘睡下。

　　　　［山兰子上炕安歇。山伢子躺在躺椅上。一家人进入梦乡。

　　　　［灯转暗。天幕上出现一组幻灯漫画。一、悬崖中探出一株枯柏，郑耀忠面向绝壁，倒骑在枯柏上挥斧砍樵。二、枯柏被利斧砍断，郑耀忠惊叫着，连人带樵跌进万丈深渊。

　　　　［幕后合唱：

　　　　　　　新棉被，身上盖，
　　　　　　　老娘睡在热炕台。
　　　　　　　梦见儿子傻又怪，
　　　　　　　倒骑枯柏砍山柴。
　　　　　　　面朝悬崖身在外，
　　　　　　　咔嚓一声跌下来！

忠子娘　（猛然坐起，惊恐地冲出小院，俯视、惊喊）俺儿掉下去啦！

　　　　［山伢子、山兰子被惊醒，慌忙前去搀扶忠子娘。

山兰子　娘，您这是咋啦？

忠子娘　快，快，你哥掉下去啦。

山伢子　（俯视）俺哥在哪？

山兰子　您是不是做了个梦呀？

忠子娘　梦？忒吓人咧！

山伢子　娘，我看过《周公解梦》，快说给俺听听。

忠子娘　我梦见你哥在山崖上倒骑着枯柏砍柴火。

山伢子　咦！上不着天，下不着地，还倒骑着枯柏？这叫"奇玄"。不过，木能生火，火能升财，此乃中上梦。往下讲。

忠子娘　你哥他面朝悬崖腚朝外，抡起斧头使劲砍。

山伢子　咦！这叫"乖中出傻"财迷心窍，此乃中下梦。往下讲。

忠子娘　砍着砍着，枯柏断了，你哥抱着枯柏栽下去啦！

山伢子　咦！本来木能生火，火气上升，这么一家伙栽下去，这不去了球咧！

忠子娘　啊！

山伢子　此乃下下之梦，再往下讲。

忠子娘　再往下就把俺吓醒了。

山兰子　俺哥咋这么傻！他就不会脊梁贴紧山崖，朝外砍？

山伢子　朝外砍？腚底下那一截不就砍不着了。

山兰子　真是财迷心窍，太贪啦！

山伢子　对，这就叫舍命不舍财！

忠子娘　啊！

山兰子　你别吓唬咱娘。

忠子娘　不是吓唬。梦是从心里头生出来的。你哥这官儿，可不小啦！

　　　　（唱）　一场噩梦吓破胆，
　　　　　　　　前思后想心更寒。
　　　　　　　　点点滴滴把账算，

山伢子　（接唱）那瓶洋酒几万元。

忠子娘　（唱）　人参摔成七八瓣，

山兰子　（接唱）看来一瓣也上千。

忠子娘　（唱）　礼品惊人心头乱，

山伢子　（接唱）又见袋中一叠钱！

忠子娘　（唱）　为啥重礼来看俺？

山兰子　（接唱）借佛面看僧面定结孽缘。

忠子娘　（唱）　若忠儿贪赃枉法琴乱弹，

山伢子　（接唱）还人情定然崩断良心弦。

忠子娘 （唱）　说到此惊出了一身冷汗，
　　　　　　　　找忠儿等不得日出东山。
　　　　［忠子娘从席底下摸出一个红包袱，扎在腰间。
忠子娘　走！
山伢子　先打个电话吧。
忠子娘　这事儿在电话里说不清楚！
山伢子　咱又没汽车，黑灯瞎火的，十几里山路怎么摸？明天去吧。
忠子娘　明日你哥走了，咱还得去北京。
山伢子　对，咱们走。
　　　　［切光。

惊　走

　　　　［山道上。
　　　　［忠子娘坐着小推车，山兰子拼命拉车，山伢子使劲推。
　　　　［三人顶风冒雪，异常艰难地行走在大山的雪路上。舞蹈。
山兰子
山伢子　（合唱）腊八夜，风雪狂，山道推来白发娘。
山兰子　（重唱）山道上推来了白发老娘。
山伢子　（唱）　沟沟坎坎摇又晃，
　　　　　　　　上山下坡手脚忙。
山兰子　（重唱）上高山下陡坡手乱脚忙。
山兰子　（唱）　寒风呼号满山响，（山风呼啸）
三　人　（合唱）刮得老娘透心凉。
忠子娘　（唱）　不怕苍天冰雪降，
　　　　　　　　就怕儿揪娘心肠。
三　人　（合唱）往前闯，把山上，
忠子娘　（唱）　枣木拐杖撑船桨。（左右撑雪地，艰难前进）
三　人　（合唱）防患未然忙探望，
　　　　　　　　顶风冒雪情满腔。
　　　　［震撼人心的鼓声响起，三人起舞。
　　　　［幕后飘来悲凄的《老娘亲》插曲：

（女独）老呀么老娘亲，

　　　　您为儿女操透了心，恩情比海深。

　　　　三九有娘挡风寒，

　　　　三伏有娘遮绿荫。

　　　　若咱娘，叶归根，

　　　　常去看看咱娘的坟！

　　　　老呀么老娘亲，

　　　　山道上爬来雪窝里滚，

　　　　为儿去叫魂。

　　　　盼儿平安身，栋梁挑千斤。

　　　　只要咱好好地活，就是最孝顺！

　　　　实实在在去做事呀，

　　　　老老实实去做人呀。

　　　　为老娘，为子孙，

　　　　也要好好去做人，

〔小推车打滑，一头栽进山沟，忠子娘滚出老远。

山兰子　娘——（哭喊着搀起老娘）
山伢子　娘，都怨我……
忠子娘　没事儿。（站起，摔倒）我这腿……车子，车子……
山伢子　车子摔坏了，娘，咱回去吧？
忠子娘　不，娘就是爬，也要爬到县城去。（欲走）
山伢子　（跪地）来，女婿背您走。

〔背起娘。造型、剪影，缓缓收光。

惊　魂

〔幕后传来嘶哑的原生态梆子戏女花脸歌声：

　　　　噢——噢——噢——

　　　　娘身上掉下一块肉，

　　　　揳根木桩挂心头。

　　　　咱若是堂堂正正不歪扭哇，

　　　　咱娘心也提在喉。

　　　　　咱若是晃晃悠悠歪又扭哇，
　　　　　坠得咱娘心血流。
　　　　　噢——噢——噢——
　　[音乐大作。宾馆豪华客厅内正举行舞会。
　　[一侧客厅内，郑五洲正在玩游戏。
　　[周西山与舞伴旋转到音响前，悄然关掉音响。音乐戛然而止。

郑耀忠　怎么回事？
李县长　音响怎么坏了？我去看看。
马莉莉　（抬腕看看表）李县长，应该休息了。
郑耀忠　好吧，早点休息。
　　[李县长带几个舞伴告辞而下。周西山坐在了沙发上。
周西山　老领导先睡吧，我和莉莉说几句话。
　　[郑耀忠走进内室，倒头便睡。
马莉莉　（悄声）本想让你来老家，趁老郑高兴把事情办了，谁料，搞得他心情不好。
周西山　（取出一张存折）听说五洲要出国留学，我特意备了份薄礼。（递上）
马莉莉　（接过存折，打开看了看）真不好意思，又让老同学破费了。
周西山　小意思。（取出几份公文）等把这几个项目全部搞定，自有重谢！
马莉莉　（接过公文）试试看吧。（轻轻走进内室，拍拍似睡非睡的郑耀忠）老郑，你醒醒。
郑耀忠　周西山还没走？
马莉莉　（递上存折）看，老同学真够意思。
郑耀忠　（连看都没看，将存折拍在床头柜上）让他拿走！他又想干什么？
马莉莉　（递上公文）还是烦你签个字，朱批一笔。
郑耀忠　不批！（拿文件走出内室）
周西山　老领导……
郑耀忠　老周同志，（拍打着公文）这样步步紧逼，我看不太好吧！
周西山　急是急了点儿，可谁都想以最简便的手续，以最快的速度抢先占领市场呀。
郑耀忠　这几年给你帮了多少忙了？人心不足蛇吞象呀。
周西山　（语气软中带硬）咱哥们可是多年交情啦，千万别和老弟说翻脸就翻脸哦！

郑耀忠　要挟我？
周西山　不敢，不敢。
　　　　〔周西山一腚蹲在沙发上，跷起了二郎腿赖着不走。
　　　　〔郑五洲正玩得高兴，突然嗷嗷叫喊。
郑五洲　换上AK47，杀杀杀，打打打！哎哟我的个妈，没血了，要死啦！
郑耀忠　（疯狂地冲进侧室，揪住郑五洲耳朵）你他妈叫唤什么？
郑五洲　哎哟！妈……
马莉莉　耀忠，你放开她……
郑耀忠　躲开！你们在老家给我丢尽了脸面，今天饶不了你！（照郑五洲屁股猛打）
周西山　哈哈，打孩子的腚，就是打客人的脸！好好好，我走还不行吗？（夹起皮包怒冲冲地摔门而下）
马莉莉　耀忠，你赶人家走，也不能采取这种手段呀。
　　　　〔电话铃响起。
郑耀忠　接电话。
　　　　〔马莉莉赌气不接。
郑耀忠　（怒吼）接！
　　　　〔马莉莉吓得一颤，不情愿地摸起电话。
马莉莉　（马莉莉对着话筒撒气）谁呀？啊！什么什么？她怎么来啦？
郑耀忠　谁来了？
马莉莉　咱妈。
郑耀忠　（大惊）啊！已是凌晨六点了，她老人家来干什么？快请！
马莉莉　（对话筒）请进请进。
郑耀忠　娘一定有重要事情。
　　　　〔郑耀忠开门去迎，忠子娘、山伢子、山兰子已走到门前。
郑耀忠　娘，快屋里坐。
忠子娘　还没睡呀？（进屋）
郑耀忠　没，没睡。
马莉莉　妈，冰天雪地的，您怎么连夜赶过来了？
山伢子　咳！咱娘做了个梦。
马莉莉　哈哈哈，就为一个梦？
郑耀忠　娘，您到底做了个什么梦呀？

忠子娘　忠子，你听好了——
　　　　（唱）　梦中你在大山峦，
　　　　　　　砍柴跌进万丈渊。
　　　　　　　直把老娘吓破胆，
　　　　　　　战战兢兢揪心肝。
　　　　　　　一瓶洋酒值几万，
　　　　　　　人参盒里暗藏钱。（亮出钱）
　　　　　　　娘只问你一句话，
　　　　　　　这份人情如何还？
郑耀忠　这……（拉过马莉莉）是谁送的钱？真他妈添乱！
马莉莉　李县长刚才告诉我，是他……
郑耀忠　猪脑子！真不该给他的女儿调动工作。
忠子娘　恁两口子叽咕啥？忠子，俺再问你一遍，（把钱往茶几上一拍）这人情，你拿金钱去还，还是拿权力去还？
郑耀忠　儿子当然用钱去还。
忠子娘　娘信不过！
马莉莉　妈，这钱根本用不着还！
忠子娘　你敢不还？
马莉莉　李县长去北京时，我借给他两万块钱，这是还咱的账呀！
忠子娘　啊！忠子，是真的？
郑耀忠　是，是……
山伢子　哎呀！娘就是多心，误会误会。
忠子娘　不是娘多心。忠子你知道，咱郑家清明两朝都出过清官。你爹临终时对我说，要对你严加管教，千万不可辱没祖宗！
郑耀忠　娘……（心头一震，低头含愧）
忠子娘　抬起头来！（细看）不是为娘会相面，而是你从小做了坏事，就这般模样：面红耳赤，面露愧疚，为娘料定你为官不清。跪下听娘说！
郑耀忠　啊！娘……
忠子娘　常言说得好，坐着听不如站着听长记性，站着听不如跪着听心里明白。跪下！
　　　　［郑耀忠跪倒。
忠子娘　忠子呀——

（唱）　倘若跨鞍走了险，
　　　　悬崖勒马往回牵。
　　　　吐出那迷魂的草料昧心的饭，
　　　　一马平川天地宽。
　　　　倘若执迷不听劝，
　　　　迟早滚落马鞍鎏。
　　　　到那时，祖宗的规矩谁敢乱？
　　　　郑家陵不埋那贪赃枉法的糊涂官！

马莉莉　妈，谁敢做那死无葬身之地的事情？
郑耀忠　不敢，不敢。
忠子娘　不敢就好！
（唱）　倘若我儿尘不染，
　　　　两袖清风美名传。
　　　　凭讲良心当官宦，
　　　　清清白白心坦然。

山兰子　哥，快起来。（扶起郑耀忠）
忠子娘　娘再问你，人家得不到好处，送那洋酒人参干啥？
马莉莉　不值几个钱呀。
山伢子　啊！野山参，路易十三还不值钱？
忠子娘　忠子！这几年到底拿了人家多少东西，老实对娘说！
郑耀忠　那……那都是礼尚往来呀。
忠子娘　那么，你给人家娘去过生日，也花这么大价钱？就凭你那点儿工资，哪来这么多钱？
郑耀忠　这，这……
马莉莉　（突然大笑）哈哈哈，那些东西，统统是假货！
忠子娘　啊！假的？
马莉莉　事情是这样的。去年老郑去给老周他妈祝寿，礼品是我从地摊上买的，总共花了百把块钱儿，哈哈哈，想不到，他又原封不动地提回来啦。
忠子娘　啊？
山兰子　娘，俺嫂子挤眼就是事儿，啥故事都能编出来，俺信不过！
马莉莉　山兰子，你……
山兰子　哥，俺看你人走了千里，和亲人的心也走了千里。

照町 ZHAO TING

郑耀忠　妹妹……

忠子娘　你妹妹说得对！如若咱娘儿俩心连心，儿行千里，也在眼前。如果你变了心，咱娘儿俩面对面，儿也行了千里。

郑耀忠　是是是……

山兰子　哥，有啥事尽管对娘说。

马莉莉　怎么？中纪委来人啦？审案子呀！

山兰子　少插嘴！

马莉莉　大惊小怪！想制造冤假错案，陷害你哥？

山兰子　胡说！

马莉莉　（拍案而起）放肆！

山兰子　你拍什么桌子？

马莉莉　滚出去！

山兰子　你骂人？俺看你这张脸不想囫囵啦！

马莉莉　胆敢！

山兰子　不敢？俺可不是吓唬你！

（唱）　俺从小生在大南山，
　　　　石砸石敲不拐弯。
　　　　练就了抓蛇逮狼捕鹰的胆，
　　　　常与那老狐狸满山周旋。
　　　　俺看你媚眼转眼波流眼，
　　　　比那狡狐更猾奸！
　　　　尽管你神算鬼算巧谋算，
　　　　老狐狸中圈套皆因贪婪。
　　　　哥比你憨得像块石头蛋，
　　　　再硬的青石板也被水凿穿。
　　　　倘若你给俺哥惹出祸患，
　　　　我跟你没个完，自有算账的那一天！

马莉莉　你！（凑向前）

山兰子　（挽起袖子）想打架呀。

马莉莉　你敢动手……

忠子娘　别闹啦！忠子啊，娘还是那句话，假若拿了人家的钱，你要舒开看看，保证不是卷着钩子，就是包着刀子！钩子是来钩咱下水的，刀子是

	来割咱肉的，咱千万别伤了身子，赶紧还给人家呀。尽大官不当了，回家种地也饿不死。
郑耀忠	娘说得有理……
忠子娘	忠子，把手伸出来。
郑耀忠	（伸出手）娘，您要干什么？
忠子娘	（抖开包袱，捧出一捧零钱）捧住。
郑耀忠	（捧钱）啊！这么多的零钱啊？
忠子娘	娘给你攒的。
郑耀忠	儿不要！（颤抖着双手，捧给老娘）
忠子娘	（捧着钱）忠子啊，你缺钱，娘有！俺把钱都给你还不行吗？（一沓沓往儿手中放钱）

    （唱） 捧住钱，手别颤，
        多多少少儿莫嫌。
        这一叠，辣椒卖了一串串，
        这一叠，花椒卖了一篮篮。
        这一叠，大蒜卖了一辫辫，
        这一叠，豆角摘了一园园。
        这一叠，赶集上店卖鸡蛋，
        这一叠，卖的柿饼可口甜。
        这一叠，喂头肥猪赶出圈，
        这一叠，月夜采桑养春蚕。
        这一叠，你逢年过节孝敬娘丹心一片片，
        攒起来用红线缠了又缠，拴了俺又拴。
        这一叠，沾满了你爹的血和汗，
        他牙缝里省，手头上攒，
        留给儿子这份心田。
        别忘了你爹爹情深意远，
        可怜娘良苦用心风烛残年。
        一叠叠一元元亲情无限，
        儿啊儿，莫为金钱乱用权。
        缺钱花了和娘要，
        咱千千万，万万千，

照町 ZHAO TING

千千万万，万万千千，
千万别要人家的钱！

郑耀忠　（感动地泣哭）娘……

忠子娘　忠子，往后缺钱花，和娘说一声，俺就是四邻八舍借去，也不能让你为钱走了邪道。山兰子，咱们走。

郑耀忠　（呆呆地捧着钱）娘……（木讷地跟在娘身后）

忠子娘　别送了，看你穿的这一身，出去叫人家笑话，歇着吧。

马莉莉　（换上笑容）妈，我送您下楼。

忠子娘　走。

〔郑耀忠欲送娘，马莉莉狠狠地把门一带，与三人同下。

〔室内郑耀忠如痴如呆望着手中的钱，泪流满面，悄然泣哭。

郑耀忠　娘，儿子对不起您呀——

（唱）　哭无声，无声哭，
忠儿早已入歧途。
金钱美女掘坟墓，
早埋了当年的丹心铮铮铁骨。
游魂飘落在千里处，
失足当就了敛财奴！
娘啊娘，惊梦儿行黄泉路，
雪夜来买还魂符。
妹妹呀，知道哥哥遇迷雾，
双手捧来了红蜡烛！
知迷而返退一步，
大彻大悟大丈夫。

〔马莉莉上。

郑耀忠　莉莉，我和你研究个方案。

马莉莉　什么方案？

郑耀忠　我决定明天回北京，抓紧退款退物，以免越陷越深，争取从宽处理……

马莉莉　啊！你说什么？我们总共收了八九百万元，现已开支三分之二，拿什么全部清退？

郑耀忠　啊！几百万哪去了？

马莉莉　别提了，我，我搞股票套住了二百多万，买彩票花了二百多万。

郑耀忠　啊！那，那其余的呢？
马莉莉　姐姐患白血病，去国外治疗，花销接近三十万。
郑耀忠　这我知道。
马莉莉　是美金。
郑耀忠　啊！三十万美金？
马莉莉　还有为五洲留洋预交了十万美金，还有……
郑耀忠　不要再说了！按第二套方案走，咱俩一块去纪委坦白自首。
马莉莉　啊！难道你忘了？个人收受贿额十万元以上的，处十年以上有期徒刑。情节特别严重的，处死刑啊！这八九百万元，要死多少回啊？
郑耀忠　啊！坦白可以从宽嘛。
马莉莉　这么多钱，咱有把握从宽吗？
郑耀忠　这，这怎么办？
马莉莉　我有一套最佳方案。
郑耀忠　什么方案？快说！
马莉莉　（唱）　莫心急，慢上火，
　　　　　　　　　打个比方对你说。
　　　　　　　　　偷油的老鼠会打洞，
　　　　　　　　　藏头掩尾难捕捉。
　　　　　　　　　贼鸥不劳能收获，
　　　　　　　　　遇到情况钻碧波。
　　　　　　　　　要学那狡虫猾鸟走上策，
　　　　　　　　　彼岸筑起安乐窝。
郑耀忠　国外潜逃？
马莉莉　对，先把五洲送出去，咱借探亲的机会，一走了之。
郑耀忠　不！
马莉莉　耀忠啊，刚才老周说，王总被人检举了。
郑耀忠　哪个王总？
马莉莉　就是前天送来银行卡的那一位。
郑耀忠　啊！他情况如何？
马莉莉　正准备外逃。
郑耀忠　哎呀！如果王总走不掉，麻烦可就大了。
马莉莉　那我们就要走在他的前面。

郑耀忠　让我想一想。

　　　　（唱）　心头犹如乱麻缠，
　　　　　　　　进难退难左右难。
　　　　　　　　如若清退还赃款，
　　　　　　　　巨额打漂付狂澜。
　　　　　　　　如若自首去投案，
　　　　　　　　又怕罪大难从宽。
　　　　　　　　悔当初海底捞财欠检点，
　　　　　　　　跳进了惊涛骇浪苦水淹。
　　　　　　　　去看那廉政片吓出一身汗，
　　　　　　　　接受那警示教育惊得两腿酸。
　　　　　　　　去听那现身说法羞愧红了脸，
　　　　　　　　去睡觉闻听警笛瘫床前，直吞救心丸！
　　　　　　　　怎么办？怎么办？
　　　　　　　　该走险时须走险。

马莉莉　想通了没有？
郑耀忠　铤而走险吧。
马莉莉　好！
郑耀忠　刚才老周送来多少钱？
马莉莉　五十万。
郑耀忠　少了！
马莉莉　少了？
郑耀忠　如果给他把事情全部办妥，不是几千万的效益，是几个亿！去告诉姓周的，尽快再搞一部分钱，我该签字的签字，该写条的写条，该打招呼的打招呼，一路绿灯！
马莉莉　我马上去找老周。（下）
郑耀忠　反正死一回是死，死一百回也是死。破罐子破摔了吧！（摔碎桌上的花瓶）

　　　　〔马莉莉惊恐而上。

马莉莉　耀忠……
郑耀忠　惊慌什么？
马莉莉　老周被带走了。

郑耀忠　啊！这可怎么办？
马莉莉　以最快的速度出走。
郑耀忠　唉！你和五洲走吧，我，我又不想走了。
马莉莉　为什么？
郑耀忠　我实在舍不下，我那八十岁的老娘啊！
马莉莉　你现在的处境，已经很危险了。
郑耀忠　就是死，也绝不做异国他乡之鬼！为了孩子将来不受羞辱，你带五洲快走吧。
　　　　［郑五洲从内屋哭着跑出来。
郑五洲　爸爸……（跪倒，抱住郑耀忠）你们说的话我全听见了，爸爸不走，我也不走。
郑耀忠　听话孩子，和你妈赶快走吧。
郑五洲　你不走，我就不走，不走……
马莉莉　看在孩子的面上，咱一家人团团圆圆地一齐走吧。我求求你了！（哭泣着跪倒）
郑耀忠　这……
马莉莉　别再迟疑了，现在出走，还来得及呀！
郑耀忠　好！抓紧收拾东西。
　　　　［电话铃声再次响起，众人惊恐万分。马莉莉战战兢兢欲接电话。
郑耀忠　（稳定了一下情绪）我来接。（接电话）是我。好 好好，准时到会。（摔下电话）全完了！
马莉莉　怎么回事？
郑耀忠　上级让我明天下午2点准时赶回北京参加会议。
马莉莉　什么会议？
郑耀忠　不管什么名目，肯定要双规。唉！一般都是这样……
马莉莉　啊！快跑！（背起背包欲下）
郑耀忠　（反而镇静下来）回来。不要再惊慌了，在这种情况下，谁也走不了了，插翅难逃呀！
马莉莉　啊！这可怎么办呀？（抱住女儿哭泣）五洲……
郑五洲　妈……
郑耀忠　哭也没用，你绝对逃脱不了干系。
马莉莉　这我知道，可五洲怎么办呀？

郑耀忠　对，现在什么也不要想，先考虑孩子！趁你现在人身尚能自由，把五洲，把五洲……（哭泣）

郑五洲　爸爸！（扑在郑耀忠怀中）

郑耀忠　五洲啊，爸爸对不起你呀！（捧着五洲面额拼命地亲吻）

马莉莉　耀忠……

郑耀忠　早知今日，何必当初？若不是十年前埋下了祸根，我郑耀忠绝不会堕落到今天这步田地！

马莉莉　唉！已经被人家俘虏十年了，那天晚上……

　　　　〔两人陷入痛苦的回忆中。

惊　艳

〔回忆。十年前的郑家。

〔幕后飘来女声独唱、男声接唱、重唱：

　　身软如柔柳，

　　眼波荡春秋。

　　花样娇艳女儿秀，

　　低头半含羞。

　　桃腮把人诱，

　　弯眉将魂勾。

　　蛇腰钻骨空似藕，

　　纤手把心抠。

　　玉腕搂颈首，

　　香唇送毒鸩。

　　纸迷金醉易折寿，

　　酒色莫停留！

〔小保姆阿来妹在郑家阳台上喷浇一株蝴蝶兰花。

阿来妹　（唱）　阳台幽兰淋细雨，

　　　　　　　　蝶抱碧叶翠珠滴。

　　　　　　　　我靓丽的青春也花季，

　　　　　　　　要与那蝴蝶兰草比高低。

　　　　　　　　情哥哥送我来这里，

　　　　　　　只为那丢卒保车一步棋。
　　　　　　　倘若我打马一将顶头车，
　　　　　　　帅哥也得摇白旗。
　　　　　　　爱莲说，荷花出淤泥而不染，
　　　　　　　叫我说，红莲吐艳靠淤泥。
　　　　〔郑耀忠大醉，摇摇晃晃地上，按门铃。
郑耀忠　开、开门……
阿来妹　（开门）哎呀，您这是怎么啦？（上前搀扶）
郑耀忠　（推开阿来妹）不，不用，没，没喝醉。（向室内喊）莉莉……
阿来妹　马大姐去医院了。
郑耀忠　她，她姐姐的病，很，很难治疗。我，我要休息。
阿来妹　郑大哥，（搀扶）我扶你上床休息。
郑耀忠　我，自己来。（眩晕欲倒）
阿来妹　（慌忙扶住）看你！
　　　　〔阿来妹半背半抱地把郑耀忠拖进卧室。突然紧紧抱住郑耀忠。
郑耀忠　不，不要这样。
阿来妹　郑哥……
郑耀忠　不……
　　　　（唱）　不行，不中，
阿来妹　（接唱）听俺莺歌燕舞声。
郑耀忠　（唱）　不听，不听，
阿来妹　（接唱）看俺月貌桃花容。
郑耀忠　（唱）　醉眼蒙眬数呀数不清，（恍惚中出现数个美女）
阿来妹　（接唱）花枝招展万种情。
　　　　　　　抿嘴一笑百媚生，
郑耀忠　（唱）　人生如梦，醉酒人生。
　　　　〔阿来妹仰起娇艳的面孔，慢慢地闭上眼睛。郑耀忠低头呆呆地看着。
　　　　〔郑耀忠不由自主地轻吻阿来妹。
　　　　〔阿来妹突然发力，将郑耀忠压倒在床上。
　　　　〔幕后传来女声独唱：
　　　　　　　喝了乱心酒，
　　　　　　　偷吃红石榴。

虽似水晶琥珀豆，

酸水噎在喉。

［灯光骤亮，幕纱升起。马莉莉气急败坏地出现在床前。

［郑耀忠大惊失色，裹着床单爬起。

［阿来妹尖叫一声，从床上滚下来，穿着睡衣披头散发地跪在马莉莉面前啼哭。

马莉莉　（打了郑耀忠一个耳光）你！道貌岸然、人面兽心。（踢阿来妹一脚，咬牙切齿地）滚！给我滚出去！

阿来妹　俺、俺走！（放声啼哭着，赤脚欲跑下）

马莉莉　滚回来！（狠狠地把门一关，一脚踹倒阿来妹）

阿来妹　别打我呀！救命哪——（故意号叫）

马莉莉　不许号叫！

［周西山夹文件包急上。

周西山　怎么啦？到底怎么啦？

阿来妹　姐夫——

周西山　啊！明白了，我明白了。老领导啊，闹出这绯闻来，我这当姐夫的，怎么和她姐姐交代啊，我，我……

郑耀忠　（早已吓醒了酒）老周同志啊，既然错误已经犯了，你看怎么解决吧？

周西山　这事儿可不好解决了。

马莉莉　看在老同学面上，咱们内部解决，好不好？

周西山　老同学？我可高攀不起呀，为了承揽这个项目，这门槛我都踏烂了大半截，直到现在还没有给我审批签字，还扯什么老同学！

郑耀忠　拿，拿材料来。

周西山　（递上材料）敬请领导审查批阅。

郑耀忠　（颤抖着双手，看完材料，倒吸一口冷气）不！不能审批呀。任何情况下，都要干干净净地为党和人民做事啊。

周西山　好一个干干净净！（拉起阿来妹）走，直接去纪委讨个说法。（欲下）

马莉莉　（慌忙拦住）慢！（对郑耀忠）郑耀忠，这事捅出去，你不要脸，我还要脸！你不做人，我还要做人。

郑耀忠　违反党性原则的事，不能办呀。

周西山　不能办？刚才怎么办了？这是不是违反原则了？

郑耀忠　这……不！

马莉莉　郑耀忠，你真的不想要这顶乌纱帽了吗？你对得起老婆孩子吗？你对得起白发老娘吗？

周西山　不用说了，别挡我的道，马上去纪委。（欲下）

郑耀忠　（拦住）慢！拿拿拿，拿笔来。

周西山　这就对了。（递上文件和笔）

郑耀忠　（欲签又止，手在颤抖）这、这、这、唉——

（唱）　手发颤，字难签，
　　　　一笔下去两重天。
　　　　若不签，名声毁于这一旦，
　　　　身陷艳门难过关。
　　　　若要签，利笔划破良心线，
　　　　清官变成糊涂官。
　　　　若不签，降职处分难幸免，
　　　　仕途末路到边沿。
　　　　若要签，侥幸迈过这道坎，
　　　　或许一切都平安。
　　　　火烧眉毛顾眼前，
　　　　一笔勾销化云烟。

［郑耀忠颤抖着签字后，将文件拍在床上，愤然将笔一折两半，狠狠地摔在地上。

周西山　（拿起文件，递上存折）谢谢老领导。

郑耀忠　这是？

周西山　劳务费。

郑耀忠　你！这是对我的侮辱！

马莉莉　把存折拿过来。

郑耀忠　你敢！

马莉莉　我怕什么？（泣声）我最心爱的人背叛了我，扭曲了我的灵魂，我一无所有了，不能没有钱啊！（哭泣）

郑耀忠　（声嘶力竭地哭喊）天哪，完了，一切全完了——

［切光。

惊 恐

［幕后传来深情的女声独唱、合唱声：

（独）母爱无疆惊天地，

（合）惊天动地——

（独）人间大爱鬼神泣。

（合）鬼神也泣啼——

（独）宁可琐事少考虑，

（合）多想想家中的儿女娇妻。

（独）要学蜂儿酿甜蜜，

（合）别让咱娘苦泪滴！

［景同第一场。

［灯渐亮。山伢子、山兰子推碾，忠子娘用笤帚扫碾。

三　人　（合唱）推呀那个转呀，依呀依得儿哟，

　　　　　　碾出那个黄米蒸呀么蒸年糕。

　　　　　　碾砣压，笤帚扫，青石那个碾台上，

　　　　　　滚呀么滚波涛呀，依得儿呀得儿哟。

山伢子　（累得坐在碾台上）哎哟我的个娘哎，俺哥啥好吃的没有？你非得年年给他邮寄黏窝窝……

山兰子　俺哥就是爱吃娘做的年糕。哎，你别埋怨咱娘行不？去去去，下面条去！

山伢子　好好好。哎，开锅了——（去下面条）

忠子娘　哈哈哈。（扫起）压好啦。一葫芦谷，半瓢子糠，簸箕簸，筛子筛去。（进屋簸米）

［马莉莉与郑五洲神情懊丧，一瘸一拐地上。

马莉莉　（给五洲拉上棉衣拉链）妈妈说的话，你一定要记好啊。

郑五洲　全记住了。

马莉莉　咱都装出高兴的样子。临来时，你爸爸嘱咐先瞒着你奶奶，他说，千万别吓着老娘啊。

［郑五洲点头应诺，换上笑容。

［狗吠声声。

忠子娘　去看看谁来啦？

630

山兰子	（开大门）嫂子，五洲……
山伢子	
马莉莉	妹妹、妹夫……
郑五洲	姑姑、姑夫……
山兰子	哎哟五洲呀，这鞋和裤都湿了……
山伢子	（惊喜地跑到忠子娘前报信）娘，您猜谁来了？
忠子娘	谁？
山伢子	俺嫂子领着您那宝贝疙瘩回来咧！
忠子娘	啊！
马莉莉	妈……
郑五洲	奶奶……
忠子娘	恁娘儿俩咋又回来啦？忠子呢？
马莉莉	耀忠可是个大忙人，赶回去上班了。
忠子娘	你和五洲咋没一块回去？
马莉莉	（从包内拿出原忠子娘送去的钱，将红包袱捧起）妈，你看——
忠子娘	啊！咋又送回来了？
马莉莉	妈，耀忠怎能要您老人家的血汗钱呀！我和五洲专程来给您送钱……
忠子娘	这……恐怕还有别的事吧？
山伢子	娘，您咋又要犯猜疑啊！
忠子娘	不是娘猜疑。你嫂子和五洲绝对不会为这事回来！
马莉莉	妈说得对！我要让五洲回来上学。
三　人	啊！回来上学？
马莉莉	我也要陪她住上一段时间。
山兰子	你和五洲一夜都不愿在这儿住，怎么又不怕天冷、炕硬、太郁闷了呢？
山伢子	准是太阳从西边出来啦……
忠子娘	不好！难道忠子出了啥事？五洲，快和奶奶说。
郑五洲	没事儿。
忠子娘	没事为啥回来上学？
马莉莉	妈，我和耀忠要出国考察，怕五洲没人照顾……
忠子娘	不！忠子为啥不提前来个电话？
马莉莉	他是想给您个惊喜啊。
山伢子	哎哟我的个娘哎，您这么一惊一乍的，吓得俺怀里像揣了个野兔，

		乱蹦跶！娘，俺哥保险没事。
忠子娘	没事就好，没事就好……
山兰子	山伢子，快给咱哥打电话。
山伢子	你看你……
山兰子	打电话！
山伢子	好好好，我打我打。（掏出手机拨号）
忠子娘	（夺过）别打！娘不愿意听到什么不好的消息啊。没事就好，没事就好啊……

〔突然传来尖厉的警笛声。

〔众人打了个寒战，泥塑般呆愣着相拥在一起。

〔两位女警官上。

警官甲	哪位是马莉莉？
马莉莉	我……
警官甲	你涉嫌经济犯罪，请跟我们走！
警官乙	请吧。

〔马莉莉被押出屋门外，郑五洲哭喊一声，欲向前，被山伢子按住。

马莉莉欲返回，又停住。

马莉莉	警官同志，我请求和家人说几句话。
警官甲	可以。
郑五洲	妈——（哭喊着扑向马莉莉）
马莉莉	五洲——（搂儿泣哭）

〔幕后传来悲伤的女声合唱：

啊——啊——

娘抱儿，儿搂妈，

泪水滚滚满脸颊。

马莉莉	（唱）　儿呀儿，是妈妈害苦你和你爸，
郑五洲	（唱）　妈呀妈，你为了发家咱没了家。
马莉莉	（唱）　儿呀儿，妈妈只把你牵挂，
二　人	（合唱）福娃变成了苦命娃！
忠子娘	五洲他妈呀，俺那忠子是不是也，也，也……
马莉莉	是遇上麻烦了……
忠子娘	啊！孩子真的出了事啦！你，你，你和忠子拿了人家多少钱呀？

马莉莉　这……
忠子娘　说！事到如今，你不能再瞒哄娘了。
马莉莉　是呀，再没有隐瞒的必要了。是，是八九百万呀。
　　　　〔众人同时"啊"了一声，惊得蹲下。
山伢子　嫂子，你赶快全部清退赃款，争取宽大处理啊。
马莉莉　晚了，绝大部分已经花销了。
忠子娘　啊！这可了不得了，你和忠子的命，都保不住了！
马莉莉　妈——（泣哭着跪在婆母脚下）
　（唱）　转眼沦为阶下囚，
　　　　　临走给妈磕个头！
　　　　　我替耀忠一叩首——
　　　　　对不起老娘亲他万般愧疚。
　　　　　儿是娘的连心肉，
　　　　　日夜让老妈妈肝肠紧揪。
　　　　　莉莉躬身再叩首——
　　　　　悔恨的泪水似泉流。
　　　　　才知您雪夜送钱恩情厚，
　　　　　您是为一家人平安自由。
　　　　　三叩首，我给妹妹磕个头，
　　　　　跪求您收留照管儿五洲。
　　　　　她从小娇生惯养脾气拗，
　　　　　求妹妹高抬贵手温温柔柔。
　　　　　从今后妹妹要把心操透，
　　　　　我再替我女儿磕个响头！
　　　　〔马莉莉叩头有声，额头出血。
郑五洲　妈……（抱住母亲，为其捂住额头）
山兰子　嫂子——
　　　　〔警官见状大惊。俩人冲上前去，架起马莉莉。
警官甲　（厉声大喝）走！
警官乙　（更严厉大喝）快走！
　　　　〔马莉莉被押下。
　　　　〔众人被镇住，呆愣如塑地惊听着警笛声由近而远。

〔张大叔与众乡亲们急上。

张大叔　老嫂子哎,媳妇子犯了什么法咧?

忠子娘　忠子,忠子……忠子他,他出了事咧。

张大叔　啥事啊?

忠子娘　他,他……他给乡亲们脸上抹了黑咧。

张大叔　抹了黑?

忠子娘　唉!(转向一旁)

张大叔　山兰子,你哥嫂到底怎么啦?

山兰子　张大叔……(转身哭泣)

众乡亲　到底咋回事呀?

山伢子　别问了,俺哥俺嫂拿了人家上千万呀!

众乡亲　啊!(惊得面面相觑)

张大叔　哎哟我的个老天爷!老嫂子哎,赶紧还给人家,或许罪过还小点。

忠子娘　听说他,他……他糟蹋了一多半啦!

众乡亲　啊!哎哟喂,这么多钱,到底咋花的呀?

郑五洲　妈妈买股票赔了二百多万,买彩票花了二百多万,大姨生病,又花了二百多万元……

众乡亲　啊!

张大叔　可坏了,这下子要了命咧!

忠子娘　是啊,儿和媳妇子的命都保不住了。

乡亲甲　(窃议)真想不到,原来是这么个人。

乡亲乙　哎呀,咱都没脸见人咧。

乡亲丙　给咱乡亲丢人呀。

乡亲丁　走啊。

众乡亲　走!

〔众乡亲欲下。

忠子娘　大伙别走啊,俺有事要和大伙商量。

众乡亲　(停住,冷冷地反身问)啥事儿?

忠子娘　请兄弟爷儿们帮帮忙。

张大叔　我的个老嫂子哎,您急糊涂了吗?这事儿谁能使得上劲?

忠子娘　只要大伙肯帮忙,也许管点儿事呀。

张大叔　老嫂子,您说咋帮法吧?

忠子娘　俺……俺……
张大叔　您到底想干啥？有话尽管说呀。
忠子娘　俺，俺……俺说——
　　　　（唱）　张了张口，提了提气，
　　　　　　　　嗓门儿从未这样低。
　　　　　　　　从不求人得求人，
　　　　　　　　从不受委屈也得受委屈。
　　　　　　　　伸手要把钱来借，
　　　　　　　　头一回在人前泣泣啼啼。
　　　　　　　　还一分赃款减儿一分罪，
　　　　　　　　少还一分可怜儿少了一分生机。
　　　　　　　　俺也知老百姓都把贪官恨，
　　　　　　　　谁愿意拉一把戴罪的身躯？
　　　　　　　　可怜俺吓破了胆惊慌恐惧，
　　　　　　　　娘的魂一缕缕全都攥在儿的手心里。
　　　　　　　　求乡亲借给个十块八块不嫌少，
　　　　　　　　就赏俺这张老脸皮。
　　　　　　　　常言说莫大有姊们娘们好兄弟，
　　　　　　　　俺给俺的老庄乡跪下双膝。
　　　　〔忠子娘平身跪倒。山兰子、山伢子哭着陪跪。
众乡亲　（惊恐地）啊！您老人家咋这样呀！
张大叔　（哭泣着扶起老嫂子）老嫂子啊，都是些下脚辈，您这一跪，谁能担当得起啊！俺，俺攒了一万块钱，拿俩五千！
乡亲甲　俺也拿一万。
乡亲乙　俺孩子上学正缺钱，俺就是借，也借一千。
张大叔　好！（问大发子）大发子，咱村数你有钱，拿多少？
大发子　我、我说张大叔，如果是郑耀忠生病长灾什么的，我就是倾家荡产，不帮忙的是这个！（以手学王八爬行）可不管咋说，这事，这个事……
部分人　是啊。这种事，啧啧……
张大叔　大发子，这钱救的不是忠子啊！要为他呀，一分一厘也不掏！这是救俺老嫂子的命呀，如果忠子什么了，俺老嫂子就不能活了！她一辈子不容易啊——

（唱）　老嫂子从年轻遭罪受苦，
　　　　谁料她老年来又大伤筋骨。
　　　　不孝子为什么不管不顾？
　　　　照老娘的头顶上砍了板斧！
　　　　快从咱衣襟上撕下一块布，
　　　　流血的伤口都伸手替她捂住。
　　　　谁也知老嫂子到了最难处，
　　　　谁都要想一想哪里不知足？
　　　　谁知她在北京待也待不住？
　　　　她心里头装着咱农家的山水，乡情画一幅！
　　　　谁家的孩子上大学她没赞助？
　　　　谁找她去帮忙啥时说个不？
　　　　谁家嫁女娶媳妇，
　　　　谁不到她先到炒菜下厨。
　　　　谁家不幸人作古，
　　　　谁不是指望她去穿那送老服？
　　　　谁家的媳妇坐月子茬了母乳，
　　　　谁催奶没吃过她碾的黄米金谷？
　　　　谁说她还赃款是犯糊涂？
　　　　谁家的老黄牛不知护牛犊？
　　　　谁都见俺好嫂子双膝沾尘土，
　　　　谁的那心肝肺不被她跪出？
　　　　谁不帮，谁不助，
　　　　谁让俺老嫂比母走了黄泉路，
　　　　谁就挨俺三笤帚！
　　　［举起笤帚，指向大发子。
　　　（白）大发子，拿不？

忠子娘　（慌忙夺笤帚）他张大叔，你这是咋！
张大叔　您甭管。（推开忠子娘，又指向大发子）到底拿不拿？说！
大发子　大叔别生气，凭俺大娘为人处世，俺，俺拿！
张大叔　拿多少？
大发子　（伸出一个指头）这个数。

儿行千里

张大叔　娘一下子！才和俺一样多咪，老子揍你这个狗小子。（欲打）
大发子　（挡住笤帚）俺是说拿十万呀大叔哎。
张大叔　好，好庄乡！（又以笤帚指向大部分乡亲）都拿不？
众乡亲　拿，都拿……
忠子娘　他张大叔哎，你看你这个脾气！（夺过笤帚扔向一旁）
张大叔　哼！这还有点儿庄乡滋味儿！
忠子娘
山兰子　（感动地哭泣，鞠躬）谢谢好乡亲……
山伢子
郑五洲　（哭泣着抱住忠子娘）奶奶……
忠子娘　五洲，快给乡亲们鞠躬呀。
郑五洲　爷爷，叔叔，婶婶，阿姨，你们太好了。（深深一躬）
　　　　（唱）　数九寒天冷冰冰，
　　　　　　　　奶奶的老屋刮春风。
　　　　　　　　好爷爷好叔叔胸似火热，
　　　　　　　　好婶婶好姨姨心比火红。
　　　　　　　　这暖风烫眼泪纵横，
　　　　　　　　这暖风刮出人间情。
　　　　　　　　这暖风烫心阵阵痛，
　　　　　　　　这暖风如雷人震惊。
　　　　　　　　这暖风烫梦梦中醒，
　　　　　　　　这暖风烫破袄一层。

　　　　（白）奶奶，拿剪刀。
忠子娘　剪刀？你千万不能……
郑五洲　奶奶，我突然长大了。我知道爸爸在您心头上割了一刀，我不会再伤害您。快拿来吧。
忠子娘　（莫名其妙地递去剪刀）你到底要干啥？千万别铰着手呀。
郑五洲　（接过剪刀，拉开棉衣拉链，咔嚓一声铰开左内襟，掏出两叠钱）奶奶……
众　人　（大惊）啊！钱。
郑五洲　（将钱捧给奶奶。咔嚓一声又铰开右内襟，掏出一张存折、一张银行卡）奶奶你看。

众　人　（又大惊）啊！存折，银行卡。

郑五洲　（脱下棉衣，咔咔咔几剪子下去，铰开后襟，从里面掏出字画抖开）奶奶，您再看……

众　人　（震惊）啊！名人字画。

忠子娘　五洲，这，这是咋回事？

郑五洲　这是妈妈哭着给我缝在棉衣中的。她说，只要孩子好好活，死也瞑目了！

忠子娘　哎呀，你妈好糊涂呀！

张大叔　真是财迷心窍。怪不得头一回见她就不顺眼！

大发子　这个熊娘儿们，太可恶啦！

乡亲甲　把钱藏在女儿身上，太狡猾啦！

乡亲乙　枪毙了她，都不心疼！

乡亲丙　对！快交上去，把罪过全搋在那个熊娘们身上。

乡亲丁　民愤极大，请求重罚，毙了她！

张大叔　好！把财物交给俺，大伙儿一齐去。拿来！

忠子娘　他张大叔，俺从小没娘，知道没娘孩子的苦，咱不能让五洲没了娘啊。

张大叔　（拿过财物）老嫂子哎，这事儿大伙儿商量着办，您就别管了。走！

众　人　走！（众人欲下）

郑五洲　别去呀！我求求您啦。（跪倒泣哭）

山兰子　张大叔，乡亲们呀——

　　　　（唱）　贪心的嫂子迷了魂，

　　　　　　　　人人恨得咬牙根。

　　　　　　　　虽说她贪财鬼缺少人品，

　　　　　　　　但不缺平常人母爱娘心。

　　　　　　　　你看她为女儿求生存心眼儿用尽，（拿起破袄）

　　　　　　　　这棉袄密密麻麻缝了多少针。

　　　　　　　　你看她衣缝剪得多谨慎，

　　　　　　　　怕儿冷没剪断半缕棉花芯。

　　　　　　　　你看她点点滴滴染泪痕，

　　　　　　　　你看她鼻涕抹脏了儿衣襟。

　　　　　　　　她临走跪地嘱托泪滚滚，

　　　　　　　　为女儿磕响头鲜血淋淋。

　　　　看在她九曲回肠断了一寸寸，
　　　　求乡亲平心而论，也不怨她一个人。
山伢子　乡亲们哪，为了俺妻侄女，求大伙儿就饶了俺嫂子吧。我，我这当姑夫的，替孩子跪下啦！（跪倒）
大发子　（向前扶起）唉！你看人家这姑爷当的……
张大叔　（将财物交给忠子娘）唉！这事您看着办吧，俺凑钱去。走！
众乡亲　凑钱去。
　　　〔张大叔与众人急下。
忠子娘　乡亲慢走，慢走哇！
　　　〔忠子娘跟跟跄跄地欲去送客，几乎摔倒。
　　　〔众亲人急忙扶住欲歪倒的忠子娘，定格造型。
　　　〔剪影，切光。

惊　泪

〔字幕：2008年。
〔追光中，山兰子搀扶着忠子娘，惊恐地望着高墙。
〔幕后飘来如泣如诉的女声独唱、男声接唱、合唱：
（唱）　啊……啊……
　　　　露珠洒洒送霜叶，
　　　　寒叶醉眼哭离别。
（接唱）残叶哭离别——
（唱）　秋风瑟瑟怀中裹，
　　　　坠落方知错时节。
（接唱）错过了时节——
（唱）　若学那松柏常青，
　　　　枝叶不割舍，
（接唱）叶叶蔓蔓难割舍——
（合唱）哪能够引火烧身化灰蝶？！
〔字幕：经司法机关批准，特殊照顾人性化探视。
〔铁门"咣当"一声打开，郑耀忠身穿囚服，戴手铐脚镣上。
郑耀忠　是我娘看我来了。娘——（跟跄上前，哭喊着猛然跪倒）

忠子娘　（抚儿子头，哭泣）最最让娘害怕的事，让娘摊上了呀。孩子,抬起头来。
郑耀忠　娘……（仰起泪水纵横的面孔）
　　　　［忠子娘抽泣着轻轻为儿拭泪。突然，抡起巴掌，狠狠抽了自己一个耳光。
忠子娘　怨娘养了这么个儿子！
郑耀忠　娘！（抓娘手直往自己脸上打）
山兰子　（哭喊着抱住郑耀忠）哥……
郑耀忠　妹妹……（泣哭）
忠子娘　（双手颤抖着捧住儿子的脸）忠子啊，娘知道法院判了，是，是死刑啊！说不定哪，这是咱娘儿俩最后再见一面了——

　　　　（唱）　又疼又恨心如绞，
　　　　　　　你给老母心插刀。
　　　　　　　利刃把俺心剜掉，
　　　　　　　是你亲手把心掏。
　　　　　　　从此不再心惊跳，
　　　　　　　再难把儿挂心梢。
　　　　　　　娘恨你，雪夜不听苦劝告，
　　　　　　　未能保住命一条。
　　　　　　　娘恨你，忘恩负义大不孝，
　　　　　　　忘记了公家的栽培长歪了根苗！
　　　　　　　娘恨你，身背骂名压垮了大大小小老老少少，
　　　　　　　乡亲们再难人前挺起腰为你自豪。

　　　　［颤抖着双手，抚摸儿脸。
　　　　　　　心疼你，双手双脚戴镣铐，
　　　　　　　拖腿难过奈何桥。
　　　　　　　心疼你，临刑哭喊把娘叫，
　　　　　　　面对空谷声嗥号。
　　　　　　　心疼你，涕针泪线缝好了青裤白袄，
　　　　　　　等来世干干净净清清白白步步走好，
　　　　　　　咱还做娘儿俩，为娘从头把你教，
　　　　　　　再来人间走一遭。

郑耀忠　（抱母哭喊）娘啊，你狠狠打儿子一顿，再骂我这不孝之子一遍吧。

忠子娘　娘不打了，也不骂了，事到如今，娘再想管，也管不了了。当年有俩大官，只为几百块钱，就掉了脑袋，咱花了人家好几百万呀。

郑耀忠　娘啊——
　　　　（唱）　叫声娘，心悲伤，
　　　　（伴唱）不孝绞断娘肝肠。

忠子娘　（唱）　再难为儿烧热炕，
　　　　（伴唱）更难腊八笑满堂。

郑耀忠　（唱）　手拍胸膛想一想，
　　　　（伴唱）遗忘慈母情满腔！
　　　　（唱）　儿忘了，您为儿子把学上，
　　　　　　　　卖掉三间茅草房。
　　　　　　　　儿忘了，您领妹去乞讨挂着打狗棒，
　　　　　　　　端残碗唱悲曲倚人门旁。
　　　　　　　　儿忘了，贫苦孩子把权掌，
　　　　　　　　要凭良心把官当！
　　　　　　　　到头来，贪婪私欲把儿葬，
　　　　　　　　悔恨已晚更凄惶。
　　　　　　　　儿子算过几笔账，
　　　　　　　　算来算去透心凉。
　　　　　　　　政治账，艰难爬到权位上，
　　　　　　　　摘去乌纱入高墙。
　　　　　　　　名誉账，贪官自古谁原谅？
　　　　　　　　万人唾骂戳脊梁。
　　　　　　　　经济账，工资待遇停发放，
　　　　　　　　所有财产没收光。
　　　　　　　　亲情账，妻离子散伏法网，
　　　　　　　　撒手舍下八十的娘。
　　　　　　　　忠儿我，贪赃枉法罪千古，（警钟响起）
　　　　　　　　警钟敲出泪两行。
　　　　〔扑在娘怀中，失声痛哭。

忠子娘　完了，完了。娘什么办法也想了，什么事情也做了，真是法律无情人有情啊。

山兰子　哥还不知道，自从你出事后，乡亲们都给咱娘凑钱。
郑耀忠　凑钱？
山兰子　是替你和嫂子还赃款呀！
郑耀忠　啊！我给乡亲们抹了黑，怎能会替我和莉莉赎罪啊？
山兰子　全都是为了咱娘啊！
忠子娘　真是乡情大于天哪！大伙凑了好几十万呀，只是你糟蹋得忒多了。
郑耀忠　我，我对不起我的好乡亲呀！我郑耀忠的良心叫狗扒啦！应该痛恨我呀……
忠子娘　是啊，吃了人家的嘴短，拿了人家的手软，只要贪了人家的东西，就没了威风，就不能凭良心办事了，老百姓吃了亏，能不恨咱吗？
郑耀忠　娘说得对，我吃着老百姓的，穿着老百姓的，拿着国家的俸禄，不凭良心干事儿，儿子死有余辜啊！
山兰子　听说哥上诉了。
郑耀忠　哥的上诉，绝对没有改判的希望了，只是最后的陈述了。
山兰子　不！五洲藏在袄里的财物和乡亲们凑起来的钱，全上交了。乡亲们还在继续凑钱……
郑耀忠　啊？！别让乡亲们再凑了，杯水车薪呀。
忠子娘　只要能保住儿媳妇的命也好啊。
郑耀忠　娘太善良了……
忠子娘　进了郑家门，就是郑家人，保住一个算一个。忠子，还有啥话对娘说？
郑忠耀　我，我……
忠子娘　抬起头来！娘看出来了，你还有事瞒着娘，说！
郑耀忠　我，我不能说。
忠子娘　娘非要听听不可。
山兰子　哥，有话快对娘说，让咱娘给你拿拿主意呀。
郑耀忠　我，我……
忠子娘　跪下说！
郑耀忠　（跪倒）我说，我说。我掌握一起社保大案的线索，至今尚未交代。
忠子娘　啊！为啥不交代呀？
郑耀忠　因为莉莉参与了那件事，如果交代出来，一则对她不利。二则牵扯到曾竭力帮助过我的老朋友。为此，我和莉莉早已订下攻守同盟，誓死不伤害往日的恩人与朋友。

忠子娘　看来你是咬住死口了？
郑耀忠　儿子准备把这条线索带进棺材里去！
忠子娘　你！山兰子，咱走！
郑耀忠　娘——（抱住娘腿）
忠子娘　俺不是你娘。俺只养一个贪官儿子就够了，不能再养个一错再错，死不悔改的混账东西！放开……
郑耀忠　（抱娘腿不放）娘……您别走。
忠子娘　放开我！（抡起巴掌，给儿子一记耳光）
郑耀忠　娘，我听话还不行吗？
忠子娘　行。（抚儿面）只要听话还是俺的乖孩子。忠儿呀，娘琢磨着，咱国家可是棵大树啊，大家都来浇水施肥，大树就根深叶茂，开花结果，大家都有好果子吃，老百姓就背靠大树有荫凉。如果招了蛀虫，那可不得了呀！咱不把它抠出来，它就慢慢地把这棵大树掏空吃净啊！
郑耀忠　对！娘这一巴掌，彻底把儿子打醒了。我，我马上形成检举材料。
忠子娘　好！不枉娘来见你一面呀。
郑耀忠　娘……

［灯光渐暗。

尾　声

［幕后飘来嘶哑的原生态梆子女花脸歌声：

噢——噢——
娘身上掉下一块肉，
撕块衣襟裹心头。
咱若是安安稳稳别出手哇，
咱娘也得心操透。
咱若是糊糊涂涂出了手哇，
揪得咱娘心血流。
噢——噢——

［数日后。法院刑庭。
［忠子娘、山兰子、山伢子、张大叔、郑五洲、众乡亲静候在法庭上，造型剪影。

[幕后传来悲凄苍凉的合唱声：

啊——啊——
终审时间到，
法庭静悄悄，
可怜咱娘来得早，
满面泪滔滔。

忠子娘　（唱）　娘坐在法庭上心惊肉跳，
我的儿生死就在，就在今朝。
罪孽深绝不会法律轻饶，
白发人为黑发人备下归巢。
娘带来青裤白袄蓝鞋紫帽，
娘最后从头到脚一件一件入殓儿娇。
昨夜晚仰望着老屋梁没睡一霎觉，
娘慢慢想好了后路一条。
悄悄地备下了一瓶农药，
临来前贴身藏，揣在了娘的腰。

（帮腔）啊——啊——啊——
刚强的老娘亲再也挺不住了。

（摔倒！众人去搀扶，她示意众人退下，自己硬撑住拐棍，咬牙慢慢地坚强爬起）

（唱）　送我儿，上了道，
陪儿去过奈何桥。
如若真有万刃山，
娘替儿子挡几刀，
如若真有分身锯，
娘替儿子两断腰。
哪一个当娘的不迷心窍？
纵然是儿走了也都把儿挂心梢。

[忠子娘首次失声哭泣。

山兰子
山伢子　娘……（抱住娘失声大哭）

[书记员、审判长均用画外音。

审判长	安静！传被告人郑耀忠、马莉莉出庭！（众人惊呆）
	［俩法警戴口罩、白手套、背长枪，将郑、马押上。
忠子娘	忠儿——
山兰子 山伢子	哥……
郑五洲	爸爸，妈——
郑耀忠	娘——五洲——
马莉莉	五洲，妈，妹妹……
	［众人欲向前拥抱。
书记员	肃静！
	［众人再次呆住。
书记员	对郑耀忠、马莉莉受贿一案，二审开始宣判，全体起立！
	［众人惊惧地挺直腰板。
审判长	宣判如下：被告人郑耀忠、马莉莉在二审期间，因家人积极配合，竭力清退赃款赃物，并且检举他人犯罪，两人均有重大立功表现，经高级人民法院查明，终审判决如下：撤销中级人民法院原判死刑，均改判为无期徒刑。（敲警锤）
郑耀忠	啊！又能活了，娘，儿子又能活了——
马莉莉	又能活了，又能活了！五洲，妈又能活了——
郑耀忠 马莉莉	感谢政府不杀之恩！
忠子娘	（大呼）跪下磕头啊！感谢法官。
	［众亲人跪倒，叩首。（擂鼓）
审判长	请起。（众人起身）应该感谢人民，更应该感谢这位白发苍苍的老母亲！
众亲人	（鞠躬）娘……
张大叔	忠子……唉！
郑耀忠	张大叔……（哭泣）
忠子娘	忠子，莉莉，多亏乡亲们救了咱呀！
郑耀忠 马莉莉	（鞠躬）感谢好乡亲！
忠子娘	俺也能活了，又能活了！（掏出怀中的农药瓶）

众　人　啊！农药。

忠子娘　（掂了掂农药瓶）俺再也用不着它啦！

　　　　［忠子娘高高举起农药瓶，狠狠摔在地上。
　　　　［药瓶摔碎，摔出一声震耳欲聋的惊雷！
　　　　［众人心头一震，在雷声中迅速簇拥忠子娘造型。
　　　　［低沉的钟声轰然响起，摄人魂魄！
　　　　［定格。剪影。缓缓收光。
　　　　［幕后传来粗犷豪放的女花脸歌声：

　　　　　　　咱要好好活，
　　　　　　　知足就常乐。
　　　　　　　金钱名利多少是多？
　　　　　　　太多了干什么？
　　　　　　　咱要好好活，
　　　　　　　命是咱娘的。
　　　　　　　万一出个差和错，
　　　　　　　咱娘怎么过？
　　　　　　　咱要好好活，
　　　　　　　命是孩子的。
　　　　　　　如履薄冰咱桥上过，
　　　　　　　别让儿女泪成河！
　　　　　　　咱要好好活，
　　　　　　　咱要好好活……

　　　　［全体演员在剧尾歌声中谢幕。
　　　　［周西山、阿来妹、李县长穿囚服登台谢幕。
　　　　［闭幕。

（剧终）

注：

①初稿于2008年龙抬头之日作于北京聚艺堂。二稿于2008年踏青之后修改于莱芜文曲楼。三稿于2008年敬天吃炒面之日修改于莱芜文曲楼。四稿于2008年中秋节修改于莱芜文曲楼。五稿于2008年国庆修改于莱芜文曲楼。六稿于2008年10月4日修改于莱芜文曲楼。七稿于2008年12月23日修改于莱芜文曲楼。一至七稿综合于2008年小年。

②该剧与张克学合作导演,与毕立军合作作曲。

③该剧于2012年获中宣部第十届精神文明建设"五个一工程"奖,2013年10月,获文化部(今文旅部)第十四届文华奖优秀剧目奖。2011年10月,获第四届泰山文艺奖二等奖。2009年4月,参加山东省地方戏优秀剧目调演活动获优秀剧目奖,2009年11月,参加第九届山东文化艺术节获编剧奖、作曲奖、导演奖。2009年12月,获第九届精神文明建设"文艺精品工程奖"。该剧在山东省十七地市进行三次巡演。2008年11月首次晋京在中央党校,中国行政学院演出。2009年9月第二次晋京演出作为"建国六十周年全国优秀剧目献礼"。

④该剧仅授莱芜梆子剧团表演权。仅授介休市晋剧团、临颍县曲剧团、西安豫剧团移植表演权。其他全国各地移植的京剧、豫剧、黄梅戏、晋剧和曲剧等场未授移植表演权。

⑤由山西省介休市晋剧团更名《母爱》移植上演后,引起当地领导的高度重视,彻底改变了该团住在破庙里的三不管生存现状,并在晋中地区巡演二十余场。多单位包场演出,为剧团增加了较多收入,彻底救活了介休市晋剧团(并在山西省获杏花奖)。

⑥该剧由河南省临颍县曲剧团更名为《慈母情》移植演出后亦引起领导的高度重视,救活了这个濒临倒闭的曲剧团,并获河南省第十七届戏剧大奖"文华奖"。该未删节版演出录制视频时长为2小时28分。

⑦该剧由西安豫剧团移植更名《儿牵娘心》演出后,于2015年获第三届中国豫剧节剧目二等奖。

⑧如需排演该剧,请联系著作权人或继承人达成书面协议后方可表演。否则侵权必究!

·现代戏

儿行千里（删节版）①

时间： 2007 年至 2008 年。

地点： 山村、都市、看守所。

人物： 忠子娘——70 多岁，耀忠之母。
　　　　郑耀忠——50 岁，落马高官。
　　　　马莉莉——40 岁，耀忠之妻。
　　　　山兰子——35 岁，耀忠之妹。
　　　　山伢子——35 岁，耀忠之妹夫。
　　　　郑五洲——15 岁，耀忠之女。
　　　　张大叔——70 岁，山村老乡亲。
　　　　周西山——40 岁，马莉莉的同学。
　　　　李县长——45 岁，大山县县长。
　　　　乡亲甲、乙、丙、丁及众乡亲 6 人。女警官 2 人。武警 2 人。

---

① 因该剧仅授予莱芜梆子剧团表演权仅授予介休晋剧团和临颍曲剧团移植表演权后，将此"删节版"的全剧视频传到多个网站上，引起全国数十个剧团未经著作权人许可，或沿用原剧名《儿行千里》或更名《儿牵娘心》《母爱》《慈母情》等剧名侵权表演，其中十余个剧团不仅肆意歪曲、篡改抄袭，甚至将该作品剽窃署名据为己有！（已发律师函，进行诉讼）为此，著作权人为了维权，不得不将该"删节版"【参加文化部（今文旅部）第十届艺术节版】和"未删节版"均收入，特此声明，侵权必究！

1. 惊 梦

［北风呼号、雪花纷飞。
［幕后传来粗犷豪放的女花脸歌声：

噢——噢——
娘身上掉下一块肉，
搓根麻线拴心头。
咱若往那正道上走哇，
儿行千里也担忧。
咱若往那斜道上走哇，
牵得咱娘心血流。

［幕启：天幕上群山环抱着小山村，白雪皑皑，银装素裹。
［山峰上蜡梅盛开。
［郑家小院内古松戴银帽，翠竹压弯腰。
［茅屋檐上垂下一尺多长的根根锥形琉璃。
［堂屋内悬挂着一幅大红寿字。
［忠子娘开门见山，观望雪景，无限感慨。

忠子娘　麦盖三层被，枕着馒头睡。瑞雪兆丰年啊！

（唱）　腊八瑞雪裹青峰，
　　　　红梅串串挑灯笼。
　　　　白地毯铺满了山山岭岭，
　　　　儿行千里回家中。

［山兰子、山伢子提寿礼上。

山兰子
山伢子　娘——

忠子娘　咦！俺闺女和女婿来咧，快屋里坐。
山伢子　日头快落山了，俺哥咋还没回来？
山兰子　看这大雪天，恐怕俺哥赶不回来了吧。
忠子娘　他不敢！今天腊八日，是老娘的生日，就是天上下枪子、带刀子，他也准得回来。
山伢子　娘，俺哥一家回来，晚上住哪？

照 盯 ZHAO TING

忠子娘　　就住家里。

山兰子　　这破宅破院,俺嫂子能住吗?

忠子娘　　孩不嫌娘丑,狗不嫌家贫,住也得住,不住也得住。来,把炕洞里的柴火点着,先让铺盖热乎着。(点火)

山伢子　　娘,您看这墙,裂炸扒纹。(伸手摸墙)咦!一摸一把灰,俺哥咋住呀!

忠子娘　　哈哈哈,娘早打好了糨糊,来,帮娘贴墙。

山兰子
山伢子　　好咪——

　　　　　〔三人用报纸贴墙壁。

忠子娘　　(唱)　坏炕头,泥墙根,
　　　　　　　　莫让忠儿沾灰尘。
　　　　　　　　抹把稠糨糊粘住娘亲的爱,
　　　　　　　　贴一张薄报纸情满土墙裙。

山兰子　　(唱)　人都说母子紧拴线一根,
　　　　　　　　越走远越牵紧娘亲的魂。

山伢子　　(唱)　生儿育女心操尽,
　　　　　　　　硬了翅膀就飞出了家门。

忠子娘　　(唱)　人人都说当官好,
　　　　　　　　谁知更牵老娘心。

山伢子　　咦!用报纸这么一糊,这房间倒是蛮有味道!

忠子娘　　好好好。你哥小时候就喜欢满墙上糊报纸,他一看,准高兴。

　　　　　〔张大叔与众乡亲上。

张大叔　　我的个老嫂子哎——

忠子娘　　唉,他张大叔,快屋里坐。

众乡亲　　大娘、老奶奶……

忠子娘　　(答应)四邻八舍都过来了。坐,炕沿上坐。山兰子,快下茶去。

张大叔　　山兰子,大叔我还是爱喝老干烘,抓上一大把。

　　　　　〔众人笑。

张大叔　　老嫂子哎,听说忠子要回来,大伙都过来看看。

众乡亲　　好几年不见了,都惦念着他……

忠子娘　　看看,让大伙都牵挂着。真是莫大有庄乡啊。

张大叔　　老嫂子哎,听说忠子做了大官咧。

忠子娘	官再大,也是咱山里的孩子,也得见了大叔喊大叔,见了二婶叫二婶,他敢不规矩,俺照样使笤帚疙瘩揳他的腚。
张大叔	哈哈,老嫂子的脾气俺知道。常言说得好,棍棒之下出孝子,规矩之下出人才啊。这都是老嫂子教育得好哇。
忠子娘	还是多亏了庄邻庄乡啊,忠子上大学那阵子,大伙都没少操了心。
乡亲甲	大娘,听说俺耀忠哥一步一个脚印,步步有成绩,官越当越大了,值得乡亲们骄傲自豪呀!
乡亲乙	奶奶,听说俺耀忠叔给老百姓办了不少好事,走到哪里都受欢迎。
山伢子	(自豪地)这还用说?如果没有政绩,哪能步步高升,做了大官?娘,你说是不?
忠子娘	哎哟我的个女婿哎,人家夸,咱就别夸了。
乡亲丙	忠子叔真了不起,给咱乡亲们争了大光了。
张大叔	说得对!咱深山沟出这么个大官,可了不得咧。我的个老嫂子哎,大伙都夸奖忠子,你高兴不?
忠子娘	高兴,高兴——
	(唱)　众乡亲齐声把忠儿称赞, 　　　　当娘的心里头比喝了蜜还甜。
张大叔	(唱)　忠子他给咱乡亲争了脸, 　　　　到底是个几品官?
忠子娘	(唱)　不管他大官小官啥官宦, 　　　　还是咱庄户孩子山蛋蛋乡情大于天。
张大叔	好!官再大,这里也是他的根。
乡亲甲	对!无论什么时候,他也是咱们的好乡亲。
忠子娘	好好好。今儿个都在这里吃晚饭,等俺忠儿回来,给大伙敬酒。
众乡亲	好,喝寿酒……
山兰子	娘,菜都准备好了。
忠子娘	好,上菜啊!
	〔众人端菜上。 〔随着看家狗的叫声,郑耀忠携妻带子走进小院,山兰子、山伢子迎向前去,大家一阵寒暄。
忠子娘	忠子哎……
郑耀忠	娘——

照町 ZHAO TING

忠子娘　（紧握住儿子的手，上下打量）咦，脸色不孬，没胖也没瘦。

郑耀忠　娘身体更好了，还是挺着身板说话，口气一点也没变。

忠子娘　哈哈，别看娘这么大年纪了，还能上坡下地干点零活。

郑五洲　奶奶——

忠子娘　哎哟！（紧搂孙女）光顾了和你爸说话，还没看见俺这宝贝疙瘩咪。咦！俺五洲长成大姑娘啦。

马莉莉　妈——

忠子娘　咳！大冷的天，也让你赶回来，真太难为儿媳妇啦。

马莉莉　妈，回家为您祝寿，天再冷，心里也是热的呀！

忠子娘　哈哈哈，这话中听。

郑五洲　这山沟里太冷了，阿——嚏！（打喷嚏）

忠子娘　咦！快进屋里暖和暖和。

张大叔　（迎上前）耀忠……

郑耀忠　张大叔，以后还是叫我的乳名忠子，那样听起来会更亲切。

张大叔　好，好，还是叫小名亲啊。

　　　　〔众人簇拥忠子娘进屋。

　　　　〔众乡亲抬两桌菜上。

众乡亲　耀忠哥，耀忠叔……

郑耀忠　乡亲们好！

众乡亲　好好。

忠子娘　大伙都坐。（举起筷子）来来，大伙先垫垫肚子，吃菜。

郑耀忠　慢！（双手举杯）先给俺娘敬个酒。祝老娘健康长寿！

郑五洲　（端起杯来）奶奶，祝您生日快乐。

马莉莉　（端起杯来）妈，我盼望再给您老人家过八十个生日。

忠子娘　好好，娘喝！（一饮而尽）

众乡亲　好！（鼓掌）

山伢子　我和山兰子也敬娘一杯。娘——

　　　　（唱）　喝了咱的酒哇——

　　　　（念）　您常青藤，不老松，
　　　　　　　　眼不花、耳不聋，
　　　　　　　　夜行不用打灯笼，

　　　　（唱）　直活到一根杠杠两个零。

〔山伢子打哑语：一个指头伸在右脑门，两只眼睛代表两个零。

众　　人　（大笑）好！一百岁。
忠子娘　好好好，娘喝！
山兰子　看娘这精气神儿，说六十岁都有人信。
马莉莉　妈前几年去我家时，大家都看她老人家才五十多岁呢。
张大叔　对呀。俺比老嫂子小十岁，人家还说俺是老大哥咪。来，俺敬老嫂子一杯，吉利话都在酒里。
忠子娘　喝！（一饮而尽）
众　　人　好！（鼓掌）
郑五洲　奶奶很潇洒。
忠子娘　这么说，咱就共同举杯，喝他个醉马乌腔，小辫子朝天，干！
张大叔　好！俺带头，一口闷，滴一滴，罚三杯！
郑耀忠　好好好，太高兴了。干！

〔寿宴一派欢乐气氛，众人痛饮。
〔周西山提酒上。被看家狗吓得连连后退。

马莉莉　（赶紧迎出来）你怎么才到？
周西山　航班误点，航班误点。（进屋）
郑耀忠　老周，我母亲的寿辰，你怎么知道的？
周西山　是……（看了马莉莉一眼，见马莉莉示意）我详细向领导汇报……
郑耀忠　（不耐烦地）好了好了，坐吧。
马莉莉　我来介绍一下。这位是我的老同学周西山，周总经理。
忠子娘　咦！想起来了，你就是那位周总。
周西山　对！您老好眼力，您去京城时，咱娘儿俩见过面儿。来，首先敬大娘一杯，祝大娘富贵吉祥，万寿无疆。

〔又一阵犬吠声，李县长提礼品上。被狗吓得东躲西藏。

李县长　对不起，对不起，上午有个会，来晚了，来晚了。
忠子娘　咦！李县长，你咋也来了？（指礼品）花钱干啥？
李县长　哎呀！一点小心意，望大娘笑纳，笑纳。
忠子娘　山兰子。
山兰子　唉。
忠子娘　替娘想着点儿，周总和李县长走时，让他们把礼品带回去。
山兰子　唉，记着了。

忠子娘　李县长，这边坐，喝酒。
李县长　谢谢，谢谢。我敬大娘一杯……
　　　　［两男两女提礼品上。
两　男　老领导……
两　女　大娘……
忠子娘　咦！你们也来了。坐，坐。
张大叔　老嫂子哎，俺先回去吧。
忠子娘　（拉住）他张大叔，你别走啊。
张大叔　屋小人多，挤不开呀。老嫂子哎，忠子大老远地来了，还能不住几天？赶明儿大伙再过来拉呱儿。
忠子娘　咦！这是咋说……
众乡亲　耀忠哥，明天见。
郑耀忠　大伙慢慢走。
张大叔　别送了。快去招待客人。
　　　　［张大叔与众乡亲下。
郑五洲　妈，人家都走了，咱什么时间走？
马莉莉　耀忠啊，咱们也抓紧回去吧。
郑耀忠　回去？回哪去？
李县长　嗨嗨，县委在招待所安排了顿便饭，请吧。
郑五洲　宾馆有网线没有？
李县长　豪华套间，电脑是宽屏的。
郑五洲　太给力啦！
忠子娘　不在这儿住啦？
马莉莉　妈，当地领导非常热情，咱们不好驳了人家的面子呀。
李县长　大娘，是这么回事……
忠子娘　大娘不听！（紧抓孙女手）忠子，五洲，随俺来——
　　　　（唱）　携子拽孙颤巍巍，
　　　　　　　　且等今宵夜来归。
　　　　　　　　你伸手摸，热炕热席热褥被，
　　　　　　　　你抬头看，报纸挡住了泥巴坯。
　　　　　　　　归家的燕子宿老巢成群结队，
　　　　　　　　乖孩儿莫任性说飞就飞。

郑耀忠　娘说得对呀！
　　　　（唱）　热炕头，宽心睡，
　　　　　　　　远离了功利场是是非非。
　　　　　　　　说一说知心话口甜心醉，
　　　　　　　　拉一拉家常呱喜上双眉。
　　　　　　　　慈母情，催人泪，
　　　　　　　　游子还乡不思归。
忠子娘　好孩子，只住一宿就行啊。
郑五洲　哼！看这土炕，还不把我和妈妈硌死。看这天气，还不把我和妈妈冻死。看这山沟，还不把我和妈妈郁闷死！
郑耀忠　放肆！
马莉莉　耀忠……
郑耀忠　不要说了。莉莉，咱陪老人住一夜好不好？
马莉莉　绝对没问题。不过……（给李县长使个眼色）
郑耀忠　不过什么？呃？
李县长　特殊情况……
郑耀忠　怎么回事儿？
李县长　报告老领导，刚才上边来电话，有几位领导正在宾馆等你接见哩。
郑耀忠　今天我是回家办私事，不见！
李县长　您听我详细汇报呀！咱县里要为老百姓办几件实事、好事。原则上老年人月月领补助，孩子上学免费接送，等等，急需老领导去指导、去定位呀。
忠子娘　好！这可是俺老百姓天大的喜事儿，这么说，娘就不留你啦……
郑耀忠　不……
忠子娘　听话，去吧。
郑耀忠　娘，您不知道……
忠子娘　不知道什么？
郑耀忠　这……娘，不管怎么说，儿子坚决不走。
忠子娘　商量老百姓的事你也不去？
郑耀忠　不去。
忠子娘　你再说一遍？
郑耀忠　娘，你不知道哇……

忠子娘　俺不知道什么，你想惹娘生气啊！（举起笤帚）
马莉莉　（挡住）妈，你消消气。（对郑耀忠）耀忠，咱妈说的话就是最高指示，她让咱留，想走也得留，她让咱走，想留也得走。（拉郑耀忠）咱快走吧！
郑耀忠　要走你走！（甩倒马莉莉）
郑五洲　妈——（哭喊着抱住马莉莉）
忠子娘　大胆！你敢打老婆！（摸起笤帚便打）我让你打老婆！
马莉莉　（爬起，大惊小怪地）保护领导，快走啊！
　　　　〔周西山、李县长等人借机架起郑耀忠，郑五洲拥其脊梁，架出小院。
忠子娘　（抱着笤帚发呆）走了，都走了……
山兰子　娘，你这脾气改改行不？俺哥都五十了，咋还是一句话说不上来，张口就骂、抬手就打呀？！
忠子娘　唉！你哥千里遥远地家来了，吃没吃好、喝没喝好，还挨了俺两笤帚，这是怎么说？（擦眼泪）
山伢子　又心疼了是不？走，快屋里歇歇去。（搀娘进屋）
忠子娘　（突然发现礼品）可了不得了！山伢子，快把礼品还给人家去呀。
山伢子　恐怕撵不上啦！
忠子娘　眼下还出不了庄，上不了车。
山伢子　嗨嗨，留下算咧……
忠子娘　留下？当年支前做军鞋，就是剩下一扎麻线四指布头都要上交，快去！
山兰子　（将礼品递给山伢子）快跑。
　　　　〔山伢子接过礼品冲向小院，不慎摔倒，礼品扔出老远。
山兰子　（捡起礼品盒）坏了坏了，这老山参摔成七八瓣啦。
山伢子　啊！（凑向前去看另一盒礼品）哎哟我的个娘哎，打了酒瓶子咧。（忙捡起酒瓶碎块中的残酒便饮）
山兰子　还没喝够？当心划破馋嘴。
山伢子　咦！你看这是啥酒？路易十三！这么一小口，就值半瓶茅台钱。
忠子娘　一瓶茅台多少钱？
山伢子　一千多啊。
忠子娘　啊！这么大人情，咋还人家？
山兰子　（从包装内掏出一叠现金）娘，你看。
忠子娘　钱？

山伢子　（接过欲数）我看是多少？
忠子娘　别动！这……（眩晕欲倒）
山兰子　快！扶娘上炕歇歇去。
　　〔山兰子服侍老娘睡下。灯光转暗。
　　〔山兰子上炕安歇。山伢子躺在躺椅上。一家人进入梦乡。
　　〔幕后合唱：

　　　　新棉被，身上盖，
　　　　老娘睡在热炕台。
　　　　梦见儿子傻又怪，
　　　　倒骑枯柏砍山柴。
　　　　面朝悬崖身在外，
　　　　咔嚓一声跌下来！

　　〔天幕上出现一组幻灯漫画。一、悬崖中探出一株枯柏，郑耀忠面向绝壁，倒骑在枯柏上挥斧砍樵。二、枯柏被利斧砍断，郑耀忠惊叫着，连人带樵跌进万丈深渊。
忠子娘　（猛然坐起，惊恐地冲出小院，向下俯视，惊喊）俺儿掉下去啦！
　　〔山伢子、山兰子被惊醒，慌忙前去搀扶忠子娘。
山兰子　娘，您这是咋啦？
忠子娘　快，快，你哥掉下去啦。
山伢子　（俯视）俺哥在哪？
山兰子　您是不是做了个梦呀？
忠子娘　梦？忒吓人咧！
山伢子　娘，我看过《周公解梦》，快说给俺听听。
忠子娘　我梦见你哥在山崖上倒骑着枯柏砍柴火。
山伢子　咦！上不着天，下不着地，还倒骑着枯柏？这叫"奇玄"。不过，木能生火，火能生财，此乃中上梦。往下讲。
忠子娘　你哥他面朝悬崖腚朝外，抡起斧头使劲砍。
山伢子　咦！这叫"乖中出傻"财迷心窍，此乃中下梦。往下讲。
忠子娘　砍着砍着，枯柏断了，你哥抱着枯柏栽下去啦！
山伢子　咦！本来木能生火，火气上升，这么一家伙栽下去，这不去了球咧！
忠子娘　啊！
山伢子　此乃下下之梦，再往下讲。

忠子娘　再往下就把俺吓醒了。
山兰子　俺哥咋这么傻！他就不会脊梁贴紧山崖，朝外砍？
山伢子　朝外砍？腚底下那一截不就砍不着了。
山兰子　真是财迷心窍，太贪啦。
山伢子　对，这就叫舍命不舍财！
忠子娘　啊！
山兰子　你别吓唬咱娘。
忠子娘　不是吓唬，梦是从心里头生出来的。你哥这官儿，可不小啦！
　　　　（唱）　一场噩梦吓破胆，
　　　　　　　　前思后想心更寒。
　　　　　　　　点点滴滴把账算，
山伢子　（接唱）那瓶洋酒几万元。
忠子娘　（唱）　人参摔成七八瓣，
山兰子　（接唱）看来一瓣也上千。
忠子娘　（唱）　礼品惊人心头乱，
山伢子　（接唱）又见袋中一叠钱！
忠子娘　（唱）　为啥重礼来看俺？
山兰子　（接唱）借佛面看僧面定结孽缘。
忠子娘　（唱）　若忠儿贪赃枉法琴乱弹，
山伢子　（接唱）还人情定然崩断良心弦。
忠子娘　（唱）　说到此惊出了一身冷汗，
　　　　　　　　找忠儿等不得日出东山。
　　　　〔忠子娘从炕头上摸出一个红包袱，扎在腰间。
忠子娘　走！
山伢子　先打个电话吧。
忠子娘　这事儿在电话里能说清楚吗？
山伢子　咱又没汽车，黑灯瞎火的，十几里山路怎么摸？明天去吧。
忠子娘　明日你哥走了，咱还得千里遥远地去找他。
山兰子　娘说得对，咱们走。（下）
　　　　〔切光。

2. 惊　　魂

　　［幕后传来嘶哑的女花脸歌声：
　　　　噢——噢——噢——
　　　　娘身上掉下一块肉，
　　　　楔根木桩挂心头。
　　　　咱若是堂堂正正不歪扭哇，
　　　　咱娘心也提在喉。
　　　　咱若是晃晃悠悠歪又扭哇，
　　　　坠得咱娘心血流。
　　　　噢——噢——噢——
　　［音乐大作。宾馆豪华客厅内正举行舞会。
　　［一侧客厅内，郑五洲正在玩游戏。
　　［周西山与舞伴旋转到音响前，悄然关掉音响。音乐戛然而止。

郑耀忠　怎么回事？
李县长　音响怎么坏了？我去看看。
马莉莉　（抬腕看看表）李县长，应该休息了。
郑耀忠　好吧，回见，回见。
　　［李县长带几个舞伴告辞而下。周西山坐在了沙发上。
周西山　老领导，我和莉莉说几句话。
　　［郑耀忠走进内室，倒头便睡。
马莉莉　（悄声）本想让你来老家，趁老郑高兴把事情办了，谁料，搞得他心情不好。
周西山　（取出一张存折）听说五洲要出国留学，我特意备了份薄礼。
马莉莉　（接过存折，打开看了看）真不好意思，又让老同学破费了。
周西山　小意思。（取出几份文件）等把这几个项目全部搞定，自有重谢！
马莉莉　（接过文件）试试看吧。（轻轻进去，拍拍似睡非睡的郑耀忠）老郑，你醒醒。
郑耀忠　周西山还没走？
马莉莉　（递上存折）看，老同学真够意思。
郑耀忠　（连看都没看，将存折拍在床头柜上）让他拿走！他又想干什么？
马莉莉　（递上公文）还是烦你签个字，"朱批一笔"。

郑耀忠　　一律不批！（拿文件走出内室）
周西山　　老领导……
郑耀忠　　老周同志，（拍打文件）这样步步紧逼，我看不太好吧！
周西山　　急是急了点儿，可谁都想以最简便的手续，以最快的速度抢先占领市场呀。
郑耀忠　　这几年给你帮了多少忙了？人心不足蛇吞象呀。
周西山　　（语气软中带硬）咱哥们可是多年交情啦，千万别和老弟说翻脸就翻脸哦！
郑耀忠　　要挟我？
周西山　　不敢，不敢。
　　　　　〔周西山一腚蹲在沙发上，赖着不走。
　　　　　〔郑五洲哭喊着上。
郑五洲　　妈，我种的菜全被偷光了！
郑耀忠　　（疯狂地冲进侧室，揪住郑五洲耳朵）你他妈叫唤什么？你们在老家给我丢尽了脸面，今天饶不了你！（照郑五洲屁股猛打）
周西山　　哈哈，打孩子的腚，就是打客人的脸！好好好，我走还不行吗？（夹起皮包，甩门而下）
马莉莉　　耀忠，你赶人家走，也不能采取这种手段呀。
　　　　　〔电话铃响起。
郑耀忠　　接电话。
　　　　　〔马莉莉赌气不接。
郑耀忠　　（怒吼）接！
　　　　　〔马莉莉吓得一颤，不情愿地摸起电话。
马莉莉　　（马莉莉对着话筒撒气）谁呀？啊！什么什么？她怎么来啦？
郑耀忠　　谁来了？
马莉莉　　咱妈。
郑耀忠　　（大惊）啊！已是凌晨五点了，她老人家来干什么？快请！
马莉莉　　（对话筒）请进请进。
郑耀忠　　娘一定有重要事情。
　　　　　〔郑耀忠开门去迎，忠子娘、山伢子、山兰子已走到门前。
郑耀忠　　娘，快屋里坐。
忠子娘　　还没睡呀？（进屋）

郑耀忠	没，没睡。
马莉莉	妈，冰天雪地的，您怎么连夜赶过来了？
山伢子	咳！咱娘做了个梦不好。
马莉莉	哈哈哈，就为一个梦？
郑耀忠	娘，您做了个什么梦呀？
忠子娘	忠子，你听好了——

    （唱）　梦中你在大山峦，
        砍柴跌进万丈渊。
        直把老娘吓破胆，
        战战兢兢揪心肝。
        一瓶洋酒值几万，
        人参盒里暗藏钱。（亮出钱）
        娘只问你一句话，
        这份人情如何还？

郑耀忠	这……（拉过马莉莉）是谁送的钱？真他妈添乱！
马莉莉	李县长刚才告诉我，是他……
郑耀忠	猪脑子！真不该提拔他。
忠子娘	恁两口子叽喳啥？忠子，俺再问你一遍，（把钱往茶几上一拍）这人情，你拿金钱去还，还是拿权力去还？
郑耀忠	儿子当然用钱去还。
忠子娘	娘信不过！
马莉莉	妈，这钱根本不用还！
忠子娘	你敢不还？
马莉莉	李县长去我家时，我借给他五万块钱，这是还咱的账呀。
忠子娘	啊！忠子，是真的？
郑耀忠	是，是……
山伢子	哎呀！娘就是多心，误会误会。
忠子娘	不是娘多心。咱郑家世代清白，你爹临终时对我说，要对你严加管教，千万不可辱没祖宗！
郑耀忠	娘……（心头一震，低头含愧）
忠子娘	抬起头来！（细看）不是为娘会相面，而是你从小做了坏事，就这般模样，面红耳赤，面露愧疚，为娘料定你为官不清。跪下听娘说！

照町 ZHAO TING

郑耀忠　啊！娘……
忠子娘　跪下！
　　　　［郑耀忠跪倒。
忠子娘　忠子呀——
　　（唱）　倘若跨鞍走了险，
　　　　　　悬崖勒马往回牵。
　　　　　　倘若执迷不听劝，
　　　　　　迟早滚落马鞍鋆。
　　　　　　到那时祖宗的规矩谁敢乱？
　　　　　　郑家陵不埋那贪赃枉法的糊涂官！
马莉莉　妈，谁敢做那死无葬身之地的事情？
郑耀忠　不敢，不敢。
忠子娘　不敢就好！
　　（唱）　倘若我儿尘不染，
　　　　　　两袖清风美名传。
　　　　　　凭讲良心当官宦，
　　　　　　清清白白心坦然。
山兰子　哥，快起来。（扶起郑耀忠）
忠子娘　娘再问你，人家得不到好处，送那洋酒人参干啥？
马莉莉　不值几个钱呀。
山伢子　啊！野山参，路易十三还不值钱？
忠子娘　忠子！这几年到底拿了人家多少东西，老实对娘说！
郑耀忠　那……那是礼尚往来呀。
忠子娘　那么，你给人家娘去过生日，也花这么大价钱？就凭你那点儿工资，哪来这么多钱？
郑耀忠　这，这……
马莉莉　（突然大笑）哈哈哈，那些东西，统统是假货！
忠子娘　啊！假的？
马莉莉　事情是这样的。去年老郑去给老周他妈祝寿，礼品是我从地摊上买的，总共花了百把块钱儿，哈哈，想不到，他又原封不动地提回来啦。
忠子娘　啊？
山兰子　娘，俺嫂子挤眼就是事儿，啥故事都能编出来，俺信不过！

马莉莉	山兰子，你……
山兰子	哥，俺看你人走了千里，和亲人的心也走了千里。
郑耀忠	妹妹……
忠子娘	你妹妹说得对！如若咱娘儿俩心连心，儿行千里，也在眼前。如果你变了心，咱娘儿俩面对面，儿也行了千里。
郑耀忠	是是是……
山兰子	哥，有啥事尽管对娘说。
马莉莉	怎么？中纪委来人啦？审案子呀！
山兰子	少插嘴！
马莉莉	大惊小怪！想制造冤假错案，陷害你哥？
山兰子	胡说！
马莉莉	你！
忠子娘	忠子啊，娘还是那句话，假若拿了人家的钱，你要舒开看看，不是卷着钩子，就是包着刀子！钩子是来钩咱下水的，刀子是来割咱肉的，咱千万别伤了身子，赶紧还给人家。尽大官不当了，回家种地也饿不死。
郑耀忠	娘说得有理……
忠子娘	忠子，把手伸出来。
郑耀忠	（伸出手）娘，您要干什么？
忠子娘	（抖开包袱，捧出一捧零钱）捧住。
郑耀忠	（捧钱）啊！这么多的零钱啊！
忠子娘	娘给你攒的。
郑耀忠	儿不要！（颤抖着双手，捧给老娘）
忠子娘	（捧着钱）忠子啊，你缺钱，娘有！俺把钱都给你还不行吗？（一叠叠往儿子手中放钱）
	（唱）　捧住钱，手别颤，
	多多少少儿莫嫌。
	这一叠，辣椒卖了一串串，
	这一叠，花椒卖了一篮篮。
	这一叠，大蒜卖了一辫辫，
	这一叠，豆角摘了一园园。
	这一叠，赶集上店卖鸡蛋，

这一叠，卖的柿饼可口甜。
这一叠，喂头肥猪赶出圈，
这一叠，月夜采桑养春蚕。
这一叠，你逢年过节孝敬娘丹心一片片，
攒起来用红线缠了又缠，拴了俺又拴。
这一叠，沾满了你爹的血和汗，
他牙缝里省，手头上攒，
留给儿子这份心田。
别忘了你爹爹情深意远，
可怜娘良苦用心风烛残年。
一叠叠一元元亲情无限，
儿啊儿，莫为金钱乱用权。
缺钱花了和娘要，
咱千千万，万万千，
千千万万，万万千千，
千万别要人家的钱！

郑耀忠　（感动地泣哭）娘……

忠子娘　忠子，往后缺钱花，和娘说一声，俺就是四邻八舍借去，也不能让你为钱走了邪道。山兰子，咱们走。

郑耀忠　（呆呆地捧着钱）娘……（木讷地跟在娘身后）

忠子娘　别送了，看你穿的这一身，出去叫人家笑话，歇着吧。

马莉莉　（换上笑容）妈，我送您下楼。

忠子娘　走。

　　　　〔郑耀忠欲送娘，马莉莉狠狠地把门一带，与三人同下。
　　　　〔室内郑耀忠如痴如呆望着手中的钱，泪流满面，悄然泣哭。

郑耀忠　娘，儿子对不起您呀——

　　　　（唱）　哭无声，无声哭，
　　　　　　　　忠儿早已入歧途。
　　　　　　　　金钱美女掘坟墓，
　　　　　　　　早埋了当年的丹心铮铮铁骨。
　　　　　　　　做出了亏心事无颜对老母，
　　　　　　　　丧失了大原则对党更辜负。

　　　　　　去看那廉政片恐慌如惊兔，
　　　　　　接受那警示教育恨不能钻鼠窟。
　　　　　　心惊胆战是何苦？
　　　　　　大彻大悟大丈夫。
　　　　［马莉莉上。
马莉莉　你这是怎么了？
郑耀忠　我要听娘的话，把收受的财物全部清退。
马莉莉　啊！你说什么？我们总共收了八九百万元，现已开支三分之二，拿什么全部清退？
郑耀忠　啊！这些钱都哪去了？
马莉莉　别提了，我搞股票赔了，买彩票花了。
郑耀忠　啊！你挥霍了这么多？
马莉莉　姐姐患白血病，去国外治疗，花了三十万美金。
郑耀忠　啊！三十万美金？
马莉莉　还有为五洲出国上学预交了十万美金，还有……
郑耀忠　不要再说了！咱俩一块去纪委坦白交代。
马莉莉　不能去！这上千万元，可要判死刑啊！
郑耀忠　啊！坦白可以从宽嘛。
马莉莉　这么多钱，基本都花光了，不可能从宽啊！
郑耀忠　这，这怎么办？
马莉莉　我有一套最佳方案。
郑耀忠　什么方案？快说！
马莉莉　（唱）　莫心急，慢上火，
　　　　　　打个比方对你说。
　　　　　　偷油的老鼠会打洞，
　　　　　　藏头掩尾难捕捉。
　　　　　　贼鸥不劳能收获，
　　　　　　遇到情况钻碧波。
　　　　　　要学那狡虫猾鸟走上策，
　　　　　　彼岸筑起安乐窝。
郑耀忠　国外潜逃？
马莉莉　对，先把五洲送出去，咱借探亲的机会，一走了之。

郑耀忠　不！

马莉莉　耀忠啊，刚才老周说，王总被人检举了。

郑耀忠　啊！哪个王总？

马莉莉　就是前天送来银行卡的那一位。

郑耀忠　啊！他情况如何？

马莉莉　正准备外逃。

郑耀忠　哎呀！如果王总走不掉，麻烦可就大了。

马莉莉　那我们就要走在他的前面。

郑耀忠　让我想一想。

　　（唱）　心头犹如乱麻缠，
　　　　　　进难退难左右难。
　　　　　　如若清退还赃款，
　　　　　　巨额打漂付狂澜。
　　　　　　如若自首去投案，
　　　　　　又怕罪大难从宽。
　　　　　　怎么办？怎么办？
　　　　　　该走险时须走险。

马莉莉　想通了没有？

郑耀忠　铤而走险吧。

马莉莉　好！只是钱太少了。

郑耀忠　刚才老周送来多少钱？

马莉莉　五十万。

郑耀忠　少了。

马莉莉　少了？

郑耀忠　如果给他把事情全部办妥，不是几千万的效益，是几个亿！去告诉姓周的，尽快再搞一部分钱，我该签字的签字，该写条的写条，该打招呼的打招呼，一路绿灯。

马莉莉　好！我马上去找老周。（下）

郑耀忠　反正死一回是死，死一百回也是死。破罐子破摔了吧！（将茶几上的花瓶摔碎）

　　〔马莉莉惊恐而上。

马莉莉　耀忠……

郑耀忠　惊慌什么？
马莉莉　老周被检察院带走了。
郑耀忠　啊！坏了。这可怎么办？
马莉莉　走！以最快的速度出走。
郑耀忠　唉！你和五洲走吧。
马莉莉　为什么？
郑耀忠　我实在舍不下我那白发老娘啊！
马莉莉　现在的处境，已经很危险了。
郑耀忠　就是死，也绝不做异国他乡之鬼。为了孩子将来不受羞辱，你带五洲快走吧。
　　　　〔郑五洲从内屋哭着跑出来。
郑五洲　爸爸……（跪倒，抱住郑耀忠）你们说的话我全听见了，爸爸不走，我也不走。
郑耀忠　听话孩子，和你妈赶快走吧。
郑五洲　你不走，我就不走，不走……
马莉莉　看在孩子的面上，咱一家人团团圆圆地一齐走吧。我求求你了！（哭泣着跪倒）
郑耀忠　这……
马莉莉　别再迟疑了，现在出走，还来得及呀！
郑耀忠　好！抓紧收拾东西。
　　　　〔电话铃声再次响起，众人惊恐万分。马莉莉战战兢兢欲接电话。
郑耀忠　（稳定了一下情绪）我来接。（接电话）是我。好好好，准时到会。
马莉莉　怎么回事？
郑耀忠　上级让我明天下午2点准时参加会议。
马莉莉　什么会议？
郑耀忠　不管什么名目，肯定要双规。唉！一般都是这样……
马莉莉　啊！快跑！（背起背包欲下）
郑耀忠　（反而镇静下来）回来。在这种情况下，插翅难逃呀！
马莉莉　啊！这可怎么办呀？（抱住女儿哭泣）五洲……
郑五洲　妈……
郑耀忠　哭也没用，你绝对逃脱不了干系。
马莉莉　这我知道，可五洲怎么办呀？

郑耀忠　对，最要紧的是孩子！趁你人身尚能自由，把五洲，把五洲送回老家去吧。（哭泣）

郑五洲　爸爸！（扑在郑耀忠怀中）

郑耀忠　五洲啊，爸爸对不起你呀！（捧着五洲面额拼命地亲吻）

马莉莉　耀忠……

　　　　［定格，光渐收。

3. 惊　恐

　　　　［幕后传来深情的女声独唱、合唱声：

　　　　（独）母爱无疆惊天地，

　　　　（合）惊天动地——

　　　　（独）人间大爱鬼神泣。

　　　　（合）鬼神也泣啼——

　　　　（独）宁可琐事少考虑，

　　　　（合）多想想家中的儿女娇妻。

　　　　（独）要学蜂儿酿甜蜜，

　　　　（合）别让咱娘苦泪滴！

　　　　［景同第一场。

　　　　［灯渐亮。山伢子、山兰子推碾，忠子娘扫碾。

三　人　（合唱）推呀那个转呀依呀依得儿哟，

　　　　　　　　碾出那个黄米蒸呀么蒸年糕。

　　　　　　　　碾砣压，笤帚扫，

　　　　　　　　青石那个碾台上滚呀么滚金涛呀依得儿呀得儿哟。

山伢子　（累得坐在碾台上）哎哟我的个娘哎，俺哥啥好吃的没有？你非得年年给他邮寄黏窝窝……

山兰子　俺哥就是爱吃娘做的年糕。哎，你别埋怨咱娘行不？去去去，下面条去！

山伢子　好好好。哎，开了锅了——（去下面条）

忠子娘　哈哈哈。（扫起）压好啦。一葫芦谷，半瓢子糠，簸箕簸，筛子筛去。（进屋簸米）

　　　　［马莉莉与郑五洲神情懊丧，一瘸一拐地上。

马莉莉　妈……
郑五洲　奶奶……
忠子娘　恁娘儿俩咋又回来啦？忠子呢？
马莉莉　耀忠可是个大忙人，赶回去上班了。（从包内拿出原忠子娘送去的钱，将红包袱捧起）妈，你看——
忠子娘　啊！咋又送回来了？
马莉莉　妈，耀忠能要您老人家的血汗钱吗？我和五洲专程来给您送钱……
忠子娘　这……恐怕还有别的事吧？
山伢子　娘，您咋又要犯猜疑啊！
忠子娘　不是娘猜疑。你嫂子和五洲绝对不会为这事回来！
马莉莉　妈说得对！我要让五洲回来上学。
山兰子
山伢子　啊！回来上学？！
忠子娘
马莉莉　对。我也陪她住一段时间。
山兰子　你和五洲一夜都不愿在这儿住，怎么又不怕天冷、炕硬、太郁闷了？
忠子娘　不好！难道忠子出了啥事？
山兰子　快给咱哥打电话呀。
山伢子　我打我打。（掏出手机拨号）
忠子娘　（夺过）别打啦！娘不愿听到什么坏消息啊。没事就好，没事就好啊……
　　　　〔突然传来尖厉的警笛声。
　　　　〔众人打了个寒战，泥塑般呆愣着相拥在一起。
　　　　〔两位女警官上。
警官甲　哪位是马莉莉？（无应答）
警官乙　（严厉地）哪位是马莉莉？
马莉莉　我……
警官甲　你涉嫌经济犯罪，请跟我们走。
警官乙　请吧。
　　　　〔马莉莉被押出屋门外，郑五洲哭喊一声，欲向前，被山伢子按住。
　　　　马莉莉欲返回，又停住。
马莉莉　警官同志，我请求和家人说几句话。

警官甲	可以。
郑五洲	妈——（哭喊着扑向马莉莉）
马莉莉	五洲——（搂儿泣哭）

　　　　　［幕后传来悲切的女声合唱：

　　　　　　　　啊——啊——

　　　　　　　　娘抱儿，儿搂妈，

　　　　　　　　泪水滚滚满脸颊。

马莉莉	（唱）	女儿呀，是妈妈害苦你和你爸，
郑五洲	（唱）	妈呀妈，你为了发家咱没了家。
马莉莉	（唱）	女儿呀，妈妈只把你牵挂，
郑五洲 马莉莉	（合唱）福娃变成了苦命娃。	
忠子娘	五洲他妈呀，俺那忠子是不是也，也，也……	
马莉莉	是遇上麻烦了……	
忠子娘	啊！孩子真的出了事啦！你，你，你和忠子拿了人家多少钱呀？	
马莉莉	这……	
忠子娘	说！事到如今，不能再瞒哄娘了。	
马莉莉	是呀，再没有隐瞒的必要了。（对娘耳语）	
忠子娘	（大惊）啊！八九百万！	

　　　　　［众人同时"啊"了一声。

山伢子	嫂子，你赶快全部清退赃款，争取宽大处理啊。
马莉莉	晚了，已经花销了。
忠子娘	啊！这可了不得了，你和忠子保不住命了。
马莉莉	妈——（泣哭着跪在婆母脚下）

　　　　　（唱）　转眼沦为阶下囚，

　　　　　　　　临走给妈磕个头！

　　　　　　　　我替耀忠一叩首——

　　　　　　　　对不起老娘亲他万般愧疚。

　　　　　　　　儿是娘的连心肉，

　　　　　　　　日夜让老妈妈肝肠紧揪。

　　　　　　　　莉莉躬身再叩首——

　　　　　　　　悔恨的泪水似泉流。

　　　　　才知您雪夜送钱恩情厚，
　　　　　您是为一家人平安自由。
　　　　　三叩首，我给妹妹磕个头，
　　　　　跪求您收留照管儿五洲。
　　　　　她从小娇生惯养脾气拗，
　　　　　求妹妹抬贵手温温柔柔。
　　　　　从今后妹妹要把心操透，
　　　　　我再替我女儿磕个响头！
　　　〔马莉莉叩头有声，额头出血。
郑五洲　妈……（抱住母亲，为其捂住额头）
山兰子　嫂子——
　　　〔警官见状大惊。俩人冲上前去，架起马莉莉。
警官甲　（大喝）走！
警官乙　（厉声大喝）快走！
　　　〔马莉莉被押下。
　　　〔众人被镇住，呆愣如塑地惊听着警笛声由近而远。
　　　〔张大叔与众乡亲们急上。
张大叔　老嫂子哎，媳妇子犯了什么法咧？
忠子娘　忠子，忠子……忠子他，他出了事咧。
张大叔　啥事啊？
忠子娘　他，他……他给乡亲们脸上抹了黑咧。
张大叔　抹了黑？
忠子娘　唉！（转向一旁）
张大叔　山兰子，你哥嫂到底怎么啦？
山兰子　张大叔……（转身哭泣）
众乡亲　到底咋回事呀？
山伢子　别问了，俺哥俺嫂拿了人家八九百万呀！
众乡亲　啊！（惊得面面相觑）
张大叔　哎哟我的个老天爷！老嫂子哎，赶紧还人家，或许罪过还小点。
众乡亲　对，快还给公家呀。
郑五洲　妈妈都花光了……
众乡亲　啊！

张大叔　可坏了，这下子要了血命咧！
忠子娘　是啊，儿和媳妇子的命都保不住了。
乡亲甲　（窃议）真想不到，这是咋说啊！
乡亲乙　哎呀，咱都没脸见人咧。
乡亲丙　给咱乡亲丢人呀。
乡亲丁　走啊。
众乡亲　走。
　　　　［众乡亲欲下。
忠子娘　大伙别走啊，俺有事要和大伙商量。
众乡亲　（停住，冷冷地反身问）啥事儿？
忠子娘　俺想请兄弟爷儿们帮帮忙。
张大叔　我的个老嫂子哎，您急糊涂了吗，这事儿谁能使得上劲？
忠子娘　只要大伙肯帮忙，也许管点儿事呀。
张大叔　老嫂子，您说咋帮法吧？
忠子娘　俺……俺……
张大叔　您到底想干啥？有话尽管说呀。
忠子娘　俺，俺……俺说——
　　　　（唱）　张了张口，提了提气，
　　　　　　　　嗓门儿从未这样低。
　　　　　　　　从不求人得求人，
　　　　　　　　从不受委屈也得受委屈。
　　　　　　　　伸手要把钱来借，
　　　　　　　　头一回在人前泣泣啼啼。
　　　　　　　　还一分赃款减儿一分罪，
　　　　　　　　少还一分，可怜儿少了一分生机。
　　　　　　　　可怜俺吓破了胆惊慌恐惧，
　　　　　　　　娘的魂一缕又一缕，全都攥在儿的手心里。
　　　　　　　　常言说莫大有姊们娘们好兄弟，
　　　　　　　　俺给俺的老庄乡跪下双膝。
　　　　［忠子娘平身跪倒。山兰子、山伢子哭着陪跪。
　　　　［众乡亲慌忙向前搀扶。
　　　　［造型，切光。

4. 惊　　泪

［字幕：几个月后。
［追光中：山兰子搀扶着忠子娘，惊恐地望着高墙里面的铁门。
［幕后飘来如泣如诉的女声独唱、男声接唱、重唱：

（唱）　　啊……啊……
　　　　　骨肉分离难割舍，
　　　　　谁摘咱娘心一颗？

（接唱）儿摘心一颗——

（唱）　　谁把咱娘胆吓破，
　　　　　惊得咱娘丢魂魄。

（接唱）咱娘肝胆裂——

（唱）　　倘若咱自节自律不迷惑，

（接唱）亲情大爱记心窝——

（重唱）哪能够声声泣血唱悲歌。

［字幕：经司法机关批准，特殊照顾人性化探视。
［铁门"咣当"一声打开，郑耀忠身穿囚服，戴手铐脚镣上。

郑耀忠　娘——（踉跄上前，哭喊着猛然跪倒）

忠子娘　（抚儿子头，哭泣）最最让娘害怕的事，让娘摊上了呀，孩子，抬起头来。

郑耀忠　娘……（仰起泪水纵横的面孔）

［忠子娘抽泣着轻轻为儿拭泪。突然，抡起巴掌，狠狠抽了自己一个耳光。

忠子娘　俺这是养了个啥儿子！

郑耀忠　娘！（抓娘手直往自己脸上打）

山兰子　（哭喊着抱住郑耀忠）哥……

郑耀忠　妹妹……（泣哭）

忠子娘　（双手颤抖着捧住儿子的脸）忠子啊，娘知道法院判了，是，是死刑啊！这是咱娘儿俩最后再见一面了——

（唱）　　又疼又恨心如绞，
　　　　　你给老母心插刀。

从此不再心惊跳，
再难把儿挂心梢。
娘恨你，雪夜不听苦劝告，
未能保住命一条。
娘恨你，忘恩负义大不孝，
忘记了公家的栽培长歪了根苗！
娘恨你，身背骂名压垮了大大小小老老少少，
乡亲们再难人前挺起腰为你自豪。
[颤抖着双手，抚摸儿脸。
心疼你，双手双脚戴镣铐，
拖腿难过奈何桥。
心疼你，临刑哭喊把娘叫，
面对空谷声啕号。
心疼你，涕针泪线缝好了青裤白袄，
等来世干干净净清清白白步步走好。
咱还做娘儿俩，为娘从头把你教，
再来人间走一遭。

郑耀忠　（抱母哭）娘啊，你狠狠打儿子一顿，再骂我这不孝之子一遍吧。
忠子娘　娘不打了，也不骂了，事到如今，娘再想管，也管不了了。当年有俩大官，只为几百块钱，就掉了脑袋，咱花了人家好几百万呀。
郑耀忠　娘啊——
　　　　（唱）　叫声娘，心悲伤，
　　　　（伴唱）不孝绞断娘肝肠。
　　　　（唱）　再难为儿烧热炕，
　　　　（伴唱）更难腊八笑满堂。
　　　　（唱）　手拍胸膛想一想，
　　　　（伴唱）遗忘慈母情满腔！
　　　　（唱）　儿忘了，您为儿子把学上，
　　　　　　　　卖掉三间茅草房。
　　　　　　　　儿忘了，贫苦孩子把权掌，
　　　　　　　　要凭良心把官当。
　　　　　　　　儿忘了，党的关怀和培养，

　　　　　　廉洁自律要自强。
　　　　　　到头来，贪婪私欲把儿葬，
　　　　　　撒手舍下白发的娘。
　　　　　[扑在娘怀中，失声痛哭。
忠子娘　完了，完了。娘什么办法也想了，什么事情也做了，真是法律无情人有情啊。
山兰子　哥还不知道，自从你出事后，乡亲们都给咱娘凑钱。
郑耀忠　凑钱？
山兰子　是替你和嫂子还赃款呀！
郑耀忠　啊！我给乡亲们抹了黑，怎能会替我和莉莉赎罪啊？
山兰子　全都是为了咱娘啊！
忠子娘　真是乡情大于天哪！大伙凑了好几十万呀，只是你糟蹋得忒多了。
郑耀忠　我，我对不起我的好乡亲呀！
山兰子　听说哥上诉了。
郑耀忠　哥的上诉，绝对没有改判的希望了，只是最后的陈述了。
山兰子　不！五洲藏在袄里的财物和乡亲们凑起来的钱，全上交了。乡亲们还在继续凑钱……
郑耀忠　啊！唉，别让乡亲们再凑了，杯水车薪呀。
忠子娘　只要能保住儿媳妇也好啊。
郑耀忠　娘太善良了……
忠子娘　进了郑家门，就是郑家人，保住一个算一个。忠子，还有啥话对娘说？
郑耀忠　我，我……
忠子娘　抬起头来！娘看出来了，你还有事瞒着娘，说！
郑耀忠　我，我不能说。
忠子娘　娘非要听听不可。
山兰子　哥，有话快对娘说，让咱娘给你拿个主意呀。
郑耀忠　我，我……
忠子娘　跪下说！
郑耀忠　（跪倒）我说，我说。我掌握一起大案的重要线索，至今尚未交代。
忠子娘　啊！为啥不交代呀？
郑耀忠　如果交代出来，对不起曾经帮助过我的老朋友、老领导啊。
忠子娘　看来你是咬住死口了？

郑耀忠　儿子准备把这条线索带进棺材里去!
忠子娘　你!山兰子,(拎起女儿)咱走。
郑耀忠　娘——(抱住娘腿)
忠子娘　俺不是你娘。俺只养一个贪官儿子就够了,不能再养个一错再错,死不悔改的东西!放开……
郑耀忠　(抱娘腿不放)娘……
忠子娘　放开,你给我放开!(抡起巴掌,给儿子一记耳光)
郑耀忠　娘,我听话还不行吗?儿子听话还不行吗?
忠子娘　行。(抚儿面)只要听话还是娘的好孩子。不枉为娘来见你一面呀。
郑耀忠　娘……

　　〔灯光渐渐转暗。

5. 尾　声

　　〔幕后飘来嘶哑的原生态梆子女花脸歌声:

　　　　噢——噢——
　　　　娘身上掉下一块肉,
　　　　撕块衣襟裹心头。
　　　　咱若是安安稳稳别出手哇,
　　　　咱娘也得心操透。
　　　　咱若是糊糊涂涂出了手哇,
　　　　揪得咱娘心血流。
　　　　噢——噢——

　　〔数日后。法院刑庭。
　　〔忠子娘、山兰子、山伢子、张大叔、郑五洲、众乡亲静候在法庭上,造型剪影。
　　〔幕后传来悲凄苍凉的合唱声:

　　　　啊——啊——
　　　　终审时间到,
　　　　审前静悄悄,
　　　　可怜咱娘来得早,
　　　　满面泪滔滔。

忠子娘　（唱）　娘坐在法庭上心惊肉跳，
　　　　　　　　我的儿生死就在、就在今朝。
　　　　　　　　罪孽深绝不会法律轻饶，
　　　　　　　　白发人为黑发人备下归巢。
　　　　　　　　娘带来青裤白袄蓝鞋紫帽，
　　　　　　　　娘最后从头到脚一件一件入殓儿娇。
　　　　　　　　昨夜晚仰望着老屋梁没睡一霎觉，
　　　　　　　　一宵夜愁白了满头发梢。
　　　　　　　　儿是娘的顶梁柱房塌屋倒，
　　　　　　　　驮在俺肩头上压弯了娘的腰。

　　　　（帮腔）啊—— 啊—— 啊——
　　　　　　　　刚强的老娘亲再也挺不住了。

〔忠子娘在音乐和锣鼓声中跌倒。
〔众人呼喊着前去搀扶。
〔忠子娘慢慢地推开众人。
〔在音乐和锣鼓声中有节奏地攀着棍子，刚毅地站起。亮相。

　　　　（唱）　撑起身，不能倒，
　　　　　　　　弯腰再把重担挑，
　　　　　　　　孙女还需俺照料，
　　　　　　　　当作娇儿从头教，
　　　　　　　　老老实实走上那人间正道，
　　　　　　　　实实在在踏出那人生路一条。

山兰子
山伢子　　娘——（抱娘失声哭泣）

〔书记员、审判长均用画外音。
审判长　安静！传被告人郑耀忠、马莉莉出庭！
〔两武警戴口罩、白手套、背长枪，将郑、马押上。

忠子娘　忠儿——
山兰子
山伢子　　哥——

郑五洲　爸爸，妈——
郑耀忠　娘——五洲——

马莉莉　五洲，妈，妹妹……
　　　　〔众人欲向前拥抱。
书记员　肃静！
　　　　〔众人呆住。
书记员　对郑耀忠、马莉莉受贿一案，二审开始宣判，全体起立！
　　　　〔众人惊惧地挺直腰板。
审判长　宣判如下：被告人郑耀忠、马莉莉在二审期间，因家人积极配合，竭力清退赃款赃物，并且两人均有重大立功表现，经高级人民法院审准，终审判决如下：均改判为无期徒刑。（敲警锤）
郑耀忠　啊！又能活了，娘，儿子又能活了——
马莉莉　又能活了，又能活了！五洲，妈又能活了——
郑耀忠
马莉莉　感谢党和政府不杀之恩！
忠子娘　感谢众位乡亲……
众亲人　感谢众位乡亲。
审判长　请起。（众人起身）应该感谢党和人民，更应该感谢这位白发苍苍的老母亲！
众亲人　（鞠躬）娘……
　　　　〔低沉的钟声轰然响起，摄人魂魄！众人迅速簇拥忠子娘造型。
　　　　〔定格。剪影。缓缓收光。
　　　　〔幕后传来粗犷豪放的女花脸歌声：

　　　　　　咱要好好活，
　　　　　　知足就常乐。
　　　　　　金钱名利多少是多？
　　　　　　太多了干什么？
　　　　　　咱要好好活，
　　　　　　命是咱娘的。
　　　　　　万一出个差和错，
　　　　　　咱娘怎么过？
　　　　　　咱要好好活，
　　　　　　命是孩子的。
　　　　　　如履薄冰咱桥上过，

别让儿女泪成河！

咱要好好活，

咱要好好活……

[全体演员在剧尾歌声中谢幕。

[周西山、李县长穿囚服登台谢幕。

[闭幕。

（剧终）

注：

① 2008年2月2日，初稿作于北京聚艺堂。2008年3月3日，二稿修改于莱芜文曲楼。2008年5月5日，三稿修改于莱芜文曲楼。2008年8月15日，四稿修改于莱芜文曲楼。2008年10月1日，五稿修改于莱芜文曲楼。2008年10月4日，六稿修改于莱芜文曲楼。2008年12月23日，七稿修改于莱芜文曲楼。一至七稿综合于2008年12月23日。2009年6月18日，八稿修改于莱芜文曲楼。2011年6月13日，九稿修改于莱芜文曲楼。2012年12月4日，十稿凌晨修改于丽华影视戏剧工作室。

② 该剧于2009年获山东省"全省地方戏优秀剧目调演"优秀剧目奖。2009年11月，获第九届山东文化艺术节编剧奖、导演奖、作曲奖（与张克学合作导演，毕立军合作作曲）。2009年12月，获山东省第九届精神文明建设"文艺精品工程"奖。2011年10月，获第四届山东省泰山文艺奖二等奖。2012年9月，获中宣部第十二届精神文明建设"五个一工程"奖。2013年10月，获第十四届文华奖优秀剧目奖。

③ 该剧被移植为晋剧、曲剧、豫剧等多个剧种在全国各地上演。

杂谈：一部戏救活一个剧团

　　戏剧界众所周知：浙江昆曲剧团于1956年进京演出《十五贯》，周总理看完戏后评价道："一出戏救活了一个剧种。"然而，时隔半个世纪后，由山东省莱芜市（今济南市莱芜区）编剧张丽华原创的大型现代戏《儿行千里》则救活了我们山西省介休市晋剧团。

　　我们团成立于1952年，鼎盛三十余年后，于80年代来改为自负盈亏单位，几十号人住在破庙里，仅靠下乡演出的收入，温饱成了大问题。市政府看在眼里，疼在心里，支持本团编创《介子推》一剧，这是时隔二十年首次对剧团的需求和实际支持。说句真心话，该剧只赚吆喝也没赚到什么钱，赚个吆喝也比什么都不赚强，于是，又新创一台大型文艺晚会，引起了介休市纪委的关注，邀请本团编排一台以廉政教育为主题的文艺晚会。有纪委作后盾，我们再创演一台现代戏岂不更好？我找到市纪委领导，说服领导编排晚会不如排演一台廉政教育现代戏。歌舞类晚会时效短，演过就算结束，戏曲类剧目时效性强，可以走得更长更远，领导采纳了我的建议。时间紧，任务重，意义大，定调高，剧团给自己发起新的挑战。我深知，剧本是成败的关键。没有好的剧本，一切的努力都是白费。再者，这场现代戏将来面对的观众群体不同，这个群体是党员干部，注重的必定是剧目的内容，而不像传统观众，侧重于对演员的表演唱。新创剧本不赶趟，即便短时间能拿出剧本，但成活率有多大？创作一个成功的剧本太难太难了，怎么办？借东风，草船借箭。

　　赶紧上网找剧目。廉政题材现代戏网上挂有好几部，急不可待地打开观赏，第一个剧目不行，第二个也不行，第三个还是不行，同质化的内容结构，苍白无力的高调说教，这样的剧目肯定不行，心都快凉透了。着急中搜索，搜索中着急，祈祷般地反复搜，仔细找，依然还是那几部戏。电脑前已经坐了16个小时，已是凌晨4点，心灰意冷地停止搜索，另想他法吧。抽支烟、喝杯水，准备关机时，又不死心地另换关键词输入再搜一次，突然，屏幕上跳出山东莱芜梆子的现代戏《儿行千里》，心跳加速，握鼠标的手不由得颤抖起来，点击视频能否打开，演出效果是否扣人心弦。

　　第一场忠子娘80寿辰，老村长前来祝贺。

　　张大叔　（唱）　忠子他给咱乡亲争了脸，
　　　　　　　　　到底是个几品官？

忠子娘　（接唱）不管他大官小官啥官宦，
　　　　　　　还是咱庄户孩子山蛋蛋乡情大于天。

儿子出息，脸有荣光，老娘大方爽快，幽默风趣的形象被两句唱词所定格。

剧本的情节铺陈能力与文字表述能力让人佩服至极，生活气息浓郁，道白活灵活现，唱词雅俗共赏，直抵人心。

山兰子　娘，俺嫂子挤眼就是事儿，啥故事都能编出来，俺信不过，哥，你有啥话就对咱娘说。

几句道白把姑嫂的关系表现得淋漓尽致。

山兰子要给哥哥打电话，老娘急忙制止。

忠子娘　别打，别打，娘怕听到不好的消息。

一句平常话把老娘的内心活动表现得十分准确。看似平常，但显现出编剧对生活的细致体会，语言的高度凝练。能于浅处见才，方为文章高手，精彩词句俯拾皆是，实乃编剧大家。

第三场耀忠被带走，老娘唱段。

忠子娘　（唱）　张了张口，提了提气，
　　　　　　　嗓门儿从未这样低。
　　　　　　　从不求人得求人，
　　　　　　　从不受委屈也得受委屈。
　　　　　　　伸手要把钱来借，
　　　　　　　头一回在人前泣泣啼啼。
　　　　　　　还一分赃款减儿一分罪，
　　　　　　　少还一分可怜儿少了一分生机。
　　　　　　　可怜俺吓破了胆惊慌恐惧，
　　　　　　　娘的魂一缕缕全都攥在儿的手心里。
　　　　　　　求乡亲借给个十块八块不嫌少，
　　　　　　　俺给俺的好乡亲跪下双膝。

铁石心肠也会被这份母爱感化，这该有多大的警示教育作用！

节奏强，入戏快，构造合理合情，台词入心入脑，剧情发展行云流水，高潮处扣人心弦泪眼难禁。好戏，难得一见的好戏，行话说这叫戏包人，这戏谁演都能成功。

日夜搜索，获得至宝，越珍贵的东西越怕有闪失，越怕闪失就越会闪失，视频不敢关闭，怕地址丢失，守住电脑不敢离开，早晨上班派人速去复印部下载，制作光盘，摘录剧本。看完这部戏，已是凌晨六点半，我呆坐在椅子上，任泪水流淌。满脑子翻江倒海，满肚子五味杂陈，咳！山东怎么还有这么个大作家，竟然写出这么令人心灵震撼的剧本！

　　从电脑上抄录的剧本送纪委书记审阅后，直夸剧本写得动人心魄，真切感人。但把现实中省部级高官的腐败问题搬到舞台上还有很大顾虑，得慎重考虑再议。满以为书记会如我般如获至宝，按捺不住激动地积极筹备开排，不承想是一瓢冷水。我不能让剧团发展的机会轻易失去，哪怕有一线希望也要争取。我失落而又坚定地对书记说，既然您肯定剧本，那我们先做开排案头工作，如果搬不上舞台，产生经费剧团自负。

　　因最关键的问题是争取著作权人同意由我们移植排演。所以，我立马赶赴山东省莱芜市（今济南市莱芜区）去找作者。一见如故，似兄弟般情缘，当张丽华老师听完我们剧团面临的状况后，长叹一声说："唉！本来这个戏不想让其他省份的剧团移植排演，以免造成其他院团侵权表演，但考虑到你们对作者的尊重和剧团的困难，就授权表演吧。"象征性地收取了一点稿酬，签订了协议。

　　排练的各项准备工作已经就绪，我收到纪委书记短信："建龙，排吧，有什么困难找我。"

　　吊着的心又落到肚子里了，激情涌动，信心倍增，我向书记半开玩笑地保证，不成功便成仁，等着瞧吧，戏里戏外都是好戏。我哪来的底气？剧本太好了，谁演谁火！

　　2010年5月26日下午，初排结束，纪委领导一班人到剧团审看。观看中，大家都被剧中人物和剧情吸引。结束后，纪委书记激动地说："我流泪了，刚开始还有点儿不好意思，但这部戏的代入感太强了，情感实在控制不住。看来梁团长预想的巡演晋中、冲刺山西是有底气的，我们就照着这个目标去做，有困难纪委帮助解决。大家辛苦了，走，纪委犒劳大家吃顿饭。"

　　同年7月1日，《儿行千里》（后改剧名为《母爱无疆》《母爱》）一剧隆重首演，介休市纪委邀请省纪委驻文化厅纪检组组长、晋中纪委领导等到场观看，观众为全市副科级以上干部。

　　其实在戏曲衰落的当下，绝大多数年轻观众对戏曲的认知限于咿咿呀呀、慢慢腾腾的排斥中。当舞台上展现出以当下现实为题材的艺术形象时，观众一声惊讶，戏还可以这样唱！观众们时而掌声如潮，时而静如止水，随着剧中人的情绪波动而波动。

演出结束后，省文化厅纪检组组长李春荣做了代表发言，她说："廉政教育戏我在全国看了很多，今天看了介休晋剧团的《母爱无疆》，要说演员艺术水平不是最高的，但剧本的感人程度与教育意义是我看过最好的，触动最深的，这部戏是山西省首部反腐警示教育现代戏。"

首演后的第二日早晨，介休市纪委组织，晋中纪委两位副书记参加，在介休宾馆小会议室召开了观看《母爱无疆》座谈会。晋中纪委领导表示，此剧感人至深，警示教育意义重大，我们要把真切的观后感反馈给晋中市委主要领导，先推动晋中各县巡演。

《母爱无疆》大获成功，社会反响强烈，晋中市纪委提出"一部廉政戏，覆盖到全市"。2010年10月，由晋中市纪委、宣传部、文化局、妇联四家牵头，开始晋中各县区巡演。

晋中市首站演出后，晋中纪委组织召开了演出座谈会。座谈会成员依次给予了该剧一致的高度评价。晋中市人大副主任郭绍华激动地说："多年没看戏了，因患病不能久坐，我本想露个面就退场，没想到剧中母亲刚出场盼儿归的几句唱就把我吸引住了。母亲盼儿归的心切，为儿归的精心准备，为儿有出息的骄傲，细微处觉察到儿子可能腐化的担忧。两小时的演出我竟没有离身，在感动中把全剧看完。"

巡演各县时，均受到了当地纪委的热情接待。巡演让各县政界对戏曲演出有了新的认识，质的提升。昔阳县第一场演出结束后，昔阳县纪委书记激动地上台，要求和"母亲"单独留个合影，并对我坦言："我们接受演出安排时，心里还有些抵触，省晋剧院的戏也不过2万元一场，你们一个县剧团两场戏就要5万元，并且还得管吃住。今天看了你们的演出，完全超乎我的想象，这么好的戏让我们深受教育，这是不能拿价钱衡量的，明晚我还要再来看。"并吩咐身边负责接待的人说，明天派车请剧团人到大寨看一看，晚上咱们陪剧团人一起吃顿饭。

巡演至榆社时，所住宾馆与舞台相隔距离有1.5公里，剧团感谢并婉拒了当地的来回接送。两个晚场的演出结束，演职员们三三两两相跟着往宾馆走。途中时有驾车观众停车问："你们是剧团的吧，来，上车，我送你们回宾馆。"

一天一场戏的轻松，在观众的赞美声中体会了久违的、被人尊重的荣光，宾馆食宿的舒适，与下乡演出的艰辛产生了巨大反差。每场演出前的精心准备，每场演出后的认真总结，呈现出一个艺术团体严谨的艺术态度与蓬勃的朝气。有时我忙于团里的其他事情，未跟随剧组巡演，我便打电话询问演员们的身体状况和生活情况，演员们便用该剧中人物郑五洲的台词笑着回答："豪华套间，电脑是宽屏的。"剧团从未享受过的荣耀，溢于言表……

除巡演之外，很多企业家、煤老板主动请我们去演《母爱》这部戏，他们都是自己定价，每场收入比巡演收入高出了许多。

2010年，《母爱》获晋中市2010年十大新闻之一的殊荣。

2011年，《母爱》获第八届全国电视戏曲"兰花奖"。

同年，获山西省第十三届杏花奖"杏花新剧目奖"。

2011年3月，《母爱》在山西省廉政文化精品剧目展演中荣获"优秀剧目奖"。

2012年6月，省纪委安排到吕梁、晋城23个县市区巡演。

从单凭苦苦求生的农村演出，到重返城市舞台；从出卖艺术养家糊口的无奈，到重温追求艺术的精神享受；从低声下气找台口维持生计，到层层突围大放异彩，介休晋剧团一年一大步，三年大跨越，前两步依靠政府输血，第三步才是最最关键的一步，恢复了造血功能。《母爱》救活了介休晋剧团，介休晋剧团破茧重生。

2010年7月，我赴山东拜访张丽华老师，说起《儿行千里》的来由，张老师说道："莱芜梆子《儿行千里》视频不知是哪位大爷捅到网上的，我知道后就撤了，也没几天，你正好就看到了。"我哈哈大笑道，衷心地感谢那位亲爱的"大爷"，哈哈哈，没有那位"大爷"，介休晋剧团苦苦挣扎的命运不会被改变，真的是一部戏救活了一个剧团！

因为《儿行千里》（更名《母爱无疆》《母爱》）这个戏，使我们介休市晋剧团名声大噪。接下来的十几年中，下乡演出其他剧目也备受欢迎，使我们从艰难的生存环境中脱颖而出，张丽华老师的确是我们团的恩人，本想早日去看望他，但因本团演出繁忙，大时间没有，小时间又相隔太远，一直没有成行。恰巧2023年5月4日，陕西省某县的同人朋友打来电话，知道我认识编剧，请我去帮忙协调有关侵权表演的事宜。原来，果不出张老师当年所料，当我们团排演的《母爱》大获成功后，波及山西、河南、陕西、内蒙古等地多个文艺团体侵权表演，并且多家剧团将作者署名权窃为己有，编剧一怒之下，就想讨个公道，由他的律师将多家剧团诉上法庭，其中就包括陕西省某县的那个团，当时我很为难，多少年没去看望他，为这事又去给他添麻烦，实在难以面对张老师，但考虑到朋友关系和借此机会拜望恩人，由夫人陪同，又去了莱芜。没料到，张老师还是那么大度豪爽，无半句埋怨，丝毫不减当年的风采。一晃十三年，两人相见热泪盈眶，随即达成谅解协议，由莱芜区人民法院于 2023 年 5 月 17 日裁定撤诉。

  张老师给了我足够的面子，除安排食宿外，还让司机毕国强陪我去泰山、曲阜一游，并且所有费用由张老师全部支付。我想什么是德艺双馨？国家一级编剧张丽华老师真的是无愧于这个称号的。

山西省介休市晋剧团团长 梁建龙

2023 年 7 月 15 日

· 戏曲电影电视连续剧脚本

母 爱

（由戏曲剧本《儿行千里》辑编）

1. 泰沂大南山区 / 日外

　　大雪纷飞，山风呼号。俯拍群山，犹如一锅白色窝窝头。隐约可见大山崖上的一个小红点儿。镜头将红点儿慢慢拉近，是忠子娘身穿红色小棉袄，拄着一根带刺儿的花椒木棍儿，顶风冒雪屹立在山崖的平台上，犹如一尊塑像，极目远眺着山谷中如同行龙走蛇般的弯弯雪道。在多角度拍摄中，动人心弦的音乐声渐起，飘来了动情的主题歌声：

　　　　娘身上掉下一块肉，
　　　　搓根麻线拴心头。
　　　　咱若往那正道上走，
　　　　儿行千里也担忧。
　　　　咱若往那斜道上走哇，
　　　　牵得咱娘心血流。

2. 山村外 / 冬日

　　山兰子和山伢子夫妇焦急地四处张望，山伢子遥指着山崖："看，咱娘果然在那儿。"
　　山兰子长叹一声："唉！八十的人啦，咋腿脚比咱还利索！娘瞭着咱哥回来，风雪天站在这山崖上，玩命！"
　　山伢子讨好地笑了笑："嗨嗨，可怜天下父母心哟，咱娘想咱哥，八成想疯了。"
　　山兰子气呼呼地踹了丈夫一脚："恁娘才疯了呢。"
　　山伢子笑嘻嘻地弹了弹被妻子踹在腚上的雪："嗨嗨，俺娘是你的婆母娘，哪一个疯了咱都得侍候。"

山兰子:"别贫嘴了,快走!"

山伢子双手做喇叭筒状,大声喊:"娘,我的个亲娘哎,注意安全,恁女婿上山来了——"

3. 山崖上 / 冬日

山风呼啸,忠子娘哪能听到女婿的呼喊,自顾极目远眺着迎风而立,自言自语地:"麦盖三层被,枕着馒头睡。瑞雪兆丰年啊。"不由得深情地唱了起来:

  腊八瑞雪梅花开,

  老娘站在望儿台。

  过生日正逢这白雪皑皑,

  盼我儿平平安安,安安全全回家来。

山伢子与山兰子气喘吁吁地爬上山崖,山伢子甜甜地叫了声娘,赶紧向前扶住老娘。山兰子生气地叫了声娘,一跺脚转过身去。

忠子娘笑了笑:"山兰子,你这脾气可够大的,今儿个又要惹娘生气?"

山伢子赶紧打圆场:"娘,今儿个是您的好日子,吓死她也不敢让您生气,她是怕您冻着,万一不小心……"

忠子娘:"女婿啊,俺也不是埋怨俺那个亲娘啦,她咋就把俺生在这腊八天?她就没想想,孩子给娘过生日,咋顶风冒雪往家赶呢?"

山兰子笑了:"娘,恁就别说傻话了,咱赶快回家等俺哥去吧。"说着向前扶住老娘,"走,慢慢走。"

山伢子:"我的个娘哎,俺哥哥该回来,你不用瞭望也回来,俺哥不回来,您瞭也瞭不回来。走,咱回家候着去。"

忠子娘:"是啊,心急不开壶,下山吧。"

山伢子蹲下身子:"来,俺背你下山。"

忠子娘:"用不着。"三人相互搀扶着向山下走去。推出片名:母爱无疆。

4. 山道上 / 日外

【特写】一个车轮打滑,在雪地上高速旋转起来,喷溅起一股股雪花冰碴。

郑耀忠拼命地推拥着轿车,大喊一声:"加油!"车轮高速空转,溅了他满脸冰雪。轿车开始打转掉屁股,眼看就要掉进山沟。郑耀忠又大喊一声:"刹车。"发动机戛然熄火。

司机钻出车来，望着陡峭的山沟，吓出一头冷汗："真悬！"

郑耀忠拉开车后门，发现妻子马莉莉和女儿睡得正香，拍了拍马莉莉："别睡了。"

马莉莉和郑五洲被吵醒，异口同声地："到家了？"

郑耀忠没好气地："路面打滑，车子没法开了，下来下来。"

马莉莉和郑五洲不情愿地钻出轿车，郑五洲被寒风吹得双手捂住耳朵："这鬼天气，我不要来，偏要我来！"

马莉莉望着弯弯的山道，焦急地："耀忠，这可怎么办呢？"

郑耀忠："你长腿是干什么的，跑步走，暖和。"

马莉莉："要走多远？"

郑耀忠："马上到家，5公里。"

马莉莉吃了一惊："啊！十华里。"

司机打开后备箱，提出生日蛋糕和几个旅行包。"把车子撂在这儿，我送您回家。"

郑耀忠："不用。你给李县长打电话，派人把车子拖出来，回招待所等我。"

司机："什么时间过来接您？"

郑耀忠："最快明天下午，最迟后天。记着，让李县长搞辆越野。"他拍了拍轿车，"这玩意不好使。"

司机："好咪。"将旅行包和蛋糕递给郑耀忠。

郑耀忠接过旅行包背起，提着蛋糕，对马莉莉说："走吧，一个多小时的路程。"

马莉莉哭丧着脸："我倒没什么，这冰天雪地的，只是五洲……"

郑耀忠哈哈大笑："这也是锻炼的好机会，把你娘儿俩放在温室里，就会变成大棚里的蔬菜，禁不起风吹雨打太阳晒！"

郑五洲："我现在就蔫了。可爬不了雪山，过不去草地。"

郑耀忠愠怒地："你说什么？今天是你奶奶八十大寿，她盼你回家，还不知盼了多少日子呢。不要忘了，是你奶奶把你看起来的，养起来的！因为你奶奶不习惯城市生活，为了你，硬在京城受了八年委屈！总算把你养大了，才回到她魂牵梦绕的大南山，今儿个就是刀山火海，也得跟我蹚过去！"说完，大踏步地向山坡走去。

马莉莉没好气地拽住郑五洲的胳膊："走！"

母爱

5. 郑家堂屋／日内

郑家老宅是座大南山特有的四合院，青石垒墙，茅草屋面，土炕矮桌，浓郁的山里人家风情，配上彩电、冰柜等家用电器，显得不甚协调，电视正播放《闯关东》，山伢子坐着马扎看节目，咧着大嘴，不住地傻笑。山兰子气呼呼地关掉电视。

山伢子掉头看着山兰子："哎哎哎，你咋说关就关？《闯关东》忒好看咧。"

山兰子怒道："你咋不知道个忙闲，拾掇菜去！"

山伢子："看这大雪天，咱哥恐怕从北京赶不回来了，少整治几个菜算了。"

忠子娘正打着糨糊，闻声转过头来："老娘的八十大寿，就是天上下枪子带刀子，他也准得回来！"

（唱）　　人说腊八，冻煞叫花，
　　　　　俺娘生俺，就这山洼。
　　　　　一辈子吃惯了辛酸苦辣，
　　　　　儿接娘去京城差点让人笑掉牙。
　　　　　逛天坛，花草丛中找蚂蚱，
　　　　　颐和园，卷起裤腿逮蛤蟆。
　　　　　博物馆，看见坦克就害怕，
　　　　　故宫门，数了半天铜疙瘩。
　　　　　子孙笑俺傻傻傻，
　　　　　儿媳嫌俺土得掉渣。
　　　　　俺看不惯，遮风挡眼的高楼厦，
　　　　　俺听不惯，儿媳把娘叫成妈！
　　　　　俺闲不惯，不忙三季春、秋、夏，
　　　　　俺吃不惯，山珍海味大对虾。
　　　　　一跺脚，走了吧，
　　　　　城里比不上山旮旯。
　　　　　前日你哥来电话，
　　　　　儿行千里赶回家。

山伢子凑到忠子娘身边："我的个娘哎，俺哥一家回来，晚上住哪呀？"

忠子娘搅拌着锅里的糨糊："就住家里。"

山兰子切着菜："俺哥倒好说，这破宅破院土炕头，俺嫂子能住吗？"

忠子娘笑了笑："孩不嫌娘丑，狗不嫌家贫，住也得住，不住也得住！"

山伢子开始埋怨："娘，女婿也不该埋怨您啦，前阵子李县长带人来翻盖这个房子，您千不该，万不该，不该把人家轰出去呀。"

忠子娘敲了敲锅沿："李县长冲着谁来的？他是冲着你哥那顶乌纱帽来的，就凭娘这张老脸，八辈子也轮不着给咱翻盖房子。"

山伢子又埋怨："这个倒也不假。但是，人家都住上大瓦房小洋楼了，前几年，俺哥要给你翻修一下，您咋也不干呢？"

忠子娘叹了口气："这老屋可是俺和你爹扛石头、抬木头、一把血一把汗垒起来的，一住就是五六十年，这旮旮旯旯都有感情，为啥俺在北京待不住？娘就是舍不得这个破家，如若翻修了，就不是这个味道了。"

山兰子："娘办事就爱动感情，讲原则，每晚看新闻联播，大事要事还拿本本记下来。"

忠子娘一本正经地："不关心国家大事还中？"

山伢子："娘，听说您年轻的时候当过官？"

忠子娘笑了起来："十三岁当儿童团团长，十六岁当妇救会会长、识字班班长。"

山伢子佩服地竖起大拇指："咦！"

忠子娘摇了摇头："好汉不提当年勇。走，到你哥的东厢房忙活忙活去。"

山兰子端着糨糊盆，山伢子搀扶着忠子娘，（长镜头）穿过庭院，向东厢房走去。

6. 郑家东厢房/日内

东厢房古朴简陋，泥巴墙皮裂渣扒纹，墙壁上残留着泛黄的老报纸和八大样板戏宣传画。一个大炕，占去半个房间，火炕灶里和灶前堆满了干柴。炕上铺盖着厚厚的新被褥。

三人推门进屋，山伢子指着干柴："娘，这烧炕的柴火您也准备好了。"

山兰子："咱娘心疼咱哥，怕冻着她那心头肉。点火吧，先让这铺盖热乎着。"

山伢子点着炕洞里的柴火，起身摸了摸墙壁，双手沾满了灰尘："我的个娘哎，您看看，一摸一把灰，这墙也裂渣扒纹，俺哥俺嫂回来，咋住啊！"

忠子娘笑着说："娘早就打好了这锅糨糊，来来来，帮娘糊报纸，贴墙。"

说着，便用笤帚蘸了蘸糨糊，往墙上涂抹。

山兰子和山伢子摊开报纸,一张张地往墙上张贴,三人边贴边唱:

忠子娘(唱)　　坯炕头,泥墙根,
　　　　　　　　莫让忠儿沾灰尘。
　　　　　　　　抹一把稠糨糊粘住娘亲的爱,
　　　　　　　　贴一张薄报纸情满土墙裙。

山兰子(唱)　　人都说母子紧拴线一根,
　　　　　　　　越走远越牵紧娘亲的魂。

山伢子(唱)　　生儿育女心操尽,
　　　　　　　　硬了翅膀就飞出了家门。

忠子娘(唱)　　白日里牵挂儿不谨不慎,
　　　　　　　　到夜晚更害怕不测风云。

山兰子(唱)　　孩想娘,仅一寸,
　　　　　　　　娘想孩儿万丈深。

山伢子(唱)　　人人都说当官好,
　　　　　　　　谁知更牵父母心。

忠子娘(唱)　　儿子儿媳好人品,
　　　　　　　　千里为娘祝寿辰。
　　　　　　　　别看他省城转来京城奔,
　　　　　　　　没忘记庄户孩子守本分。

一张张报纸,将火炕上的墙壁围成围裙,显得特别整洁,忠子娘高兴地指着墙上残留的报纸和宣传画:"看看,你哥从小就喜欢在墙上糊报纸,多少年了,俺都舍不得撕,唉!你哥生在这屋,长在这屋,啥时候也叫忠子的屋。"

山兰子:"对对对!让俺哥回来多住几天,记住乡愁,找找童年的感觉。"

山伢子附和着:"对!用报纸这么一糊,真的蛮有味道,俺哥回来一看,保准喜欢,保险舍不得走。"

忠子娘点了点头:"你哥三年没回家了,这次回来,让他多住几天,陪娘说说话,拉拉呱。"

7. 郑家小院内 / 日外

小花狗吠了起来,张大叔提一只花公鸡,张大婶抱一坛老酒,身后跟随着十几个提鸡蛋、拿点心之类的乡邻乡亲走进小院。

张大叔进门就粗声大气地喊:"老嫂子哎——"

"哎。"忠子娘应声和女婿、女儿从东厢房跑出来。亲切地:"咦!他大叔、他大婶,您怎么和大伙都来了?"

张大叔哈哈大笑:"我的个老嫂子哎,今儿个可是您八十大寿啊!这好日子,您说大伙谁不高兴?这不,都过来热闹热闹,帮您忙活忙活。"

众乡亲有喊大婶的,有叫大娘的,也有喊奶奶的,团团围在忠子娘身边。忠子娘满脸笑开了花,连声答应着。

石厨子感慨地:"大婶子,听说俺忠子兄弟要来家,大伙都过来看看。唉!一晃两三年不见了,咱庄的老少爷们儿、姐妹们,哪一个不惦念着他。"

忠子娘十分感激:"咦,都叫大伙惦记着,真是莫大有庄乡呀。"

山伢子上前接过张大叔提来的公鸡:"嗨嗨,还得让张大叔花钱……"

张大叔:"花啥钱?自家喂的,纯柴鸡子,一点饲料也没喂,凑个菜吧。"

山兰子接过张大婶抱的那坛老酒:"张大婶,您和大叔空身来就行,还拿鸡拿酒干啥呀。"

张大婶笑着:"自己酿的柿子酒,听说你哥要回来,特意叫忠子尝尝。"

张大叔斥责:"又叫孩子的小名,见了面叫耀忠,郑耀忠!"

忠子娘招呼大伙:"快屋里坐,屋里坐。"

齐二杆子提着一只野兔进门就喊:"郑大婶子,老侄子给您祝寿来啦!"

忠子娘赶忙迎上前去:"哟,大侄子也来了。"说着摸了摸野兔,悄声问,"咋制住的?"

齐二杆子比画着打枪的动作:"砰砰。"

忠子娘嗔起脸来:"私藏枪支犯法,赶快交出去。"

齐二杆子哈哈一笑:"老辈传下来的一杆土枪,咱又不打人,再说,如果犯了法,有俺忠子哥罩着。"

忠子娘严肃起来:"他可不敢管这事,赶明儿一定缴了去!"

齐二杆子口是心非地点头哈腰:"我投降,我投降,缴枪不杀!"

忠子娘笑了起来,众人也跟着笑了。

大山子很严肃:"齐二杆子,这可不是闹着玩的,别整天拿着你那个破玩意儿,满山满峪地瞎转悠,让公家逮了去,吃饭就甭花钱了!"

齐二杆子拧着脖子:"我藏在堰窟窿里,谁也找不着!"

张大叔进厨房找来一把菜刀,将公鸡抹了脖子,甩手扔在雪地里,吩咐道:"山兰子,赶紧烧水,准备煺鸡毛。"

张大婶招呼众人："大伙都别愣着,快帮老嫂子忙活忙活。"

众人应声散开,男人们扫雪劈柴,女人拥进了西厨房,准备炒菜做饭。

齐二杆子三下五除二,将野兔皮剥了个精光,小花狗舔着雪地上的兔血,被齐二杆子一脚踢得打了个滚儿,小花狗爬起来,冲着他直吠。齐二杆子恶狠狠地:"你小子狗仗人势儿?老子最爱喝烧酒吃狗肉,早晚让你给我打打肚子里的馋虫!"

8. 厨房内 / 傍晚

西厢房非常宽绰,山兰子和一群女人忙着切菜、择菜,山伢子往灶里添柴烧锅。石厨子叼着根烟卷笑眯眯地走进来,挽了挽袖子:"今儿个我来掌勺,让你哥尝尝我石大厨的手艺。"说着便往锅里倒油。

山兰子感激地:"石大哥,咱村里谁家有公事,也少不了您帮忙,今儿个又要麻烦您了。"

山伢子:"昨天就想请您来,俺娘说你忙,愣是不愿意,这不,不请自到呀。"

石厨子边炒菜边说:"我在咱镇上一家菜馆掌勺,听说你哥要来,特意请假赶过来的。大妹夫呀,你哥在城里山珍海味吃腻了。今儿个要让他尝尝庄户厨子的手艺。"说着从篮里一包一包地往外拿菜,"这是俺带来的炸蝎子、炸蚂蚱、炸哨蝉子猴、炸肉蛋丸子,只是缺了羊肉。"

山伢子掀开厨桌下的筛子布:"石大哥你看。"露出一只剥了皮的全羊。

石厨子大喜:"哟,那就来个大锅全羊。"

山伢子:"今早上大发子哥送来的。"

石厨子:"这小子的山楂片加工厂混大发了,出手够大方的。"

大发子从门外探进头来:"给大娘祝寿,小菜一碟。"

张大叔提着煺光毛的鸡进来,往案板上一摆:"花椒鸡,干炒!"

石厨子笑着:"大叔甭嘱咐,知道。"说着把羊肉搬在案子上,"大叔,你看人家大发子……"

张大叔不以为意地:"知道,这点东西,在大发子身上,九牛一毛!"

大发子挤进来:"张大叔,俺微小企业也不好搞,以后遇着什么政策扶持啥的,您老支书多帮忙呀。"

张大叔板起脸来:"想让我借给你几个花花?"

大发子满脸赔笑:"那倒不必,只是厂子太小,急缺建设用地……"

张大叔摇了摇头:"今儿个不谈这个。把羊肉大块剁了,全煮上,让大伙上饱地撮一顿儿。"

石厨子:"大锅全羊,俺最拿手的好菜。"

忠子娘提把大茶壶来到厨房,将壶递给山兰子:"兰子,倒茶。"

山兰子摆开了一溜儿茶碗,边倒茶边说:"这是俺哥捎来的西湖龙井,大伙都尝尝。"

张大叔端起茶碗喝了一口,勉强地咽下去:"山兰子,你大叔没出息,喝老干烘喝惯了,喝不惯这上等的好茶。"

忠子娘忙摆了摆手:"山伢子,快去下壶老干烘,抓上一大把!"

众人笑了起来。张大叔笑道:"老嫂子哎,你看这菜够丰盛的吧?今儿个,兄弟要陪您多喝几盅。"

忠子娘:"嗨!就凭你那三茶碗的酒量,今儿个管叫你晕天晕地,找不着家门儿。"

众人又笑了起来。张大叔敬佩地竖起大拇指:"老嫂子的酒量,从年轻俺就佩服。那一年,也是今天这个好日子,让您灌得俺苦胆都吐出来了大半截。"

众人又是一阵哄笑。忠子娘摇了摇头:"老了,酒量不中用啦。"

张大叔:"哎呀,瘦死的骆驼比马大,兄弟还是喝不过您。听说忠子那孩子随您,三斤二斤不醉。"

忠子娘:"听他们吹呗,七八两酒的家当!"

张大叔:"我估摸这几年练出来了,官当大了,酒量也得大。"

忠子娘:"官再大,也是咱山里的孩子,见了大叔喊大叔,见了大婶喊大婶,他敢不规矩,俺照样使笤帚疙瘩揳他的腚!"

张大婶笑道:"老嫂子的脾气俺知道,忠子从小可没少挨您的打,一招就摁到炕头上动笤帚疙瘩。"

张大叔哈哈大笑:"这就对了,哪像你?咱家孩子做错了事,我扇他一巴掌,你呼我三鞋底!把孩子惯得没出息。到现在种地的种地,打工的打工。"

张大婶剜了张大叔一眼:"你就别老埋怨了,都不种地,吃啥喝啥?唉!说来也是噢,棍棒之下出孝子,规矩之下出人才呀!"

张大叔:"看看,你也承认了吧。这都是咱老嫂子教育得好哇!"

忠子娘:"可别这么说,忠子上大学,还不是老少爷们帮凑着支的学费啊,咱庄的老老少少都没少操了心。"

张大婶:"俺大哥走得早,你拉扯俩孩子不容易啊,大伙帮点忙,那是应该的，谁让咱吃着一座山上的粮，喝着一条河里的水呢。"

大发子："咱山沟里出了第一个大学生，又做了这么个大官，就连咱山山水水都添光彩。"

齐二杆子把胸脯一挺："咱出去身板挺得当当的，说话杠杠的，人家问俺哪村的，俺就说，哪村出了大官，俺就是哪村的！"

忠子娘拽了拽齐二杆子的褂子："大侄子，少出去耍这二杆子脾气，叫人家笑话。"

齐二杆子："大娘，别看恁大侄子有点二，有的时候也不二。大发子说的就在理，俺耀忠哥从县城到省城，从省城到京城，一步一个脚印，步步出政绩，咱不骄傲谁骄傲！咱不自豪谁自豪！"

众人异口同声地："对！给大伙长了脸了，争了光了⋯⋯"

二妮子择着菜："老奶奶，听说俺耀忠叔为老百姓办了不少好事，走到哪里都说他是个清正廉明的好官。"

山伢子沉不住气了："这还用说？如果俺哥没有政绩，哪能步步高升，做了高官？"转脸问忠子娘，"娘，你说是不？"

忠子娘："哎哟我的个傻女婿哎，人家夸，咱就别夸啦。"

石厨子颠着炒瓢扭过头来："忠子哥的确了不起，拿出我的绝活来，好好犒劳犒劳他，保险让他撑得直不起腰来。"

众人又是一阵哄笑。

张大叔："大伙说得对，咱深山沟出这么个大领导，可了不得啦！老嫂子哎，大伙都夸耀忠，你说你恣也不？"

忠子娘开心地笑着："高兴，高兴啊——"

（唱）　众乡亲齐声把忠儿夸赞，
　　　　当娘的心里头比吃了蜜还甜。

张大叔（唱）　忠子他，给咱乡亲争了脸，
　　　　　　到底是个几品官？

忠子娘（唱）　不管他大官小官啥官宦，
　　　　　　还是咱庄户孩子山蛋蛋，乡情大于天！

张大叔："说得好！官再大，这里也是他的根，在这大南山上，埋着他的列祖列宗！"

大发子："对！无论什么时候，他也是咱的好乡亲。"

众人应道："啥时候也是咱的亲庄乡。"

忠子娘有些不安地:"你看今儿个这天气。大伙都忙着,俺去去就来。"说完走出厨房。

众人从厨房出出进进,将炒好的菜往北屋里端,一派喜气洋洋的景象。

9. 大门外 / 傍晚

大门口有棵老柿子树,两个人搂不过来,满树的柿子一个也没有采摘,挑着一树红"灯笼",白雪压在红柿子上,明媚亮丽。树下有磨有碾,亦盖上了一层厚厚的白雪。

忠子娘倚在老柿子树干上,颤巍巍地遥望着街筒子尽头,小花狗温驯地蹲在忠子娘身旁,形成一幅浓郁的山乡画面。

郑耀忠携女儿和妻子从胡同尽头走来,抬头望见老娘,他松开女儿的手,呼喊着向老娘跑去:"娘——"

小花狗汪汪叫着,摇着尾巴首先向郑耀忠迎去,忠子娘紧跟其后,上前紧紧握住儿子的双手,两颗喜泪,悄然而落:"娘把你给盼回来啦。"

郑耀忠双眼闪着泪花,颤声地:"娘——"

忠子娘抚摸着郑耀忠的面孔:"咦,脸色不孬,没胖也没瘦。"

郑耀忠亲切地望着老娘:"娘身体也更好了,牙没掉,腰没弯,还是挺着腰板说话,口气一点也没变。"

忠子娘笑道:"别看娘平八十了,还能上坡下地干点零活。"

郑五洲跑过来,踮起脚来,搂住奶奶的脖子亲了一口:"奶奶。"

忠子娘高兴地欲抱起郑五洲,没有抱动:"咦,俺五洲长成大姑娘了,奶奶抱不动咧!哎哟我的个宝贝疙瘩,冻坏了吧?"

郑五洲哭丧起脸:"太冷了!车子坏了,俺和妈妈跑了两个多小时,都走不动啦。"

忠子娘赶紧把五洲搂在怀里:"这是咋说,看把孩子冻的……"

马莉莉甜甜地叫了声:"妈——"

忠子娘回过头来,愧疚地:"咳!大冷的天,也让你赶回来,真是太难为儿媳妇啦。"

马莉莉强作笑颜:"妈,回家为您祝寿,天再冷,心里也是热的。路再远,步伐也是轻松的呀!"

忠子娘高兴地点了点头:"哈哈哈,这话中听。"

郑五洲打了个喷嚏，忠子娘心头一哆嗦："走，快家去暖和暖和。"

10. 郑家小院 / 黄昏

忠子娘进门便喊："山兰子，你哥你嫂家来啦。"

山兰子和山伢子迎上前来。山伢子接过郑耀忠提的蛋糕和旅行包："俺的个好哥哎，可把你给盼回来咧，咱娘这几天想你都想疯了。"

郑耀忠："妹夫，我不在家，多亏你照顾咱娘……"

山兰子亲切地："哥、嫂、五洲，快屋里坐。"

郑耀忠和马莉莉与山兰子寒暄着走到小院中间。

众人从厨房、堂屋里纷纷跑出来。欢喜地围住郑耀忠，有称呼大哥大嫂的，也有叫大叔大婶的，郑耀忠和乡亲们一一握手问好。

张大叔拨开人群："耀忠……"

郑耀忠亲切地："张大叔。"紧紧握住张大叔的双手，"张大叔，以后叫我的乳名忠子就行，那样听起来更亲切。您老人家身体不错吧？"

张大叔拍了拍胸膛："好好好，托你忠子的福，大叔还能推小车、扛麻袋咪！"

郑耀忠："好好好，您壮壮实实的，就是儿女们的福分啊。"

张大婶："是啊是啊，只要不拖累晚辈们，比啥都好。"

郑耀忠："张大叔这么好的身板，肯定是大婶您侍候得好啊！"

张大叔笑道："这个不假，一早晨俩柴鸡子蛋，不吃，扒开嘴喂。"

众人笑了起来。

忠子娘掀起挡在屋门上的棉门帘："大伙都屋里坐。"

众人进屋。

11. 郑家老屋 / 黄昏

屋内倒也宽绰，客厅里摆了两张高脚八仙大桌，桌上大盆大碗，菜肴十分丰盛。土炕上摆了一张矮脚的八仙小桌，菜肴热气腾腾，大碗盛酒，大盆盛肉。

忠子娘招呼大伙："都坐都坐，准备开席。"

众乡亲应声围坐在两张高脚桌旁。忠子一家围坐在土炕上的矮脚桌旁。

忠子娘高高地举了举筷子："来来来，大伙先垫垫肚子，吃菜吃菜。"

众人应声举筷，大碗喝酒，大块吃肉。

郑耀忠和马莉莉捧酒起身："娘，我和马莉莉给您敬酒啦。"

二　人（合唱）手捧美酒把娘敬，

郑耀忠（唱）　　慈母是棵常青藤，

马莉莉（唱）　　根深叶茂身板硬。

郑耀忠（唱）　　咬住青山不放松。

二　人（合唱）寿比南山不老松——

忠子娘既高兴又风趣地："好！这么说，忠儿还要再给娘过八十年生日。娘喝！"说完一饮而干。

山兰子和山伢子也起身捧起酒杯，异口同声地："娘，俺也敬您一杯。"

二　人（合唱）手捧寿酒把娘敬，

　　　　　　　　女儿女婿两大盅。

山伢子（唱）　　喝了俺的酒呀，

　　　　　　　　您常青藤、不老松，眼不花、耳不聋，

山兰子（唱）　　夜行不用打灯笼，

二　人（合唱）直活到一根杠杠两个零！

山兰子和山伢子边唱边打哑语，一个指头伸在左脑门上，两只眼睛代表两个零。

众人："一百岁，哈哈哈……"

马莉莉笑着站起来："妹夫说少了。"用拇指和食指打了个圈，放在左脑门上，"应该活到这个数。"

众人："又加了一个零，一千岁！"哄堂大笑起来。

忠子娘："一千岁？那不成了老妖精了。不过，俺娘活了九十九岁好几年，按当今说法，俺身上也有她老人家的鸡叫？"

众人又笑了起来。山伢子解释："娘，不是鸡叫，是基因。"

忠子娘："咱庄户人家不管什么鸡叫、鸡音，就知道孩子随娘，俺若随她老人家，还得再打扰孩子们二三十年咪。这寿酒，娘喝。"说完一饮而干。

山兰子："娘，儿女们巴不得让您多打扰几十年，看娘这精气神儿，说六十岁都有人信。"

马莉莉不无夸张地："前几年妈去北京，大家都说她还不到五十岁呢。"

忠子娘哈哈大笑："今天是俺的好日子，大伙都会拉吉利呱，专拣好听的说，再往下说，娘就变成小媳妇啦。"

众人又开心地笑了起来。郑耀忠兴高采烈地站在土炕上，高举着酒碗："好好好，今天太高兴了，感谢乡亲们为老娘祝寿！来来来，大家共同举杯，为她老人家和诸位乡亲们安康干杯！"

众人："干杯！"一饮而干。

忠子娘指着张大叔："你张大叔亲自为你酿的柿子酒。"

郑耀忠："谢谢张大叔。这酒度数不低，好酒好酒！来来来，满上。"

山伢子抱起酒坛满酒。

郑五洲举起酒碗："奶奶很潇洒，祝您生日快乐。奶奶，您干了它。"

忠子娘接过酒碗，喜笑颜开地："俺这宝贝疙瘩越来越懂事了，奶奶喝。"说完又一饮而干。

张大婶："好！老嫂子的酒量不减当年啊，两茶碗下去了。"

山伢子给娘满上酒，忠子娘再次高高举起酒碗："来来来，大伙共同举杯，喝他个醉马鸟腔，小辫子朝天。"

郑耀忠："好，一醉方休。干！"

众人应声举杯："干干干！"

酒过三巡，众乡亲轮流给忠子娘敬酒，忠子娘逢敬必喝。

山兰子悄声："娘，少喝点儿。"

忠子娘："柿子酒，好喝！三茶碗五茶碗没事儿。"

寿宴一派欢乐气氛，众人大吃大喝，非常痛快。

小花狗汪汪地朝门外叫了起来，周西山提着一提洋酒进了屋。

马莉莉放下筷子，赶紧迎上前，悄声问："你怎么才来？"

周西山："哎呀，一是航班误了点，二是山路不好走……"

郑耀忠一怔："老周？"

周西山举了举手里的洋酒："老领导，您给大娘祝寿，也不和老弟打个招呼，咦！这地儿真难找。"

郑耀忠问："我母亲的寿辰，你怎么知道的？"

周西山看了马莉莉一眼："这，这……"

郑耀忠不耐烦地："好了好了，坐吧。"

忠子娘站起身来问："这位是？"

马莉莉赶忙介绍："这是我的老同学，现任南疆医药开发公司董事长兼总经理。"

忠子娘一拍脑门："咦！想起来了，你就是那位周总。来来来，坐下喝酒。"

周西山欣慰地："哎呀，大娘好眼力，您老在北京带五洲时，咱娘儿俩见过面。"说着端起酒碗，"我敬大娘一杯，祝您老人家富贵吉祥，万寿无疆！"

忠子娘接过酒："谢谢周总！大娘也祝您全家平安，生意兴隆。来，咱一起干！"

小花狗又朝门外吠了起来，李县长带着办公室女主任提礼品进了屋。

忠子娘吃惊地："咦！李县长，你咋也来了？"

李县长连连鞠躬："对不起，对不起！上午有个会，来晚了，来晚了。"

马莉莉忙问："车子拖出来没有？"

李县长拍了拍胸脯："放心吧，开到村头啦，说走就能走。"

马莉莉："那就好。"

忠子娘指着县办主任手提的礼品："李县长，你花钱干啥？"

李县长笑道："哎呀，一点小心意，望大娘笑纳。"

忠子娘一脸严肃地："山兰子，替娘想着点儿，周总和李县长走时，让他们把礼品都带回去。"

山兰子接过礼品应道："放心吧，不但给周总和李县长都拿回去，还给大伙一人准备了一箱苹果。"

忠子娘拍了拍身边的炕沿："好好好。李县长，这边坐，喝酒。"

李县长连声道谢，端起桌上的酒碗："我敬大娘一杯……"

小花狗再次叫起来，刘镇长和镇上的几名干部提礼品进屋，刘镇长等人毕恭毕敬地向郑耀忠请安问好。郑耀忠满脸不高兴，不得不应付着。

张大叔看这架势，放下筷子，悄声对忠子娘说："老嫂子哎，俺们先回去了。"说着招呼众乡亲便走。

忠子娘着急地跳下土炕，一把拽住了张大叔："他大叔，别走啊，大伙都别走，还没吃饭哩！"

张大叔干笑着："嗨嗨，这屋小人多，挤不开。老嫂子哎，忠子大老远地回来了，肯定多住几天，赶明儿大伙再过来拉呱，行不？"

忠子娘遗憾地："这是咋说……"

齐二杆子顺手从桌上摸起两盒烟，提起半瓶酒，大声摇气地："咱庄户人家看见当官的就怵头，吃饭也打哆嗦，不吃了，走！"

张大叔呵斥齐二杆子："你说的啥话？少耍你这二杆子劲！"回头招呼众乡亲，"咱们先回去吧。李县长，回头见……"

众人纷纷和忠子娘、郑耀忠打个招呼，往门外走去。

郑耀忠欲出门送客，被张大叔拦住："别送了，招待远路来的客人要紧。"

郑耀忠："大叔慢走，大伙慢走。"

忠子娘："大伙先别走，山兰子，快把苹果搬出来，一人一箱都带上。"

张大叔："算了算了。"

山伢子："这可是俺自家果园里摘的，没上化肥没打药，大伙都尝尝。"

齐二杆子："来，大伙都扛着吧，要不，也得让大婶挨门送去。礼尚往来嘛……"

忠子娘："说得对，大伙只要不嫌孬，就扛走。"

张大叔："这么说，恭敬不如从命，大伙就拿上吧。"

众人纷纷扛起苹果箱，道谢而去。

忠子娘和郑耀忠扫兴地坐在炕沿上。郑五洲不看头势地拽着马莉莉问："妈，人家都走了，咱什么时候走啊？"

马莉莉赔着笑脸问郑耀忠："耀忠啊，咱们是不是也抓紧回去啊？"

郑耀忠一愣："回去？回哪去？"

李县长站起来，满脸赔笑："嗨嗨，县委在招待所安排了顿便饭，老领导，请吧。"

郑五洲忙问："宾馆有网线没有？"

李县长比画着："豪华套间，电脑是宽屏的。"

郑五洲高兴地："好极了，我还等着聊天呢。"

忠子娘一怔："怎么，不在这儿住了？"

马莉莉和蔼地对婆母道："妈，当地领导非常热情，不好驳了人家的面子呀。"

李县长插嘴："大娘，是这么回事……"

忠子娘未等李县长说完："大娘不听！"一把拽着儿子，一手拉着五洲，"忠子，五洲，随俺走。"说着颤巍巍地拉拽着儿子孙女向东厢房走去。

12. 东厢房内 / 黄昏

郑耀忠原卧室内打扫得干干净净，墙壁糊满了报纸，土炕洞里的柴火正旺，满屋照得通红。

忠子娘深情地："忠子、五洲，你看——"

（唱）　携子拽孙颤巍巍，

　　　　且等今宵夜来归。

你伸手摸，热炕热席热褥被，
你抬头看，报纸挡住了泥巴坯。
归来的燕子宿老巢成群结队，
乖孩儿莫任性说飞就飞。

郑耀忠热泪盈眶："娘说得对呀。"

（唱） 热炕头，宽心睡，
远离了功利场是是非非。
说一说知心话口甜心醉，
拉一拉家常呱喜上双眉。
慈母情，催人泪，
游子还乡不思归。

忠子娘大喜："这就对了，孩子，哪怕只住一宿就行啊。"

郑五洲却烦了，她拍了拍土炕："看这土炕，还不把我和妈妈硌死。看这天气，还不把我和妈妈冻死。看这穷山沟，还不把我和妈妈郁闷死呀。不住，就不住！"

郑耀忠怒喝一声："放肆！"

郑五洲吓了一跳，躲在奶奶身后，小声啼哭。

忠子娘瞪了儿子一眼："凶什么？别给俺吓着孩子。"

马莉莉一步踏进厢房："怎么啦？"

郑五洲向前抱住妈妈："妈，咱走……"

郑耀忠强压着怒火与马莉莉商量："莉莉，咱就陪老人家住一夜好不好？"

马莉莉痛快地："绝对没有问题。"转而一眨眼，"不过……"

郑耀忠怒目圆睁："不过什么？呃？"

马莉莉朝门外轻声喊："李县长……"

李县长与众人来到东厢房，李县长不知所措地望着马莉莉，马莉莉皱了皱眉头，使了个眼色。

李县长心领神会，急忙赔着笑脸："报告老领导，刚才上边来电话，有几位领导正在等您接见呢。"

郑耀忠脸色一沉："今天我是回家办私事，不见！"

李县长加快语速："您听我详细汇报呀！咱县里要为老百姓办几件实事、好事和大事，原则上公路村村通，自来水家家用，种子农药免费供应，老年人月月有补助，孩子上学免费接送，城乡一体化，旧村大改造，山村住上小洋楼，等等，等您老领导去指导，去定位呀！"

忠子娘闻言高兴地一拍炕沿："好！这可是俺老百姓天大的喜事儿。忠子，这么说，娘就不留你了。"

郑耀忠不动声色地摇了摇头："不！"

忠子娘哄孩子似的："这事儿要紧，听娘的话，去吧。"

郑耀忠似乎有难言之隐："娘，您不知道呀。"

忠子娘一愣："不知道什么？"

郑耀忠："娘就别问了，不管怎么说，儿子不去。"

忠子娘不理解地："商量老百姓的事，为啥不去？"

郑耀忠："不去！"

忠子娘拧着脖子问："替老百姓办好事你也不去？"

郑耀忠坚决地："不！"

忠子娘上了火："你再说一遍？！"

郑耀忠："娘，我不能去啊！"

忠子娘更加上火，指着儿子："你，你想惹娘生气？！"

马莉莉慌忙拦住："妈，您消消气。"转脸对丈夫道，"耀忠，咱妈说的话就是最高指示，她让咱留，想走也得留。她让咱走，想留也得走。"说着拉起丈夫的手，"咱快走吧。"

郑耀忠怒冲冲一甩手，马莉莉借机摔倒。

郑五洲尖叫一声："妈！"哭着抱住母亲。

忠子娘不由得大怒："大胆！你敢打老婆？"摸起笤帚照儿子一阵乱打。

山兰子和山伢子赶忙拦挡，替哥哥挨了几笤帚。

马莉莉爬起来，大惊小怪地："你们要保护领导的安全啊！快走。"

周西山、李县长等人借机架起郑耀忠，郑五洲拥着爸爸的后背，众人连拖带拉地将郑耀忠拽出了小院。

忠子娘看着手里的笤帚发起呆来："走了，都走了？"

山兰子夺过娘手里的笤帚，边扫炕边埋怨："娘，您这脾气改改行不？俺哥都五十多了，咋还是一句话说不上来，张口就骂、抬手就打呀。"

忠子娘十分懊悔，两颗老泪悄然滚下："唉！你哥千里遥远地家来了，吃也没吃好，喝也没喝好，还挨了俺几笤帚，这，这是怎么说呀。"

山伢子："又心疼了吧？唉！"

忠子娘突然转身向外走去，山兰子和山伢子急忙向前搀扶。

13. 大门外 / 傍晚

月亮爬上东山头，照耀着白雪如昼。

山兰子和山伢子搀扶着忠子娘向胡同尽头瞭望。长长的胡同空无一人。

忠子娘哭了："走没影了，看不见了。"

山兰子眼泪汪汪地："娘，您回屋歇歇去吧。"

14. 郑家老屋内 / 傍晚

三人踏进门来，忠子娘一眼便看见炕头上的礼品，慌忙抱起礼品往山伢子怀里塞："可了不得了，快把这礼品还给人家去！"

山伢子接过礼品，难为情地："恐怕撵不上了。"

忠子娘焦急地："眼下还出不了庄，上不了车，快跑！"

山伢子抱着礼品向外冲去。

15. 小院内 / 傍晚

山伢子被门槛绊倒，一头栽进院子里，礼品散落了一地。

山兰子和老娘慌忙跟出门来，弯腰捡拾礼品。

山兰子捡起礼品盒晃了晃："坏了坏了，这老山参摔成七八瓣啦。"

山伢子捡起另一个礼品袋，酒水顺着盒子流了出来："我的娘哎，酒瓶子也摔烂咧！看看，都淌净咧。"

说着将手伸进盒内，摸出酒瓶碎块中的残酒便饮。

山兰子气急败坏地打了丈夫手背一掌："还没喝够？当心划破你这馋嘴！"

山伢子举了举包装盒："咦！你看这是啥酒？路易十三。这么一小口，就值半瓶子茅台钱。"

忠子娘凑向前问："一瓶茅台多少钱？"

山伢子："一千多吧。"

忠子娘大吃一惊："啊！这么大人情，咋还人家？"

山兰子发现人参盒内包鼓鼓的，打开一看，原来是几叠百元大钞。惊慌地递给娘："娘，您看呀。"

忠子娘又是一惊："钱？"

山伢子凑过来:"我看是多少?"

忠子娘大喝一声:"别动!这、这、这……"突然头晕眼花,身子不由得摇晃起来。

山兰子一把搀住老娘:"快!扶娘进屋歇歇去。"

山伢子和山兰子搀架着老娘进屋。

16. 老屋内 / 夜

忠子娘躺在炕上,山兰子为娘盖上被子,闩门后,依偎在老娘身旁而睡。山伢子躺在炕旁的躺椅上打起了呼噜,一家人进入梦乡。

17. 悬崖上(梦境)

悬崖中探出一株千年古柏,郑耀忠面向绝壁,倒骑在枯柏上挥斧砍樵。山谷中飘来幽幽的歌声:

> 新棉被,身上盖,
> 老娘睡在热炕台。
> 梦见儿子傻又怪,
> 倒骑枯柏砍山柴。
> 面朝悬崖身在外
> 咔嚓一声跌下来!

悬崖中的枯柏被郑耀忠的利斧砍断,他惊叫着,连人带樵跌进万丈深渊。

18. 老屋内 / 夜

忠子娘惊叫一声,猛然爬起,冲进小院。山兰子和山伢子被惊醒,慌忙跑进小院。

19. 小院内 / 夜

忠子娘惊恐地扒着矮墙头向下俯视:"俺儿掉下去啦,掉下去啦……"

山兰子:"娘,您这是咋啦?"

忠子娘："快，快，你哥掉下去啦。"

山伢子爬上墙头向下俯视："俺哥在哪啊？"

山兰子："娘，您是不是做了个梦呀？"

忠子娘喃喃地："梦？忒吓人咧！"愣愣地倚着矮墙发呆。

山兰子搡了丈夫一把："还愣着干啥，快把咱娘背进屋。"

山伢子蹲下身："娘，女婿背您进屋，千万别感冒了。"说着，将岳母背进屋内。

20. 老屋内／夜

山伢子将岳母放在炕上："娘，您做了个啥梦？女婿看过《周公解梦》，快说给俺听听。"

忠子娘："俺梦见你哥在悬崖上，倒骑着枯柏砍柴火。"

山伢子稍一沉思："咦！上不着天，下不着地，还倒骑着枯柏，这叫'奇玄'。不过，木能生火，火能生财，此乃中上之梦。往下讲！"

忠子娘："你哥他面朝悬崖腚朝外，抡起斧头使劲砍。"

山伢子皱起了眉头："咦！这叫'乖中出傻''财迷心窍'，此乃中下梦。往下讲。"

忠子娘惊魂未定地："砍着砍着，枯柏断了。你哥抱着枯柏一头栽下大山崖！"

山伢子大吃一惊："啊！本来木能生火，火气上升，这么一家伙栽下去，这不去了球咧！"

忠子娘闻言"啊！"了一声，呆望着女婿。

山伢子不看头势地继续念念有词："此乃下下之噩梦，再往下讲！"

忠子娘声音打战："再往下，娘就吓醒了。"

山兰子亦听得心惊肉跳："俺就不信俺哥那么傻，他就不知道脊梁骨贴在山崖上，朝外砍？"

山伢子吹胡子瞪眼："朝外砍？腚底下那一截子，不就砍不着了。"

山兰子："真是财迷心窍，太贪了。"

山伢子直言不讳地下了结论："这就叫舍命不舍财！"

忠子娘直吓得浑身颤抖，喃喃地："这还了得……"

山伢子神神道道地还要再充能耐，山兰子照嘴上就是一巴掌："住口！别再吓唬咱娘啦。"

忠子娘站起身来:"这可不是吓唬,梦是从心里头生出来的,你哥这官,可不小啦!"

    (唱) 一场噩梦吓破胆,
        前思后想心更寒。
        点点滴滴把账算,
山伢子(接唱)那瓶洋酒几万元。
忠子娘(唱) 人参摔成七八瓣,
山兰子(接唱)看来一瓣也上千。
忠子娘(唱) 礼品惊人心头乱,
山伢子(接唱)又见袋中一叠钱!
忠子娘(唱) 为啥重礼来看俺?
山兰子(接唱)借佛面看僧面定结孽缘。
忠子娘(唱) 若忠儿贪赃枉法琴乱弹,
山伢子(接唱)还人情定然崩断良心弦。
忠子娘(唱) 说到此惊出了一身冷汗,
        找忠儿等不得日出东山。

忠子娘掀开柜子,从里面摸出一个鼓囊囊的花包袱,扎在腰间:"走!"
山伢子:"先打个电话吧。"
忠子娘:"这事在电话里能说清楚?赶紧走。"
山兰子:"娘,咱又没汽车,黑灯瞎火的,十几里山路怎么摸呀。"
忠子娘着急地:"明日你哥走了,咱还得去北京。"
山兰子转身对丈夫说:"快去准备小推车。"

21. 山道上 / 夜

忠子娘坐在小推车上,山兰子肩背拉绳,拿手电筒探路。
山伢子推着小车,三人翻山越岭,艰难地行走在大南山的雪路上。
三 人(合唱)腊八夜,风雪狂,
山兰子(唱) 山道推来白发娘。
山伢子(重唱)山道上推来了白发老娘。
山伢子(唱) 沟沟坎坎摇又晃,

　　　　　　　　上山下坡手脚忙。
山兰子（重唱）上高山下陡坡手乱脚忙！
山兰子（唱）　寒风呼号满山响，（山风呼啸）
三　人（合唱）刮得老娘透心凉。
忠子娘（唱）　不怕苍天冰雪降，
　　　　　　　就怕儿揪娘心肠。
三　人（唱）　往前闯，把山上，
忠子娘（唱）　枣木拐杖撑"船"桨。（左右撑雪地，艰难前进）
三　人（合唱）防患未然忙探望，
　　　　　　　顶风冒雪情满腔。

　　三人爬上一道山梁，准备下坡，山兰子用手电筒扫了扫下坡的小道，不放心地嘱咐丈夫："上山容易下山难，你可要步步生钉，脚脚踩稳啊。"

　　山伢子大咧咧地："咦！上山送粪，俺还推满满两篓子哩，咱娘这百把斤沉，和空车子差不了哪里去，你就把心放到肚子里吧。"

　　忠子娘回过头去问女婿："要不，俺下来走？"

　　山伢子头摇得像个货郎鼓："不用，您老坐稳，下坡喽。"

　　山兰子转到小车后面，用拉绳拽着小推车下山坡。下到山坡中间，小推车突然加速。

　　山兰子拼命拽着拉绳，突然脚下打滑，一腚蹲在雪道上，双手仍紧拽拉绳滑行："慢点慢点。"

　　山伢子拽着小推车左摇右晃："坏了坏了！"

　　山兰子大喊："快停下！"

　　山伢子惊慌地："完了，完了！"滑倒。

　　小推车左摇右晃，完全失去控制，连人带车子滚下了山坡。

　　山兰子和山伢子同声哭喊："娘——"

　　小推车和忠子娘翻滚在梯田里。忠子娘趴在雪窝里一动不动。

　　山伢子和山兰子连爬带滚地下到梯田里，哭喊着抱起休克的老娘。

　　山伢子掐着岳母的人中："娘，您醒醒。"

　　忠子娘长出一口气，睁开双眼："扶俺起来。"

　　山兰子和山伢子架起老娘，异口同声地问："不要紧吧。"

　　忠子娘在雪窝里走了几步，虽然脚有点瘸，但无大碍。她不无风趣地："咳，老腿老胳膊，当真硌摔打。咱走吧。"

山兰子惊魂未定:"娘,咱不去行不行?咱回家吧。"

忠子娘苦笑道:"摸了半宿山道,走了多半路程,咋说回就回去?娘就是爬,也要爬到县城去,见不到你哥,娘睡觉不安稳。"

山伢子蹲下身子:"娘,小推车摔坏了,女婿背您走。"

忠子娘:"俺自个能走。"

山伢子不由分说,背起老娘奔向茫茫的雪野山道。

歌声起:　　老娘亲,老娘亲,
　　　　　　您为儿女操透了心,
　　　　　　恩情比海深。
　　　　　　三九有娘挡风寒,
　　　　　　三伏有娘遮绿荫。
　　　　　　老娘亲,老娘亲,
　　　　　　山道上爬来雪窝里滚,
　　　　　　为儿去叫魂。
　　　　　　盼儿平安身,
　　　　　　栋梁挑千斤。
　　　　　　只要咱好好地活,
　　　　　　就是最孝顺。
　　　　　　实实在在去做事,
　　　　　　老老实实去做人,
　　　　　　为老娘,为子孙,
　　　　　　也要好好去做人……

22. 舞厅内 / 夜

球形多彩灯滚动着,射出多种旋转的色彩。低音炮吭吭咔咔的声响,震动得春心荡漾。郑耀忠搂着一位靓妹舞伴,马莉莉搂着一位帅哥舞伴,李县长、周西山各自搂着年轻美貌的舞伴,娴熟地跳着交谊舞。音乐突然按原节奏转换为戏曲过门,众人踏其节奏继续舞蹈。

歌声又起:　　娘身上掉下一块肉,
　　　　　　揳根木桩挂心头。
　　　　　　咱若是堂堂正正不歪扭哇,

　　　　咱娘心也提在喉。
　　　　咱若是晃晃悠悠歪又扭哇，
　　　　坠得咱娘心血流。
　　周西山与舞伴旋转到音响旁，悄然关掉开关，音乐戛然而止。
　　郑耀忠拖着长腔问："怎么回事？"
　　李县长点头哈腰地："音响怎么坏了？我抓紧去修。"
　　马莉莉拦住李县长，抬腕看了看表："算了吧，应该休息了。"
　　郑耀忠亦看了看表："时间不早了，回见吧。"

23. 宾馆走廊 / 夜

　　郑耀忠踏着厚厚的地毯，朝四个6的房间门号走去，身后紧跟着马莉莉和周西山。周西山殷勤地拿出门卡，将门打开，做了一个请进的动作。

24. 客厅内 / 夜

　　郑耀忠走进豪华套间，未料到周西山也跟了进来，他厌恶地坐在沙发上，手按着眉头闭目养神。
　　周西山不厌其烦地："老领导累了，您先休息吧，我和老同学说几句话。"
　　郑耀忠："好吧。"甩手走进卧室。
　　马莉莉悄声："本想让你去耀忠的老家，趁他高兴，把事情办了，谁料惹得他心情不太好。"
　　周西山从公文包内取出一张存折："听说五洲要出国留学，我特意备了份薄礼。"说着便递给马莉莉。
　　马莉莉客气地："真不好意思，又让老同学破费了。"似乎无意地打开存折看了一眼，不由得喜形于色。
　　周西山笑了笑："小意思，小意思，密码是你手机后六位数。"说着又从公文包内取出几份待批的申请报告书，递给马莉莉，"等把这几个项目全部搞定，老同学定然重谢！"
　　马莉莉接过申请报告书："试试看吧。"说完向卧室走去。

25. 卧室内／夜

郑耀忠侧身躺在床上，已然响起了呼噜声，马莉莉轻轻地拍了拍郑耀忠："老郑，醒醒。"

郑耀忠翻过身来，皱着眉头问："周西山还没走？"

马莉莉拧亮床头灯，打开存折，指着上面的数字："看，老同学真够意思。"说着将存折递给丈夫。

郑耀忠穿着睡衣坐起来，怒冲冲地将存折拍在床头柜上："让他赶快拿走！又想干什么？"

马莉莉坐在床沿上撒娇地一手搂着郑耀忠，一手递上申请报告书："还是要麻烦您'朱批'一笔。"

郑耀忠："目前形势不妙，收敛收敛吧。"说着便下床向客厅走去。

26. 客厅内／夜

周西山见郑耀忠从套间内走出来，腾地一下从沙发上"弹"起："老领导……"

郑耀忠坐在沙发里，拍了拍手中的申请报告，面无表情地板着脸："老周同志啊，这样步步紧逼，我看不太好吧？"

周西山嗨嗨一笑："急是急了点儿，可谁都想以最简便的手续，以最快的速度抢先占领市场呀。"

郑耀忠紧盯着周西山的面孔："这几年给你帮了多少忙了？人心不足蛇吞象哪！"

周西山嘿嘿一笑，阴阳怪气地："咱哥们可不是一年两年交情了，千万别和老弟说翻脸就翻脸哦。"

郑耀忠一拍茶几，忽地站起来："要挟我？"

周西山一腚蹲在沙发上，口气生硬地："不敢！"说完，跷起二郎腿，仰起头来盯着天花板。

郑耀忠气得打哆嗦："你……"一屁股又蹲在沙发里。

房间门突然被打开，郑五洲气急败坏地冲进来："妈，我种的菜，全被偷走了。"

马莉莉赶紧拉过女儿："不要吵，妈妈帮你去种菜。"说着欲开门去另一个房间。

郑耀忠忽地站起来,伸手揪住郑五洲的耳朵:"你叫唤什么?"

马莉莉扳住丈夫的手:"耀忠,放开她……"

郑耀忠甩开妻子,恶狠狠地瞪着郑五洲:"在老家给我丢尽了脸面,今天饶不了你!"照郑五洲屁股一阵猛打,只打得郑五洲嗷嗷乱叫。

周西山慢慢地站起来,仰天大笑:"哈哈哈,打孩子的腚,就是打客人的脸!好好好,我走,我走还不行嘛。"说完,夹起公文包扬长而去。

郑耀忠放开郑五洲,郑五洲胆怯地跟在周西山屁股后头溜出门去。

马莉莉把门关上,双手一摊:"耀忠啊,你赶人家走,也不能采取这种手段嘛。"

郑耀忠余怒未消:"看到没有?姓周的死皮赖脸,就不怕在这里赖上一夜吗?"

马莉莉轻巧地:"你给他签个字不就妥了嘛。"

郑耀忠:"以后这些事,不许瞎掺和!"

马莉莉:"没有我,你要得罪多少人?特别是这种人,你得罪得起吗?你自己心里有没有数?怨谁哪!"

郑耀忠愤怒地:"别说了,非栽到他手里不可!"

电话铃声突然响起,郑耀忠一愣:"去!接电话。"

马莉莉赌气不接,把头扭向一旁。

郑耀忠嗷的一声:"接!"

马莉莉吓了一跳,只好乖乖地拿起听筒,烦烦地:"深更半夜的,谁啊?!什么什么,她怎么来啦?"

郑耀忠:"谁?"

马莉莉:"咱妈。"

郑耀忠大吃一惊,急忙抬腕看表:"凌晨五点了,她老人家来干什么?快请。"

马莉莉命令似的对着话筒:"直接送过来!"

27. 吧台 / 夜

忠子娘和山兰子、山伢子在宾馆吧台前站着。

女服务员放下听筒,换上一副笑脸:"请。"带领三人来到电梯口,按开电梯门，四人一齐进了电梯。

28. 楼上电梯口 / 夜

郑耀忠身穿睡袍，和马莉莉在电梯口恭候。电梯门开处，忠子娘等人走出电梯。

郑耀忠："娘——"急忙上前搀扶。

忠子娘上下打量了儿子一遍，确认没被"摔"伤，紧拉着儿子的手问："还没睡呀？"

郑耀忠："没睡，没睡，快屋里坐。"

众人向房间走去。郑耀忠搀着母亲进入客厅。

29. 客厅内 / 夜

郑耀忠搀着母亲坐在长条沙发上，山兰子和山伢子一边一个，紧挨着老娘坐下。

郑耀忠："莉莉，快泡茶。"

马莉莉泡一杯茶递给老娘："妈，这冰天雪地的，您怎么连夜赶过来啦？"

山伢子忽地站起来："哎呀，咱娘做了个梦不好！"

马莉莉一怔，而后笑了起来："哈哈哈，就为一个梦？"

郑耀忠也放松下来，笑问："娘，您老人家做了个什么梦？"

忠子娘站起身来，声音严肃得有点颤抖："忠子，你给俺听好了——"

　　（唱）　梦中你在大山峦，
　　　　　　砍柴跌进万丈渊。
　　　　　　直把老娘吓破胆，
　　　　　　战战兢兢揪心肝。
　　　　　　一瓶洋酒值几万，
　　　　　　人参盒里暗藏钱。（亮出钱，拍在茶几上）
　　　　　　娘只问你一句话，
　　　　　　这份人情如何还？

郑耀忠慌忙把马莉莉拉到一旁，低声问："是谁送的钱？真他妈的添乱！"

马莉莉压低声音："李县长在舞厅告诉我，是他……"

郑耀忠恼火地："猪脑子！真不该提拔他……"

忠子娘："恁两口子叽喳啥？忠子，俺再问你一遍，这人情，你拿金钱去还，还是拿权力去还？"

郑耀忠不假思索地："儿子当然用钱去还。"

忠子娘摇了摇头："娘信不过！"

马莉莉将茶几上的钱拿起来拍了拍，笑道："妈，这钱根本不用还。"

忠子娘一愣："你敢不还？"

马莉莉笑得更加明媚，说得非常从容："李县长去北京时，我借给他五万块钱，这是还咱的账呀。"

忠子娘将信将疑："忠子，是真的？"

郑耀忠低着头："是，是……"

山伢子如释重负："哎呀，娘就是多疑，误会误会。"

忠子娘摆了摆手："不是娘疑心。忠子你知道，咱郑家清明两代都出过清官，你爹临终时对俺说，要对你严加管教，千万不可辱没祖宗啊！"

郑耀忠心头一惊，愧疚地："娘……"面对老娘犀利的目光，头垂得很低。

忠子娘发现儿子神态不对，老脸一沉："抬起头来！不是为娘会相面，而是你从小做了错事，就这般模样，面红耳赤，面露愧疚，为娘料定你为官不清！"说着便上了火，"跪下听娘说。"

郑耀忠哀求："娘……"

忠子娘口白牙清："祖训讲得好，坐着听不如站着听，站着听不如跪着听，跪着听长记性。跪下！"

郑耀忠知道娘的厉害劲儿，双膝一软，跪在老娘面前："娘……"

忠子娘："忠子呀——"

　　（唱）　倘若跨鞍走了险，
　　　　　　悬崖勒马往回牵。
　　　　　　吐出那迷魂的草料昧心的饭，
　　　　　　一马平川天地宽。
　　　　　　倘若执迷不听劝，
　　　　　　迟早滚落马鞍鋈。
　　　　　　到那时，祖宗的规矩谁敢乱？
　　　　　　郑家陵不埋那贪赃枉法的糊涂官！

马莉莉："妈，谁敢做那死无葬身之地的事情？"

郑耀忠："不敢，不敢。"

忠子娘："不敢就好！"

（唱） 倘若我儿尘不染，
　　　　两袖清风美名传。
　　　　凭讲良心当官宦，
　　　　清清白白心坦然。

山兰子："哥，快起来。"扶起郑耀忠。

忠子娘："娘再问你，人家得不到好处，送那洋酒人参干啥？"

马莉莉轻描淡写："不值几个钱呀。"

山伢子吃了一惊："啊！野山参和路易十三还不值几个钱？"

忠子娘的口气更加严厉："忠子！这几年到底拿了人家多少好处？老实对娘说！"

郑耀忠："那……那都是礼尚往来呀。"

忠子娘步步紧逼："这么说，你给人家的娘去过生日，也花这么大价钱？凭恁两口子那点工资，哪来的这么多钱？"

郑耀忠一时语塞："这……"

马莉莉突然大笑起来："哈哈哈……"

山兰子瞪着杏眼问嫂子："你笑啥？"

马莉莉："我笑你们太愚昧啦。实话告诉你吧，那些东西，统统是假货！"

忠子娘："啊！假货？"

马莉莉巧舌如簧："事情是这样的。去年老郑去给老周他妈祝寿，礼品是我从地摊上买的，总共花了百把块钱。哈哈，想不到，他又原封不动地提回来了。"

忠子娘半信半疑："这可不是说书唱戏，有这么蹊跷？"

山兰子斜了嫂子一眼，将老娘拉向一旁："娘，俺嫂子挤眼就是事儿，啥故事都能编出来。俺信不过！"

马莉莉生气地："山兰子，你……"

山兰子火气更大："俺怎么啦？俺说的都是实话！"

马莉莉上前一步："你！"

山兰子将脸凑上前："你！"

郑耀忠赶紧挡在中间，苦笑着对山兰子劝解："妹妹，别和你嫂子一般见识。"

山兰子上下打量着哥哥:"哥,俺看你人走了千里,和亲人的心也走了千里,和你没当官时的模样更走了千里!"

郑耀忠以哀求的目光看着妹妹:"山兰子……"

忠子娘颤巍巍地将老脸贴近儿子:"忠子啊,你妹妹说得对呀,如若咱娘俩心贴心,儿行千里,也在眼前。如果你变了心,咱娘俩就是面对面,儿也行了千里呀。"

郑耀忠羞愧难当,只好点头称是。

山兰子拽了拽哥哥的衣襟:"哥,有啥事尽管对娘说,让咱娘给你拿拿主意。"

郑耀忠支支吾吾:"这……那……"

马莉莉盯着山兰子,眼蛋子都绿了,故意拖着官腔:"怎么?中纪委来人啦?要审案子呀?"

山兰子杏眼一瞪:"少插嘴!"

马莉莉:"呸!大惊小怪,想制造冤假错案,陷害你哥?"

山兰子:"胡说!"

马莉莉一拍桌子:"放肆!"

山兰子:"你拍什么桌子!"

马莉莉向门口一指:"滚出去!"

山兰子大怒:"你骂人!再骂一句试试,信不信我一巴掌打得你满地找牙?"

马莉莉亦不示弱:"你敢!"

山兰子冷笑一声:"不敢?俺可不是吓唬你!"

　　(唱)　俺从小生在大南山,
　　　　　石砸石敲不拐弯。
　　　　　练就了抓蛇逮狼捕鹰的胆,
　　　　　常与那老狐狸满山周旋。
　　　　　俺看你媚眼转眼波流眼,
　　　　　比那狡狐更猾奸!
　　　　　尽管你神算鬼算巧谋算,
　　　　　老狐狸中圈套皆因贪婪。
　　　　　哥比你憨得像石头蛋,
　　　　　再硬的青石板也被水凿穿。
　　　　　倘若你给俺哥惹出祸患,

我跟你没个完,自有算账的那一天!

马莉莉气得一撸袖子,指着山兰子的鼻尖:"你血口喷人!"

山兰子一把抓住嫂子的手腕,反拧过去:"你找着挨揍!"

忠子娘断喝一声:"山兰子,放开!"

山伢子掰开山兰子的手,将妻子拉向一旁。

郑耀忠拉过揉着肩头哭泣的妻子:"咱妹妹的脾气你又不是不知道,姑嫂之间,何必呢?"

马莉莉哭泣着:"郑耀忠,就看着你妹妹打我!管都不管……"

郑耀忠把眼一瞪:"你惹的!"

马莉莉:"你,你们一家欺负人。"

山伢子讨好地:"嫂子,俺可没说别的呀!"

马莉莉:"就是欺负人……"

忠子娘一拍桌子:"别闹啦!"转而对儿子语重心长地,"忠子啊,娘还是那句话,假若拿了人家的钱,你要舒开看看,保证不是卷着钩子,就是包着刀子,那钩子是来钩咱下水的,那刀子是来割咱肉的,咱千万别伤了身子,赶紧还给人家,尽大官不当了,回家种地也饿不死。"

郑耀忠诺诺连声:"对,对,娘说得有理。"

忠子娘解开缠在腰里的花包袱,捧出一捧钱来:"儿呀,你捧住。"

郑耀忠一惊,下意识地捧住钱:"啊!这么多的零钱啊。"

忠子娘叹了一口气,无限深情:"娘给你攒的。"

郑耀忠双手颤抖着将钱捧给老娘,顿时热泪盈眶,泣啼有声:"娘,儿不要。"

忠子娘接过钱也红了眼圈:"儿啊,你缺钱,娘有。俺把钱都给你还不行吗?"一叠叠地往儿子手中放钱,意味深长地诉说着每叠钱的来历。

(唱)　捧住钱,手别颤,

多多少少儿莫嫌。

这一叠,辣椒卖了一串串,

这一叠,花椒卖了一篮篮。

这一叠,大蒜卖了一辫辫,

这一叠,豆角摘了一园园。

这一叠,赶集上店卖鸡蛋,

这一叠,卖的柿饼可口甜。

这一叠,喂头肥猪赶出圈,

这一叠，月夜采桑养春蚕。
这一叠，你逢年过节孝敬娘丹心一片片，
攒起来用红线缠了又缠，拴了俺又拴。
这一叠，沾满了你爹的血和汗，
他牙缝里省，手头上攒，
留给儿子这份心田。
别忘了你爹爹情深意远，
可怜娘良苦用心风烛残年。
一叠叠一元元亲情无限，
儿啊儿，莫为金钱乱用权。
缺钱花了和娘要，
咱千千万，万万千，
千千万万，万万千千，
千万别要人家的钱！

郑耀忠无地自容，愧疚地失声痛哭："娘啊……"

山兰子掏出手绢，为哥擦泪："哥别哭，要不，这钱还能多出一叠，去年俺和娘进城卖山杏，城管说俺乱摆摊，非要没收不可，我说给你打个电话，找人求求情，可娘死活不干，她说，千万不能给你哥找事儿，就这样，一挑子山杏全让人家没收了。"

郑耀忠："哎呀，这是怎么说……"

忠子娘抹了一把老泪："忠子，往后缺钱花，和娘说一声，俺就是四邻八舍借去，也不能让你为钱走了邪道！山兰子，咱走。"

郑耀忠呆呆地捧着钱，木讷地望着老娘。

马莉莉想尽快把婆母打发走，嘴上却说："妈，天快亮了，吃过早餐再走吧。"

忠子娘摇了摇头："不用啦！家里没人看家，俺得赶紧回去。"

马莉莉借机道："娘实在要走，我马上联系李县长备车。"

忠子娘："甭麻烦人家啦。"

马莉莉："那可不行。妈，我送您下楼。"说着搀住婆母，与山兰子、山伢子走出门去。

郑耀忠缓过神来，急忙跑出门去，走廊尽头已空无一人。他回到室内，呆望着手中的钱，悄然泣哭着喃喃自语："儿子真的像妹妹说的那样，人和心都行出千里之外了。娘，儿子对不起您呀。"

（唱）　哭无声，无声哭，
　　　　忠儿早已入歧途。
　　　　金钱美女掘坟墓，
　　　　早埋了当年的丹心铮铮铁骨。
　　　　游魂飘落在千里处，
　　　　失足当就了敛财奴！
　　　　娘啊娘，惊梦儿行黄泉路，
　　　　雪夜来买还魂符。
　　　　妹妹呀，知道哥哥遇迷雾，
　　　　双手捧来红蜡烛！
　　　　知迷而返退一步，
　　　　大彻大悟大丈夫。

马莉莉如释重负地走进客厅："总算是把他们打发走了。"

郑耀忠："莉莉，坐下来，咱们研究个方案……"

马莉莉坐在沙发扶手上不紧不慢地问："什么方案呀？"

郑耀忠坚定地："我决定马上回北京，抓紧退款退物，绝不能越陷越深！"

马莉莉弹跳起来："啊！说什么？"

郑耀忠："清退赃款赃物！"

马莉莉："就凭你妈那几句话，吓晕啦？"

郑耀忠："老人家用心良苦，咱们要深明大义。"

马莉莉哈哈一笑："真是天大的笑话，仅凭一梦，便疑神疑鬼，小题大做，完全是封建迷信！"

郑耀忠一摆手："不！老人家似有察觉，梦从心中生。"

马莉莉瘆人地笑了起来："哈哈哈……"

郑耀忠："笑什么？"

马莉莉压低声音："我们总共收受了八九百万元，现已开支三分之二，拿什么全部清退？"

郑耀忠一惊："啊！几百万元哪里去了？"

马莉莉掰着指头算账："搞股票套住了二百多万，买彩票进去了二百多万，姐姐患白血病，去国外治疗花销六十多万。"

郑耀忠："你姐治病我知道。"

马莉莉："是六十多万美金。"

郑耀忠又吃一惊:"美金!"

马莉莉又开始掰指头算账:"五洲要出国留学交了十万美金,还有……"

郑耀忠腾地站起来一拍桌子:"不要再说了!咱们一块儿去纪委坦白自首,争取宽大处理。"

马莉莉声音有些颤抖:"难道你忘了?个人受贿十万元以上的,处十年以上有期徒刑,情节严重的,处死刑啊!这八九百万元,如果还不上,就属于情节特别严重的。要死多少回啊!"

郑耀忠说话没了底气:"坦白可以从宽嘛。"

马莉莉:"这么多钱,你有把握宽大处理吗?常言说得好,坦白从宽,牢底坐穿,抗拒从严,回家过年。"

"这,这可怎么办呢?"郑耀忠揪着自己的头发,跌坐在沙发里。

马莉莉:"别担心,我有一套最佳方案。"

"什么方案?快说!"郑耀忠猛然站起来。

马莉莉:"你听我慢慢说——"

(唱)　莫心急,慢上火,
　　　　打个比方对你说。
　　　　偷油的老鼠会打洞,
　　　　藏头掩尾难捕捉。
　　　　贼鸥不劳能收获,
　　　　遇到情况钻碧波。
　　　　要学那狡虫猾鸟走上策,
　　　　彼岸筑起安乐窝。

郑耀忠:"国外潜逃?"

马莉莉:"对,先把五洲送出去,咱借探亲的机会,一走了之。"

郑耀忠:"不!"

马莉莉神秘地:"刚才老周说,王总被人检举了。"

郑耀忠一愣:"哪个王总?"

马莉莉:"就是前几天送来银行卡的那一位。"

郑耀忠倒吸一口冷气:"他情况如何?"

马莉莉:"准备外逃。"

郑耀忠在厅内来回踱步:"如果那个王总走不掉,麻烦可就大了。"

马莉莉果断地:"我们要走到他的前头!"

郑耀忠："让我想一想。"

（唱）　心头犹如乱麻缠，
　　　　进难退难左右难。
　　　　如若清退还赃款，
　　　　巨额打漂付狂澜。
　　　　如若自首去投案，
　　　　又怕罪大难从宽。
　　　　悔当初海底捞财欠检点，
　　　　跳进了惊涛骇浪苦水淹。
　　　　去看那廉政片吓出一身汗，
　　　　接受那警示教育惊得两腿酸。
　　　　去听那现身说法羞愧红了脸，
　　　　去睡觉闻听警笛瘫床前，直吞救心丸！
　　　　怎么办？怎么办？
　　　　该走险时须走险。

马莉莉着急地问："到底想通了没有？"

郑耀忠长叹一声："铤而走险吧。"

马莉莉："好！只是钱太少了。"

郑耀忠凑近妻子，悄声而问："刚才老周送来多少？"

马莉莉："五十万。"

郑耀忠："少了！"

多少年来，马莉莉收受财物都是对丈夫半掩半露，猛不丁听到这话，惊得睁大了眼睛："少了？"

郑耀忠咬牙切齿地："如果给他把事情全部办妥，不是几千万的效益，是几个亿！抓紧去告诉姓周的，尽快再搞一部分钱，我该签字的签字，该写条的写条，该打招呼的打招呼，一路绿灯！"

马莉莉脆声声地答应一声，开门直奔老周房间。

30. 宾馆走廊 / 晨

马莉莉拐过走廊墙角，突然惊慌地退到墙角后面窥视。

周西山戴着手铐，被办案人员押下楼去。

马莉莉捂着嘴巴,瞪着一双惊恐的眼睛。

31. 客厅内 / 晨

郑耀忠如热锅上的蚂蚁,在厅内转来转去,喃喃自语:"反正死一回是死,死一百回也是死,破罐子破摔了吧……"遂抱起一只花瓶摔在地上。

马莉莉惊恐地跑进客厅,双眼直勾勾地盯着丈夫说不出话来。

郑耀忠感觉情况不对,忙问:"怎么啦?"

马莉莉结结巴巴地:"老、老周,被、被带走啦。"

郑耀忠惊出一身冷汗:"啊!这可怎么办呢?"跌坐在沙发里。

马莉莉缓过神来:"走啊,以最快的速度出走!"说着便收拾东西。

郑耀忠突然改变了主意:"莉莉,你和五洲先走吧,我不想走了。"

马莉莉:"为什么呀?"

郑耀忠慢慢站起来,走到窗口张望着窗外,热泪盈眶:"我实在舍不下我那八十岁的老娘啊。"

马莉莉焦急地:"你现在的处境已经很危险啦。"

郑耀忠长叹一声:"就是死,也绝不做异国他乡之鬼!莉莉,为了将来孩子不受屈辱,你带五洲快走吧。"

马莉莉哭泣道:"看在孩子面上,咱一家人团团圆圆一齐走吧,我求求您了。"说着便跪在丈夫面前。

郑耀忠再次长叹一声:"唉!抓紧去叫五洲吧。"

马莉莉刚要出门,电话铃响起。马莉莉惊恐地转过身来,战战兢兢地欲接电话。

"我来接。"郑耀忠拿起听筒,稳定了一下情绪:"是我。好好好,准时到会。"

马莉莉忙问:"什么情况?"

郑耀忠:"上级让我明天下午2点,准时到北戴河参加会议。"

马莉莉:"什么会议?"

郑耀忠苦笑了笑:"不管什么名目,肯定要双规呀。唉!一般都是这样啊。"

马莉莉惊慌起来:"快跑啊。"背起包来就往外走。

郑耀忠反而镇定下来:"回来!在这种情况下,一定要稳住。这样吧,你和五洲先回家一趟,收拾点贵重的东西,把孩子送回老家,交给老娘照管。"

马莉莉哭泣着:"我舍不得五洲……"

郑耀忠："忍痛割爱吧，万一咱们走不脱，绝对不能牵扯孩子，先把五洲安顿好。"

马莉莉："对！在这种情况下，你和我怎么走？"

郑耀忠："目前来看，只有一条路走得通。"

马莉莉忙问："走旱路还是水路？"

郑耀忠咬了咬牙："偷渡！"

马莉莉惊讶地："那、那很不安全啊。"

郑耀忠："正因为危险，才不能带着孩子。"

马莉莉也稳定了情绪："是啊，留下来一切全完了，倒不如闯一条生路。耀忠，趁他们还没有盯上我，你必须立马脱身。"

郑耀忠："你怎么办？"

马莉莉胸有成竹地："安排好孩子后，我马上去海南找我的股东，她会帮我出境的。"说着打开了手提袋，从里边摸出一张卡来，"我早就准备好了外汇卡，密码是我生日的后六位数。"说完又把老周送来的存折递上，"全部提现，出境后兑换。"

郑耀忠接过存折和外汇卡，又跌坐在沙发里："唉！只有这样了。早知今日，何必当初啊！"

马莉莉泣声："都怪我啊……"

郑耀忠眼睛盯着天花板："若不是三年前埋下了祸根，我郑耀忠绝不会落到今天这步田地！"

马莉莉悔恨地泣哭："都怪我一时糊涂，当了人家的俘虏，三年啦，三年啦……"

郑耀忠眼睛仍然望着天花板："三年前那天晚上，那天晚上……"

俩人定格，陷入痛苦的回忆中。叠印插曲字幕，飘来悠悠歌声：

> 身软如柔柳，
> 眼波荡春舟。
> 花样娇艳女儿秀，
> 低头半含羞。
> 桃腮把人诱，
> 弯眉将魂勾。
> 蛇腰钻骨空似藕，
> 纤手把心抠。

玉腕搂颈首，
　　香唇送毒鸩。
　　纸迷金醉易折寿，
　　酒色莫停留。

32. 耀忠家客厅 / 晚（回忆）

靓丽的小保姆阿来妹在阳台上，一边喷浇着一株株蝴蝶兰花，一边心情舒畅地唱着：
　　阳台幽兰淋细雨，
　　蝶抱碧叶翠珠滴。
　　我靓丽的青春也花季，
　　要与那蝴蝶兰草比高低。
　　情哥哥送我来这里，
　　只为那丢卒保车一步棋。
　　倘若我打马一将顶头车，
　　帅哥也得摇白旗。
　　爱莲说，荷花出淤泥而不染，
　　叫我说，红莲吐艳靠淤泥！

33. 耀忠家门外 / 晚（回忆）

郑耀忠大醉，摇摇晃晃地走到门口，按响了门铃。
阿来妹打开房门，娇嗔地向前搀扶："哎呀呀，您又醉了。"
郑耀忠一只手扶着门框，一只手推开阿来妹："不、不用，我没、没醉。"继而朝室内喊，"莉莉——"
阿来妹甜甜地："马大姐去医院陪床去了。"
郑耀忠："唉！她姐的病，很、很难治疗。我要、要休息。"说完，跌跌撞撞地迈进客厅。
阿来妹反身看了一眼，随郑耀忠入室关门。

34、耀忠家客厅 / 晚（回忆）

  阿来妹再次挽住郑耀忠："哥，我服侍你去卧室休息。"
  郑耀忠再次推开阿来妹："不、不方便，我自己来。"眩晕欲倒。
  阿来妹急忙扶住："看你！"半抱半背地拖着郑耀忠走进卧室，放倒在床上。转身掏出手机，发了个简短的微信。

35. 耀忠卧室 / 晚（回忆）

  阿来妹突然紧紧搂住郑耀忠，将粉腮贴向他的面孔。
  郑耀忠吓得扭过头去，用力推开她。
  郑耀忠（唱） 不行，不行——
  阿来妹（唱） 你听莺歌燕语声。
  郑耀忠（唱） 不听、不听——
  阿来妹（唱） 你看月貌桃花容。
  郑耀忠（唱） 不看、不看——
  阿来妹（唱） 温柔融化三尺冰。
  郑耀忠（唱） 不中、不中——
  阿来妹（唱） 莫负妹子柔水情。（泣哭起来）
  郑耀忠："你怎么哭啦？我可没招惹你啊。"
  阿来妹娇嗔地破涕为笑，郑耀忠不由得神魂颠倒。
  郑耀忠（唱） 醉眼蒙眬中，
        一瞥惊飞鸿。
        动心魄，柳腰舒展情万种，
        勾人魂，破涕一笑百媚生。
        罢罢罢，人生如梦，
        来来来，醉酒人生。
  郑耀忠情不自禁地搂住阿来妹的柳腰，亲吻其滚烫的额头。
  阿来妹突然发力，将其压倒在床上，随手关闭了床头灯。
  内衣外衣一件件从床上扔下来，散落在地毯上。

36. 耀忠门外 / 晚（回忆）

马莉莉匆匆走来，掏出钥匙开门而入，突然敏感地听到卧室内传来似有不洁的嘈杂声，于是悄然向卧室逼近，竟然忘记了关门。

37. 耀忠卧室 / 晚（回忆）

灯光突然亮了起来，郑耀忠和阿来妹惊恐地从被窝中坐起，阿来妹摸起枕头，挡在前胸。

马莉莉判断无误，气得脸色铁青，抬手给了阿来妹一记耳光。

阿来妹尖叫一声，从床上滚下来，披上睡衣，披头散发地跪在了马莉莉面前啼哭。

马莉莉愤怒地又打了丈夫一记耳光，咬牙切齿地："你！道貌岸然，人面兽心！"

郑耀忠捂着热辣辣的腮帮子，一下子就解了酒性："莉莉，对不起，我喝醉了。"

马莉莉干瞪着杏眼："喝醉了？李白喝醉了会写诗，武松喝醉了会打虎，你喝醉了就这样……"

阿来妹哭声更响，马莉莉转身踢了她一脚："你给我滚！"

"我，我走。"阿来妹爬起来欲走。

马莉莉断喝一声："滚回来！"

阿来妹害怕地号叫："别打我呀……"

马莉莉："不许号叫！"

周西山夹着公文包突然出现在卧室门前，故作惊讶："怎么啦？这是怎么啦？到底怎么啦？"

阿来妹扑向周西山，只喊了声"姐夫"便泣不成声。

周西山打量一眼阿来妹，露出一丝冷笑："嘿，明白了，一切都明白了。我的个老领导啊，闹出这绯闻来，我这当姐夫的，如何向她姐姐交代啊？"

郑耀忠早已下了床，穿着睡袍凑到周西山面前："什么也不要说了。老周同志，既然错误已经犯了，你看怎么解决吧？"

周西山故做为难状："这事儿可不太好解决，如果让她姐知道了……"

马莉莉怕事情闹大，忍气吞声地："看在老同学面上，咱们内部解决好不好？"

周西山上了火："不提老同学倒还罢了，提起老同学，气就不打一处来！"说着拍了拍公文包，"为了这个项目，这门槛我都踏烂了大半截，还扯什么老同学！"

马莉莉："老同学，拿材料来。"

周西山从公文包中取出材料，面露微笑，双手捧给郑耀忠。

郑耀忠接过材料看后，阴沉下脸来："不，不能审批，在任何情况下，都要干干净净地为党和人民做事。"

周西山哈哈大笑："好一个干干净净！"遂拉起阿来妹的手，"走，直接找纪委评评理，到底干净不干净？"

马莉莉慌忙拉住："不要走。"转而对丈夫哭号，"郑耀忠！这事捅出去，你不要脸，我还要脸，你不做人，我还要做人！"

郑耀忠喃喃地："违反党性原则的事情，不能办呀。"

周西山又冷笑一声："不能办？刚才怎么办啦？"

郑耀忠尴尬地："这……"

周西山凑向前，阴森地："这是不是违反党的基本原则？"

马莉莉咬牙切齿："郑耀忠，你真的不想戴这顶乌纱帽了？你对得起老婆孩子吗？你对得起你那白发老娘吗？"

周西山一跺脚："什么也别说了，我马上去纪委！"开门便走。

马莉莉赶紧拽住。对丈夫咆哮："郑耀忠，你真的不要脸了吗？"

郑耀忠被逼无奈，颤抖着伸出手："拿、拿笔来。"

周西山赶紧递上笔。

郑耀忠欲签又止。

（唱）　手发颤，字难签，
　　　　一笔下去两重天。
　　　　若不签，声名毁于这一旦，
　　　　身陷艳门难过关。
　　　　若要签，利笔划破良心线，
　　　　清官变成糊涂官。
　　　　若不签，降职处分难幸免，
　　　　仕途末路到边沿。
　　　　若要签，侥幸迈过这道坎，

或许一切都平安。
　　火烧眉毛顾眼前，
　　一笔勾销化云烟。

　　郑耀忠权衡再三后，颤抖着双手签上大名，将文件拍在床上，恼怒地将笔一折两段，狠狠地摔在地上。

　　周西山带着胜利者的微笑，收起文件，从包内取出一张卡递过去："谢谢老领导。"

　　郑耀忠："这是？"

　　周西山不无嘲讽地："劳务费。"

　　郑耀忠怒目圆睁："这是对我的侮辱，收起来！"

　　马莉莉将手一伸："把卡拿过来。"

　　郑耀忠指着马莉莉："你敢！"

　　马莉莉泣声："我还怕什么？我最心爱的人背叛了我，扭曲了我的灵魂，我现在一无所有了，不能没有钱啊。"接过卡来，一头拱进被窝里，失声痛哭。

　　郑耀忠瘫坐床上："天哪，一切全完啦……"

38. 宾馆内 / 夜

　　郑耀忠泪流满面："唉！有了第一次，就有第二次，一旦决开口子，就迅速崩溃了堤岸防线。"

　　马莉莉哭得双眼红肿："咱们中了周西山的圈套，都怪我一时冲动，后果不堪设想了。"

　　郑耀忠："事到如今，说什么也没有用了。莉莉呀，按既定方案行动吧。"

39. 大海边 / 夜

　　一艘大型渔轮停泊在杂草丛生的海岸边，船老大和大胡子抬过一条长长的木板。从船头伸延到岸堤上，形成了一步三摇的跳板通道。

　　偷渡者们背着行李，猫着腰从小树林中或杂草丛中悄然而出，在大胡子的指挥下，一个个悄然登上晃悠悠的跳板。般老大站在船头上，一个个地收费后，压低声音："都他妈的快点儿！"

　　郑耀忠显然经过化装的，一身庄户老农打扮，蓬乱的头发一层白霜，脏兮兮的脸上粘着络腮胡子，他背着铺盖卷儿，低头弯腰地最后一个登上甲板。

　　船老大眼里闪着贼光，盯着郑耀忠的一举一动。郑耀忠将厚厚的一沓人民币交到船老大手中，船老大说了一声："谢谢！"故意握住郑耀忠的手使劲摇晃了一下，嘴角露出一丝冷笑。

　　大胡子将木板拽上渔轮，船老大低沉的声音响起："拔锚，起航！"

40. 渔轮上 / 夜

　　大胡子驾驶着渔轮，全速驶向大海，船老大揭开底舱盖板，偷渡者一个个顺着梯子下到舱底。

　　郑耀忠将铺盖卷儿放在舱口，最后一个往下爬。刚要伸手去摸行李，被船老大一脚踢进鱼舱。"咣当"一声盖住了底舱盖。

41. 底舱内 / 夜

　　郑耀忠被铺盖卷砸下鱼舱铁梯，跌坐在渔舱底，他苦笑着摇了摇头，摸过铺盖卷儿坐了上去。

　　底舱内腥臭难闻，有几个女人首先呕吐起来。昏黄的灯泡来回晃动，波浪将木质渔轮颠得咯吱咯吱作响，郑耀忠感到头晕目眩，赶紧掏出雪白的手绢捂住嘴，满船舱里的人们开始呕吐。鱼舱盖突然打开，旋进一股咸咸的凉风，郑耀忠急忙站起来，伸长了脖子，贪婪地吸了几口新鲜空气。

　　"上来上来。"船老大将头探进底舱，对郑耀忠吆喝。

　　郑耀忠下意识地向后退了一步，一腚蹲在行李上。

　　船老大有点恼火："坐下干吗？说你哪！"

　　满舱人都惊恐地望着趴在底舱口的船老大。

　　"都他妈了个巴子的睡觉！大胡子，你爬上来！"船老大怒吼。

　　郑耀忠扫视了一眼在座的乘客，无助地站起来，乖乖地抓住铁梯往上爬。

　　"先把行李扔上来！"大胡子命令道。

　　郑耀忠犹豫了片刻，只好服从命令。

　　船老大将行李提了上去，郑耀忠爬上铁梯。

42. 渔轮上 / 夜

郑耀忠战战兢兢地爬出底舱，一把雪亮的尖刀架在了脖子上："放聪明点儿！"船老大阴森森的声音瘆人头皮。

大胡子将舵盘交给副驾驶，提着绳子走过来。

郑耀忠不由得往后倒退："你们要干什么？"

"别动！"船老大的刀尖直抵郑耀忠的喉管。

郑耀忠不敢反抗，任由大胡子捆绑在桅杆上。

船老大割断捆行李的麻绳，从铺盖里掏出一捆百元钞票，狞笑着掂了掂："哈哈，真他妈了个巴子的开玩笑！大叔也偷渡打工出苦力？"

大胡子开始搜身，搜出一张卡来，双手捧给船老大。

船老大在指缝中玩弄着外汇卡，笑嘻嘻地问："到底是违纪违法的父母官，还是杀人越货的梁山好汉？"

郑耀忠定了定神，扭头望着大海反问："贪官和逃犯，对你们来说重要吗？"

船老大哈哈一笑："当然重要，但也不很重要，就看能不能痛痛快快地说出卡上的密码了。"

郑耀忠仍拧着脖子，面向大海，不予回答。

船老大冷笑一声："你这种人，老子见得多了，如果是逃犯，撬开口起码三四个钟头。如果是贪官，用不了半分钟！不信？咱就试试。"

大胡子从竹篓里摸出一条毒蛇，抓紧了七寸，毒蛇张大了嘴巴，露出两颗尖尖的毒牙。大胡子阴险地笑着，将蛇在郑耀忠鼻子底下晃来晃去。

郑耀忠恐惧地将头紧紧地贴在桅杆上："别，别……"

船老大拍了拍郑耀忠的脖子："如果在这儿咬上一口，把你扔到海里去，鲨鱼吃了也会被毒死！明白吗？"

郑耀忠哆嗦着嘴唇："我，我说。但有个条件。"

船老大："死到临头还和我讲条件？"

郑耀忠："所有财产全部归你，放我一条生路。"

船老大："成交。"

郑耀忠："密码是 620525。"

船老大哈哈大笑："痛快！知道吗？上船和你握手的时候，心里就有数了，软绵绵的，和黄花大闺女的手差不了哪里去。我说老领导啊，如果碰上逃犯惯匪，老子得折腾大半宿，谢谢了我的父母官！胡子，准备件行头吧。"

大胡子将蛇放进竹篓里，提着麻包走了过来。

郑耀忠惊恐地大呼："你们要讲信用！"

船老大又是一阵狂笑："讲信用？你们吃着国家的俸禄，不但不为国家干事儿，还捞老百姓的油水，我这是替天行道啊！"

大胡子解开桅杆上的绳索："给我老老实实钻进麻袋，或许赚个囫囵尸首。"

船老大撑开麻包口："伙计，今晚就看兄弟的运气啦，如果碰上只海豚，有可能驮你上岸。如果碰上条鲨鱼，那就很难说了。再见吧，朋友。"

郑耀忠苦苦哀求："大哥，我家有八十岁的老娘啊！"

船老大："我家还有九十岁的老爹呢！对不起，咱们也算是同行，脑袋都别在裤腰带上过日子。哈哈哈……"

大胡子不由分说，拿麻包就往郑耀忠头上套。

郑耀忠拼命挣扎着哀号："大哥，我给娘磕个头。"双腿跪在甲板上失声痛哭："娘啊，您保重，儿子走到这一步，对不起您呀……"

船老大和大胡子借机撑大了麻包口，将郑耀忠套了进去，任凭郑耀忠如何挣扎，麻包被牢牢捆住。俩人抬起挣扎的麻包，朝船舷走去。

43. 海监船上 / 夜

一艘海监船全速追击渔轮，随着指战员一声令下，几只探照灯大开，光柱横扫在渔船上。

高音喇叭传来严厉的呼叫声："008号渔船，停止航行，接受检查。"

44. 渔轮上 / 夜

船老大和大胡子大吃一惊，将麻包丢在甲板上，猫着腰朝驾驶舱跑去。

副舵手紧张地望着船老大："大哥，怎么办？"

船老大咬牙切齿地："妈了个巴子的，全速前进！"

副驾驶加大油门，机动船上的排气管冒出了黑烟，渔船昂起了头，劈波斩浪，犹似快艇。

45. 海面上 / 夜

海监船亦加大马力，很快就追上了渔轮，并保持相并航行。高音喇叭反复喊:"请立即停止航行,接受检查……"

46. 渔轮上 / 夜

船老大焦急地:"快快快!再有一海里就出国界。"副舵手咬紧牙关,把油门加到了底。海浪往挡风玻璃上扑来。

47. 海监船上 / 夜

指战员命令:"实施拦截,准备战斗!"
武警战士、公安人员子弹上膛,严阵以待。
机枪手掉转了机枪方向,在探照灯的照射下瞄准被超越在后面的渔轮。

48. 渔轮上 / 夜

副舵手被探照灯刺得睁不开眼睛,他一手遮挡着光柱,一手把握着左摇右摆的船舵。
船老大声嘶力竭地:"冲上去!"
副舵手带着哭腔:"大哥,这是拿鸡蛋往石头上碰啊。"
船老大咬着牙迸出四个字:"鱼死网破!"
副舵手吓得趴在舵盘上哭了起来。大胡子一把揪开副舵手,怒目圆睁,驾驶着渔轮冲着海监船硬顶了上去。

49. 海面上 / 夜

海监船一个右打舵,侧身躲开渔轮。渔轮冲进海监船激起的白色浪花中,贴着船舷溜了过去。

50. 海监船上 / 夜

指战员果断下达命令:"鸣枪警告!"
机枪手朝着渔轮上方"嗒嗒嗒"地连开数枪。

51. 渔轮上 / 夜

短促的流弹声似贴着船老大的头皮蹭了过去，船老大卧倒在甲板上。大胡子亦趴在舵盘上不敢抬头。

52. 海面上 / 夜

渔船减下速来，海监船迅速与其并列，贴近渔轮靠过去。武警官兵和公安干警从海监船上纵身跳到渔轮上。

53. 渔轮上 / 夜

武警官兵和公安干警冲向驾驶舱。

船老大等人面对黑洞洞的枪口，乖乖地举起了双手，指战员命令搜查渔轮。

海监船通往渔轮的间隙中架起一条舢板，几位检察院干警和身着便装的纪检人员匆匆登上渔轮。

鱼舱盖被打开，几道高强度手电光横扫着偷渡者们丢魂落魄的面颊。随着严厉的"全部上来"的命令，偷渡者一个个耷拉着脑袋，爬出鱼舱。"抬起头来！"指战员一声断喝，左手拿着一张照片，右手拿着手电筒逐个辨认。辨认完最后一个，一位检察官问："难道没在这条船上？"纪检人员没有回答，径直朝驾驶舱走去。

船老大三人戴着手铐，抱着脑袋蹲在驾驶室，便衣走过来，晃了晃手中的照片问："认识吗？"

船老大和大胡子对视一眼，低下头去。检察官大喝一声："看着我的眼睛。"三人立马抬起头来。

便衣将照片递到三人面前："我再重复一遍，认识不认识？"

副舵手哆哆嗦嗦地扬了扬下巴："在，在那儿。"

圆鼓鼓地麻包在瑟瑟发抖。众人上前解开麻包口，露出一个满头大汗的脑袋。便衣伸手撕去郑耀忠的络腮胡子，对照了一下照片："是他！"

54. 郑家大门外 / 冬日

山伢子正在采摘树梢上的红柿子。山兰子在树下仰视着，忠子娘坐在碾盘上用簸箕颠着炒熟了的花生和豆子。

山伢子摘满一筐红柿子，用绳子吊下来："接筐。"

山兰子："好嘚。"接住筐后麻利地倒在石碾上。

忠子娘抬起头来，笑道："够了，够了，下来吧。"

山伢子骑在树杈上很享受的样子："娘，爬上来一趟不容易，肚子上磨没了皮，还是再摘一筐吧。"

忠子娘："下来吧，按咱山里的规矩，柿子可不能摘干下净，给过冬的鸟儿留点食儿。"

山伢子："娘，你看，还不少哩。"

山兰子杏眼一瞪："咱娘叫你下来就下来，啰唆啥！"

山伢子嘟囔着："俺是想给哥多弄一点，让他四邻八舍的分散分散，尝尝咱娘的手艺。"

忠子娘："好女婿，快下来吧。"

山伢子将绳子和钩子扔下来，抱住大树往下溜。

忠子娘仰望着女婿，担心地："滑出溜的，慢点儿，慢点儿下。"

山伢子下树后，帮山兰子摘掉柿子把，忠子娘一个个接过来，放进盆里，然后倒上炒熟的花生和豆子搅拌均匀，摊在石碾盘上："好啦，压吧。"

山伢子和山兰子推转了石碾，忠子娘拿小铁铲子围着碾道紧跑，不住地铲刮着粘在碾砣上的柿子、花生混合饼。三人兴高采烈。

三　人（合唱）推呀那个转呀，依呀依得儿哟，

　　　　　　　碾成那个柿子饼，柿呀么柿子糕。

　　　　　　　碾砣压，铲子撬，

　　　　　　　青石那个碾台上滚呀么滚红潮呀，

　　　　　　　依得儿呀得儿，依得儿呀得儿哟。

山伢子推得有点晕头转向，一腚坐在碾盘外沿。

山兰子也停下来："怎么啦？"

山伢子："嗨嗨，叫俺干啥都行，俺就是怕推磨压碾，这么一转悠，俺就晕车啊！"

山兰子："来来来，再推一小会儿就行了。"

山伢子："俺歇歇。"

山兰子过来拽丈夫："不行，推完了让你歇个够。"

忠子娘拦住女儿："让女婿歇会儿，今儿个连上树，加压碾，累得不轻。"

山伢子埋怨道:"娘,俺哥在北京啥好点心没有?你非要年年给他捣鼓这个花生柿子饼……"

山兰子:"俺哥从小就爱吃咱娘压的这一口,这花生柿子饼在北京能买到吗?来来来,推碾。"

石碾又转了起来,三人乐呵呵地忙活着。

55. 山道上 / 冬日

马莉莉扶着女儿艰难地行走在雪道上。

郑五洲表情痛苦地:"妈,鞋里灌满了雪水,脚丫子泡坏了。"说着一腚坐在雪地上。

马莉莉拽住女儿的手:"起来,快起来。"

郑五洲带着哭腔:"妈,我真的走不动了。"

马莉莉用力拉起女儿,含着泪水:"走不动也得走啊,如果停下来,脚和鞋子就会冻成一块冰疙瘩。"

郑五洲吓得站起来:"妈,还有多远?"

马莉莉指着前面的村子:"就是前面这个村。五洲,妈妈说过的话,你一定要记好啊。"

郑五洲:"你说了多少遍了,全记住了。"

马莉莉:"五洲啊,见到你奶奶,咱都装出高兴的样子,先瞒着你奶奶,你爸说,千万别吓着他的老娘……"

郑五洲点点头,娘儿俩相互搀扶着继续向前行走。

56. 郑家大门外 / 日

石碾上的花生和柿子被压成了一块块浅红色的饼状。

忠子娘铲起一块,尝了尝:"成啦!"

山兰子:"娘,多压几遭吧,饼子结实。"

忠子娘认真地:"那可不行,压硬了不好咬,压软了没嚼头。"遂铲起一块递过去:"不信你尝尝,正是火候。"

山兰子接过柿子饼,掰给山伢子一块。

山伢子咬了一大口:"又香又甜,忒好吃咧。"伸手又摸了一大块。

山兰子帮娘将饼子铲起来，倒进盆里，山伢子端起盆来，正准备回家。

忠子娘习惯地往胡同头瞭了一眼，突然愣住："看！是谁？"

马莉莉娘儿俩一瘸一拐地顺着胡同慢慢走来。

山伢子高兴地："好像是俺嫂子和您那宝贝疙瘩。"

山兰子定睛一看："是她。"

忠子娘一愣："咋又回来啦？"

马莉莉和女儿向前走来。忠子娘和女儿、女婿忙迎上去。

马莉莉格外亲切地："妈……"

郑五洲眼圈儿发红，鼻子一酸，泪便落了下来。

忠子娘一把搂住孙女，心疼地："看把孩子冻的，棉裤都湿了大半截。"

郑五洲哭泣着紧紧搂住奶奶："奶奶……"

山伢子接过嫂子的行李箱："嫂子，你和五洲咋又回来啦？"

马莉莉笑道："妹夫，咱自己的家，嫂子想来就来，想走就走啊。"

山伢子："嫂子说得对。走，快回家暖和暖和。"

山兰子疑惑地问："嫂子，俺哥咋没回来？"

马莉莉依然笑道："你哥可是个大忙人，赶回北京上班啦。"

山兰子："你和五洲咋没一块儿回去？"

马莉莉悄声地："妹妹，咱妈给耀忠的钱，你哥让我送回来啦。"

山兰子："这……"

忠子娘："兰子，别问了，有话回家说去。"

郑五洲往前走了几步，跪倒在雪地里。忠子娘慌忙扶起："五洲，雪深路滑，你要留神啊。"

郑五洲哭泣着："我一点也走不动了。"

山伢子蹲下身来："姑夫背你回家。"

郑五洲趴在姑夫的背上，一家人往回走去。

57. 村头集市 / 日

集市沿着村头大街两旁摆开了摊位，卖衣服的、卖肉的、卖小吃的，应有尽有。农闲之时，又加临年贴近，赶闲集的人比较多，虽算不上拥挤，但也满满一街筒子人。

张大叔蹲在卖烟叶的摊旁，搓了一把烟叶，按在旱烟袋里品尝："这烟劲头不小，但味道不正，是上的化肥。"

卖烟人着笑脸："嘿嘿，满集上你也找不到大粪烟，这个，就算上等货咧。"

张大叔磕磕烟锅："我再转转去。"起身又来到另一个烟摊前，蹲下搓烟品烟。

张大婶面前摆着两只柳条筐，里面装满了鸡蛋，几位城里模样的女人正在讨价："便宜点，俺姐妹几个全要了。"

张大婶笑道："这是咱自家喂的柴鸡子蛋，价格虽然高点儿，论营养，一个顶俩呀。"

城市女人不耐烦地："知道知道，不是为买柴鸡子蛋，傻瓜才跑三十多里路来赶这个山集。每斤便宜五毛，卖不卖？"

张大婶："这……"

城市女人："痛快点儿。"

大发子突然来到摊前，伸手提起篮子，口气硬邦邦地："不卖！"

张大婶一愣："大发子……"

城市女人夺住篮子："哎，你得有个先来后到啊！"

大发子把眼一瞪："这是俺大婶，卖不卖我说了算。"回头对跟在屁股后头的小厨子道，"全给我拿回去，让你嫂子每早晨浸俩，剩下的，顿顿给我炒虾皮儿。"

几个女人瞪起眼来，七嘴八舌地："你这人讲不讲理？人家正谈着价格，你上来就这么一杠子，欺负人吗？"

齐二杆子提着几只死野兔挤过来："干啥干啥？这是俺大发哥，俺哥是大款！瞧，前面那片厂房全是俺哥的，光工人就二百多个。要打架啊，一人一口唾沫也得把你们淹死。不知你们信不信？张大婶这柴鸡蛋呀，就算一个一百元，俺哥一顿吃八个，也不带眨眨眼皮的！"

大发子搡了齐二杆子一把："你和人家吹啥！千万别上二杆子劲儿！"说着，掏出几张百元大钞，塞在张大婶衣兜里。

张大婶掏出来："不行不行，忒多，忒多……"

大发子亲切地："大婶，以后别再卖鸡蛋了，让人家笑话呀。留着自己吃，补养补养多活两年。如果缺钱花，和老侄子咳嗽一声就行。"

张大婶尴尬地笑道："大婶俺不缺钱，只是年轻时过惯了苦日子，攒了鸡蛋就想卖，落下了这么个穷毛病。"

众人笑了起来。几位城市女人气哼哼地转身欲走。齐二杆子笑嘻嘻地拦住："城里大姐，你看这几只兔子，纯野生的，今儿一大早呀，刚打来的。"说着举起来，"不信你看，身上都有枪砂眼儿。"

一城市女人很感兴趣，摸了摸野兔："纯野生的，是用散弹枪打的，身上还温和着哪，肉新鲜。"

另一城市女人："多少钱一只？"

齐二杆子伸出拇指和食指："八十元。"

一城市女人："嘿嘿七十吧。俺每人一只，全包了。"

齐二杆子："嗨嗨，大美女就会讲价，卖给靓妹就得便宜点嘛。咦！贵点贱点反正不是自己养的，成交。"不由分说就握住人家白嫩的小手。

几位女人掏钱，齐二杆子接钱后，笑眯眯地往塑料袋内装野兔："这玩意儿吃了美容，越吃越俊……"

突然，警笛声尖叫起来，一辆警车顺着集市慢慢开过来，众赶集人纷纷躲闪。齐二杆子大吃一惊，提着野兔立马撒了丫子，比野兔跑得还快。他迅速躲在墙角后，露出惊恐的半张脸，紧盯着警车。

警车开过集市，停在小胡同口，车上跳下几位身着警服和便衣的人员。

张大叔、大发子等人惊恐地望着办案人员匆匆走进小胡同。

齐二杆子用袄袖子抹了一把头上的冷汗，喃喃自语："不是来逮我的，吓了老子一跳！"他招呼那几位女人，"来来来，拿着拿着，兄弟我有要紧事儿。"

本村的赶集人和摆摊人纷纷聚集到张大叔周围，大家担心地问："谁家出了什么事？"

张大叔心有余悸地摇了摇头。

众人不安地："走，看看去。"

张大叔和几十位乡亲疑惑地向小胡同口走去。

58. 郑家屋内 / 日

马莉莉从行李箱中取出用印花布包袱裹着的那几叠钱来，双手捧给婆母："妈，你看——"

忠子娘心头一惊："咋又送回来啦？"

马莉莉微微一笑："耀忠怎能要您老人家的血汗钱？这不，打发我和五洲专程送了回来。"

忠子娘接过钱，搂在怀里，疑惑地："恐怕还有别的事吧？"

山伢子大咧咧地:"娘,您老人家又犯猜疑啦。"

忠子娘皱起了眉头:"不是娘猜疑。你嫂子和五洲不会为这事回来。"

马莉莉接过话头:"妈说得对呀,我要让五洲回来上学。"

忠子娘和女儿、女婿惊讶地异口同声:"回来上学?"

马莉莉:"对!把五洲安顿好,我马上回去。"

山兰子满眼疑惑地望着嫂子:"五洲一夜都不愿意在这儿住,怎么又不怕天冷、炕硬、太郁闷了呢?"

山伢子一拍脑门儿:"说的也是,太阳还会从西边出来不成。"

忠子娘思考着,越想越怕,突然一拍炕沿:"不好!难道是忠子出了啥事儿?"她拉过五洲,盯着问,"快对奶奶说!"

五洲不敢看奶奶的眼睛,低着头战战兢兢地:"没事儿。"

忠子娘步步紧逼:"没事咋回来上学?"

马莉莉苦笑道:"唉!没办法呀,我和耀忠要出国考察,五洲没人照顾……"

忠子娘:"不对!忠子为啥事先不来个电话?"

马莉莉张口就来:"他想给你个惊喜呀!"

山伢子长出一口气:"哎哟我的个娘哎,您这么一惊一乍的,吓得俺怀里像揣了个野兔,乱蹦跶!娘哎,您别担心,俺哥保证没有事儿。"

忠子娘喃喃地:"没事就好,只要没事就好。"

山兰子拽山伢子一旁:"快给咱哥打电话呀。"

山伢子摸出手机拨号。忠子娘夺过手机关闭后,声音颤抖着自己安慰自己:"娘不愿听到那不好的消息,只要没事就好……"

马莉莉红着眼圈在女儿额头上深深地吻了一口:"记着,听奶奶和姑姑的话,从今天起,你长大了,别再任性、调皮。"说着为女儿拉上棉衣拉链,"把这棉袄穿好,保存好。记住了吗?"

郑五洲眼里噙着泪花点了点头:"记住了。"

马莉莉起身提起行李箱:"妈,您多保重,我走了。"说完便匆匆出门,谁料想刚到门口,突然就退了回来。

59. 郑家大门外 日

五位干警走向院内,两位真枪实弹的警察就堵住了大门口,张大叔和众乡亲站在院子外,焦急地向院内张望着,齐二杆子骑在墙头上,嗑着瓜子往墙内扔瓜子皮儿，直惹得小花狗一个劲儿地狂吠。

60. 郑家屋内 / 日

　　忠子娘感觉不对，向院子里张望，突然就望见走来的干警，脸色顿时变得蜡黄，哆嗦着嘴唇："坏了，坏了……"
　　众人一看，吓得挤在一起，泥塑般呆愣地望着走进屋内的干警。
　　便衣："哪位是马莉莉？"
　　马莉莉目瞪口呆，不敢应承。
　　干警甲严厉地："哪位是马莉莉！"
　　马莉莉哆哆嗦嗦地从喉咙中挤出一个字："我。"
　　干警乙："你涉嫌经济犯罪，请跟我们走。"
　　马莉莉呆愣着不动。
　　干警甲："请吧！"马莉莉被押出屋去。
　　郑五洲跑到门口，哭喊一声："妈——"被山伢子抱住。

61. 郑家院内 / 日

　　马莉莉转身向干警哀求："警察同志，我请求和家人说几句话。"
　　干警甲、乙望着便衣，便衣点了点头，众亲人来到院内。
　　郑五洲哭喊着扑向妈妈，马莉莉紧紧地搂住女儿，泪水像断了线的珍珠。
　　伴唱声起：　　啊——啊——
　　　　　　　　娘抱儿，儿搂妈，
　　　　　　　　泪水滚滚满脸颊。
　　马莉莉（唱）　儿呀儿，是妈妈害苦了你和你爸。
　　郑五洲（唱）　妈呀妈，你为了发家咱没了家。
　　马莉莉（唱）　儿呀儿，妈妈只把你牵挂，
　　（合唱）福娃变成了苦命娃。
　　忠子娘哆嗦着嘴唇："五洲他妈呀，俺那忠子是不是也、也、也……"
　　马莉莉终于说了实话："是遇上麻烦了……"
　　忠子娘浑身开始颤抖："啊，孩子真的出了事啦！你、你、你和忠子拿了人家多少钱呀？"

马莉莉欲言又止:"这……"

忠子娘拍打着大腿:"说!事到如今,不能再瞒哄娘了。"

马莉莉自言自语地:"是呀,再没有隐瞒的必要了。是、是八九百万呀。"

众人同时"啊"了一声,几乎惊倒。

山伢子着急地:"嫂子,你赶快全部清退赃款,争取宽大处理啊。"

马莉莉长叹一声:"晚了,绝大部分已经花销了。"

忠子娘绝望地:"啊!这可了不得了,你和忠子的命都保不住了。"豆大的泪珠滚落在衣襟上。

马莉莉哭喊一声:"妈——"跪倒在婆母脚下。

  (唱) 转眼沦为阶下囚,
     临走给妈磕个头!
     我替耀忠一叩首——
     对不起老娘亲他万般愧疚。
     儿是娘的连心肉,
     日夜让老妈妈肝肠紧揪。
     莉莉躬身再叩首——
     悔恨的泪水似泉流。
     才知您雪夜送钱恩情厚,
     您是为一家人平安自由。
     三叩首,我给妹妹磕个头,
     跪求您收留照管儿五洲。
     她从小娇生惯养脾气拗,
     求妹妹高抬贵手温温柔柔。
     从今后妹妹要把心操透,
     我再替我女儿磕个响头!

马莉莉连磕三个响头,额头顿时鲜血淋淋。

干警见状大惊,冲上前去架起马莉莉。郑五洲哭喊着欲向前,便衣厉声大喝:"走!"郑五洲吓得倒退在奶奶怀中。

堵在大门口张望的乡亲们,自动让开一条道,惊恐万状地望着马莉莉被戴上手铐,押着走向胡同尽头。

忠子娘呆愣在院子里。众乡亲回过神来,纷纷进了小院。

张大叔恐慌地望着脸色蜡黄的忠子娘,小声问:"老嫂子哎,刚才没听明白,儿媳妇到底犯了什么法？"

忠子娘颤声道："忠子、忠子他，他出了事咧。"

张大叔急问："出了啥事？"

忠子娘无地自容地："他、他、他给乡亲们脸上抹了黑咧。"

张大叔不解地："抹了黑？"

忠子娘泣啼着点了点头，豆大的泪珠再次顺着脸腮流了下来。

张大婶着急地询问山兰子："兰子，你哥你嫂到底怎么啦？"

山兰子摇了摇头，捂住嘴悄声哭啼。

众乡亲刚才虽在大门外张望，大家都没有搞明白怎么回事儿，关切地相互询问："到底怎么回事儿？……"

山伢子拱手道："我的个好乡亲，大伙就别问了……"

骑在墙头上的齐二杆子幸灾乐祸，夸大其词地大声道："俺全听清楚咧，看明白咧，郑耀忠家两口子贪污受贿两千多万元！"

众乡亲听罢，异口同声地"啊！"了一声，张大了嘴巴，面面相觑。

张大叔战战兢兢地忙问："山伢子，是真的吗？"

山伢子指着墙头上的齐二杆子怒责："齐二杆子！你别张开嘴没有下巴骨！俺嫂子说，也就八九百万。"

大发子焦急地望着山伢子："别说两千万，就是八九百万也不得了！"

张大叔更加恐慌，拽了拽忠子娘的衣襟："老嫂子哎，让孩子赶快把钱还给人家，兴许罪过还小点。"

山伢子难为情地："张大叔，俺嫂子说了，钱都糟蹋了，拿啥还呀！"

张大叔闻言一跺脚："我的个老天爷，这下子可完咧！"

众乡亲七嘴八舌地小声嘀咕："哎哟喂，这么多钱，到底咋花的……"

郑五洲哭泣着："妈妈也没有乱花钱，只是买股票赔了，买彩票花了，还有大姨生病……"哭泣着说不下去了。

张大叔越听越惊恐："孩子不说瞎话，这事儿准咧，这可真是了不得咧！"

忠子娘心惊肉跳地低着头泣声："是啊，儿子和媳妇的命都保不住了。"

众乡亲焦急万分："这可怎么办……"

齐二杆子来了劲儿："怎么办？公安局自有办法，用不着大伙闲吃萝卜淡操心！大伙想一想，郑耀忠当了那么大的官儿，贪了这么多的钱，给了大伙多少好处？昨儿个就是蹭盅酒喝，也只喝了一半截。再说，姓郑的给咱乡亲丢人丢大发咧，往后，咱就得脸上捂着狗皮出门儿，绝对不能再说咱是大南

母爱

山村的人。再说……"正在说着,不知是谁从背后踹了一脚,一个狗抢食儿扑倒在地。他爬起来骂咧咧地:"谁他娘的背后使绊儿,有种的正面来!"

张大叔有火没处发,伸手给了齐二杆子一记耳光:"少放恁娘的狗屁!忠子再孬,也是咱庄的人。我问你齐二杆子,鼻子臭,能不能割了去?"

齐二杆子从小就怕张大叔,只好捂着腮帮子道:"对对对!鼻子再臭也不能割下来喂狗哇。"

张大叔铁青着脸:"咱大南山村祖祖辈辈就讲究忠厚传家,宽厚待人。忠子出了事,不光齐二杆子恨,我更恨,我恨的不是给咱脸上抹黑和贴金的事儿,我恨他对不起八十岁的老娘。如果忠子真的没了,俺老嫂子可怎么活呀!"说着说着情绪失控,竟然失声哭了起来。

张大婶擦眼抹泪地扶住张大叔:"走吧,咱家走,让老嫂子也歇着。"

山伢子:"大伙都回去吧,让俺娘上炕躺躺去。"

众人默默地向外走去。

忠子娘突然转过身来,大声地:"大伙别走啊!俺和大伙商量点儿事啊!"

众乡亲停住,反身问:"啥事儿?"

忠子娘低着头:"俺想让兄弟爷们儿帮帮忙。"

张大叔:"唉!我的个老嫂子哎,您急糊涂了吗?这事谁能使得上劲儿?"

忠子娘咽了一口唾沫,哀求的目光看着众乡亲:"唉!只要大伙肯帮忙,也许管点事儿呀。"

张大叔感到情况会有转机,立马凑过来:"老嫂子,您说咋个帮法吧。"

众乡亲:"大娘,有话尽管说吧。"

忠子娘喘了口气,颤巍巍地:"俺、俺说——"

(唱)　张了张口,提了提气,
　　　　嗓门儿从未这样低。
　　　　从不求人得求人,
　　　　从不受委屈也得受委屈。
　　　　伸手要把钱来借,
　　　　头一回在人前泣泣啼啼。
　　　　还一分赃款减儿一分罪,
　　　　少还一分,可怜儿少了一分生机。
　　　　俺也知老百姓都把贪官恨,
　　　　谁愿意拉一把戴罪的身躯?

都怪俺教子无方没规矩，
才少了方和圆歪斜扭曲。
可怜俺吓破了胆惊慌恐惧，
娘的魂一缕又一缕，全都攥在儿的手心里。
求乡亲，借给个十块八块不嫌少，
人渴了期盼着赏水一滴。
纵然是，难以把儿的命来救，
为孙子也要救活俺的儿媳。
俺三岁没了娘，深知没娘的苦，
俺害怕没娘的孩子又无娘，无娘可依。
求乡亲看在俺这把年纪，
就赏俺这张老脸皮。
常言说莫大有姊们娘们好兄弟，
俺给俺的老庄乡跪下双膝。

忠子娘唱完后双膝跪倒在乡亲们面前。山兰子、山伢子、郑五洲一齐跪倒。张大叔和张大婶含着泪水慌忙搀起忠子娘。众乡亲搀起山兰子等人。

张大婶泣声道："老嫂子啊，都是些下脚辈分，你这一跪，谁能担当得起呀。俺家去看看存折有多少钱，全交给您使，一分也不留。"

张大叔站到磨盘上提高了嗓门："我说乡亲们哪，咱大南山村百多户人家，日子过得都不孬，靠的是市场经济的好行情，今年花椒皮子涨了价，每斤四十多元，谁家不卖个千儿八百斤的？收入个三五万元？再加上核桃、栗子、黄金桃、山楂、柿饼、干巴枣，谁家没有七八十来万块钱？眼下老嫂子到了难处，咱乡亲们就得伸手相帮。"说着指了指大发子，"咱村你最富，先从你开始。"

大发子难为情地："张大叔啊，要说钱嘛，俺有，拿出个几十万来不成问题。但是，俺琢磨着不是那么回事儿。如果耀忠哥得了大病，急需医疗费，俺就是倾家荡产，把厂子卖了，眨一眨眼的是这个。（以手学王八爬行）可这事儿……这算个什么事儿呢？"

齐二杆子一拍大腿："大发哥说得对呀，大伙凭啥替贪官还赃款呀！兄弟爷们，我说得对不？"

部分乡亲开始嘀咕起来："可不是嘛，这种事儿，啧啧……"

张大叔十分着急上火，指着齐二杆子和大发子，一字一板地怒斥："大发子，齐二杆子，你俩给我听好了，这钱不是救忠子，如果为了他，谁掏一分，我和谁玩命！这钱，是救俺老嫂子的命，如果忠子怎么啦，俺老嫂子就没法活啦。大伙都寻思寻思，老嫂子哪一刹对不住咱？咱山里人家最讲究厚道，要记着人家的好处啊。"

（唱）　　老嫂子从年轻遭罪受苦，
　　　　谁料她老年来又大伤筋骨。
　　　　不孝子为什么不管不顾？
　　　　照老娘头顶上砍了板斧！
　　　　快从咱衣襟上撕下一块布，
　　　　流血的伤口都伸手替她捂住。
　　　　谁也知老嫂子到了最难处，
　　　　谁都要想一想哪里不知足？
　　　　谁家的孩子上大学她没赞助？
　　　　谁找她去帮忙啥时说个不？
　　　　谁家嫁女娶媳妇，
　　　　谁不到她先到炒菜下厨。
　　　　谁家不幸人作古，
　　　　谁不是指望她去穿那送老服？
　　　　谁家的媳妇坐月子茬了母乳，
　　　　谁催奶没吃过她碾的黄米金谷？
　　　　谁养病没剥过红皮鸡蛋她用茶水煮？
　　　　谁生灾她没去把人慰抚？
　　　　谁和谁打了架她没劝阻？
　　　　谁没把她中间人错打错扑？
　　　　谁说她还赃款是犯糊涂？
　　　　谁家的老黄牛不知道护牛犊？
　　　　谁都见俺好嫂子双膝沾尘土，
　　　　谁的那心肝肺不被她跪出？
　　　　谁不帮，谁不助，
　　　　谁让俺老嫂比母走了黄泉路，
　　　　谁就挨俺三笤帚！

张大叔越唱越冲动，跳下磨盘摸起笤帚扬在大发子头顶上："我问你，到底帮不帮？"

忠子娘惊异地举住笤帚："他大叔，你咋这样啊！"

张大叔推开忠子娘："这事儿您别管，俺今儿个要大发子明白这个理儿，咱村无论谁家摊了事儿，大伙都得伸手帮忙。"

大发子眼含热泪给张大叔鞠了一躬："张大叔，您老别生气，凭俺郑大娘的为人处世，我大发子有多大劲，使多大劲儿！"

张大叔松了口气："这才叫办人事儿哩！"

众乡亲纷纷表示帮忙，张大婶十分欣慰："这才有点儿庄乡滋味咪。"

忠子娘无限感激："唉！俗话说得好，真是莫大有庄乡啊！"忙牵住山兰子和山伢子的手，深深鞠躬。

郑五洲哭泣着鞠躬："爷爷、叔叔、阿姨、婶婶，你们太好啦！"

（唱）　　数九寒天冷冰冰，
　　　　　奶奶的老屋刮春风。
　　　　　好爷爷好叔叔心似火热，
　　　　　好婶婶好姨姨心比火红。
　　　　　这暖风吹眼泪纵横，
　　　　　这暖风刮出人间情。
　　　　　这暖风烫心阵阵痛，
　　　　　这暖风如雷人震惊。
　　　　　这暖风烫梦梦中醒，
　　　　　这暖风烤破袄一层。

郑五洲唱完，刺啦一声撕开内襟，从里边掏出两万块钱，递给奶奶。

众人大吃一惊。忠子娘捧着钱呆若木鸡。郑五洲脱下棉衣，又掏出几张字画抖开。

大发子算是识货，凑近了细看，不由得惊叫："哇！顶级名人字画！"

忠子娘只吓得浑身哆嗦："五洲，这不是更作死吗？！"

郑五洲泣声："这是俺妈哭着缝在棉袄中的，她说，只要孩子好好地活，死也瞑目啦。"

忠子娘咬着牙："你妈妈真的是糊涂透啦！"

张大叔愤怒地："真是财迷心窍！"

张大婶："这个娘们可不是个善茬，俺头一回见她时，就觉着忠子玩不了她，什么事都毁到娘们手里。"

齐二杆子摆了摆手:"大婶也别这么说,两口子都够呛!"

石厨子:"反正那个熊娘们最可恶!"

大山子:"把东西藏在孩子身上,这不是给闺女找罪过嘛!"

乡亲甲:"太狡猾了,枪毙她,不心疼!"

齐二杆子拍手称快:"对!枪毙她。我有个好办法,可保郑耀忠一命。"

众人齐刷刷地将目光聚焦在齐二杆子身上,异口同声:"啥办法?"

齐二杆子噌地一下跳上磨盘,双手往下按了按,示意大家安静,而后干咳一声,眉飞色舞地:"这里头有个小窍门,难道大伙就没看出来?呃!都傻了吗?"

这一问,大伙便是一愣一愣的,谁也不知道他那狗肚子能吐出什么象牙来,张大叔就上火了:"有话快说,有屁快放!"

齐二杆子又清了清嗓子:"各位乡亲们想一想,如果把钱和字画都交上去,把所有的罪过全部摁到那个熊娘们身上,大伙一个一个地签字画押,集体上访,要求政府毙了她,只有这样,郑耀忠由主犯变成次要罪犯,才能保住命!"

众人"咦!"了一声,想想也有道理,这家伙关键时候还真不二!于是张大叔就点了点头:"嗯,虽然是个歪招,也只能这样了,兴许还真能保住忠子。"转脸对忠子娘道,"老嫂子,把东西交给俺,大伙商量着办吧。"

忠子娘紧抱着钱和字画打哆嗦:"咱不能光怨儿媳妇……"

齐二杆子从忠子娘怀里夺过字画:"大婶呀,你就别犯糊涂了,这就叫丢卒保车!"

张大叔:"大伙回去准备准备,下午包辆大巴车,该进城进城,该进京进京。走!"

张大叔一呼百应,众乡亲跟随着欲出大门。郑五洲和山兰子、山伢子跑上前去,堵在大门口。郑五洲哭喊着跪倒:"别去呀,我求求婶子大娘,张老爷爷……"

山兰子抱着郑五洲撕毁的棉袄,泣声道:"张大叔,俺的好乡亲呀——"

  (唱) 贪心的嫂子迷了魂,

      人人恨得咬牙根儿。

      虽说她贪财鬼缺少人品,

      但不缺平常人母爱娘心。

      你看她,为女儿求生存心眼儿用尽,

      这棉袄密密麻麻缝了多少针。

你看她，剪刀剪得多谨慎，
　　怕儿冷，没剪断半缕棉花芯。
　　你看她，点点滴滴染泪痕，
　　你看她，鼻涕抹脏了儿衣襟。
　　她临走，跪地嘱托泪滚滚，
　　为女儿，磕响头鲜血淋淋。
　　看在她，九曲回肠断了一寸寸，
　　求乡亲平心而论，怎能怨她一个人。

　　大发子不无感触地长叹一声："唉！可怜天下父母心啊！"
　　山伢子红着眼圈在恳求："婶子大娘叔叔大爷们，为了俺妻侄女，求大伙饶了她吧！俺、俺这当姑夫的，替孩子磕头啦。"说着双膝一软跪在大门口。
　　大发子慌忙向前，扶起山伢子："哎哟哟，看人家这姑爷当的……"
　　张大叔摇了摇头，将财物交给忠子娘："唉！砸断骨头连着筋，十个指头，咬咬哪个都疼，没办法。"
　　齐二杆子拽了拽张大叔："这赃物就不上交了？"
　　张大叔："俺老嫂子绝对不会少角缺棱，一分不留往上交。"
　　齐二杆子："叫我说，把这字画拿出去一卖，大伙就甭凑钱啦！"
　　张大叔照齐二杆子腚上一脚："滚！净出歪招，看出丧的不怕丧局大！"
　　齐二杆子捂着屁股："哎哟我的个娘哎，俺可是打心眼里替郑大娘着想啊！"
　　张大叔招呼大伙："走！回家凑钱去。"带领众人走出小院。
　　忠子娘由女儿女婿搀扶着赶紧送客，颤巍巍地张望着乡亲们的背影。

62. 大山子家 / 夜

　　昏暗的灯光下，堂屋内聚集了满满一屋子人，大山子打开一包烟，分给男爷儿们吸烟，其老婆忙着沏茶倒水。
　　乡亲甲："山子大哥，你在咱村威望高，大伙都来找你商量商量郑大婶借钱的事儿，你说借给她多少合适？"
　　大山子使劲吸了一口烟："我想，甭管借给她老人家多少，绝对不许紧跟着腚后头讨债，啥时有了啥时还。"
　　乡亲乙叹了口气："唉！郑大婶这把年纪了，指望啥还？"
　　乡亲甲："让山兰子和山伢子写借条呗。"

大山子："这就不厚道了，写不写借条人家都认账。关键是大伙凑多少？"

乡亲甲："除了大发子和张大叔外，咱们最好一样多，多了少了都不好看。"

大山子："你说能借多少吧？"

乡亲甲咂了咂嘴："俺孩子找了个媳妇，不在城里买楼就吹灯，好歹凑了七八十万元，眼下多了也拿不出来，也就三千、五千的吧？"

乡亲乙："是啊，别看咱村是全县有名的富裕村，但家家都有本难念的经，俺俩孩子上大学，花钱老了去咧。还有……"

大山子："打住打住，今儿晚上不是让你来哭穷的。这样吧，你拿多少？"

乡亲乙："我拿五千块钱，谁的借条也不要，郑大婶有钱就给，没有就算俺帮了点小忙。"

众人纷纷表态："这个数，不沉也不轻，谁家也能拿得起。"

大山子点了点头："就这样吧，每家拿五千。"

齐二杆子噌地一下站起来："我光棍子一条，吃饱了狗都不饥困。我是一蚊子球蛋也不掏。俺就是拧不过这个弯来，他郑耀忠贪赃枉法，凭啥让乡里乡亲给他擦屁股？"

有几位村妇附和着："咦！这算个啥事儿啊……"

齐二杆子："啥事？"

石厨子大怒，一拍桌子："你嘴里干净点！我说你齐二杆子，既然分文不掏，来凑啥热闹？滚出去！"

齐二杆子摸起马扎，指着石厨子："你先滚一个给我看看。"

石厨子怒目圆睁："想找事？走，到外头练练去。"一把揪住齐二杆子就往外拖。

齐二杆子一腚蹲在炕沿上："要练就在屋里练，连家具砸这个丈人！"

大山子媳妇害了怕，拉住石厨子："大兄弟，别和他一般见识。"

石厨子放开手："别人怕你，我可不怕你，就是把你那杆破围枪亮出来，指着老子的脑门儿，老子眼皮都不眨一眨！"

"别老拿我那杆老枪说事儿！听说忠子出了事儿，吓得我今下午就去派出所上缴了。"齐二杆子说着从腰里抽出一张盖着派出所公章的缴枪证明，"大伙都看看，土猎枪一支，火药一小瓶，铁砂子半斤，罚款……"

大山子："你小子也有害怕的时候！"

齐二杆子嘿嘿一笑："识时务者为俊杰嘛，大丈夫能屈能伸啊……"

大山子："好啦好啦，咱言归正传吧。张大叔说得对啊，这钱不是救忠子，为了他，一分一厘也不掏！咱这可是救郑大婶的命啊。"

乡亲甲："谁让咱村摊上事咪？只要摊上事儿，大伙都得帮凑。"

乡亲乙："咦！这可是咱大南山自古以来的老规矩，甭管啥时候，都得讲究厚道。"

石厨子："谁不讲究，谁就不是大南山的种，咱谁也别哭穷，谁家炕头朝哪，锅头多大，谁也瞒不了谁。"说着从怀里掏出钱来递给大山子，"这是一万元。"

大山子接过钱："说五千就五千，大伙一样多吧。"

石厨子："俺不管别人拿多少，俺就这些。"说完走出屋去。

众人纷纷从腰里掏出钱来。大山子忙收钱记账。

63. 大发子家 / 夜

小洋楼下的餐厅内，满桌子杯盘狼藉，大发子坐在桌旁喝着闷酒。

大发子妻穿着睡袍从楼梯上走下来，怒冲冲地走进餐厅："还睡不睡？少灌两盅好不好！"

大发子略带醉意："你睡你的觉，俺喝俺的酒，碍着你哪根筋咪！"

大发子妻："你不上楼，俺睡不着。"

大发子："贱！离了男人就不行了。"

大发子妻："大发子！你不喝酒时是人，喝了酒不是人啦。"伸手拧住丈夫耳朵，"走，睡觉去。"

大发子纹丝不动："使点劲儿，有本事给我撕下来，芥沫芥沫当酒肴。"说完又灌了一茶碗。

大发子妻夺过茶碗，带着哭腔："你这个老爷，咱不喝了行不行？"

大发子："喝行，不喝不行！把茶碗给我。"

大发子妻："有事咱好商量，拿着身子撒气算啥本事？不就那个事嘛，张大叔借多少，咱也借多少，俺可没说不同意。"

大发子一拍桌子站起来："你拿块砖和天比吗？"

大发子妻不示弱："咱这天有多大？我是财会总管，你能比我明白吗？山楂干光库存五千吨，满满三个大冷库。"

大发子："账上不是还有几百万吗？"

大发子妻："那是周转资金，不能动！"

大发子："啥能动啥不能动，我这董事长兼总经理比你清楚，赶明儿提五十万元现金！"

大发子妻跳了起来："五十万？刚才你说三十万我没同意，多灌了几杯驴马尿，一霎的工夫就涨了二十万啦！"

大发子二话没说，摸过酒瓶子，口对口地灌酒。大发子妻拼命夺过来，带着哭腔："俺的个大老爷，您董事长说话得算数，我同意借支三十万行不行啊。"

64. 乡镇银行 / 日

乡镇小银行内取款的人排起了长队。小窗口内的靓妹边递现金边纳闷："怎么都是五千？"

65. 忠子娘屋内 / 日

张大叔从怀中掏出两叠钱，放在忠子娘的土炕上。

忠子娘吃惊地瞪着眼睛："哎哟，这么多！"

张大叔："活期就这两万，还有定期十八万，下月到期，连本加利给你取出来。"

忠子娘万分感激地："他大叔，这叫俺说啥是好啊！山兰子，快给你大叔打借条。"

山兰子应了一声，匆忙写借据。山伢子也按了手印。

张大叔摆了摆手："老嫂子，你这是看不起俺，还打什么借条啊。"

忠子娘："这可不行！咱庄乡归庄乡，账目归账目，俺还不起你，闺女、女婿也认账。实在不行，俺就把这老屋卖了。"

山兰子递过借条："大叔您收好，俺就是砸锅卖铁，将来一定还。"

山伢子："大叔收起来吧，俺办了个果品加工厂，生意越来越红火，等俺赚了钱，连本带利一分也少不了您的。"

山兰子："俺娘压的花生柿子饼，俺在网上试销了一下，客户疯抢。"

张大叔一拍大腿："好！大发子是咱村的榜样，年轻人都要学他做点生意。"

大山子带领众乡亲进了屋。忠子娘忙招呼坐下喝茶。乡亲甲从旅行兜里一叠叠往外掏钱，一份份摆满了土炕。忠子娘望着满炕的现金，热泪夺眶而出。

大山子递过一张清单："郑大娘，各家各户凑的钱，都在上面写着呢。"

忠子娘激动得说不出话来，紧握着大山子的手泣哭。

山伢子接过清单："山兰子，赶快给乡亲们打借条啊。"

大山子："大伙都说不用啥借条，啥时恁家宽绰了，啥时还。如果不宽绰，也就算了。"

山兰子认真地："不打借条可不中，到时候咋还呀！"

大山子："实在不行，就在这清单上签个字吧。"

山伢子："好，我签我签。"

山兰子和山伢子签字按手印后，将清单递给大山子："大山哥收好，这就是借据。"

张大叔问："大发子咋还没来？难道是当不了老婆的家？"

话说曹操，曹操便到。大发子背着鼓囊囊的背筴踏进门来。忠子娘慌忙让座："来来来，炕沿上坐。"

大发子看着炕上的钱："我的个娘哎，这么一炕！"

张大叔忙问："你带来多少？"

大发子把筴往炕上一撂："跑了好几个银行，提款三十万。"

众人"啊！"了一声，投来敬佩的目光。

张大叔高兴地给了大发子一拳："关键时候，你小子不会掉链子。"

山兰子急忙打了张借条递过来："大发哥，俺全家谢谢您啦。"

大发子接过借条，连看都没看就顺手撕了："这点钱，根本就没打算让你还。兰子妹，一共多少钱了？"

山兰子："加上你这个，八十多万了吧。"

大发子："好！下午带上钱和字画，我开车带你去纪委。"

张大叔："来，把钱点个准数。"

山伢子把一叠叠钱集中起来，一五一十地查点着装进蛇皮兜里。

张律师匆匆而来，众人忽地站了起来。

山兰子问："张律师，俺哥到底咋样啦？"

张律师摘下帽子，抽了抽炕沿坐下，长叹一声："唉！你哥你嫂坦白交代了八百九十万人民币和三十万美金的受贿金额，但是，但是……"张律师望了望忠子娘，欲言又止。

忠子娘喃喃地："只要坦白了就好。"

张大叔："对！坦白从宽呀。"

张律师苦笑着站起身来，悄悄推了山兰子一把，示意到外边去说。

山兰子心领神会，跟着张律师走出门去。

忠子娘亦跟了出来，颤巍巍地："张律师啊，有话别背着大娘，屋里没外人，有啥就说啥。大冷的天，屋里说。"

张律师迟疑地望着山兰子。

山兰子："张律师，俺娘的脾气你摸不着，俺哥是孬是好，她老人家都要听个明白。走，进屋说去。"

张律师反身进屋，双手合十，先给忠子娘鞠了一躬："大娘，您老人家要做好心理准备呀。"

忠子娘打了个冷战，嘴唇又在打哆嗦："照实说吧。"而后闭目倾听。

满屋人焦虑的眼神，聚焦在张律师身上。

张律师干咳了两声："我就直言不讳啦。虽然郑耀忠和马莉莉对受贿款额供认不讳，但拒不交代部分行贿人的名单，更不交代他本人向上级有关领导行贿的人名单，并且还牵扯一起社保大案。大家都知道党的政策，抗拒肯定会从重判决，尤为严重的是，其所收受的贿赂基本挥霍一空，给国家造成了巨大损失……"

忠子娘睁开眼睛，紧盯着张律师："你估计能判多少年？"

张律师再度提醒："大娘您千万做好心理准备，据我多年来代理的刑事案件而言，马莉莉起码二十年以上或者死缓。"

山兰子："啊！俺哥呢？"

张律师："肯定会比你嫂子判得要重啊！"

山伢子大吃一惊："这么说，俺哥要判死刑啊！"

张律师失口，又马上改口："有这个可能。不不不，我只是根据本人的经验而言啊。"

忠子娘一下子瘫倒在炕上，晕了过去。众人慌作一团，山伢子抱起老娘："快快快，拨打120！"

大发子掏出手机，正要拨号，忠子娘醒了过来。

忠子娘声音微弱地："不去医院，娘没事，口渴……"

山兰子忙倒一碗水，哭着端到娘嘴边，忠子娘哆嗦着双手，紧紧抱住碗，一口气喝了下去。

忠子娘精神好了许多，挣扎着坐在炕沿上。

张律师抽了自己一个嘴巴："我说这么明白干吗！"

忠子娘："孩子，你说得没错，忠子的命是保不住了。"

张律师热泪盈眶:"一切为了大娘您,我尽力辩护。"
张大叔:"老嫂子啊!为了您,大伙还得尽力。"
大发子一咬牙:"保命要紧!我账上有钱,再提点去。"
忠子娘颤抖着一双老手,紧握住大发子的手,低头咬住下唇,泪如泉涌。
大山子恐惧地拉住张大叔的手:"今儿个您牵头,咱每家每户再去凑,再去凑钱啊!"
乡亲甲:"大娘您放心,俺就是卖宅子卖地,也要保住您的命根子。"
忠子娘悲切地站起来:"兰子、伢子,还有五洲,咱们走。"
山兰子泣声:"娘,咱去哪?"
忠子娘:"俺这张老脸不要了,咱挨门挨户磕头去。"
张律师拦住:"除此之外,我还有个想法。"
众人急切地:"有什么办法?"
张律师:"申请家属特别探视,让大娘和儿子好好谈谈……"

66. 山道上 / 日

又是大雪茫茫,还是山伢子推着小推车,右边坐着忠子娘,左边放着蒙着印花包袱的柳条篮子。山兰子肩背拉车绳,拉着小推车上坡,郑五洲扶着奶奶双脚在雪窝里,一步一个脚印地向前移动。忠子娘坐在小推车上,双目呆滞,面无表情,山风卷着雪花劲吹,白发飘飘。

【画面叠印】忠子娘领着晚辈们挨家挨户磕头致谢。在动情的音乐中,传来如泣如诉的歌声:

> 母爱无疆惊天地,
> 人间大爱鬼神泣。
> 如若咱两袖清风守规矩,
> 老母亲哪能够跪破双膝。
> 要学蜂儿酿甜蜜,
> 别让咱娘苦泪滴。

67. 看守所 / 日

铁门吱的一声被打开,检察院办案人员带忠子娘一行四人走进看守所探视室。

办案人员和蔼地："经司法机关批准，特殊照顾人性化探视。你们都是郑耀忠的亲人，请耐心做好他的思想工作。"

众人连忙点头："是，是。"

探视室后门突然打开，郑耀忠穿囚服戴手铐脚镣由看守人员押了进来。刹那间，众亲人愣住。

郑耀忠双眼迷茫地喃喃自语："我娘看我来了……"

郑五洲哭喊一声，扑过去抱住父亲："爸爸……"

山兰子和山伢子泣声："哥……"

郑耀忠似在梦中，仍喃喃自语："我娘看我来了……"

忠子娘颤颤地轻唤一声："忠子——"

郑耀忠如梦方醒，踉跄向前，扑通一声跪在母亲面前，撕心裂肺地哭喊一声："娘——"他深深地低下头去哭泣。

忠子娘将儿子的头揽在怀中，泣声："最最让娘害怕的事，叫娘摊上了！孩子，抬起头来。"

郑耀忠仰起泪水纵横的面孔："娘……"

忠子娘颤抖着一双老手抚摸着儿子的双腮，轻轻地为儿子拭泪。她突然五指并拢，高高地抡起巴掌，巴掌在空中停顿下来，突然又落在了自己脸上，狠狠地抽了自己一记响亮的耳光。

众人惊呼一声，扶住忠子娘。

郑耀忠向前跪爬了半步，哭喊着抓住娘的手，不住地往自己脸上打："娘，您使劲打，打我这个不孝之子……"

山兰子哭着亦跪倒，抱住郑耀忠："哥……"

郑五洲也跪在爸爸身边，哭着直叫："爸爸……"

郑耀忠泣声："妹妹，五洲。"三人泪眼相望，一时无语。

山伢子搬把椅子，扶老娘坐下："娘，您老别着急，在这种地方，千万不能激动啊！"

忠子娘点了点头，颤声问："忠子，娘知道法院快要判了，这、这、这是咱娘儿俩最后再见一面了——"

（唱）　　又疼又恨心如绞，

　　　　　你给老母心插刀。

　　　　　利刃把俺心剜掉，

是你亲手把心掏。
从此不再心惊跳,
再难把儿挂心梢。
娘恨你,雪夜不听苦劝告,
未能保住命一条。
娘恨你,忘恩负义大不孝,
忘记了公家的栽培长歪了根苗!
娘恨你,身背骂名压垮了大大小小老老少少,
乡亲们再难人前挺起腰为你自豪。

[颤抖着双手,抚摸儿脸。

心疼你,双手双脚戴镣铐,
拖腿难过奈何桥。
心疼你,临刑哭喊把娘叫,
面对空谷声啕号。
心疼你,涕针泪线缝好了青裤白袄,
等来世干干净净清清白白步步走好,
咱还做娘儿俩,为娘从头把你教,
再来人间走一遭。

郑耀忠痛哭流涕:"娘啊,你狠狠打儿子一顿,再骂我这不孝子一遍吧。"

忠子娘长叹一声:"娘不打了,也不骂了,事到如今,娘再想管,也管不了了。当年有俩大官,只为几百块钱就掉了脑袋,咱花了人家好几百万呀!"

郑耀忠泣啼着叫了声"娘——"

（唱）　叫声娘,心悲伤,
（伴唱）不孝绞断娘肝肠。
（唱）　再难为儿烧热炕,
（伴唱）更难腊八笑满堂。
（唱）　手拍胸膛想一想,
（伴唱）遗忘慈母情满腔!
（唱）　儿忘了,您为儿子把学上,
　　　　卖掉三间茅草房。
　　　　儿忘了,您领妹去乞讨挂着打狗棒,
　　　　端残碗唱悲曲倚人门旁。

儿忘了，贫苦孩子把权掌，
　　要凭良心把官当！
　　到头来，贪婪私欲把儿葬，
　　悔恨已晚凄惶惶。
　　儿子算过几笔账，
　　算来算去透心凉。
　　政治账，艰难爬到权位上，
　　摘去乌纱入高墙！
　　名誉账，贪官自古谁原谅？
　　万人唾骂戳脊梁。
　　经济账，工资待遇停发放，
　　所有财产没收光。
　　亲情账，妻离子散服法网，
　　撒手舍下白发的娘。
　　忠儿我，贪赃枉法罪千古，
　　警钟敲出泪两行。

　　郑耀忠唱完后扑在娘怀中失声痛哭。

　　忠子娘抚摸着儿子的后背，愁容满面："唉！完了，完了。娘什么办法也想了，什么事情也做了，真是法律无情人有情啊。"

　　山兰子："哥，你还不知道，自从你出事后，乡亲们都给咱娘凑钱。"

　　郑耀忠一愣："凑钱？"

　　山伢子忙说："是替你和嫂子还赃款呀！"

　　郑耀忠吃了一惊："啊！我给乡亲们脸上抹了黑，怎能会替我和莉莉赎罪？"

　　山兰子："都是为了咱娘啊！"

　　忠子娘深情地："真是乡亲大于天哪！大伙凑了百多万啦，只是你、你糟蹋得忒多了。"

　　郑耀忠："我、我对不起我的好乡亲呀！我良心叫狗扒啦，应该痛恨我呀。"

　　忠子娘点了点头："是啊，吃了人家的嘴短，拿了人家的手软，只要贪了人家的东西，就没了威风，就不凭良心给老百姓办事了，老百姓吃了亏，能不恨咱嘛！"

　　郑耀忠："娘说得对，我吃着老百姓的、穿着老百姓的，拿着国家的俸禄，不凭良心干事儿，儿子死有余辜啊！"

山兰子:"五洲藏在袄里的财物和乡亲们凑起来的现金全上缴了,乡亲们还在继续凑钱……"

郑耀忠摆了摆戴手铐的双手:"别让乡亲们再凑了,杯水车薪呀。"

忠子娘:"只要能保住儿媳妇的命也值了。"

郑耀忠又一次涌出感激的泪水,直直地望着老娘。

忠子娘:"进了郑家门,就是郑家人,保住一个算一个吧。"

郑耀忠愧疚地低下了头。

忠子娘警觉地:"忠子,还有啥话要对娘说?"

郑耀忠心神不定地低头躲向一旁:"我……"

忠子娘高声道:"抬起头来,看着老娘!"

郑耀忠抬起头来,眼光不敢与娘对视。

忠子娘一拍桌子:"你还有事瞒着娘!"

山兰子:"哥,有话尽管对娘说,让咱娘给你拿拿主意呀。"

郑耀忠喃喃地:"我……不能说!"

忠子娘上前赶了一步:"娘非要听听不可!"

郑耀忠往墙角处躲闪着:"我……我……我……"

忠子娘厉声:"跪下说!"

郑耀忠双膝一软,跪在地上悄声地:"我说,儿子说。我掌握一起社保大案的重要线索,至今尚未交代。"

忠子娘:"娘早就知道了,你,你为啥不交代?"

郑耀忠:"因为莉莉参与了那件事,如果交代出来,一则对她不利,二则牵扯到曾经竭力帮助过我的老朋友和老领导,为此,誓死不伤害往日的恩人与朋友。"

忠子娘:"听张律师说,你至今还没有交代行贿人的名单,你是不是咬住死口啦?"

郑耀忠似乎是死猪不怕开水烫:"儿子准备把这条重要线索和行贿名单全部带进棺材里去!"

忠子娘牙咬得咯咯响,从牙缝中迸出:"山兰子,咱走!"说着就往外走。

郑耀忠抱住娘腿:"娘——"

忠子娘仰起头来:"俺不是你娘,俺只养一个贪官儿子就够了,不能再养个一错再错,死不悔改的混账东西!你给我放开!"

郑耀忠抱住娘腿不放:"娘,您别走。"

忠子娘怒火冲天："放——开！"转身抡起巴掌，狠狠地打了儿子一个耳光。

山兰子、山伢子和五洲哭声一片，紧紧抱住忠子娘。

郑耀忠哭喊着："娘，您消消气，儿子听话还不行吗？儿子听话还不行吗？"

忠子娘心疼地抚摸着儿子被打的脸腮："行。只要听话还是娘的乖孩子。忠儿呀，娘琢磨着，咱国家可是棵大树啊，大家都来浇水施肥，大树就根深叶茂，开花结果，大家都有好果子吃，大家就背靠大树有荫凉。如果招了蛀虫，那可不得了呀！咱不把它抠出来，它就慢慢地把这棵大树掏空吃净啊！"

郑耀忠："对！娘这一巴掌，彻底把儿子打醒了。我，我马上形成检举材料。"

忠子娘万分激动，提高了嗓门："不枉娘来见你一面呀！"

68. 法庭门外 / 夏 日

主题歌声又起：

娘身上掉下一块肉，

撕块衣襟裹心头。

咱若是安安稳稳别出手哇，

咱娘也得心操透。

咱若是糊糊涂涂出了手哇，

揪得咱娘心血流。

法庭门外的电子屏上反复游动着：郑耀忠、马莉莉受贿一案于2008年8月10日上午9时开庭公开审理。

法庭门口挤满了人，等待开庭通行，忠子娘由家人搀扶着焦急地等待着。庭门开处，数十位大南山村的父老乡亲拖着沉重的脚步，迈向高高的台阶。

69. 法庭内 / 日

众人轻轻地走进庄严的法庭，依次坐在旁听席上。忠子娘望着空荡荡的审判台和被告席，老泪纵横。

一曲悲凄苍凉的合唱声在庭内响起：

啊——啊——

终审时间到，

法庭静悄悄。

　　　　　　　可怜咱娘来得早，
　　　　　　　满面泪滔滔。
忠子娘（唱）　娘坐在法庭上心惊肉跳，
　　　　　　　我的儿生死就在、就在今朝。
　　　　　　　罪孽深绝不会法律轻饶，
　　　　　　　白发人为黑发人备下归巢。
　　　　　　　娘带来青裤白袄蓝鞋紫帽，
　　　　　　　娘最后从头到脚一件一件入殓儿娇。
　　　　　　　昨夜晚仰望着老屋梁没睡一霎觉，
　　　　　　　娘慢慢想好了后路一条。
　　　　　　　悄悄地备下了一瓶农药，
　　　　　　　临来前贴身藏揣在了娘的腰。
　　（帮腔）啊——啊——啊——
　　　　　　　刚强的老娘亲再也挺不住了。

忠子娘突然跌倒，众人惊慌地忙去搀扶，她推开众人，拄着拐棍，慢慢地硬挺起身来。

　　　（唱）　送我儿，上了道，
　　　　　　　陪儿去过奈何桥。
　　　　　　　如若真有万仞山，
　　　　　　　娘替儿子挡几刀。
　　　　　　　如若真有分身锯，
　　　　　　　娘替儿子两断腰。
　　　　　　　哪一个当娘的不迷心窍？
　　　　　　　纵然是儿走了，也都把儿挂心梢。

忠子娘忍不住地失声哭泣。家人搂住老人个个泪流满面。
审判长、书记员等有关审判人员列队走向审判席就座。
审判长庄严地："肃静！我宣布，郑耀忠、马莉莉收贿一案，现在开始审理。传被告人郑耀忠、马莉莉以及同案被告人出庭！"
法警将身穿黄马甲的郑耀忠、马莉莉、周西山、李县长、阿来妹押上。
忠子娘情绪有点失控，忽地站起来，颤抖着喊："忠儿……"
郑耀忠抬头看见老娘，低声喊："娘……"
书记员："肃静！"

忠子娘赶紧坐下。郑耀忠垂下头去。

书记员站起:"对郑耀忠、马莉莉受贿一案,现在开始宣判,全体起立!"

众人呼啦一声站起来,神情紧张地挺直了腰板,屏住了呼吸,刹那间肃静得掉在地上一根针也能听得到声音。

审判长站起来庄重地宣判:"宣判如下:被告人郑耀忠在二审期间,因家人积极配合,竭力清退赃款赃物,并且检举他人犯罪,有重大立功表现,经中级人民法院查明,判决如下:判处郑耀忠有期徒刑二十年。判处马莉莉有期徒刑十八年。判处周西山有期徒刑十年。判处李大刚有期徒刑五年。判处阿来妹有期徒刑三年,缓期三年执行。如不服判决,十日内向高级人民法院上诉。"宣判完毕后,敲响了警锤。

张律师:"被告是否需要上诉?"

郑耀忠感激涕零当庭表示:"服从判决,不再上诉。"突然抬起头来哭喊,"娘,儿子又能活了呀!"

马莉莉抬头望着五洲:"五洲,妈又能活了,又有盼头啦。"

郑耀忠、马莉莉异口同声:"感谢政府不杀之恩!"俩人向审判长深深鞠躬。

忠子娘大喜过望,急忙带领家人跪于走廊:"感谢政府啊!"

审判长:"请起。应该感谢人民,更应该感谢这位白发苍苍的老母亲!"

张大叔感慨万千:"忠子,你摊着了个好娘,都是俺老嫂子为人好啊!"

忠子娘:"忠子,莉莉,多亏乡亲们救了咱呀。"

郑耀忠、马莉莉深深鞠躬:"感谢张大叔,感谢好乡亲。"

书记员:"亲属可以短暂会面。"

众亲人疾步向前,相拥而泣,众乡亲围过来热泪盈眶。

忠子娘长叹一声:"俺也能活了。"从腰中掏出农药,高高举起,扔在地上。低沉的警钟声轰然响起,摄人魂魄!

70. 柿子树上树下 / 秋 日

齐二杆子在大柿子树上撑狗皮般地在为郑家摘柿子。

山兰子、山伢子、郑五洲在树下石碾上压柿子饼。

忠子娘满头银丝,又苍老了许多。她颤巍巍地跟着石碾转悠,拿把小铁锨子铲着粘在碾砣上的柿子饼:"停下吧,压的正是火候,不干也不湿。唉!柿子挑起了红灯笼,又到了去看你哥的时候了。"

71. 山道上 / 秋日

弯弯的山道上推来一辆小推车，忠子娘揽着小包袱端坐在车厢一旁。

山伢子用力地推着小推车，郑五洲背着小车拉绳，山兰子扶着老娘，艰难地行走在山道上。定格，叠印在画面上。歌声起：

咱要好好活，
知足就常乐。
金钱名利多少是多？
太多了干什么？
咱要好好活，
命是咱娘的，
万一出个差和错，
咱娘怎么过？
咱要好好活，
命是孩子的。
如履薄冰咱桥上过，
别让儿女泪成河！
咱要好好活，
咱要好好活……

［滚动出演职员表。

（剧终）

注：

① 2018 年 12 月 19 日，创作于莱芜犁铧影视戏剧工作室。
② 2019 年 9 月，该剧本获山东省优秀影视剧本评选一等奖。
③ 2011 年 11 月，该剧获第八届全国电视戏曲评选兰花奖。
④ 如需排演该剧，请联系著作权人或继承人达成书面协议后方可表演。否则侵权必究！

中、小型原创作品

·古装儿童剧

三改契约[1]

时间： 某代、某年。腊月二十九、三十、年初一。

地点： 某小山庄、县衙。

人物： 小学究、擀面杖、放牛娃、半吊子、春子、楞妞、衙役等。

［幕后合唱：

  雪儿封了山，

  琉璃挂房檐。

  千般欢喜辞旧岁，

  万般愁苦聚新年。

［幕启：小学究于书房写对联。

小学究　（唱）　幽幽墨香，对联行行。

     腊月三十，书生正忙。

［春子、楞妞上。

春 子
楞 妞　小学究，对联写了吗？

小学究　全写完了。

楞 妞　（看对联）嚄！小学究，凭你这字儿，长大了准能当大官儿。

春 子　你当了官儿，俺和楞妞，还有牛娃都给你把门儿。

小学究　春子，楞妞——

    （唱）　读书吟诗，岂为金榜。

     长大以后，占山为王。

     要学前朝徐茂公，

---

[1] 作品登记号：鲁作登字-2022-C-10044599

照町 ZHAO TING

		结伙聚义在瓦岗。
楞妞	（唱）	对！我拿刀，你拿枪，
		打地痞，揍流氓。

春　子　好呀！
　　　（唱）　你是帅，我是将，
　　　　　　惩贪官，斗皇上。

小学究　（唱）　盼只盼天天过年把岁长，
春　子
楞　妞　（唱）　盼只盼一天一岁快快长，

小学究
春　子　（唱）　小学究无用小材成大梁。

楞　妞　好！拉钩，拉钩……
众　人　（拉钩）拉钩上吊，给个皇上也不要……
小学究　去找牛娃，晚上，在一块儿熬五更，放爆仗。
春　子
楞　妞　走！找牛娃去。（众下）

　　　［幕后传来吵闹声，一妇人恶骂："滚开，小赖皮！"牛娃一个踉跄上场，继而爬起身来，擂门如鼓……

放牛娃　开门、开门、闪大门算老几？有理到大街上来摆摆——开门，开门呀！不开？我要骂娘了。

　　　［小学究、春子、楞妞上。

小学究　牛娃哥……
春　子　千万别骂娘，擀面杖是小学究的尖姈子。
放牛娃　就是他姥娘也不该欺负小孩！
小学究　俺姈子怎么欺负你了？
放牛娃　（掏出契约）小学究，你看——
小学究　（念）　三月放牛雇短工，
　　　　　　　十月一两纹银整，
　　　　　　　单等腊月年三十，
　　　　　　　东家短工两付清。

　　　哎，俺姈子不是有言在先吗？说定了一个月给你一两银子，怎么变成了十个月一两呢？

放牛娃	小学究——	
	（唱）	放牛羊，到年终，
		要把工钱来算清。
		擀面杖，缺德行，
		将我契约骗手中。
		一月的一字改为十，
		全年的工钱吹了灯。
		本来是一月一两纹银整，
		变成了十月一两给短工。

春　子　唉！我还等你领了工钱，拿出两个来买爆仗呢，看看，这下子砸了锅咧！

楞　妞　砸锅？对！擀面杖耍赖皮，咱砸她的锅！

春　子
放牛娃　对对对，牛娃，她坑你，咱砸她！（给牛娃一块石头，一齐欲扔）

春　子　一、二、三——

小学究　放下，放下！

放牛娃　怎么？一拃不如四指近，你是向着你妗子呀。

小学究　牛娃，你想想，扔石头能扔出你那九两银子吗？

放牛娃　那么，就白白吃了这个亏吗？小学究，俺娘有病在炕上躺着，还指望领回工钱抓药和买米面呢，你说俺这个年咋过呢？

春　子　这好办，趁熬五更的时候，爬过墙去，摸了擀面杖的老母鸡，给你娘熬鸡汤喝。

楞　妞　老母鸡值几个钱？干脆牵她的大牛。

春　子　对！牵牛！

小学究　摸鸡，牵牛，做贼呀？——

	（唱）	大雪飘，刮北风，
		大伙看那崖上的松。
		盘根错节扎石缝，
		探身昂首傲苍穹。
	（伴唱）	谁说缺水少沃土，
		洒得崖畔满目青。

小学究　（唱）　你们再看崖上的花，

　　　　　　蜡梅盛开在深冬。
　　　　　　香自苦寒来，
　　　　　　三九满枝红。
　　　　　　牛娃哥呀！从小立下松梅志，
　　　　　　人穷志不穷。
放牛娃　对呀！
　　（唱）　人穷志不穷，
　　　　　　铁骨硬铮铮。
　　　　　　冻死迎风站，
　　　　　　饿死不吭声。
　　　　　　若要牵了她家的牛，
　　　　　　咱就成了贼弟兄。
春　子
楞　妞　这该怎么办呢？
小学究　有了。
放牛娃　有什么呀？
小学究　有钱了。牛娃哥，我经常教你认字吧？
放牛娃　跟你学了几个。
小学究　（比画）十月一两的十字，上面加两点，下面加一横，是个什么字？
放牛娃　是个半字啊！
小学究　咱这么一改——
放牛娃　啊！这不就变成半月一两纹银整吗？
春　子　绝了，绝了，这不成了十个月二十两了吗？
楞　妞　好呀！比原来还多了一半。
小学究　还想多要一点吧，我可以再改一下。
楞　妞　越多越好。
放牛娃　不不不，咱穷人家不爱财，这些就够了。
春　子　到底是小学究呀，你识文解字，还真有点钻研劲哩。
放牛娃　哎，写契约那会儿，为啥不大写，偏画这么一道呢？
小学究　黄鼠狼给鸡拜年，没安好心呗。她不仁，咱不义，改好契约，打官司去。
放牛娃　打官司？小学究啊，改了咱这一张，可改不了你妗子手里那一张呀！
小学究　你别急嘛！过来过来——（窃语）

放牛娃
春　子　嗯，好，好啊！这下子擀面杖明天可就过个"好年"了。
楞　妞
放牛娃　小学究，你对俺太好了。
小学究　牛娃，你对俺不是更好吗？
　　　　（唱）　小书生，放牛娃，
　　　　　　　　咱俩本是好哥俩。
　　　　　　　　我也曾偷偷跟你去玩耍，
　　　　　　　　你也曾悄悄钻在书桌下。
放牛娃
春　子　（合唱）偷过梨，摸过瓜，
楞　妞　　　　　河涯滩里学狗爬。
　　　　（众唱）一同挨过板子打，
　　　　　　　　一同光着小脚丫。
小学究　（唱）　我最喜欢金丝燕，
　　　　（伴唱）金丝燕——
　　　　　　　　你为捕鸟攀悬崖，
春　子　（合唱）不顾安然攀悬崖。
楞　妞
小学究　（唱）　我最喜欢吃酸枣，
放牛娃
春　子　（合唱）小山枣——
楞　妞
小学究　（唱）　你荆棘稞里不怕扎，
春　子　（合唱）不怕刺儿扎指甲。
楞　妞
小学究　（唱）　我最喜欢吹小哨，
众　人　（合唱）小哨儿，小哨儿，
小学究　（唱）　你折下柳枝拧喇叭。
众　人　（合唱）拧喇叭，拧喇叭，
　　　　　　　　吹开童年美妙的花。

照町 ZHAO TING

小学究　（唱）　牛娃哥呀，妗子将你来敲诈，
　　　　　　　　众发小应该帮你对付她。

春　子
楞　妞　对！咱们合伙收拾她。

放牛娃　小学究，你一次又一次地帮俺的忙，俺娘儿俩一辈子也忘不了你呀。

小学究　快别说了。

放牛娃　不说今天，就说昨天吧。

春　子　昨天？昨天正下着大雪……

　　　〔灯暗转，四人隐去，雪花飞舞，北风呼号，卷着漫天大雪，刹那间，山峦银装素裹，牛娃于风雪中扬鞭放牛。

幕　后　（合唱）风儿刮，雪儿下，
　　　　　　　　封了山，漫了洼。
　　　　　　　　不见鸟儿飞，不见虫儿爬，
　　　　　　　　朦朦胧胧白世界，
　　　　　　　　只见山坡放牛娃。

　　　〔小学究披着蓑衣，戴着斗笠，怀中抱着蓑衣斗笠上。

小学究　牛娃哥——

放牛娃　小学究，天这么冷，雪这么大，你来干什么呀？

小学究　送这个来了。（递过斗笠和蓑衣）

放牛娃　（泣声）你真好。（穿戴在身上）

小学究　不是我真好，是俺妗子真孬。为了省下几把草料，这鬼天气逼你出来放牛！走，找个地方暖和暖和去。

放牛娃　不行不行，今儿个可不敢偷懒了。

小学究　哈哈哈，说你胆子大，比老虎还凶。说你胆子小，怕猫怕狗的像只耗子。

放牛娃　你知道啥！今天是大年二十九，明天就要结账了……

小学究　结就结呗，尖妗子再尖，也得说多少钱给多少钱呀。

放牛娃　哼！你妗子说，今儿个牛放不饱，就扣工钱！我牛娃顶日头冒风雪，六十四拜都拜了，就剩这么一哆嗦了，还能撑不下来了吗？

小学究　啊！我想起来了，这是尖妗子出的坏主意，想方设法扣你的工钱！

放牛娃　扣工钱？她办不到！就是拼上命，也要把牛放饱。

小学究　想得蛮好！你看看，这草埋在雪窝里，只剩下点梢梢了，天都过晌了，牛肚子还贴着脊梁骨咪，就是拼上这条小命，牛也放不饱。

放牛娃　可不，这怎么办呢？
小学究　有了，扒开雪，不就是草场吗？
放牛娃　好，挖草场。
小学究　咱干起来——（以斗笠舞蹈挖雪）
二　人　（合唱）挖呀，挖呀，挖草场，
　　　　　　　　风卷雪花白茫茫。
放牛娃　（唱）　找到了冻草芽，
小学究　（唱）　挖出了山韭黄。
放牛娃　（唱）　扒出了羊胡子草，
小学究　（唱）　露出了石光梁。
放牛娃　（唱）　看见了埋在雪下的蚂蚱笼，
小学究　（唱）　发现了牛娃哥丢掉的蝈蝈筐。
放牛娃　（唱）　扬出了穿过三年的一只鞋，
小学究　（唱）　扒着了牛娃哥缝衣的破针囊。
放牛娃　（唱）　这里有春雨留下的小脚印，
小学究　（唱）　这里有夏夜甩下的甜瓜瓢。
放牛娃　（唱）　这里有秋天脱下的螳螂皮，
小学究　（唱）　这里有今冬落下的雪与霜。
二　人　（合唱）挖呀，挖呀，挖草场，
　　　　　　　　美妙的童年伴随着辛酸的时光。
小学究　（一腚蹲在雪里）我娘哎，可把我累草鸡了。
放牛娃　（赶牛）走走走，吃草去，吃草去，哎，为啥不吃呀？
小学究　（一骨碌爬起）怪了怪了，好不容易挖出草场来，牛怎么连闻都不闻呢？
放牛娃　我说黄角牛呀，上坡你走在头里，下坡你跟在后头，顶我半个牛娃啊！今儿个你该带头吃，你这么一吃，那黑氏牛，小牛犊子和白花牤牛，不就跟着吃起肚子来了嘛，吃吧！吃吧！
小学究　我说伙计们哪，咱要可怜可怜人家牛娃呀！白天和你们在一块，晚上同你们做伴，一年四季风刮雨淋，哪一天也没离开你们呀，乖乖吃吧！吃吧！听话……
放牛娃　我说伙计们呀，咱风风雨雨地过了大半年，过得还怪热乎哩，可——可明天就要舍下你们了，俺这心里是个啥滋味呀！（放牛娃哭泣）

小学究	伙计们呀,再不吃,就是成心给俺哥找难看咧!
放牛娃	你们瞪着个牛眼睛,要什么牛脾气呀!说好的不听,咱来硬的!(硬按牛头)大黄牛,你吃!(牛叫)你死活不吃?好,黑氏牛,你听话,你吃!(牛叫)你也不张嘴?!好,下一个是白花牸牛,(牛叫)叫唤吗?你整天穿着花褂儿,打扮得漂漂亮亮的,你不吃谁吃?!(硬按牛头,被牛甩了个跟跄)好哇你,不吃不说,还甩了我一个趔趄!(摸起牛鞭欲打,又自暴自弃)我,我君子不和牛置气!
小学究	(拔起草来)怪不得不吃,这草都冻成溜溜棍了!
放牛娃	我娘哎,这可没了咒啦。(仰身躺在雪窝里)
小学究	起来起来,我有门道了。
放牛娃	唉!该着喝黏粥,就别想那窝窝头,啥门道也别想了……
小学究	你等着。(下)
放牛娃	他一刹一个门道,又要干啥去?
小学究	(上)牛娃哥,你看……
放牛娃	端这么一大瓢盐来干啥?
小学究	淡牛呗。这是行话,给牛吃盐叫"淡牛"。
放牛娃	别闹玩儿了,十冬腊月,淡的什么牛啊!它们吃上,还不得渴死?
小学究	渴了就喝水,喝饱后肚子就鼓起来啦。
放牛娃	绝了,绝了。
小学究	来,咱淡牛。
放牛娃	好!

[一阵狂风骤起,灯渐暗。二人在风雪中旋转,朔风吹掉斗笠、蓑衣。灯暗。春子、楞妞上。灯骤亮,景同前。

春 子 楞 妞	擀面杖一计不成,又生一计,非狠狠收拾她不可!
小学究 放牛娃	还愣着干什么?走,改契约去。
春 子 楞 妞	好,明天的好戏,就看你的了。

[切光,四人隐去。
[一束光追出擀面杖,只见她举香作揖。

| 擀面杖 | (唱) 烧纸钱,过大年, |

　　　　　三分喜来七分烦。
　　　　　人说俺是擀面杖，
　　　　　沾油带面两头尖。
　　　　　过日子不是那河流子儿，
　　　　　少角缺棱滚滚圆。
　　　　　虽说俺乡里乡亲不靠边，
　　　　　施小舍定有人跪拜堂前。
　　　　　伸手摸起擀面杖，
　　　　　挑挂火鞭兜一圈。

擀面杖　（白）老的、少的，穿新鞋的、戴破帽的，大家听了，我擀面杖可要放爆仗咧。看看，这是一千响的，一千响的！我这么一点呀，二斤荞麦面就听了响了。放完爆仗，大伙到我屋里热闹热闹，过年嘛，磕几个响头，那半碟子瓜子和一铁勺花生米就豁出去咧！来呀，快来呀，来晚了可就赶不上趟啰。

　　　　〔欲用香头点燃火鞭，幕后传来嬉笑起哄声。春子和楞妞上。

春　子　擀面杖，留着你那俩爆仗发丧吧！
楞　妞　你那半碟子瓜子和着花生米拌鸡食去吧！
春　子
楞　妞　走啊！当个杂种晒起它来，当块臭肉挂起它来！走啊……（边说边下）
擀面杖　走？！想得倒巧，老娘使爆仗滋你！（吹香头，趔趔趄趄点燃，抽头闭眼半天不响）嗯！摔死了，正好，老娘省着……

　　　　〔幕后众儿童嬉笑起哄：
　　　　（合唱）唔咳，唔咳，耍穷酸儿。
　　　　　　　放了仨爆仗，噎了正对半儿。
　　　　　　　唔咳，唔咳，擀面杖两头尖儿。
　　　　　　　唔咳，唔咳……

擀面杖　甭唔咳六咳的，老娘饶不了你！（拆下一个点燃，准备甩向人群，不料在手中爆炸）娘哎！要了命咧……（疼得猴窜猴跳）

　　　　〔小学究于追光中上。

小学究　妗子，您老在练猴拳？
擀面杖　猴拳？这下成猢狲了！哎哟，外甥啊，看看，俩指头变了色了，炸成了火棒头儿了。哎哟，可要了你妗子的老命咧，哎哟呵……

小学究　　在大街上跳跳跶跶的成何体统？妗子，咱回家吧！
　　　　　〔小学究搀擀面杖回家，灯亮。擀面杖家古色古香：八仙桌子挑山几，官帽椅子粉墙皮。
擀面杖　　外甥啊，疼煞我咧，还不如拿刀来剁了去恣哩，哎哟……
小学究　　（摸刀在手）妗子，从手脖儿，还是从手面儿？
擀面杖　　（夺刀）浑小子！（比画脖子）还不从这里？外甥啊，给妗子磕三个响头，妗子给你半吊子压岁钱。
小学究　　（下拜）妗子在上，外甥给您叩头了。
擀面杖　　（掏出，又收回）小孩子家别拿钱，妗子怕你掉了，过完年再说吧！
小学究　　哼！您老倒不如改了绰号擀面杖，也省得人都说俺有个尖妗子。
擀面杖　　哈哈……擀面杖哪里不好？要不是我两头尖尖，精打细算，能戳来这份家业吗？任他娘的叫去，越叫俺越恣，把老娘都叫发了。啧啧，人家说，外甥是个狗，吃饱了就走，哼！四邻八舍才是狗哩，看看，偏偏外甥来给俺拜年。
小学究　　光为拜年，俺就不来了，妗子，还有个要紧的事儿。
擀面杖　　啥事儿？这么要紧！
小学究　　牛娃说你坑了他九两银子，要去告你啊！
擀面杖　　哈哈……我当啥大事？原来是这个呀。外甥放心，牛娃和我打官司，要是打赢了，老娘就改了擀面杖这个名字儿！
　　　　　（唱）　小放牛，告老娘，
　　　　　　　　　小河沟起不了大波浪。
小学究　　（接唱）常在河边站，
　　　　　　　　　会湿鞋一双。
　　　　　　　　　妗子吹大气，
　　　　　　　　　说话欠思量。
擀面杖　　（唱）　牛皮不用吹，
　　　　　　　　　泰山不用扛。
　　　　　　　　　若是无心机，
　　　　　　　　　怎叫擀面杖！（摸过小钱箱，从腰上摘下钥匙）
　　　　　　　　　打开小钱箱，
　　　　　　　　　外甥看端详。（取出契约）
　　　　　（白）哈哈……外甥，看看这个你就明白了。

三改契约

小学究　（接过念）三月放牛雇——
　　　　〔牛娃、春子、楞妞突然冲上。
放牛娃　擀面杖！还我九两银子！
擀面杖　呸！做梦娶媳妇——想得美。
放牛娃　（抓手）走，找个地方评理去。
擀面杖　哎哟哎哟，老娘的手指头没了皮了咧，哎哟呵……
　　　　〔小学究借机调换契约。
楞　妞
春　子　打官司去，打官司去。（借机拥擀面杖）
小学究　好啊！你们合伙打俺妗子？！
擀面杖　外甥啊，把这帮王八羔子轰出去……
放牛娃　噢！原来是你帮擀面杖出的鬼点子，把契约还给我！（松开擀面杖，去抢契约。小学究转身将已调换的契约递给擀面杖）
擀面杖　（接过契约，慌忙锁进钱箱）娘的，抢啊，你抢啊你……
放牛娃　（拉擀面杖）走，打官司去。
擀面杖　去就去，我把钱箱子放下。（欲打开钱箱）
小学究　妗子，这钱箱子开不得。
擀面杖　怕啥？
小学究　你一掀，他们就抢银子。
擀面杖　嗯，有道理，搁在家里我还不放心咪！还是抱在怀里稳当。
放牛娃　打官司去，走，快走！
擀面杖　走就走，走哇！
　　　　〔切光，牛娃等五人隐去。
　　　　〔一束光追出县官半吊子。
半吊子　（唱）　黑靴子儿，黑帽子儿，
　　　　　　　脸色一沉黑鳌子儿。
　　　　　　　不怕人说我半吊子儿，
　　　　　　　有理无钱，耽误不了戴铐子儿。
　　　　〔一束光追衙役上。
衙　役　老爷老爷，有人打官司。
半吊子　打官司？咳！大年初一头一天，过罢初二过初三，晕晕乎乎几场酒，转眼就得吃汤圆！杀了人，歇着案，新正大月不坐班。

照町 ZHAO TING

衙　役　到底啥时候升堂？
半吊子　龙年嘛，图个吉利，二月二龙抬头。
　　　　〔一束光追出小学究、放牛娃、擀面杖一拥而上。
放牛娃　（跪）老爷，给小孩子家做主啊！
半吊子　哇！小顽童、老婆娘，竟敢私闯县大堂。来呀，每人二十大板，轰了出去！
擀面杖　我娘哎，这可惹了祸了，外甥啊，眼看着就挨上咧！
小学究　快把钱箱子给我。（抢过钱箱）
擀面杖　哎——哎——
小学究　先应付一阵，少不了你这钱。（举起钱箱）老爷你看——
半吊子　慢着慢着！待我看来——（鼻子凑到钱箱子上，端详，继而接过，掂了几掂，发出一阵狞笑）
　　　　（唱）　大年初一头一天，
　　　　　　　　有人送来一箱钱。
　　　　　　　　不坐班值得来坐班，
　　　　　　　　不过年值得不过年。
　　　　来呀，升——堂！
衙　役　升——堂——
半吊子　堂下听了，今儿个是大年下，本县也行行好，统统免跪。
擀面杖　谢老爷，谢青天大老爷！
半吊子　你娘儿俩不在家好好过年，来这官府衙门折腾啥？
擀面杖　他不是俺儿。
放牛娃　她不是俺娘。
小学究　老爷，他是给俺妗子放牛的放牛娃。她是俺妗子，因为工钱俩人来打官司。
半吊子　噢，那你就是证人？
小学究　是啊！
半吊子　嗯！堂下听了，你俩为了工钱来打官司？
放牛娃　是她坑了我。
擀面杖　是他骗了我。
半吊子　到底是你骗了他啊，还是她坑了你？一个说了一个说。
擀面杖　我先说……

三改契约

放牛娃　我先说……
半吊子　（掂了掂钱箱）哇！小孩子家抢什么话，这个事先让俺妗子——不不不，让他妗子先说。
擀面杖　老爷——

　　　　（唱）　三月放牛雇牛娃，
　　　　　　　　契约上面画了押。
　　　　　　　　讲定了十个月一两纹银整，
　　　　　　　　年三十将工钱付给他。
　　　　　　　　谁知他罗锅子上树钱（前）上紧，
　　　　　　　　耍赖皮要把银子加。
　　　　　　　　说俺欠他银九两，
　　　　　　　　撒野来到大县衙。

　　　　（白）老爷，你说他赖人不赖人？

半吊子　赖人，赖人！
擀面杖　那么，就该揍这小子一顿！
半吊子　来呀！揍这个小赖皮二十大板。
小学究　慢着。老爷，也得让这个放牛娃说两句！
半吊子　小赖皮，你说。
放牛娃　老爷，我给擀面杖打了一年短工，只给俺一两银子，老爷看看这个就明白了。（递上契约）
半吊子　（看契约）半月一两纹银整。半月一两，一个月二两，十个月整整二十两啊！他妗子，这是怎么回事啊？
擀面杖　啊——不对呀，外甥外甥，这……
小学究　妗子，定是牛娃私自改了契约。
擀面杖　嗯！像这么回事。
小学究　那，快拿你那张契约。
擀面杖　对，老爷，他这张不为准，我那张才算数哩。
半吊子　他妗子，拿你那一份契约来看看。
擀面杖　在……
小学究　妗子的契约老爷早就拿着哩。
半吊子　灶王爷唱戏，胡闹锅台！老爷什么时候拿你妗子那个么来？
小学究　（拉妗子至一旁）妗子，还不把钱箱子拿来，要不那钱就捞不着了。

777

擀面杖　外甥说的是。老爷老爷，契约在钱匣子里。（欲抢钱箱）
半吊子　慢着慢着，我自己拿。钥匙——
擀面杖　在裤腰上拴着呢。
半吊子　解下来——（擀面杖不从）
擀面杖　不解，我自己开锁……
半吊子　这箱子，老爷要亲手打开！
　　　　〔半吊子下案摸擀面杖拴在腰间的钥匙。
擀面杖　你摸索啥呀你！（无奈掏出钥匙）
　　　　〔半吊子开箱拿出契约，欲看。擀面杖趁机抢回钱箱，摸出契约。
擀面杖　给！契约是你的，箱子是我的。
半吊子　哎——哎——（半吊子追擀面杖讨要）
　　　　〔擀面杖欲将钱箱坐在腚下，半吊子猛一抽，擀面杖坐空。众衙役哄笑。
擀面杖　（猛地爬起死死抱住半吊子的腿）要啥半吊子！还给我……
衙　役　老爷，大伙都笑你了。
半吊子　嗯？（自知有失体面，放弃箱子）哼！好呀——
　　　　（背唱）擀面杖，尖儿长，
　　　　　　　　竟敢戳进县大堂。
　　　　　　　　我半吊子要出这口窝囊气，
　　　　　　　　叫他有光难沾光。
擀面杖　哼！老娘我要钱不要命！除了怕丢钱外，什么也不怕。
半吊子　拿过来。（擀面杖不给，半吊子欲发作）
小学究　老爷，这契约……
半吊子　呸！老爷不看咧。（回至公案）
小学究　老爷不看，如何断案？还是看看为好！
半吊子　（没好气地抓过契约念）半月一两纹银整。（急忙复审另一张）半月一两纹银整。两张契约分明一样，擀面杖，你竟敢赖账不还？！
擀面杖　啊！谁说一样？
半吊子　睁开眼看看——（一手一张契约，举在案前）
擀面杖　（对照契约）我娘哎，可要了血命咧！外甥，这是怎么回事啊？
小学究　准是神鬼拨乱，妗子，你快想想，办什么缺德事儿了吗？
擀面杖　我不就是骗去牛娃的契约，把一月的一字加了一竖改成"十"了吗？咋又变成"半"字了呢？赔本了，赔了血本了。

小学究	那么，倒不如实话实说。
擀面杖	对，那么比这样强。老爷，老爷，这两张契约全不对呀。
半吊子	不对？怎么个不对法？给老爷讲出个道道来。
擀面杖	本来是一月一两银子，可我骗去牛娃的契约，改成十月一两，谁知今儿个又变成半月一两了！
半吊子	啊——老赖婆，你竟敢私改契约！
擀面杖	甭管改不改了，还是按一月一两给他不就得了……（递上一块银子）
半吊子	（接过后转念）想得倒美！来呀，把这个私改契约的老赖婆砸上镣子，戴上铐子，押进大牢！
小学究	慢着！（神秘地凑向半吊子悄声道）老爷，那箱子钱还想不想要？
半吊子	这个……这个……
小学究	我有个两全其美的法子，让你得了银子又出了气！
半吊子	嗯？
小学究	老爷，你过来，（拿契约拉半吊子一旁）反正俺妗子已改过契约，你看，把这一两的"一"字加上一竖……
半吊子	加上一竖，岂不变成半月十两了吗？半月十两，十个月整整二百两啊。
小学究	对，将二百两银子付给牛娃——
半吊子	哼！我当是吗法子来，原来你呀——
	（唱）　坑妗子，肥牛娃，
	拿着老爷当猴耍。
	若要依了这办法，
	老爷升堂白磨牙吗？
小学究	（唱）　大老爷，小傻瓜，
	明抢明夺要犯法。
	三改契约付银子，
	四改契约要回它。
半吊子	四改契约要回它？怎么个要法？
小学究	先将银子付给牛娃，然后再把半月十两"十"字改成"半"字，老爷便可按半月半两留给牛娃，剩下的就是老爷的。
半吊子	嗯？好好好，妙妙妙，老爷马上改契约。（登堂欲改）
擀面杖	呸！老爷真是个二百五，你，你竟敢私改契约？
半吊子	啨！难道你敢改，老爷就不能改？（用舌头舔了舔毛笔，将一字改为

十字）嘿嘿，老爷明察秋毫，断案如神，这点小把戏，还想忽悠本官？来呀！听从发落。

众衙役　嘁！

半吊子　打开钱箱，取出纹银二百两，当堂付给放牛娃。

擀面杖　坏咧！赶紧溜。（抱钱箱急下）

半吊子　嗟！制住她！

　　　　［众衙役将擀面杖揪回。

半吊子　夺过钱箱！

擀面杖　老娘舍命不舍财，豁上咧！

　　　　［擀面杖死抱住钱箱不放，众衙役难以争夺。

半吊子　看我的。（绕下公案）我说他妗子，虽说是人为财死，鸟为食亡，这俩钱可不要搭上一条性命啊！

擀面杖　老爷，你身为父母官，就饶过民妇这一遭吧。这钱俺牙缝里省，指尖上抠，积攒了大半辈子，就这点营生……

半吊子　他妗子啊，你就是积攒八辈子，也是不义之财。听话，乖乖交上来。

擀面杖　哼！民妇今日算是长见识了。

半吊子　长了什么见识？

擀面杖　老爷如此断案，怪不得人家都说……

半吊子　说什么？

擀面杖　说咱县里来了个二百五，半吊子！

半吊子　嗟！大胆泼妇。

擀面杖　呸！这顶乌纱帽，八成是花钱买来的。

半吊子　熊娘们儿，叫你揭老爷的老底，叫你咆哮公堂！

　　　　［半吊子顺手摸起惊堂木，击倒擀面杖，在其腰间乱摸。

众衙役　（哄堂大笑）老爷，在这公堂之上……

半吊子　老爷在找开钱箱的钥匙，笑什么！

　　　　［解下拴在擀面杖腰间的钥匙，打开钱箱，将银两倒于地上。

众　人　哇！全是五十两一锭的大元宝！

半吊子　放牛娃，过来过来，兜住。

放牛娃　谢青天大老爷。（兜衣襟）

半吊子　（边数边往牛娃兜中放）一五，一百，一百五，二百，二百五……

小学究　多了多了，牛娃不要二百五。

三改契约

半吊子　（尴尬）二百五？

小学究　二百五就是半吊子呀！

〔众衙役再次哄堂大笑。

半吊子　嗟！你也说老爷是半吊子，二百五？

小学究　不敢不敢，再拿回一锭去，就不是二百五了嘛！

半吊子　（拿回一锭）呔！刚才为什么多放了一锭，变成了二百五？哈哈，甭管二百五也好，半吊子也罢，今儿个老爷要四改契约，再把这十字改为半字，放牛娃还是一月一两，剩余的退还给本官！（舔笔尖又欲改）

小学究　（抢过契约，掏出告示）老爷请看。

半吊子　（直勾勾地望着告示）即日起，私改契约、擅自挪动土地界线石基者，罪不容诛，斩立决！

半吊子　这……

小学究　这可是皇上的最新旨意，这又是老爷今天早上刚张贴出去的。

半吊子　本官……

小学究　老爷若私改契约，小的可找知府告状！

半吊子　啊呔！人小鬼大，人小鬼大呀！（目瞪口呆）

〔定格。幕后传来女声合唱：

　　童年的友情，似春雾朦胧，

　　在这朦胧中，吹来了聪明风。

　　吹开了南瓜花，捉来了萤火虫，

　　解下了红头绳，扎起了童年的灯笼，

　　扎起了童年的灯笼……

（剧终）

注：

① 1988年3月28日，该剧创作于莱芜市文化馆。

② 该剧与时任莱芜梆子剧团团长于洪新合作，著作权归执笔者张丽华、于洪新共有。

③ 1988年6月，该剧获山东省首届儿童戏剧电视大奖赛优秀剧本奖、优秀演员奖。

④ 该剧由莱芜梆子剧团首演，授演时限为期五年。

⑤ 如需排演该剧，请联系著作权人或继承人达成书面协议后方可表演。否则侵权必究！

· 河北丝弦剧

山里小媳妇

时间： 20世纪90年代初期。春节前后。

地点： 洞房。山道。

人物： 福　妞——山里小媳妇。
　　　　二　愣——新郎官。
　　　　伴舞者——两男两女，负责制造自然环境形象，合唱、伴唱、独唱、帮腔以及扮演小媳妇娘家人等角色。

〔小推车用抽象大写意的创作手法，使用两根细长柔软的竹条缠裹红绸而做就。弓起来是车厢、圆起来是车轮、撑开来是小车、舒张起来乃小车拉绳，可千变万化自由发挥，按照剧情充分利用。
〔两对伴舞者亦持同样道具，除做小推车之用外，弓起来是洞房，圆起来是镜子，弯起来是拱桥，A形撑起又做大山、组合起来形成大型推车，交叉利用又作为树冠和梅花等。总之，要和特定的自然环境紧密地结合在一起，和剧中人物融为一体。
〔在喜庆的音乐声中，四个伴舞者持道具欢欣而上。每副道具上面相对悬挂八面小铜锣，从而形成"锣子夹板"，随着音乐的节奏，欢快地击敲。

伴舞　咳、咳、咳、咳咳！哎——
　　　　（合唱）花儿开，鸟儿叫，
　　　　　　　　山乡春来早噢！
　　　　　　　　山也唱，水也笑，
　　　　　　　　日子过得好噢！
　　　　　　　　咱洗脚使香皂，
　　　　　　　　咱洗头用柔飘，

　　　　　从脚跟儿富到了头发梢。
　　　　　大光棍娶来个小媳妇，
　　　　　咱锣子猛打鼓紧敲！
　　　　　来来来——
　　　　　来一只大喇叭嘀嘀嗒嗒更热闹，
[道具组成二人抬、双人吹做的大喇叭。
　　　　　吹的是《抬花轿》可别跑了调！
　　　　　吹呀吹——
[奏起《抬花轿》，伴舞者狂吹。
[福妞顶着蒙头红，和胸佩红花的二愣踏着舞曲，由大喇叭引上。
[双杆喇叭将福妞框起来，形成喇叭轿子，伴舞者既吹又抬，颠、颤、歪、斜、逗起轿上的新娘。
[福妞东倒西歪，二愣极力保护。伴舞者将俩人框起，喇叭轿子渐渐弓起来，形成一道彩虹，化作了洞房。音乐戛然而止。
[一束红色的追光穿射进洞房。福妞与二愣已然静静地坐在床上。

二愣　福妞……
福妞　哎。二愣呀，俺热得慌。
二愣　腊月天，咋热得慌？
福妞　红盖头，捂的俺。
二愣　好，揭下来。（揭盖头）哎哟！
福妞　咋啦？
二愣　嗨嗨，你……今晚真俊！
福妞　你也不赖！
二愣　福妞呀，刚才真把俺吓坏啦。
福妞　怕啥？
二愣　怕你坐在那花轿上，颠颠地滚蛋了！
福妞　没事儿。俺在俺娘家，摘柿子、摘梨、摘山楂，爬在那大树梢梢上，晃悠晃悠直晃悠，从来就没滚过蛋儿。
二愣　嗨嗨，你真能。
福妞　能还能不过你咧！俺娘养俺这么大，白送给你当媳妇。
二愣　嗨嗨，我这大光棍娶来个小媳妇，真不相信是真的。
福妞　不信？过来摸摸俺的手。（偷笑）

二愣　嗨嗨，你这么一笑，俺脸上羞得发高烧啦。看，下雪啦。

福妞　哎呀！屋里一对红蜡烛，山上一片白茫茫，真美呀！

二愣　是啊！我在想哪，树梢上挂满了一朵朵雪花，山坡上铺满了厚厚的棉被，崖畔畔上那枝儿红梅探出身来，正瞅着那野兔儿，在那雪窝窝里蹦蹦跳跳地撒欢呢。赶明儿，我顺着踪迹，给你抓一只来。

福妞　俺不要。二愣呀，只要一下雪，俺也在想呀想……

二愣　想啥？

福妞　想俺那白了头发的娘，想俺那掉了牙的爹。还想俺那小嫂嫂、小哥哥。

二愣　福妞啊，过门儿不到半天，咋就想家呢？这里，不是有我吗？

福妞　俺在想，俺爹俺娘说的那句话。

二愣　啥话？

福妞　麦盖三层被，枕着馒头睡。

二愣　对呀！又是一个好年景。日子过好啦，总有这么一天……

福妞　这么一天？

二愣　这一天，日头落在那西山后……

福妞　让你……让你亲个够？

二愣　福妞……

　　　〔福妞仰起面孔，幸福地闭上了眼睛。剪影造型。

　　　〔追光消失。道具圆起来变作镜子。随着一声雄鸡鸣唱，福妞已然对镜梳妆。

福妞　（唱）　披红袄，绾乌发，
　　　　　　　过门几天挺想家。
　　　　　　　按风俗正月初二把亲探，
　　　　　　　新郎官小媳妇欢欢喜喜见爹妈。

二愣　福妞，你咋变啦？

福妞　变了？

二愣　你这么一打扮，变成地地道道的小媳妇啦。

福妞　二愣，你也变啦。

二愣　我咋变了？

福妞　一身西服洋装，头发梳得放光。你呀，变成地地道道的民扮华侨啦！

二愣　嗨嗨，甭管民扮村扮，华侨不差钱。（掏出项链）福妞，你看——

福妞　项链！花多少钱买的？

二愣　嗨嗨，一窝小猪钱花了还没有一半呢。来来来，戴上戴上，让人家看看咱山里人家也在变模样。（给福妞戴项链）

福妞　二愣呀，你还真会疼俺来。

二愣　男子汉大丈夫，就得这个样！福妞哎，我那电驴子擦得锃光瓦亮啦，咱麻利地走吧。

福妞　俺不。

二愣　为啥？

福妞　俺坐上那玩意儿，就眼晕。

二愣　那么，咱三弟有辆蹦蹦蹦，叫他把咱蹦蹦蹦了去！

福妞　谁坐你那颠跶孙。

二愣　要不，大哥买了辆大头车，我去开。（欲下）

福妞　回来回来，你不大会开，万一把俺掀到那山沟里，咱俩可就"拜拜"啦！

二愣　这也"俺不"，那也"俺不"，到底咋走法呢？

福妞　俺、俺要坐小车。

二愣　噢，闹了半天，你想洋气洋气，坐坐那小憋车子两头平呀！好，我花钱雇去。

福妞　俺说的是这个呀！（做小推车状）

二愣　我的个妈！闹了半天，是让我用小木车推着你呀！福妞呀，人家都来个现代化摆摆阔气，你咋喜欢秦始皇他老奶奶那一套呢！

福妞　你没听人家说吗？老陈醋、干巴姜，越吃越香嘛。为什么这两年大鱼大肉吃够了，又想吃那地瓜面窝窝头、苦苦菜小豆腐？

二愣　话虽这么说，可俺头一回走新丈人家，用小车子把你这么推了去，实在是太寒酸呀！

福妞　你怕人家笑话，俺自己走了。（佯下）

二愣　（拽住）福妞哎——
　　　（唱）　你要坐小推车，
　　　　　　　难为坏二愣哥。
　　　　　　　你使个小性子儿，

伴舞　（伴唱）使个小性子儿——

二愣　（唱）　实在是难捉摸。

伴舞　（伴唱）到底是为什么？

福妞　（唱）　俺坐小推车，

　　　　　　　　　好处实在多。
　　　　　　　　　大道滑溜溜，
　　　　　　　　　汽车钻泥窝。
伴舞　（伴唱）泥窝冰窝了不得！
福妞　（唱）　咱抄小路过，
　　　　　　　稳当又利索，
　　　　　　　行冰走白雪，
　　　　　　　不沾车轮脚。
　　　　　　　上山咱把那红梅寻，
伴舞　（伴唱）踏雪寻红梅——
福妞　（唱）　下岭咱抬头见喜鹊。
伴舞　（伴唱）一对花喜鹊！
福妞　（唱）　瑞雪美景难舍弃，
　　　　　　　大山里的小媳妇喜欢大山坡。
伴舞　（伴唱）爱不够山窝窝！
二愣　（唱）　看看雪景倒不错，
　　　　　　　只是那山道弯弯太坎坷。
　　　　　　　上山我蹬大腿，
伴舞　（伴唱）你使点劲儿——
二愣　（唱）　下山俺伸胳膊。
伴舞　（伴唱）你要挺住脖！
二愣　（唱）　爬岭我头冒汗，
伴舞　（伴唱）当作烤烤火——
二愣　（唱）　钻沟俺心哆嗦。
伴舞　（伴唱）当作怕老婆！
二愣　（唱）　我不想推，她偏要坐，
伴舞　（伴唱）偏要坐，偏要坐——
二愣　（唱）　上了路，是哭是笑也难说。
伴舞　（伴唱）不哭不笑不乐和！
福妞　（唱）　你若真心喜欢我，
　　　　　　　就轧出爱情路上一道辙。
伴舞　（伴唱）印在心中一道辙！

福妞　（唱）　流着汗水的情，
　　　　　　　爱满心窝窝。
伴舞　（伴唱）爱满心窝窝！
福妞　（唱）　淌着喜泪的爱，
　　　　　　　情洒一路歌。
伴舞　（伴唱）情洒一路歌！
　　　　　　　淳朴自然是花朵，
　　　　　　　乡韵乡情最执着。
福妞　（唱）　快推车上山道咱火火热热，
　　　　　　　新郎官唱来小媳妇和。
伴舞　（伴唱）快快快，一个推来一个坐，
　　　　　　　一个唱来一个和。

〔伴舞者将小车道具递向二愣。

二愣　别慌，让俺寻思寻思。（旁白）那两年，俺吃了早饭没晚上，空屋土炕冰冰凉。这两年，俺扒了草棚盖瓦房，全凭俺养鳖、养兔、养黄鼠狼！三十好几啦，娶上这么个小媳妇，简直是含在嘴里怕化了，背在肩上怕吓着。今儿个，她非要这流着汗水的爱，看来是，热爱热爱、越热越爱啊。好！豁上一身汗，推！（接过伴舞者递上的"小推车"）福妞哎，上车子吧——

福妞　好咪！
二人　（合唱）一条带儿搭肩上。
　　　　　　　一个轮儿吱呀呀地唱，
福妞　（唱）　一条小道难行走，
　　　　　　　一不要慌来二不要忙。
　　　　二愣呀，我咋觉着偏沉呢？
二愣　嗨嗨，那两年我还用一边推过一麻袋地瓜面儿来，不偏沉，不偏沉。
　　　（唱）　只是这腰也扭来头也晃，
　　　　　　　乍推小车不稳当。
福妞　（唱）　二愣呀，眼下要把山坡上——
二愣　（唱）　硬爬硬上往前闯。

〔伴舞者用道具化作高山。二愣与福妞甩起登山步，蹈起登山舞。

福妞　这山坡太陡，俺下车子吧？

二愣　你连毛加屎不过百把斤沉，没事儿。那两年我往山上送农家肥，还推过满满两篓子来！

福妞　俺可不是那粪堆坷垃蛋儿，你可别让俺滚了蛋儿。

二愣　滚不了蛋儿。你把心放到你那肚子里吧，我是个老驾驶员咧。

　　　〔上山攀岭，道路越来越陡峭。

福妞　哎哎哎，二愣呀，俺咋觉着脚丫子朝了天呢！这山太陡，你推不上去啦，还是让俺下来吧。

二愣　甭价。你越说俺推不上去，俺越来劲儿，你稳住屁股，看我把你撮到那山尖尖儿上去！

　　　〔二愣逞能地猛攻猛推，不料双腿踏滑，一屁股蹲在地上。福妞顺势滚在二愣怀中。

二愣　哎哎哎，钻到俺怀里来咧。

福妞　俺说下去偏不让下去，这不，到底让俺滚了蛋儿咧。

二愣　嗨嗨，这两年没摸小车把，还真使唤不了它呢！

福妞　你这屁股跌坏了吗？

二愣　嗨嗨，早就跌成两瓣咧！

福妞　别闹啦，你推我拉，咱上山。

二愣　福妞，真叫你把我累草鸡啦。你坐在我这大腿上，咱歇会儿再走。

福妞　快起来吧，爬上山顶再歇。

二愣　好，咱走。

　　　〔伴舞者将道具舒展开来，结成长长的小车拉绳，在刚劲而抒情的音乐声中，行龙走蛇地与福妞拉车登山。二愣双腿打软，被拖上山去。车到山头。二愣累得瘫倒在雪地上。

福妞　（扶起二愣）走，那边坐。

　　　〔俩人坐在大树疙瘩上。伴舞者组成悬崖、道具组成一朵盛开的大梅花。

二愣　福妞，你可把我折腾苦咧。

福妞　不受苦中苦，难得甜上甜。二愣，你看哪——

二愣　哎呀，梅花！

福妞　崖畔畔上的梅花，真俊！

二愣　再俊也不如你这小媳妇俊。

福妞　看你……

二愣　不信？过去比一比。

福妞　走，到崖畔下面看花儿去。

　　　［俩人踏雪观梅，柔姿起舞。

　　　［伴舞者亭亭玉立在崖畔，纵情歌唱。

　　　　　　崖畔梅花开，

　　　　　　点红满山白，

　　　　　　霜刀雪剑春情在，

　　　　　　香自苦寒来。

　　　　　　崖畔梅花开，

　　　　　　雪野情满怀，

　　　　　　青峰托起一片爱，

　　　　　　香自深山来。

福妞　花儿真美啊。

二愣　和你一样美。看我爬上去，采一朵。（爬崖）

福妞　下来下来。你没听人家唱的那支歌儿吗？

二愣　嗨嗨，《路边的野花不要采》。

福妞　二愣呀，咱做人可要学这梅花，经得起凄风苦雨，熬着冰霜开花儿……

二愣　嗨嗨，你这一说，俺是小毛驴撒脚子儿，上了劲啊！福妞啊，上车子！（摸起小车）

福妞　（上车）快推呀。

二人　（合唱）推推推，走走走，

　　　　　　当心脚下滑溜溜。

福妞　（唱）　绕疙瘩，躲石头。

二愣　（唱）　晃晃悠悠更温柔。

伴舞　（唱）　晃晃悠悠更温柔。

　　　［伴舞者弓起道具，拟作桥孔。

福妞　（唱）　迈小桥，过大沟，

二愣　（唱）　吓得我头皮凉飕飕。

伴舞　（唱）　千万可别钻了沟！

福妞　（唱）　稳住把，别撒手，

二愣　（唱）　摔不破罐子就洒不了油。

伴舞　（唱）　稳稳当当怀中兜！

福妞　（唱）　过了沟，下山头，

二愣　（唱）　上山容易下山愁！

　　　　[伴舞者用道具挡住去路。

福妞　（唱）　斜白杨，挡路柳，

二愣　（唱）　弓起双腿猛低头！（钻过）

伴舞　（伴唱）钻过挡道的大木头。

福妞　（唱）　刹住车，山坡陡，

二愣　（唱）　吱悠悠吱悠悠，使劲拽住刹车轴！

伴舞　（伴唱）山道弯弯九曲九，

　　　　　　　白雪滚出红绣球。

二愣　坏咧坏咧，拽断刹车绳子咧！

福妞　啊！拽住拽住……

　　　　[小车翻倒。福妞摔了几个跟头，二愣摔趴在地。

二愣　我的妈！摸了蛤蟆咧！你咋不帮我拽住？

福妞　二愣，摔疼了吗？

二愣　（伸出双手）看，秃噜了皮咧！嗨嗨，一个大年下，挺疼也得说挺恣儿呀。福妞哎，你不要紧吧？

福妞　一个大年下价，俺也说摔打摔打旺祥啊。二愣，咱再走吧？

二愣　哎哟哎哟……

福妞　咋啦？

二愣　腿肚子转了筋咧！哎哟哟，转到左边去咧。

福妞　看你！俺娘又不是大赤包，俺爹又不是坐山雕，咋上俺家就吓得腿肚子转筋？

二愣　不是你把俺折腾的嘛！

福妞　这可咋办呢？说不定俺爹、俺娘、俺哥、俺嫂，正在那村头迎接咱哪。

二愣　甭管咋说，今天我这条腿就是不听使唤咧。哎哟，这腿肚又转到右边来咧。

福妞　要不，我推着你吧？

二愣　你推我？嗨嗨，大厅上挂狗皮，这能像话（画）吗！万一让人家看见……

福妞　山道上没人，等你歇歇脚，咱就换过来。

二愣　好！俺也尝尝这坐车子的滋味。（上车起舞）

　　　　（唱）　度蜜月逢佳节喜中透甜，

　　　　　　　小两口成双对起舞翩翩。

福妞	（唱）	过沟沟走坎坎吓身冷汗，
		只是这小推车不太舒坦，
		硬邦邦硌屁股腰疼腿酸。

福妞　（唱）　过沟沟走坎坎吓身冷汗，
　　　　　　　上山岗下陡坡说翻就翻！
　　［小推车陷进小沟，福妞进进退退推不出。
二愣　坏咧，陷进小沟坎里去啦。福妞，使劲推呀！
　　［福妞用力过猛，栽倒。二愣摔翻。
二愣　你这不是玩命吗？
　　（唱）　看人家自自在在把年过，
　　　　　　福妞呀，咱这是过的什么年？
　　　　　　腿抽筋，头冒汗，
　　　　　　你推我坐阴阳颠。
　　　　　　说滚蛋就滚蛋，
　　　　　　头拱地来腚朝天！
福妞　快上车子吧。
二愣　说啥我也不坐咧！
　　（唱）　要是被人来看见，
　　　　　　人说你，找了个对象是婴儿瘫！
　　（白）还是我推着你吧。
福妞　你这腿肚子……
二愣　没事儿啦，腿肚子又朝了后咧。快上车子吧。（福妞上车）
二愣　福妞，你偏坐这玩意儿，这不是猪八戒照镜子——自找难看嘛！
福妞　二愣呀——
　　（唱）　推小车有什么丢人现眼，
　　　　　　好日子不忘那苦辣辛酸。
伴舞　（唱）　好日子更应该同甘共苦！
福妞　（伴唱）别看它一个轮儿悠悠地转呀，
　　　　　　老祖宗指望它转悠着吃穿。
伴舞　（唱）　转悠悠，悠悠转，
　　　　　　转悠着饱来转悠着暖。
福妞　（唱）　待等下去个若干年，
二愣　（唱）　这玩意儿早进了博物馆！

福妞	（唱）	你摸也别想摸，
		看也得花钱。
		哎哟哟哟，我的个娘哎，
		那时候就成了宝贝蛋咧！
二愣	（唱）	福妞你想得实在远，
		小两口走亲戚先顾跟前。
		汽车摩托你不坐，
		喜欢小车为哪般？
福妞	（唱）	喜欢它，不烧油来不冒烟，
二愣	（唱）	倒也是，空气新鲜没污染。
福妞	（唱）	喜欢它，没遮没盖挺露脸儿。
二愣	（唱）	倒也是，小两口叽叽喳喳让人馋。
福妞	（唱）	喜欢它，你推后来我坐前，
二愣	（唱）	倒也是，就像个簸箕把你端！
福妞	（唱）	喜欢它，赵州桥小沟小坎小车碾，
二愣	（唱）	倒也是，老祖宗轧出这劳苦艰难。
福妞	（唱）	喜欢它，爷爷推车去支前，
二愣	（唱）	倒也是，小车推倒了三座山！
伴舞	（伴唱）	小车推倒了三座山，三座山——
福妞	（唱）	喜欢它，下点力气叫锻炼，
二愣	（唱）	倒也是，放出了藏在身上的窝囊汗。
福妞	（唱）	喜欢它，摸把想起那两年，
二愣	（唱）	倒也是，回忆艰苦珍惜甜！
福妞	（唱）	二愣你，清清正正流点汗，
	（白）	下点力气那才叫——
	（唱）	打心眼里疼俺爱俺喜欢俺。
二愣	（唱）	你喜欢小推车情意无限，
		不由我爱满情怀劲头添。
		双腿生风快如箭，
		猛跑猛颠猛烈地蹿。

　　〔二愣推车狂舞。

福妞　停下停下。

二愣	咋啦？
福妞	颠跶颠跶的，消化得还真快呢。二愣，俺饿啦。
二愣	这好说，饿了包袱里有点心，渴了我这口袋里还给你准备着山楂咪。（掏出山楂递给福妞）
福妞	（接过咬了一口）哎哟！焦酸焦酸的，叫俺倒了牙咧。
二愣	嗨嗨，人家不是说，结了婚爱吃酸嘛，这不正对劲吗？
福妞	看你！俺还不到吃酸的时候。
二愣	结了婚都三四天啦，怎么还不到时候！
福妞	八成给你生个胖娃娃以后，那才到吃酸的时候哩。
二愣	到那个时候，俺赶集给你买上半麻袋。福妞，咱还是到家吃饭去吧。
福妞	好，咱走。（上小车）前边就是俺娘家的庄啦，你可要推漂亮一点呀。
二愣	啊！有瞧新女婿的没有？
福妞	俺就是愿意让你推着俺，让人家看看呢。
二愣	俺，俺怕看呢……
福妞	怕啥？一不聋，二不瞎，小伙子长得又不差。快推呀。
二愣	推推。哎哎哎，这小岭头上一伙人！
福妞	（惊喜地）哎呀！是咱爹、咱娘、咱哥、咱嫂迎咱来啦。（慌忙下车，迎上前去）
	［四个伴舞者分别化装成爹、娘、哥、嫂，兴冲冲地迎上前来。
福妞	爹、娘——
爹娘	闺女——
二愣	哥、嫂——
哥嫂	妹夫——
二愣	嗨嗨，真不好意思，用这玩意儿把你妹妹颠跶了来……
哥嫂	咱山里人家，喜欢这个呀。
爹爹	咳！这玩意好啊！我是个老把式咧，看见就想摸。（挽起袖子）来，我把你推回家。（摸起小推车）
二愣	（夺过）嗨嗨，看我的！丈母娘，丈母爷，丈母哥，丈母嫂，统统坐上。
爹爹	坐上就坐上！当年我还推过八个来！
哥嫂娘	好咪，上车子！
	［四人分左右侧身坐车。福妞拉车，在欢快的音乐声中，绕舞台起舞旋转。

[小车再次歪倒,众人造型。

(剧终)

注:

① 1999年2月28日,修改于莱芜市文学戏剧创作室。

② 该中型戏曲《山里小媳妇》系莱芜梆子排演的小戏《推媳妇》未删节版,因山东省《春节晚会》要求演出时长不超20分钟,便将剧本删节为莱芜梆子小戏。莱芜梆子小戏《推媳妇》晋京会演时备受关注,因此,河北省石家庄市丝弦剧团演出了该作品原版剧本。

③ 2001年6月,该剧获河北省艺术节优秀剧目奖、导演奖、演员奖、作曲奖。该剧与张克学合作导演。

④ 如需使用该剧或小戏《推媳妇》,请联系著作权人,侵权必究!

· 戏曲

推 媳 妇

时间： 春节前后。

地点： 洞房内，山道上。

人物： 小媳妇名叫福妞，新郎官取名二愣。

[小推车采用大写意的创作手法，用两根细长柔软的竹条缠裹红绸而做就。弓起来是车厢，圆起来乃车轮，撑开来是车把，伸展开来乃小车拉绳……可千变万化自由发挥，根据剧情发展而充分利用。
[舞美采用虚实结合的创意手法，铺满白雪的山峦银装素裹。小桥、石堰可作为上、下坡的山道，亦可作为床炕……
[幕启：随着一声雄鸡鸣唱，灯光渐亮，优美的音乐声渐起。
[一束红色追光追向床头。
[福妞穿红肚兜突然坐起，掀被窝下床，拉开窗帘。

福妞　咦！又是一场春雪，这大山真美呀！（轻声呼唤正在梦中的二愣）二愣，起来呀。

二愣　哼……

福妞　快起来吧。

二愣　哼……

福妞　你看看呀，太阳都晒着腚咧。

二愣　哼……

[福妞嫣然一笑，悄然揭去二愣身上的花被窝。二愣迷迷糊糊地爬起来，慌忙裹住被窝。

福妞　哈哈哈……

二愣　你笑啥你！

福妞　你忘了，今儿个咱还有要紧的事哩。

二愣　　啥事儿？

福妞　　俺回娘家。

二愣　　（一拍大腿）对！走丈人家。

福妞　　二愣呀，快把红袄递给俺。

二愣　　接住！（将袄扔向福妞）

　　　　〔福妞接袄穿袄，对镜梳妆。

福妞　　（唱）　披红袄，绾乌发，

　　　　　　　　过门几天挺想家。

二愣
福妞　　（唱）　按风俗正月初二把亲探。

二愣　　（唱）　新郎官——

福妞　　（唱）　小媳妇——

二愣
福妞　　（唱）　欢欢喜喜见爹妈。

二愣　　哟！福妞呀，你这么一打扮，更俊啦。咦，你还缺件东西来。

福妞　　缺啥？

二愣　　（拿项链）看！这是我卖了一窝小猪崽钱给你买的。

福妞　　看我！咱山里的孩子不习惯戴，差点忘了。

二愣　　来来来，戴上戴上，让人家看看，咱山里人也在变模样。

福妞　　二愣呀，你还真会疼俺哩。

二愣　　男子汉大丈夫，就得这个样！

福妞　　咱走吧。

二愣　　走！我那电驴子，昨天晚上就擦得锃光瓦亮啦。

福妞　　俺不坐。

二愣　　为啥？

福妞　　俺坐上那玩意儿就眼晕。

二愣　　那么，咱三弟有辆蹦蹦蹦（拖拉机），叫他把咱蹦蹦了去。

福妞　　谁坐你那颠跶孙儿。（拖拉机）

二愣　　要不，大哥买了辆大头车，我去开。（欲下）

福妞　　回来回来，你又没执照，万一把俺掀到那山沟里，咱俩可就"拜拜"啦！

二愣　　这也"俺不"，那也"俺不"，咱到底咋走法？

福妞　　俺，俺要坐小车。

二愣		噢,闹了半天,你想洋气洋气,坐坐那两头平呀。好,我打的去。
福妞		俺说的是这个呀!(做推小车状)
二愣		我娘哎,是让我用小木车推着你呀!我说福妞呀,人家都来个现代化摆摆阔气,你咋喜欢秦始皇他老奶奶那一套?
福妞		没听人家说吗?老陈醋、干巴姜,越吃越香嘛。为什么这两年大鱼大肉吃够了,又想吃那地瓜面窝窝头,苦苦菜小豆腐呢?
二愣		话虽这么说,可俺头一回走新丈人家,用小推车这么把你推了去,实在太寒酸呀。
福妞		你怕人家笑话?俺,俺自己走啦!(佯下)
二愣		(拽住)回来回来,让俺寻思寻思。(旁白)那两年,俺吃了早晨没晚上,空屋土炕冰扎凉。这两年,俺扒了草棚盖瓦房,全凭俺养鳖、养兔、养黄鼠狼!三十好几啦,娶上这么个小媳妇,简直是含在嘴里怕化了,扛在肩上怕吓着。看来,她想坐,俺就伺候着呗。福妞呀,俺推小车子去咧。(下)
福妞		看,咱还有点威信吧。
二愣		(推小车上)福妞哎,上车子吧!
福妞		好咪——(坐小推车)
二愣 福妞	(唱)	一条带儿搭肩上, 一个轮儿吱呀呀地唱。
二愣	(唱)	一条小道绕山转,
福妞	(唱)	一不要慌来二不要忙。
	(白)	二愣呀,我咋觉着偏沉呢?
二愣		嗨嗨,那两年我还用一边儿推过一麻袋地瓜面儿来,不偏沉,不偏沉。
	(唱)	只是这腰也扭来头也晃, 乍推小车不稳当。
福妞	(唱)	二愣呀,眼下要把山坡下——
二愣	(唱)	我娘哎,说啥也别磕了"筐"。
福妞		俺又不是那石头坷垃蛋儿,千万别让俺滚了蛋儿。
二愣		滚不了蛋儿,你把心放在你那肚子里吧。我是个老"驾驶员"咧。
福妞		哎哎哎,怎么越来越快啦!
二愣		坏咧坏咧!扣断刹车绳子咧!

福妞　啊！拽住拽住……

　　　[人仰车翻，二人摔倒在地。

二愣　我娘哎，摸了蛤蟆咧！你咋不帮我拽住？！

福妞　二愣，摔痛了吗？

二愣　看！秃噜了皮咧！嗨嗨，一个大年下，挺疼俺也得说挺恣儿呀。福妞，你不要紧吧？

福妞　一个大年下，俺也得说跌打跌打旺祥呀。

二愣　嗨嗨，这两年没摸小车把，还真拾掇不了它了呢。哎哟——

福妞　怎么啦？

二愣　腿肚子转筋啦。

福妞　看你！俺娘不是那大赤包，俺爹不是那坐山雕，咋上俺家就吓得腿肚子转筋呢？

二愣　不是你把俺折腾的吗？

福妞　这可咋办呢？说不定俺爹、俺娘、俺哥、俺嫂，正在那村头迎接咱哪。

二愣　甭管咋说，今天我这条腿就是不听使唤咧！哎哟，哎哟，又转到这边来咧。

福妞　要不，我推着你吧？

二愣　你推我？嗨嗨，大厅上挂狗皮，这能像话（画）吗？万一叫人家看见……

福妞　怕啥，山沟里没人，等你歇歇脚，咱就换过来。

二愣　这么说，咱是歇人不歇马呀？

福妞　上车子吧。

二愣　好！咱也尝尝这坐车子的滋味。（上车起舞）

　　　（唱）　度蜜月逢佳节喜中透甜，

二愣
福妞　（唱）　小两口成双对起舞翩翩。

二愣　（唱）　只是这小推车不太舒坦，
　　　　　　硬邦邦硌屁股腰疼腿酸。
　　　　　　过沟沟走坎坎吓身冷汗，
　　　　　　上山岗下陡坡说翻就翻！

　　　[小车陷进小沟，福妞进进退退难以推出。

二愣　坏咧，陷进小沟坎里去啦。福妞，使劲推呀！

　　　[福妞用力过猛，二愣摔下小推车。

二愣	你这不是玩命嘛！	
	（唱）	看人家自自在在把年过，
		福妞呀，咱这是过的什么年？
		腿抽筋，头冒汗，
		你推我坐阴阳颠。
		说滚蛋就滚蛋，
		头拱地来腚朝天！
福妞	快上车子呀。	
二愣	说啥俺也不坐咧。	
	（唱）	若是被人来看见，
		人说你，找了个对象是婴儿瘫。
福妞	还是我推着你吧。你这腿肚子……	
二愣	腿肚子又转过来了，快上车子吧。（福妞上车）我说福妞呀，你偏坐这玩意儿，这可是猪八戒照镜子——自找难看呀！	
福妞	二愣呀，你就别埋怨俺啦——	
	（唱）	推小车有什么丢人现眼，
		好日子不忘那苦辣辛酸。
二愣	（唱）	好日子更应该同甘共苦！
福妞	（唱）	别看它一个轮儿悠悠地转哪，
		老祖宗指望它转悠着吃穿。
二愣	（唱）	转悠悠——
福妞	（唱）	悠悠转——
二愣 福妞	（唱）	转悠着饱来转悠着暖。
福妞	（唱）	待等下去个若干年，
二愣	（唱）	这玩意儿进了博物馆。
福妞	（唱）	你摸也别想摸，
		看也得花钱。
		哎哟哟哟，我的个娘哎——
		那时候就成了宝贝蛋咧！
二愣	（唱）	福妞你想得实在远，
		小两口走亲戚先顾眼前。

汽车摩托你不坐，
喜欢小车为哪般？

福妞　（唱）　喜欢它，不烧油来不冒烟，
二愣　（唱）　倒也是，空气新鲜没污染。
福妞　（唱）　喜欢它，没遮没盖挺露脸儿，
二愣　（唱）　倒也是，小两口叽叽喳喳让人馋。
福妞　（唱）　喜欢它，你推后来我坐前，
二愣　（唱）　倒也是，就像个簸箕把你端！
福妞　（唱）　喜欢它，赵州桥被小车碾出一道弯儿，
二愣　（唱）　倒也是，轧了道小沟赛神仙。
福妞　（唱）　喜欢它，爷爷推车去支前，
二愣　（唱）　倒也是，小车推倒了三座山！
福妞
二愣　（唱）　小车推倒了三座山，三座山——

福妞　（唱）　喜欢它，下点力气叫锻炼，
二愣　（唱）　倒也是，放出了藏在身上的窝囊汗。
福妞　（唱）　喜欢它，摸把想起那两年，
二愣　（唱）　倒也是，回忆艰苦珍惜甜！
福妞　（唱）　二愣你，清清正正流点汗，
那才叫，打心眼里疼俺爱俺喜欢俺。

二愣　我娘哎，你这可是斗嘴咬下鼻子来，没有这个疼爱法呀！说这个，我不推着你啦。（欲走被拽回）

福妞　二愣呀，俺记得俺姑姑出嫁的时候，就是用这玩意儿推走的。俺嫂子娶来的时候，又是用这玩意儿推进来的。那时候俺就想呀，总有那么一天，俺福妞也要正儿八经地坐坐……

二愣　就是今天我这个推法？

福妞　你推着俺，俺心里才熨帖来，这比疼俺还疼俺哩。

二愣　你这么一说，俺是小毛驴蹶蹄子——上了劲咧……
〔车轮飞快地转起来。

福妞　停下。

二愣　咋啦。

福妞　颠颠跶跶的，消化得还真快呢。俺饿了。

二愣　这好说。你饿了，包袱里有点心。渴了，我还给你准备着山楂咧。
福妞　（咬了一口）哎哟，焦酸焦酸的，俺都倒了牙咧。
二愣　嗨嗨，福妞呀，人家不是说，结了婚不就爱吃酸吗？这不正对劲吗？
福妞　看你，俺还不到吃酸的时候。
二愣　结了婚都三四天了，怎么还不到时候！
福妞　谁知道啊，八成给你生个胖娃娃以后，那才到吃酸的时候哩。
二愣　到那时候，俺赶集给你买一筐头子！
福妞　二愣你看，前边就是俺娘家的庄了，你可要推得漂亮点儿。
二愣　啊！有看新女婿的没有？
福妞　俺就是愿意让你推着俺，让人家看看呢。
二愣　俺怕看呀！
福妞　怕啥？一不聋，二不瞎，小伙子长得真不差，快推呀。
二愣　好！好！推！推！（推起小车）人家都看俺咧。（弃车欲下，被福妞拽回）
福妞　二愣呀，你抬起头来，大大方方地让人家看看。
二愣　哎哎哎，你看，那村头上又来了一伙人……
福妞　（眺望）是咱爹、咱娘、咱哥、咱嫂迎咱来啦。
二愣　坏咧坏咧，俺这腿肚子又转筋咧。
福妞　看你，关键时候，咋又转了筋？
二愣　嗨嗨，新女婿头一回见丈母娘，把俺吓得。
福妞　来，我再推着你吧。
二愣　你这不是出俺的洋相嘛！来，快上车子吧。
福妞　你可要推稳呀，下去这道山坡，翻上那座山岗，就到俺娘家的庄啦。
二愣　推稳推稳，一定要推稳当。
　　　〔二愣推车下平台，大巡场，上平台，不料绊倒。
　　　〔造型剪影。

（剧终）

注：

① 2000年9月8日，第十稿作于莱芜市文学戏剧创作室。

② 该剧与祝兆明合作，张丽华执笔，著作权共享。该剧与张克学合作导演。

③ 1989年10月，获第二届山东文化艺术节剧本一等奖。1992年5月，获泰山文艺评选剧本一等奖。1992年7月，参评文化部（今文旅部）"天下第一团"优秀剧目展演获优秀剧目奖。2000年12月，更名为《回娘家》进京参加"全国农村题材小戏调演"

获创作奖、导演奖。2002年11月,采用原名《推媳妇》再次进京参加"全国优秀节目展演"获群星奖。

④该剧曾两次晋京汇报演出,受到党和国家领导人高度评价。因晋京演出和山东电视台春晚要求时长不超过20分钟,系删减演出版。原稿见河北丝弦戏《山里小媳妇》。

⑤该剧由莱芜梆子剧团首演,授演时限为五年。该剧由山东省吕剧院移植排演。

⑥如需排演该剧,请联系著作权人或继承人达成书面协议后方可演出。否则侵权必究!

· 话剧小品

逗出来的真情

时间： 20世纪90年代。

地点： 退伍军人老连长家。

人物： 老连长、大班长、老嫂子。

　　［老连长家。卧室内悬挂着一幅巨型婚纱艺术彩照。
　　［退役的老连长。复员的大班长。老嫂子。
　　［急促的电话铃声，老连长慌忙跑上接电话。

老连长　喂！哪位？让我猜一猜？是广州的林总吧？不对？是海南的郝董事长吧？更不对？您到底是哪位？别再逗我了好不好？啊！（高兴地跳起来）原来是你小子！现在在哪儿？什么什么，刚下飞机？你等着，我立马去机场。已经搭上车了？好！我告诉你，我住花园新区1号楼2单元303室，好好好，马上见，马上见。（喊）老亓——

老嫂子　（应声而上）啥事？

老连长　我那个好战友看我来了。

老嫂子　哪一个？

老连长　老炊事班班长，还记得不？

老嫂子　啊！那真是个好兄弟，不但爱说爱闹，还挺认真很任性呢，战士们都喊他大班长，你也这么叫……

老连长　是啊！生死战友呀。那年腊月，中印边防站天寒地冻，我带他去给山头的哨卡送饭，遇上暴风雪，困了俺俩三天三夜。鼻子冻歪了，这耳朵也冻去了半拉。

老嫂子　那阵子我正去探亲，这事俺最明白。大兄弟来到后，安排到哪家大宾馆？

老连长　哪也不去。他最爱吃你炒的菜，吃住全在家。

老嫂子　这更好，恁俩好好拉几天呱，我抓紧去买菜，你赶快打扫打扫房间。哎，对了，（指照片）快把这玩意摘下来，别让大兄弟看见笑话。

老连长　笑话啥？这是咱刚刚补上的艺术婚纱照，咱结婚时没捞着照，老了老了，又把青春都给夺回来了。

老嫂子　俺咋越看越不像，越看越别扭？都五十岁的人啦，咋整治得这么年轻？就像你又娶了个小媳妇。

老连长　你不懂艺术，咋看着自己还吃醋喝酱油的？告诉你吧，这就是高科技电脑成像，想叫你多么年轻就多么年轻，想叫你多么漂亮就多么漂亮，挂在这里多好看，填补填补遗憾，充实充实精神。

老嫂子　噢，原来你在搞精神享受啊。

老连长　别胡寻思啦，咱分分工，你抓紧去买菜，我抓紧打扫卫生。

　　　　〔老嫂子下，老连长擦桌抹地。大班长背军用包上。

大班长　老连长！（张开双臂扑过来）

老连长　大班长！（张开双臂迎上，热情拥抱）

大班长　你一点没变样，没老没老哇。

老连长　你还是这么瘦，更精神了。

大班长　好几年没见面了，说句心里话，真想您。

老连长　说句实在话，我也是。快坐，坐。（递烟倒茶）

大班长　刚才在电话里和你开了个玩笑，是想给你个惊喜。

老连长　听说你来，真把我恣坏了。你小子用广东话忽悠我半天，是不是复员后安排到广东去了？

大班长　没有。去年找了个藏族姑娘，就在咱第二故乡安家落户啦。

老连长　好好好！蓝天白云，雪山草原，又有美丽的藏族姑娘，你小子福分不浅。

大班长　听说你混得相当不错，当了什么公司的大经理啦，我得称呼你总经理才对。

老连长　什么经理？再怎么着也是生死战友，叫老连长才是那个味咪。

大班长　对！你叫我大班长，我心里头热辣辣的，有一种说不上来的舒服劲儿。老连长，虽然咱不穿军装了，但啥时候也是当兵的人。

老连长　对！

　　　　（唱）　咱当兵的人……

　　　　（俩人合唱几句后，开怀大笑）哈哈哈，当兵的感觉真好！

大班长　我仿佛又回到了那个年月，又找到了复员前的感觉。（敬礼）报告老连长。

老连长　大班长——

大班长　（一个立正）到！

老连长　什么情况？

大班长　请求参观一下老连长同志的居室。

老连长　好！跟我来。

大班长　咦！看这客厅，能容下一个排的兵力。咦！看这装修，师长旅长家也就这样啦，您老连长这是咋混的？

老连长　刚转业时分到工厂，可工厂下马了。我组织下岗职工开了个公司，想不到效益挺不错，大班长——

大班长　到！

老连长　记住大哥一句话，咱们当兵的人，拿出当兵的劲头，放到哪里都是块好钢！

大班长　报告连长，我正为建设青藏高原添砖添瓦，现任达叭拉新村村长。

老连长　好小子，有出息！走，参观一下卧室。

大班长　是！（进卧室）咦！太豪华啦，司令的太太也就住这样啦。咦！你看这张大床，能睡半个班。咦！你看这衣橱，能藏仨尖兵。咦！看……咦！咦！咦！咦！（猛然发现墙上的照片）……这是谁的婚纱照？

老连长　哈哈哈，别人谁这么大胆，敢把照片挂在我的卧室里。这是你嫂子，这是我。

大班长　哟！若不是老连长这半拉耳朵，真认不出来啦。

老连长　看你嫂子，漂亮不？

大班长　（头摇得像货郎鼓）这可不是俺嫂子！

老连长　不是你嫂子是谁？

大班长　报告连长，不认识。

老连长　（旁白）看我也忽悠忽悠他。

大班长　报告连长，我发现情况不妙。

老连长　有什么不妙的？告诉你吧，这位是你新嫂子。

大班长　（大吃一惊）啊！俺咋不知道？你啥时候给俺找了个小嫂子？

老连长　刚结婚不久，正在度蜜月哩。

大班长　（脸色骤变，带了哭腔）她、她是个干啥的？

老连长　（信口开河，胡诌起来）她是大款的女儿，没有她爹的资金扶持，我的公司早完蛋啦。你四处看，没有她，我能住上这种房子吗？没

有她，我能马上就安排你去住五星级大酒店吗？

大班长　俺、俺那个老嫂子呢？

老连长　早叫我一脚把她蹬啦！听说她满大街捡垃圾呢……

大班长　哎哟我的个娘哎，（哭泣）嫂子，我的个好嫂子哎……

老连长　哭啥哭啥？不就是你那个老嫂子把你从雪窝里扒出来，伺候你打了一个月的吊瓶吗？

大班长　不对！俺老嫂子还给俺洗衣做饭，端屎端尿咪！

老连长　这点屁事，别老挂在嘴上！

大班长　（哭）我，我不服！

老连长　不服什么？你说。

大班长　（哭喊）我不敢说……

老连长　我命令你说。

大班长　不说。

老连长　不服从命令？

大班长　我，我唱的比说的好听。

老连长　命令你唱。

大班长　（唱）　第七不许调戏妇女们……

老连长　谁违反三大纪律八项注意咪？谁调戏妇女咪？

大班长　你看这小娘们儿，够十八不？若不是你勾引人家，人家就会往你这半截子老头怀里钻？再说，这熊娘们儿更不是玩意儿，纯粹第三者插脚丫子！

老连长　行了，别再说了。

大班长　不！我还得说。

老连长　命令你继续说。

大班长　你老连长是当代陈世美，比陈世美还陈世美！俺那个老嫂子是如今秦香莲。比秦香莲还秦香莲咧……（痛哭）

老连长　提这些陈谷子烂芝麻干什么？人有了钱，找个小老婆算啥？包俩二奶也不蹊跷。

大班长　哎哟我的个老连长哎！一眨眼的工夫咋就不认识你啦？刚才还唱《咱当兵的人》。刚才还说，虽然不穿军装，心中仍然是军人。你仔细地去照照镜子，多大年纪了，还捣鼓这一套！

老连长　正因为年轻的时候没赶上好风光，现在就要抓住青春的尾巴。

大班长	老连长,你就别酸别浪了行不行?别忘了,您虽然是俺的上级领导,可咱是生死战友哇!(突然声泪俱下)当初咱被埋在雪窝里,你是咋说的?你说,只要咱能活着回去,能和亲人团聚,一辈子吃糠咽菜也认了。我知道,你心里一直想着俺嫂子啊!我说,咱一定能活着回去,一定能见着嫂子。就这样,你紧紧地搂着我,我紧紧地搂着你,一件羊皮大衣,你给我裹上,我又悄悄地给你裹上,就这么裹来裹去裹了三天三夜。后来,总算俺嫂子和战友们找到了咱,俺嫂子跪在雪窝里,边哭边喊,边用双手一个劲扒呀扒,十个手指头被冰碴子磨破了五对,没有一个不流血的。她背着咱,拖着咱,冒着风雪去了医院……老连长啊老连长哎,难道你都忘了吗?荣华富贵莫强求,患难夫妻不下堂呀。咱永远要有军人的魂魄呀!
老连长	(潸然泪下)对!咱永远还是当兵的人。
大班长	你变了!(指照片)变成这个咧。(背起黄背包)俺走,(热泪盈眶)俺、俺、俺满大街找俺嫂子去。(悲凄欲下)
老连长	(旁白)坏了!这个玩笑开过头啦,(死死拽住大班长)兄弟呀兄弟,老大哥错了,我是在逗你玩呀。
大班长	(哭喊)我不信!
老连长	你不知道呀,这是艺术照片……
大班长	艺术?艺术怎么不把你那半拉耳朵艺术上?缺一块好看吗?
老连长	那是有意留的,永远记住那次灾难,永远记着老战友。
大班长	坚决不信这一套!刚才说得有鼻子有眼,转眼又说逗你玩。我走,我走了肃静。(甩开老连长,冲出门去)
老连长	(大喝一声)大班长——
大班长	(戛然止步)到!
老连长	向后转、齐步走、卧倒!
大班长	是!(机械地卧倒在双人沙发上)
老连长	打开背包,例行检查。
大班长	是!(打开背包)
老连长	看你给我带来啥好吃的。(抓出几样东西)这是什么?
大班长	报告!这是冬虫夏草,滋阴壮阳,具有奇特疗效。
老连长	哈哈哈,你小子,够哥们。(又拿出几样东西)这又是什么?
大班长	报告!这是狼鞭、驴鞭、牦牛鞭……

老连长　好家伙，带来这么多贵重药材。是不是送给我的？
大班长　本来是，现在不是。
老连长　为什么？
大班长　我又不敢说。
老连长　我又命令你说。
大班长　是！我说。你那次冻掉了耳朵不说，就连那玩意儿也冻得功能不全咧。我一直惦记着这事儿，就和我媳妇卓旦丽玛满山遍野去挖冬虫夏草，为购买藏獒鞭、野驴鞭、雪山豹子鞭，走遍了半拉青藏高原，登上过半截子喜马拉雅山，总算弄到了这点心意。本来要孝敬孝敬您，目的是间接孝敬孝敬俺嫂子……但是，但是情况大为不妙！如果送给你，岂不使反了劲，拉了倒车，帮了倒忙？我坚决不能让你老当益壮，和俺小嫂子去过那和谐生活！（猛地捧起补品）我扔，我扔这个丈人！（疯狂地往楼下抛撒）
老连长　（急忙抢夺）好兄弟，别别别，你听我说。
大班长　（边扔边声嘶力竭地呼喊）不听，就不听……
　　　　〔老嫂子上，被补品撒了一头。
老嫂子　哎哎哎，谁往下乱扔东西？
老连长　看！你嫂子回来啦。
大班长　回来正好，骂她一顿出出气。
老连长　是你老嫂子呀。
大班长　（探头张望）哎，还真是俺老嫂子咪。（哭喊）老嫂子哎，可叫我看见您咧……
老嫂子　哎哟，这不是大班长吗？哎，你是哭啥？
老连长　快快快，快上来给我解解围。
老嫂子　（慌忙上楼）出啥事啦？
大班长　（一把拉住老嫂子）我的个老嫂子哎，你上他家来干啥？咱走哇，跟俺回西藏，俺吃啥，您吃啥，俺养您一辈子。（哭泣）
老嫂子　（莫名其妙）兄弟，我的个好兄弟，有话对嫂子说，千万别哭。
大班长　嫂子哎，啥也别说了，咱不在这里欺人家的眼蛋子！快跟我走。
老嫂子　老张，是你惹俺大兄弟了吧？
老连长　别提啦，都是这张熊照片闯的祸。刚才他问我这是谁，我开了个玩笑，说给他找了个新嫂子，这下麻烦大了，直接逗出真感情来咧！他上

　　　　了这个邪性劲儿，我死活哆嗦不下来咧。

老嫂子　哈哈哈，让你把照片摘下来，你还说是什么精神享受，看看，出事了吧？我说不像我，你就说像我，开这么大玩笑，俺兄弟能不当了真格的。

老连长　看来你这大嫂形象，在俺这帮兄弟心目中（伸大拇指）是这个！倘若我另找一个，还真有不愿意的咪。

大班长　咦！这么说，老连长真的逗我玩？

老嫂子　哈哈，你还不了解你这位老连长吗？他有那个贼心，也没那个贼胆，有那个贼胆，也没那个贼力气。

大班长　（扭了自己一把）嫂子，我不是在做梦吧？

老嫂子　咋是做梦？说归说，闹归闹，俺和恁老大哥这辈子谁也离不开谁了。

大班长　咦！这就放心咧。

老连长　（摘下照片）我摔这个小舅子！（举起要砸）

大班长　（破涕为笑，夺住）咦！不许摔打俺老嫂子。挂起来，挂起来，让俺老哥老嫂越来越漂亮，越活越少相。

老连长　哎，坏了，大班长——

大班长　到！

老连长　跑步下楼，把那些好东西统统给我捡回来。

大班长　是！

老嫂子　什么好东西？

大班长　我不敢说。

老连长　命令你说。

大班长　是！老嫂子哎，你等着吧，用不了十天半拉月，咦！你们的生活就会更加美满和谐。（转身跑下）

老嫂子　（莫名其妙）到底去捡啥宝贝呀？

老连长　哈哈，你就别问啦！（拽住）走，一块下楼捡上来。（下）

　　　　　　　　　　　　　　　　　　　　　　　　　　（剧终）

注：

① 2012年，创作于莱芜文阁楼。

② 2007年9月，获山东第十四届群星奖选拔二等奖。2008年4月，获首届山东星光奖一等奖。2008年9月，获山东省政府首届山东省泰山文艺奖三等奖。

· 喜剧小品

冒牌村长

时间：20 世纪 80 年代。

地点：泰沂山脉大南山。

人物：称心、如意、西得劲。

　　　　［如意抱菜肴上。
如意　爹，快来接一把呀。
　　　　［得劲应声而上。
得劲　不年不节又不是我那生日，买这么多菜干啥？
如意　称心马上就到。
得劲　称心？哈哈，光你这个如意的儿子就够我幸福的啦，哪里又蹦出个称心来？
如意　俺谈的对象。
得劲　我娘哎，你小子也不早汇报汇报，冷不丁就恣俺一下子。
如意　称心那人，既泼辣，又任性。这不，搞了个突然袭击，说是来端详端详家庭打听打听品行。相中就相中，相不中一脚蹬。
得劲　一个称心，一个如意，再加上爹爹这个西得劲，保险没事儿。
如意　人家还有个条件咧。
得劲　啥条件？
如意　人家称心说了，要咱村那戴纱帽翅的陪着。
得劲　这算啥条件？孩生日、娘满月，村长陪着姥娘婆，咱家相亲，村长理所当然得到，叫去。
如意　早去叫了，村长死活不来。
得劲　不来？我扛也把他扛了来。（欲下）

如意　（拉住）爹，别说扛，就是八抬大轿也抬不动他。
得劲　这是为啥？俺又没得罪他。
如意　村长说了，纪委提倡廉洁，杜绝吃喝招待，谁再请他，就是让他犯错误。
得劲　廉洁清正老百姓是双手欢迎。你那个称心也真蹊跷，非让村长陪着干啥？
如意　村长作陪，人家有要紧的话当面说。
得劲　咳，和村长有啥呱啦？有事和我这当公公的说说就很得劲儿。
如意　人家说了，村长不作陪，证明咱和领导的关系不好。娶过门子来要给小鞋穿，就得陪着受窝囊气！
得劲　咳！怪不得人家说，相亲村长不到，保准放个空炮哩。现在的大闺女都变成福尔摩斯学会推理啦。我说如意呀，离了村长这块坯，还就垒不成墙了吗？
如意　村长不到，人家饭不吃，酒不喝，跺跺脚连浮土都不沾。唉！挺得劲的个事儿，弄得不得劲儿啦。
得劲　那也不能毁了人家清正廉洁的规矩哎。
如意　你就知道说这个，就没寻思寻思人家谈个对象容易吗？
得劲　你小子愁啥？车到山前必有路，今天我来冲冲辙，保你小子称心如意挺得劲。
如意　您老好闹玄，今天最好别闹出笑话。
得劲　傻小子！村长不到场，亲事准黄汤。咱不能眼睁睁地看着散了这门亲事哎。依我说，死马当作活马医，到时候随机应变，说不定还弄得稀得劲儿。
　　　［称心满面春风、花枝招展地上。
如意　看，人家来啦。（迎上前）称心……
称心　那戴翅儿的来了没有？
如意　嗨嗨，咱俩人的事儿，你是非找那个第三者干啥？
称心　吃一堑，长一智，俺不能和俺姐姐那样……
如意　你姐咋啦？
称心　她相亲那阵子没请村长作陪，到如今，要准生证没准生证，要宅基地没宅基地。俺姐说了，当面锣、对面筛，先和村长摊开牌，相亲见面提条件，要让村长包下来！喂，村长到底来了没有？
得劲　来了来了，我多少带点翅儿，大小算个领导，一村之长，九品芝麻官儿。
称心　村长贵姓？
得劲　免贵姓西名得劲。咱是怎么得劲怎么来，啥得劲姓啥。

称心　庄户人家还能姓啥？姓西就西得劲儿。可是西门庆的西？

得劲　对对对，潘金莲的第三者，五百年前和俺是一家。

称心　这就对了。（忽然伸出手来）西村长您好。

得劲　（躲闪）别别别。（旁白）咱庄户人家当公公的，谁敢握儿媳妇的手？上来就弄了个不得劲儿。

称心　你看看，都80年代了，咋这么保守？！（不满意地扭过身去）上来就叫人不称心……

如意　称心呀，人家不愿意握，就别难为人家啦。

称心　傻样！没听人家说嘛，见面先握手，有话好开口，哈撒几哈撒，然后提要求。今天不和俺握手，就是看不起俺撵俺走！（佯下）

如意　别走别走，俺去做做工作，动员动员。

得劲　哟！这儿媳妇子真够大方的，看来是个开放型的。

如意　我说……

得劲　你说啥？我的个小同志哎。

如意　我说老同志啊，你就捏一下子去吧，轻转这么一捏，不就完事了。

得劲　对！看来，不捏把捏把就不得劲。为了下一步的工作顺利开展，握也得握，不握也得握。（鼓足勇气、撸起袖子上前，怎奈手不听使唤，颤抖起来。狠狠照自己手背一巴掌）我都不怕啦，你是怕啥？！称心同志……

称心　（转身双手紧握）村长同志……

得劲　我娘哎，哪有老公公和儿媳妇拉手的！行了行了。

称心　哟！村长的手咋打哆嗦呢？是不是发高烧，闹疟疾？我干过几天计划生育，也算个半拉架子赤脚医生了，来，给你号号脉。

得劲　不不不，我是血压增高手冰凉啦。

称心　村长到底怎么啦？今天天气很凉快，咋出了一头汗呢？

得劲　这——这是一泡尿憋的，你饶了俺吧！我去方便方便。（蹲下）

称心　哈哈哈，村长真有意思，保证有求必应。

如意　称心呀，今天你最好别提要求。

称心　看你个傻样。不提要求，巴结他干啥？如意呀，（闪出半个屁股）来呀，这边坐。

如意　嗨嗨，咱俩挤在一个椅子上，叫人家看见了，不大雅观呀。

称心　你就别装正经啦。你的本事俺还不知道？（柔情蜜意地回忆）那天晚上，你跑到俺村头小河边，非把俺拉进柳树行子里拉呱不可。地下冰凉，坐在腿上，不是揽了俺半宿吗？那天晚上你就雅观啦？

如意　那天晚上只有星星月亮，没有人啊。

称心　有人咋啦，谁没个年轻？反正咱俩这事八九不离十啦，亲热亲热有啥？

如意　这……

称心　（佯嗔）过来就过来，不过来算啦。

如意　好好好，过去过去。（同坐一椅）

称心　如意呀，看来你和村长的关系不错，俺娶进门儿来，保险受不了窝囊气儿。你为人俺放心，赏你一个吻。（转身接吻）

[得劲上，见状进退不得。

得劲　（旁白）我娘哎，抱住就啃，也不背人。说是好事儿，乍一看还挺不得劲儿。嗨嗨，都跟着电视上学会啦！马季那话，老乡们，闭眼吧。说来也是啊，现在的年轻人，也真会享受，俺那如意他娘在世的时候，俺还没啃过一回呢。（打自己嘴巴）娘的，没有口福！（干咳一声）

[称心、如意急忙分开。

得劲　别慌别慌，俺啥也没看见。如意同志，你还愣着干啥，整治菜去！

称心　西村长，俺要是娶进门儿来，还得靠您多多照顾。

得劲　咳！如今村长啥用处？各种各的田，各挣各的钱，各人本事各人使，各打各的小算盘。

称心　话虽这么说呀，可俺那个算盘还是靠您来拨动的嘛。西村长呀，俺前脚结婚，后脚还得要个娃娃票咦。

得劲　这……（旁白）坏啦坏啦，进入实质性会谈咧。

如意　（解围）嗨嗨，酒菜都准备好了，有啥事吃过饭再谈吧。

得劲　好好好，里边请，里边坐。（往上首席推让）来来来，上首里坐着得劲儿。来来来，咱喝……

称心　俺不。

得劲　咋啦？

称心　西村长呀，这酒可不能白喝呀。

得劲　啧啧，不喝白不喝，喝了不白喝，咱喝，咱喝——

如意　来来来，共同举杯。

称心　你喝你的，俺走俺的了。（起身便走）

如意　称心呀，有话好商量嘛。

得劲	对对对，有话好说，有话好说啊！
称心	那么，俺可提要求啦。
得劲	提就提，保管你称心。
称心	头一件事，还是刚才那句话，结婚先要娃娃票，当天兑现。
得劲	咳！娃娃票不娃娃票的啥用？早生儿早抱孙子，越快越好！
称心	西村长呀，你就别哄着孩子不哭了。提前生娃，肯定挨罚！
得劲	这事你就别操心咧，挨罚算我的。
称心	这可是村长说的，到时候可别红脸呀！
得劲	空口无凭，立据为证，如意呀，准备笔墨纸张录音机！
称心	好！第二，第二个事说出来，可不大吉利呀。
得劲	别别别，今天是个吉利日子，咱拉点吉利呱。
称心	拉倒吧，80年代的新一辈，不信那一套。村长呀，俺——俺生个丫头片子咋办呢？
得劲	啧啧，咱不研究这个，不研究这个。咱庄户人家，生呀养的挂在嘴头子上不大得劲。
称心	别打岔，村长，俺再重复一遍，生个女孩到底咋办呢？
得劲	女孩给我，你和如意再去南河崖里捞个小子去！
称心	如果捞不着呢？
得劲	捞不着，继续捞。不捞个大胖小子来，和你没完！
称心	实在捞不着呢？
得劲	实在捞不着，我把我的儿子送给你！
称心	如意，听见了没有？村长的决心大着哪，你可要记好呀！
如意	记好啦，不就是他把他那儿送给你吗？
得劲	称心同志，这门亲事咱拍案定板吧。
称心	慌啥？俺还要相相家庭、打听打听品行哩。
得劲	你仔细看看吧，这走的转的、听的看的，保你称心。
称心	称心倒称心，就是这院子不大如意，看，还不如老婆腚大呢。
得劲	别看院子小，人家收拾得可得劲儿。
称心	西村长，这小房小院的俺咋结婚呢。俺还得要块宅基地，结婚结到新房子里去呢。
得劲	好好好，给你个亩把半亩的宅基地，保险又宽绰又朝阳，结婚的日子住新房。

称心　您是一村之长，吐口吐沫是个钉，说话可要算数呀。
得劲　如果不算数，我把我那房子全给你。
称心　如意，你听见了吗？
如意　听见了，到时候不给也得给。
得劲　称心同志，你这三大条件，我答复了一对半，咱麻利地定了弦吧。
称心　我还没慌，你是慌啥？俺还没打听打听如意的品行咧。
得劲　论品行嘛，如意同志比那猫还老实咧，猫还知道吃腥，他都不知道。这孩子我最摸着脾气咧，睡觉回头朝哪我也明白，歪倒就是一宿，连个身都不翻……
称心　你拉倒吧！俺咋亲眼见他睡着了还翻跟头，打二踢脚呢？
得劲　我娘哎，你咋知道的呢？
如意　（拉称心一旁）你，你说漏了嘴咧。
称心　怕啥怕啥？这村长也把你夸得太玄乎啦。我说村长呀，如意不是还有个爹吗？
得劲　千万别提他，提起他来我就生气。
称心　他咋的啦？
得劲　那家伙能说会道，爱打爱闹，东蹿西跳，倒有一套，就是不走正道，光会挣大把大把的钞票。
称心　现在老实人吃亏，这可是个能人呀，他在哪里？
得劲　我——我把他开除村籍咧！
称心　什么，就为这个把他赶走了？
得劲　这种人不驱逐出去，咱村都眼红咧。哼！整天地跑广州下关东，说是光挣钱挣了半大瓮！你看看，这吃的用的，屋里弄的，夏凉的，上冻的，听立体声的，带遥控的，这，这不是走资本主义嘛！
如意　可别这么说，若是没俺爹，俺啃地瓜面窝窝头也赶不上趟呀。
称心　西村长，请求您答复最后一个要求。
得劲　又提啥要求？
称心　十万火急，把俺爹找回来！
得劲　办不到！我和你爹是死对头，（学杨子荣语气）今天是有他没我，有我没他！称——心，你看着处置吧！
称心　（旁白）有这么个能赚钱的好公爹，啥事办不了，村长不村长的无所谓咧。
如意　称心呀，咱到底要村长，还是要爹？

照町 ZHAO TING

称心　俺要爹，要公爹。

得劲　哈哈，那我可就豆芽不叫豆芽——弓弓（公公）起来啦。

称心　啊！

　　　［造型，切光闭幕。

（剧终）

注：

① 1990年，初稿写于莱芜文化馆。

② 1992年10月，该剧获山东省戏剧小品大奖赛一等奖。

· 微电影文学剧本

难解难分

1. 蛤蟆崮 / 日 外

黄黄的山菊花与红彤彤的野榆钱叶儿点染的巍巍沂蒙山中那陡峭的蛤蟆崮崖畔诗情画意。

2. 跟踪山泉小溪，摇出峦谷村落 / 日 外

几缕山泉如雾似烟，飘洒下崖畔，于山谷中汇成银色的小溪，它绕坡缠沟，行龙走蛇般地流向瓦房与草舍掺半的峦窝山村。小村庄依坡偎崮，前街口小桥流水，犹似一道护城河。

3. 街口碾棚 / 日 外

一座七漏风八漏气、青石垒就的破碾棚傲立在街头，茅草棚顶上跳跃着一群扑翅抖毛的麻雀。

4. 碾棚 / 日 内

一只被破布捂着眼的小毛驴儿，四只干巴蹄儿吧唧吧唧地踹着碾道，它紧拉套儿，石碾滚滚。紧跟在毛驴后面的张大嫂手腕灵巧地摇动着扫碾笤帚，轻轻拨拉着碾盘上的粮食粒儿。她不时倒过笤帚，照驴屁股蛋子捶打几笤帚疙瘩。

碾道边挤了一圈夹着簸箕、端着瓢头的娘们儿，她们指手画脚叽叽咕咕，时而笑得前仰后合，时而气得捶胸顿足。

【画外音】瞧，这蛤蟆崮下的窝拉头庄，好歹也就百来户人家，哈！都这年头啦，窝拉头的娘们儿仍习惯于牛拉磨子驴拉碾，老喜欢跟着驴屁股蛋子转悠。别看这碾棚里充满了驴屎蛋儿味，这可是娘们儿谈香说玉拉拉老婆舌头的好去处。看，这等碾的等碾，压碾的压碾，张家长，李家短，什么花

里胡哨的巧古点子但说无妨。哟！咱窝拉头的家雀为啥又扑拉翅子？对，大小准有点事儿。

　　张大嫂似乎是接着画外音说："可不是呗，今儿个咱村又出了件说蹊跷又不蹊跷的事儿。"

　　众娘儿们忙问："啥稀罕事儿？"

　　张大嫂："咳！庄东头黄狗子兄弟俩分爹分娘咧！"

　　众娘儿们："咋着分的……"

　　张大嫂："今儿个一大早……"

　　镜头迅速摇向黄家，缓缓推出破院老屋。

5. 黄家小院 / 日 外

　　欲歪的茅屋老墙龇牙咧嘴，几根木头歪顶斜撑着老屋的前墙，朽木门板半掩。推出片名《难解难分》。

6. 老屋 / 日 内

　　屋内陈设几乎一空，一根被炊烟熏成铁黑色的弯弯朽梁支撑着几处露天的茅草顶棚。

　　年过古稀的黄老大两口子盘腿坐在炕头上怔怔地望着儿子媳妇们。

　　大狗子怀里揣着个吃奶的孩子，挨着高头大马的媳妇蹲在地上。

　　二狗子脖子上骑个顽童，挨着俊俏的媳妇坐在炕沿上。

　　黄老汉磕了磕烟锅："今儿大早请恁兄弟妯娌们来，是让恁看看俺这老屋，仔细瞧瞧吧，我和恁娘咋个住法？刮风墙缝里进土，呛得一个劲儿打喷嚏。下雨屋顶漏水，淋得猴坐在墙旮旯悠里，像两只落汤鸡。再说，庄稼活我也干不了咧，往后的日子……"

　　黄老婆子微笑着推了老汉一把："你嘴里多起肚里的啰啰一些干啥？和孩子们用不着拐弯抹角，有啥事就利利索索地说出来。"

　　黄老汉："行，那咱就直说。大狗二狗啊，我和恁娘昨儿夜里商量了半宿，一家凑三千块钱，先买料拾掇屋再说。"

　　二狗媳妇闻言霍地站起来嚷嚷道："我娘哎，这三千块钱叫俺上哪里讨换去？新盖了五间瓦房，俺还欠人家一腔饥荒咪！"

大狗媳妇白了老二家里一眼站起身来:"老二家闹饥荒,俺老大更没法过了。给恁超生了个孙孙,那罚款还是东凑西借的咪。大狗,你说对不对?"

大狗忙应承:"可不是咋的?不孝有三,无后为大。爹,为了给您传宗接代,我大狗就是取去、借去、偷去、摸去,也不能落下个不忠不孝之名哎。"

黄老汉不无讥讽地:"嘿,咱窝拉头庄里谁不知俺家狗子孝顺?头脚走过去,后脚哪有戳打脊梁骨的?"

黄老婆子:"大狗二狗,恁日子过得咋样,能瞒得过爹娘吗,哪家不趁个万儿八千的?"

"就算有俩钱,也不是易来的!"大狗媳妇快嘴快舌。

"是啊,谁家那钱也不是石头坷垃蛋儿,说呼啦就呼啦一筐头子来。"二狗媳妇赶紧帮腔。

"这么说,俺和恁爹就等着砸煞算咧!"黄老婆子说着来了气儿。

"是呀,这屋说不定早晨后响得塌下架来,也省得他兄弟俩掘坑刨窝,花钱打坟咧,更省得恁兄弟俩凑米凑面养老送终咧。"黄老汉挖苦着说。

二狗:"爹,您说这个,人家听见了笑话呀!"

黄老汉:"知道要脸就好。"

黄老婆子:"那就快凑钱买料,先补修老屋。"

"凑钱没门儿,上了岁数的人咧,还能趴哈几天?!"大狗媳妇说完,白了公婆一眼。

二狗媳妇拽拽嫂子衣角:"要修屋的话,倒不如一家一个,把老头子和老娘子分开算咧。"

大狗媳妇琢磨了琢磨问大狗二狗:"恁兄弟俩说咋样?"

大狗二狗拍案叫绝:"这办法蛮好!"

二狗媳妇:"二老说咋样?"

黄老汉事出意外:"行倒行,既省钱修屋,又省得恁妯娌们来来回回照应。只是……"他示意让老婆子道出难言之隐。

黄老婆子心领神会:"这办法不大中用,俺和恁爹说啥也不能分了家哎,依俺说,倒不如初一十五我和恁爹在老大家,十六三十去老二家……"

"对!还是推磨似的轮起来好。"黄老汉赶紧附和。

二狗媳妇连连摆手说:"不行不行,初一十五,大今小今,这家伺候得好,那家伺候得孬,不均不均。"

大狗媳妇干净利落地说:"要分咱就来它个小葱拌豆腐,分个一清二白。

轮来轮去，非轮酸了不可。"

二狗媳妇一拍大腿："对！愿意分开就分开，不愿意分，别怪俺不管不问不孝顺！"

大狗媳妇："我说二老呀，分开有什么不好？只要不缺吃，不缺喝，房子不漏就行啦。都上岁数的人了，还这么黏黏糊糊，就不怕小辈们笑话？"说着将婆婆拉下炕头，"走，娃子他奶奶俺要咧！"

二狗媳妇见状忙夺住婆婆，对嫂子火辣辣地说："怎么，就你缺看孩子的？"

大狗媳妇气哼哼地说："你倒算计周到啦，老娘子能看看孩子，做做饭什么的，按岁数比老头子小了整整一旬十二岁，买骡子买马，多一个牙还少拉两年犁咪！"

二狗媳妇反驳道："那你为啥不要老头子？你心里更清楚，老头子干不动活不说，一天还得搭上一把烟叶、二两酒咪。"说着瞪二狗一眼，"还不快扶恁娘走？！"

二狗急忙搀扶，被大狗甩个趔趄。

大狗："动抢是咋的？！"

二狗："大哥你——"

大狗："我咋啦，想撇下咱爹不管，办不到！"

大狗媳妇殷勤地蹲下身去，双臂反扣住婆母腿："娘，俺驮你走。"

黄老婆子挣扎："放开！谁管恁爹，定准弦再说。"

二狗媳妇拦在门口："大嫂，你这办法，就不怕四邻八舍笑话？！真要分不均，咱就拾阄。"

大狗媳妇："拾阄。"

二狗媳妇："拾阄最公道，拾好拾赖是命里摊的，谁也草鸡不了。"

大狗媳妇："拾就拾，今儿个俺要碰碰手头，拈拈运气，拾着秃子是秃子，拾着月亮是月亮！"

大狗二狗："爹，您老就画阄吧。"

黄老汉用烟袋指着儿子媳妇骂道："都给我滚出去，老子画阄！"儿子媳妇被轰到院里，他气哼哼地闩上门，对老伴说："唉！你这是养了两个啥瞎包玩意儿！把老子当成馍馍篓子酒坛子咧。"

黄老婆子："唉！倒了八辈子邪霉儿，养活了这么两个私孩营生子！狗子他爹，咱都黄土埋到脖子的人了，咋能分家呢？俗话说得好，老伴老伴，老来伴……"

黄老汉双手一摊:"总不能眼睁睁地砸死在这破屋里,饿死在这老窝里,咱挣扎了多半辈子,还得图个善终咪。狗子他娘哎,咱就忍心分开,逃咱那活命去吧。"

黄老婆子:"这么说……"

黄老汉长叹一声:"唉,夫妻本是同林鸟,大难来时各自飞吧。快找笔墨砚台。"

黄老婆子颤巍巍地从墙旮旯里那泥坯垒就的碗架子底下摸出墨砚和一张红纸条儿,默默地研起墨来,几滴老泪落入砚中。

黄老汉展开纸条,趴在炕沿上:"拿笔来。"

黄老婆子苦笑着:"你那破毛笔早当成烟袋杆子了。"

黄老汉无可奈何地苦笑:"那就使指头划拉划拉吧。"说着卷起袖子,以指蘸墨,在红纸条上龙飞凤舞地写了"爹""娘"二字。然后将红纸撕裂,爹、娘顿时各归一方。而后慢慢地揉搓着那两个纸团儿。

7. 小院 / 日 外

大狗、二狗和媳妇们焦急不安地徘徊。

二狗媳妇耐不住性子,扒门缝向屋内窥视。

大狗媳妇拽弟媳个趔趄,气哼哼地一腚蹲在门槛石头上:"不要脸的娘们儿,看恁公爹那个腚吗!"

二狗媳妇恼羞成怒地脱下鞋子,指着嫂子骂:"你生在头里,长在头里,不让小的一步,硬逼着老头子画阄,大的不正,小的打腚!你敢不说人话,俺就敲你个骚腚子娘们儿!"

大狗媳妇洋洋不睬地指着自个的脑门:"来呀,朝这儿打!"突然将脸呱落一喷,"动我根汗毛,叫你竖根旗杆!"竟然眼角都不瞧弟媳一眼。

二狗媳妇欲向前,被二狗死死抱住。

二狗媳妇越拉越上劲地挣扎着:"今儿个就动她根汗毛试试!"

二狗劝解道:"算咧,娃子她娘哎,你咋沉不住气呢?老头子闩上门画阄,不就是怕有偏有向吗?你,你看个啥劲咪?!"

二狗媳妇闻言大怒,猛地给了二狗一鞋底:"胳膊肘子往外拐!看着你嫂子好,你跟她过了去!"将二狗向嫂子拥去。

二狗被拥得趔趔趄趄:"哎哎哎,再拥就跌着孩子咧!"

大狗媳妇亦不示弱,揪住大狗的衣领大骂:"还不快跟你兄弟媳妇睡了去!"亦往弟媳怀里推去。

孩子哭,老婆吵,小院内顿时乱作一团。

屋门吱呀一声打开,黄老汉怒目圆睁:"别他娘的狗撕猫咬咧。拾阄!"将两个纸团向院里一甩,反身走进院内。

众人戛然而止了厮闹,围着纸团转悠起来。

二狗媳妇抓起一个,递给二狗,二狗急忙打开,两口子顿时拉长了脸。原来是个"爹"字。

大狗媳妇见状早明白了八分,她笑嘻嘻地摸起地上的纸团,展开晃动着说:"有福之人不在忙,无福之人瞎慌张。这可是天意!他二婶呀,当嫂子的没和你抢吧。"

二狗子两口子噎得一句话也说不出来。

大狗子已将老娘搀出屋来,他笑容满面,心里乐开了花:"娘哎,咱娘们眼下就走。"

"不慌不慌,我和恁娘拾掇拾掇,随后就到。"黄老汉拦住大狗子。

大狗媳妇挤眉弄眼:"是哟,老感情了,得给人家留点亲热亲热的时间。"

大狗:"娘,我先回去给您拾掇床铺去。"又对媳妇说:"还不快家走做饭去。"

大狗媳妇:"娘,你可要麻利着点儿啊,俺还等着你哄孩子摊煎饼哩。"她甩了个响指,与大狗乐哈哈地走出小院。

二狗子望着呆呆的媳妇:"娃子他娘,咱爹咱养老,可是命里摊的哟。"

二狗媳妇点了点头,故意粗声大气:"咱拾着柿子是柿子,拾着软枣是软枣,咱不能不仗义,更不图老子给咱当牛做马哄孩子。"

黄老婆子感激万分:"好儿不如好媳妇,二狗子家里是个乖孩子。"

二狗媳妇越夸越是逞强地对黄老汉表决心:"爹,您老拾掇拾掇那铺盖卷儿,今晚到俺家宿去,俺保证伺候好您!"说罢扭头走了。

"娃他娘,娃他娘……"二狗子喊着追出院去。

8. 街筒里 / 日 外

二狗追上媳妇气吁吁地竖起大拇指:"娃他娘,你通情达理,不孬,不孬!"

二狗媳妇陡然站住："滚你爹那个蛋的吧！"骂了一声，扬长而去。

二狗呆愣着，一句话也说不出来。

9. 老屋 / 日 内

黄老婆子坐在炕沿上，含泪望着用麻绳捆行李卷的老伴："狗子他爹，你先别忙活那个了，来，咱俩先说说话儿。"

黄老汉长叹一声，挖一锅烟末，挨老伴坐下，老婆子急忙划火柴为老汉点着烟："狗子他爹，俺从十六岁嫁进你门子来给你支使，掰着指头算算，风风雨雨五十年了。有糠咱一块吃，有菜咱一堆咽，穷日子苦日子咱一起熬，熬呀熬，总算熬得孩子们娶了媳妇，成家立业了。按说，咱该陪伴着享享清福了，可眼下……"她抽噎着再也说不下去。

黄老汉颤抖着手为老伴抹了一把泪："狗子他娘，你就别难过了，哭肿了眼皮，小辈们还不知要说咱啥好呢。唉！做梦也没寻思，你六十六，我七十八，在这个岁数上分了家！咱这两个狗崽子，比那土匪还狠毒咪。"

黄老婆子："可不是咋的？那年俺叫土匪绑了票，你凭着一杆鸟枪、一把大刀片儿，硬把俺从土匪窝子里抠出来。从那，咱还没离开一回咪。"说着伏在老汉肩头又哭了起来。

黄老汉紧握住老伴的手，热泪盈眶："逼到这道坎上，如若是土匪，俺还拿得动大刀片儿！可是咱亲生亲养的儿子，俺就没了办法。我说狗子他娘，大狗子家里的脾气可是够呛，给她看孩子，万一跌着磕着，你这当奶奶的吃不了，兜着走。"

黄老婆子："二狗子家里也不是好惹的，往后你该忍就忍，该让就让，凉就凉吃，热就热吃，千万别依着你这犟驴脾气使性子！"

黄老汉望望门缝射进的太阳影子："咱这呱越拉越多，尽着说，一辈子也说不尽。天快晌午了，咱个人赶个人的饭食儿去吧。"说着将捆好的铺盖卷塞给老伴，"来，背上。"

黄老婆子将铺盖卷放回炕上："慌啥？眼下这滋味，三天不吃饭也不饥困，多拉一刹是一刹的了。"

黄老汉倍加留恋地："是噢，一个庄南崖，一个村北坡，往后想见上一面也不那么容易了。"

黄老婆子："唉，人家没了老伴的还千方百计淘换一个相互照应照应咪，咱这俩孩子咋不知老人心哪。唉！老了老了，这是咋说？！看你这褂子，像疯狗撕了似的……"说着从发髻上拔下针来，眯起昏花的老眼引着线，"脱下来……"

　　黄老汉："甭那么仔细了，穿着缝缝就蛮好。"

　　黄老婆子板起脸来，认真望着老汉："不行！俗话说，穿着缝，没人疼！往后谁给你洗洗补补，跟在你腚上受支使呀。"

　　黄老汉若有所思："狗子他娘，俺咋琢磨着咱那儿当了官呢。"

　　黄老婆子："啥官？"

　　黄老汉："法官呗。"

　　黄老婆子莫名其妙地问："法官？"

　　黄老汉幽默地："要不当上法官，能判决咱离婚吗？"

　　黄老婆子："我娘哎，真格的，比那法官还法官咪！"

　　黄老汉："可不是咋的？听说法院离婚，还有个调解过程咪，咱倒好，当他娘的破家具抓阄分咧！"

　　黄老婆子："唉！这么一分，咱活着还有啥滋味？"

　　黄老汉不无幽默讥讽："是噢，老咧老咧，东奔西跑咧，受的难为多咧，见面的机会少咧。"说着又递过铺盖卷去，"来，我先打发你走。"

　　黄老婆子将另一床被子递给老伴："咱一堆走。"

　　黄老汉强换笑颜，不无风趣："别别别，咱背着行李齐排排地上街，人家说是鬼子进了村，吓得咱逃了反！"

　　黄老婆子强打精神："那就打发你先走。"

　　黄老汉夹着被子恋恋不舍地在屋子里转了一圈，自言自语："怪不得那兔子还恋老窝哩，这么一走，墙倒屋塌，再也找不到生我养我的老屋了。"然后对老伴苦笑了笑，"狗子他娘，咱都好自为之吧，俺，俺先走一步啦。"强忍住眼眶中打转的泪水，扭头快步走出屋去。看那沧桑的背影，摇摇晃晃地抽搐着，他是在无声地痛哭。

　　黄老婆子踉跄地追出屋门，抽噎着喊："狗子他爹，你就甭再牵挂着俺了，俺享俺那清福去咧。"说完慢慢地关起屋门。

10. 大门口 / 日 外

　　黄老汉豆大的泪珠一颗颗跌落在地上，他晃晃荡荡地从破大门里走出来，忽闻吱呀作响的关门声，不由得心头一惊，他扔掉铺盖卷儿，反身冲进小院。

11. 老屋 / 日 内

黄老婆子解下捆被窝的绳索，哆哆嗦嗦地往梁上甩挂。

12. 门外 / 日 外

黄老汉大惊，捶打着门呼喊："狗子他娘……"呼之不应，只好以脚踹门。

13. 老屋 / 日 内

门被踹开，黄老婆子抱着一摊绳索怔怔地蹲在地上。

黄老汉急忙抱起老伴："狗子他娘，你忒不仗义啦！要走咱一块走，你凭啥舍了俺？"

黄老婆子一头栽进老伴怀中失声痛哭："离开你，俺就没了主心骨，活不下去了……"

黄老汉抹了一把老泪："是噢，秤杆离不开秤砣，老头离不开老婆。狗子他娘，把绳子给我。"他拿过绳子，一头打个结扣。

黄老婆子："你这是？"

黄老汉仍然很幽默："我打的是拴香油瓶子的死结，从南京到北京也开不了扣！来来来，一头一个，不偏沉。"

黄老婆子："早年间，俺娘家大叔大婶就这么一头一个吊死的，这叫挂'油嘟噜'呀！"

黄老汉："要活，咱活成一块，要死，咱就得死成一堆。"

黄老婆子："说的也是，把眼一瞑，咱谁也没有挂心事咧。黄泉路上，还是做着伴儿走。"

黄老汉将绳子甩挂在弯梁上，不料灰尘纷纷落下来，眯得老汉两眼难睁。老婆子急忙翻开老汉的眼皮，就着门口的亮光，连连吹气儿……

黄老汉不耐烦地："到了这个时候，还这么仔细干啥？眯着眼去阎王爷那里报到去。"搬过两只板凳，放在绳扣下面，"来，就这么站着。"

老两口面对面地站在板凳上，双手紧抓着绳套。

黄老汉问："准备就绪了吧？"

黄老婆子点点头，紧闭上双眼，引颈进套。

黄老汉："慢着，临行咱得指指路哎。"

黄老婆子："也是，免得咱黄泉路上错了道儿。"

黄老汉轻轻叨念起来："狗子他爹娘黄泉路，庄西有棵老槐树，顺着大道往前走，千万别下那黄土路。饿了扒地瓜，渴了有水库，不渴不饿别留步，少在那西方路上犯迷糊……"

黄老婆子："坏了坏了，俺那腿肚子转了筋咧！"

黄老汉："那咱就麻把利地走。"

未等老汉引颈，老婆子慌手慌脚地套住脖子，两脚一悠，四仰八叉地跌翻在地。

老汉忙扶老伴坐起，边松着老伴脖子上的扣儿边埋怨："你是慌啥咪？！咱命里注定，谁早走一刹也不行。起来走走，别窝住火儿。"扶着一瘸一拐的老伴在屋内溜达，"哟，磕得还不轻咪，俺去叫那赤脚医生来看看。"动身欲走。

黄老婆子拽住："你咋糊涂呢，命都不要咧，这条老腿还有啥用处？！来，扶我站到板凳上去。"

黄老汉搀住老伴站稳："听着，我喊一、二、三，咱一齐打悠千。一、二——"

黄老婆子突然产生恐惧："等等！狗子他爹，咱不死不行吗？"

黄老汉："你咋一刹清楚，一刹糊涂？眼下我玩真格的了，咋又变了卦呢？"

黄老婆子："俺不是怕死。俺是想，咱这么一嘟噜挂起来，可给咱那大狗二狗惹下是非咧，让人家戳咱儿的脊梁骨，咱那俩儿在人前抬不起头来了。"

黄老汉闻此言更加悲愤："要说这个呀，咱更得挂起来！豁上性命，做个样子给那些不体贴父母心的崽羔子们看看！"

黄老婆子："我说狗子他爹……"

黄老汉不耐烦地打断老伴的话："你就别说了，有呱咱上了路拉去吧，还得留着两句打发阎王爷哩。一、二、三！"

老两口引颈入套，四只脚儿蹬空。只听得咔嚓一声，弯梁突被坠断，墙往四周倒塌，茅草屋顶棚向中间陷下去，冲起了一股浓浓尘烟。

大狗与媳妇赶来，在尘烟中怔怔地呆愣着。

尘烟消散，乱七八糟的茅草堆里钻出一个土头土脸的脑袋，原来黄老婆子大难不死，从茅草窝里爬了出来。

大狗和媳妇"娘哎娘哎"地呼喊着忙上前去拖去拉,谁料竟连老头子也拖了出来。

大狗媳妇惊慌地:"绳子,娘脖子上套了根绳子!"

大狗慌忙去解,黄老婆子死死地抓着绳子不放。

黄老婆子嘶喊着:"别解!要俺就得要恁爹!"

大狗媳妇吃了一惊:"啊!恁俩拴成堆咧!"

黄老汉:"想要恁娘,就连我一起牵着!"

大狗媳妇:"这下子难分难解了!"

【定格】推出演职员表。

（剧终）

注:

① 1991年3月10日,初草于莱芜市文化馆。

② 1991年11月,该剧获山东省电视大奖赛一等奖。

· 行业戏曲

三上墙

时间：当代春天。

地点：大南山桃花峪村。

人物：房所长——女，50余岁，土地管理所所长。
　　　老牛筋——40余岁，桃花峪村村民。
　　　袁外香——19岁，房所长的侄女。
　　　小　牛——20岁，老牛筋之子，袁外香的男友。
　　　主　任——男，30岁，桃花峪村治安主任，兼土地管理信息员。

〔天幕景：幽静的小山村，漂亮的新宅舍坐落在青松绕山巅、山坡百花艳的大南山山脉，村前小桥流水，绿树成荫。
〔道具：一排新房，半壁院墙，那堵尚未竣工的高约两米的院墙，明显地超出房墙之外，院内放一芦席制作的空粮囤。
〔幕后合唱：
　　　　飘香的田野刮春风，
　　　　南山的大地吐深情。
　　　　麦子黄梢摘甜杏，
　　　　雪落东岭柿子红。
〔大幕徐徐启开，老牛筋肩扛怀抱两块特大的鹅卵石上。

牛筋　（唱）　泰沂山区有一宝。
　　　　　　　河流子垒墙墙不倒。
　　　　　　　肩上扛，怀中抱，
　　　　　　　岸边寻，水中捞，
　　　　　　　特意拣来精心找。

垒起这小院墙累得弯了腰。

［牛筋自顾跷脚昂首砌筑院墙。治安主任呼喊着跑上。

主任　老哥，老牛筋大哥——
牛筋　你就像狼掉了羔子似的叫唤啥？赶快和泥巴，要不哇，别想喝我那壶完工酒。
主任　嗨嗨……
牛筋　你是"嗨嗨"啥？
主任　这墙——
牛筋　这院墙咋啦？绷直一条线，一色的圆悠蛋。碍着你哪条青筋咧？
主任　你这话离了线咧。
牛筋　离了线？还跑了卯呢！谁不知我老牛筋是大南山有名的泥瓦匠。我垒墙垒出名声来的时候，你还没掉奶牙来。
主任　你就别打马虎眼咧！你这院墙私自扩建出这么三尺，咱村七嘴八舌把你讲咕烂咧。
牛筋　什么？是哪个黑头蛆胡讲咕？
主任　我——我——
牛筋　你？你闻不见风，就是雨，少来这里挑毛揪刺儿！走走走，我没工夫和你闲磨牙！（没好气地推搡）
主任　别拥别拥，你超占宅基地，可是违法的呀。
牛筋　哈！才干了三天半治安主任，就学会装猫变狗吓唬人咧？
主任　哈哈，本人不光是治安主任，还兼着土地管理信息员哩，哪个敢违法超占土地，本人则有权向上级汇报。嗨嗨，不过今天这事……
牛筋　今天这事咋啦？你通风报信去吧。哼！别说宽出个一墙两墙，就是圈起半分地也不犯法犯罪！去去去，别耽误我垒墙。（搬起石块）
主任　（夺住）兄弟我不能眼睁睁地看着老哥犯错误哎，这墙，咱说啥也不能垒。
牛筋　好小子！我看你是放着肃静日子不过，成心要找不利索呀！
主任　什么？老哥你超占了土地，咋还让俺不肃静？
牛筋　你松手不松手？
主任　不松。老哥你……
牛筋　我？我叫你跳跳那迪斯科！（将石块猛然一松，砸在了治安主任脚上）
主任　哎哟！我的脚指头哇！（痛得单腿跳跃着转起花来）
牛筋　看！老弟的迪斯科跳得真够水平。这就好了"症候"咧。滚！

照町 ZHAO TING

主任　好哇老牛筋，我治不了你，有治了你的！我，我请土地爷去。
牛筋　你就是请了土地奶奶来，也碍不着我垒墙。
主任　你！你等着。哎哟……（单腿跳跃而下）
牛筋　就凭你这两下子呀——拜拜吧！（转念一想）说归说，做归做，他要真的请了土地爷来，乱是乱不了，麻烦咧。吓！甭管咋说，老子也不大好拾掇！

　　（唱）　主任他去把那土地爷爷请。
　　　　　　我就是老牛筋一根皮条绳。
　　　　　　他扯不断，嚼不动，
　　　　　　磨嘴硌牙总是空。
　　　　　　或软或硬看火候，
　　　　　　垒院墙，谁想阻拦也不行！
　　　　　　硬就硬成河流子，
　　　　　　一碰立马冒火星。
　　　　　　软就软成鼻子桶，
　　　　　　说的唱的都好听。
　　　　　　忙把院墙封了顶，
　　　　　　土地爷瞎折腾，吹胡子瞪眼全不灵！

（白）对！只要生米做成熟饭，墙高基深，看哪个敢动。走，推石头蛋去哇。（推车而下）

［袁外香与小牛携手而上。

二人　（合唱）翻过了枝叶招手的山岗，
　　　　　　　迈进了桃花盛开的山梁。
小牛　（唱）　来到了我的家门口。
外香　（唱）　看到了未来的洞房，
小牛　（唱）　乡镇企业当工人找了个好对象。
外香　（唱）　初登门看一看家庭强不强？
二人　（合唱）春风杨柳细又长，
　　　　　　　万丈情丝缠绕在小山庄。
小牛　爹，爹——哎，爹干啥去了？
外香　俺在院子里溜达溜达，看看这房子咋样。啧！前出厦，小平房，红油门，绿漆窗，还挺时髦来。

三上墙

小牛　只可惜这院子小了点。对了，你婶子不是土地管理所的所长吗？等将来往外拓宽……

外香　俺婶子办事可认真啦，就咱俩这事呀，还瞒着她哩。

小牛　这是为啥？

外香　俺从小没娘，是婶子把俺拉扯大的，她给俺约法三章，第一条就是不许俺20岁前找婆家。咱俩这事若让她知道了，俺非挨剋不可。

小牛　哈！这么说，咱俩还是地下工作者呀！

外香　可不呗。这次来呀，是秘密行动。

小牛　看来呀，这事要对你婶子严守机密。（二人畅笑）

〔老牛筋趔趔趄趄地推车而上。

小牛　爹——（慌忙与袁外香前来拉车卸石）

牛筋　星期天不回家帮老子干点活，咋去咧？哎，这位是？

外香　大叔——

小牛　应该叫爹。

外香　（不好意思开口）乍这么叫，还真"爹"不出来哩。

牛筋　不慌不慌。那就等啥时候"爹"出来再"爹"呗。（旁白）看看俺儿厉害不？找了这么个腚大腰圆的媳妇，俺别愁着抱不上孙子。（白）牛犊子啊，你俩先屋里喝茶去，我这活儿还挺紧张咧！（举石砌墙，几乎闪倒）

外香　（慌忙扶住）大叔，俺来当小工，递石头吧。

牛筋　你头一回来家，能好意思让你下力吗？

外香　咱一家人不说两家话，您老就上墙吧。

牛筋　好，找人帮忙没处找，赶巧不如凑得巧。这下子，可帮了我的大忙咧！你参我可要上墙咧。

小牛　慢慢上，注意点儿……

牛筋　没事儿！（上墙）

〔袁外香站在脚手架上做二传手，递石于墙头。老牛筋信手拈石，自顾埋头垒墙。

外香　啊！（突然发现匆匆行走在山路上的婶子，悄然跳下架板）小牛，糟了，糟了。

小牛　咋啦？

外香　山坡上走来两个人，穿标志服的就是俺婶子。坏了，找上门来咧！

小牛　这，咱这事儿泄了密吗？

外香　没有不透风的墙啊，赶快把俺藏起来呀！
小牛　对，绝不能让她婶子抓个现行。快钻进这空粮食囤子里躲一躲。
　　　〔外香刚钻进席囤，主任与所长迈进了家门。
主任　老哥，你就别白忙活了，看谁来了。
牛筋　啊！
所长　你是老牛筋同志吧，我们来测量一下宅基地。
主任　这是咱土地管理所的房所长，下来，快给我下来……
牛筋　（怒视着治安主任）好呀你小子，真的把土地奶奶搬出来咧！（跳下墙头）今儿个我要和你斗喽斗喽！（摆出拳击架势）
主任　老牛筋！你要干什么？
牛筋　干什么？谁叫我不熨帖，我叫谁不得劲儿！
所长　有话好说嘛，何必动肝火？（递过皮卷尺）老牛同志，我们先量一下你的宅基，如果没有超占的话，我们当面向您道歉。（拉开皮尺）一米、二米……
牛筋　谁和你扯皮条？！（不耐烦地猛将皮尺甩去，正好缠在主任的脖子上）
主任　哎哎哎，你咋勒我脖子？
牛筋　勒你的脖子？我恨不得拴住你这根大舌头，使麻线缝住你这两扇喋喋嘴子。
主任　（欲怒又止）好好好，咱君子不和牛治气。（扯下脖子上的皮条）房所长，咱量咱的，三米、五米……
小牛　爹，您是不是超占了地基啊？
牛筋　不就是扩建出几尺，顶多有他一垄地嘛，这有啥大惊小怪……
小牛　超占土地，可是违法行为哇，爹，咱不能……
牛筋　住口！老子违了法，你他娘的还怪光彩嘛！超个三尺二尺的，谁也咋不着咱，墙外是咱的承包地。
所长　老牛同志，经核实，你的宅基已超出了规定范围。来，我们座谈一下吧。
牛筋　座谈？站着还不愿听你说呢！
所长　你！（欲怒又止）牛筋同志，你私自扩建院墙，占用基本农田，难道还有什么理由吗？
牛筋　对咧，没有理由我就不垒这堵墙了。
　　　（唱）　老牛筋砌院墙理直气壮，
　　　　　　　但愿你土地爷保佑这一方。

你看这院墙垒得棒不棒?

红瓦挂在墙头上,山坡添红妆。

院外是我的责任田,

探出个三尺二尺俺没沾着国家的光。

倘若你不把道理讲,

我老牛筋可不是狗肉汤。

主任　好!咱大南山里有的是柴火,非把你老牛筋熬成狗肉汤不可。

牛筋　好哇你!当了点儿蚊子汗毛大的官儿,就来找老子的事儿。(摸起石头锤)今天我要砸断你条腿,再让你跳跳那柔姿舞!

小牛　(拉住)爹!

所长　(夺过石头锤)牛筋同志,你听我慢慢说嘛。

牛筋　老虎推磨,不听你那一套。我的责任田,由我说了算,少打了粮食,俺就是喝风咽沫当王八,也不用你咸吃萝卜淡操心!

所长　你懂不懂法?所谓的责任田,必须按照规定的用途使用。你这样做,是违法的。

主任　听明白了吧老哥。依我看,自行拆除吧。

牛筋　我若不拆呢?

主任　那就对你强行采取措施。

牛筋　采取措施?你还枪毙了我吗?好小子,我就叫你采取采取措施!(耍赖地靠在主任身上)你毙了我,你毙了我……

所长　(推开牛筋)这么大年纪了,怎么会这样呢?!

牛筋　我年纪大小咋的,又不是吃你那凹腰算子上的干粮长大的。

所长　老牛筋同志呀——

　　　(唱)　消一消气,解一解烦。

　　　　　　平心静气天地宽。

主任　(唱)　打了盆说盆,打了碗说碗,

　　　　　　凭啥硬往俺怀里钻?!

牛筋　(唱)　垒了墙拆墙,盖了院扒院,

　　　　　　你和我捣蛋,碰上鬼难缠。

小牛　(唱)　爹爹莫道长,大叔少揭短,

　　　　　　听所长把话儿对咱讲完,恁俩别硬干。

所长　老牛筋大哥呀——

（唱）　沉住气，慢慢谈，
　　　　　　土地资源很有限。
　　　　　　有道是，三山六水一分地，
　　　　　　每一寸与民生紧紧相连。
　　　　　　倘若这可耕地你占他也占，
　　　　　　要浪费多少亩基本农田？
　　　　　　劝老哥拆除这违规违建，
　　　　　　院子小点心安然。

牛筋　嘿嘿，我说所长啊，你说的比唱的好听，也别想拆我这堵墙。

所长　你——

牛筋　我就这么个人，说话不留渣，一锛砍到墨……

所长　（欲怒又止）你要知道，切实保护耕地，是我国必须坚持的一项基本国策呀！

牛筋　哼！你有政策，我有对策……

主任　咳！老牛筋，你是软硬不吃，真没起错这个名！我说所长啊，看来是"啃"不动他了，咱该咋办咋办，别再费这个口舌了。

小牛　爹，依我说……

牛筋　依你说？那得等老子爬了烟筒后再依你说！滚靠一边！

所长　牛筋同志，如果你不听劝阻，我们可要按照非法占用土地的条例对你严肃处理了。

主任　老牛筋，你好好想一想吧，眼下还是做思想工作阶段。再不回心转意，可就依不得你了。

牛筋　你裹着个棉裤腰嘴，还想学那画眉叫，闲着你那舌头上长个疮去吧！我说房所长啊，为了个垄把半垄的地，用不着和我生这个闲气哎。

所长　话又说回来了，你千万不要小看这一垄地呀——

　　　（唱）　条条丝线织绸缎，
　　　　　　颗颗土粒汇成田。
　　　　　　麦子开花罗白面，
　　　　　　栽上地瓜可口甜。
　　　　　　播上高粱吃红米，
　　　　　　麦茬玉米嫩又鲜。
　　　　　　倘若这三尺宽被你侵占，

你也占他也占越占越没边。
少了地，粮减产，
每年缺粮多少天？
别说十天不吃饭，
三天不吃腰就弯。
饿着肚子急了眼，
草根树皮变大餐。
想一想，看一看，
但愿你拆墙还耕三尺田。

牛筋　哼！
　　（唱）　你嘴上抹蜜话儿甜，
　　　　　少拨拉我的小算盘。
　　　　　不种麦子偏要吃那担担面，
　　　　　不种芝麻做菜偏把香油添。
　　　　　不栽高粱揭开锅盖是红饭，
　　　　　不种豆子顿顿离不了豆腐干。
　　　　　饥与饱，吃与穿，
　　　　　不在乎三尺二尺的黄土田。
　　　　　说一千来道一万，
　　　　　拆除院墙难上难！

主任　所长啊——
　　（唱）　他秃子打伞无法（发）无天，
　　　　　他口吐狂言扰乱治安。
　　　　　对牛弹琴越弹越乱，
　　　　　推倒院墙猛罚钱！

小牛　这墙……
所长　劝阻不听，强制执行，等履行法律手续后，责令你父亲拆除！
主任　依我说，干脆给他拥倒算了，趁着水泥还没上强度……
牛筋　拥倒？看把你能的！今儿个谁敢胡闹"锅台"，我也会灶王爷跳舞！（对主任又拉开架势）
所长　你要干什么！告诉你吧，干我们这一行的最不怕耍拧拧头，上二杆子劲儿。这样闹下去，应当考虑后果。

牛筋　这么说，你真的要拆？
所长　不但要拆，对你这种非法占用土地者，还要处以每市亩五百元至一千元的罚款呢。
牛筋　我娘哎，你到底还叫俺过不过？
小牛　爹，国家有法律，上级有文件，咱小腿扭不过大腿，犟了吃亏哇。依我说，干脆拥倒算咧。
牛筋　混账小子！你也上来邪劲咧！老子是为了哪个儿呀！
小牛　你就我一个孩子，还能为谁？咱俩该诉就得拆！等以后吃了官司，您后悔就来不及了！
牛筋　败家子！老子操心费力地垒起来。你不但不领老子的情，反而胳膊肘子往外拐。我，我这是活的个啥滋味啊！还不如一头碰煞算咧！
主任　哈哈，恐怕老哥没那个血性吧。
牛筋　你当我吓唬你？今儿个，我要墙不要命，我，我不活了。（一头照主任身上撞去。所长上前阻拦，拱在所长怀里，所长一闪。老牛筋一头撞向粮囤。粮囤撞倒，猛不丁将袁外香撞了出来）
众人　（大惊）啊！
小牛　（慌忙扶起外香）袁外香——
所长　（大惑不解）小香，你为什么钻到人家的粮食囤里来了？
外香　俺、俺违犯了您的约法三章，您就狠狠地剋俺吧，婶妈……
主任
牛筋　（怀着不同的心理）啊！婶妈？
所长　这——这——
　　　（旁唱）一波未平又一浪，
　　　　　　侄女婶娘两彷徨。
主任　（旁唱）眼看残墙成断壁，
牛筋　（旁唱）柳暗花明又一庄！
外香　（旁唱）又羞又怕又窝囊，
小牛　（旁唱）爹爹她，一头碰出了袁外香。
所长　（旁唱）外香自幼失母爱，
　　　　　　　虽是婶娘胜亲娘。
主任　（旁唱）忧的是，拆墙拆出了关系网，
牛筋　（旁唱）喜的是，一头撞出牌一张。

三上墙

外香　（旁唱）谁想到，突然遇上这情况？
小牛　（旁唱）太匆忙，席筒里藏娇不是个好地方。
所长　（旁唱）虽说女大不由娘，应该放一放，
　　　　　　万不该，谈恋爱撞上这面墙。
主任　（旁唱）看她两彷徨，所长怎么当？
牛筋　（旁唱）傻小子，咋不快叫丈母娘。
外香　（旁唱）盼婶娘把女儿多多原谅，
小牛　（旁唱）看起来娘儿俩感情要受伤。
所长　（旁唱）思一思，想一想。
　　　　　　如何对待论短长？心中要亮堂。
众人　（旁唱）莫找错了方向，
　　　　　　莫挂乱了挡。
　　　　　　淋了雨的爆仗，
　　　　　　还想听个响！
外香　婶妈啊，您打俺骂俺惩罚俺吧。
小牛　都是俺不好，要打一齐打吧，都怨俺……
所长　唉！女大不由娘了。既然如此了，婶妈还能说什么？
众人　啊！这门亲事您认啦？
所长　（默默地点头）男大当婚，女大当嫁，人之常情嘛。
外香　我的好婶妈呀！小牛，快叫婶妈。
小牛　婶妈！
所长　不错，高高的个头，欢睁大眼的，是个好孩子。
小牛　谢谢婶妈……
牛筋　（爬将起来）我娘哎，一头抵出个亲家婆来。这一下子发了老鼻子财咧！（冲上前握住所长的手）嗨嗨，常言说得好，亲家亲家，骂骂打打，不打不骂，不算亲家！来来来，屋里坐，屋里请。
所长　这……
外香　婶妈，你来得正好。快进屋里坐坐，也替女儿看看家庭条件。
牛筋　对对对，今儿个正好替闺女相相亲。要不，还得备上小毛驴请你去咪。牛啊，赶紧治菜去呀！
小牛　婶妈您坐，女婿订菜去。（下）
牛筋　（端上茶）喝茶，请喝茶。

837

所长	哈哈，咱舌战了半天，嗓子都冒烟了，先润润喉咙再说。主任，你也喝一碗。
主任	你喝你的，俺走俺的。
所长	你……
主任	嗨嗨。您一家人砸核桃，还有俺的好果子吃？今天这事儿呀，到此为止，咱拜拜吧。（欲下）
牛筋	走得越快越好，这里不找陪客的！
所长	（拦住主任）主任，亲戚归亲戚，拆墙归拆墙，今天这事儿，我会处理好的。
主任	好！今儿个就要看看你这土地爷咋着办？
小牛	（端上菜）菜来啦。
外香	婶妈，您坐。
所长	外香啊，今儿个要让你土地信息员大叔陪酒，你说咋样？
外香	大叔，您老快坐。
主任	嗨嗨，你爹烦我，我就不喝这个眼皮汤了。
牛筋	狗坐轿子，不识抬举。叫你坐，你就坐！赶快灌上一盅，该干啥干啥去。
主任	那我可就坐下了。
牛筋	坐！
主任	那我就不谦虚了。（端盅）来来来，干！
牛筋	你急啥！我还得说两句咪，亲家婆呀——
	（唱）　亲家有缘红线穿，
	你侄女找到了大南山。
	不管是盖房修院垒羊圈，
	自然靠亲家婆从中成全。
外香	（递杯）婶妈喝点儿。
牛筋	来，干杯！
所长	等一下，我也有几句话要说——
	（唱）　侄女从小失双亲，
	是我养大长成人。
	怕她年轻欠谨慎，
	约法三章要晚婚。
	既然小香把门认，

>我就谈谈这婚姻。
>看小牛，好人品，
>只是她未来的公爹不称心。
>扩小院，撞粮囤，
>胡搅蛮缠老牛筋。
>你指望攀亲把私徇，
>看来利令智也昏。
>请你把墙全拆尽，
>别再抱有侥幸心。

主任　好！（鼓掌）

牛筋　你呱唧啥！

主任　所长讲得对呀，看在孩子的面上……

牛筋　滚一边玩去吧！

所长　请你说话注意一点分寸。

牛筋　我说未来的亲家婆呀，这可都是为咱孩子好哪。

所长　为了孩子，就该遵纪守法。（起身而出）

牛筋　你——（追出）

小牛　爹，为了俺的婚事，你就……

牛筋　浑小子！怪不得人家常说，长尾巴狼，尾巴长，搞了个对象就向着丈母娘！

主任　老大哥。你得好好寻思寻思了……

牛筋　寻思啥？这事儿你给了我个不寻思！俺老百姓不懂什么大道理，就是知道这院子太挤巴咧。

外香　婶妈，拆墙的事俺在粮囤里全听见了，天都晌午了，您吃过饭再说吧。

牛筋　对对对。只要闺女孩子谈了恋爱，个个都和她婆婆家"贴皮儿"，我说亲家婆呀，咱得有点亲戚滋味哎。

所长　论亲戚嘛，小香和小牛的婚事我不反对。论工作嘛，我刚才已经挑明了，你总不能强人所难，逼我以权代法吧。

牛筋　你！你还能真的叫亲家过不去吗？只要你这么一抬手，我"悠"的一声就钻过去咧。

所长　亲家啊，大道理我也讲了，小道理咱也谈了。为什么你总是想不开呢？

牛筋　咳！这里头还有点道道咧。

所长　噢！还有什么道道？
牛筋　我的个好亲家婆呀——
　　　（唱）　知己的亲戚知己待，
　　　　　　我不是榆木疙瘩劈不开。
　　　　　　这房屋冲着山坡盖，
　　　　　　请了个阴阳先生看老宅。
　　　　　　他说我房长院短冲龙脉，
　　　　　　犯了五鬼要遭灾。
　　　　　　倘若小院不破解，
　　　　　　穷日子响叮当露着裤裆穿不上鞋。
　　　　　　倘若这小院子不扩一大块，
　　　　　　怕只怕儿媳妇中风不语嘴斜鼻子歪。
　　　　　　这院子有讲究，是为咱们孩子的好和歹，
　　　　　　你应该帮亲家只垒不要拆。
所长　哈哈哈，闹了半天，亲家是个老封建啊。
小牛　爹，你咋说这个？人家外香都架不住劲儿咧。
牛筋　架不住劲儿也得架！光说好听的，办不成事！
主任　要拉这个呀，冲着封建思想，更得扒！今天不仅拆墙，更重要的是要破除封建迷信。来来来，强制执行，看我给他拆啰！（欲爬墙）
牛筋　（拉主任一旁）少给我上墙爬屋！看你能的，没有那四两"营生子"坠着，早上了天咧。这墙，有我爬的，还有你上的吗？（爬上墙去）
所长　你，你要干什么？
牛筋　哈哈，我要在墙上凉快凉快，打个盹，睡一觉。（躺在墙上）
小牛　爹，墙上危险。下来，快下来呀。
牛筋　下去？有种的把墙拥倒，连老子一块砸死。
主任　老牛筋，你，你这不是耍赖皮嘛！房所长，你看这，这咋办？
所长　老牛同志——
牛筋　呼——（鼾声大作）
小牛　爹，爹——（鼾声如雷）
主任　别叫了，你爹在墙头上打呼噜，装不懂的咧。
外香　婶妈……
所长　小香，看你这未来的公爹，你，你叫我说什么好呢？

外香　婶妈呀——
　　　（唱）　骑虎难把虎来下，
　　　　　　事到如今啥办法？
　　　　　　爱小牛人品好发誓把他嫁。
　　　　　　爱情的潮水关不住闸。
　　　　　　随他来到南山下。
　　　　　　又谁知未来的公爹把墙爬！
　　　　　　您若将这院墙拆，
　　　　　　女儿的婚事也要砸。
　　　　　　盼婶妈不看僧面看佛面，
　　　　　　为女儿您就抬手放过他。

所长　闺女呀！
　　　（唱）　小香本是家中花，
　　　　　　悄悄移进南山洼。
　　　　　　你不替婶妈来说话，
　　　　　　反而向着你婆家。
　　　　　　你婶妈抬抬手放他一马，
　　　　　　是不是以权谋私违纪法？
　　　　　　他若扩三尺，
　　　　　　人家就扩丈八。
　　　　　　张三院落大，
　　　　　　李四就难管辖。
　　　　　　贪婪占地难作罢，
　　　　　　人类自把陷阱挖。
　　　　　　思一思，想一想，
　　　　　　怎能够情大于法？不理这个茬。
　　　　　　看牛筋不通情理墙上跨，
　　　　　　莫怪我不认这封建自私的一亲家！

牛筋　（忽地爬将起来，骑在墙上）
　　　（唱）　所长你说出了绝情话，
　　　　　　不认亲家怕什么？
　　　　　　儿子英俊个头大，

媒婆子挤破门框往里扎。
不认亲家两拉倒，
老牛筋不攀这朵高枝的花！

（白）哼！凭儿子的相貌，凭老子的家业，啥儿媳妇找不着？啥样的亲家对不上号？我看你是土地爷爷啃窝窝头——担不起大供养！

所长　你，你也太狂了！

外香　墙头上的，你红口白牙，咋这个说话法呀！小牛，俺，俺走了。（欲下）

小牛　（拉住）外香、外香……唉！俺咋摊了这么个爹呀！

外香　将来以后，咋伺候……

所长　主任，这样纠缠下去，看来是解决不了问题的，咱们走！

主任　走？就这么白白便宜了他？！

所长　当事人不听劝阻，无视法律，我们马上去汇报处理。

主任　听见了吧，老牛筋啊，要真把这事报到上头去啊，弄不巧要找一帮小青年抬你下来，还得让你支雇工费咧。我看你是二大娘肿脊梁——难看的日子在后头咧！走，调推土机去。

外香　婶妈，女儿错了，不该替小牛家说话……

所长　知错改错就是好孩子，咱们一块走。（众欲下，小牛跑进屋内）

牛筋　（旁白）坏咧，再撑就撑断弦了！（忽地跳下墙去拦住众人）慢！想走可以，想去汇报处理我呀，咱得把话讲清楚。（拉住所长不放）

主任　松手！你违反治安条例，我有权把你扭送到吃饭不花钱的地方去！

所长　老牛同志，要说的话早已说透了，难道你还有不清楚的地方？

牛筋　（突然软下来）嗨海，打归打、闹归闹，看小牛和外香的热和劲儿，咱俩说的那个，恐怕是嘴头子上抹石灰——白说了。我说亲家呀，咱能解决的当场解决，千万别留尾巴。

所长　最好当场解决，这墙——

牛筋　罚我个百儿八十的算咧。

所长　罚款归罚款，拆除归拆除，按规定两者都不可少。如果你坚持不拆，可按照土地管理法第四十五条规定处理：责令退还非法占用的土地。限期拆除或没收在非法占用土地上的建筑物！

牛筋　我，我不服！

所长　对行政处罚不服的，可在接到处罚决定十五日内，向人民法院起诉。期满不起诉又不履行的，可由作出决定机关申请人民法院强制执行。

牛筋　啊！这么说，还得惊动法院吗？
主任　法院？你若阻碍有关部门执行公务，像今天这样无理取闹下去，别说法院，还得惊动公安局咪！
牛筋　我娘哎，那可是葱沟子里撒化肥——不上算（蒜）了！
小牛　（抱铺盖卷出房）爹，你就等着挨拾掇吧，我说啥也不陪着你丢这个人啦！外香，权当咱没有这个爹，咱们一起走！（拉外香欲走）
牛筋　你，你要上哪里去？（拉住）
小牛　让你扩建的院墙养你的老吧，我这个儿子，对你没用了。（挣脱欲下）
老牛　（旁白）我把他娘哎，老子这是图了个啥？你给我回来！
小牛　回来？我一翅子刮出去，再也不回来见你了。这个家，我说啥也不要了，婶妈，咱们一起走！
牛筋　这不是没儿了吗？牛犊子啊，你不要家了，老子还要个啥劲？我……
众人　你想过来了？
牛筋　我想过啥来了？该上墙还是耽误不了上墙！（第三次爬上墙去）
众人　啊！你……
牛筋　我？哈哈，我算计好咧，要想保住这院墙啊，别说是儿子媳妇亲家婆咧，就连我也是泥巴坯子过河——自身难保咧！
众人　你要拆墙？
牛筋　对咧，帮帮忙，彻底拆除这个糊涂蛋垒的！
众人　啊！哈……
　　　　[众人在欢笑中拆墙。定格。
幕后　（合唱）一上墙，垒砌忙，
　　　　　　　二上墙头太张狂。
　　　　　　　三次把这墙头上，
　　　　　　　自己垒墙自拆墙。

（剧终）

注：
① 1990年12月28日，第三次修改稿完成于莱芜文化馆静思斋。
② 该剧更名为《拆墙》由泰安电视台拍为电视剧，1992年3月，获山东省第五届电视剧评选剧本二等奖。（该电视剧本未选入本书）

照町 ZHAO TING

· 行业戏曲

瓦匠妯娌

时间：麦收季节。

地点：麦场。

人物：叶来香，春柳，高林，高柱。

[天幕景。蓝天白云下，春玉米，麦茬地环绕着绿荫遮掩的小村庄。远方隐约可见高层建筑群。
[后幕区三分之二悬挂纱幕，天景在纱幕的遮掩下显得更加悠远。
[纱幕左设一麦穰垛，右设一麦捆垛。
[舞台左上空悬挂路标："市建筑公司 30 公里。"
幕后合唱：
　　　　夜来南风起，
　　　　小麦垄垄黄。
　　　　呼儿唤女田间去，
　　　　千家万户收麦忙。
　　　　人间烟火多风浪，
　　　　喜怒哀乐聚麦场。
[幕启：叶来香以两股木杈挑麦捆，趔趔趄趄上，麦捆突然散落，几乎闪倒。

来香　我娘哎！（极为懊丧地）倒了八辈子邪霉，跟了个泥瓦匠，混不了个三核桃俩枣，把个娘们舍在家里，置毙了气咧！
　　（唱）　叶来香，叶来香，
　　　　　　瞎了眼嫁给泥瓦匠。
　　　　　　白天一身泥，

　　　　　晚上落一炕。
　　　　　窈窕淑女花一样，
　　　　　谁料栽进泥巴墙。
　　（欲捆麦捆，而又气急败坏地一脚踢开）去他娘的呱嗒嗒！他豁上不要家，我就豁不上？！（赌气坐在碌碡上）
　　〔春柳上。
春柳　（唱）　三秋不如一麦忙，
　　　　　三麦不如一秋长。
　　　　　刚把麦子装进仓，
　　　　　春柳急忙返回场。
　　嫂子，嫂子——
来香　咋呼啥？和叫魂儿似的！（扭头一旁）
春柳　哟，是和谁怄气？
来香　恁大伯头子！
春柳　大哥回家了？
来香　回家？八成在那建筑队另托生咧！
春柳　建筑队任务重，看来是没空回家。嫂子若是想他，等他回来后……哈……
来香　想他？想撮他！
春柳　嫂子在家里不易，外头更不易，大哥整天忙忙活活的，也是为了这个家呀。
来香　穷他娘的忙活！你看看，（指麦穰垛与麦捆垛比较）人家吃了都快拉出来了，俺这麦子还没打场哩。你看人家王二麻子，同样也是泥瓦匠，家里外头两不误，也知道娘们中用，光叫老婆恣噶悠地哄小孩。我好，当泼驴使唤咧！
春柳　话要说回来，没疼没热，光指望男人过日子，也不见得怎么样。嫂子，眼是孬蛋，手是好汉，咱妯娌俩干。（摸起权喊幕后）忙活子，开机打麦子——
幕后　好咪。（机声大作）
来香　给我停机。（机声消失）
春柳　嫂子你？
来香　反正捎信去了，恁大伯头子不回来，等白了汗毛也不打场。（夺过权）你甭管，走吧……（拥揉春柳下）

[幕后传来叫卖声：麦黄杏咪，甜掉牙哪……]

来香　麦黄杏？（咽口唾沫，踟蹰再三）不过了，买它五毛钱的！（对幕后）哎，等一等。（下）

[高林满身水泥，穿破工作服上。]

高林　（唱）　烈日炎炎似火烧，
　　　　　　　心急火燎似油浇。
　　　　　　　高林接到小纸条，
　　　　　　　知道来香焦了毛。
　　　　　　　慌慌张张往家跑——

[突被来香散落的麦捆摔倒，摔得"我娘哎"一声。]

　　　（接唱）从脚疼到头发梢。
　　　（大怒）哼！好狗不挡道，谁把麦个子搁在路上？瞎色玩意儿……

来香　（暗上，迎上来）高林！

高林　嗨嗨？是叶来香哇，嗨……

来香　你刚才说的什么？

高林　嗨嗨，我说——（见来香吃杏）我说给个杏吃。（伸手去要）

来香　呸！（将核吐在高林手上）给你个桃吃！叫你喝风咽沫……

高林　嗨嗨，喝风咽沫是王八。

来香　王八？老鳖还知道有个窝哩！

高林　（慌忙掏出小纸条）嗨嗨，俺接到命令就急蹿蹿地回来了嘛。

来香　哼！回来干啥？还是建筑队舒服，脚手架上风刮凉棚，看个大闺女也清楚……

高林　来香，这几天任务紧，交付人家使用的大楼合同眼看就要到期。家里的事儿你先爬爬架子，离了我这块坯，你照样垒墙哇。

来香　好啦好啦，建筑队紧，家里松，光玩！你走你走。

高林　哎！光说气也顶不了饥荒，俺不在家，你多受累了，来香，（神秘地凑过去）打发孩睡了觉，俺赔不是……

来香　去去去，软和话你说两大瓮，到头来捞不了半笊篱，少哄着孩子不哭！告诉你，实指望嫁到你家，像搬来的花，移来的柳，谁知，变成老扛活的大丫鬟咧！

　　　（唱）　在娘家为闺女貌盖四乡，
　　　　　　　窈窕女君子述挤破门框，俺花儿一样，

　　　　　挑过来拣过去把你看上，坐了你家的床！
　　　　　本来是图一个工人家属最吃香，养得白又胖。
　　　　　谁料想春耕夏种秋更忙，臭汗湿裤裆，
　　　　　责任田里靠娘们儿让俺遭了殃。
　　　　　看人家干部家属多清闲，俺也攀不上，
　　　　　咱应该庄稼夫妇守田园，男耕女在堂。
　　　　　俺武大郎攀杠子，双腿不够长，
　　　　　俺猪八戒照镜子，里外都窝囊！
　　　　　早知道硬柿子，苦涩噎住嗓，
　　　　　扳断门框吊死屋梁你也拽不出俺闺房。

高林　孩子他娘——
　　　（唱）咱两个成家立业结婚姻，
　　　　　本来是你有情来我有心。
　　　　　你也是普普通通农家女，
　　　　　别认为鱼跳龙门变成神！
　　　　　庄稼人土里刨食守本分，
　　　　　怕什么泥沾脚丫汗湿身？

来香　呸！喂起猪，垒起圈，娶起媳妇管起饭。你不干，这麦子就叫它烂个丈人！哎，到月头了，拿钱来。

高林　哎！要钱怪麻利咪。（递钱）给！

来香　（点钱）四十元？刚结婚那阵子，一百二百往家交，怎么越出溜越少了？准是存上了。

高林　存上？嗨嗨，筛子捕麻雀——扣下了！

来香　啊！你耍奸磨滑咪？

高林　耍奸磨滑的是小舅子！

来香　赌博赌输了？

高林　咱不会那玩意儿。

来香　好啊你！八成玩了大闺女咧。

高林　胡扯啰啥？都怪你三天两头小纸条，闹得我一个身子两份心……

来香　你！

高林　我——
　　　（唱）盖上一天房，筋疲力又尽。

　　　　　钻进庄稼地，累得腿抽筋。
　　　　　误了农活挨你训，迟到早退扣奖金。
　　　　　老鼠钻进风箱道，两头吃气不落人。
　　　　　到头来，城里耽搁乡里误，
　　　　　俺就是孙猴子，也难分身！

来香　这么说，你怨我呀！
高林　再这弄法，恐怕四十块也拿不回来了。
来香　老天爷，往后的日子怎么过呀。（转怒）姓高的，你给我听好了——
　　（唱）　掉了水桶你怨井绳，
　　　　　凉水不热你怨暖瓶。
　　　　　呆头鸭子你难上架，
　　　　　你滑溜溜的泥鳅难成龙。
　　　　　看人家，日子红火鸡变凤，
　　　　　跟着你，步步穷，金凤变成了黄豆虫！
　　（白）我不活了！
　　（唱）　一头将你碰——（一头碰去）
高林　（扳住来香肩头）你猪八戒打败仗——
　　（接唱）倒打一耙发什么疯！
来香　倒打一耙？！男人无能，老婆受穷，跟了你这个泥瓦匠，我算瞎了眼，昏了头咧！
高林　你瞎了眼？我还伤了心呢！你看看人家老二家，（指麦垛）有疼有热，不用老二伸伸手，不动不静地就把麦子打了，你好，把我折腾成啥样了？人不人，鬼不鬼，这眼皮都瞪不起来了。唉！又是打麦子，又是捶豆子……
来香　啧啧，品茶品滋味，听话听后音儿，这就叫：孩子看着自家的好，老婆看着人家的好，他婶子好，你和她过去，恁兄弟俩搂一个……
高林　你！你说这话——算人吗？！
来香　什么？（大怒）好哇，我在家垫底死挨，到头来落了个不算人！（摸权打去）叫你骂，我叫你骂……
高林　（被打得连连后退，被权丫顶在麦垛上）孩子他娘，叶来香……不好了。
　　（呼喊）来人呀，要命了——
　　［春柳急上。

春柳　嫂子，（拽开叶来香）有话好说，怎么一招就动武呢？
来香　（强口夺词）他婶子，你问他骂的我啥。
高林　他婶子，你问她说的我啥。
春柳　大哥，嫂子说什么来着？
高林　她——她——她说——
来香　（举权又打）你敢胡啰啰！（权被春柳夺下，撒泼干号）老天爷，我哪辈子享下福，叫我这辈子变牛变马受洋罪哟——
春柳　嫂子别这样，叫人家笑话，走吧——
来香　（爬起）哼！你听着，打不完麦子，我砸断条腿插在你腚里！走。
　　　[来香与春柳下。
高林　唉！我这是混了个啥滋味？（从口袋中掏出小酒瓶）来两口解解乏，破破恼吧。（仰脖一饮而干，将空瓶甩在地上）
　　（唱）　高林我有皮也有脸，
　　　　　　建筑队评过先进当模范。
　　　　　　自从娶进这母夜叉，
　　　　　　终日里提心吊胆肉颤颤。
　　　　　　她说叫干就得干呀——
　　（摸起权，对台后）忙活子，开机吧，就剩俺一家了，咱干个利索的，我这是娶了个什么熊娘们儿！
　　　[幕后喊："高林哥，就等你咧。"机器声大作。
　　　[高林应声："来啦。"用木权挑着麦捆用机器打场。
高林　（唱）　场上蹿了路上蹿，
　　　　　　举麦捆只觉得头晕目眩。
　　　　　　东一头西一头两头忙乱，
　　　　　　累得俺腰酸腿疼身子瘫。
　　（白）不行，地瓜秧子顶门——撑不住咧，（对后台）忙活子，暂停打场机，我得歇会儿。（机声消失）唉！老虎还打个盹咪，管他娘的，先睡上一觉再说！（欲倒又起）不行，让那个母夜叉看见了，又要狗撕猫咬，得找个严实地方。哎，管他热不热，钻进麦穰垛，捂上一身热疙瘩，也比这个滋味好受哎。（掏麦垛一洞）嗨嗨，睡觉哇，天塌了，地接着！
　　（一头钻进麦穰垛）
　　　[春柳上。

春柳　哎，大哥上哪去了？（四处打量）哎，这麦穰垛怎么出了个大窟窿。啊！
　　　（急忙用麦秸遮掩洞口，无限同情地）大哥——
　　　（唱）　见大哥不顾闷热垛中钻，
　　　　　　　春柳我怜莫能助心不安。
　　　　　　　气大嫂铁石心肠不良善，
　　　　　　　竟忍心冬剥单衣夏添棉。
　　　　　　　为人妻需贤惠知足饱暖，
　　　　　　　担艰难分忧愁同甘共苦。
　　　　　　　我有心唤醒大哥回家去，
　　　　　　　又恐怕嫂子无枣打三竿。
　　　　　　　思前想后无主见，
　　　　　　　这事叫人真作难。

　　　［幕后响起摩托车声，高柱骑摩托上。
高柱　（唱）　日落西山霞满天，
　　　　　　　骑上摩托一溜烟。
　　　　　　　王二麻子住了院，
　　　　　　　要我回家把信传。
　　　　　　　大哥今晚加夜班，
　　　　　　　让他归队莫迟缓。

春柳　高柱——
高柱　（支起车子，惊喜地迎上去）春柳——
春柳　你呀，几天不回来了？
高柱　半拉月了吧，想了吗？
春柳　真是的，夜里做梦，光和你掺和。
高柱　可不，我也是做梦就和你待成堆。春柳，你瘦了，也晒黑了。没回家帮你过麦，把你累坏了。
春柳　今儿个怎么有空回来？
高柱　咱村的王二哥从脚手架上摔下来……
春柳　啊！跌得不轻吧？
高柱　幸亏掉进安全网里，只蹭破了点皮，真是可笑，这不，让我回家搬他老婆……
春柳　去医院陪诊？

高柱　麻子哥说是吓走了神儿，躺在床上起不来了，让他老婆去叫魂儿，哈……
春柳　都什么年代了，还这么迷信。高柱啊，在架子上干活，你可要处处留神，不要想着家里的承包田，牵挂着我呀——
　　　（唱）　转眼间洞房花烛整一年，
　　　　　　　咱女儿呱呱落地六十天。
　　　　　　　俺娘们总共三亩承包田，
　　　　　　　春柳我春种秋收全承担。
　　　　　　　我一人累死累活无怨言，
　　　　　　　有两句知心话你记心间。
　　　　　　　一要好好干，二要保平安。
　　　　　　　我在家——
高柱　（接唱）我在外——
　　　（合唱）携手共勉苦也甜。
高柱　春柳……（激动地紧握妻子的双手坐下）
　　　[叶来香暗上。
来香　（唱）　借着梯子下了台，
　　　　　　　躺在床上气难挨。
　　　　　　　鲤鱼打挺跳下炕，
　　　　　　　回马一枪杀过来。
　　　（突然望见高柱春柳相亲相爱的场面）啊！拉拉扯扯的，浪的不背人咧！（藏于垛后）
高柱　（唱）　家有贤妻春常在，
　　　　　　　红花一朵迎面开。
　　　　　　　你主家，我主外，
　　　　　　　又进粮食又进财。
　　　　　　　我高柱娶了个好媳妇，
　　　　　　　难道说，前两辈子吃过斋。
春柳　看你，夸得人家不好意思了。
来香　（旁白）哼！一样的庄稼娘们，酸的啥！
高柱　不光我夸你，（掏出一包印有奖金的红纸包）你看。
来香　钱？！
春柳　这是？

高柱　建筑公司发给你的模范家属奖，五百元。

来香　（惊讶的旁白）我娘哎！值千多斤麦子钱咪！

春柳　咳！俺又没给建筑队锄锨泥，搬块砖，这钱俺不要。

高柱　看你，要不是你承担起全部家务活，支持我安心上班，我怎能打破施工进度的最高纪录？领导看在眼里，记在心上，就专门设了模范家属奖。

春柳　这么说，也有你的一半儿。

高柱　我那一半在这里来。（又掏出一红纸包）全勤奖、标兵奖、安全奖也是五百块。

来香　娘哎，又千多斤麦子！了得嘛！（急出）老二老二，你哥和我那份呢？

高柱　你那一份要去公司……

来香　啧啧，嫂子哪里得罪你了？捎回来还压着你吗？我自己去拿。

高柱　嫂子，今天去也白搭，明天和春柳、王二嫂子一块去。

春柳　叫俺去干啥？

高柱　（抽出一封信）这是建筑公司通过政府给你的信，让你去参加公司的职工家属模范大会，还得发言哩。

春柳　啊！

来香　哈哈，这么说也叫我和王二麻子的家属去模范模范？

高柱　（又掏出一信）嫂子，这是你的信，说是叫你和王二家的去受受教育，闹不巧还得上台去说两句。

来香　（看信恼羞成怒）啊！你哥这个瞎玩意儿，还不知在建筑队怎么臭弄得我呢，娘的！还是治得忒轻！嗯？又日神捣鬼地哪里去了？（四处乱找）

春柳　（挡住麦垛）你到那边看看。

来香　老娘饶不了他。（急下）

高柱　（着急地）春柳，咱哥上哪去了？

春柳　叫咱嫂子揍了两杈杆，这不，钻在麦穰垛里睡觉咪。

高柱　（心痛地）哥……（欲扒麦垛）

春柳　慢着。（指指来香去的方向）

高柱　大哥呀——

　　　（唱）　高柱我自幼失去爹和娘，

　　　　　　　兄弟俩相依为命亲情长。

　　　　　　　俺如今娶贤妻心大胆也壮，

　　　　　　　可怜你挨打挨骂受窝囊。

　　　　（白）不行，这个气吃不了！

　　　　（唱）　撸撸袖攥攥拳找她算账，（欲下，被春柳拉住）

春柳　（接唱）千万别火上浇油逗刚强。

　　　高柱，她那个狼脾气，吃软不吃硬，嫂子有时也真心疼大哥，只是不分个好歹，不掂量个轻重，依我说，倒不如对症下药……

高柱　有啥好法子？

春柳　你过来。（与高柱耳语）

高柱　行，就这么办。

春柳　（喊后台）嫂子，找着大哥了吗？

来香　（气汹汹地上）谁知钻到哪里投胎去了？（对后台）忙活子，看见俺那个瞎包物来吗？

　　　[幕后应："半天不见影了。"

来香　哎，这是咋去啦？

春柳　（突然惊叫一声）高柱，你看……

高柱　（慌忙拾起地上的酒瓶子一闻，惊呼）不好，敌敌畏！

来香　（顿时惊慌）啊！打归打，闹归闹，可别喝了那玩意儿。老二，快把瓶子给我。（抢过一闻）可吓煞我咧，还是他娘的酒瓶子味。

春柳　这就好了。

高柱　坏了。

来香　喝点驴马尿，醉不死他！

高柱　我问你，王二麻子怎么样？

来香　比恁兄弟们强，人家同样是干泥瓦匠，家里外头两不误，光叫他老婆恣噶悠……

高柱　拉屎拉在鞋后跟上——提不得了！王二哥他，他因为喝酒出了事了。

来香
春柳　啊！出了什么事？

高柱　唉！一言难尽啊——

　　　（唱）　麻子哥摊上了个狠老婆，
　　　　　　逼得他家里外头受折磨。
　　　　　　盖楼挂着承包田，
　　　　　　种田想着瓦工活。

　　　　　里里外外一把手，
　　　　　累得他腿酸腰疼麻胳膊。
　　　　　借酒把那精神提，
　　　　　为了解愁把酒喝。
　　　　　脚手架上打了个迷糊眼，
　　　　　拿不住瓦刀手脚不利索，打盹犯了瞌。
　　　　　一脚踩空栽下来——

来香　（尖叫一声）（白）哎哟我亲娘哎！
　　　（接唱）王二嫂子可砸了锅！
高柱　唉！都是叫娘们逼的呀。
春柳　别光愣着，快去找找俺哥。
高柱　（突然一拍脑门，叫苦不迭）糟了糟了！
来香　老二，恁哥怎么啦？
高柱　俺哥是溜下架子偷跑回来的，可那八层楼上的外墙砖，如果他不贴，别人干不了啊！保准是喝上一瓶酒，借着酒劲儿爬架子去了。
来香　啊！（目瞪口呆）
春柳　哎呀，这可不是闹着玩的，万一和王麻子似的，大嫂可就完了。
来香　老二啊，还不快骑上你这电驴子去照伙照伙？
高柱　别说电驴子，就是坐洋飞艇也赶不上趟了。（悲怆地）哥哎，你给俺找了个好嫂子，要不是她，你能两头不着调，家里家外不赚好，累得喘不过气来吗？你能喝了酒上墙爬屋去高空作业吗？万一有个好歹，俺可就没了哥咧！（佯哭）
来香　看来恁哥是老娘哭外甥——没了救（舅）了！（摇摇晃晃仰身倒去，春柳、高柱急搀住）
春柳　快！嫂子老牛大憋气咧。
　　　［俩人替来香折腿捶胸，掐人中穴。
来香　（噗地长吐一口气）我的个老天爷哎……
　　　（唱）　高林呀，我与你成家立业五年多，
　　　　　　难道说，我的脾气你不摸？
　　　　　　见人家，一家更比一家富，
　　　　　　恨不得，土里刨出金饽饽。
　　　　　　悔不该，横眉冷眼把你待，

　　　　　　逼得你，两头奔忙难安歇。
　　　　　　打归打来闹归闹，
　　　　　　夫妇恩爱情不薄。
　　　　　　若有个三长两短一出错，
　　　　　　撇下俺娘们怎么活？
　　　（哭喊）高林呀，你不活了，我也不过咧！（照麦穰垛一头碰了进去。春柳、高柱慌忙拽住来香一只脚往后拖。来香从麦垛中拽住高林一只脚，也被拖了出来）

春柳
高柱　大哥！

高林　嗨嗨，打了个盹，睡着了。啊！来香，你别生气……

来香　孩他爹……

高林　（慌忙摸起杈）孩他娘，别看你像打牛赶马似的抽了我一顿，我照样干活儿。（杈起麦捆便走）

来香　（夺下）你——（扭头抹泪）

高林　来香，饶了我这一回吧！要不，你再抡我两杈杆，只要砸不断腿，我还是家里外头来回蹿。

来香　（突然扑向高林）高林……

高林　（吃惊地）这是咋咧？

来香　（唱）　摸摸你的手，摸摸你的肩，
　　　　　　皮包骨头脸憔悴痛煞我心肝。
　　　　　　我心狠不知痛和爱，
　　　　　　怕苦怕累把你缠。
　　　　　　千错万错我的错，
　　　　　　千怨万怨把俺怨。
　　　　　　从今后谁再逼你把活干，
　　　　　　就叫他头朝地来腚朝天。
　　　　　　快回家吃饱喝足睡一晚，
　　　　　　养足了精神去上班，第一是安全！
　　　（白）从今往后，家里这点活，再也用不着你干了，我全包了。（夺过麦杈）走走走，回家歇着去！

高林　不不不，孩他娘，还是我干吧，你娇嫩，别累着你……

来香	看不起俺是不？俺是不想干，真要干起来，你撑不上趟！
春柳	大哥，别看俺嫂子脾气不好，到了时候还真疼你哩。
高柱	哥，咱去忙咱的吧。
高林	这？孩子他娘……
来香	叫你走你就走，别敬酒不吃吃罚酒！（推高林、高柱下）
春柳	嫂子，咱瓦匠妯娌两个干。
来香	我……（转身抹泪）
春柳	哈，这么大人了哭啥？从俺娶过门子来，还没见你笑过咪，今天非让你笑笑不可。（搔来香胳肢窝）
来香	（破涕为笑）哈……（对台口喊）忙活子，开机器，打麦子——

〔幕后应："好"。机声化作锣鼓点，瓦匠妯娌欢快地挑麦捆打麦子，转幕后合唱：

　　　春风化解心头霜，
　　　云开雾散人欢畅。
　　　妯娌有缘情无限，
　　　喜怒哀乐聚麦场。

〔大幕徐徐落。

（剧终）

注：

① 1987 年 10 月 15 日，该剧本草于莱芜文化馆静思斋。
② 该剧与高桂云馆长合作。
③ 1988 年 3 月，该剧获山东省建设系统文艺大奖赛一等奖。

· 穿越式行业小品

银子不好使

时间： 当代。

地点： 雪野环湖大酒店。

人物： 王飞燕——女青年，莱商银行客户经理。
　　　　孙二妮——女青年，环湖大酒店餐饮部经理。
　　　　潘小妹——女青年，环湖大酒店服务员。

〔武松一觉醒来，超越了时空，慌忙赶往梁山水泊祭拜大哥宋江，但是八百里水泊已然消失，误打误撞来到雪野湖畔，进入雪野环湖大酒店，大块吃肉，大碗喝酒。
〔布景为雪野湖全景，隐约可见文昌岛。
〔舞台设一桌两椅。一条横幅，标有酒店全称。
〔武松手提哨棒，挎一把腰刀，斜背印花粗布大包袱，包袱内鼓鼓囊囊，裹满了银锭和金元宝，带一股威风凛凛的戏曲武生架势而上。

武　松　啊哒！一觉醒来，转换了时空，慌忙奔往梁山祭拜大哥宋江，岂奈哪里还有八百里水泊？东寻西访，来到这个去处。难道是斗转星移，这水泊转换了位置？对，此处正是八百里水泊，看那小岛，定然就是聚义山寨。唉！只是少了早年芦苇荡，多了当今高楼台。（抬头望见"雪野环湖大酒店"条幅）饥肠辘辘，先进店打尖（吃饭）再说。（进店高喊）店小二！
　　　　〔潘小妹应声而上。
潘小妹　来啦。（突然愣住）哎哟我的个妈，是不是拍电影的？
武　松　何谓拍电影？
潘小妹　看您这身装束，保证是个演员。

武　松　信口胡言！吾乃堂堂梁山好汉，行者武松是也。
　　　　〔遂解下沉甸甸的大包袱，往桌上一放，安然落座。
潘小妹　哇！真的是超越了时空。
武　松　你是何人？
潘小妹　武二哥，我是酒店服务员，姓潘名小妹。
武　松　（拍案而起）哇！一搭眼便些许面善，莫非乃我嫂嫂潘金莲之小妹？
潘小妹　（忙套近乎）非也，听说潘金莲是俺太老姑奶奶的老姑奶奶。论起来，咱是亲戚。
武　松　鸟亲戚，提起她来，气不打一处来。
潘小妹　（旁白）怪不得我那老姑奶奶看中了武二郎，原来这个大帅哥呀，帅得没边了！（学古人万福作揖）二哥呀，小妹这里有礼了。
武　松　和你老姑奶奶一样，又来这一套。去去去，上好的老烧酒搬一大坛，上等的黄牛肉切十斤来！
潘小妹　好咪！（急下）
　　　　〔孙二妮手提茶壶惊喜而上。
孙二妮　刚才听潘小妹说武大人来啦，真是稀客贵客呀！哎哟喂，武二哥相貌堂堂，一表人才，帅酷啦！
武　松　你是何人？
孙二妮　（边倒茶边自我介绍）小女子是该店餐饮部经理，也就您那时候的店掌柜。在下姓孙名二妮。（献茶）来来来，请哥哥品茶。
武　松　且慢！（警惕地四处张望）莫非又误入了孙二娘的黑店？
孙二妮　我说武二哥哎，虽然孙二娘是俺老姑奶奶的姑奶奶，可俺恨她有眼无珠，就您这么位大帅哥也舍得蒙翻，还想去做人肉包子，她就忍心吃得下去吗？
武　松　（开怀大笑）哈哈哈，此后我等都成了铁哥们儿，休要怪罪她了。但你这茶中，是否也下了蒙汗药？
孙二妮　我的个帅哥哎，您就不要取笑了。此处乃莱商银行的正规酒店，决不违法经营。哥哥不信，妹妹先尝一尝。（饮下半杯后，双手捧给武松）
武　松　如此甚好！（接茶，一饮而干）
　　　　〔潘小妹端一大洗脸盆大块牛肉上。
潘小妹　（旁白）看，我还没来得及和帅哥聊会儿，当领导的抢先套上了近乎。

（气冲冲地喊）牛肉来啦！

武　松　好！上等黄牛肉。（伸手抓起一块便吃）

潘小妹　好吃不？哥哎，这可是小妹亲手煮的，亲手切的……

孙二妮　去去，抱一坛老烧酒去。

潘小妹　是。（一跺脚，气冲冲地下）

武　松　大块吃肉，痛快。

孙二妮　帅哥粗犷豪放，小妹陪武哥来上一大块。

武　松　请便。

孙二妮　谢二哥！（捏起大块牛肉便吃）

　　　　[俩人以肉代酒碰杯，大吃大咽。

　　　　[潘小妹趔趔趄趄地抱一大坛酒上。

潘小妹　（故意亮起嗓子高喊）老烧酒来啦！

武　松　来得好！（伸过碗）倒酒。

潘小妹　（抱着坛子边倒边说）武哥呀，等会儿妹妹敬你两大碗，这可是……

孙二妮　啰唆什么呀！茶倒浅，酒倒满，满上，满上。

武　松　哈哈哈，大碗喝酒，痛快，痛快！（喝了一口，突然一口喷在潘小妹脸上）哇！这哪里是酒？酸掉了老子的牙！来，（将碗递给孙二妮）你把它喝了下去！

孙二妮　（接过喝了一口，直打哆嗦，将碗递给潘小妹）来，你把它喝了。

潘小妹　喝就喝！（喝了一口，龇牙瞪眼，忙吐出来）这、这、这是咋回事？（忙转过坛子看商标，竟然贴着大红方贴，上写"山西老白醋"五个大字）

孙二妮　老白醋！（训斥）潘小妹，我看你心神不宁，心里不知想的是什么，惹恼了咱们武二哥，我扣你仨月的工资。

潘小妹　酒和醋放在一起，拿错了。对不起，小妹马上去换。（欲下）

武　松　罢了。（从包袱内取出银子）结账。

孙二妮　银子？

武　松　这一锭银子五十两，拿秤来称，砸下半拉，足够牛肉钱。

孙二妮　武哥呀，咱店不收这个。

武　松　那好。（从包袱内掏出一个金元宝）这个如何？拿锯锯下一角，足以结账。

孙二妮　哇！这么大个金元宝。武哥哎，这玩意儿我们也不要。

武　松　为何给钱不要？

孙二妮　武哥呀，如今世道变了，银子不好使了。（摸出一张人民币）现在使用这个呀。

武　松　（接过看了半天，仍不明白，顺手扔在地上，大怒）牛皮纸一张，哪能顶金银？尔等女流之辈，惯于糊弄打虎好汉。（摸起哨棍）招打！

孙二妮　（双手托住哨棍）武哥，武大人手下留情，现在您不知道，真的不知道呀……

武　松　花言巧语，看我打你个皮开肉绽。

孙二妮　武大人饶命啊！小潘哎，还愣着干什么？快请客户经理去。

潘小妹　（幸灾乐祸地）武哥哎，下手可要轻点儿，打屁股不要紧，可别打破她的头，有了伤，犯王法呀！

孙二妮　你争风吃醋，暗示打我的屁股。滚！快去叫经理。

〔潘小妹哼着歌曲《打你一个妖》扭着屁股而下。

武　松　去请哪位好汉？难道与我比试比试？

孙二妮　武哥别误会，是请俺们莱商银行的客户经理呀。

武　松　（抽出腰刀）是否与俺单挑？

孙二妮　不不！我和你说不清楚，让她来解释解释。

武　松　也罢。（将刀入鞘）看她如何说得过去。

〔客户经理王飞燕匆忙而上。

王飞燕　武大人安好！（深深一躬，旁白）我的个妈，天下难找的大帅哥！

武　松　哼！又来一位女子，一个比一个俊秀。呔！武二郎坐怀不乱也！

王飞燕　武大人，我是莱商银行的客户经理，姓王，名飞燕，刚才所发生的误会，服务员已经对我讲了，实在对不起，首先向您赔礼道歉。（学古人万福）

武　松　（旁白）看这女子落落大方，彬彬有礼，定然是大家闺秀，知书达理，且听她娓娓道来便了。

王飞燕　武大人，咱们国家各个年代使用的货币不尽相同，比如燕赵使用刀币，汉代使用五株铜钱，您宋代使用银两和金元宝，到了我们这个年代，（从地上捡起人民币）使用人民币兑换货物，以它为支付清算渠道。反过来说，它可以购买金银和其他用品。

武　松　此话倒也有理。

王飞燕　武大人是个聪明人，理解能力特强。（掏出一张银行卡）请武大人过目。

武　松　（接过，看不明白）此乃何物？

王飞燕　此乃银行卡也。

武　松　银行卡？何等用处？

孙二妮　武二哥，用处可大啦，比银子好使，比人民币更好使。

武　松　住口！哪有这等宝贝？且听王氏飞燕道来。

王飞燕　武大人，刚才孙经理说得没错，您可以用银行卡进行付款购物，不用带人民币现金，非常方便，更不用背着一大包金银去买东西。

武　松　哦！原来如此，讲下去。

王飞燕　武大人，您可是位大名鼎鼎有身份的人啊！可到我们莱商银行开立银行卡户，以后您再来本店大块吃肉、大碗喝酒，或者购物、消费时，都可以凭这张银行卡直接刷卡付款，并且刷卡消费不收任何费用。

武　松　如此甚好！

王飞燕　不仅如此，您还可以参加积分促销、兑换、抽奖等活动，也可以在自动设备上提取现金。

武　松　竟有这等好事儿？！

王飞燕　武大人，还有更好的事儿。

武　松　请讲。

王飞燕　（拿出手机，打开手提电脑）请武大人过目。

武　松　又是何物？

王飞燕　这是电脑，这是手机，千万里都能通话，企业界传递信息。您可以开通我们的网上银行、手机银行等，可以直接通过互联网，手机转账付款。如果您想给您的兄弟们些银两，眨眼的工夫就能收到，比您的好兄弟神行太保跑得还要快。

武　松　啊！宝贝，宝贝，这还了得！

王飞燕　再请武大人过目。（指机器）

武　松　又乃何物？

王飞燕　这是机器，我来教你使用。

武　松　此物如何使得？

王飞燕　凭武二哥的聪明才智，一学便会，一点即通。
　　　　〔教武松如何使用手机和通信网络、账户查询、信息查询、转账汇款、代缴费、ATM无卡预约取款、账户口头挂失、信用卡查询，以及转账、理财、电话银行、交易等。

武　松　茅塞顿开也。足不出户，万事可做，痛快痛快！只是这手机、电脑、银行卡如何得手？

王飞燕　武大人，我们帮您把这包袱银锭和金元宝兑换成人民币，何愁没有银行卡和手机、电脑？

武　松　哈哈哈，痛快！全部拿走。

孙二妮　好！武哥彻底明白了。（喊）小潘——

潘小妹　（急上）到！

孙二妮　借武哥哨棒一用，咱们抬起他的金银，帮他兑换银行卡去。

潘小妹　好咪。（系住包袱，伸进哨棍，俩人抬起包袱，压得趔趔趄趄而下）

武　松　多谢侠女飞燕。（施礼）

王飞燕　免了。武哥，咱们走。（猛然亲了武松脖子一口）

武　松　呔！英雄难过美人关，（主动拉住王飞燕的手）飞燕小妹，武哥随你去也。

王飞燕　走！（搀住武松）

　　　　〔俩人搂肩搭背而下。

（剧终）

注：

① 2013年7月17日，二稿完成于犁铧影视戏剧工作室。

② 2012年6月，该剧获山东工行"业务技能比赛支付清算杯"文艺竞赛一等奖。

·荒诞行业方言小品

李七开车

时间：盛夏。

地点：交通检查站。

人物：检车员、李七、天不怕（反串）。

[舞台中心立一块木牌，上写"山东省70号检查站"。舞台左侧撑一把太阳伞，伞下一张办公桌、一把木椅。
[检车员手拿停车牌从下场口上。

检车员　检查站、检车员、司机看见别心烦。只要手续办齐全，不怕交通管得严。哎，来了辆少皮没毛的破烂130。（举停车牌）停车检查。
[随着汽车引擎的轰鸣声、刹车声，李七贼头贼脑而上。

李　七　这两年，不算穷，搞了一台130，没有手续开黑车，人人夸俺李七能。拉着婶子去相亲，喝上两盅打馋虫。这下子坏咧，查住了。娘的，快十二点咧，怎么还不下班？

检车员　（敬礼）对不起，请出示行车手续。

李　七　（还礼）对不起，本乡本土的，还有外人吗？

检车员　我们按章办事，本地和外地的车辆一律对待。

李　七　老弟，咱低头不见抬头见，你把手这么一扎撒，俺"悠"地一声就钻过去了。

检车员　你"悠"地一声钻过去，他"咻"地一声蹿过去，还用我这个马路橛子干啥，能强似把路当中竖上块木头。

李　七　老弟……（递烟）

检车员　（挡回去）你到底有没有手续？

李　七　嗨嗨，在你这里你说啥算啥，你说有就有，你说没有就没有。

照町 ZHAO TING

检车员　我说没有。

李　七　没有就算了，拜拜。（欲溜）

检车员　（抓住）慢！把车开到院子里接受处理。

李　七　俺不。

检车员　你不开？把钥匙给我，我去开。

李　七　老弟哎，今天俺有个特殊情况，你得照顾照顾。

检车员　什么特殊情况？

李　七　车上拉的是俺婶子呀。

检车员　恁大娘也不行。二小子打他爹——公事公办。

李　七　老弟，你可知俺婶子是谁吗？

检车员　是谁？不会是天爷爷吧。

李　七　比那天爷爷还厉害咪，她是天不怕呀。

检车员　哟，这么说，你就是李七？

李　七　不假不假，俺就是李二嫂她远房大伯哥。（神秘地）老弟，俺婶子有个特殊任务。

检车员　什么任务？

李　七　她老人家耐不住寂寞，找了个半截子老头儿，相亲去呀。唉，多少年的老寡妇啦，你今天非照顾不可了。

检车员　她就是相媳妇去，咱交通部门也没有这项规定。

李　七　通点人情味好不好？现在国家支持老年人婚姻，提倡黄昏恋，如果不放行，就是不执行党的政策，反对老头老太太谈情说爱，破坏黄昏家庭！

检车员　少给我扣大帽子，赶快把车开到院子里去。

李　七　俺就是不开！（喊）俺那老婶子哎——

天不怕　（内应）来啦来啦。

　　　　〔天不怕额头起了个大包，脸上青了半截，她拄着拐杖，颤巍巍地上。

李　七　（哭腔）老婶子哎……

天不怕　你别叫俺婶子！狗婊子儿，你把俺舍在那130上，玻璃关得紧紧的，一个晌午顶子里，想把俺晒煞吗？！小崽羔子……

李　七　哟！您脸上咋整的？

天不怕　咋整的？俺打不开那车门子，摸索了半天，才找到那小机关，俺这么一抠，我把他娘哎，一头就掉下来咧！你看看，都他娘的秃噜了皮咧！

李　七　（给天不怕按摩）婶子呀，咱那车叫人家查住了。
天不怕　咱又不是贩私盐，查咱干啥？
李　七　咱车上什么手续也没一点儿，俺不是治了个"光腚子"车吗？
天不怕　怕啥，"光腚子"车还有个方向盘呢，蹚过去就是。
李　七　走不了咧，人家马上扣咱的车呀，婶子，要不是为了您的幸福晚年，俺上这里来干啥？若是没收了俺那车，您可得赔俺。再说，咱走不了，您那门亲事可就黄了汤咧。
天不怕　坏咧，俺嫁谁谁不要，都怕拾掇不了俺，好歹找着了个茬，黄了汤还不坏了醋吗？不行，俺看看去。
李　七　婶子，您是老油子咧，今儿个就看您的本事啦。
检车员　李七、李七——
天不怕　来啦来啦，李七他婶子天不怕来啦。
检车员　你来干什么？
天不怕　孩子呀，大娘来慰劳慰劳你啦。（从腰里摸出山果）嗨嗨，给你个绌绌柿子吃。
检车员　谢谢，我不吃。
天不怕　不吃白不吃。（又摸出山果）俺这里还有一把干巴猴子枣来。尝尝，胶黏、稀甜。（摁住检车员，硬往嘴里填）
检车员　哎哎哎，你这是干什么……（极力挣脱，与天不怕绕着桌子转圈）
天不怕　不吃就是看不起俺，今天非叫你尝点甜头不可！
检车员　李七，你让你婶子这样，我加倍罚你！
李　七　（拦住）婶子，谁稀罕你这绌绌柿子干巴枣！
天不怕　（突然从大襟底下摸出几盒石林烟）不吃柿子不吃枣，俺这里还有烟半条。嗨嗨，还是临时（石林别名）的咪。（向检车员走去）
检车员　站住，我不会吸烟。
天不怕　不抽不行，这是俺的喜烟。孩子，不怕你笑话咧，俺看那《篱笆、女人和狗》铜锁他爹和枣花她二姨那个热乎劲儿，心里就痒痒聚溜的。这不，李七给俺介绍了个对象，俺就鼓不住劲咧……
李　七　婶子，先别扯啰这个，快拉点正经事儿。
天不怕　滚得远点，俺非和恁这位兄弟扯罗扯罗不可。
检车员　大娘，你要干什么俺心里明白，有话照直说吧。

天不怕　孩子，把车放了，迁就俺这一回。

检车员　不能放。

天不怕　凭啥不放？！

检车员　因为李七没有驾驶证、行车证、附加费、货运基金和养路费。

天不怕　什么？养路费？你是哪路的英雄好汉爷，还要留下买路钱！

检车员　我可不是什么绿林好汉，这里是定点检查站，我们有权检查过往车辆，监督征收费用。

天不怕　少玩这些里格楞！你当俺不懂吗？恁收上去的养路费，都他娘的发了奖金咧！

检车员　你说话可要负责任啊。告诉你，我们收缴的一切费用，一分不留地全部上缴有关部门。

天不怕　交上去也得让他们胡花花了，山珍海味的吃了个光净光。

检车员　请您不要这样讲，我们每年上缴三千万元，咱市里修建公路，一次就拨几个亿，你想想，谁敢动这笔费用。

天不怕　几个亿都有了，还缺俺李七那俩钱吗？

检车员　大娘，你不缴纳，他不缴纳，咱这公路就没法建设，公路通、百业兴，要想富，先修路，这就叫取之于民，用之于民。

天不怕　俺不是渔民，俺是山里的旱鸭子。

检车员　你，你胡搅蛮缠，我不和你解释，李七，你过来。

李　七　干啥干啥？你这老弟也太没人情味了，俺老婶子七老八十咧，你就给点面子，手下留情吧。

检车员　来讲情的多了，今天你婶子来讲情，明天他三姨来讲情，后天那当兵的又找当官的来讲情，谁讲情让谁过去，我这不是失职吗？

天不怕　对了，八成那家伙今中午没找着酒场，要不，他不会这么黏糊。俺狠狠那心，打发他两个。（掏出钱）孩子，给你三十元，到金家羊汤馆撮一顿去。

检车员　快把你的钱收起来吧。

天不怕　嫌少啊？（又摸出钱）再加上二十，啃个夹岭子鸡去。

检车员　大娘，我若喝个晕头涨脑，糊里糊涂地把车放了咋办？

天不怕　没有好处，伺候你干啥！拿着，你也潇洒走一回，富禄这一顿。

李　七　老弟，你咋这么傻？俺婶子给你咧，你就掖起来吃一顿去吧。

检车员　哈哈，你请我吃一顿，他请我喝一场，一天三顿饭，一年三百六十五天，

　　　　　可要把咱市的司机吃个差不多哟。拿了人家的手短,吃了人家的嘴软,让我们如何检查人家?那样,就把检查站的威信全吞到肚子里去咧。
李　七　拿着拿着,就这一次,下不为例。
检车员　少来这一套吧!为了这事儿,俺那李科长专门设了食堂,全体人员集体就餐,老牟炒的那菜呀,比那雪野鱼头还香咧。
天不怕　孩子,凭你这点小角色,还当真格的咪。
检车员　对呀,领导交给我这权力,站长交给我这任务,我若在这里胡闹,心里觉着不得劲儿,到了我这里,得动真格的,就要有点真事儿。
天不怕　哼!算俺倒了八辈子邪霉儿,碰上这么个拧拧头。孩子,俺可不是那好欺负的主儿,你四邻八舍访访去吧,俺是出了名的抠(厉害)老娘子!李二嫂还叫我把她治草鸡了咪。
检车员　是啊,天都不怕,你怕谁家。
天不怕　知道这个就行,今儿俺挺好的个事儿,让你搅得不吉利啦,俺若黄了这门亲事,俺跟您爹过去。
检车员　(气愤地)你!倚老卖老,不说人话……
李　七　(拉过天不怕)婶子哎,看来今天难办了,你还得使使你那绝活来。
天不怕　俺再找他去!(怒冲冲向前)孩子!俺好话说了一大瓮,你还捞不了半笊篱,你把俺逼急了,俺就老哒(死)到你这里!(一头撞向检车员怀中)你打煞我,你打煞我……
检车员　哎哎哎,李七李七,怂恿你婶子妨碍公务,连你带车一块扣起来……
李　七　(拖过天不怕)婶子呀,这可不是对付那四邻八舍、拾掇那李二嫂呀。
天不怕　你不是说,让俺使使绝活吗?!
李　七　不行,硬干起来,惹得俺也不利索。
天不怕　(跳起来)俺不利索,他也利索不了!俺城里有知己人,得罪了俺,你小心点儿,东西两关不是好惹的!
检车员　干我们这一行,什么样的人也得罪,看能把我怎么样。
天不怕　这小子软硬不吃,比那张小六还难缠呢,走,咱投门子、找关系去。
李　七　找谁去!
天不怕　李七,俺要相的那个对象,不是在交通上吗?听说还是个什么长来。
李　七　不行啊,人家早退居二线啦。
天不怕　瘦死的骆驼比马大,走,叫他人托人去!
检车员　慢着,你们找谁说情去?

李　七	托俺叔。
检车员	你叔是谁？
李　七	叫不上名来，反正是你们交通局退休的老干部。
检车员	什么模样？
李　七	精瘦，大高，（指眉心）这里有个颗大黑痣子。
检车员	啊！原来是我爸爸。
天不怕 李　七	啊！你爸爸？
检车员	按你这说相，没错。
天不怕	我娘哎，大水冲了龙王庙，一家不认一家人咧，孩子啊，俺就是你的晚娘呀，或许今儿个相了亲、明儿个就过门……
检车员	够了够了！
天不怕	还没娶过门子去，咋就够了呢？
检车员	今天我替俺爸爸当了这个家，你这种妈，俺不敢招惹啊。
李　七	哎，只要恁爹不嫌弃就行。
检车员	实话告诉你吧，俺爸就是打八辈子光棍，也不稀罕这么个靓妹。
天不怕	看看，本想过过那城市生活去咪，这下子完了。哎哟我的个天，可醍醐煞俺咧，俺回家揞上那被子，实砸实地哭上一场去。（擦眼抹泪地下）
李　七	这下子没咒啦。两千元买了辆破车，再花三千也办不完手续，再在这里磨蹭，他要找我妨碍公务的麻烦，赶紧溜。哎！俺婶子呢？（喊）婶子，你等等我……（蹿下）
检车员	李七，拿着扣车证……（追下）

（剧终）

注：

① 1994年8月28日，初草于莱芜文化馆静思斋。

② 1994年10月，该剧获山东省交通系统文艺会演一等奖。

·行业方言小品

大年五更

时间：除夕夜。

地点：电业局值班室。

人物：值班长（女），醉汉，醉汉妻。

［幕启：值班室门外雪花飞舞，北风呼号，鞭炮声此起彼伏，礼花弹忽明忽暗。在一派节日气氛中，身穿工装，披一身雪花的女值班长上。她走进值班室，轻轻地关上门，脱下工装，抖落雪花。
　　［一醉汉摇摇晃晃地上，其妻紧扯醉汉的后衣襟。

醉汉妻　孩他爹，一个大年五更里，闹腾啥去？！
醉　汉　谁耽误我看春晚，我和谁没完！开门——
值班长　您是？
醉　汉　上帝！
值班长　客户就是上帝，请进。（开门）
　　［醉汉一头栽进室内，值班长慌忙搀扶。
醉汉妻　（揪醉汉耳朵）起来，真不嫌丢人……
值班长　这……这是怎么回事儿？
醉汉妻　别提啦，今夜熬五更，他，他喝了两斤二锅头，像是八辈子没喝酒……
值班长　哎呀，怎么喝了这么多！（倒水）来，喝杯水，醒醒酒。
醉　汉　谁说我喝醉啦？谁说我是醉汉，我，我就骂他祖奶奶！（指值班长）干什么的？
值班长　您好！我是电力110值班长。
醉　汉　找的就是你！怪不得今晚老停电，原来是娘们当家，墙倒屋塌……
醉汉妻　你嘴里干净点行不？！

869

醉　汉　　不中！大年五更，举，举家欢庆，我正看春节文艺晚会，你突然停电，捣什么乱？扫了老子的雅兴！

值班长　　实在对不起，除夕夜用电量增大，超了负荷，属于突发故障停电。在您到来之前，值班室已经接到电话……

醉汉妻　　这么说，是跳闸啦？

值班长　　不仅仅是跳闸，而且烧坏一段线路。为此，紧急服务人员已在停电现场进行了紧急修理，现在已经恢复了电力供应。

醉汉妻　　这就好。这么冷的天，真是太难为你们啦。（拽醉汉）走，快回家看电视去。

醉　汉　　看电视？这，这阵子早他娘的演完了。

醉汉妻　　演完了咱就回家睡觉，明儿起个大早，吃了饺子，去给亲戚朋友拜年去。

醉　汉　　没门儿，她停了电，我，我让她包赔……

醉汉妻　　人家包赔什么呀！

醉　汉　　包赔我没看完的小品、相声，还有……还有三、三点式模特表演……

醉汉妻　　别胡说八道啦，咱快走吧。

醉　汉　　不，不走！我说值班长，你先给我来上一段……
　　　　　（唱）　妹妹坐船头，哥哥癞皮狗……

醉汉妻　　别出洋相啦……

醉　汉　　要不，咱，咱一齐演个节目，她，她就是宋丹丹，我就是赵本山……来来来……

值班长　　对不起，我可没有表演天赋。

醉　汉　　你……不会演？我……我也不会。要不，咱跳个舞。

值班长　　跳舞我也跳不好。

醉　汉　　你跳不好，我跳得好。来来……老师带徒弟。（一手搂住值班长腰不放）

醉汉妻　　（打醉汉手背）你搂住人家干什么，撒手……

醉　汉　　不！不……

醉汉妻　　（无奈地）值班长，要不，你就和他来上一圈。要不，他闹起来没完。

值班长　　好，权当春节娱乐活动吧。请问，快三，还是慢四？

醉　汉　　快三慢四不过瘾，咱来个驴打滚……

值班长　　摇滚？

醉　汉　　摇滚就摇滚。跳跳跳！

〔狂劲的音乐声起，俩人跳起摇滚舞。醉汉妻亦加入其行列。跳来跳去，醉汉"哇"地一声呕吐在值班长身上。

醉汉妻　你看你，吐了人家一身！
醉　汉　这一晃荡，酒上了头咧，难受哇……
值班长　快躺一会儿。（搀扶醉汉上床）
醉汉妻　你看你，吐了人家一身！
醉　汉　哎……
醉汉妻　唉！算俺倒了八辈子邪霉，嫁给这么个熊玩意儿，不喝酒时是人，喝了酒就不是人咧！
醉　汉　（醉眼蒙眬地问值班长）孩他娘，那个娘们在唠叨什么？
值班长　（将错就错地）她表扬你啦。
醉　汉　表扬咱两口子中，骂咱两口子不中！哎哟，满肚里开了锅咧……哎哟……（渐渐睡去）
醉汉妻　真要命！好歹老实一刹吧，（给醉汉擦嘴，突然惊叫起来）了不得啦……
值班长　怎么啦？
醉汉妻　看，孩他爹把舌头咬下来咧！
值班长　（忙从醉汉口中取出一物，借灯光细看，不由得扑哧一笑）是块红烧肉！
醉汉妻　可把俺吓草鸡啦。
值班长　别害怕嫂子，真要把舌头咬下来，谁陪你说话拉呱呀。（边说边脱下工装）
醉汉妻　（宽心地笑了）值班长，干你们这行，真是不容易呀！刚才孩子他爹，真把你折腾苦啦。看你这身工作服，连油加酒脏了一大片，（歉疚地抱起工装）俺给你洗洗去。（欲下）
值班长　（拽住）不用麻烦您啦，等会我带回家去洗。快坐下，咱拉拉过年呱。
醉汉妻　是啊，今夜幸亏停了电，要不，咱姐妹哪能在一块过年守岁熬五更？这是咱的缘分。
值班长　那么，我就喊你大姐吧。
醉汉妻　好哇，大姐比大嫂更知己，我也喊你妹妹吧。我说妹妹呀，一个大年下，你来值夜班，俺妹夫高兴不？
值班长　你妹夫在部队，没有回家过年。

醉汉妻	哎哟！怪不得你这光明的天使这么好，原来俺妹妹是十五的半个月亮啊！妹妹啊，你家几口人？
值班长	三口人，一个孩。
醉汉妻	妹夫不在家，今夜孩子谁来照管？
值班长	我爸我妈去世得早，公婆又在外地工作，孩子只有我来带啦。
醉汉妻	哟！你还是个苦命人呢！妹妹呀，咱那孩子呢？
值班长	在家。
醉汉妻	多大了？
值班长	刚满周岁。
醉汉妻	唉！看来今晚只有小保姆照管啦。
值班长	小保姆回家过年去啦。
醉汉妻	孩子怎么办？
值班长	我把他锁在家里啦。
醉汉妻	我娘哎！现在孩子是宝贝疙瘩，跌着磕着那还了得！
值班长	不要紧，为了孩子的安全，我把他捆绑在床上了。
醉汉妻	不中用！这可不是闹着玩的。看今晚这场鹅毛雪，天寒地冻，冷得要命，咱楼上可都没有暖气，你要把孩子给俺冻着，俺才不依你。
值班长	放心吧，俺给孩子灌上暖水袋啦。
醉汉妻	你就是给他插上电褥子，俺也不放心。你家在哪儿？
值班长	大姐，孩子不会出什么事的。
醉汉妻	大妹妹，咱有缘分，你就把俺当亲姐姐看待，听姐的话，快把地址告诉俺。
值班长	我住电业局宿舍一号楼二层三单元。
醉汉妻	这么巧啊！咱还是邻居哩。俺住开发区一号楼二层三单元，和电业局宿舍一墙之隔。怪不得经常听到孩子哭，一哭就一宿，闹了半天，是咱那孩子呀。快把钥匙交给我。
值班长	大姐……
醉汉妻	信不着姐姐咋的？
值班长	（只好掏出钥匙）大姐，这要给你添麻烦啦。
醉汉妻	你咋说这个？你为了千家万户的光明，把孩子捆在床上来值班，我就不能为你做点什么？不说啦，你替俺照料着你姐夫，我去看看咱那孩子。

值班长　姐姐——（激动得热泪盈眶，扑在醉汉妻怀中）
醉汉妻　妹妹，你这是干啥？看刚才孩子他爹把你闹的，俺心里老过意不去，为你办点事儿，姐姐心里会好受一点儿。你等着，俺去去就来。
值班长　姐姐慢走。
醉汉妻　我这人急性子，慢不上来。（跑下）
醉　汉　（醒来）啊！睡了个舒服觉。我娘哎，这是在哪里？
值班长　哈哈哈，大哥，你现在感觉怎么样？
醉　汉　没啥感觉，我不会跟着感觉走。
值班长　（高兴地）清醒了。
醉　汉　俺啥时候糊涂来？坏咧坏咧，今晚上八成俺又喝大醉咧。大妹子，俺老婆呢？
值班长　到我家去啦。
醉　汉　你说她这个人，到你家麻烦啥去？
值班长　大哥，不是她麻烦我，是我麻烦她呀。大姐给俺照看小孩去啦。真不好意思，今晚特冷，还让大姐跑一趟。
醉　汉　可别这么说。俺有个坏毛病，喝醉了就乱折腾，上回在人家张三家闹了一场，这回又跑到这电业局值班室折腾你半宿，今儿个别说俺老婆给你照顾孩子，就是给你照顾男人，俺也没意见！
值班长　哈哈哈，大哥真有意思……
醉　汉　还有意思呢。说句实在话，社会上有些人不大理解您，一会说成电老虎，一会又说成电老鼠，总认为电业局软硬兼施，变着法子掏客户的腰包，如果那样认为，也就缺了人情味儿……
值班长　（激动地）大哥，真没想到您的心地这么好！
醉　汉　大哥好是好，千万可别喝了酒啊！哈……
值班长　（默默地）人间自有真情在啊！只要人人捧出一颗爱心，家家献出一片深情，这个世界该有多么美好啊。
醉　汉　大妹子，刚才俺出洋相没有？
值班长　倒没出洋相，只是刚才不像你现在这个人啦。哈……
醉　汉　坏咧，保险又丢了人咧！（不好意思地以手遮面）可羞煞俺咧……
　　　　〔醉汉妻泣喊着，抱婴儿冲上。
醉汉妻　妹妹——可了不得啦！你看看咱那孩子啊。
值班长　（惊慌地接过孩子）宝宝，小宝宝，妈妈喊你啦，你说话呀！（摇之不动，喊之不应，声泪俱下地）宝宝，我的好宝宝……

醉　　汉　孩子怎么啦？

醉汉妻　你这不是好了吗？可人家把宝宝舍在家里，捆在床上，孩子能不哭不喊不踢腾吗？宝宝把绳子硬是蹬松了扣，一头栽下床来，冻上这么半宿，浑身冻成冰棍了。（哭泣）哎哟俺那苦命的孩子哎，怕是不行啦……

醉　　汉　（抱过孩子，突然跪倒狂呼）老天爷，你行行好，叫俺死，留下孩子呀……

值班长　大哥大姐，这可怎么办？

醉汉妻　快上医院。（抱过孩子）

值班长　怕是来不及啦呀，要不，先把孩子放在暖气片上，暖和过来。（欲将孩子放在暖气片上）

醉　　汉　不行！这不把孩子烙坏了嘛！（猛然撕开胸襟，露出裸露的胸怀）来呀！把孩子贴在俺的心窝窝上！

值班长　（热泪盈眶）哥哥……

　　〔醉汉妻将婴儿放在醉汉怀中，他用自身的热量，温暖着如冰似雪的婴儿。

醉　　汉　走！快去医院！

　　〔众人欲下。
　　〔突然，一声清脆的婴儿哭声。
　　〔三人悲喜交集。

三　　人　（泣声呼唤）宝宝——

醉　　汉　（跌坐在地）天哪，俺那孩子又回来啦！

二　　人　宝宝又回来啦……

　　〔突然响起动情的歌声："啊……啊……只要人人都献出一点爱……"
　　〔灯渐暗。

（剧终）

注：
① 2000 年 9 月 1 日，初稿完成于莱芜市文学戏剧创作室。
② 2009 年 4 月，该剧获山东省电力系统文艺会演一等奖。

·行业微电影

一堂课

1. 山峦 / 村庄 / 晨 外

淡淡的晨雾缠绕着初春的山野。
弯弯的山道通过梯形的山庄、伸延向山谷豁口。
音乐中推出片名：《一堂课》。

2. 李老师大门外 / 晨 外

　　两扇荆棘编织的篱笆大门轻轻拉开，走出个背书包的小女孩，随后跟出位高头大马的中年妇女，她推辆老掉牙的破嘉陵50摩托，车把上挂着十几只秃光毛的肉食鸡。她便是小女孩的母亲，路边店的老板娘。
　　老板娘骑上摩托车，手刨脚蹬，不要命地发动车子，累了一头汗，无奈打不起火来，她气喘吁吁地骂："娘那个腔的，这是辆啥熊玩意儿！李花，喊你爸来拥一把。"
　　小女孩朝院内喊："爸，快来呀。"
　　随着"来咧来咧"的声音，跑出位四十多岁的瘦弱男人，他就是本村小学教员李老师。
　　小女孩："快，帮俺妈拥起来。"
　　李老师连声答应："好好好。"与女儿推住车后架："预备！一二三。"向前猛推。
　　摩托车"嘟"地一声发动起来，一家伙蹿出丈把远。李老师摔了个嘴啃泥。
　　老板娘停稳了车，见状不由得笑了起来。
　　李老师爬起来没好气地嘟囔："你慢点加油不行！"
　　老板娘收住了笑："发什么火，一个跟头还摔散了架？记住，中午下了课，别忘了喂猪喂羊喂兔子。临黑天饭店里忙，别等俺回家吃晚饭。"说完，加油便走。
　　李老师忙拽住车后架："慢着，慢着。"
　　老板娘拧着脖子问："啥事？"

李老师满面笑容地：“人家税务所再来纳税，该纳就纳，该缴就缴，千万别争争吵吵。”

老板娘不耐烦地：“不就差几百块税钱，三天两头上门来催，跟在腚上和要小鸡仔账也似的。”

李老师：“话不能这样说，依法纳税是每个公民的义务嘛。”

老板娘：“什么义务不义务，把俺惹火了，就撕把他一顿！”

李老师闻言大惊：“那还了得！你若妨碍公务，弄不巧得进去蹲两天。”

老板娘满不在乎地：“哈哈，这几天俺正想找个吃饭的去处……”

李老师一脸严肃地：“不信咋的？那王二杆子不比你厉害，他杀猪不纳税，还愣拿杀猪刀子比画税收人员，结果咋样？让公安局'咔嚓'铐起来，一蹲就是半拉月。结果又咋样？税也补了，牢也坐了，脸面也丢了，款也罚了，好好的那买卖也耽误了……”

老板娘：“书呆子，咱拿块破砖，比得上苍天？王二杆子偷税漏税万把元，咱是啥？咱是山高皇帝远的路边小店，饭店分淡季、旺季、歇业季，伸缩性特大，赖他仨月两月的税钱，还不是闹着玩儿。”

李老师：“不，咱不能做那不守法不光彩的事情，宁肯苦点、穷点，也不要打国家的主意。”

老板娘：“俺不是你的小学生，没闲工夫听你上法治教育课，你思想好、觉悟高，你去交。”

李老师把手伸到妻子面前：“那好，拿钱来。”

老板娘：“哈，凭你这光荣的人民教师，顶天立地的男子汉，咋有脸伸手向老婆要钱？”

李老师涨红了脸：“你，你把咱家的财政大权一把死攥，一分钱看得比镜子还大，月顶月搜刮我个光净光。”

李花：“妈，快把钥匙给俺爸，让爸拿钱去缴税，咱不能占国家的便宜。”

老板娘大声呵斥：“大人说话，你黄毛丫头插什么嘴？滚，快上学去。”

李花噘起小嘴，拽了拽父亲的衣襟：“爸，快上课去吧，俺妈叫人家逮了去，咱谁也不管。”

老板娘闻言大怒：“死丫头，你这小胳膊肘子也往外拐啊，看我不揍扁你！”说着冲上去便打。

李老师左拉右挡，催促女儿快跑，李花一溜烟跑到山坡上，她回过头来喊：“不纳税犯法，上级来抓，不去不行，去了挨熊……”

老板娘气得一蹦老高:"反了反了,今儿个饶不了你。"说完便往山坡上冲。

　　李老师死死拽住妻子不放:"别别别,别和孩子一般见识。"

　　老板娘:"都是你教的'好'学生,你惯的'好'孩子。俺费尽心血省俩钱,到底为了谁呀?"

　　李老师:"甭管为了谁,咱不能靠占国家的便宜过日子。"

　　老板娘:"好好好,你爷们不但不帮俺变着法子省俩钱,还绑起把子来对付俺,俺问你,这日子还想不想过下去。"

　　李老师:"甭管咋说,咱不能为了小家,坑害大家呀。"

　　老板娘:"好!这日子没法过了,从今往后,你教你的书,俺开俺的店,咱井水不犯河水,俺就是杀头枪毙,也用不着你管。"

　　李老师:"你听我说呀……"

　　老板娘:"说啥!咱没有共同语言,就不共同语言,这个家,俺不要啦。"说完骑车奔驰而去。

　　李老师懊丧地蹲在地上。

　　李花走下山坡,怯怯地问:"俺妈真的不要家了,咱可咋办呀?"

　　李老师:"别怕,你妈舍不得这个家。李花,你去通知同学们,今天上午复习功课,下午准时上课。"

　　李花:"你要到哪儿去?"

　　李老师:"去饭店。"

　　音乐中,李老师从杏花林中匆匆向饭店走去。

3. 教室 / 日 外

　　一群学生从教室内蜂拥而出,李花追到门口大声喊:"回来,回来,俺爸不要……"

　　众学生头也不回地挤出校门,李花怔怔地望了一会,也跑出校门。

4. 饭店门前 / 日 外

　　陡峭的山关深谷,一条新铺的柏油马路直插深处。进关路口,新开张一家野岭小店,墙上写着斗大的五个红字"司机乐饭店"。一辆卡车停放在门前,一个浓妆艳抹的服务员从饭店走出,随后跟出位醉醺醺的司机。服务员替司

机打开车门,司机摇摇晃晃地钻进驾车室,服务员"咣当"一声关上车门:"欢迎再来。"

司机从车窗内探出半截身子,色眯眯地盯着服务员:"再来,再来你要特殊照顾照顾。"说着冷不丁地拧了服务员脸蛋一把。

服务员被突然袭击,捂着脸蛋"哎哟"一声。

老板娘闻声而出,提烧火棍照司机便打,司机见势不妙,开车便跑,老板娘一火棍悠在车门上:"我叫你不正经!"

服务员捡起石头,朝狼狈逃窜的汽车扔去……

李老师走来:"孩她妈,又和谁生气?"

老板娘余怒未消:"滚!你给我滚!"

服务员:"嫂子,你这是干啥?李大哥,快屋里坐。"

5. 饭店 / 日 内

饭店内陈设简单,六七张矮腿小桌,几十只小板凳,李老师进屋捡条板凳坐下,服务员连忙倒茶。老板娘倚着门框直生闷气。

服务员:"李大哥,你和嫂子怎么啦?"

李老师:"为那税钱的事儿。大妹子,你评评这个理,人家税务所来要几次你可明白,就是赖着不给人家,说得过去吗?"

老板娘:"怎么,你逼到这里讨债来啦!"

李老师微笑不语。

老板娘稍缓和了一下语气:"大妹子,咱饭店挣多少钱你心里有数,荒山野坡,有几个司机吃吃喝喝?一天混个百儿八十的,若正儿八经地纳税,猴年马月也发不了财。"

服务员:"是啊,大嫂挣俩钱不容易呀,硬从口袋里掏税钱,咋不心痛。"

李老师心平气和地:"我也知你大嫂够辛苦的,家里一头,这店里一头,三天两头进城买菜,六十头不着一头地忙活,晚上累得直喊腰痛,动不动就让我给她捶打半宿。可话又说回来,咱撒了、扔了,浪费了心痛,缴税千万可别心痛哟,虽说一天挣个百儿八十,一年下来就是好几万元。李花她妈哎,咱富日子当穷日子过行不?"

老板娘刚刚落座,又猛地站起来:"你筛锣打鼓,还是让俺顺着你的杆子爬呀!不缴,就不缴。"

李老师："就算你先垫上，等俺发了工资还你行不？"

老板娘："工资？提起工资俺就来气儿，上个月的工资到今天还没发哩。"

李老师："工资从哪里来你知道不？"

老板娘："国家造出钱来就有。"

李老师扑哧一笑："娘儿们见识。告诉你吧，国家开支靠财政，财政收入靠税收，磨系套子大循环，来回转，最终返还到咱身上。若都像你这样，三年也甭想发工资！"

老板娘："就不信国家缺咱这俩钱，甭管咋说，不给他。"

李老师再也忍耐不住，一敲桌子站起来："顽固不化！"

老板娘跳起来："你，你给我出去！"

李老师："走，咱到税务所讲理去。"

老板娘大怒："好呀，你这没良心的，俺和你拼了！"顺手抄起烧火棍。

服务员慌忙夺住火棍："大嫂……"把老板娘拉进了厨房。

李花跑了进来："爸爸……"

李老师："你咋来了？"

李花向门外一指："同学们都来了。"

6. 饭店／日 外

一群孩子挤在门外，一双双黑亮的眼睛紧紧盯向室内。

7. 饭店／日 内

李老师问女儿："同学们跑到这儿干什么？"

李花怔怔地望着父亲，紧咬嘴唇不说话。

李老师大声地："他们到底来干什么？"

李花涌满两眼泪儿："送钱来啦。"

李老师莫名其妙地："给谁送钱？"

李花："给你凑钱缴税。"

李老师生气地："你！谁让你把这事告诉同学们的？"

李花："同学们问你为啥不去上课，俺就把你和娘为税钱干仗的事说了……"

李老师手足无措地:"哎呀,这是咋说呀。"

老板娘闻言从厨房窗口探出头:"天哪,这下子可把俺败弄'好'咧!"

李花:"这不怨俺,都怨小胖子出的主意……"

小胖子站在门口打了声:"报告。"

李老师:"进来,都进来。"

小胖子从怀中摸出一把人民币,双手捧到李老师面前:"老师,这是俺过年攒的磕头钱,您收下吧。"

小女孩托起一把硬币:"老师,俺家穷,三年才攒了这么一点点……"

李老师望着捧在面前的小手,心中一阵酸楚,他颤颤地捧住两只小手,激动得不知说什么是好。众学生各自把钱捧起来,双双小手捧着白花花的硬币,团团围在李老师身边。

李老师热泪盈眶,哆嗦着嘴唇反复叨念:"好同学,好孩子,不是老师缺钱……"

小胖子:"老师,俺知道大婶不愿意缴税钱,也不给你缴税的钱,那钱缴不上,您不安心呀,同学们不能看着您心里不好受啊。"

小女孩:"老师,您上法治课的时候不是常讲嘛,如果大家都不缴税,咱国家穷了,要受外国欺负吗?"

小胖子:"是呀是呀,国家没有钱,就不能造飞机、造大炮、盖高楼、盖学校……"

众学生:"老师,快收下吧。"

一双双小手争先恐后地往李老师口袋中塞钱。

李老师感动得泪流满面,一句话也说不出来,他摘下眼镜,不住地抹眼泪。

李花站在小凳上,含泪向同学们深深鞠躬。

老板娘痛心疾首地走出厨房,深深埋下头去。

李老师:"咱们走。"带众学生走出门去。

8. 饭店 / 日 外

"站住,都站住呀。"老板娘带着哭腔追了出来,"孩子,都怪大婶糊涂啊!大婶对不起恁,对不起恁李老师,更对不起咱们国家……"说着哭泣起来。

李老师:"花她妈……"

老板娘:"花她爸,眼下俺总算明白了,俺活了这么大岁数,白活啦,还真不如个孩子哩。"说着从腰里掏出一叠十元人民币，"花她爸，俺马上去税务所行不？"

李老师高兴地："好，只要明白过来就好。孩子她妈，今天我耽误了一堂课，让学生给咱上了一课，今后上法治课，更要强调税法教育，要孩子们从小就树立纳税意识。我说花她妈，先炖上几只鸡，让孩子们在你这里下馆子，吃午饭，下午再去缴税。"

老板娘："好！"朝饭店内大喊："服务员——"

服务员脆声声地探头答应："哎——"

老板娘："炖鸡一大锅，让孩子们上饱地撮一顿！"

众同学拍着巴掌欢呼："噢——噢——"

定格。歌声中推出演职员表：

　　彩云飘过是晴天，

　　月缺自有月正圆。

　　春风雨露洒人间，

　　点点滴滴汇涌泉。

（剧终）

注：

① 1996年3月30日，写于莱芜市文学戏剧创作室。

② 该剧由莱芜电视台摄制，获山东省税务系统电视大奖赛一等奖。

· 行业戏曲

税官的母亲

时间：中秋节。

地点：村头老槐树下。

人物：王大山——某地税稽查局局长。
　　　王大娘——王大山的七旬老母。
　　　钱百万——某企业厂长。

[幕启：王大娘迎风站立在村头老槐村下。
[王大娘剪影造型。
[幕后传来深情的女声伴唱：
　　　天高云淡雁南飞，
　　　中秋山水更明媚。
　　　八月十五团圆节，
　　　老母村头盼儿归。
王大娘　（唱）　大山他在城里忙活收税，
　　　　　　　整整有一个月没把家回。
　　　　　　　娘想儿昨夜晚一宿未睡，
　　　　　　　大清早忙来忙去盼儿归。
　　　　　　　树上打下了红鼻儿枣，
　　　　　　　地头掰来了向日葵。
　　　　　　　崖边提来了山泉水，
　　　　　　　杀了只老母鸡慢煮轻煨。
　　　　　　　等来那儿子儿媳小孙孙，
　　　　　　　一家人团团圆圆欢欢喜喜喝一杯。

王大娘	（白）俺儿子捎信说，今天家来过节。日头都偏西啦，咋还不见踪影？
	（眺望）哟，山坡上下来一个人，准是俺儿大山回来咧。（迎上前去）
王大娘	（喊）大山，大山……
钱百万	大山？娘的，这大山真难走，大雨把路冲毁了，小轿车都开不进来。这不，我把车和她娘儿俩搁在那西山后，自个儿爬了过来。看看，脚后跟都起了血泡咧，真他娘的，人倒了霉，屎壳郎也蜇人！
王大娘	（上前辨认）唉！人老啦，不中用啦，眼都不认人啦。
钱百万	喂，老娘子，打听一个人。
	〔王大娘不予理睬。
钱百万	老娘子，听不见吗？
王大娘	我聋。
钱百万	倒霉，碰上个聋老婆！
王大娘	你说啥？
钱百万	嗨嗨，你不是听不见吗？
王大娘	年轻人，打听事儿有你这个称呼法吗？
钱百万	不称呼老娘子称呼啥，还能叫你小姐？
王大娘	瞎包玩意儿！你的亲娘你也称呼她老娘子？
钱百万	好好好，我叫你大娘行不？大娘……
王大娘	这还差不多。
钱百万	这老娘子够犟的。大娘哎，请问地税稽查局王局长的母亲住在哪儿？
王大娘	你是说的大山吧？
钱百万	对对对，就是王大山。
王大娘	你有啥事儿？
钱百万	有啥事儿还得和你汇报汇报吗？
王大娘	我就是王大山他娘。
钱百万	哎哟我的个大娘哎，早知道是您，叫您亲娘也行。
王大娘	走，家去喝茶去。
钱百万	不用啦，只要见到您老人家，事情就妥啦。嗨嗨，今天是八月十五，我专程送来几包月饼，外带两瓶茅台，特意孝敬您老人家。
王大娘	你和大山是亲戚，还是朋友？
钱百万	嗨嗨，不是亲戚，也算不上朋友……
王大娘	哎，非亲非故，你送的这是哪份礼？

钱百万　俺实话实说吧。
　　　　（唱）　人走时运喜事多，
　　　　　　　　天上能掉金饽饽。
　　　　　　　　人若走了背时运，
　　　　　　　　吃盐找不着凉水喝。
　　　　　　　　不知是哪个孬种举报了我，
　　　　　　　　您的儿稽查了我的财务科。
　　　　　　　　说我私设小金库，
　　　　　　　　连罚加补百万多。
　　　　　　　　我也曾王局长家去坐坐，
　　　　　　　　这礼物愣是不让往家搁。
　　　　　　　　想来想去我没了辙，
　　　　　　　　求您老替俺美言把情说。

王大娘　咳！你这人真摸地道，咋找到大山他娘头上来咧。

钱百万　嗨嗨，常言说得好，孩子哭了抱给他娘嘛。

王大娘　咦！俺儿办的是公家事儿，当娘的不能瞎掺和。

钱百万　大娘哎，这个忙您一定要帮。

王大娘　我可是捏着眼皮擤鼻子，有劲使不上。

钱百万　不！听人家说，您在王局长面前，说一不二，在他心目中，您老人家至高无上。

王大娘　你听谁这么瞎咧咧？

钱百万　是您儿子的一个老朋友告诉我的。那天我托他去办事，你儿把老朋友窝囊得不轻，连人带东西一股脑地拥了出来。我问他还有啥办法，他说，这种事，除非他母亲说了他听，除此之外，天王老爷也不行。这不，我就找到这儿来咧。

王大娘　大山从小倒是听话，更知道孝顺娘，可娘不能教他不学好哇。

钱百万　大娘哎，你老人家就可怜可怜俺吧。如果动了真格的，俺老婆孩子都得去喝西北风喽……（佯哭）

王大娘　别哭。我说他大哥呀，纳你这么多税，你干的啥买卖？

钱百万　不是做买卖，是我承包的那个小工厂……

王大娘　你是厂长？

钱百万　分厂的厂长兼经理。

王大娘　这么说,你有的是钱。
钱百万　可别这么说,混个仁核桃俩枣的,实在不容易啊。
王大娘　谁挣钱也不能像石头坷垃蛋儿,弯腰就拾一筐来。你少缴这么多税,大山咋查出来的?
钱百万　别提啦!
　　　　(唱)　你家大山是铁税官,
　　　　　　　专给人家把麻烦添。
　　　　　　　他去把我的账查验,
　　　　　　　我拖来拖去拖时间。
　　　　　　　单等他回家去吃中午饭,
　　　　　　　我慌忙把账本一摞一摞地往外搬。
　　　　　　　谁料想,他杀了一个回马枪,
　　　　　　　当场抓获一窝端。
　　　　　　　吓得我三魂掉了两魂半,
　　　　　　　晕晕乎乎的好几天!
王大娘　哈哈哈,看来,眼下你还没有晕乎过来。
钱百万　大娘,如果您给我讲下这个情来,少纳点儿或者是不纳一点儿,我就磕头认干娘,一年四季,提溜着点心上门看您。不不不,我这就把您搬到城里,去住高楼大厦。
王大娘　谢谢你这好心肠,俺家大山整天动员我到城里去住,可我舍不得这山山水水,更离不开这庄邻庄乡,俺说啥也不走……
钱百万　那么,我拉你到城里遛一遭也行。(掏出一个信封)这里边装着三千块钱的购物券,你相中啥,买点啥……
王大娘　快装起来,新出的票子俺都认不得真假,别说你这什么券咧。
钱百万　这购物券没假……(往大娘怀中塞)
王大娘　真的更不能要。你不装起来,俺可恼咧。
钱百万　(只好装起)那么,俺就求你替俺说句话。
王大娘　他大哥,这事儿,大娘实在办不了。
钱百万　大娘,不!干娘哎,我求求您啦。(欲跪)
王大娘　(拽住)你这是干啥?!他大哥,世上三百六十行,行行有难处。大娘也求求你啦。
钱百万　求我?

王大娘　（唱）　求你办事心怀宽，
　　　　　　　　莫把国家的便宜占。
　　　　　　　　大山管的是这一段，
　　　　　　　　你别恨他执法严。
　　　　　　　　虽说无情他情无限，
　　　　　　　　俺求你，莫让俺儿犯为难。
　　　　　　　　大山吃的是清白饭，
　　　　　　　　俺求你，莫让俺儿当昏官。
　　　　　　　　厂长啊，你堂堂正正的男子汉，
　　　　　　　　千万别当二红砖。
　　　　　　　　俺求你，提起礼物回家转，
　　　　　　　　快去缴纳该缴的钱。

钱百万　这么说，你是不给我面子？不替我去求情？

王大娘　不是大娘不给你面子，凭俺山里人家都懂的道理，你这个大厂长咋这么糊涂呢？（提起礼物）拿着，快回家和老婆孩子过团圆节去吧。

钱百万　团圆节？我那老婆孩子还在这西山后咪。

王大娘　咦！我说你这个人，咋把老婆孩子舍在这西山后呢？

钱百万　不叫她来，她非说跟着来看看山景，娘的，叫她在山后头看个够吧。

王大娘　快去叫她娘儿们家来点心点心，这山风凉飕飕的，冻着可不得了。

钱百万　冻不着她，在轿车里边猫着哩。

王大娘　荒山野岭的，你快去看看。走吧，别再想三想四的啦。

钱百万　你不答应求情，我就不走。

王大娘　你不走，我走。（转身欲下）

钱百万　想不到这铁税官的母亲，比铁税官还铁呢。（态度变硬）站住！

王大娘　哟，一眨眼的工夫，你咋吃了枪药？！

钱百万　我说老娘子，你娘儿俩成心和我过不去是怎么的？

王大娘　你别发火呀他大哥，不是和谁过不去，大山负着这个责，当娘的不能逼他去贪赃枉法呀。

钱百万　好好好，反正你娘儿们逼得我走投无路咧，今儿个，我就在这棵树上吊死！（解腰带拴在树杈上，佯上吊）

王大娘　别想不开呀孩子，俺可担待不起你这条人命。

钱百万　（旁白）有门儿，继续吓唬。你担不起也得担，是你害死了我。我，

	我写遗书。（掏出本本乱画）亲爱的妻子女儿，还有我那小咪咪，拜拜啦……
王大娘	哎哎哎，你这个人咋这么不讲理？俺儿又不是三岁两岁，在外惹了事儿，你来找他娘。他办的是公事儿，要吊死，你到公家大门口吊死去，别瞎了俺这棵老槐树，吓得大伙儿一早一晚都不敢来凉快凉快……
钱百万	你不给我求情，我钱百万就要在这棵树上吊死！（欲吊）
王大娘	慢！你叫啥？
钱百万	钱百万。
王大娘	咦！听名字钱就不少。你死了，留这么多钱，谁花呀？
钱百万	这个您就甭操心啦，我，我送给二奶，你也管不着！
王大娘	下来下来，这么说，你可更死不起咧。你死了，谁来孝顺你家二奶奶？
钱百万	你懂啥？不是俺二奶奶……
王大娘	谁的二奶奶？
钱百万	……咳！我是说，如果送给二奶……
王大娘	你承包了二奶奶，更得好好孝顺她，帮她推磨压碾，烧火做饭……
钱百万	你，你！说艺术了你听不懂。我是说小老婆……
王大娘	咳！明白啦。你咋不早说清楚？吊吧吊吧，死人口里难对词，一死百了，多留给你那小媳妇一点钱，值！
钱百万	看着！我这么头一伸，腿一蹬，可就圆满咧。
王大娘	哟，慢着，慢着，我看你这绳子不大够长。（亦解下自己的腰带）来来来，接巴上。
钱百万	你，你不害怕？
王大娘	少玩这套把戏吧，冲着你那个二奶奶，叫你死，你也舍不得。
钱百万	你真的让我想死死不了，想活活不成？
王大娘	不是不让你活，是你自己不好好活。
钱百万	你！你真的要逼我和你玩命？！（摸起一块石头）我砸……
王大娘	哎，耍二杆子呀，大娘见得多啦！想当年俺当妇救会会长，洋鬼子的刺刀，汉奸的王八盒子俺还不怕咪。别说你这块烂石头！砸吧，照要紧处夯！（逼过去）
钱百万	（连连后退）你当我真砸？
王大娘	不砸摸石头干啥？！
钱百万	我可没那么傻，拿我这条命，换你条老命。我……我找你儿子孙子

    拼命去！
王大娘 你！你说的什么？
钱百万 我告诉你，如果罚了我的税，我，我，（咬牙切齿地）我让你断子绝孙！
王大娘 你，你，你！好一个混账东西！
   （唱） 闻听此言气炸了肺，
      你害我子孙太可悲！
      我儿为国来护税，
      娘知他处处遭是非。
      今天补了那漏税款，
      明天得罪那偷税贼！
      后天拒收了行来的贿，
      大后天又不知惹着了谁。
      我儿若是个怕死鬼，
      娘让他回家种地把田归。
      我儿若是个贪财鬼，
      娘让他跪在地上使劲捶。
      我儿若是个铁脸鬼，
      娘也敬他酒三杯。
      儿啊儿，你的娘起早贪黑，
      雨打风吹，无怨也无悔，
      只盼儿，清清白白，鞠躬尽瘁，有口皆碑。
      今天怒打这黑心鬼，
      一巴掌扇下去为儿壮威！
  〔王大娘狠狠地给了钱百万一记响亮的耳光。
钱百万 （被打翻在地）你，你打人？
王大娘 不想惹你，你得寸进尺。滚！
钱百万 我滚我滚。（欲逃下）
王大娘 （拾起礼物，朝钱百万扔去）拿着你这窝囊东西！
钱百万 （接住）我拿走。（欲下，急返回）坏咧，他来咧。（慌忙藏在大树后）
  〔王大山提月饼匆匆上。
  〔一轮明月冉冉升起。
王大山 娘……

王大娘	（定了定神，迎向前）大山……
王大山	（内疚地）娘，又让您老人家在村头等着了。
王大娘	唉！咋不早点回来，你看那月亮都挂在山尖儿上了。
王大山	（见娘高兴不起来）娘，俺让你生气啦。
王大娘	自家孩子，生啥气。
王大山	别人惹着你啦。
王大娘	（苦笑着摇了摇头）没有。你啥时见娘和别人闹过别扭来。哎，俺那儿媳妇和孙孙呢？
王大山	她娘儿两个在医院……
王大娘	啊！在医院？
王大山	您老别紧张，不是她娘儿们生病住院，是她陪着两个病号……
王大娘	亲家母病啦？
王大山	不是。
王大娘	谁的病这么要紧，叫俺儿媳和孙孙陪床。
王大山	娘——
	（唱）　十五放假度中秋，
	回家团聚恣悠悠。
	你孙孙想奶奶催我赶快走，
	你儿媳想婆婆挂念在心头。
	下午就来到这西山后，
	突然间，一辆轿车栽进了山沟。
王大娘	哎呀，这可了不得啦。快去救人。
王大山	对！抓紧救人……
	［钱百万大惊，冲出树后。
钱百万	哎哟我的个娘哎，是那辆0808008牌号吧？
王大山	啊！你咋在这儿？
钱百万	我……
王大山	那是你的车？
钱百万	哎！我的个亲娘祖奶奶，这可要了血命咧。王局长，俺那老婆孩子咋样？
王大山	没事啦。经医院及时抢救，俩人已经脱离了生命危险。
钱百万	（悲恨交集地）我那个熊老婆，动不动就摸弄方向盘，这下子，再

	叫她摸!(边说边慌慌张张地向台口跑)
王大山	等一等,我的车在西山后,我送你去医院。
钱百万	(慌慌张张地跑回来,扑通跪倒在王大娘面前)我该死……
王大山	你这是?
钱百万	我不是人!(痛呼)老天爷,人家抢救我的老婆孩子,我来威胁人家的老母亲,我不是人啊。
王大娘	孩子,别说了。起来,快起来。(搀扶)
钱百万	(泪流满面)大娘,不!您就是俺的亲娘。娘,你狠狠地打吧,打死你这不争气的儿子!(抓住王大娘手,往自己脸上打)
王大娘	别这样,只要改了就好。让大娘打,大娘也舍不得。
王大山	钱厂长,咱快走吧。
钱百万	走!回去先把税缴上。娘,再见。

〔钱百万与王大山匆匆而下。
〔王大娘目送儿子远去,如一尊雕像,眺望着远山。(剪影)
〔幕后传来抒情的山歌声:

   天高云淡雁南飞,
   山山水水更明媚。
   慈母不掉离别泪,
   深明大义壮儿威!

〔灯渐暗。

(剧终)

注:

① 2001年3月27日该剧完稿。
② 2002年10月,该剧获山东省税务系统会演一等奖。

附一：

自勉百字铭

  在英国萨伦港的国家船舶博物馆陈列着一艘十九世纪末制造于荷兰的商船，它航行在大西洋的传奇经历令人心灵震撼！它的精神勉励着人们在危难中砥砺前行。因本人在磨难中曾默念着这条老船挺了过来，故有感而作《自勉百字铭》一首，特此共勉。

> 自勉刻心间，肝胆铭老船。
> 一百一六次，触礁残两舷。
> 一百三八回，轰然撞冰山。
> 二百零七遭，风暴断桅杆。
> 火舌腾烈焰，又烧十三番。
> 但是没沉没，教咱意志坚。
> 人生坎坷路，斩棘渡难关。
> 山崩色不变，地裂卷土填。
> 风雷炼赤胆，天塌挺住肩。
> 抖擞精气神，自有天地宽。

张丽华于影视戏剧工作室
2023 年农历三月三日

附二：

千字词

赋词明代重臣亓静初（老敬）所著《清闲词》

老敬还乡真潇洒，
隐居雷鸣苍龙峡。
门纳西北一岳画，
窗含东南七级塔。
漱石山房茅庵，
胜于华府堂衙。
柳编竹织大栏栅，
赛过红墙涂朱砂。
远离了仕途险恶尔虞我诈，
抽身于党争斗法口诛笔伐。
再不用颤抖抖早朝备马，
也无须战兢兢銮殿跪趴。
更不讲官话套话违心话，
休谋算加法减法乘除法。
戴斗笠了无牵挂，
穿布衣一身轻裟。
不食俸禄无惊吓，
咬定青山饿不煞。
放黑羊同食野菜，
傍黄牛共耕山洼。
几案上梅瓶一对，
三月三，插罢杏花换桃花。
梨树下秸笼两双，
乐暑夏，虫吟鸟唱和声琴棋土琵琶。
屋檐挂，谷穗黍穗高粱穗，
莫悲秋，来年来种来发芽。
小寒大雪飘飘下，

大树小草爬白发。
柿子挑灯戴素帽,
红梅扑粉胭脂擦。
文友披蓑衣,
来论书半榻。
四邻齐进门,
拉拉庄户呱。
俏皮话逗人喜得气儿岔,
骚客呱哄堂大笑喷了茶。
山妻含羞抄笊篱,
稚子舞棍把冰砸。
捞捞捞,大瓮里养着钓来的鱼,
抓抓抓,小瓦罐蹦着诓来的虾。
捧捧捧,瓷盆里腌制的知了蚂蚱,
拿拿拿,别怕它螃蟹举夹横着爬。
看看看,泡盐的螳螂还扛大刀,
瞧瞧瞧,晒干的蝎子也翘尾巴。
常言道,猛虎中箭不倒架,
有道是,蛟龙断首舞爪牙。
好一首《清闲词》看似樵牧话,
谁能解?敢说朝廷管不着!
忧国忧民难放下,
仕途断桥如何踏。
历史常为强者书,
弱者折戟沉泥沙。
内阁首辅张居正,
岂料鞭尸众口骂。
何况巡抚给事中,
天大冤屈也笑纳。
孰清孰污四百载,
寻源泉头捧水刷。
万历年号四十四,

青州大旱苍天塌。
饿殍遍野何须埋，
正因锅无一粒粑。
饥民烧肠与官打，
砸衙毁府堵钉钯。
啸聚破仓抢国库，
生吞硬嚼米粮渣。
快马飞报紫禁城，
阉党厉喝谋反杀！
诗教面奏《饥民疏》，
赈粮抚民休镇压。
跪朝堂，声泪下，
叩响头，起疙瘩。
朝廷恩准才作罢，
免遭血洗十万家。
得罪阉党崔呈秀，
弹劾叛逆摘乌纱。
六郡不忘救命恩，
死里逃生誓报答。
利斧砍伐云门树，
古林秀木见新茬。
粗梁大檩挺身柱，
自烧砖瓦驾车拉。
曹村建生祠，
斗拱檐挑厦。
生前躬身拜，
逝后灵棚搭。
荫遮路九里，
白袍缠青麻。
万人来吊孝，
哭声盖唢呐。
天恩重锡坊，

赐高三丈八。
一里神道宽两丈，
两侧石像第一甲。
儿时常坐牌坊下，
石雕精美目不暇。
巍然屹立四百载，
目睹他人火药炸。
四腿断，裂股胯，
摇摇晃晃老大雯。
倒地腾起冲天怨，
尘土意欲眯眼瞎。
石人石马望天猴，
梯阶拱桥乱锤砸。
清除地上找地下，
三顾坟茔深深挖。
只找到，两个瓷罐四卷画，
纸里包的是什么？
踩住便用镰刀噶。
仕女图，本无价，
扬手就任春风刮。
美女勾在棘针上，
半张俏脸眼不眨。
青花官窑当尿罐，
跌碎不留半片碴。
昔日庸者毁大雅，
而今怀古寻芳华。
荒草厚土掩旧痕，
想找残疤无残疤。
剜旮旯，抠堰坝，
只寻得，石扁御书半撇捺。
勿辩玉碎难全瓦，
姑妄言人品质差。

且论老敬两句话；
疏一言，悬明镜，
悬明镜，则明察。
当官不可干一私，
干一私三世腌臜。
他若不为国尽忠，
皇赐恩封表明啥？
他若不为民作主，
百姓何必共赞夸。
就凭国民同爱戴，
大乡贤，真清官，
厥功至伟就是他！

      张丽华于苍龙峡工作室拜赋
        2023年初秋

附三：

词牌四首

蝶恋花·宝地

雄狮拱北牌坊西①，
青瓦朱窗，吟咏怀古曲。
山房颂诗诗诗教②，
饥斋乐道道道一③。
滚滚雷鸣④贯紫气，
龙潜波碧，凤择良木栖。
今朝贵人赠宝地，
赏我犁铧奋铧犁⑤。

注：
①垂杨书院为张丽华设立的影视戏剧工作室位置在莱芜八大景之一苍龙峡内的牌坊西边。
②诗教乃明代莱芜大儒亓诗教，著有《清闲词》等作品，在苍龙峡修建书楼"漱石山房"。
③道一乃清代莱芜大儒张道一，著有《独宦斋稿》等作品，购置"漱石山房"后更名"乐极斋"。
④苍龙峡瀑布倾泻如雷鸣，古人命名"苍峡雷鸣"。
⑤张丽华笔名、网名均为"张舒犁铧"。

卜算子·龙峡

鬼斧劈峭壁，
锡杖夺天工。
疑是吴刚伐玉树，
落入龙潭中。
倒悬水晶宫，
苍龙发雷霆。

直上九霄告御状，
隆隆天鼓声。

一剪梅·悲秋

孤影寒桥悲晚秋，
苍峡细水，情丝悠悠。
枝梢摇风催黄叶，
青峰凄凄，横生乡愁。
还我三伏风雨骤，
熬过冬春，凯旋激流。
银龙攀崖甩陈雷，
潭溅珍珠，浪花独秀。

念奴娇·人生

阳间凡界，乃苦海，神使鬼差投胎。
生来失笑，哭无奈，泣啼落入尘埃。
屁股紫青，脊背斑块，棒打入娘怀。
缠绕脐带，五花大绑交差。
一岁喊爹叫娘，步人生台阶。
儿女是债，或来讨债，来还债，无债打死不来。
七情六欲，有恨亦有爱，杂陈悲哀。
亲情难舍，辞眼泪流双腮。

以上四首词于2023年秋创作于垂杨书院张丽华影视戏剧工作室

附四：

观杏仰止词

咱家有位美娇娘，
叹为观止御杏王。
窗前撑起翠绿帐，
意在抵挡风雨狂。
长袖半遮小庭院，
榴裙掩映碧波塘。
亭亭玉立三、四丈，
含羞依偎小洋房。
影壁石哥长相望，
青骨白筋见柔肠。
她纵然，玉臂半挽木庐兄，
千手扇风送清凉。
她撒娇，纤手轻弹陋石弟，
笑他多心透胸膛。
春来早，她施粉黛花满窗，
虫来迟，她唤蜂蝶采蜜忙。
雨来打，她摆绿袖擦红瓦，
风来刮，她摇青杏敲粉墙。
夕阳晚，锦鸡栖身酥胸上，
借晨光，疑似包藏火凤凰。
知了唱，心情爽，
你点点缀缀换衣妆。
随风起舞拍巴掌，
只惹得，麦梢麦穗也发黄。
好羞惭，主公爬到凉亭上。
搂玉颈，扳肩膀，
拆金衩，好鲁莽，
大手大脚探锦囊，

撕采一筐又一筐。
可笑您，玉液琼浆嘴角淌，
气煞人，御妹的金珠也敢尝。
您可知，炎炎三伏遮烈日，
俺为您，长袖绿裙挡骄阳。
您可知，过了寒露是霜降，
可怜俺，万滴甘露泪千行。
袖也甩，腰也晃，
忍痛脱尽霓虹裳。
可知俺，随风飘零飞天去，
是为您，高窗采暖晒东床。
悄然叹，石头大哥雪白头，
怜木庐，脊背尽染层层霜，
哭陋石，雪剑穿心不瞑目，
恨锦鲤，三尺冰下偷生藏，
奴悲凄，空留筋骨傲三九，
天女府，缠缠绵绵情意长。
奴念想，春风吹醒千层浪，
奴眷恋，紫燕双飞剪画梁。
忽闻除夕鞭炮响，
旦等来年杏花香。
问主公，几人相逢百年春？
切莫要，错失人生梦一场。

2019年4月25日草于丽华影视戏剧工作室

后 记

数十个大大小小的剧本堆在墙旮旯里，一地鸡毛！到了我这把年纪，又赶上许多剧本通过非艺术途径，十分艺术地登上了舞台，我却一根鸡毛也插不进去了，那就出本小书封笔罢了。

本书以处女作《张闹玄》打头阵，然后是封笔作《南山又披大红袍》，压后阵的自然是影响力稍大一点儿的《儿行千里》。至于后半部分的行业戏，理应是弃之如敝屣的，为何选了几个进来？不是这等宣传型的行业戏有什么特色，而是在创作、排演和拍摄过程中给我留下了特别美好的记忆，使人终生难以忘怀，特意选入该集子中留个念想。再就是初学乍练的剧作者谁也免不了给人家写命题作文，又因此特意选择几个小戏小品仅供年轻人套路式地参考吧。谨此，让读者见笑了，还望诸位老师理解、谅解。

筛选出版该作品真是个痛苦的抉择。无论作品长短好坏，都是浸透过心血的，就像亲骨肉，十个指头咬咬哪个不疼？我就出现了一种幻觉：不是我在翻阅选择剧本，而是剧本瑟瑟发抖地望着我，生怕我一狠心把它们抛弃掉！于是我拿拿放放地纠结了大半年，最终还是忍痛割爱，抛弃了五个大型现代戏及十余个中戏、小戏及小品等。像这种戏剧集子，是很少人购买的，送人又不愿送给不懂行、不识货的主儿，我算了一下，顶破天也就送出百把本儿，剩下的怎么处理？堆在家里占地方，当垃圾卖了吧又不是那么回事儿，于是便为了省钱省力省地方，便计划出版稍厚点的一本书，因此我就像个狠心的寡妇，把拖住腿的一群孩子甩开，抱着几个，领着几个，哭着嫁人去了。

每个戏都有一个有滋有味的幕后故事，因直言不讳，全是真事儿，诉诉苦衷，可能会得罪人的，所以就不敢每个戏都写创作谈了。但处女作《张闹玄》是个例外，我首先感谢的便是这部作品。写这个戏的时候，我还是个正儿八经的青年农民，是在出夫的窝铺里悄悄写的，当时被生产小队队长发现后，一脚把灯笼踢飞，他骂我："好一个右派黑崽子，竟敢熬生产队里的油！"这事儿被原剧协郭书伟主席以《张丽华全身心拥抱戏剧》为标题发表在《大众日报》上。

1976年冬天，由牛泉公社文化站牵头，成立了战山河文艺宣传队，我的第一位贵人亓宝台站长看过《张闹玄》剧本后，力排众议，硬把我调进宣传队去编演节目，这可是我随父从历城县委被遣返原籍后，第一次风风光光地走出了大南山。睡在了公社大院的宣传队大通铺上，我受宠若惊，一个冬天便写出《双双拉锯》《老邻居》《获奖之后》三个小戏及相声、快板、三句半等多个曲艺类小作品，凑足了演一个晚上的整台节目。下乡演出都是些有关计划生育等干巴巴的命题作文，但我在顺口溜般的唱词和对白中加了些无厘头的笑料，演出很是火爆，有个观众还笑得尿了裤子。在参加县里文艺会演中，有的小戏还获了奖。当然，大型古装戏《张闹玄》凭这个宣传队是立不起来的，况且那个年代也绝对不允许排演。但甭管咋说，是《张闹玄》为我打开了通往艺术殿堂的大门，使我模模糊糊地看到了文艺世界的神秘天空，使我生活在一派祥和的欢声笑语中。借此，向亓宝台大哥致谢！

改革开放初期，宣传队宣布解散了，那晚大家都露出了真性情，相拥而泣。我虽然看似漠然，但心里比压上一扇磨盘还沉重，难道又要重回大南山种地去？不！我不想再过那样的日子了。于是我就去找公社的工业办公室亓主任，希望成立工办下属的一家土特产公司。主任问我如何赚钱。我不顾后果地把前几年悄然去东北乃至广州售蝎子的投机倒把的行为全部讲了出来。心想，说什么也不回大南山受窝囊气了。主任笑了笑，根本就不信。我又说出挣了两万多块钱，用罐子盛了埋藏在院子里，可以扒出来作为公司的流动资金，主任摇头又是一笑。当次日我从麻包内倒出一沓沓长了绿毛的十元大钞时，主任惊呆了，继而拍着我的肩头开怀大笑。别忘了，那可是一九七八年的春天，万元户的名词尚未出现！就这样，公社大院的沿街楼挂起了"莱芜土特产购销公司"的大招牌，主任封我当经理。赚了钱百分之三十交公办，由其为公司开税票。由公家为我挡着，我带领一伙兄弟们明目张胆地大干特干，甭说赚了多少钱，只说过了两个年头，就驾驶上当时只有县里领导才有资格乘坐的北京吉普了。除此之外，当时我连创多个莱芜第一：第一个看上大彩电，第一个骑上嘉陵摩托车，第一个穿着喇叭裤子、手提录音机衣锦还乡，《路边的野花不要采》响彻了大南山谷……

听着尚未流行的通俗歌曲，狂热躁动的内心更加不安分，我何日才能踏进那神圣的艺术殿堂？何时才能解开我多少年来缠绕在心头的最大心结？为了圆我的剧作家梦，我又想起了《张闹玄》，这个戏的素材是一个鬼故事，是我小时候听村里的白胡子老爷吴文信讲的：县令为晋升将女儿许配知府做填房妻妾，女儿宁死不从，与一山民私奔结为夫妻，数月后被知县找到，硬将女儿塞进轿里送往济南知府。女儿坚贞不屈，一头栽下崖去身亡。变厉鬼索去知府性命后，又重投娘胎，生下来整日啼哭，待到十五岁时道出真相，终使其父醒悟，即送与山民重新团聚。这个故事很传奇，在我记忆里烙上了烙印！长大后我又反复阅读了我爸和徐叔两个戏迷从历城带来的许多古装戏剧本，对比这个故事竟然毫不逊色，的确这是个难得的好材料，于是就在那个特殊的年代编成了古装戏《张闹玄》。当时纯属业余爱好，无拘无束，更不知有什么条条框框，想怎么编就怎么编，也就写成了这个样子，所以就我决定再用《张闹玄》这块敲门砖，敲一下艺术殿堂的大门试上一试。于是就找擅长书法的亓廷亮先生刻版油印出来，于一九八五年夏天，捧给了我戏剧创作道路上的第二位贵人高桂云馆长去审阅。高馆长是位作家，他说："想不到莱芜还有个真会写戏的人。"他以文化馆招聘创作人才为理由，去找当地文化局请示，当时正赶上许多单位招聘干部，就去人事局办了招聘手续。借此，向曾经竭力帮助过我的刘局长、高馆长、李老师表示衷心感谢！

　　天大的喜讯从天而降，宠惊之余，便是艰难的抉择！正好好地干着红红火火的生意，撂下挑子就走人，别说跟随我的几位弟兄们心里不舒服，就连时任圣井乡党委书记的董瑞吉大哥也让我好好想一想。是啊！就说工资吧，每月不足三百元，但公司人均每年收入好几万，这不是从天上一头栽进井里去了吗？回家和老婆商量，她一听就瞪了眼："自从嫁给你，吃糠咽菜受难为不说，受了人家多少窝囊气？咱长志气把日子过好了，人家又骂咱投机倒把。钱算啥？争口气要紧！"好一个贤内助，一席话说得我茅塞顿开。

　　1985年7月1日，我欢天喜地地调入文化馆，踏上了创作之路，几个月的工夫便写出行业小戏、小品、曲艺类等作品十余件。由于当时莱芜县级市归泰安地市管辖，泰安文化局就下任务要剧本，馆里就把《张闹玄》送了上去，同年腊月，泰安市戏剧研究室的杨平芳主任通知文化馆，让《张闹玄》的作者参加剧本研讨会。岂料戏剧研究室无人了解我，按杨主任的说法是："看名字不像男同志，唱词写得优美，油印刻版字迹也很秀丽，可能是位崭露头角的女作者。"所以就由赵宝利、方航一等先生争先恐后地去戏剧研究室大院门口迎接，意欲先睹芳容为快哉！我来到大门外，那几个人便盘问："干什么的？"我说："开会的。"又问："哪来的？"我答："莱芜的。"再问："叫什么？"我再答："张丽华。"众人"啊"了一声，目瞪口呆道："你就是张丽华？和陈后主的妃子一个名？"我点头再次确认，只见那几位先生眉里眼里挂满了失落感，傻了一般，说啥也想不到，在他们心中的女儿国国王变成了猪八戒！后来剧作家赵宝利骂我："你取了个什么名字？放着须眉不做，偏偏混入裙钗！长得俊一点也行啊，又黑又丑又龇着个大虎牙，就像叼着半截烟巴!"彻底颠覆了整个戏剧研究室和省里专家们的想象力!我就告诉他缘由:"本名张立华,因为七十年代搞业余创作,稿件大多数被退了回来,所以就把'立'字改成了美丽的'丽',文笔上也尽量模仿女作家们的细腻劲儿,从此算是火了,大多数作品被刊物和报纸刊登发表,同时有若干编辑来约稿,他们不是称呼丽华女士,就是称呼丽华小妹。虽说稿费也就十块八块钱,但在饥饿难熬的那个时代,也是救人命的!我认为是沾了改名的大光。"赵宝利听明白了就撇嘴:"咦!编辑爱美人哪。"我反戗他一句:"你不爱,挤在大门外迎我干什么?"赵宝利被噎得一瞪眼:"谁寻思你长得这个鸟样?!"方航一导演跺着脚说:"不是女人倒也罢了,怎么是个牛头马面式的人物?"

山东省里的专家们点评,不管相貌,只谈作品。山东省创作室主任王启德老师开场就问:"在这十多个本子中,你们认为哪个最有特色?"见无人作答。山东的大作家张彭恩师慈祥地望着我:"你就是张丽华吧?《张闹玄》这个戏,是怎么构思出来的?"我恭敬地站起来,将缘由讲述了一遍,恩师点头笑道:"故事情节好!细节描写得好!人物刻画得好!是部难得的好作品!"并中肯地提出县令之女死而复生的修改意见。我第一次得到著名剧作家的表扬和指教,激动得真想跪下来拜师学艺。(一年后我心想事成,在我老家大南山,由王启德主任做证,张彭老人家欣然收我为徒,后来教诲性地与我合作了三台大戏。)接下来由评论家、剧作家纪根垠老师发言:"《张闹玄》这个戏颇具艺术性和观赏性,是个观众喜闻乐见的好本子!"并且夸张地预言,"正因为这个戏不唱高调,写了一个不得不被扭曲的灵魂,一般不会受到时代的制约,有可能成为传承剧目!"其他专家也纷纷点评,可以说好评要比批评多。整整一个上午的时间,大家似乎忘记了还有十多个本子等着提修改意见呢。因此,文化局和戏剧研究室的领导以及同人不由得对我刮目相看,也似乎忘记了这位披着漂亮女人名号,牛头马面式人物之外表多么丑陋,纷纷向我微笑着点头致意。那次研讨会,我真的被吓着了,做梦也没想到这块"敲门砖"在泰安敲出了这么大动静!我的又一位大贵人赵局长当场指示:"把这个戏立起来看。"杨平芳主任竟然提出把我调进戏剧研究室,增强创作队伍的力量。不久后王启德主任和恩师张彭也到大南山体验生活,住在我家,并商量调我去省创作室,一边当司机,一边搞创作。(因当时省创作室分配的一辆菲亚特轿车扔在大门处,尚无司机。)故土难移,我婉言谢绝了省里和市里的好意。但过了这个村儿,就没了这个店儿,悔当初目光短浅,如果调到泰安或省里,今日就不是仅出一本选集了。后来赵局长调到了升为地级市的莱芜,担任宣

后记

传部部长，在创作上对我千般勉励，在生活中对我万般照顾，借此向赵部长、王启德主任、杨平芳大姐、方航一导演、赵宝利先生深表知遇之恩！向已故恩师张彭和纪老遥拜叩谢！

  剧本研讨会后，《张闹玄》便由莱芜梆子剧团排了出来，当时因经费问题和诸多原因，彩排不是很理想，在争取了赵局长的意见后，叫停了公演。剧本发表在《戏剧丛刊》和《泰山大全》上后，我就把它压在了箱底，一晃三十余年矣！在本次出版前，我认真看了一遍，才感到纪老说得有些道理，叫停公演也是个不错的选择，如果那样演出去，就毁了这个本子，因为它确实很有戏，是观众喜闻乐见的，又因当时尚未发表，著作权人尚未确定，如果一旦传播出去，不知全国多少家院团要移植排演。事实证明，一台远远比不了《张闹玄》的《儿行千里》就有全国数十家院团或更名或用原名乱改乱编侵权排演。总之，《张闹玄》早晚是要"嫁人"的，但必须找一个好"婆家"。

  1987年，祖母仙逝后，我决定把老婆孩子接进城里，那是个落叶纷飞的悲秋，全家人准备悄然离开大南山。天刚蒙蒙亮，当我"咔嚓"一声锁住老宅的大门时，心里"扑通"一声，似扔了块石头，一下子就砸出两眼泪水。在这个老屋内，我女儿和儿子都生在土炕下边的几把干草上。在这个小院里，我和老婆孩子有过多少喜悦和忧愁！这是我万念俱灰而又充满希望的地方，也是我发迹的风水宝地。我在地下埋藏过纸币，发了霉撒在小院内，像树叶一样地晾晒。我在炕头上点亮了煤油灯，趴在锅台沿上，写出了多少小说、散文和新闻报道！当理想变成了现实，却把你抛弃了，竟连看家狗大黑也没留下与你相伴，一股人去楼空的悲痛感阵阵袭上心头。回首瞭望笔架山，那是多么秀丽端庄的山峰，像一位老人正襟危坐在屋后深情地望着我。这虽然不是我的出生地，但是这里养育了我二十余载！哪块石头上没有我的脚印！春天，在全家瓢干、瓮干一粒粮食也没有的时候，这里馈赠的树叶、花朵、野菜、草根帮我度过了多少个春荒！一次又一次救了爸、妈、弟、妹和老婆孩子八条人命！夏天，馈赠过我多少美味的山珍野果和蝎子、蚂蚱、知了猴子等。秋天，漫山遍野的柿子树、山楂、核桃、花红果子挂满了枝头。特别是飘香的花椒红了，哪一年大家不是指望生产队卖了分点钱，称盐、打油、买洋火。冬天，大雪给这里披上了素装，露出野兽的踪迹，我扛起祖传的长筒围枪，打只野兔回家，能尝到肉的滋味，全家人欢天喜地。大南山，终生感恩不尽，老宅院，至今魂牵梦绕，从此做梦都是在那宅院里、老屋内，白天在城里，夜夜魂归故里大南山。

那天凌晨,在家人的催促下,我开车来到庄西头蒜园大桥上,天哪!桥两头和桥面上挤满了黑压压的人群,庞家庄当时四百多人,至少来了二百人,为什么大家一大早都在这里?难道发生了什么大事?我吃了一惊,与老婆孩子急忙下车,谁料乡亲们围住我,红着眼圈默默无语。我问:"出了啥事?"一个发小反问:"你一家都走了,不是大事吗?"我当时还没反应过来,一帮女人就擦眼抹泪地哭,一口一个霞子她娘,你可别忘了老家啊!我恍然大悟,原来是为我家送行的!老婆哭了,我也哭了,子女更是哭了,前来送行的人也都落了泪。谁说大南山人不好?那是因为我脾气火暴,揍了这个骂那个的,人家能不治我吗?但到了真事儿上,藏在心中的乡情,潮水般地涌了出来。从此后,我就开始写现代戏,我要把大南山浓郁的生活气息、淳朴的乡土人情、可歌可泣的故事选择性地展现在舞台上,意欲记住乡愁,报以大南山和父老乡亲们的养育之恩!所以才有了大型现代戏《正月十五雪打灯》《照町》《石板桥》《大山魂》《心系大南山》《好儿好女》《南山又披大红袍》《喇叭花开》《儿行千里》,小戏《推媳妇》和行业中型戏曲《三上墙》《石榴花红》等数十个剧本。这些剧本都有人物原型,全部根据发生在大南山现实生活中的真实故事而编写的。借此,向大南山的乡里乡亲致以崇高的敬意!

《雪野风情》这个戏虽然不是写大南山的故事,但也是在雪野水库钓鱼钓出来的。当这个戏排出来后,引起了大家的注意,有位山东省的领导到莱芜见了我,因该戏中的人物取名为安边柳、水中花、倪里滚、沙里爬、王八王、夏蹦跶之类的虾兵蟹将,领导认为不妥。我不知天高地厚,当场闹翻。赵部长目光一凛,命令我严格按照领导的要求修改,争取获得山东省"精品工程"奖。我拗不过弯来,就请来了青州的大才子冯蜂鸣先生、山东省话剧院的苑福善老兄和淄博的赵京洲大哥帮我出主意想办法。特别是蜂鸣贤弟亲自动笔修改的一段精彩唱段,挑在舌头尖儿上的儿话韵为女配角水中花罩上夺戏的光环。(见《淀上人家》"半夜风雪天儿,寡妇好孤单儿。有个过路的汉儿,钻进屋里边儿……"唱段)最终,该剧于1998年2月由山东省委宣传部"精品工程"评选为精品奖。借此,向曾经帮助过我的好朋友苑福善、赵京洲兄长深表谢意!特别感谢的是隐居于云门山下的挚友大才子冯蜂鸣贤弟!

1999年,我戏剧生涯中的大贵人,中国艺术研究院戏曲研究所王安葵所长把《雪野风情》介绍给石家庄评剧院一团,我更名为《淀上人家》排演后,荣获中宣部"五个一工程"奖及第八届中国人口文化奖以及河北省优秀剧本特等奖,并被评为"建国50周年优秀剧目"进京献礼演出。那时正赶上我在中国戏曲学院进修学习，同学和老师们都观看了这个戏，特别是学院的学生在儿子的鼓动下，不少人前去观看，演出时除了掌声就是叫好声，效果不是一般地好，在北京叫得很响。

时任山东省文化厅张厅长得知我将《雪野风情》改为《淀上人家》，由河北省获取中宣部"五个一工程"奖后亲赴莱芜，由时任市委书记陪同与我座谈，他说："将来写出本子，先和我打个招呼，由你说让山东哪家院团演！"虽然话不多，对我却充满了信任。借此，向张厅长，向至今仍不断帮助我的王安葵老所长、梅花奖演员袁淑梅团长致以衷心的感谢！

2007年的除夕夜，北京很热闹，解禁了燃放爆竹烟花的规定，市民们憋在心里多年的过年情结似乎一夜之间全部释放了出来，鞭炮响遍城，烟花满天飞，什么叫震耳欲聋、目不暇接？那便是了。我想那一夜，从天黑到天亮，北京人是无法睡觉的，小孙子吓得哭着一个劲地闹腾，打电话拜年也成了问题。大年初一上午，我看了一下电话，竟然几十个未接号码，急忙一个个地回电，在给作家毕玉堂先生拜年的电话里，他说莱芜新上任的宣传部部长知道我们很熟，问我有没有剧本。于是我就把春节前夕在北京写的《儿行千里》告诉了他，于元宵节后回到莱芜，交部长审阅。初识毕部长，便知是个有本事的人，因他毫无半点官腔、官架子；在谈剧本前，亲自倒茶，并一口一个张老师叫着，把一个下级的下级奉为座上宾。我知道这次又遇上了伯乐，果然部长慧眼识"马"，连声夸奖写得好，并当场给文化局陈局长和剧团李长生团长打电话，立马过来研究排演计划。我顿时来了精神，为报知遇之恩，与张克学老师合作导演，与毕力军兄弟合作作曲，不到两个月，该剧就搬上了舞台。

虽然该剧主题思想是写亲情的，但故事情节却是反腐题材，汇报演出时，纪委林书记陪同市委于书记和市委领导全到齐了，各单位科级以上负责人也来观摩接受教育，听说剧团排了个新戏的戏迷们也挤进了剧院，过道上全站满了人。演到动情处，台上哭、台下也哭，整个剧场泣啼有声，墙上和座席上抹得鼻涕一把泪一把，满地都是面巾纸，后来演出该剧时，有位剧场管理人员对我说："就怕演你写的《儿行千里》，没法打扫卫生啊！"首次演出结束后，于书记拍着我的肩膀说："老张哎，干得不错！"林书记也当场表扬："这个戏写得好，导演好，作曲好！"毕部长高兴得不得了，幽默地说："张老师标准的'三好学生'啊！"因录像时长为两个小时零二十八分钟，我问："时间太长了，领导累不累？"领导们异口同声："不长不长，不累不累。"是啊！谢幕后仍有大多数观众舍不得离开剧场，大多数领导和观众还嫌戏短，没过足戏瘾。这正应了我对戏剧时长时短的认知："有戏长则短，无戏短亦长！"所以，我最怕领导和专家们提时长意见。因省纪委杨书记坚持抱重病要看这个戏，领导们担心他坐的时间长了加重病情，我改成了演出一个半小时的删节版，并声明等杨书记看过后再按原版演出。但是，从此就没了未删减版，无论是山东十七地市三次巡演，还是两次进京汇报和献礼演出以及参评中宣部"五个一工程"奖，参评十艺节、文华大奖和网传视频等，均以删节本为准，反倒少了之前那种剧场轰动效应了。尽管如此，不知哪位好事者把莱芜梆子表演的《儿行千里》删减版视频放到网上，引起全国数十家剧团的兴趣，肆意更名为《儿牵娘心》《母爱》《慈母情》等擅自排演不说，竟然歪曲篡改多处情节细节及唱词对白等，他们竟然将该侵权剧目的视频堂而皇之地传到百度、优酷、快手等许多网站上。更令人烦恼的是，不仅有多家剧团剥夺了我的署名权，而且又有多家剧团公然美其名曰"改编"，直接将编剧更换上自己的姓名，剽窃为己有，甚至还获得了由文旅部举办的豫剧节剧目奖！这使我焦头烂额，痛苦不已，实在没了办法，只好法庭上见。（该剧仅授权莱芜梆子剧团首演。仅许可介休市晋剧团、临颍曲剧团移植表演。）所以，我于2023年先后起诉了陕西、山西、河南三省的八家侵权表演团体，或公开审理或调解赔礼道歉、支付侵权赔偿款，使他们依法全部受到了惩罚。今年我会继续拿起法律的武器，因为还有数十家院团和公司侵权更名表演这部戏。说实在的，我真的不是为了钱去浪费这么大精力，我是不争馒头争口气，起码让肆意侵权者知道著作权人的尊严，这样他们才能尊重作者。剧本就像自己的孩子一样，如果找不回来，一辈子也放心不下。还有，我想在编剧这个群体中做个榜样，告诉每一位被侵权的同仁们："侵权必究，切勿空谈。尽管维权艰难，但要勇敢面对，不惜一切代价找到我们丢失的孩子！"为什么在出版时又增加了删节版，绝不是滥竽充数，而是作为法律依据罢了。我想这股风气早晚会引起有关部门重视，予以严打！尽管如此，删减版该获的奖项也都获了，该召开的专家座谈会全召开了，中国戏剧研究院薛若琳副院长一如既往地对这个剧本高度评价，不止一次地说道："这个戏是从宣传品到艺术品的一个华丽转身！"并对我本人不无夸张地说："山东两个造弹的，一个是刘桂成，他制造戏曲炸弹，威力大得很，是位获奖专业户。另一个是张丽华，他制造戏曲催泪弹，善于写悲情戏，赚取了观众不少泪水。是山东戏曲创作届'三驾马车'之一。"我听了很是不安，我哪能和戏剧大家刘桂成老师相提并论？特别是该剧获中宣部"五个一工程"优秀作品奖后，省委宣传部刘

后记

为民副部长专程赴莱芜召开庆功会，竟然首先向我表示感谢，并说："没有张丽华这个好剧本，莱芜离拿'五个一'还很遥远。"这句话说到了我的心坎上。会后刘部长命题作文，请我写《第一书记》，我驾车带着张克学导演和赵京洲大哥自费去曲阜、枣庄等地体验生活。三个月后，《第一书记》拉开了序幕，市委王书记召开座谈会，建议更名为《种子》。再后来，王书记又让我改成精准扶贫的戏《心系大南山》。借此，向为该剧和大力支持《儿行千里》的李玉赋副书记、杨小平主任、姜异康书记、杨传升书记、刘为民部长、于建成书记、王良书记、马平昌市长、董瑞吉区长以及《第一书记》原型人物曲阜市科技局驻化岗村第一书记刘祥军局长表示衷心的感谢！

特别向毕玉惠部长、林殿玲书记致以崇高的敬意！

感谢王安葵所长、崔伟秘书长、薛若琳院长对《儿行千里》以及多部戏提出的宝贵意见。

感谢中国戏剧出版社责任编辑赵宇欣老师，本人由衷地敬佩她严格认真的工作态度，她为该书付出了大量心血，在此表示最诚挚的谢意。

感谢为我排演和表演多部作品的莱芜梆子剧团李长生团长、刘刚副团长，并向该团全体演职人员致以崇高的敬意！

感谢多年来对我多部作品鼎力支持和关爱的孙毅副厅长，陈鹏厅长，刘桂成主任、院长，张积强院长、高鼎铸馆长、孟令河主任、杨昆主任导演、姜慧院长，评论家于学剑先生、郭书伟主席、王化宁主席，原《戏剧丛刊》孙海翔主编。

感谢北京《新剧本》原主编徐恒进、张永和主编及欧阳山尊导演、黄宗江老师、李钦老师对我的厚爱。

感谢作家毕玉堂先生、原莱芜市文化局刘广清局长、白宗苓局长、陈君业局长、亓祥云局长、张家栋副局长。

感谢为我执导多部作品的张克学导演和为我多部作品作曲的刘桂厚老师、毕力军老师。

感谢为我创作道路和家庭生活各方面提供诸多帮助的郝永贵董事长。

感谢帮助我多次校稿、跑前忙后的亓廷友贤弟、亓玉玲老师、王敦峰老师、助理毕国强和华立印务的窦经理及工作人员。

感谢张永律师和李敏律师，为被侵权的《儿行千里》讨回了八次公道。

最后，再次感谢挚友蜂鸣贤弟，他不仅在剧本《雪野风情》中给予竭力帮助，在《南山又披大红袍》的创作中为我出谋划策、撰写故事大纲，还在《山

海关外风萧萧》中为我提供素材、策划创作方案并亲手修改唱词对白等。这次又劳贤弟作序，万分感激。知吾者，冯蜂鸣也！贤弟不仅是正高级研究员，还是剧作家、小说家、戏剧理论家、红学研究专家等，然吾不及弟者多矣！

张丽华

2023 年 10 月于苍龙峡垂杨书院张丽华影视戏剧工作室

作品登记证书

本书的出版权归中国戏剧出版社专有，著作权（版权）归作者张丽华和继承人所有，主要作品已进行登记，任何单位、团体或个人使用本书中的任何内容，请与作者签订协议后使用，侵权必究。

下附作品登记证书、著作权归属证明及著作权人声明书。

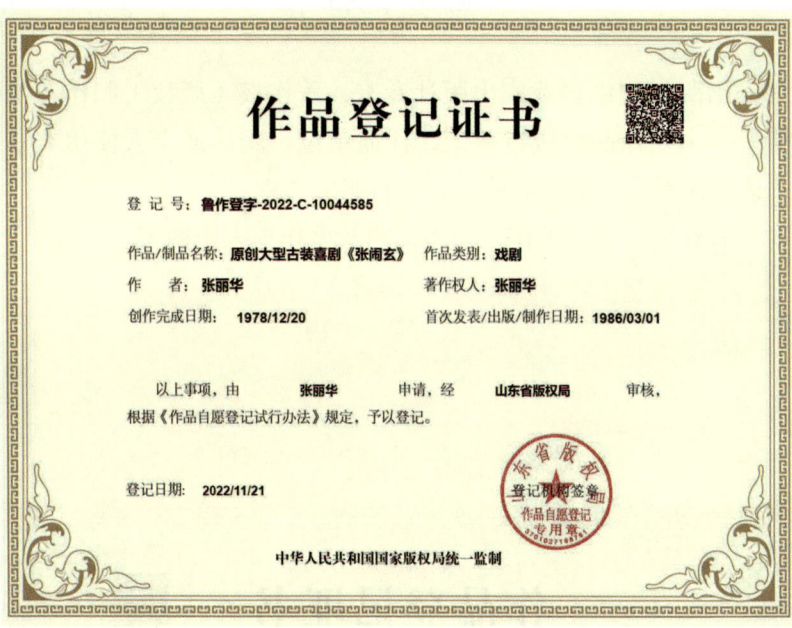

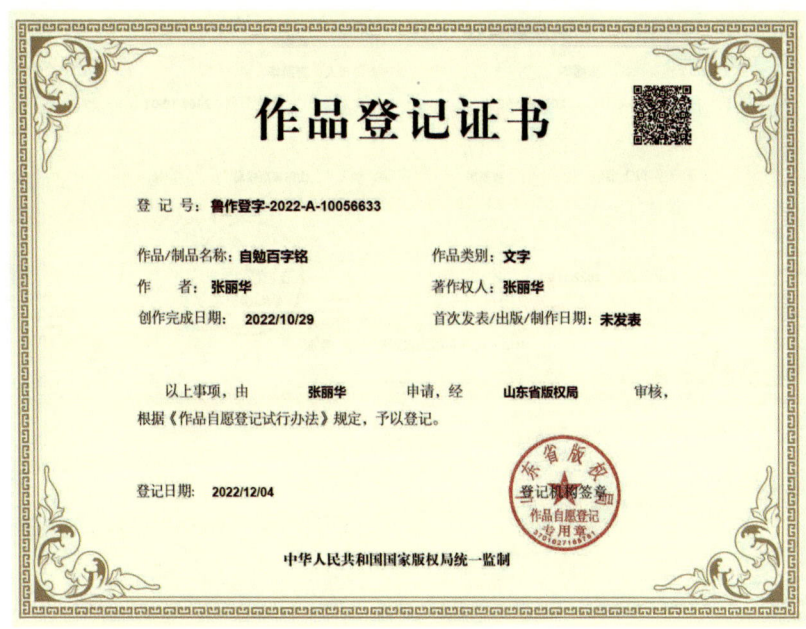

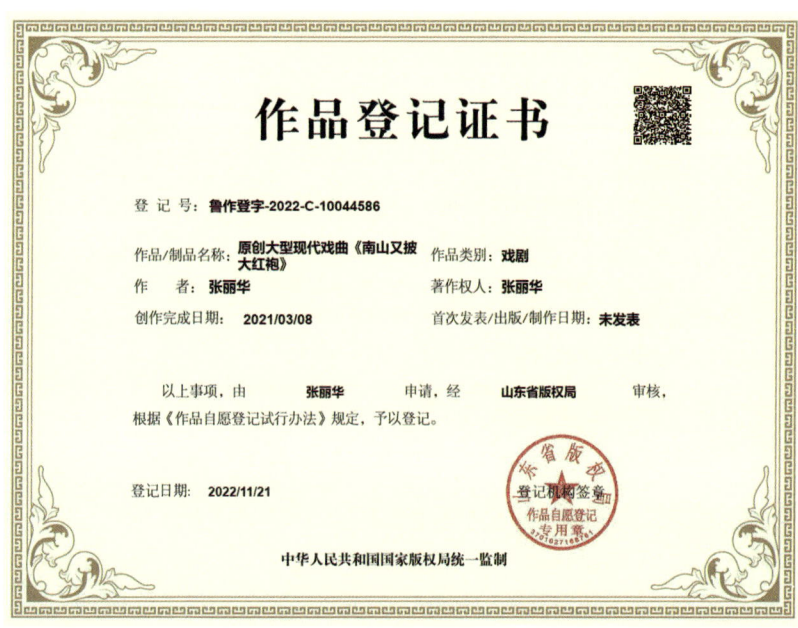

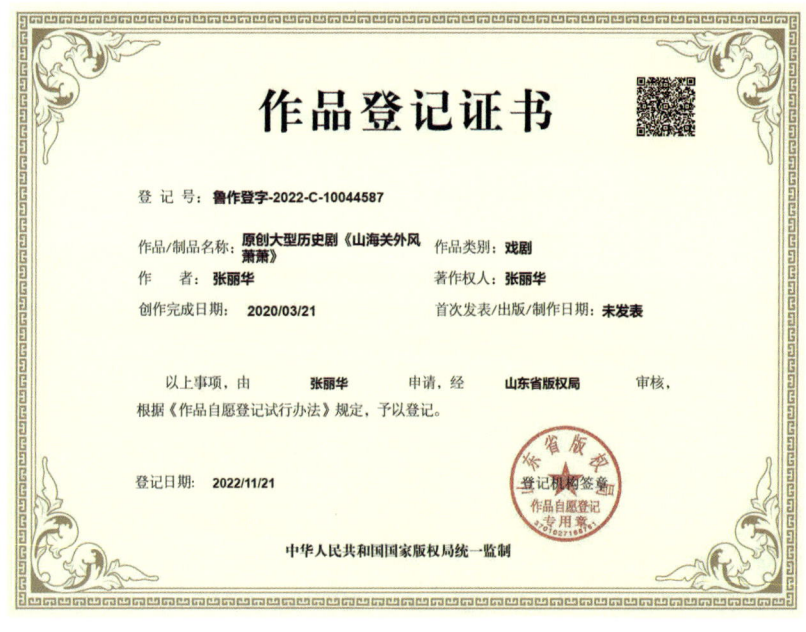

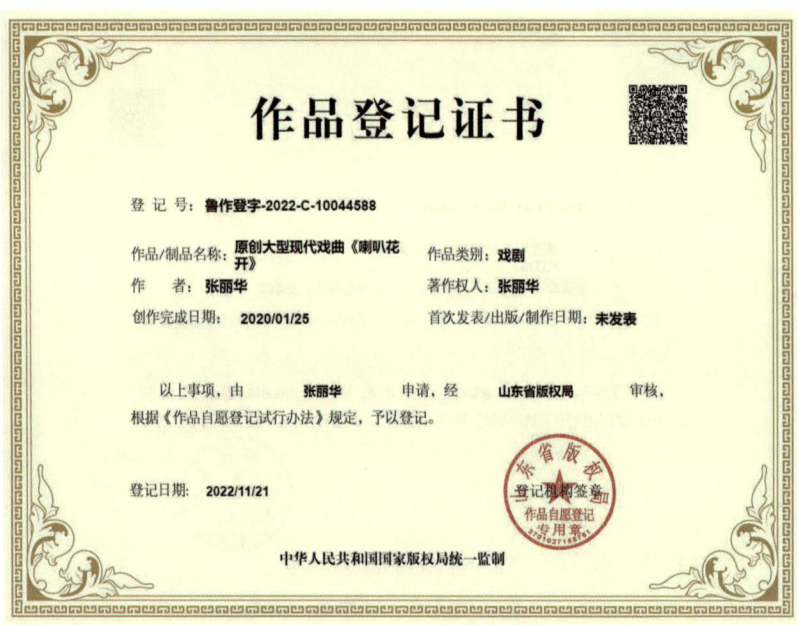

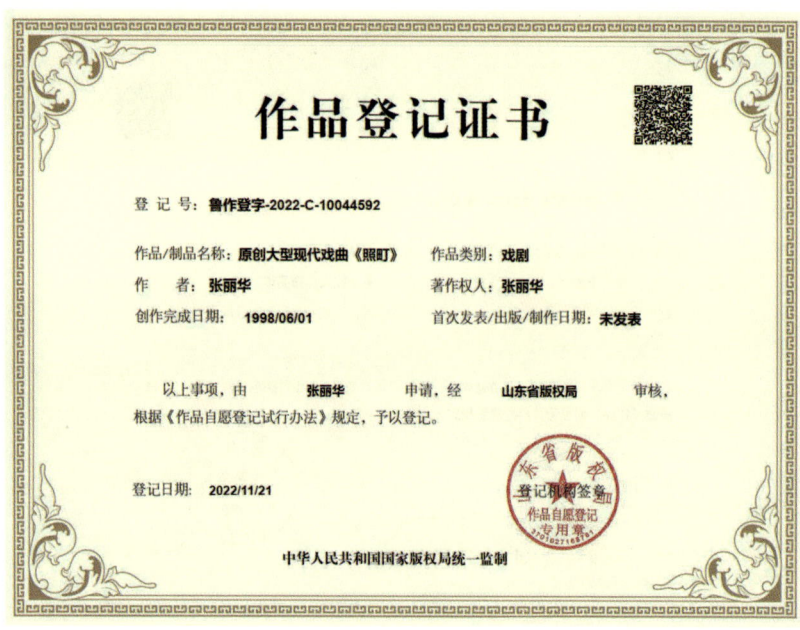

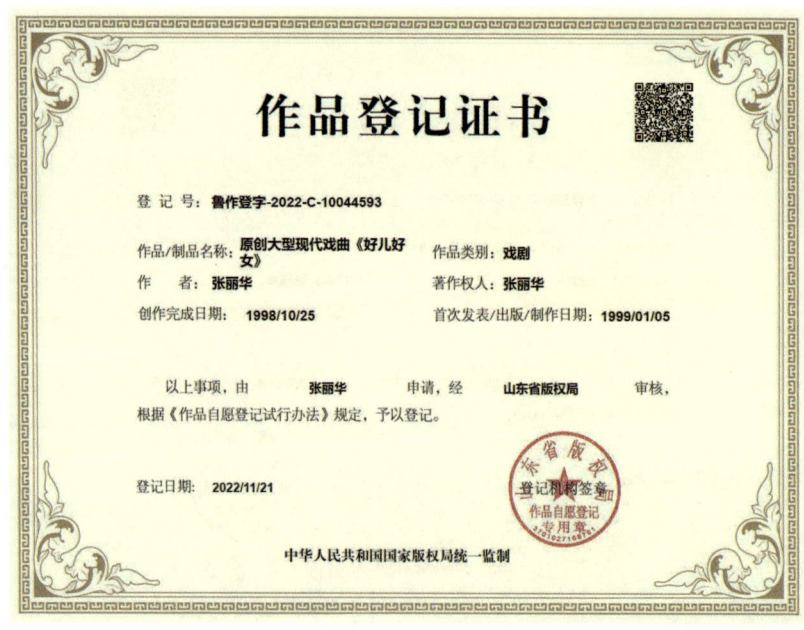

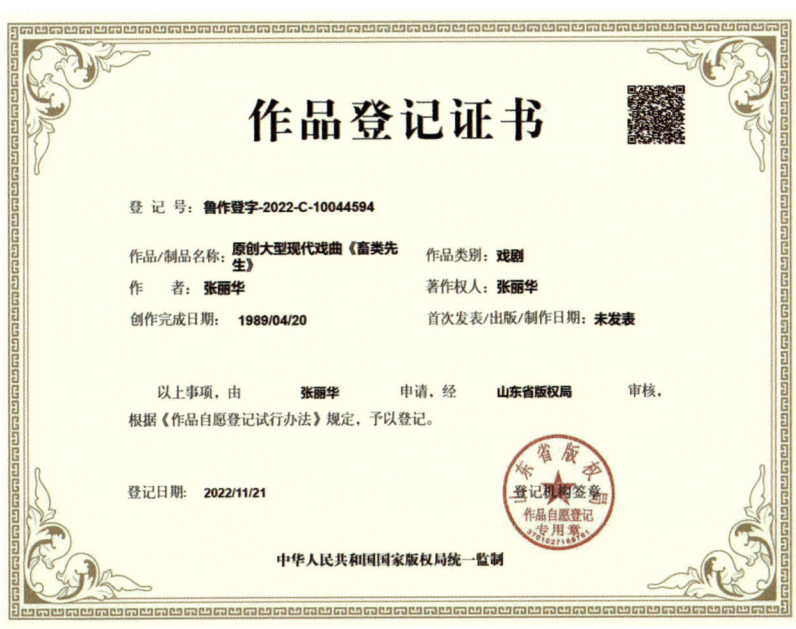
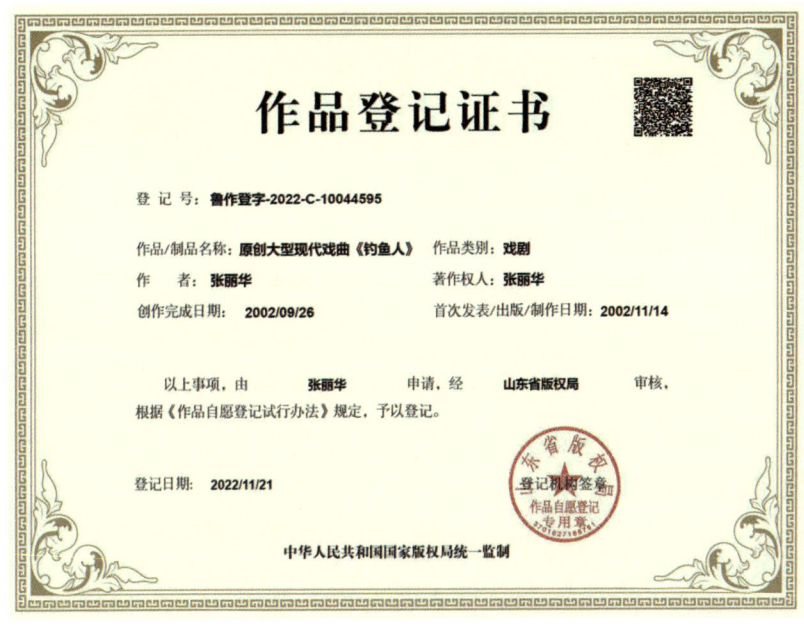

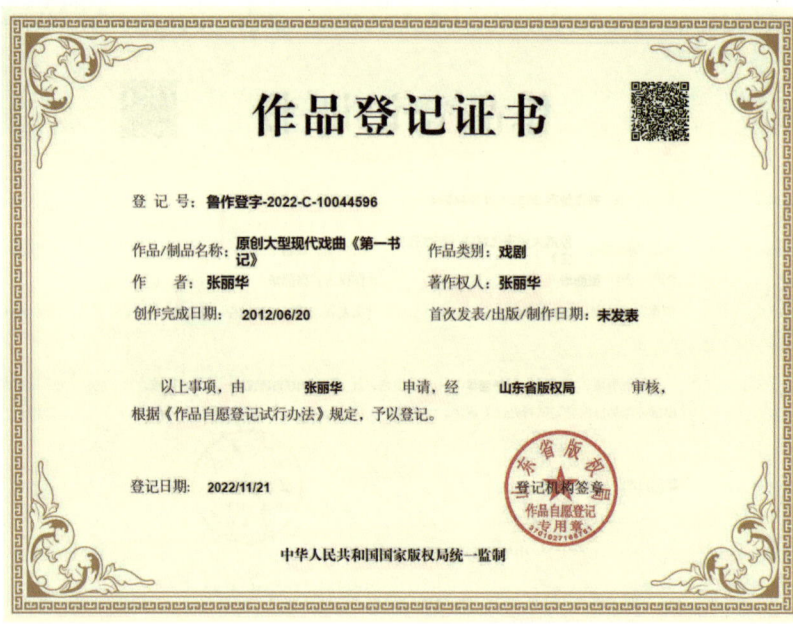

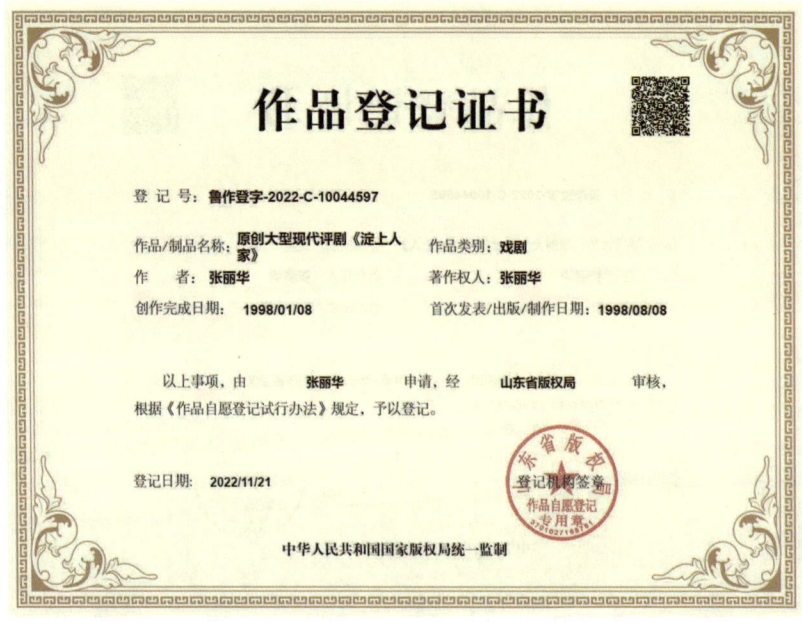

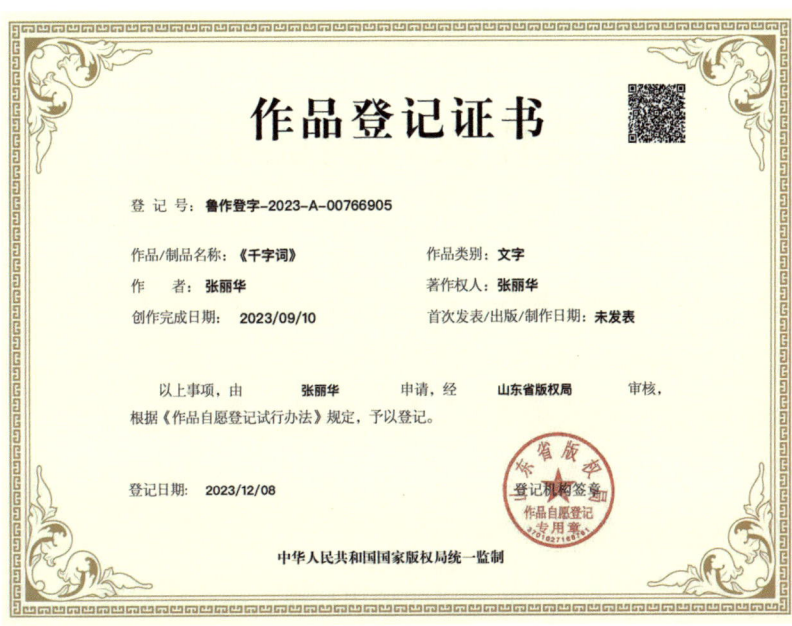

著作权归属证明

　　由作者张丽华创作的大型现代戏《正月十五雪打灯》、《雪野风情》（后更名为《淀上人家》）、《好儿好女》、《钓鱼人》、《大山魂》、《儿行千里》、《第一书记》（后更名为《种子》《心系大南山》）以及中型戏曲《三上墙》《石榴红》《三改契约》以及小戏《推媳妇》（后更名为《回娘家》）和小品等作品均由作者许可本团表演一切著作权归编剧张丽华所有，特此证明。

济南市莱芜梆子艺术传承保护中心

法人代表签字盖章：

2022 年 10 月 11 日

著作权归属证明

因原莱芜市文学戏剧创作室系差额单位，基本工资不足百分之四十，差额部分由工作人员自筹自支。为此，所有作者创作的艺术作品及其他收入均属自筹自支的差额部分。本单位从未下达创作任务及支付报酬，一切作品系作者为自筹自支而创作，属于非职务作品。

张丽华创作的小品小戏及大戏《儿行千里》《张闹玄》《正月十五雪打灯》《雪野风情》《淀上人家》《好儿好女》《钓鱼人》《大山魂》《石板桥》《照町》等数十部作品的著作权均归作者所有，原莱芜市文学戏剧创作室概不担负一切法律和经济责任。

因莱芜市撤市划区归济南市辖，原单位已被撤销，公章及法人章皆上缴销毁。为此，由本人郑立涛担任原单位法人代表期间，张丽华创作的上述作品的著作权归属作者所有。由本人韩玉杰担任原单位办公室主任期间，张丽华创作的上述作品系非职务作品。特此证明。

证明人一：原莱芜市文学戏剧创作室主任法人代表 郑立涛

证明人：郑立涛 身份证号 ████████

证明人二：原莱芜市文学戏剧创作室办公室主任 韩玉杰

韩玉杰 身份证号：████████

2022年10月10号

著作权人声明书

《张丽华剧作选》中已进行著作登记和尚未著作权登记的一切作品均系职务作品，所有著作权均归属张丽华与法定继承人儿子张亨长和女儿张艳燕共同享有。（合作作品与合作者及其继承人共有）

著作权人和继承人共同享有：人身权、财产权、署名权、修改权、保护作品完整权、复制权、发行权、展览权、表演权、放映权、出租权、广播权、信息网络传播权、摄制权、发表权、翻译权、汇编权、取得报酬权等一切著作权利。

该选集中所有的一切思想内容、故事情节、细节描写、歌词、唱词、语言对白、剧目名称等均享有一切知识产权，未经著作权人书面许可，任何单位和个人不准以任何形式侵权使用和改编移植等，特此声明，侵权必究！！！

著作权人：张丽华　电话：

著作权继承人：张亨长　电话：

著作权继承人：张艳燕　电话：

以上是著作权人：张丽华笔迹，产生法律效力。

声明人：张丽华

2022年12月5日

农历：十月十二日

共此1页。